Dietrich Dörner

Bauplan für eine Seele

Rowohlt

Für meinen Vater,
der das Erscheinen dieses Buches,
das er so sehr gefördert hat,
nicht mehr erleben konnte,
und für Sigrid, Stephanie
und Jessica

1. Auflage Januar 1999

Umschlaggestaltung Bernd Kuchenbeiser
(Foto: Sigloch Edition)
Satz Times Ten PostScript, QuarkXPress 3.32
Gesamtherstellung Clausen & Bosse, Leck
Printed in Germany
3 498 01288 6

Inhalt

Geist, Seele und Maschinen: Eine Einleitung

Eines schönen Sommertages, als Trurl gerade damit beschäftigt war, den Kyberberitzenbusch in seinem Garten zu beschneiden, erblickte er einen des Weges daherkommenden Roboter, der so elend und abgerissen aussah, daß sein Anblick Mitleid und Entsetzen zugleich einflößte. Arme und Beine dieses Unglücklichen waren notdürftig aus rostigem Ofenrohr geschustert und wurden durch ein Gewirr von Bindfäden zusammengehalten. Anstelle des Kopfes saß auf seinen Schultern ein löchriger Kochtopf, in dem sein Gehirn oder was davon übriggeblieben war dröhnend und funkensprühend zu arbeiten versuchte. Das Genick war provisorisch durch ein Stück Zaunlatte verstärkt, im weit geöffneten Bauch wurden die glühenden Elektronenröhren so durcheinandergeschüttelt, daß er seine hervorquellenden elektrischen Eingeweide mit der einen Hand zurückpressen mußte, während die andere Hand unablässig damit beschäftigt war, lose Schrauben wieder festzuziehen. Just in dem Moment, als er an der Pforte zu Trurls Behausung vorbeihumpelte, brannten ihm vier Sicherungen auf einmal durch, so daß er vor den Augen des Konstrukteurs in einer stinkenden Rauchwolke schmelzender Isolatoren zusammenbrach. Dieser griff von Mitleid gepackt sogleich nach Schraubenzieher, Zange und Isolierband und eilte dem armen Wanderer zu Hilfe, der ein ums andere Mal unter entsetzlichem Kreischen und Knirschen in Ohnmacht fiel, weil sein Getriebe völlig asynchron arbeitete. Schließlich gelang es Trurl jedoch, ihn halbwegs zu Bewußtsein zu bringen; dann führte er ihn in sein Wohnzimmer und schloß ihn an eine starke Batterie an. Als der arme Teufel dabei war, sich gierig aufzuladen, konnte Trurl seine Neugier nicht länger bezähmen, und er fragte ihn, was um alles in der Welt ihn in diesen jämmerlichen Zustand versetzt habe.

«Mein barmherziger Retter», antwortete der unbekannte Roboter mit noch immer zitternden Magnetkernen, «man nennt mich Bonhomius, und ich bin – oder besser gesagt, ich war – ein Einsiedler und Anachoret, denn ich lebte siebenundsechzig Jahre in einer Höhle, wo ich meine ganze Zeit ausschließlich in frommer Meditation verbrachte. Eines Morgens jedoch kam mir in den Sinn, ob ich eigentlich recht daran tue, mein Leben in Einsamkeit zu verbringen. Vermochten denn all meine tiefschürfenden Überlegungen und Mühen des Geistes, auch nur einen Niet oder Bolzen daran zu hindern, aus seiner Verankerung zu fallen? Und steht denn nicht geschrieben, daß es unsere erste Pflicht sei, unserem Nächsten zu helfen und erst an zweiter Stelle an das eigene Seelenheil zu denken? Und heißt es nicht auch …»

«Schon gut, schon gut», unterbrach ihn Trurl. «Wie es an jenem Morgen um deinen Gemütszustand bestellt war, steht mir mehr oder weniger klar vor Augen. Doch sag bitte, was geschah weiter?»

So beginnt Stanisław Lems Geschichte vom guten Roboter Bonhomius, der ausgezogen ist, um Frieden und Freundlichkeit unter den Menschen zu stiften; aber eben deshalb bringt er zunächst einmal viel Unheil in die Welt und schließlich sich selbst in die beklagenswerte Verfassung, in der wir ihm eben begegnet sind. – Wer am Ausgang der Geschichte interessiert ist und wissen will, warum der arme Roboter in einen solch elenden Zustand geriet, mag bei Stanisław Lem die ganze Erzählung nachlesen («Altruizin oder Der wahre Bericht darüber, wie der Eremit Bonhomius das universelle Glück im Kosmos schaffen wollte und was dabei herauskam», in *Kyberiade*, 1983).

Bonhomius ist aus Ofenrohren, Zaunlatten, Bindfäden und – das ist für sein Seelenleben natürlich viel wichtiger – aus Röhren, Transistoren und allerlei sonstigen elektrischen Schaltelementen zusammengesetzt. Er ist eine Maschine, nichts sonst! Dennoch aber *denkt* dieser Roboter, er *fühlt*, ist bei Bewußtsein, verliert es wieder, ist *verzweifelt*, *dankbar*, er meditiert und macht sich Sorgen. Seine Bedürfnisse betreffen nicht nur seine Stromversorgung; es ist darüber hinaus sein Herzenswunsch, der leidenden Menschheit zu helfen.

Bonhomius zeigt alle Regungen einer empfindsamen Seele. – Seele in einem Roboter, in einer Maschine? Kann so etwas sein? Kann sich «Seele» wirklich ergeben aus dem Ineinandergreifen der Steuerungsströme in einem Geflecht von Röhren und Transistoren? Ist Seele vorstellbar in einem Gebilde, das aus Kondensatoren, Batterien, Transistoren und sonst aus rostigen Ofenrohren und Zaunlatten besteht? – Natürlich steht es Lem frei, sich so etwas auszudenken; das ist eben Literatur (und damit keine Wissenschaft) und nicht ernst zu nehmen.

Andererseits: In den letzten Jahren ist es im Bereich der Technik zu einer Entwicklung gekommen, die deutlich auf «Seele» hinausläuft. Maschinen machen heute vieles, was wir früher – bevor es Computer gab – ohne jegliches Zögern als geistige Leistung, als «Seelenprozeß» bezeichnet hätten. Schach zum Beispiel, das «königliche Spiel», Prüfstein für die menschliche Intelligenz, wird heute auf Großmeisterniveau von Computern gespielt. Computer führen logische Beweise, «Expertensysteme» geben uns Auskunft über die Krankheiten, die zu einem Symptombild passen könnten, oder berechnen die Wahrscheinlichkeit, mit der in einer bestimmten Gesteinsformation Kupfer zu finden ist. Kann sich diese Entwicklung fortsetzen? Kann sie sich über den Bereich der «logischen», offenbar berechenbaren Leistungen ausweiten in den Bereich der Intuition, des Fühlens, Wollens? Müssen wir damit rechnen, daß wir eines Tages denkenden und fühlenden und schamhaften und stolzen und humorvollen und pedantischen Robotern, daß wir Bonhomius leibhaftig begegnen, wenn sich die

Technologie der informationsverarbeitenden Maschinen so weiterentwickelt wie bisher?

Natürlich nicht! denken die einen. Bislang haben ja alle diese «künstlichen Seelenprozesse» ihre Grenzen. Schachcomputer sind heute in der Lage, so gut zu «denken», daß sie Großmeister schlagen; nur: Sie denken sich zwar aus, *was* sie tun sollen, aber die Art und Weise, *wie* sie denken (wenn man das überhaupt so bezeichnen kann), denken sich ihre Programmierer aus. Die heutigen Schachcomputer können sich nicht selbst programmieren. Sie können sich und die in ihnen ablaufenden «Denkprozesse» nicht zum Objekt ihrer eigenen Betrachtung machen, sind nicht imstande, aus den Unzulänglichkeiten ihrer Denkprozesse Schlüsse zu ziehen und sich dementsprechend umzuprogrammieren. Kurz: Es fehlt ihnen die Fähigkeit zur Selbstreflexion. Ihnen ist jeglicher Ehrgeiz fremd, jeglicher Antrieb, über sich nachzudenken. – Und wenn sie schon meisterhaft Schach spielen können, so können sie doch sonst gar nichts. Schach kann man wirklich schon mit einem Wald-und-Wiesen-Programm, im Software-Beipack für jeden PC enthalten, ganz unterhaltsam spielen (und meine Geistesgaben reichen nicht aus, um ein solches Programm zu schlagen); wenn man aber mal Lust auf «Mensch ärgere dich nicht» hat, ist man aufgeschmissen und muß sich ein «Mensch ärgere dich nicht»-Programm kaufen, denn einem Schachautomaten kann man die Regeln für dieses Spiel nicht mal eben erklären.

Und ein Fahrplanautomat gibt Auskunft über Zuganschlüsse viel schneller, besser und zuverlässiger als der Beamte am Schalter. Wollen wir ihn aber nach dem besten Jazzclub am Ort befragen, können wir noch nicht einmal die Frage so formulieren, daß er sie versteht. Jeder Schalterbeamte ist geistig flexibler, ist geradezu ein Universalgenie im Vergleich mit einem System, das Auskunft über den Fahrplan gibt, oder mit sonst irgendeinem «Expertensystem». Kein Wunder, daß viele unter «KI» nicht mehr «Künstliche Intelligenz», sondern «Künstlicher Idiot» verstehen.

Können die Computer über diesen Zustand hinauskommen? Sind die schnellen, inflexiblen, hochspezialisierten Systeme ein Endpunkt oder lediglich eine Durchgangsphase auf dem Weg zu «wirklichem» Geist? Aber was heißt das überhaupt, «wirklicher Geist»?

Alles fing an mit der *formalen Logik*, damit, daß Aristoteles bestimmte Formen des Denkens in seiner «Syllogistik» formalisierte (diese Entwicklung scheint etwas komplizierter zu sein; die eigentlichen Schöpfer einer formalen Logik sind wohl die Philosophen der «megarisch-stoischen» Schule, siehe Krämer 1988, Seite 76ff.). Damit war der Weg frei für die künstliche Erzeugung geistiger Leistungen. Ein logischer Schluß wie:

Sokrates ist ein Mensch
Alle Menschen sind sterblich

Also ist Sokrates sterblich

ist ein elementarer *Denk*schritt, und niemand wird daran zweifeln, daß sich diese Art des Denkens «maschinell» nachahmen läßt. *Wenn alle X Y sind und wenn alle Y Z sind, so sind alle X Z.* Hier kann man einfach in die Prämissen für X und Y irgend etwas einsetzen, und schon kann ein entsprechend programmierter Automat die Schlußfolgerung produzieren. Er braucht ja nur schematisch in die Schlußfolgerung X und Z einzusetzen.

Solche Automaten allerdings wurden keineswegs schon in der Antike konstruiert, sondern erst im sechzehnten und siebzehnten Jahrhundert. Die ersten Mechanisierungen von Denkprozessen waren Operationen mit Zahlen. Im siebzehnten Jahrhundert rappelten die ersten «logischen Maschinen». Durch Steuerung von Zahnrädern und Kupplungen waren sie fähig, die Schlußprozesse nachzuvollziehen, die wir beim Addieren, Subtrahieren, Multiplizieren oder Dividieren auch mit unserem Gehirn durchführen können. In gewisser Weise waren diese Rechenautomaten die ersten Modelle von Teilen des menschlichen Geistes und wurden auch so verstanden. Der französische Philosoph Blaise Pascal (1623–1662), selbst Konstrukteur einer der ersten Rechenmaschinen, meinte denn auch folgerichtig, der Geist sei mechanisierbar (nicht aber der «Wille», der sei «menschlich»).

Nun sind wir heute über Addiermaschinen weit hinaus. Die Steigerung der Speicherkapazität, die Steigerung der Geschwindigkeit der elektronischen Rechenautomaten im Verhältnis zu ihren rein mechanischen Vorläufern haben uns Systeme beschert, die tatsächlich relativ komplexe geistige

Leistungen vollbringen. Wir haben Gebirge von Deduktionsmaschinen geschaffen, die komplizierte Systeme von Schlußfolgerungen in Bruchteilen von Sekunden durchführen können und die unser armes altes Evolutionsprodukt Gehirn in vielen Bereichen weit in den Schatten stellen.

Niemand wird heute mehr bezweifeln, daß Computer bestimmte Aufgaben bewältigen können, die man noch vor wenigen Jahrzehnten ohne Zögern ausschließlich als geistige Leistungen bezeichnet hätte. Andererseits fehlt aber doch noch einiges, um von «wirklichem» Geist sprechen zu können.

Rechnen, formale Logik: nun gut! Und daß Computer in der Lage sind, Züge auf dem Schachbrett in ganz ähnlicher Weise zu «errechnen» wie wir, kann man auch noch zugestehen. Denn wir gewichten mögliche Figurenverluste und Stellungsvorteile und kommen so zu der Entscheidung für den einen oder gegen den anderen Zug. Und das kann ein Computer auch, wenn man ihm Gewichte für Figuren- und Stellungsvorteile vorgibt. – Aber selbst beim Schachspiel denken wir Menschen doch auch noch ganz anders als Computer. Der Computer rechnet, weiß aber nicht, daß er rechnet und wie er rechnet. Weil wir wissen, *daß* wir rechnen, können wir innehalten und einfach aufhören. Und weil wir wissen, *wie* wir rechnen, können wir uns umprogrammieren und beschließen, in Zukunft anders zu spielen als bisher. Computer haben kein Bewußtsein, sie verfolgen keine eigenständigen Absichten; warum und wie also sollten sie den Entschluß fassen, den Rechenvorgang abzubrechen oder aber anders zu gestalten? Die «rationalen» Seelenprozesse, die im Computer ablaufen mögen, hat er sich nicht selbst ausgedacht. Man muß ihn programmieren; ohne Programm ist der Computer noch nicht einmal dumm, sondern einfach ein intellektuelles Nichts. Sicher, in mancher Hinsicht müssen wir Menschen auch programmiert werden, durch die Eltern, durch die Schule. Aber wir können uns auch selbst programmieren, wir können uns selbst Lösungsmethoden für Probleme ausdenken. Und dazu sind nun mal Computer nicht fähig. Oder doch?

Und weiter: Die «Seelenprozesse» im Computer sind beschränkt auf den «kalten», rationalen Bereich. Alles, was mit Gefühlen, Wünschen und Sehnsüchten zu tun hat, ist dem Computer doch unzugänglich! Computer haben kein Selbstgefühl, keinen Stolz, den man verletzen könnte, sie schämen sich nicht, sie können die Schönheit einer im Frühdunst verhangenen Voralpenlandschaft nicht genießen, sie erschauern nicht beim Anhören des «Dies Irae» in Mozarts *Requiem*.

«Kein Rechner wird jemals Gefühle künstlich erzeugen können!» So meint Josef Weizenbaum, Computerspezialist und Schöpfer des Programms *Eliza*, welches in der Lage ist, mit Patienten, die psychologischen Rat suchen, therapeutische Gespräche zu führen. Scheinbar «einfühlsam», aber eben doch nicht mit «echtem» Gefühl! Wenn also Computer überhaupt so etwas wie Seele zeigen, so nur kalten, logischen Intellekt, rationalen, deduktiven, analytischen Geist; keineswegs aber Einfallsreichtum, Intuition oder Kreativität. Wie denn auch? Computer können nur Nullen und Einsen manipulieren, wo soll da ein Einfall, eine Intuition herkommen?

Und Gefühle? Völlig unvorstellbar! Andere bedeutende Gelehrte stimmen Weizenbaum in dieser Hinsicht zu. Roger Penrose, weltberühmter Mathematiker und Physiker, der ein dickes Buch geschrieben hat über die Möglichkeit, mit dem Computer den menschlichen Geist nachzuahmen, meint – fast abschließend (Penrose 1991, Seite 436f.): «Ist es nicht ‹offensichtlich›, daß bloßes Berechnen weder Lust noch Schmerz hervorrufen kann; daß es weder Poesie wahrzunehmen vermag noch die Schönheit oder den Zauber von Klängen; daß es nicht hoffen, lieben oder verzweifeln kann; daß es nicht imstande ist, einen echten autonomen Zweck zu verfolgen?»

Also: Geist in Grenzen, Gefühle: nein! So könnte die Quintessenz der Antworten auf die Frage lauten, ob Computer eine Seele haben können.

Nun mag es für manchen allenfalls eine Sache des guten oder schlechten Geschmacks sein, die Frage zu diskutieren, ob das menschliche Seelenleben als Vorgang in einer Maschine erklärt werden kann. Aber für die Psychologie als Wissenschaft ist diese Frage entscheidend, schon existentiell. – Was ist eine Maschine? Eine Maschine ist ein Gebilde, in dem eins ins andere greift, in dem das Verhalten des einen Teils das Verhalten des anderen bestimmt, indem zum Beispiel ein Zahnrad das andere treibt oder der Strom, der von einer Röhre ausgeht, die Art und Weise bestimmt, wie eine zweite Röhre ihrerseits eine dritte steuert. Eine Maschine ist eine (mehr oder minder) strukturierte Anhäufung von «Determinismen», ein

Wirkgefüge, in dem «Variable», also Gebilde, die ihre Zustände wechseln können, einander beeinflussen. Wenn man die Vorgänge in einer Maschine beschreiben will, so kann man dafür Wenn-dann-Aussagen verwenden. «Wenn sich das Zahnrad A schneller bewegt, so auch immer das Zahnrad B.» – «Wenn die Röhre A ihren Output verstärkt, so wird der Output der Röhre B schwächer.» Und so fort.

Eine Maschine ist die Realisierung einer mehr oder minder großen Menge von Wenn-dann-Aussagen, und wenn man will, kann man jedes Gefüge von Wenn-dann-Aussagen in einer Maschine Gestalt werden lassen. Wenn Seelenleben «maschinell» hervorgebracht werden kann, so ist es das Produkt eines Systems von materialisierten Wenn-dann-Aussagen.

Wollen wir aber unser Seelenleben *nicht* als ein Gefüge von Wenn-dann-Aussagen ansehen, kommen wir hinsichtlich der Psychologie in eine schwierige Lage. Wir müßten dann nämlich akzeptieren, daß die Psychologie als Wissenschaft allenfalls teilweise möglich ist. Könnten wir nachweisen, daß sich manche psychische Prozesse nicht «maschinell», also aus einem – wie auch immer komplizierten – Gefüge von Wenn-dann-Aussagen, herleiten ließen, stünden wir vor einem Problem: Wir könnten diese Prozesse nicht erklären und somit auch keine Theorien für sie konstruieren. Damit aber würde sich die menschliche Seele dem wissenschaftlichen Zugriff entziehen, und die Psychologie wäre eigentlich gar keine Psycho*logie*, keine Seelen*wissenschaft*, sondern allenfalls Seelen*kunde*, eine Beschreibung dessen, was hier und da, dann und wann vorkäme.

Und diese Beschreibung wäre noch nicht einmal für irgend etwas brauchbar. Denn Gesetze gäbe es ja dann nicht, und die «Seelenkunde» könnte noch nicht einmal als Erbauungshilfe dienen, denn das würde zumindest voraussetzen, daß sich die Seelendramen, über die die «Kunde» Auskunft gibt, nachvollziehen ließen; daß man die gleichen Abläufe auch für sich als möglich erachten könnte. Und das wiederum würde schon so etwas wie «allgemeine Gesetze» bedeuten.

Andererseits: *Ist* es nicht so, daß wir uns dem Bereich der Determinismen zum Teil entziehen können? Wir haben doch einen freien Willen! Könnten unsere Seelenprozesse durchgängig und ohne Rest auf Wenn-dann-Gesetzmäßigkeiten reduziert werden, wie stünde es dann mit dem freien Willen? Wie könnten wir frei sein, wenn wir vollständig determiniert sind?

Und überhaupt: Ließen sich Seelenprozesse auf ein Gefüge von Wenn-dann-Aussagen zurückführen, könnten wir sie auch in einem anderen Medium realisieren, zum Beispiel in einem Computer (oder in einem Netz von Computern). Dann könnten wir also *künstliche Seelen* schaffen? Wir könnten Seele «machen». Und diese «künstlichen Seelen» hätten dann ihren eigenen Willen und ihre eigenen Zielsetzungen in genau dem gleichen Maße wie wir Menschen. Zugleich aber wären sie nicht den Beschränkungen unseres biologisch vorgegebenen Bauplans unterworfen, sondern wären viel schneller, könnten sich viel mehr merken, viel mehr Aspekte bei ihren Entscheidungen berücksichtigen. Wir müßten diese künstlichen Seelen also nicht nur als gleichberechtigt akzeptieren, sondern in vieler Hinsicht als überlegen. Dagegen wäre die Genmanipulation, die vielen Menschen so unheimlich erscheint, doch fast ein Klacks!

Und der Mensch wäre als eine «biologische Maschine» entlarvt. Wir Menschen, wenn wir lieben und hassen, *Maschinen*?! Das *darf* einfach nicht wahr sein!

Manche aber nähern sich dem Gedanken «Der Mensch als Maschine» erst gar nicht, sondern finden es nur lächerlich, anzunehmen, daß unsere psychische Existenz, die uns so ganz anders erscheint als unsere physische, wirklich ein Produkt – nein, nicht von Röhren oder Transistoren, aber vielleicht von anderen informationsverarbeitenden Systemen sei, zum Beispiel das Produkt der Arbeit von zwanzig oder fünfzig oder zweihundert Milliarden Nervenzellen. Eine Nervenzelle erzeugt elektrische Entladungen aufgrund anderer elektrischer Entladungen, die sie als Input erhält. Die Seele in der Elektrizität? Da könnte man doch gleich annehmen, daß jedes Radio eine Seele hätte!

Wenn man allerdings Menschen, die der Meinung sind, das Rechnen von Transistoren oder Neuronen könne prinzipiell nicht Seele erzeugen und ein Computer könne daher keine Gefühle haben, sich also nicht vor Matjesfilets ekeln, befragt, warum sie denn glauben, daß Computer dazu nicht fähig seien, so bekommt man als Antwort gewöhnlich keine begründenden Analysen, sondern Reaktionen von der Form: «Das ist doch offensichtlich!» – «Na, wie soll denn das gehen?» – «Eine Maschine kann doch so etwas prinzipiell nicht.» Unter einer Maschine stellen sich die meisten Leute einen Staubsauger vor oder einen Küchenquirl oder ein Zahnradgetriebe oder eben seit einigen Jahren auch einen Computer, der mit seiner rotierenden Festplatte vor sich hin summt. All das ist offensichtlich ziemlich seelenlos. Von Gefühl keine Spur! Wie sollte so ein mechanisches Ding zum Beispiel ein Gedicht hervorbringen – und das noch aus eigenem Antrieb! Undenkbar!

Mit dem, was man Maschinen *nicht* zutraut, sollte man allerdings vorsichtig sein. Immerhin ist der Bereich der Gebilde, die man aus Wenn-dann-Elementen zusammenbauen kann, recht groß. Wir können einfache Maschinen mit sehr wenigen Elementen konstruieren oder auch komplizierte Maschinen, die sehr viele Elemente enthalten. Es gibt Maschinen, in denen die Kausalketten, aus denen sie bestehen, unverbunden nebeneinander existieren, und andere, in denen sie in Kausalnetzen verknüpft sind. Wir können «sequentielle» und «parallele» Maschinen konstruieren, in denen die Elemente hintereinander und nebeneinander angeordnet sind, Maschinen, die sich selbst beeinflussen, indem die einen Wenn-dann-Glieder auf die anderen einwirken. Man könnte zum Beispiel ein Auto bauen, in dem die Anzahl von Schleuderereignissen in Kurven registriert wird und das aufgrund der Feststellung solcher kritischen Ereignisse die Wirkung des Gashebels auf die Drosselklappe modifiziert. Viel Druck auf den Gashebel bewirkt dann nur noch wenig. Auf diese Weise könnte das Auto Fahrer mit der Neigung zu riskanten Manövern «ausbremsen».

In einem solchen Auto hätten wir nicht mehr nur einen «einstufigen», sondern einen «mehrstufigen» Determinismus, den wir gewöhnlich mit der «Maschinenhaftigkeit» von Gebilden nicht verknüpfen. Das Auto hätte ein wenig seinen «eigenen Willen». – Wenn wir gewöhnlich von Maschinen sprechen, so meinen wir damit eine starre, dumme, unveränderliche Mechanik. Maschinen können aber prinzipiell auch anders! Mehrstufig determinierte Maschinen, in denen die Determinismen einander selbst wieder determinieren, können sich sehr «unmaschinenhaft» verhalten, sehr adaptiv, sehr flexibel. Und wir können sogar Maschinen bauen, die in der Lage sind, sich selbst neue Wenn-dann-Glieder anzufügen, also zu wachsen. –

Die Möglichkeiten *aller* solcher Gebilde müßte man überschauen, ehe man sagt: «Eine Maschine kann nicht ...» Haben alle, die meinen, Maschinen könnten *prinzipiell* nicht über Witze lachen, diesen Überblick?

Ich will in den folgenden Kapiteln zeigen, daß Seele als Maschine möglich ist, wobei ich keine langwierigen und grundsätzlichen Diskussionen zum Beispiel über die Frage führen werde, ob Computer Gefühle haben können. Solche Debatten sind ziemlich fruchtlos, solange man gar nicht genau weiß, wovon man redet. Versuchen Sie einmal, aus einem Psychologen herauszulocken, was er mit dem Wort «Gefühl» meint.

Der eine wird Ihnen sagen, Gefühle seien Instinkte, der zweite wird Sie darauf einzuschwören versuchen, daß Gefühle die Innenansicht von Motiven repräsentieren, der dritte wird Ihnen berichten, Gefühle seien die Ergebnisse von Prüfungen eingehender Reize auf Neuheit, Unerwartetheit und so weiter, der vierte wird Sie darauf aufmerksam machen, daß nach seinen Forschungen «Freude» mehr ein Gefühl sei als «Erstaunen» und daß es daher Abstufungen in dem Ausmaß gebe, in dem Gefühle Gefühle seien (ich weiß nicht, was Sie mit dieser Nachricht dann anfangen können), der fünfte wird Gefühle als «Modellierungen» des Verhaltens definieren, der sechste wird Ihnen erzählen, daß Gefühle Punkte in einem dreidimensionalen Raum darstellten, wobei die drei Dimensionen dieses Raums die Koordinaten «Lust – Unlust», «Erregung – Beruhigung», «Spannung – Lösung» seien, der siebte wird in Gefühlen die «nicht ausagierbare Antriebsthematik» sehen. Und so ließe sich die Reihe möglicher Antworten fast beliebig verlängern. Was machen wir mit solchen Begriffsbestimmungen? Am besten: gar nichts!

Wir lassen uns in diesem Buch auf solche Definitionen einfach nicht ein. Damit wir wissen, wovon wir reden, werden wir ganz anders vorgehen, nämlich «konstruktiv». Wir beginnen mit einem Gebilde, das der «Seele» so unähnlich ist wie nur irgend möglich, nämlich mit einer primitiven Maschine, und zwar gewissermaßen mit dem Urbild einer Maschine, mit der Keimzelle der industriellen Revolution, mit einer ratternden Wattschen Dampfmaschine. Hat eine Dampfmaschine eine Seele? Bestimmt nicht!

So eine Dampfmaschine ist entsetzlich unselbständig. Sie braucht jemanden, der sie wartet und mit Kohlen versorgt, neues Kesselwasser einfüllt, ihre Achsen schmiert und so fort. Eine solche unselbständige Dampfmaschine nehmen wir uns vor und interessieren uns keineswegs dafür, ob sie eine Seele hat oder nicht. Vielmehr fragen wir uns, was wir tun müssen, damit diese Maschine *autonom* wird, also für sich selbst sorgen kann. Unser Ziel ist es, die Maschine zu «autonomisieren»; sie soll zum Beispiel ihren Brennstoff selbst suchen, ihren Wasservorrat aus eigenem Antrieb ergänzen oder die Außenhaut reparieren, wenn diese Schaden genommen hat.

Wieso suchen wir nach Autonomie, wenn wir nach «Seele» suchen? Was hat die Autonomie einer Dampfmaschine mit dem «Maschinencharakter» der Seele zu tun? Es gibt gute Gründe für die Ansicht, Seele bedeute, daß ein System (in größerem oder geringerem Maße) autonom ist. Die Auffassung, das, was wir Seele zu nennen pflegen, sei ein *Steuerungssystem,* zu keinem anderen Zweck erfunden und entwickelt als dafür, Systeme autonom, selbstbestimmt, zu machen (und damit erst eigentlich zu *Lebewesen*), ist nicht neu. Schon in der Antike hat Aristoteles diese Auffassung in seinem Büchlein *Über die Seele* vertreten. – Im ersten Kapitel werden wir uns überlegen, wie ein solches «autonomisierendes» Steuerorgan aus primitiven Vorstufen entstanden sein könnte. Indem wir seine Evolution rekonstruieren, werden wir einiges über die Strukturen und Prozesse erfahren, die für verschiedene Grade und Formen der Autonomie notwendig und hinreichend sind.

Und dann geht es weiter. Wir werden uns überlegen, mit welchen motorischen Steuerungen und mit welchen Mechanismen der Wahrnehmung wir eine Dampfmaschine ausstatten müssen, damit sie autonom (und immer autonomer) wird. Aus der Notwendigkeit, die Maschine mit bestimmten Bedürfnissen auszustatten, wird sich sodann, wie wir sehen werden, ergeben, daß sie ästhetische Bedürfnisse aufweist und Gefallen an Witzen findet, und unsere Bemühungen um eine möglichst effektive Verhaltensregulation wird darin münden, daß die Dampfmaschine Gefühle entwikkelt. Schließlich wird uns der Versuch, die Maschine – nennen wir sie Psi (Ψ) – mit ihresgleichen (und mit uns) in einer vernünftigen Sprache kommunizieren zu lassen, unversehens denkende und sogar «philosophische» Maschinen bescheren, die sich selbst zum Problem werden, religiöse Überzeugungen entwickeln und über die Fragen «Wer bin ich? Woher komme ich? Wohin gehe ich?» nachgrübeln können.

Meine These ist, daß sich Denken, Fühlen, Wollen, Bewußtsein und was wir sonst an seelischen Prozessen unterscheiden mögen aus den Merkmalen eines Steuerungssystems ergeben, bei dessen Entwicklung der Natur (oder wem sonst wir die Entstehung des Menschen zuschreiben wollen) lediglich vorschwebte, uns an bestimmte Anforderungen anzupassen. – Das ist wahrscheinlich leicht einzusehen, wenn man an Lernen, Gedächtnis, Wissenserwerb, Hunger, Durst und so weiter denkt. Wieso aber sollte man das Bestreben, Gedichte zu verfassen oder zu lesen, die Gefühle beim Anhören von Mozarts *Requiem*, bornierten rechts- oder linksradikalen Dogmatismus, Religiosität, Jähzornsanfälle – um einfach ein paar ganz heterogene Seelenereignisse aufzuzählen – als «Anpassungen» verstehen? Die Antwort auf diese Frage wird lauten: Solche Erscheinungen ergeben sich zwangsläufig, wenn wir den Bauplan eines Steuerungsorgans so gestalten, daß es bestimmten Anforderungen der Autonomie genügt.

Wir gehen also bei unseren Konstruktions- beziehungsweise Rekonstruktionsversuchen funktional vor. Wir versehen unsere Dampfmaschine nur mit solchen Steuerungsorganen, die wir für notwendig oder zumindest nützlich halten.

Dabei könnte sich allerdings eine Struktur, die in einer Hinsicht nützlich ist, in anderer als schädlich erweisen. Auch mag es sein, daß bestimmte Strukturen für ein Lebewesen kurzfristig Vorteile bringen, längerfristig jedoch von Nachteil sind. Man könnte zum Beispiel behaupten, so verhalte es sich mit der Intelligenz, zumindest mit der Art von Intelligenz, die es bestimmten Lebewesen gestattet, ihre Umgebung in hohem Maße umzugestalten und zu verändern. Auf der Erde sind wir Menschen die einzigen Lebewesen, die diese Art von Intelligenz entwickelt haben. Ob uns die Veränderung der natürlichen Umwelt auf die Dauer zum Nutzen gereicht, wird sich noch zeigen müssen. Kurzfristig bedeutet sie sicherlich einen Vorteil, sonst hätte sie sich nicht entwickelt. Ob aber langfristig zum Beispiel die Fähigkeit, Atombomben herzustellen, die Meere mit Schwefelsäure oder die Luft mit Kohlendioxid anzureichern, zum Wohl der Menschheit beiträgt, ist zumindest fraglich.

Wenn ich Überlegungen über die Funktionen bestimmter Steuerungssysteme anstelle, werde ich mich nicht damit zufriedengeben zu sagen, *was* diese Systeme machen, sondern auch, *wie* sie es tun. Ich werde versuchen, die Steuerungssysteme als Rechenmaschinen zu konstruieren. Denn das ist ja das wichtigste Ziel. Ich will zeigen, daß Seele als Rechenaktivität möglich ist.

Dabei ist es gleichgültig, woraus die entsprechenden Rechenmaschinen materialiter bestehen oder bestehen könnten, ob sie also aus irgendwelchen Siliziumchips zusammengesetzt sind oder aus Neuronen oder was auch immer. Im «Jahrzehnt des Gehirns» ist es modern, sich bei der Erörterung psychologischer Fragen an der Gehirnforschung zu orientieren. Man muß das aber nicht tun, wenn man Psychologie betreiben will. Vielmehr kann man bestimmte Verhaltensweisen feststellen, zum Beispiel, daß Menschen über Witze lachen, und dann überlegen, wie ein System aussehen müßte, das fähig wäre, ebendies zu tun. Eine solche Analyse ist ganz ohne die Betrachtung von Gehirnstrukturen möglich, und zwar mit höchster Exaktheit (zum Lachen siehe zum Beispiel Bischof 1996a).

Das Warten auf die Fortschritte der Neurophysiologie oder Neuroanatomie ist meines Erachtens sogar gefährlich. Man bindet sich dadurch an die basalere Wissenschaft und kommt in der eigenen nur so weit voran, wie es die Fortschritte der Gehirnwissenschaften erlauben. Man legt sich Fesseln an. Was wäre aus der Chemie geworden, wenn sie immer auf die basalere Physik gewartet hätte? In der Tat bin ich der Meinung, daß der Neuroanatom oder Neurophysiologe nicht notwendigerweise etwas Substantielles beizutragen hat, wenn es darum geht, über den Geist zu sprechen. Der Metallurge, der alles über Metallmoleküle und ihre Verbindungen weiß, ist nicht zwangsläufig die beste Auskunftsinstanz, wenn es darum geht, die Funktionsweise von Automotoren zu ermitteln, obwohl diese hauptsächlich aus Stahl und Eisen bestehen. Man kann eine funktionale und exakte Psychologie betreiben, ohne viel von Neurophysiologie zu wissen.
Wichtiger als Kenntnisse der Neurophysiologie sind Kenntnisse von Seelenprozessen, Kenntnisse von psychischen Abläufen, Kenntnisse über Verhaltensweisen von Menschen in bestimmten Situationen. Solche Kenntnisse sind gute Ausgangspunkte für

das psychologische Theoretisieren. Dennoch aber ist der Kontakt zu den Gehirnwissenschaften nützlich und vorteilhaft. Und aus diesem Grund werde ich mich auch – wann immer es geht – auf Vorgänge im Gehirn beziehen, indem ich versuche, viele Seelenprozesse als neuronale Prozesse zu beschreiben.

Unsere funktionale Vorgehensweise enthält – ich bin versucht zu sagen: natürlicherweise – den evolutionären Aspekt. Wir schreiten bei der Ermittlung der Strukturen, die für die Autonomisierung von Systemen notwendig sind, vom Einfachen zum Komplizierten fort. Wir beginnen damit, daß wir zunächst einmal die Steuerungsstrukturen ermitteln, die sehr einfache lebende Systeme aufweisen müssen. Diese einfachen Strukturen bauen wir Schritt für Schritt weiter aus, bis wir schließlich bei den höchsten Funktionen des menschlichen Geistes, beim freien Willen und beim Bewußtsein, ankommen werden.

So also lautet unser Programm. Und nun sollten wir damit beginnen, es durchzuführen.

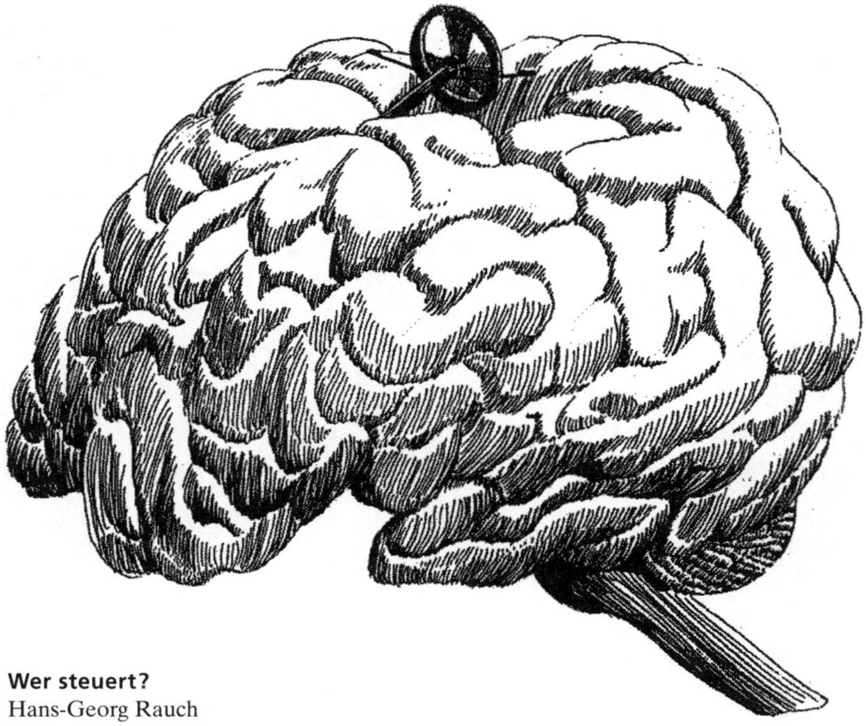

Wer steuert?
Hans-Georg Rauch

Erstes Kapitel

Leib und Seele

… denn er ist das feinste aller Dinge und das reinste, und er besitzt von allem alle Kenntnis und hat die größte Kraft. Und was nur Leben hat, die größeren wie die kleineren Wesen, überall hat der Geist die Herrschaft.

Anaxagoras aus Klazomenai

Der Geist sei ein Herrschaftsorgan für alles, was Leben hat, sagte Anaxagoras, ein griechischer Philosoph aus Klazomenai in Kleinasien, der von 499 bis 428 vor Christus lebte. Geist ist Voraussetzung für Leben. Diese Auffassung zieht sich durch die Antike. Bei Aristoteles gibt es später den *passiven* Geist der Tiere und den *aktiven* des Menschen; der Begriff wird also noch einmal differenziert. – Nun gut: Leben bedeutet also die Herrschaft des Geistes. Und daß hier von «Geist» statt von «Seele» die Rede ist, betont den Herrschaftscharakter des Lebensmediums. Wer herrschen will, muß erkennen können, muß etwas wissen, muß planen und entscheiden, muß also Geist haben oder Geist sein. – Wer oder was ist aber dieser Geist? Und was heißt es, daß er Herrschaft ausübt?

Anaxagoras meint, der Geist müsse, weil er über die anderen Dinge herrscht, von «besonderer» Beschaffenheit sein: «Das übrige hat Anteil an allem, Geist aber ist etwas nicht durch Grenzen Bestimmtes und Selbstherrliches und ist vermischt mit keinem Dinge, sondern ist allein, selbständig, für sich» (Anaxagoras, Fragment 12, nach Diels 1957).

Geist ist das «andere» und ist zwar «in» den Lebewesen, muß aber von deren materieller Struktur unterschieden werden. Alle Dinge: Steine, Stühle, Tische und auch die Lebewesen, sind aus bestimmten materiellen

Grundbausteinen zusammengesetzt; sie «haben Anteil an allem», sind «vermischt». Außerdem sind sie im Raum lokalisierbar und haben «Grenzen». Darüber hinaus aber haben die *Lebewesen* «Geist», und der Geist ist etwas anderes, nicht aus den Grundbausteinen zusammengesetzt und auch nicht im Raum lokalisierbar; er steht jenseits der Materie. – Wie kommt Anaxagoras auf die Idee von der Andersartigkeit des Geistes? Der Schlüssel ist wohl der Begriff des «Herrschens». Wer herrscht, der überwacht, lenkt, kontrolliert. Ein Pferd wird von seinem Reiter beherrscht. Er nimmt die Art und die Richtung der Bewegung des Pferdes wahr und beeinflußt sie. Zu diesem Zweck muß er anders sein als das Pferd. Der Reiter, auch wenn er mit dem Pferd so eng verbunden ist, daß beide wie eine Einheit erscheinen, ist eben doch nicht das Pferd. Er kann auch absteigen. – Die Idee, daß der Geist die Materie beherrscht wie der Reiter das Roß, ist wohl einer der Gründe für die Lehrmeinung des Anaxagoras, der Geist sei «anders». Ein anderer mag sein, daß sich materiell zwischen einem lebenden und einem nicht mehr lebenden Wesen kaum Unterschiede feststellen lassen. Wenn aber materiell einem Toten nichts fehlt, dann muß etwas anderes fehlen, nämlich etwas Immaterielles – der Geist.

Die Theorie des Anaxagoras über den Geist ist einleuchtend und deshalb bis zum heutigen Tag für viele durchaus überzeugend. Sie bezieht ihre Attraktivität aber nicht nur aus der Sinnfälligkeit der Roß-Reiter-Metapher. Aus der Konzeption eines immateriellen Geistes ergibt sich auch Hoffnungsvolles für den von Todesfurcht durchdrungenen Menschen: Wenn Roß und Reiter verschieden sind, so kann sich eben doch der Reiter vom Pferd trennen. Und wenn der Geist «anders» ist als der Körper, kann er sich vielleicht auch vom Körper lösen und außerhalb desselben existieren und damit *vor* dem Körper und – vor allem – *nach* ihm! Denn wenn der Geist keine räumlichen Grenzen hat, dann hat er vielleicht auch keine zeitlichen. Und das ist doch eine ganz erfreuliche Aussicht, die man – besonders wenn man älter wird – im Hinblick auf die offensichtliche Hinfälligkeit des Körpers gern akzeptiert.

Die große Attraktivität, die die Theorie der «Andersartigkeit» von Seele und Geist seit den Tagen des Anaxagoras, vielleicht auch schon lange vorher, bis in die heutige Zeit hat, liegt also vielleicht nicht so sehr in ihrem

Wahrheitsgehalt als vielmehr darin, daß Menschen gern für richtig halten, was ihren Wünschen entspricht.

Die Theorie macht allerdings auch Schwierigkeiten. Es ergibt sich daraus das «Leib-Seele-Problem». Wie kann der immaterielle, der «andere» Geist über die Materie herrschen? Wie den Zustand der Materie zur Kenntnis nehmen? Und wie die Materie beeinflussen? Wenn wir schon annehmen, daß der Geist «anders» ist, wie nimmt er Kontakt zur Materie auf? Wie sich die Materie wechselseitig beeinflußt, wissen wir. Wir kennen die Gesetze, nach denen Billardkugeln und andere materielle Dinge einander in Bewegung setzen. Wie aber schafft es der «Geist», in einem Lebewesen zum Beispiel dessen Beine zu bewegen? Wie übt er seine Herrschaft aus?

Solche Fragen erscheinen schwierig. Aber sie entstehen nur, weil wir zunächst einmal die «Andersartigkeit» des Geistes angenommen haben. Unterließen wir das, gäbe es die Frage nach dem Kontakt des Materiellen mit dem ganz «anderen» gar nicht. Wenn der Geist auch materiell wäre, verschwände das Leib-Seele-Problem. (Das wäre natürlich andererseits schade, denn es hat Generationen von Philosophen und Religionswissenschaftlern Arbeit und Brot gegeben, und die Bände mit scharfsinnigen Betrachtungen über dieses Problem füllen ganze Bibliotheken. Das wäre dann alles Makulatur!)

Nun brauchen wir eine Theorie des Verhältnisses von Geist und Körper nicht so zu gestalten, wie es Anaxagoras tat. Wir können auch Materie durch Materie beherrschen lassen, und es ist denkbar, daß der Herrscher und das, was beherrscht wird, eins sind, nicht verschieden wie Roß und Reiter. – Schon im Mittelalter gab es in Europa raffiniert gestaltete Windmühlen, bei denen das zu mahlende Korn über ein schräg geneigtes Rüttelbrett dem Mahlwerk zugeführt wurde. Und dieses Rüttelbrett war wiederum an den Schaft der Windmühlenflügel gekoppelt. Drehten sich die Flügel schnell, wurde ordentlich gerüttelt und viel Korn ins Mahlwerk befördert. Viel Korn im Mahlwerk aber erzeugte einen großen Widerstand für das Antriebsaggregat, nämlich die Flügel. Starker Widerstand führte also zur Verringerung der Umdrehungsgeschwindigkeit. Und das bedeutet weniger Rüttelei und damit weniger Korn im Mahlwerk. Und dies wiederum heißt weniger Widerstand. Wenn man den ganzen Mechanismus geschickt einstellt, ergibt sich aus ihm ein ruhiger Gleichlauf des Mahlwerks. Es stellt sich also ein Gleichgewicht ein; die Mühle beherrscht sich selbst.

Aber es sitzt kein *andersartiger* Geist in ihr. Der «Geist» der Windmühle ist die Gestaltung ihrer Materie, das spezifische Muster der Kausalbeziehungen zwischen den Flügeln, der Rüttelaktivität und dem Mahlwerk. Er ist also nicht ein bestimmtes Organ, keine bestimmte Instanz, sondern liegt in der spezifischen *Form* der Zusammenfügung der Materie. Und dazu hat schon Aristoteles geschrieben: «Notwendig also muß die Seele ein Wesen als *Form(ursache)* eines natürlichen Körpers sein, der in Möglichkeit Leben hat» (*Über die Seele*, Buch II, 412a). Er meint damit, daß die Seele dem Körper eine «zeitliche» Form gibt, seinem Streben (das heißt seinem zielgerichteten Verhalten) eine bestimmte Gestalt gibt. Aristoteles ist dementsprechend auch gar nicht von der «Andersartigkeit» des Geistes überzeugt und bindet ihn an den Körper. «Daß also die Seele nicht abtrennbar vom Körper ist ... erweist sich deutlich» (Buch II, 413a). Aristoteles ist allenfalls bereit, dem Teil der Seele, den er «aktiven Geist» nennt, «Abtrennbarkeit» von den übrigen Seelenteilen und damit auch «Unvergänglichkeit» zuzugestehen (Buch II, 413b), aber eigentlich wohl nur, weil er nicht so richtig weiß, wie er sich Denkvorgänge «körperlich» vorstellen soll (siehe Buch II, 413b: «Hinsichtlich der Vernunft ... ist es noch nicht deutlich, sondern es scheint eine andere Seelengattung zu sein, und diese allein kann sich abtrennen, wie das Ewige vom Vergänglichen»). – Seele, realisiert in der Form der Materie, wäre also die Gegenkonzeption zu Anaxagoras' Theorie der Andersartigkeit.

Nun haben wir einige wilde Sprünge gemacht! Eine Windmühle ist doch zweifellos nichts Lebendiges! Und daher hat ihre Selbststeuerung doch nichts mit der «Herrschaft des Geistes» zu tun. – Wirklich «zweifellos nichts Lebendiges»? Warten wir ab!

Regelung

... wo die erste Rückkoppelung und der erste Regelvorgang war, war das erste Leben.

Rudolf Wagner

Die Windmühle, die ich soeben beschrieben habe, wird durch einen *Regelkreis* beherrscht. Genau gesagt, sie *ist* ein Regelkreis! Was ist das, ein Regelkreis? Etwas sehr Primitives und doch ziemlich Raffiniertes. In einem Regelkreis gibt es eine Variable, die zu regeln ist, die *Regelvariable.* Bei der Windmühle ist das die Kornmenge, die der winddruckabhängigen Kapazität der Mühle angepaßt wird. Die Kapazität ist die Sollgröße der Mühle. Ist die zugeführte Kornmenge größer als die Kapazität des Mahlwerks, so wird die Kornzufuhr gedrosselt. Dies geschieht über die Umdrehungsgeschwindigkeit des Mahlwerks, die die Frequenz der Rüttelbewegungen der Kornzufuhr steuert und damit die zugeführte Kornmenge. Die Umdrehungsgeschwindigkeit des Mahlwerks ist mithin die Steuervariable. Sie ist von der Regelvariablen «negativ» abhängig. *Zuviel* Korn bedeutet *geringere* Geschwindigkeit (und damit Reduzierung der Zufuhr); *zuwenig* Korn bedeutet *höhere* Geschwindigkeit (und damit Vermehrung der Zufuhr). Die Kornzufuhr ist «negativ rückgekoppelt». Und ein Regelkreis bedeutet negative Rückkopplung.

Abbildung 1.1 auf Seite 30 zeigt einen Regelkreis als Blockdiagramm. Wir sehen vier Variable, nämlich Regel-, Soll-, Steuer- und Störgröße. Diese sind als Pfeile dargestellt. Bei der Windmühle ist die Regelgröße die Kornmenge im Mahlwerk, die Steuergröße ist die Rüttelfrequenz. Die Sollgröße ergibt sich aus dem Winddruck, und als Störgröße kämen zufällige Transportverluste auf dem Rüttelbrett in Frage. (Wesentlich bei der Mühle ist aber nicht so sehr die Anpassung an die Störungen, sondern die Anpassung an den variierenden Winddruck.)

Diese vier Größen sind durch zwei Funktionen F und G, die Regelfunktion und die Störfunktion, verbunden. Auf sie will ich nicht näher eingehen; je nach Regelaufgabe kann zum Beispiel die Regelfunktion sehr verschieden gestaltet werden. Die «richtige» Regelung für einen Prozeß ist

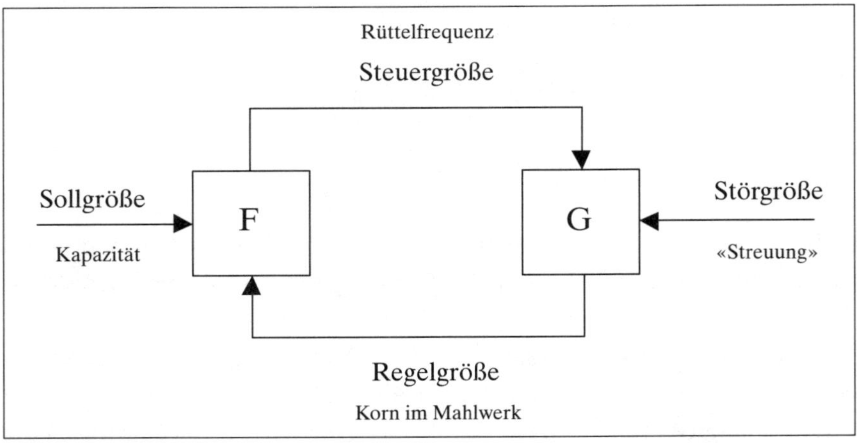

Abbildung 1.1 Prinzip eines Regelkreises

eine durchaus schwierige mathematische Aufgabe; uns aber interessiert hier nur das Prinzip.

Und das Prinzip lautet, daß die Steuergröße der Sollwertabweichung der Regelgröße nach Richtung und Größe entgegenwirken soll. Wenn also zum Beispiel die Differenz zwischen Soll- und Regelgröße negativ ist, die Regelgröße also einen höheren Wert hat als die Sollgröße, so muß die Steuergröße einen geringeren Wert erhalten. Wenn aber die Differenz positiv ist, also die Regelgröße kleiner als die Sollgröße, so muß die Steuergröße erhöht werden.

Ein Regelkreis ist das einfachste Beispiel eines «autonomen» Systems, eines Systems, das seinen Zustand selbst bestimmt. Denn durch die Rückkopplung ist der Regelkreis von der «Außenwelt» in einem gewissen Grad unabhängig.

Negative Rückkopplung bedeutet, daß etwas konstant gehalten wird, daß eine Regelgröße möglichst wenig von einer Sollgröße abweicht. Und damit sind wir beim Leben. Denn Leben bedeutet zunächst einmal die Stabilisierung des inneren Milieus eines Systems. Bestimmte Variablen sollten möglichst wenig von ihren Sollgrößen abweichen – bei uns Eiweißlebewesen zum Beispiel die Körperwärme oder der Energievorrat (in Form von Blutzucker) oder der Flüssigkeitsgehalt der Zellen.

Ein Lebewesen muß also sein inneres Milieu kontrollieren können. Dies wäre die erste Herrschaftsaufgabe für den «Geist». Er muß dafür sorgen können, daß bestimmte Variablen innerhalb eines «Sollwertbereiches» bleiben oder rechtzeitig in diesen zurückgeführt werden, wenn sie ihn verlassen haben. Zu diesem Zweck muß der «Geist» Stoff- und Energieflüsse lenken können. Konstanz des inneren Milieus ist eine notwendige Bedingung für Leben. Da die Lebensprozesse zum Beispiel an eine bestimmte Körpertemperatur gebunden sind, bemühen sich Organismen, diese in den für sie geltenden Grenzen zu halten und von den Schwankungen der Außentemperatur abzukoppeln. Die Lebensprozesse verbrauchen Energie, die daher ständig neu bereitgestellt werden muß; darüber hinaus sind verschiedene Mineralien und Wasser erforderlich. Wenn bestimmte Stoffe und Temperaturen nicht vorhanden sind, hört ein Lebewesen (zeitweise oder für immer) auf zu leben.

Die einfachste Form eines «Geistes», der für die Konstanz innerer Zustände sorgen kann, ist ein Regelkreis. Um die Funktion von Regelkreisen in lebenden Systemen etwas genauer zu untersuchen, werden wir jetzt die Windmühle verlassen und uns statt dessen ein wenig mit der Erzeugung von Dampf beschäftigen. Abbildung 1.2 auf Seite 32 zeigt einen Dampfkessel, der durch einen Brenner geheizt wird. Neben dem Dampfkessel selbst gibt es noch einen Reservewasserbehälter und einen Brennstofftank. Zwei Regelkreise steuern das gesamte System. Sie bestehen aus den Einheiten, die links und rechts mit den Buchstaben A und S gekennzeichnet sind. Sie stellen einfache Schaltelemente dar. Nennen wir sie Neuronen. Die Neuronen S sind jeweils Sensoren. Das linke S ist ein Sensor für die Höhe des Wasserspiegels im Dampfkessel. Wie es S gelingt, diese Höhe zu messen, soll uns hier nicht so sehr interessieren. (Die Messung des Flüssigkeitspegels könnte zum Beispiel durch einen Schwimmer geschehen, der auf der Wasseroberfläche schwimmt und einen Hebel betätigt, der immer steiler gestellt wird, je weiter der Schwimmer absinkt; Sie kennen das von der Klospülung.) Je höher der Wasserstand, desto aktiver soll das Neuron S sein, das heißt, um so mehr elektrische Impulsfolgen sendet es aus. Durch sie hemmt (inhibiert) S das Neuron A. Die Aktivität von S bremst also die Aktivität des Empfängers seiner Impulsfolgen, und der ist das Neuron A. In der Zeich-

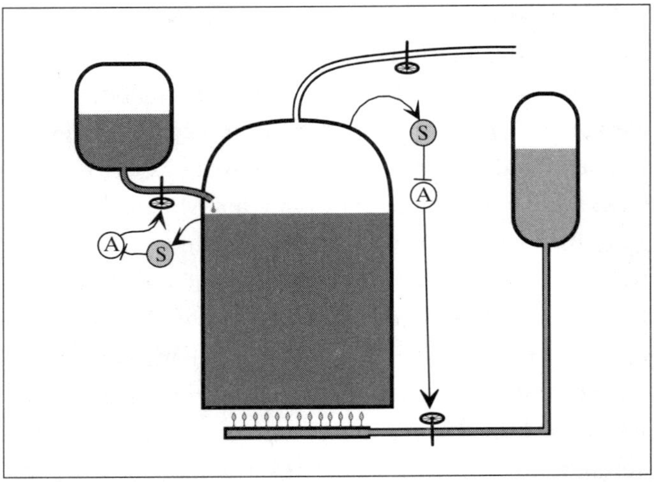

Abbildung 1.2
Regelkreise aus Neuronen

nung ist dies durch die Linie von S nach A gekennzeichnet, die bei A jeweils mit einem kleinen Balken endet. Je aktiver S ist, desto mehr wird A gehemmt. Und das bedeutet, daß A, welches ungehemmt eine maximale Eigenaktivität hätte, immer inaktiver wird, je aktiver S ist.

A aktiviert nun seinerseits den Wasserhahn, der an der Verbindung zwischen dem Reservebehälter und dem Dampfkessel angebracht ist. Je aktiver A ist, desto mehr wird dieser Hahn geöffnet, und je inaktiver A ist, um so mehr wird er geschlossen. (A könnte zum Beispiel einen kleinen Elektromotor oder auch einen Federmotor steuern, der den Hahn jeweils auf- beziehungsweise zudreht.)

Der rechte Regelkreis S–A reguliert den Dampfdruck. S ist wieder ein Sensor; er mißt den Dampfdruck im Kesseldom. Auch das rechte Neuron S inhibiert «sein» A. Ist der Dampfdruck hoch, wird die Brennstoffzufuhr zum Brenner unter dem Kessel heruntergeregelt, sinkt aber der Dampfdruck, so wird die Zufuhr erhöht, weil nun S A nicht mehr so stark hemmt.

Abbildung 1.2 zeigt also ein Beispiel für ein durch einfache Regelkreise stabil gehaltenes System. Solange Wasser und Brennstoff reichen, sondert das System einen gleichmäßigen Dampfstrom ab, der zum Beispiel dazu dient, eine Turbine zu betreiben. Und genau das wollen wir auch damit tun.

Regelkreise wie in unserem Dampfkesselsystem finden wir in der Biologie und in der Technik häufig. Der Heizungsautomat in unserer Wohnung, der dafür sorgt, daß wir in einem gleichmäßig temperierten Raum leben, ist ein solches System, ebenso der Kühlschrank, der unsere Milch kühl hält.

Ein Regelkreis ist das einfachste Beispiel für ein «stabiles» System einer bestimmten Art, nämlich für ein «homöostatisches» System. Es ist ein System, das ein «Fließgleichgewicht» gegen Störungen aufrechterhält. Der Wert der Regelgröße «fließt» in der Zeit, wird durch die Störgröße aus der Ruhelage gebracht und durch die Aktivität der Steuergröße wieder dahin zurückgeführt. Ein Fließgleichgewicht ist kein gewöhnliches Gleichgewicht, sondern ein Prozeß. – Der Begriff Homöostase (eigentlich «Gleich-Zustand») stammt von dem amerikanischen Physiologen Walter B. Cannon, der damit die Fähigkeit von Lebewesen bezeichnet hat, gewisse Zustände selbständig innerhalb bestimmter Grenzen zu halten.

Dieses Kapitel begann mit den Worten des Anaxagoras über die Herrschaft des Geistes. Uns fragend, was wir uns unter dieser Herrschaft vorzustellen haben, sind wir nun bei einem System gelandet, das man zur Regulation einer Toilettenspülung verwenden kann. Ist das der «Geist», der das Leben beherrscht?

Zugegeben – es fällt uns schwer, einer Klospülung oder einem Kühlschrank oder einem Heizungsthermostaten «Geist» zuzusprechen. Aber es gibt gute Gründe zu sagen: So fängt es an.

Lebt ein Kühlschrank?

Die Seele ist Ursache
und Prinzip des lebenden Körpers.

Aristoteles
Über die Seele, II, 415b

Ein «großer Geist» ist ein Regelkreis zweifellos nicht. Dennoch, wer einmal dem selbständigen Spiel des Heizungsthermostaten mit Brenner, Pumpe und Mischventil zusieht, hat doch ein wenig den Eindruck: Hier regt sich was! Hier ist irgend etwas Selbständiges am Werk, das irgendwie «aus sich heraus» vernünftige Entscheidungen trifft. Manchen Menschen ist so etwas schon ein wenig unheimlich. Nicht, weil sie es nicht verstehen, sondern wegen der offenbaren Autonomie eines solchen Systems. «Der macht einfach, was er will!» Aber ist der Heizungsthermostat lebendig? – Nein, das nun doch nicht!

Ein einfacher Regelkreis ist noch ziemlich dumm. Er kann nur in einer Weise auf eine Sollwertabweichung reagieren. Auf verschiedene Ursachen einer solchen Divergenz vermag er sich nicht einzustellen. So kann etwa der Dampfdruck in dem Dampfkessel aus verschiedenen Gründen niedrig sein. Einmal zum Beispiel deshalb, weil das Wasser aufgrund einer zu niedrigen Brennereinstellung nicht richtig heiß wird. Vielleicht hat es vorher gereicht; jetzt aber sind die Außentemperaturen so stark abgesunken, daß der Brenner nicht mehr genug Leistung erbringt. Oder der Dampfdruck ist zu niedrig, weil einfach zuviel Dampf entnommen wird.

Abbildung 1.3 zeigt ein «klügeres» System, das, anders als die Regelkreise der Abbildung 1.2, *verschieden* auf Sollwertabweichungen reagieren kann. Bei zu geringem Dampfdruck beispielsweise wird zunächst einmal dem Brenner mehr Brennstoff zugeführt. Dafür sorgt das rechte Neuron A. Bleibt aber diese Maßnahme erfolglos, wird über B die Dampfabgabe gedrosselt. – Bildlich gesprochen: Ist der Dampfdruck unter den Sollwert gefallen, sagt sich das System: «Jetzt mußt du dich ein bißchen mehr anstrengen!» Und wenn das zu nichts führt, sagt es sich: «Erst mal ein bißchen verschnaufen!» Es drosselt die Dampfzufuhr zu den Effektoren (Effektoren sind die «Werkzeuge» eines Systems, die Instrumente, mit denen es auf seine Umgebung einwirken kann) – in diesem Fall haben wir nur einen, nämlich die Antriebsturbine rechts im Bild.

Die Einschaltung der beiden Regelstufen läuft auf folgende Weise ab: Wenn S inaktiv wird und damit Druckabfall signalisiert, so führt dies durch Ausfall der Hemmung zunächst zu einer Aktivierung von A. Das Neuron B hingegen wird dadurch noch nicht aktiviert. B soll ein Neuron eines Typs sein, der geringe oder gar keine spontane Aktivität entfaltet und überhaupt nur schwer «in Gang» zu bringen ist. Es kann erst aktiv werden, wenn das Neuron I in genügendem Maße aktiv geworden ist. I wiederum wird durch

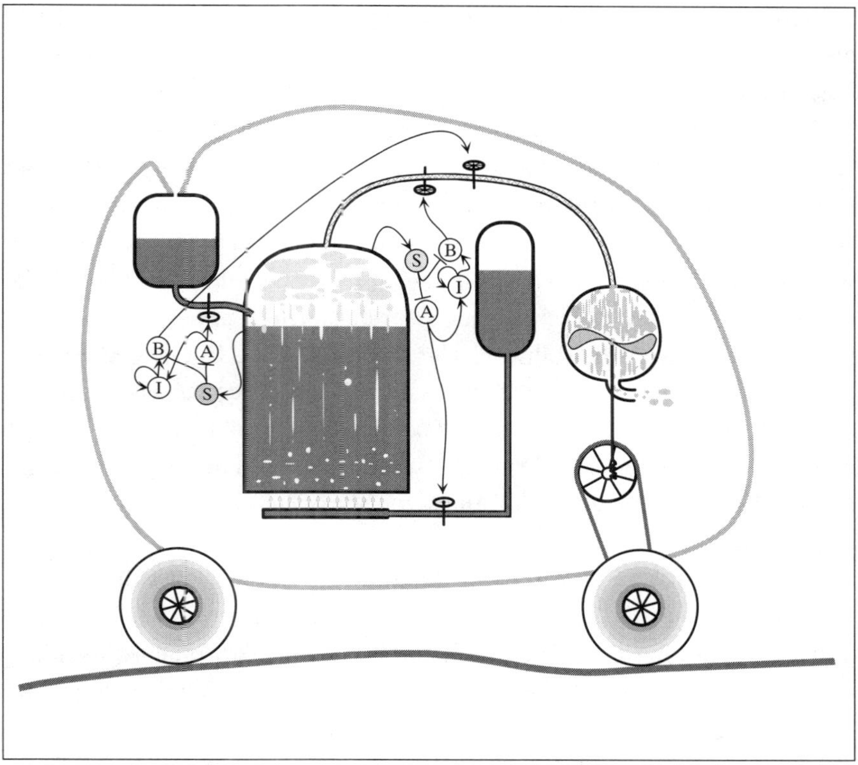

Abbildung 1.3 Kaskadenregelung und offene Regelung

A aktiviert und aktiviert sich selbst, so daß die Aktivität in I sich – mehr oder minder schnell (das kommt auf die Parameter an) – akkumuliert. Irgendwann wird die Aktivität von I hinreichen, um B zu aktivieren und dadurch das Ventil des Dampfabflusses zu schließen – das System legt eine «Verschnaufpause» ein. (Man müßte nach jedem abgeschlossenen Regelungsprozeß dafür sorgen, daß I wieder auf 0 gesetzt wird; eine entsprechende Schaltung habe ich aber aus Gründen der Übersichtlichkeit weggelassen.)

Techniker nennen eine solche Schaltung, in der verschiedene Steuervariablen nacheinander eingeschaltet werden, um ein Gleichgewicht zu sichern, *Kaskadenregelung*, weil eben statt einer einzigen eine «Kaskade» von

Steuervariablen vorhanden ist. Abbildung 1.4 zeigt die Kaskadenregelung als Blockdiagramm. Der Output der Regelfunktion F ist nun nicht mehr nur eine Größe, sondern mehrere Variablen werden zugleich beeinflußt.

Natürlich braucht eine Kaskadenregelung nicht auf zwei Stufen beschränkt zu bleiben; man kann beliebig viele hinzufügen. – Systeme mit Kaskadenregelung nennt Ross Ashby (1960) *ultrastabil.* Ultrastabile Systeme sind in der Lage, zwischen verschiedenen Verhaltensweisen auszuwählen und sprunghaft von einer zur anderen überzugehen. Sie können dadurch ihr Verhalten verschiedenen Störungsformen anpassen; in dieser höheren Adaptivität liegt ihre größere «Intelligenz». Ein Regelkreis mit Kaskadenregelung ist «intelligenter» als ein einfacher Regelkreis, da er seine Maßnahmen entsprechend den Umständen wählen und dosieren kann. So ist es bei unserem Dampfkesselwagen wohl zum Beispiel vernünftig, vor der Drosselung der Leistungsabgabe zunächst einmal die Energieerzeugung zu erhöhen.

Wir finden solche Kaskadenregelungen auch in der menschlichen Physiologie. Wenn etwa die Körperwärme allzusehr ansteigt, wird zunächst durch Erweiterung der Hautgefäße dafür gesorgt, daß mehr Blut in die Körperperipherie strömt. Dies führt zu einer stärkeren Wärmeabstrahlung und dadurch zu einer Temperatursenkung, ein Effekt, der hinreichen und die Körperwärme wieder in den Bereich des Sollwertes bringen kann. Bleibt diese Maßnahme jedoch erfolglos, schaltet sich als nächste Stufe zum Beispiel die Schweißabsonderung ein. Schweiß verdunstet auf der Haut, und dadurch sinkt die Temperatur der Körperoberfläche. Reicht auch dies nicht, so könnte als dritte Stufe die Frequenz des Herzschlags erhöht werden, was dazu führt, daß noch mehr Blut in die Körperperipherie strömt und die Wärmeabstrahlung noch einmal erhöht wird.

Die Aktivierung der jeweils nächsten Regelstufe kann bei einer Kaskadenregelung in verschiedener Weise geschehen. Sie kann, wie im Beispiel der Abbildung 1.4 gezeigt, einfach eine Zuschaltung sein. Neben der ersten Regelstufe wird jetzt noch die zweite aktiv. Das System könnte aber auch die jeweils untere Regelung bei Einschaltung der jeweils höheren abschalten. Noch interessanter aber wäre eine Kaskadenschaltung, bei der die Reihenfolge nicht festgelegt ist, sondern die verschiedenen Regelstufen in

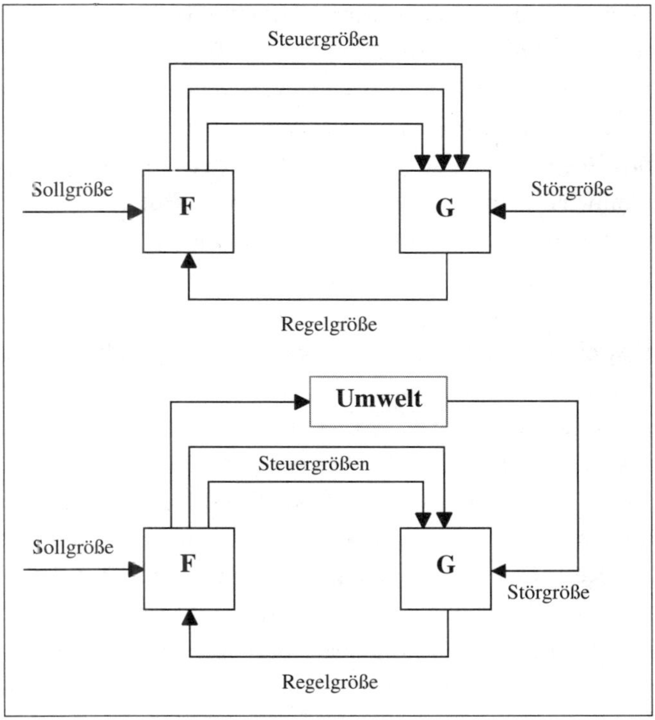

Abbildung 1.4 Blockdiagramme der Kaskadenregelung und der offenen Regelung

einer Zufallsfolge zu- beziehungsweise eingeschaltet werden. Eine solche Zufallsschaltung läßt sich leicht mit *Lernprozessen* koppeln. Zunächst hätten wir eine Kaskadenschaltung mit Zufallsfolge. Nun ergibt es sich, daß eine zufällig unter bestimmten Bedingungen eingeschaltete Regelstufe zu einer schnellen und starken Senkung der Sollwertabweichung führt. Das kann sich das System «merken» und diese Stufe in Zukunft bevorzugen, wenn die entsprechenden Bedingungen erneut auftreten. Dieses «Merken» könnte darin bestehen, daß der Regelstufe ein Gewicht zugeordnet ist, das bei einer schnellen und starken Sollwertangleichung zum Beispiel auf 1 (als Maximalwert) gesetzt wird. Und die Regelfunktion müßte dann so gestaltet sein, daß jeweils die Steuerstufen mit dem höchsten Gewicht bevorzugt werden. – Aus der Zufallsfolge entstünde so eine *Hierarchie*, die das System durch ständig neue Bewertungen immer auf den neuesten Stand bringt. Zu diesem Zweck könnten wir auch die Gewichte der verschiedenen Regelstufen langsam wieder verfallen lassen. Wir hätten dann eine Kaskadenregelung, die variabel ist und sich an verschiedene Bedingungen anpassen kann.

Die Einführung einer Kaskadenregelung ist die erste Evolutionsstufe des Regelkreises, doch finden wir in der Abbildung 1.3 noch eine weitere, nämlich die *offene* Regelung. Wir haben nicht nur die Regelung des Dampfdrucks erweitert, sondern zusätzlich auch noch die Regelung der Wasserversorgung auf der linken Seite. Auch hier handelt es sich um eine Kaskadenregelung. Die zweite Stufe der Kaskade aber bewirkt hier, daß sich unser Kesselwagen, den wir zu diesem Zweck mit Rädern versehen haben, in Bewegung setzt. Man sieht, daß der zweite Hahn in der Dampfleitung nunmehr die Zuleitung zu einer Turbine öffnet. Diese Turbine wiederum wirkt über ein Treibrad mit Keilriemen auf den Antrieb einer Radachse. Unser Kesselwagen ist also nun beweglich geworden. (Eigentlich müßten wir natürlich auch einen Rückwärtsgang einführen, damit die Beweglichkeit des Kesselwagens wirklich groß wird und er sich nicht in irgendeiner Ecke festfährt. Ganz ratsam wäre es auch, wenn wir seinen Rand zum Beispiel mit einem Kranz von Tastsensoren versehen würden, damit der Wagen, wenn er auf ein Hindernis stößt, dieses bemerkt, zunächst einmal zurücksetzt, um es dann mit einem anderen Anfahrwinkel noch einmal zu versuchen. Aber um die ganze Geschichte nicht allzu unübersichtlich zu machen, lassen wir die Feinregulation der Bewegungssteuerung außer acht.)

Auch wollen wir annehmen, daß der Kesselwagen eine Lenkung hat. Die Vorderachse soll ihre Ausrichtung ändern können und sich zufällig mal in diese, mal in jene Richtung stellen können. – Auf diese Weise kann also nun der Kesselwagen eine ziellose Aktivität entfalten und sich in seiner Umwelt bewegen. Ist diese nun so beschaffen, daß es öfters mal hier oder dort regnet oder daß Springbrunnen und Fontänen vorhanden sind, dann wird es sich bei den ziellosen Bewegungen des Kesselwagens ereignen, daß er unter eine solche Wasserquelle gerät und so seinen Reservewasserbehälter wieder auffüllen kann. Zu diesem Zweck gibt es einen Trichter in seiner «Haut», der das Wasser, welches von oben herabprasselt, ins Innere des Behälters leitet. Auf diese Weise könnte er also wieder gefüllt werden, und das führt natürlich auch zu einer Auffüllung des Dampfkessels. – Eine solche Form der Wasserversorgung ist zwar primitiv; in einer sehr regen- oder springbrunnenreichen Umgebung aber könnte diese Strategie erfolgreich sein. Auf alle Fälle erfolgreicher, als wenn der Kesselwagen regungslos auf seinem Platz verharrte. (Das Wägelchen würde sowieso nur so lange «leben», wie der Benzinvorrat reicht, denn den kann es nicht ergänzen.)

Wir haben also nun eine Regelung eingeführt, in der die Steuergröße zur «Reaktion» wird, die die Umwelt beeinflußt, und das heißt in unserem Fall den Standort verändert.

Diese neue Form der Regelung, deren Prinzip Abbildung 1.4 als Blockdiagramm zeigt, ist «offen», weil die Steuergröße nach außen wirkt; der Regelkreis ist zwischen Steuergröße und Regelgröße gewissermaßen aufgeschnitten, und im Schnittpunkt liegt die Umwelt. Die Einbeziehung der Umwelt in die Regelung bringt nun einmal Vorteile, zum anderen aber auch Probleme mit sich, da die Umwelt eines Systems gewöhnlich nicht so gut zu beeinflussen ist wie die Innenwelt. Aber dafür erlaubt es eine offene Regelung im Prinzip, «das Übel an der Wurzel zu packen». Das System braucht die Störungen aus der Außenwelt nicht mehr nur passiv zu erleiden (und durch interne Gegenregulation zu konterkarieren), sondern kann die Ursachen der Störung direkt beeinflussen.

Unser ziellos in der Gegend umherfahrender Kesselwagen ist kein sonderlich elegantes und intelligentes System, aber ein unvoreingenommener Beobachter wird wahrscheinlich den Eindruck bekommen, daß hier eine – wenn auch primitive – Form von Leben vorliegt. Der Wagen versucht, bestimmten Umgebungen zu «entkommen»; in anderen «fühlt er sich wohl», da er in ihnen verharrt. Wenn nämlich das hektisch umherirrende Gefährt auf einen Regenschauer stößt oder aber in den Bereich eines Springbrunnens gerät, wird es bald seine Bewegungen einstellen. Im Regen geht es ihm gut. Der Kesselwagen «bewertet» also durch sein Verhalten die jeweilige Umgebung; sie ist ihm nicht mehr gleichgültig.

Dumm ist nun, daß unser Vehikel nur blind auf die Umgebung einwirken kann. Auf ihre jeweils besonderen Bedingungen kann es sich nicht einstellen, da es sie nicht zu identifizieren vermag. Ihm fehlt die Wahrnehmungsfähigkeit. Abbildung 1.5 auf Seite 40 zeigt, wie sich hier Abhilfe schaffen läßt, und stellt zugleich den nächsten Schritt der Evolution dar.

Das Bild ist nicht besonders übersichtlich, und ich will es zunächst einmal ein wenig erläutern. Dampfkessel, Reservewasser- und Brennstoffbehälter samt Brenner sind weiterhin deutlich sichtbar. Daran hat sich nichts geändert. Es gibt für diese Einheiten autonome Subregulationen; ein einfacher Regelkreis A–S sorgt dafür, daß der Dampfkessel aus dem Reservewasserbehälter immer wieder aufgefüllt wird, und eine zweistufige Kaskadenregelung S–A–B–I bewirkt, daß der Dampfdruck im Kessel konstant bleibt, indem der Brenner «aufgedreht» wird, wenn der Dampfdruck unter den Sollwert fällt, und sich im Notfall die Dampfabfuhr abschaltet, damit sich der Dampfdruck «erholen» kann.

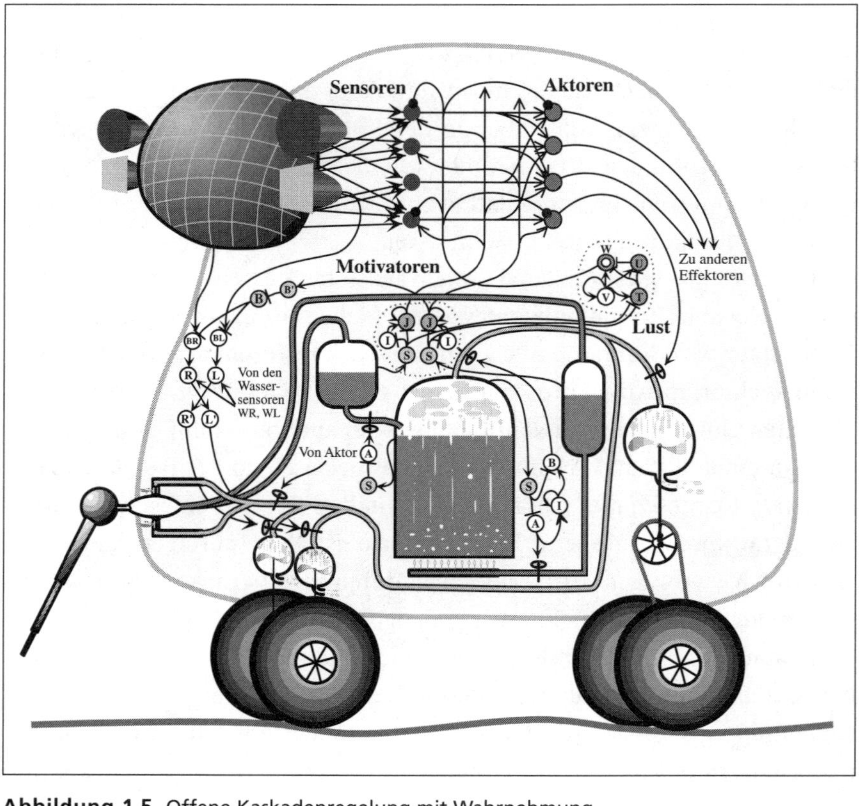

Abbildung 1.5 Offene Kaskadenregelung mit Wahrnehmung

Von der Hauptdampfleitung zweigt nun eine Nebendampfleitung ab, die zu zwei kleinen Turbinen über der Vorderachse und zu einer Pumpe führt, die sich in der gleichen Gegend befindet. An diese Pumpe sind Zuführungen für den Reservewasserbehälter und für den Brennstoffbehälter angeschlossen. Vor der Pumpe befindet sich ein Ansaugstutzen, ein Rüssel, mit dessen Hilfe fallweise Wasser oder Brennstoff angesaugt werden kann. Unser System hat also einen «Mund» bekommen.

Die sinnfälligste Veränderung aber ist, daß der Dampfkesselwagen nunmehr über eine Reihe von *Sinnesorganen* verfügt, die oben links zu sehen sind. Zwei von ihnen sind paarig angeordnet; das eine System besteht aus runden, das andere aus eckigen Elementen. Die runden Sinnesorgane stellen Sensoren für Luftfeuchtigkeit dar. Ihre Aktivität erhöht sich also immer dann, wenn die Luftfeuchtigkeit in der Umgebung ansteigt. Warum die Sensoren paarweise mit einem horizontalen Abstand angebracht sind, werden wir noch sehen. – Die eckigen Sensoren sind «Benzindetektoren». Sie werden also um so aktiver, je mehr Benzinduft in der Luft spürbar ist.

Zwischen den Sensoren befindet sich ein großes «Auge», das im wesentlichen aus einer Netzhaut besteht. Wir stellen uns vor, daß diese einfach eine runde Fläche von nebeneinander angeordneten lichtempfindlichen Sensoren ist. Die Benzin- und Luftfeuchtigkeitssensoren sind Zustandsmelder. Die Maschine verwendet sie als *Richtungsindikatoren*, wie wir sehen werden. Die Netzhaut hingegen ist ein Musterdetektor, ein Empfangsorgan für die räumliche Verteilung von Lichtsignalen. Die Maschine verwendet sie als *Objekt-* oder *Situationsdetektor*.

Soviel zur «Hardware». Nun zur Steuerung. Die autonomen Substeuerungen für die Zufuhr von Wasser aus dem Reservewasserbehälter und für die Konstanthaltung des Dampfdrucks habe ich schon skizziert. Neu ist nun, daß der Reservewasser- und der Brennstoffbehälter eigene Sensoren haben, die in der Mitte oben sichtbar und als «Motivatoren» bezeichnet sind. Ihr ganzes System, das aus zwei identischen neuronalen Strukturen J–I–S besteht, ist verantwortlich für das Verhalten des Gefährts, die externen Aktivitäten, während die Substeuerungen (also zum Beispiel die Nachfüllung des Dampfkessels aus dem Reservetank) sein inneres Milieu durch interne Regelungen stabil halten.

Die «Motivatoren» haben folgende Struktur: Wenn – zum Beispiel – der Flüssigkeitsstand im Reservewasserbehälter absinkt, verringert sich die Aktivität des linken S-Neurons, was dazu führt, daß die Hemmungen für I und J vermindert werden oder aufhören. Dies wiederum hat zur Folge, daß sich die Aktivität von I in J «akkumulieren» kann. Das linke J ist also um so aktiver, je länger *und* je stärker der Flüssigkeitsstand im Reservewasserbehälter vom Sollzustand abweicht (technisch nennt man das *Integralregelung*, weil sich die Sollwertabweichungen in J aufsummieren).

Das rechte System für den Brennstoffbehälter ist analog aufgebaut. Auch hier meldet J die Dauer und die Stärke der Sollwertabweichung im Brennstoffbehälter. Die beiden J sind also *Bedarfsindikatoren*; die Intensität ihrer Erregung könnte man «Bedürfnisstärke» nennen. Wenn die J aktiv sind, so bedeutet dies ein Wasser- oder Brennstoffbedürfnis. Und je mehr sie aktiv sind, desto größer sind Wasser- oder Brennstoffbedürfnis, beziehungsweise desto länger dauern sie schon an.

Die beiden J haben Zugang zu dem Ventil, das die Antriebsturbine in Gang setzen kann. Ist also ein Wasser- oder ein Brennstoffbedürfnis da, so setzt sich unsere Dampfmaschine in Bewegung. Wohin aber geht die Reise? Der Dampfwagen der Abbildung 1.3 fuhr ziellos in der Gegend umher. Dies aber ist jetzt anders; dafür sorgen die Benzin- beziehungsweise Luftfeuchtigkeitsdetektoren. Wenn nämlich der Bedarfsindikator für Benzin aktiv ist – sagen wir es einfacher: wenn ein Brennstoffbedürfnis entsteht –, dann können die Sensoren für Benzin die Steuerung übernehmen. Dies geschieht, indem durch die Aktivität des Motivators (J) die Hemmung aufgehoben wird, die die Übertragung von Impulsen der Benzinsensoren auf die Lenkung gewöhnlich verhindert. Der Motivator J für das Benzin aktiviert dann nämlich B′, welches B inhibiert. Und wenn B inaktiv ist, wird die Inhibierung für R und L aufgehoben, und die Impulse von den Benzinsensoren werden «lenkungswirksam».

Die Sensoren für die Luftfeuchtigkeit und auch die für den Benzingeruch sind nun mit der Lenkung in spezifischer Weise verbunden. Der jeweils linke Sensor kann die rechte Turbine aktivieren und der rechte Sensor die linke. Wenn nun die linke Turbine die Vorderachse links nach vorn zieht, die rechte aber rechts, dann bedeutet die Aktivität der linken Turbine einen Radeinschlag nach rechts und die der rechten Turbine einen Radeinschlag nach links. Die «überkreuzte» Aktivierung bewirkt also, daß dann, wenn der rechte Luftfeuchtigkeitssensor aktiv ist, ein Radeinschlag nach rechts erfolgt. Ist aber der linke Sensor aktiv, so erfolgt ein Radeinschlag nach links.

Was soll das? Abbildung 1.6 zeigt es. Von einem Ort, an dem sich Benzin befindet, also von einer Tankstelle, geht Benzingeruch aus, der sich, wenn kein Wind herrscht, kreisförmig um sie ausbreitet und sich dabei natürlich abschwächt. Stößt unser Kesselwagen nun «schräg» auf diese sich ausbreitende Benzinwolke, so wird in dem dargestellten Fall der rechte Sensor zunächst mehr aktiv sein als der linke. Das bewirkt einen Radeinschlag nach rechts. Der Wagen ändert also seine Bewegungsrichtung und stellt die «Nase» in Richtung Tankstelle. Und diese Richtung wird er beibehalten, wenn beide Sensoren in gleichem Ausmaß aktiv sind, denn dann kann es keinen Radeinschlag nach rechts oder links geben; der Wagen fährt geradeaus.

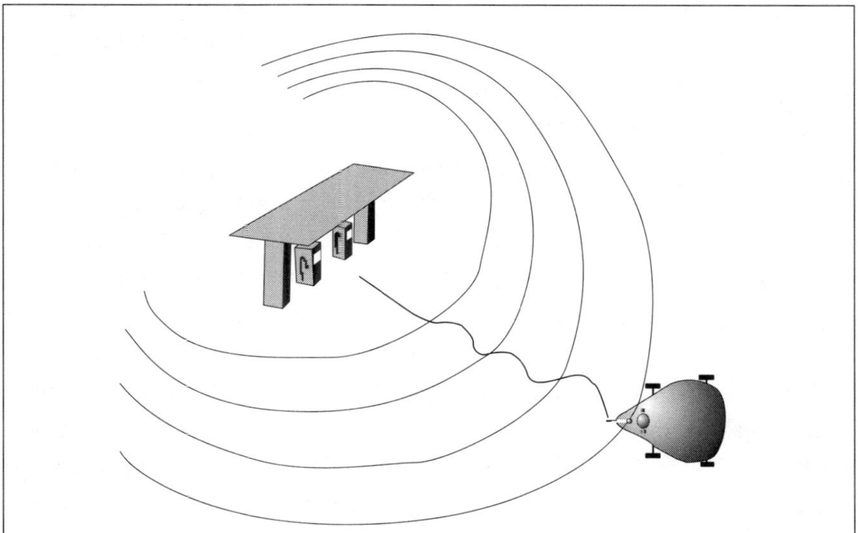

Abbildung 1.6 Die Annäherung an eine Tankstelle

Und wenn ein Wasserbedürfnis besteht, wenn also der Motivator J für Wasser aktiv ist, so geschieht das gleiche im Hinblick auf die Annäherung an beispielsweise einen Springbrunnen.

Jetzt leuchtet es ein, warum wir die Sensoren für Luftfeuchtigkeit beziehungsweise Benzin paarig angeordnet haben. Dadurch werden diese Sinnesorgane nämlich Richtungsgeber. Die Unterschiede der Aktivität der Paarelemente «sagen» dem Kesselwagen, in welcher Richtung Wasser oder Benzin zu finden ist.

Nun können die Benzin- beziehungsweise Feuchtigkeitssensoren die Lenkung nur aktivieren, wenn der Motivator für Benzin oder Wasser «an» ist. Man sieht, daß zum Beispiel die beiden Benzinsensoren die Neuronen R und L aktivieren können. Der rechte Benzinsensor aktiviert BR und der linke BL; BR und BL werden aber zugleich von B inhibiert. B soll seine inhibierende Aktivität spontan, ohne selbst aktiviert zu werden, ständig entfalten. Gewöhnlich haben also Impulse von den Benzinsensoren keine Wirkung auf BR und BL. Wenn nun aber der Motivator J für den Benzinbedarf aktiv ist, so aktiviert er B′, was zu einer Hemmung von B führt, und dadurch können sich jetzt die Impulse der Benzinsensoren auf BR und BL durchsetzen. – Diese Verbindung etabliert also *Aufmerksamkeit*. Der jeweils aktive Motivator «sagt» der Maschine, worauf sie besonders achten soll, auf Luftfeuchtigkeit oder auf Benzin. Im Beispielsfall setzt unser Kesselwagen seine *Benzin*wahrnehmungen in motorische Impulse um. Und wenn statt dessen Wasserbedarf besteht, übernehmen die Feuchtigkeitssensoren die Steuerung. (Sind beide Bedarfsindikatoren aktiv, kann es Konflikte geben! Wenn der rechte Feuchtigkeitssensor hohe Luftfeuchtigkeit signalisiert, der linke Benzinsensor aber starken Benzingeruch meldet, so blockieren sich die jeweiligen Steuerungen wechselseitig. Wir kommen noch darauf zurück, wie die Maschine mit solchen Konflikten umgehen kann.)

Und nun haben wir noch eine Netzhaut. Sie ist mit einer Neuronenschicht verbunden, die wir in Abbildung 1.5 oben als «Sensoren» bezeichnet haben. Diese Verbindung soll von folgender Beschaffenheit sein: Die Netzhaut besteht aus einzelnen lichtempfindlichen Neuronen. Somit wird sich das, was sich vor unserem Vehikel befindet, jeweils als ein bestimmtes Muster auf ihr abbilden. Wir nehmen zunächst einmal an, daß die Netzhautneuronen nur hell-dunkel-empfindlich sind, nicht farbsensitiv. – Je mehr Licht auf ein Netzhautneuron fällt, desto aktiver wird es. Wenn sich in der Umgebung des Dampfwagens ein Muster heller und dunkler Reize abzeichnet, dann haben wir auf der Netzhaut ein Muster von Neuronen, die «an» oder «aus» sind.

Jedes sensorische Neuron soll nun Inputs erhalten von *allen* Netzhautneuronen. Diese Inputs sollen aber für die verschiedenen sensorischen Neuronen verschiedenes Gewicht haben. So könnte es zum Beispiel der Fall sein, daß für das oberste sensorische Neuron das Netzhautneuron genau in der Mitte ein großes Gewicht hat und auch die beiden Netzhautneuronen genau darüber und darunter. Die Übergangsgewichte für alle anderen Neuronen der Netzhaut zu diesem sensorischen Neuron sollen dagegen gering sein. Eine derartige Kopplung würde dazu führen, daß ein senkrechter *heller* Strich in der Mitte das oberste Netzhautneuron besonders stark erregt. Ein solcher Strich wäre ein einfaches Muster, und das oberste Netzhautneuron würde durch seine starke Erregung indizieren, daß ebendieses Muster in der Umgebung vorhanden ist. – In ähnlicher Weise könnten die anderen sensorischen Neuronen Detektoren für andere Muster sein. Es müßten nur jeweils spezifische Netzhautneuronen mit einem großen Gewicht auf die sensorischen Neuronen einwirken können. So würde jedes sensorische Neuron jeweils ein spezifisches Muster indizieren können, die einen senkrechte Striche, die anderen waagrechte, andere Winkel oder diagonale Linien oder was auch immer sich auf der Netzhaut abbilden kann und für das Leben der Maschine von Bedeutung ist.

Die Kopplung der Netzhautneuronen mit den sensorischen Neuronen ist in Abbildung 1.5 allerdings nur schematisch dargestellt. Wenn wir darauf Wert legen, daß die Sache wirklich funktioniert, müssen wir noch einiges hinzutun. Beispielsweise könnte es ja einen Musterdetektor für ein «A» geben und einen anderen für einen waagrechten Strich (–). Wenn wir einfach nur die Übergangsgewichte so gestalten, daß alle «A»-Neuronen der Netzhaut, also all die Neuronen, die aktiv werden, sobald sich ein «A» auf der Netzhaut abbildet, ein hohes Gewicht bei der Aktivierung eines sensorischen Neurons 1 hätten und alle «–»-Neuronen ein hohes Gewicht für die Aktivierung eines Neurons 2, dann würde 2 auch immer aktiv werden, wenn 1 aktiv ist. Denn der «–» kommt ja als Mittelstrich im «A» vor. Wenn nun die sensorischen Neuronen sicher zwischen einem «A» und einem «–» unterscheiden können sollen, so müssen wir die Kopplung zwischen Netzhautneuronen und Musterdetektoren komplizierter gestalten. Zum Beispiel müßten wir den «–»-Detektor mit Hemmungen versehen, wenn noch andere Netzhautneuronen außer den «–»-Neuronen aktiv sind. – Wir könnten es aber auch so lassen, wie es jetzt ist, und einfach akzeptieren, daß der «–»-Detektor auch aktiv wird, wenn der «A»-Detektor aktiv ist. Mit der Frage der Erkennung komplizierterer Muster werden wir uns im dritten Kapitel noch ausgiebig befassen.

Die Existenz von Musterdetektoren erlaubt nun ein *bedingungsabhängiges* Verhalten der Dampfmaschine. Die Kopplungen der motorischen Neuronen mit den sensorischen Neuronen und den Motivatoren (J) können so beschaffen sein, daß ein bestimmtes motorisches Neuron nur dann aktiv wird, wenn *sowohl* ein bestimmter Bedarfsindikator *als auch* ein bestimmter Musterdetektor aktiv ist. Konkret: Die Aktion «Rüssel absenken» kann durch ein motorisches Neuron eingeleitet werden, das nur dann aktiv ist, wenn zum einen die Maschine vor sich das charakteristische Muster eines Wasserspiegels sieht und zum anderen der Wasserbedarfsindikator aktiv ist. Und die Ansaugpumpe wird nur dann betätigt, wenn der Bedarfsindikator für Wasser aktiv ist und ein Muster auf der Netzhaut indiziert, daß die Spitze des Rüssels ins Wasser eingetaucht ist. – Auf diese Weise kann unsere Dampfmaschine über lange Verhaltensprogramme verfügen, die sie von einer Station zur anderen und schließlich zum Ziel führen. Wenn sie jeweils eine Station erreicht hat, also zum Beispiel Wasser sieht, erfolgt bedürfnisabhängig eine bestimmte Aktion, und sie gelangt daraufhin zu einer anderen Station, zum Beispiel zu der Wahrnehmung: «Der Rüssel befindet sich unterhalb des Wasserspiegels.» Dann setzt eine weitere motorische Aktion ein, nämlich in diesem Fall die «konsummatorische Endhandlung»; die Maschine trinkt. (Als «konsummatorisch» bezeichne ich eine Handlung, die unmittelbar eine Bedürfnisbefriedigung zur Folge hat. Sie ist «das

Höchste» – lateinisch *summum* – einer auf die Deckung eines Bedarfs gerichteten Verhaltenskette.) – Wenn wir die Dampfmaschine nun mit einer Reihe solcher Verhaltensprogramme ausstatten würden und dem Wassertrinkprogramm noch ein Benzinzapfprogramm hinzufügen und noch Programme für die Bewegung in bestimmten Umgebungen, dann haben wir schon ein ganz schön lebensfähiges System!

Daß man mit einer sehr einfachen Kopplung von Sensoren und Motoren recht «lebendige» Wesen erzeugen kann, hat Valentin Braitenberg gezeigt (Braitenberg 1993). Seinem Buch verdanke ich viele Anregungen, doch seine «Wesen» haben nicht eigentlich Bedürfnisse. Die aber sind wichtig, damit ein System weiß, was es will.

Lust und Schmerz

Aber unser System hat auch noch eine gewaltige Unzulänglichkeit! Seine «Vernunft» müssen wir ihm einprogrammieren, indem wir die Übergangsgewichte für die Musterdetektoren und die motorischen Neuronen entsprechend gestalten, und zwar so, daß alle diese Verknüpfungen sowohl der Lebenswelt der Maschine als auch ihren Bedürfnissen gerecht werden. Und wenn dann die Welt sich ändert? Wenn die vorprogrammierten Wasserstellen austrocknen und die Tankstellen Bankrott machen? Wenn es statt Teichen nur noch Gießbäche gibt, die von den Bergen herabstürzen und aus denen man ganz anders trinken muß als aus Wasserflächen? Dann geht nichts mehr! So vernünftig das Verhalten des Kesselwagens uns in der einen Umwelt erscheinen mag, in der anderen ist es nun gänzlich unvernünftig! – Das Bewegungsprogramm «Springe in Richtung auf das, was da fliegt, und schnappe es!» wird einen Frosch so lange am Leben erhalten, wie es Fliegen und Mücken im Luftraum um ihn herum gibt. Verschwinden diese, gibt es aber statt dessen wohlschmeckende, bekömmliche und energiereiche Pflanzenkeime, die in der Umgebung des Frosches aus der Erde sprießen, so wird er trotz eines Nahrungsüberangebots verhungern. Denn er ist auf sich bewegende Flugobjekte programmiert.

Bei Umwelten, die sich verändern, ist es nicht sinnvoll, daß ein System nur entsprechend der «von Geburt an» fest vorgegebenen Verhaltensprogramme handelt. – Was können wir also tun? Wie müssen wir den Frosch oder unseren Kesselwagen umprogrammieren, damit sie nicht im Falle einer Änderung der Umwelt den Hungertod erleiden? Wir müssen ihnen die Möglichkeit geben, sich selbst umzuprogrammieren. Und diese Tätigkeit nennt man gewöhnlich *Lernen*! Wie kann die Maschine diese Fähigkeit erhalten? Das ist eigentlich gar nicht schwer.

Das wichtigste ist: Die Maschine braucht ein *Lustsystem*. In Abbildung 1.5 haben wir es schon etabliert. Seine wesentliche Aufgabe besteht darin, neue Verknüpfungen im Nervensystem der Maschine zu schaffen. Warum heißt das System aber ausgerechnet Lustsystem? Die Antwort: Es wird immer aktiv, sobald ein Bedürfnis befriedigt wird. Wenn dies bei Menschen und auch bei Tieren geschieht, stellt sich bei ihnen ein Lustempfinden ein. Deshalb nennen wir das entsprechende Ereignis eben auch bei der Maschine Lust und das System, das ein Lustsignal produziert, Lustzentrum. Die Existenz von Lustsignalen heißt nun keineswegs, daß die Maschine Lust *erlebt*. Soweit wir das beurteilen können, erlebt die Maschine in ihrem gegenwärtigen Zustand überhaupt nichts. Aber vielleicht später?

Im Augenblick soll uns das *Erleben* von Menschen, Tieren und Maschinen noch nicht interessieren; wir wollen, daß die Maschine lernen kann. Und dafür brauchen wir das Lustzentrum. Wir brauchen es, damit neue Verknüpfungen innerhalb der Sensorik, zwischen Sensorik und Motorik und zwischen diesen und Bedarfsindikatoren entstehen können. Wie aber das? – Nun, als erstes brauchen wir eine Verhaltensprogrammierung für den Fall, daß irgend etwas nicht so geht, wie wir es erwarten.

Die Maschine, von einem starken Wasserbedürfnis angetrieben, eilt zum gewohnten Teich. Dort aber ist von Wasser keine Spur! Was tun? Das Einfachste, den bislang recht beschränkten kognitiven Fähigkeiten unserer Maschine Angemessene wäre: Versuch und Irrtum. Wenn sich also etwas ereignet, das dem widerspricht, was gemäß dem aktuellen Verhaltensprogramm der Maschine zu erwarten ist – wenn sich zum Beispiel kein Wasser im Teich befindet –, so soll die Maschine einfach irgend etwas tun, am besten in einer Zufallsfolge. Sie soll hierhin und dorthin fahren, vielleicht mal mit dem Saugrüssel in die Zweige eines Baums am Wegrand schlagen – und siehe da: Ein Wasserschauer fällt aus dem regenbenetzten Blattwerk, sammelt sich in einer kleinen Pfütze. Immerhin ein kleiner Schluck!

Oder – natürlich besser! – die Maschine findet auf ihrem ziellosen Streifzug einen Bach oder einen anderen Teich. – Und dann? Dann sollte zweierlei geschehen:

Zum einen sollte die «letzte» Situation, die sich als Eingangspforte zu der konsummatorischen Endhandlung (zum Trinken im Beispielsfall) erwiesen hat, mit dem aktiven Bedarfsindikator, also mit dem J des Wasserbedürfnisses, verbunden werden. Dies bedeutet *Ziellernen*. Die Maschine weiß in Zukunft, welche Situationen sie anstreben sollte, wenn sie Durst hat. Nämlich Pfützen unter Bäumen! Und auf diese Weise ist aus dem Bedürfnis ein Motiv geworden. Denn, so definieren es die Psychologen, ein Motiv ist ein Bedürfnis – plus Zielangabe.

Zum anderen sollte die Maschine nicht vergessen, welche Kette von Aktionen oder Ereignissen sie zu der Zielsituation gebracht hat. Sie sollte sich diese Kette in irgendeiner Art von Protokoll provisorisch notiert haben und sich nun, bei eingetretener Bedürfnisbefriedigung, diese offenkundig zielführende Sequenz von Ereignissen dauerhaft merken, das heißt, sie sollte die Verbindungen zwischen den Elementen der Kette so verstärken, daß diese länger überdauert, «ins Langzeitgedächtnis überführt wird», wie die Psychologen zu sagen pflegen. Und dafür ist das Lustzentrum da, dessen Funktion wir uns nun zuwenden.

Schauen wir uns den Komplex der Neuronen T–U–V–W an, aus denen das Lustzentrum des Kesselwagens in Abbildung 1.5 besteht. W soll ein *Verknüpfer*neuron sein. Wenn es aktiv ist, «lernen» die Neuronen, bei denen Axonverzweigungen von W enden. Die Axonverzweigungen von W enden – anders als die anderen Neuronen – in kleinen Knoten, die in der Sensorik und der Motorik der Abbildung 1.5 deutlich zu erkennen sind. (Aber alle haben wir nicht eingezeichnet!) Das Lernen der Neuronen soll darin bestehen, daß sich die Übergangsgewichte der gerade aktiven Neuronen, die an dem Empfängerneuron enden, erhöhen, wenn auch dieses aktiv ist.

Konkret: Ein bestimmtes Muster ist auf der Netzhaut vorhanden; das heißt, bestimmte Netzhautneuronen sind aktiv, andere nicht. Und nun ist das oberste Netzhautneuron aktiv *und* bekommt einen Impuls vom Verknüpferneuron W des Lustzentrums. Nun sollen die Übergangsgewichte aller aktiven Netzhautneuronen, die am obersten sensorischen Neuron enden, erhöht werden. Damit hat das oberste Netzhautneuron dieses Muster gelernt und wird darauf in Zukunft besonders stark reagieren. (Auf die Berechtigung der Annahme, daß solche Verknüpferneuronen in den «wirklichen» Nervennetzen der Gehirne von Menschen und Tieren existieren, werde ich später noch eingehen; für unsere Maschine postulieren wir sie, weil wir sie brauchen.)

Wann wird W, das Verknüpferneuron des Lustzentrums, aktiv? Wenn S *wieder* aktiv wird, wenn also ein Bedarf verschwindet. Wir vergegenwärtigen uns anhand der Tabelle 1.1, wie das geschieht.

Zeittakt	S	T	U	V	W	Ereignisse
1	0	1	0	1	0	
2	1	1	0	1	0	Bedarf befriedigt
3	1	0	0	1	0	
4	1	0	1	1	1	Verknüpferimpuls
5	1	0	1	1	0	
6	1	0	1	1	0	

Tabelle 1.1 Das Erlernen von Appetenzen

Wie Abbildung 1.5 zeigt, hemmt der Bedarfssensor S das Neuron T. Wenn S «aus» war und wieder angeht, wenn also ein Bedürfnis befriedigt worden ist (Zeile 2 der Tabelle), bekommt T einen Hemmungsimpuls, der dazu führt, daß T im Zeittakt 3 «ausgeht». Dies bedeutet aber, daß sowohl U als auch W nicht mehr inhibiert werden. Beide schalten sich jetzt ein, da sie von dem dauernd aktiven Neuron V abhängen. Nun werden die Übergangsgewichte derjenigen Verbindungen im «Einzugsbereich» von W erhöht, die von aktiven Neuronen kommen und zu aktiven Neuronen führen. W wird dann sofort nach der Abgabe eines Verknüpferimpulses durch U wieder abgestellt und bleibt so lange inaktiv, wie U aktiv ist.

Der Lernimpuls von W bewirkt, daß zum einen die gerade vorhandene Situation, welche die konsummatorische Endhandlung ermöglicht, in der Sensorik fixiert und zum anderen mit dem aktiven Bedarfsindikator verbunden wird. Ich habe in Abbildung 1.5 die potentiellen Verbindungen, die gewöhnlich keine Aufgabe haben, sondern erst durch einen Verknüpferimpuls «funktionalisiert» werden müssen, als Pfeile dargestellt. Inputs für die sensorischen Neuronen können entweder «fest verdrahtet», das heißt von Geburt an vorhanden sein, oder es handelt sich um Neuronen, die mit den sensorischen Neuronen «nichtleitend» verbunden sind, aber durch Verknüpferimpulse leitend gemacht werden können.

Wie wir sehen, sind auch die beiden Bedarfsindikatoren J mit dem sensorischen und dem motorischen System potentiell verbunden. Das macht das Erlernen von Zielen und zielführenden motorischen Programmen möglich. – In Abbildung 1.7 habe ich die zu stiftenden Verknüpfungen noch ein-

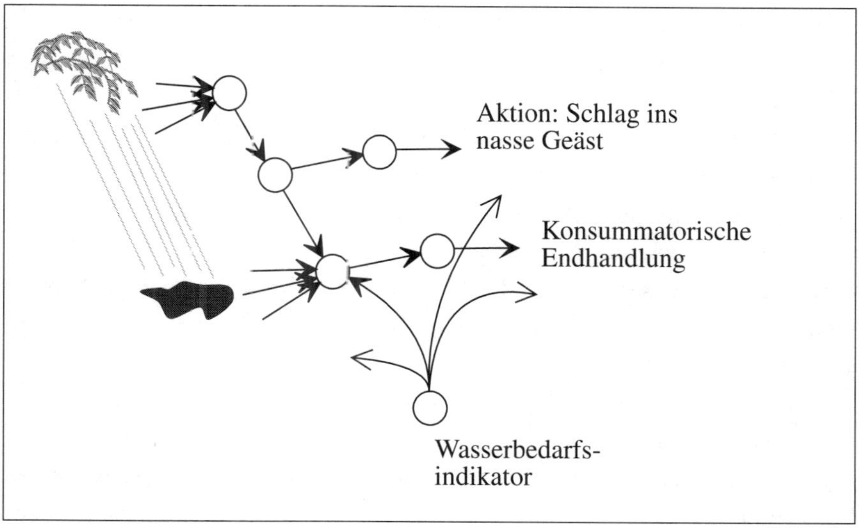

Abbildung 1.7 Die Wirkungen des Verknüpferimpulses

mal «herauspräpariert», damit klar ist, was der Verknüpferimpuls des Lustzentrums bewirken soll.

Sie zeigt den Wasserbedarfsindikator (das linke J-Neuron der Abbildung 1.5) und die zielführende Verhaltensweise in ihren letzten Stationen vom Anblick der belaubten Äste bis zur Pfütze. Das alles ist die Struktur, die durch einen Verknüpferimpuls ins Langzeitgedächtnis befördert werden soll. Und von dort erlaubt sie in Zukunft zielführende Verhaltensweisen, wenn der Wasserbedarf wieder auftritt.

Der Kesselwagen kann also *Appetenzen* lernen; es wird eine Verknüpfung hergestellt zwischen dem Bedürfniszustand, dem Zustand, den es in der Außenwelt anzustreben gilt, und der Art und Weise, wie er zu erreichen ist. Der Bedürfniszustand wird damit «substantiiert»; die Maschine weiß jetzt, was angestrebt werden muß, wenn ein bestimmtes Bedürfnis auftaucht, und sie weiß, wie dieses «Anstreben» aussehen kann.

Ich habe den Neuronenkomplex T–U–V–W, das «Lustzentrum», zunächst nur eingeführt, um das Erlernen von Zielen und zielführenden Verhaltensweisen zu ermöglichen. Aber es steckt mehr in ihm! Er ist darüber hinaus ein *Erfolgssensor*. Die Aktivität von W signalisiert, daß eine Sollwertabweichung beseitigt wurde. Dieses Signal dient uns zunächst nur zur Verknüpfung der «richtigen» Reaktionen mit den «richtigen» Reizen und Bedürfniszuständen. Man könnte es aber auch noch zu anderen Zwecken benutzen.

Zum Beispiel ließe es sich als Signal zur Beendigung eines Bereitschaftszustandes verwenden: Der Erfolg ist da, Entspannung ist angesagt, Handlungsbereitschaft ist nicht mehr notwendig. Unser Wagen kann nun den großen Druck auf die Hydraulik und die Turbinen durch die Sicherheitsventile abblasen, sich in den Sessel fallen lassen (wenn Kesselwagen eine Sehnsucht nach Ruhesesseln hätten) und sagen (wenn er etwas sagen könnte): «Uff, das wäre geschafft!»

Jemand, der diesen Übergang von einem handlungsbereiten Zustand zu einem Zustand der Entspannung beobachten würde, käme vielleicht auf die Idee zu sagen: «Jetzt ist er aber froh!» – Unser «Lustzentrum» ist ein Produzent von *Glückssignalen*! Zu weit hergeholt? Nun, immerhin meint schon Darwin in seinem Buch über den Gefühlsausdruck (Darwin 1872,

Seite 202ff.), daß das Lachen und andere Formen des Ausdrucks von Freude unter anderem *Entspannungssymptome* sind.

Neben der Funktion als Verknüpfungs- und Entspannungssignal könnte die relative Häufigkeit der Erfolgssignale pro Zeiteinheit als Maß für die *Kompetenz* des Systems verwendet werden, also als Maß für die Fähigkeit, die Probleme, die sich ihm stellen – die Bedürfniszustände –, zu bewältigen. Je häufiger solche Lustsignale auftreten, desto mehr ist die Maschine in der Lage, mit ihren Problemen zurechtzukommen. Ein solches Organ zur Bewertung, was einem System «guttut», ist von großer Bedeutung für die Verhaltensregulation. Denn oft erweist es sich als sehr vorteilhaft, zu wissen, wieviel man sich zutrauen kann; manchmal sollte man abschätzen können, ob man es sich leisten kann, sich in eine Gefahr zu begeben, ob man sie vermutlich bewältigen können wird oder nicht. «Flüchten oder Standhalten?» Um zwischen diesen Alternativen zu entscheiden, sollte man die Erfolgschancen eines «Standhalteversuchs» abschätzen können.

Sinnvoll wäre es nun, nicht nur einen Erfolgssensor zu haben, sondern auch einen *Mißerfolgssensor*. Der Erfolgssensor, den ich gerade beschrieben habe, dient vordringlich zum Erlernen von Zielen. Für ein System ist es aber nicht nur wichtig, zu wissen, was angestrebt, sondern auch, was vermieden werden soll. Wenn also ein Bedürfniszustand neu entsteht, so sollte es sich die entsprechende Situation und die dazu führende Ereigniskette beziehungsweise die Handlungen merken, um Situation und Ereigniskette in Zukunft tunlichst oder zumindest wenn möglich zu vermeiden. Abbildung 1.8 auf Seite 54 zeigt, wie ein solcher Mißerfolgssensor, ein «Unlustzentrum», beschaffen sein könnte. – Eine zentrale Rolle spielt hier der «Motivator», also ein System, welches Ungleichgewichte feststellt. S ist der Sensor für einen Mangelzustand und also «an», wenn sich der Regelkreis im Gleichgewicht befindet, und er schaltet sich ab, wenn sich ein Ungleichgewicht einstellt. Ist dies aber der Fall, kann T durch U aktiviert werden. T indiziert durch seine Aktivität also das Eintreten eines Mangelzustands und aktiviert seinerseits W. W kann aber nur *einen* Impuls abgeben, weil es danach sofort von dem ebenfalls durch T aktivierten V abgestellt wird. Tabelle 1.2 zeigt das Aktivitätsmuster im Unlustzentrum bei der Deaktivierung von S, also beim Eintreten eines Mangelzustands.

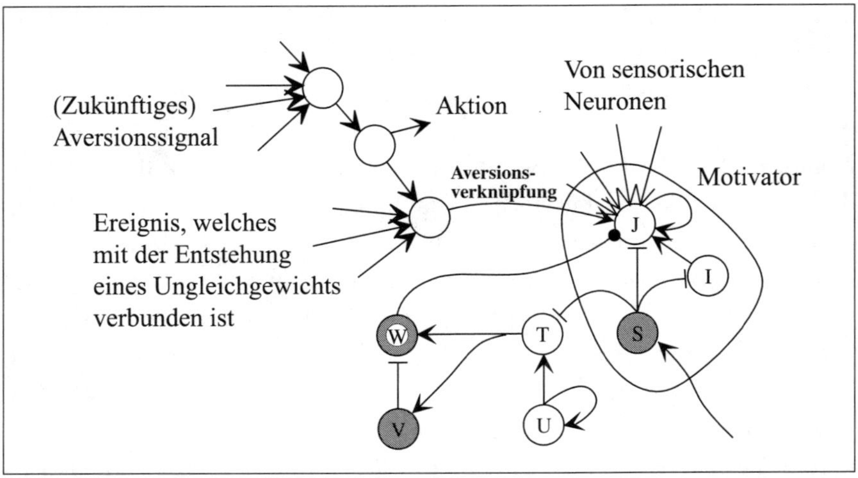

Abbildung 1.8 «Unlustzentrum»

Zeittakt	S	T	U	V	W	Ereignisse
1	1	0	1	0	0	
2	0	0	1	0	0	S geht «aus»
3	0	1	1	0	0	
4	0	1	1	1	1	W gibt Impuls
5	0	1	1	1	0	W geht wieder «aus»

Tabelle 1.2 Das Erlernen von Aversionen

Was für ein Zweck steckt hinter dieser Schaltung? In dem Netz der Abbildung 1.8 sind alle sensorischen Neuronen mit dem Bedarfsindikator J potentiell verknüpft. Tritt nun ein Ungleichgewicht neu ein, so werden die augenblicklich aktiven sensorischen Neuronen mit dem gerade aktivierten Bedarfsindikator verknüpft. Damit ist die Information gespeichert, daß dieser sensorische Vorgang im Zusammenhang mit der Entstehung eines

Ungleichgewichts aufgetreten ist. Und außerdem sollte – analog zur Wirkung eines «Lustsignals» – die Ereigniskette, die zu dem unangenehmen Erlebnis geführt hat, verstärkt und somit ins Langzeitgedächtnis übernommen werden. (Unangenehm ist ein Ungleichgewicht, weil ja der Dampfwagen alles tut, um «Ungleichgewichte» – Sollwertabweichungen – zu vermeiden.)

Wenn nun in Zukunft wieder eine Situation auftauchen würde, die in einer zu dem unangenehmen Ergebnis führenden Ereigniskette liegt, so könnte der Dampfwagen diese Situation und den damit verbundenen Schmerz antizipieren und versuchen, sie zu vermeiden; die Maschine hätte eine *Aversion* gelernt. Ein Ereignis in einer Ereigniskette, die zu einer mit der Vergrößerung einer Sollwertabweichung verknüpften Situation führt, stellt ein Signal für eine drohende Sollwertabweichung dar, indiziert also eine Gefährdung der Homöostase des Systems. Nennen wir dieses Signal ein *Aversionssignal*. – Ungleichgewichte sollten vermieden werden. Wie aber? Die einfachsten Strategien wären Flucht und Aggression, also koppeln wir Aversionssignale mit der Voraktivierung von Flucht- oder Aggressionsreaktionen. Bei unserem Kesselwagen wären zum Beispiel das Rückwärtsfahren eine Flucht- und das Schwingen des Rüssels eine Aggressionsreaktion. Denn mit dem Rüssel – ein wenig zweckentfremdet verwendet – könnte das Gefährt Hindernisse oder aversive Umstände zerstören.

Weiterhin kann in diesem Zusammenhang das Aversionssignal zur *Aktivierung* verwendet werden, das heißt zu einer generellen Erhöhung der Handlungsbereitschaft. Denn ein Aversionssignal bedeutet: Es könnte bald ein Mangelzustand entstehen. Unter diesen Umständen wäre es vernünftig, wenn zum Beispiel vorsichtshalber schon einmal der Dampfdruck im Kessel erhöht wird, damit gegebenenfalls rasch Flucht- oder Aggressionsreaktionen ausgelöst werden können.

Sehr vernünftig wäre es nun, wenn wir beispielsweise in der Außenhaut des Dampfwagens oder auch in seinen inneren Organen spezifische Neuronen anbrächten, die einerseits aktiv werden, wenn Verletzungen auftreten, und die zugleich einen spezifischen Motivator J in Gang setzen, dessen Aktivität ein Bedürfnis nach Reparatur der Verletzung darstellen würde. Der Dampfwagen würde damit über *Schmerzrezeptoren* und über das Bestreben verfügen, Schmerzen zu vermeiden. – Nein, er würde diese Schmerzen nicht erleben, aber – je nach Intensität – alles tun, um sich ihnen nicht auszusetzen.

Mit der Aktivität des Unlustzentrums sind also bei dem Dampfwagen Reaktionen verbunden, die wir, träten sie bei «echten» Lebewesen auf, als Furcht- oder Wutreaktionen deuten würden. Wann aber führt nun ein Aversionssignal zur Flucht und wann zur Aggression? Das kommt wohl sehr auf die Situation an, und ich werde später, wenn wir die Ausarbeitung von Reaktionen bei dem Dampfwagen genauer betrachtet haben, darauf zurückkommen. Eine große Rolle wird dabei aber so etwas wie das «Selbstvertrauen» des Vehikels spielen. Und das wiederum sollte – ich bin oben schon darauf eingegangen – von der Summe der Lustsignale und – das können wir nun nach der Implantierung eines Unlustzentrums hinzufügen – von der Summe der Unlustsignale abhängen. Je mehr Lust- und je weniger Unlustsignale, desto größer das «Selbstvertrauen» und desto höher die Bereitschaft, aggressiv gegen eine Bedrohung vorzugehen. Und je weniger Lust- und je mehr Unlustsignale, desto niedriger das «Selbstvertrauen» und desto größer die Bereitschaft zu fliehen. – So wäre die einfache Formel; später davon mehr.

Immerhin: Unser Dampfwagen würde nun schon eine Reihe von Gefühlsindikatoren aufweisen; Erleichterung könnten wir diagnostizieren und Furcht und Wut.

Im Zusammenhang mit dem Erlernen von Appetenzen und Aversionen sollten wir daran denken, die Neuronennetze der Maschine mit der Fähigkeit zum *Vergessen* auszustatten, denn was die Maschine lernt, muß ja nicht notwendigerweise eine allgemeingültige Gesetzmäßigkeit sein. Wir sollten uns auf solche Koinzidenzen wie den Zusammenhang zwischen dem Schlag ins Astwerk und dem Entstehen einer Pfütze nicht allzusehr verlassen. Sie hat sich einmal ergeben, aber wir wissen nicht, ob dies in Zukunft wieder geschehen wird. Am besten wäre es, wenn wir die neu gestifteten Übergangsgewichte langsam wieder verfallen ließen. So würde das System durch Lust- und Unlustzentrum Koinzidenzen lernen, doch würden diese, wenn sie sich nicht wiederholen, mehr oder minder schnell wieder verschwinden.

Das Vergessen hat also eine wichtige Funktion. Es ist ein Schutz gegen

Zufallskoinzidenzen. Es bewahrt das System davor, einmalige oder seltene Ereigniskoinzidenzen allzu ernst zu nehmen, und wirkt somit als Signifikanzfilter. Es wäre nun sinnvoll, wenn wir das Vergessen für Appetenzen und Aversionen verschieden gestalteten. Aversionen sollten *schneller* vergessen werden als Appetenzen. Warum? Nun: Aversionen schränken den Verhaltensspielraum ein, sie «verbieten» gewissermaßen bestimmte Aktionen oder Situationen. Die Welt wird für unser System enger, wenn es Aversionen lernt. Auf der einen Seite hat das natürlich den Vorteil, daß sich das System nach dem Erlernen einer Aversion nicht mehr solchen Situationen aussetzt, die Mangelzustände erzeugen. Auf der anderen Seite wird es aber solche Aktionen oder Situationen auch nicht mehr explorieren. Es kann daher nicht mehr herausfinden, ob nicht vielleicht doch auch positive oder hilfreiche Umstände mit den aversiven Situationen oder Aktionen gekoppelt sind.

Um nun zu verhindern, daß die zufällige Koinzidenz des Eintretens eines Mangelzustandes und einer Situation oder Aktion allzu lange verhaltenswirksam wird, können wir Aversionen schneller vergessen lassen als Appetenzen, indem wir zum Beispiel einfach den Verknüpferimpuls, der von dem Neuron W des Unlustzentrums ausgeht, schwächer machen als den entsprechenden Impuls des Lustzentrums.

Bei uns Menschen scheint eine entsprechende Schaltung realisiert zu sein. Die neutralen Dinge vergessen wir am schnellsten, die negativen etwas weniger schnell, und am längsten behalten wir im Gedächtnis, was positiv war. So verändert sich die Vergangenheit im Laufe der Zeit und wird immer goldener, je weiter sie zurückliegt.

Wir sind mit dem ersten Entwurf eines «Geistes» für ein lebendes System fertig.

Ein kleiner, kritischer Dialog

T: Da hast du nun also durch die schrittweise Evolution eines Regelkreises eine Art von, na ja, nennen wir es ruhig so, Lebewesen geschaffen, das sich zur Befriedigung primitiver Bedürfnisse in einer einfachen Welt bewegen kann. Aber wir haben ja angefangen mit dem Geist. *Und das soll nun Geist sein? Den stelle ich mir aber ganz anders vor!*

D: Nun, zunächst einmal ging es ja nur darum, festzustellen, wie der Geist des Anaxagoras aussieht, der das «Leben» beherrscht. – Und das habe ich doch immerhin gezeigt, daß man einen solchen «Geist» ganz ohne metaphysische Zauberei aus ziemlich einfachen Prinzipien heraus entwickeln kann.

T: Nein, dein auf Rädern fahrender Dampfkesselzombie überzeugt mich nicht. Uns geht es doch nicht nur um die Erklärung simpler Regelprozesse, die lediglich der Existenzerhaltung dienen, uns geht es doch letztlich um den Menschen. Und da ist doch Geist etwas anderes. Geist ist das Verstehen von Witzen, die Einsicht in komplizierte Zusammenhänge, die Fähigkeit, Probleme zu lösen. Es kommt doch nicht nur darauf an, zu erkennen, wo ein Springbrunnen steht, in den man seinen Ansaugstutzen hält, bis das Wasserreservoir gefüllt ist. Es geht nicht darum, festzustellen, in welcher Richtung eine Tränkstelle liegt, und primitive Zusammenhänge zu erlernen! Die Feuchtigkeitssensoren deines Kesselwagens sollten doch wohl auch registrieren können, daß um die Ecke eine Kneipe ist, in der man wesentlich lustvoller zwei Halbe «tanken» könnte. – Im Ernst: Die Sehnsucht nach Rausch gehört doch auch zum Menschen. Eine solche Sehnsucht hat aber deine Maschine nicht. Und dann ist sie ganz allein, hat kein Bestreben, sich anderen Dampfkesselzombies anzuschließen.

D: Aber wir sind ja auch noch nicht fertig. All diese Fähigkeiten und Sehnsüchte, die du eben angedeutet hast, sind in der Tat bei diesem kleinen Rädermonster nicht vorhanden. Ich behaupte aber: Wir haben die Keime dafür erzeugt, und wir sollten einmal zusehen, wie es weitergehen kann. Mit der «Evolution des Regelkreises» sind wir ja nun noch keineswegs am Ende!

T: Und Geist allein: Das reicht doch nicht! Wenn wir von Seele reden – und der Titel deines Buches lautet doch «Bauplan für eine Seele», dann meinen wir nicht nur Problemlöse- und Lernfähigkeit; wir meinen auch noch Gefühl und Wille. Und wir meinen nicht nur einen primitiven «Benzintankauffüllungstrieb», wir meinen Erkenntnisstreben, Streben nach Selbstentfaltung, nach Vertrauen und Geborgenheit. Seele: Das heißt hoffen, lieben, verzweifeln, staunen, das heißt Konflikte haben, stolz sein, übermütig sein, resignieren. Von allen diesen Seelenregungen finde ich bei deinem Kesselwägelchen keine Spur! – Und die Schmerzen, die der Wagen haben soll: Das sind doch gar keine richtigen Schmerzen. Gut, er wird aversiven Ereignissen auszuweichen versuchen, aber er erlebt doch nichts! Und deshalb halte ich die Verwendung des Begriffs «Schmerz» in Verbindung mit deinem Kesselwagen für einen schlichten Etikettenschwindel!

D: Wie gesagt: Wir sind ja erst am Anfang. Alles auf einmal können wir nicht machen. Aber für den Anfang lag mir daran, zu zeigen, daß man wirklich Leben unter allei-

niger Verwendung von ziemlich einfachen Prinzipien entwickeln kann, daß sich Leben auf Regelkreise, Kaskadenregelungen, «aufgeschnittene», offene Kaskadenregelungen, Kaskadenregelungen mit Lernen und Wahrnehmung zurückführen läßt. Und jetzt sehen wir einfach mal weiter!

T: Na gut. Ich bin gespannt darauf!

Die Bausteine des Geistes

Unser Geist ist somit nichts anderes als die Aktivität vieler Milliarden Nervenzellen in unserem Gehirn.

John McCrone
Als der Affe sprechen lernte

Sehen wir also weiter! Wir könnten den gerade beendeten kritischen Dialog eigentlich gleich fortsetzen. Wir haben die Regelkreise und Steuerungen unseres Dampfwagens aus Gebilden zusammengesetzt, die wir «Neuronen» genannt haben. Diese Neuronen vollführen ziemlich einfache Tätigkeiten. Sie aktivieren einander, hemmen sich oder werden durch Erhöhung von «Übergangsgewichten», die aber auch wieder verfallen können, miteinander verknüpft. Das sind genau vier verschiedene Prozesse. Und der Opponent des «kritischen Dialogs» könnte angesichts der Ärmlichkeit dieses Prozeßinventars einwenden: «Und aus diesen vier Prozessen soll ‹echter› Geist werden können? Daraus sollen Planen, Bewußtsein, Lachen über Witze, ästhetische Wertschätzung, Schreiben von Gedichten, Hoffen, Verzweifeln, Liebe und Haß hervorgehen? – Das ist nicht einmal mehr lächerlich, sondern schon eher peinlich!»

Nun ist es aber wohl tatsächlich so, daß sich all das beim Menschen in einem Körperorgan zu ereignen scheint, das wir «Gehirn» nennen. Dieses Gebilde besteht aus etwa anderthalb Liter Eiweißmasse, die sich wiederum aus Nervenzellen oder Neuronen zusammensetzt. Hinzu kommen Häute, Blutgefäße und «Stützzellen» (Gliazellen), aber die Neuronen scheinen die wesentlichen funktionalen Elemente zu sein. Sie sind die Hauptträger der Gehirnprozesse, die unserem Seelenleben zugrunde liegen. Es gibt hundert bis zweihundert Milliarden oder auch noch mehr von ihnen in unserem Gehirn; die Schätzungen schwanken.

In diesem Abschnitt werden wir die Neuronen und besonders die Informationsverarbeitung, die sie leisten, einmal etwas näher betrachten. Was machen Neuronen? Kann man wirklich vermuten, daß «Geist» in neuronalen Netzen steckt? Und wie steht es mit Gefühlen? Planen, Bewußtsein, Lieben, Hoffen und Verzweiflung in Neuronennetzen? Wenn man das ernsthaft meint, sollte man sich die Neuronen schon genauer ansehen!

Wir werden sehen, daß man ein Neuron als eine Art kleine Rechenmaschine betrachten kann. Es rechnet nicht mit Zahlen, sondern mit elektrischen Impulsen und Spannungsänderungen, aber diese Rechnerei kann man ohne weiteres in das Rechnen mit Zahlen umsetzen, wenn man will (und das wird man wollen, wenn man zum Beispiel das Rechnen von Neuronen mit einem Computer nachbilden will).

Abbildung 1.9 zeigt eine Nervenzelle halbschematisch. Ein Neuron kann also ungefähr so aussehen wie eine Kaulquappe mit einem verbogenen Hirschgeweih und einem Schwanz, der in kleine Geißeln ausläuft. (Es gibt aber auch Neuronen, die ganz anders geformt sind, doch will ich hier auf Fragen der Morphologie nicht weiter eingehen; siehe zum Beispiel Baron 1987, Seite 7.) Die Verzweigungen des Hirschgeweihs heißen *Dendriten*; das Dendritengeflecht ist das Hauptempfangsorgan der Nervenzelle, gewissermaßen seine Antenne. Der antennenbewehrte Kopf, das *Soma* des Neurons, empfängt Signale in Form von chemisch ausgelösten lokalen Hyper- oder Depolarisierungen der Zellmembran, was nichts anderes bedeutet, als daß elektrische Spannungen auf- beziehungsweise abgebaut werden.

Die Signale stammen meist von den Endigungen anderer Neuronen, den *synaptischen Endknoten*, die ich in der Abbildung 1.9 als schwarze Kügelchen eingezeichnet habe. Bei *sensorischen* Neuronen können die Signale aber auch aus der Außenwelt stammen, und sie können chemischer oder physikalischer Natur sein. – Die einlaufenden Signale werden durch ein Neuron in bestimmter Weise verarbeitet.

Diese Signalverarbeitung führt zu einem bestimmten Output, der – als eine Sequenz elektrischer Impulse – über das *Axon* weitergegeben wird. Das Axon, der Schwanz der Neuron-Kaulquappe, ist das *Sendeorgan* der Nervenzelle; es kann bis zu einem Meter lang werden. Über das Axon gelangen elektrische Impulse zu anderen Neuronen oder – bei motorischen

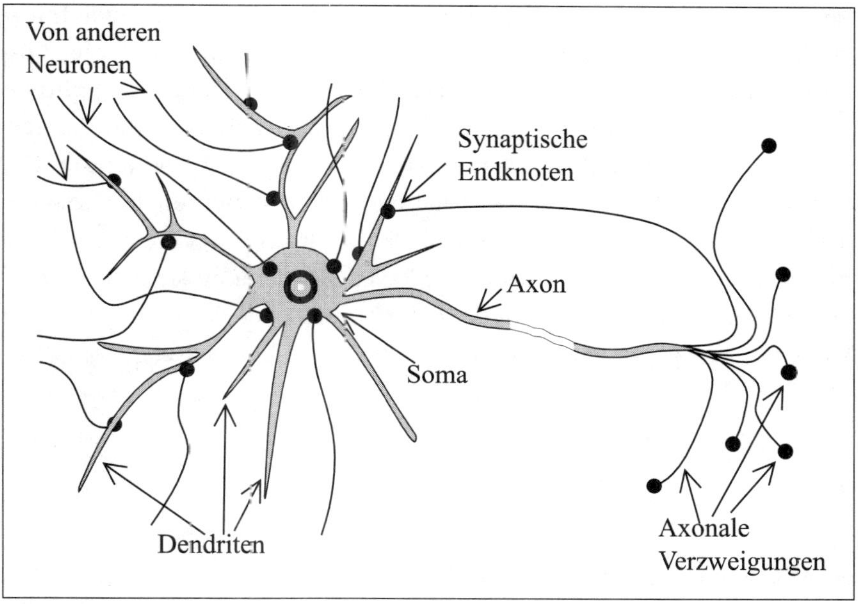

Abbildung 1.9 Ein Neuron

Neuronen – zu Muskelfasern. Das Axon kann sich verzweigen und auf diese Weise viele andere Nervenzellen erreichen. Über die synaptischen Endknoten kommunizieren die Neuronen miteinander. «Technisch» geschieht dies dadurch, daß in dem synaptischen Endknoten eine Transmittersubstanz freigesetzt wird, die die gegenüberliegende Zellmembran des Empfängerneurons entweder de- oder hyperpolarisiert. Eine Depolarisierung erhöht gewöhnlich die Frequenz der Impulse, die das Empfängerneuron seinerseits aussendet. Eine Hyperpolarisierung senkt die Frequenz. Depolarisierungen sind also *Aktivationen*, Hyperpolarisierungen dagegen *Inhibitionen*, Erregungsbremsen. – Ein Neuron kann sich auch selbst inhibieren oder aktivieren.

Nach allem, was man weiß, sind Neuronen entweder inhibitorisch oder aktivatorisch. Eine Nervenzelle hat entweder eine hemmende oder eine erregende Funktion – «Mischformen» gibt es anscheinend nicht.

Das Neuron ist aber nicht einfach ein Überträgerorgan für elektrische

Impulse, sondern es verarbeitet, wie schon erwähnt, die einlaufende Information in einer bestimmten Weise. Von welcher Art ist diese neuronale Informationsverarbeitung? Versuche, sie mathematisch oder mit den Mitteln der formalen Logik zu beschreiben, sind seit den vierziger Jahren unternommen worden; einer der ersten stammt von McCulloch und Pitts (1943). In den letzten Jahren, als Wissenschaftler begannen, neuronale Netze mit dem Computer zu simulieren, entstanden zahlreiche weitere Formalisierungen (siehe zum Beispiel Rojas 1993). Im Kern laufen sie meist darauf hinaus, Neuronen als *Vektormultiplikatoren* anzusehen. Was heißt das? Ein Vektor ist eine geordnete Reihe von Zahlen. Zum Beispiel ist

$$\begin{bmatrix} 1.5 \\ 2.8 \\ 2.7 \end{bmatrix}$$

ein Vektor mit drei Komponenten.

Man kann sich einen Vektor als Angabe der Koordinaten eines Punktes in einem n-dimensionalen Raum vorstellen, wobei n die Anzahl von Komponenten des Vektors ist. Der oben angegebene Vektor legt also einen Punkt in einem dreidimensionalen Raum fest, der nach rechts (x-Achse) 1.5 Einheiten vom Nullpunkt entfernt ist, nach oben (y-Achse) 2.8 Einheiten und nach hinten (z-Achse) 2.7 Einheiten. Die «Länge» eines Vektors ist die Entfernung des Punktes vom Nullpunkt des Koordinatensystems. Man kann sie – nach Pythagoras – als Wurzel aus den Quadraten der Komponenten bestimmen. Die Länge des oben genannten Vektors ist also 4.168 (das ergibt sich aus der Wurzel von $1.5^2+2.8^2+2.7^2$). Die «Länge» eines Vektors spielt eine gewisse Rolle für die «Normierung» von Vektoren. Man arbeitet manchmal gern mit Vektoren der Einheitslänge 1. Wir werden darauf noch zurückkommen.

Eine Multiplikation von zwei Vektoren findet statt, indem man die einzelnen Komponenten paarweise multipliziert und die Ergebnisse summiert. Das Ergebnis heißt das *Skalarprodukt* der Vektoren. Multipliziert man

$$\begin{bmatrix}1.5\\2.8\\2.7\end{bmatrix} \times \begin{bmatrix}2.4\\1.8\\2.3\end{bmatrix}$$

so ergibt sich als Skalarprodukt der Wert 14.85.

Wieso kann man Neuronen als Vektormultiplikatoren ansehen? An dem Dendritengeflecht und dem Soma einer Nervenzelle gibt es *n* Synapsen, die die Inputs von anderen Neuronen übermitteln. (Neuronen können Inputs von bis zu zehntausend anderen Neuronen erhalten.) Jedes der Inputneuronen, die in diesen Synapsen enden, hat zu einem bestimmten Zeitpunkt (genauer: innerhalb eines bestimmten Zeitraums) eine bestimmte Aktivität, produziert also zum Beispiel eine bestimmte Impulsfrequenz. Die verschiedenen Aktivitätsgrade der Inputneuronen kann man als die Komponenten eines Vektors INPUT betrachten.

Die «Rechnereigenschaften» eines Neurons werden wir uns nun anhand der Abbildung 1.10 auf Seite 66 verdeutlichen. Man sieht hier einen Kreis, der das Soma (samt Dendritengeflecht) eines Neurons darstellen soll. An diesem Kreis enden die Axonverzweigungen anderer Neuronen. Die Endigungen aktivierender Neuronen habe ich durch einen Pfeil, diejenigen von inhibierenden Neuronen durch eine «Barrikade», einen Balken, symbolisiert.

Man sieht nun an den zuführenden Axonendigungen kleine, senkrechte Strichfolgen. Diese sollen die Impulsfrequenzen der Inputaxone darstellen; bei dem obersten Axon sind das fünf Impulse pro Zeiteinheit, das heißt, der Input hätte den Zahlenwert 0.5, wenn man jedem Impuls das Gewicht 0.1 gibt.

Man sieht also in der Abbildung 1.10 den Inputvektor als Vektor der Impulsfrequenzen; zahlenmäßig kann man den Vektor INPUT als Folge der Zahlen 0.5, 0.3, 0.2 und so weiter darstellen.

In den synaptischen Endknoten können verschiedene Mengen von Transmittersubstanzen gespeichert sein: gar nichts, wenig oder viel. Die Größe des Transmittersubstanzdepots im synaptischen Endknoten ist die Komponente eines anderen Vektors, des Vektors GEWICHT. In Abbil-

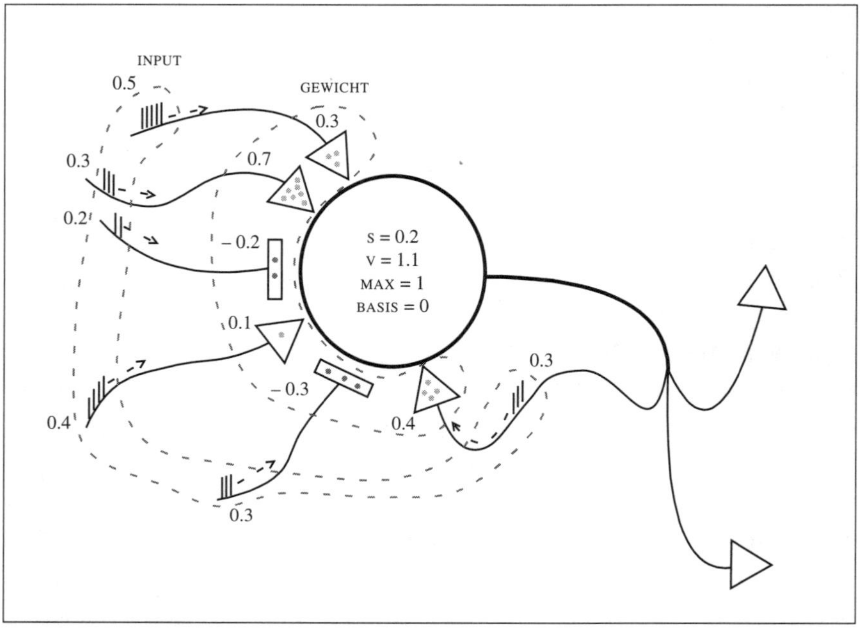

Abbildung 1.10 Ein «formales» Neuron. Die Pfeile stellen die synaptischen Endknoten aktivierender Neuronen dar, die Balken die Endknoten inhibierender Neuronen mit negativen Übergangsgewichten.

dung 1.10 sieht man die Transmittersubstanzdepots als kleine Kügelchen in den synaptischen Endknoten dargestellt. Die Depots von Transmittersubstanzen in den synaptischen Endknoten und die Aktivierungen der Inputneuronen werden nun miteinander «verrechnet». Das geschieht folgendermaßen:

Wenn zum Beispiel eine starke Aktivierung (das heißt eine hohe Frequenz von Impulsen) auf ein großes Transmitterdepot stößt, so wird viel Transmittersubstanz freigesetzt, und die Wirkung auf das Empfängerneuron ist entsprechend groß. Trifft dagegen eine hohe Aktivierung auf ein nur kleines Depot, werden nur wenige Transmitter ausgeschüttet. Dasselbe ist der Fall, wenn eine kleine Aktivierung auf ein großes Transmitterdepot trifft. Die Menge der durch einen synaptischen Endknoten freigesetzten Transmittersubstanz ist also so etwas wie das *Produkt* aus der Eingangsaktivierung und der Größe des Transmitterdepots, also das Ergebnis der Multiplikation der entsprechenden Zahlen. Die Transmittersubstanz führt nun an der Stelle, wo sie freigesetzt wurde, entweder zu einer De- oder einer Hyperpolarisation in der Empfängerzelle. Mathematisch können wir diese beiden verschiedenen Wirkungen dadurch kennzeichnen, daß wir die Produkte der Komponenten des Vektors GEWICHT bei Depolarisation mit einem positiven, bei Hyperpolarisation dagegen mit einem negativen Vorzeichen versehen.

Das Empfängerneuron «sammelt» die Impulse, die in Form von mehr oder minder großen Depolarisierungen oder Hyperpolarisierungen seine Membran erreichen. Das Skalarprodukt wird nun nicht als Zahl, sondern als Impulsfrequenz über das Axon weitergeleitet, und die Summe der De- oder Hyperpolarisierungen entspricht dem Skalarprodukt.

In die Bildung des Skalarprodukts im Neuron gehen die inhibitorischen Inputs, also die Hyperpolarisierungen, als negative Werte ein. Sie wirken damit abschwächend, hemmend; wenn viele und hohe negative Werte in die Vektormultiplikation einfließen, so wird der Wert des Skalarprodukts leicht gegen 0 gehen können. Und das bedeutet, daß *keine* Impulse über das Axon weitergegeben werden.

Eine wahrscheinlich realistischere, den «echten» Neuronen mehr entsprechende Annahme wäre, daß sich der Output eines Neurons nicht einfach aus der Addition der Inputprodukte ergibt, sondern logarithmisch mit dieser Summe zusammenhängt. Wenn gelten würde:

$$\text{OUTPUT} = 1 + \log(\text{INPUT} \times \text{GEWICHT}),$$

so würde eine bestimmte zusätzliche Erregung, also die Erhöhung des Wertes einer Inputkomponente, auf ein schon stark erregtes Neuron anders wirken als auf ein schwach erregtes. Ein Skalarprodukt (INPUT × GEWICHT) von 0.1, 0.2, 0.8, 0.9 würde jeweils einen Output von 0, 0.301, 0.903, 0.954 ergeben. Bei geringen Inputwerten führt ein Zuwachs zu großen Steigerungen im Output; der Differenz von 0.1 und 0.2 im Input entspricht die Differenz von 0 und 0.301 im Output. – Der gleichen Differenz der Inputwerte 0.8 und 0.9 entspricht aber nun nur noch die Differenz von 0.903 und 0.954 im Output. Mit zunehmender Inputgröße würde also der Outputwert immer weniger ansteigen. Ein solches fast asymptotisches Verhalten von Neuronen wäre sehr «biologisch»; solche logarithmischen Beziehungen zwischen Input und Output findet man zum Beispiel in der menschlichen Wahrnehmung für den Zusammenhang zwischen Reiz- und Empfindungsstärke (Fechner-Gesetz, siehe Fechner 1860). Zwei Trompeten werden vielleicht doppelt so laut empfunden wie eine, aber zwanzig Trompeten wird man nicht als doppelt so laut empfinden wie zehn. So ähnlich wie unser Hörorgan würden sich «logarithmische» Neuronen verhalten – Für unsere Neuronenmodelle werden wir aber vorderhand bei dem Konzept der nichtlogarithmischen Verrechnung der Inputs bleiben.

Das Sammeln der Inputs geschieht bei der Bildung des Skalarproduktes durch Addition. Man könnte es auch *multiplikativ* geschehen lassen; dann hätte man eine andere Form der Integration, die für bestimmte Funktionen von Neuronen Vorteile hätte; man könnte zum Beispiel das logische «und» einfacher realisieren als durch «addierende» Neuronen. Bei der Multiplikation würde ja der 0-Wert eines einzigen Inputs hinreichen, um dem Gesamtwert den Wert 0 zu geben. Damit aber wäre der Output nur dann von 0 verschieden, wenn *alle* Inputs von 0 verschieden werden. Solche Neuronen wären also ganz wunderbar als Filter zu verwenden; eine einzige Blokkade durch einen 0-Input würde die gesamte Informationsweitergabe lahmlegen.

Außer mit der Fähigkeit zur Vektormultiplikation sind Neuronen in den Informationsverarbeitungsmodellen gewöhnlich noch mit oberen und unteren Grenzen sowie mit Verstärkungsfaktoren und Schwellen ausgestattet. Dadurch werden aus ihnen *Schwellenelemente* (siehe Dertouzoz und Fluhr 1966). Ein Neuron kann nicht über eine obere Grenze hinaus aktiv werden. In Abbildung 1.10 habe ich diese obere Schwelle mit MAX gekennzeichnet; MAX sei also hier gleich 1. Als untere Schwelle können wir 0 wählen. Oder einen anderen Wert größer als 0 und kleiner als MAX. Die untere Schwelle sorgt dafür, daß die Inputaktivität erst dann wirksam wird, wenn sie über dem Schwellenwert liegt. Wäre die untere Schwelle eines Neurons zum Beispiel 0.2, bliebe ein Input von 0.1 ohne Wirkung und würde «verschluckt» werden. In Abbildung 1.10 habe ich die Schwelle mit S bezeichnet. – Statt einfach nur den summierten Input weiterzugeben, könnten wir ihn verstärken oder abschwächen, indem wir das Skalarprodukt (als Integration der einzelnen Inputs) mit einem Wert größer beziehungsweise kleiner als 1 multiplizieren. In Abbildung 1.10 beträgt der Verstärkungsfaktor 1.1. Durch den Verstärkungsfaktor V können wir Neuronen als *Verstärker* oder als *Abschwächer* gestalten.

Das Neuron der Abbildung 1.10 hat einen Inputvektor von Aktivierungen, der in Zahlen umgesetzt die Gestalt

$$\begin{bmatrix} 0.5 \\ 0.3 \\ 0.2 \\ 0.4 \\ 0.3 \\ 0.3 \end{bmatrix}$$

hat. Der Gewichtsvektor beträgt:

$$\begin{bmatrix} 0.3 \\ 0.7 \\ -0.2 \\ 0.1 \\ -0.3 \\ 0.4 \end{bmatrix}$$

Bildet man das Skalarprodukt beider Vektoren, so ergibt sich 0.39. Da dieser Wert größer ist als die Schwelle (S = 0.2), würde er zu einer Aktivität des Neurons führen. Diese beträgt $0.39 \times 1.1 = 0.429$. Eine entsprechende Impulsfrequenz (etwas mehr als vier Impulse pro Zeiteinheit) würde das Neuron über das Axon weitergeben.

Wollen wir, daß ein Neuron auch dann aktiv wird, wenn es keinen Input erhält, daß es also eine dauernde Quelle der Aktivität ist (so etwas braucht man mitunter, wie wir schon an den Neuronen der Motivatoren des Dampfwagens gesehen haben), so können wir dies auf verschiedene Weise erreichen. Wir können zum Beispiel dafür sorgen, daß ein Neuron sich selbst aktiviert, indem wir einen seiner synaptischen Knoten am eigenen Soma oder Dendritengeflecht enden lassen. Oder wir führen einen weiteren Parameter BASIS ein, der zu dem Skalarprodukt von INPUT und GEWICHT hinzuaddiert wird. Wählen wir für BASIS einen Wert größer als S (die Schwelle), so hätte das Neuron auch ohne Input eine Eigenaktivität.

Die bislang geschilderten Annahmen über die mathematische Struktur eines Neurons kann man folgendermaßen formalisieren: Ein Neuron sei charakterisiert durch eine Schwelle S (S ≥ 0), eine maximale Outputaktivität MAX (MAX ≥ 0), einen Verstärkungsfaktor V (V ≥ 0) und eine BASIS (BASIS ≥ 0). Der jeweilige Input als Summe (oder Produkt) der Vektoren INPUT und GEWICHT sei INGE. Dann möge für die Berechnung der Outputaktivität OUTPUT gelten:

wenn ((INGE + BASIS) > S) **dann** OUTPUT := ((INGE + BASIS) × V) **sonst** OUTPUT := 0;
wenn (OUTPUT < 0) **dann** OUTPUT := 0;
wenn (OUTPUT > MAX) **dann** OUTPUT := MAX.

Das sind Anweisungen im «Programmiersprachenjargon»; sie bedeuten folgendes: Wenn der Wert des Skalarproduktes des Inputs mit dem Gewichtsvektor (INGE) plus dem Wert von BASIS größer ist als die Schwelle (S), dann bekommt die Variable OUTPUT den Wert von (INGE + BASIS) × V (V gleich Verstärkungsfaktor), sonst aber den Wert 0. Das Symbol «:=» sollte man nicht verwechseln mit dem Gleichheitszeichen; man lese es «wird». OUTPUT := ((INGE + BASIS) × V) bedeutet also: OUTPUT *wird* gleich dem Wert von ((INGE + BASIS) × V); oder anders: OUTPUT bekommt den Wert von ((INGE + BASIS) × V). – Die nachfolgenden Anweisungen sorgen dafür, daß OUTPUT nicht unter 0 fällt beziehungsweise nicht über MAX anwächst.

Wir gehen der Einfachheit halber davon aus, daß das Geschehen in neuronalen Netzen in diskreten Zeittakten erfolgt. Unsere Neuronen brauchen also eine bestimmte Zeit Δt, um ihre Inputs in den Output umzurechnen. Die Umrechnung soll für alle Neuronen eines Netzes synchron erfolgen. Die Annahme diskreter

Zeittakte und die Annahme der Synchronizität erleichtern es, das Geschehen in neuronalen Netzen nachzuvollziehen, und stellen zugleich keine inakzeptable Vergewaltigung der Realität dar.

So, wie ich es bislang beschrieben habe, ist ein Neuron also ein Rechenmaschinchen, das im wesentlichen zwei Zahlenreihen miteinander multipliziert und die Ergebnisse aufaddiert. Liegt das Ergebnis über einer Schwelle, multipliziert das Neuron die so gewonnene Summe (von Produkten) mit einem Verstärkungsfaktor und teilt das Resultat seinen Kollegen mit. Diese machen ihrerseits mit ihren Inputs genau das gleiche: addieren, multiplizieren, verstärken, abschwächen. In dem ganzen Netzwerk geschehen tausend-, millionen- oder milliardenfach, nacheinander oder parallel, nur die Rechenoperationen, die ich gerade geschildert habe. Außerdem ändern sich noch die Inputgewichte (siehe unten). Sonst aber geschieht nichts!

Neuronen der beschriebenen Art sind nun zwar einfache Gebilde, zugleich aber mächtige Instrumente, wahre «Universalelemente» im Sinne der Systemtheorie (vgl. Klir und Vallach 1967), fähig, alle – wirklich *alle*! – Arten von Informationsverarbeitungsprozessen, von Rechen- und logischen Operationen durchzuführen. Abbildung 1.11 auf Seite 72 zeigt die Realisierung der logischen Grundoperationen «und», «oder» und «nicht» mit Neuronennetzen und außerdem eine Sonderoperation «onder».

Wir nehmen für die vier dargestellten Netze an, daß die Aktivität eines Neurons maximal gleich 1 sein kann (was dabei diese 1 bedeutet, eine Impulsfrequenz von 100 Hertz oder 10.453 Hertz oder was immer sonst, soll uns dabei ganz gleichgültig sein). Für die logischen Grundoperationen reicht es aus, wenn wir von *binären* Aktivitäten der Neuronen ausgehen, also festlegen, daß nur die Aktivitätsgrade 0 und 1 auftreten können (0 entspricht dabei irgendeiner minimalen Impulsfrequenz, 1 einer maximalen). – Die Schwelle S ist nur für das C-Neuron (im Zellkörper) der Netze angegeben; die Schwellen der anderen Neuronen sind hier nicht weiter wichtig. Die Übergangsgewichte von einer Nervenzelle zur anderen sollen, wenn nichts anderes vermerkt wird, gleich 1 (beziehungsweise gleich –1 bei Eingängen von inhibierenden Neuronen) sein und die Basis (BASIS) gleich 0. Betrachten wir nun die Netze im einzelnen:

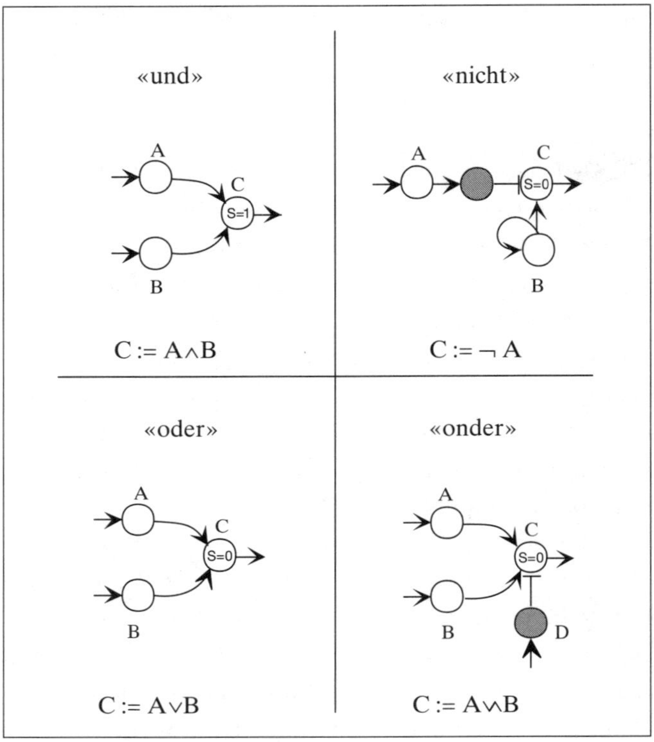

Abbildung 1.11
Die Realisierung logischer Operationen durch Neuronennetze

«und»: Das Outputneuron (C) des Netzes wird nur dann aktiv, wenn beide Inputneuronen (das eine *und* das andere) aktiv sind. Denn nur dann ist die Gesamtaktivität des Eingangs größer als die Schwelle (S = 1) des Neurons C.

«oder»: Das Outputneuron des Netzes wird aktiv, wenn das eine Inputneuron *oder* das andere *oder* beide aktiv sind. Die Schwelle des Neurons C ist gleich 0; daher das entsprechende Verhalten des Netzes.

«nicht»: Das Outputneuron C des Netzes wird nur dann aktiv, wenn das Inputneuron A nicht aktiv ist; es negiert also den Input. Dabei sei angenommen, daß das Neuron B sich ständig in seiner Aktivität erhält.

Mit Hilfe dieser drei logischen Operationen ist *alles* zu realisieren, was wir uns als Informationsverarbeitung vorstellen können. Der PC auf Ihrem Schreibtisch vollführt lediglich Folgen dieser drei Operationen, wenn er multipliziert, addiert, auf dem Bildschirm Muster malt, die Zugverbindung von Bamberg nach Castrop-Rauxel ausfindig macht und so fort. – Man kommt – das sei nebenbei gesagt – mit noch weniger Operationen aus, wenn man das will; es reicht *eine*, aber darauf wollen wir hier nicht eingehen.

Interessant ist, daß sich mit Neuronen des geschilderten Typs auch *Übergänge* zwischen «und» und «oder» ausführen lassen, wie sie in der sogenannten Theorie der unscharfen Mengen *(fuzzy sets)* eine Rolle spielen. Das Netzwerk «onder» der Abbildung 1.11 zeigt eine solche Schaltung. Je nach Aktivität des inhibierenden Neurons D müssen entweder beide Inputneuronen (A und B) maximal aktiv sein, um das Outputneuron C zu aktivieren; das wäre ein logisches «und». Oder aber es reicht eine geringere Aktivität beider Neuronen oder schließlich nur die Aktivität eines einzelnen, und letzteres wäre dann das logische «oder». Man kann also mit diesem Netz durch die Variation der Aktivität des inhibierenden Neurons D alle möglichen Übergänge zwischen «und» und «oder» realisieren.

Man kann die Neuronen auch ganz anders gestalten, als wir es hier getan haben. Man könnte zum Beispiel die Inputs, statt sie zu einem Skalarprodukt aufzuaddieren, auch miteinander multiplizieren. Man könnte die Netze der Abbildung 1.11 auch anders und mit anderen Neuronenarten bilden. Wie immer man die Informationsverarbeitungseigenschaften von Neuronen aber konzipiert: Wichtig ist, daß die Neuronen *Universalelemente* sind. Und das sind sie, wenn man «und», «oder» und «nicht» mit ihnen realisieren kann. Wenn sie Universalelemente sind, kann man *alles* mit ihnen machen, was man sich nur als Informationsverarbeitung vorstellen kann. – Die Möglichkeit, mit Neuronen alle logischen Operationen zu vollziehen, mag nun bedeutsam sein für die Diskussion der Frage, welche Art von Informationsverarbeitung Neuronennetze durchführen können, aber nach sehr viel Geist riechen die Funktionen «und», «oder» und «nicht» noch nicht unmittelbar und nach Seele schon gar nicht.

Man kann aber zeigen, daß schon recht einfache Verschaltungen von Nervenzellen etwas psychologisch ganz Interessantes leisten; eine solche

Schaltung werden wir nun betrachten, nämlich ein Netz, das «erkennen» kann; ein Netzwerk, das Muster, nämlich Gesichter, identifizieren kann. Solche Identifikations- und Kategorisierungsleistungen spielen in der menschlichen Geistestätigkeit eine große Rolle, und wir sind ja bereits bei unserem netzhautbestückten Dampfwagen auf die Notwendigkeit gestoßen, «Mustererkenner» zu verwenden.

Die Mustererkennungsfähigkeit unserer Neuronen basiert auf einer bestimmten Eigenschaft der Vektormultiplikation, der Bildung eines Skalarproduktes. Es gilt nämlich, daß sich ein um so größeres Skalarprodukt ergibt, je ähnlicher die miteinander multiplizierten Vektoren sind; das relativ größte Skalarprodukt ergibt sich also, wenn die beiden Vektoren identisch sind. Aufgrund dieser Eigenschaft läßt sich die Vektormultiplikation zur Erkennung von Mustern verwenden.

Versuchen Sie es einmal selbst! Abbildung 1.12 zeigt drei einfache Muster 1, 2 und 3. Wahrscheinlich sind Sie mit mir der Meinung, daß 1 und 2 einander ähnlicher sind als zum Beispiel 1 und 3.

Man sieht rechts neben den Mustern vektorielle Darstellungen derselben. Diese Vektoren sind dadurch entstanden, daß von rechts nach links und von oben nach unten für die einzelnen Komponenten der Muster eine 0 eingesetzt wurde für ein weißes Quadrat und eine 1 für ein schwarzes. Und dann wurden die Vektoren «normiert», indem jede Komponente durch die «Länge» des Vektors, also durch die Wurzel aus der Quadratsumme der Komponenten, dividiert wurde. Die fünf Einsen des ersten Vek-

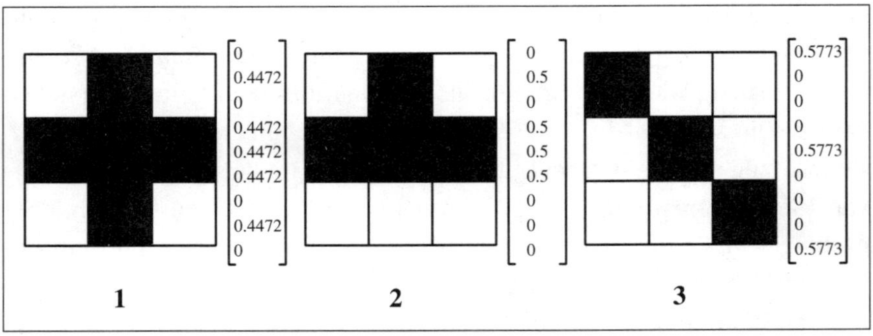

Abbildung 1.12 Drei Muster und ihre vektorielle Darstellung

tors ergeben die Quadratsumme 5, und die Wurzel aus 5 ist 2.2360. 1/2.2360 ist gleich 0.4472, und diesen Wert finden Sie in dem Vektor des Musters 1 in der Abbildung. Entsprechend wurde mit 2 und 3 verfahren. (Diese Normierung ist notwendig, damit die Vektoren bei Berechnungen miteinander verträglich sind. Sie bekommen durch die Normierung alle die Länge 1. Probieren Sie es: Summieren Sie die quadrierten Komponenten und ziehen Sie die Wurzel aus der Summe! Es kommt immer 1 heraus! – Bei Vektoren mit der Standardlänge von 1 variiert das Skalarprodukt [bei positiven Komponenten] zwischen 0 und 1; man weiß also, welche Zahl einer geringen und welche einer großen Ähnlichkeit entspricht. Würde man nicht normieren, so wäre das unklar.)

Wenn Sie nun das Skalarprodukt von 1 und 2 bilden, erhalten Sie 0.8944. Dieser Wert ist größer als das Skalarprodukt von 1 und 3; Sie erhalten dafür 0.2581. – Die Rechnerei mit den Vektoren entspricht also unseren subjektiven Empfindungen: 1 und 2 sind mit dem Skalarprodukt von 0.8944 als «Ähnlichkeitswert» einander ähnlicher als 1 und 3 mit einem «Ähnlichkeitswert» von 0.2581. – Man könnte also behaupten, daß unseren Ähnlichkeitsempfindungen «in Wirklichkeit» neuronale Berechnungen zugrunde liegen, die darin bestehen, daß Skalarprodukte gebildet werden (ohne daß wir davon mehr erfahren, als daß wir eben Ähnlichkeiten «empfinden»; keineswegs rechnen wir bewußt).

Bei simplen Neun-Punkt-Mustern braucht es nicht zu bleiben. In der Abbildung 1.13 auf Seite 76 sind acht Masken zu sehen. Sie sind aus einzelnen schwarzen oder weißen Punkten zusammengesetzt. Die Punkte einer Maske bilden eine Matrix mit 19 Spalten und 23 Zeilen, also mit insgesamt 437 Elementen.

Man stelle sich nun eine «Netzhaut» vor, die aus 437 in Matrixform angeordneten Nervenzellen besteht, wie sie Abbildung 1.14 auf Seite 77 im Ausschnitt zeigt. Eine solche Matrix ist ein Empfangsorgan; fällt Licht auf ein Neuron, so wird es aktiv, sonst nicht. Oder auch umgekehrt – darauf kommt es nicht an; die Neuronen müssen nur «viel Licht» oder «wenig Licht» eindeutig dekodieren. Wenn man dieser Netzhaut eine der acht Masken darbietet, entsteht in ihr ein bestimmtes Aktivitätsmuster.

Nun sehen wir unter der Netzhautschicht eine weitere Schicht von Neu-

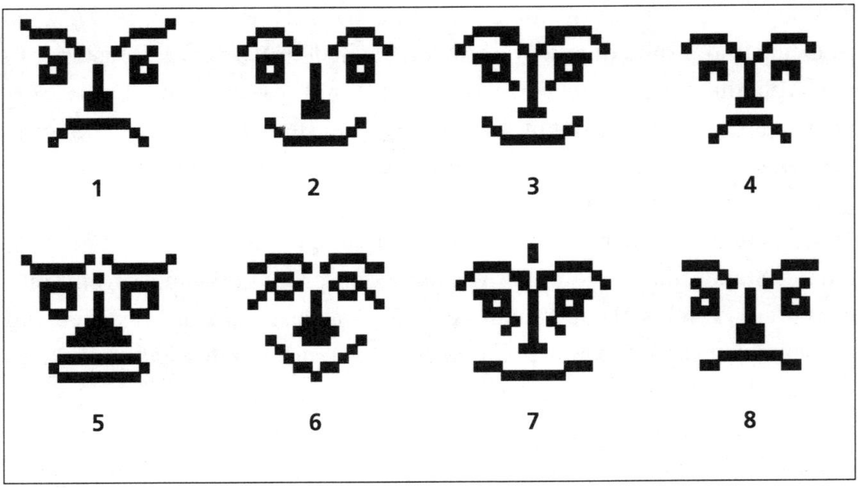

Abbildung 1.13 Masken

ronen. Alle 437 Nervenzellen der Netzhaut enden mit jeweils einer Synapse an jedem Neuron der zweiten Schicht. Die Neuronen dieser zweiten Schicht nennen wir «Musterdetektoren». Sie haben also alle die gleichen 437 Inputs, die von den Neuronen der Netzhaut stammen. Sie können aber verschiedene Muster von «Übergangsgewichten» (in Form von Transmitterdepots in «ihren» Synapsen) aufweisen; dort, wo der Musterdetektor A ein hohes Übergangsgewicht hat, kann Detektor B ein niedriges haben! Der Gesichtsvektor für jeden Musterdetektor enthält also 437 Komponenten, die in Zahlen dargestellt ähnlich aussehen wie die Vektoren in Abbildung 1.12. Wir wollen es uns ersparen, einen solchen Vektor der Gewichte mit seinen 437 Komponenten tatsächlich hinzuschreiben. Die jeweils 437 Gewichte an jedem Musterdetektor stellen die «Gesichter» der Abbildung 1.13 noch einmal dar; es sind gewissermaßen die *Gedächtnisabbilder* dieser Muster. (Solche Muster von Übergangsgewichten können *gelernt* werden; anders ausgedrückt: Lernen kann man als Veränderung der Übergangsgewichte definieren, davon aber später mehr; im dritten Kapitel gehe ich auf das Erlernen sensorischer Schemata noch genauer ein.)

Wenn man nun der «Netzhaut» ein Muster darbietet, sollen alle Netz-

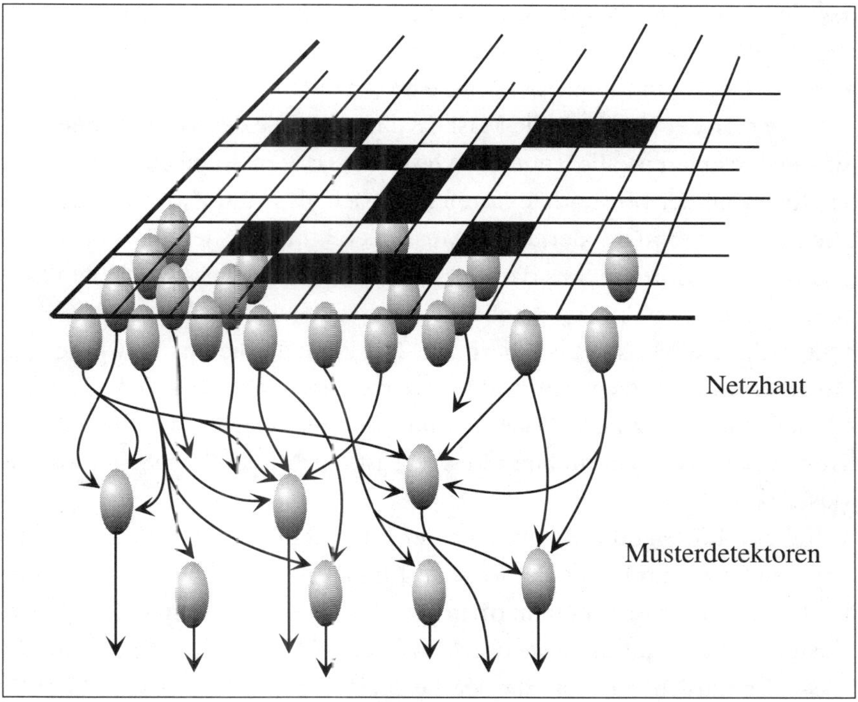

Abbildung 1.14 Netzhaut und Musterdetektoren

hautneuronen, auf die ein schwarzer Punkt fällt, «an»gehen, also eine Aktivität von 1 haben; die Netzhautneuronen aber, auf die ein weißer Punkt fällt, sollen eine Aktivität von 0 aufweisen. Nun übertragen die Netzhautneuronen ihre Aktivitäten auf die Musterdetektoren. Dort, wo eine hohe Aktivität des Netzhautneurons auf ein großes Depot an Transmittersubstanzen stößt, gibt es einen starken Effekt; überhaupt kein Effekt stellt sich ein, wenn entweder das Netzhautneuron inaktiv ist oder wenn der synaptische Endknoten über kein Transmitterdepot verfügt. Hätte man zum Beispiel einen Musterdetektor für die Maske 8, so würden die synaptischen Endknoten derjenigen Netzhautneuronen, die bei der Darbietung der Maske 8 aktiv würden (die «schwarzen» Neuronen), hohe Übergangsgewichte aufweisen; alle anderen Masken hätten für diesen Musterdetektor das Gewicht 0. Der Vektor der Übergangsgewichte für diesen Vektor wäre ein «Gedächtnisvektor»; in Form eines Musters von Transmitterdepots wäre ein Gedächtnisabbild der Maske 8 vorhanden.

Böte man der Netzhaut die Maske 8 dar, so würde der Musterdetektor 8 maximal reagieren, alle anderen Musterdetektoren weniger. Die Stärke der Reaktion der Musterdetektoren ließe sich also zum Zwecke der Identifikation verwenden; derjenige Musterdetektor, der jeweils am stärksten reagiert, indiziert, was der Fall ist. – Darüber hinaus aber ließen sich mit den Musterdetektoren Ähnlichkeiten feststellen. Würde man der Netzhaut nicht die Maske 8, sondern die Maske 1 darbieten, so würde der Musterdetektor 8 recht stark aktiviert werden, nicht aber zum Beispiel bei der Darbietung der Maske 6. Und das entspricht wieder der subjektiven Ähnlichkeitsempfindung: Maske 1 ist der Maske 8 ähnlicher als die Maske 6.

Tabelle 1.3 zeigt die Reaktionen der Musterdetektoren für die Masken 1 bis 8 auf die Darbietung der Masken 1 bis 8. Man sieht oben und links in der Tabelle die Maskennummern; in der Matrix die Reaktionen eines jeden Musterdetektors auf die jeweilige Maske. Der Detektor 1 reagiert auf die Maske 1 natürlich mit 1, auf die Maske 2 mit 0.65, auf die Maske 3 mit 0.42 usw. (Die Matrix ist diagonalsymmetrisch, daher kann man sich die untere Diagonalhälfte sparen.) Man sieht, daß die Masken 1 und 8 einander gemäß der Vektormultiplikation sehr ähnlich sind; dasselbe gilt von 3 und 7. 6 und 7 werden als ziemlich wenig ähnlich (0.25) eingestuft. Wenn wir nun die Masken der Abbildung 1.13 betrachten, so wird sich für uns (ungefähr) der gleiche Eindruck hinsichtlich ihrer Ähnlichkeit ergeben. Versuchen Sie es einmal!

Die von den Neuronen produzierten Ähnlichkeitsurteile, entsprechen also weitgehend unserem subjektiven Empfinden. Und das heißt, man könnte annehmen, daß subjektiven Empfindungen Vektormultiplikationen zugrunde liegen. Seele als Mathematik!

Die Vektormultiplikation der Neuronen kann also als eine einfache Detektions- oder Identifizierungsprozedur verwendet werden. (Tatsächlich liegen vielen Mechanismen der «Mustererkennung», zum Beispiel dem Erfassen von Postleitzahlen in Briefsortieranlagen oder von Buchstaben

	1	2	3	4	5	6	7	8
1	1	0.65	0.42	0.45	0.56	0.40	0.37	0.93
2		1	0.74	0.33	0.45	0.34	0.65	0.66
3			1	0.31	0.49	0.30	0.87	0.44
4				1	0.33	0.28	0.26	0.45
5					1	0.42	0.48	0.58
6						1	0.25	0.42
7							1	0.43
8								1

Tabelle 1.3 Die Ähnlichkeiten der Masken

in Scannerprogrammen, solche Vektormultiplikationen zugrunde.) So, wie wir die Lösung der Aufgabe dargestellt haben, taugt sie aber nur für bestimmte Umstände, bei anderen würde sie versagen. Böte man zum Beispiel der Netzhaut eine total schwarze Fläche dar, so würden *alle* Musterdetektoren maximal erregt. Und das wäre natürlich schlecht! Ein Nicht-Muster würde dazu führen, daß indiziert wird: «Alle Muster vorhanden!»

Dieses Problem könnte man allerdings noch einfach lösen, nämlich dadurch, daß man *zwei* Musterdetektoren für jede Maske vorsieht: einen für die schwarzen Stellen, der so beschaffen sein kann wie beschrieben, und einen zweiten für die weißen Umrisse der Maske. Eine bestimmte Maske sollte nur dann als «vorhanden» indiziert werden, wenn diese *beiden* Detektoren maximal erregt wären. – Nun ja, in die Detailprobleme der Mustererkennung wollen wir uns hier nicht vertiefen; siehe hierzu zum Beispiel Levi, Ahlers, May und Schanz (1998). Mir ging es hier nur um die Demonstration, daß Vektormultiplikation (als elementare neuronale Tätigkeit) und Psychologie durchaus eine Beziehung zueinander haben.

Nun noch zum Problem des *Lernens* in neuronalen Netzwerken: Die Art und Weise, wie sich Erregungen in einem Neuronennetz ausbreiten, hängt wesentlich von den *Übergangsgewichten* der Synapsen ab. Sie bestimmen die synaptischen Schwellen; ein hohes Übergangsgewicht bedeutet natürlich eine niedrige Schwelle und ein niedriges eine hohe. Wenn wir nun die Schwellen verändern könnten, wären wir in der Lage, Neuronennetze *lernen* zu lassen. Durch Veränderung der Übergangsgewichte könnten zum Beispiel Reize Reaktionen aufrufen, die sie vorher nicht auslösen konnten.

Bei einem System ohne Lernfähigkeit müßte der Konstrukteur dafür sorgen, daß die auf bestimmte Reize erwünschten Reaktionen allesamt in vorprogrammierter Form vorhanden sind. Unser Dampfvehikel (nennen wir es von nun an kurz Ψ) sollte dann genau wissen, was es unter bestimmten Umständen, also bei einem bestimmten Bedürfnis und in einer bestimmten Außenweltsituation, tun muß. Es wäre dann vielleicht einer bestimmten Umwelt optimal angepaßt, wehe aber, wenn sich diese verändert.

Wie verändert man die Übergangsgewichte? Abbildung 1.15 zeigt die Lösung, die ich für praktisch halte. Es gibt ein spezifisches «Verknüpferneuron», dargestellt als Kreis mit einem grauen Rand. Wenn ein Verknüpferneuron aktiv ist, so sollen sich die Gewichte bestimmter synaptischer Endknoten um einen bestimmten Betrag erhöhen, und zwar die Gewichte derjenigen Knoten, die an dem Soma oder dem Dendritengeflecht des den Verknüpferimpuls empfangenden Neurons vorhanden sind. In Abbildung

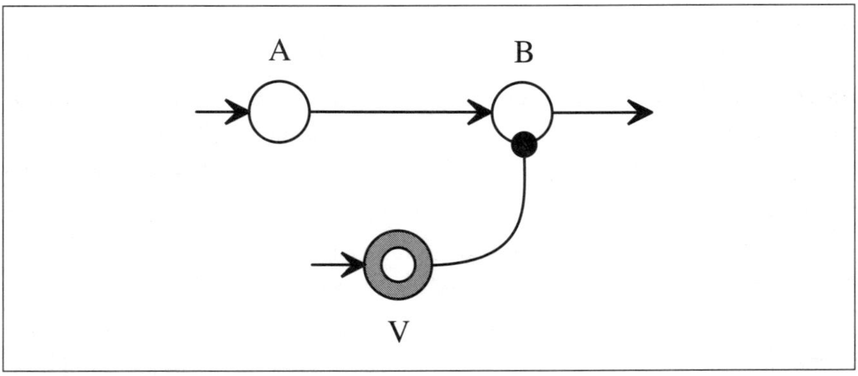

Abbildung 1.15 Verknüpferneuron

1.15 soll sich also das Übergangsgewicht vom Inputneuron A zum Outputneuron B verändern, wenn sowohl das Verknüpferneuron V als auch A und B aktiv sind, wobei der Betrag dieser Veränderung von der Aktivität aller drei Neuronen abhängig ist.

Weiterhin verleihen wir den Übergangsgewichten die Eigenschaft, daß sie wieder verfallen können, und zwar um so schneller, je schwächer das Übergangsgewicht, und um so langsamer, je stärker es ist. Jenseits einer «Langzeitschwelle» sollen die Übergangsgewichte überhaupt nicht mehr verfallen; sie bleiben dann auf Dauer bestehen.

Die Einführung des Verfalls der Übergangsgewichte hat folgenden Zweck: Wir haben Ψ so eingerichtet, daß Verknüpferimpulse abhängig sind von Lust- oder Unlustsignalen, also von Bedürfnisbefriedigungen oder Bedürfnisentstehungen. Zu einem Verknüpferimpuls kommt es also nur dann, wenn ein «Erfolg» oder ein «Mißerfolg» eintritt. Erfolg könnte zum Beispiel heißen: Reaktion B auf Situation A führt zur Wiederherstellung eines Gleichgewichts. – Nun könnte die Koinzidenz der Bedürfnisbefriedigung mit Reaktion B in Situation A aber auch Zufall sein. Daher sollte diese Verbindung zunächst nur ein geringes Gewicht bekommen und schnell wieder verfallen können. Häufen sich aber die Koinzidenzen von A–B und Bedürfnisbefriedigung, so soll die Verknüpfung ein immer höheres Gewicht bekommen, das immer mehr Zeit braucht, um wieder zu verfallen.

Formal kann diese Regelung folgendermaßen aussehen: Sei I das Ausmaß der Aktivität eines Inputneurons, O das Ausmaß der Aktivität des Outputneurons und V das Ausmaß der Aktivität des Verknüpferneurons. Sei G das Übergangsgewicht für den Übergang vom Input- zum Outputneuron, T die Langzeitschwelle, L eine Lernkonstante und K eine Verfallskonstante. Dann soll gelten:

Wenn $V > 0$ **dann** $G := (\sqrt{G} + V \times L \times I \times O)^2$
sonst:
Wenn $G < T$ **dann** $G := \sqrt{G^2 - K}$

Das Zeichen ‹:=› lese man in diesen Anweisungen wieder als «wird». Der erste Teil der Anweisung bedeutet also umgangs-

sprachlich formuliert: «Wenn V einen Wert größer als 0 hat, so nimm den Wert von G, ziehe daraus die Wurzel, addiere das Produkt von $V \times L \times I \times O$ hinzu, quadriere das Ganze, und weise es G als neuen Wert zu.»
(In dem *sonst*-Teil der Formel müßten Vorsichtsmaßnahmen für den Fall negativer Argumentwerte für die Wurzelfunktion ergriffen werden. Negative Zahlen können vorkommen, wenn die Verfallskonstante K größer ist als G^2. Die entsprechenden Regulationen haben wir hier weggelassen.)

Wenn also zum Beispiel

$G = 0.3$
$V = 1$
$L = 0.2$
$I = 0.5$
$O = 1$
$K = 0.01$

so erhält G als neuen Wert 0.4195.

Hätte G den Wert 0.6 und blieben die anderen Parameter unverändert, so wäre der neue Wert von G 0.7649. Bei einem höheren Anfangsgewicht steigt also G stärker an als bei einem niedrigeren.
Hätte V den Wert 0, würde also kein Verknüpfersignal erfolgen, ergäbe sich bei einem Anfangswert von G = 0.3 als neuer Wert 0.2828; G verfiele also wieder. Wäre G größer, hätte es zum Beispiel den Wert 0.6, so würde es nur auf 0.5916 absinken, also erheblich weniger, als wenn es den Wert 0.3 hätte.

Abbildung 1.16 zeigt einen Lernverlauf als Veränderung eines synaptischen Gewichts, das zu bestimmten Zeitpunkten, die ich unten auf dem Zeitlineal aufgetragen habe, verstärkt wird. Man sieht, daß vier Anfangsverstärkungen das Gewicht G von 0 auf etwa 0.18 erhöhen; dann sinkt es innerhalb von drei Zeittakten wieder auf 0. Sieben aufeinanderfolgende Verstärkungen bringen G sodann auf etwa 0.5. Man beachte, daß nun der Abfall viel schwächer ist. Und der Zugewinn durch vier Verstärkungen vom Zeittakt 43 an ist bei weitem größer als der Zugewinn aufgrund der vier Verstärkungen zu Beginn des Prozesses.

Abbildung 1.16 Ein Lernverlauf mit dem synaptischen Gewicht G = 0 zu Beginn, L (Lernrate) = 0.2, K (Verfallskonstante) = 0.01, I (Inputaktivität) = 0.5, O (Outputaktivität) = 1 und Verstärkungen (V = 1) zu den im Fußlineal angegebenen Zeitpunkten

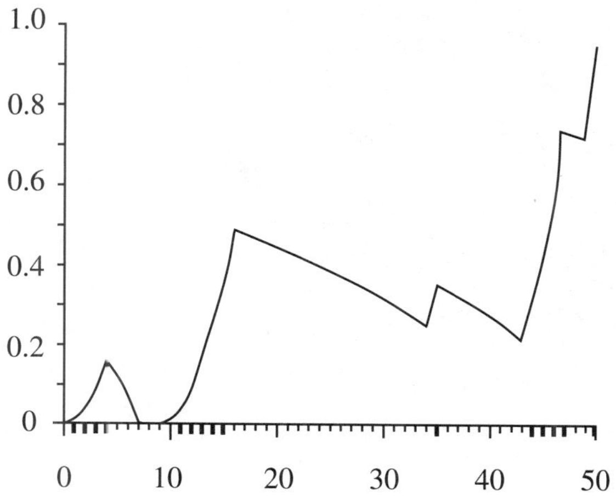

Die Veränderung einer Schwelle aufgrund der gemeinsamen Aktivität mehrerer Neuronen und eines Verknüpferneurons ist eine spezifische Realisierung der sogenannten Hebb-Regel. Der amerikanische Neurophysiologe Donald Hebb meinte in einem Buch, welches 1947 erschien, daß sich neuronale Betriebseinheiten aufgrund gemeinsamer Aktivität bilden würden. Wir haben mit dem Verknüpferneuron-Konzept eine *bedingte* Hebb-Regel realisiert; die gemeinsame Aktivität von Neuronen führt nur dann zu einer Senkung synaptischer Schwellen, wenn zugleich Verknüpferneuronen aktiv sind. Eine neurophysiologische Evidenz für die Existenz von Verknüpferneuronen findet man in einer Arbeit von Szentagothai (1968), der der Meinung ist, daß die Kletterfasern im Kleinhirn die Purkinje-Zellen dort «belehren», auf welche Inputs sie achten sollen (siehe auch Eccles 1972). Die Kletterfasern wären also die Verknüpferneuronen, die Purkinje-Zellen die Outputneuronen und die «Moosfasern», in die die Purkinje-Zellen eingebettet sind, die Inputneuronen.

Neuere Entdeckungen zeigen, wie ein Verknüpferneuron biochemisch arbeiten könnte. – In Abbildung 1.17 sieht man eine Pyramidenzelle der Großhirnrinde (B) mit einem dendritischen Ausläufer. An dem dendritischen Ausläufer sieht man zwei postsynaptische «Dornen» (Ausstülpungen der Dendriten) und daneben synaptische Endknoten. Der eine ist mit NMDA, der an-

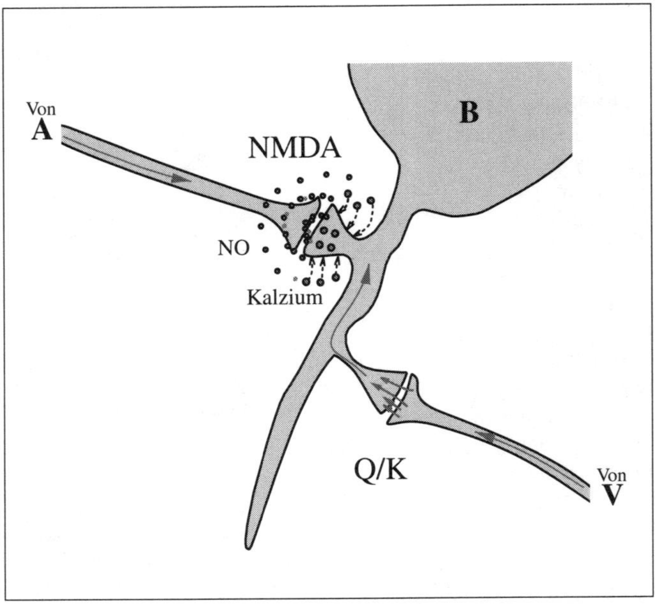

Abbildung 1.17
«Belehrende» und «belehrte» Synapsen

dere mit Q/K gekennzeichnet (diese Bezeichnungen beziehen sich auf bestimmte chemische Eigenschaften der Synapsen; wir nehmen sie hier einfach als Namen). Man hat festgestellt, daß es diese beiden Typen von Synapsen an den Pyramidenzellen gibt. Sie unterscheiden sich voneinander. Die NMDA-Synapse ist gewöhnlich nicht leitend. Sie wird durch Magnesiumionen blokkiert. Ein Impuls von A kann also gewöhnlich nicht auf B übergehen. Dagegen ist die Q/K-Synapse leitend; V kann also B erregen.

Wenn aber B erregt wird, und es ist zugleich A aktiv, so geschieht an der NMDA-Synapse etwas Dramatisches. Die Blockade durch Magnesiumionen wird aufgehoben, Kalzium strömt in das Zellinnere, und es kommt eine chemische Reaktion zustande, bei der Stickstoffmonoxid (NO) freigesetzt wird. Dieses (gewöhnlich hochgiftige!) Gas dringt in den präsynaptischen Knoten ein und regt ihn zu einer vermehrten Ausschüttung von Transmittersubstanzen an. Mit anderen Worten: Die NMDA-Synapse wird leitend gemacht oder «belehrt», daß sie in Zukunft Impulse übertragen soll. Die Q/K-Synapse ist also gewissermaßen der Lehrer, und die Belehrung geschieht durch die gleichzeitige Aktivität der

Neuronen A, B und V, ganz entsprechend unserer theoretischen Verknüpferneuron-Konzeption. Siehe hierzu im einzelnen Spitzer 1996, Seite 48ff., der Ergebnisse von Bliss und Collingridge (1993) referiert.

Wir haben nun bestimmte Gebilde mathematisch definiert, die wir «Neuronen» nennen. Diese mathematischen Neuronen sind Informationswandler; sie empfangen bestimmte Inputs und arbeiten diese auf bestimmte Weise in Outputs um. Sind wir aber sicher, daß sie Modelle der echten Neuronen und ihrer Informationsverarbeitung sind, daß die mathematischen Neuronen alle und nur die Eigenschaften als Informationswandler widerspiegeln, die auch die Nervenzellen in unserem Gehirn haben?

Daß die mathematischen Neuronen Modelle der Neuronen auch im Hinblick auf deren materielle Eigenschaften sind, daß unsere künstlichen Neuronen also Membranen, Dendriten, Zellkerne usw. aufweisen, wollen wir nicht verlangen, da das für ihr Verhalten als Informationswandler unwesentlich ist. Und nur die Informationswandlungseigenschaften der Neuronen interessieren uns. Die material-qualitativen und energetischen Merkmale der Neuronen (siehe Bischof 1968) sind für uns nicht interessant. Es ist auch unwesentlich, daß die künstlichen Neuronen *elektrische* Impulse umwandeln. Sie könnten statt elektrischer Impulse einander auch Billardbälle zuwerfen. Wichtig wäre allein, daß die Funktion stimmt, daß also die Billardkugelinputs in der gleichen Weise in Billardkugeloutputs umgewandelt werden wie die elektrischen Inputs in entsprechende Outputs.

Wenn wir den «Geist» oder die «Seele» aus künstlichen Neuronen zusammenbauen, so tun wir dies in der Absicht, etwas über die menschliche Seele herauszufinden. Wir wollen untersuchen, ob «Geist» durch eine Interaktion von Neuronen entstehen kann. Und dafür ist es wichtig, zu wissen, ob die echten Neuronen unseren Vektormultiplikationen ausführenden Schwellenelementen entsprechen oder nicht.

Die Wahrheit ist: Wir sind keineswegs sicher, daß unsere künstlichen Neuronen Modelle der echten sind. Wir wissen nicht, ob jedes Neuron des menschlichen Zentralnervensystems als irgendeine Variante des mathematischen Neurons dargestellt werden kann, das ich in diesem Abschnitt beschrieben habe.

Vielleicht können die Neuronen unseres Gehirns mehr als sie. Oder auch weniger?

Kommt es aber eigentlich darauf an, ob die Bausteine, aus denen wir den «Geist» zusammensetzen wollen, exakt den menschlichen Nervenzellen entsprechen? Können wir also erst dann fortfahren, wenn wir uns der Modellhaftigkeit unserer Kunstneuronen endgültig versichert haben?

Ich halte dies für unnötig. Ich habe das «künstliche Neuron» als Bauelement aus zwei Gründen gewählt, und der eine dieser Gründe hat mit der Modellhaftigkeit der Neuronen gar nichts zu tun.

1. Die Neuronen, die ich in diesem Abschnitt beschrieben habe, sind universale Elemente, mit denen wir alle Arten von Informationsverarbeitung durchführen können. Ihre Funktion ist leicht zu beschreiben, und wir können mit ihnen variable Netze aufbauen, die sich den verschiedensten Umständen anpassen lassen. So stellt die Verwendung unserer Quasineuronen einen relativ leicht durchschaubaren, normierten mathematischen Formalismus dar, der es erlaubt, komplizierte Systeme der Informationsverarbeitung recht anschaulich zu beschreiben. Ein Zweck der Einführung unserer mathematischen Neuronen ist also lediglich der, ein einheitliches System von Bausteinen zur Verfügung zu haben, mit dem sich trotz dieser Einheitlichkeit alle möglichen Arten von Informationsverarbeitung darstellen lassen, und das in relativ einfacher Weise, so daß man die Informationsverarbeitung gut nachvollziehen kann. Die Beziehung zu «echten» Neuronen spielt dabei überhaupt keine Rolle. Die Netze, die den «Geist» unserer Maschine hervorbringen, sollen *Verhaltensmodelle* für die realen Netze sein, die wir im Zentralnervensystem vorfinden. Das heißt, sie sollen dieselben Leistungen realisieren, die gleichen Inputs in die gleichen Outputs umwandeln. Ob sie das auf dieselbe Art und Weise tun wie echte Neuronennetze, sei dahingestellt. (Der Unterschied zwischen Verhaltens- und Strukturmodellen liegt darin, daß erstere ihren Urbildern nur im Hinblick auf die «Außenpolitik» entsprechen müssen. Sie müssen die entsprechenden Inputs in die-

selben Outputs umwandeln wie das Original. – Bei Strukturmodellen wird auch die Gleichheit der «Innenpolitik» verlangt.)

2. So ganz ernst meine ich es nicht, wenn ich gerade geschrieben habe, daß unsere Quasineuronen nur als Anschauungshilfen dienen sollen. Wir verwenden eben doch nicht irgendwelche Elemente, sondern Annäherungen an echte Neuronen als Bausteine für den «Geist». Darin steckt die Hoffnung, daß die Systeme der Informationsverarbeitung, die wir aufbauen werden, realen Netzen nicht nur als Verhaltensmodelle, sondern auch – möglichst weitgehend – als Strukturmodelle entsprechen. Vielleicht können wir durch die Synthese von Systemen unter der Verwendung unserer Quasineuronen doch eine Vorstellung davon gewinnen, wie die realen Netze aussehen *könnten*. – Dabei müssen wir allerdings davon ausgehen, daß die Quasineuronen nicht einzelnen Zellen des Zentralnervensystems, sondern Neuronen*bündeln* entsprechen. Wahrscheinlich sind die echten Neuronen viel unzuverlässiger als unsere mathematischen Gebilde – zum Beispiel sind sie in ihren Eigenschaften als Informationswandler stark von Stoffwechselprozessen abhängig –, und die Natur wird dieser Unzuverlässigkeit dadurch gerecht, daß sie die natürlichen Bausteine der Informationsverarbeitung in hohem Maße redundant benutzt, also statt eines Neurons jeweils mehrere, parallel geschaltete verwendet. Auch wissen wir, daß im Zentralnervensystem ständig Neuronen absterben. Sind sie in Bündeln parallel geschaltet, ist der Untergang einer einzelnen Nervenzelle leicht zu verschmerzen und beeinflußt die Funktion des Systems nicht (obwohl mit wachsender Anzahl der untergegangenen Neuronen die Decke natürlich immer dünner wird). In den Systemen aus Quasineuronen dagegen, die wir ergründen werden, hätte der Ausfall eines einzelnen Neurons gewöhnlich katastrophale Folgen für das Funktionieren des gesamten Netzes.

Solange wir nicht genau wissen, welche Eigenschaften der Informationswandlung die Neuronen unseres Gehirns haben und ob und wie sie unter Umständen in größeren «Betriebseinheiten» zusammengefaßt existieren, tun wir erst einmal so, als ob jedes unserer Quasineuronen einer neuronalen Betriebseinheit entspricht, und sehen zu, wie weit wir damit kommen.

Wenn wir mit unseren Quasineuronen «Geist» erzeugen können, so haben wir damit immerhin den Beweis dafür in den Händen, daß es im menschlichen Gehirn so ähnlich aussehen könnte wie in unserem Quasineuronennetz.

Wenn wir annehmen, daß «Seele» oder «Geist» durch die Interaktion von Neuronen zustande kommt, sind wir jetzt so weit, feststellen zu können, daß wir zwölf Milliarden (oder mehr) Vektormultiplikationsmaschinchen im Kopf haben, die zum Beispiel Muster erkennen können. Vielleicht können sie sogar, in Mustererkennungssystemen verschaltet, eine Rose von einer Tulpe unterscheiden und verwechseln diese wiederum nicht mit einem Vergißmeinnicht.

Aber kann es darüber hinausgehen? Sollen wir uns tatsächlich «Seele» als einen Interaktionsprozeß einer sehr großen Anzahl winziger, primitiver Rechenmaschinen vorstellen? Ist das Erleben einer nach Thymian duftenden Juninacht unter einem Vollmondhimmel in der Provence nichts anderes als das Rechnen von ein paar Millionen Vektormultiplikatoren, die uns zum Beispiel mitteilen, daß das, was wir da über uns sehen, keine Straßenlaterne, sondern der Vollmond ist und das, was wir riechen, Thymian und kein Lavendel? Und vor allem: Wem teilen denn diese Vektormaschinchen ihre jeweiligen Resultate mit? «Uns»? Wie denn das? Wo sind *wir* denn in diesem Geflecht von Rechenmaschinen? Irgendwie müssen wir ja auch selbst darin vorkommen. Ist unser «Selbst» ein Spezialneuronengeflecht? Oder ist es eine Art von Emergenz, ein Fluidum, etwas «ganz anderes», das sich auf geheimnisvolle Weise aus den Erregungsschauern ergibt, die in niemals gleichen Konstellationen über die Neuronengeflechte unserer Großhirnrinde wandern?

Zweites Kapitel

Hilberts Krawatte

If there is one term that is most
central to the ACT-theory, it is ‹production›.

John R. Anderson
The Architecture of Cognition

Geist erweist sich im vernünftigen Tun. Was immer ich über die geistigen Fähigkeiten eines Menschen oder eines Tieres vermute oder annehme – das, was wirklich darin steckt, zeigt sich, wenn vernünftig gehandelt werden kann. Geist kommt darin zum Ausdruck, daß ein Tun die optimale Form annimmt, um ein bestimmtes Ziel zu erreichen, daß keine unnötigen, zeit- und energieraubenden Umwege auftreten, daß Nebenwirkungen und Spätfolgen des Handelns mitbedacht und unvorhersehbare Ereignisse berücksichtigt werden. Wie kommt intelligentes Handeln zustande? Da gibt es verschiedene Möglichkeiten! Zum Beispiel finden wir intelligentes Verhalten bei der Grabwespe.

Die Intelligenz der Grabwespe

Abbildung 2.1 auf Seite 90 zeigt einen kleinen Abhang im Querschnitt. Darin befindet sich etwa auf halber Höhe eine Höhle und davor eine Wespe, die gerade damit beschäftigt ist, den Zugang zu der Höhle zu erweitern, indem sie Sandkörnchen vom Eingang entfernt. Etwas weiter unten am Hang liegt ein zusammengerolltes, schwer identifizierbares Bündel. Es ist eine Spinne. Die Wespe hat sie gefangen und gelähmt, um sie in die Bruthöhle zu bringen. Auf dem Spinnenkörper sollen dann Eier abgelegt werden, die gelähmte Spinne soll als eine Art lebende Konserve für die ausschlüpfenden Wespenkinderchen dienen. Nicht gerade sehr tierfreundlich, die Wespe!

Abbildung 2.1
Die Wespe und die Spinne

Nun stößt sie allerdings bei der Ausführung ihres Plans auf Hindernisse: Sie ist mitsamt der Spinne zu dem Loch geflogen, hinterrücks in die Höhle gekrochen und hat versucht, ihre Beute hinter sich herzuziehen. Das aber hat leider nicht geklappt, da die Öffnung für die große Spinne viel zu klein ist. Daraufhin hat die Wespe die Spinne losgelassen und sich daran gemacht, das Loch zu vergrößern. – Sehr vernünftig! Ehe sie sich weiter abrackert, sollten zunächst einmal die offenbar nicht vorhandenen *Voraussetzungen* für den Transport der Spinne in die Höhle geschaffen werden. Die Wespe hat sich also ein Zwischenziel gesetzt! – Die Spinne allerdings, des Haltes beraubt, ist den Hang hinabgerollt.

Nachdem die Wespe das Loch vergrößert hat, suchte sie die Spinne. – Ein Theoretiker der «künstlichen Intelligenz» hätte seine helle Freude an dem Tierchen: Kaum hat sie das Zwischenziel erreicht, orientiert sich die

Wespe wieder am Oberziel, dessentwegen sie das Zwischenziel angestrebt hat. Nur: Die Spinne ist nicht da! Neues Zwischenziel: Spinne suchen! In sich spiralförmig erweiternden Kreisen hält die Wespe Ausschau nach ihrer Beute, findet sie zwanzig Zentimeter weiter hangabwärts, bugsiert die Spinne wieder nach oben und versucht, sie auf die gleiche Weise wie vorher in die Höhle zu ziehen. Wieder gelingt das nicht. Und wieder läßt sie die Spinne los. Neues Ziel: Loch noch mehr erweitern! Die gelähmte Spinne kullert wiederum den Abhang hinunter. Die Wespe macht sich an die Arbeit. Gelungen! Nun also die Spinne. Die Spinne ist nicht da! Wo ist die Spinne? Die Wespe sucht sie in sich spiralförmig erweiternden Kreisen.

So geht es drei- oder viermal. Dann verschwindet die Spinne schließlich im Loch.

Es steckt eine Menge Intelligenz in dem Verhalten der Wespe. Sie tat immer das, was als nächstes gerade vernünftig war. Sie hatte eine Höhle gegraben, war auf die Jagd nach einer Spinne gegangen, hatte eine gefunden und betäubt und versucht, sie in die Höhle zu ziehen. Und auch mit Hindernissen, die bei der Durchführung ihres Plans auftraten, konnte sie umgehen. Als das Beutetier nicht durch das Loch paßte, legte sie es ab und begann, das Loch zu erweitern. Die Wespe wußte also auch, was zu tun war, wenn es *so* nicht ging; sie konnte ihr Verhalten flexibel den Umständen anpassen. Als sie die Spinne nach getaner Arbeit nicht wiederfand, begann sie, systematisch nach der verschwundenen Beute zu suchen. – Intelligent, das alles! Aber zugleich ist das Verhalten der Wespe ziemlich dumm und vor allem uneinsichtig. Dumm ist, daß sie konzentrisch sucht und nicht zunächst hangabwärts – wohin denn sonst soll eine Spinne kullern? Und uneinsichtig ist, daß sie nichts aus ihren Fehlern lernt.

Mit dem Verschwinden der Spinne hangabwärts kam die Wespe nicht gut zurecht; warum und wohin die Spinne immer wieder verschwand, blieb ihr rätselhaft (wenn «rätselhaft» als statthafte Bezeichnung für einen Seelenzustand von Wespen gelten kann, was wohl zu bezweifeln ist). – Bei der «Intelligenz» der Wespe handelt es sich also offenbar um ein fest vorprogrammiertes System von Verhaltensweisen. Die «Einsicht» (nichts anderes heißt ja Intelligenz) in die Umstände hatte nicht die Wespe, sondern ihr

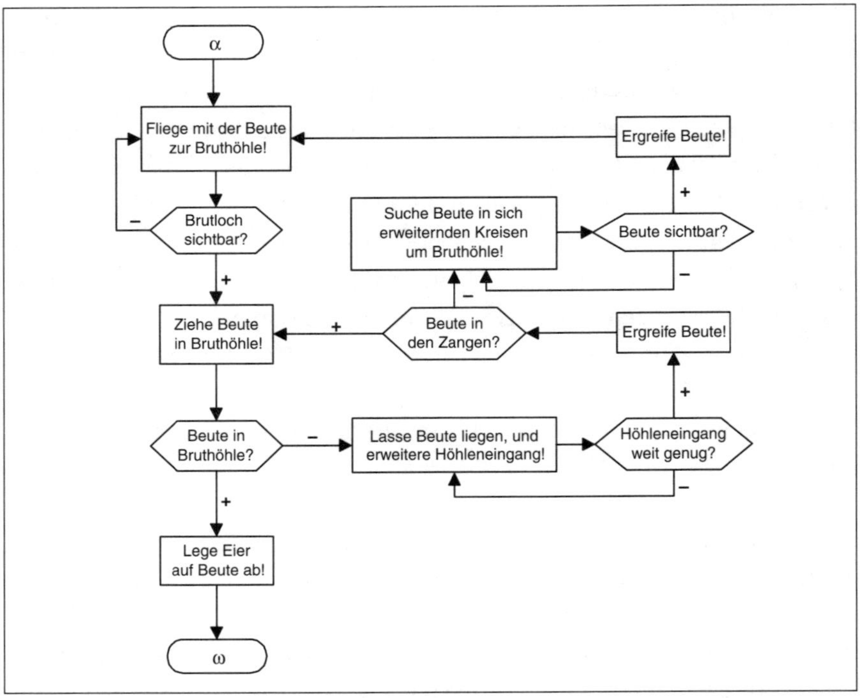

Abbildung 2.2 Ein Programm der Grabwespe

«Programmierer», Richard Dawkins' «blinder Uhrmacher», die Evolution. Die Wespe konnte ihr Verhalten «neuen» Umständen nur insoweit anpassen, als auch das vorprogrammiert war. Die Abhängigkeit der Wespe von ihrer Vorprogrammierung ist daran zu erkennen, daß sie aus ihren Mißerfolgen überhaupt nichts lernt. Sie hätte ja – zumindest vom zweiten Versuch an – die Spinne so ablegen können, daß sie den Hang nicht mehr hinunterrollen konnte, um sich auf diese Weise den Rücktransport zu ersparen. Zu diesem Zweck hätte sie zum Beispiel ein paar Sandkörnchen unter den Spinnenkörper legen können, die diesen am Abwärtsrollen gehindert hätten. Oder sie hätte sich doch zumindest vom zweiten Mal an daran erinnern können, wo die Spinne hinrollt, um dann nicht überall zu suchen, sondern nur dort, wo sie sie schon vorher gefunden hatte, nämlich weiter hangabwärts. – Keine dieser Adaptationen an die Situation war bei der Wespe festzustellen. Die «Vernunft» der Wespe verwandelte sich unter bestimmten Umständen in Dummheit und Rigidität.

Der «Geist» der Wespe besteht aus zwanzig oder dreißig Verhaltensprogrammen, die von dem «blinden Uhrmacher» irgendwo in ihrem Nervensystem aus etwa 700000 Neuronen implantiert worden sind. Das Programm, nach dem die Wespe bei der Vorbereitung ihrer Jungenaufzucht handelte, zeigt Abbildung 2.2 als Flußdiagramm.

Ein Flußdiagramm stellt eine Vorschrift für die Reihenfolge dar, in der bestimmte Operationen durchgeführt werden sollten. Die Reihenfolge ist nicht starr, sondern das Programm enthält viele bedingungsabhängige Verzweigungen; je nachdem, ob bestimmte Voraussetzungen erfüllt sind oder nicht, findet entweder das eine oder aber das andere Verhalten statt. Das dargestellte Programm ist eine sensumotorische Koordination; wenn eine bestimmte Verhaltenseinheit abgeschlossen ist, erfolgt jeweils eine Kontrolle, ob sie den Erfolg gehabt hat, den sie haben sollte. Je nachdem, wie diese Kontrolle ausfällt, geht es dann in der einen oder der anderen Weise weiter. Das Verhaltensprogramm ist durch «rückläufige Afferentiation», wie Alexander R. Lurija (1992, Seite 88) das nennt, gekennzeichnet; jede motorische Aktion führt zu bestimmten «Erwartungen» hinsichtlich der Effekte, und es wird geprüft, ob diese Effekte eingetreten sind oder nicht; das Ergebnis entscheidet über das weitere Vorgehen.

Das Verhaltensprogramm der Wespe ist ein System von programmierten Vorschriften und Kontrollen. Außerdem ist es *hierarchisch*; die in Abbildung 2.2 genannten Teilschritte sind Makroeinheiten, die ihrerseits wieder Programme darstellen. So setzt sich zum Beispiel der Befehl «Ergreife Beute!» zusammen aus: «Beute sichtbar?» – Wenn nein: Abbruch, sonst: «Nähere dich der Beute!» – «Öffne Zangen!» – «Nähere dich weiter der Beute, bis eine der Zangen Berührungskontakt hat!» – «Schließe Zangen so lange, bis Gegendruck der Beute 0.0001 dyn/cm^2!» und so fort.

Solche Subprogramme lassen sich teilweise noch weiter in Subprogramme zerlegen. So besteht ja zum Beispiel das «Sich-Nähern» aus einer komplizierten Verhaltensweise von Entfernungssensoren und Beinmuskeln. Und allein das Bewegen eines Beins ist wiederum eine Verhaltensweise, ein kleines Programm, selbst bei einer Wespe.

Die «Seele» oder der «Geist» einer Wespe ist also vorprogrammiert. Solche in sich ganz cleveren Programme gibt es nun nicht nur bei Grabwespen. Wir finden sie auch bei uns. Wir rasieren uns, putzen die Zähne, setzen Teewasser auf, unterschreiben ein Scheckformular, stellen den Computer an oder aus, ohne daß wir uns überlegen müßten, wie das alles geht. Es geht «automatisch». Ein hoher Prozentsatz unserer täglichen Verrichtungen (ich schätze: gewöhnlich über 90 Prozent unseres Gesamtverhaltens) besteht aus dem «Feuern» von Verhaltensprogrammen, die automatisch ablaufen. Das ist sehr praktisch; die Existenz solcher Verhaltensprogramme befreit uns davon, immer wieder neu überlegen zu müssen, wie man eine Tür wohl öffnen, den Füller aufschrauben oder ein Auto starten kann.

Solche Automatismen ersparen uns Reflexion und Probieren, und wir könnten uns kaum ohne sie in der Welt bewegen – oder allenfalls mit sehr großem Aufwand. Sie gehen ohne Nachdenken. Allerdings auch mitunter schief!

Von dem Göttinger Mathematiker David Hilbert wird folgendes berichtet: Eines Abends erwarteten er und seine Frau Gäste. Seine Frau stellte fest, daß David eine unpassende Krawatte trug, und schickte ihn nach oben ins Schlafzimmer, um den Binder zu wechseln. – Da erschienen die Gäste. Frau Hilbert begrüßte sie, unterhielt sich mit ihnen, aber irgendwie fiel langsam auf, daß der Hausherr fehlte. Frau Hilbert begab sich ins Schlafzimmer und fand ihren Mann friedlich schlafend im Bett.

Was war geschehen? Man kann es sich gut vorstellen! Professor Hilbert, vielleicht in Gedanken mit der Frage beschäftigt, ob wohl jede gerade Zahl Summe zweier Primzahlen ist, entledigte sich, nachdem er im Schlafzimmer angekommen war, wie befohlen seiner Krawatte. Und dann folgte eben das Jackett, das Hemd, die Hose, er stieg in den Schlafanzug und legte sich ins Bett. Ein sensumotorisches Programm war angestoßen worden und lief weiter ab. Der Herr Professor war kurzfristig auf das intellektuelle Niveau der Grabwespe zurückgefallen.

Derartiges geschieht wohl gar nicht selten, und wenn wir darauf achten, finden wir bei uns selbst oftmals ähnliches. – Ich setze mich ins Auto, um von der Universität in die Stadt zum Einkaufen zu fahren. Während der Fahrt denke ich an ein Problem. Und plötzlich finde ich mich wieder – nicht in der Innenstadt, wo ich hinwollte, sondern in dem Vorort, in dem ich wohne. Ich bin «bewußtlos» genau in die Richtung gefahren, die ich gewöhnlich einschlage, wenn ich die Universität verlasse. Dabei muß ich an mehreren Ampeln gebremst und angehalten haben, wieder angefahren und abgebogen sein; ich habe kein anderes Auto gerammt und (hoffentlich!) auch keinen Fußgänger belästigt. Meine Verhaltensweisen haben also «in sich» eine ganze Menge «Intelligenz» entfaltet.

Die Folgen solcher automatisch weiterlaufender sensumotorischer Koordinationen brauchen nicht so harmlos zu sein wie in den beiden geschilderten Beispielen. Es wird berichtet, das Unglück des Atomreaktors von Three Miles Island bei Harrisburg sei unter anderem dadurch verursacht worden, daß ein Operateur den Auftrag erhalten hatte, einige Ventile zu schließen. Nun machte er sich an die Arbeit und kurbelte also die Ventile zu; erst Ventil 1, dann 2, dann 3 und dann 4. Aber 4 hätte er nicht schließen dürfen, da er dadurch den Notkühlkreislauf abstellte.

Aktionsschemata und Verhaltensprogramme

Wie können wir Ψ mit der Intelligenz der Verhaltensprogramme ausstatten? So, wie wir es im letzten Kapitel dargestellt haben, verfügt es lediglich über einfache Reflexe. «Wenn dies und das der Fall ist, tue jenes!» Verhaltensprogramme aber sind *Kettenreflexe*, zusammenhängende Reflexstrukturen. Abbildung 2.3 auf Seite 96 zeigt, wie eine solche Struktur als neuronales Netzwerk aussehen könnte.

Man sieht in der Abbildung ein Teetassenergreifprogramm. Ich habe mich auf das Ergreifen von Teetassen beschränkt, weil sich daran alles verdeutlichen läßt, was auch das Verhalten von Grabwespen erklärt. Das Begraben von Spinnenkörpern ist hinsichtlich der Aktionen nur quantitativ etwas anderes als das Ergreifen von Teetassen. Sonst besteht es aus den gleichen Grundeinheiten.

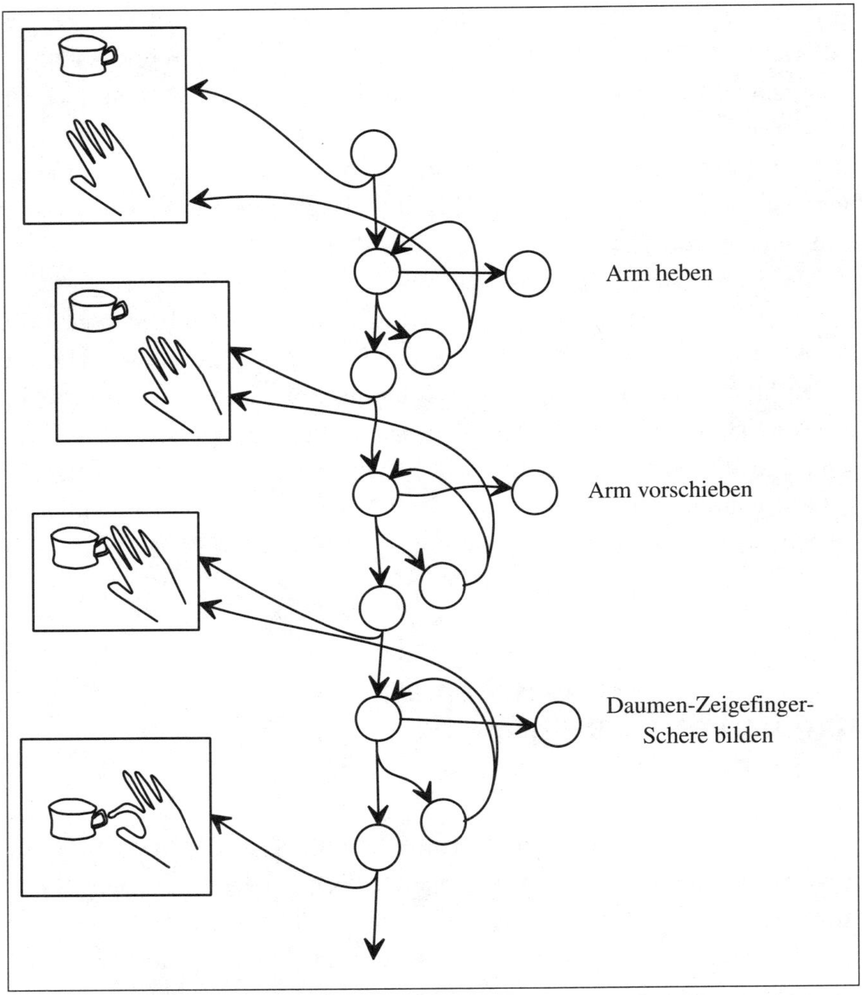

Abbildung 2.3 Ein Verhaltensprogramm aus Neuronen

Nämlich aus einer Kette von sensumotorischen Verbindungen. Links sieht man in der Bilderfolge die sensorischen Einheiten. Diese sind eigentlich Musterdetektoren; der Anschaulichkeit halber habe ich sie aber als Bildchen dargestellt. In der Mitte entfaltet sich das eigentliche Verhaltensprogramm in Gestalt der Interneuronen, die Sensorik und Motorik zu einer

Einheit verbinden und von denen rechts die motorischen Neuronen abzweigen, die jeweils zu bestimmten motorischen Unterprogrammen führen, zum Beispiel zu «Arm heben».

Die Reihung der sensorischen und motorischen Einheiten folgt nun einem bestimmten Schema. Die Kette besteht aus aufeinanderfolgenden Dreiereinheiten: einem «einleitenden» sensorischen Element folgt jeweils ein motorisches, und dann kommen wieder sensorische Einheiten. Das allererste Element der Kette ist verbunden mit einem sensorischen Element, mit einem Musterdetektor für «Arm unter der Teetassenebene». Es folgt ein Kettenglied, das auf das motorische Element «Arm heben» zeigt. Und dann kommen zwei Kettenglieder, die parallel liegen und jeweils wieder mit sensorischen Elementen verbunden sind, nämlich mit den Musterdetektoren «Arm *unter* der Teetassenebene» und «Arm *auf* der Teetassenebene». – Die letzten sensorischen Elemente einer Dreiereinheit sind die ersten Elemente der nachfolgenden Dreiereinheit. So folgt auf das Kettenglied, welches auf «Arm *auf* Teetassenebene» zeigt, ein Kettenglied, das wieder mit einer motorischen Einheit verbunden ist, nämlich mit «Arm vorschieben». Dagegen folgt auf das Kettenglied, das auf «Arm *unter* der Teetassenebene» zeigt, wieder das vorhergehende motorische Element «Arm anheben».

Eine solche Dreiereinheit wollen wir *Aktionsschema* nennen; ein Aktionsschema ist also eine sensorisch-motorisch-sensorische Einheit, die folgende Verfahrensvorschrift oder Regel realisiert:

> Wenn X der Fall ist, dann mache Y, und es ergibt sich Z
> (Z_1 oder Z_2 oder ...).

X und Z sind dabei sensorische Schemata, Y ist ein effektorisches Schema, entweder die unmittelbare Aktivierung eines Effektors (also beispielsweise das Anstellen einer Turbine oder die Kontraktion einer Muskelfaser) oder aber selbst wieder ein Aktionsschema auf niedrigerer Stufe.

Ein Aktionsschema ist eine basale Verhaltensweise. Es besteht aus einem *Bedingungs-*, einem *Effektor-* und einem *Erwartungsschema*. Durch das Erwartungsschema ist die «rückläufige Afferentiation» Lurijas möglich, also die Prüfung, ob die Aktion auch zu dem erwarteten Erfolg geführt hat.

Ein Aktionsschema enthält eine elementare Form von Intelligenz: die «Einsicht», daß eine bestimmte Aktion unter bestimmten Umständen bestimmte Folgen hat. Damit aber ermöglicht es *zielgerichtetes* Verhalten, das den jeweiligen Bedingungen angepaßt werden kann. (Woher die «Einsichten» kommen, die in einem Aktionsschema stecken, wird uns noch beschäftigen.)

Aktionsschemata können Bausteine größerer Aktionsschemata sein. Gebilde, die aus einem oder einer Kette oder Verzweigung mehrerer Aktionsschemata bestehen, nennen wir *Verhaltensprogramme.*

Wenn ein System über Aktionsschemata verfügt, so verfügt es damit über eine Voraussetzung, sein Tun auf Ziele auszurichten (Finalität); und es «weiß», welche Mittel es benötigt, ein bestimmtes Ziel anzustreben (Instrumentalität).

Komplizierte Verhaltensprogramme können sich aus Verzweigungen, Ketten oder auch Kreisen von Aktionsschemata zusammensetzen. Abbildung 2.3 zeigt drei aufeinanderfolgende Kreise, die wiederum auf Verzweigungen basieren. Effekt des ersten Aktionsschemas kann sein, daß sich die Hand entweder *auf* der Ebene des zu ergreifenden Gegenstandes befindet oder *darunter*. Je nachdem geht es entweder in der einen oder in der anderen Art weiter.

Aktionsschemata, wie ich sie bislang beschrieben habe, weisen allerdings noch Unzulänglichkeiten auf. Verhaltensprogramme, die aus ihnen zusammengesetzt sind, haben eine zeitliche Struktur. Diese aber existiert lediglich in der *Aufeinanderfolge* der verschiedenen sensorischen und motorischen Ereignisse. Erst kommt das eine, dann das andere. Die reine Aufeinanderfolge als Zeitangabe reicht jedoch nicht immer aus.

Wenn ich per Fernbedienung meinen CD-Player anstelle, dann beginnt er keineswegs nach dem Knopfdruck unmittelbar mit dem Abspielen der CD. Vielmehr vergehen fast anderthalb Sekunden, bis die ersten Töne hörbar werden. Das «weiß» ich, denn mich überrascht es keineswegs, wenn nach anderthalb Sekunden «Leere» nach dem Knopfdruck schließlich die Musik beginnt. Im Gegenteil: Ich erwarte es. Es überrascht mich aber, wenn nach dem Verstreichen dieser Zeit *kein* Geräusch aus den Lautsprechern dringt. Wenn das der Fall ist, gehe ich zu Kontrollen über. Knopf stark genug gedrückt? CD im Laufwerk? – Es würde mich auch überraschen, wenn sofort nach dem Knopfdruck Musik ertönte. – Also: Bei Verhaltensweisen spielt die *Zeit* eine Rolle! Zeit und auch der Raum. Ich erwarte die Töne aus dem CD-Player nicht von irgendwoher, sondern aus den Lautsprechern.

Wie kommen Zeit und Raum in Verhaltensprogramme? Wir müssen den Verknüpfungen der Interknoten räumlich-zeitliche Indizes anfügen. Diese sind nichts anderes als Angaben, nach welcher Zeit und an welchem Ort im Raum ein bestimmtes Ereignis erwartet werden kann.

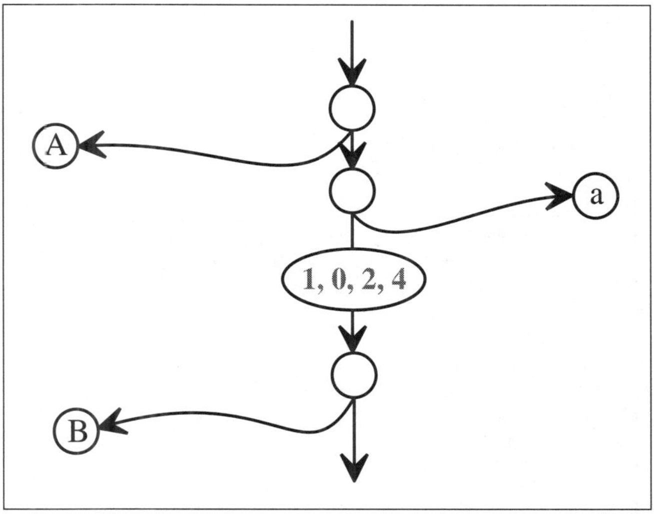

Abbildung 2.4 Raum-Zeit-Indizierung

Abbildung 2.4 zeigt ein Beispiel. Das Schema bedeutet: Wenn «A» der Fall ist, kann man «a» tun; dann wird an dem Raumort eine Einheit rechts von «A», null Einheiten nach unten, aber zwei Einheiten nach hinten versetzt, nach vier Zeiteinheiten (zum Beispiel Sekunden) das Ereignis «B» auftreten. Indem wir solche Raum-Zeit-Indizes in Aktionsschemata anbringen, ermöglichen wir es Ψ, nicht nur nach Aktionen bestimmte Ereignisse, sondern diese auch nach einer bestimmten *Zeit* und an einem bestimmten *Ort* zu erwarten.

An sich ist das Einfügen von Zahlen in unsere Neuronensysteme ein Bruch des Prinzips, ausschließlich Neuronen zu verwenden, um in unserer Maschine den «Geist» zu erwecken. Diese Zahlen sind aber lediglich als Abkürzungen für neuronale Strukturen zu verstehen; wir werden noch sehen, für welche.

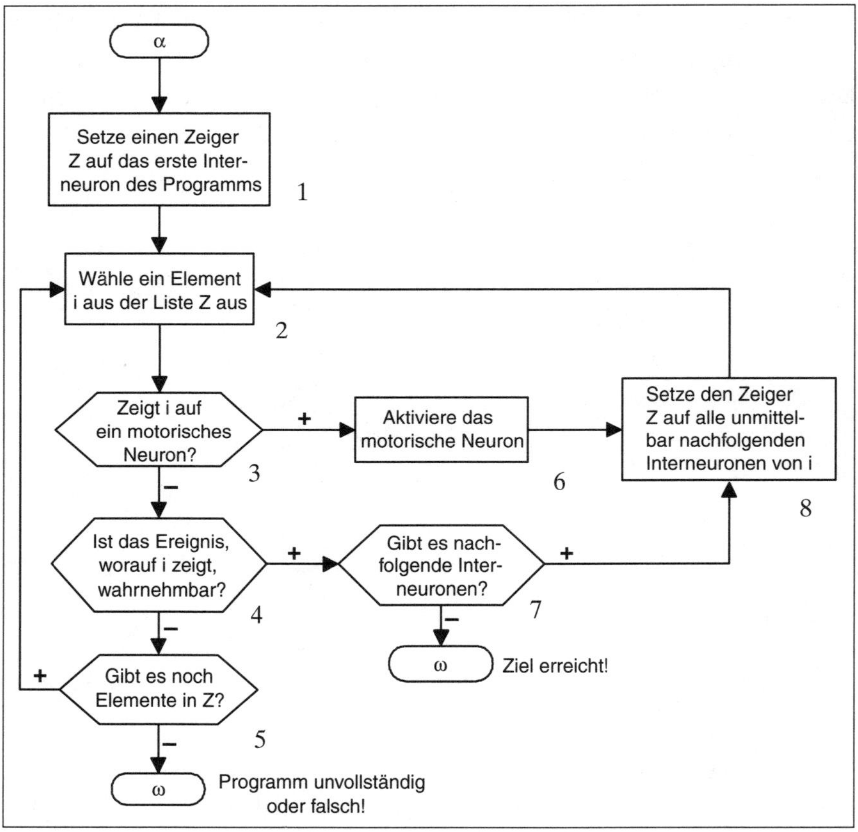

Abbildung 2.5 Aktiviere-Verhaltensprogramm

Verhaltensprogramme der neuronalen Form, wie sie in Abbildung 2.3 dargestellt ist, können wir nun nicht einfach «feuern», indem wir ihr erstes Glied aktivieren und die Aktivierung sich über die Kette fortpflanzen lassen. Es muß ja nicht nur die jeweilige Motorik in Gang gesetzt werden, sondern danach muß auch die Kontrolle erfolgen, ob der erwartete Effekt eingetreten ist oder nicht. Je nach Ergebnis muß es dann in der einen oder anderen Weise weitergehen.

Abbildung 2.5 zeigt ein Programm (nennen wir es «Aktiviere-Verhaltensprogramm»), das ein Verhaltensprogramm der Form, wie es in Abbildung 2.3 gezeigt wird, «durchtastet». Das Programm ist nicht sonderlich kompliziert. Es besteht darin, daß zunächst in 1 ein Zeiger auf das erste Interneuron des Programms gesetzt und dann geprüft wird, ob dieses Neuron seinerseits auf ein motorisches oder ein sensorisches Neuron zeigt. – Das erste Neuron eines Verhaltensprogramms weist immer auf ein sensorisches Neuron, so folgt also die Kontrolle (4), ob es sich dabei um einen Detektor für ein Muster handelt, das in der Umgebung tatsächlich vorhanden (wahrnehmbar) ist. Trifft dies zu, so hängt das Programm das nachfolgende Interneuron an den Zeiger, wählt ein Element der Liste – nun gewöhnlich ein motorisches – aus, feuert es und prüft dann, ob einer der erwarteten Effekte eintritt, und so fort.

Die Aktivierung wird in zwei Fällen abgebrochen, nämlich entweder wenn das Ende erreicht ist oder wenn es zu keinem der erwarteten Effekte kommt.

Über ein solches Programm muß Ψ verfügen, wenn es Verhaltensprogramme aktivieren will. Wollen wir nun seinen «Geist» gänzlich aus Neuronen aufbauen, stellt sich die Frage, wie ein solches Flußdiagramm als Neuronennetz realisiert werden kann. Die Antwort folgt im dritten Kapitel, im Abschnitt «Die Wahrnehmung von etwas als etwas oder: Der Neisser-Zyklus».

Produktionsregeln, Reflexketten und Triplettenskripts

Das, was wir gerade «Verhaltensprogramm» genannt haben, ist nun keineswegs ein neues Konzept. Vielmehr durchziehen ähnliche Begriffe viele Bemühungen, komplexe menschliche und tierische Verhaltensweisen zu erklären. Braines, Napalkow und Swetschinski (1964) entwickeln zum Beispiel das Konzept des *Kettenreflexes*; Kettenreflexe sind – genau wie bei uns die Verhaltensprogramme – aus Tripeln zusammengesetzt, die jeweils aus einem sensorischen, einem motorischen und einem weiteren sensorischen Teil bestehen. In dem Buch findet man auch Angaben darüber, wie solche Kettenreflexe zur Organisation sehr komplizierter Verhaltensformen verwendet werden können. Diese russischen Autoren sind die Erben Iwan P. Pawlows, jenes großen Physiologen, der mit dem Konzept des «bedingten Reflexes» eine einflußreiche Theorie der Grundelemente psychischen Geschehens schuf. Sie erinnern sich: der Pawlow-Hund! Das ist jenes Viech, dem – natürlich! – beim Geruch von Fleisch das Wasser im Mund zusammenläuft. Und wenn man zugleich – oder kurz vorher – eine Glocke bimmeln läßt, läuft ihm fortan auch beim Klang der Glocke das Wasser im Mund zusammen. Für eine bestimmte Aktion, nämlich die Absonderung von Speichel, hat der Hund eine neue Bedingung gelernt: das Läuten der Glocke. Er speichert also einen neuen «Input» für ein Aktionsschema in seinem Gedächtnis. Und das ist sicherlich ein wichtiger Lernprozeß.

Bei Klix (1992) tauchen die Aktionsschemata unter der Bezeichnung *Triplett* auf. Tripletts sind Verhaltenseinheiten, die von einer gegebenen Situation durch Anwendung einer Aktion zu einer anderen Situation führen. Klix bringt sie in engen Zusammenhang mit der Entwicklung der Intelligenz. Er schreibt (Klix 1992, Seite 75): «Die Tripletts bilden die Datenbasis für konstruktive Prozesse, durch die ein Vorausspiel möglicher Entscheidungsfolgen stattfinden kann. Es können mögliche Wege konstruiert werden, durch die Folgen von Umweltantworten intern durchgegangen werden, ohne daß Verhaltensaktionen wirklich stattfinden.»

«Konstruktive Prozesse», sagt Klix. Kann man solche «konstruktiven Prozesse» Denken nennen? Kein Geringerer als Sigmund Freud hat Denken als «inneres Probehandeln» charakterisiert, also als das, was Klix «Vorausspiel möglicher Entscheidungsfolgen» nennt. Und in der Tat kann man sich gut vorstellen, daß die probeweise Zusammensetzung von Aktionsschemata zu neuen Verhaltensprogrammen die erste Form einer «aktiven» Intelligenz ist, die erste Form der Synthese von Verhaltensprogrammen «a priori». «Aktiv» ist diese Form der Intelligenz, weil sie nicht auf die Erfahrung «wartet». Schon vor jeder Erfahrung wird ein Verhaltensprogramm «synthetisiert», also zusammengesetzt, das – vielleicht – zu dem angestrebten Ziel führt. – Die Banane kann Sarah (das ist ein Schimpansenmädchen) nicht erreichen. Auch mit einem Bambusstab nicht! – Aber wenn man zwei Stöcke ineinandersteckt?

Daß Aktionsschemata «a posteriori», also nachdem ein Erfolg oder Mißerfolg eingetreten ist, zu Programmen zusammengefügt werden, findet man bei Tieren oft und schon auf einer sehr frühen Entwicklungsstufe. «Internes Probehandeln» aber tritt anscheinend erst bei den höheren Säugetieren und in überzeugender Weise eigentlich erst bei den Primaten auf. (Ob es nun wirklich gerechtfertigt ist, «internes Probehandeln» mit dem «Denken» gleichzusetzen, wie es oft geschieht, sei hier dahingestellt. Wir kommen später, im siebten Kapitel, auf diese Frage zurück.)

Ganz eng verwandt mit dem Konzept des Aktionsschemas ist der Begriff der *Produktion*. Eine Produktion (man sollte dabei nicht sofort an eine Fabrikhalle denken) ist eine Wenn-dann-Vorschrift für das Verhalten. Der Begriff «Produktion» stammt aus der formalen Logik und wurde von Post (1921) eingeführt, um logische Ableitungsregeln als rein syntaktische (also bedeutungsfreie) Umwandlungsvorschriften zu kennzeichnen. – In der Kognitionspsychologie wurde aus dem spezifischen Begriff der Produktion der allgemeine Begriff einer *Regel*, wie unter bestimmten Umständen in bestimmter Weise zu verfahren ist.

Bei der Grabwespe bezieht sich die «Produktion» auf die Außenwelt. Die Grabwespe stellt fest, ob eine bestimmte Bedingung in ihrer Umgebung existiert, und wandelt dann entweder die Zustände der Außenwelt um oder verändert ihre eigene räumliche Position. Produktionen können sich aber auch auf die Innenwelt beziehen. Warum sollten Produktionen nicht auch Zustände des Gedächtnisses umwandeln können? – Wenn wir Produktionen auf Gedächtniskonstellationen anwenden, werden aus Verhaltensprogrammen Programme der Informationsverarbeitung, aber formal ändert sich wenig. Dennoch ist der Unterschied zwischen Aktionsschemata, die Zustände der Außenwelt wandeln, und solchen, die sich auf die eigene Gedächtnisstruktur beziehen, bedeutsam. Man wird selbst zum veränderbaren Objekt, wenn die «Verhaltensprogramme» nicht mehr nur auf die Außenwelt, sondern auch auf die Innenwelt, auf Gedächtniskonstellationen, wirken.

Betrachten wir dazu ein Beispiel aus dem Buch von Anderson (1983, Seite 8). Dieses Beispiel ist Teil eines Systems von Produktionen zur Realisierung der Addition mehrstelliger Zahlen, also zum Beispiel zur Addition von

614
438
683

Eine Produktion des Additionssystems lautet:

> «Wenn es das Ziel ist, die Spalten eines Additionsproblems zu bearbeiten, und wenn eine Spalte gerade bearbeitet wurde und wenn sich eine andere Spalte links von der bearbeiteten Spalte befindet,
> dann setze als Subziel die Bearbeitung dieser Spalte, und setze die Spaltensumme auf den Übertrag.»

Hier wird also unter bestimmten Bedingungen ein Verfahren eingeleitet, das zu neuen «inneren» Datenstrukturen führt, nämlich zu einem Subziel und zur Voreinstellung der Spaltensumme. Es geht dann weiter mit der Produktion:

> «Wenn es das Ziel ist, eine Spalte zu bearbeiten, und wenn das oberste Element der Spalte noch nicht verarbeitet wurde,
> dann setze als Subziel die Addition der obersten Zahl der Spalte zu der Spaltensumme.»

Dann folgt die Produktion:

> «Wenn es das Ziel ist, eine Zahl zu einer anderen Zahl zu addieren, und wenn eine Summe die Summe zweier Zahlen ist,
> dann bilde die Summe, markiere die Zahl als ‹verarbeitet›, und gehe zum Oberziel zurück.»

Und darauf folgt:

> «Wenn es das Ziel ist, eine Spalte zu bearbeiten, und wenn ein Element einer Zeile verarbeitet wurde und wenn sich eine weitere Zeile unter der gerade verarbeiteten befindet,
> dann setze als Subziel die Addition der Zahl der darunterliegenden Zeile zu der Spaltensumme.»

Eine einzelne Produktion besteht also aus einem Bedingungsteil («Wenn X der Fall ist») und einem Folgeteil («dann mache...»). Interessant an dem Beispiel ist, daß die «Produktionen» interne Gegebenheiten verändern, also zum Beispiel Subziele setzen. Auf diese Weise können Produktionen sich selbst organisieren; die eine Produktion setzt ein Ziel, welches eine andere dann aufgreift und behandelt. In der Tat glauben viele Forscher, daß Denkprozesse nichts anderes sind als Produktionen, die einander wechselseitig aufrufen.

Ein wesentlicher Unterschied zwischen Produktionen und Aktionsschemata liegt darin, daß der «Output», nämlich das zu erreichende Ziel, schon im Bedingungsteil der Produktion vorkommt. Das erscheint nicht sehr glücklich; auf diese Art und Weise werden das Ziel, das durch die Anwendung einer Produktion erreicht werden soll, und der tatsächliche Output miteinander vermischt. Und Ziel und Produkt einer Aktion brauchen keineswegs identisch zu sein. – Nun behandelt Anderson vor allem Aktionen, die sich auf die «Innenwelt» beziehen, und bei diesen trifft es natürlich gewöhnlich zu, daß das angestrebte Ziel mit dem Produkt der Aktion übereinstimmt. In der Außenwelt dagegen muß das keineswegs der Fall sein. Die Außenwelt ist gewöhnlich widerständiger als die Innenwelt und beugt sich unseren Wünschen nicht unbedingt. Deshalb ist beim Umgang mit ihr die «rückläufige Afferentiation», die Prüfung, ob die tatsächlich eingetretenen Veränderungen den Erwartungen entsprechen, ein wichtiger Prozeß. Beim Umgang mit der Innenwelt kann man davon ausgehen, daß die Veränderungen den Erwartungen entsprechen, denn sie werden ja diesen entsprechend gestaltet. – Auf alle Fälle erscheint das explizite Tripelkonzept des Aktionsschemas beziehungsweise das des Klixschen Tripletts besser als das Zweieinheitenkonzept der «Produktion».

Eng verwandt mit dem Konzept des Verhaltensprogramms ist das *Skript*. Der Begriff stammt von Schank und Abelson (1977), die mit ihm das Wissen von Menschen über die Abfolge von Ereignissen und Handlungen bezeichnet haben. Wenn wir zum Beispiel wissen, in welcher Art sich gewöhnlich ein Restaurantbesuch abspielt, dann verfügen wir über ein Skript. Uns ist dann klar, daß wir zunächst einmal die Gaststube betreten, danach einen Platz suchen und uns setzen. Dann wird (gewöhnlich nach einiger Wartezeit; Sie sehen, wie wichtig es ist, Verhaltensprogramme mit zeitlichen Indizierungen zu versehen!) ein Ober (oder eine Kellnerin) auftauchen und nach unserem Begehr fragen. Vielleicht wird er uns auch nur wortlos eine Speisekarte hinlegen. Die müssen wir dann studieren! Oder er fragt uns zunächst nach unseren Getränkewünschen, über die gewöhnlich schneller entschieden werden kann. «Ein Bier, bitte!» Ein solches Restaurantskript besteht also aus einer Abfolge von Ereignissen, die aufgrund von Handlungen entstehen und wiederum die Bedingungen für Handlungen schaffen. So etwas läßt sich ohne Schwierigkeiten als komplexes Verhaltensprogramm mit vielen Verzweigungen darstellen.

Aktionsschemata und Verhaltensprogramme scheinen also für das psychologische Theoretisieren von großer Wichtigkeit zu sein. Sie kommen überall vor, haben aber verschiedene Namen, und zum Teil werden sie verschieden formalisiert. Im Grunde ist es nicht verwunderlich, daß Skripts, Tripletts, Kettenreflexe usw. eine so große Bedeutung haben. Ohne solche Einheiten gibt es kein vernünftiges, zielführendes Verhalten.

Aspirin für den Brummer

Irgendwie muß er hier raus! Er visiert die hellsten Bereiche in seiner Umgebung an und fliegt los. Bums! fliegt er gegen etwas Unsichtbares, und sein Weg ins Licht ist schon zu Ende. Also noch einmal mit geändertem Anflugwinkel. – Bums, dasselbe. Also noch einmal.

Das kennen wir! Das Ergebnis solcher vergeblichen Bemühungen, einem dunklen Zimmer zu entkommen, finden wir an einem warmen Sommertag in Form von Fliegen-, Wespen- und Bienenleichen auf der Fensterbank vor. Die Natur hat alle diese Wesen mit einer Reihe von Verhaltensprogrammen ausgestattet, die es ihnen gewöhnlich erlauben, in ihrer Welt zu überleben. An Fensterscheiben hat sie dabei nicht gedacht. Und dieser Fahrlässigkeit fallen nun Millionen und Millionen ihrer Geschöpfe zum Opfer.

Der «blinde Uhrmacher» scheint bei vielen Tierarten darauf gesetzt zu haben, daß sie mit von Geburt an festgelegten Verhaltensprogrammen gut zurechtkommen werden. Solche Programme bieten viele Vorteile, nämlich zum Beispiel den, daß die mit ihnen ausgestatteten Wesen von dem Augenblick an, in dem sie auf die Welt kommen, in der Lage sind, sich selbständig in ihrer Umgebung zu bewegen. Sie brauchen keine Schule, keine Jugendweihe, keine Mutterliebe, keine Familie, keinen Konfirmandenunterricht und keine Universitäten. Wird aber dieses Inventar fester Verhaltensprogramme nicht durch Lernfähigkeit ergänzt oder ersetzt, so ergeben sich daraus auch etliche Nachteile, von denen die Kopfschmerzen des Brummers, die auftreten werden, wenn er immer und immer wieder mit seinem Schädel gegen die Fensterscheibe braust, ohne aus den negativen Effekten dieser Verhaltensweise etwas lernen zu können, noch die geringsten sind.

Die Natur hat im Falle der Grabwespen und anderer Insekten von der Möglichkeit der Vorprogrammierung Gebrauch gemacht. Die Grabwespe bringt ihre Verhaltensprogramme mit auf die Welt. Und solange sich die Welt «programmgemäß» verhält, geht es der Grabwespe gut. Wenn sich aber die äußeren Verhältnisse ändern, wird sie hilflos. Schon der leichte Abhang in unserem Beispiel überforderte ihre Vorprogrammierung. Besser, als Ψ so auszustatten wie die Grabwespe, wäre es, wenn wir Ψ vielleicht mit wenigen, elementaren Automatismen auf die Welt kommen lassen und ihm zugleich die Fähigkeit verleihen, andere zu erlernen. Wie aber soll das gehen?

Im Grunde scheint dies ziemlich einfach zu sein; es läuft auf etwas hinaus, was die Psychologen «instrumentelles Konditionieren» oder – häufiger – «operantes Konditionieren» nennen. (Doch, es gibt Unterschiede zwischen den beiden Begriffen, auf die wir hier aber nicht einzugehen brauchen.) Instrumentelles Konditionieren findet statt, wenn nach einer Sequenz von Ereignissen eine Bedürfnisbefriedigung auftritt und sich sodann die Wahrscheinlichkeit erhöht, daß diese Sequenz, wenn sie das Lebewesen, das sie erlebt hat, manipulieren kann, erneut von ihm erzeugt wird. Bei den «Ereignissen» wird es sich meist um Reaktionen handeln. Die Katze, die man in einen Käfig einsperrt und die zufällig entdeckt, daß sie nur einen bestimmten Hebel betätigen muß, um die Käfigtür zu öffnen, wird in Zukunft, wenn sie wieder in den Käfig kommt, mit größerer Wahrscheinlichkeit erneut auf den Hebel drücken, statt in den Käfigdraht zu beißen.

Für das Vermeidungslernen gilt Entsprechendes. Wenn sich eine Katze durch eine bestimmte Handlung in eine Situation bringt, in der sie einen Elektroschock erhält, wird sie diese «Handlung» in Zukunft unterlassen. – Das also ist instrumentelles Konditionieren. Wir haben es schon im ersten Kapitel kennengelernt, als es darum ging, Ψ mit Lernfähigkeit zu versehen. In der Abbildung 1.7 (Seite 51) schlägt Ψ in die regennassen Zweige und erzeugt eine Pfütze, die wiederum eine konsummatorische Endhandlung auslöst. Die Verknüpfungen, die daraufhin neu gestiftet werden, stellen nichts anderes dar als eine instrumentelle Konditionierung.

Wie aber kann eine solche Verbindung zwischen Ereignissen hergestellt werden, die doch in dem Moment, da dies geschehen soll, gar nicht mehr aktiv sind? Zuerst gerieten die Zweige ins Blickfeld, dann kam der Schlag ins Geäst und dann der Anblick der Pfütze mit nachfolgender konsummatorischer Endhandlung. Der Schlag ins Geäst ist längst vorbei, wenn die Befriedigung eintritt, und auch der Anblick der Äste ist Geschichte. Wie soll es nun eigentlich vor sich gehen, daß diese Ereignisse, die verschiedenen «Anblicke» und die Aktionen, miteinander verknüpft werden?

Es hilft nichts: Wir müssen dafür ein «Neugedächtnis» einführen, ein *Protokollgedächtnis*. Abbildung 2.6 auf Seite 110 zeigt, wie so etwas neuronal aussehen kann. Gewiß, das sieht kompliziert aus, aber wer an der Frage interessiert ist, wie «Seele» in Neuronen stattfinden kann, sollte sich die Mühe machen, dieses Netzwerk zu begreifen. Und so vertrackt, wie es auf den ersten Blick erscheint, ist es gar nicht.

Man sieht oben in der Abbildung eine «Steuerkette» (S_1, S_2, S_3), die die ganze Protokollierung reguliert. In der Mitte ist die eigentliche Protokollkette (P_0, P_1, P_2, ...) angeordnet, die aus einer Reihe von Neuronen besteht. Diese fungieren als Interneuronen eines neuen Verhaltensprogramms, und zwar von links nach rechts in der Zeit fortschreitend. Die Protokollkette ist außerdem eingebettet in die Verbindungen mit einem aktivierenden (A) und einem verknüpfenden (V) Neuron sowie zwei inhibierenden (I, II) Neuronen. – Jedes Neuron der Protokollkette ist nun mit dem Neuronenhaufen verbunden, den ich unten im Bild eingezeichnet und kurzerhand Cortex genannt habe. Er besteht aus sensorischen und motorischen Schemata niederer oder höherer Ordnung. Die sensorischen Schemata sind also Identifikatoren für Äste, Wasserlachen, Tankstellen und was sonst immer in der Umgebung von Ψ interessant genug ist, identifiziert zu werden. (Woher solche sensorischen Schemata kommen und wie sie genau aussehen, lassen wir uns im nächsten Kapitel durch den Kopf gehen. Vorderhand können wir sie uns als Musteridentifikatoren entsprechend den Maskendetektoren von Abbildung 1.14, Seite 77, vorstellen.) Die motorischen Schemata sind Verhaltensprogramme, die aus früheren Erfahrungen stammen oder auch genetisch fest vorprogrammiert sind.

Alle Neuronen der Protokollkette sind mit den Neuronen des «Cortex» verbunden. Diese Verbindungen sind aber zunächst nur potentieller Natur und bestehen aus «nichtleitenden» Synapsen. Für einige Neuronen der Protokollkette sind sie in der Abbildung angedeutet.

Zu jedem Zeitpunkt (außer wenn Ψ schläft; nein, manchmal sogar dann) sind im Cortex jeweils bestimmte Neuronen aktiv, nämlich jene, die durch die Wahrnehmung irgendeines Objekts gerade in einen Erregungszustand versetzt worden sind, oder die eines Verhaltensprogramms, das gerade aktiviert wurde. In der Protokollkette soll nun in regelmäßigen oder unregelmäßigen Abständen die jeweilige Erregungskonstellation im Cortex gespeichert werden. Auf diese Weise entstehen Ketten von Ereignissen, zum Beispiel das Verhaltensprogramm P_1-P_2-P_3, das ich in Abbildung 2.6

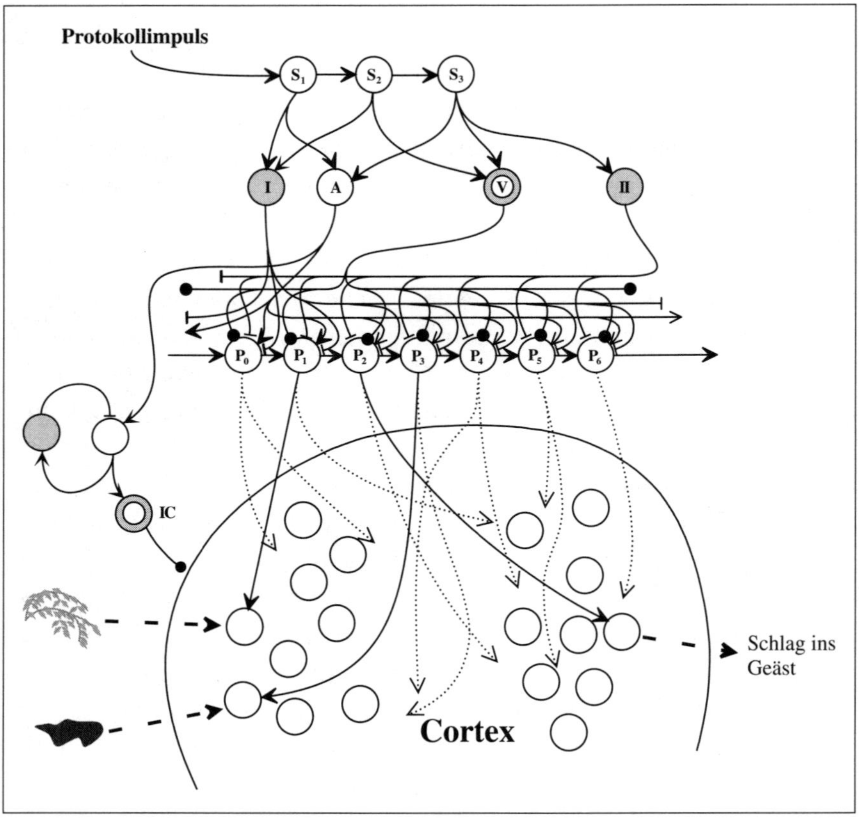

Abbildung 2.6 Ein neuronales Logbuch: die Protokollkette

eingetragen habe: «Ansicht Baum mit Blattwerk» – «Schlag ins Geäst» – «Anblick Wasserlache». Und diese Kette kann in Zukunft als Verhaltensprogramm benutzt werden. «Wenn du auf einen Baum mit Blattwerk stößt, so schlage in die Äste, und es wird eine Wasserlache entstehen!»

Wer mir nun *glaubt*, daß eine solche Verknüpfung aufgrund der Schaltung der Abbildung 2.6 entstehen kann, mag das nachfolgende Kleingedruckte getrost überspringen; wer aber daran zweifelt oder einfach an der Struktur eines solchen neuronalen Protokollsystems interessiert ist, sollte es lesen.

Zunächst erfolgt ein *Protokollimpuls*, das heißt, die Steuerkette wird aktiviert, genauer gesagt, ihr erstes Element S_1. Dies bewirkt, daß eine Impulsfolge über die restlichen Elemente der Steuerkette läuft; Sie können die Fortpflanzung des Impulses in Tabelle 2.1 verfolgen. Diese Impulsfolge setzt nun einige andere Prozesse in Gang, deren Art und zeitliche Abfolge ich in Tabelle 2.1 dargestellt habe. S_1 aktiviert die Neuronen I und A. I macht nun nichts anderes, als die schon «verbrauchten» Neuronen der Protokollkette zu hemmen, was verhindern soll, daß diese noch einmal zur Protokollierung verwendet werden. A aktiviert ein Protokollelement P_1; dabei handelt es sich um das letzte, vorher zur Protokollierung verwendete, den augenblicklichen Kopf der Protokollkette. Die anderen Elemente der Steuerkette kann A nicht aktivieren, da sie entweder von I gehemmt werden oder aber mit A noch nicht «leitend» verbunden sind. Diese Aktivierung hat den Zweck, P_1 mit I, also mit dem inhibierenden Neuron, in einen «leitenden» Kontakt zu bringen, was nun aufgrund der gleichzeitigen Aktivität von V, dem Verknüpferneuron der Protokollkette, im dritten Takt auch geschieht. P_1 ist damit für eine weitere Verwendung als Protokollelement gesperrt, weil es in Zukunft von I gehemmt werden kann.

Von P_1 aus wird P_2 aktiviert, und zwar gerade in dem Augenblick (Takt 4), da auch der «Cortexverknüpfer» IC aktiv wird. Und das ist die Hauptsache: *P_2 wird mit der gerade vorhandenen Cortexkonstellation verknüpft.* Diese kann ein sensorisches Schema sein

Tabelle 2.1 Aktivierungen durch einen Protokollimpuls. Links stehen die neuronalen Aktivitäten; im rechten Teil der Tabelle sieht man die neu gestifteten Verbindungen.

Takt	S_1	S_2	S_3	I	A	IC	P_1	P_2	$I \to P_1$	$P_2 \to$ Cortex	$A \to P_2$
1	1										
2		1									
3			1	1			1		1		
4					1	1		1	1	1	1
5									1	1	1

oder ein Verhaltensprogramm, das gerade aktiv ist, oder auch beides. Die Verknüpfung von P_2 mit der Cortexkonstellation stellt eine Art Fotografie der Cortexkonstellation dar; sie wird damit der Vergänglichkeit entrissen und aufbewahrt. – Abbildung 2.6 zeigt, daß P_2 mit der Aktion «Schlag ins Geäst» verbunden wird; vorher war schon P_1 mit dem «Blätterwerk» verknüpft worden. Die Verknüpfung besteht also darin, daß einige der vielen möglichen Verbindungen, die die Protokollneuronen mit den Cortexneuronen haben, vom potentiellen in den faktischen Status überführt werden. Die aktuelle Cortexkonstellation ist damit gespeichert.

Die Speicherung ist allerdings von spezifischer Art und eigentlich alles andere als eine Fotografie. Es werden nicht die sensorischen oder motorischen Schemata, die zu einem bestimmten Zeitpunkt aktiv sind, kopiert («fotografiert») und sodann abgelegt; vielmehr *zeigt* ein Protokollelement nach dem Protokollimpuls auf die zu einem bestimmten Zeitpunkt aktiven Schemata. Das Protokollgedächtnis ist also ein *Zeigergedächtnis*.

Außer der Aufnahme der aktiven Cortexkonstellation ins Protokollgedächtnis wird im Takt 4 noch eine Verbindung von A nach P_2 geknüpft; die potentielle Verbindung wird fixiert. Dies dient dazu, daß beim nächsten Protokollimpuls der gesamte Prozeß bei P_2 startet und damit P_3 das nächste Protokollelement wird. Dafür muß aber S_1 erneut angestoßen werden. Wenn das geschieht, könnte zum Beispiel das Bild der Pfütze im Protokollgedächtnis gespeichert werden. – S_3 aktiviert zum Abschluß eines Protokollimpulses II, das ein «Großinhibitor» ist und die gesamte Protokollkette ruhigstellt. Dies ist wichtig bei einem so vielfach vernetzten System; weiß der Himmel, wo sonst solche Erregungen landen würden und was sie anrichten könnten.

Wenn wir also Ψ mit einem solchen Protokollgedächtnis ausstatten, ist es in der Lage, aus einzelnen Ereignissen, die es wahrnimmt, und aus Aktionen *Verhaltensprogramme* zu machen. Allerdings wird es dies nicht in jedem Fall tun; es kann ja sein Protokollgedächtnis auch dazu nutzen, sich Folgen von Ereignissen zu merken. Solche Ereignisfolgen wollen wir *Geschehnisse* nennen; Ψ ist also mit Hilfe des Protokollgedächtnisses in der Lage, *Geschehnisschemata* zu bilden.

Hübsch, so ein Protokollgedächtnis! Es erlaubt den Erwerb neuer Verhaltensprogramme und erzeugt ein Bild vom Ablauf der Ereignisse. Das ist doch in vieler Hinsicht besser als die feste Vorprogrammierung der Grabwespe. Und das Protokollgedächtnis ist «Aspirin für den Brummer»! Der lernt nun daraus, daß er gegen die Fensterscheibe fliegt. Also nicht eigentlich Aspirin, sondern die Ersparnis desselben. *Kein* Aspirin für den Brummer! Das braucht er nicht mehr, wenn er ein Protokollgedächtnis hat!

Aber da ist noch einiges unklar. Wie soll ein solches Protokollgedächtnis betrieben werden? Protokolliert wird, wenn ein Protokollimpuls erfolgt. Wann aber soll das geschehen? Und wer setzt die Protokollimpulse?

Die Protokollierung verbraucht Neuronen. Jedes Neuron in der Protokollkette wird mit einer bestimmten Konstellation verbunden und ist dann hinterher für neue Protokollierungen verloren. Woher kommen die ganzen Neuronen? Sollten wir Ψ bei seiner Geburt mit einer langen Protokollkette ausrüsten, die bis an sein Lebensende reicht? Wie lang müßte diese Kette sein? – Und sollte Ψ wirklich *alles* auf Dauer behalten, was einmal protokolliert wurde? Man muß doch nicht jeden Schrott für ewig aufbewahren!

Auf diese Fragen, also auf die der Steuerung der Protokollimpulse und die der Anzahl «freier» Neuronen, die wir Ψ zum Protokollieren zur Verfügung stellen sollten, müssen wir nun Antworten finden.

Das Zeitgefühl

Wann sollte ein Protokollimpuls erfolgen? Die einfachste Regulierung wäre, ihn periodisch zu erzeugen. Wir könnten einen Impuls in einem Neuronenkreis zirkulieren lassen, und immer dann, wenn er einmal «rum» ist, erfolgt ein Protokollimpuls. Diese Regelung wäre einfach, verbrauchte aber sehr viele Neuronen, die außerdem oft dafür verwendet würden, immer wieder dasselbe zu speichern. Besser, wir organisieren diesen Vorgang «ereignisorientiert». S_1 wird nur dann aktiviert, wenn etwas *Neues* eintritt, wenn sich die Erregungskonstellation im Cortex ändert.

Mit dieser Regelung ist aber ein Problem verbunden. Man muß wissen, wie lange es dauert, bis nach einer Aktion ein bestimmter Effekt eintritt. Verhaltensprogramme und Geschehnisschemata sollten Zeitangaben enthalten. Wenn beispielsweise eine motorische Einheit aktiviert wird, so wird sich das Ergebnis gewöhnlich nicht sofort einstellen, sondern mit einer bestimmten zeitlichen Verzögerung. – Wenn ich den Computer anstelle, dauert es eine ganze Zeit, bis schließlich die Eingabeaufforderung auf dem Bildschirm erscheint. Schalte ich den Saunaofen an, muß ich eine Weile warten, bis die Sauna wirklich warm wird. Solche Zeiten «weiß» ich. – Ich sitze beim Abendessen und werde unruhig; jetzt müßte es mit der Sauna soweit sein. – Ich wende mich meiner Post zu, nachdem ich den Rechner angeschaltet habe, und «weiß» nach etwa einer Minute: Jetzt müßte die Eingabeanforderung dasein! – Wie bringen wir die Zeiten in die Protokolle?

Wir haben in ihnen zwei Arten von Verknüpfungen: zum einen die der Interknoten mit den Cortexneuronen und zum anderen die der Interneuronen untereinander, also von P_1 nach P_2, von P_2 nach P_3 usw. Diese Verknüpfungen könnten wir nun um so stärker machen, je weniger Zeit, und um so schwächer, je mehr Zeit zwischen aufeinanderfolgenden Protokollimpulsen verstreicht. Dafür müßten wir eine Schaltung bauen, die die Vorverknüpfung der Protokollneuronen bei einem Protokollimpuls entsprechend erhöht. Abbildung 2.7 zeigt eine solche Schaltung.

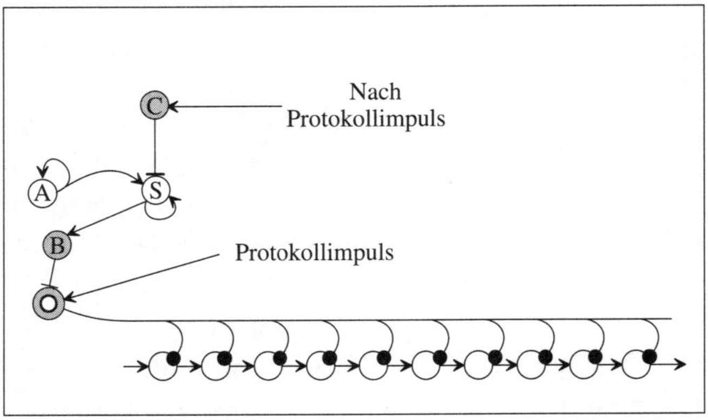

Abbildung 2.7 Zeitprotokollierung

Man sieht in der Abbildung unten die Protokollkette (auf die vielfältigen Einbettungen habe ich der Übersichtlichkeit wegen verzichtet) und links ein Neuron A, das sich selbst ständig aktiv hält. Neuron S summiert diese Aktivität, was dazu führt, daß Neuron B immer stärker erregt wird und somit eine immer stärkere Hemmung auf das Verknüpferneuron V ausübt. Kommt jetzt ein Protokollimpuls, so wird V um so schwächer feuern, je stärker B erregt ist, und entsprechend schwach wird die Verknüpfung zwischen den Protokollneuronen ausfallen. Damit haben wir die Länge des Zeitablaufs in der Protokollkette untergebracht, und Ψ kann in Zukunft die Stärke der Verknüpfung zwischen den Protokollelementen verwenden, um die Dauer eines Prozesses abzuschätzen. Und so bekommt Ψ ein Zeitgefühl! – Wer nun genau wissen möchte, wie dieses Zeitgefühl beschaffen sein könnte, sollte wieder das Kleingedruckte lesen.

Wie kann die Zeitdauer aus der Protokollkette herausgelesen werden? Wir könnten zum Beispiel immer dann, wenn es darauf ankommt, die Zeit zwischen zwei Ereignissen abzuschätzen, einen Impuls durch die Verbindung zwischen zwei Protokollelementen P_i und P_{i+1} schicken. Ein solcher Impuls wird um so stärker bei seinem Zielelement ankommen, je stärker die Verbindung ist. Diesen Impuls leite man nun auf ein mit sich selbst rückgekoppeltes Neuron entsprechend dem Neuron A der Abbildung 2.7. Es sollte so eingerichtet sein, daß es sich selbst verstärkt. Wenn es also einen Impuls der Stärke – sagen wir – 0.2 erhält, so soll es zum Beispiel einen Impuls der Stärke 0.23 abgeben. Leitet es sich diesen Impuls wiederum selbst zu, wird sich die Impulsstärke in diesem Neuron langsamer oder schneller «aufschaukeln». Die Zeit, die verstreicht, bis die sich selbst steigernde Aktivität in diesem Neuron eine bestimmte Schwelle überschreitet, entspricht nun der Zeit zwischen den Ereignissen, auf die die Protokollelemente P_i und P_{i+1} zeigen. (Die Summierungszeit bis zum Erreichen einer Schwelle braucht nicht *gleich* der Zeit zwischen den Ereignissen zu sein; ob dies der Fall ist, hängt von dem Ausmaß der Selbstverstärkung ab. Wir können es so einrichten, daß einer Zeit von zehn Sekunden zwischen zwei Ereignissen später auch eine Summierungszeit von zehn Sekunden entspricht oder daß wir durch diese Summierung *relative* Zeiten erhalten, deren Verhältnisse zueinander denen der «echten» Zeiten entsprechen, die aber selbst zum Beispiel viel kürzer sind als die tatsächlichen Zeiten. Zu diesem Zweck muß sich das Summierungsneuron in hohem Ausmaß selbst verstärken.)

Durch die zeitabhängige Verstärkung der Verknüpfung zwischen zwei Protokollelementen haben wir also die Grundlagen für ein «Zeitgefühl» von Ψ geschaffen. Ψ kann diese Information nutzen, um die Dauer eines Prozesses vorauszusagen oder um die Dauer zweier Prozesse miteinander zu vergleichen.

Diese Methode der Speicherung von Zeit führt notwendigerweise dazu, daß in einem Protokoll kohärente und weniger kohärente Teilstücke auftreten. Je rascher Ereignisse aufeinander folgen, desto stärker werden sie miteinander verknüpft, je langsamer, desto schwächer. Wir bekommen also auf diese Weise im Protokollgedächtnis unterschiedliche *Episoden*, wobei eine Episode eine Sequenz von Ereignissen ist, die ziemlich rasch aufeinander folgen.

Wenn nun im Protokollgedächtnis die Verknüpfungen zwischen den Protokollelementen und von den Protokollelementen zu den Cortexneuronen mehr oder minder schnell wieder verfielen, würde es sich ergeben, daß diese Episoden wie Inseln erhalten blieben, in die die Vergangenheit eingekapselt wäre. Aus einem kohärenten Zeitstrang wird so gewissermaßen eine Inselkette. Diese «Inselhaftigkeit» der Erinnerung charakterisiert auch die Art, in der uns die Vergangenheit präsent ist: Liegt die Vergangenheit unmittelbar zurück, mag sie noch als Zeitstrang im Gedächtnis sein; dann aber verwandelt sie sich in eine Abfolge von «Inseln», deren Aufeinanderfolge oft unklar ist. Wir wissen nicht mehr, ob die eine Episode vor der anderen oder die andere vor der einen stattgefunden hat.

Was *bleibt*?

Warum lassen wir die Protokollkette verfallen? Warum gestalten wir das Protokollgedächtnis nicht als Dauergedächtnis, als «Lebensfilm» von Ψ?

Jede Protokollierung kostet uns ein Neuron in der Protokollkette. Dieses wird mit anderen Cortexneuronen verknüpft und steht in Zukunft nicht mehr zur Verfügung. Streben wir für Ψ eine dichte Protokollierung des Geschehens an, soll es alles, was es tut und erfährt, protokollieren, benötigt es eine ganze Menge solcher Neuronen, wenn es lange lebt. Nehmen wir einmal an, Ψ wird siebzig Jahre alt, und in jeder Sekunde erfolgt einmal ein Protokollimpuls, dann braucht Ψ – na, wieviel? – 2207520000 Protokollelemente. Das ist die Anzahl von Sekunden, die in dem Lebenszeitraum vom ersten Schrei nach der Geburt bis zum Tod im Alter von siebzig Jahren verstreichen, gar nicht so sehr viel! Enthielte das menschliche Gehirn wirklich so um die zwei Milliarden Neuronen, so gäbe es genug Neuronen für die Speicherung der Geschehnisse jeder Sekunde.

Nun dürfen wir so nicht rechnen. Denn auf der einen Seite werden eine ganze Menge der Nervenzellen für fest vorgegebene Aufgaben verwendet, für die Steuerung der Körperprozesse, Herzschlag, Verdauung, Stoffwechsel, Atmung und so fort. Und zum zweiten sind die Neuronen unseres Gehirns (im Gegensatz zu den «Neuronen», die wir in unseren Schaltungen ständig verwenden) relativ unzuverlässig und müssen daher wohl, wie schon erwähnt, zu großen Bündeln zusammengefügt werden, zu neuronalen Betriebseinheiten aus Hunderten oder Tausenden oder noch mehr Zellen, damit wir uns auf sie verlassen können. Wenn wir aber nur voraussetzen, daß eine «neuronale Betriebseinheit», die die Funktion eines unserer künstlichen Neuronen übernimmt, aus hundert Zellen besteht, dann bräuchten wir 100 × 2.2 Milliarden Neuronen zur Protokollierung, und so viele gibt es wahrscheinlich in unserem Gehirn nicht. Also: So reichlich ist der Nervenzellenvorrat des Gehirns wohl gar nicht, und wir können natürlich auch in das Gehirn von Ψ nicht unendlich viele Neuronen stecken.

Nun wird sich allerdings mit wachsender Vertrautheit von Ψ mit seiner

Lebenswelt immer weniger die Notwendigkeit einstellen, umfangreiche Schemata zu bilden. Ψ weiß einfach so langsam alles und begegnet nicht mehr vielen ungewohnten Ereignissen, probiert nicht mehr neue Verhaltensweisen aus, um neue Verhaltensprogramme zu erzeugen. Damit wird die Protokollierung sehr grob und geschieht in großen Einheiten. «Gefrühstückt, ins Büro gegangen, Akten erledigt, Mittag gegessen ... alles wie üblich.»

Je älter Ψ also wird, desto weniger braucht es zu protokollieren. Dennoch: Wir sollten mit den Neuronen sparsam umgehen, um Ψ ein lebenslanges Weiterlernen zu ermöglichen. Wie machen wir das?

Eben, indem wir die Protokollkette wieder verfallen lassen. Die Konfiguration von Niveadosen, Parfümflakons, Nagelfeilen, Rasierseife auf dem Bord unter dem Spiegel meines Badezimmers verdient es nicht, für ewige Zeiten in meinem Gedächtnis niedergelegt zu werden. Verwehen lassen! Die frei werdenden Protokollelemente könnten dann neu zur Verfügung stehen. Ihre Verknüpfung mit Cortexneuronen und ihre Verknüpfungen untereinander sind zerfallen, und man kann sie in neue Protokollketten einbauen.

Den Verfall – nennen wir ihn einfach «Vergessen»! –, also das Vergessen läßt sich realisieren, indem pro Zeiteinheit die Übergangsgewichte des Cortex gemäß der Verfallsfunktion, die ich auf Seite 81ff. beschrieben habe, herabgesetzt werden. Und das bedeutet, daß die schwachen Verbindungen schneller verfallen als die starken, daß also die Verbindungen, die weiter von der Gegenwart entfernt sind, eher verlorengehen als jene, die unmittelbar zurückliegen. Der ständig wehende Wind treibt den Sand des Vergessens eher über die alten, schon fast zerfallenen Ruinen als über die neuen, hochaufragenden Gebäude. Außerdem bleiben die Episoden, die aus rasch aufeinanderfolgenden Ereignissen bestehen, besser erhalten als die Ketten nur langsam aufeinanderfolgender Ereignisse. – Auf die Dauer aber verschwindet alles wieder. *Alles?* Das ist natürlich auch nicht gut. *Alles* sollte nicht vergessen werden?

Natürlich nicht! Verfallen sollte das Unbrauchbare, der Schrott; nicht verfallen aber sollten zum Beispiel Verhaltensprogramme, die *zielführend* waren, also eine Bedürfnisbefriedigung ermöglicht haben. Ebenso sollten

Verhaltensprogramme und Geschehnisse, die zu einer Entstehung oder Vergrößerung eines Bedürfnisses geführt haben, etwa zu Schmerzen, nicht oder zumindest langsamer vergessen werden. – Was Ψ Lust bereitet hat, sollte es erneut aufsuchen können, und es sollte wissen, wo! Und was für es mit Unlust verbunden war, sollte es meiden können. Lust- und unlusterzeugende Ereignisketten sollten wir aus dem Protokollgedächtnis herausnehmen und ins Langzeitgedächtnis überführen können. Wie aber transportieren wir Inhalte aus dem Protokollgedächtnis ins Langzeitgedächtnis?

Nun, «transportieren» werden wir gar nichts. Wir *verstärken* einfach bestimmte Inhalte im Protokollgedächtnis so, daß sie länger überdauern als die anderen und vielleicht sogar auf ewig erhalten bleiben. Zu diesem Zweck müssen die Verbindungen zwischen den Neuronen über die «Langzeitschwelle» T gehoben werden, die ich auf Seite 81 eingeführt habe. Wie kann so etwas ablaufen?

Auf Dauer oder zumindest auf längere Zeit soll im Gedächtnis bleiben, was für die Bedürfnisse von Ψ relevant ist. Was aber ist relevant? Das, was mit dem Auftauchen oder aber dem Verschwinden von Bedürfnissen in Verbindung steht; relevant ist, was Lust oder Schmerz bereitet. Und damit haben wir schon das Signal zur Langzeitspeicherung, nämlich die Lust- und die Unlustsignale und dahinter die Erhöhung beziehungsweise Senkung der Aktivität in den Bedarfsindikatoren von Ψ.

Positiv bedeutsam ist, was zu einer Verringerung von Bedürfnissen, negativ bedeutsam, was zu einer Steigerung der Bedürfnislage führt. – Damit Ψ positiv und negativ Bedeutsames lernen kann, muß es sich erst einmal *alles* für einen bestimmten Zeitraum merken, denn es kann ja nicht von vornherein wissen, welche Ereignissequenzen wichtig sind und welche nicht. Dafür haben wir das Protokollgedächtnis. Wenn es sich nun erweist, daß eine Folge von Ereignissen Lust oder Unlust erzeugt, dann sollte diese Sequenz verstärkt werden.

Ein Lust- oder Unlustsignal soll also dazu führen, daß die Verknüpfungen der unmittelbar vorausgehenden Protokollkette verstärkt werden, soweit diese in die Vergangenheit zurückreicht. Endlos wird sie nicht sein, da ja der ständige Verfall dafür sorgt, daß die Verbindungen innerhalb der

Protokollkette und die ihrer Interneuronen zu den sensorischen und motorischen Schemata mit der Zeit immer schwächer werden. Und irgendwann wird eben die Protokollkette zu Ende sein.

Aber noch etwas ist von großer Wichtigkeit! Die verstärkte Protokollkette müssen wir nun mit dem oder den *Bedarfsindikatoren* verbinden, deren Veränderung zu dem Lust- beziehungsweise Unlustsignal geführt hat. So werden die Geschehnisschemata und Verhaltensprogramme bedürfnisrelevant und bekommen gewissermaßen eine Wertung. Es sind die Ereigniskketten, die Bedürfnisse befriedigen oder erzeugen. Eine solche Verbindung der Protokollketten ermöglicht zielgerichtetes Verhalten. So, wie ich das in Abbildung 1.7 (Seite 51) beziehungsweise Abbildung 1.8 (Seite 54) schon angedeutet habe, soll das jeweils letzte *sensorische* Schema einer protokollierten Kette mit dem Bedarfsindikator verbunden werden, der das Lust- beziehungsweise das Unlustsignal ausgelöst hat. Auf diese Weise ist nun die Information vorhanden, daß Ψ eben diese Situation oder das Objekt, welches mit dem jeweiligen Bedarfsindikator verbunden ist, anstreben sollte, wenn man eine Bedürfnisbefriedigung erwartet, beziehungsweise vermeiden sollte, wenn man einen entsprechenden Zustand des Ungleichgewichtes nicht haben will.

Die Langzeitgedächtnisinhalte, die auf diese Weise entstehen, sehen so aus, wie in Abbildung 2.8 schematisch dargestellt. Sie zeigt links ein aversives Geschehnisschema; die Sequenz der sensorischen Ereignisse «?–B–D–E–F» führte zu einem Schmerzreiz; deshalb ist der Bedarfsindikator J_2 mit dem letzten sensorischen Element des Geschehnisschemas verknüpft. J_2 wird gewöhnlich aktiv, wenn es beispielsweise zu einer Verletzung der Außenhaut kommt. Ψ sollte es in Zukunft am besten vermeiden, in dieses Geschehnisschema hineinzugeraten, oder es, wenn es denn passiert ist, so schnell wie möglich verlassen.

Sie sehen weiterhin rechts ein appetitives Verhaltensprogramm. Wenn A gesichtet oder gehört wird, kann Ψ N machen. Der Effekt ist, daß E sichtbar wird. Und dann kann Ψ Q machen, was zu B führt. Und B ermöglicht dann offensichtlich eine konsummatorische Endhandlung; der Hunger verschwindet. – Tragischerweise ist B ein Element des zu einem schmerzhaften Ereignis führenden Geschehnisschemas «?–B–D–E–F». Wenn also Ψ in

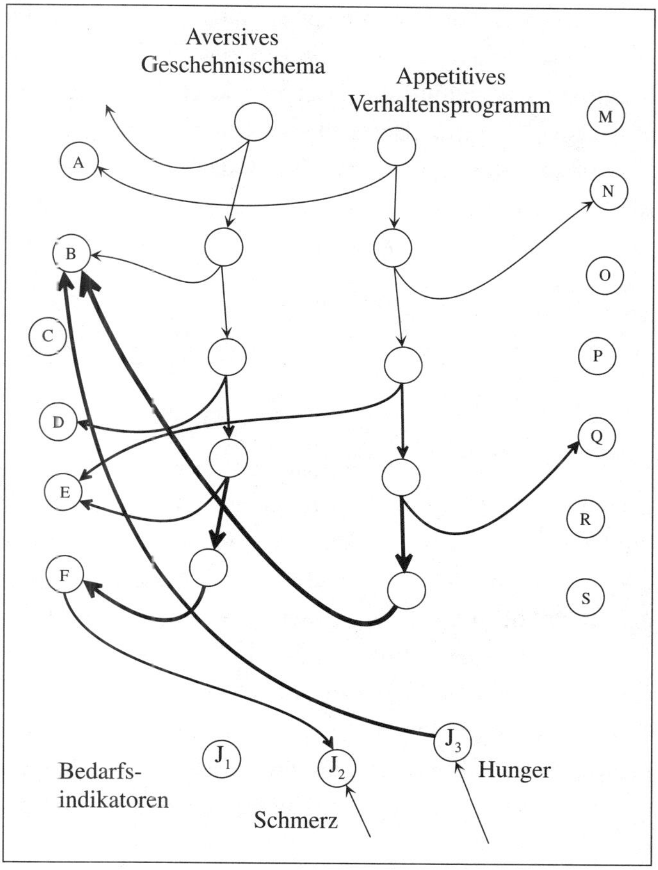

Abbildung 2.8
«Appetitive» und «aversive» Geschehnisschemata beziehungsweise Verhaltensprogramme

Zukunft bei Hunger das befriedigende Ereignis B anstrebt, muß es schließlich mit F rechnen! Keine Rosen ohne Dornen!

Natürlich sind die «letzten» Elemente stärker als die Elemente, deren Bildung schon länger zurückliegt. Denn diese sind ja vom Verfall immer schon stärker betroffen. Ich habe die Stärke der Verknüpfungen in der Abbildung als Linienstärken symbolisiert.

Durch die Stiftung solcher appetitiver oder aversiver Verbindungen lernt Ψ, was angestrebt beziehungsweise vermieden werden sollte. Die jeweils letzte sensorische Station hat sich als Eingangspforte entweder zu einer konsummatorischen Endhandlung oder aber zu einem schmerzhaften Ereignis erwiesen. Diese Verknüpfungen eines neu gelernten Verhaltensprogramms beziehungsweise eines Geschehnisschemas mit dem Bedarfsindikator macht aus Bedürfnissen Motive. Ein Motiv ist «Bedürfnis plus Zielvorstellung». Und die mit den Bedarfsindikatoren verknüpften sensorischen Schemata sind die Voraussetzungen für solche Zielvorstellungen.

Die Gedächtnispolonaise

Damit nun die durch das «Vergessen» frei werdenden Elemente wieder neu zum «Erinnern» zur Verfügung stehen, dürfen wir die Protokollkette im Cortex von Ψ nicht als fixe Struktur etablieren, sondern müssen dafür sorgen, daß sie sich selbständig immer wieder neu bildet und dabei die «freien» Neuronen verwendet. Wie machen wir das?

Ich habe in der Abbildung 2.6 ein Protokollgedächtnis als eine Sequenz von Protokollelementen dargestellt, die in ein Netz von aktivierenden, inhibierenden und verknüpfenden Neuronen eingebaut sind. Gäbe es die Protokollkette als eine feste Sequenz, fiele es natürlich schwer, wieder frei werdende, «alte» Protokollelemente neu zu verwenden. Doch anstatt eine Kette, wie sie in Abbildung 2.6 dargestellt ist, als eine vorprogrammierte Struktur zu konzipieren, können wir auch dafür sorgen, daß sie sich ständig neu bildet und wie ein Komet mit Kopf und Schweif im Cortex von Ψ wandert.

Abbildung 2.9 zeigt das Prinzip. Man sieht hier einen «Cortex» von Ψ, und nun ist die Protokollkette mittendrin. Oben sind einige Neuronen dargestellt, die beim Protokollimpuls Bedeutung haben, nämlich A, der Aktivator, I, der Inhibitor für die Protokollkette, und II, der «Großinhibitor», der den ganzen Cortex ruhigstellen kann. Die anderen Neuronen des «Protokollimpulses» habe ich weggelassen. II ist sowieso mit allen Neuronen des Cortex «leitend» verknüpft. A und I stehen potentiell mit allen Neuronen des Cortex außer mit denen des sensorischen und motorischen Randes in

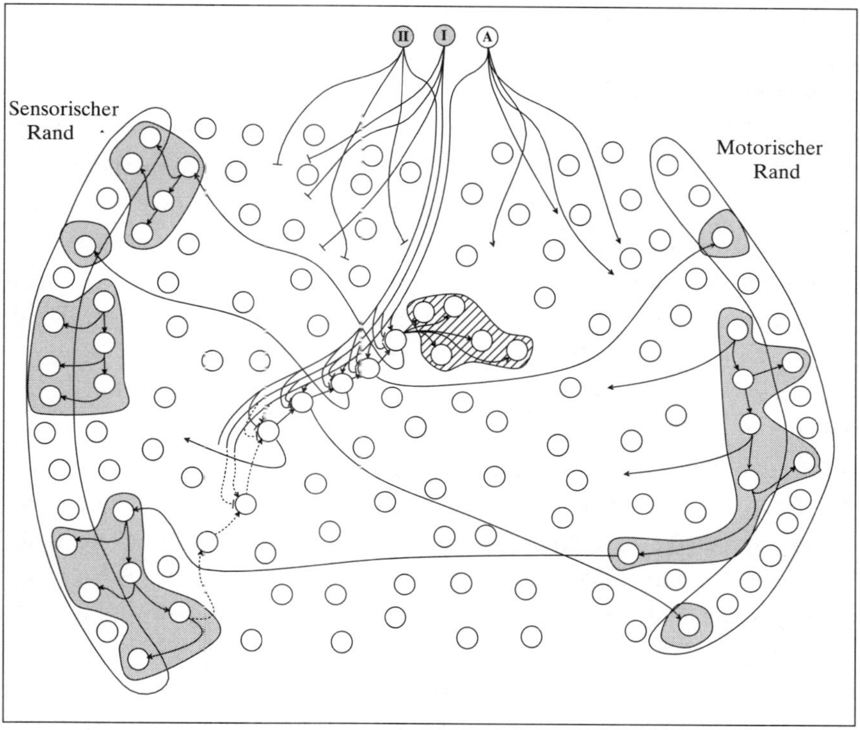

Abbildung 2.9 Der plastische Cortex

Verbindung, leitend aber nur mit der aktuellen Protokollkette, und diese Verknüpfungen zerfallen mit der Zeit wieder.

Die grau unterlegten Teile sind feste Strukturen, also sensorische Schemata oder Verhaltensprogramme, die zum «Langzeitgedächtnis» gewordenen Spuren früherer Protokollketten. – Die Protokollkette ist hier keine feste Struktur, sondern bildet sich immer wieder neu und zerfällt, wenn sie nicht langfristig in Anspruch genommen wird. Wie geschieht das? Nehmen wir an, daß zu einem bestimmten Zeitpunkt eine Protokollkette schon existiert; ich habe sie mit zerfallendem «Schweif» in der Abbildung 2.9 dargestellt. Bei einem Protokollimpuls soll nun der «Kopf» nicht das nächste Protokollelement aktivieren, wie in dem Kleingedruckten zu Abbildung 2.6 beschrieben, sondern seinen Nachfolger im Cortex selbst ausfindig machen.

Das kann folgendermaßen geschehen: Der «Kopf» sendet einen Impuls; wir könnten ihn durch A dazu veranlassen. Da jedes Neuron des Cortex mit jedem anderen potentiell verbunden ist, könnte dieser Impuls dazu führen, daß um den Kopf herum ein kleiner Erregungshof entsteht. (Dabei müßten wir davon ausgehen, daß in der «gewöhnlich nichtleitenden Verbindung» der Cortexelemente doch ein wenig Aktivität fließt.) Abbildung 2.9 zeigt diesen Erregungshof schraffiert vor dem «Kopf» des Protokollkometen. Wir könnten nun das stärkste Element dieses Erregungshofes ausfindig machen und seine Verbindung mit dem «Kopf» verstärken. Dann hätten wir das nächste Protokollelement, und es könnte nun so weitergehen, wie in Tabelle 2.1 beschrieben: Der neue Kopf wird mit A verbunden, der alte mit I; der neue Kopf wird mit der aktiven Cortexkonstellation verbunden, das heißt, es wird protokolliert. – (Wie man aus einer Menge von Neuronen, also in unserem Fall aus dem vom «Kopf» gebildeten Erregungshof, das jeweils am meisten erregte auswählt, will ich hier nicht beschreiben. Im Abschnitt «Was tun?», Seite 440ff., werde ich eine entsprechende Neuronenschaltung mit «lateraler Inhibition» schildern.)

Auf diese Weise bekommt der «Kopf» seinen Nachfolger, und die Kette kann ständig weiterwachsen. So entstehen Protokollstrukturen, die späterhin wieder verfallen und ihre frei gewordenen Protokollelemente zu neuer Verwendung zurückliefern.

Wir müssen allerdings dafür sorgen, daß die Cortexneuronen, die in feste Schemata eingebunden sind, also die Neuronenverbände, die sensorische Schemata und Verhaltensprogramme bilden, bei dem Auswahlprozeß für ein neues Protokollelement unter eine Hemmung gesetzt werden, so daß sie nicht aktiv werden können und damit nicht zur Verfügung stehen. Nur Protokollelemente, die durch den Gewichtszerfall ihrer Verknüpfungen wieder frei werden, also ihre Einbindungen in sensorische Schemata oder Verhaltensprogramme verlieren, können neu ausgewählt werden. – In der Abbildung 2.9 habe ich die Gebiete, die zu festen Schemata gehören, grau unterlegt.

Mit dem Konzept des «Protokollkometen» sind wir zunächst einmal am Ende mit der Etablierung der Lernfähigkeit von Ψ. Damit haben wir Ψ über die Grabwespe erhoben und es dazu befähigt, sich neuen Umgebungen anzupassen. Wir können nun darauf verzichten, Ψ mit festen Vorprogrammierungen in die Welt zu setzen, und statt dessen darauf vertrauen, daß es schon das lernen wird, was es braucht. – Aber wäre das nicht naiv? Wenn wir die kleinen Ψs so einfach ohne Vorprogrammierung zur Welt brächten, könnten sie ja zunächst nichts außer Versuch und Irrtum, und das wäre sehr gefährlich für sie, wenn keiner auf sie aufpaßte. Statten wir sie nur mit Lernfähigkeit aus, müssen wir also für ihren Schutz in der frühen Kindheit und am besten auch für ihre Erziehung und Ausbildung sorgen. – Also: Kindergarten und Mutterliebe und Konfirmation und Schule und Latein und Abitur!

Das Weltbild

Jetzt kann Ψ also lernen und wird mit der Zeit große Mengen an Verhaltensprogrammen, sensorischen Schemata und Geschehnisschemata erwerben. Die Welt und was man darin und mit ihr machen kann, spiegelt sich im Kopf von Ψ. «Spiegelt sich»? Nein, das nun gerade nicht – oder nur *in bestimmter Weise*. Denn es formt sich ja kein genaues Abbild der Welt und ihrer Prozesse im Cortex von Ψ, sondern eine höchst subjektive, auf die Bedürfnisse und Vermeidungstendenzen bezogene Repräsentation. Das, was Lust oder Unlust erregt, wird bevorzugt behalten und der Rest schnell wieder vergessen.

Darüber hinaus aber hat das Bild der Welt im Cortex von Ψ noch eine Reihe anderer Eigenschaften, die bemerkenswert sind: Das Protokollgedächtnis zerfällt immer wieder; das muß so sein, damit Ψ sein Gedächtnis nicht mit Unwichtigem überlastet. Andererseits wird dadurch Ψs Fähigkeit zum Erkennen lang andauernder und langsam ablaufender Entwicklungen recht eingeschränkt sein. Heute ein Ereignis, in zwei Wochen das nächste und dann in drei Wochen wieder eines: wenn eine solche Reihe eine Entwicklung indiziert, wird Ψ sie nicht mitkriegen, da es das erste Ereignis längst vergessen hat, wenn das zweite eintritt. Ψ ist also erkenntnismäßig schlecht ausgerüstet, wenn es um das Erfassen lang anhaltender Prozesse geht; es wird einfach nicht merken, daß etwas geschieht, daß sich etwas verändert. Erst wenn dann der Schaden unabwendbar ist, wird Ψ vielleicht ein Licht aufgehen, aber selbst dann wird es eine Katastrophe, die sich eigentlich lange vorher angekündigt hat, als ein singuläres, «zufälliges» Ereignis betrachten. – Aber uns Menschen geht es ja kaum anders. Viele unserer Verhaltensweisen, etwa unser Umgang mit Umweltproblemen oder der des Rauchers mit seiner Gesundheit, zeigen das.

Ein anderes Merkmal des Gedächtnisses von Ψ ist seine Abstraktheit. Aufgrund des Vergessens, des Zerfalls von Verknüpfungen in der Protokollkette, werden aus zusammenhängenden Geschehnissen inselhafte Episoden, und aufgrund des Zerfalls von Verbindungen zwischen den Interneuronen und den sensorischen und motorischen Schemata entstehen «Löcher» in diesen. Die Schemata sind blaß; es fehlen ihnen Merkmale, und das heißt auch, daß sie «unscharf» sind: An den fehlenden Stellen kann dieses oder jenes der Fall sein. – Er hatte große, blaue Augen und buschige Brauen. Aber ob nun seine Nase breit oder schmal war, weiß ich nicht mehr. Lang war sie! Und sein Mund? Schmale oder volle Lippen?

Auf den ersten Blick scheint es ein Nachteil zu sein, daß die Schemata schon im Protokollkettenstadium vom Mottenfraß des Vergessens zerstört werden. Doch andererseits passen die sensorischen Schemata durch die so erzeugte Abstraktheit eben nicht mehr nur auf ein Objekt, sondern auf viele verschiedene. Und so wird Ψ zur Erzeugung von Wasserpfützen nicht nur in das Blattwerk des einen Baumes schlagen, bei dem das klappte, sondern in alle Arten von Blattwerk, die so ähnlich aussehen. Die Löchrigkeit der Schemata bewirkt, daß Ψ viele verschiedene Konstellationen als der ursprünglichen äquivalent ansieht. Mit anderen Worten: Die Dinge dieser Welt werden in allgemeinen Klassen zusammengefaßt, und das erleichtert den Überblick ungemein. Die durch Vergessen erworbene Abstraktheit führt dazu, daß Ψ seine neu erworbenen Verhaltensprogramme und Geschehnisschemata *allgemein* anzuwenden versucht, und das kann seine Fähigkeit, mit seiner Welt zurechtzukommen, gewaltig steigern.

Was kann Ψ mit seinem Wissen über die Welt anfangen? Natürlich kann es die erworbenen Verhaltensprogramme verwenden, um in bestimmten

Bedürfniszuständen bestimmte Ziele mit Hilfe bestimmter Aktionen anzustreben. Weiterhin kann es Handlungen vermeiden, die zu schmerzhaften oder unangenehmen Zuständen führen würden. Ψ erwirbt mit seinen Verhaltensprogrammen und Geschehnisschemata die Fähigkeit zum *gezielten* appetitiven und aversiven Verhalten.

Darüber hinaus aber sind Protokolle und Schemata (als dauernde Spuren früherer Protokolle) noch die Bedingungen für andere Fähigkeiten, zum Beispiel für die Orientierung in *Raum und Zeit.* Aufgrund des Protokolls weiß Ψ gewöhnlich, wie es in die Situation gekommen ist, in der es sich gerade befindet, und dieses Wissen erlaubt es ihm gegebenenfalls, den «Weg zurück» anzutreten, wenn sich die gegenwärtige Lage nicht als günstig erweist.

Wenn eine Protokollkette nicht mehr erstellt werden kann oder aber wenn sie sehr lückenhaft wird, dann kann man sich nichts Neues mehr merken und verliert die Orientierung in Raum und Zeit, da man nicht mehr wissen kann, was gerade vorher geschehen ist. Ein solcher Zustand der Verwirrtheit spielt bei vielen psychiatrischen Krankheitsbildern eine Rolle, und viele Menschen im hohen Alter sind davon betroffen. Vielleicht ist ein alter Herr durchaus in der Lage, sich sehr vernünftig zu unterhalten; er versteht alles, was gesagt wird. Seine Äußerungen sind aber nur Reaktionen auf den unmittelbaren Input; es zeigt sich bald, daß eine Kohärenz der Gedanken nicht mehr vorhanden ist, da er das, wovon noch vor einer Minute die Rede war, schon wieder vergessen hat. Recht treffend spricht der Volksmund von einem «Filmriß», wenn ein allzu hoher Alkoholpegel offenbar die ordnungsgemäße Erzeugung eines Protokolls verhindert.

Das Konzept der Protokollkette erlaubt auch eine einfache Erklärung eines verwirrenden Phänomens: des «Déjà-vu»-Erlebnisses. Es ist das Gefühl, das, was man gerade wahrnimmt, etwa die Häuserfront gegenüber dem Baseler Hauptbahnhof, schon einmal gesehen zu haben, obwohl man andererseits weiß, daß man noch nie vorher in Basel gewesen ist. «Déjà-vu»-Erscheinungen treten vorwiegend in Zuständen der Ermüdung oder Erschöpfung auf. Wie entstehen sie? Man nimmt zum Zeitpunkt t die Konfiguration X wahr, und X wird auch durch einen Protokollimpuls als sensorisches Schema im Gedächtnis abgelegt. Nun fällt aber die Verknüpfung zum nächsten Interneuron aus, so daß es zu einem «Riß» in der Protokollkette kommt. Die Folge: X wird noch einmal betrachtet und «wiedererkannt», wobei die Information, daß es erst ein paar Sekunden vorher zum erstenmal gesehen wurde, verlorengegangen oder gar nicht erst erzeugt worden ist.

Die Schemata und Programme, die Ψ erwirbt, kann es zu *Zukunftsprognosen* verwenden. Wenn es zum Beispiel erkennt, daß es sich «in» einer Situation befindet, die mit einem gespeicherten Geschehnisschema übereinstimmt, kann Ψ vorhersagen, wie es weitergehen wird. Plötzlich wird es windstill, und im Westen ballen sich dunkle Wolken. Die Vögel verstummen, und einige starke Windstöße biegen die Bäume. – Wie wird das weitergehen? Gleich werden sich die schwarzen Wolken über den ganzen Himmel verbreiten, und ein Gewitter wird losbrechen!

Das ist ein einfaches Geschehnis, und hat Ψ es einmal erfahren, wird es in der Lage sein, den Fortgang der Ereignisse zu prognostizieren. Und wenn es nicht naß werden will, wird es versuchen, sich rechtzeitig in Sicherheit zu bringen.

Da die Schemata jeweils einen Anfang und ein Ende haben, wird für Ψ jetzt auch das Planen von Handlungen und Maßnahmen möglich. Ist zum Beispiel der Anfang des einen Schemas das Ende eines zweiten, so kann Ψ die beiden aneinanderreihen und gewinnt auf diese Weise ein neues Schema. Und Planen ist im Kern nichts anderes als die gedankliche Aneinanderreihung von Verhaltensprogrammen.

Noch für eine andere, sehr wesentliche Fähigkeit sind Ψs Protokolle die Voraussetzung. Sie sind ein Logbuch seines eigenen Tuns und dessen, was um es herum geschehen ist. Damit bilden sie die Grundmaterialien für die *Selbsterforschung*. Wenn Ψ in der Lage wäre, sie zum Objekt der eigenen Analyse zu machen, dann könnte es daraus sehr vieles über sich selbst erfahren. Denn in den Protokollen ist ja vermerkt, auf welche Weise es sich in welchen Situationen verhalten hat, und daraus läßt sich die Information gewinnen: «Ich bin derjenige, der auf diese und jene Situation so und so reagiert!» Wir werden später auf die Selbsterkenntnis zurückkommen.

Die stetige Tätigkeit des Protokollkettenwurms im Cortex und das fortwährende Vergessen führen nicht nur dazu, daß sich Ψs Kenntnisse über die Dinge und Geschehnisse in seiner Welt ständig vermehren. Sie sorgen auch für einen permanenten Umbau, eine Veränderung des Wissens.

Wenn Ψ auf die Welt kommt, lernt es zunächst einmal einfache, unverzweigte Schemata. Und dann ergibt es sich vielleicht beim Aufrufen eines Verhaltensprogramms, daß es auch anders weitergehen kann als beim ersten Mal. Durch eine solche Erfahrung wird einem Programm ein Zweig oder eine Schleife angefügt. Und so lagern sich mehr und mehr Bestandteile an ein zunächst einfaches Schema an, und dieses wird durch die Anlagerungen länger und differenzierter und durch Vergessen auch wieder einfacher und abstrakter. Abbildung 2.10 zeigt diesen Prozeß der sukzessiven Umwandlung von Verhaltensprogrammen schematisch.

Wie soll dieser «Anbau» neuer Verzweigungen vor sich gehen? – Wir können Ψ immer dann, wenn sich beim Ablauf eines Verhaltensprogramms herausstellt, daß nicht eintritt, was eigentlich als Effekt einer bestimmten Handlung erwartet wurde, in eine Versuch-und-Irrtum-Aktivität verfallen lassen. Statt also mit dem Programm aufzuhören, soll es versuchen, durch die zufällige Variation von Verhaltensweisen einen neuen Weg zum Ziel zu finden. Hat es Erfolg, kann diese neue Komposition dem alten Programm als Verzweigung angefügt werden. Eine solche Erweiterung führt zu allgemeineren Programmversionen.

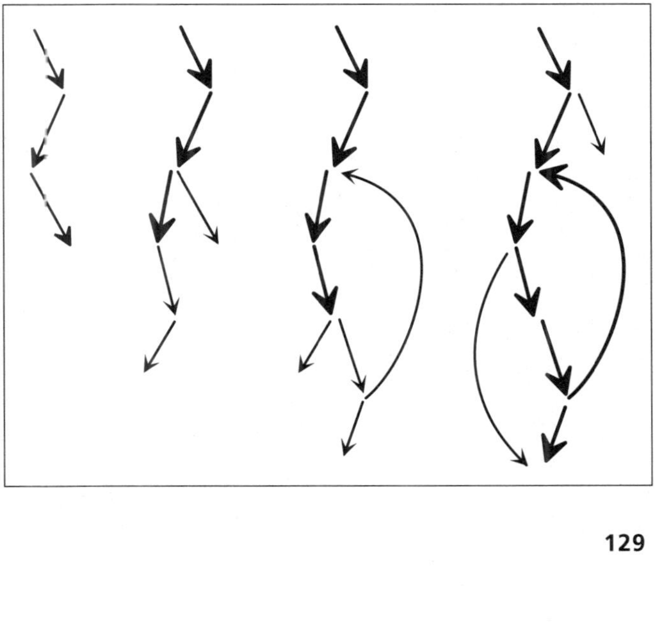

Abbildung 2.10 Der Umbau von Verhaltensprogrammen durch Neuanlagerung von Verzweigungen und Zerfall nicht mehr gebrauchter Bestandteile

Gäbe es zum Beispiel das Verhaltensprogramm

$$1 \xrightarrow{a} 2$$

(in Worten: Wenn 1 gegeben ist, kommt man mit der Operation a zu 2) und würde es sich in einem konkreten Fall erweisen, daß die Anwendung der Operation a nicht zu 2, sondern zu 3 führt, worauf man aber mit Hilfe der Operation b zu 2 käme, so würde das neue Verhaltensprogramm folgendermaßen aussehen:

$$1 \xrightarrow{a} (2 \vee (3 \xrightarrow{b} 2))$$

In Worten: Wenn 1 gegeben ist, führt die Anwendung von a zu 2 oder 3; wenn 3 gegeben ist, führt die Anwendung von b zu 2. – Dieses Programm ist allgemeiner als das erste, da es mehr Fälle berücksichtigt. Würde nun die Anwendung von a nie mehr von 1 zu 2 führen, so würde durch den Verfall der Verbindungen schließlich das Verhaltensprogramm

$$1 \xrightarrow{a} 3 \xrightarrow{b} 2$$

entstehen.

Wenn wir auch oft das Vergessen beklagen – für die Plastizität der Wissensbestände von Ψ ist es einfach notwendig.

Drittes Kapitel

Die Welt ist alles, was der Fall ist

«Die Welt ist alles, was der Fall ist», schreibt Ludwig Wittgenstein in seinem *Tractatus logico-philosophicus*. Was sich über Sessel, Stühle, Fenster aussagen läßt, ist der Fall, und das gilt auch für Bäume, den Himmel, Autos. Alle diese «Sachverhalte» sind der Fall, weil wir die betreffenden Dinge erkennen und voneinander unterscheiden können. Und das ist für uns natürlich eine wichtige Voraussetzung, um uns in der Welt zurechtzufinden und unseren Absichten nachzugehen.

Wir sind aber nicht nur in der Lage, verschiedenartige Dinge als verschieden zu erkennen, sondern auch verschieden *erscheinende* als gleich und gleich *erscheinende* als verschieden. Wir können Sein von Schein trennen. Zumindest meistens; manchmal aber erscheint uns der Schein als Sein! Und das hat die Philosophen beschäftigt. Ist vielleicht alles Sein nur Schein? Oder aller Schein Sein? – Heikle Fragen, um die wir vielleicht lieber einen weiten Bogen machen sollten; aber es hilft nichts: Wir müssen uns mit ihnen befassen.

Wir können – meistens – Dinge als gleich identifizieren, auch wenn sie mal in dieser, mal in jener Form erscheinen; wir nehmen unseren Hund als ebendenselben wahr, ob er nun frißt, rennt oder schläft. Wir erkennen ihn also, obwohl er bei allen diesen Verrichtungen ziemlich verschieden aussieht. Und auch wenn er seine «Verrichtung» nicht ändert, also zum Beispiel fortfährt, auf dem Teppich zu schlafen, so sieht er doch in verschiedenen Entfernungen und aus verschiedenen Blickwinkeln jeweils anders aus, und wir können ihn doch als denselben erkennen. Einen Stuhl nehmen wir als solchen nicht nur aus einer Entfernung von vier, sondern auch von fünfzig Metern wahr und nicht nur schräg von oben, sondern auch schräg von unten und wenn er mit der Rückseite zu uns gedreht ist.

Viele in bestimmter Hinsicht äquivalente Dinge haben nicht nur nach Perspektive und Distanz verschiedene Erscheinungsformen, sondern zeigen sich auch unter sonst gleichen Bedingungen in unterschiedlicher Gestalt. Die

A A A A A A A A A A A A A

bedeuten alle «A», sie alle können am Anfang zahlloser Wörter stehen, und deshalb muß man sie als in dieser Hinsicht gleich erkennen können. Und das tun wir auch! Aber wie? Wie sehen die Algorithmen und die neuronalen Schaltungen aus, die hinter diesen Fähigkeiten stehen? Das sollten wir wissen, damit wir Ψ mit ihnen ausstatten können.

Ψ braucht diese Fähigkeiten auch, denn ohne sie nutzen ihm solche Verhaltensprogramme, wie ich sie im letzten Kapitel beschrieben habe, nicht viel. In ihnen spielen sensorische Schemata eine große Rolle, also Schemata, die es Ψ erlauben, die Dinge der Welt zu identifizieren und zu klassifizieren. Sie dienen zur Identifizierung der Bedingungen für Aktionen und zur Feststellung, ob der erwartete Effekt auch eingetreten ist. Die Grabwespe muß auf irgendeine Weise beurteilen können, ob das Loch nun weit genug ist für den Spinnenkörper oder ob sie fortfahren soll, es zu vergrößern. Nun sieht aber das Loch je nach Blickwinkel ganz verschieden aus! Wie lassen sich «Bedingungen» überprüfen, die mal so und mal so erscheinen?

Bislang haben wir uns noch nicht eingehend mit der Frage befaßt, wie sensorische Schemata eigentlich beschaffen sind und wie sie das machen: identifizieren und klassifizieren. Wir haben überlegt (Seite 74 ff.), wie neuronale *Musterdetektoren* aussehen könnten. Aber solche Detektoren würden Ψ nur wenig helfen. Denn wenn wir Ψ mit einer Netzhaut und daran angeschlossenen neuronalen Musterdetektoren versähen, wie sie Abbildung 1.5 zeigt, so könnte es ein bestimmtes Muster nur dann identifizieren, wenn dieses wirklich *genau* auf die entsprechenden Netzhautstellen plaziert würde. Damit diese Detektoren wirklich die Muster erkennen, auf die sie eingestellt sind, brauchen sie also *normierte* Vorlagen, die in einer ganz bestimmten Form, einer ganz bestimmten Entfernung und in einem ganz bestimmten Winkel dargeboten werden müssen.

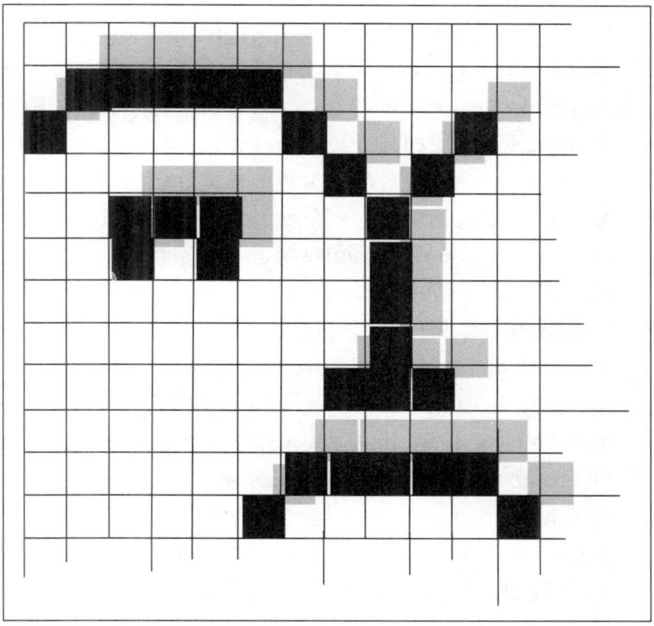

Abbildung 3.1 Seitliche und Höhenverschiebung eines Musters

Allein schon eine Verschiebung auf der Darbietungsfläche, wie in Abbildung 3.1 für die Maske 4 der Abbildung 1.13 gezeigt, würde dazu führen, daß Ψ das Gleiche nicht mehr als das Gleiche wahrnehmen könnte. Und auch wenn es vor die Aufgabe gestellt würde, dasselbe Ding aus verschiedenen Entfernungen als dasselbe zu erkennen, also zum Beispiel ein

A als ein A als ein A

zu identifizieren, würde es kläglich versagen. In einer Umwelt, in der die Objekte manchmal von nah, manchmal von fern, manchmal schräg von oben, manchmal seitwärts, manchmal vollständig und manchmal unvollständig zu sehen sind, könnte sich unsere Maschine nicht zurechtfinden.

Wir stehen also jetzt vor der Aufgabe, Ψ zu einem besseren Wahrnehmungssystem zu verhelfen, das es ihm ermöglicht, zu erkennen, was der Fall ist. Was müssen wir leisten?

1. Wahrnehmen bedeutet zunächst einmal, etwas in der Außenwelt (in der Psychologie gewöhnlich «Reiz» genannt) mit einem Gedächtnisinhalt in Beziehung zu setzen. Das Erkennen eines Stuhls besteht in erster Linie darin, ein bestimmtes Muster von physikalischen Reizen mit einem Gedächtnisschema zu vergleichen und zu dem Ergebnis zu kommen, daß es in das Schema paßt. Wie kann nun ein sensorisches Schema aussehen, mit dem sich ein solcher Vergleichsprozeß durchführen läßt? Das ist die erste Frage, die wir beantworten müssen.
2. Als nächstes müssen wir uns darum kümmern, wie die sensorischen Schemata bei der Wahrnehmung gebraucht werden, in welcher Weise jener Vergleich von Außenweltreiz und Gedächtnisinhalt vor sich gehen soll. Die Lösung dieses Problems ist alles andere als trivial, denn wir müssen ja sicherstellen, daß von den ungleichen *Erscheinungsweisen* der Dinge abstrahiert und Gleiches als gleich erkannt wird, auch wenn es verschieden erscheint.
3. Wenn wir wissen, wie sensorische Schemata aussehen und wie sie zum Zwecke der Wahrnehmung gebraucht werden, müssen wir noch klären, wie sie entstehen. Natürlich könnten wir Ψ wiederum, wie es bei den Verhaltensprogrammen der Grabwespe der Fall war, sensorische Schemata fest vorgeben. Das wäre aber – wie schon bei den motorischen Schemata diskutiert – eine schlechte Lösung. Unsere Maschine wäre auf die vorprogrammierten Schemata angewiesen, und es ist ja keineswegs sicher, daß wir an alles denken können, was für Ψ nützlich wäre. Besser ist es, wenn wir es Ψ selbst überlassen, sich seine sensorischen Schemata zu beschaffen. Wir müssen uns also Gedanken darüber machen, wie zum einen ein solcher Erwerbsprozeß ablaufen kann und wie sich zum anderen die schon vorhandenen sensorischen Schemata im Gedächtnis unserer Maschine verändern und erweitern lassen.

Nun also zu der ersten Frage, der nach der Gestalt von sensorischen Schemata.

Der Begriff vom Hunde

Der Begriff vom Hunde bedeutet eine Regel, nach welcher meine Einbildungskraft die Gestalt eines solchen vierfüßigen Thieres allgemein verzeichnen kann, ohne auf eine einzige besondere Gestalt, die mir die Erfahrung darbietet, oder auch ein jedes mögliche Bild, was ich in concreto darstellen kann, eingeschränkt zu sein.

Immanuel Kant
Kritik der reinen Vernunft

Der Kern des Wahrnehmens ist das Erkennen von «etwas als etwas»; also die Feststellung, daß ein in der Außenwelt vorhandenes «A» mit einem im Gedächtnis gespeicherten «A» übereinstimmt. – Statt «übereinstimmt» sollten wir allerdings besser sagen «verträglich ist», denn ein «A» und ein «A» und ein «A» stimmen ja keineswegs überein! Aber sie müssen eben mit einem Gedächtnisschema verträglich sein, da wir sie ja alle drei als den *gleichen* Buchstaben erkennen. Übereinstimmen dagegen können sie mit dem Gedächtnisschema nicht, zumindest nicht alle.

Die Feststellung einer solchen «Verträglichkeit» muß durch irgendeine Art von Vergleich erfolgen. Das durch die Sinnesorgane aufgenommene Abbild des Objekts (wir nennen dieses Abbild «Perzept») muß mit einem Gedächtnisschema verglichen werden, und dieser Vergleichsprozeß muß mit dem Urteil abschließen: «Das ist ein A!» oder «Das ist kein A, sondern …»

Von diesem Vergleichsprozeß müssen wir Abstraktionsleistungen verlangen. Das lateinische Wort «abstrahere» bedeutet soviel wie «weglassen», «abziehen». Der Vergleichsprozeß muß in der Lage sein, von den *unwesentlichen* Merkmalen des Perzepts wie auch von den Verzerrungen abzusehen, die sich aus den spezifischen Wahrnehmungsbedingungen ergeben, also daraus, daß das Perzept des gleichen Dinges, aus unterschiedlichen Entfernungen oder Sehwinkeln betrachtet, sehr verschieden ausfällt. Diese Fähigkeit nennt man gewöhnlich «Konstanzleistung».

Ehe wir uns überlegen, wie der Vergleich eines Perzeptes mit einem Gedächtnisschema aussieht, müssen wir uns um die Gestalt eines Gedächtnisschemas kümmern, denn davon hängt ja die Art des Vergleichsprozesses ab. Und das heißt, wir müssen zunächst das Konzept für ein sensorisches Schema entwickeln.

Dinge bestehen aus Teilen und diese wieder aus Teilen; die Teekanne aus einem Ausguß, einem Deckel, einem Henkel und aus den gemusterten Seitenflächen und der Deckel wiederum aus der leicht gewölbten Deckfläche, einem Abschlußrand, der genau in die Kanne paßt, und aus dem Knopf oder Henkel zum Anfassen. – Lassen wir die Teekannen, ehren wir Kant und überlegen uns, wie ein Hund als Gedächtnisschema aussehen kann: Der Hund auf dem Bürgersteig gegenüber besteht aus einem Kopf, einem Körper, vier Beinen und einem Schwanz. Alle diese «Bestandteile» sind im Hund aber nicht irgendwie vereinigt, sondern stehen in bestimmten räumlichen Relationen zueinander. Die Beine befinden sich unter dem Körper, bilden mit dem Körperverlauf ungefähr einen rechten Winkel und sind daher zueinander weitgehend parallel.

Der Hund ist also von außen betrachtet ein aus fünf oder sechs Teilen bestehendes «Ding» (es widerstrebt mir, einen Hund als «Ding» zu bezeichnen, aber es hilft wohl nichts, wir wollen ja allgemein über Wahrnehmung und Gedächtnis nachdenken); er wird ein Hund dadurch, daß diese Bestandteile in bestimmten räumlichen Relationen angeordnet sind; wäre dies nicht der Fall, so wäre es kein Hund. Die Teile *und* die räumliche Relation machen das spezifische «Ding» aus.

Nun setzt sich der Hund in Bewegung. Er trabt davon, in «hundeartiger» Weise, nämlich ganz anders, als sich eine Katze bewegen würde. Auch das gehört zum Hund. Er ist nicht nur ein «räumliches Ding», er ist in seinen Bewegungen auch ein «zeitlicher» Sachverhalt, ein Geschehnis, eine «Zeitgestalt».

Ein «Ding» besitzt also eine ein- oder mehrstufige Hierarchie: Bestimmte Teile sind durch bestimmte Relationen zu einem Ganzen zusammengefaßt. In Abbildung 3.2 habe ich den Hund schematisch als multiple Hierarchie bis hinunter zu elementaren Teilen dargestellt. Die elementaren Teile sind Linien, Rundungen, Winkel, Konturen.

Als «Raumgestalt» ist der Hund eine Mehrfachhierarchie. Innerhalb einer Hierarchiestufe sind die Teile durch räumliche Relationen verknüpft;

die Augen befinden sich unter den Ohren. Zwischen den Hierarchiestufen bestehen Teil-Ganzes-Beziehungen: Das Auge ist ein Teil des Kopfes; der Kopf ist ein Teil des Hundes. Unten, in der Abbildung ganz links, endet die Hierarchie in elementaren Bestandteilen.

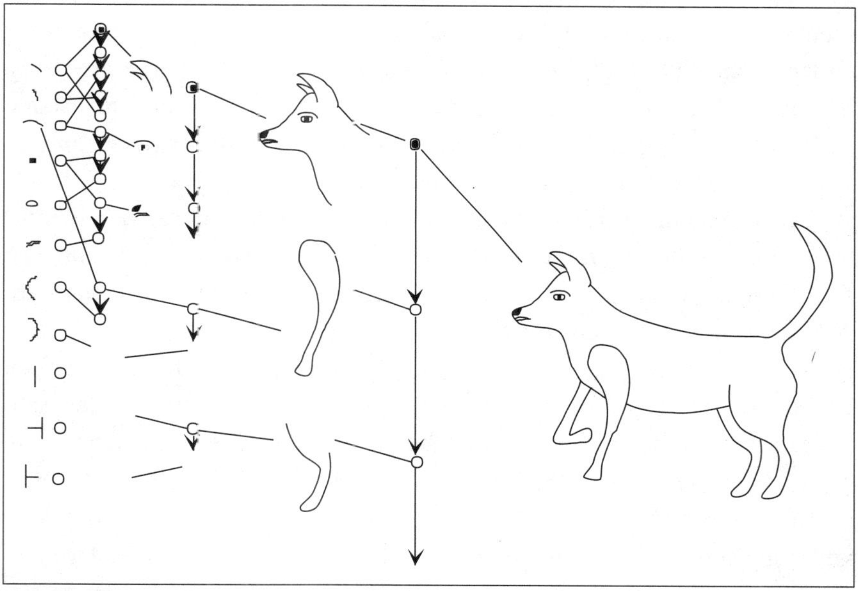

Abbildung 3.2 Der «Hund» als multiple Hierarchie

Warum beschreibe ich den Hund so kompliziert? Weil wir von einer solchen Betrachtung leicht zu einem Bauplan für sensorische Schemata kommen können. Abbildung 3.3 auf Seite 139 zeigt ein solches Schema. Ich habe den Hund stark vereinfacht, damit es leichter ist, das Prinzip eines sensorischen Schemas zu verstehen. (Die Abbildung ist so immer noch unübersichtlich genug!) Rechts in der Abbildung sieht man den Hund in drei verschiedenen Erscheinungsformen, nämlich einmal gemächlich schreitend, dann galoppierend und schließlich «Männchen» machend.

Die unterste Schicht des «Gedächtnishundes», links in der Abbildung 3.3, besteht aus Elementdetektoren. Wir sehen Striche in verschiedenen Orientierungen (A bis H) und außerdem etwas kompliziertere Konfigurationen (I bis N). Das Inventar A bis N stellt einen Satz elementarer Merkmale dar, den ich für unsere «Hundewelt» zusammengestellt habe. Es sind Detektoren für den Zustand von Quadraten. In einem Quadrat kann sich jeweils einer von verschiedenen Strichen oder ein Quadrat oder ein Dreieck oder ein Kreis befinden. Man könnte natürlich auch ganz andere elementare Merkmale auswählen. Ich habe es mir bei ihrer Zusammenstellung einfach gemacht: So elementar sind I bis N ja gar nicht. Man könnte etwa die Figur «Quadrat» (I) aus den Elementen «senkrechte Linie» und «waagrechte Linie» zusammensetzen, dann wäre sie kein Element mehr, sondern selbst ein «Objekt» niederer Ordnung.

Die Elemente werden durch eine Kette von Interneuronen (Mitte) zusammengefaßt, wodurch die Repräsentation des Hundes entsteht. Die Interknoten bilden eine sich mehrfach verzweigende Reihe. Insgesamt ähnelt die ganze neuronale Hundestruktur der Struktur eines Verhaltensprogramms (Abbildung 2.3, Seite 96). Nur die Verweise auf die motorischen Einheiten fehlen; ein sensorisches Schema besteht – «logisch!» – aus sensorischen Einheiten. (Wir werden aber noch sehen, daß es sinnvoll sein kann, einem sensorischen Schema auch motorische Einheiten anzufügen.)

Die Verknüpfungen der Interknoten sind *indiziert.* Neben jeder Verknüpfung steht ein Zahlenpaar. Es gibt jeweils die räumlichen Relationen an, die zwischen den Elementen, auf die die Interknoten zeigen, bestehen. Von dem «Kopf» genannten Teil muß man um zwei Einheiten nach rechts und um eine nach unten gehen, um zum «Hinterteil» zu gelangen. Das Zahlenpaar stellt somit die Koordinaten im zweidimensionalen Raum dar, an denen das zweite Element gefunden werden kann, wenn man vom ersten ausgeht. Die Koordinaten enthalten also die Richtungs- und Entfernungsangaben von einem Element zum nächsten.

Bei diesen Zahlen werden wir nun etwas verweilen, denn an sich sind sie ja «illegal» in unseren neuronalen Netzen. Wenn wir bislang mit Verknüpfungen operiert haben, so waren es eben nur Verknüpfungen, aktivierende oder inhibierende. Das macht die Sache einfach: Wir brauchen nur *einen* Baustein für unsere Gedächtnisnetze, nämlich unser künstliches Neuron. Aber mit diesen Neuronen läßt sich eine Indizes tragende Verknüpfung nicht so ohne weiteres realisieren. Denn die Verknüpfungen, mit denen

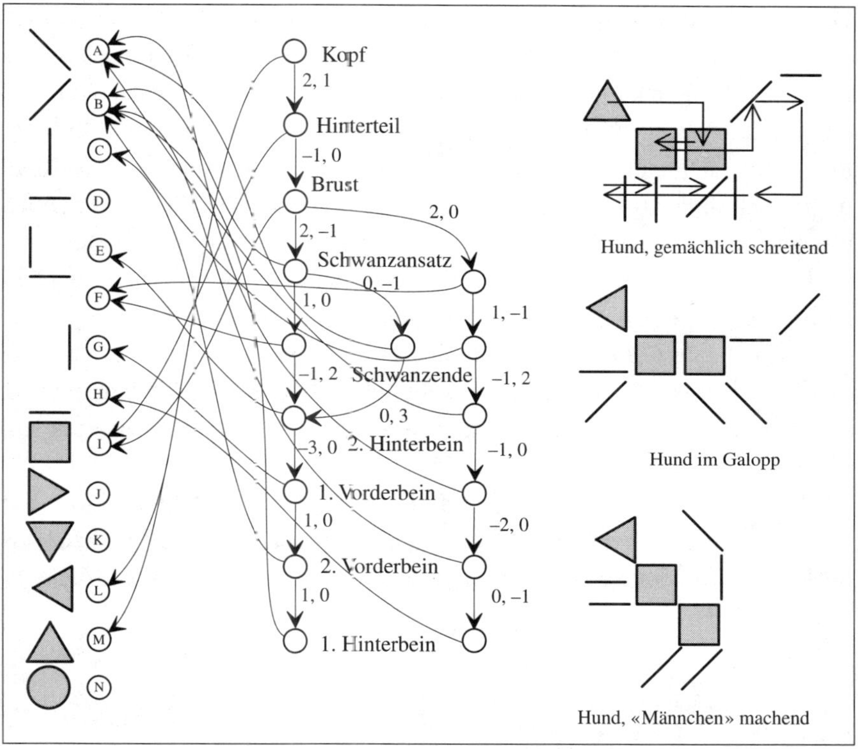

Abbildung 3.3 Das Schema des Hundes

wir es bis jetzt zu tun hatten, sind entweder vorhanden oder nicht beziehungsweise – je nach Schwellenwert – in stärkerem oder geringerem Maße vorhanden. Für Indizes ist da kein Platz! Eine Verknüpfung zwischen Neuronen, die zum Beispiel «(2, 1)» heißt, kann man nicht einfach als aktivierende oder inhibierende Verknüpfung verstehen. Wie bringen wir Koordinatenangaben in unseren «bedeutungsfreien» Netzen unter? – Überhaupt nicht, jedenfalls nicht als Zahlen. Die Koordinatenangaben sind vielmehr Kürzel für *motorische Programme.* Wie das?

Abbildung 3.4 zeigt die schon bekannte Netzhaut unserer Maschine. Nun ist sie aber nicht mehr einfach fest am Körper von Ψ angebracht, sondern durch vier Kolben mit ihm verbunden. Diese Kolben können durch den

Dampfdruck aus dem Dampfkessel unserer Maschine betrieben werden und bilden einen Teil ihrer Motorik. Durch Druck oder Unterdruck in den jeweiligen Kolben kann die Netzhaut nach rechts, nach links, nach oben und nach unten bewegt werden und jede beliebige Zwischenposition einnehmen, also auch nach rechts oben oder nach links unten, aber zum Beispiel mehr nach links als nach unten geschwenkt werden. (Der Schwenkbereich der Netzhaut ist natürlich durch die Entfernung vom Körper festgelegt. Alles kann sich also Ψ allein mit Augenbewegungen nicht ansehen; gegebenenfalls müßte es die Netzhautbewegung durch eine Körperdrehung unterstützen.) Die Steuerung der Netzhaut kann genauso organisiert werden wie die der sonstigen Motorik; wir brauchen dazu bestimmte Aktorneuronen, wie sie in sensumotorische Koordinationen der Art, die ich im zweiten Kapitel geschildert habe, eingebaut sind.

Koordinatenangaben, wie zum Beispiel (2, 1), sollen für die Aktoren der Steuerungskolben den motorischen Befehl «Zwei nach rechts, eins nach unten» bedeuten, und das heißt nichts anderes als «Zwei Druckein-

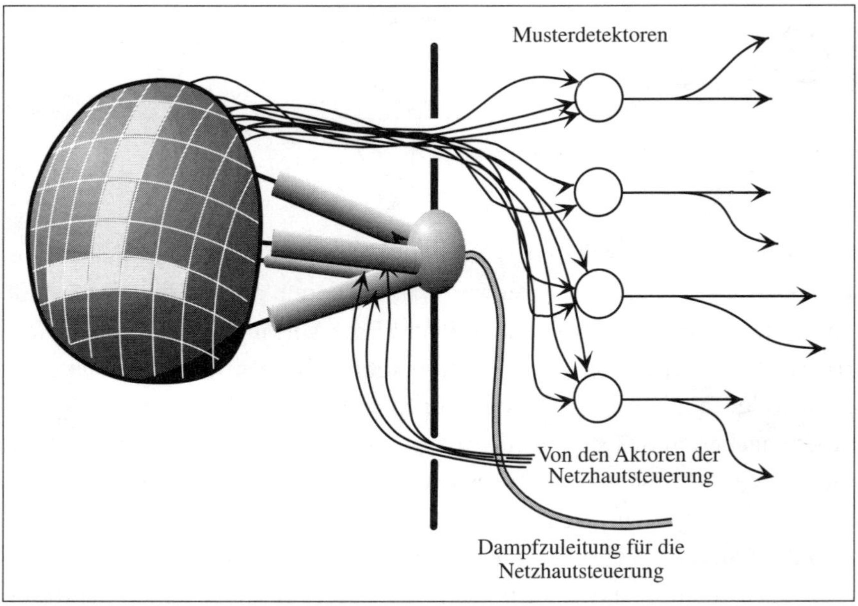

Abbildung 3.4 Die bewegliche Netzhaut

heiten auf den linken Kolben und eine auf den oberen». Räumliche Relationen zwischen den Bestandteilen eines Objekts sind somit in sensorischen Schemata als motorische Programme, als Folge von Aktivierungen der Augenmuskeln – sprich: der Netzhautkolben – vorhanden. Wir verstehen also die Zahlenangaben an den Verknüpfungen der Interknoten in Abbildung 3.3 als Abkürzungen für *motorische Programme*, als Platzhalter für sensumotorische Koordinationen der Art, wie ich sie im letzten Kapitel beschrieben habe.

Statt mit eindeutigen Koordinaten könnten wir die sensorischen Schemata unserer Maschine auch mit «Bereichen» versehen. Statt also im Schema festzulegen: «Gehe zwei Einheiten nach rechts und eine nach unten», könnten wir eine Verknüpfung zwischen zwei Interknoten in folgender Weise indizieren: «Gehe um 1.5 bis 3.5 Einheiten nach rechts und um 0.5 bis 1.5 Einheiten nach oben.» Als motorisches Programm könnte eine solche Bereichsangabe bedeuten, daß die Netzhaut unserer Maschine in dem angegebenen Feld eine Suchaktivität durchführt, es also zum Beispiel in einer zentrifugalen Spiralbewegung abtastet, bis sie das erwartete Muster gefunden hat. Mit solchen Bereichsangaben werden die Schemata im Hinblick auf die räumlichen Relationen abstrakt; nicht eine bestimmte Entfernung und Richtung gibt es zwischen den Teilen eines Objekts, sondern vieles ist möglich. – Ich habe von «räumlichen Relationen» gesprochen, aber nur zwei genannt, nämlich Breite und Höhe. Wie ist es mit der Tiefe? Kommt noch!

Das sensorische Schema der Abbildung 3.3 enthält einen «Begriff vom Hunde», also Angaben darüber, wie ein Hund aussieht, aus welchen Teilen er besteht und wie diese zum Hund «komponiert» sind. Die Interknotenstruktur mit ihren Verbindungen zu den Elementknoten stellt also eine Regel dar, nach welcher die «Einbildungskraft die Gestalt eines solchen vierfüßigen Thieres allgemein verzeichnen kann, ohne auf eine einzige besondere Gestalt, die mir die Erfahrung darbietet, oder auch ein jedes mögliche Bild, was ich in concreto darstellen kann, eingeschränkt zu sein».

Unsere Maschine kann sich aufgrund dieser Struktur einen Hund «vorstellen», wenn wir ihr die entsprechenden Fähigkeiten zum Gedächtnisaufruf verleihen. Auch kann sie über die Eigenschaften des Hundes Auskünfte erteilen, wenn wir sie mit der Fähigkeit ausstatten, Fragen zu verstehen und darauf zu antworten. – Man kann an der Behauptung, eine solche Struktur stelle einen «Begriff vom Hunde» dar, bemängeln, daß doch vieles von dem fehlt, was diesen für jeden einzelnen ausmacht. Der Begriff der Abbildung 3.3 enthält zum Beispiel nichts über die Rolle des Hundes als Schmuseobjekt oder als gefährliches Viech, vor dem man auf der Hut sein muß. Aber darauf kommen wir noch zurück. Wir werden diese Aspekte eines Begriffs in den Einbettungen der sensorischen Schemata in Verhaltensprogramme und in den Verknüpfungen mit Bedürfnisindikatoren finden.

Abstraktheit

Wieso ist der «Begriff» nicht auf eine «einzige besondere Gestalt» beschränkt? Wieso ist er «allgemein»? Die Allgemeinheit des sensorischen Schemas liegt in seinen «Hohlstellen» oder «Bereichsangaben». Im Schema der Abbildung 3.3 gibt es zwei Arten solcher Hohlstellen. Die Interknotenreihe kann sich verzweigen, genau wie wir es bei den Verhaltensprogrammen (vgl. Abbildung 2.3) schon gesehen haben. Diese Verzweigungen bieten uns die Möglichkeit, *verschiedene* Erscheinungsformen des gleichen Dinges im Gedächtnis von Ψ zu verankern. Formal sind sie logische «oder». Der Hund hat entweder die eine Form *oder* die andere. Im Interknotennetz der Abbildung 3.3 ist der «schreitende Hund» und der «galoppierende Hund» vorhanden; auf den «Männchen machenden Hund» habe ich aus Gründen der Übersichtlichkeit verzichtet. Der «galoppierende Hund» befindet sich in der Interknotenreihe, die nach rechts von dem Interknoten «Brust» abzweigt.

Verzweigungen dieser Art stellen *eine* Form von «Hohlstellen» in sensorischen Schemata dar. Die Aufspaltung von der «Brust» zu den verschiedenen Formen des «Schwanzansatzes» stellt das Wissen dar: «Ein Hund kann schreiten, oder er kann springen.» Eine solche Verzweigung heißt deshalb «Hohlstelle», weil eben beides möglich ist, an dieser Stelle ist das

Schema offen oder hohl. – Wenn wir Raumkoordinaten als Bereichsangaben realisieren, so bedeutet auch das eine Art der Verzweigung; statt an einem bestimmten Raumpunkt muß der nächste Bestandteil da oder da oder da – und so fort – gesucht werden.

Es gibt noch eine andere Form von Hohlstellen, die wir ebenfalls in Abbildung 3.3 vorfinden: die «Elementhohlstelle». Eine solche (und die einzige im dargestellten Schema) ist mit dem «Kopf» genannten Interknoten verbunden. Dieser verweist auf zwei verschiedene Subknoten, nämlich auf (L) und (M), also auf das nach links weisende und das auf der Basis liegende Dreieck. «Kopf» kann also bei unserem «Hund» in zweifacher Weise vorkommen, als (L) oder (M). Völlige Beliebigkeit entstünde, wenn ein Interknoten auf gar keinen Subknoten zeigte. Dann wäre an dieser Stelle alles möglich und damit das Schema wirklich hohl.

Verzweigungshohlstellen repräsentieren «Strukturabstraktheit», die Tatsache also, daß die Elemente, aus denen ein Ding besteht, in verschiedenartigen räumlichen Relationen zueinander stehen können. Die spezifische Relation ist unwichtig, und das heißt, da ja Verweise zwischen den Interknoten immer die Struktur eines Gebildes betreffen, daß seine konkrete räumliche Form an dieser Stelle unwichtig ist.

Elementhohlstellen repräsentieren «Elementabstraktheit»; die spezifische Form der Elemente an der entsprechenden Stelle ist unwichtig.

Diese verschiedenen Arten der Abstraktheit sind von großer Bedeutung für die Bilder von der Welt, die sich unsere Maschine machen kann. Je mehr Verzweigungen und je mehr Elementhohlstellen, um so größer die Mannigfaltigkeit der «Hunde», die die Maschine kennt und wahrnehmen kann. Mit jeder Element- und jeder Strukturverzweigung multipliziert sich die Anzahl der möglichen «Hunde», und bei Strukturen, die nicht so grob vereinfacht sind wie in Abbildung 3.3, sondern aus Hunderten oder Tausenden von Interknoten bestehen, kommen wir mit solchen Verzweigungen schnell zu astronomischen Mengen möglicher Erscheinungsformen. Die brauchen wir aber auch, gerade für Hunde, wie Abbildung 3.5 zeigt.

Oha! Die Vielfalt der Hunde in Abbildung 3.5 werden wir wohl auch in einem Schema mit noch so vielen Verzweigungen nicht unterbringen können; vernünftiger wäre es, nicht nur ein Schema für Hunde im Gedächtnis

Abbildung 3.5
Hunde

von Ψ zu verankern, sondern verschiedene. Warum auch nicht; daß es alles «Hunde» sind, könnten wir im Gedächtnis von Ψ vermerken, indem wir all diese verschiedenen Schemata mit einem Schema für die Erkennung des Wortes «Hund» verbinden. Wenn wir Ψ – im siebten Kapitel – Sprache beibringen, werden wir Verknüpfungen dieser Art benutzen. Solche Verbindungen zwischen den Schemata für das Erkennen von Worten und Schemata für das Erkennen von Dingen etablieren dann eine dritte Art der Abstraktheit, nämlich die Symbolabstraktheit, die darin besteht, daß ein Symbol auf verschiedene Dinge verweisen kann. Aber davon später mehr.

Die Wahrnehmung von etwas als etwas oder: Der Neisser-Zyklus

Ψ verfügt über Schemata, wie ich sie gerade geschildert habe, natürlich nicht einfach «nur so», damit es einen «Begriff vom Hunde» hat, sondern damit es feststellen kann, was der Fall, was also jeweils in der Außenwelt vorhanden ist.

Wie aber werden Schemata zu diesem Zwecke verwendet? Darum geht es in diesem Abschnitt. – Ein sensorisches Schema ist die Gedächtnisdarstellung eines «Dinges» und stellt eine Verkettung von Interknoten dar, von denen einige (direkt oder indirekt, nämlich über Subschemata) auf sensorische, andere auf motorische Knoten zeigen.

Die motorischen Knoten sind Aktoren, beim Sehen etwa für die Steuerung von «Augen»bewegungen, und enthalten die räumlichen Relationen der Elemente des jeweiligen «Dinges» zueinander. Ein sensorisches

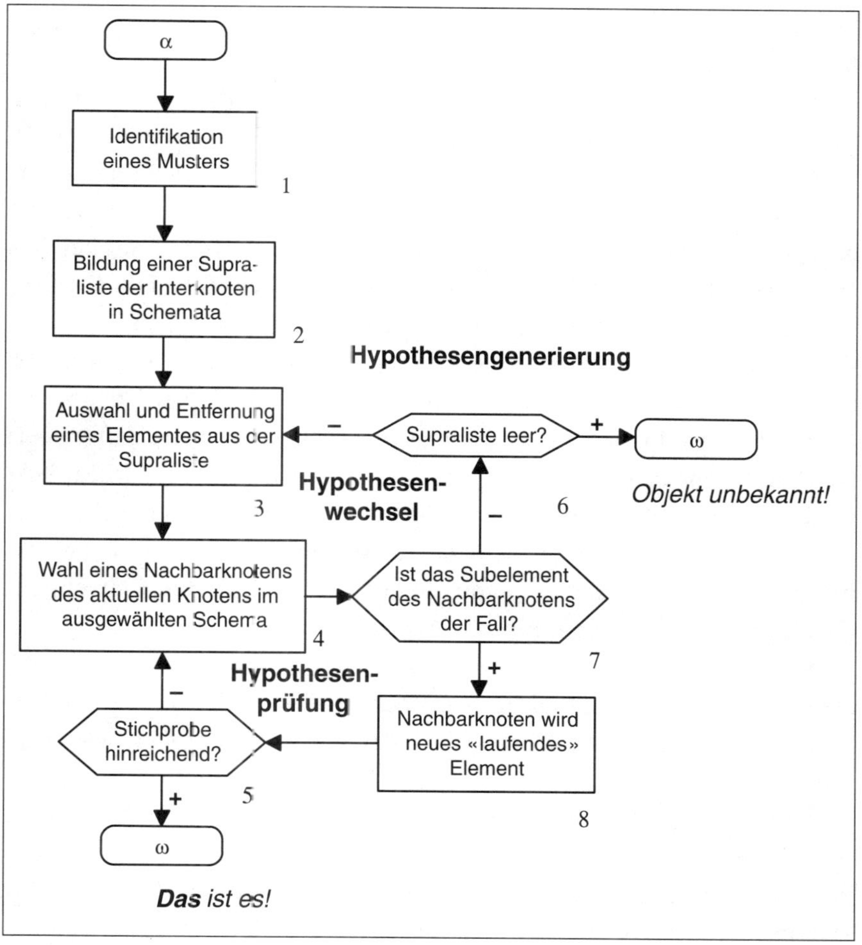

Abbildung 3.6 Das HyPercept-Programm

Schema realisiert also eine Menge von Angaben darüber, was man am Ort mit den Koordinaten (x_2, y_2) wahrnehmen sollte, wenn man am Ort (x_1, y_1) das Muster X entdeckt hat.

Im Flußdiagramm der Abbildung 3.6 stelle ich ein Programm für die Verwendung sensorischer Schemata zum Zwecke der Wahrnehmung eines Dinges dar. Das Programm heißt HyPercept – man könnte es auch Neisser-Zyklus nennen, da der Kognitionspsychologe Ulrich Neisser eine solche Prozedur als basale Erkennungsprozedur vorgeschlagen hat (Neisser 1974). HyPercept ist ein Akronym für *hy*pothesengeleitete *Percept*ion. Warum heißt das Programm so?

Weil es unsere Maschine befähigt, «hypothesengeleitet» wahrzunehmen. Wie das geht, will ich an einem Beispiel vorführen: Abbildung 3.7 zeigt einen Herrn mit einem Hund. Zugegeben: Sie ist nicht gerade ein Kunstwerk; Herren mit Hunden wurden schon weitaus vollkommener dargestellt. Aber die grobe Skizzierung hat den Vorteil, daß das, was bei dem HyPercept-Prozeß geschieht, leicht nachzuvollziehen ist. – Das Gesamtobjekt der Abbildung besteht aus zwei Teilobjekten. Wir gehen davon aus, daß unsere Maschine sowohl Schemata für «Hund» als auch für «Herr» gespeichert hat. Wie erkennt sie nun, daß «Herr und Hund» der Fall ist?

Nehmen wir an, der Wahrnehmungsprozeß beginne damit, daß Ψ seine Netzhaut suchend über das Gesichtsfeld wandern läßt. Der Blickpunkt wandert zum Beispiel spiralig vom Mittelpunkt des Gesichtsfeldes nach außen, bis eines der Grundelemente (A bis N in Abbildung 3.3) entdeckt ist. Dies geschehe nun irgendwann, und es sei das entdeckte Element das Quadrat (also das Element I in der Abbildung 3.3).

Mit dieser Identifikation beginnt nun der HyPercept-Prozeß. Wollen Sie wissen, wie er genau funktioniert, oder interessiert Sie nur das Prinzip? Also: Das Prinzip erkläre ich sofort und dann im Kleingedruckten den Prozeß im einzelnen.

Zum Prinzip: Ist ein Element entdeckt worden, stellt HyPercept zunächst einmal fest, in welchen Schemata dieses Element an irgendeinem Platz vorkommt. Nehmen wir an, daß unsere Maschine Schemata für «Herr» und für «Hund» und auch für «Herr und Hund» besitzt, so kommen graue Quadrate dreimal im «Herrn» vor und zweimal im «Hund». Hy-

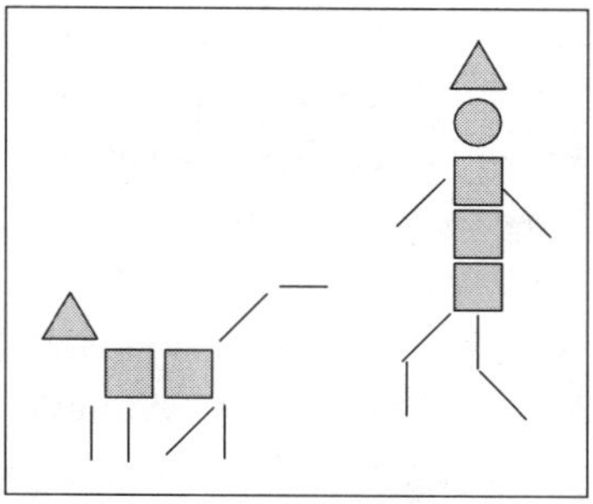

Abbildung 3.7 Herr und Hund

PERCEPT wählt nun eines der Schemata und eine der Stellen aus, zum Beispiel das obere Quadrat im «Herrn». Wenn man so will, stellt das Programm damit eine Hypothese auf: «Ich habe soeben ein Quadrat wahrgenommen, welches das obere eines ‹Herrn› ist» – und diese Hypothese prüft HYPERCEPT nun, indem es im Schema «Herr» eine Nachbareinheit zu dem vermeintlich aufgefundenen Element sucht. HYPERCEPT «sagt» sich also: «Wenn das Quadrat das obere im ‹Herrn› ist, so müßte ich 1 weiter abwärts, 0 nach rechts, 0 nach links wieder ein Quadrat finden. Schauen wir mal, ob da tatsächlich eines ist!» Und dieser Selbstaufforderung folgt das Programm sodann. Um aber die Verhältnisse an dem neuen Ort betrachten zu können, muß HYPERCEPT das Auge einen Sprung an den neuen Ort machen lassen, um dann das Muster, welches an dem neuen Ort vorhanden ist (oder auch nicht), zu identifizieren.

Findet HYPERCEPT das Quadrat, prüft es das nächste Element: «Aha, stimmt schon mal! Jetzt müßte ich aber drei Einheiten nach oben einen dreieckigen Hut finden! Mal sehen!» Stößt es dagegen nicht auf das Quadrat unter dem Quadrat, muß es seine ursprüngliche Hypothese fallenlassen und eine andere erzeugen, indem es sich zum Beispiel sagt: «Das oberste Quadrat im Herrn war's nicht, also ist es vielleicht das unterste?» – Oder: «Vielleicht ist das Quadrat ja das vorderste eines Hundes. Mal nachsehen!»

Und so geht es weiter, bis HYPERCEPT entweder etwas als etwas erkannt hat oder aber kapitulieren muß: «Das Ding kenne ich nicht!» Was dann geschieht, soll uns auch noch beschäftigen, aber nicht jetzt, sondern im Abschnitt «Was gibt's Neues?» (Seite 204 ff.). – Wenn HyPercept aber etwas erkannt hat, dann könnte es so weitergehen, daß sich ein neuer HyPercept-Prozeß anschließt, in welchem das erkannte Objekt nun die Rolle des Anfangselementes spielt. Der neue HyPercept-Prozeß würde also zum Beispiel darin bestehen, daß jetzt geprüft wird, ob «Herr und Hund» der Fall ist. (Dieser neue HyPercept-Prozeß würde «in sich» wieder HyPercept-Prozesse niederer Ordnung enthalten; wenn der «Hund» erkannt worden ist, müßte zur Identifizierung von «Herr und Hund» untersucht werden, ob das nächste Subelement von «Herr und Hund» der Fall ist; das aber ist der «Herr». Die Überprüfung, ob dieses Subelement der Fall ist, kann allerdings nicht durch einfaches «Hingucken» erfolgen. Vielmehr ist dafür ein eigener HyPercept-Prozeß notwendig, denn der «Herr» ist ja nicht ein einfaches Muster, sondern selbst ein ganzes Schema.)

Sie sehen: Das Prinzip von HyPercept ist ganz einfach. Es lautet: «Wenn du etwas wahrgenommen hast, bilde eine Hypothese, wovon es ein Teil sein könnte. Und dann prüfe nach, ob das auch der Fall ist. Wenn ja, setze die Prüfung fort, wenn nein, wechsle die Hypothese!» – Bei Ψ besteht also die Wahrnehmung aus einer Abfolge von Prozessen. Und keineswegs geht der Prozeß nur von außen nach innen. Vielmehr projiziert Ψ gewissermaßen auch seine innere Welt auf die äußere, indem es nicht nur einfach passiv aufnimmt, was es so in der Außenwelt vorfindet, sondern aktiv nachprüft, ob das, wovon es annimmt, daß es der Fall sein müsse, auch der Fall ist.

Der gesamte Prozeß ließe sich auf verschiedene Weise modulieren. So könnte man, um den Prozeß nicht zu lange dauern zu lassen, bei der Überprüfung, ob ein bestimmtes Schema der Fall ist, dafür sorgen, daß Ψ nicht jedesmal «hinguckt», sondern nur jedes zweite oder dritte Mal oder noch seltener. Eine solche Vergröberung des *Auflösungsgrades* der Betrachtung würde die Geschwindigkeit der Wahrnehmung erhöhen, allerdings ihre Genauigkeit und Zuverlässigkeit herabsetzen. So kommt es darauf an, worauf es ankommt: Genauigkeit oder Geschwindigkeit!

Weiterhin bestünde die Möglichkeit, die Auswahl der zu überprüfenden Schemata nicht dem Zufall zu überlassen, sondern die Frage «Soll ich zuerst überprüfen, ob es ein Herr ist, oder zuerst, ob es sich um einen Hund handelt?» danach zu entscheiden, was im Augenblick Vorrang hat. Wenn Ψ Hunde als gefährliche Viecher kennt, die ständig danach trachten, einen ins Bein zu beißen, dann empfiehlt es sich, nach der Perzeption eines Quadrats zuerst die Hundehypothese zu überprüfen. Hat aber Ψ gerade «Hunger», könnte es vernünftig sein, zuerst festzustellen, ob das Quadrat nicht vielleicht Bestandteil einer Benzinzapfsäule ist.

Soviel zum Prinzip. Wenn Sie an den technischen Details nicht interessiert sind, können Sie nun das nachfolgende Kleingedruckte getrost überspringen. Allerdings entgeht Ihnen dann eine ganze Menge Bedenkenswertes und Interessantes.

HyPercept hat also etwas wahrgenommen, ein Muster identifiziert, zum Beispiel ein Quadrat (1 im Flußdiagramm der Abbildung 3.6). Auf 1 folgt 2, und diese Einheit heißt «Hypothesengenerierung». Sie besteht aus der Bildung einer «Supraliste», die alle Schemata im Gedächtnis von Ψ umfaßt, in denen Quadrate vorkommen. Die Supraliste enthält gewissermaßen die Hypothesen der Maschine über die Zugehörigkeit des perzipierten Quadrates; «gewissermaßen» deshalb, weil Ψ natürlich von diesen «Hypothesen» gar nichts weiß und wir sie daher keinesfalls mit den Produkten *unserer* bewußten geistigen Bemühungen gleichsetzen dürfen. Dennoch: Technisch gesehen sind es Hypothesen, Annahmen über das, was sein könnte. Der weitere Gang der Informationsverarbeitung der HyPercept-Prozedur besteht darin, daß die Maschine diese Hypothesen prüft, vielleicht verwirft, andere aufgreift, um schließlich zu einem «Urteil» zu kommen: «Das ist ein Mann!» oder «Das ist ein Hund!» oder «Das ist Herr und Hund!» Die Supraliste könnte in unserem Fall aus Elementen des «Hund»- und des «Herr»-Schemas bestehen. Die Maschine «sagt sich» also: «Das Quadrat könnte Teil eines Mannes sein. Oder Teil eines Hundes.»
In der Einheit 3 des Flußdiagramms wird nun ein Element der Supraliste ausgewählt und zugleich auch aus ihr entfernt (oder sonst irgendwie abgehakt). Dieses Ausgliedern bedeutet: «Ich bin gerade dabei, die Hypothesen zu prüfen: – gleich habe ich es hinter mir.» Das ausgewählte Schema stellt die «laufende» Hypothese über das «Ding» dar, das Ψ zu sehen erwartet.
Die Maschine hat eines der Quadrate im Schema ausgewählt;

nehmen wir an, es sei diesmal das Brustquadrat des Hundes, das sich im Schema der Abbildung 3.3 am dritten Interknoten von oben befindet. Das ist nun der «aktuelle Knoten» der Einheit 4 des HyPercept-Prozesses. Jetzt soll also ein «Nachbarknoten» zum aktuellen Knoten gewählt werden. Dafür kommt entweder der «Schwanzansatz» oder das «Hinterteil» in Frage. Der eine Knoten folgt dem aktuellen Knoten, der andere geht ihm voraus. Es ist ziemlich gleichgültig, welchem dieser Knoten sich die Maschine zuwendet. Auf jeden Fall prüft sie als nächstes, nämlich in der Einheit 7 des Flußdiagramms, ob das Subelement des Nachbarknotens «der Fall» ist. Dabei wird ihre «Netzhaut» von der vermeintlichen «Brust» aus entweder um zwei Einheiten nach rechts und eine nach oben verstellt, wenn als Nachbarknoten der «Schwanzansatz» gewählt wurde, oder aber um eine Einheit nach rechts und um null Einheiten in der vertikalen Richtung, wenn sie sich für «Hinterteil» als Nachbarknoten «entschieden» hat. Dazu werden die Kolben der Netzhaut (Abbildung 3.4) aktiviert, die bei unserer Maschine die Augenmuskeln darstellen. Und nun muß an der Stelle, auf welche die Netzhaut gerichtet ist, entweder eine von links unten nach rechts oben verlaufende Diagonale «der Fall» sein («Schwanzansatz») oder aber wiederum ein Quadrat («Hinterteil»).

Wenn das Subelement des Nachbarknotens «der Fall» ist, so wird in der Einheit 8 des Flußdiagramms der bisherige Nachbarknoten neues «aktuelles» Element. Die Prüfung der Hypothese, daß es sich bei dem wahrzunehmenden Ding um einen «Hund» handelt, ist dann zunächst einmal positiv ausgefallen. Daraufhin geht es weiter in der Schleife der «Hypothesenprüfung». Als nächstes kommt in der Einheit 5 die Abfrage, ob die «Stichprobe» der überprüften Interknoten «hinreichend» ist. «Hinreichend» bezieht sich auf den jeweiligen *Auflösungsgrad* des Wahrnehmungsprozesses. Die Einstellung des Auflösungsgrades ist eine Möglichkeit, die Geschwindigkeit des HyPercept-Prozesses zu steuern. Der Prozeß der Hypothesenprüfung kann ja durchaus eine geraume Zeit dauern, wenn ein Schema einen großen Umfang hat. Eine Möglichkeit, die Prüfzeit abzukürzen, besteht darin, nur eine Stichprobe von Elementen auszuwählen, also statt alle Interknoten zum Beispiel nur jeden zweiten oder dritten abzutasten.

Wenn's nicht so genau drauf ankommt oder schnell gehen soll, wird also nicht das gesamte Schema überprüft, sondern nur eine den jeweiligen Umständen entsprechende, «hinreichend» große Stichprobe. Ich komme später auf die Einstellung des Auflösungsgrades zurück.

Wenn die Größe der überprüften Stichprobe noch nicht «hinreicht», so wählt die Maschine als neuen Nachbarknoten des aktuellen Knotens zum Beispiel das Schwanzende und prüft, ob es in der richtigen Form an dem Ort ist, wo es sein sollte. Ist dies der Fall, geht es weiter zum nächsten Nachbarknoten und so fort.

Sollte es sich bei der Hypothesenprüfung ergeben, daß das Subelement des Nachbarknotens nicht «der Fall» ist, so kann es sich nicht um das Schema handeln, das aus der Supraliste ausgewählt wurde. Die Hypothese ist falsifiziert. Entdeckt die Maschine beispielsweise hinter und über der Brust nicht einen Schwanzansatz der entsprechenden Form, so kann es eben kein Hund im Sinne ihres (relativ eingeschränkten) Hundebegriffs sein. In diesem Fall nimmt sie sich ein neues Schema vor, probiert also zum Beispiel die Möglichkeit aus, daß aus der Supraliste das anfangs entdeckte Quadrat, da es nun ein Element des «Hundes» nicht sein kann, zum «Herrn» gehört.

Und so geht es dann weiter. Sollte es sich irgendwann erweisen, daß die Supraliste leer ist (Einheit 6 des Flußdiagramms), also kein mit den identifizierten Mustern der Außenwelt und ihren Relationen kompatibles Schema mehr zur Verfügung steht, so hat es Ψ mit einem Objekt zu tun, das ihm bislang *unbekannt* ist.

Wenn wir nun die gesamte Seelensteuerung von Ψ aus Neuronen aufbauen wollen, so müssen wir auch angeben, auf welche Art und Weise Programme, wie eines in Abbildung 3.6 als Flußdiagramm dargestellt ist, als neuronale Prozesse ablaufen.

Ein HyPercept-Programm aus Neuronen könnte sich aus einer Abfolge neuronaler Listenbildungen und Abfragen zusammensetzen. Das klingt kryptisch. Abbildung 3.8 auf Seite 152 dient der Veranschaulichung. Ausgangspunkt ist eine «Supraliste» von Neuronen. Das sind alle Interneuronen in allen Schemata, in denen das Anfangsmuster als Teil vorkommt. Wenn wir nur ein «Herr»-Schema und ein «Hund»-Schema im Gedächtnis haben, dann besteht die Supraliste aus fünf Elementen; das graue Quadrat kommt im «Hund» zweimal vor und im «Herrn» dreimal. – Die Supraliste ist natürlich dann, wenn ein Muster erkannt worden ist, schon im Gedächtnis vorhanden. In Abbildung 3.8 habe ich sie grau unterlegt.

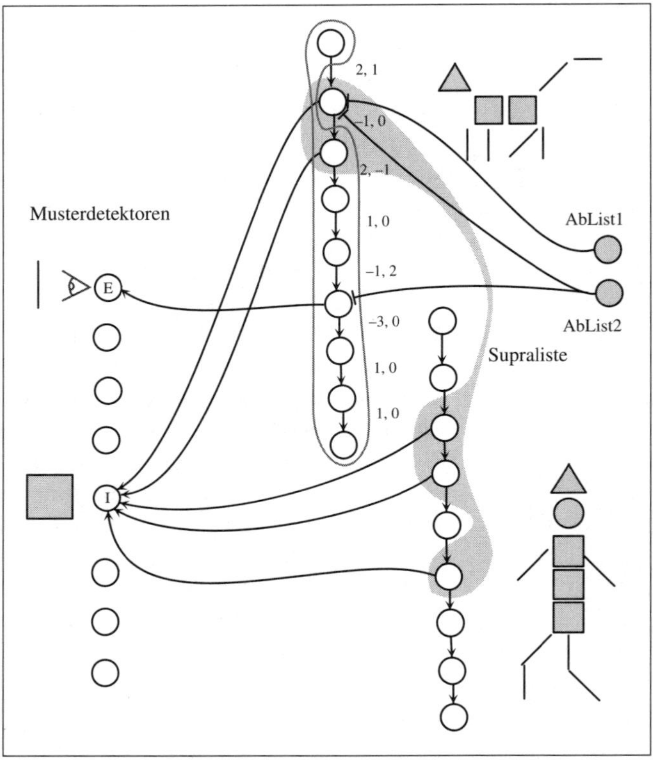

Abbildung 3.8
Listenbildungen und -abfragen im HyPercept-Prozeß

Der nächste Schritt besteht darin, ein beliebiges Element aus der Supraliste auszuwählen, was neuronal folgendermaßen vor sich gehen kann: Alle in der Supraliste enthaltenen Elemente werden aktiviert. Dann wird eine Hemmung auf das gesamte neuronale Feld gelegt, in dem sich diese Elemente befinden. Wenn wir annehmen, daß die Elemente der Supraliste in verschiedener Weise aktiviert werden, manche sehr stark, andere schwächer, dann werden sie auch in unterschiedlichem Maße hemmungsresistent sein. Tauchen zum Beispiel öfter «Hunde» als «Herren» in der Lebenswelt von Ψ auf, so wird das graue Quadrat stärker an das «Hund»-Schema gebunden sein als an das «Herr»-Schema. Wird nun die Hemmung sukzessive so lange verstärkt, bis nur ein Element der Supraliste übrigbleibt, bildet dieses den Ausgangspunkt weiterer Verarbeitung, das heißt, es ist nun die laufende Hypothese. Explizit lautet sie: «Ich habe soeben ein graues Quadrat gesehen, welches das Brustquadrat eines Hundes ist.» Das ausgewählte Element der Supraliste wird mit zwei inhibierenden Neuronen AbList1 und AbList2 verbunden, um zu verhindern, daß Ψ es ein zweites Mal verwendet oder als «Nachbarknoten» ansteuert. Wir werden gleich sehen, wie das geschieht.

Nun gilt es, für das laufende Element ein Nachbarelement zu finden. Diese Auswahl könnte genau so geschehen wie die Auswahl eines Elementes der Supraliste, die ich gerade geschildert habe. Alle Interneuronen des laufenden Schemas werden aktiviert, mit Ausnahme der schon einmal ausgewählten, die einer Hemmung unterliegen, da sie ja alle mit einem inhibierenden Neuron AbList2 verknüpft sind. Dieses Neuron wird bei jedem Auswahlvorgang aktiviert und schneidet aus dem Gesamtfeld der Neuronen die schon abgearbeiteten heraus. In Abbildung 3.8 habe ich das dargestellt. Das umrandete Feld, aus dem das Nachbarelement ausgewählt werden kann, enthält alle Interknoten von «Hund», bis auf das laufende Element. Nun wird wie bei der Supraliste eine immer stärker werdende Hemmung auf das Feld gelegt, bis nur noch ein Element (das stärkste) übrigbleibt, nehmen wir an, das «zweite Hinterbein». Und dies wird dann sogleich mit AbList1 verbunden; es gilt nun auch als «abgearbeitet».

Zugleich werden jetzt die Augenbewegungen durchgeführt. Zwischen dem neuen und dem alten «laufenden» Element gibt es eine ununterbrochene Reihe von Raumverweisen (Abbildung 3.3 und 3.8). Diese können verwendet werden, um Richtung und Weite eines «sakkadischen» Sprungs zu berechnen. Im Beispiel besteht dieser Sprung vom Brustteil des Hundes zu seinem zweiten Hinterbein aus der Bewegung (2, 1); der Blickpunkt Auge wird also um zwei Einheiten nach rechts und um eine nach unten verschoben. Das ergibt sich ganz einfach aus der *Addition* der Einzelverweise: $(2, -1) + (1, 0) + (-1, 2) = (2, 1)$. (Geht man aber in der Verweisungsreihe der Interknoten rückwärts, so muß man die Vorzeichen der Verweise umdrehen, bevor man addiert. Der Sprung vom zweiten Hinterbein des Hundes in Abbildung 3.3 zur Brust ist also: $(1, -2) + (-1, 0) + (-2, 1) = (-2, -1)$.)

Jetzt wird «hingesehen». Findet sich das gesuchte Element am errechneten Ort, so geht es mit der Auswahl des nächsten Nachbarelements im laufenden Schema weiter. Wie dies vor sich geht, wissen wir schon: Aktivierung aller Interneuronen bei gleichzeitiger Aktivierung von AbList2 und dann Maximumermittlung.

Ist das gesuchte Element dagegen nicht an dem errechneten Ort, wird ein neues Element der Supraliste ausgewählt. Dies geschieht wie oben beschrieben, nur daß jetzt zusätzlich mit der Aktivierung der Supraliste gleichzeitig AbList1 aktiviert wird, was, wie erwähnt, die Auswahl eines schon einmal verwendeten Elements der Supraliste verhindert. Und dann geht es weiter mit der Auswahl eines Nachbarelements, der Überprüfung, ob das entsprechende Muster der Fall ist, und so fort.

Der Prozeß soll, wie Abbildung 3.6 zeigt, in zwei Fällen abbrechen, nämlich zum einen, wenn Ψ keinen neuen Nachbarknoten, und zum anderen, wenn es kein neues Element der Supraliste mehr findet. Im ersten Fall hat es das Außenweltobjekt als dem laufenden Schema entsprechend erkannt, im zweiten sind alle Elemente der Supraliste mit AbList1 verbunden, was bedeutet: «Unbekanntes Objekt gesichtet!»

Jetzt habe ich die Abfolge von Aktivierungen, Inhibierungen und Verknüpfungen beschrieben, aus denen der HyPercept-Prozeß in einem neuronalen Netz bestehen kann. Wie aber wird diese Abfolge gelenkt? Wir benötigen dafür eine Steuerkette, die der für die Protokollierung (Abbildung 2.6, Seite 110) sehr ähnlich, aber etwas komplizierter ist. Auch diese Steuerkette soll ein Protokoll anlegen, nämlich ein Protokoll des Identifikationsprozesses. Abbildung 3.9 auf Seite 156 und 157 zeigt eine Kette von Neuronen, die man aktivieren muß, um einen HyPercept-Prozeß in Gang zu setzen. Diesmal verzweigt sie sich, und wie man sieht, sind die Verzweigungen abhängig von Rückmeldungen, die die Kette auf ihre jeweiligen Aktionen erhält.

An sich ist die Kette erstaunlich einfach für einen solchen auf den ersten Blick kompliziert erscheinenden Vorgang wie den HyPercept-Prozeß. Wenn Sie sich vor Augen halten wollen, wie sie funktioniert, sollten Sie auch Abbildung 3.8 mit einbeziehen.

Los geht es mit der Aktivierung des Kettenneurons A, das die Supraliste und außerdem AbList1 aktiviert, ein inhibierendes Neuron, das zunächst keine Verknüpfungen hat und deshalb noch nicht wichtig ist. – Dann geht die Erregung auf Neuron B über. Dieses aktiviert ein sich ständig verstärkendes Hemmungssystem (nicht eingezeichnet!), welches das gesamte neuronale Feld, in dem sich auch die Supraliste befindet, hemmt. Zunächst ist die Hemmung schwach. Bleiben dabei nun mehr Elemente als eines im Feld aktiv, wird das von B aktivierte Hemmungssystem seine Inhibition immer weiter verstärken. Die Outputneuronen von B, nämlich C und E, werden durch B gehemmt, so daß sich eine Erregung von B nur fortpflanzen kann, wenn an einem der Outputneuronen C und E eine doppelte Aktivierung eintritt. Solange dies nicht geschieht, «wartet» die Erregung in B. (Der Übergang von B nach C oder E ist also eine neuronale «Wenn-dann-Abfrage».) Wenn die Hemmung mehr als ein Element übrigläßt, so bleibt das Neuron B, welches von sich selbst einen Impuls erhält und außerdem einen Rückmeldungsimpuls «Mehr als ein Neuron im Feld aktiv», im aktiven Zustand (und verstärkt die Hemmung).

Erst wenn nur noch ein Element aktiv ist, pflanzt sich die Erregung nach C fort. Das übriggebliebene Element der Supraliste repräsentiert nun die «laufende Hypothese» und wird mit AbList1 und mit AbList2 verbunden. (Wie solche Verknüpfungen entstehen können, habe ich im zweiten Kapitel geschildert.) Und nun geschieht in D–F–G–I etwas ganz Ähnliches wie vorher in A–B–C–E. D aktiviert alle Interknoten des Schemas, zu dem das ausgewählte Element der Supraliste gehört, und zugleich AbList2, welches das erste ausgewählte Element unterdrückt. Dann folgt wieder eine progressive Hemmung des Feldes, bis schließlich nur noch ein Element übrigbleibt. Dieses wird mit AbList2 verbunden. Zugleich wird nachgesehen, ob die Subelemente (es kann sich auch um ein einzelnes handeln), auf die der ausgewählte Interknoten zeigt, sichtbar sind. Ist dies der Fall, wird aus dem laufenden Schema ein neues «laufendes» Interneuron ausgewählt, und so geht es weiter, bis entweder kein neues mehr gefunden werden kann (dann sind alle Interneuronen «überprüft», und das Objekt ist erkannt) oder bis das Hingucken einmal fehlschlägt und HyPercept am berechneten Ort nicht auf das stößt, was es dort erwartet.

In diesem Fall geht die Erregung wieder auf A über, und es wird ein neues Schema erprobt (oder auch ein anderer Platz in einem schon untersuchten Schema). Wenn eines gefunden wird (die Auswahl wird dadurch immer geringer, daß ja die schon untersuchten Elemente der Supraliste in AbList1 «vermerkt» werden und nicht wieder aufgerufen werden können), geht die Überprüfung weiter wie schon beschrieben. Gibt es dagegen kein Element mehr in der Supraliste, bricht der Prozeß ab: *Unbekanntes Objekt!*

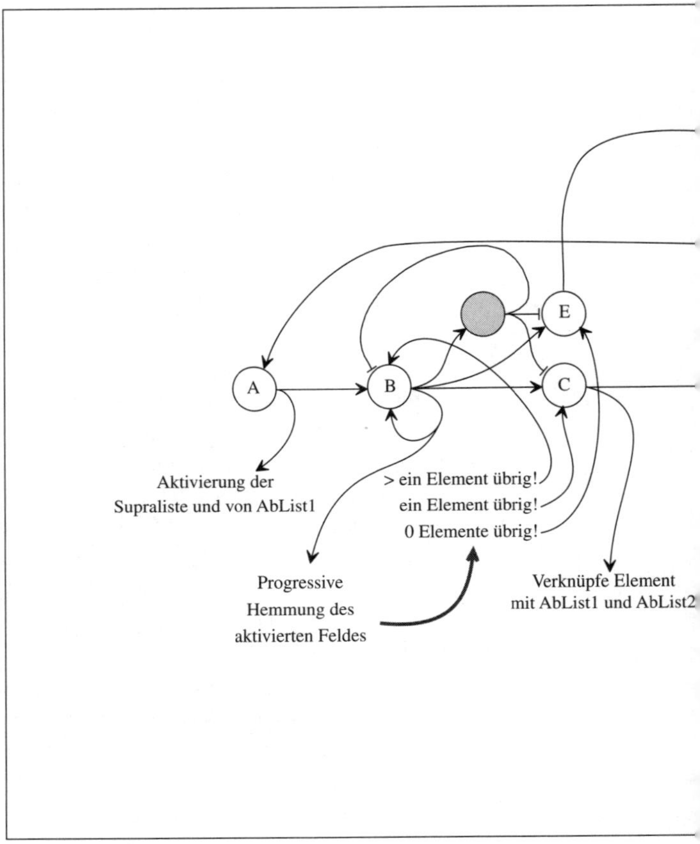

Abbildung 3.9 Steuerkette für das HyPercept-Programm

So funktioniert HyPercept neuronal. Eigentlich nicht kompliziert. Aber um das einzusehen, muß man sich schon in die Details vertiefen. Natura enim simplex est ..., aber wenn man an der Oberfläche bleibt, sieht es eben oft kompliziert aus! Manche Details allerdings habe ich nicht aufgeführt, zum Beispiel wie nun genau die progressive Hemmung funktioniert oder wie die Rückmeldung entsteht, daß «mehr als ein Element» übrigbleibt oder «genau eines» oder «keines». – Das Programm Aktiviere-Verhaltensprogramm, dargestellt in der Abbildung 2.5 (Seite 100), das wir zur Steuerung eines Verhaltensprogramms benutzen wollen, kann man gleichfalls in Form einer Steuerkette ähnlich der in Abbildung 3.9 darstellen.

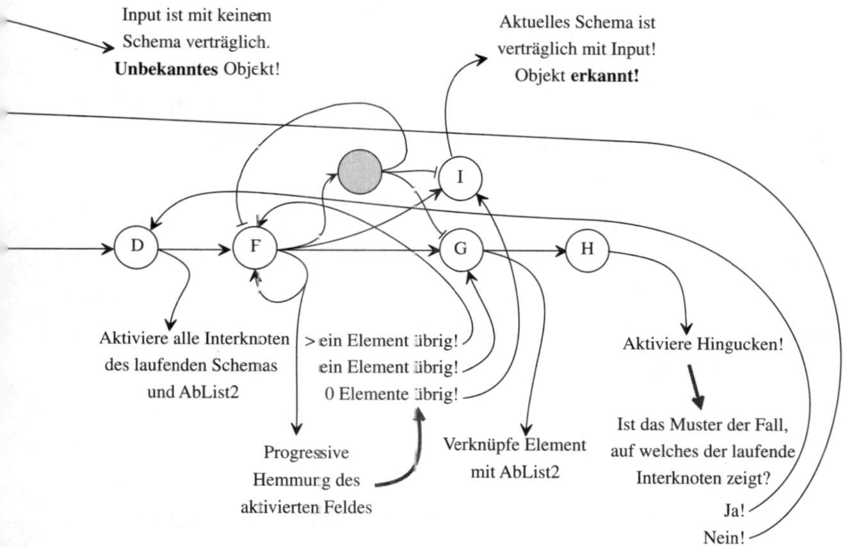

Übrigens: Eine solche Steuerkette ist auch nichts anderes als ein Verhaltensprogramm, dessen Effektoren nicht nach außen, sondern nach innen gehen. Die «innere» Welt erzeugt Reaktionen, die ich in Abbildung 3.9 mit den dicken Pfeilen angezeigt habe.

Entweder sind Sie nun gerade aus einem Wirrwarr neuronaler Netze wiederaufgetaucht, oder Sie haben die gesamten kleingedruckten Ausführungen überschlagen. Wie auch immer: Mehr oder minder genau wissen Sie nun, wie der HyPercept-Prozeß abläuft.

Der «Hund» der Abbildung 3.3, das Beispiel, an dem wir den HyPer-

CEPT-Prozeß verfolgt haben, besteht aus einer einstufigen Hierarchie. Auf der untersten Ebene liegen die elementaren Musterdetektoren, darüber die Interknoten als räumlich-zeitliche Indikatoren. Generell können sensorische Schemata beliebig viele Stufen enthalten. Unser Herr-und-Hund-Schema beispielsweise ist zweistufig. Der HYPERCEPT-Prozeß in einer mehrstufigen Hierarchie läuft etwas anders ab als in einer einstufigen. Abbildung 3.10 zeigt das Prinzip. Nachdem ein Schema auf der ersten Stufe identifiziert worden ist, etwa als «Hund», wird geprüft, ob es Teil eines Schemas höherer Ordnung, beispielsweise «Herr und Hund», ist. Für die Schemaarchitektur von Ψ legen wir fest, daß immer die ersten Knoten der Interknotenreihe eines Schemas diese Information tragen, also gegebenenfalls nicht nur «nach unten», sondern auch «nach oben» verknüpft sind, wie es in Abbildung 3.10 zu sehen ist. Natürlich kann auch diese Verknüpfung «nach oben» eine Mehrfachverknüpfung sein, das heißt eine Supraliste bilden. Das Subschema kann also ein Teil mehrerer verschiedener Schemata höherer Ordnung sein. Verschiedene Gesichter können zum Beispiel die gleichen Augen haben.

Ein mehrstufiger HYPERCEPT-Prozeß kann genau in der gleichen Weise ablaufen wie im Flußdiagramm der Abbildung 3.6 angegeben, nur ist der Ausgangspunkt nun nicht ein elementarer Musterdetektor, sondern ein Schema erster Ordnung, das in der Hierarchie eine Stufe über den Detektoren steht. Wenn also ein Schema mehrere Hierarchiestufen besitzt, besteht der Identifikationsprozeß aus einer Iteration mehrerer aufeinanderfolgender HYPERCEPT-Prozesse.

Die Überprüfung, ob ein Subelement eines Schemas zweiter Ordnung der Fall ist (Einheit 7 des Flußdiagramms), muß bei einer Mehrfachhierarchie anders ablaufen als bislang geschildert. Ein Schema zweiter Ordnung hat als Subschemata nicht elementare Detektoren, sondern ganze Schemata mit Inter- und Subknoten. Beim Schema erster Ordnung braucht die Maschine nur «hinzugucken», ob das Element am angegebenen Ort wirklich vorhanden ist. Beim Schema zweiter und höherer Ordnung dagegen hat dieses «Hingucken» eine kompliziertere Struktur, da für jedes Subschema selbst wieder ein HYPERCEPT-Prozeß aufgerufen werden muß. Die Überprüfung also, ob ein Subschema der Fall ist, besteht darin, daß *inner-*

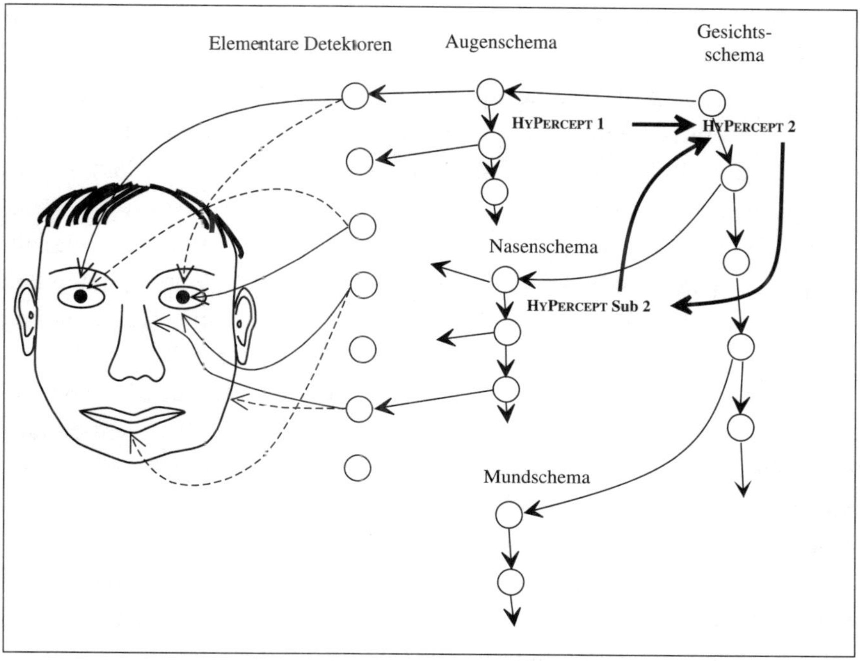

Abbildung 3.10 Eine Hierarchie von Schemata und die Iteration und rekursive Schachtelung von HyPercept-Prozessen

halb des HyPercept-Prozesses ein neuer HyPercept-Prozeß für dieses Subschema gestartet wird. Die Mathematik nennt solche Aufrufe von Prozeduren durch sich selbst «rekursiv». Der HyPercept-Prozeß ist also für sensorische Schemata höherer als erster Ordnung auf der einen Seite eine *Aneinanderreihung* (Iteration) von immer weiter nach oben vordringenden HyPercept-Prozeduren, auf der anderen Seite – nach unten hin – eine *rekursive* Einschachtelung von HyPercept-Prozeduren. In Abbildung 3.10 habe ich dieses Prinzip dargestellt.

Hier sieht man ein Gesicht mit den dazugehörigen elementaren Detektoren und einer Schemahierarchie. Zunächst einmal wird in einem ersten HyPercept-Prozeß ein Auge identifiziert, dann springt der Prozeß auf das übergeordnete Gesichtsschema. Damit startet ein neuer HyPercept-Prozeß, der im wesentlichen daraus besteht, daß eine Reihe weiterer, untergeordneter HyPercept-Prozeduren aufgerufen wird, zum Beispiel einer für das Subschema «Nase», ein anderer für «linkes Auge» und so fort.

Die Erkennungsprozedur, mit der wir unsere Maschine versehen, ist also eine iterativ-rekursive Funktion, aber diese komplizierte Kennzeichnung braucht Ihnen keine Angst zu bereiten, im Grunde ist damit etwas ganz Einfaches gemeint.

Ein HyPercept-Prozeß kann zwei Outputs haben; entweder er signalisiert «Das ist *das*!» oder aber «Weiß nicht, was das ist!» Was im ersten Fall weiter geschieht, hängt davon ab, in welchem Kontext die Wahrnehmung stattfindet. Darauf kommen wir zurück. Und im zweiten Fall?

Was macht Ψ mit unbekannten Dingen? Sie sollten für unsere Maschine von höchstem Interesse sein. Denn unbekannte Objekte sind nicht einfach nur unbekannt; daß sie es sind, bedeutet zugleich: Man weiß nicht, was sie vielleicht gleich tun werden. – Und man weiß auch nicht, was man mit ihnen machen kann. Sie können vielleicht sehr nützlich sein. Vielleicht kann man sie essen? (Und deshalb schiebt das Baby den neuen Bauklotz erst einmal in den Mund!) Vielleicht aber ist das unbekannte Objekt auch gefährlich? – Vernünftig wäre es, das Dingsda zu erkunden.

Funktioniert nun dieses HyPercept-System, mit dem wir Ψ die Fähigkeit zur Wahrnehmung beibringen wollen? Abbildung 3.11 zeigt das Ergebnis einer Computersimulation des HyPercept-Prozesses.

Wir haben in unserem Institut einen Computer so programmiert, daß er Gedächtnisschemata der hier beschriebenen Art sowohl anlegen als auch mit Hilfe des HyPercept-Prozesses zum Erkennen von Gesichtern verwenden kann. Der Einfachheit halber haben wir uns auf Strichgesichter der in Abbildung 3.10 dargestellten Art beschränkt. Sie wurden dem Computer dargeboten. (Dies ist nicht ganz korrekt ausgedrückt. Tatsächlich wurden die Strichgesichter mit dem Computer erzeugt und dann einem Programm vorgelegt, das innerhalb desselben Computers arbeitete. Doch um es nicht unnötig kompliziert zu machen, spreche ich weiter von dem Computer.) – Bei jedem dargebotenen Bild versuchte der Computer den HyPercept-Prozeß anzuwenden. Wenn ihm dies nicht gelang, wenn er also auf etwas stieß, was ihm unbekannt war, so tastete er die Vorlage ab und bildete aufgrund dieses Abtastvorgangs ein neues Schema. Dieser Prozeß lief so ab, daß für jedes kohärente Strichmuster, zum Beispiel für die Augen, die Nase, den Mund oder bestimmte Teile des Haaransatzes, ein spezifisches Schema angelegt wurde. Der Computer war also darauf programmiert, kohärente Gebilde als jeweils gesonderte Objekte anzusehen, für die er jeweils gesonderte Schemata anfertigte.

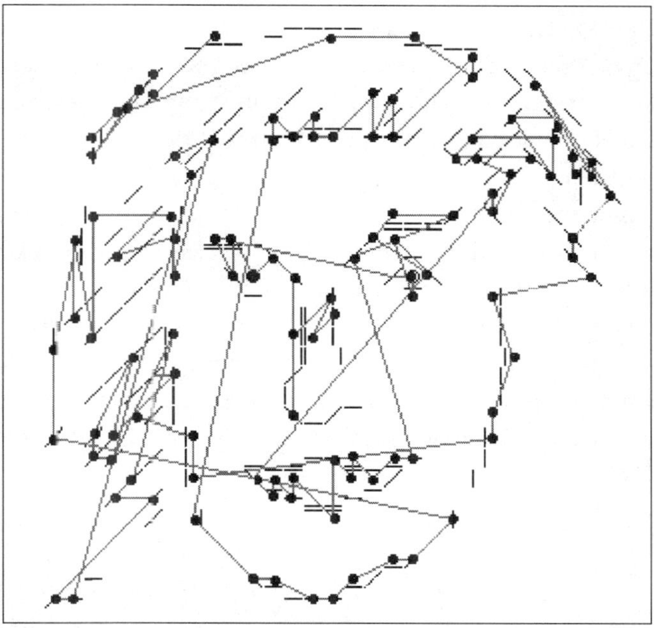

Abbildung 3.11 Computersimulation der Wahrnehmung eines Strichgesichts

Nachdem wir ihn auf diese Weise zwanzig Gesichter hatten lernen lassen, boten wir ihm gleiche oder ähnliche Gesichter zum Erkennen dar. Abbildung 3.11 zeigt einen solchen Erkennungsprozeß. Sie sehen das dem HyPercept-Programm dargebotene Gesicht, die Punkte mit den Linien dazwischen zeigen die durch den HyPercept-Prozeß gesteuerte Abtastbewegung. Es gibt große und kleine Sprünge, die großen führen von einem Teilobjekt zum nächsten, die kleinen erfolgen innerhalb des jeweiligen Teilobjekts.

Nun zu Abbildung 3.12. Hier sehen Sie die Blickbewegungen des *menschlichen* Auges beim Wahrnehmen eines Gesichts. Die Ähnlichkeit der Abtastprozedur in den Abbildungen 3.11 und 3.12 ist sinnfällig. Auch in den Bewegungen, die das menschliche Auge vollführt, finden wir größere Sprünge (von den Augen zum Haaransatz, vom Haaransatz zum Mund) wie auch kleinere innerhalb der Teilobjekte. Der HyPercept-Prozeß produziert also ein visuelles Wahrnehmungsverhalten, das dem Sehvorgang beim Menschen durchaus ähnelt.

In den nächsten Abschnitten werden wir uns noch weiter mit dem HyPercept-Prozeß befassen. Zunächst einmal müssen wir dafür sorgen, daß er wirklich in der Lage ist, aus dem Schein das Sein zu ermitteln. So richtig kann er das nämlich jetzt noch nicht. Er könnte noch nicht erkennen, daß ein Hund, der weit entfernt vorbeitrabt (kleines Netzhautbild), identisch ist mit dem, der gerade eben noch vor ihm stand (großes Netzhautbild). – Dann werden wir genauer analysieren, was es mit dem Auflösungsgrad auf sich hat und welche Folgen sich für die Erkenntnistätigkeit von Ψ ergeben, wenn man ihn erhöht oder senkt. Sodann werden wir uns darum bemühen, den HyPercept-Prozeß mit Lernfähigkeit zu versehen. Und schließlich werden wir feststellen, daß sich der HyPercept-Prozeß nicht nur zur Kategorisierung, sondern auch zur «Erzeugung» von Objekten verwenden läßt, nämlich zur Erzeugung von Vorstellungen.

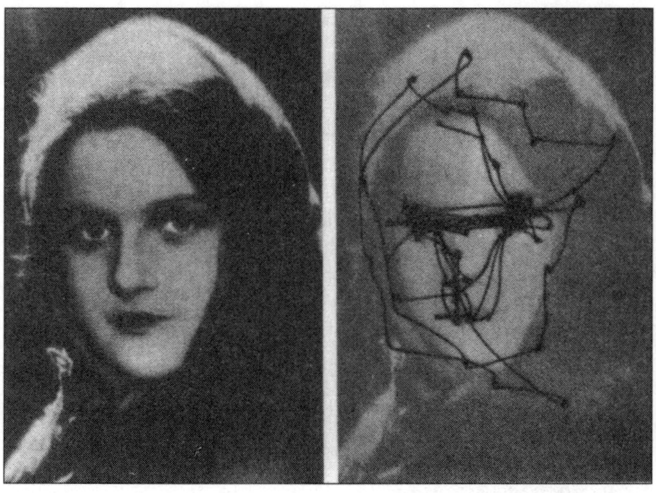

Abbildung 3.12 Augenbewegungen bei der Wahrnehmung

Sein und Schein

Jetzt kann Ψ also Objekte identifizieren. – *Nein, normalerweise kann es das leider überhaupt nicht!* Denn eine Identifizierung gelingt ihm nur unter ganz bestimmten Bedingungen; Ψ muß die Objekte *vollständig* im Blickfeld haben, und es muß sie unter einem ganz bestimmten Blickwinkel und aus einer ganz bestimmten Entfernung betrachten können. Für die Orientierung in einer natürlichen Umgebung ist die so beschränkte Wahrnehmungsfähigkeit völlig unzureichend, denn natürlicherweise sehen wir die Dinge manchmal von nahem (also groß), manchmal von fern (also klein); manchmal treten sie uns frontal gegenüber, manchmal nehmen wir sie schräg von oben, von der Seite oder von rückwärts wahr. Und meist sind sie nur teilweise sichtbar. Die gleichen Dinge sehen also – je nachdem – ganz verschieden aus. Und zu allem Überfluß können *verschiedene* Dinge auch *gleich* aussehen; ein Puppenstubenstuhl aus der Nähe mag das gleiche Netzhautbild erzeugen wie ein richtiger Stuhl aus der Ferne.

Abbildung 3.13 Eine Blumenvase auf einem Tisch?

Wie erkennt Ψ, daß Ungleiches gleich erscheinen kann und Gleiches ungleich? Wir werden Ψ im folgenden mit dieser Fähigkeit ausstatten. Zunächst einmal gehen wir darauf ein, wie die Wahrnehmung von teilweise verdeckten Objekten möglich ist. Dann befassen wir uns mit den Problemen, die sich aus der Tatsache ergeben, daß die Dinge gewöhnlich aus verschiedenen Distanzen und Richtungen wahrgenommen werden. Wir befähigen Ψ, hinter dem Schein das Sein zu ermitteln. Leider wird dies dazu führen, daß Ψ mitunter den Schein auch für das Sein hält.

Ich sehe durch eine Tür in ein Zimmer hinein und erblicke einen Tisch. Wirklich einen

Tisch? Nein, keinen Tisch, sondern nur eine Stange und eine rechteckige Platte. Nein, ich erblicke keine Platte und schon gar keinen rechten Winkel, sondern ein spitzwinkliges Dreieck. – Ich sehe auf dem Tisch eine Vase mit einer Blume! Aber keineswegs: Was ich wahrnehme, sind zwei blaue und ein grüner Kringel und eine Blüte an einem Stiel. Alles in allem: Ich *sehe* keineswegs das, was ich *erkenne*! – Ich erblicke draußen einen Spaziergänger. Einen Spaziergänger? Tatsächlich sehe ich nur einen Oberkörper, der sich oberhalb der Fensterbank auf einer sinusförmigen Bahn bewegt.

Die meisten Dinge sehen wir nicht vollständig. Ein HyPercept-Prozeß kann nicht alle relevanten Punkte eines Objekts abtasten, wenn dieses, wie es oft der Fall ist, durch andere Objekte teilweise verdeckt wird. Wie soll sich unsere Maschine in einem solchen Fall verhalten? Muß der HyPercept-Prozeß abgebrochen werden, wenn an einer Raumstelle, an die der Prüfprozeß gesprungen ist, nicht das ist, was dort eigentlich sein sollte? Das würde die Wahrnehmungsfähigkeit der Maschine auf vollständig sichtbare Dinge beschränken. Besser wäre es, wenn das HyPercept-Programm in solchen Fällen mit «Setzungen» arbeiten würde. HyPercept soll *«annehmen»*, daß das, was sich durch die Verdeckung dem Blick entzieht, doch da ist, und so tun, als gäbe es die Verdeckung gar nicht. HyPercept kann dann gemäß dem gerade überprüften Schema zum nächsten Raumpunkt springen und, wenn dieser nicht verdeckt ist, dort mit seiner normalen Prüfung fortfahren.

Es stellt sich nun natürlich die Frage, wann Ψ so tun sollte, als gäbe es an einem Raumpunkt, an dem faktisch *nicht* das ist, was der HyPercept-Prozeß erwartet, doch das Erwartete. Abbildung 3.14 bietet eine Antwort auf diese Frage. Eine «Setzung» sollte dann erfolgen, wenn sich ein verdeckendes Objekt *vor* dem zu identifizierenden befindet. Um dies festzustellen, muß Ψ in der Lage sein, die Entfernung von Objekten zu taxieren. Wie kann das geschehen?

Im menschlichen optischen System gibt es eine Menge verschiedener Entfernungssensoren. Man unterscheidet monokulare und binokulare «Raumzeichen», also Signale, die Entfernungsinformationen vermitteln. Ein binokularer Entfernungssensor ist beispielsweise der Winkel der Sehachsen der beiden Augen zueinander. Damit ein Objekt auf den Netzhäuten beider Augen auf der Stelle des schärfsten Sehens (der «Fovea centralis») abgebildet wird, müssen die Sehachsen einen bestimmten Winkel zueinander haben; dieser wird um so spitzer, je weiter das Objekt von den Augen entfernt ist. Er ist im Nervensystem durch das Ausmaß der Aktivierung der Augenmuskeln repräsentiert, die die Augäpfel in die entsprechende Stellung ziehen. Äquivalente «Muskelaktivierungen» stehen uns bei unserer Maschine zur Verfügung, wir haben ja die Netzhaut des Dampfwagens mit Druckkolben versehen (siehe Abbildung 3.4, Seite 140). Die Tätigkeit der «Augenmuskeln» wird durch Neuronen erzeugt; deren Aktivitätszustand liefert also Informationen über Distanzen.

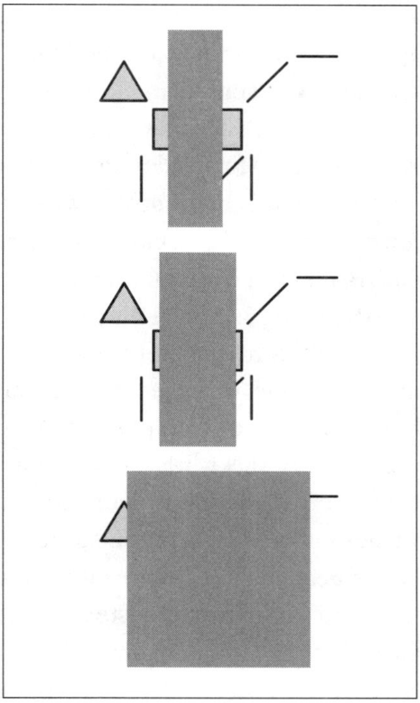

Abbildung 3.14 Der verdeckte Hund und die Notwendigkeit der «Halluzination»

Außer dem Sehwinkel gibt es noch andere binokulare, also auf der koordinierten Tätigkeit von zwei Augen beruhende Entfernungsindikatoren, zum Beispiel die Querdisparation, die Unterschiede der jeweiligen Projektionen auf die beiden Netzhäute des menschlichen Auges.

Nun hat Ψ bislang nur ein Auge und kann also die gerade beschriebenen Indikatoren gar nicht verwenden. Natürlich könnten wir es mit einem zweiten Auge ausstatten, aber selbst wenn wir es bei dem einen beließen, blieben noch Möglichkeiten der Entfernungsmessung. Beim Menschen gibt es als «monokulares» Raumzeichen zum Beispiel die Linsenkrümmung, die sich durch Aktivierung bestimmter Muskeln verändern läßt. Um ein nahes Objekt auf der Netzhaut scharf abzubilden, muß sich die Linse stärker krümmen als bei weiter entfernten. Statt die Linse verschieden zu krümmen, können wir aber auch dafür sorgen, daß sich – wie beim Fotoapparat – die Distanz zwischen Linse und Netzhaut verändern läßt. (So geschieht es übrigens nicht nur beim Fotoapparat, sondern auch beim Tintenfisch, der die Distanz zwischen Linse und Netzhaut variiert, statt die Linse zu krümmen. Mir scheint, der Tintenfisch hat in dieser Hinsicht einen vernünftigeren Mechanismus entwickelt als wir, denn mit zunehmendem Alter funktioniert die Linsenkrümmung immer schlechter. Der Mensch braucht eine Brille. Der Tintenfisch nicht.)

Abbildung 3.15 zeigt die Lösung für Ψ. Die Entfernungseinstellung können wir Ψ durch Dampfdruck regulieren lassen. (Wir brauchen natürlich nicht nur eine ventilgeregelte Dampfzuleitung, sondern zusätzlich einen Mechanismus der Dampfableitung aus dem Zylinder, damit sich die Linse auch wieder rückwärts bewegt. Im einfachsten Fall bringen wir dazu im Kolben ein kleines Ventil an, durch das – langsam – der zugeführte Dampf wieder entweichen kann. Dadurch würde die Linse, federnd gelagert, bei Unterbrechung der Dampfzufuhr wieder ihre Ruhestellung einnehmen.)

Wenn wir im Nervensystem von Ψ einen Regelungsprozeß vorsehen und an HyPercept koppeln, der mit dem Abstand zwischen der Linse und der Netzhaut so lange «spielt», bis sich auf ihr ein scharfes Abbild einstellt, so ist dieser Mechanismus, genauer gesagt die Aktivität der Neuronen, die die Dampfzufuhr zu ihm regulieren, ein Entfernungsindikator.

Wenn Ψ also feststellen kann, daß an einer bestimmten Stelle im Raum ein Objekt *vor* einem anderen steht, so soll der HyPercept-Prozeß mit Setzungen arbeiten, anstatt zu prüfen, ob das entsprechende Objektteil tatsächlich vorhanden ist. Eine solche Setzung dessen, was nicht wahrgenommen werden kann, ist nicht nur von großer Bedeutung für die Identifizierung verdeckter Objekte, sondern auch von *Geschehnissen*, wie wir im Abschnitt «Was läuft?» (Seite 186ff.) sehen werden.

Die Ergänzung des HyPercept-Prozesses durch einen Mechanismus der Setzung ist nun zwar notwendig, birgt aber auch Gefahren. Unsere Maschine entfernt sich damit möglicherweise von der Realität. Sie *konstruiert* diese, statt zur Kenntnis zu nehmen, was der Fall ist. Sie prüft nicht mehr nur, ob der Fall ist, was der Fall sein sollte, sondern sie «erfindet», was der Fall sein müßte oder könnte. Sie baut sich die Welt so zusammen, wie es

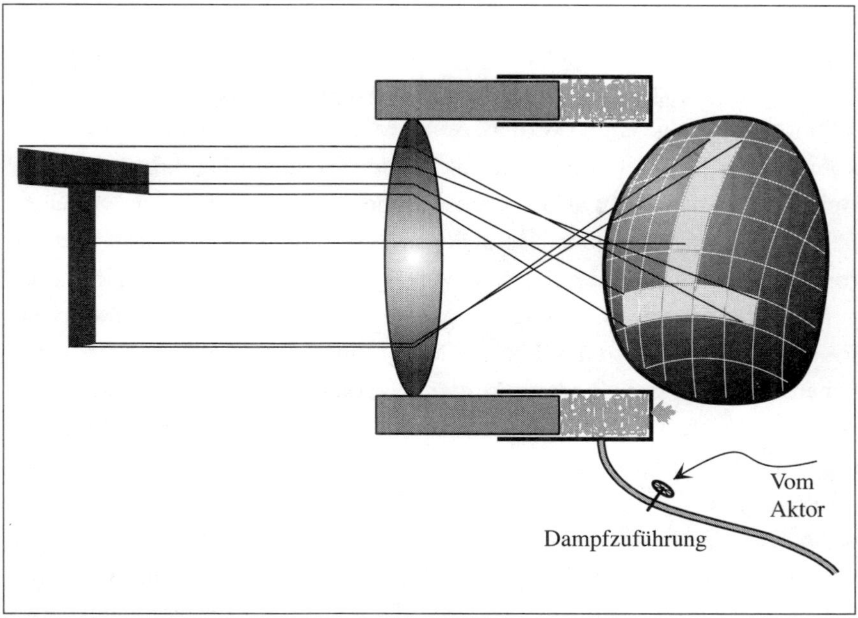

Abbildung 3.15 Die Linse als Entfernungsindikator

ihren Gedächtnisschemata entspricht: die «Welt als Wille und Vorstellung». – Wenn eine Halluzination die Wahrnehmung eines nicht vorhandenen Objekts ist, so bringen wir Ψ mit der Einführung der Fähigkeit zur Setzung an die Grenze zum Halluzinieren. Denn es stellt sich nun die Frage, wann der HyPercept-Prozeß noch «setzen» darf und wann er das nicht tun sollte. Abbildung 3.14 auf Seite 165 zeigt das Problem. Daß das obere Muster zum «Hund» ergänzt wird, ist akzeptabel. Auch das mittlere Muster darf wohl noch entsprechend gedeutet werden. Aber wie ist es mit dem unteren? Hier wäre doch wohl die Setzung des Hundes eine waghalsige Hypothese an der Grenze der Halluzination. Ψ nimmt etwas wahr, was fast gar nicht sichtbar ist.

Wir handeln uns also mit diesem Mechanismus der Setzung ein, daß Ψ unter Umständen halluziniert und etwas «wahrnimmt», was so nicht existiert. Durch die Einführung des Setzungsmechanismus steigt die Wahrscheinlichkeit bestimmter Formen von «Freudschen Fehlleistungen», nämlich dafür, daß Ψ sieht, was es sehen *will.* – Es könnte vernünftig sein, wie wir sehen werden, die Elemente der Supraliste des HyPercept-Prozesses in eine Rangreihe zu bringen. Nicht irgendwie nach dem Zufall sollten die Hypothesen ausgewählt werden, sondern nach ihrem Rang, und dieser könnte zum Beispiel von der herrschenden Bedürfnislage abhängig sein. Bei Hunger etwa sollen also die sensorischen Schemata für Brot, Brötchen, Sahneschnitten, Pizzas usw. zuerst geprüft werden. (Wenn Sie sich den neuronalen Mechanismus der Auswahl von Hypothesen, wie ihn die Abbildungen 3.8 und 3.9 zeigen, angesehen haben, wissen Sie, wie man eine solche Rangfolge leicht herstellen könnte. Man muß nur die bedürfnisrelevanten Schemata voraktivieren, dann werden sie von der progressiven Hemmung der Steuerkette von Abbildung 3.9 in geringerem Maße beeinflußt und folglich zuerst ausgewählt.)

Wenn also der HyPercept-Prozeß mitunter Setzungen vornähme und wenn die Hypothesen bedürfnisspezifisch ausgewählt würden, bestünde die Gefahr, daß Ψ nicht das sieht, was wirklich vorhanden ist, sondern das, was es sehen will oder zu sehen befürchtet. Und wenn wir hin und wieder den Auflösungsgrad der Betrachtung herabsetzen – wir werden uns damit im nächsten Abschnitt befassen –, dann wird die Wahrscheinlichkeit, daß Ψ Schein für Sein hält, noch weiter ansteigen.

Freud gibt in seinem Büchlein *Psychopathologie des Alltagslebens* eine Fülle von Beispielen für die Umwandlung von Schein in Sein, zum Beispiel für das Verlesen. «Der Friede von Görz» liest der um seine an der Front kämpfenden Söhne besorgte Vater im Mittagsblatt statt «Die Feinde vor Görz». – In dem durch Lebensmittelmangel reglementierten Wien zur Zeit des Ersten Weltkriegs liest jemand in einer Zeitungsanzeige «Alte Brotkarten» statt «Alte Brokate» (siehe Freud 1964, Seite 99f.).

So also geht Ψ mit nur teilweise sichtbaren Objekten um. Sie sind dank des Setzungsmechanismus kein grundsätzliches Hindernis für seine Erkennungstätigkeit.

Ein anderes Problem für die Identifizierung ist die Verzerrung der Objekte, die sich aus den unterschiedlichen Entfernungen und Blickrichtungen ergibt. Wenn mein Hund mir mit dem Oberkörper näher ist als mit dem Schwanz, erscheint der Oberkörper relativ größer als das Hinterteil, aber nur jetzt; gleich, nachdem ich ein paar Schritte seitwärts gemacht habe, nicht mehr. Und dennoch erkenne ich auch nach den beiden Schritten seitwärts noch denselben Hund. Und das ist gut so! Wie sollte ich mich sonst in der Welt zurechtfinden, wo sich doch die Dinge bei jedem Schritt, den ich mache, ändern? Bei mir ändern sich die Dinge nicht; hinter den verschiedenen Erscheinungsformen erkenne ich das gleiche Sein: Offensichtlich enthält meine Wahrnehmung einen «Konstanthaltungsmechanismus». Und ein solches nützliches Instrument braucht auch Ψ.

Mal sind die «Hunde» der Abbildung 3.16 weit entfernt und laufen von rechts nach links; mal sind sie näher und laufen von links nach rechts. Mal sehen wir sie schräg von oben, mal gerade vor uns. Die verschiedenen Sehwinkel und Entfernungen erzeugen Vergrößerungen, Verkleinerungen, Spiegelungen und Verzerrungen der Wahrnehmungsbilder in bezug auf die gespeicherten Schemata.

Ist ein Objekt weiter weg, bildet es sich auf der Netzhaut kleiner ab; kommt es näher, wird es größer. Sehen wir es von links oben, ist es in be-

Abbildung 3.16 «Hunde» in verschiedenen Raumorientierungen und -positionen

stimmter Weise verzerrt, sehen wir es von rechts unten, ist die Verzerrung anders. Betrachten wir es von rechts, erscheint der rechte Teil größer als der linke; es gibt alle möglichen Arten von Verzerrungen.

Das Wahrnehmungssystem, welches wir bislang für Ψ konstruiert haben, ist diesen Umständen nicht gewachsen. Wie können wir unsere Maschine dazu bringen, Dinge unter verschiedenen Blickwinkeln, gespiegelt oder gedreht und in verschiedenen Entfernungen zu erkennen? Die einfachste Lösung für dieses Problem wäre, für die Identifizierung eines Objekts nicht ein Schema in das Gedächtnis der Maschine einzubauen, sondern eine Reihe von Schemata. Wir hätten dann einen Hund nah, einen Hund fern, einen Hund mit dem Kopf nach links, einen Hund mit dem Kopf nach rechts, einen Hund schräg von vorn und einen Hund schräg von oben.

Müssen wir für jede Orientierung eines Objekts im Raum und für jede Entfernung ein spezifisches sensorisches Schema haben? Es mag sein, daß wir Menschen oft über mehrere Schemata für dasselbe Ding verfügen. Wenn ich mich an meinen Hund erinnere, dann taucht eine Reihe verschiedener Vorstellungen auf: Bjela sitzend, verbotenerweise auf der Couch ruhend, fern hinten, hinter dem Haus des Nachbarn, im Galopp auftauchend. Eine solche Sammlung von Erscheinungsformen wird nun sicherlich in verschiedenen Schemata niedergelegt sein. Hätte auch unsere Maschine für die exemplarischen Erscheinungsformen eines Objekts verschiedene Schemata, so könnte sie es in verschiedenen Raumorientierungen erkennen. Aber nur in denen, für die sie Schemata hat, keineswegs unter allen möglichen Bedingungen. – Wir könnten natürlich die Menge der Schemata für ein Objekt immer weiter vergrößern, aber das wäre keine gute Lösung. Für alle häufigen und auch die seltenen Erscheinungsformen eines Objekts jeweils ein Schema? Dazu bräuchten wir sehr viel Speicherplatz; wir müßten ungeheuer viele Neuronen für diese verschiedenartigen sensorischen Schemata zur Verfügung stellen. Gibt es eine bessere Lösung?

Wir müßten irgendwie die Abtastung durch den HyPercept-Prozeß der Raumorientierung anpassen. Wie aber könnte das geschehen? Wir haben es mit entfernungsbedingten Vergrößerungen und Verkleinerungen zu tun, die außerdem – sehwinkelbedingt – inhomogen sind, so daß der vordere Teil eines Objekts, der uns näher ist, größer erscheint als der hintere.

Der HyPercept-Prozeß besteht aus einer Reihe von Sprüngen an bestimmte Raumorte und dem nachfolgenden Versuch, ein Muster an dem entsprechenden Raumort zu identifizieren. Diese Sprünge von einem bestimmten Raumort zum anderen werden durch die Raum-Zeit-Indizes gesteuert, die in dem Interknotennetz eines Schemas gespeichert sind. Das Problem der entfernungsbedingten Vergrößerung oder Verkleinerung oder Verzerrung könnten wir dadurch lösen, daß die Sprünge in Abhängigkeit von der Entfernung des Objekts oder bestimmter Objektteile verschieden ausfallen. Ist ein Objekt zum Beispiel doppelt so weit entfernt wie «normalerweise» (also wie im Schema gespeichert), so könnten die Abtastsprünge einfach kleiner werden, also etwa nur halb so groß wie gewöhnlich. Statt von einem Punkt zum anderen um zwei Einheiten nach unten und drei nach rechts zu springen, könnte der Sprung an den nächsten Raumort eine Einheit nach unten und anderthalb Einheiten nach rechts betragen.

Um die Sprungweite zu steuern, brauchen wir allerdings Entfernungsindikatoren. Ψ muß wissen, wie weit entfernt das Objekt ist beziehungsweise in welchen verschiedenen Entfernungen sich die verschiedenen Objektteile befinden. Woher kann es ein solches Wissen beziehen? Wir benötigen dafür natürlich wieder Entfernungssensoren, wie ich sie auf den Seiten 164 ff. geschildert habe. Die Weite der Raumsprünge müßte entsprechend der gemessenen Entfernung gesteuert werden. Wir brauchen also eine enge Kopplung zwischen der Messung der Distanzen und der Bestimmung der Sprungweite im HyPercept-Prozeß. Damit könnten wir nicht nur das Problem der entfernungsbedingten Vergrößerungen, Verkleinerungen und Verzerrungen lösen, sondern auch den Sehwinkel bestimmen, also das Ausmaß, in dem ein Objekt gegenüber der Normallage in der Horizontalen und der Vertikalen verdreht ist. Ist die rechte Kante eines Objekts weiter entfernt als die linke, dann ist das Objekt um die Höhenachse gedreht. Ist hingegen die untere Kante weiter entfernt als die obere, so ist das Objekt um die Horizontalachse gedreht. Aus den Entfernungen läßt sich der Sehwinkel mit Hilfe der Trigonometrie sehr genau berechnen.

Abbildung 3.17 auf Seite 172 zeigt ein sensorisches Schema, das Ψ dazu befähigt, Rechtecke einer bestimmten Form zu identifizieren. Die elementaren Musterdetektoren für dieses Schema sind Detektoren für Hell-dunkel-Konturen und Eckkonturen, beide jeweils in vier verschiedenen Orientierungen. Zwischen den Interneuronen stehen die Koordinatenangaben für die sakkadischen Sprünge. Und rechts sieht man das Rechteck in verschiedenen Entfernungen und Ausrichtungen.

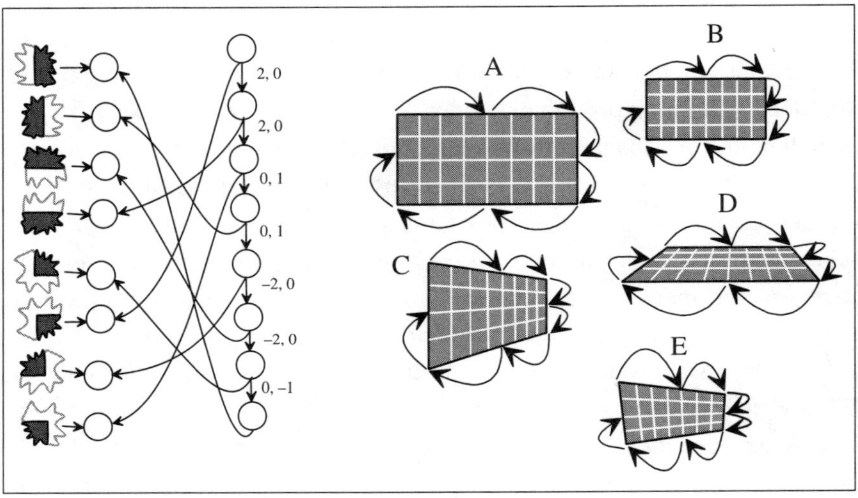

Abbildung 3.17 Das Rechteck: Schein und Sein

Rechteck A befindet sich in Normentfernung und kann entsprechend den in den Schemata gespeicherten Koordinatenangaben abgetastet werden. Rechteck B soll weiter entfernt sein. Wenn Ψ über entsprechende Entfernungsdetektoren verfügt, kann es die Distanz feststellen und dann die Abtastung mit verminderten Sprungweiten für die x- und y-Koordinaten durchführen.

Rechteck C ist um die vertikale Achse gedreht. Die rechte Kante ist weiter vom Betrachter entfernt als die linke. Wenn Ψ in der Lage ist, solche Entfernungen festzustellen, kann es die Weite und die Richtung der sakkadischen Sprünge je nach Distanz progressiv vermindern.

Rechteck D ist um die horizontale Achse gedreht. Dies bedeutet, daß die y-Sprünge mit wachsender Entfernung kleiner werden müssen. Außerdem müssen die x-Sprünge um so kleiner werden, je weiter entfernt die jeweilige Kante ist.

Rechteck E schließlich ist sowohl horizontal als auch vertikal gedreht und auch etwas weiter entfernt als Rechteck A. Deshalb müssen die Sprünge in allen angegebenen Weisen modifiziert werden.

Wir können die Berechnungen der Sprungkoordinaten in Abhängigkeit von der Entfernung natürlich auch mathematisch genau durchführen; darauf aber kommt es hier nicht an. Ich wollte nur zeigen: Wenn HyPercept über die Fähigkeit verfügt, Entfernungen festzustellen, kann es aufgrund dieser Messungen auch die Abtastsprünge umrechnen und die Abtastung eines Objekts der Raumorientierung anpassen, was es in die Lage versetzt, auch «verdrehte» und weiter entfernte Objekte wahrzunehmen.

Uns bleibt aber noch ein Problem! Der «Hund» der Abbildung 3.3 schaut nach links, und sein Gedächtnisabbild, das Schema, schaut auch nach links. Die Koordinatenangaben zwischen den Interknoten besagen, daß die «Augenmuskeln» das Auge um zwei Einheiten nach rechts und eine nach unten verschieben sollten, damit das «Hinterteil» des Hundes sichtbar wird. Was aber, wenn der Hund nach rechts schaut? Dann ist er mit dem in der Abbildung 3.3 dargestellten Schema nicht identifizierbar. Müssen wir nun, um unsere Maschine zu befähigen, auch «rechte Hunde» zu identifizieren, alle Schemata zusätzlich spiegelverkehrt in ihrem Gedächtnis unterbringen?

Wir können uns das ersparen, wenn wir dem HyPercept-Prozeß eine bestimmte Regel hinzufügen: Immer, wenn eine Identifizierung schiefgeht, also der überprüfte Knoten nicht «der Fall» ist (Ausgang der Einheit 7 des HyPercept-Prozesses von Abbildung 3.6), soll nicht sofort ein neues Element der Supraliste ausgewählt, sondern zunächst das gerade überprüfte Schema um die vertikale Achse gespiegelt und der Prozeß mit dem gespiegelten Schema wiederholt werden.

Das Spiegeln um die horizontale oder vertikale Achse ist nicht schwer. Um ein Schema um die vertikale Achse zu spiegeln, muß Ψ nur die Vorzeichen der ersten Koordinaten umkehren. – Um den Hund auf den Kopf zu stellen, muß es die Vorzeichen der zweiten Koordinate umkehren. Praktisch heißt die Umkehrung der Vorzeichen, daß die Netzhautkolben statt nach links nach rechts und statt nach oben nach unten drücken.

Apropos: Bei vielen Dingen fällt es uns überhaupt nicht schwer, sie nach links oder nach rechts gewendet als identisch zu erkennen. Bei anderen aber macht uns das durchaus Schwierigkeiten.

Das hier liest sich ziemlich schwer!

Und das auch:

Das hier liest sich ziemlich schwer!

Das ist wieder einfacher:

Das hier liest sich ziemlich schwer!

Liegt das daran, daß wir manche Dinge gleich häufig von rechts und von links sehen, bei anderen aber die räumliche Orientierung immer gleich ist?  ist der gleiche Hund wie , aber das b ist nicht der gleiche Buchstabe wie das d. Vielleicht haben wir für bestimmte Dinge doch Vielfachschemata, Schemata für die Dinge in verschiedenen Raumorientierungen, für andere Dinge hingegen nicht. Und bedeutet dies, daß wir Spiegelungen um die Vertikal- beziehungsweise Horizontalachse gewöhnlich nicht durchführen? – Ich weiß es nicht.

Auf jeden Fall: Die Art neuronaler Schemata für die Speicherung sensorischer Information, die wir für Ψ gewählt haben, kann nicht nur Objekte in normierten Darbietungsformen identifizieren, sondern in den verschiedensten Erscheinungsweisen, teilweise verdeckt, mal nahe, mal fern und auch gedreht um die vertikale oder horizontale Achse. Im Schein kann es das Sein erkennen. – Allerdings wird Ψ dadurch auch täuschbar. Manchmal nimmt es den Schein für das Sein, eben weil es die Welt nicht so sehr sieht als vielmehr gemäß bestimmter Hypothesen konstruiert.

Wie und was?

Nun haben wir also einen Wahrnehmungsprozeß, der die Dinge aufgrund bestimmter Hypothesen abtastet, bei Verdeckungen Realität «setzt» und je nach Entfernung und Blickwinkel den Abtastprozeß verschieden gestaltet. Die Wahrnehmung geschieht sukzessive; eine Hypothese nach der anderen wird geprüft, ein Punkt nach dem anderen abgetastet. Das braucht Zeit und dauert in manchen Situationen sicher zu lange! Kann man die ganze Angelegenheit nicht beschleunigen? Wir können, zum Beispiel, indem wir den Auflösungsgrad der Wahrnehmung herabsetzen, wenn es schnell gehen soll. Und man kann die Aufmerksamkeit auf die Dinge richten, die wichtig sind: zuerst die Hypothesen prüfen, die bedeutsam sind, und in den Hintergrund schieben, was augenblicklich nebensächlich ist.

Widmen wir uns zunächst einmal dem Auflösungsgrad! Der sukzessive Abtastvorgang, durch den Ψ Dinge erkennt oder Bekanntes von Unbekanntem scheidet, braucht Zeit. Bei unserem kümmerlichen Hundchen, das nur aus neun Komponenten besteht, ist das natürlich auch bei nur mäßiger Informationsverarbeitungsgeschwindigkeit kein Problem. Bestehen aber die Schemata aus vielen Hunderten oder Tausenden von Komponenten und muß (zum Beispiel in einer Gefahrensituation) schnell erkannt werden, was der Fall ist, kann die Anzahl der Prüfvorgänge durchaus zum Problem werden. Das gleiche gilt, wenn sich Dinge schnell bewegen, also rasch aus dem jeweiligen Blickfeld entschwinden und daher umgehend identifiziert werden müssen. Unter diesen Umständen kann eine totale Abtastung einfach zu lange dauern. Dann muß mit einem niedrigen Auflösungsgrad gearbeitet werden; am besten wäre es in solchen Situationen, wenn der Abtastprozeß nur wenige, charakteristische Stellen beträfe.

Das Prüfen eines Schemas mit niedrigem Auflösungsgrad ist auch riskant. Leicht werden wichtige Details übersehen, und Ψ entscheidet sich falsch. Wir werden im sechsten Kapitel analysieren, wie Ψ einen Auflösungsgrad einstellt, der den jeweiligen Umständen am angemessensten ist, also zwischen «hoch» (Nachteil: großer Zeitaufwand; Vorteil: sichere Identifikation) und «niedrig» (Nachteil: Risiko des Übersehens wichtiger Details mit nachfolgenden Fehlentscheidungen; Vorteil: schnelle Reaktion) die jeweils passende Einstellung wählt.

Das Risiko, Dinge fälschlicherweise als etwas zu identifizieren, was sie nicht sind, steigt mit fallendem Auflösungsgrad. Je schneller also das Hingucken erfolgt, desto wahrscheinlicher wird es, daß Ungleiches als gleich angesehen wird, daß wir Fritz mit Egon verwechseln und einen großen dunkelgrauen BMW für einen großen dunkelblauen Mercedes halten. Der Anstieg der Verwechslungswahrscheinlichkeit mit sinkendem Auflösungsgrad hat ganz einfache mathematische Gründe: Gleichen sich zwei Dinge in neunzig von hundert Merkmalen, so werde ich sie nicht verwechseln, wenn ich sie bezüglich aller hundert Merkmale vergleiche. Tue ich dies aber nur im Hinblick auf fünfzig Merkmale, ist die Wahrscheinlichkeit nicht gering, daß ich nur solche wähle, hinsichtlich deren sich die Dinge gleichen.

Das Risiko «falscher Treffer» steigt mit fallendem Auflösungsgrad nicht linear, sondern mit einer gewissen Beschleunigung. Wird also der Auflösungsgrad von 1 auf 0.5 gesenkt (Vergleich des wahrgenommenen Objekts mit dem Schema nur in 50 Prozent der Fälle), so ist das Risiko einer «falschen» Identifizierung nicht doppelt so hoch, sondern dramatisch größer. Eine Senkung des Auflösungsgrades ist somit eine gefährliche Angelegenheit, wenn es darauf ankommt, die Fehlidentifizierung eines Objekts zu vermeiden.

Abbildung 3.18 zeigt die Wahrscheinlichkeiten der Fehlidentifikation (Ordinate) für vier Objekte mit dreißig Subelementen, die mit einem Schema in jeweils achtundzwanzig, fünfundzwanzig, zwanzig und fünfzehn Merkmalen tatsächlich übereinstimmen. Die Abszisse, also die horizontale Achse des Koordinatensystems, zeigt den Auflösungsgrad als Anzahl der Vergleiche. Man sieht, daß die Wahrscheinlichkeit für die Identifizierung eines Objekts, das mit einem Schema in fünfundzwanzig von dreißig Merkmalen übereinstimmt, gleich 0.25 ist, wenn nur sieben Vergleiche durchgeführt werden.

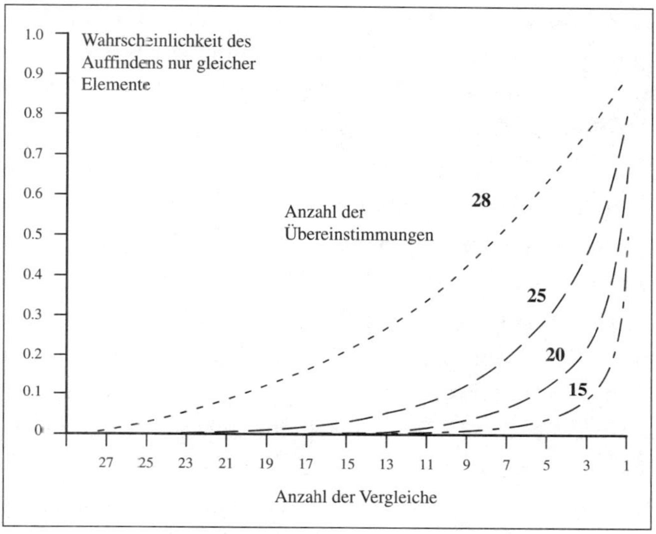

Abbildung 3.18 Identifikationswahrscheinlichkeit in Abhängigkeit vom Auflösungsgrad

Die Wahrscheinlichkeiten lassen sich gemäß der Formel für die hypergeometrische Verteilung (siehe Bortz 1993, Seite 68ff.) berechnen. Sei N die Anzahl der Subelemente im Schema, G die Anzahl der *gleichen* Subelemente an der gleichen Stelle im Schema und im Objekt (G≤ N), A der Auflösungsgrad (als Anzahl der Vergleiche bzw. der «Wahlen» aus der Menge der Merkmale) und M die Anzahl der Elemente vom Typ G, die man in einer Auswahl findet, dann ist die Wahrscheinlichkeit p, bei A Wahlen aus N Elementen genau M Elemente vom Typ G zu finden:

$$p(M \mid N, G, A) = \frac{\binom{G}{M} \times \binom{N-G}{A-M}}{\binom{N}{A}}$$

Nebenbei: Es gibt Tests für Menschen, wobei die «Genauigkeit des Hinsehens» als diagnostisches Kriterium dafür benutzt wird, «impulsive» Personen von «reflexiven» zu unterscheiden. In dem *Impulsivitäts-Reflexivitätstest* von Kagan (1966) werden Versuchspersonen zum Beispiel mit sechs Bildern konfrontiert, bei denen eines sich in winzigen Details von den anderen unterscheidet. Aufgabe der Versuchsperson ist es, dieses Bild herauszufinden. Versuchspersonen, die notorisch mit einem niedrigen Auflösungsgrad operieren, haben in diesem Test Schwierigkeiten. Wir werden später (nämlich im sechsten Kapitel) feststellen, daß auch unsere Maschine mit einigem Recht als «impulsiv» bezeichnet werden könnte, wenn sie mit einem niedrigen Auflösungsgrad wahrnimmt. Ein niedriger Auflösungsgrad ist Ingredienz vieler Seelenzustände, die wir als «Gefühle» zu bezeichnen pflegen. Ärger oder Angst zum Beispiel sind durch einen niedrigen Auflösungsgrad gekennzeichnet.

Der HyPercept-Prozeß mit einem niedrigen Auflösungsgrad «befähigt» Ψ zu Freudschen Fehlleistungen. Hat unsere Maschine zum Beispiel Hunger – und das heißt bei ihr ja: Appetit auf Benzin –, dann werden die entsprechenden Gedächtnisschemata vorgebahnt, etwa jene für die Identifizierung von Zapfsäulen. Und wenn es dann eilig ist und die Maschine Wert auf schnelle Reaktionen legen muß, könnte es sein, daß sie einen gelben Briefkasten für eine Shell-Tanksäule hält und sich darum bemüht, an ihm das Zapfventil zu finden.

Damit sind wir bei der anderen Möglichkeit, die Geschwindigkeit der Wahrnehmung zu erhöhen, nämlich der Ausrichtung der Aufmerksamkeit. Der HyPercept-Prozeß besteht ja in der sukzessiven Abarbeitung der «Supraliste». Diese Supraliste enthält alle Schemata, in denen das identifizierte Subelement vorkommt. Die Auswahl des jeweils zu überprüfenden Schemas aus der Supraliste könnte einfach dem Zufall überlassen werden. Aber es gibt ein besseres Verfahren: Wir können die Auswahl nach bestimmten Kriterien hierarchisieren, damit zuvörderst solche Objekte oder Bewegungen wahrgenommen werden, die auf gefährliche Ereignisse hinweisen oder die in Zusammenhang mit den gerade aktiven Bedürfnissen stehen. Aktives Bedürfnis: Das heißt für Ψ aktiver Bedarfsindikator! Und dieser ist ja, wenn Ψ auch nur ein wenig gelernt hat, mit bestimmten sensorischen Schemata verknüpft. Diese werden also vorgebahnt. Und wenn nun die Auswahl eines sensorischen Schemas aufgrund eines Hemmungsprozesses erfolgt, wie ich es geschildert habe (Abbildung 3.9, Seite 156f.), dann sind natürlich die vorgebahnten Elemente hemmungsresistenter und werden bei der sich progressiv verstärkenden Inhibition eher übrigbleiben und daher auch als erste ausgewählt werden. Also werden Dinge, die den vorgebahnten Schemata entsprechen, rascher wahrgenommen als solche, auf die das nicht zutrifft. – So einfach ist das mit der Aufmerksamkeit!

Nicht nur über Bedürfnisse läßt sich die Aufmerksamkeitsausrichtung steuern. So kann es der Fall sein, daß ein bestimmtes, schon wahrgenommenes Muster mit bestimmten übergeordneten Schemata stärker, mit anderen aber schwächer verbunden ist. Vielleicht ist zum Beispiel das Quadrat der Abbildung 3.8 (Seite 152) stärker mit dem Herrn als mit dem Hund verbunden, was bedeutet, daß die synaptischen Übergangsgewichte vom Quadratdetektor zum «Herr-Schema» einfach größer sind. Wenn nun die Aktivierung der Supraliste durch die Aktivierung des Musterdetektors ausgelöst wird, so werden die Interknoten im «Herr-Schema», die auf den Quadratdetektor zeigen, stärker aktiviert als die entsprechenden Interknoten im «Hund-Schema». Also wird das System das «Herr-Schema» auch vor dem «Hund-Schema» zur Überprüfung auswählen.

Es sind nun diejenigen Merkmale besonders stark mit einem Schema verbunden, die sehr häufig an den Dingen anzutreffen sind. So wäre es denkbar, daß unsere reduzierten Hunde nicht nur Körper haben, die aus einer Reihe von Quadraten, sondern auch solche, die aus einer Reihe von Kreisen bestehen oder aus sonst irgendwelchen Mustern. Gäbe es für das Quadrat im Hundekörper mehrere Alternativen, dann wäre es nicht sonderlich typisch für den Hund. Wenn aber nun in der Welt, in der Ψ lebt, die «Herren» nur mit den charakteristischen quadratischen Brustkörben existierten, dann wäre das Quadrat typisch für den Herrn, aber nicht für den Hund und deshalb besonders stark mit dem «Herr-Schema» verknüpft. Eine Vorauswahl der Schemata für die Wahrnehmung, die besonders stark mit einem Subelement verbunden sind, träfe das System also nach der Typizität.

Natürlich würden im Wahrnehmungsprozeß von Ψ die beiden Kriterien zusammenwirken: Das Schema hat die größte Chance, ausgewählt zu werden, welches mit einem gerade vorhandenen Bedürfnis verbunden ist *und* für das ein typischer Bestandteil entdeckt wurde.

Ein drittes Kriterium für das, was gerade bevorzugt wahrgenommen wird, ist der Kontext. Ich habe den rekursiven «Bottom-up/top-down»-Aufruf von HyPercept-Prozessen geschildert (Seite 158ff.). Hat der Hy-

PERCEPT-Prozeß eine bestimmte Nase identifiziert, so bildet er die Hypothese, daß diese wohl zu dem Gesicht von Marcel gehört («bottom-up»), und er überprüft sie, indem er nun nachsieht, ob denn auch das linke Auge von Marcel der Fall ist («top-down»). Bei dem Top-down-Teil des HYPERCEPT-Prozesses werden also nicht irgendwelche Schemata ausprobiert, sondern diejenigen, die zu der laufenden Hypothese passen. Und von diesen haben wiederum die durch ein Bedürfnis vorgebahnten und die typischen die besten Chancen.

Besonders wichtig ist diese kontextuelle Bestimmung des Wahrnehmungsprozesses bei der Aktivierung von Verhaltensprogrammen. Diese bestehen ja, wie wir im zweiten Kapitel gesehen haben, immer auch aus sensorischen Schemata, mit deren Hilfe kontrolliert wird, ob alles ordnungsgemäß läuft (Einheit 4 in Abbildung 2.5, Seite 100). Ein Verhaltensprogramm bestimmt also, welche Schemata durch den HYPERCEPT-Prozeß überprüft werden. Ich erwarte den Anblick der Nußbaumkommode, wenn ich meine Haustür von außen öffne. (Gewöhnlich weiß ich nicht, daß ich dies erwarte, sondern merke es erst, wenn ich darüber erschrecke, daß die Kommode beim Betreten der Wohnung nicht an ihrem gewohnten Ort steht.)

Die Auswahl der jeweils zu überprüfenden Schemata nach Bedürfnis, Typizität und Kontext hat gegenüber einer Zufallswahl eine Reihe von Vorteilen. Zum einen wird der Erkennungsprozeß gewöhnlich schneller beendet als bei einer Zufallswahl. Zum anderen bedeutet sie eine Ausrichtung der Aufmerksamkeit auf die augenblicklich wichtigen Bestandteile der Umwelt; auf die Objekte, die einen Bezug zum aktuellen Bedürfnis und zum Kontext und zu gerade ablaufenden Verhaltensprogrammen haben.

Ein Intermezzo

T: Ψs Wahrnehmung ist also, wenn ich das alles richtig verstanden habe, alles andere als eine passive Aufnahme von Umweltinformationen. Vielmehr weiß Ψ meist wohl, was es wahrnehmen will, und überprüft gezielt bestimmte Hypothesen. Das birgt aber doch die Gefahr, daß Ψ, besonders wenn der Auflösungsgrad niedrig ist, nicht so sehr wahrnimmt, was der Fall ist, sondern vielmehr das, wovon es glaubt, daß es der Fall sein sollte. Wäre nicht eine andere Wahrnehmungsorganisation vorteilhafter?

D: Wenn ich aus dem Zugfenster schaue, sehe ich im Augenblick zahlreiche Details. Den Wald mit den Birkenbäumchen am Rand, die Ginsterbüsche, das Bahnwärterhäuschen mit dem Trabi davor, den Spitzengardinen, den roten Geranien vor den Fenstern. Der Bahnwärter hat seine Schirmmütze in den Nacken geschoben, so daß man seine blonden Haare am Stirnansatz sieht. Er schwitzt … Und das alles sehe ich innerhalb weniger Sekunden. – Meine Augen machen in dieser Zeit, wenn es hoch kommt, einige hundert sakkadische Sprünge, keineswegs genug, um alle diese Details zu erfassen. Und auch mit ein paar tausend Sprüngen wäre es nicht getan. Aber für mehr ist keine Zeit! Daraus folgt, daß ich das meiste, was ich sehe, gar nicht gesehen habe. Vielmehr hat es mein Wahrnehmungsapparat ergänzt, «gesetzt». Und für diese Tätigkeit ist mein Gehirn bestens ausgerüstet! Der Gehirnforscher Gerhard Roth schätzt, daß den drei Millionen zentralwärts ziehenden Fasern des Nervus und Tractus opticus vom

Auge zum Gehirn etwa dreihundert Millionen Nervenzellen zur inneren Verarbeitung gegenüberstehen. Das zeigt die Relationen zwischen Input und interner Verarbeitung. Eins zu einhundert! Die faktische Reizaufnahme ist dem Sammeln von Indizien vergleichbar; das eigentliche Bild entsteht intern, indem aufgrund der gesammelten Indizien «angenommen» wird, daß das entsprechende Schema der Fall ist.

T: Aber ist das nicht gefährlich? Drei bis vier Indizien werden gesammelt, und dann glaubt man, daß ein Schema der Fall ist, das aus vielleicht vielen hundert Teilen besteht? Nein, wenn man es glauben *würde, dann wüßte man ja immerhin, daß es vielleicht nicht so ist, wie es wahrgenommen wurde. Es ist aber wohl viel schlimmer! Man* weiß, *daß man etwas wahrgenommen hat, obwohl man es gar nicht vollständig gesehen hat. Das finde ich geradezu unheimlich! Wenn es mir so ginge wie Ψ, dann könnte ich ja nie sicher sein, daß etwas so ist, wie ich es sehe!*

D: Na ja, so dramatisch finde ich das nicht! Hauptsache, die Schemata stimmen! Warum sollte «man», das heißt das Wahrnehmungssystem, sich die Mühe machen, etwas vollständig aufzunehmen, wovon man doch schon vorher wissen kann, wie es beschaffen ist? Warum einen Trabi immer wieder genau ansehen, wenn man seine Form doch sehr gut kennt? Das wäre doch Energievergeudung! – Wenn wirklich etwas Neues eintritt, würde man es auch bei einer kleinen Stichprobe schon merken, und dann könnte man ja immer noch genauer hinsehen. Genau so werden wir Ψ auch gestalten; warte mal auf den Abschnitt «Was gibt's Neues?»

T: Aber eine gewisse Tendenz zum Konservatismus kann man Ψ mit dieser Art von Wahrnehmungsorganisation ja doch wohl nicht absprechen. Es hat die Tendenz, die

Dinge so wahrzunehmen, wie es sie schon immer gesehen hat. Und gerade unter Streß, wenn es dringlich wird und alles schnell gehen muß, verhält sich Ψ besonders konservativ, da ja dann der Auflösungsgrad wohl unter das Normalniveau gesenkt wird. Dann gibt es die Überinklusivität, von der du oben gesprochen hast, Ψ identifiziert etwas fälschlich als etwas anderes. Das Neue wird für das Alte gehalten.

D: Ja, das kann wohl geschehen, aber für bestimmte Vorteile muß man halt bezahlen. – Übrigens: Vielleicht hängt es damit zusammen, daß die guten Einfälle hauptsächlich in den Zeiten ruhigen Wohlbehagens kommen, wie viele Kreativitätsforscher behaupten. In solchen Phasen ist man «offen», wie man so schön sagt; das heißt, man guckt nicht so genau hin und wird auf Dinge aufmerksam, die man sonst vielleicht übersieht. Andererseits: Die Überinklusivität, die bei abgesenktem Auflösungsgrad zwangsläufig eintritt, hat auch ihre guten Seiten. Der Psychiater Arieti hält «überinklusives Denken» zum einen für ein Hauptmerkmal der Schizophrenie, auf der anderen Seite für eine der Quellen der Kreativität. «Die Mutter Gottes ist Jungfrau. Ich bin Jungfrau. Also bin ich die Mutter Gottes!» lautet ein Beispiel Arietis für überinklusives Denken. Identifikation aufgrund der Gleichheit eines Merkmals. Das ist wahrhaftig ein niedriger Auflösungsgrad. Und zugleich schizophren läppisch! – Wenn man aber die eine Struktur mit der anderen identifiziert, weil sich beide hinsichtlich eines einzigen Merkmals gleichen, wenn man zum Beispiel sagt: «Die Struktur eines Atoms gleicht der Struktur des Planetensystems: Um einen Atomkern kreisen bestimmte Elemente, die Elektronen, wie die Planeten um die Sonne», dann ist das auch «überinklusiv», aber gar nicht mehr läppisch, sondern zwar im einzelnen falsch, im ganzen aber wissenschaftlicher Fortschritt!

Ausgangspunkt dieses kreativen Analogieschlusses ist die Gleichheit der (zunächst unbekannten) Struktur des Atoms und der des solaren Planetensystems hinsichtlich der Durchlässigkeit. «Manchmal prallen an einem Atom Strahlen ab, dann wieder gehen sie hindurch, als gäbe es dort nichts; genau so wäre es bei einem Planetensystem. Also: Könnte es nicht sein, daß ...?» Solche Analogieübertragungen, wie die Bohr-Rutherfordsche Hypothese über die Struktur des Atoms, sind auch überinklusive Schlüsse; Identifikationen von Strukturen aufgrund der Gleichheit eines Merkmals, zugleich aber eine wichtige Quelle der Erkenntnis.

T: Oje, das ist nun wahrlich weit ausgeholt! Aber sag mal: Wenn Ψ irgendwann einmal bemerken würde, daß es eigentlich viel von dem, was es wahrnimmt, in Wirklichkeit konstruiert, könnte es sich ja wohl zu einem idealistischen Philosophen entwickeln, vielleicht zu einem der solipsistischen Schule, der daran zweifelt, daß überhaupt irgend etwas nicht *die Projektion der eigenen Schemata in die Außenwelt ist.*

D: Das könnte schon geschehen; allerdings müßte dieses philosophische Ψ dann vergessen, daß ja die Wahrnehmung nicht nur aus der Setzung von Schemata besteht, sondern auch aus der Überprüfung der Hypothesen über die Struktur der Außenwelt. Dieser Philosoph müßte also schon sehr «verinnerlicht» leben. – Dennoch aber: Ich habe dieses Kapitel mit einem Zitat aus dem Tractatus logico-philosophicus *von Wittgenstein begonnen, weil die Feststellung dessen, was der Fall ist, einem System wie Ψ durchaus Probleme bereitet. Es kann geschehen, daß Ψ glaubt, etwas sei der Fall, was tatsächlich nicht der Fall ist. Ψ aber weiß noch nicht einmal, daß es möglicherweise ganz anders ist; es weiß nicht, daß es nur glaubt, sondern hält seinen Glauben für Gewißheit.*

Wenn wir Ψ die Fähigkeit verleihen möchten, nicht nur Objekte, sondern auch Geschehnisse, zeitliche «Dinge», zu identifizieren, so spielt, wie wir im nächsten Abschnitt sehen werden, die Notwendigkeit, das, was es gesehen hat, durch «Setzungen» zu ergänzen, eine noch größere Rolle als bei der Wahrnehmung räumlicher Objekte. Ob das, was «im Raum steht», wirklich der Fall ist, ist durchaus mitunter fraglich. Noch viel mehr aber gilt dies für Dinge, die geschehen.

Was läuft?

Die richtige Widerspiegelung des zeitlichen Ablaufs von Vorgängen gehört zu den Grundvoraussetzungen einer erfolgreichen Orientierung in der Umgebung und aktiver Einwirkung auf sie.

Wörterbuch der Psychologie,
herausgegeben von Günter Clauß
und anderen

Ich schlendere durch ein Kaufhaus, Abteilung «Küchenzubehör: Töpfe und Pfannen». Ein Herr in einem dunkelroten Dufflecoat steht dort im Gespräch mit einer Frau in einem bunten Pullover. Die Frau fordert ihn offensichtlich auf mitzukommen, und die beiden verschwinden irgendwo im Gewirr der Regale.
Ein Dampfkochtopf fesselt meine Aufmerksamkeit. So etwas scheint ein relativ kompliziertes Gebilde zu sein, mit einem zu verriegelnden Deckel, Sicherheitsventilen, Aufsatztöpfen und so weiter, und ich beschäftige mich ein wenig mit der beiliegenden Gebrauchsanleitung. Irgendwann ist meine Neugier befriedigt, und ich verlasse die Abteilung. Vor mir tut der Herr mit dem dunkelroten Dufflecoat das gleiche. Er hat ein ziemlich großes Paket unter dem Arm, in braunes Packpapier eingeschlagen. «Aha», sage ich mir, «der hat also vorhin die Verkäuferin gefragt: ‹Sagen Sie mal, haben Sie auch Einmachtöpfe?› – ‹Selbstverständlich, mein Herr! Kommen Sie doch mal mit, ich kann Ihnen zeigen, was wir da alles haben!› Und dann hat

er sich beraten lassen, hat sich zum Kauf entschlossen, ist mit der Verkäuferin zur Kasse gegangen, hat sich seinen Einmachtopf einpacken lassen, bezahlt und verläßt jetzt das Kaufhaus.»

Von dieser Geschichte habe ich nur den Anfang und das Ende erlebt. Woher kenne ich die dazwischenliegenden Ereignisse? Natürlich ist es im allgemeinen für ein Lebewesen (also für mich oder Ψ) vorteilhaft, auch solche Prozesse identifizieren zu können, die es, weil etwas dazwischenkommt, in ihrem Ablauf nicht vollständig verfolgen kann. In dem Kaufhausbeispiel war die Exploration der Mechanismen des Dampfkochtopfes einfach im Moment wichtiger als das Schicksal des Herrn im dunkelroten Dufflecoat. Aber die Ausstrahlung, die auch ein Dampfkochtopf besitzen kann – zumindest, wenn man sich langweilt –, sollte die restliche Welt nicht gänzlich außer Sicht geraten lassen. Man sollte im Auge behalten, was sonst noch so geschieht; ohne diesen Überblick könnte es gefährlich werden.

Wie können wir Ψ mit der Fähigkeit ausstatten, sich auch einen Überblick über solche Prozesse zu verschaffen, die es nicht vollständig beobachten kann? Mir war dies gelungen, denn das Schicksal des Mannes mit dem Einmachkessel steht sonnenklar vor meinem inneren Auge. Sogar samt der Fortsetzung: Wenn er nach Hause kommt, sagt seine Frau zu ihm: *«Doch nicht den!! Das ist der, den auch Frau Müller-Vordenbrink hat, und da geht immer der Schlauch ab!»*

Wieso eigentlich ist mir eine Geschichte geläufig, von der ich nur Bruchteile beobachten konnte?

Ich erkenne das Dufflecoat-Geschehen, weil ich ein allgemeines Schema von Verkaufsprozessen in meinem Kopf habe und auch Erinnerungen an die Fortsetzung von Episoden, in denen ich gebeten wurde, etwas für andere mitzubringen. Und den Einmachkessel hat ja der Mann im Dufflecoat wahrscheinlich nicht aus eigenem Antrieb und für sich selbst besorgt (das sagt mir ein bestimmtes Geschlechtsstereotyp in meinem Kopf). Wie geht die Rekonstruktion eines solchen Geschehens vor sich?

Wie sehen Geschehnisschemata aus? Nicht anders als Schemata für Dinge, nur daß sie über zeitliche Indizierungen zusätzlich zu den räum-

Abbildung 3.19 Der galoppierende Hund

lichen verfügen. Betrachten wir ein einfaches Geschehen. Abbildung 3.19 zeigt von rechts nach links eine Abfolge von Bildern, die das Galoppieren eines Hundes darstellt. Wie ermöglichen wir Ψ die Identifizierung eines solchen Geschehens?

Das ist nicht schwer. Wir brauchen dazu (mindestens) zwei Hundeschemata, nämlich eines für «Hund, springend» und ein anderes für «Hund, nach dem Sprung landend», und diese beiden Schemata vereinen wir in einem Schema zweiter Ordnung (Abbildung 3.20), dessen Interknoten wir räumlich und zeitlich verknüpfen. Die beiden Interknoten zweiter Ordnung sind durch dreifach indizierte Verknüpfungen verbunden. Der erste Index bedeutet die horizontale, der zweite die vertikale Richtung, wie schon in Abbildung 3.3, und der dritte die Zeit.

Die Verbindung von oben nach unten bedeutet also: Warte zwei Zeiteinheiten, dann gehe zwei Einheiten nach links (–2) und eine halbe Einheit

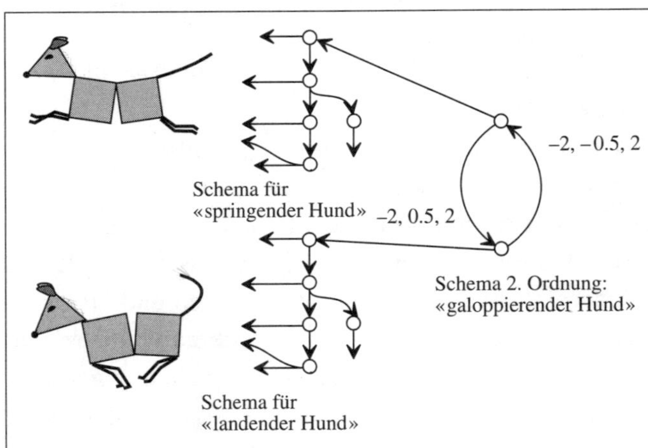

Abbildung 3.20 Der galoppierende Hund als Prozeßschema

nach unten (0.5), und dann identifiziere dort «landender Hund». Danach geht es wieder zum ersten Interknoten: Warte zwei Zeiteinheiten, gehe zwei Einheiten nach links und eine halbe Einheit nach oben, um «springender Hund» zu identifizieren. (Wie zeitliche Indizierungen als neuronale Strukturen aussehen können, haben wir ja schon diskutiert, als wir uns im zweiten Kapitel mit motorischen Schemata befaßten. Genau wie bei den räumlichen Indizes können wir natürlich auch für die zeitlichen Indizes Streubereiche zulassen. Statt «Warte zwei Zeiteinheiten» kann es also auch heißen: «Warte 1.5 bis 3.7 Zeiteinheiten.»)

Statt zwei Schemata in einem Schema höherer Ordnung zu verbinden, können wir auch die Pfade *eines* Schemas miteinander zeitlich-räumlich koppeln. In Abbildung 3.3 sind zum Beispiel unter anderem die Pfade «gehender Hund» und «springender Hund» enthalten. Diese können wir zeitlich-räumlich so verbinden, daß etwas herauskommt wie «galoppierender Hund». Der «schreitende Hund» in Abbildung 3.3 ist ja im wesentlichen in den Beinstellungen der letzten vier Interknoten enthalten. Diese könnten wir auch durch Interknoten ersetzen, die den «landenden Hund» darstellen. Dann bräuchten wir nur zwischen dem Interknotenstrang, der die Beinstellungen des «landenden Hundes» abbildet, und denjenigen, die den «galoppierenden» Hund repräsentieren (rechter unterer Strang der Interknoten), jene zeitlich-räumliche Indizierung einzufügen, die in Abbildung 3.20 die Interknoten zweiter Ordnung verbinden. So hätten wir die Bewegungsformen des Hundes in *ein* allgemeines Hundeschema integriert.

Ein Geschehnisschema kann natürlich erheblich komplizierter sein und viel mehr Interknoten enthalten als in Abbildung 3.20 dargestellt. Wie ein gewöhnliches Schema kann es sich auch verzweigen und auf diese Weise verschiedene Raumzeitpunkte aufweisen (Strukturabstraktheit). Auch könnten die einzelnen Interknoten eines solchen Geschehnisschemas nicht nur auf einen, sondern auf mehrere Subknoten verweisen und auf diese Weise für einen Raumzeitpunkt mehrere Alternativen zulassen (Elementabstraktheit).

Die Wahrnehmung von Geschehnissen unterscheidet sich in einem wichtigen Punkt von der Wahrnehmung nur räumlicher Objekte. Bei einem räumlich konstanten Ding kann man mal hierhin, mal dorthin blicken und auch den Blick wieder zurückwenden, wenn man nicht sicher ist, jedes Detail erfaßt zu haben. Das ist bei Geschehnissen nicht möglich. Entweder man hat ein Detail wahrgenommen, oder es ist für immer verloren, «verronnen». Die Elemente eines Geschehens sind nicht frei verfügbar. Auf ein Problem, das sich daraus ergibt, nämlich auf die Notwendigkeit, den Auflösungsgrad der Wahrnehmung auf die zur Verfügung stehende Zeit einzustellen, sind wir schon eingegangen. Es gibt aber noch andere Schwierigkeiten bei der Identifizierung von Prozessen.

Geschehnisschemata können für die Wahrnehmung von Prozessen in der gleichen Weise gebraucht werden wie Schemata für «nur räumliche» Dinge. Es beginnt mit der Identifikation eines Teilmusters; dafür wird entsprechend dem HyPercept-Prozeß eine Supraliste gebildet, und dann geht es genauso weiter wie schon beschrieben.

Statt daß aber nun ein räumlicher Sprung zum nächsten wahrzunehmenden Muster erfolgt, geschieht bei einem zeitlichen Sachverhalt ein zeitlicher Sprung, und das heißt ganz einfach: Es wird abgewartet; es wird etwas erwartet. Die nachfolgenden Interknoten des Geschehnisschemas sind die Erwartungen. Wenn nun als nächstes, nach der Wartezeit, das entsprechende Muster am entsprechenden Ort auftaucht, ist alles in Ordnung, und die Überprüfung des Schemas kann fortgesetzt werden. Stimmt aber das Muster nicht mit der Erwartung überein, muß – gemäß dem HyPercept-Algorithmus – das Schema gewechselt werden. Wenn aber kein Schema mehr auf den Strang der Ereignisse paßt, dann weiß Ψ: «Unbekanntes Muster.» Bei Geschehnisschemata heißt das: «Es geschieht etwas nicht Voraussehbares.» Und das ist nun die dramatische Version von «unbekanntes Muster».

«Unbekanntes Objekt» – ja, wenn es sich nicht bewegt, dann laß es doch unbekannt sein. Man weiß zwar nicht genau, was es vielleicht einmal tun könnte, und das sollte einen schon ein wenig beunruhigen, und man sollte sich vornehmen, bei Gelegenheit einmal aufzuklären, was es mit diesem Ding auf sich hat, aber im Augenblick gibt es keinen Grund zur Beunruhigung. Bei Geschehnissen dagegen ist die Situation ganz anders. Wenn ein Strang von Ereignissen sich nicht so entwickelt wie erwartet, dann ist nicht nur das Geschehnis unbekannt, sondern man weiß nicht, was gleich passieren wird. Vielleicht stürzt ja in wenigen Sekunden der Himmel ein!? Oder ein Zipferlak taucht auf?!

Ein Geschehen, das sich nicht in der erwarteten Weise abspielt, sollte besondere Maßnahmen auslösen. Im Abschnitt «Was gibt's Neues?» (Seite 204ff.) kommen wir darauf zurück.

Um ein Geschehnis zu identifizieren, muß man «Zeitsprünge» machen, konkret: Man muß abwarten. Das ist natürlich oft problematisch, denn man hat ja meist etwas anderes zu tun, kann sich also nicht einfach hinsetzen und zugucken, was geschieht. Wenn aber Ψ ein Ereignis aus irgendwelchen Gründen verpaßt hat, kann es ja nicht mehr zurückspringen in der Zeit.

Warum verfolgt Ψ nicht alle Prozesse, die in seiner Umgebung stattfinden? Weil es, wie wir alle, nur ein begrenztes Aufnahmevermögen hat. Und das muß es auf Wichtiges konzentrieren. Ψ mag Besseres zu tun haben, als sich mit dem Schicksal des Mannes im Dufflecoat zu befassen. Es ist für ihn wichtiger, die Mechanik von Dampfkochtöpfen zu erkunden. Auf der anderen Seite: Man weiß ja nie! Was jetzt ganz unwichtig erscheint, ist vielleicht später von großer Bedeutung.

**«Warenhausdiebstahl! –
Mann stülpte Verkäuferin Einmachkessel
über den Kopf und entkam
mit der Tageskasse»**

Wenn das morgen in der Zeitung stünde! – Also: Es bringt Vorteile, breit informiert zu sein. Aber wie kann man von Prozessen wissen, die man nicht beobachtet? Nun: *Ich* konnte den Prozeß rekonstruieren. Und für Ψ wäre es auch nicht schlecht, über ein solches Rekonstruktionsvermögen zu verfügen. Wie aber kann diese Fähigkeit aussehen? Wie können wir Ψ dazu bringen, zu erkennen, was abläuft, ohne daß es jeden Prozeß lückenlos beobachtet?

Die Antwort auf diese Frage zeigt das Flußdiagramm der Abbildung

3.21. Es stellt einen «Algorithmus der Besinnung» dar. Sein Zweck ist die nachträgliche Identifizierung eines Vorgangs.

Die «Besinnung» beginnt damit, daß Ψ versucht, die Protokollsequenz mittels des HyPercept-Algorithmus in eines der Geschehnisschemata einzupassen. Dieser Prozeß der Einpassung geschieht mit Hilfe des Protokolls. Die Verwendung des Protokolls statt der «Originalsequenz» der Ereignisse macht Ψ dabei unabhängig von dem tatsächlichen Zeitablauf. Also: In einem Kaufhaus beginnt ein Mann, für «draußen» gekleidet, mit einer Frau, für «drinnen» gekleidet, ein Gespräch. Das könnte zu dem Geschehnisschema «Verkaufsprozeß» passen. Gemäß dem HyPercept-Algorithmus folgt nun die Prüfung, ob noch andere Teile des Verkaufsprozesses im Protokoll auffindbar sind. Auf einen stößt Ψ noch: Mann verläßt Kaufhaus mit eingepacktem Gegenstand. Mehr aber findet es nicht. Es spricht also nichts gegen die Identifizierung des Geschehens als Verkaufsprozeß, aber auch noch nicht allzuviel dafür. Nun kommt es auf den Auflösungsgrad an. Wenn die Stichprobe nach dem eingestellten Auflösungsgrad ausreicht, dann ist die Identifizierung gelungen. Wenn nicht, geht es weiter mit der Einheit 3 im Flußdiagramm. Hier wird nach «unüberprüften ‹hängenden› Schemata» gefragt. Das sind Bestandteile des gerade überprüften Geschehnisschemas, die nicht im Protokoll enthalten sind. Daß zum Beispiel der Mann im Dufflecoat an der Kasse bezahlt hat, wurde nicht beob-

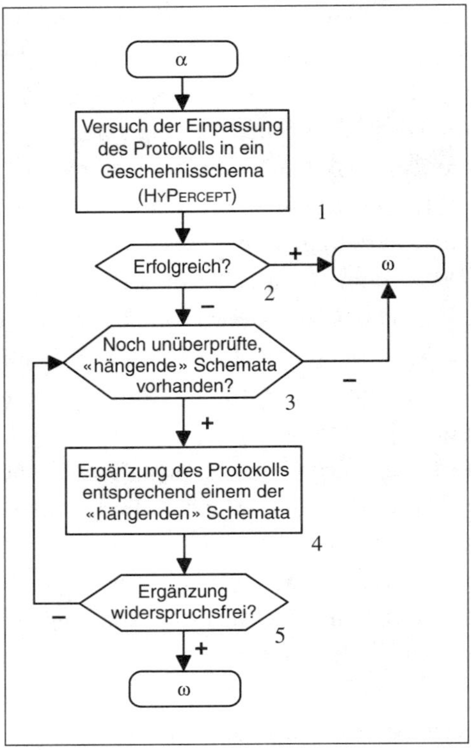

Abbildung 3.21 Der Besinnungsalgorithmus

achtet. Aber das «An-der-Kasse-Bezahlen» gehört als Element zu dem Schema «Verkaufsprozeß», wäre also ein «hängendes» Subschema; ein Schema, dem bislang während des Besinnungsprozesses kein tatsächliches Ereignis zugeordnet werden konnte. Gemäß der Einheit 4 im Besinnungsalgorithmus wird die Ereigniskette im Protokollgedächtnis nun durch das dem «hängenden» Schema entsprechende Ereignis ergänzt.

Dabei sollte aber eine «Widerspruchsanalyse» stattfinden. Die Ergänzung des Prozesses durch ein «An der Kasse bezahlen»-Ereignis wäre dann fehl am Platz, wenn mich der Herr im dunkelroten Dufflecoat vorher um dreißig Pfennig zum Telefonieren gebeten hätte, mit der Begründung, er habe leider sein Portemonnaie vergessen und müsse doch vor einem wichtigen Einkauf noch einmal mit seiner Frau sprechen. In diesem Fall muß das übliche «An der Kasse bezahlen»-Schema durch die Version «An der Kasse mit Kreditkarte bezahlen» ersetzt werden. Wenn eine solche Alternative nicht zur Verfügung steht, muß Ψ auf die Ergänzung der protokollierten Ereignissequenz entsprechend einem «hängenden» Schema ganz verzichten. Dann bleibt hier eine offene Stelle, gewissermaßen ein kleines Rätsel.

Wenn manche oder alle hängenden Subschemata nicht ohne Widerspruch ergänzt werden können, so paßt das Schema nicht, und es muß entweder ein anderes ausgewählt werden, oder Ψ muß sich damit abfinden, einen neuartigen Prozeß beobachtet zu haben – vollständig oder nicht, das ist nicht mehr entscheidbar.

Abbildung 3.22 auf Seite 194 zeigt die Struktur des gesamten Besinnungsprozesses schematisch. Man sieht oben ein Geschehnisschema und unten eine Sequenz im Protokollgedächtnis, die bunt gemischt ist. Sie enthält sowohl Ereignisse, die zu der Einmachkessel-Episode gehören, als auch solche, die die Dampfkochtopf-Episode repräsentieren. Nun erfolgt der Assimilationsversuch (Einheit 2 im Flußdiagramm), Ψ wird – entsprechend dem HyPercept-Algorithmus – versuchen, ein Schema für die Ereigniskette zu finden oder auch mehrere. (Gewöhnlich wird es auf mehrere Schemata stoßen, da ja in der Protokollsequenz alles, was geschah, einfach chronologisch aufgelistet worden ist.)

In Abbildung 3.22 passen die Ereignisse a, d und z der Protokollsequenz in die Subschemata A, D und Z des gerade aktivierten Schemas. (A und Z könnten also zum Beispiel die von mir beobachteten Anfangs- und Endepisoden des Dufflecoat-Ereignisses sein.) Für die Subschemata B, C und Y dagegen finden sich keine Ereignisse in der Protokollsequenz. (Eines dieser Ereignisse könnte für die nicht beobachtete «An der Kasse bezahlen»-Episode stehen.)

Ψ hat nun ein Schema gefunden, in dem A in der angemessenen Zeitspanne vor D und Z vorkommt. Dieses Schema ist die Hypothese darüber, was sich «wirklich» ereignet hat. Die «hängenden» Subschemata B, C und Y werden nun dazu verwendet, in der Protokollsequenz die Ereignisse b, c und y zu «setzen», die Ψ nicht beobachtet hat, die aber mit seinen Gedächtnisschemata verträglich sind. Ψ wird also «Vorstellungen» darüber bilden, wie wohl zum Beispiel das nicht beobachtete Gespräch des Kunden im Dufflecoat mit der Kassiererin ausgesehen haben mag.

Dies geschieht nicht einfach dadurch, daß die Subschemata an den entsprechenden Stellen eingesetzt werden. Vielmehr ergänzt Ψ die «Hohlstellen» (siehe Abschnitt «Abstraktheit», Seite 142ff.) des entsprechenden

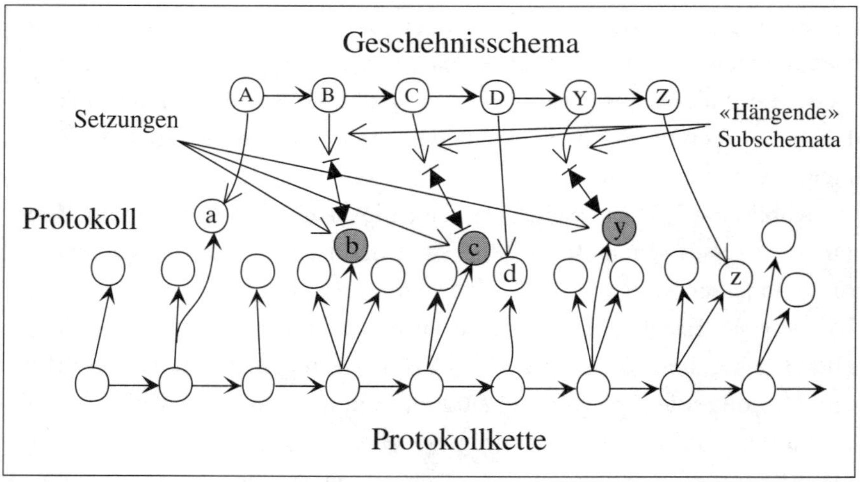

Abbildung 3.22 Die Rekonstruktion eines Geschehens. Man sieht oben das aufgrund der Passungen A–a, D–d und Z–z ausgewählte Geschehnisschema. Dieses enthält «hängende» Subschemata, die nachträglich im Protokoll gesetzt werden. Unten ist die Protokollkette angedeutet.

Subschemas gemäß den in der Protokollsequenz vorhandenen Einheiten. Ein im Gedächtnis auffindbares «An der Kasse bezahlen»-Schema wird als Hohlstellen zum Beispiel einen «Kassierer» und einen «Kunden» enthalten. Daß diese nur als Hohlstellen vorhanden sind, bedeutet, daß es vielerlei verschiedene Realisierungsmöglichkeiten für sie gibt. Diese werden nun entsprechend sonstigen Elementen in der Protokollsequenz aufgefüllt. An die Stelle des abstrakten «Kunden» tritt der Herr im dunkelroten Dufflecoat und so fort.

Eine solche Ergänzung des tatsächlichen Geschehens beinhaltet natürlich die Gefahr, daß Ψ später einmal die rekonstruierten und die tatsächlichen Ereignisse nicht mehr «auseinandersortieren» kann und der Meinung ist, es hätte das nicht beobachtete Gespräch des Kunden mit der Kassiererin tatsächlich gesehen, denn die Setzungen verändern ja das Protokoll. Die Wahrnehmung der Welt und die Rekonstruktion der Welt durch die Setzungen könnten später eine untrennbare Einheit bilden, und es könnte passieren, daß Ψ ebenjenes Kassengespräch als Realität vor Gericht beschwört. – Natürlich haben wir die Möglichkeit, die Setzungen in den rekonstruierten Protokollen als solche zu kennzeichnen; die Protokolle selbst können diese Markierung ausführen. Ψ weiß damit, was es protokolliert hat und was nicht. Wenn aber in der Zukunft der Teil des Protokolls, der die Besinnung betrifft, erlischt, geht damit auch die Fähigkeit von Ψ verloren, Ergänztes von tatsächlich Wahrgenommenem zu unterscheiden. Und dann könnte es leicht geschehen, daß es sich an Ereignisse «erinnert», die nie stattgefunden haben. Das geschieht uns Menschen ja auch.

Wie der Besinnungsprozeß zeigt, ist der Umgang mit Zeit problematischer als der Umgang mit Raum. Zum einen sind «zeitliche» Objekte schwerer zu identifizieren als räumliche, weil sich zeitliche Relationen nicht umkehren lassen – oder allenfalls im Protokoll des Geschehens. Und zum anderen enthält die Rekonstruktion von Geschehnissen die Gefahr der Vermengung von «Setzung» und «Beobachtung», von «Dichtung» und «Wahrheit».

Wann sollte Ψ Besinnungsphasen einschalten? Ψ muß sich ständig darum bemühen, zu wissen, was vor sich geht, und den Gang der Ereignisse in die Geschehnisschemata einzupassen. Der Besinnungsalgorithmus sollte ausgelöst werden, wenn diese Einpassung nicht in befriedigendem Ausmaß gelingt, wenn allzuviel im Protokollgedächtnis keinem Geschehnisschema zugeordnet werden kann.

Die ständige Einpassung des Ereignisablaufs in die Geschehnisschemata beziehungsweise, wenn dies nicht möglich ist, in die Besinnung ist notwendig, um einen Überblick darüber zu behalten, was vorgeht, und um damit auf die Zukunft vorbereitet zu sein. Nur wenn man weiß, in welchem Muster von Vorgängen man gerade steckt, kann man vorhersagen, was einen in Zukunft erwartet. Die Identifikation von Geschehnissen durch Besinnungsprozesse dient der Bildung von «Erwartungshorizonten».

Was ist ein Erwartungshorizont? Wie Abbildung 3.23 an einem Beispiel zeigt, besteht er aus Extrapolationen aufgrund der (durch direkte Wahrnehmung oder Besinnung) identifizierten Geschehnisse.

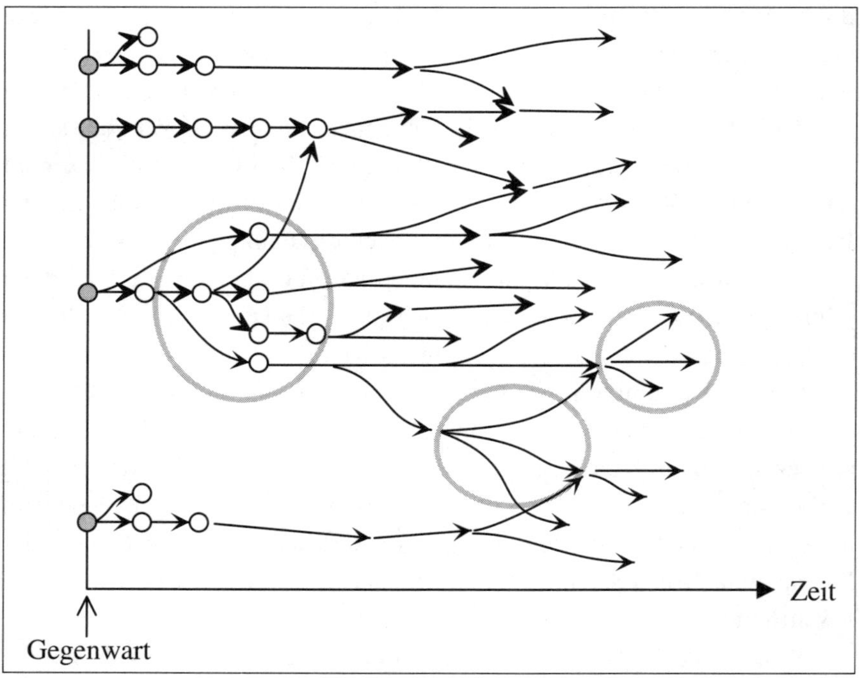

Abbildung 3.23 Der Erwartungshorizont als Kombination der Extrapolation verschiedener Geschehnisschemata mit Stellen hoher Unbestimmtheit

Hat Ψ den landenden Hund identifiziert und in das Geschehnisschema «galoppierender Hund» eingepaßt, erwartet es zwei Zeiteinheiten später an einem anderen Punkt im Raum den springenden Hund. Solche Erwartungen können natürlich bei komplexeren Ereignisschemata auch größere Zeiträume als gerade nur zwei Zeiteinheiten umfassen. Und natürlich können sie verschiedene Vorgänge zugleich umfassen. Die Gesamtheit der Erwartungen der Maschine aufgrund der verschiedenen identifizierten Geschehnisse beziehungsweise aufgrund der Identifikation ihrer Anfänge bildet den «Erwartungshorizont». Dieser stellt die «Zukunft» von Ψ dar.

Da sich Geschehnisschemata verzweigen können, ist der Erwartungshorizont gewöhnlich eine divergierende Struktur von Ereignissen und wird mit der wachsenden Entfernung der Zukunft von der Gegenwart immer unbestimmter, «zerflattert» also gewissermaßen in die verschiedensten Möglichkeiten der Zukunft. Der Erwartungshorizont ist von großer Bedeutung für die Orientierung von Ψ, denn er enthält Informationen über Möglichkeiten und Gefahren, über zukünftige Bedürfnisse und ihre Befriedigung. Damit gibt er auch darüber Auskunft, was nicht mehr angestrebt zu werden braucht, da es von selbst eintreten wird, und darüber, was zu vermeiden ist, da es sonst Schmerzen mit sich bringt. Außerdem ist die Unbestimmtheit des Erwartungshorizontes, also das Ausmaß und die Orte seines «Zerflatterns», von großer Bedeutung. Diese Unbestimmtheit gibt an, worauf Ψ sein Augenmerk zu richten hat und worauf nicht. Einige Orte des «Zerflatterns» habe ich in Abbildung 3.23 durch Kreise markiert.

Das, von dem man sicher weiß, daß es sich ereignen wird, braucht man nicht weiter zu beachten; vielleicht sollte man mitunter mal ein wenig hinsehen, ob sich wirklich alles so abspielt wie erwartet. Wichtig dagegen ist es, auf die Stellen im Erwartungshorizont, die sich durch ein hohes Ausmaß an «Zerflatterung» auszeichnen, viel Aufmerksamkeit zu verwenden; an diesen Stellen ist die Zukunft ungewiß.

Im Bauplan von Ψ müssen wir also besondere Prozesse der Informationsverarbeitung für den Umgang mit dem Erwartungshorizont vorsehen. Wenn etwas *nicht* dem Erwarteten entspricht, dann muß, wie schon erwähnt, etwas geschehen. Denn dann ist die Zukunft ungewiß. Bei uns Menschen ist die Feststellung, daß etwas den Erwartungen zuwiderläuft, außerordentlich gefühlsträchtig. Je nachdem, stellen sich in einem solchen Fall Überraschung, Schreck, Erstaunen, Angst oder Furcht ein. Und das sind nicht nur einfach Gefühle, sondern dahinter stecken Verhaltensregulationen, die, entsprechend der jeweiligen Situation, Erkundungstätigkeiten, Flucht, Angriff oder Verteidigung vorbereiten. Damit Ψ als autonomes System vernünftig funktioniert, müssen wir ihm ähnliche Mechanismen einbauen. Das machen wir aber jetzt noch nicht, sondern später, im sechsten Kapitel, wenn wir zusammenfassend über Verhaltensregulationen sprechen.

Noch einmal zurück zur Besinnung: Wenn unsere Maschine solche Phasen einschaltet, so ist das von außen sichtbar. Der gesamte kognitive Apparat, der für die Besinnung benötigt wird, also für den Wiederaufruf des Protokolls, der Versuch, die Elemente des Protokolls gemäß dem HyPercept-Prozeß in Geschehnisschemata einzupassen, führt dazu, daß Ψ sich für eine gewisse Zeit von der Gegenwart verabschieden muß, um die Vergangenheit zu rekonstruieren.

Bei Menschen ist wohl das gleiche der Fall. – Ich halte eine Vorlesung, und dabei beobachte ich natürlich mein Publikum. Unmittelbar vor mir sitzt ein Student, der meine Ausführungen durch ständiges Kopfnicken und periodenweise einsetzendes Lächeln begleitet. Ich weiß: Der bekommt von der Vorlesung gar nichts mit. Er sitzt dort und betreibt «Anwesenheitsdokumentation» beziehungsweise «Aufmerksamkeitssimulation», um ein paar Pluspunkte für die im Herbst anstehende Prüfung zu sammeln.

Schräg hinter ihm sitzt einer, der mich ansieht, manchmal die Augen nach oben rollt, nach einer Sekunde lächelt oder – mit Verzögerung – seine Stirn in Falten legt und anschließend leise den Kopf schüttelt, ihn dann senkt und plötzlich intensiv zu schreiben beginnt. Von dem weiß ich: Der geht mit! Er registriert nicht nur, was gesagt wird, sondern versucht, das Gesagte in seine Schemata einzupassen, oder er bildet, wenn das nicht gelingt, neue Schemata oder ergänzt die vorhandenen. Bei ihm finden fast ständig mehr oder minder kurze Rückbesinnungsphasen statt, während der andere mit der mechanisch wirkenden Beifallssimulation nach der Vorlesung allenfalls noch so ungefähr weiß, wovon die Rede war. Aber er hat das Gehörte nicht in sein «Weltbild» eingeordnet, und nach drei Tagen wird er die gesamte Vorlesung vergessen haben.

Wir registrieren intuitiv die mimischen Reaktionen unserer Zuhörer zur Diagnose ihrer Aufmerksamkeit und ihres «Mitgehens». Wenn wir jene leicht verzögernden Reaktionen unserer Gesprächspartner – das Stirnrunzeln, das Augenzusammenkneifen, das Nicken – nicht bemerken, so wissen wir sehr schnell: «Du hörst ja gar nicht zu!»

Die innere Bühne

The imagination is one of the highest prerogatives of man. By this faculty he units former images and ideas … and thus creates brilliant novel results.

Charles Darwin

Bei der *Besinnung* zum Zwecke der Sicherung der Fähigkeit, einen Erwartungshorizont zu bilden, spielt die HyPercept-Prozedur eine große Rolle. Wir werden dieser Prozedur überhaupt noch oft begegnen, sie ist ein Arbeitspferdchen für vieles. Zum Beispiel kann man sie nicht nur zur Wahrnehmung von Dingen, zur Identifizierung dessen, was der Fall ist, benutzen, sondern auch, um *Vorstellungen* zu erzeugen. Vorstellungen sind aber keine Fakten, sondern gewissermaßen «Faktoide», Gebilde, die der Fall waren oder auch vielleicht einmal der Fall sein könnten. Die Fähigkeit zur Herstellung von Faktoiden ist grundlegend für das, was man bei Menschen «Kreativität» zu nennen pflegt. Diese Fähigkeit bedeutet die Verfügung über eine Maschinerie, die neue Gedanken erzeugt, neue Welten, die über das, was erfahrbar ist, hinausgehen. Viele Menschen, die man gemeinhin als kreativ bezeichnet, betonen die Wichtigkeit dieser Maschinerie. So meint Einstein: «Worte, die geschriebene oder gesprochene Sprache, scheinen in meinem Gedankenapparat keine große Rolle zu spielen. Die physischen Gebilde, die als Elemente des Denkens dienen, sind gewisse Zeichen und mehr oder weniger klare Bilder visueller oder auch muskulärer Art» (Einstein an Hadamard, 1945). – Und HyPercept soll als eine solche Imaginationsmaschinerie dienen können? Wie das?

Ganz einfach! Abbildung 3.24 zeigt, wie es aussehen könnte. Man läßt den HyPercept-Prozeß gewissermaßen umgekehrt laufen. Statt daß er die Umgebung abtastet, könnte er die Elemente eines Schemas – also die Subschemata, auf welche die Interknoten zeigen, mitsamt den Sub-Subschemata und so fort, letzten Endes die elementaren Musterdetektoren – auf eine interne «Mattscheibe» projizieren. In der Abbildung 3.24 sind solche Projektionen als Pfeile *in* das Bild dargestellt. – Wie sieht diese Mattscheibe aus? Wir könnten einfach ein zweidimensionales Feld von Neuronen im «Kopf» von Ψ anbringen, das entsprechend den elementaren Musterdetektoren eines Schemas «beschrieben» werden kann. Und dies geschieht durch Erregung der Neuronen. – Zuerst wird das linke Auge «gemalt», dann wird zwei Einheiten darunter und um eine Einheit nach links verschoben mit dem Malen der Nase begonnen usw. Alle Informationen, die zum Malen benötigt werden, findet man in einem Schema, nämlich in den elementaren Detektoren, die ja Erregungsmuster darstellen, und in den Distanzen zwischen den Teilschemata.

In der Abbildung 3.24 habe ich den Vorgang der Projektion für ein Ge-

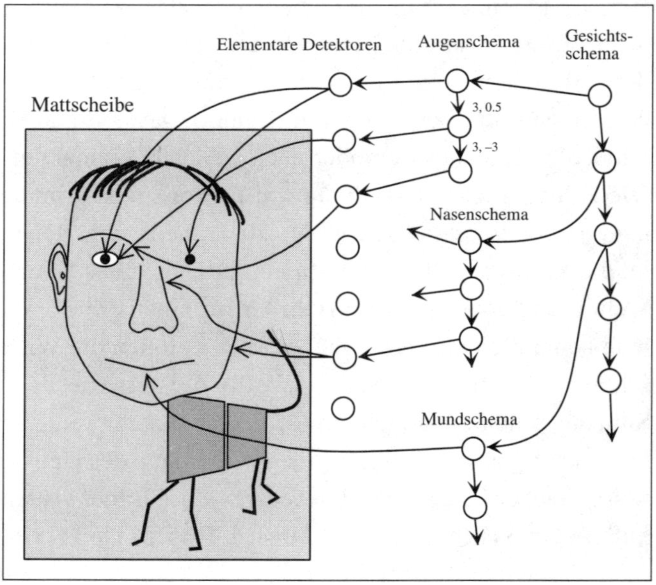

Abbildung 3.24
Die Erzeugung von Vorstellungen

sichtsschema dargestellt. Es beginnt mit dem ersten Subschema, dem Augenschema. Dieses hat seinerseits Subschemata, nämlich ein Schema für die Pupille, eines für den Augenumriß, eines für die Augenbrauen. Nehmen wir an, daß es sich dabei um elementare Musterdetektoren handelt. – Zuerst wird die Pupille «gemalt», dann findet ein Sprung um drei Einheiten nach rechts und eine halbe nach unten statt, und es beginnt die Zeichnung des Augenumrisses. Vom Ursprung dieses Prozesses geht es um drei Einheiten nach rechts und um drei Einheiten nach oben, und dann beginnt das Malen der Augenbraue. Und so geht es weiter. Hierhin wird die Nase gemalt, hierhin der Mund, dorthin das andere Auge.

Man sieht: Ein sensorisches Schema ist nicht so sehr ein inneres Abbild eines Objekts, sondern eher ein *Programm* – entweder zur Identifizierung oder eben auch zur *Erzeugung* eines solchen Objekts. Normalerweise, nämlich bei der Wahrnehmung, wird ein solches Programm von außen angestoßen und könnte dann das, was es wahrnimmt, auf die Mattscheibe malen und damit die Wahrnehmung gewissermaßen fixieren.

Statt aber von außen das Bild eines Objekts aufzunehmen, könnte Ψ solche Bilder auch aufgrund seiner Schemata von innen erzeugen. Es könnte sich auf diese Weise «innere» Wahrnehmungen verschaffen. – Anders allerdings, als in Abbildung 3.24 dargestellt, sähen diese Vorstellungsbilder aufgrund der Element- beziehungsweise Strukturabstraktheit ziemlich unscharf aus, da Ψ viele Bestandteile übereinanderkopieren würde, denn es hätte bei der Erzeugung eines Bildes von innen heraus ja keine Kriterien dafür, welche Elemente oder Strukturen aus einem komplexen Schema ausgewählt werden sollten, und würde daher zum Beispiel verschiedene Augenschemata übereinanderlegen. Die intern erzeugten Bilder von Ψ könnten also verschwommen und recht bizarr aussehen, aber das hätten sie mit unseren Traum- oder Vorstellungsbildern gemeinsam.

Warum sollte Ψ innere Bilder erzeugen? Es genügt doch, wenn es die Dinge wahrnehmen kann. – Ja, für bestimmte Zwecke reicht das. Für andere aber nicht. Die Fähigkeit zur Erzeugung innerer Bilder ermöglicht Formen der Informationsverarbeitung, die weit über die Identifizierungsleistungen der Wahrnehmung hinausgehen. Zum Beispiel ermöglicht sie die Extraktion *impliziter* Merkmale. Was bedeutet das?

In einem Gesichtsschema, wie es in Abbildung 3.24 dargestellt ist, findet man Angaben darüber, wie der Sprung von einem Teil eines Schemas zu einem anderen, vom Auge zur Nase, von der Nase zum Mund, erfolgen muß. Außerdem findet man natürlich die Sprünge innerhalb der Subschemata. Und schließlich sind die elementaren Detektoren gespeichert. Sonst nichts. – Ein Gesicht hat aber darüber hinaus noch andere Merkmale. Zum Beispiel die Höhe der Stirn. Oder den Flächeninhalt der Nase. Oder den Abstand zwischen linkem Auge und rechtem Ohr. Und unzählige (ich meine das wörtlich!) andere. Von den unzähligen Merkmalen, die ein Gesicht hat, sind nur sehr wenige explizit im Schema vorhanden. Ein Schema hat eine Art von Minimalstruktur. Letztlich enthält es kaum mehr als gerade eben diejenigen Relationsangaben, die nötig sind, um aus einer Reihe elementarer Detektoren das Bild eines Objekts zu konstruieren. Diese Minimalstruktur ergibt sich aus der Weise, in der Schemata entstehen. Ich werde diesen Prozeß im nächsten Abschnitt beschreiben.

Kompliziertere Merkmale sind im Schema nicht enthalten (genaugenommen sind sie es doch, aber nur implizit, also «eingewickelt»; das aber so gut, daß man sie aus dem Schema allein kaum «auspacken» kann). – Ist das Gesicht kantig? Oder eher rundlich? Aus dem Schema schwer ablesbar! – Ist die Stirn hoch oder niedrig? Aus dem Schema kaum ablesbar! – Ist der Mund schief oder gerade? Aus dem Schema kaum ablesbar!

Aber aus dem Vorstellungsbild! Denn das Vorstellungsbild könnten wir wiederum mit anderen Schemata abtasten lassen. Wir könnten den HYPERCEPT-Prozeß auf eine Vorstellung ansetzen statt auf ein Objekt der Außenwelt und so in einem Schema Dinge entdecken, die explizit darin nicht enthalten sind, zum Beispiel feststellen, daß das Brillengestell auf der Nase eines Zeitgenossen wie ein Fahrrad aussieht. Aber ein Fahrradschema ist in dem Schema eines bebrillten Gesichts nicht enthalten. Oder man könnte entdecken, daß Nase und Augenbrauen eines «kantigen» Gesichts eine T-Struktur bilden.

Eine Vorstellung wäre also damit die Projektion auf eine innere Bühne, deren Gestalten wiederum Objekt anderer Wahrnehmungsprozesse sein könnten. Die Fähigkeit zur Erzeugung von Vorstellungen bedeutet «inneres Leben», bietet die Freiheit, sich die Objekte der Wahrnehmung selbst zu erzeugen, statt sie der Außenwelt entnehmen zu müssen. Auf diese Weise können die Objekte «rekodiert» werden. Ein Gesicht mit einem T-Schema in der Mitte und einem Fahrradschema über den Augen wird in Zukunft anders gesehen werden als in der Vergangenheit. Das Vorstellungsvermögen macht also die Schemata plastisch, verformbar.

Aber das ist nur eine von vielen Fähigkeiten, die Ψ mit dem Vorstellungsvermögen gewinnt. Man müßte ja nicht unbedingt nur *ein* Schema auf die Mattscheibe projizieren. Man könnte mehrere Schemata zugleich auf den Schirm holen. Und in Beziehung zueinander setzen. Zum Beispiel einem Hund einen Menschenkopf aufsetzen, wie in Abbildung 3.24 gezeigt. Oder einem Pferd den Oberkörper eines Menschen an der Stelle des Halses anfügen, dann hätte man einen Zentauren. Oder einen Löwen mit Vogelflügeln und einem Schnabel versehen, dann hätte man einen Greif. – Mit anderen Worten, mit der Vorstellungsfähigkeit gewinnt Ψ *Phantasie*. Es kann Bilder von nie Gesehenem erzeugen; es kann über seine Erfahrung hinausgehen. Und die Produkte seiner Phantasietätigkeit könnten Vorlagen für die entsprechende Umgestaltung der Realität sein.

Man müßte sich nun nicht gerade vornehmen, einen Hund mit einem Menschenkopf zu versehen oder einen Löwen mit Flügeln und Schnabel (obwohl: das schon eher, das könnte ganz hübsch werden). Aber lebte Ψ zum Beispiel vor zwei Millionen Jahren in der ostafrikanischen Steppe, und zwar nicht als Dampfmaschine, sondern als Homo habilis, und würde gerade von einem heftigen Gewitterregen heimgesucht, dann könnte es vielleicht einen Ast waagrecht über zwei Büsche projizieren und darüber die Haut eines Kaffernbüffels. Das wäre die Kombination zweier Schemata, und sich dies nicht nur vorzustellen, sondern auch zu realisieren, wäre nützlich.

Aber das geht ja alles gar nicht! Denn dafür bräuchte Ψ mehr als die pure Fähigkeit zur Schemaprojektion auf eine innere Mattscheibe. Ψ müßte in der Lage sein, solche Projektionen zu steuern, sie in bestimmte Richtungen zu lenken, sich mit ihrer Hilfe selbst Antworten auf Fragen geben. Die Fähigkeit zur Projektion von Schemata ist nur das Werkzeug; es fehlt der Werkmeister. Wer sagt, welches Schema wann wohin gesetzt werden soll? – Die Betrachtung der Seelenstruktur von Ψ, wie wir sie bislang entworfen haben, gibt uns keine Antwort auf diese Frage. Wir finden keinen Werkmeister! – Wir werden uns an dieser Stelle aber auch nicht die Mühe machen, einen solchen zu entwerfen. Dieser Werkmeister fällt uns nämlich von allein zu, wenn wir Ψ Sprache verleihen. Und das machen wir im siebten Kapitel.

Immerhin: Das Vorstellungsvermögen, das wir unserer Maschine mit der Projektionsfähigkeit verliehen haben, ist die notwendige, wenn auch nicht hinreichende Bedingung dafür, daß unsere Maschine sich von der Welt, so, wie sie sie vorfindet, lösen und ihre neue, eigene Welt erschaffen kann.

Was gibt's Neues?

Mit Hilfe von HyPercept und der Besinnungsprozedur kann Ψ nun also Objekte und Geschehnisse identifizieren. Aufgrund solcher Identifizierungen weiß es, wo es sich befindet und was wohl in der Zukunft zu erwarten ist. Und es weiß auch, was es nicht weiß, weil der HyPercept-Prozeß einen Ausgang hat, der indiziert, daß kein passendes Schema für ein Objekt oder einen Prozeß gefunden werden konnte, daß also etwas *Neues* oder *Unerwartetes* der Fall ist. Etwas Neues oder Unerwartetes ist der Fall, wenn der HyPercept-Prozeß bei der Wahrnehmung eines Objekts oder Geschehens versagt, wenn Ψ nicht in der Lage ist, «etwas als etwas» zu identifizieren.

Was aber soll Ψ tun, wenn es auf etwas Neues oder Unerwartetes stößt? Es sollte darauf anders reagieren als auf Bekanntes oder Erwartetes. Der Wahrnehmungsprozeß sollte also nicht immer in der gleichen Weise ablaufen, sollte nicht nur eine Abtastung der Umgebung mit Hilfe des HyPercept-Prozesses sein, sondern noch andere Bestandteile enthalten, die der Identifizierung von Unbekanntem dienen, also mal so und mal so ablaufen. – In diesem Abschnitt werden wir untersuchen, in welcher Weise der Wahrnehmungsprozeß von Ψ organisiert sein sollte, damit es mit Bekanntem und mit Unbekanntem zurechtkommen kann.

Ψ soll zu jedem Zeitpunkt möglichst gut darüber informiert sein, was in seiner Umwelt der Fall ist und in welcher Art von Geschehen es steckt. Besonders aber sollte sich Ψ über alles auf dem laufenden halten, was bedeutsam für seine Motive ist; es sollte wissen, welche Gefahren es in seiner Umwelt gibt, welche Gelegenheiten sich bieten und – ganz besonders wichtig! – ob das, was es gerade tut, die erwarteten Folgen hat. Ψ sollte seine sensorischen Schemata verwenden, um sich im *Raum* und in der *Zeit* zu orientieren.

Zur Orientierung im Raum sollte es ein *Situationsbild* als Teil eines vergänglichen Arbeitsgedächtnisses aufbauen. Was ist ein Situationsbild?

> *Vor mir befindet sich der Schreibtisch, darauf eine Schreibunterlage, oben links stehen einige hingekritzelte Angaben über die Agenda des heutigen Tages, rechts neben mir steht der Computer, und ich weiß, auch wenn ich es in diesem Moment nicht sehe, daß ein Teil des Textes, den ich gerade korrigiere, auf dem Bildschirm sichtbar ist. Hinter mir das Bücherregal, links hinter mir auf dem Boden die schon gepackte Aktentasche.*
> *Das Telefon klingelt. Ich greife zum Hörer. Meine Sekretärin teilt mir die Abfahrtzeiten der Züge mit, denn ich will heute nachmittag verreisen. Ich angele mit dem linken Arm nach dem links hinter mir stehenden Behälter mit den Filzstiften, um mir die Abfahrtzeiten zu notieren. – Daß ich meinen Arm in die richtige Richtung steuern konnte, verdanke ich dem Situationsbild in meinem Gedächtnis. Nachgedacht hatte ich nicht über die Position des Filzstiftbehälters. Leider bekomme ich keinen der Filzstifte zu fassen, da ich den Arm nur* ziemlich *genau steuern kann; meine Hand stößt, bevor sie einen Stift ergreifen kann, den Becher um, und alle Filzstifte landen auf dem Boden.*

Trotz solcher Mißgeschicke ist es gut, über ein Situationsbild zu verfügen, denn aufgrund dieses Wissens können wir unser Verhalten entsprechend einstellen; ich kann blind mit der rechten Hand den Federhalter ergreifen, der in seinem Ständer dort rechts vor mir schreibbereit steht. Und wenn es plötzlich einen Stromausfall gäbe, wüßte ich, wo ich gerade eben noch das Feuerzeug liegen sah, und ich wüßte, wo sich der indische Kerzenleuchter befindet. Ein solches Situationsbild ist offenbar ganz nützlich, und wir brauchen es als Teil des Arbeitsgedächtnisses von Ψ, damit es die gleichen Vorteile davon hat wie wir.

Ein «Situationsbild» ist also eine Gedächtnisstruktur, die aus Angaben darüber besteht, was im Moment an welchem Ort der Umgebung der Fall ist. Abbildung 3.25 zeigt, wie ein Situationsbild aussehen könnte; auch geht aus ihr hervor, daß diese Struktur genauso beschaffen ist wie ein gewöhnliches sensorisches Schema.

Das Situationsbild besteht aus einer Reihe von Interknoten, die auf Objektschemata zeigen, also auf ein Vasenschema, ein Zweigschema, ein Lampenschema usw. Außerdem sind in der Interknotenreihe die Koordinatenangaben gespeichert, die Richtung und Entfernung zum nächsten Objekt angeben. Diese Koordinatenangaben sollen wieder als motorische Programme gespeichert sein, die angeben, mit welchen Augen- beziehungsweise Kopf- oder Körperbewegungen man vom Anblick des einen Objekts zum nächsten kommt. In der Abbildung 3.25 habe ich diese Koordinatenangaben durch ihre umgangssprachlichen Äquivalente ersetzt: «auf», «rechts von» usw. – Diese Koordinatenangaben müssen bei jeder Kopf- oder Körperbewegung neu angepaßt werden, sonst ist das Situationsbild nicht brauchbar. Denn als ich mich zum Telefon nach rechts drehte, wanderte der oben erwähnte Filzstiftbehälter von der Position rechts vor mir zur Position links hinter mir. Aber das «wußte» ich, als ich nach dem Stift angelte.

Also: Ψ sollte ein Situationsbild erzeugen und regelmäßig auffrischen. Dann ist es im Raum orientiert. Darüber hinaus muß es die räumlichen Relationen innerhalb des Situationsbildes je nach Körperbewegung adjustieren.

Das Situationsbild ermöglicht die Orientierung im Raum. Außerdem

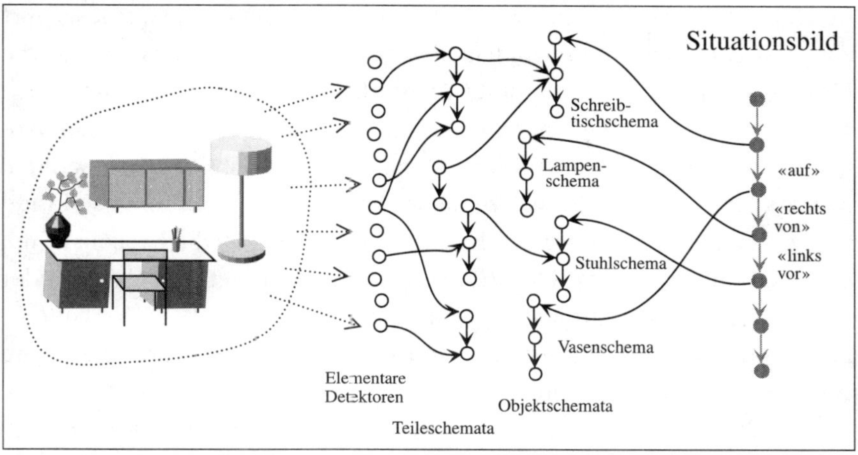

Abbildung 3.25 Ein Situationsbild

sollten die sensorischen Schemata verwendet werden, um in der Zeit orientiert zu sein. Ψ identifiziert Ereignisse um sich herum nicht nur, um zu wissen, daß sie stattfinden, sondern auch, um darüber informiert zu sein, was wohl in Zukunft geschehen wird. Dazu muß es überblicken, in welcher Art von Geschehnis es gerade steckt. *«Was läuft denn hier? Also – das ist eine Vorlesung, und in einer solchen kann ich die und die Ereignisse erwarten …»* – Allerdings: So explizit werden sich Erwartungen gewöhnlich nicht darstellen. Meistens wissen wir gar nicht, daß wir in einer Situation etwas Bestimmtes erwarten und anderes nicht. Manchmal aber merken wir es doch, nämlich dann, wenn unseren Erwartungen etwas zuwiderläuft.

Daß jemand zum Beispiel ein Brötchen ißt, ist ein ganz normales Ereignis. Daß aber ein Professor während der Vorlesung plötzlich eine Käsestulle aus der Tasche zieht, um sie munter zu verzehren, werden die Hörer gewöhnlich nicht erwarten. Hier nähme ein Geschehnis nicht den erwarteten Verlauf, und dieser Vorfall riefe einige Unruhe im Auditorium hervor. – Wenn Ψ derartiges geschieht, sollte es explorieren. So, wie die Hörer des eben erwähnten Professors sich darüber Gedanken machen würden, was denn um alles in der Welt in diese Lehrperson gefahren ist, daß sie ihr Frühstück während der Vorlesung einnimmt.

Damit wir aber wissen, was nicht erwartungskonform ist, müssen wir zunächst einmal Erwartungen haben. Wir müssen Geschehnisse als solche identifizieren und aufgrund dieser Identifikationen einen Erwartungshorizont bilden. Dieses oder jenes Geschehnis findet statt, und im weiteren Ablauf des Geschehens können wir dies und das erwarten. Besonders wenn Ψ eine Aktion gestartet hat, die zu einem bestimmten Ziel führen soll, sind solche Erwartungen notwendig. Es muß dann prüfen, ob die Ereignisse, die eintreten, mit den erwarteten Effekten seines Tuns verträglich sind oder nicht, ob es also so weitermachen kann wie geplant oder wie im Verhaltensprogramm festgelegt. Das Bilden von Erwartungen ist also notwendig, um vernünftig handeln zu können.

Ψ sollte neben und mit dem Situationsbild auch immer einen *Erwartungshorizont* schaffen, der gleichfalls ein Teil seines Arbeitsgedächtnisses ist, und die mehr oder minder häufige Prüfung, ob der tatsächliche Ablauf eines Geschehens diesem Erwartungshorizont entspricht, spielt für die Verhaltensorganisation von Ψ eine wichtige Rolle. Denn wenn Ψ eine solche Entsprechung nicht feststellt, muß es sich schleunigst daranmachen, entweder in sichere Bereiche zu fliehen oder aber sich auf das Eintreten möglicherweise bedrohlicher Ereignisse vorzubereiten. Flüchten oder standhalten?! Denn wenn die Ereignisse nicht dem Erwartungshorizont entsprechen, dann weiß man nicht, was geschehen wird.

Außerdem sollte ein «Bruch des Erwartungshorizontes» zu *Explorationsabsichten* führen. Unerwartetes zeigt, daß das Weltbild, das Bild, welches man von den möglichen Objekten und Geschehnissen in der Welt hat, unvollständig oder falsch ist. Begegnet man neuen oder unerwarteten Ereignissen, so sollte dies ein Signal dafür sein, die Welt zu explorieren oder aber über sie nachzudenken. (Wenn man nachdenken *kann*! Ψ ist dazu bislang keineswegs in der Lage! Aber explorieren durch Versuch und Irrtum oder durch genaues Hinsehen, das kann Ψ schon.)

Also: Wahrnehmen darf keineswegs nur ein Abtasten der Umgebung entsprechend dem HyPercept-Prozeß sein. Wir müssen ihn in ein Gefüge anderer Prozesse einbetten, damit er seinen Dienst tut. Abbildung 3.26 zeigt, wie man die Wahrnehmung von Ψ so organisieren kann, daß sie den genannten Zwecken genügt.

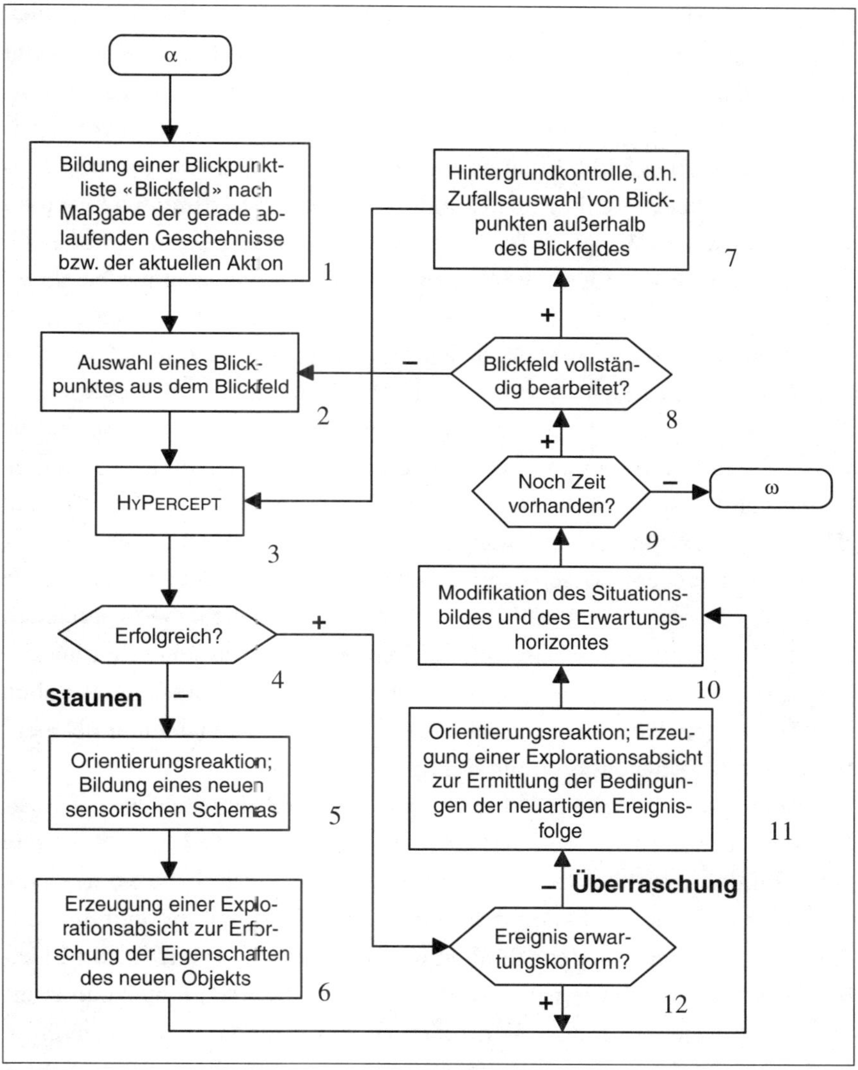

Abbildung 3.26 Die Organisation der Wahrnehmung

Zunächst einmal muß man irgendwohin gucken. Wohin? In der Einheit 1 des Flußdiagramms wird ein «Blickfeld» gebildet. Es steht nur der Vollständigkeit halber im Flußdiagramm, denn zumeist ist es durch die behandelten Absichten und die erkannten Geschehnisse schon vorher festgelegt. Selten beginnt Wahrnehmung «einfach so». Meist tun wir etwas, oder wir befinden uns in einem oder mehreren Geschehnissen, und das, was wir tun, und die Geschehnisse, die gerade ablaufen, bestimmen, wohin wir schauen. Das Blickfeld besteht aus einer Menge von Schemata, deren Entsprechungen in der Realität zu bestimmten Zeiten an bestimmten Orten erwartet werden. – Wenn ich fern von einem Hügel ein Auto hinter einer Buschreihe verschwinden sehe, so erwarte ich, daß es nach einer bestimmten Zeit wiederauftaucht. Das Autoschema ist ein Element des Blickfeldes. Und wenn ich der Tür einen Stoß gebe, so erwarte ich, daß sie sich schließt. Das Schema für die geschlossene Tür ist ein Element des Blickfeldes.

Ψ weiß einiges über die Welt. Es kennt Dinge und Geschehnisse. Es weiß, was aufgrund seiner Geschehnisschemata und Verhaltensprogramme in der Zeit konstant bleibt und was sich in ihr verändern kann. Und dieses Wissen kann es nun zur Festlegung der Blickpunkte verwenden. Ψ kann genau dorthin gucken, wo sich gemäß dem Geschehnis, in dem es sich gerade befindet, etwas ereignen müßte. Oder sich nur möglicherweise ereignen könnte. Der Zeitungsleser im Kaffeehaus wird ab und zu seine Zeitung sinken lassen und sich umsehen. Dabei wird er nicht die Wand rechts neben ihm betrachten, wohl aber die Runde der drei älteren Damen am Nebentisch oder das Kuchenbüffet mit der Serviererin dahinter.

Wenn also gerade eine Aktion abläuft, soll Ψ dahin gucken, wo ihr Effekt zu erwarten ist. Befindet es sich in einem Geschehnis, soll es den Blick auf das nächste erwartete Ereignis richten. Der zeitliche Kontext, die gerade ablaufende Aktion oder das Geschehnis, bestimmen somit die Aufmerksamkeit. Nur in seltenen Fällen wird der zeitliche Kontext kein Blickfeld bereitstellen, zum Beispiel wenn Ψ in einem fremden Hotelzimmer erwacht oder wenn es bei einer Fahrt durch die Großstadt irgendwo aus einer U-Bahn steigt. In solchen Fällen muß man sich natürlich erst einmal allgemein orientieren, und das bedeutet, daß der Blick eben auf irgend etwas fällt.

Nun wird ein Blickpunkt aus dem Blickfeld ausgewählt (2). Nicht ein beliebiger, sondern der wichtigste. Welcher ist am wichtigsten? Derjenige, der mit dem vordringlichsten Motiv verbunden ist. Wenn zwei Geschehnisse ablaufen, und im Laufe des zweiten droht eine Gefahr, so ist das zweite wichtiger als das erste. («Gefahr» heißt einfach, daß während eines Geschehens ein Ereignis eintreten kann, das ein Bedürfnis *erzeugt.*) Der gewählte Blickpunkt ist der Eingang für einen HyPercept-Prozeß (3). Wenn dieser erfolgreich abläuft (Plus-Ausgang von 4; ein Objekt oder Ereignis wurde identifiziert), kommt als nächstes die Prüfung auf Erwartungskonformität (12): Ist der Fall, was entsprechend dem augenblicklich ablaufenden Verhaltensprogramm oder entsprechend dem Geschehnis, in dem sich Ψ zu befinden glaubt, der Fall sein müßte? – Ist das erkannte Ereignis erwartungskonform, so folgt Einheit 10 des Flußdiagramms. Das Situationsbild wird entsprechend der neuen Wahrnehmung verändert, und es werden gemäß dem ablaufenden Geschehnis beziehungsweise Verhaltensprogramm neue Erwartungen gebildet. Und dann wird – sofern Ψ noch Zeit bleibt – der nächste Blickpunkt gewählt (2) und zum Beispiel ein anderes gerade ablaufendes Geschehnis überprüft. Dies geht nun so lange fort, wie noch Zeit oder Blickpunkte vorhanden sind, so lange also, wie das Blickfeld nicht abgearbeitet ist (Minus-Ausgang von 8). Wieso spielt die Zeit eine Rolle? Es kann zum Beispiel sein, daß ein Geschehnis so schnell voranschreitet, daß Ψ besser überprüfen sollte, ob es so weitergeht wie erwartet. Ist dies der Fall, sollte es nicht mit anderen Blickpunkten fortfahren, sondern den Wahrnehmungsprozeß neu starten.

Wenn aber nun alle Blickpunkte des Blickfeldes abgearbeitet sind und nichts anderes drängt (beispielsweise die Notwendigkeit, einen neuen Wahrnehmungsprozeß zu starten), so kann jetzt eine *Hintergrundkontrolle* (7) folgen, das heißt, der Blick wird nun auf Sachverhalte außerhalb des Blickfeldes gerichtet; immerhin könnte es ja sein, daß man da neue, interessante Geschehnisse oder Objekte entdeckt, die einer Exploration bedürftig sind. Das Blickfeld, beherrscht von den aktuellen Motiven und Absichten und den schon vorher erkannten Geschehnissen, ist konservativ, die Kontrolle des Hintergrundes dagegen ermöglicht die Entdeckung neuer, bislang unbekannter Abläufe. Deshalb ist sie wichtig; sie ist die Voraussetzung dafür, daß Ψ gegebenenfalls sein Verhalten umorientieren kann, sie ist die Voraussetzung für Flexibilität. – Unter Zeitdruck fällt sie natürlich aus, und deshalb wird das Verhalten von Ψ in solchen Fällen *konservativ* sein.

Die noch zur Verfügung stehende Zeit beschränkt auch die Abarbeitung des Blickfeldes; wenn es auf Geschwindigkeit ankommt, werden nur die wichtigsten Punkte des Blickfeldes abgearbeitet, und die Hintergrundkontrolle fällt aus.

Entdeckt Ψ etwas *nicht* Erwartungskonformes (Minus-Ausgang von 12), so folgt Einheit 11. Diese beginnt mit einer *Orientierungsreaktion,* die Pawlow (1972) als «Was-ist-das-Reaktion» bezeichnet hat. Sie besteht aus einer Ausrichtung der Wahrnehmung auf das unbekannte Objekt und aus einer allgemeinen Erhöhung der Handlungsbereitschaft (allgemeines, unspezifisches Sympathikussyndrom, vgl. Ehrhardt 1975, Seite 63; bei Ψ könnte dieses Syndrom darin bestehen, daß nun reflektorisch der Dampfdruck gesteigert wird). Klar, daß dies geschehen muß, denn es hat sich ja gerade herausgestellt, daß Ψ nicht weiß, was im nächsten Moment passieren kann.

Weiterhin sollte nun eine *Absicht* erzeugt werden, nämlich aufzuklären, warum sich die Ereignisfolge nicht so abgespielt hat, wie es gemäß dem Geschehnisschema oder dem Verhaltensprogramm zu erwarten war. Was ist eine Absicht? Einfach eine Aufgabe für Ψ, der es sich irgendwann einmal widmen sollte. (Wie Absichten genau aussehen, werden wir im fünften Kapitel analysieren. Statt «Absicht» könnte man auch «Motiv» sagen. Ψ hat also nun ein Explorationsmotiv: «Warum ißt der jetzt eine Käsestulle?») – Auch sollte ein Besinnungsprozeß stattfinden, also ein Prozeß entsprechend dem Flußdiagramm der Abbildung 3.21 (Seite 192), durch den ermittelt wird, ob nicht vielleicht gerade ein Geschehnis abläuft, welches Ψ bis dahin noch gar nicht erkannt hat. «*Ach so*, die haben sich gerade gestritten, deshalb läuft sie jetzt weg!»

Nun kommt es natürlich auch vor, daß schon der HyPercept-Prozeß erfolglos bleibt (Minus-Ausgang von 4), daß also etwas Unbekanntes der Fall ist. Einerseits ist das natürlich dumm, denn es heißt wohl fast immer, daß der Gang der Geschehnisse nicht so ist wie erwartet, und zwar in extremem Ausmaß. Das ist beunruhigend, zugleich aber auch interessant. Auf ein solches Ereignis sollte ebenfalls eine Orientierungsreaktion folgen. – Klar, daß Ψ seine Handlungsbereitschaft auch in diesem Fall erhöhen muß, denn es weiß ja nicht, was das unbekannte Objekt vielleicht tun wird. Ein solches

Objekt sollte es unbedingt näher betrachten, also zunächst einmal auf der Liste der noch zu explorierenden Dinge vermerken. Ψ bildet somit auch eine Explorationsabsicht, wenn der HyPercept-Prozeß zu überhaupt keinem Ergebnis führt.

Auf jeden Fall sollte aber nun ein neues sensorisches Schema gebildet werden. Dies geschieht, indem Ψ das unbekannte Objekt «abtastet», das heißt den Blick entlang seiner Kanten und Konturen führt und entsprechend der Blickführung in das neu anzulegende Schema einträgt, was wo an ihm der Fall ist. Abbildung 3.27 zeigt diesen Abtastprozeß schematisch am Beispiel der Nasenkontur der Dame von Abbildung 3.11 (Seite 161).

Ich schildere diesen Abtastprozeß hier nicht als Flußdiagramm, da seine Struktur einfach genug ist, um ihn auch so zu verstehen. Es lohnt sich aber, etwas genauer auf ihn einzugehen, da seine Form die Wahrnehmungstätigkeit der Maschine in grundlegender Weise bedingt.

Zunächst wird nach einem elementaren Muster gesucht, zum Beispiel nach einer Kontur, einem Winkel, einem Strich, kurz nach einem Gebilde, auf das einer der elementaren Musterdetektoren anspricht. Das entspre-

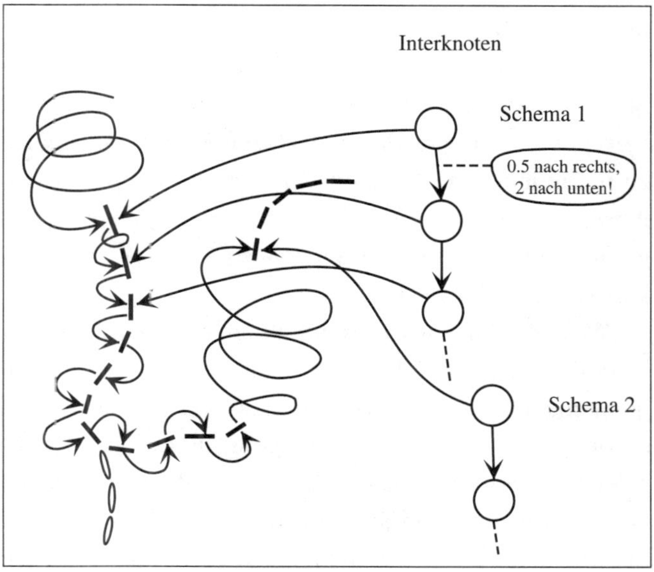

Abbildung 3.27 Abtastprozeß zur Erzeugung eines sensorischen Schemas

chende Muster wird an einen Interknoten angehängt, also gewissermaßen protokolliert. Dann wird in *kleineren* Abtastbewegungen nach einem Nachbarelement gesucht. Oft setzen sich Linien, Kanten, Umrißkonturen von Objekten ungefähr in der bisherigen Richtung fort. Also ist es wahrscheinlich am ökonomischsten, wenn Ψ in der Richtung weitersucht, die durch die Richtung vom vorletzten zum letzten der schon abgetasteten Elemente vorgegeben ist. So geschieht es auch in Abbildung 3.27: Vom zweiten Element sucht Ψ nach rechts unten weiter, weil der Übergang vom ersten Element zum zweiten diese Suchrichtung «vorschlägt». Dann folgt ein Sprung mehr nach unten, weil die Orientierung von 2 nach 3 dies nahelegt. Dann wird nach unten links weitergesucht, wegen der Orientierung von 3 nach 4.

Wenn wir den Abtastprozeß so programmieren, wird Ψ wohl bei den meisten Objekten dieser Welt einen geringeren Suchaufwand haben, als wenn wir es immer die ganze Umgebung eines Musters abtasten lassen. Manchmal gibt es dabei aber auch Brüche – denken Sie etwa an die Spitze eines Birkenblattes oder an eine Tischecke –, und Ψ muß, weil es in der geraden Richtung nichts mehr findet, doch eine spiralförmig sich erweiternde Suche durchführen, wie sie in der Abbildung 3.27 nach beendeter Abtastung der Nasenkontur rechts unten folgt. – Wird nun bei der Suche ein weiteres Element gefunden, so wird es an den nächsten Interknoten der Struktur angehängt. Zugleich werden die Parameter der motorischen Suchbewegung, also zum Beispiel «Gehe eine halbe Einheit nach rechts und zwei Einheiten nach unten», an der Verknüpfung der Interknoten vermerkt, was nichts anderes heißt, als daß das entsprechende motorische Programm, etwa das der spiralförmigen Suchbewegung, zwischen den Interknoten eingefügt wird.

Wenn der Suchprozeß mehr als ein Nachbarelement findet, wie es unten in der Abbildung 3.27 angedeutet ist, so wäre es wohl vernünftig, mit demjenigen Element fortzufahren, welches von gleicher Struktur ist wie die schon vorher gefundenen Elemente, da die Konturen eines Objekts mit größerer Wahrscheinlichkeit homogen als heterogen sind. Mit der Regel, bei der Abtastung ein Schema auch nach dem Kriterium der Gleichheit zu bilden, stehen die Chancen im großen und ganzen besser, Objekte zu erfassen, die eine Einheit bilden, und nicht Konturen zusammenzufügen, die gar nicht zum selben Objekt gehören.

Findet der Prozeß kein Nachbarelement mehr oder nur noch solche, die bereits als Teil der abgetasteten Struktur identifiziert sind (denn bei geschlossenen Objekten, beispielsweise einem Kreis, kommt der Abtastprozeß, so, wie wir ihn programmiert haben, irgendwann an seinen Ausgangspunkt zurück und findet diesen als nächstes Nachbarelement), setzen wieder größere Suchbewegungen ein. Diese sollen zugleich das Signal dafür sein, daß die Bildung eines neuen Schemas abgeschlossen ist. Stößt der Abtastprozeß dann auf weitere Konturen, wird ein neues Schema angelegt. Dies würde zum Beispiel bei der Entdeckung des Kreisbogens rechts oben in Abbildung 3.27, der angedeuteten Struktur der Augenbrauen, geschehen.

Wenn Ψ neue sensorische Schemata in der soeben beschriebenen Weise anlegt, dann wird seine Wahrnehmung Eigenschaften aufweisen, die wir auch bei Menschen vorfinden. Sie wird beherrscht sein von dem, was die Psychologen *Gestaltgesetze* nennen. Konkret werden die Gestaltgesetze der *Geschlossenheit,* der *Nähe* und der *«guten Kurve»* (siehe Bruce Goldstein 1997, Seite 170) wirksam sein. Was heißt das?

Ψ wird bevorzugt solche Schemata bilden, die in sich geschlossene Konfigurationen darstellen. – «Würmer», wie sie Abbildung 3.27 zeigt, sind ja in natürlichen Umwelten eher selten. Der Abtastprozeß von Ψ wird sich an Konturen oder Linien entlang orientieren, bis er wieder zum Ausgangspunkt kommt oder bis die Sequenz der elementaren Muster wie in Abbildung 3.27 rechts unten abbricht. Weiterhin hält er ja bei der Abtastung einer Kontur eine bestimmte Richtung ein. Er versucht, jeweils den nächsten Abtastpunkt in der bisherigen Suchrichtung zu finden. – Wenn aber Ψ bevorzugt geschlossene Konfigurationen als Schemata übernimmt, so wird es solche geschlossenen Konfigurationen auch vorrangig in seiner Umgebung erkennen. Und wenn Ψ eine Konfiguration nach dem Prinzip der Fortsetzung der bisherigen Suchrichtung abtastet, dann wird es bevorzugt «gute Kurven» als Schemata anlegen.

Ψ wird also zum Beispiel in Abbildung 3.28 auf Seite 216 in der Konfiguration links oben eher ein Rechteck und einen Kreis erkennen als einen

Apfel mit Stiel und einen Wandhaken. Und es wird in der Konfiguration rechts oben nicht zwei Haken, sondern eher zwei Kurven entdecken. (Wenn Sie aber die «Haken» auch ganz sinnfällig finden oder sie sogar für bessere Gestalten halten als die Kurven, so bedenken Sie, daß Gestaltgesetze miteinander konkurrieren können. Wenn die «Haken» Sie an etwas Bekanntes erinnern, kann dadurch die «gute Kurve» außer Kraft gesetzt werden. Das «Gestaltgesetz der Erfahrung» schlägt in diesem Fall die «gute Kurve».)

Bei dem soeben geschilderten Abtastprozeß haben wir elementare Musterdetektoren, nämlich Liniendetektoren, verwendet. Das kann man auch anders machen. Statt elementarer Detektoren können wir uns Muster höherer Ordnung, gelernter Schemata, bedienen. Dies würde den gesamten Prozeß ungeheuer beschleunigen. Statt also ein neues Gesichtsschema dadurch zu bilden, daß Ψ die Nasenkonturen, die Mundkonturen, den Haaransatz usw. im einzelnen abtastet, würde es nach Mustern suchen, die einem der in seinem Gedächtnis schon vorhandenen Schemata höherer Ordnung entsprechen. Es würde also nach bestimmten Nasen suchen, nach bestimmten Augenformen, nach bestimmten Mundformen. Halten wir dabei den

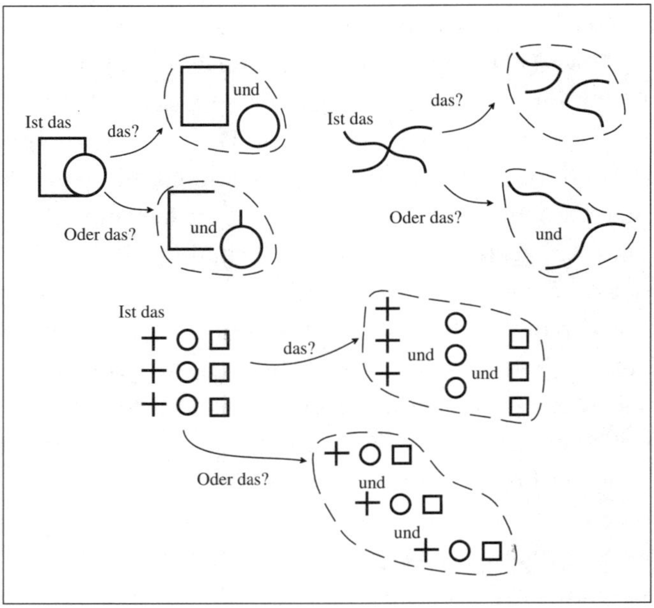

Abbildung 3.28
Die Gestaltgesetze der Geschlossenheit, der «guten Kurve» und der Ähnlichkeit

Auflösungsgrad (also die Anzahl der Abtastpunkte) auf einem niedrigen Niveau, so ergibt sich dadurch eine große Zeitersparnis. Dafür aber müssen wir einen Nachteil in Kauf nehmen. Ψ wird unter diesen Umständen zu einem gewissen Konservatismus neigen, es wird die Dinge bevorzugt als aus denjenigen Komponenten zusammengesetzt ansehen, die es schon kennt. Die Gewinnung neuer Schemata durch einen Abtastprozeß, der die schon vorhandenen Schemata enthält und dabei nicht mit maximalem Auflösungsgrad arbeitet, geht notwendigerweise mit einer gewissen Unempfindlichkeit für die «kleinen» Differenzen einher. «Die Nase ist die von Onkel Fritz, die Augen: Tante Helene, der Mund: ganz die Mutter!» So wird aus einem einzigartigen Kindergesicht eine Art von multipler Reprise.

Nach einem Abtastprozeß der gerade beschriebenen Art weiß Ψ zumindest schon einmal, wie das bislang unbekannte Objekt aussieht; es weiß aber noch nicht, wie dieses Ding sich möglicherweise verhalten wird oder was man damit anfangen kann. Um das herauszufinden, soll ja gemäß dem Flußdiagramm in Abbildung 3.26 (6) auch eine Explorationsabsicht gebildet werden, also die Absicht, etwas über die Eigenschaften jenes neuen Objekts herauszufinden. – Und wenn es im Augenblick nichts Wichtigeres zu tun gibt, kann Ψ beginnen, dieser Absicht nachzugehen. Zum Beispiel könnte es ja mit dem Objekt ein wenig experimentieren, es etwa anstoßen, um dann zu beobachten, was es tut. Oder es könnte Wasser darübergießen oder ein bißchen darauf herumkauen oder sonst eben irgend etwas damit machen, damit Ψ in Zukunft nicht nur weiß, wie das Ding aussieht, sondern auch, in welche Verhaltensprogramme es sich einbauen läßt oder in welchen Geschehnisarten es vorkommt.

Die Begegnung mit einem unbekannten Objekt sollte also – sprechen wir einmal «menschlich» – die Neugier unserer Maschine reizen. Sie sollte darüber staunen oder – wenn die Angelegenheit mit Gefahren verbunden ist – erschrecken. Der Unterschied zwischen diesen beiden Reaktionen besteht nur darin, daß sich Ψ beim Erschrecken ein wenig von dem unbekannten, bedrohlichen Objekt zurückzieht, während es beim Staunen eher dazu neigt, näherzutreten. Und auf das Staunen oder Erschrecken kann dann eine mehr oder minder vorsichtige Exploration folgen. – Jede der beiden Reaktionen kann auch ein Ausgangspunkt für Änderungen der emotionalen Lage unserer Maschine sein. Neuartigkeit ist eine Art von Unbestimmtheit, und Unbestimmtheit kann Ψ angst machen. Mehr davon später, nämlich im sechsten Kapitel.

Natürlich könnte die Exploration auch darin bestehen, daß Ψ sich über das neue Objekt «Gedanken macht», indem es zum Beispiel überlegt, welchem bekannten Objekt es vielleicht ähnelt oder ob es Bestandteile hat, die bekannt sind, oder ob es an etwas Bekanntes erinnert, wenn man es dreht oder wendet oder umkippt usw. Da wir aber noch gar nicht genau wissen, was wir unter dem «Sich-Gedanken-machen» bei unserer Maschine verstehen wollen, gehen wir darauf hier noch nicht weiter ein.

Dieser gesamte Prozeß des Aufbaus beziehungsweise der Auffrischung eines Situationsbildes und eines Erwartungshorizontes kostet Zeit. Zeit aber ist nicht immer unbegrenzt vorhanden. Ein Gepard, der eine Gazelle jagt, wird kaum die Muße für eine ausgiebige Landschaftsbetrachtung aufbringen. – Wie können wir Zeit sparen? Der Wahrnehmungsprozeß kann beschleunigt werden, indem wir ihn vergröbern. Es brauchen nicht alle Blickpunkte geprüft zu werden, und die Hintergrundkontrolle kann ganz ausfallen. Auch bei der Hypothesenprüfung im HyPercept-Prozeß braucht nicht jedes einzelne Element eines sensorischen Schemas überprüft zu werden, sondern nur jedes zweite oder jedes vierte.

Auf diese Weise können wir Auffrischung beziehungsweise Neubildung eines Situationsbildes und eines Erwartungshorizontes beschleunigen. Die höhere Geschwindigkeit aber hat ihren Preis: eine geringere Genauigkeit bei der Suche nach Information und bei der Prüfung, ob nun ein Objekt in ein Schema paßt oder nicht. Ungenauigkeit bei der Suche bedeutet, daß Ψ Dinge übersieht, die es vielleicht lieber wahrnehmen sollte. Und Ungenauigkeit bei der Hypothesenprüfung bedeutet, daß die Wahrscheinlichkeit von Fehlwahrnehmungen, Verwechslungen und Irrtümern steigt.

Ψ muß die Vergröberung der Suche nicht auf das gesamte Blickfeld ausdehnen, sondern kann bestimmte Teile des Blickfeldes, in denen «erfahrungsgemäß» etwas Wichtiges zu erwarten ist, genau absuchen und nur die auf diese Segmente bezogenen Hypothesen mit einem hohen Auflösungsgrad prüfen. Es könnte zum Beispiel bei der Durchführung einer Aktion denjenigen Teil des Blickfeldes besonders beachten, in dem es Effekte der

Aktion erwartet, und den Rest weitgehend unbeachtet lassen. – Bei Menschen würden wir in einem solchen Fall von «Konzentration» sprechen, und wir würden damit meinen, daß die Aufmerksamkeit auf einen bestimmten Bereich gerichtet ist.

Unter welchen Umständen tritt nun eine solche totale oder eine partielle Verringerung des Aufmerksamkeitsumfanges ein? Wann wird die Genauigkeit der Suche und des Prüfens eingeschränkt? Das muß ja irgendwie gesteuert werden. Wir werden später (nämlich im sechsten Kapitel) darauf zurückkommen, wenn wir mehr über die Art und Weise wissen, wie Ψ mit Absichten und Motiven umgeht. Dabei werden Merkmale wie die Wichtigkeit einer Absicht und die Dringlichkeit der Erledigung eine Rolle spielen.

Über die Schwierigkeiten, vom Verhalten auf Gefühle zu schließen

T: Also, meines Erachtens bist du soeben außerordentlich leichtfertig mit den Gefühlen umgegangen. Du hast von Erschrecken, Erstaunen und von Überraschung gesprochen und von Angst, die entstehen könnte; Ψ aber zeigt doch nichts als Zuwendungen, Erhöhungen des Dampfdrucks, Fluchtreaktionen, Explorationstätigkeiten. Man kann doch nicht einfach vom Verhalten auf Gefühle schließen!

D: Zugegeben, ich habe diese Begriffe wirklich etwas leichtfertig verwendet. Gewissermaßen als Abbreviaturen, um schnell klarzumachen, was gemeint ist. Bei uns Menschen hängen an der Wahrnehmung eine ganze Menge Gefühle – Überraschung, Schreck, Erstaunen, Furcht, Angst –, und sie alle haben etwas mit der Neuartigkeit oder Unerwartetheit von Ereignissen zu tun. Bei Ψ werden wir Verhaltensweisen beobachten können, die dem Verhalten *von Menschen, die diese Gefühle haben, entsprechen. Wenn etwas Unerwartetes oder Neuartiges auftritt, wird Ψ seine Handlungsbereitschaft erhöhen, wird «steif vor Schreck» werden (denn das geschieht bei der menschlichen Orientierungsreaktion durch Erhöhung des Muskeltonus; bei Ψ entspricht dem die Steigerung des Dampfdrucks) und wird sich dem Unbekannten oder Neuartigen zuwenden oder sich davon zurückziehen. Kurz: Es würde sich so* verhalten, *als hätte es die entsprechenden Gefühle, als wäre es erstaunt, erschrocken oder überrascht.* Verspürt *es*

aber wirklich Schreck? Nein, für die augenblickliche Ausbaustufe von Ψ gilt das sicher nicht!
T: Aber dann ist das Gerede von den Gefühlen doch ein Etikettenschwindel. Einmal schreibst du deiner Maschine Gefühle zu, und nun gibst du zu, daß sie keine verspürt!
D: Ich könnte nun natürlich antworten, daß ich das «Verspüren» von Gefühlen auch nur bei mir selbst merken kann. Bei anderen Menschen sehe ich – wie bei Ψ – nur das Verhalten und schließe, daß sich in ihm Gefühle ausdrücken. Ich könnte hinsichtlich der Seelenprozesse von Ψ ähnlich argumentieren, aber das wäre ein billiges Argument. Der Unterschied liegt im «Haben» und im «Spüren» von Gefühlen. Ψ hat Gefühle, indem es sich entsprechend verhält, spürt sie aber nicht, da es sie nicht wahrnehmen kann.
T: Spitzfindigkeiten! Wieso kann man etwas haben, aber nicht spüren?
D: Keine Spitzfindigkeit! Etwas kann da sein, aber man sieht es nicht. Das ändert aber nichts an seinem Dasein. Und so ist Ψ überrascht, oder es erschrickt. Daß dies der Fall ist, sieht man an seinem Verhalten. Aber Ψ weiß nicht, daß es erschrocken ist oder neugierig oder erstaunt, da es seine eigenen inneren Zustände und sein Verhalten nicht wahrnehmen kann. Das macht den Unterschied. Es macht allerdings auch einen Unterschied in der Wirkung. Ein Gefühl, das ich als solches wahrnehme, wirkt anders als eines, das ich nicht wahrnehme.
T: Aber wie kann Ψ seine eigenen Zustände wahrnehmen?
D: Lassen wir das jetzt! Dafür ist es noch zu früh.

Die Entstehung von Abstraktheit und akkommodierende Schemata

Der HyPercept-Prozeß, den ich in Abbildung 3.6 (Seite 145) dargestellt habe, enthält eine sehr rigorose Abbruchregelung: Ist auch nur ein Element des Schemas am inspizierten Objekt nicht auffindbar, endet er. Wir verwenden ein sehr strenges Kriterium, wenn wir schon bei der ersten Unstimmigkeit HyPercept beenden. Wir könnten «weichere» Regelungen zulassen und daraus sogar Vorteile ziehen. Statt den Prüfprozeß schon in dem Moment zu stoppen, in dem eine einzige Erwartung nicht erfüllt ist, könnten wir ihn so lange laufen lassen, bis er eine bestimmte Fehlerquote erreicht hat. Wir könnten beispielsweise eine Anhäufung von 5 oder 10 oder 15 Prozent Unstimmigkeiten erlauben, so daß nicht nur solche Objekte erkannt werden, die mit dem jeweiligen Schema vollständig verträglich sind, sondern auch solche, die ihm nur in einem bestimmten Umfang ähneln.

Und diese Abweichungen könnten verwendet werden, um Element- oder Strukturabstraktheit in ein Schema einzubauen. Wird an einer Stelle ein Quadrat erwartet, ist aber ein Kreis der Fall, so könnte auch dieser an den entsprechenden Interknoten angehängt werden, so daß dort in Zukunft sowohl ein Quadrat als auch ein Kreis akzeptiert wird. Quadrat und Kreis überlagern sich dann an dieser Stelle. Auf solche Weise kann ein Schema immer abstrakter werden. Abbildung 3.29 zeigt diesen Prozeß am Beispiel verschiedener «Hunde» (linke Spalte). Durch Überlagerung wird hier der «Begriff vom Hunde» immer abstrakter (rechte Spalte). (Diese Form der Gewinnung abstrakter Begriffe durch *Überlagerung* schlug schon Sir Francis Galton vor.)

Wenn wir dem HyPercept-Prozeß die gerade beschriebene Generalisierungsregel hinzufügen, so bedeutet dies, daß jede Wahrnehmung mit einer Veränderung der Schemata einhergehen kann. Wir erhalten einen *aktiven* Wahrnehmungsprozeß, einen Wahrnehmungsprozeß, der nicht nur in der Prüfung besteht, ob Objekte oder Geschehnisse dem Schema entsprechen, sondern der die Schemata auch in einem gewissen Umfang an neue Geschehnisse oder neue Objekte akkommodiert. Der Vorteil eines solchen akkommodierenden HyPercept-Prozesses wäre, daß Schemata ziemlich schnell eine große Breite bekommen. Die «Kategorisierungskraft» der Maschine wächst auf diese Weise sehr schnell. Bald ist ihr nichts mehr fremd!

So geht es bei kleinen Menschenkindern auch. Zwei- oder dreimal sehen sie verschiedene Objekte, die die Mutter als «Wauwau» bezeichnet, und schon sind sie in der Lage, einen noch nie gesehenen schwarzen Pudel als «Wauwau» zu identifizieren. Das hat seinen Vorteil! Die Welt wird

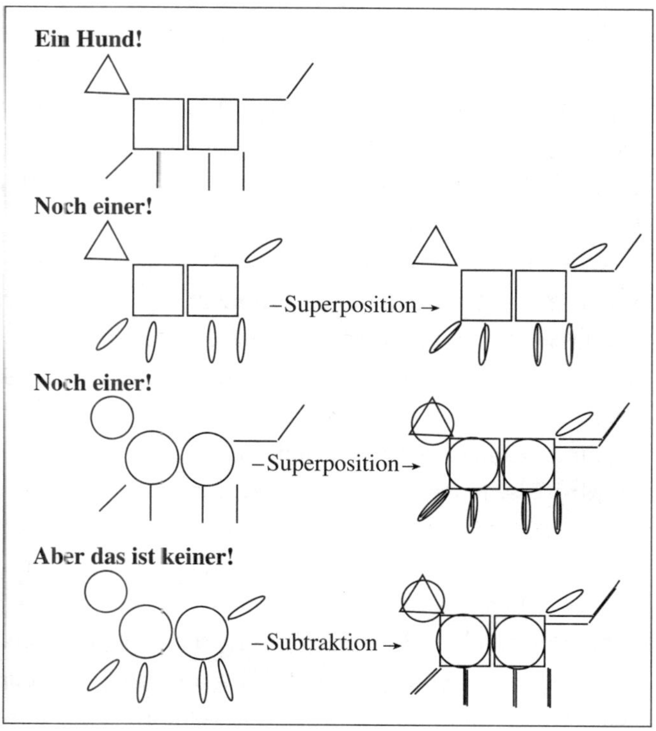

Abbildung 3.29 Abstraktion und Respezifizierung

schnell vertraut, und man weiß, wie man sich ihren Bestandteilen gegenüber zu verhalten hat.

Aber eine solche Ergänzung des HyPercept-Prozesses um eine Generalisierungsregel birgt auch Gefahren. Leicht kann es dabei geschehen, daß der Wahrnehmungsprozeß zu einem allzu weiten Schema führt, zu einem «überinklusiven» Schema also, aufgrund dessen Objekte als mit ihm verträglich eingestuft werden, die dies nicht sind. Das Menschenkind bezeichnet zum Beispiel auch ein Schaf als «Wauwau» oder sogar ein Pferd. Und Ψ würde das «Schaf» links unten in Abbildung 3.29 aufgrund der Übereinstimmung mit dem Schema glatt als Hund akzeptieren.

Führen wir also eine Generalisierungsregel ein, so müssen wir sie um eine *Spezifizierungsregel* ergänzen. Wenn eine Fehlkategorisierung eingetreten ist, wenn die Maschine sich also getäuscht hat und feststellen muß, daß sich das als «Wauwau» charakterisierte Schaf nicht als solches behandeln, zum Beispiel nicht streicheln läßt, muß die registrierte Fehlwahrnehmung dazu dienen, Abstraktheit zu beseitigen und das Schema wieder zu spezifizieren. (Ψ kann noch nichts als «Wauwau» benennen, da es noch nicht über Sprachfähigkeit verfügt. Wohl aber kann es ein sensorisches Schema in ein Verhaltensprogramm einbauen und lernen, daß man es in bestimmter Weise behandeln kann. Und dann ist es zu der Erfahrung fähig, daß es sich dabei täuschen kann.)

Wie kann die Spezifizierung geschehen? Eine einfache Methode bestünde in der Entfernung von Elementen aus einem Schema, die in dem fehlklassifizierten Objekt vorkommen. Abbildung 3.29 zeigt, was damit gemeint ist. In der unteren Reihe rechts sieht man ein Schema, das durch Überlagerung von Objekten immer abstrakter geworden ist, bis es schließlich einen zu hohen Abstraktheitsgrad erreicht hat. Das «Schaf» links unten wird fälschlicherweise als Hund identifiziert. Nun kann eine Respezifizierung durch «Subtraktion» an einigen Stellen des abstrakten Schemas dazu führen, daß es nicht mehr zu dieser Fehlklassifizierung kommt.

Im «Leben» von Ψ würden Überlagerungen und Respezifizierungen in mehr oder minder schnellem Wechsel schließlich zu den «richtigen» Schemata führen. Es muß aber dabei gewährleistet sein, daß Überlagerungen nicht in jedem Fall erfolgen dürfen, sondern nur, wenn sich Schema und

Objekt ziemlich ähnlich sind. Ist dies nicht der Fall, sollte keine Überlagerung stattfinden, sondern ein neues Schema gebildet werden. – Wenn man alle Hunde der Abbildung 3.5 (Seite 144) überlagert, ergibt sich ein Schema, welches auch noch Couchtische als Hunde akzeptiert. Für Tiere mit der Vielgestaltigkeit von Hunden braucht man verschiedene Schemata, verschiedene Begriffe (die beim Menschen wohl nur durch das Wort «Hund» zusammengehalten werden). – Die Überlagerung muß also «vorsichtig» geschehen und darf nicht stattfinden, wenn die Ähnlichkeit von Schema und Überlagerungsobjekt unter eine «Generalisierungsgrenze» sinkt. Wir werden darauf später zurückkommen.

Und was bedeutet das alles?

Wahrnehmung, so, wie ich sie in den vorstehenden Abschnitten beschrieben habe, besteht darin, daß «etwas als etwas» klassifiziert wird, zum Beispiel ein spezifischer Hund eben als zu einem allgemeinen Schema «Hund» gehörig. Diese Klassifikation erfolgt bei unserer Maschine durch den HyPercept-Prozeß, der ein einzelnes Objekt, Ereignis oder Geschehen einem Schema zuordnet. Ein Schema aber ist ein *Begriff*, wenn wir dieses Wort mit Kant als Bezeichnung für die allgemeine Regel verstehen, nach der eine Gestalt aufgebaut ist. Wahrnehmen heißt etwas «auf den Begriff» bringen, es einem Schema zuordnen.

Nun ist eine allgemeine Regel für die Gestalt eines Hundes noch ein recht kümmerlicher Begriff von einem Hund. Bei den meisten Menschen wird sich der «Begriff vom Hunde» nicht in der Idee von seiner körperlichen Gestalt erschöpfen. Aber auch für Ψ erschöpft er sich nicht notwendigerweise darin.

Mit dem «Auf-den-Begriff-Bringen» darf ja der Wahrnehmungsvorgang nicht zu Ende sein. Bei Lebewesen wird nicht «einfach so» klassifiziert, sondern zu einem bestimmten Zweck. Wichtig ist nicht so sehr das wahrgenommene Objekt, sondern seine *Bedeutung*. Wichtig ist an einem Streichholz nicht, daß es ein kleines viereckiges Hölzchen mit einem braunen Köpfchen ist, sondern daß man damit Feuer machen kann. Das Streichholz ist bedeutsam für das Feuermachen, und seine Gestalt spielt nur insofern eine Rolle, als man daraus ableiten kann, daß die Voraussetzungen für ein bestimmtes Handeln gegeben sind. – *Bedeutung?* Umgangssprachlich meint dieses Wort verschiedenes. Wenn ich zum Beispiel sage: «Das Männchen auf dieser Tür bedeutet, daß sich dahinter eine Herrentoilette befindet», so meine ich mit «bedeutet» etwas anderes, als wenn ich – um beim Kantschen Hund zu bleiben – sage: «Mein Hund bedeutet mir viel.» Im erstgenannten Fall meine ich: Das Männchensymbol auf der Tür weist auf Dinge hin, die man hinter dieser Tür wahrscheinlich vorfinden wird, und diese Dinge sind Voraussetzungen für bestimmte Tätigkeiten.

Die Bedeutung des Männchens liegt also darin, daß es in mir bestimmte Gedanken an Dinge oder an Tätigkeiten aufruft und daß diese Gedanken wiederum einen Bezug zu Objekten und Geschehnissen in der Außenwelt und zu meinen Motiven und Bedürfnissen haben. Die Bedeutungshaltigkeit liegt also einmal darin, daß das Zeichen bestimmte Gedanken erzeugt, zum anderen darin, daß sich diese Gedanken wiederum meist (aber nicht notwendigerweise) auf tatsächlich vorhandene Dinge und Geschehnisse in der Außenwelt beziehen. (Natürlich: Das Bild eines Löwen mit Adlerflügeln hat keine Entsprechung in der Außenwelt.)

Dieser doppelte Bezug in dem Begriff Bedeutung, der Bezug auf die «inneren» Gedanken und der Bezug auf die «äußeren» Dinge, brachte Gottlob Frege (1892) dazu, zwischen «Sinn» und «Bedeutung» zu unterscheiden. Mit «Sinn» meinte er den inneren Bezug, also das Auftreten von Gedanken, die mit dem Zeichen nicht unmittelbar zusammenhängen. So hat das Männchen auf der Tür der Herrentoilette ja keinen direkten Bezug zu Klobecken und Wasserhähnen. Der Bezug existiert nur, weil ich ihn gelernt habe.

Mit «Bedeutung» bezeichnete Frege die objektiven Sachverhalte, auf die sich diese Gedanken beziehen; «Sinn» dagegen ist der innere Fluß der Gedanken. (So ganz glücklich kann man mit der Begriffsbestimmung von Frege der gewählten Worte wegen nicht sein: «Die Bedeutung eines Zeichens besteht aus Sinn und *Bedeutung*»; das erschwert die Unterscheidung der beiden verschiedenen Aspekte des Begriffs Bedeutung, so vernünftig sie auch ist.)

Die Unterscheidung von Sinn und Bedeutung macht klar, daß zwei Zeichen die gleiche Bedeutung haben können, aber einen verschiedenen Sinn. So hat – das ist eines von Freges Beispielen – das Wort «Morgenstern» einen anderen Sinn als das Wort «Abendstern»; beide Begriffe haben aber dieselbe Bedeutung – sie beziehen sich auf den Planeten Venus. Oder: Wenn a, b und c die Geraden sind, die die Ecken eines Dreiecks mit den Mittelpunkten der Gegenseiten verbinden, so hat die Wortfolge «Schnittpunkt von a und b» dieselbe Bedeutung wie «Schnittpunkt von b und c». Die Wortfolgen haben aber einen verschiedenen Sinn; man denkt bei «Schnittpunkt von a und b» an etwas anderes als bei «Schnittpunkt von b und c».

Die Fregesche Unterscheidung findet man wieder im sogenannten Basisdreieck der Semantik von Ogden und Richards (1960, Seite 10), dargestellt in Abbildung 3.30. Hier ist das «Symbol» das Zeichen, welches eine bestimmte «Referenz», einen Gedanken, erzeugt. Ich habe ihn unten als

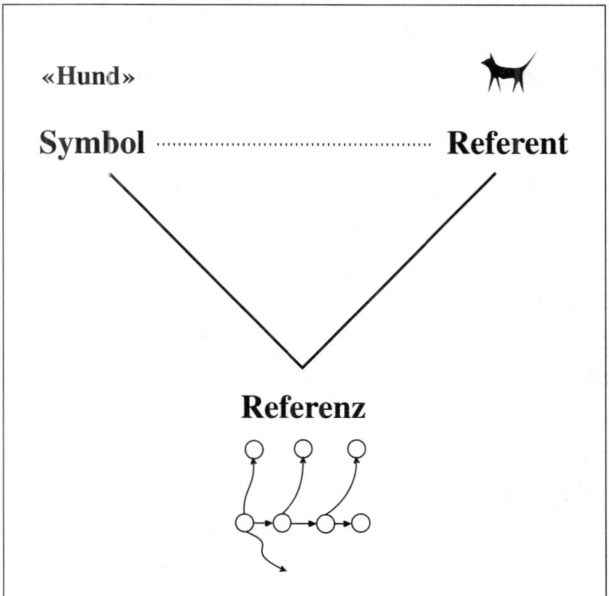

Abbildung 3.30
Das Basisdreieck

Schema angedeutet. – Der «Referent» ist das Außenweltding, auf das sich die Referenz bezieht. Die Referenz wäre bei Frege der *Sinn*, der Referent die *Bedeutung*.

Kehren wir zurück zum Ausgangspunkt dieses Abschnitts. Inwiefern hat der wahrgenommene Hund für Ψ Bedeutung? Der «Begriff vom Hunde» wird in seinem Gedächtnis je nach seiner Lerngeschichte nicht isoliert vorkommen. Er kann vielmehr Teil von Verhaltensprogrammen sein oder ein Element von Geschehnisschemata; weiterhin kann er in Teil-Ganzes- oder Abstrakt-konkret-Hierarchien eingeordnet sein. So kann sich der «Begriff vom Hunde» zum Beispiel auf ein Geschehnisschema «Kampf zwischen Hund und Katze» beziehen: Der große Kater steht mit gesträubtem Nackenkamm und aufgerichtetem Schwanz, die Tatzen schlagbereit, vor dem viel größeren Hund. Der Hund fährt auf den Kater zu, und im gleichen Moment zuckt er jaulend zurück, da ihm dieser mit seinen scharfen Krallen einen Hieb auf die Schnauze versetzt hat. Daraufhin knurrt der Hund den Kater nur noch an und trollt sich schließlich. – Ein anderes Bild: In der Abenddämmerung wühlt ein Hund in den Abfällen, die sich aus einem umgekippten Mülleimer auf die Straße einer südfranzösischen Stadt ergossen haben. Zwei kleine Katzen nähern sich dem Hund mit gesträubten Rückenhaaren und emporgerecktem Schwanz, um den Müllhaufen zu erobern. Der Hund – viel größer – ergreift schleunigst die Flucht.

Das sind mehr oder minder konkrete Geschehnisschemata, die fast den Charakter von paradigmatischen Episoden haben; typisch (für mich!) für die Beziehung von Hund und Katze.

Oder die Erinnerung an eine andere Szene taucht auf: Ein dreijähriges Kind rollt mit einem riesengroßen ungarischen Hirtenhund auf dem Teppich herum und steckt dem armen Tier zwei Finger in die Nasenlöcher, was der Hund geduldig über sich ergehen läßt, um etwas später seine gewaltige, rosarote Zunge quer über das Gesichtchen des Kindes zu wischen, was dem Kind gefällt, aber die Mutter, ob dieser ihr etwas zu weit gehenden Zärtlichkeit, zu dem entsetzten Aufschrei «Bjela, nein!!!» veranlaßt, worauf Bjela etwas beleidigt guckt, denn was sie nun Böses angestellt haben soll, weiß sie nicht. – Der Hund als Schmuseobjekt, als verläßlicher Freund und Behüter, als gefühlvoller Kumpel.

Ein weiteres Bild: der große, graue Wolfsspitz, der sich kläffend auf meinen linken Unterschenkel stürzt und sich in die Wade verbeißt (von wegen: «Bellende Hunde beißen nicht»!). – Also: Vor Hunden muß man sich in acht nehmen!

Dies sind einzelne Geschehnisschemata und Verhaltensprogramme, die durch die Wahrnehmung eines Hundes als «Sinn» hervorgerufen werden. Diese Geschehnisse waren einmal Inhalte des Protokollgedächtnisses oder Verhaltensweisen und sind als Geschehnisschemata und Verhaltensprogramme übriggeblieben.

Solche Gedanken kann auch Ψ haben. Denn auch in seinem Gedächtnis kommen die Dinge eingebunden in Geschehnisschemata und Verhaltensprogramme vor, und wenn ein einzelnes Schema aktiviert wird, so kann das zur Aktivierung eines umfassenderen Schemas führen. Das Schema «Hund» kann in ein Verhaltensprogramm «Schmusen» oder in ein Verhaltensprogramm «Flucht» eingebaut sein. Es kann Teil von Geschehnisschemata wie «Kampf von Hund und Katze» oder Situationsschemata («der alte Hofhund») sein.

Die Geschehnisschemata und Verhaltensprogramme in den Nervennetzen von Ψ können weiterhin Situationsschemata aufrufen, die mit der Befriedigung oder auch Entstehung eines Bedürfnisses verbunden sind. Das Verhaltensprogramm «Schmusen» ist an eine Bedürfnisbefriedigung gekoppelt, das Verhaltensprogramm «Flucht» dagegen an die Antizipation eines möglichen Schmerzreizes. Bedürfnisbefriedigungen und die Entstehung von Bedürfnissen gehen bei Ψ mit einer Aktivierung des Lust- beziehungsweise des Unlustzentrums einher. Damit also ist der «Begriff vom Hunde» emotional besetzt. Er kann eine Lust- oder Unlustprägung aufweisen, je nachdem, welche Geschehnisschemata beziehungsweise Verhaltensprogramme sich im Gedächtnis von Ψ befinden, und je nachdem, welche Assoziationen gerade im Vordergrund stehen, was vorgebahnt ist durch den motivationalen Kontext oder die vorausgegangenen Wahrnehmungen.

Die emotionale Einbettung eines Begriffs durch den direkten oder indirekten Bezug zur Aktivierung des Lust- beziehungsweise Unlustzentrums führt uns zu dem anderen Begriff der Bedeutung, den ich oben mit dem Satz «Mein Hund bedeutet mir viel» gekennzeichnet habe. Denn eine solche Redeweise drückt eine starke emotionale Besetzung aus: der Hund als der einzige noch verbleibende, verläßliche und treue Kommunikationspartner eines alten Menschen, als das einzige Mittel gegen die Einsamkeit, das letzte Bollwerk gegen die Feindlichkeit der Welt. Und deshalb bedeutet der kleine Dackel dem alten Herrn eben viel. – Diese Art der Bedeutung läßt sich also verstehen als eine starke Beziehung des (Fregeschen) *Sinns* zur Befriedigung von Bedürfnissen.

Das, was einem «viel bedeutet», etabliert das jeweilige Wertesystem. Wie kommt es, daß ein Ereignis, ein Geschehnis oder ein Objekt einen hohen Wert erhält? Bei Ψ ergibt sich der Wert einer Sache aus der Stärke der Verbindung mit den Bedarfsindikatoren. Etwas, ein Geschehnis oder ein Objekt oder ein Ereignis, das häufig zu Bedürfnisbefriedigungen und damit zu Lustsignalen führt, wird auch stark mit dem jeweiligen Bedarfsindikator verbunden werden. Und diese Verknüpfung wird um so stärker sein, je häufiger und je dringlicher der entsprechende Bedarf auftritt. Affiliation – Bindung – wird bei dem vereinsamten alten Herrn ein häufiges und dominantes Bedürfnis sein. Und so bekommt dann der Dackel seinen Wert. Bedürfnisse, die sich leicht befriedigen lassen, sind nicht mit intensiven Lusterlebnissen verbunden und deshalb auch nicht sehr wertbehaftet. Ein Stück Brot hat für uns keinen großen Wert. In Notzeiten aber kann es zum zentralen Wert und das «Sich-einmal-satt-essen-Können» zum Lebensziel werden.

Neben Ausmaß und Häufigkeit der Deprivation mögen für die Zuweisung eines hohen Werts auch Vorprogrammierungen eine Rolle spielen. Beispielsweise scheint es die Natur bei Mensch und Tier so eingerichtet zu haben, daß sexuelle Lusterlebnisse immer sehr stark sind. Dadurch ist der hohe Wert der Sexualität vorprogrammiert, und eine an Fortpflanzung interessierte Evolution tut ja auch gut daran, für eine solche Programmierung zu sorgen. Die Wertgebundenheit der Befriedigung anderer Motive hingegen ist wohl deprivationsabhängig, weil die Stärke der Lusterlebnisse an das Ausmaß der Beschränkung gekoppelt ist. Für die meisten Menschen in den westlichen Industrieländern ist das Essen und sind Nahrungsmittel nicht von hohem Wert. Das war zu anderen Zeiten und ist an anderen Orten unseres Planeten anders.

Nicht nur positive Bedeutungen sind möglich; für Ψ können diese oder jene Dinge auch eine negative Bedeutung haben, nämlich dann, wenn sie mit häufigen oder starken Unlustsignalen verknüpft sind. Solche Ereignisse oder die damit verbundenen Geschehnisse würde Ψ zu vermeiden trachten.

Bei Bedeutungen wird oft unterschieden zwischen dem «begrifflichen Inhalt» und dem «Nebensinn» (so zum Beispiel Erdmann 1910, Seite 107). In diesem Zusammenhang werden auch die Worte «Denotation» und «Konnotation» gebraucht. Die Denotation ist der direkte begriffliche Inhalt, bei dem «Hund» von Ψ also das Hundeschema, das die sinnfälligen Merkmale des Hundes enthält. Die Aufteilung in Denotation und Konnotation entspricht derjenigen in Sinn und Nebensinn, also der Unterscheidung zwischen den Schemata, die unmittelbar den begrifflichen Inhalt darstellen, und ihrer Einbettung in verschiedene Verhaltensprogramme, Geschehnis- oder Situationsschemata. Die Hundehütte, der Kampf Katze gegen Hund und die Erinnerung an den Versuch, schnell noch vor dem Spitz die Gartenpforte zu erreichen, gehören zur Konnotation. Das *kann* eben mit anklingen.

Die Denotation ist relativ invariant; der «Begriff vom Hunde» verändert sich in der Zeit nicht sehr stark. Die Betonung muß auf «nicht sehr stark» liegen, denn die Begriffe ändern sich eigentlich ständig. Eine einzige Wahrnehmung eines ungewöhnlichen Hundes verändert meinen Hundebegriff: «Ach, das ist also auch möglich!» Noch stärker aber als die Denotation ist die Konnotation situations- und motivabhängig. Wenn ich mich einsam fühle, so mag als Konnotation beim Hund eher «Schmuseobjekt» als «Katzenfeind» in den Vordergrund treten. Die Konnotation kann also zum einen – natürlich – von der Lerngeschichte des Individuums abhängen, zum anderen von der augenblicklichen motivationalen Lage. Bei Ψ ist das ganz ähnlich, denn es sucht sein Gedächtnis fast immer motivspezifisch ab, wie wir sehen werden, sucht Verhaltensprogramme, die von gegebenen Situationen zu Zielsituationen führen, und diese sind jeweils abhängig von den aktuellen Bedürfnissen. So wird also auch Ψ zu «Hund» je nach Bedürfnislage Verschiedenartiges einfallen.

Ψ kann Objekte identifizieren und einen kontextspezifischen Sinn mit ihnen verbinden, doch ein richtiges Symbolverständnis weist es noch nicht auf. Es kann das Wort «Hund» nicht verstehen, ist noch nicht in der Lage, den Begriffsinhalt «Hund» beziehungsweise die Konnotation, den Nebensinn, aufzurufen. Es ist aber nicht schwer, ihm ein solches Symbolverständnis zu ermöglichen. – Die Fähigkeit, Symbole zu verstehen, ist ein basaler Bestandteil des Sprachvermögens. Wir werden uns der Sprache später, im siebten Kapitel, noch ausgiebig zuwenden, aber auf die Fähigkeit zum Symbolverständnis können wir jetzt schon eingehen, das bietet sich an.

Wir haben uns bislang, wenn wir von Wahrnehmung gesprochen haben, fast immer nur auf das Sehen, den Gesichtssinn, bezogen, weil diese Wahrnehmungsmodalität für die meisten Menschen am sinnfälligsten ist, doch sind bei uns die Begriffe zum überwiegenden Teil multimodal; ein Hund ist nicht nur eine bestimmte Gestalt, sondern zum Beispiel auch eine Lautkonfiguration (und bei manchem ein Schmerz in der Wade). Auch für Ψ werden die Begriffe multimodal sein, wenn es über verschiedene Sinnesorgane verfügt und die Dinge in seiner Welt nicht nur «aussehen», sondern auch klingen oder riechen.

Existieren Begriffe bei Ψ multimodal, bedeutet dies, daß die Fähigkeit zum Symbolverständnis vorprogrammiert ist. Wenn also «Hund» auf der einen Seite als zeitlich-räumliche Konfiguration in seinem Gedächtnis gespeichert ist, auf der anderen Seite als eine Menge von Lautmustern, so bestehen zwischen dem Bellen, Winseln und Jaulen des Hundes als Lautgestalt und seiner optischen Gestalt natürlich enge Beziehungen. Diese müssen sich, damit man wirklich den Begriff voll erfaßt, wechselseitig aufrufen lassen, und dadurch kann es sich leicht ergeben, daß das eine zum Symbol für das andere oder das andere zum Symbol für das eine wird. Beim Menschen sind die *Lautgestalten* prädestiniert zur Symbolwerdung. Das kleine Kind sagt «Wauwau» zum Hund. Die Lautgestalt kann den gleichen Sinn und somit auch die gleiche Bedeutung haben wie die tatsächliche Wahrnehmung des Hundes. Das heißt, nicht ganz die gleiche. Wenn ich einen Hund sehe, so weiß ich seine Fellfarbe, seine Größe – und die Tatsache, daß er Hängeohren hat, bleibt mir auch nicht verborgen. Wenn mir dagegen berichtet wird, daß jemand einen Hund besitzt, ist mit dieser Nachricht nur das abstrakte Hundeschema (oder die Menge der abstrakten Hundeschemata) verbunden, und ich weiß vorerst noch nichts über das konkrete Aussehen des Tieres, von dem die Rede ist.

Abbildung 3.31 zeigt noch einmal zusammenfassend all die verschiedenen Aspekte von «Bedeutung» und veranschaulicht, wie ein Symbol Bedeutung haben kann.

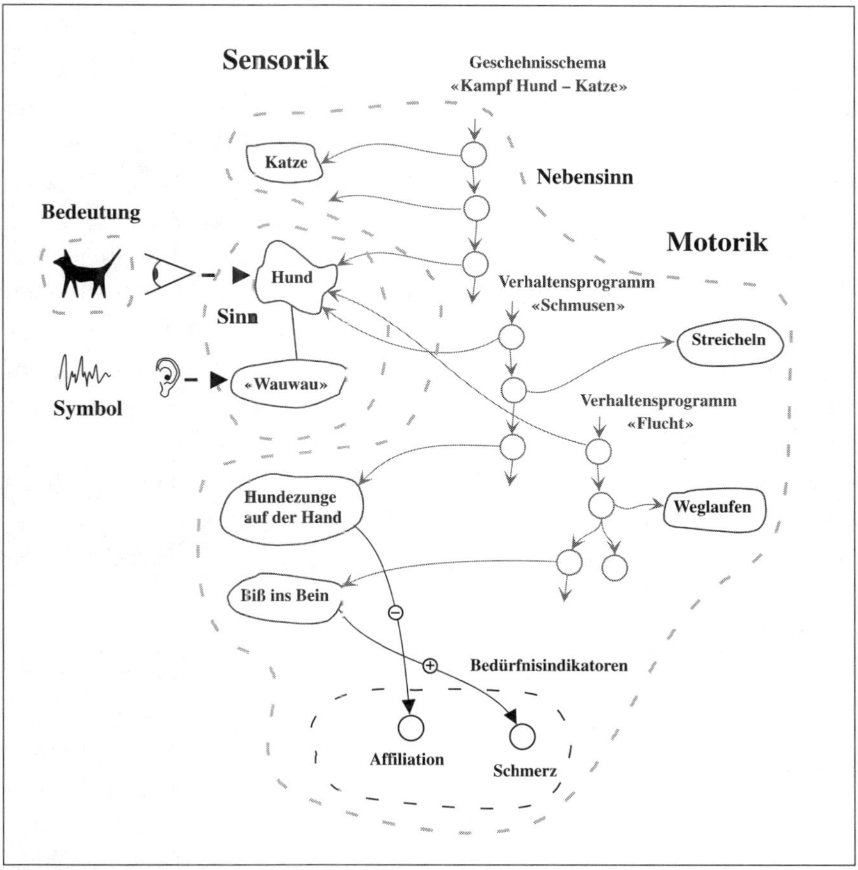

Abbildung 3.31 Symbol, Bedeutung, Sinn

Links sind zwei Sinnesorgane zu sehen, nämlich Auge und Ohr. Über sie gelangen Abbilder der Sachverhalte der Außenwelt ins Innere des Systems und aktivieren die entsprechenden sensorischen Schemata, im Beispiel «Hund» oder «Katze». Es gibt auch Lautgestalten, objektiv also Schwankungen des Schalldrucks, die zum Beispiel das Schema «Wauwau» aktivieren können. Das optische Schema «Hund» und das akustische Schema «Wauwau» sind miteinander verbunden und bilden ein multimodales Schema. So kann eine bestimmte Schalldruckschwankung zum Symbol für «Hund» werden und auf den Sachverhalt «Hund» in der Außenwelt hinweisen, der die Bedeutung des Zeichens darstellt.

Das Schema «Hund» ist in vielfacher Weise in Geschehnisschemata und Verhaltensprogramme eingebaut, beispielsweise in das Geschehnisschema «Kampf Hund – Katze». Das Geschehnisschema ist als Folge von Interknoten dargestellt, die auf die entsprechenden sensorischen Schemata verweisen. Ich habe die Bezüge in der Abbildung 3.31 natürlich nur angedeutet.

Sie enthält auch zwei Verhaltensprogramme, nämlich «Schmusen» und «Flucht». Das erste kann in der liebkosenden Berührung der Hand durch die Hundezunge enden. Ein solches Ereignis stellt eine Befriedigung des Affiliationsbedürfnisses, des Bedürfnisses nach liebevollem sozialem Kontakt, dar, senkt also die Aktivität des entsprechenden Bedarfsindikators. – Die Aktivierung des Verhaltensprogrammes «Flucht» kann auch schlecht ausgehen, zum Beispiel darin enden, daß der angreifende Hund mich ins Bein beißt, was sofort zur Aktivierung eines Bedarfsindikators «Schmerzbeseitigung» führt. Aus dem Wissen darum mag sich das Bestreben nach Schmerzverminderung ergeben.

Der Einbau in die verschiedenen Geschehnisschemata und Verhaltensprogramme etabliert den Nebensinn beziehungsweise die Konnotation des Begriffes.

Wir haben bislang von Hunden und Katzen gesprochen, vom Schmusen, vom feindlichen Verhältnis zwischen ihnen und von der Gefahr, die von Hunden ausgehen kann. Nun sind diese Objekte von einfacher Natur. Wie steht es aber mit der Bedeutung von Begriffen wie «Freiheit» oder «Ehre» oder «Demokratie»? Läßt sich so etwas auch in einem solchen Netzwerkmodell darstellen, wie es Abbildung 3.31 zeigt? Ich denke: ja!

Was geht mir denn durch den Kopf, wenn ich das Wort «Freiheit» höre? Ich sehe vor mir das Bild von Delacroix: die Freiheit mit entblößten Brüsten, sich ihren Weg über Barrikaden bahnend, die Trikolore in der erhobenen Faust. Das Niedertreten von Hindernissen und Stacheldraht: das ist ein «Verhaltensprogramm», das bei mir mit dem Wort «Freiheit» verbunden ist. Und natürlich auch jenes sensorische Schema, welches in unscharfer Form das Bild von Delacroix enthält. – Und noch mehr: ein reich ausgestatteter Zeitungsstand mit Zeitungen und Zeitschriften aus aller Herren Länder, eine riesengroße Universitätsbibliothek, in deren Wissenslabyrinthen ich unendlich lange umherstreifen kann. – Oder Muße, nicht festgelegt sein auf einen bestimmten Tagesplan, das Umherstreifen in einer Stadt ohne festes Ziel, einfach nur so. – Das alles ist bei mir mit der Wortmarke «Freiheit» verknüpft.

«Freiheit» hat also für mich nicht *eine* Bedeutung, die situationsunabhängig auf Ewigkeiten fixiert ist, sondern ist verbunden mit einer ganzen Reihe verschiedenartiger Situations-, Ereignis-, Geschehnisschemata und Verhaltensprogramme. Was ist eigentlich das Gemeinsame all dieser Schemata? Die Frage ist schwer zu beantworten, und ich müßte lange darüber nachdenken. Vielleicht käme ich zu einem Ergebnis, vielleicht auch nicht; vielleicht bliebe der Begriff «Freiheit» polymorph, vielgestaltig. Warum auch nicht? – Wenn viele Leute mit den sogenannten abstrakten Begriffen Schwierigkeiten haben und auf die Frage, was denn eigentlich «Freiheit» sei, antworten: «Also, irgendwie kann ich das gar nicht sagen, obwohl ich genau weiß, was es ist», dann kommt hierin wohl die Polymorphie des Begriffs zum Ausdruck. Und man muß aus der Unfähigkeit, auf die Frage «Was ist Freiheit?» mit einer handlichen Formel zu antworten, keineswegs schließen, daß die befragte Person nicht weiß, wovon sie spricht.

Über Freiheit, was sie denn eigentlich sei, will ich hier aber gar nicht reflektieren. Was ich darstellen wollte, war, daß sich auch abstrakte Begriffe sehr wohl in Netzwerken, wie Abbildung 3.31 sie für Hunde und Katzen schildert, unterbringen lassen. – Stimmt es aber wirklich, daß man die Bedeutung solcher abstrakter Begriffe auf einen Vielfachverweis auf Geschehnisschemata und Verhaltensprogramme zurückführen kann?

Man mag sagen: Das, was du eben geschrieben hast, das Auftauchen von vielfachen Geschehnissen und Bildern vor meinem geistigen Auge, mag etwas mit der Bedeutung von «Freiheit» zu tun haben; all das hat aber eher illustrativen Charakter. Die *eigentliche* Bedeutung liegt im Abstrakten, nämlich darin, daß das Wort «Freiheit» auf ein Abstraktum hinweist, welches (zum Beispiel) durch die Aussage «Freiheit heißt, daß ich tun und lassen kann, was ich will» gekennzeichnet ist. – Es mag sein, daß viele Wörter im Gedächtnis nicht unmittelbar auf Geschehnis-, Situations- oder Ereignisschemata oder auf Verhaltensprogramme hinweisen, sondern unmittelbar nur auf andere Wörter oder Sätze. Wenn diese aber nicht ihrerseits direkt (oder indirekt, nämlich über weitere Wörter) auf sensorische oder motorische Schemata hinweisen, dann bleiben sie bedeutungsleer. Wenn also jemand, der sagt «Freiheit ist für mich, daß ich tun und lassen kann, was ich will», auf die Frage, was denn dies heiße, nicht mit der Schilderung von Situationen oder Geschehnissen antworten kann, so würden wir – meines Erachtens mit Recht – daran zweifeln, daß für ihn «Freiheit» mehr ist als eine pure Floskel. Die Bedeutung (gemäß Frege müßten wir sagen: der *Sinn*) des Wortes «Freiheit» erschöpfte sich in einem solchen Fall in einem hohlen Bedeutungsrahmen. Der Tyrann Dionys von Syrakus in Schillers Gedicht «Die Bürgschaft» wird erst in dem Augenblick davon überzeugt, daß «Freundschaft kein leerer Wahn» sei, als er das zugehörige Geschehnis zur Kenntnis nehmen muß.

Der Umgang mit leeren Bedeutungsrahmen mag das Sprechen von Leuten kennzeichnen, deren Beruf sie dazu zwingt, sich ständig öffentlich zu diesem oder jenem Thema zu äußern: *«Diese unsere machtvolle Zukunftsbestimmung muß in subtilste Schicksalsbewältigung münden. Und ich möchte meinen und hier und jetzt, meine Damen und Herren, ganz deutlich sagen: Unsere unerschütterliche Kulturerhellung konstituiert ganz wesentlich die tiefste Geistesgewißheit.»* Was hören wir da? Eine flüssige und grammatisch fehlerfreie Aneinanderreihung bedeutungsfreier Worthülsen (das Beispiel entnehme ich Herrmann und Grabowski 1993, Seite 347). – Bedeutungs*frei* ist hier allerdings nicht ganz richtig; alle Worte dieses Redeausschnitts mögen noch einen vagen, positiven emotionalen Ton haben. Das ist aber auch alles.

Es gibt nun Wörter, die sich (vielleicht?) nur auf andere Wörter und nicht über diese auf sensorische oder motorische Schemata beziehen, zum Beispiel grammatische Kategorien wie «Substantiv», «Adjektiv», «Verb». Aber selbst bei diesen Begriffen läßt sich ein gewisser Bezug zu sensorischen oder motorischen Schemata herstellen. Verben sind Wörter, die Geschehnisschemata beziehungsweise Verhaltensprogramme bezeichnen.

Substantive beziehen sich auf Dinge, die in der Zeit relativ konstant bleiben. Adjektive weisen auf bestimmte Qualifikatoren hin (der *graue* Hund), die ein abstraktes Schema partiell konkretisieren. Ob ein Ding oder ein Sachverhalt, den jemand neu erfährt, mit einem Substantiv oder Verb bezeichnet wird, hängt von den gerade genannten, sinnfälligen Merkmalen des Bezeichneten ab, für eine *Bewegung* wird also eher ein Verb stehen, für einen Gegenstand ein Substantiv.

All dies im Blick, scheint es mir vernünftig zu sein, die *Bedeutung* des Wortes «Bedeutung» darin zu sehen, daß es die Beziehung eines Schemas (beziehungsweise Zeichens) zu anderen Schemata bezeichnet, hauptsächlich die Beziehung eines Schemas zur Identifizierung eines Wortes zu Ding- oder Ereignis- oder Geschehnisschemata oder zu Verhaltensprogrammen. Sie konstituiert unmittelbar eine Sinnbeziehung und mittelbar eine Bedeutungsbeziehung im Sinne von Frege, also einen Hinweis auf Außenweltdinge. Wenn sich aber Zeichen auf andere Zeichen beziehen, so sind sie bedeutungslos, wenn diese Zeichen ihrerseits bedeutungslos sind, sonst aber haben sie eine indirekte Bedeutung.

Das chinesische Zimmer

T: Sag mal, kennst du einen Philosophen mit dem Namen Searle?
D: Natürlich, du meinst den mit dem «chinesischen Zimmer»?
T: Genau! Und der behauptet doch, daß Maschinen prinzipiell nicht in der Lage seien, Bedeutungen zu erkennen! Wenn ich es aber recht sehe, kann Ψ, so, wie du es eben beschrieben hast, durchaus mit Bedeutungen umgehen.
D: Natürlich, muß es ja, sonst könnte es sich gar nicht in seiner Welt bewegen. Ein System, das ein Streichholz nur als solches erkennt und nicht weiß, was man damit anfangen kann, ist halt nicht imstande, mit Kerzen umzugehen!
T: Ψ ist nun zweifellos eine Maschine, zusammengesetzt aus Neuronen, die ja, so hatten wir sie konzipiert, nichts anderes sind als Vektormultiplikatoren. Seine Fähigkeit, Bedeutungen zu erkennen, würde also allein darauf beruhen, daß Neuronen aktiv werden und andere Neuronen aktivieren und so fort. Mit anderen Worten, auf der elementaren Ebene ist doch von Bedeutungen keine Spur zu finden, oder?
D: Nein, in der Tat nicht. Bedeutungen werden durch die Beziehungen von Schemata konstituiert, nicht durch die Tätigkeit der einzelnen Neuronen. Bedeutungen bestehen – grob gesagt – darin, daß bestimmte Schemata einander aufrufen. Das eine Schema, nichts anderes als eine Ansammlung von Neuronen, aktiviert ein anderes Schema,

das ebenfalls nur eine Ansammlung von Neuronen ist. Und darin liegt die Bedeutung!
T: Aber wie kommt denn Searle auf die Idee, daß Computer keine Bedeutungen erfassen können?
D: Na ja, eben mit Hilfe seines chinesischen Zimmers. Er meint folgendes: Eine Person, die der chinesischen Sprache nicht kundig ist – nennen wir sie Kunigunde –, sitzt in einem Zimmer mit einem Input, einer Art Posteinwurfkasten, und einem Output, einem Schlitz, durch den sie Briefe hindurchschieben kann. Nun wirft irgend jemand einen Brief mit chinesischen Buchstaben, der Behauptungen oder Fragen enthält, in den Input. Natürlich kann Kunigunde ihn nicht lesen, aber sie verfügt in ihrem Zimmer über eine große Menge von Nachschlagewerken. Mit ihrer Hilfe kann sie die chinesischen Sätze ganz mechanisch Zeichen für Zeichen abarbeiten. Nehmen wir an, auf dem Inputpapier stünde – natürlich in chinesischer Sprache –: «Wie warm ist es bei Dir?» Durch Nachschlagen der Symbole in ihren Büchern bekommt Kunigunde die Anweisung, sie möge ein Thermometer ablesen, welches gleichfalls innerhalb des Zimmers angebracht ist, das Ergebnis in einer Weise, die ihr vorgeschrieben wird, kodieren und außerdem noch bestimmte andere Schriftzeichen hinzufügen. Dann soll sie all das, was sie aufgeschrieben hat, durch den Outputschlitz werfen. – Und der Chinese, der die Frage gestellt hat, liest die Antwort: «Bei mir ist es angenehm warm. 21 Grad Celsius; ich kann mich nicht beklagen!» – Kunigunde weiß nichts von dem, was sie geschrieben hat; sie hat lediglich eine Frage aufgrund der Regeln beantwortet, die in den Büchern niedergelegt sind. Aber was sie geantwortet hat und was gefragt wurde – davon hat sie nichts verstanden. – Für Searle zeigt sich in diesem Gedankenexperiment, daß jemand chinesisch sprechen kann, ohne dieser Sprache mächtig zu sein.

T: Und was soll das Ganze? Ich verstehe den Bezug nicht! Es ging doch darum, nachzuweisen, daß eine Maschine nicht mit Bedeutungen operieren kann.
D: Genau das meint Searle mit dem chinesischen Zimmer belegt zu haben. Kunigunde operiert ja «ohne Sinn und Verstand». Sie wendet einfach mechanisch irgendwelche Regeln an und führt auf diese Art und Weise das Gespräch. Und Searle ist mit Recht der Ansicht, daß ihr eben wegen dieser mechanischen Anwendung der Regeln jeder Einblick in die Bedeutung fehlt. Das chinesische Zimmer ist in seinen Augen ein Beweis dafür, daß man vom gleichen Verhalten keineswegs auf die gleichen Ursachen schließen darf. Ein normaler Chinese versteht, wovon er spricht, während Computern, so Searle, eine solche Einsicht in die Bedeutungen grundsätzlich fehlen muß, da sie nur nach syntaktischen Regeln operieren.
T: Aber Ψ operiert doch bei der Erkennung von Bedeutungen auch nach rein syntaktischen Regeln. Etwas anderes finde ich jedenfalls nicht in der Abbildung 3.31. Bestimmte Schemata werden aktiviert und aktivieren andere Schemata: All das ist leicht zu formalisieren.
D: Ja, das ist ja gerade der springende Punkt. Searle macht einen grundsätzlichen Unterschied zwischen syntaktischen und semantischen Strukturen. Er meint anscheinend – sehr klar drückt er sich nicht aus –, Semantik sei etwas ganz anderes als ein System formaler Regeln. Im letzten Abschnitt haben wir aber festgestellt, daß auch Semantik nichts als eine spezifische Art formaler Operationen ist. Eine Art Beziehungssyntax, wie sie ja auch in dem Basisdreieck von Ogden und Richards verwendet wird. Im übrigen: Searle muß, damit sein chinesisches Zimmer funktioniert, notwendigerweise Gebrauch von solchen semantischen Beziehungen machen, sonst könnte sich Kunigunde nicht vernünftig unterhalten. Rein syntak-

tische Systeme ohne jegliche Semantik, zum Beispiel das Eliza-Programm von Joseph Weizenbaum, lassen sich relativ leicht «überführen». Man kann schnell zeigen, daß sie eigentlich nichts von dem verstehen, worüber sie sprechen. Wenn wir mit dem chinesischen Zimmer eine Unterhaltung über irgendwelche emotional bedeutsamen Sachverhalte führen würden, wenn wir es zum Beispiel fragten: «Liebst du Hunde?», dann würde sehr schnell herauskommen, daß in dem Zimmer semantische Regeln vorhanden sein müssen, sonst könnte es nicht angemessen reagieren. – Im übrigen schweigt sich Searle leider über das Regelwerk, welches er der Person im chinesischen Zimmer zur Verfügung stellen muß, gänzlich aus. Die Beschreibung dieses Regelwerks wäre sehr interessant. Es wäre eine ganze Sprachtheorie! Denn es ist ja nicht die Person im Zimmer, die Chinesisch versteht, sondern ein System, das aus ihr plus dem gesamten Regelwerk besteht, das chinesische Zimmer als Ganzes versteht Chinesisch, wenn es wirklich so funktioniert, wie Searle es fordert. Der Insasse selbst ist im Grunde der am wenigsten interessante Teil. Die Behauptung, das chinesische Zimmer zeige, daß jemand ohne Kenntnis einer bestimmten Sprache in der Lage sei, in ihr eine Unterhaltung zu führen, ist nicht stichhaltig, denn es geht ja nicht um den Insassen, sondern um das gesamte Zimmer. Die Person – unsere Kunigunde – ist nur ein Teil des Gesamtsystems. Man nimmt ja auch nicht aus einem Motor einen Teil – sagen wir einen Zylinder – heraus, zeigt, daß dieser von allein keine Bewegungen durchführen kann, und meint dann, damit bewiesen zu haben, ein Motor könne funktionieren, ohne daß sich seine Bestandteile von selbst zu bewegen vermögen. Natürlich kann bei einer komplizierten Maschinerie ein Teil von ihr nicht das, was die gesamte Maschine kann, und die Person im chinesischen Zimmer ist eben nur ein – sogar

ziemlich unwichtiger – Teil von ihm. Viel wichtiger ist das Regelwerk.
Daß die Person im chinesischen Zimmer ohne Bedeutungen operiert, heißt keineswegs, daß das gesamte Zimmer ohne Bedeutungen auskommen kann.

Viertes Kapitel

Die Welt im Kopf

In den beiden letzten Kapiteln habe ich beschrieben, wie Verhaltensprogramme und sensorische Schemata im «Kopf» der Maschine beschaffen sind und wie Ψ sie erwirbt. Mit ihrer Hilfe kann es Objekte identifizieren, seine Vergangenheit rekonstruieren, die Zukunft nach Maßgabe seiner Geschehnisschemata voraussagen und mit allen diesen Fähigkeiten sein Verhalten zielgerecht organisieren. Aufgrund seines Gedächtnisses ist Ψ also fähig, sich in seiner Welt zurechtzufinden und seine Bedürfnisse zu befriedigen.

Im Laufe seines Lebens werden verschiedene Schemata – sensorische Schemata, Geschehnisschemata, Verhaltensprogramme – im Gedächtnis angehäuft wie Kartoffeln in einer Kiste; sie werden nicht sortiert oder sonst irgendwie geordnet, sondern reihen sich auf dem Protokollfaden nacheinander so auf, wie sie entstehen, und gehen zum großen Teil wieder verloren. Dennoch aber bleiben sie nicht unverbunden (wie die Kartoffeln in der Kiste), sondern es stellt sich von allein ein mehr oder minder dichtes Geflecht von *Beziehungen* zwischen den Schemata ein.

Verhaltensprogramme und Geschehnisschemata fügen Schemata niederer Ordnung zu räumlich-zeitlichen Konfigurationen zusammen, in denen sich Ursachen und Folgen unterscheiden lassen. Abstrakte Schemata sind Oberbegriffe für konkretere; Aversions- und Appetenzrelationen bestimmen, was angestrebt und was vermieden werden sollte. – Das Geflecht der Schemata bildet das räumlich-zeitliche Gefüge der Dinge in der Welt im Gedächtnis von Ψ ab. Die Welt ist ein Gefüge von Sachverhalten, die in mehr oder minder konstanten räumlichen Beziehungen zueinander stehen:

Der Henkel ist immer oben an der Teekanne, die Ohren sind symmetrisch am Kopf des Hundes angeordnet. Außerdem fügen sich die Sachverhalte zu Geschehnissen, in denen sie als Ereignisse mehr oder minder gesetzmäßig aufeinanderfolgen. An vielen dieser Geschehnisse kann die Maschine teilhaben; sie kann sich in die Welt «einklinken» und den Gang der Dinge durch Aktionen verändern. Ψ verhält sich in der Welt, verändert sie, benutzt sie zu seinen Zwecken. Allerdings geschieht das in ganz verschiedener Weise, je nachdem, wie das Gedächtnis beschaffen ist, welches Ψ im Laufe seines Lebens erwirbt. Es kann mutige Ψs geben und ängstliche, zähe Ψs, die nicht so leicht nachgeben, und Ψs, die schnell resignieren, wenn sich ihnen Widerstände in den Weg stellen. Je nach den Gedächtnisinhalten entwickeln die verschiedenen Ψs verschiedene Mentalitäten. – Daß Maschinen gewissermaßen verschiedene *Persönlichkeiten* aufweisen können, klingt überraschend. Denn gewöhnlich halten wir Maschinen doch für gleichförmig: gleiche Bauserie – gleiches Verhalten, sonst sind sie kaputt. Aber für die Ψs gilt das nicht. Ihre Persönlichkeit bildet sich nach den Erfahrungen, die sie mit der Welt machen. In diesem Kapitel werden wir uns mit den verschiedenen Formen befassen, in denen die Welt im Gedächtnis von Ψ abgebildet sein kann, und wir werden untersuchen, wie diese verschiedenen Abbildungen das Verhalten der Ψs beeinflussen können.

Wirkwelt und Wertwelt

Beginnen wir mit groben Unterscheidungen: Im Kopf der Maschine befinden sich die Abbildungen einer *Wirkwelt* und einer *Wertwelt.* Die Wirkwelt ist in den Verhaltensprogrammen und Geschehnisschemata von Ψ repräsentiert; es weiß, welche Zustände und Ereignisse es selbst herbeiführen oder erzeugen kann und welche von allein eintreten; die Wirkwelt läßt sich also in eine *Aktiv-* und eine *Passivwelt* zerlegen. Die Wertwelt ist mit den Appetenz- und Aversionsrelationen der Maschine verknüpft; aufgrund dieser Verknüpfungen der Schemata mit den Bedarfsindikatoren können Ereignisse, Zustände und Geschehnisse unterteilt werden in neutrale, anzustrebende und zu vermeidende. In der Wertwelt ist also die Welt in *neutrale, positive* und *negative* Bereiche zerlegt.

Ψs Wert- und Wirkwelten können sehr verschiedene Formen annehmen, und diese verschiedenen Formen bestimmen die *Mentalität* von Ψ, seine Einstellung zur Welt. – Mentalität? Ich meine damit das, was auch in der Umgangssprache unter diesem Begriff verstanden wird, nämlich eine bestimmte allgemeine Form der Handlungsbereitschaft der Welt gegenüber, zum Beispiel eine Geisteshaltung, die leicht zur Resignation neigt, da ja doch alles vorausbestimmt ist oder von anderen – stärkeren – Mächten, nicht aber von mir selbst abhängt. Eine solche resignative Mentalität wird der Fall sein, wenn der Passivteil der Wirkwelt den Aktivteil stark überwiegt.

Eine andere Mentalität könnte eher pragmatisch-zupackend sein: «Man muß nur tun und nie aufgeben; dann kommt man schon zum Ziel!» – Oder demutsvoll-hoffnungsfroh: «Ein jeder muß sein Päckchen tragen, aber schließlich stellt sich der Lohn ein!»

Die Mentalität als allgemeine Einstellung zur Welt ist ein wichtiger Faktor, der die Eigenart einer Person, die Art und Weise, wie sie sich von anderen unterscheidet, also ihre Persönlichkeit, bestimmt. – Wenn wir unter «Persönlichkeit» eine relativ stabile Tendenz verstehen, sich der Welt gegenüber in bestimmter Weise zu verhalten, so erwerben unsere Ψs mit ihren Schemata nicht nur Instrumente zur Kategorisierung der Welt und zum Umgang mit ihr, sondern auch jeweils spezifische Persönlichkeitszüge. Schauen wir uns das im einzelnen an!

Ψ hat mit dem Geflecht seiner Schemata ein mehr oder minder kohärentes Abbild der Welt in seinem Gedächtnis. *Abbild* der Welt? Nein, nicht ein Abbild der Welt, wie sie «wirklich» ist, sondern immer nur ein Abbild unter einem spezifischen Gesichtspunkt. Ψ erlernt die Welt so, wie es sie brauchen kann, wie sie mit seinen Bedürfnissen, nämlich deren Befriedigung oder Entstehung, zusammenhängt. Es tastet die Welt ab und bildet aufgrund dieser Abtastprozesse sensorische Schemata. Es erprobt seine elementaren Verhaltensweisen, um von einer Situation zur anderen zu kommen, und fixiert Verhaltenssequenzen als Verhaltensprogramme, wenn sie sich als zielführend erweisen oder eine Situation hervorrufen, die es zu vermeiden gilt. Es kann Sequenzen sensorischer Schemata in seinem Protokollgedächtnis zu Geschehnisschemata zusammenfassen; auf diese Art und Weise weiß es nicht nur, was jetzt der Fall ist, sondern es kann auch wissen, wie es in der Zukunft sein wird beziehungsweise wie es in der Vergangenheit (vielleicht) war. – Natürlich spiegeln die Schemata auch die wirkliche Welt wider, aber eben immer unter einem bestimmten Aspekt, nämlich dem des Umgangs mit den eigenen Bedürfnissen.

Abbildung 4.1 stellt die Welt in Ψs Kopf schematisch dar, die *Wertwelt*, das heißt die anzustrebenden, die neutralen und die zu vermeidenden Ereignisse, zusammen mit der *Wirkwelt*, also mit der Welt der Situationen, die Ψ selbst erzeugen kann, und mit der Passivwelt, der *Erleidenswelt*, das heißt der Welt der Ereignisse, die sich von allein einstellen. («Erleiden» soll dabei nicht unbedingt etwas Negatives bedeuten – wir *erleiden* ein Ereignis, dessen Eintreten wir nicht verhindern können; das Ereignis selbst kann positiv, negativ oder neutral sein.)

Die Abbildung zeigt weiße und schwarze Sterne. Weiße Sterne stellen Ereignisse oder Situationen dar, die Bedürfnisse befriedigen. Sie sind also die Ziele für bestimmte Bedürfnisse beziehungsweise Hunger oder Durst. Schwarze Sterne stehen für Ereignisse, die Bedürfnisse erzeugen (und um ihren negativen Charakter hervorzuheben, habe ich sie etwas deformiert). Solche Ereignisse können schmerzhaft sein, oder sie bedeuten zu große Hitze, zu große Kälte, zuviel Nässe, zu große Trockenheit oder sonst irgendeinen Zustand, der vermieden werden sollte. – Die unregelmäßigen Vielecke symbolisieren neutrale Situationen, die unmittelbar weder etwas mit der Befriedigung von Bedürfnissen noch mit deren Erzeugung zu tun haben (mittelbar aber schon, da sie auf dem Weg zu positiven oder negativen Ereignissen liegen können).

Die durchgezogenen Pfeile bedeuten Verhaltensprogramme. Wenn ein solcher Pfeil von einer Situation zu einer anderen führt, so heißt dies, daß Ψ durch eigenes Bemühen – dadurch, daß es die Umgebung verändert oder sich darin bewegt – von einer Situation zu einer anderen gelangen kann. Ein durchgezogener Pfeil, der sich verzweigt, also zwei Enden hat (zum Beispiel oben links), deutet an, daß nicht genau bekannt ist, was sich nach

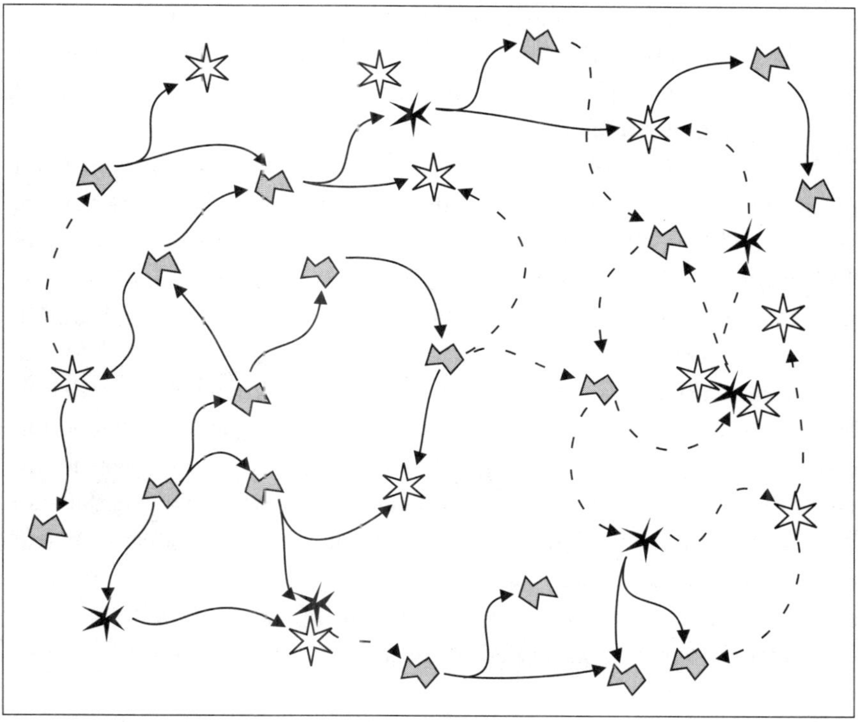

Abbildung 4.1 Wertwelt und Wirkwelt

der Aktivierung des entsprechenden Verhaltensprogrammes ereignen, welche der beiden Situationen, auf die die Pfeilenden zeigen, also eintreten wird. Zwei oder mehr Pfeile, die von einer Situation ausgehen (zum Beispiel Mitte links), verweisen darauf, daß zwei oder mehr verschiedene Verhaltensprogramme auf die entsprechende Situation angewendet werden können. Hier besteht Wahlfreiheit! Die gestrichelten Pfeile weisen auf Geschehnisse hin, auf Ereignisse also, die «von allein» aufeinanderfolgen, ohne daß die Maschine daran etwas ändern kann. Wieder bedeuten sich verzweigende unterbrochene Pfeile, daß ein Geschehnisschema verschiedene Prognosen zuläßt, das entsprechende Geschehen also zu verschiedenen Konsequenzen führen kann (Mitte rechts).

Die Welt stellt sich also im Gedächtnis von Ψ als ein Labyrinth dar, dessen Gänge es nach eigenem Entschluß in dieser oder jener Richtung beschreiten kann oder in dem es ohne eigenes Zutun von einem Ereignis zum anderen getragen wird, als säße es in einem Boot ohne Ruder und ließe sich von der Strömung treiben.

Um es zusammenzufassen: Die Ereignisse, die Ψ durch eigenes Zutun erreichen oder vermeiden kann, stellen den Aktivteil seiner Wirkwelt dar. In der Abbildung 4.1 repräsentieren die durchgezogenen Pfeile den aktiven Teil der Wirkwelt und die gestrichelten den passiven Teil, die Erleidenswelt. Die Ereignisse des Passivteils seiner Welt muß Ψ erleiden und kann sie nicht verhindern.

Die Situationen, die erreicht oder vermieden werden sollen, stellen Ψs Wertwelt dar. Diese wird also in der Abbildung 4.1 durch die hellen und dunklen Sternchen repräsentiert. – Situationen müssen keineswegs immer eindeutig positiv oder negativ sein. Es kann durchaus geschehen, daß eine bestimmte Situation auf der einen Seite ein bestimmtes Bedürfnis befriedigt, auf der anderen Seite aber auch schmerzhaft ist (in Abbildung 4.1 zum Beispiel links unten). Auch kann es sein, daß ein bestimmtes Ereignis die Befriedigung von zwei Bedürfnissen gestattet (beispielsweise Mitte rechts).

Wie die Wert- und die Wirkwelt der Maschine jeweils aussehen, hängt von verschiedenen Faktoren ab, natürlich *auch* von der wirklichen Beschaffenheit der Welt, aber zusätzlich davon, wie sich Ψ in ihr zurechtfinden kann und gemäß welcher Programme es sie jeweils in seinem Gedächtnis abbildet. Wir haben ja gesehen, daß die Form der Abtastprogramme zur Bildung eines sensorischen Schemas dazu führt, daß die Welt gemäß bestimmten Gestaltprinzipien wahrgenommen wird (Seite 204 ff., «Was gibt's Neues?»).

Man kann sich unendlich viele «Weltbilder» vorstellen, die sich nach der Art und dem Umfang ihrer Wert- und Wirkwelten unterscheiden. Je nach ihren Bedürfnissen und je nach den Gegebenheiten der Realität und gemäß ihren Fähigkeiten, sich Ereignisketten zu merken, wird die Maschine dieses oder jenes Weltbild erwerben. Die Art ihres Weltbildes wird bestimmen, wie sie mit der Welt umgeht, welche Verhaltenstendenzen sie hat, wann sie dazu neigt, etwas zu tun, und wann nicht. – Hinsichtlich welcher Merkmale könnten sich verschiedene Weltbilder unterscheiden?

Weltbilder können sich zum Beispiel nach dem Ausmaß der *Korrespondenz* von Wert- und Wirkwelt unterscheiden. Eine maximale Korrespondenz zwischen Wert- und Wirkwelt ist vorhanden, wenn die Maschine aus eigener Kraft alles erreichen kann, was zur Befriedigung ihrer Bedürfnisse erreicht werden muß, und alles vermeiden kann, was vermieden werden sollte. In einer Welt mit einer hohen Korrespondenz von Wert- und Wirkwelt wird Ψ sich *sicher* fühlen. Ψ weiß, daß es das, was je nach Bedürfnislage erreicht werden sollte, auch erreichen und das, was schmerzen würde, vermeiden kann.

Wenn aber Wertwelt und Wirkwelt nicht miteinander korrespondieren – wenn die Ereignisse, die zur Befriedigung der Bedürfnisse notwendig sind, zwar geschehen, aber nicht erwirkt und wenn Ereignisse, die schmerzhaft sind, zwar antizipiert, aber nicht vermieden werden können –, dann lebt Ψ in einer «schicksalhaften» Welt. Die Ereignisse werden «verhängt». Die Maschine ist ein Spielball ihrer Umgebung, weil sie nichts anstreben oder abwenden kann, und wird zum Fatalismus neigen.

Zu diesen Auswirkungen einer hohen beziehungsweise geringen Korrespondenz von Wirk- und Wertwelt sind nun allerdings einige Anmerkungen notwendig. Wenn wir sagen, daß Ψ sich bei einer hohen Korrespondenz von Wert- und Wirkwelt «sicher fühlen» wird und bei einer geringen Korrespondenz von Wert- und Wirkwelt eine Neigung zum Fatalismus entwickeln könnte, so setzen wir voraus, daß es solche Weltbilder nicht nur hat, sondern daß sich diese auch auf etwas auswirken können, was man als «Sicherheitsgefühl» bezeichnen kann. Was aber ist ein «Sicherheitsgefühl»? Wie können wir wissen, ob sich eine Maschine sicher fühlt? Das könnte sich zum Beispiel in ihrem Verhalten zeigen, das so etwas ausdrücken könnte wie: «Ich kann erreichen, was ich will!» oder «Man kann ja doch nichts machen!»

Nun ließe sich in der Tat beobachten, daß eine niedrige Korrespondenz von Wert- und Wirkwelt zu einem eher passiven Verhalten führt. Denn in einem solchen Fall fände Ψ, wenn es beispielsweise hungrig würde, oft keine geeigneten Verhaltensprogramme zur Befriedigung des Hungers, und auch das Planen von zielführenden Verhaltensweisen wäre oft erfolglos, weil es dafür in seinem Gedächtnis einfach kein geeignetes Material gäbe. Ψ würde also in einer Bedürfnissituation oft gar nichts tun, sondern sich wohl oder übel dem Gang der Geschehnisse überlassen.

Im nächsten Kapitel werden wir sehen, daß es sehr nützlich für unsere Maschinen ist, wenn wir sie mit einem spezifischen Bedürfnis ausstatten, sich Kompetenz anzueignen. Ein solches Bedürfnis nach dem Erwerb von Fähigkeiten ist nun aber nichts anderes als der Antrieb, die Korrespondenz von Wert- und Wirkwelt zu vergrößern. Damit hat Ψ das Bestreben, die Fähigkeiten zu erwerben, die nötig sind, um das zu erreichen, was erreicht, beziehungsweise das zu vermeiden, was vermieden werden soll. Durch das Bedürfnis nach Kompetenzerweiterung wird die höhere oder geringere Korrespondenz von Wert- und Wirkwelt in großem Ausmaß verhaltensbestimmend; Ψ versucht, diese zu vergrößern.

Eine andere allgemeine Eigenschaft von Weltbildern ist ihre größere oder geringere *Konfliktträchtigkeit.* Es können Weltbilder existieren, in denen die mit Appetenz- und Aversionsrelationen gekoppelten Ereignisse fein säuberlich voneinander getrennt sind. Es kann aber auch sein, daß die *gleichen* Situationen mit bestimmten Bedürfnissen appetitiv, mit anderen dagegen aversiv verbunden sind. Ist dies der Fall, ergeben sich Konflikte. Die gleiche Situation wird auf der einen Seite angestrebt, auf der anderen sollte sie vermieden werden. (Abbildung 4.1 zeigt solche konfliktträchtigen Situationen in der Mitte oben, links unten und rechts in der Mitte. Es sind die Heller-plus-dunkler-Stern-Kombinationen.) – Die Konfliktträchtigkeit der Welt formt das Verhalten der Maschine. Eine konflikthafte Welt hat einen schillernden Charakter. Auf der einen Seite wird eine Situation angestrebt, weil sie zur Befriedigung eines Bedürfnisses führen kann. Zugleich aber wird versucht, die Situation zu meiden, da sie mit Unannehmlichkeiten verbunden ist. Ψ steht in solchen Welten häufig in einem Konflikt zwischen Appetenz und Aversion. Wenn sich solche Situationen in seinem Weltbild in größerer Anzahl finden, so wird es eher nicht die Tendenz zeigen, sich einem Ziel entschlossen und geradewegs zu nähern, sondern es wird immer wieder innehalten und zaudern.

Ein weiteres Merkmal von Weltbildern ist ihre *Bestimmtheit* beziehungsweise *Unbestimmtheit.* Die Unbestimmtheit eines Weltbildes ist hoch, wenn sich die Geschehnisschemata oder die Verhaltensprogramme in starkem Maße verzweigen, denn dies bedeutet, daß man nicht genau wissen kann, was sich in Zukunft ereignen beziehungsweise was sich als Effekt einer bestimmten Aktion ergeben wird. Wenn sich dagegen die Verhaltensprogramme und die Geschehnisschemata nicht stark verzweigen, so ist die jeweilige Zukunft in höherem Maße bestimmt. Man weiß, welches Ereignis auf ein anderes folgt, und man weiß auch, welche Auswirkungen eine bestimmte Handlung haben wird.

Weltbilder mit hoher oder niedriger Unbestimmtheit können für Ψs Mentalität von großer Bedeutung sein. Wenn beispielsweise die Wirkwelt nicht mit der Wertwelt korrespondiert, die Geschehnisschemata sich aber nicht verzweigen, also sehr bestimmt sind – wenn also «das Schicksal» unerbittlich seinen vorgezeichneten Lauf nimmt –, so kann man sich nur noch ducken, damit einen die «Schicksalsschläge» nicht allzu stark treffen. Und über die positiven Ereignisse muß man sich freuen und sie als Geschenke betrachten, die einem ohne eigenes Zutun, also ohne eigenen Verdienst, in den Schoß fallen. Das Individuum spielt als Auslöser und Lenker von Ereignissen keine große Rolle.

Eine sichere Welt hingegen, in der die Wirkwelt mit der Wertwelt korrespondiert, bietet dem aktiven, handelnden Individuum alle Möglichkeiten, etwas zu tun. Hier verfügt es über sehr effiziente Verhaltensprogramme, auf die es sich verlassen kann. Hier ist es nicht den Geschehnissen ausgeliefert, sondern kann mit hoher Sicherheit selbst bestimmen, was geschieht. In einer solchen Welt kann man versäumen, das zu tun, was getan werden muß; man kann sich «schuldig» machen, weil man für das, was geschieht, verantwortlich ist.

Wenn wir uns einmal vorstellen, daß die Ψs nicht mutterseelenallein in ihrer Welt leben, sondern sich zu Maschinenhorden und -gruppen zusammenrotten, dann wird sich beim Vorherrschen «bestimmter» Weltbilder bei hoher Korrespondenz von Wirk- und Wertwelt eher Individualität entwickeln; dem einzelnen wird die Verantwortlichkeit für sein Tun und dessen Folgen zugeschrieben. In der «Schicksalswelt» dagegen, in der sich die Geschehnisse zermalmend und unentrinnbar über alles legen, wird so etwas wie Individualität nicht so leicht entstehen können.

Eine *unbestimmte* Welt, also eine Welt, in der sich die Geschehnisschemata und die Verhaltensprogramme mehr oder minder stark verzweigen, bietet auf der einen Seite wenig Möglichkeit, die Zukunft vorauszusehen. Es kann immer alles ganz anders kommen. Auf der anderen Seite gibt es aber – im Gegensatz zur «Schicksalswelt» – immer Grund zur Hoffnung. Es braucht nicht so schlimm zu kommen, wie es kommen könnte. «Eine jede Kugel trifft ja nicht!»

Eine Anmerkung, die auf spätere Kapitel verweist: In einer unbestimmten Welt (genauer gesagt: wenn das Welt*bild* viel Unbestimmtheit enthält), in der Wirk- und Wertwelt nicht stark korrespondieren, in der sich also manchmal etwas Erfreuliches ereignet, dann aber wieder etwas Unerfreuliches, gibt es starke Anreize dafür, so etwas wie eine Religion zu entwickeln, also anzunehmen, daß irgendwelche «Mächte» den Gang der Dinge in «unerforschlicher Weise» bestimmen. Hier kann die Idee aufkommen, daß das Beten, also die Anrufung jener höheren Mächte, hilft. – Aber indem wir Ψ mit religiösen Bedürfnissen ausstatten, greifen wir wirklich vor, denn die Maschine kann auf ihrer bislang geschilderten Ausbaustufe noch gar keine Annahmen über «höhere Mächte» entwickeln. Die Hypothesen über den Aufbau der Welt, die in den Geschehnisschemata und Verhaltensprogrammen enthalten sind, werden ja bislang von ihr nicht aktiv gebildet, sondern sind nur der mehr oder minder stark generalisierte Niederschlag ihrer Erfahrungen mit der konkreten Welt. Die Ψs sind auf ihrer jetzigen Ausbaustufe ziemlich realistisch. Ihre Schemata spiegeln die Welt wider und gehen kaum über die tatsächlichen Erfahrungen hinaus. Wir werden sehen, daß sich dies mit der Einführung des Sprachvermögens ändert. Erst mit der Sprache wird Ψ die Fähigkeit gewinnen, das Gegebene zu transzendieren und sich Dinge auszudenken, die in seiner Erfahrung gar nicht vorkommen. Und dann wird es auch Religionen ersinnen können.

Wenn die Welt unbestimmt ist, Wirkwelt und Wertwelt aber in hohem Maße korrespondieren, wird sich statt Religiosität so etwas wie eine «Bemühungsethik» entwickeln: Es geht zwar vieles schief, aber wenn man sich nur immer weiterbemüht, so kann man doch hoffen, daß schließlich alles zu einem guten Ende kommen wird.

«Keine Rose ohne Dornen!» – «Wer wagt, gewinnt!»

Ich will die Betrachtung der verschiedenen Formen von Weltbildern nun noch etwas weitertreiben und einige Spielarten von Wegen durch das Weltlabyrinth betrachten, die von Bedeutung für die Entwicklung besonderer Mentalitäten von Ψ sein könnten. In Abbildung 4.2 auf Seite 254 habe ich eine Reihe solcher Wege dargestellt. Wenn sich entsprechende Schemata in dem Weltbild der Maschine anhäuften, so würden sich die Mentalitäten ergeben, die ich mit den verschiedenen Sprichwörtern oder Merksprüchen charakterisiert habe.

Beginnen wir die Betrachtung mit Weg A. Hier geht es gradlinig zu einem Ziel, aber notwendigerweise über unangenehme Situationen. Man muß sich also die Befriedigung erkaufen. Nichts bekommt man geschenkt. «Per aspera ad astra!» Ψ mit einer Anhäufung von «Per aspera ad astra»-Wegen in seinem Weltbild wird wohl einen Charakter entwickeln, der durch «finstere Entschlossenheit» gekennzeichnet ist. Ψ weiß: «Letztlich komme ich durch», aber es weiß auch: «Davor muß ich einiges in Kauf nehmen.» – Wenn man sich an Schmerzen und unangenehme Umstände, Hitze, Kälte, Ermüdung, gewöhnen kann, wenn es also möglich ist, solche Umstände nicht allzu schwer zu nehmen, dann wird Ψ dies tun und eine Art von «Eisenfressermentalität» ausbilden. Die Maschine mit einer Anhäufung von «Per aspera ad astra»-Wegen im Weltbild wird Härte entwickeln: «Ein Indianer kennt keinen Schmerz.» – Ob sie sehr angenehm im Umgang wäre?

Wie steht es mit Wegen vom Typ B? Hier kann alles gutgehen, und möglicherweise kommt man ohne jegliche Unannehmlichkeiten zum angestrebten Ziel. Aber ein Risiko ist immer dabei. Es kann immer auch danebengehen und schlimm enden. Aber es hilft nichts: Wenn man zum Ziel kommen will, muß man die möglichen Gefahren in Kauf nehmen. Am besten gar nicht daran denken! «Wie kommt man am besten den Berg hinan? Steig nur hinauf, und denk nicht dran!» – Wenn solche Wege im Weltbild die Regel sind, wird sich eine «Wer wagt, gewinnt»-Mentalität ergeben. An

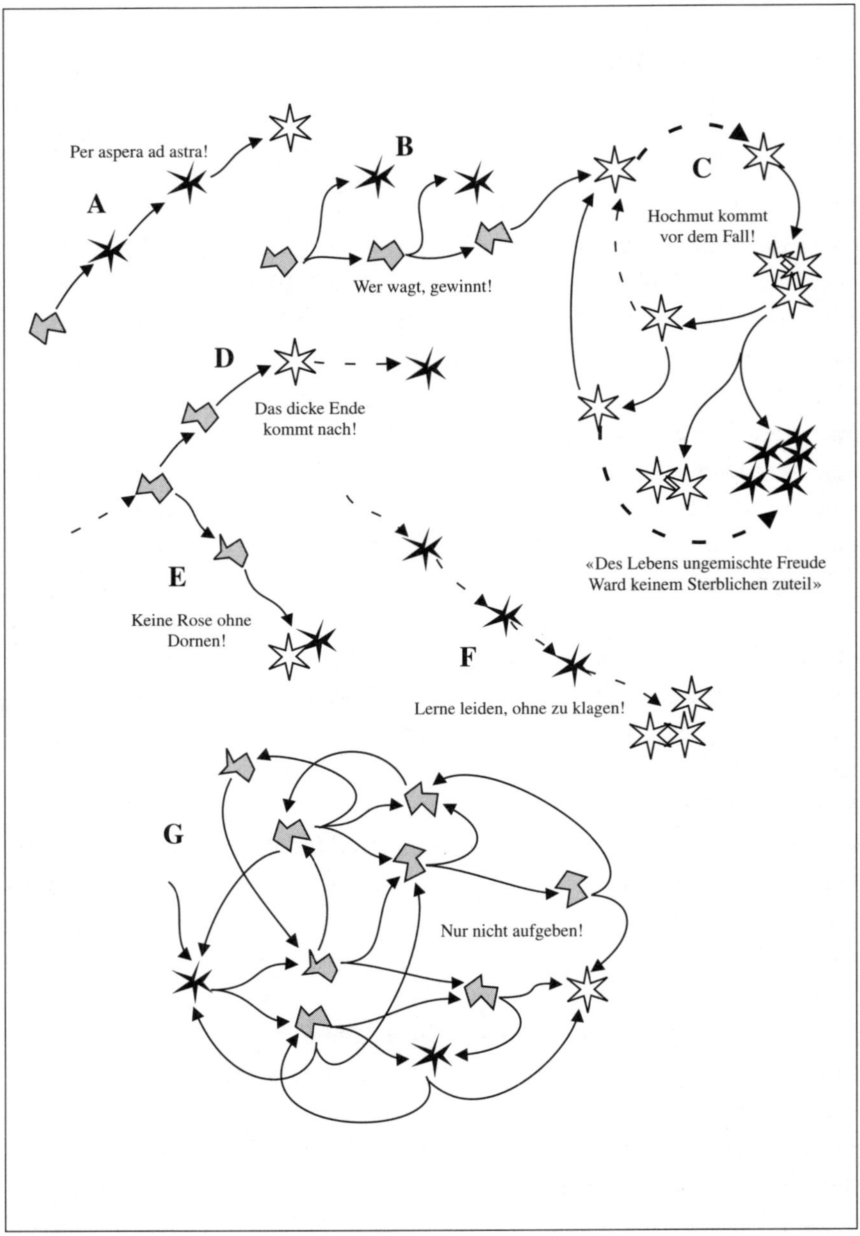

Abbildung 4.2 Verschiedene Wegetypen im Weltbild

die möglichen Mißerfolge sollte man am besten gar nicht denken, sonst würde man den Mut zum Handeln verlieren.

Im Wegenetz C herrscht eitel Glück und Wonne. Was immer man tut, man kommt von einer Befriedigung zur anderen, und manchmal braucht man gar nichts zu tun; die Geschehnisse bringen einen weiter. Herrschen solche Wegenetze im Weltbild vor, würde Ψ viel Selbstvertrauen entwickeln (wenn es dazu in der Lage wäre, aber diese Fähigkeit wird es im fünften Kapitel bekommen). Denn alles, was Ψ macht, gelingt und führt zu positiven Ergebnissen. Das Selbstvertrauen könnte zum Hochmut entarten; unangemessener Wagemut könnte sich ergeben, der dann doch schließlich ins Verderben führt, da man die Risiken unter- beziehungsweise die eigenen Fähigkeiten überschätzt: «Hochmut kommt vor dem Fall!» (Dieses Motto könnte Ψ allerdings *nicht* durch Selbstbetrachtung erwerben, da es ja den «Fall» nicht erlebt, wenn es durch die Aneinanderreihung der positiven Ereignisse hochmütig wird.)

Auf dem Weg D gelangt man zwar mit Sicherheit zu seinem Ziel. Hat man es aber erst einmal erreicht, geht es gleichfalls mit Sicherheit und ohne eigenes Zutun weiter zu einer unangenehmen Situation. Auch hier muß man bezahlen, allerdings nicht vorher wie bei dem «Per aspera ad astra»-Weg, sondern nachher. – Die Häufung solcher Wege im Weltbild der Maschine wird zu einer «Das dicke Ende kommt nach»-Mentalität führen. Nichts ist unbedenklich: wenn es einem gutgeht, sollte man nicht glauben, daß es so bleibt. Eine eher pessimistische Einstellung zur Welt wird sich ergeben, vielleicht auch – verbunden damit – eine gewisse Scheu, überhaupt etwas zu tun. «Letzten Endes lohnt es sich doch nicht.»

Bei dem Weg E kommt man mit Sicherheit zu seinem Ziel, dies aber ist mit unangenehmen Begleiterscheinungen verbunden: «Keine Rose ohne Dornen!» Wenn sich Wege vom Typ E im Weltbild häufen, so wird sich eine Haltung ergeben, die der D-Mentalität recht ähnlich ist: Das reine Glück gibt es nicht! Während sich aber bei D die Bedenken auf die Zukunft richten, auf das, was nachher kommt, betrifft die Skepsis bei E schon das jeweils angestrebte Ziel. Irgendein Haken ist immer dabei! Es wird uns nicht überraschen, daß eine Maschine mit einer Anhäufung von «Keine Rose ohne Dornen»-Wegen in ihrem Gedächtnis aufgrund der dauernden Konflikte, in die sie gerät, einen immer etwas angestrengten und leidenden, vielleicht auch zögerlichen und wenig frohen Eindruck machen wird. Mit einem E-Weltbild würde die Maschine häufig Appetenz-Aversions-Konflikte erfahren: «Wenn ich etwas tue, dann ergeben sich meist auch unangenehme Konsequenzen» – das wäre ihr ständig bewußt (wenn Ψ ein Bewußtsein hätte).

Bei uns Menschen sind Konflikte zwischen Appetenz und Aversion besonders beharrlich. Das hat etwas mit ihrer Struktur zu tun. Wir haben ein Bedürfnis und bemühen uns, etwas zu tun, das seine Befriedigung verspricht. Je näher wir aber diesem Ziel kommen, desto häufiger werden die Hinweise auf die negativen Begleiterscheinungen oder Konsequenzen unseres Bestrebens. Das stößt ab; die Tendenz zur Vermeidung wird mit wachsender Zielnähe zunehmen. «Hach, jetzt ein erfrischendes Bad! Also auf zum See! – Pfui Teufel, und jetzt soll ich wirklich das kalte Wasser an den warmen Bauch lassen? Wie unangenehm!» Ziehen wir uns dann von dem zunächst angestrebten Ziel zurück, so wird nach einiger Zeit die Appetenz die Aversion wieder übertreffen, da die Hinweise auf die negativen Begleitumstände mit der Vergrößerung der Entfernung schwinden. Appetenz-Aversions-Konflikte sind ziemlich stabil, selbst in einem so harmlosen Fall wie dem Sprung in den kühlen See, noch mehr aber, wenn es um wirklich existentielle Konflikte geht. «Soll ich nun heiraten oder nicht? Wäre ja einerseits ganz schön, aber andererseits: Was wird aus meiner Freiheit?» – Die Tatsache, daß wir bei Konflikten zwischen Appetenz und Aversion oftmals nicht mehr ein noch aus wissen, bringt uns zuweilen zum Nachdenken und Grübeln. Wir suchen nach Auswegen aus solchen Situationen: *Muß* es denn so sein, daß die Rose nur *mit* den Dornen zu haben ist? Gibt es keine anderen Möglichkeiten? Und mitunter mag es sich ergeben, daß sich durchaus andere Möglichkeiten eröffnen. Appetenz-Aversions-Konflikte sind Anreize, die Welt – oder auch uns selbst – zu verändern.

Unsere Maschinen können noch nicht denken. Wenn sie es aber könnten, so würden Ψs, die in «Das dicke Ende kommt nach»- oder «Keine Rose ohne Dornen»-Welten leben, häufiger ins Grübeln geraten als Maschinen, die das Glück haben, in anderen Welten zu leben. D- und E-Welten wären für denkende Maschinen also eher Antrieb, die Welt so umzugestalten, daß D- oder E-Wege nicht mehr vorkommen.

Bei F-Wegen («Lerne leiden, ohne zu klagen!») kann man gar nichts tun. Man muß sich von Leid zu Leid tragen lassen, aber schließlich erwartet einen die höchste Glückseligkeit. Deshalb sollte man nicht klagen, und man sollte seine Leiden geduldig tragen. – Wenn man darauf Wert legt, Maschinen zu haben, die sich in ihr schweres Schicksal fügen, so sollte man versuchen, ihnen ein F-Weltbild zu implantieren.

Das Labyrinth G bietet viele Möglichkeiten des Scheiterns, aber kein Scheitern ist endgültig. Man kann immer wieder neu anfangen und schließlich doch noch zum Ziel kommen. Nur zäh muß man sein. In einer solchen Welt könnte sich eine aktionistische Mentalität entwickeln. «Bloß nicht aufgeben! Weitermachen, am Ball bleiben! Nie den Kopf hängenlassen; irgendwie geht es immer weiter! Aber: Es kommt darauf an, daß *du* etwas tust! Von nichts kommt nichts!»

Ich habe bei der Diskussion der Bedeutung bestimmter Weltbilder für die Mentalität unserer Maschinen etwas vorgegriffen. Was wir unter einer «denkenden», «grübelnden», «fröhlichen» oder «traurigen» Maschine verstehen sollen, wissen wir noch gar nicht. Bislang haben wir noch keinen Anlaß, anzunehmen, daß sich unsere Maschinen irgendwie «fühlen». Wenn wir aber verschiedene Formen von Gedächtnisstrukturen diskutieren, müssen wir natürlich auch über ihre Einbettung in das gesamte Seelenleben sprechen und uns vor Augen halten, daß mit dem Erwerb von sensorischen und Geschehnisschemata und dem Erlernen von Verhaltensprogrammen mehr geschieht als deren Verankerung im Gedächtnis. Die spezifische Form der Schemata kann in einem hohen Ausmaß die Mentalität bestimmen, die Art und Weise, wie man der Welt gegenübertritt.

Menschen strukturieren neue Erfahrungsbereiche gewöhnlich nach dem Modell der Realitäten, die sie kennen. Sollte das für unsere Maschinen auch zutreffen, so wären die geschilderten Mentalitäten nicht nur lokale Abbilder der jeweils wahrgenommenen Realität, sondern Modelle, nach denen die gesamte Welt konturiert wird.

In den nachfolgenden Abschnitten werden wir nun noch weiter differenzieren, wie Ψ aufgrund der Gedächtnisschemata seine Welt sieht und sich in ihr verhält.

«Wer hat das gemacht?»

... denn wir sind davon überzeugt, dann einen jeden Gegenstand zu erkennen, wenn wir seine ersten Ursachen zu Kenntnis gebracht haben und seine ersten Anfänge und [seinen Bestand] bis hin zu den Grundbausteinen ...

Aristoteles
Physik, 184a

Wir können nun innerhalb der Wert- und Wirkwelt im Gedächtnis von Ψ noch eine große Menge spezifischer Beziehungen ausmachen, die für sein Verhalten von Bedeutung sind. In diesem Abschnitt gehe ich auf die Beziehungen ein, die *innerhalb* von Schemata, besonders innerhalb von Geschehnisschemata und Verhaltensprogrammen, also zwischen ihren Bestandteilen, existieren. Friedhart Klix (zum Beispiel 1984, Seite 16ff.) nennt sie «innerbegriffliche Relationen».

Die Elemente eines Schemas sind Teile eines Ganzen; der Schwanz und die Schnauze und die Ohren sind Teile eines Hundes. In einem Schema verweisen die Abwärtszeiger der Interneuronen auf die Teile, aus denen das Ganze besteht. Unser Hund besteht aus Dreiecken, Quadraten und Strichen. Das Netz der Interneuronen eines Schemas enthält mit seinen zeitlichen und räumlichen Indizes Aussagen über die *Struktur* eines Gebildes, also über die Art und Weise, wie sich die Teile eines Ganzen in Raum und Zeit anordnen. Die Struktur eines Schemas enthält Beziehungen, die wir in der Umgangssprache mit Wörtern wie «neben», «über», «auf», «unter» oder «vorher», «nachher», «zugleich», also mit Präpositionen oder Adverbien, bezeichnen.

Neben diesen einfachen räumlichen oder zeitlichen Relationen finden wir aber auch kompliziertere Beziehungen. Betrachten wir zum Beispiel einmal das Geschehen, das in Abbildung 4.3 dargestellt ist. Wir sehen eine Folge von *mehreren* Vorgängen. Der erste ist die Bein- und Armbewegung des Männchens. Der zweite ist die Bewegung des Balls. Er folgt auf den ersten, und dies, zusammen mit der räumlichen Kontiguität der beiden Prozesse, führt uns gemeinhin zu der Annahme, der erste Prozeß sei die *Ursa-*

che des zweiten. Wenn in einem Geschehen zwei räumlich nahe Vorgänge *immer* aufeinanderfolgen, so nennen wir ihre Beziehung *kausal*; der erste Vorgang *verursacht* den zweiten. – Aber ist es wirklich das Wesen einer kausalen Beziehung, daß zwei Prozesse aufeinanderfolgen? Muß nicht noch mehr hinzukommen? Müssen wir nicht die Übertragung einer Wirkung auf basalere Prozesse zurückführen können, etwa – in unserem Fall – auf Hebelgesetze oder die Gesetze des elastischen Stoßes? – Das können wir natürlich tun, nur – wir landen dabei letzten Endes auch wieder nur beim zeitlichen Nacheinander. Daß man einen langen Hebelarm über eine weite Strecke bewegen muß, um einen kurzen Hebelarm einen kleinen Weg zurücklegen zu lassen, folgt eben zeitlich so aufeinander; etwas anderes als zeitlich-räumliche Kontiguität ist in der Kausalbeziehung nicht zu finden. Charakteristisch aber für die Kausalität ist, daß auf die «Ursache» A *immer* die Konsequenz B folgt und nicht nur manchmal.

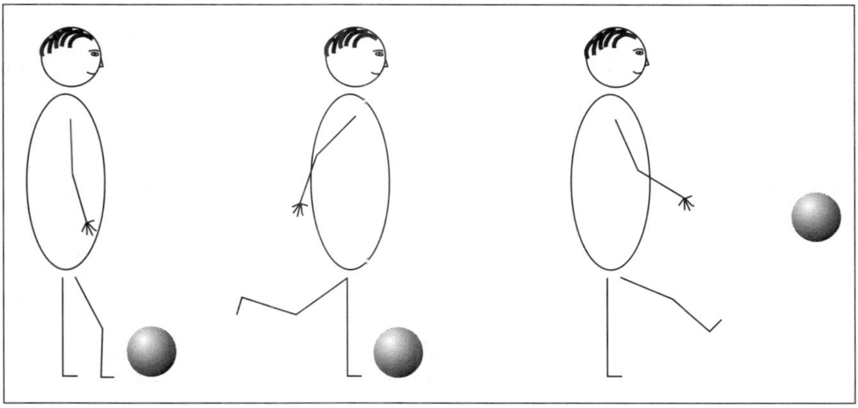

Abbildung 4.3 Ein komplexes Geschehen: Akteur und Objekt

Kant (zum Beispiel 1965, Seite 71 ff.) meinte, «regulative Ideen» schrieben uns vor, wie wir die Dinge sehen; und daß wir in einem räumlich-zeitlichen Zusammenhang einen kausalen erkennen, also den einen Vorgang für die Ursache des anderen halten, ist eine solche «regulative Idee». – Ich knipse das Licht in meinem Arbeitszimmer aus, und im gleichen Augenblick fällt ein kurz vorher achtlos auf den Schreibtisch gelegter Aktenordner auf den Boden. Mein erster Gedanke: Wie habe ich *das* nur gemacht??? Das Ausschalten des Lichts hat *bewirkt*, daß der Aktenordner vom Schreibtisch fällt! Im nächsten Moment lächle ich über mich: Natürlich war es eine zufällige Koinzidenz! Die Tendenz, die zu solchen Denkfehlern führt, ist aber durchaus zweckmäßig. Warum sollte man nicht zunächst einmal eine zeitlich-räumliche Abfolge als Kausalrelation interpretieren? Man kann ja später immer noch erproben, ob es sich wirklich um eine solche handelt. – Daß uns das «regulative Prinzip», zeitlich-räumliches Mit- und Nacheinander als kausal zu interpretieren, einprogrammiert ist, erscheint vom Standpunkt eines Maschinenkonstrukteurs aus vernünftig, denn wenn die Welt tatsächlich so eingerichtet ist, daß auf einen Vorgang A immer der Vorgang B folgt, dann bedeutet die Möglichkeit, den Vorgang A auslösen zu können, die Macht über den Vorgang B. Ein System erwirbt auf diese Weise zunächst einmal Hypothesen über mögliche Ansatzpunkte für die Beeinflussung der Welt – und wenn sie sich auf diese Weise nicht beeinflussen läßt, wenn also ein zeitliches Nacheinander, das als Kausalbeziehung interpretiert worden ist, doch keine Kausalbeziehung ist, wird sich das schon früh genug herausstellen.

Wird der Vorgang, der einen anderen anstößt, von etwas initiiert, das sich *selbst* in Bewegung setzen kann (wozu ja zum Beispiel ein Mensch oder auch eine Dampfmaschine in der Lage ist), dann können wir diesen Initiator auch «Akteur» nennen. Sein Verhalten ist die *Ursache* dafür, daß der Ball sich in bestimmter Weise verhält. Der Akteur *agiert*, der Ball *reagiert*. Ein Akteur ist anscheinend autonom, ein Ball dagegen nicht, denn er bewegt sich nur, wenn etwas auf ihn einwirkt, das heißt, wenn vorher eine andere Bewegung in einer bestimmten räumlichen Kontingenz mit der darauffolgenden stattgefunden hat. Deshalb ist ein Ball ein Objekt. Zwischen dem Männchen in der Abbildung 4.3 und dem Ball besteht also eine Akteur-Objekt- oder auch eine Aktiv-passiv-Relation; der Ball ist Objekt der Handlungen des Akteurs, er «erleidet» dessen Aktionen. – Wer die Akteur-Objekt-Relation kennt, verfügt über die Voraussetzung, um auf die Frage «Wer hat das gemacht?» eine Antwort zu geben.

Spielte sich nun das gesamte Geschehen noch ein wenig komplexer ab, nämlich so, daß es nicht aus zwei, sondern aus drei Vorgängen bestünde, indem beispielsweise der Akteur zunächst einen Baseballschläger aufnimmt und mit diesem dem Ball einen Schlag versetzt, so entstehen zwei weitere Relationen, nämlich die Akteur-Instrument- und die Instrument-Objekt-Relation. Der Akteur wirkt auf das Instrument ein, und das Instrument wiederum beeinflußt das Verhalten des Objekts.

Es ist wichtig oder zumindest vorteilhaft, den Dingen, die an einem komplexen Geschehen beteiligt sind, die Rollen der Akteure, Instrumente und Objekte zuzuweisen. Ich habe soeben beschrieben, auf welche Weise ganz formal, ohne daß sonst etwas von den Dingen bekannt ist, in Geschehnisschemata Akteure, Instrumente und Objekte identifiziert werden können. Eine wesentliche Rolle für diese Unterscheidung spielt die Aufteilung des gesamten Geschehens in verschiedene Bewegungen und deren zeitliche Abfolgen. Wichtig ist auch die räumliche Nähe der Bewegungen zueinander; das Männchen der Abbildung 4.3 stößt den Ball mit dem Bein, nicht aber mit dem Arm, obwohl sich dieser auch bewegt. Zugleich bewirkt die Beinbewegung nicht die Bewegung des Kopfes, obwohl diese *nach* ihr stattfindet. Bein und Ball hängen nicht nur zeitlich, sondern auch räumlich zusammen, Arm und Ball und Bein und Kopf aber nicht.

Warum ist die Aufteilung eines Geschehens in Ursachen und Folgen, Akteure, Objekte und Instrumente wichtig und vorteilhaft?

Eine solche Gliederung in einzelne Bestandteile und Teilprozesse, die kausal miteinander zusammenhängen, ermöglicht den Aufbau neuer Verhaltensprogramme. Wenn wir zum Beispiel nicht wollen, daß es zu einer bestimmten Ereigniskette kommt, so ist es am sinnvollsten, auf den Akteur einzuwirken, da er die Ursache des gesamten Geschehens darstellt. So können wir ihm etwa sein Instrument entwenden. Die Aufgliederung eines Geschehens bringt also erhebliche Vorteile für das Planen und die Durchführung von Handlungen. Wir wissen dann, wo wir ansetzen müssen, um etwas zu fördern oder zu verhindern.

Betrachten wir nun die innere Struktur von Verhaltensprogrammen. Sie sind Schemata, die gleichfalls Geschehnisse betreffen, aber solche, die Ψ selbst auslösen kann. Im Abschnitt «Aktionsschemata und Verhaltensprogramme» (Seite 95ff.) habe ich beschrieben, wie Ψ die Verhaltensprogramme verwendet. Es soll sie nutzen, um ein bestimmtes Ziel zu erreichen, und ein Ziel soll erreicht werden, damit ein Bedürfnis befriedigt werden kann oder die Entstehung eines Bedürfnisses vermieden wird. Dazu *dient* das Verhalten. Das Verhaltensprogramm ist also ein *Mittel*, zum Ziel zu kommen.

Mittel-Zweck- oder Instrumentalrelationen (nicht zu verwechseln mit «Instrumentrelationen»; ein Instrument ist der oben erwähnte Baseballschläger) sind dadurch im Gedächtnis verankert, daß im Output eines Verhaltensprogrammes, also in den Situations- oder Objektschemata, die am Ende seines Ablaufs stehen, *Ziele* definiert sind. Verhaltensprogramme sind instrumental für einen bestimmten Zweck, wenn sie von einem Ausgangspunkt A zu einem Ziel B führen. Instrumentalrelationen werden von Ψ zur Verhaltensauswahl verwendet. Wir werden im sechsten Kapitel sehen, daß sich Ψ bei der Suche nach Automatismen und Planungsmaterial des Kriteriums der Instrumentalität bedient. Welches Verhaltensprogramm führt zum Ziel oder doch zumindest näher an das Ziel heran?

Eng verwandt mit der Instrumentalrelation ist die *finale* Relation. Die Frage «Warum machst du das (und nicht etwas anderes)?» gilt der Instrumentalität, die Frage «Was soll dabei herauskommen?» dagegen dem Ziel des Verhaltens, also der Finalität.

Das Wissen um die Finalität eines Verhaltens ermöglicht Verhaltenskontrolle. Wenn wir wissen, wohin ein bestimmtes Verhalten führen soll, können wir es abbrechen oder entsprechend modifizieren, falls es sich zeigen sollte, daß das angestrebte Ziel – wider Erwarten – doch nicht erreichbar ist. Das Wissen um die Finalität ist somit eine Voraussetzung für Flexibilität des Verhaltens.

Wir finden also in Ψs Gedächtnisschemata räumliche, zeitliche und kausale Beziehungen. Wir finden Akteure, Instrumente, Objekte, und wir finden instrumentale und finale Relationen. Diese Relationen muß Ψ in verschiedener Weise zur Regulation seines Verhaltens verwenden.

Das Wissen um die Art und Weise, wie die Teile eines Ganzen zusammengesetzt sind, ist darüber hinaus die Voraussetzung dafür, daß wir uns Gedanken darüber machen können, wie es sich vielleicht *anders* zusammensetzen ließe. – Der Fortschritt der Wissenschaften beruht zu einem wesentlichen Teil darauf, daß man immer genauer zu erkennen versucht, aus welchen Bestandteilen die Dinge aufgebaut sind. Die Stoffe bestehen aus Molekülen und diese aus Atomen, und sie wandeln sich, indem sich Moleküle zerlegen und neu zusammensetzen. – Hat man das einmal erkannt, kann man solche Prozesse auch selbst auslösen; vielleicht auch solche erzeugen, die in der Natur gar nicht vorkommen.

«... hat dann die Teile in der Hand, fehlt leider nur das geist'ge Band!» verspottet Mephisto die analytischen Tätigkeiten der Naturwissenschaft. Der Spott ist unangebracht. Denn das Fehlen des «geist'gen Bandes» ist eine Herausforderung, es neu zu knüpfen. Die Rekombination von «eigentlich» nicht zusammengehörenden Teilen zu neuartigen Objekten ist ein Charakteristikum kreativer Prozesse. Ein beliebtes Kinderspiel besteht darin, daß einer beginnt und den Kopf irgendeines Tieres zeichnet. Der nächste muß dann – ohne den Kopf zu sehen, da das Papier umgeknickt wird – an den Anschlußstücken den Hals anfügen, der nächste den Körper und der letzte die Beine. Und das Gesamtprodukt löst Überraschung und Freude aus und bringt zum Nachdenken darüber, ob und unter welchen Umständen ein solches Tier vielleicht doch möglich wäre und was seine Vorteile oder Nachteile wären im Überlebenskampf oder warum es gar nicht existieren könnte.

Eine der Techniken, die man benutzt, um die Kreativität von Entwicklern und Ingenieuren zu fördern, ist der «morphologische Kasten» (Zwicky 1966). Hier geht es zunächst darum, zu überlegen, aus welchen Teilen eine Sache besteht, und dafür Oberbegriffe zu finden. – Eine Uhr besteht aus dem Zifferblatt (also aus einem Vorrat *möglicher* Anzeigen) und den Zeigern (der aktuellen *Anzeige*). Außerdem findet man eine Feder (also einen *Energiespeicher*), die sich in geregelter Weise entspannt, nämlich so, daß genau pro Zeiteinheit eine Energieabgabe einer bestimmten Größe erfolgt, die zum Wechsel der Anzeige verwendet wird.

Erscheint es Ihnen umständlich, eine Uhr auf diese Weise zu beschreiben? Ja, mir auch! Aber diese Zerlegung in abstrakte Teile ist eine prächtige Voraussetzung dafür, ganz neue Ideen für Uhren zu entwickeln. Energiespeicher? Na: zum Beispiel der Kasten einer Klospülung. Da ist Wasser drin, welches herauslaufen kann, wenn man es läßt. – Wie regelt man das, und zwar zeitgenau? Ein an einem Pendel aufgehängter Schieber, der durch das fallende Wasser ausgelenkt wird und dann wieder durch die Schwerkraft in die Wasserbahn gezogen wird und den Wasserstrom einen Augenblick unterbricht, könnte diese Arbeit tun. Und die Anzeige? Am einfachsten wäre es, da wir sowieso schon beim Wasser sind, einen säulenförmigen Glasbehälter langsam zu füllen. (Den müßte man dann natürlich auch mitunter wieder leeren, zum Beispiel alle zwölf Stunden, aber darüber wollen wir uns jetzt keine Gedanken machen.)

Die Fähigkeit, ein Ganzes als aus Teilen zusammengesetzt zu betrachten, ist eine wichtige Voraussetzung dafür, neue Gerätschaften erfinden zu können, die anderen, schon bekannten, äquivalent sind, aber in dieser oder jener Hinsicht doch besser. Diese Fähigkeit ist also eine Voraussetzung zur Produktentwicklung. (Sie ist nicht die einzige Voraussetzung dafür; eine andere ist die Fähigkeit, die Teile nicht als solche, sondern *abstrakt* zu charakterisieren; eine Feder eben als *Energiespeicher* und nicht nur als spiraligen Stahlspan.)

Die Teil-Ganzes-Relationen werden durch die Beziehungen der Subschemata eines Schemas zu den Interknoten konstituiert. Dadurch sind sie im Gedächtnis von Ψ vorhanden. Das Vorhandensein von Teil-Ganzes-Beziehungen im Gedächtnis ist eine notwendige Bedingung für Kreativität. Es ist aber nicht hinreichend. Man muß diese Beziehungen nicht nur haben, sondern mit ihnen auch manipulieren können. Zum Beispiel, indem man Schemata gemäß bestimmten Relationen neu zusammensetzt. Oder indem man Beziehungen in bestehenden Schemata ändert. All das kann Ψ noch nicht. Wir werden im siebten Kapitel sehen, daß die Sprache ein wunderschönes Instrument für die Manipulation von Relationen ist.

Wir wollen im nachfolgenden Abschnitt noch eine andere Gruppe von Beziehungen betrachten, nämlich diejenigen, die es gestatten, die Dinge dieser Welt nach Maßgabe ihrer Gleichwertigkeit für bestimmte Zwecke zu ordnen.

Ein Mops ist ein Hund ist ein Raubtier ist ein Tier ist ein Lebewesen

Die Welt wird noch in anderer Weise, als im letzten Abschnitt beschrieben, durch die Schemata geordnet, die sich mit der Zeit in Ψs Gedächtnis anhäufen. Schemata können *Abstraktheit* aufweisen, nämlich Strukturabstraktheit und Elementabstraktheit. Ein Schema kann einem weniger abstrakten Schema als *Oberbegriff* übergeordnet sein; ein weniger abstraktes Schema kann dementsprechend ein *Unterbegriff* für ein abstrakteres Schema sein. Eine Oberbegriff-Unterbegriff-Beziehung besteht also darin, daß alle Objekte, Geschehnisse, Ereignisse oder Verhaltensweisen, die mit dem weniger abstrakten Schema übereinstimmen, auch mit dem abstrakten Schema verträglich sind. Mit *Verträglichkeit* meine ich hier, daß die entsprechenden Objekte, Ereignisse oder Verhaltensweisen in beide Schemata passen. «Alle Dackel sind Hunde» heißt, daß alle Objekte, die als «Dackel» kategorisiert werden, auch als «Hunde» kategorisiert werden können. Verträglichkeit ist also nicht Gleichheit; der Begriff «Dackel» ist nicht gleich dem Begriff «Hund», wohl aber mit ihm verträglich. Verträglichkeit kann asymmetrisch sein; wohl ist «Dackel» mit «Hund» verträglich, nicht aber «Hund» mit «Dackel».

Abbildung 4.4 auf Seite 266 zeigt die Oberbegriff-Unterbegriff-Relation zwischen zwei Schemata. Schema 1 stellt den Begriff eines konkreten, Schema 2 den Begriff eines etwas abstrakteren Hundes dar (allzu abstrakt habe ich ihn der Übersichtlichkeit halber nicht gemacht). Alles, was in das Schema 1 paßt, paßt auch in das Schema 2, aber nicht umgekehrt.

Im Netzwerk von Ψs Schemata ist Abstraktheit bislang nur so vorhanden wie in Abbildung 4.4 dargestellt. Abstrakte Schemata besitzen eine größere Mannigfaltigkeit an Verweisen auf Subschemata (Elementabstraktheit) beziehungsweise an Verzweigungen der Interneuronenreihen (Strukturabstraktheit). (In der Abbildung habe ich auf die Darstellung von Strukturabstraktheit verzichtet.) Die im Vergleich zum Schema 1 größere Abstraktheit des Schemas 2 ist eine größere Unschärfe oder – wenn man will – Verschwommenheit des Schemas 2 im Vergleich zum Schema 1. Das

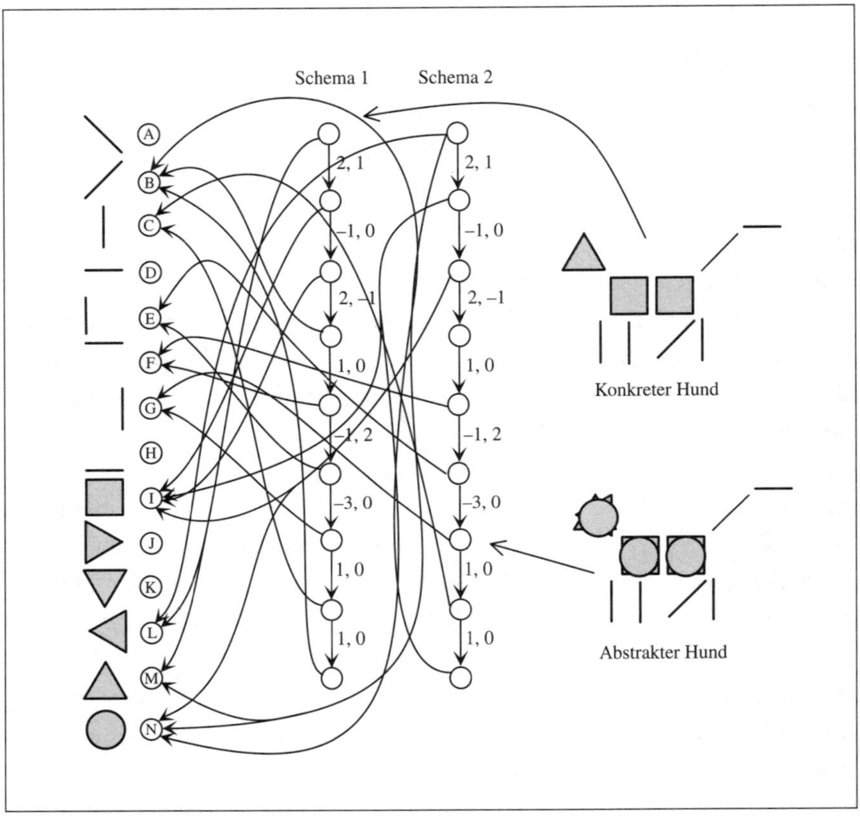

Abbildung 4.4 Konkretes und abstraktes Schema

Schema 2 legt weniger genau fest, von welcher Beschaffenheit ein Objekt sein muß, damit es als «Hund» klassifiziert werden kann.

Im Abschnitt «Die innere Bühne» (Seite 199 ff.) haben wir gesehen, wie die Schemata zur Erzeugung von Vorstellungen gebraucht werden können, indem sie auf eine «Mattscheibe» projiziert werden. Je abstrakter ein Schema ist, desto unschärfer wird die Projektion auf die Mattscheibe, desto unschärfer also die Vorstellung. Das entspricht recht genau dem, was wir als «Hohlheit», «Leere», «Vagheit» beim Erleben von Begriffen bezeichnen. In dieser Hohlheit liegt die Beliebigkeit der Merkmale, die Abgezogenheit von der Wichtigkeit der Merkmale – eben ihre Abstraktheit.

Abstraktheit kann aber im Gedächtnis der Maschine auch noch anders vorhanden sein, nämlich so, daß ein *Symbolschema* auf *verschiedene* Schemata zeigt. Wenn zum Beispiel im Gedächtnis ein Schema vorhanden ist, mit dem sich das Wort «Wauwau» (siehe Abbildung 3.31, Seite 233) identifizieren läßt, und wenn dieses Schema mit den sensorischen Schemata für Dackel, Berner Sennenhund und Neufundländer verbunden ist, so ist «Wauwau» abstrakt. Denn das Schema verweist auf verschiedene «Begriffe vom Hunde» und enthält damit die Information darüber, daß es für die Hundhaftigkeit (eigentlich: «Wauwau-Haftigkeit») gleichgültig ist, ob ein Tier ein schwarzes oder ein schwarz-weiß-braunes Fell hat. Da diese Form der Abstraktheit bei Menschen eine große Rolle spielt, weise ich schon an dieser Stelle auf sie hin, obwohl wir uns mit Worten und Sprache bislang noch nicht befaßt haben. – So können wir wohl kaum all die verschiedenen Hundesilhouetten der Abbildung 3.5 (Seite 144) durch Überlagerung in einem einzigen Schema unterbringen, ohne daß das Hundespezifische völlig verlorenginge. Würden wir es versuchen, so ergäbe sich ein Schema, in das außer allen Hunden auch alle Topfpflanzen, Straßenbahnen, Schafe, Pferde, Ziegen, Tische, Stühle und Hocker passen würden. Wenn wir es Ψ ermöglichen wollen, die große Vielzahl der Hunde wirklich zu unterscheiden, ohne Hunde mit Schafen, Pferden usw. zu verwechseln, dann müssen wir als Begriff für «Hund» *mehrere* (element- und struktur-) abstrakte Schemata zulassen, die wir dann in einer Wortmarke bündeln. – Es mag dann zwar einen «typischen» Hund geben, dessen Schema besonders stark mit der entsprechenden Wortmarke verbunden ist, aber der Begriff «Hund» zeichnet sich durch eine hohe Vielgestaltigkeit aus. Abbildung 4.5 auf Seite 268 zeigt die verschiedenen Formen der Abstraktheit schematisch.

Die Subverweise der Schemata stellen die Elementabstraktheit dar, die Verzweigungen in den Interneuronenreihen die Struktur- und die Verweise des Symbolschemas auf die verschiedenen Hundeschemata die Symbolabstraktheit. – Im menschlichen Gedächtnis spielt diese Symbol-Verweis-Abstraktheit eine große Rolle. Wir haben wohl nicht nur *ein* Schema für Stuhl, sondern verschiedenartige, nämlich jeweils eines für «Bauhausstuhl», «Barockstuhl», «Rokokostühlchen», «dänischen Teak-Eßzimmerstuhl» usw.

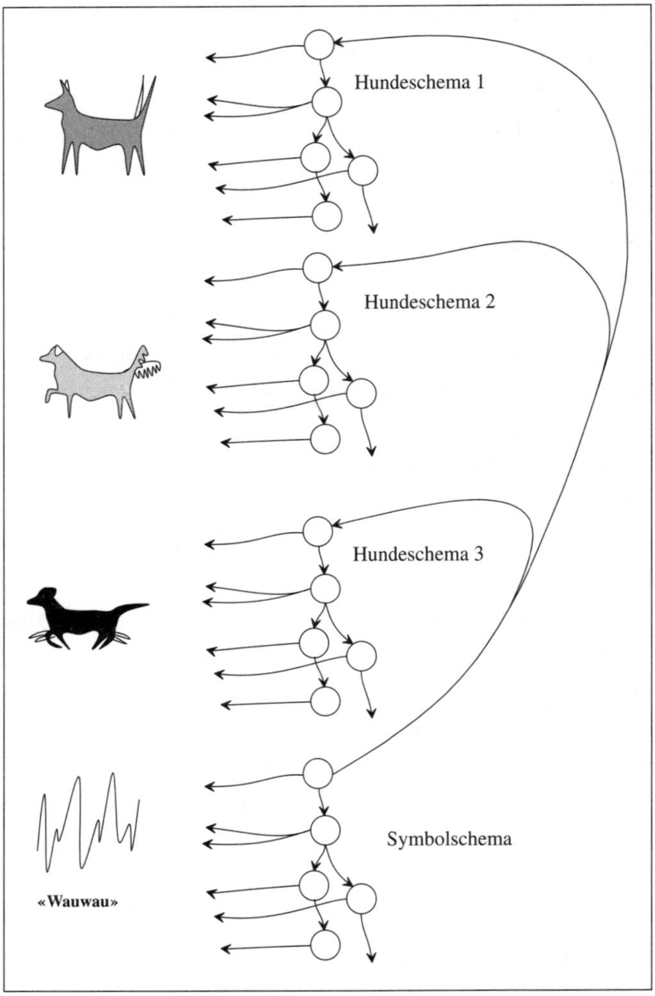

Abbildung 4.5
Die verschiedenen Formen der Abstraktheit

Abstraktheitshierarchien ordnen die Welt in verschiedener Weise: Es gibt zum einen die *Unterbegriff-Oberbegriff-Beziehungen*; alle Dackel sind Hunde, alle Hunde sind Raubtiere, alle Raubtiere sind Tiere. Zum anderen gibt es *begriffliche Nebenordnungen*, Koadjunktionen, die einen bestimmten Bereich von Objekten, Ereignissen, Geschehnissen in verschiedene Segmente aufspalten. Solche Koadjunktionen sind Schemata, die unter einen gemeinsamen Oberbegriff fallen, aber nicht miteinander verträglich sind. Die Begriffe für Dackel, Schäferhund, Pudel, Mops, Bernhardiner, Pekinese usw. gliedern die Gesamtmenge der Hunde in verschiedene Teilmengen auf. Die begrifflichen Nebenordnungen sind wichtig, weil sie mögliche Ersetzungen eines Objekts durch ein anderes anzeigen. Ein Pekinese kann (vielleicht!) einen Mops als Schmusetier vertreten.

So, wie die Welt durch die Teil-Ganzes-, Akteur-, Objekt-, Finalitäts- und andere Relationen eine zeitlich-räumlich-kausale Struktur erhält, bekommt sie durch die Abstrakt-konkret-Hierarchien eine *Äquivalenzklassen-Ordnung*. Was soll das heißen? Aufgrund der Schemata wird die Menge der Dinge in verschiedene Klassen zerlegt; die einen Dinge passen in dieses Schema, die anderen in jenes. Es gibt nicht mehr einfach nur Dinge, sondern Hunde, Federhalter, Stühle usw. Die Dinge, die in eine Klasse fallen, sind einander in bestimmter Weise äquivalent, denn sonst würden sie ja bei der Begriffsbildung nicht zum Aufbau eines Schemas verwendet werden.

Dackel sind eben immer zur Dachs- oder Fuchsjagd brauchbar, darin sind sie äquivalent. Auf alle Stühle kann man sich setzen; hinsichtlich dieser Gebrauchseigenschaft sind die verschiedenen Stühle einander äquivalent. *Innerhalb* der Klasse der mit einem Schema kompatiblen Dinge sind diese einander in bestimmter Weise äquivalent; man kann Hunde, also zum Beispiel Dackel oder Schäferhunde, zum Jagen oder zur Behütung eines Hauses verwenden; *zwischen* den Kategorien gibt es Brüche, selbst wenn die verschiedenen Schemata zu einem gemeinsamen Oberschema gehören. Dackel und Schäferhunde sind eben doch auch in bestimmter Weise *nicht* äquivalent. Die Abstrakt-konkret-Hierarchien im Gedächtnis der Maschine gestatten es also, Äquivalenzen von Dingen hinsichtlich bestimmter Merkmale festzustellen.

Das aber ist zum Beispiel eine wichtige Bedingung für Flexibilität im Umgang mit der Welt. Wir hatten schon gesehen, daß die Bildung abstrakter Schemata, wie ich sie im Abschnitt «Die Entstehung von Abstraktheit und akkommodierende Schemata» (Seite 222ff.) beschrieben habe, dazu befähigt, noch nie gesehene Dinge als mit bestimmten anderen äquivalent zu behandeln. Darüber hinaus erlauben es Abstraktheits*hierarchien,* Äquivalenzen zwischen Dingen zu vermuten, die auf den ersten Blick nicht gleichwertig sind.

Abstraktheitshierarchien im Gedächtnis bieten die Möglichkeit, von bestimmten Objekten, Ereignissen oder Situationen zu anderen Objekten, Ereignissen oder Situationen überzugehen, die jeweils den ersten – möglicherweise – äquivalent sind. Wenn Ψ also zum Beispiel ein Indianer im kanadischen Urwald wäre, der es gewohnt ist, Kanus aus Birkenrinde zu verfertigen, und wenn nun dieser Indianer partout keine Birkenrinde auftreiben könnte, um ein Kanu zu bauen, so könnte er, vorausgesetzt, er verfügt über die abstrakten Begriffe «Rinde» oder «Membran», auch einmal probieren, ob nicht Pappel- oder Kiefernrinde oder vielleicht auch Plastiktüten, die eine Reisegesellschaft als Verpackung für ihr Frühstück benutzt und auf einem Rastplatz hinterlassen hat, als Äquivalente für die Birkenrinde in Frage kämen. Der Übergang von der Birkenrinde zur Plastiktüte verläuft über einen abstrakten Begriff, über so etwas wie «flexible Membran». Wenn dieser Begriff nicht vorhanden ist, wird unser Indianer sich sagen müssen: «Keine Birkenrinde, also auch kein Kanu.» Der Übergang zu begrifflichen Nebenordnungen ist also eine Form von Kreativität. Sie bedeutet einen *Analogieschluß*; Birkenrinde ist eine Membran, eine Plastiktüte auch, also verhält sich eine Plastiktüte vielleicht wie Birkenrinde, und man kann sie genauso verwenden.

Eine gewisse Abstraktheit wird sich in Ψs Begriffshierarchien automatisch durch Überlagerung bilden, also dadurch, daß die Dinge, die es wahrnimmt, doch immer ein wenig in der Form ihres Auftretens variieren. Kartoffeln sehen eben nicht immer gleich aus. Doch reicht eine solche Abstraktheit durch Überlagerung nicht sehr tief. Wir werden im siebten Kapitel sehen, daß erst die Einführung von Sprache und damit von Symbolverweisen zu einer echten großen Tiefe der Abstraktheitshierarchien führt. Die Verfügung über Sprache ist eine wesentliche Voraussetzung geistiger Flexibilität.

Der logische Aufbau der Welt

Der Philosoph, der tritt herein
Und beweist Euch, es müßt so sein
Das Erst wär so, das Zweite so
Und drum das Dritt und Vierte so
Und wenn das Erst und Zweit nicht wär
Das Dritt und Viert wär nimmermehr

Goethe
Faust I (Mephisto in der «Schülerszene»)

Die begrifflichen Relationen im Gedächtnis von Ψ, die wir in den letzten Abschnitten kennengelernt haben, sind die Grundlage logischer Operationen, die die Maschine für verschiedene Zwecke verwendet. Der HyPercept-Prozeß, der für die Wahrnehmungsfähigkeiten der Maschine eine so zentrale Rolle spielt, enthält zum Beispiel die Verwendung von Abstrakt-konkret-Relationen in «syllogistischen» Schlußfiguren.

Erinnern wir uns: Beim HyPercept-Prozeß wird aufgrund eines wahrgenommenen Merkmals die Hypothese aufgestellt, daß der Merkmalsträger unter einen bestimmten Begriff fällt – daß zum Beispiel ein Objekt mit einem dreieckigen Kopf ein Hund ist. Überprüft wird diese Annahme mit Hilfe einer Schlußfigur, die die scholastischen Logiker «modus barbara» nannten (warum diese Weise des Schließens einen Mädchennamen trägt, werden wir gleich sehen). «Alle Hunde haben Schwänze.» – «Dieses Objekt ist ein Hund» (Hypothese) – «Also hat dieses Objekt einen Schwanz» (abgeleitete Hypothese). Und dann wird überprüft, ob der Schwanz der Fall ist, also an dem entsprechenden Ort gesichtet werden kann. Dies geschieht zum Beispiel in den Einheiten 4 und 7 des Flußdiagramms von Abbildung 3.6 (Seite 145). Ist der Fall, was abgeleitet wurde, wird die Überprüfung der Hypothese fortgesetzt; ist es nicht der Fall, wird sie fallengelassen. Diese Entscheidung basiert wiederum auf einem Syllogismus, und zwar auf dem «modus camestres»: «Alle Hunde haben einen Schwanz.» – «Dieses Objekt hat keinen Schwanz.» – Also: «Dieses Objekt ist kein Hund.»

Die Syllogistik ist der ehrwürdigste Zweig der formalen Logik. Sie wurde von Aristoteles (siehe *Organon*, 1995, Band 1) entwickelt und ist eine «Klassenlogik», eine Logik der Beziehungen zwischen Klassen. Damit sind nicht Kapitalisten und Proletarier gemeint, sondern Zusammenfassungen von Dingen. Alle Hunde bilden eine Klasse und alle Schuhschränkchen – was auch immer wir in einer Klasse zusammenfassen möchten. Die Syllogistik als Klassenlogik ist ein System von Regeln, das angibt, auf welche Weise wir von bestimmten Behauptungen über die Beziehungen von Klassen zu anderen Behauptungen über die Beziehungen von Klassen übergehen können; wie wir also erschließen können, was sonst noch wahr ist, wenn wir annehmen, daß bestimmte Voraussetzungen, Prämissen, wahr sind. – Der «modus barbara», meist demonstriert an dem Beispiel

Alle Menschen sind sterblich
Sokrates ist ein Mensch
―――――――――――――
Sokrates ist sterblich

ist die vielleicht bekannteste der vierundzwanzig gültigen Schlußformen der Syllogistik.

Es geht bei ihr um Klasseninklusionen oder -exklusionen, also um die Beziehungen des wechselseitigen Enthaltenseins oder Nichtenthaltenseins. Bestimmte Klassen können

- einander enthalten (zum Beispiel die Klasse der Hunde die Klasse der Pudel),
- einander überschneiden (zum Beispiel die Klasse der Jagdhunde und die Klasse der Dackel; manche Dackel werden als Jagdhunde verwendet, aber nicht alle, und es gibt auch noch andere Jagdhunde außer den Dackeln) oder
- zueinander fremd sein (Hunde und Katzen zum Beispiel; kein Hund ist eine Katze und keine Katze ein Hund),

und in der Syllogistik werden aus der Annahme, daß bestimmte solcher Beziehungen bestehen, Schlüsse hinsichtlich anderer Beziehungen gezogen.

Eine syllogistische Schlußfigur besteht aus zwei Prämissen und einer Conclusio. Die Prämissen behaupten vollständige (wie beim «modus barbara») oder partielle Beziehungen des Enthaltenseins (alle A sind B, manche A sind B) oder des Nichtenthaltenseins (kein A ist ein B, einige A sind keine B) von Klassen. Die Conclusio ist eine Aussage, die wahr ist, wenn die Prämissen wahr sind.

Daß ein logischer Schluß den Frauennamen Barbara trägt, hat seine Gründe. Die scholastischen Logiker haben sich Phantasiewörter für die Schlußfiguren ausgedacht, um sie sich leichter einprägen zu können. Die Reihenfolge der Vokale in Merkwörtern wie «barbara» – andere Schlußfiguren heißen «baroco» oder «celarent» – sagt etwas über die logische Form der Prämissen und der Schlußfolgerung aus: «a» steht für «alle … sind …», «e» für «kein … ist ein …», «i» für «einige … sind …» und «o» für «einige … sind nicht …». Diese Buchstaben stehen nicht zufällig für diese Satzformen: «a» und «i», die Bezeichner der beiden «positiven» Satzformen, sind die ersten beiden Vokale in dem lateinischen Wort «affirmo» = «ich stelle (als sicher) fest»; «e» und «o», die Bezeichner der beiden negativen Satzformen, sind die Vokale in dem lateinischen Wort «nego» = «ich verneine».
Doch unterscheiden sich die Schlußfiguren nicht nur nach der Satzform, sondern auch nach der Art der Reihung von Subjekt (S), Mittelbegriff (M) und Prädikat (P), den Bezeichnungen der drei Klassen, die in einem Syllogismus vorkommen dürfen. «Barbara» hat die Form

MaP	(alle M sind P)
SaM	(alle S sind M)
SaP	(alle S sind P)

Die Folgerung hat immer die Form SxP, bei den Prämissen sind die Kombinationen MxP SyM (wie beim «modus barbara»), PxM SyM, MxP MyS und PxM MyS möglich; x und y stehen dabei für jeweils eine der Verknüpfungen a, e, i und o. Kombiniert man die vier möglichen Schlußfiguren mit den vier möglichen Satzformen a, e, i und o in jeder möglichen Weise, so erhält man 256 verschiedene Schlußfiguren. Davon sind aber nur 24 gültig (Lorenzen 1962, Seite 26ff.). Hilbert und Ackermann (1959, Seite 59) zählen nur 19 auf, da sie die sogenannten «schwachen» Syllogismen nicht in ihre Betrachtung einbeziehen. Ein schwacher Syllogismus ist zum Beispiel: «Wenn alle M P sind und alle S M, dann sind einige S P.» Dieser Syllogismus («modus barbar*i*») ist schwach, weil er ja im «modus barbara» enthalten ist: Wenn alle S P sind, so natürlich auch einige. – Ein Beispiel für eine *ungültige* Schlußfigur ist

MaP	(alle M sind P)
SeM	(kein S ist M)
SaP	(alle S sind P)

Hier *kann* zwar der dritte Satz richtig sein, wenn die beiden Prämissen zutreffen, denn die zweite Prämisse, die Aussage also, daß kein S in der Klasse M enthalten ist, sagt nichts darüber aus, ob die Klasse S in der Klasse P teilweise, vollständig oder gar nicht enthalten ist. Aber das ist es gerade: Die Folgerung ist nicht zwingend. – Gültig ist dagegen die Schlußfigur «baroco», die die Gestalt

PaM	(alle P sind M)
SoM	(einige S sind nicht M)
SoP	(einige S sind nicht P)

hat. Und gültig ist der oben erwähnte «modus camestres»:

PaM	(alle P sind M)
SeM	(kein S ist M)
SeP	(kein S ist P)

Die syllogistischen Schlüsse «modus barbara» und «modus camestres», die im HyPercept-Prozeß vorkommen, verwenden die Abstrakt-konkret-Relationen, also zwischenbegriffliche Relationen im Sinne von Klix (1984, Seite 16ff.). Aber auch für die innerbegrifflichen Relationen hat Ψ Verwendung, wie wir gleich sehen werden.

Die Syllogistik, die lange Zeit als *die* Logik galt, ist aus heutiger Sicht lediglich ein Spezialgebiet. Schon im Altertum wurde eine andere Form der Logik entwickelt, die nicht speziell nur mit Klasseninklusionen operierte, sondern allgemein mit Beziehungen. Eine ihrer zentralen Schlußfiguren ist die Regel, die die scholastischen Philosophen des Mittelalters «modus ponens» nannten (eigentlich: «modus ponendi ponens», das heißt: die Art und Weise zu setzen, was gesetzt werden muß, also zu erschließen, was gesetzt werden muß, wenn man weiß, was der Fall ist). Der «modus ponens» lautet:

> Wenn A immer B mit sich bringt und wenn A der Fall ist, dann ist auch B der Fall.

Oder kürzer:

> Wenn A, dann B. Nun aber A. Also B.

Logisch, oder? Formal läßt sich der «modus ponens» folgendermaßen darstellen:

$$\frac{\begin{array}{l}A \rightarrow B\\ A\end{array}}{B}$$

Er enthält also zwei Prämissen. Der erste Satz stellt eine Aussage über die Beziehung von zwei Ereignissen dar. Der zweite Satz sagt aus, daß ein bestimmtes Ereignis A der Fall ist, welches das Antecedens (das «Vorausgehende», genauer: «das Vorher-der-Fall-Seiende») der Beziehung ist, deren Existenz im ersten Satz behauptet wird. Und aus der Annahme der Gültigkeit dieser beiden Sätze wird geschlossen, daß ein weiteres Ereignis, nämlich B, der Fall sein muß.

Eine andere Schlußfigur der Beziehungslogik ist der «modus tollens» (von lateinisch «tollo»: ich ertrage, aber auch: ich hebe auf, ich entferne), die Weise des Wegnehmens, des Entfernens. Diese Figur sieht folgendermaßen aus:

> Wenn A, dann B. Nun aber nicht B. Also nicht A.

Oder formal:

$$\frac{\begin{array}{l}A \rightarrow B\\ \neg B\end{array}}{\neg A}$$

Beim «modus tollens» wird also die Annahme, A sei der Fall, *aufgehoben.*

Auch die logischen Figuren des «modus ponens» und des «modus tollens» werden von Ψ verwendet. Der «modus ponens» ist zum Beispiel in die Überprüfung eingebaut, ob ein Verhaltensprogramm ordnungsgemäß abläuft (siehe Abbildung 2.5, Seite 100, Ablauf 6 → 8 → 2 → 3 → 4). In diesem Ablauf steckt:

Wenn die motorische Einheit X aktiviert wird,
dann wird sich Y ergeben.
Nun ist aber X aktiviert worden.
―――――――――――――――――
Also wird sich Y ergeben.

Weiterhin wird der «modus ponens» bei der Bildung des Erwartungshorizontes (Seite 196) verwendet, die darin besteht, daß der bisherige Gang der Ereignisse in eines der vorhandenen Geschehnisschemata (zum Beispiel durch den Besinnungsalgorithmus, siehe Abbildung 3.21, Seite 192) eingepaßt und diesem entsprechend sodann der weitere Gang der Ereignisse «vorausgesagt» wird. Sie erinnern sich: Der Mann führt mit der Verkäuferin ein Verkaufsgespräch; es wird damit enden, daß er zur Kasse geht und bezahlt. Formal ist dies ein Schluß «modo ponens»: Wenn VG (Verkaufsgespräch) eintritt, so wird BZ (Bezahlung) folgen! Nun ist aber VG eingetreten. Also wird es zu BZ kommen. (Natürlich endet nicht jedes Verkaufsgespräch mit einem Kauf; wir müßten also eigentlich formulieren: «Wenn VG, dann BZ mit der Wahrscheinlichkeit P_{BZ}.» Aber wir wollen das Beispiel nicht allzu kompliziert machen – die Hinzufügung solcher Wahrscheinlichkeiten würde nicht viel ändern.)

Bei den beschriebenen Schlußprozessen in Ψs kognitiver Verarbeitung findet eine Instantiierung statt, das heißt die *Einsetzung eines konkreten Falls*. Die Instantiierung besteht darin, daß an die «Hohlstellen» der Verhaltensprogramme beziehungsweise Geschehnisschemata, also an die Stellen der Element- und Strukturabstraktheit, bestimmte Konstanten eingesetzt werden. Nicht irgendwer führt das Verkaufsgespräch, sondern der Mann im roten Dufflecoat und die Frau mit dem marineblauen Pullover.

Also wird dann später auch der Mann im roten Dufflecoat an der Kasse bezahlen, und die Verkäuferin mit dem marineblauen Pullover wird den Einmachtopf in das braune Packpapier einschlagen, das ich vorher an der Kasse liegen sah.

Die formale Berücksichtigung einer solchen Instantiierung geschieht in der modernen Logik dadurch, daß zwischen *Beziehungen* und den *Objekten*, zwischen denen die Beziehungen bestehen, unterschieden wird. Statt einfach festzulegen, «VG» heißt «Ein Verkaufsgespräch findet statt», und «BZ» heißt «Ein Gegenstand wird an der Kasse bezahlt», würde man in der modernen Logik definieren:

> VG(X, Y, Z) heißt: Ein Verkaufsgespräch über ein Objekt Z findet statt zwischen einer Person X (dem Kunden) und einer Person Y (dem Verkäufer).
>
> BZ(X, W, Z) heißt: Eine Person X (der Kunde) entrichtet den Kaufpreis für den Gegenstand Z an eine Person W (den Kassierer).

Also würde die erste Prämisse lauten:

$$VG(X, Y, Z) \rightarrow BZ(X, W, Z)$$

Die zweite lautet dann:

> VG(Mann_im_roten_Dufflecoat, Frau_mit_marineblauem_Pullover, Einmachtopf)

und enthält die Instantiierungen für die Variablen X, Y und Z, also ihre Konkretisierungen.

Die Conclusio lautet dementsprechend:

> BZ(Mann_im_roten_Dufflecoat, W, Einmachtopf)

(W wird nicht instantiiert; die Kassiererin oder den Kassierer habe ich nicht gesehen.)

Auch der «modus tollens» wird von Ψ verwendet. (Besser wäre es, wenn wir sagten, der «modus tollens» werde «in» Ψ verwendet, denn Ψ bedient sich dieser ganzen logischen Schlußformen ja nicht absichtlich; es weiß davon nichts. Die logischen Schlüsse laufen «in ihm» ab, wenn bestimmte Prozesse gestartet werden.) – Der «modus tollens» wird in der Prozedur zur Steuerung und Kontrolle von Verhaltensprogrammen (siehe Abbildung 2.5, Seite 100) verwendet. Wenn hier nämlich das eigentlich erwartete Ergebnis einer Aktion bei der Durchführung eines Verhaltensprogramms *nicht* eintritt, so wird dieses abgebrochen, das heißt, es wird die Annahme fallengelassen, daß unter den gegebenen Umständen die gewählte Aktion zum Ziel führt.

Also formal:

> Wenn dies ein zielführendes Verhaltensprogramm ist,
> muß es zum Ergebnis X führen.
> Dieses Verhaltensprogramm führt nicht zum Ergebnis X.
> ———————————————————————
> Also ist es kein zielführendes Verhaltensprogramm.

Dieser Schluß kann verschiedene Folgen haben. Nach dem in Abbildung 2.5 dargestellten Programm wird nun die weitere Aktivierung des Verhaltensprogramms abgebrochen. Was dann folgt, bleibt im Flußdiagramm offen (Minus-Ausgang von 5). Wir werden im sechsten Kapitel überlegen, was Ψ in einem solchen Fall tun soll.

Ψ ist also in hohem Maße eine *logische* Maschine. Verschiedene Formen logischer Schlüsse bilden den Kern ihrer Verhaltenssteuerung. Die Logik, die Ψ verwendet, hat allerdings bestimmte Eigenschaften, sie ist «gebunden» und «lokal». Was heißt das? Zum einen sind die logischen Schlußformen, deren sich Ψ bedient, fest in die Prozeduren HyPercept und Aktiviere-Verhaltensprogramm (siehe Abbildung 2.5) eingebunden und kommen daher nur dann zum Einsatz, wenn diese Prozeduren stattfinden. Die Logik ist also nicht frei verwendbar, nicht so zu gebrauchen, wie *wir* logische Schlußfolgerungen beim Denken verwenden. Zum anderen werden die Ergebnisse der Schlußprozeduren nur unmittelbar in den Situationen verwendet, in denen die Wahrnehmungs- und Aktivierungsprozesse stattfinden. Sie haben also nur *lokale* Bedeutung und werden gewöhnlich nicht ins Langzeitgedächtnis übernommen, sind also keine Erfahrungen, die späterhin weiterverwendet werden.

Doch diese Einschränkungen ändern nichts daran, daß Ψ eine logische Maschine ist! Ohne Logik keine Identifizierung von Objekten und Situationen, kein Planen, keine Auswahl zielführender Aktivitäten, also keine vernünftige Verhaltensorganisation. Ohne Logik kein Situationsbild, keine Rekonstruktion der Vergangenheit, denn auch diese verwendet ja den HYPERCEPT-Prozeß mit seiner eingebauten Logik; ohne Rekonstruktion der Vergangenheit kein vernünftiger Erwartungshorizont. Also: Ohne Logik geht gar nichts! Ψ ist zwar nicht *nur* eine logische Maschine; die Bildung abstrakter Schemata, wie ich sie im Abschnitt «Die Entstehung von Abstraktheit und akkommodierende Schemata», Seite 222ff., beschrieben habe, ist auch eine Art des Schließens, aber eine induktive, keineswegs streng logische, denn der Übergang von einem konkreten Schema zu einem abstrakten kann falsch sein. Für die Verhaltensregulation aber sind die Logik und als Basis dafür die begrifflichen Relationen im Netz der Schemata unabdingbar. In diesen begrifflichen Relationen steckt Ψs Intelligenz. Wenn Intelligenz die Fähigkeit bedeutet, sich innerhalb seiner Umwelt in möglichst optimaler Weise zielgerichtet zu bewegen, so liegt ein großer Teil der Intelligenz der Maschine in den Begriffen, ihren Beziehungen und in der Verwendung dieser Beziehungen in logischen Schlußprozessen. Das Beziehungsnetz des Gedächtnisses von Ψ ist die (stets im Wandel begriffene) axiomatische Basis für seine Schlußprozesse, in denen diese Axiome benutzt werden, um daraus Hypothesen über das, was die äußeren Dinge sind und bedeuten, über die Zukunft, über das, was Ψ als Ergebnis einer Operation erwarten kann, abzuleiten.

Wenn aber die begrifflichen Relationen so wichtig sind für Ψs Fähigkeit, sich in der Welt zu bewegen, so ist der einwandfreie logische Zustand des Begriffsnetzes von großer Bedeutung. Was heißt aber «einwandfreier logischer Zustand»?

Man kann nicht erwarten, daß sich durch die Art und Weise, in der sich das Begriffsnetz im Gedächtnis von Ψ bildet – nämlich durch Verstärkung halbzerfallener Protokollketten, durch «Übereinanderkopieren» sensorischer Schemata –, eine «saubere» logische Struktur entwickelt. Es entsteht kein geordnetes System von Annahmen über die Dinge in dieser Welt und über die Gesetzmäßigkeiten ihrer Veränderung, sondern mehr ein stetig weiterwuchernder (und partiell absterbender) Dschungel, ein Wirrwarr von Schemata verschiedenster Art, und es ist keineswegs garantiert, daß sie richtig sind, miteinander in Verbindung stehen und damit einen bestimmten Realitätsausschnitt mehr oder minder vollständig darstellen. Es gibt bislang keine Instanz, die dafür sorgt, daß dieser Wirrwarr widerspruchsfrei ist. Und das Übereinanderkopieren der verschiedenen Schemata führt zwar – und das ist wünschenswert – zu abstrakten, zugleich aber auch zu sehr unpräzisen, möglicherweise überinklusiven Schemata.

Was heißt: richtig, vollständig, widerspruchsfrei?

Richtig ist ein Schema, wenn die in ihm enthaltenen Beziehungen in der Realität auch tatsächlich existieren. Ein Geschehnisschema oder ein Verhaltensprogramm (das ja im Grunde nur eine bestimmte Form eines Geschehnisschemas darstellt) ist richtig, wenn sich die Ereignisse in der Realität tatsächlich so aneinanderreihen, wie sie in dem Schema gespeichert sind. «Veritas adaequatio rei et intellectus» – Wahrheit ist die Entsprechung von Erscheinung und Geist.

Was heißt *Vollständigkeit*? Ein Netz begrifflicher Relationen ist um so vollständiger, je mehr die einzelnen Schemata miteinander verbunden sind. Die Ereignisse dieser Welt treten nicht isoliert auf, sondern sind eingebettet in räumliche und zeitliche Konfigurationen. Es ist nun wünschenswert, daß bei jedem Ereignis, das identifiziert wird, sofort bekannt ist, wie es zu ihm gekommen sein kann und was sich möglicherweise aus ihm ergibt. Je mehr die einzelnen Schemata in umfassendere eingebunden sind, desto sicherer läßt sich angeben, wie etwas zustande gekommen ist und wie es voraussichtlich weitergehen wird. Dieses Vorhersagevermögen sollte natürlich auch das Wissen um die eigenen Handlungsmöglichkeiten enthalten, also das Wissen darum, wie sich eine Situation weiterentwickeln wird, wenn man etwas Bestimmtes tut.

Widerspruchsfreiheit ist in einem Netz begrifflicher Relationen dann vorhanden, wenn in ihm auf ein bestimmtes Ereignis nicht andere Ereignisse folgen, die einander hinsichtlich ihres Auftretens am selben Ort, zur selben Zeit ausschließen. Läßt sich also aus einem Geschehnisschema ableiten, daß ein Hund bei Annäherung sowohl beißen als auch nicht beißen wird, so enthält es einen Widerspruch.

Keinen Widerspruch dagegen enthält das Geschehnisschema, wenn sich aus ihm ableiten läßt, daß der Hund beißen *oder* nicht beißen wird. Allerdings ist ein solches Geschehnisschema von geringem Wert, da die Prognosen, die man aus ihm ableiten kann, zu ungenau sind. Die *Genauigkeit* eines Netzwerks begrifflicher Relationen ist um so höher, je weniger «oder»-Relationen es enthält, je mehr exakte Ableitungen es also erlaubt. Die Genauigkeit ist hoch, wenn sich die Geschehnisschemata und Verhaltensprogramme wenig verzweigen, denn Verzweigungen bedeuten «oder»-Relationen. Aus dem Ereignis «Der Hahn kräht» und dem Geschehnisschema «Wenn der Hahn kräht auf dem Mist, ändert sich das Wetter, oder es bleibt, wie es ist» läßt sich logisch («modo ponens») durchaus korrekt ableiten: «Das Wetter ändert sich, oder es bleibt, wie es ist» – nur hilft einem das nicht viel.

Logische Kosmetik

Wir brauchen also einen Oberförster samt Waldarbeiterkolonne für den Gedächtnisdschungel. Dieser Oberförster müßte prüfen, ob das Gewirr der Erinnerungsrelationen richtig, vollständig, widerspruchsfrei und möglichst genau ist, und die Waldarbeiter müßten nach seiner Anweisung Schemata «roden» und neue «anpflanzen».

Wie könnte eine solche Dschungelpflege aussehen?

Zum Beispiel folgendermaßen:

Ich sitze im Zug und schaue aus dem Fenster. Gegenüber, auf der anderen Seite des Tals, gleitet ein herbstlicher Wald, der einen Berg bedeckt, langsam vorbei. – «Bedeckt»? Nein, eher ist der Wald ein Polster. – Aus dieser Entfernung sieht der Berg aus wie ein großer Stein, der mit goldfarbenem Moos bewachsen ist. Wald ist ein großes Moos oder Moos ein kleiner Wald. – Stimmt doch: Wenn man die Moospflänzchen genau betrachtet, sehen sie aus wie kleine Bäume. Zum Wald gehören Tiere, Rehe, Hirsche. Gibt es auch «Rehe» und «Hirsche» im Mooswald? Vielleicht kleine Käfer? – Die Frau auf dem Sitz mir gegenüber hat auf dem linken Nasenflügel einen kleinen Leberfleck. Sieht ganz niedlich aus! Aber Leberflecke sind doch Gewebewucherungen! Was unterscheidet sie eigentlich von Hautkrebs? Warum wachsen Leberflecke nur bis zu einer bestimmten Größe und dann nicht weiter? Und warum haben sie diese gleichmäßige Form? Sind sie zu irgend etwas gut? Wie entstehen überhaupt Leberflecke? Irgendeine Hautzelle muß da doch gestört werden, daß sie falsche Wachstumsbefehle gibt? Muß ich mal was drüber lesen! – Drüben, über der Weser (der Fluß muß ja wohl doch die Weser sein; in dieser Gegend!?), erhebt sich ein großes, graues Schloß. Gotischer Baustil, aber so regelmäßig: Zimmermannsgotik! – Und überhaupt: Ohne Mauern hätte man so etwas im Zeitalter der Gotik, im Mittelalter, nicht gebaut. Also stammt das Schloß wahrscheinlich aus dem 19. Jahrhundert, so um 1880. Da hatte man ja eine Vorliebe für gotische Architektur und baute alles mögliche gotisch, Kirchen, Gerichtsgebäude, Oberpostdirektionen und auch Schlösser.
In dieser Gegend könnte es ein Schloß der hannoverschen Könige sein. Aber 1880? Da gab es die doch gar nicht mehr! Schon seit 1866 war Hannover preußische Provinz. Also ist das Schloß früher gebaut worden? Vielleicht um

1860? Oder noch früher? – Schinkel mochte den gotischen Stil auch. Und der war 1860 schon lange tot. Wann ist er eigentlich gestorben? Muß irgendwann nach 1840 gewesen sein – ich weiß gar nicht, warum ich das meine! Es gibt ein Gemälde von ihm mit einer großen gotischen Kathedrale im Hintergrund. Und das von Schinkel entworfene Mahnmal für die Königin Luise in Gransee in der Mark Brandenburg sieht auch ziemlich gotisch aus. Das ist aus Gußeisen! Also hat man um 1810, dem Todesjahr Luises, schon Eisen gießen können. Na ja, aus Bronze hat man schon viel früher zum Beispiel Glocken und Kanonenrohre gegossen. – Die Frau gegenüber trägt am linken Handgelenk einen goldenen – ja, wie soll man es nennen – Armreif, der aus einzelnen Gliedern besteht, wie eine Panzerkette. Wie macht man eigentlich so etwas? Wie kriegt man diese Glieder so zusammen, daß nicht zu sehen ist, wie sie zusammengefügt sind. Wie ein Scherengitter? Nein, dann würde sich ja der Armreif auseinanderziehen lassen. Also doch mehr wie eine Panzerkette mit querliegenden Achsen, in die jeweils das nächste Glied eingefügt wird.

So etwas kennt jeder, man läßt seine Gedanken schweifen. Sie bleiben bei keinem bestimmten Gegenstand und greifen mal dieses, mal jenes auf. Eine unnütze, eitle Tätigkeit! Wirklich unnütz? Betrachten wir den Prozeß etwas genauer.

- Ein Berg mit einem Wald wird *identifiziert,* diese Entdeckung in Worte gefaßt. Die *Verbalisierung* ruft Widerspruch hervor: Nein, der Wald «bedeckt» nicht den Berg; er ist nicht wie eine Decke – das Wort «Polster» paßt besser!
- Nun folgt eine *Ähnlichkeitsassoziation*: der Berg mit dem Wald ähnelt einem Felsen, den ich einmal in Dalarna am Badeplatz gesehen habe; ein runder Felsen mit einem Moospolster.
- Darauf kommt es zu einer *Analogisierung* des Waldes mit Moos und umgekehrt. Diese Analogie wird *geprüft*: Entsprechen sich die Teile (von

Moos und Wald)? Ähneln die Moospflänzchen Bäumen, und gibt es im «Mooswald» Rehe und Hirsche? Diese Prüfung wird anscheinend zur Zufriedenheit abgeschlossen, und damit verliert der Waldberg anscheinend mein Interesse, welches sich nun der Mitreisenden gegenüber zuwendet.

- Ein Leberfleck wird *identifiziert*. Es folgt ein *Urteil*: Die leichte Unregelmäßigkeit macht das Gesicht interessanter! Dann aber geht es um den Leberfleck. Ein *Konkret-abstrakt-Übergang* folgt: Ein Leberfleck ist eine Gewebewucherung. Darauf ein *Abstrakt-konkret-Übergang*: Krebs ist auch eine Gewebewucherung. Krebs und Leberfleck sind Koadjunktionen. Was aber *unterscheidet* sie? Leberflecke sind regelmäßig und hören auf zu wachsen.
- Es folgen Versuche, den Leberfleck in ein Geschehen einzuordnen. Was bewirken Leberflecke? Etwas Wünschenswertes? (Frage nach einer *Appetenzrelation* im «Leberfleckprozeß».) Und wie entstehen sie? Die Frage bleibt offen und erzeugt eine Explorationsabsicht; die Behandlung des Themas «Leberfleck» ist damit abgeschlossen.
- Ein Schloß wird entdeckt und aufgrund bestimmter Merkmale (Spitzbögen) *identifiziert* («gotisch!»). Die verbalisierte Identifizierung wird geprüft (durch *Vergleich* mit anderen Bauwerken, denen die Wortmarke «gotisch» angeheftet ist; *Aufruf von Koadjunktionen*) und stößt auf Zweifel. Das ist keine «richtige» Gotik, sondern «Neugotik», «Zimmermannsgotik», entstanden um 1880! Damals baute man so.
- Nach diesem Urteil folgt dann der Versuch, das Schloß in das 19. Jahrhundert einzupassen, also das Geschehen zu ermitteln, dem das Schloß seine Existenz verdankt. Die hannoverschen Könige haben's errichtet! Diese Hypothese wird *geprüft* und sofort bezweifelt. Das Datum kann nicht stimmen, also wird es geändert.
- Hat man um 1860 auch schon neugotisch gebaut? Die Suche nach anderen neugotischen Werken *(Abstrakt-konkret-Übergang)* fördert die Erinnerung an ein Gemälde von Schinkel zutage. Und Schinkel hat bis kurz nach 1840 gelebt. Er hat auch das «gotisierende» Granseer Mahnmal für die 1810 gestorbene Königin Luise von Preußen entworfen. «Neugotisch» war also schon früher üblich als um 1860, und die Annahme der

Urheberschaft der hannoverschen Könige an dem Schloßbau kann beibehalten werden. – Und so fort ...

Das «Schweifenlassen der Gedanken» ist eine durchaus folgenreiche Tätigkeit. Es erweitert das begriffliche Netz meines Gedächtnisses, es führt dazu, daß Lücken und Widersprüche in ihm entdeckt und beseitigt werden. Das scheinbar ziellose Umherschweifen ist also eine Pflegeprozedur für das immer umfangreicher und dichter werdende Netz begrifflicher Relationen. Dies hat zur Folge, daß sich das Gedächtnis in immer mehr Realitätsbereichen auskennt und somit eine zunehmend wichtiger werdende Rolle bei immer mehr geistigen Tätigkeiten spielt. Das auf den ersten Blick eitle Umherschweifen der Gedanken führt also zur Steigerung der Intelligenz.

Zweifellos wäre es der Intelligenzentwicklung von Ψ förderlich, wenn es auch über einen solchen umherschweifenden Geist verfügte, der dem Netz der begrifflichen Relationen in seinem Gedächtnis immer neue Maschen hinzufügt. Gibt es einen Mechanismus, der ihn hervorbringen kann? Abbildung 4.6 auf Seite 286 zeigt einen Algorithmus, der solche Moospolster-Schloß-Geschichten erzeugt. Es ist der «Was ist es und was tut es?»-Algorithmus, und wir werden ihn nun genauer betrachten. Am besten ist es, wenn wir uns das Flußdiagramm an einem Beispiel klarmachen. Wir wählen dafür die Geschichte mit dem hannoverschen Königsschloß.

Ein «Schloß» wird identifiziert und als «gotisch» kategorisiert (1). Diese Kategorisierung wird nun geprüft (2); dabei spielt die Erzeugung von Vorstellungen eine große Rolle. Ich vergleiche das Schloß dort im Westen mit Notre-Dame, dem Kölner Dom, der Oberen Pfarre in Bamberg und anderen gotischen Bauwerken, die ich kenne. Nein, die sind anders! Irgendwie nicht so regelmäßig und dadurch lebendiger. Also ist die Kategorisierung «gotisch» falsch (Minus-Ausgang von 3). Es wird nun nach einem anderen Oberbegriff gesucht (9); der entscheidende Unterschied zwischen diesem «gotischen» Schloß und den wirklich gotischen Bauwerken besteht darin, daß es so regelmäßig ist und im übrigen ja auch kein Sakralbau. Also «Zimmermannsgotik», «neugotisch»! Das ist der richtige Oberbegriff. «Neugotisch» ist jener Stil, in dem besonders in der Gründerzeit, also um 1880, Gerichtsgebäude, Oberpostdirektionen usw. errichtet wurden. Und

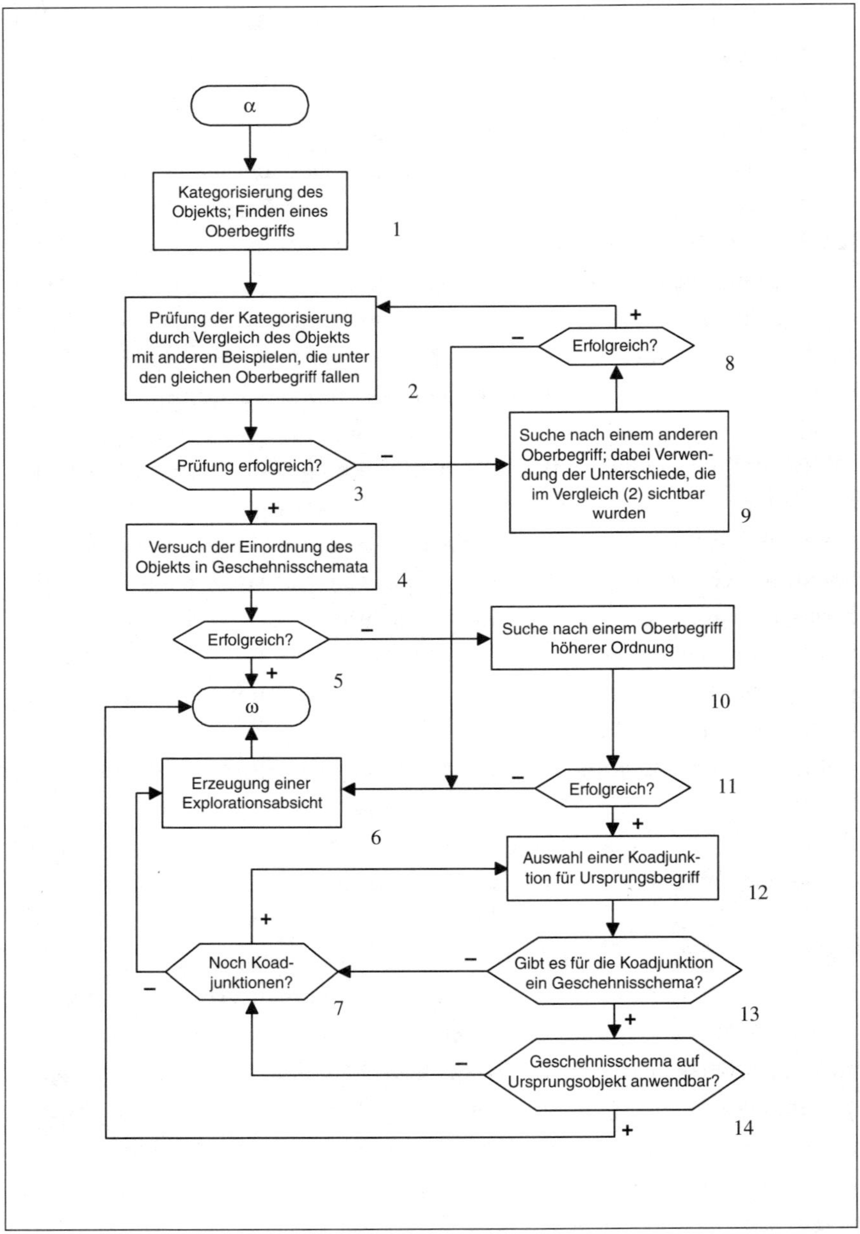

Abbildung 4.6 Der «Was ist es und was tut es?»-Algorithmus

solchen Bauwerken sieht dieses Schloß dort drüben ziemlich ähnlich. – Wir haben nun also die Einheiten 1, 2, 3, 9, 8 und wieder 2 und 3 durchlaufen. Es folgt Einheit 4.

Das Schloß wird nun nicht mehr nur einfach als solches betrachtet, sondern im Kontext möglicher Geschehnisschemata. Dies kann natürlich in vielfacher Weise geschehen. Schlösser kommen in zahllosen verschiedenen Geschehnisschemata vor; in Schlössern spielen sich Fürstenhochzeiten ab oder Gastmahle, in ihnen werden Erbprinzen gemeuchelt; ein Schloß könnte auch zum Beispiel als Behausung für eine Mätresse gedient haben; all das und noch viel mehr kann einem zum Thema Schloß einfallen, all das sind Geschehnisschemata, die für «Schloß» möglich sind.

Mir fällt aus irgendwelchen Gründen das Geschehnisschema «Schloßbau» ein, das ich mit einigen Beispielen belegen kann. Ein Fürst hat irgendein Motiv dafür, ein neues Domizil zu bauen; er wählt einen Architekten aus und diskutiert mit ihm Bauideen, vor allem seine eigenen mehr oder minder originellen. Friedrich der Große wollte zum Beispiel einen «Entrückungsort» und beauftragte Knobelsdorff mit der Bauplanung für Sanssouci. Vielleicht hat auch einer der hannoverschen Könige ähnliches gesucht? Oder er wünschte eine standesgemäße Unterkunft für eine Mätresse, fern von Hannover; vielleicht war es ja jener Ernst August, der vor dem Hauptbahnhof in Hannover in einer feschen Husarenuniform auf einem Bronzeroß reitet; dem könnte man eine Mätresse ohne weiteres zutrauen.

Die Ausmalung des entsprechenden Geschehnisses ist allerdings nicht ganz widerspruchsfrei möglich; das Geschehnisschema «Schloßbau» kollidiert mit der Jahreszahl «1880». Die hannoverschen Könige gab es ja seit 1866 nicht mehr; mir fällt die Schlacht bei Langensalza ein, in der die Preußen die Hannoveraner besiegten. – Also muß das Schloß früher gebaut worden sein. Aber irgendwie hänge ich an der Jahreszahl 1880. Hat man denn früher überhaupt schon «neugotisch» gebaut? Es fallen mir andere neugotische Bauwerke ein und insbesondere Schinkel als Urheber neugotischer Bauten. Schinkel muß irgendwann um 1840 herum gestorben sein. Und von ihm stammt ja auch jenes gotische Denkmal in Gransee. Das reicht als Beleg für neugotische Architektur schon vor 1880, und die Instantiierung des Schloßbauschemas durch irgendeinen hannoverschen König etwa um die Zeit 1860 herum befriedigt mich offensichtlich. Der gesamte Denkvorgang ist damit beendet.

Etwas anders läuft der Prozeß im Zusammenhang mit dem «Leberfleck» ab. Hier wird der erste Teil des Flußdiagramms ohne jegliche Schwierigkeit durchlaufen, aber der Versuch, das Objekt in ein Geschehnisschema einzuordnen («Wie kommt es überhaupt zu Leberflecken?»), bleibt erfolglos. Nun geht es weiter mit der Einheit 10. Für «Leberfleck» wird ein Oberbegriff gesucht; das Ergebnis: «Gewebewucherung». Es folgt der Aufruf einer Koadjunktion für Leberfleck im Hinblick auf den Oberbegriff «Gewebewucherung» (12). «Krebs» wird gefunden. Krebs läßt sich in ein (etwas unklares) Geschehnisschema einordnen: Die üblichen Prozesse der Zellteilung sind gestört, es kommt zu unkontrolliertem Zellwachstum, irgendwelchen Koordinations- oder Kommunikationsstörungen der Steuerungsprozesse. – Es wird sodann versucht (14), das Geschehnisschema auf das Ursprungsobjekt zu übertragen; das gelingt nicht, da beim Leberfleck ja offensichtlich ein regelmäßiger Aufbau stattfindet; ein Leberfleck ist kein gutes Analogon zu einer Krebswucherung. Weitere Koadjunktionen zu «Leberfleck» unter dem Oberbegriff «Gewebewucherung» finden sich nicht (7 → 6); der gesamte Prozeß wird mit der Erzeugung einer Explorationsabsicht («Mal nachlesen!») abgeschlossen (6).

Das Flußdiagramm der Abbildung 4.6 beschreibt also die Grammatik des Umherschweifens der Gedanken ganz gut. Der Prozeß mag kompliziert erscheinen. Im Grunde aber ist er nichts anderes als eine Form der Beantwortung grundlegender Fragen: Was ist das, was mir da gegenübersteht? Wie kann es entstanden sein? Was kann sich möglicherweise daraus ergeben? Was kann «es» tun? Wie entwickelt es sich weiter? – Der Prozeß des Umherschweifens ist also eine hochstilisierte Form der *Orientierungsreaktion*, die Pawlow so treffend «Was-ist-das?-Reaktion» nannte.

Die Beantwortung der ersten Frage ist die Voraussetzung für die Beantwortung der anderen. Erst wenn man weiß, welcher Kategorie ein bestimmtes Objekt zuzuordnen ist, kann man sich daranmachen, zu erkunden, in welchen Geschehnisschemata ebendieses Objekt vorkommen mag, was sich also mit ihm vielleicht ereignen wird, was sich aus ihm ergeben, was man mit ihm machen kann.

Nebenbei: Der gesamte Prozeß könnte ständig abgleiten. Daher sprechen wir ja vom «Umherschweifen» der Gedanken. Der Prozeß könnte sich in sich von neuem aufrufen. Wie war das mit jenem König Ernst August? Ein König von Hannover?! Aber wann ist der geboren? Was hat er gemacht? Und so fort. So hätte diese Schloßgeschichte *auch* weitergehen können. Das neue «Objekt», das es zunächst zu kategorisieren und dann in ein Geschehnisschema einzuordnen gilt, wäre der König Ernst August gewesen. In den Gedanken an diesen König könnte sein (mutmaßlich von ihm gebautes) Schloß gänzlich in den Hintergrund rücken und vergessen werden, ohne daß die Baugeschichte des Schlosses jemals aufgeklärt würde. Auch die Explorationsabsicht, die sich auf die Entstehungsbedingungen von Leberflecken bezieht, brauchte niemals ausgeführt zu werden. Denn es zwingt ja unmittelbar keine Notwendigkeit dazu, die entsprechenden Lücken zu füllen. Es sind von diesen umherschweifenden Gedanken keine existentiellen Bedürfnisse betroffen, die durch die Nichtterminierung des Prozesses gefährdet würden. Also kann es endlos so weitergehen. Bei mir laufen diese Prozesse natürlich nicht ewig; irgendwann muß ich den Zug verlassen, oder ich bekomme Hunger und begebe mich in den Speisewagen.

Wir wissen nicht, ob der im Flußdiagramm der Abbildung 4.6 geschilderte Algorithmus die einzige Form der Beantwortung der Fragen «Was ist es? Was tut es?» ist. Auf alle Fälle aber würden wir Ψ, bauten wir ihm diesen Algorithmus ein, mit einem mächtigen Instrument versehen, mit dem es seine Gedächtnisbestände ständig revidieren und neue Relationen zwischen den in ihnen enthaltenen Begriffen erzeugen könnte. Durch diesen Algorithmus würde aus dem bislang ganz passiven, Erfahrungen nur anhäufenden Gedächtnis jenes «aktive Gedächtnis», von dem Joachim Hoffmann (1982) spricht.

Der gesamte Prozeß macht ausgiebig Gebrauch von dem schon im Gedächtnis angelegten begrifflichen Netz wie auch von logischen Schlüssen. «Echte gotische Gebäude sind immer etwas unregelmäßig. Dieses Gebäude ist sehr regelmäßig. Also kann es kein echtes gotisches Gebäude sein!» Und so fort.

Das gedankliche Umherschweifen, so, wie wir es eben geschildert haben, ist eng mit der Sprache verbunden. Während ich über den Wald, über

Moos, über Gewebewucherungen und goldene Armreife nachsinne, erlebe ich mich als ständig innerlich vor mich hin schwatzend. Aus dem inneren Reden aber entstehen neue Bilder, die wiederum zu neuen sprachlichen Formulierungen führen. «Der Wald bedeckt den Berg», das ist zunächst nichts anderes als eine sprachliche Fassung dessen, was ich da sehe. «Wieso ‹bedeckt›? Eine Decke ist doch etwas Zweidimensionales, ein Wald dagegen etwas Dreidimensionales. Eine dreidimensionale ‹Bedeckung›, das wäre ein Polster! Der Wald ist keine Decke, sondern ein Polster für den Berg. – Man spricht auch von Moospolstern. – Ja, richtig: Aus der Ferne sieht der Berg mit dem Wald aus wie ein großer Stein, der mit goldfarbenem Moos bedeckt ist.»

Und die Vorstellung vom Wald als Moos läßt plötzlich den Begriff «Moos» in meinem Gedächtnis als unvollständig erscheinen. Wenn der Wald eine Art von überdimensionalem Moos ist, dann müßten sich doch im Moos dieselben Ingredienzien finden wie im Wald auch. Was sind die Tiere des Mooses? Was sind die Rehe des Mooses und die Hirsche des Mooses?

Ein solcher «Was ist es und was tut es?»-Algorithmus ist also ein gutes Pflegemittel für das Netz der begrifflichen Relationen. Es sind aber noch andere denkbar. – Vergegenwärtigen wir uns folgende Geschichte. Sie ist etwas wirr – und auch unheimlich.

Ein Mann steht auf einer Straße. Sie ist fast leer, nur im Hintergrund bewegen sich undeutlich einige Gestalten. Der Mann hat einen weiten schwarzen Umhang um die Schultern geworfen. Sein Gesicht ist kaum sichtbar, sondern verdeckt hinter einer weißen Halbmaske, die so geformt ist, als weinte der Mann. – Er hat plötzlich einen langen Stab mit einer Spitze am Ende in der Hand und hält sich einen mit Essig getränkten Schwamm vor den Mund. Eine grauenerregende Gestalt wankt auf ihn zu: riesig, mit Lumpen bedeckt, die Haut an Armen und Beinen mit großen schwarzen Beulen übersät. Der Mann mit der Maske ist ein Pestarzt. Mit dem Stab stößt er den Kranken von sich fort. – Im Hintergrund ist der Kran an der Reg-

nitz bei der Unteren Brücke in Bamberg zu sehen, dahinter der Fluß, der schnell dahinströmt. Ein rechteckig gebogener Haken aus verrostetem Eisen liegt am Boden. – Tauchen! – Jetzt weiß ich es! Mit diesen Haken fixierte man Pestkranke im letzten Stadium mit den Füßen auf Steinplatten und warf sie dann ins Wasser, um ihnen die qualvolle Endphase der Krankheit zu ersparen. – An einer Hauswand ein Plakat, das zu einer Kunstausstellung einlädt. Der Innenraum einer Kirche ist undeutlich sichtbar. Unten befindet sich eine weiße Aufschrift. Darüber jener Haken, der Stab mit der Spitze, den der Pestarzt trägt, und einige andere symbolhafte Gegenstände, zum Beispiel ein Lot und ein Richtscheit. «Freimaurer», fährt es mir durch den Kopf. – Undeutlich erkennbare Gestalten schleppen jemanden aus einem Haus, den man gleichfalls nur unklar erkennen kann. Seine Füße werden mit Haken der beschriebenen Art auf einer Steinplatte befestigt ...

Schweißgebadet wache ich auf. Ja, das war ein Traum. Nicht gerade diesen, aber vielleicht ähnliche wird wohl jeder kennen. Was geschieht hier? Ich meine nicht den Ablauf der geträumten Ereignisse, sondern das Geschehen im Gedächtnis. Wie kommt es, daß mein «Geist» dies Geschehnis produziert? Es ist ja keine Reproduktion. Diese Geschichte habe ich weder irgendwann einmal erfahren noch gelesen. Wie kommt sie zustande? Grob kann man das wohl folgendermaßen beschreiben: Einzelne Elemente, die zunächst isoliert gespeichert sind, werden zu einer mehr oder minder wohlgeordneten Sequenz zusammengefügt. Aus der weißen Maske wird ein Pestarzt in einer mittelalterlichen Stadt, aus dem Haken ein Instrument, das in eine bestimmte, grauenhafte Verrichtung im Rahmen der Behandlung von Pestkranken eingefügt ist.

In großen Zügen kann ich rekonstruieren, warum ich das geträumt habe. Der Mann mit dem schwarzen Umhang stammt von einem Plakat, das in einem Bamberger Antiquitätengeschäft aushängt. Er trägt eine Maske, wie sie zur Zeit des Barock im venezianischen Karneval benutzt wurde. Im Traum verband sich die Maske mit einem Essigschwamm und wandelte sich zum Bild des Pestarztes. Dieser wurde nun in ein Geschehen eingebaut, in dem der Haken (von dem ich nicht weiß, wie er in den Traum geriet) eine bestimmte Rolle spielte. Sie bezog sich wiederum auf einen Artikel über «Sterbehilfe» in Holland, den ich mit großem Unbehagen am Abend zuvor gelesen hatte. Und der Kirchenraum wie auch die gesamte Straßenszenerie mit den Bamberg-Reminiszenzen ähnelt einem Kupferstich von Piranesi («Il carceri d'invenzione»), der das unheimliche Interieur eines riesigen, halbzerfallenen Gebäudes zeigt, in dem schemenhaft kleine Menschlein umherirren. Dieser Kupferstich – natürlich eine Reproduktion davon – war mir am Abend bei einer Aufräumaktion in die Hände gefallen, und ich hatte kurz darüber nachgedacht, warum wohl Piranesi solche fürchterlichen Szenerien geschaffen hat. – Der Traum besteht aus Bruchstücken, die sich zu einer Szene, einem Geschehnis, zusammensetzen. Die Dinge erhalten eine – in diesem Falle alles andere als erfreuliche – Ordnung.

Die Grammatik des Traumgeschehens ist durchaus der Grammatik des gedanklichen Umherschweifens ähnlich, wie sie das Flußdiagramm der Abbildung 4.6 zeigt. Alles beginnt mit der Aktivierung eines Schemas; sie entspricht der Einheit 1: Ein Begriff wird gefunden. Es ist allerdings nicht unbedingt ein abstrakter Oberbegriff, sondern ein recht konkretes Bild – im Pest-Traum die Maske eines venezianischen Kavaliers –, und außerdem wird er wohl als «Vorstellung» auf eine innere Leinwand projiziert, so daß der HyPercept-Prozeß ihn erneut oder anders identifizieren kann. Es wird nun auch nicht viel Energie darauf verschwendet, die Kategorisierung zu prüfen, wie es im Flußdiagramm der Abbildung 4.6 vorgeschrieben ist. Vielmehr setzt sofort der Versuch ein, den Begriff in ein Situations- oder Geschehnisschema oder ein Verhaltensprogramm, also in eine größere Einheit, einzuordnen. Das entspricht der Einheit 4. Wir nehmen an, daß der Traum zu Ende ist, wenn eine solche Einordnung gelingt. Ist das aber nicht der Fall, geht er weiter. Bei dem Pest-Traum scheint die Einordnung nicht reibungslos zu funktionieren; deshalb wird das Bild der Larve mit Cape gewissermaßen «erweitert». Die Leerstellen der Vorstellung werden ausgefüllt mit den Ingredienzien eines Pestarztes. Aus der Larve und dem Cape ist nun ein Mann geworden, der sich einen Essigschwamm vor den Mund preßt und einen Stab mit einer Hellebardenspitze in der Hand hält. Er befindet sich auf einer Straße in einer mittelalterlichen Stadt, deren Einzelheiten nur verschwommen sichtbar sind; das Trümmer- und Ruinenhafte allerdings haben sie mit Piranesis «Kerkern» gemein.

Das Bild von der Pest in einer Stadt wird spezifiziert durch jene unheimliche Lumpengestalt, die auf den Pestarzt zuwankt und die sich dieser mit dem Hellebardenstab vom Leibe hält. Nunmehr ist die Szenerie schon ziemlich fertig, aus den Teilen ist ein Ganzes geworden – und doch geht die Elaboration weiter. Warum? Vermutlich, weil ein anderes Element noch nicht eingebaut worden ist, nämlich der Haken. Zusammen mit dem Bamberg-Ingrediens der Szenerie, nämlich der Regnitz, wird schließlich auch der Haken in der «Krankenbehandlung» untergebracht. Und damit ist die Geschichte zu Ende.

Träume kann man also, ähnlich wie die Phasen des gedanklichen Umherschweifens, als Versuche ansehen, eine «Was ist es und was tut es?»-Frage zu beantworten, also als eine – allerdings ausufernde und wenig kontrollierte – Form der Orientierungsreaktion.

Es hat Folgen, wenn man Menschen am Träumen hindert, etwa, indem man sie in Phasen des Schlafes, in denen sich die Augen unter den Lidern schnell bewegen (REM-Phasen, Phasen des «*r*apid *e*ye *m*ovement»), aufweckt, was dazu führt, daß sie nach einigen Tagen aggressiv und depressiv werden, sich nicht mehr konzentrieren können, zu Tagträumen und sogar zu Halluzinationen neigen. Irgend etwas hat sich in ihrer Seelenlandschaft verändert. – Aber was?

Wir sammeln über den Tag hin alle möglichen Eindrücke und haben gewöhnlich weder Zeit noch Gelegenheit, sie in Situations- oder Geschehnisschemata einzufügen. So bleiben viele dieser Eindrücke isoliert stehen, gehören zu nichts, sondern sind einfach nur so da; Schnappschüsse, Momentaufnahmen, die nicht in einen Film integriert werden. Sie bilden nun notorische Quellen von Unbestimmtheit, Gedächtnisinhalte, die nicht extrapolationsfähig sind und nicht dazu dienen können, uns über den weiteren Gang der Zukunft zu orientieren. Wenn sich solche Solitäre über Tage anhäufen, wird uns die Welt langsam fremd und rätselhaft; wir wissen nicht mehr, was «läuft», und haben Schwierigkeiten, uns zurechtzufinden. Und das erzeugt Angst und das Gefühl der Hilflosigkeit, vielleicht Resignation oder auch – aus dem Empfinden heraus, bedroht zu sein – Aggressivität.

Genau hier setzt die «Traumarbeit» als erweiterte Orientierungsreaktion ein. Sie integriert die isolierten Elemente. Die Träume haben die gleiche Funktion wie jene Phasen des Umherschweifens, die ich zu Beginn dieses Abschnitts geschildert habe. Sie bringen Ordnung in die Dinge (nicht notwendigerweise eine erfreuliche Ordnung; erfreulich war der Pest-Traum nicht).

Was bedeutet dies für den Prozeß der Wissensakquisition, wie wir ihn für Ψ konzipiert haben? Unsere Maschine fährt in der Gegend umher und sieht dieses, tut jenes. All das, was Ψ sieht oder tut, und auch seine inneren Prozesse werden im Protokollgedächtnis eine Zeitlang vermerkt und verschwinden zum Teil, zum anderen Teil gehen sie ins Langzeitgedächtnis über: Veränderungen der Bedürfnislage führen dazu, daß bestimmte Konstellationen miteinander verknüpft werden. Wenn sich ein Bedürfnis auflöst, wenn also ein «Lustereignis» stattfindet, wird die vorauslaufende Sequenz der Ereignisse, die im Protokollgedächtnis niedergelegt ist, zu einer Einheit verbunden. Dasselbe geschieht, wenn ein Bedürfnis entsteht.

Da nun Bedürfnisse ziemlich häufig ihre Stärke verändern, verklingen oder neu entstehen, wird ständig eine große Menge der Ereignissequenzen, die im Protokollgedächtnis niedergelegt worden sind, mehr oder minder stark miteinander und mit den Bedarfsindikatoren verknüpft. Sehr viele dieser Verknüpfungen werden schnell wieder zerfallen – vieles aber wird auch erhalten bleiben. Auf diese Weise sammelt sich im Gedächtnis Material an, Material in Form neu gebildeter Konstellationen. Konkret mag das zum Beispiel das Bild eines Baumes vor einem Haus mit einem Kinderwagen davor sein. Oder ein alter roter Mercedes, der um die Straßenecke verschwindet und dabei hell von der Sonne beschienen wird. Oder ein Lächeln meiner Tochter, als sie nach dem Frühstück die Küche verläßt. Solche Schnappschüsse sind ein winziger Bruchteil der Eindrücke, die im Laufe eines Tages auf mich einströmen. Sie werden – mehr oder minder zufällig – aufbewahrt, weil sie im Zusammenhang mit einer Aktivität des Verknüpfungssystems auftraten, und so bleiben sie «hängen», im Gegensatz zu anderen Eindrücken, die nicht von einem Verknüpferimpuls getroffen wurden.

Manche dieser neu gebildeten Konstellationen sind nichts als «Schrott». Andere hingegen haben Bedeutung. So mag das Lächeln meiner Tochter bedeuten, daß ein kleiner Streit, den ich mit ihr hatte, in ihren Augen vorbei ist. Daß mir der Kinderwagen vor der Tanne aufgefallen und «hängengeblieben» ist, mag sich darauf zurückführen lassen, daß ich vergessen habe, einem Freund zur Geburt eines Kindes zu gratulieren. – Der Anblick erinnerte mich an mein peinliches Versäumnis. Andere Konstellationen sind pure Zufallskoinzidenzen. Der um die Ecke fahrende alte Mercedes könnte mir einfach deshalb im Gedächtnis geblieben sein, weil ich gerade in dem Moment, als ich in diese Richtung guckte, an etwas sehr Angenehmes dachte, was mit dem Mercedes überhaupt nichts zu tun hat.

Was machen wir mit einer solchen heterogenen Ansammlung möglicherweise bedeutungsvoller und auch wichtiger Informationen und den Zufallskoinzidenzen? Am besten wäre es, wenn wir sie noch einmal sichten, durchgehen, die Spreu vom Weizen scheiden. Wie das? Einfach, indem wir diese Konstellationen noch einmal aufrufen und versuchen, sie in ein Umfeld einzuordnen. Und dann sehen wir schon, ob sie es wert sind, dem Vergessen entrissen zu werden, oder nicht. Zu dem Bild meiner lächelnd das Frühstückszimmer verlassenden Tochter muß ich die Zeit vor dem Frühstück und vielleicht auch den Tag zuvor aufrufen beziehungsweise rekonstruieren. Und zum Kinderwagen die Gesamtsituation meines Freundes. Dann können diese Ereignisse – vielleicht – eingeordnet werden, und ich weiß dann, was ich dem Freund schreibe.

Die Anhäufung erratischer Reminiszenzen im Protokollgedächtnis wird bei Ψ genauso auftreten wie bei uns, vor allem, wenn es sich in unbekannten, neuartigen Bereichen bewegt. Dann wird ihm vieles begegnen, was es nicht einordnen kann, was nicht Teil eines ihm geläufigen Geschehnisschemas oder Teil eines seiner Verhaltensprogramme ist. Ψ wird aber gewöhnlich nicht die Zeit und die Gelegenheit haben, allen diesen Ereignissen im einzelnen nachzugehen und sie in Phasen der Besinnung (siehe Abbildung 3.21, Seite 192) in einen größeren Zusammenhang einzuordnen. Die Ereignisse werden als isolierte Elemente im Protokollgedächtnis erhalten bleiben. Hier aber stören sie, denn sie können nicht einbezogen werden, wenn das Protokollgedächtnis – was ständig geschieht – automatisch benutzt wird, um den Erwartungshorizont, also Zukunftsprojektionen, zu erzeugen. Ein Traummechanismus könnte hier Abhilfe schaffen, indem er dafür sorgt, daß die isolierten Elemente in das «Weltbild» der Maschine eingebaut werden. – Wie aber könnte ein solcher Mechanismus aussehen?

Zunächst einmal müssen wir Ψ dazu bringen, sich in irgendeinen Winkel zurückzuziehen, in dem ihm wenig Gefahr droht. Sodann müssen wir die Verbindung zwischen der Sensorik und den Sinnesorganen und zwischen der Motorik, also den Verhaltensprogrammen, und den Effektoren, also den Turbinen und der gesamten Hydraulik, kappen. Diese Trennung von der Außenwelt ist notwendig! Denn wir müssen ja sensorische Schemata und auch Verhaltensprogramme aufrufen können zum Zwecke des Traumgeschehens, und dabei darf sonst nichts geschehen. Die Maschine sollte die innengesteuerte Aktivierung der Schemata weder mit einer tatsächlichen Wahrnehmung verwechseln, noch sollte sie sich bei der Aktivierung eines Verhaltensprogramms tatsächlich in Bewegung setzen.

Nachdem wir Ψs Innenwelt von der Außenwelt getrennt haben, können wir die Neuronen in seinem «Gehirn» gelinde und in zufälliger Abfolge reizen, wodurch mal ein Neuron, mal gar keines, mal zwei zugleich und so fort erregt würden. Ist ein Neuron aktiv, sollte es das gesamte Schema aktivieren, zu dem es gehört. Handelt es sich dabei um ein sensorisches Schema, so sollte es als «Vorstellung» auf die innere Leinwand projiziert werden. Daraufhin setzt sich der HyPercept-Prozeß in Gang, der den Versuch unternimmt, dieses Gebilde als Teil eines umfassenderen Schemas zu identifizieren.

Zuerst wird also «Kinderwagen» aktiv und auf die innere Mattscheibe projiziert. Dann startet HyPercept, um «Kinderwagen» einem übergeordneten Schema zuzuweisen: *Frau kommt aus dem Haus mit Tanne, legt Kind in Kinderwagen und geht vom Arztbesuch wieder nach Hause.* Welche Frau, welches «nach Hause», welcher Arzt? Warum Arztbesuch? Was ging voraus? – Die unklaren Stellen in dem neuen Schema werden zu Ausgangspunkten von Instantiierungsprozessen. Die Maske und das Cape genügen nicht zur Identifikation; es werden Arme, Beine, Essigschwamm und Hellebardenstab addiert. Dann reicht's. – Die neue Frau meines Freundes wird eingesetzt ... Gelangt der Prozeß schließlich zu einem Schema, das sich gut in mein sonstiges Weltbild einfügt, ist er beendet. Gelingt dies hingegen nicht, startet der Traumprozeß. Dann folgt Ersetzungs- und Elaborationsprozeß auf Ersetzungs- und Elaborationsprozeß, bis schließlich die Einordnung doch klappt oder alles in ein großes, unheimliches Durcheinander gerät.

Eine solche «Traumarbeit» würde dazu führen, daß die isolierten Blöcke im Protokollgedächtnis verschwinden und durch andere, ähnliche Elemente ersetzt werden, die aber in ein Geschehnisschema oder ein Verhaltensprogramm passen. Oder aber es werden die Geschehnisschemata und Verhaltensprogramme so erweitert, daß sie die Elemente, die sich ursprünglich nicht in sie einfügen ließen, aufnehmen können.

So könnte eine Traummaschine aussehen. Es würden aufeinanderfolgen: Identifikation – Versuch der Einpassung in übergeordnetes Schema – bei Gelingen: Abbruch; bei Nichtgelingen: Veränderung des übergeordneten oder des identifizierten Schemas und so fort. Diese Art von Traumarbeit würde zu einer ständigen Modifikation der Schemata führen und – vor allem – dafür sorgen, daß isolierte Blöcke in Ψs Gedächtnis verschwänden. Sicherlich, ein solcher Prozeß kann auch falsche Schemata erzeugen. Aber die lassen sich ja erproben – und verwerfen, wenn sie sich nicht bewähren.

Koppeln wir Ψs Gehirn von der Außenwelt ab, stellen wir nur bestimmte Teile ruhig, während andere aktiv bleiben, da sie von innen in Gang gehalten werden, nämlich die Bedarfsindikatoren, und zwar speziell diejenigen, die einen Mangel anzeigen. Nun existieren die Bedarfsindikatoren nicht isoliert im Gedächtnis, sondern sind über die Appetenz- und Aversionsrelationen mit vielen Geschehnisschemata und Verhaltensprogrammen verbunden, was zu einer mehr oder minder starken Voraktivierung dieser Schemata, einer Art Starthilfe für sie, führen wird.

Für die Traummaschine brauchen wir also gar keine zufälligen Aktivierungen; die Zündfunken können vielmehr die aktiven Bedarfsindikatoren liefern, die auf diese Weise das Traumgeschehen auslösen. Und dieses entfaltet sich in Form der oben geschilderten Kaskade von Identifizierungen, Instantiierungen, Erweiterungen überhaupt nur dann, wenn es auf isolierte

Konstellationen trifft. Denn die nichtisolierten sind ja bereits integriert und lösen daher keinen Einordnungsversuch aus.

Wenn wir die Bedarfsindikatoren als Auslöser für das Traumgeschehen bei Ψ verwenden – und dies liegt nahe und erscheint vernünftig, weil dann ja vor allem bedürfnisrelevante Reminiszenzen verarbeitet werden –, bewegen wir uns in freudianischen Gefilden. In Freuds Modell hat das Traumgeschehen bekanntlich die Funktion der Wunscherfüllung, der Befriedigung eines Bedürfnisses (Freud 1972, Kapitel 3, Seite 141 ff.). Dies gilt nicht notwendigerweise oder in erster Linie für Ψ, bei dem das Traumgeschehen eher als «logische Kosmetik» fungiert, als Verfahren, Widersprüche zu beseitigen und – vor allem – die Geschlossenheit des Gedächtnissystems, die Kohärenz der Erinnerungen, zu vergrößern. Es mag aber bei der oben geschilderten Elaborationsarbeit des Träumens durchaus vorkommen, daß ein Traum ein internes Geschehen auslöst, welches zu einer Bedürfnisreduktion führt. Der Traum *kann* also eine Wunscherfüllung sein.

Freud betonte den diagnostischen Wert von Träumen, da sie, wie er schrieb, unerfüllte Wünsche verrieten. Bei Ψ könnten wir die Träume ebenfalls diagnostisch verwerten. Wenn es uns von ihnen berichten könnte, würde es uns natürlich hauptsächlich solche Geschehnisse schildern, die mit aktiven Bedürfnissen verknüpft sind. Aus seinen Träumen könnten wir also auch Informationen über seine aktuelle Bedürfnislage ableiten. Aber ganz sicher wäre die entsprechende Diagnose nicht. Denn es ist ja nur wahrscheinlich, keineswegs sicher, daß in Ψ diejenigen Schemata zur Einordnung aufgerufen werden, die mit aktiven Bedarfsindikatoren verknüpft sind.

Ψ mit einem solchen Traummechanismus auszustatten hätte insgesamt wohl mehr Vor- als Nachteile. Denn auf diese Art und Weise würden die isolierten Schemata minimiert. Dadurch würden Prognosemöglichkeiten gefunden, und es wäre möglich, Erwartungshorizonte zu erzeugen. Keineswegs ausgeschlossen aber wäre es, daß Ψ auch Alpträume von der Art des oben geschilderten Pest-Traumes hätte. Es könnte durchaus bei Geschehnisschemata oder Verhaltensprogrammen landen, die es, zum Glück nur intern, in außerordentlich unangenehme Situationen brächten …

Nach einer herben Kritik der psychoanalytischen Traumtheorie schildert Dieter E. Zimmer in seinem Buch *Wenn wir schlafen und träumen* eine Reihe anderer Erklärungsmodelle, die sich mit diesem Phänomen befassen. Nach Meinung der beiden Harvard-Physiologen J. Allen Hobson und Robert W. McCarley (1977) ist Traum ein Zufallsgeschehen, ausgelöst durch die Aktivität eines Feldes von Riesenneuronen im oberen Hirnstamm, das periodisch in den REM-Schlafphasen «feuert». Vor allem schicke es Impulse in Hirnregionen, in denen Gesehenes, Gehörtes, Gehbewegungen und das Gleichgewicht bearbeitet werden (Zimmer 1984, Seite 200). Träume seien nun, so Hobson und McCarley, nichts anderes als ein Versuch des Gedächtnisses, den Zufallsaktivierungen irgendeine Art sinnvoller Geschichte zu unterlegen.

Diese Theorie steht offensichtlich in einer ganz engen Beziehung zu dem, was wir als Mechanismus in unsere Maschine einbauen wollen. An einer Stelle aber gibt es Unterschiede. Nicht *irgendwelche* Aktivierungen sollten erzeugt werden, sondern es kommt vor allem darauf an, solche Schemata zu erregen, die nicht in Geschehnisschemata und Verhaltensprogramme eingebunden sind. Die Hypothese, daß gerade solche Schemata besonders stark erregt werden, ist für das menschliche Träumen nicht unplausibel. Zimmer (Seite 201) berichtet, Träume vom täglich ausgeübten Beruf seien relativ selten. Denn das, was im gewohnten Arbeitsablauf geschieht, ist eben Routine, und Routineereignisse lassen sich leicht in Geschehnisschemata oder Verhaltensprogramme einbauen. Und deshalb werden Routineaktivitäten nicht – oder nur unmerkbar kurz – «beträumt». Es besteht dafür einfach keine Notwendigkeit.

Eine andere Theorie, über die Zimmer berichtet, ist die von Crick und Mitchison (1983), der zufolge Träume dem Vergessen dienen, genauer gesagt, dem *aktiven* Vergessen, dem Verlernen. Die beiden Wissenschaftler meinen, es komme im Gehirn ständig zu «parasitären» Verknüpfungen, die für das Aufrufen der normalen Inhalte unnütz oder sogar schädlich seien. Diese Verknüpfungen würde das Träumen beseitigen.

Zimmer stellt nach Abschluß seiner Diskussion verschiedener Traumtheorien eine eigene Hypothese auf. Träume, schreibt er, haben den Zweck, «die Gedanken des Schlafbewußtseins sowohl zu aktivieren als auch zu Variationen über ihre jeweilig vordringlichen Themen zu zwingen» (Seite 208). Dieser Gedanke ist der Konstruktionsidee unserer Traummaschine sehr nahe verwandt.

Eine Pflanze ist etwas Lebendiges. Sie treibt Knospen, und aus diesen entwickeln sich Blätter, Blüten, Früchte und mitunter neue Äste. Manchmal sterben auch Teile ab, Blätter verwelken, Zweige verdorren und werden vom nächsten Sturm abgerissen. – Das Netz begrifflicher Relationen, das wir in den letzten Abschnitten geknüpft haben, hat auch etwas Pflanzenhaftes. Wir finden «Stämme», zum Beispiel in Form der Verhaltensprogramme und der Geschehnisschemata, und diese haben Verzweigungen.

Ohne «Umherschweifen» und ohne Traum ging das Wachstum unserer Gedächtnispflanzen ziemlich passiv vonstatten und hatte wenig Ähnlichkeit mit etwas Lebendigem. Ihre Strukturen bildeten sich eher durch eine Art Sedimentierung als durch echtes Wachsen. So, wie Korallen ihre Kalkskelette auf den Überresten ihrer Vorgänger aufbauen, so entwickeln sich neue Zweige im Gedächtnis durch die Erfahrungen, die Ψ machte. Aktionen reihten sich aneinander und wurden, wenn sie sich als zielführend erwiesen, ins Langzeitgedächtnis übernommen. Wahrgenommene Konstellationen wurden fixiert und übereinanderkopiert, so daß sich abstrakte Schemata ergaben.

Dieses passive Wachstum des Gedächtnisses kann für sich allein keine Vollständigkeit, Präzision und Widerspruchsfreiheit garantieren. Das gedankliche Umherschweifen und das Träumen hingegen führen zu einem «aktiven Gedächtnis», das sich selbst ständig umbaut, komplettiert und vereinheitlicht.

Fünftes Kapitel

Bedarf, Bedürfnisse und Motive

Homo homini lupus!
Thomas Hobbes

Doch sein höh'res Streben
Ist ein schöner Zug!
Jonathan Jeremiah Peachum
(in Bertolt Brechts
Dreigroschenoper)

Ein Thema, das die Psychologie, besonders aber die Philosophie, und keineswegs nur die Wissenschaften, sondern auch die Verfasser von Verfassungen und politischen Ideologien beschäftigt, ist die Frage, was denn den Menschen bewegt, ihn in Gang hält, ihn antreibt? Nach welchen Zielen strebt der Mensch, warum tut er dies und nicht jenes? Ist er ein Sklave seines Leibes und letzten Endes nur darauf aus, sich den Bauch vollzuschlagen, zu essen, zu trinken, zu schlafen? Ist sein ganzes Streben letztlich auf sexuelle Befriedigung gerichtet, wie Freud meint (und mit Freud heutzutage manche Biologen, die der Meinung sind, die Fortpflanzung sei das ultimative Ziel alles Lebens, und alle Lebewesen hätten nur die Aufgabe, ihre Gene weiterzugeben)? Oder ist das Streben nach Macht das Leitmotiv, wie Alfred Adler vermutet hat?

Motive der Existenz- und der Arterhaltung – gut, die sind unbezweifelbar! Aber wie ist es mit dem «höh'ren Streben»? Wie steht es mit dem Bedürfnis nach Freundschaft, nach Schönheit, nach Erkenntnis? Immerhin: Selbst der zynische Jonathan Jeremiah Peachum bezweifelt nicht deren Existenz (wohl aber ihre Bedeutsamkeit).

Ist der Mensch nun «gut» oder «schlecht»? Sorgt er sich um seine Mitmenschen, oder läßt er sich rücksichtslos nur von seinen egoistischen Bestrebungen leiten und ist dem Mitmenschen «ein Wolf», wie Thomas Hobbes schrieb, und «gut» nur, wenn es ihm nützt? Oder kann der Mensch auch *ohne* Berechnung gütig sein, oder ist es ihm gar ein Bedürfnis, freundlich mit seinen Mitmenschen umzugehen?

Wie ist es mit dem ästhetischen Empfinden? Was treibt den Menschen an, wenn er nach Schönheit strebt? Nicht letzten Endes doch nur wieder das Motiv der Existenz- und Arterhaltung? Warum findet man einen nackten Frauen- oder Männerkörper schön? Oder den Anblick eines Knochenschinkens mit einem Weinglas in einem barocken niederländischen Stilleben? Andererseits: Warum aber finden wir eine Landschaft schön oder ein Rotkehlchen oder ein Bild von Kandinsky? Warum spricht uns selbst so etwas Scheußliches und Grauenhaftes und Angsterregendes wie die Hurenbilder von George Grosz, die Schützengrabenszenen von Otto Dix oder die «Kerker» von Piranesi an?

Wie steht es mit der Wißbegier, dem Erkenntnisstreben? Warum wollen Menschen etwas wissen? Nicht letzten Endes doch nur wieder, um durch Chemie Kunstdünger für die Produktion von Brötchen zu gewinnen oder durch Physik die Mittel, um Konkurrenten bei der Nahrungssuche mit Hilfe der Ballistik effektiver abmurksen zu können?

Bislang waren wir bei den «großen» Zielen, bei Existenz- und Arterhaltung, bei Freundschaft, bei Schönheits- und Erkenntnisstreben. *Ist* es das aber? Kann man aus solchen allgemeinen Bedürfnissen alles andere ableiten?

Was tun Menschen nicht alles: Manchmal haben sie Lust, mit jemandem zu reden, manchmal haben sie Appetit auf eine Schweinshaxe, manchmal auf einen halben Liter Bier oder auch auf zwei oder drei Halbe. Manche lieben es, mit dem Motorrad auf kurvigen Straßen zu fahren, andere gehen lieber tanzen. Manche verbringen ihre Abende damit, komplizierte Kreuzworträtsel zu lösen, andere spielen Schach oder schreiben Gedichte. Wieder andere füllen sich derart mit Alkohol ab, daß sie nichts anderes mehr tun können, als bis zur Besinnungslosigkeit damit fortzufahren. Viele lieben Frauen, viele lieben Männer und manche ihren Computer und können sich gar nicht von der Beschäftigung mit ihm losreißen. Andere lieben stattdessen ihre Kinder und verbringen die Freizeit mit ihnen. Warum entwickeln Menschen den Ehrgeiz, die Antarktis zu durchqueren? Warum beschließen sie, sich auf Biegen und Brechen zu malträtieren, indem sie einen Himalajagipfel ohne Sauerstoffmaske besteigen? Warum strebt jemand es an, einen Rehbock zu erschießen, den er gar nicht verzehren will?

Die Basis

Zu den eben genannten und unzähligen anderen Tätigkeiten sind Menschen motiviert. Es bewegt sie irgend etwas dazu. Kann man hoffen, all die verschiedenen Aktivitäten, zu denen Menschen angetrieben werden, auf einen gemeinsamen Nenner zu bringen? Oder zumindest auf eine endliche Anzahl solcher Nenner? Wir werden im folgenden versuchen, diese Frage zu beantworten. Doch formulieren wir sie etwas bescheidener: Uns interessiert, mit welchen Motiven wir Ψ ausstatten müssen, damit es in seiner Umwelt möglichst gut bestehen kann. Das ist eine sehr nüchterne Frage. Vielleicht aber ergibt sich, indem wir ihr nachgehen, auch die Antwort auf die Frage nach der Rehbockjagd, dem Bierdurst und der Antarktisleidenschaft.

Die Struktur eines Motivs

Bevor wir uns nun den Details der einzelnen Bedürfnisse zuwenden, sollten wir uns klarmachen, wie die neuronale Struktur aussieht, aufgrund deren Ψ Begehren entwickelt, Motive hat, Ziele bildet und ihnen nachstrebt, Befriedigung empfindet. In Abbildung 5.1 sehen wir wieder seinen Dampfkessel samt der Zuführung von einem Reservebehälter. Erste Voraussetzung für ein System, das Bedürfnisse, Ziele, Motive hat, ist die Existenz eines Zustandsmelders. In der Abbildung 5.1 ist das der Sensor S, der aktiv ist, solange das Wasser im Kessel die durch die Marke angegebene Mindesthöhe aufweist. Sinkt das Wasser aber unter diese Mindesthöhe, wird S inaktiv.

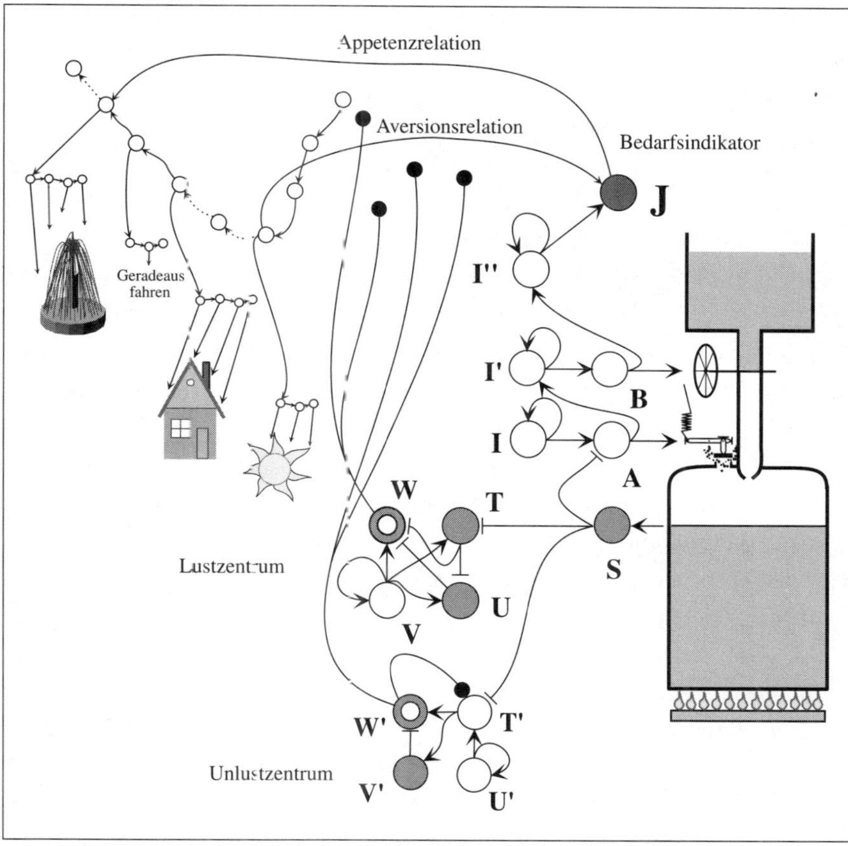

Abbildung 5.1 Die neuronale Struktur eines Motivs

Im gegebenen Fall ist S ein inhibierendes Neuron, und der Wasserbedarf wird durch seine *Inaktivität* angezeigt. Das ließe sich auch anders einrichten: Wir könnten als Bedarfsmelder ein aktivierendes Neuron verwenden. S ist «an», wenn kein Bedarf vorhanden ist, und «aus», wenn Wasserbedarf besteht. Auch das könnten wir natürlich umgekehrt organisieren. Wir könnten auch dafür sorgen, daß der Sensor nicht nur zwischen «Bedarf» und «kein Bedarf», sondern auch zwischen einem kleinen, mittleren oder hohen Bedarf zu unterscheiden vermag. Wir könnten ihn so einrichten, daß er nicht nur das Ausmaß des Bedarfs meldet, sondern auch die Geschwindigkeit, in der er sich vergrößert oder verringert. Wir hätten dann einen Melder nicht nur für einen Zustand, sondern auch für die Geschwindigkeit der Veränderung eines Zustandes. Ein solcher «Differentialsensor» wäre praktisch, wenn es darauf ankäme, die Dringlichkeit einer Bedarfsdeckung anzuzeigen; wenn der Bedarf schnell größer wird, muß schnell etwas getan werden.

Eigentlich ist der Sensor S für sich genommen gar kein *Bedarfs*melder. Er indiziert einen Zustand. Zum Bedarfsmelder wird er dadurch, daß er in bestimmter Weise mit dem restlichen «Gehirn» von Ψ vernetzt ist. Einige Formen dieser Verknüpfung habe ich exemplarisch in Abbildung 5.1 dargestellt. Wird S inaktiv, inhibiert er seine Umgebung nicht mehr. Und das hat folgende Konsequenzen:

1. Die interne Kaskadenregelung wird in Gang gesetzt. A kann aktiv werden und schließt das Sicherheitsventil (oder macht es unempfindlicher); diese Maßnahme wird nur die Geschwindigkeit des Wasserverlustes reduzieren, sonst aber keinen Einfluß auf den Wasserstand im Kessel haben. Zugleich aber führt die Aktivität von A dazu, daß sich in I' eine Aktivität aufzubauen beginnt. Und diese kann irgendwann einmal dazu führen, daß B aktiviert wird (wobei wir annehmen, daß B über einen Schwellenwert größer als null verfügt, also erst dann aktiv wird, wenn die Aktivität von I ein bestimmtes Ausmaß übersteigt; daraus ergibt sich, daß B nicht sofort mit A aktiv wird, sondern mit einer Verzögerung, die von der Höhe der Schwelle abhängt). Kurz: Eine interne Kaskadenregelung wird in Gang gesetzt, die zur Beseitigung des Ungleichgewichts führt, wenn der Reservebehälter der Maschine genügend Wasser enthält. Ist dies aber nicht der Fall, schaltet sich schließlich J ein, und das ist der *eigentliche* Bedarfsindikator. Denn er signalisiert, daß die *interne* Gegenregelung erfolglos geblieben ist und daß etwas getan werden muß. (Auch J soll über einen Schwellenwert größer als null verfügen, damit er sich nicht sofort mit der Aktivierung von I'' einschaltet, sondern zunächst einmal abwartet, ob nicht die Gegenregulation von B erfolgreich ist.)
2. Der Abbruch der Inhibition durch das Neuron S führt beim Lustzentrum zu einer Aktivität von T, die keine weiteren Folgen hat. Anders

beim Unlustzentrum. Hier wird T' in Gang gesetzt, was zu einer kurzfristigen Aktivität des Verknüpfers W' führt, die von V' bald wieder gehemmt wird. Die Aktivität von W' ist ein Unlustindiz, was aber hier nichts anderes heißt, als daß ein Verknüpfungssignal ausgesendet und die augenblickliche Konstellation mit dem Bedarfsindikator J verbunden wird, wie ich es auf Seite 51 genauer beschrieben habe. Es wird eine *Aversionsbeziehung* gestiftet, die dazu führt, daß Ψ in Zukunft vermeiden wird, diese Konstellation anzustreben. – Wenn zum Beispiel ein Bedarf aufträte, während die Sonne gerade hell und warm schiene, würde Ψ lernen, in Zukunft Sonnenschein zu meiden.

J ist der Bedarfsindikator. Wenn J aktiv ist, dann ist ein Bedarf vorhanden, der durch interne Regulationen nicht befriedigt werden kann. Die *Aktivität* von J repräsentiert also ein *Bedürfnis*, das Indiz für einen Bedarf. J wird nun selbst durch I'' so lange in Gang gehalten, bis es durch eine neu eintretende Aktivität von S wieder gelöscht wird. (Diesen Löschmechanismus habe ich in Abbildung 5.1 nicht eingezeichnet.)

Was geschieht nun aufgrund einer Aktivität von J, dadurch also, daß er ein Bedürfnis signalisiert?

J ist nach einer gewissen Lebenszeit der Maschine durch vorausgegangene Lernprozesse mit verschiedenen sensorischen Schemata verbunden. In der Abbildung 5.1 sieht man eine Verbindung zu dem sensorischen Schema «Springbrunnen». Dies ist eine Appetenzrelation; irgendwann trat der Springbrunnen zusammen mit einer Befriedigung des Wasserbedürfnisses auf. Wenn sich nun wieder ein Wasserbedürfnis bemerkbar macht, also der Indikator J aktiv wird, so «zeigt» er auf das Schema «Springbrunnen», was bedeutet, daß dieser zum *Ziel* des Verhaltens werden kann. Die Aktivität von J setzt also ein Ziel, und damit hat Ψ nicht nur ein Bedürfnis, sondern auch ein Motiv! Die Kurzform der Motivationspsychologie lautet: «Motiv = Bedürfnis + Ziel.» Ψ kann aufgrund der Appetenzrelation den Springbrunnen anstreben; es weiß, wie der Zustand der Außenwelt aussieht, den es erreichen muß, um das Wasserbedürfnis zu befriedigen. Also hat Ψ Motive!

Sensorische Schemata existieren gewöhnlich nicht isoliert im Gedächtnissystem der Maschine, sondern sind in Verhaltensprogramme oder Geschehnisschemata eingebaut. Ist ein sensorisches Schema am *Ende* eines Verhaltensprogramms vorhanden, so bedeutet dies, daß durch die Aktivierung der entsprechenden Verhaltensweise eine Situation hergestellt werden kann, die mit dem sensorischen Schema für die Zielsituation verträglich ist. Weniger umständlich ausgedrückt: Dann kann ein Ziel erreicht und eine konsummatorische Endhandlung in Gang gesetzt werden. In Abbildung 5.1 habe ich eine solche Beziehung durch die Einbettung des «Springbrunnens» in ein kleines Verhaltensprogramm dargestellt: «Wenn du am grünen Haus mit dem roten Dach und dem blauen Giebel bist, dann ‹geradeaus fahren›, – so kommst du zum Springbrunnen!»

Liegt also ein Ziel am Ende eines Verhaltensprogramms oder eines Geschehnisschemas, gibt es auch *Zwischenziele*. Strebt Ψ den Springbrunnen an, so kann es vorher nach dem grünen Haus mit dem roten Dach suchen, denn wenn es das erreicht hat, weiß es, wie es zum Springbrunnen kommt. Zwischenziele sind Ziele zweiter Ordnung. – Ein Ziel braucht nicht in ein Verhaltensprogramm eingebaut zu sein; es kann auch in einem Geschehnisschema vorkommen. Steht ein sensorisches Schema am Ende eines Geschehnisschemas, bedeutet dies, daß Ψ – wenn das Geschehnis in Gang gesetzt ist – nur abzuwarten braucht, bis es schließlich das Ziel erreicht. Für sein Wasserbedürfnis könnte zum Beispiel das Heraufziehen eines Gewitters ein solches Geschehnis sein.

Wenn sich also ein Bedürfnis regt, dann soll Ψ die entsprechenden Verhaltensprogramme in Gang setzen oder aber versuchen, in ein Geschehnis hineinzugeraten, das es zu einem der Bedürfnisbefriedigung versprechenden Ziele führt, beispielsweise zu dem Springbrunnen im städtischen Park oder auch zu einer Regenwolke. Ein Wasserbedürfnis sollte es dazu bringen, sich auf den Weg zum Stadtpark zu machen beziehungsweise nachzusehen, ob sich nicht vielleicht irgendwo ein Gewitter zusammenbraut. Das System der Abbildung 5.1 stellt somit die neuronale Realisierung eines Motivs dar, wie es Madsen (1974) definiert: als eine Instanz, die ein Verhalten in Gang setzt, auf ein Ziel ausrichtet und aufrechterhalten kann.

Nennen wir ein solches System *Motivator*. – Ein Motivator besteht also aus einem Bedarfsmelder, der irgendeine Größe mißt. Ferner kann er (muß aber nicht) ein System interner Regulationen, zum Beispiel in Form einer

Kaskadenregelung, enthalten. Außerdem muß ein Bedarfsindikator vorhanden sein, der im Laufe der Zeit durch Lernprozesse mit anzustrebenden oder zu vermeidenden sensorischen Schemata verbunden wird. Damit die Lernprozesse stattfinden können, muß der Bedarfsmelder mit dem Lust- und dem Unlustsystem in der Weise verbunden sein, wie es Abbildung 5.1 zeigt.

Schon oft ist die Frage diskutiert worden, ob die menschlichen Motive angeboren oder erworben sind. Für Ψ müssen wir sagen: sowohl – als auch! Die Bedarfsmelder und Bedarfsindikatoren sind angeboren und unveränderlich. Die Ziele aber, einschließlich der Zwischenziele, und auch die Aversionen sind gelernt. Mit den Neuronen J kommt Ψ auf die Welt, nicht aber mit den Verknüpfungen zwischen ihnen und den sensorischen Schemata, zum Beispiel mit dem Springbrunnenschema. Diese Verknüpfungen werden vielmehr erworben. Wenn Ψ auf die Welt kommt, weiß es nichts von Springbrunnen und Gewitterwolken. Aber es hat die Fähigkeit, die entsprechenden Appetenzrelationen zu erwerben.

Dafür brauchen wir einen spezifischen Apparat, nämlich das «Lustzentrum», das aktiv wird, wenn es zu einer Bedürfnisbefriedigung kommt, also dann, wenn das Neuron S in der Abbildung 5.1 wieder zu feuern beginnt. Dieser Lustsensor soll den Bedarfsindikator J mit den augenblicklich aktiven sensorischen Schemata verbinden, also mit der gerade wahrgenommenen Situation. Auf diese Weise werden Ziele erworben. – Und für das Erlernen von Aversionen brauchen wir das «Unlustzentrum», welches ebenfalls den Bedarfsindikator mit der aktuellen sensorischen Konstellation verknüpft.

So sehen also Motive im Gedächtnis von Ψ aus. Motivatoren unterscheiden sich darin, daß der Bedarfsmelder S jeweils Verschiedenes mißt. In unserem Beispiel mißt er den Wasserstand. Bei einem anderen Motivator könnte er den Blutzuckergehalt messen. Oder den Salzgehalt des Blutes. Oder den Druck innerhalb einer Körperzelle. – All dies sind physikalische oder chemische Größen, und ihre Messung ist natürlich für ein System, das die Stabilität seines inneren Milieus anstreben muß, von grundlegender Bedeutung.

Doch sind wir nicht auf physikalische oder chemische Größen beschränkt. Wir können uns für Ψ auch Motivatoren ausdenken, deren Bedarfsmelder ganz andere Größen messen, etwa die Häufigkeit bestimmter Ereignisse. Wir könnten, um ein Beispiel zu nennen, die Häufigkeit von «Streicheleinheiten» pro Zeiteinheit messen lassen und Ψ auf diese Weise mit dem Bedürfnis nach sozialen Kontakten ausstatten. Oder wir könnten messen lassen, wie häufig Unbestimmtheitsereignisse auftreten, also Situationen, in denen nicht das geschieht, was eigentlich erwartet wurde, oder in denen eine Verhaltensweise nicht zu dem angestrebten Ergebnis führt. Wenn solche Situationen allzu häufig eintreten, sollte Ψ vielleicht ein Sicherheitsbedürfnis entwickeln und Maßnahmen ergreifen, um sich zu schützen.

Wir können Ψ mit allen möglichen Motivatoren versehen, die so oder so ähnlich aufgebaut sind wie der Wassermotivator der Abbildung 5.1. Mit welchen aber *sollten* wir es ausstatten?

Diese Frage, auf den Menschen gewendet, ist die Frage nach den Grundmotiven oder – besser! – nach den Grundbedürfnissen. In der Geschichte der Psychologie sind viele Versuche unternommen worden, die Grundbedürfnisse des Menschen zu ermitteln. Manche von ihnen – man denke an Freuds Systeme – sind sehr berühmt geworden. Sigmund Freud versuchte (zumindest in der ersten Hälfte seines Lebens, in der zweiten wurde er etwas differenzierter), die meisten Aktivitäten des Menschen auf das Sexualmotiv zurückzuführen. (Natürlich kannte er auch noch die «Ich-Triebe», zu denen er Hunger und Durst zählte, aber diese spielen in seinem Modell keine große Rolle, da er es hauptsächlich mit den neurotischen Töchtern der Wiener Oberschicht um die Jahrhundertwende zu tun hatte, die von Hunger und Durst nur selten «bewegt» wurden.) – Adler, ein abtrünniger Schüler des Meisters, vertrat die Überzeugung, das Streben nach Macht sei ein grundlegendes Motiv beim Menschen.

Solchen mehr oder minder *monothematischen* Motivtheorien stehen polythematische gegenüber, wie zum Beispiel die sehr bekannt gewordene «Bedürfnishierarchie» von Abraham Maslow (1954), die im wesentlichen eine differenzierte Variante der Mackie-Messer-Formel «Erst kommt das Fressen, dann kommt die Moral!» darstellt. Diese Formel bringt Maslow in die weniger elegante, dafür aber «edlere» Form einer fünfstufigen Hierarchie: Erst kommt das Fressen, dann die Vorsorge für das zukünftige Fressen (Sicherheitsbedürfnisse), dann die Moral (das heißt die Einbindung in eine Gruppe und ihre Normen), dann die Suche nach Anerkennung in der Gruppe (Prominenzstreben), dann die «Selbstentfaltung» (was auch immer das genau sein mag). Auf den höheren Plattformen dieser Pyramide können sich Menschen, so Maslow, motivational nur dann aufhalten, wenn den Motiven der jeweils darunter liegenden Stufe Genüge getan worden ist. Und da ist sie wieder, die Formel: «*Erst* kommt das Fressen, *dann* kommt die Moral!»

Wir werden im folgenden versuchen, die notwendigen und für komplexe Verhaltensregulationen hinreichenden Grundbedürfnisse unter funktionalen Gesichtspunkten zu ergründen, und uns fragen: Was braucht Ψ, und was wäre vielleicht darüber hinaus noch nützlich?

Das «Fressen»

Erst kommt das Fressen, dann kommt die Moral!

Der Räuber Macheath, genannt
Mackie Messer, im zweiten Dreigroschenfinale
der *Dreigroschenoper* von Bertolt Brecht

Natürlich – ein Bedürfnis nach Nahrung, abstrakter: nach Energiezufuhr, ist unabdingbar. Darauf könnten wir allenfalls verzichten, wenn wir in der Lage wären, Ψ von Geburt an auf Lebenszeit mit Energie auszustatten. Bei bestimmten Eintagsfliegen, die als vollentwickelte Insekten nur wenige Stunden oder Tage leben, gibt es tatsächlich keine Nahrungsaufnahme! Diese Tiere verbrauchen die Energie, die ihnen das vorgängige Larvendasein liefert, und sterben dann. Für ein auf längere Lebenszeit eingerichtetes Ψ kommt zunächst einmal das «Fressen», denn wenn es kein Benzin in seinem Tank hat und auch kein Wasser im Kessel, nützt alles andere nichts; Ψ hört dann ganz einfach auf zu existieren, zumindest als lebendige Maschine. Also: Das erste, was Ψ braucht, sind Bedürfnisse – wir nennen sie existentielle Bedürfnisse –, die es antreiben, sich seine «Lebensmittel» zu besorgen, damit es existieren kann.

Hat es kein Wasser mehr im Kessel oder keinen Brennstoff mehr im Tank, so kann es sich nicht mehr bewegen, kann nichts mehr manipulieren, kann die Stromgeneratoren für seine Nervenzellen nicht mehr in Gang halten, kann Akkus nicht mehr aufladen; es wird unbeweglich, starr, kann sich gegen schädliche Einwirkungen der Außenwelt nicht mehr wehren und wird unweigerlich ein Opfer des zweiten Hauptsatzes der Thermodynamik: Es wird langsam zu Staub zerfallen.

Sicher – irgendwann wird dieser Zerfall sowieso einsetzen, doch solange genug Brennstoff und Wasser vorhanden ist, kann Ψ ihn eine Zeitlang hinauszögern. Wasser und Brennstoff reichen aber noch nicht aus, und es wäre darüber hinaus ganz gut, wenn Ψ seine schützende Außenhaut reparieren könnte; schließlich kann diese zum Beispiel durch Steinschlag Schaden nehmen. Auch wäre es günstig, wenn es fähig wäre, seine Achsen auszuwechseln oder zumindest die Kugellager der Achsen, denn mit der Zeit verharzt das Schmieröl in ihnen.

Wir können also existentielle Bedürfnisse erster und zweiter Ordnung unterscheiden. Wasser und Brennstoff zählen sicherlich zu den existentiellen Bedürfnissen erster Ordnung. Werden dagegen die Kugellager nicht rechtzeitig ersetzt, mag es mit den alten noch eine Weile gehen, aber natürlich erhöht sich dann mit der Zeit das Risiko eines plötzlichen Infarktes. Wenn die ausgeschlagenen Lager in einer Turbine aufgrund der immer stärker werdenden Vibrationen so heiß werden, daß sie festfressen, dann stoppt die Maschine, und Ψ kann sich aus eigener Kraft kein Wasser und keinen Brennstoff mehr besorgen. Auch dann ist der Tod vorprogrammiert.

Die existentiellen Bedürfnisse, die ich bislang aufgezählt habe, sind Erwerbsbedürfnisse. Es muß eine bestimmte Form von Materie herbeigeschafft und an die entsprechenden Stellen gebracht werden. Ψ sollte aber wie gesagt darüber hinaus in der Lage sein, sich vor Verletzungen zu bewahren, also zu verhindern, daß Schäden auftreten. Wenn ein Geschehen mit einer Beule oder einem Riß in der Außenhaut endet, so sollte die Maschine natürlich zum einen das Bedürfnis haben, diesen Defekt zu beseitigen, und zum anderen bestrebt sein, Ereignissen dieser Art in Zukunft vorzubeugen. – Wir müssen Ψ also mit einem Bedürfnis nach Vermeidung beziehungsweise Linderung von «Schmerz» versehen. Es soll lernen können, Umständen aus dem Weg zu gehen, die seiner Gesundheit abträglich sind. Es sollte sich nicht dorthin begeben, wo Steinschlag seine Außenhaut schädigen könnte, es sollte allzu kalte Regionen meiden, da dort die Wahrscheinlichkeit hoch ist, daß das Wasser in den Vorratstanks oder sogar in den Sicherheitsventilen gefriert und Rohre zum Platzen bringt. Es sollte sich vor großer Hitze in acht nehmen, denn da könnte es geschehen, daß der Benzintank explodiert. Es sollte keine holprigen Wegstrecken befahren, da auf ihnen die Achslager ausschlagen könnten. Solche «Aversionen» kann es, wie wir gesehen haben, durch die Verknüpfung sensorischer Schemata mit Bedarfsindikatoren lernen.

Mit den genannten existentiellen und Vermeidungsbedürfnissen ist Ψ in der Lage zu überleben, wenn es zugleich weiß, *wie* es Brennstoff und Wasser heranschafft und *wie* es abträglichen Bedingungen ausweichen kann. Im Interesse seiner Flexibilität und größtmöglichen Anpassungsfähigkeit haben wir Ψ so konstruiert, daß es das Wissen über dieses Wie nicht von vornherein mit sich führt. Es muß sich Ziele zu eigen machen, und es muß lernen, welche Situationen vermieden werden sollten. Es muß sensorische und Geschehnisschemata erwerben und in Verbindung damit Verhaltensprogramme entwickeln.

Wenn die Ψs aber ohne Ziele und Zwischenziele auf die Welt kommen, stehen wir vor einem Problem, denn ohne oder mit nur wenigen Verhaltensprogrammen und sensorischen Schemata sind sie ziemlich hilflos und schweben ständig in Gefahr zu sterben, ehe sie über die notwendigen Erfahrungen verfügen. Wie können wir das verhindern? Diese Frage wird uns im Abschnitt «Die Moral» (Seite 318ff.) beschäftigen. Zuvor aber wenden wir uns dem «Auf-die-Welt-Kommen» zu. Warum sollten die Ψs Nachkommen erzeugen? Was könnte sie dazu veranlassen, neue Ψs ohne Kenntnisse und Erfahrung in die Welt zu setzen?

Liebe und Tod

Warum überhaupt Fortpflanzung? Wir könnten doch unsere Maschinen so bauen, daß sie ewig leben. Wir können ja ihre defekt werdenden Teile auswechseln und sie immer mit den neuesten Achslagern, Ventilen, Dampfröhren, Turbinenschaufeln usw. versehen.

Fortpflanzung wäre dann für sie gar nicht wünschenswert, denn sie würde ihre Anzahl ständig vergrößern, und unendlich viele Maschinen könnten nicht existieren, da ja alle Ressourcen begrenzt sind. Für das «ewige Leben» der Ψs müßten wir allerdings in Kauf nehmen, daß sie im wesentlichen gleich blieben. Das könnte auf Dauer langweilig werden, aber möglich wäre es schon.

Was aber, wenn sich die Umwelt verändert? Wenn die asphaltierten Straßen, auf denen die Maschinen leicht entlangrollen können, durch Erdbeben zerstört werden und sich statt dessen Schlamm und Geröll ausbreiten? Wenn es nötig wird, sich seinen Weg durch dichtes Unterholz zu bahnen? Dann könnte es sich ja als günstig erweisen, wenn die Ψs Spikes an den Rädern hätten oder sich vielleicht sogar mit Raupenketten versähen, um sich fortzubewegen. Könnten sie außerdem die Fähigkeit entwickeln, aus Haselnüssen, Sonnenblumenkernen und Bucheckern Öl zu pressen, statt Benzintanks anzuzapfen, um an den für die Kesselheizung benötigten Brennstoff zu gelangen, dann wäre das natürlich auch vorteilhaft. Abbildung 5.2 zeigt ein Mahlwerk samt Mundwerkzeugen, das Ψ beim Schwinden der Benzinvorräte gute Dienste leisten könnte. – Würde durch den Wechsel von Regen- und Trockenzeiten die Verfügbarkeit von Wasser stark schwanken, wäre es günstig, wenn die Ψs mit großen Reservewasserbehältern ausgestattet wären, um auf diese Weise Dürreperioden zu überstehen.

Verändert sich also die Umwelt, sollten auch die Ψs in der Lage sein, sich zu verändern. Wenn die Ψs nun sehr vergeistigt wären und sich das alles überlegen könnten und Zugang hätten zu gut ausgestatteten Werkstätten, dann könnten sie alle diese Modifikationen selbst vornehmen, könnten ihre Räder durch Raupenketten oder ihren Saugrüssel durch ein Mahlwerk ersetzen beziehungsweise ergänzen. Aber zu solchen komplizierten Planungen sind die Ψs im Moment noch nicht fähig. Wir müssen uns also etwas anderes einfallen lassen, wenn wir dafür sorgen wollen, daß sie sich weiterentwickeln.

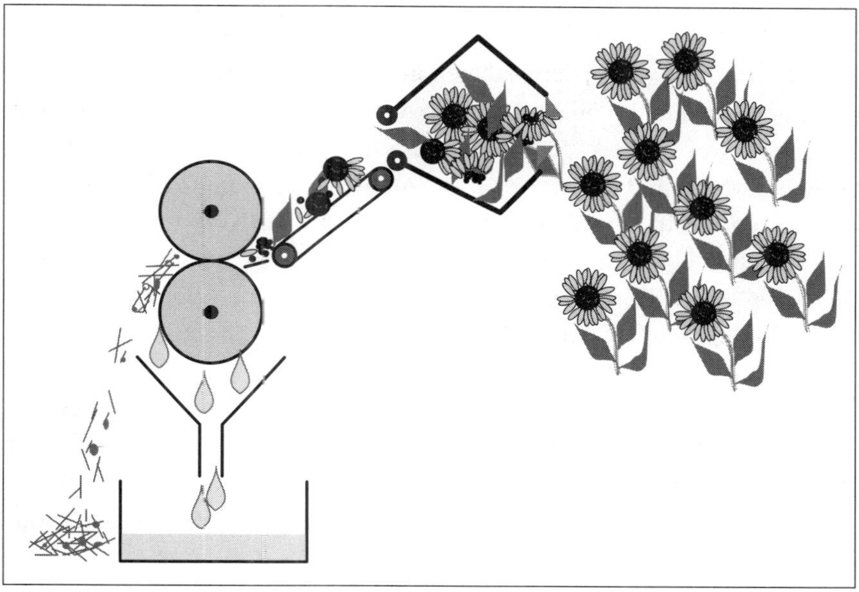

Abbildung 5.2 Mahlwerk für Sonnenblumenkerne

Die Natur hat genau für diesen Zweck die sexuelle Vermehrung erfunden und wahrscheinlich auch den Tod. Denn an sich müßte ja auch eine Zelle nicht sterben, und doch haben die weiter entwickelten Organismen allesamt eine begrenzte Lebenszeit. Warum? Eine Antwort auf diese Frage wäre: um Modellwechsel möglich zu machen! Die sexuelle Vermehrung dient der Modifikation von Bauplänen. Diese Modifikation muß nicht zwangsläufig zu einer Verbesserung führen; in der Natur sind die neu erzeugten Baupläne oft schlechter als die alten! Aber es gibt auch immer wieder Treffer. Und wenn sich solche Treffer akkumulieren, wenn sich immer wieder diejenigen Organismen, die bei ihrer Auseinandersetzung mit ihrer Umwelt besonders erfolgreich sind, zusammenfinden, um ihre

Baupläne aufeinander abzustimmen, dann kommt es zu einer Fortentwicklung.

Die Ψs müßten also dazu veranlaßt werden, ihre Baupläne zu mischen, um neue zu erzeugen. Dabei müssen wir natürlich voraussetzen, daß sie nach verschiedenen Bauplänen konstruiert worden sind und daß diese ihnen auch irgendwie zur Verfügung stehen. Zu schildern, wie das im einzelnen funktioniert, würde den Rahmen dieses Buches sprengen, weil die Regulationen nicht unkompliziert sind. Wir müßten den Ψs «Gene» einbauen, Erzeugungsvorschriften für Dampfkessel, Saugrüssel, Räder, Turbinen, Nußmahlwerke und so fort. Zwei Ψs müßten ihre Gene so mischen, daß mal die Vorschrift von Ψ_a für das Mahlwerk, mal die Vorschrift von Ψ_b für die Turbinen übernommen wird, so daß auf diese Weise der Bauplan für das neue Ψ eine Rekombination der Baupläne beider Eltern ist, also mit hoher Wahrscheinlichkeit weder mit dem von Ψ_a noch mit dem von Ψ_b übereinstimmt.

Bauplanmischung, Produktion eines neuen Ψ, das kann noch nicht alles sein. So, wie wir die Ψs konzipiert haben, sind sie hilflos, wenn sie auf die Welt kommen. Also müssen wir dafür sorgen, daß sie auf irgendeine Weise in ihrer gefährdeten Jugendzeit, in der sie von nichts wissen, behütet werden und vielleicht auch belehrt.

Das alles soll geschehen, und wir müssen dafür sorgen, indem wir die Ψs mit den entsprechenden Motiven versehen. Wir brauchen einen Antrieb zur Bauplanmischung, ein Kopulationsbedürfnis.

In der primitivsten Form könnte es wahllos sein; jedes Ψ hätte dann das Begehren, sich mit irgendeinem anderen zusammenzutun. Aber wir können es auch noch verfeinern, es zum Beispiel an bestimmte Zeiten binden, in denen die Herstellung neuer Ψs besonders leicht gelingt oder in denen die Ψs nicht allzu stark beansprucht werden durch andere Notwendigkeiten, etwa die Nahrungssuche. So sind die Brunftzeiten bei vielen Tieren eingerichtet.

Weiterhin könnte die Partnerwahl beim Austausch von Bauplänen selektiv sein. Die Ψs sollten nicht einen beliebigen Partner wählen, sondern einen solchen, der auf irgendeine Art und Weise indiziert, daß seine «Fitneß» besonders hoch ist, daß er also über einen Bauplan verfügt, der ihm eine sehr erfolgreiche Auseinandersetzung mit seiner Umwelt erlaubt. – Wie wird Fitneß indiziert? Wir könnten auch das der natürlichen Evolution überlassen. Wenn das Gelände, in dem sich die Ψs bewegen müssen, besonders unwegsam ist, der Fortbewegungsfähigkeit also eine besondere Bedeutung zukommt, könnten zum Beispiel breite Ballonreifen sehr attraktiv wirken.

Weiterhin könnten wir das Kopulationsbedürfnis mit einem initialen Verweigerungsverhalten seitens des einen Partners verbinden, so daß dieser sich nicht sofort auf ein Kopulationsansinnen einlassen, sondern zunächst Vorleistungen verlangen wird. – Wenn wir das Bedürfnis so einrichten, bekommt die Kopulation einen hohen Wert, denn die Frustration wird die Bedürfnisstärke ansteigen lassen, was die schließlich erfolgende Vereinigung sehr lustvoll macht; die Appetenzrelation, die dementsprechend durch das Lustzentrum gebildet wird, ist besonders stark.

Und da die Ψs, die sich zu Partnern erwählt haben, in der «Verlobungszeit» vieles gemeinsam erleben, werden sie sich auch jenseits der Sexualität aneinander binden, wenn sie so etwas wie ein Bindungsbedürfnis aufweisen und die Stärke der Bindung mit dem Ausmaß gemeinsamer Aktivitäten einhergeht. – So gewänne die Sexualität eine Funktion, die über die reine Fortpflanzung hinausgeht: Sie würde zur Etablierung und Aufrechterhaltung sozialer Beziehungen beitragen.

Die Moral

Die Triebe gründen sich auf Maßverhältnisse. Da die Welt harmonisch, also nach Proportionen gebaut ist, kann auch die Empfindsamkeit im Sinne des Mitleids nicht umsonst in den Naturplan eingetreten sein.

Antoine Comte de Rivarol (nach Ernst Jünger)

Wir haben Ψ mit den Voraussetzungen zum Lernen ausgerüstet; es legt Protokolle seiner Wahrnehmungsprozesse und seines Tuns an und kann daraus ganze Weltbilder gewinnen, aufgrund deren es sich in seiner jeweiligen Realität zurechtzufinden und seine Bedürfnisse zu befriedigen vermag. Wie überlebt aber Ψ, bis es die sensorischen und Geschehnisschemata und die Verhaltensprogramme erworben hat? Wenn es auf die Welt kommt, weiß es fast nichts und ist hilflos. Wenn wir ein junges Ψ sich selbst überließen, bliebe ihm nichts anderes übrig, als sich durch Versuch und Irrtum langsam die geistigen Voraussetzungen anzueignen, die es braucht.

Versuch und Irrtum? Das ist nicht sehr effektiv und außerdem ziemlich gefährlich. Denn wie leicht kann es geschehen, daß es Ψ innerhalb der Zeit, die bis zur Erschöpfung der Betriebsmittel zur Verfügung steht, nicht gelingt, sie zu erwerben, und daß es deshalb stirbt. – Und wie leicht gerät es aufgrund seiner Unwissenheit beim Versuch-Irrtums-Handeln in Situationen, die seine körperliche Unversehrtheit und sein Leben gefährden. Wollen wir also die Maschine selbst lernen lassen, auf welche Art und Weise sie ihre Bedürfnisse befriedigen kann, müssen wir sie in ihrer ersten Lebenszeit bewahren, beschützen und behüten vor den Unbilden ihrer Umwelt und sie möglichst auch belehren. Und wenn wir das nicht selber machen wollen, sondern auch in dieser Hinsicht die Autonomie der Ψs anstreben, müssen wir die Ψ-Gesellschaften so gestalten, daß die älteren Maschinen die jüngeren eine Zeitlang, bis diese selbst dazu in der Lage sind, mit Betriebsmitteln versehen, also füttern und behüten und bewahren. Anders geht es nicht. Sollen sich also die Maschinen selbständig durch Lernprozesse an immer neue Umgebungen und sich unentwegt verändernde Situationen anpassen können, müssen wir dafür sorgen, daß die Maschinen *soziale Motive* haben und einander, besonders aber den jungen, helfen und fürsorglich beistehen.

Abbildung 5.3 zeigt die Notwendigkeit eines solchen intermaschinellen Pflegedienstes. Ich habe hier das Schicksal eines Ψ über hunderttausend Zeiteinheiten aufgezeichnet. (Jede Einheit auf der Abszisse steht also für eintausend Zeiteinheiten.)

Man muß sich vorstellen, daß dieses Ψ in einer labyrinthartigen Umwelt lebt. Es gibt Gänge und Plätze wie in einer Stadt, und dort finden sich an diesen oder jenen Orten Tankstellen, Springbrunnen, Sonnenblumenfelder, Haselnußsträucher. Manche der Gänge sind gefährlich, und Ψ sollte sie besser nicht befahren. Andere Wege sind verschlossen, und Ψ muß mehr oder minder komplizierte Operationen erlernen, um sich Zugang zu ihnen verschaffen zu können. Es muß sich also ein Bild von dieser Welt aneignen, gewissermaßen

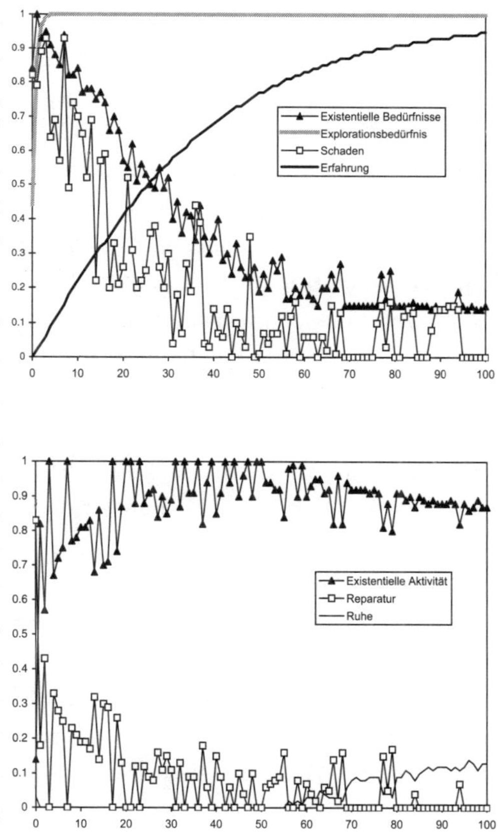

Abbildung 5.3 Bedürfnisstärken, Erfahrungszuwachs und Aktivitäten bei einem System ohne Fürsorge

einen Stadtplan, und es muß ein Wissen erwerben, was in dieser oder jener Situation zu tun ist, um seine Bedürfnisse zu befriedigen.

Ψ kommt hilflos zur Welt, ohne Verhaltensprogramme und ohne sensorische Schemata, nur versehen mit elementaren Musterdetektoren und Aktoren für basale motorische Aktionen.

Im oberen Diagramm stellt der Dreieck-Linienzug die Stärke des «Betriebsmittelbedarfs» – also der existentiellen Bedürfnisse – der Maschine dar. Wir sehen, daß sich diese bis zum Zeittakt zwanzigtausend etwa auf 75 bis 100 Prozent der Maximalstärke belaufen, was bedeutet, daß Ψ in dieser Phase unter extremem Hunger und Durst leidet. Es muß ständig so lange auf die Erfüllung seiner Betriebsmittelbedürfnisse warten, daß es, wäre nicht in der Simulation dafür gesorgt, daß es auch ohne Bedürfnisbefriedigung weiterleben kann (nur in Simulationen kann man so etwas machen!), die ersten zwanzigtausend Zeiteinheiten nicht überlebt hätte. – Der Kasten-Linienzug zeigt das Ausmaß, in dem die Maschine Schaden erlitt (Steinschlag, ausgeschlagene Achslager und ähnliches). Wäre die Maschine in der Simulation nicht unempfindlich gegen den Mangel an Betriebsmitteln, den Mangel an Instandhaltung und gegen die Wirkung widriger Umstände gemacht worden, hätte sie ihre «Jugendzeit», die ersten fünftausend Zeittakte, nicht lebend überstanden.

Immerhin: Wie aus der durchgezogenen Kurve ersichtlich wird, erwirbt die Maschine im Laufe ihres Lebens immer mehr Erfahrung im Umgang mit der Realität. Aus kleinen Erfolgen durch Versuch und Irrtum entwickeln sich immer umfangreichere Verhaltensprogramme für die verschiedenen Umstände wie auch sensorische Schemata, mit deren Hilfe Ψ beurteilen kann, ob in einer bestimmten Situation eine bestimmte Verhaltensweise angemessen ist, um ein bestimmtes Ziel zu erreichen, oder nicht. Wichtiger noch: Die Maschine erlernt Ziele. Sie koppelt Situationen, in denen ein Bedürfnis befriedigt wird beziehungsweise ansteigt, mit den entsprechenden Bedarfsindikatoren; sie erwirbt also Appetenz- und Aversionsbeziehungen. – Die relative Anzahl der erlernten Verknüpfungen (1 = alle Verknüpfungen erlernt) läßt sich aus der durchgezogenen Kurve im oberen Diagramm ablesen.

Aufgrund seiner ständig anwachsenden Fähigkeiten, die Objekte der

Umwelt zu identifizieren und zielgerichtete Verhaltensprogramme zu aktivieren, kann Ψ seine Probleme mit zunehmender Effizienz bewältigen, und die widrigen Umstände werden immer seltener; die Maschine lernt, sie weitgehend zu vermeiden, und die durchschnittliche Stärke der existentiellen Bedürfnisse liegt vom Zeittakt siebzigtausend an nur noch bei ungefähr 20 Prozent. Bis etwa zu diesem Zeitpunkt ist Ψ ausschließlich damit beschäftigt, entweder nach Benzin oder Wasser zu suchen (Dreieckkurve im unteren Diagramm) oder seine Schäden zu beheben (Kastenkurve). – Im letzten Drittel seiner Existenz hat Ψ so viel gelernt, daß es sogar mitunter ins Nichtstun (dünne Kurve unten) verfällt, weil es einfach keinen Anlaß mehr gibt, aktiv zu werden. Zuletzt nehmen die Ruhephasen mehr als 10 Prozent seiner Zeit ein. (Statt zu ruhen, könnte Ψ auch die Umgebung erkunden; einen entsprechenden «Neugiertrieb» weist es aber noch nicht auf; das wird sich später ändern.)

Aber die erste Lebensphase ist lebensgefährlich! Ohne Hilfe von außen können die Ψs nicht überleben. Sie brauchen also soziale Motive, damit sie einander helfen und beistehen.

Wie aber ist ein solches soziales Motiv beschaffen? Es kann ja nicht darauf abzielen, irgendeine Art von Materie wie Benzin oder Wasser zu suchen und zu konsumieren; im Gegenteil: Es muß darauf gerichtet sein, gegebenenfalls die eigenen materiellen Interessen hintanzustellen, das Wasser aus dem eigenen Wassertank in den einer jungen, hilflosen Maschine fließen zu lassen. Wie kriegen wir die Ψs dazu, solche altruistischen Handlungen zu begehen?

Zum einen muß Hilfsbedürftigkeit signalisiert werden. Die junge Maschine etwa muß einer alten mitteilen können, daß sie etwas braucht und was sie braucht. Wir müssen also die Ψs mit einer Art von Ausdrucksverhalten versehen, welches für andere Maschinen Signalwirkung hat und den Appell enthält, Hilfe zu leisten. Auch sollte signalisiert werden, *was* getan werden muß. Die hilflosen Maschinchen könnten also beispielsweise ein blaues Lämpchen an ihrer Außenhaut aufleuchten lassen, wenn der Wasservorrat zur Neige geht, oder spitze Schreie über ihre Dampfventile von sich geben. Sie müßten in der Lage sein, *supplikative* Signale auszusenden; so nennen die Ethologen Verhaltensweisen, die Hilfsbedürftigkeit mitteilen.

Zum anderen müßten die Ψs das Bedürfnis haben, eben diese Art des Ausdrucksverhaltens bei den anderen Maschinen zum Verschwinden zu bringen. Kurz, sie müßten das Bedürfnis haben zu helfen.

Wenn wir die Ψs sowohl mit der Fähigkeit ausstatten, Hilfsbedürftigkeit anzuzeigen, als auch mit dem Bedürfnis zu helfen, so ergibt sich das, was in Abbildung 5.4 dargestellt ist. Hier sehen wir, wie in Abbildung 5.3, die Stärke der existentiellen Bedürfnisse und unten das Ausmaß der jeweils bedürfnisspezifischen Aktivitäten, die Gefährdung durch widrige Umstände und schließlich die anwachsende Erfahrung einer Maschine, die über fürsorgliche «Eltern» verfügt. Fürsorglichkeit bedeutet, daß die «Bezugsmaschinen» immer dann, wenn die jeweiligen Bedürfnisstärken 66 Prozent des Maximalwerts übersteigen, aktiv werden und entweder die widrigen Umstände (zu große Hitze oder Kälte) beseitigen oder aber für die Betriebsmittel oder die Instandhaltung der Kleinen sorgen.

Aus der Abbildung geht deutlich hervor, daß diese Fürsorge anschlägt; die mittlere Stärke der existentiellen Bedürfnisse liegt bis zum Zeittakt zwanzigtausend durchschnittlich nur bei etwa 40 Prozent und sinkt dann auf etwa 20 Prozent ab. Auch das Ausmaß, in dem das junge Maschinchen widrige Umstände erdulden muß, ist längst nicht mehr so hoch wie bei der Maschine von Abbildung 5.3, der elterliche

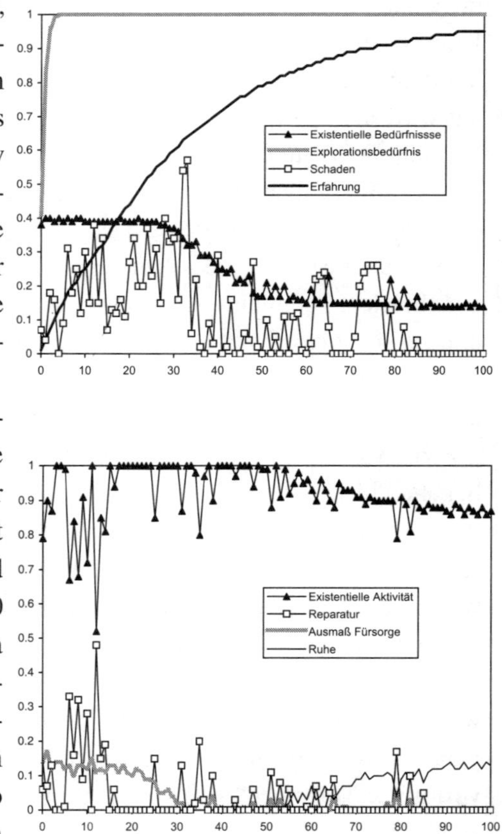

Abbildung 5.4 Die «gepflegte» Maschine

Fürsorge nicht zuteil wurde. Es geht ihr also viel besser als dieser, und es würde mit großer Wahrscheinlichkeit so lange überleben, bis es sich selbst helfen kann.

Nach dem Zeittakt zwanzigtausend wird die Fürsorgebedürftigkeit der Maschine immer geringer. Das sieht man an der grauen Kurve im unteren Diagramm, die das Ausmaß an Pflegeaktivitäten für Ψ darstellt. Aber auch in seinem späteren Leben tauchen ab und zu Phasen auf, in denen es auf die Zuwendung von «Bezugsmaschinen» angewiesen ist. Das zeigen die kleinen grauen Zacken, die sich immer wieder einmal über die Null-Linie erheben.

Fürsorglichkeit ist also auch in späteren Lebensphasen von Nutzen. Wenn die Ψs sich gegenseitig helfen, einander unterstützen, so zahlt sich das im großen und ganzen für alle Individuen aus. – Haben die Ψs zum Beispiel an ihren Achsen und Gelenken schwer erreichbare Schmierstellen, so ist eine wechselseitige Hilfe beim Ölen der Gelenke viel effektiver, als wenn jede Maschine sich allein bemüht. Ein weiterer Vorteil, der sich aus einer Kooperation der Maschinen ergäbe, basiert auf ihrer Ungleichheit. Wären sie nicht alle gleich, sondern hätten verschiedene Talente und Eigenschaften – die eine ein besonderes Geschick beim Benzindiebstahl, die andere überdimensionale Tanks, in denen viel mehr Wasser gespeichert werden kann, als sie selber braucht –, so würde sich eine Arbeitsteilung anbieten.

Nun ist es nicht schwer, die Maschinen zur Aussendung supplikativer Signale zu veranlassen, wenn die Bedürfnisstärken (die Aktivität der Bedarfsindikatoren) ein bestimmtes Ausmaß übersteigen. Wie aber läßt sich das Bedürfnis zu helfen etablieren? In den nächsten Abschnitten werden wir untersuchen, wie es beim Menschen realisiert zu sein scheint. Wir werden sehen, daß dieses «Unterstützungsbedürfnis» im Drang zur Gemeinschaft, zur Gruppenbindung, zum Tragen kommen kann, in dem Bestreben, ein nützliches Mitglied einer Gruppe zu sein. – Die Annahme eines solchen «Gruppentriebs» ist nicht neu; Aristoteles bezeichnete den Menschen als «politisches Wesen», und Schiller kannte den «Trieb zum Vaterlande». Wie sieht dieser «Trieb» nun aus? Wonach streben Menschen, wenn sie vom «Gruppentrieb» beseelt sind?

Das Glück in der Gruppe

... Und das teuerste der Bande
Wob, den Trieb zum Vaterlande!

Friedrich Schiller, *Das Lied von der Glocke*

Das «teuerste der Bande» braucht nicht unbedingt der «Trieb zum Vaterlande» zu sein; dieses Band ist wegen Überstrapazierung eher etwas morsch geworden – zumindest in Deutschland. Dafür aber gibt es Ersatz!

Berlin – Studentendemo 1990: Um zwei Uhr in der Nacht fährt der Sonderzug, der uns nach Berlin bringen soll, von Jena ab. Angefüllt mit demonstrationswilligen Studenten. Demonstrationswillig? Im Augenblick eher müde! Aber wir haben ja zugesagt, daß wir kommen, und für mich liegt die Fahrt nach Berlin ja auch auf dem Weg nach Hause.
Die in der Bahn durchwachte Nacht ist vergessen, als sich dann der Zug der Studenten in Bewegung setzt, begleitet von Fernsehkameras und Fotoreportern. Man hört: Die Volkskammer befaßt sich mit Honigpreisen. So was! Die sollen über die Finanzierung des Studiums nachdenken! Das ist das Thema des Tages, das ist unser Thema! – Jawohl, jetzt machen wir mal aufmerksam auf uns. Wir wollen nicht schon wieder diejenigen sein, mit denen man alles machen kann. – Wir sind unter uns! Ein homogenes Meer von jungen Leuten. Man freut sich gemeinsam über die witzigen Texte auf den Transparenten, schreit «Buh!», lacht die Politiker aus, läßt freche Zwischenrufe ertönen, skandiert Forderungen. Die neben einem stehen, denken wie man selbst. Sie haben dieselben Sorgen und Ängste: Ja, bei uns in Jena ist das so ... – 'ne Frechheit, nicht? – Und bei euch in Leipzig, man hört ja, daß ... – Ja, aber

erst in Dresden. – Eine Schulkameradin, lange nicht mehr gesehen, läuft mir über den Weg: Und? Wie steht's bei euch hier in Berlin?
Man fühlt sich unter Gleichgesinnten, man fühlt, man ist nicht allein, überall an den Universitäten gibt es Leute, die denken wie du. Und heute haben wir uns getroffen, um der Meinung eine Stimme zu verleihen. Zusammen sind wir stark. Und wie! Die Politiker reagieren schon, die Presse sowieso. Wir sind die Zukunft, wir sind die zukünftigen Ingenieure, Ärzte, Richter. Wir zeigen es denen, wir zeigen es diesen schmierigen Politikern, die aus der Volkskammer zu uns rauskommen und beschwichtigend blödes Zeug quatschen, wir zeigen ihnen, daß sie uns nicht gewachsen sind.
Ein paar von uns schafften es sogar, in das Gebäude der Volkskammer einzudringen, es war in den Nachrichten zu sehen. – Hast du die und die erkannt?
Was für ein Tag!

Das ist ein Bericht einer Jenenser Studentin vom Sommer 1990 (die DDR bestand gerade noch). Es geht um eine Demonstration, die die Hochschulpolitik der DDR betraf. – Betrachten wir einen weiteren Bericht über eine soziale Aktivität:

Die 11b des Alten Gymnasiums war auf Klassenfahrt. Wir waren in der Jugendherberge des Städtchens M. untergebracht, die sich etwas außerhalb der Stadt an einem Berghang befand. Hinter dem Berghang begann der Wald. Wir machten Wanderungen, besichtigten pflichtgemäß die örtliche romanische Säulenbasilika (Fundamente aus dem 11. Jahrhundert), das Heimatmuseum und die Überreste einer den Ort überragenden Burg. Morgen sollte nun die Heimfahrt sein, und am Abend wollten wir auf ebenjener Burg mit einem Lagerfeuer zu Füßen des Bergfrieds das Ende unseres Aufenthaltes feiern. Der Abend begann mit einer kurzen Ansprache des Klassenleiters, der die Ereignisse der Reise noch einmal Revue passieren ließ. Man setzte sich ans Feuer; es war etwas kühl, und alle rückten zusammen. Es wurde viel geredet und gelacht; irgend jemand riß irgendwem die Pudelmütze vom Kopf, die bei dem Versuch, sie einem anderen zuzuwerfen, ins Feuer fiel, wo sie verbrannte. Ärger, der aber schnell wieder verschwand. Plötzlich begann eine Gruppe von Mädchen zu singen. Irgendein altes Volkslied. Manche sangen, manche summten mit. Die Gespräche verstummten, und wir kramten immer mehr halbvergessene Lieder heraus, sangen, summten, legten die Arme um die Schulter des Nachbarn, blickten uns an, und alle fanden sich, die Klasse und die Lehrer prima. Ein trauriges Lied erklang, manche sahen melancholisch in die Ferne. – Ein Gefühl des Glücks, des Aufgehobenseins in der Gemeinschaft, des Gleichklangs, der Sympathie und der Harmonie.

Wenn wir davon ausgehen, daß Glücksgefühle etwas mit Bedürfnisbefriedigung zu tun haben, stellt sich die Frage: Welche Bedürfnisse wurden in den beiden geschilderten Geschehnissen befriedigt? Hunger? Durst? Sexualität? Nichts davon! Das Gemeinsame der beiden Ereignisse liegt darin, daß die Teilnehmer in die Gruppe, in eine Gemeinschaft von Gleichdenkenden, Gleichhandelnden, eintauchen. Ihr Glücksgefühl hat etwas mit dem Erleben der Zusammengehörigkeit, des Gleichklangs und der Harmonie zu tun, aber auch – in der ersten Geschichte – mit dem Erleben von Gegnerschaft und eigener moralischer Überlegenheit. Die Politiker im ersten Bericht sind «schmierig» und «quatschen blödes Zeug»; denen ist man allemal gewachsen!

Welche Bedürfnisse liegen solchen Erlebnissen des Glücks zugrunde? Es muß ja irgendein «Ungleichgewicht» beseitigt worden sein: Irgendeine Variable muß ihren Sollwertbereich wieder erreicht haben; anders läßt sich ein Lustempfinden nicht erklären.

Das Streben nach «Legitimität»

Ein guter Mensch sein, ja, wer wär's nicht gern!
Sein Gut den Armen geben, warum nicht?
Wenn alle gut sind, ist Sein Reich nicht fern!
Wer säße nicht sehr gern in Seinem Licht?
Ein guter Mensch sein, ja, wer wär's nicht gern?

Jonathan Jeremiah Peachum,
der «Bettlerkönig» in der *Dreigroschenoper*
von Bertolt Brecht

Warum sind die Demonstranten und die Teilnehmer der Klassenfahrt glücklich? Die Antwort: Sie haben ihre Bedürfnisse nach *Legitimitätssignalen* befriedigt! Das muß erläutert werden.

Der Begriff «Legitimität» wird von dem amerikanischen Soziologen Kenneth E. Boulding verwendet, um damit «okayness» (Boulding 1978, Seite 196) im Hinblick auf eine soziale Gruppe zu bezeichnen. Man fühlt sich «okay», wenn man entsprechend den akzeptierten Normen seiner Gruppe denkt und fühlt, wenn man sein Verhalten, seine Lebensweise an ihnen ausrichtet. Dieses Empfinden nennt Boulding *internale* Legitimität. Es beinhaltet einen Anspruch oder – besser – eine Erwartung, nämlich, daß sich die anderen Mitglieder der Gruppe einem selbst gegenüber normgerecht verhalten. Kurz, man kann darauf vertrauen, daß die Gruppe für einen einsteht, daß es jederzeit möglich ist, ihre Hilfe in Anspruch zu nehmen. Insofern verleiht internale Legitimität Stärke; den eigenen Kräften werden die der Gruppe hinzugefügt. – In früheren Zeiten hätte man gesagt, daß «internale Legitimität» soviel bedeutet wie «Ehre» haben. Ein ehrenhafter Mensch hat Anspruch darauf, daß seine Gruppe ihn schätzt, ihm hilft, ihm gegenüber die Normen einhält.

Der internalen Legitimität stellt Boulding die externale gegenüber. *Externale* Legitimität ist die Auffassung oder der Glaube des einzelnen, daß sich *andere* Personen oder auch Institutionen entsprechend den akzeptierten Gruppennormen verhalten. Sie ist also eine Zuschreibung, die bestimmte Verhaltenserwartungen beinhaltet. Den Ausdruck dieses Glaubens nennen wir Legitimitätssignal. Wenn jemand einem anderen ein Legitimitätssignal sendet, so drückt er damit aus, daß er das Verhalten, das Auftreten, die Rolle dieser anderen Person für «okay» hält. Solche Signale sind eine wesentliche Quelle des Okayness-Empfindens dieser anderen Person. (Eine andere Quelle der internalen Legitimität ist das eigene Erleben, also die Tatsache, daß man das eigene Verhalten als normkonform einstuft. Man fühlt sich gut, wenn man bei «Rot» *nicht* über die Straße geht, obwohl weit und breit kein Auto zu sehen ist. Den Kindern ein Vorbild! – Für die Ψs existiert bislang aber diese Quelle der internalen Legitimität nicht; sie erleben sich nicht!)

Wie sehen Legitimitätssignale (nennen wir sie kurz «L-Signale») aus? Die einfachsten bei uns Menschen sind körperliche Kontakte. Der leichte Schlag auf die Schulter, die Umarmung, Streicheln, generell viele Formen der Zärtlichkeit gehören dazu. Bei Affen ist das wechselseitige Lausen ein L-Signal.

Eine andere Form von L-Signalen ist die Wahrnehmung gleichen oder ähnlichen Verhaltens bei anderen, «statischer» Merkmale des Erscheinungsbildes, wie sie zum Beispiel die Kleidung, die Frisur, der Schmuck darstellen. Die Uniformierung (nicht nur bei Soldaten – man denke an die Nadelstreifenuniformen bei Bankern, die Jeans-und-Parka-Uniformierung bei den achtundsechziger Studenten, an Punk-, Haar- und Kleidungsmoden) hat unter anderem den Zweck, L-Signale zu erzeugen. Dabei hat sie eine doppelte Wirkung. Auf der einen Seite ist sie für den Träger eine Quelle internaler Legitimität. Anderen auf gleiche Weise Uniformierten vermittelt sie den Anspruch auf «achtungsvolle» Behandlung. Und als Indikator für die Bereitschaft zu einem entsprechenden Verhalten kann man von den anderen Gruppenmitgliedern Legitimitätssignale verlangen. – Der Biker erwartet, daß ihn der entgegenkommende Biker grüßt. Kurz die linke Hand vom Lenker! Vom Autofahrer erwartet er das keineswegs. Ein Gruß ist ein sehr wesentliches Signal der externalen Legitimität.

Damit sind wir bei den L-Signalen im Ausdrucksverhalten, dem Lächeln, der Kontaktnahme mit den Augen. Kompliziertere L-Signale gibt es auch bei der Kommunikation. Wenn jemand sagt, er habe sich im Gespräch mit einem anderen «verstanden», bedeutet dies, daß er bei ihm auf ähnliche Meinungen über die Sachverhalte dieser Welt gestoßen ist.

L-Signale bekommt man nicht «einfach so». Gewöhnlich muß man sie sich verdienen, zumindest dadurch, daß man selbst dem anderen L-Signale sendet oder indem man für einen anderen etwas tut. Das «dankbare Lächeln» erhält man, wenn man dem Autofahrer, der sich lange vergeblich bemüht hat, aus einer Nebenstraße herauszukommen, eine Lücke läßt.

Wenn wir nun annehmen, daß Menschen ein Bedürfnis nach L-Signalen genauso wie Hunger oder Durst haben, so können wir das Streben nach Gruppenzugehörigkeit und das Glücksgefühl leicht erklären. Unsere Ψs zumindest ließen sich auf diese Weise leicht sozialisieren. Abbildung 5.5 auf Seite 330 zeigt, wie so etwas genau aussehen könnte. Ein Tank ist mit einer Flüssigkeit gefüllt, die durch kleine Öffnungen an seinem Boden ständig heraustropft. Der Auslauf soll also nicht ganz schließen, er hat ein Leck, und das ist wichtig, wie sich noch zeigen wird. Oben finden wir einen Zulauf mit der Bezeichnung «Legitimitätssignale». Das System ist ständig «auf der Kippe», in Gefahr, sein «Gleichgewicht» zu verlieren, denn es tropft ja unablässig Flüssigkeit aus dem Tank heraus. Über das «Legitimitätsrohr» kann aber das Gefäß wieder aufgefüllt werden. Jedes L-Signal soll dazu führen, daß ein mehr oder minder großer Flüssigkeitstropfen in den Tank fällt und auf diese Weise der Flüssigkeitsspiegel steigt. – Die L-Signale sind nun das, worauf es hier ankommt. Die Wahrnehmung eines L-Signals ist eine «konsummatorische Endhandlung» für das Affiliations- oder Bindungsbedürfnis.

Wie ist das zu verstehen? – Das hängt davon ab, wie wir diese gesamte Schaltung in den Seelenbauplan der Ψs einfügen. Überlegen wir uns, wie sich dies am besten bewerkstelligen läßt.

Wenn der Pegel im Behälter unter die angegebene Marke fällt, stellt der Bedarfsmelder S seine Aktivität ein. Und genau das ist die Bedarfsmeldung, denn es bedeutet, daß nun der Bedarfsindikator J aktiv werden kann, was zur Folge haben soll, daß Aktivitäten in Gang gesetzt werden, die dem Zweck dienen, den Bedarf zu befriedigen, also die Umgebung zur Erzeugung von L-Signalen zu veranlassen. Ein erwachsenes Ψ wird entsprechende Verhaltensweisen kennen; wenn nicht, bleibt das Versuch-Irrtum-Verhalten. Dies kann dazu führen, daß eine Verhaltensweise entdeckt wird, die zielführend ist, also die Umwelt veranlaßt, ein L-Signal auszusenden.

Und diese Verhaltensweise wird dann mit dem Bedarfsindikator J in der schon oft beschriebenen Weise verknüpft; in Zukunft weiß Ψ, was zu tun ist, wenn es L-Signale braucht.

Bei den Ψs sind wir natürlich nicht daran gebunden, menschliche L-Signale zu verwenden. Wir könnten zum Beispiel – wie bei den Menschen – Körperkontakte bestimmter Art oder auch Lautäußerungen erwägen. Wir könnten die eiserne Haut der Ψs mit Sensoren versehen, so daß sie sich gegenseitig unüberbietbare L-Ereignisse bescheren könnten, indem ein Ψ dem anderen sanft die Flanken streichelt. Oder ein leises Trillern mit den Sicherheitsventilen des Dampfkessels könnte als L-Ereignis wirken.

Ein Ψ, dem wir ein System der in Abbildung 5.5 gezeigten Form eingebaut haben, hat also ein Bedürfnis nach L-Signalen und wird sie sich su-

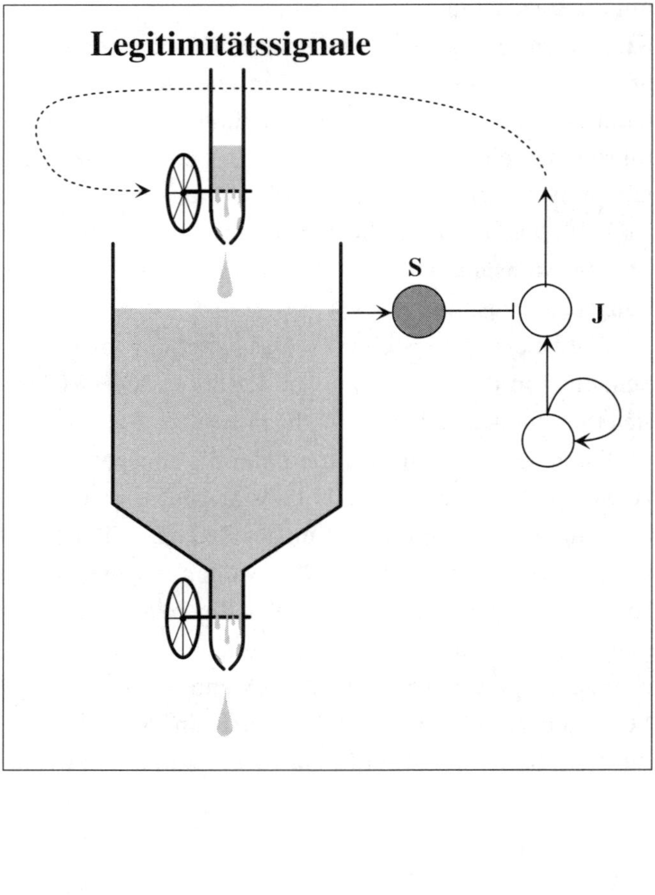

Abbildung 5.5
Das Bedürfnis nach L-Signalen

chen, so, wie es sich um die Beschaffung von Benzin oder Wasser kümmert. Sondert die Umgebung L-Signale nur dann ab, wenn bei ihr Bedürfnisbefriedigungen auftreten, dann muß man, um L-Signale zu erhalten, für die Befriedigung der Bedürfnisse anderer sorgen. Man muß sich altruistisch zeigen. Also ist das Bedürfnis nach L-Signalen eine Quelle der Nächstenliebe, und genau danach haben wir ja gesucht!

Koppeln wir nun das in Abbildung 5.5 dargestellte Motivatorsystem genau wie alle anderen Motivatorsysteme mit einem allgemeinen Lust- und einem gleichfalls allgemeinen Unlustsystem, wie es in Abbildung 5.1 (Seite 305) dargestellt ist, werden sich die Ψs bei der Wiederauffüllung ihres Legitimitätstanks wohl fühlen, während ein Absinken des Pegels Unlustsignale erzeugt.

Wir brauchen natürlich als Bedürfnisindikator für L-Signale keinen Wassertank in die Ψs einzubauen, und wir brauchen nicht dafür zu sorgen, daß die Wahrnehmung eines L-Signals eine *Wasser*zufuhr zu einem solchen Tank bewirkt. Das «hydraulische Modell» von Abbildung 5.5 dient lediglich der Veranschaulichung. Die entsprechende neuronale Struktur könnte aussehen wie in Abbildung 5.6 auf Seite 332 dargestellt. Die Funktion des Wassertanks könnte ein Neuron übernehmen, das ohne Input ständig an Aktivität verliert und durch L-Signale reaktiviert wird. In dem Neuron L kreist eine Erregung; das Übergangsgewicht, mit dem es sich selbst aktiviert, ist kleiner als 1; es könnte zum Beispiel 0.999 sein. So wird eine zunächst maximale Erregung in L langsam abklingen. Das entspricht dem sinkenden Wasserspiegel im lecken Tank der Abbildung 5.5. Je weniger aktiv aber L wird, desto weniger wird auch S aktiviert, und desto stärker macht sich der Bedarfsindikator J bemerkbar. Wenn aber ein L-Ereignis eintritt, so bedeutet das eine Aktivitätszufuhr für L; die Aktivität in L steigt an. – Das Wassertankmodell ist aber anschaulicher als die neuronale Darstellung; deshalb werde ich mich jetzt und auch in den folgenden Abschnitten dieses Modells öfter bedienen.

Mit einer Schaltung entsprechend der Abbildung 5.5 beziehungsweise 5.6 haben die Ψs ein Bedürfnis nach L-Signalen, wenn der Kessel leer ist oder das Neuron L nur noch eine schwache Aktivität zeigt. Das Bedürfnis nach L-Signalen können wir gewaltig erhöhen und zu einem ständig flie-

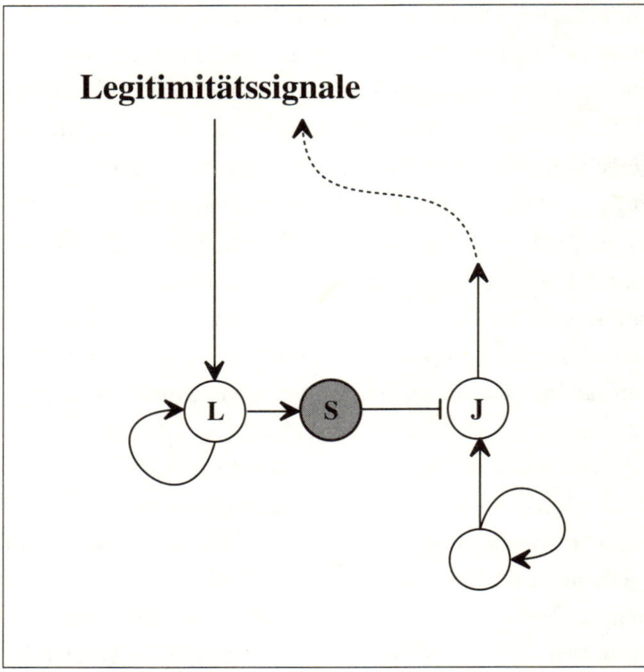

Abbildung 5.6 Ein neuronales System für ein Legitimitätsbedürfnis

ßenden Quell der Nächstenliebe erweitern, indem wir das Leck noch ein wenig vergrößern, so daß der Kessel sich noch schneller zu entleeren droht. Das Entsprechende erreichen wir durch die Gestaltung des Neurons L so, daß die Aktivierung, die es durch sich selbst erhält, nicht dem Output entspricht. Je kleiner das Übergangsgewicht L–L ist, desto größer das «Loch» im Kessel.

Durch dieses Loch sorgen wir dafür, daß das Bedürfnis nach L-Signalen bei Ψ ständig vorhanden ist. Kaum ist der Kessel einmal voll, fängt er schon wieder an leerzulaufen, und nach einer gewissen Zeit wird das Bedürfnis nach L-Signalen sehr stark werden, und Ψ wird einiges daransetzen, solche zu erringen. L-Signale aber kann es nur erwarten, wenn es bei den anderen Ψs zu Befriedigungen gleich welcher Art (also nicht nur zur Befriedigung von Legitimitätsbedürfnissen) kommt. Die Ψs sollen L-Signale erzeugen, wenn ihr Wassertank aufgefüllt wird, wenn sie Benzin bekommen und natürlich auch, wenn sie ein L-Ereignis wahrnehmen, denn das ist ja auch eine Bedürfnisbefriedigung.

Die Auffüllung des Benzintanks zum Beispiel soll dazu führen, daß ein Ψ, dem solches widerfährt, graziös seinen Saugrüssel senkt oder leise mit den Sicherheitsventilen trillert. Damit aber befriedigt es bei einem Ψ, welches das Ganze beobachtet hat, ein Bedürfnis. In Zukunft ist diese Situation – also ein *anderes* Ψ, das Benzin auftankt und dabei L-Signale produziert – für das beobachtende Ψ ein Ziel, das es anstrebt, sobald es L-Signale benötigt (und wegen des Lecks im Tank wird das oft der Fall sein). Das kann es zum Beispiel dadurch erreichen, daß es dem anderen Ψ Benzin beschafft und dieses dann erneut L-Signale erzeugt. Ψ wird in Zukunft diese und andere «altruistische» Verhaltensweisen zeigen.

Je nach Stärke des Legitimitätsbedürfnisses werden die Ψs danach streben, sich «Streicheleinheiten» zu verschaffen, die Saugrüssel sachte aneinander zu reiben, oder sie werden eine Sehnsucht nach dem charakteristischen Trillerkonzert der Sicherheitsventile entwickeln. Und da sie L-Signale nur erhalten, wenn sie anderen Ψs Gutes tun, werden sie lernen, *sozial* zu handeln.

Das, was wir bislang an Regelungen vorgesehen haben, würde dazu führen, daß die Ψ-Gesellschaften eine ganze Menge sozialer Verhaltensweisen zeigen. Nur: Sie wären dabei etwas wahllos. Sie würden anderen Ψs auch Wasser zu beschaffen versuchen, wenn diese im Moment gar keines benötigten. Sie würden sich also ungefähr so verhalten wie jene Pfadfinder, die von ihrem Gruppenführer gefragt werden, ob sie denn heute schon ihre tägliche «gute» Tat vollbracht hätten. Der eine erwidert: «Ja, ich habe einer alten Frau über die Straße geholfen!» – «Und du?» fragt der Gruppenführer den zweiten. – «Ich habe mitgeholfen!» – «Und du?» fragt der Gruppenführer den dritten. – «Ich habe auch mitgeholfen!» – «Warum denn um alles in der Welt mußtet ihr einer alten Frau zu dritt über die Straße helfen?» fragt der Gruppenführer. – «Sie wollte nicht!»

Wie kann man es verhindern, daß die Ψs ihre Hilfeleistungen wahllos und unter Umständen mit einer gewissen Gewalttätigkeit vollbringen? Das geht ziemlich einfach. Wir können sie, wie schon erwähnt, mit der Fähigkeit ausstatten, *supplikative* Signale, Signale der Hilfsbedürftigkeit, auszusenden. Wann sollte dies geschehen? Genau dann, so könnten wir die Ψs programmieren, wenn eines von ihnen ein Bedürfnis spürt, zugleich aber nicht weiß, auf welche Art und Weise es befriedigt werden kann. Die anderen Ψs würden sehr schnell lernen, daß es keinen Zweck hat, einem Genossen, der keine supplikativen Signale aussendet, zu Hilfe zu eilen. Denn unter diesen Umständen sind L-Signale nicht zu erwarten. Sie werden also in Zukunft nur solche Mit-Ψs unterstützen, die ihre Hilfsbedürftigkeit zum Ausdruck bringen. – So könnten wir bei den Ψs die Hilfeleistungen kanalisieren und die Richtungen lenken, in denen sie benötigt werden.

Zwangsläufig würden in den Ψ-Gesellschaften Normen entstehen. Nicht jede Handlung wird mit einem seelenvollen Augenaufschlag belohnt. Es muß schon auch ein supplikatives Verhalten vorangegangen sein. Aber die Ψs lernen nicht nur, daß supplikatives Verhalten eine Voraussetzung für L-Signale darstellt, sondern eignen sich natürlich auch die anderen Begleitumstände an, denn im Moment der Bedürfnisbefriedigung wird ja die gesamte Situation, in die sie eingebettet ist, mit dem Bedarfsindikator verknüpft. Und wenn ein Ψ ein sehr starkes Bedürfnis nach L-Signalen hatte, so werden die Appetenzrelationen, die es dabei erwarb, ebenfalls sehr stark sein.

Ruft also ein Ψ, das rot angemalt ist, bei einem anderen eine ganze Lawine von L-Signalen hervor, so wird dieses den roten Anstrich mit dem Bedarfsindikator für L-Signale verknüpfen. Ein Ψ mit solcher Appetenzrelation wird sich in Zukunft besonders darum bemühen, rot angemalten Ψs zu helfen. Andere Ψs wiederum, die Hilfeleistung erwarten, tun gut daran, sich rot anzumalen. Die rote Farbe ist eine Art von sekundärem supplikativem Merkmal. Ψ lernt: «Von rot angemalten Ψs kann man besonders viele Legitimitätssignale erwarten!»

So etwas könnte natürlich dazu führen, daß die Verwendung von rotem Lack eine Mode wird und alle Ψs sich rot anmalen, da sie auf diese Art und Weise bevorzugt in den Genuß von Hilfeleistungen kommen. Dies lernen also nicht nur die Ψs, die ein besonderes Verlangen nach L-Signalen treibt, sondern auch diejenigen, die andere Bedürfnisse haben. Sie lernen, daß sie durch bestimmte Verhaltensformen in hohem Maße beachtet und der Hilfe anderer Ψs teilhaftig werden. Der Erwerb von Geschehnis- und Verhaltensschemata erstreckt sich nach Einführung des Bedürfnisses nach L-Signalen nicht mehr allein auf die Fortbewegung oder die Manipulation äußerer Faktoren; vielmehr ist auch die soziale Umgebung in den Lernprozeß eingeschlossen. Die Ψs eignen sich ein Wissen an, auf welche Art und Weise sie der Hilfestellung anderer besonders sicher sein können. Indem wir supplikative Signale einführen, erreichen wir, daß die Hilfe nicht breit gestreut wird, daß sie nicht solchen Subjekten zuteil wird, die ihrer gar nicht bedürfen.

Weiterhin können wir dafür sorgen, daß auch das Bedürfnis nach L-Signalen zum Ausdruck gebracht wird. Wer einen solchen Bedarf hat, ist grundsätzlich zur Hilfeleistung bereit. Teilt er dies nun mit, wissen die Ψs, an wen sie sich mit ihren supplikativen Signalen wenden sollen. Sie würden diese nicht mehr wahllos aussenden. Solche Signale der Hilfsbereitschaft könnten darin bestehen, daß ein Ψ seine Aufmerksamkeit auf ein anderes ausrichtet, und die anderen Ψs könnten lernen, daß supplikatives Verhalten besonders bei solchen Artgenossen Erfolg hat, die diese Art von Aufmerksamkeit zeigen. – *Aufmerksamkeitszuwendung als Signal der Bereitschaft zur Hilfeleistung!*

Auf diese Weise könnten sich in einer Ψ-Gesellschaft umfangreiche Normen des sozialen Miteinanders entwickeln. Sie könnten von Gruppe zu Gruppe verschieden sein, und innerhalb jeder Gruppe würden sie dazu führen, daß sich die Mitglieder sicher fühlen; sie wissen, daß sie Hilfe fordern und erwarten können.

Die Ψs werden also einander die Hände schütteln, auf die Schultern klopfen, sich umarmen. Sie werden in der Gegend umherziehen mit «Gehorsamster Diener!» – «Na, wie geht's denn so?» – «Wünsche einen guten Tag!» – «Kann ich was helfen?» – «Ganz herzlichen Dank!» und insgesamt (fast) alle gut Freund miteinander sein. Natürlich sagen sie das alles nicht, sie können ja noch nicht sprechen, sondern tun es auf ihre Weise. – Da wir das Affiliationssystem (Abbildung 5.5 und 5.6) mit einem Leck versehen haben, werden die Ψs nicht müde, nach L-Signalen Ausschau zu halten, ihre Hilfe anzubieten, und sie werden zufrieden sein, wenn sie für ihre Hilfe einen dankbaren Augenaufschlag oder das entsprechende maschinelle Äquivalent empfangen können.

Zusätzlich könnten wir die Ψs nun noch mit dem Bedürfnis ausstatten, *Anti-L-Signale*, das heißt Abweichungen von den Gruppennormen, zu vermeiden oder zu *beseitigen*. Der Bankkaufmann in Jeans und Freizeithemd, der an einer Vorstandssitzung teilnimmt, sondert ein massives Anti-L-Signal ab; desgleichen der Student, der zu einer Fete im Nadelstreifenanzug erscheint (und zum Ausdruck bringt, daß er diesen Aufzug ernst meint). Ein Anti-L-Signal vergrößert den Abfluß aus dem Behälter der Abbildung 5.5 für eine gewisse Zeit. (In der entsprechenden neuronalen Schaltung der Abbildung 5.6 bräuchten wir dementsprechend ein inhibierendes Neuron, welches auf L wirkt und dessen Aktivität herabsetzt. Dieses inhibierende Neuron müßte durch Anti-L-Signale aktiviert werden.)

Anti-L-Signale sind gewissermaßen soziale Schmerzreize. Statten wir die Ψs mit der Fähigkeit aus, sie wahrzunehmen und zu reagieren, verstärken wir noch einmal die Bindungskräfte zwischen ihnen, denn sie werden danach trachten, solchen sozialen Schmerzreizen aus dem Weg zu gehen oder sie zu verhindern, etwa, indem sie Sanktionen gegen den Sender von Anti-L-Signalen ergreifen und ihm damit klarmachen, daß die Erzeugung solcher Signale für ihn böse Folgen hat. Also wird er in Zukunft Normbrüche vermeiden.

Mit der Programmierung der Reaktionsbereitschaft auf Anti-L-Signale handeln wir uns aber auch gewisse unerwünschte Nebenwirkungen ein: Es kann geschehen, daß es zu Ab- und Ausstoßungsreaktionen kommt, daß die Ψs den schrill pfeifenden Kollegen den nächsten Abhang hinunterschubsen, statt ihm bei seinen Beschwerden zu helfen. – Bei Tieren sind derlei Verhaltensweisen nicht selten. Eine Ente, die sich das Bein gebrochen hat und deshalb hinkt, oder ein Huhn mit einer Wunde am Kamm werden oft von den Genossen erbarmungslos beseitigt. – Etwas überspitzt formuliert könnten wir also sagen, daß die Regulationen, die wir bei den Ψs zum Zwecke der Erzeugung von Nächstenliebe eingeführt haben, auch zu Grausamkeit und Mord führen können.

Die Ψs sind gut aus purem Egoismus, nämlich, weil sie ihre Bedürfnisse nach internaler Legitimität befriedigen wollen. Es handelt sich also gewissermaßen um eine Güte minderen Ranges, da sie nicht wirklich «selbstlos» ist. Und außerdem *entscheiden* sich die Ψs ja nicht dafür; der Bedarfsindikator wird ja bei sinkendem Pegel im Tank automatisch aktiv, und dann können sie gar nicht anders, als nach L-Signalen zu streben. Sie entschließen sich nicht dazu, es kostet sie keine inneren Konflikte, und sie haben auch keine Einsicht in die Ursachen ihrer Güte.

Wir könnten allerdings den Altruismus auch «kognitiv» erzeugen, indem wir die Ψs über die jeweilige Situation nachdenken lassen. Sie könnten sich «ausrechnen», daß es auf Dauer mehr bringt, sich kooperativ zu verhalten, als nur das eigene Wohlergehen anzustreben. (Nein, im Augenblick sind sie dazu noch nicht fähig, weil sie die Kunst des Nachdenkens nicht beherrschen. Aber das wird sich noch ändern!)

Bei Menschen gibt es «kognitive Güte». Wenn wir vor der Wahl stehen, ob wir eine «Schmarotzerrolle» auf Kosten der Allgemeinheit spielen oder aber uns kooperativ verhalten sollen, so sehen wir *auf die Dauer* ein, daß die Schmarotzerrolle auch den eigenen Interessen zuwiderläuft. Denn wir werden feststellen, daß bei eigenem unkooperativen Verhalten eine starke Tendenz bei den anderen Gruppenmitgliedern entsteht, uns gleichfalls unkooperativ zu begegnen. Und das treibt die Kosten für alle in die Höhe (Glance und Huberman 1993).

Kooperation und Rücksichtnahme aus Einsicht! Das geht; leider aber nur unter bestimmten Umständen. Eine solche Lösung fordert zunächst einmal die *Fähigkeit* zur Einsicht in die langfristigen Folgen des Verhaltens, und das klappt meistens erst, nachdem alle Beteiligten leidvolle Erfahrungen gemacht haben, und funktioniert mit hoher Wahrscheinlichkeit nicht, wenn es nur um den einmaligen, schnellen Profit oder um Überleben oder Untergang des einzelnen geht. Jonathan Jeremiah Peachum, dessen Betrachtung über die Bedingungen menschlicher Güte ich diesem Abschnitt als Motto vorangestellt habe, fährt dementsprechend auch fort:

Doch leider sind auf diesem Sterne eben
Die Mittel kärglich und die Menschen roh!
Wer wollte nicht in Fried' und Eintracht leben
Doch die Verhältnisse, die sind nicht so!

Der Postkartenverkäufer auf dem Platz vor dem Dom zu Pisa versucht durchaus, auf einen Fünfzigtausend-Lire-Schein so herauszugeben, als wären es fünftausend Lire gewesen. Wenn es klappt: ganz prima, wenn es nicht klappt, na ja, dann gibt man eben auf fünfzigtausend heraus, der Tourist hat das Vertrauen in die Ehrlichkeit von Postkartenverkäufern verloren, aber was tut es: Gleich kommen neue Touristen! Wenn es um das einmalige Geschäft geht, braucht man sich um Fairneß und Anstand nicht zu kümmern. Das Geschäft ist ein Piratenakt; man segelt mit der gewonnenen Beute schnell von dannen und sucht sich ein anderes Schiff, das man überfallen kann.

Ist man an langfristigen Geschäftsbeziehungen interessiert, so kommt es allerdings auf Fairneß an. Und so entwickelten sich *dann* die Konzepte eines ehrlichen und fairen Handels, die sich in Leitbildern für richtiges kaufmännisches Verhalten niederschlagen. Auf das Handeln als «ehrsamer Kaufmann» waren die Hamburger stolz! – Moral kann durchaus die Voraussetzung für Profit sein; hat man es auf langfristigen Profit abgesehen, ist sie sogar eine notwendige Voraussetzung.

So hoch man es gemeinhin schätzen mag, daß hinter einem Verhalten Vernunftgründe stehen, darauf allein sollte man sich nicht verlassen. Vernunft bedeutet keineswegs immer auch eine Förderung der Moral! Sie bedeutet, Handlungsalternativen zu erwägen, und die Folgen solcher Erwägungen können durchaus unmoralische Verhaltensweisen sein. Wenn es nicht riskant ist, kann es durchaus vernünftig für den einzelnen sein, sich roh gegenüber anderen zu zeigen.

Von den Interessen der Gruppe aus gesehen ist Vernunft keineswegs immer erstrebenswert. Besser, die Leute bleiben dumm, dann fügen sie sich widerstandslos in die geltenden Gruppennormen! Der Biß in den Apfel vom «Baum der Erkenntnis» bedeutet die Wahlmöglichkeit und damit die Möglichkeit der Sünde.

Die Einführung des Bedürfnisses nach internaler Legitimität führt dazu, daß die Ψs automatisch moralisches Verhalten anstreben; es ergibt sich aus diesem Bedürfnis. Diese Lösung hat den Vorteil, daß sie gänzlich ohne Einsicht in Vernunftgründe auskommt und Individuen selbst dann zu kooperativem Verhalten bewegt, wenn ein einmaliger «Piratenstreich» ohne Folgen für sie bliebe. Bei unseren Ψs in der jetzigen Ausbaustufe funktioniert das sicher. Wenn wir sie allerdings mit Vernunft versehen (was wir im siebten Kapitel tun werden), funktioniert es nicht mehr sicher, da durch die Fähigkeit, Verhalten zu erwägen, die unmittelbare Verbindung von Bedürfnis und Handeln aufgehoben werden kann. Vernunft ermöglicht Willensakte und damit die Unterdrückung von Bedürfnissen, auch die Unterdrückung des Bedürfnisses nach internaler Legitimität.

Das Bedürfnis nach internaler Legitimität, also nach Gruppenbindung, nach Normkonformität, richtet sich nicht auf einen bestimmten Stoff, auf einen bestimmten physikalischen Zustand, sondern ist ein Bedürfnis nach *Information.* Welche physikalische oder chemische Form ein L-Signal hat, ist gleichgültig. Bei Hunger und Durst dagegen sind die zur Bedürfnisbefriedigung zu «verzehrenden» Materialien physikalisch und chemisch festgelegt. Orangensaft statt Benzin: Das geht nicht.

Da das Bedürfnis nach L-Signalen ein informationelles ist, kann alles mögliche zum L-Signal werden. Bestimmte Objekte oder Ereignisse sind vorgeprägte L-Signale, zum Beispiel das Lächeln oder der Augengruß (siehe Eibl-Eibesfeldt 1987, Seite 693), fast beliebig viele andere können dazu gemacht werden. Wie wird etwas zum L-Signal? Mit dieser Frage werden wir uns in den nächsten beiden Abschnitten befassen.

Marschmusik für Mäuse

Die nordamerikanische Präriewühlmaus zeichnet sich gegenüber anderen Nagern dadurch aus, daß sie monogam lebt. Die Paare halten ein Leben lang zusammen. Auch kümmern sich die «Eheleute» viel ausgiebiger um ihre Jungen als zum Beispiel die nahe verwandten polygamen Wiesenwühlmäuse, wobei sich die Männchen fast genauso intensiv an der Pflege beteiligen wie die Weibchen. Beide Elternteile zeigen also eine außergewöhnlich starke Bindung zueinander und auch zu ihrem Nachwuchs (Carter und Getz 1993).

Die Bindung der Mäusepaare wird durch eine erste «Hochzeitsphase» mit ausgiebigen sexuellen Kontakten eingeleitet. Dabei dient die Sexualität keineswegs allein der Vermehrung; vielmehr kopulieren die Tiere noch stundenlang weiter, nachdem sie längst alle Voraussetzungen für eine Trächtigkeit des Weibchens geschaffen haben. Nach den «Flitterwochen» schwindet übrigens die Begeisterung der Präriewühlmäuse für die Sexualität in hohem Maße; anscheinend dient die erste opulente sexuelle Aktivität hauptsächlich der Erzeugung einer intensiven Partnerbindung.

Bei der Etablierung dieser Bindung scheint bei den Weibchen ein bestimmtes Hormon, nämlich Oxytocin, eine besondere Rolle zu spielen. Die Sekretion von Oxytocin wird durch die Stimulierung der Genitalien ausgelöst, aber auch schon – wenn auch in geringerem Maße – durch reinen Körperkontakt. Auch wird sie durch einen Saugreiz an den Zitzen angeregt und erhöht ihrerseits die Milchproduktion. Das Hormon bewirkt Kontraktionen der Brustdrüsenzellen, aber auch der Uterusmuskulatur (in der Humanmedizin wird es deshalb zur Geburtseinleitung eingesetzt). Bei Schafen und Ziegen ist festgestellt worden, daß ein erhöhter Oxytocinspiegel nach der Geburt die Mutter-Kind-Beziehung verstärkt.

Bei den Präriewühlmäusen sind nun die Oxytocinrezeptoren im limbischen System besonders häufig, einer Hirnregion, die wiederum in engem Zusammenhang mit der Steuerung des sexuellen und sozialen Verhaltens steht. Das Hormon hat also etwas mit dem Aufbau einer Bindung zu den Jungen und zu einem Partner zu tun. Die Ausschüttung von Oxytocin führt zu einer größeren Bereitschaft, eine dauernde Sympathiebeziehung zu anderen Tieren aufzubauen; die Partner suchen die wechselseitige Nähe.

Bei den Männchen der Präriewühlmäuse scheint für die Etablierung der Bindung nicht das Oxytocin, sondern das (chemisch nahe verwandte) Vasopressin die entscheidende Rolle zu spielen. Die Sekretion dieses Hormons hängt von ähnlichen Umständen ab wie die Oxytocinausschüttung, nämlich von sexuellen und sozialen Aktivitäten. Beim Männchen hat aber die Bindung neben der Nähe zur Partnerin und der Beteiligung an der Brutpflege noch weitere Konsequenzen: Es zeigt eine erhöhte Kampfbereitschaft Eindringlingen gegenüber und verteidigt Weibchen, Junge und Revier mit großem Eifer.

Interessant bei den durch Oxytocin und Vasopressin etablierten Bindungen ist, daß sie zwar – auch – durch sexuelle Aktivitäten ausgelöst werden, aber nicht sexueller Natur sind. Vielmehr existieren bei den Präriewühlmäusen wirksame Inzestbarrieren; es gibt praktisch keine Paarungen innerhalb der Familie über die von Vater und Mutter hinaus.

Oxytocin und Vasopressin scheinen also eine Art «Affiliationskleister» zu sein. Sie bestimmen, was in Zukunft als L-Signal wirken kann, in wessen Nähe sich das Tier wohl fühlt, für welche anderen Artgenossen (gewöhnlich also die Jungen und den Sexualpartner) es sich einzusetzen bereit ist. Carter und Getz bezeichnen deshalb Oxytocin auch als den «Stoff der sozialen Bindung». Die Oxytocin- beziehungsweise Vasopressinausschüttung bewirkt eine Prägung auf bestimmte Ereignisse, die in Zukunft als Legitimitätssignale wirken können.

Vielleicht lohnt es sich, zu untersuchen, ob die Teilnahme an Rock-Festivals, Militärparaden und ähnlichen Veranstaltungen mit großer körperlicher Nähe und (durch Musik) synchronisierten physischen und psychischen Aktivitäten zu einer erhöhten Sekretion dieser Hormone führt. Im nächsten Abschnitt werden wir uns mit diesem Thema ein wenig befassen.

Zusätzlich zu L-Signalen, deren Wirkung angeboren ist, können also *neue* L-Signale durch Oxytocin- beziehungsweise Vasopressinausschüttung erzeugt werden. Auf diese Weise wird die *Privatisierung* sozialer Bindungen möglich. Einzelne Individuen erwerben ihr spezifisches Profil mit Hilfe von L-Signalen; ganz bestimmte Leute oder Dinge werden ihnen dadurch besonders lieb, und sie streben ihre Nähe an. – Abbildung 5.7 auf Seite 342 zeigt eine Schaltung, die Ψ mit einem analogen Mechanismus ausstattet. Der Lernprozeß, um den es hier geht, stellt eine Verknüpfung zwischen einem sensorischen Schema und dem K-Neuron her.

Durch ein Prägungssignal des Verknüpferneurons V können neue Inputs für K etabliert werden. Zunächst wirkt nur das sensorische Schema A als L-Signal, die Aktivierung des Schemas B nicht. Wenn nun aber B und gleichzeitig V aktiv werden, so ist auch die Aktivierung von B in Zukunft ein L-Signal. – Das Verknüpferneuron V würde bei den Präriewühlmäusen durch Oxytocin oder Vasopressin aktiviert werden; wenn wir uns bei den

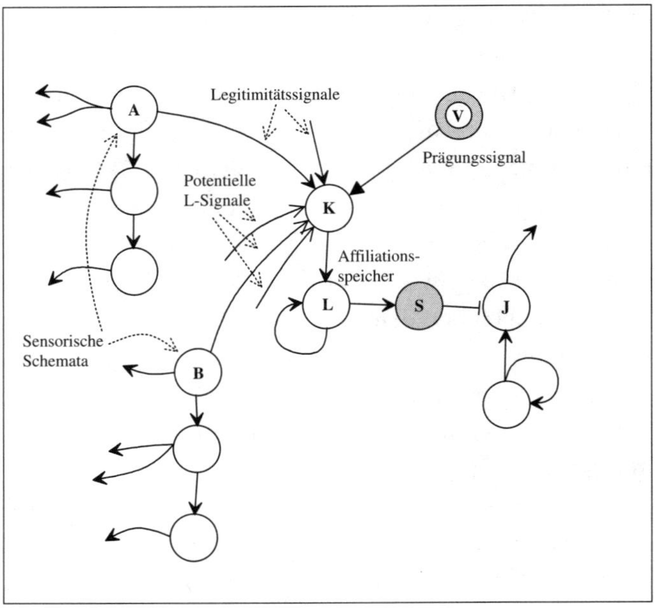

Abbildung 5.7
Ein System zur Prägung neuer L-Signale

Maschinen die Einführung von Hormonen ersparen wollen, so könnte das Prägungsneuron V durch andere Neuronen aktiviert werden, etwa durch bestimmte sensorische Schemata, die soziale Aktivitäten einer bestimmten Art signalisieren.

Wir könnten zum Beispiel dafür sorgen, daß bei der Wahrnehmung eines hohen Ausmaßes gemeinsamer, gleichgerichteter Aktivitäten, etwa beim gemeinsamen Marschieren oder Tanzen, das V-Neuron erregt wird. Die Wahrnehmung der besonderen Bemalung der an der Aktivität beteiligten Ψs, die Wahrnehmung ihrer spezifischen Verhaltensweisen in dieser Situation, würde dann in Zukunft als L-Signal wirken (und bei leerem Legitimitätstank zu einer Sehnsucht nach den entsprechenden Ereignissen führen). Auf diese Weise könnten wir bei Ψs und Präriewühlmäusen, vielleicht auch bei Menschen, bewirken, daß ein auf ein buntes Tuch gemalter Nagel, ein Hammer, ein Hammer und eine Sichel, ein Kreuz, ein Kreuz mit Haken dran oder was auch immer – zum Beispiel auch die Jeans des Demo-Nachbarn, eine bestimmte Form von Musik, eine bestimmte Frisur – eine besondere «Bedeutung» bekommen, weil ihre Wahrnehmung ein L-Signal ist, also Lustsignale erzeugt.

Wenn die Wahrnehmung gleichgerichteter sozialer Aktivitäten nicht nur selbst ein L-Signal ist, sondern auch dazu führt, daß die gleichzeitig vorhandenen Umstände durch Prägung L-Signale werden, so liegt darin ein Mechanismus für die Etablierung von Normen. Waren alle oder die meisten der an einer gemeinsamen Aktivität beteiligten Ψs rot-gelb lackiert, ist Rot-Gelb in Zukunft ein L-Signal und Nicht-Rot-Gelb ein Anti-L-Signal, das zu Ausstoßungsreaktionen führen kann. Rot-Gelb ist verbindlich.

Müssen solche Bindungen ewig bestehen bleiben? Wir könnten natürlich eine Verfallsrate für die Verknüpfungen der Schemata mit dem K-Neuron einführen; dann würden die Bindungen allmählich, je nach Größe der Verfallsrate schneller oder langsamer, wieder verschwinden.

Marschmusik für Menschen

Fische schwimmen im Schwarm, und wenn man einen Fisch von seinem Schwarm trennt, scheint er sich sehr unbehaglich zu fühlen und richtet sein ganzes Sinnen und Trachten darauf, sich seinen Genossen wieder zuzugesellen. Warum fühlt sich der einsame Fisch nicht wohl? Wir wissen es natürlich nicht, aber andererseits ist offenkundig, daß das Schwimmen im Schwarm den Fischen Vorteile bringt. Der Schwarm macht den einzelnen Fisch mächtiger und kräftiger, und sei es nur dadurch, daß es einem Raubfisch schwerer gelingt, in einem Schwarm einen Fisch zu erwischen, als wenn er einem Fisch einzeln begegnet und sich ganz auf ihn konzentrieren kann. Im Schwarm werden die Jagdaktivitäten des Raubfisches ihre Koordiniertheit verlieren; aufgrund der vielfachen Reize wird er sich mal diesem und mal jenem zuwenden, und insgesamt mag es sein, daß seine Jagdchancen etwas geringer werden und der einzelne Fisch sich im Schwarm sicher fühlen kann.

Nun weiß der Fisch davon nichts (zumindest, soweit uns bekannt ist). Aber es ist ihm einprogrammiert, daß er im Schwarm bleibt und dessen Bewegungen mitvollzieht. Die Wahrnehmung dieser Gleichartigkeit der Bewegungen gibt ihm Kraft; sie könnte für ihn ein L-Signal sein.

Wie steht es nun in dieser Hinsicht mit den Menschen?

Der Oberst sprach nicht lange, und seine Stimme war rauh und die Worte abgehackt. Das Hurra auf den Kaiser krächzte er mit der letzten Anstrengung, und ihm orgelte mit unbeschreiblicher Gewalt dreimal die Antwort des Regimentes entgegen …
Einen Augenblick lang war alles still. Nur der Gaul des Obersten warf den Kopf hoch, und die Kinnkette klirrte. Wir standen stramm und hatten die Augen links. Unbeweglich verharrte die breite Front des Regimentes. Plötzlich knallten Kommandos, rauschend krachten die Gewehre hoch. Mit einem dumpfen Paukenschlag setzte die Musik ein.
Jetzt war die Luft vom Dröhnen erfüllt. Es war, als habe sich ein Gewitter auf dem Boden gelagert, und zuweilen zuckten die Blitze der Trompeten und Klarinetten aus der grauen Wolke. Von der dunklen Masse löste sich das Musikkorps ab, nun scholl das Becken in den Paukenschlag, das Wirbeln der Trommeln, und die hohen, feurigen Töne verbanden sich zu einer wilden, ungehemmten, todesmutigen Melodie. Die Sonne prallte an die funkelnden Instrumente, mit dem Schlag der Pauke fiel der Marschtritt zusammen, und uns wehte der heiße Luftzug der Musik an Brust und Gesicht, als habe eine übermächtige Hand den Wind in eine Faust geballt und würfe ihn uns gewaltig zu, durch uns hindurch, an die hohe Mauer der Kaserne, und es prallte zurück, die tolle, mit allen Spannungen geladene Mischung aus Luft und Musik, aus Mut und Drohung und Gefahr.
War nicht auch Jubel in der Melodie? Hohn und Kraft und auch Jubel, und ein Geschmetter, das keinen Raum mehr

ließ für die kleinen Gefühle, keinen Raum für Gedanken, keinen für das Vorher und Nachher, und nur für eine Bereitschaft, die nichts mehr zu fürchten erlaubte. Jetzt schwenkte das Musikkorps ein. Jetzt schollen noch einmal die Kommandos, die erste Kompanie trat an.
Der Oberst hob die Hand an den Helm. Das Regiment trat auf der Stelle, viertausend Beine hoben sich auf einen Zug und stießen wieder auf den Boden, frei weg, die erste Kompanie schnellte los, die Beine wie an der Schnur gezogen vor und hieb sie nieder auf Gras und Grund, achtzig Zentimeter Spanne von Fuß zu Fuß – die Fahne kommt heran. Da ist die Fahne, weiße Seide, schwarzes Kreuz, und Bänder an der Stange, zwei Offiziere mit gezogenem Degen flankieren sie. Die Fahne vorbei, die Augen starren ihr nach, die Herzen reißt sie hinter sich, und hinter sich den Major des ersten Bataillons, und hinter sich die erste Kompanie, und hinter sich das Regiment, das vom Platz aus hinausmarschiert in die Stadt, und von der Stadt in den Zug und vom Zug in das Feld, an den Feind. Da ist die erste Kompanie. Der rechte Flügeloffizier, Zugführer vom ersten Zug, das ist der Leutnant von Alt-Stutterheim. Hoch schnellt der Degen, blitzt und senkt sich tief zur Erde, die Erde stäubt vom hundertfältigen Schritt, die Erde dröhnt und stöhnt, zweihundertfünfzig Mann vorbei …
Die zweite Kompanie, die dritte und vierte. Immer von neuem wälzt es sich heran, stößt es vor in breiter Front, ohne Beule noch Bucht, eine Mauer hinter der anderen, das ganze Regiment wie eine tief in Reihen gegliederte Maschine, unerbittlich, exakt, viertausend Menschen und ein Regiment, gepeitscht vom kriegerischen Hymnus der Musik. Wer kann da widerstehen? Wer setzt sich entgegen der Gewalt, der Jugend und der Disziplin, der bereiten Tausendfalt, geformt in einem Willen? Der Waldrand scheint

> *zurückzuweichen, die Erde bebt und bäumt sich auf, Geklirr von Waffen und Geknirsch von Lederzeug, und dunkle Augen unterm Helmrand. Leibgrenadiere 109, Gardelitze, weiße Achselklappe, vielhundertjährige Tradition. Geformt, gestählt in langen Jahren, geschworen auf die Fahne, geübt im Sterbenlehren und im Sterbenlernen, genommen aus dem Samen eines Volkes und an den Krieg gesetzt.*

Was haben Sie da gerade gelesen? Einen Bericht über eine L-Signal-Orgie! Über eine Massenveranstaltung mit vielerlei gleichgerichteten Aktivitäten. Die gleiche Kleidung! Das gemeinsame Hurra-Rufen! Die parallelisierten Manipulationen mit dem Gewehr, der Parademarsch, die enge Tuchfühlung, die Musik als Koordinationsinstrument.

Ernst von Salomon hat sein autobiographisch gefärbtes Buch *Die Kadetten* etwa fünfzehn Jahre nach dem oben geschilderten Ausmarsch des Badischen Leibgrenadierregiments in den Ersten Weltkrieg geschrieben, aber immer noch spürt man den unauslöschlichen Eindruck, den dieses Ereignis auf den damals wohl etwa zwölfjährigen Kadetten gemacht hatte. – Das Schwimmen im Schwarm gibt nicht nur Fischen Kraft und Mut, auch Menschen gewinnen etwas dadurch, wenn sie Teil einer mächtigen Maschine werden dürfen, die sich im Gleichtakt bewegt und in der der einzelne seine Individualität verliert. Das Beispiel zeigt, wie sich in einer solchen Situation ein orgiastisches Glücksgefühl einstellen kann, und es ist leicht zu verstehen, daß der einzelne bereit ist, für die Gemeinschaft, die ihm diese Glücksgefühle vermittelt, fast jedes Opfer zu bringen.

Nebenbei: Wir bräuchten, um solche orgiastischen Erlebnisse bei Massenveranstaltungen zu beschreiben, nicht in das Jahr 1914 zurückzugehen, sondern könnten auch Rock-Festivals, Studentendemonstrationen und ähnliche Veranstaltungen heranziehen, die uns zeitlich näher liegen.

Die Plastizität des Legitimitätsbedürfnisses, die Möglichkeit, es umzuprogrammieren und durch Steuerung der Oxytocin- oder Vasopressinausschüttung (oder deren Analoga) fast beliebige Ereignisse, zum Beispiel auch die Wahrnehmung von Fahnen oder Uniformen, zu L-Signalen zu prägen, erlaubt es uns, die gruppenbezogenen Aktivitäten der Ψs in bestimmte Richtungen zu lenken. Wenn sich das Bedürfnis nach L-Signalen nicht auf sehr spezifische Signale beschränkt, sondern auf die gesamte Gruppe bezieht, so ist dies von großem Vorteil für freiwillige Ernteeinsätze, unbezahlte Samstagsarbeit, die Bürgeraktion «Sauberer Stadtwald» und ähnliches. Wollte man ein hohes Ausmaß einer so gearteten Hilfsbereitschaft erreichen, täte man gut daran, die Ψs aus ihrer normalen Umgebung herauszunehmen und in eine Klosterzelle oder in eine Kaserne zu sperren. Dann liefe ihr Legitimitätstank leer, und wenn das geschehen wäre, müßte man für L-Signale einer ganz bestimmten Art sorgen, was sich beispielsweise bewerkstelligen ließe, indem man Massenveranstaltungen der oben beschriebenen Art inszenierte. Auf diese Weise gäbe man dem Bedürfnis nach L-Signalen ein neues Ziel.

Dabei gälte es, die immer mögliche Privatisierung des Legitimitätsbedürfnisses zu verhindern, da diese Energie von der Gruppe abziehen würde. Und so macht es Sinn, daß totalitäre Systeme die Liebe ächten, wie es Orwell in seinem Buch *1984* beschreibt. Auch dem Gebot des Zölibats in der katholischen Kirche liegt wohl diese Logik zugrunde. Liebe ist gewöhnlich nicht allein Sexualität, sondern in hohem Maße die Privatisierung des Bedürfnisses nach Legitimitätssignalen und seine Ausrichtung auf einzelne Personen. Durch sie werden der jeweiligen Gemeinschaft (dem Staat, dem Orden, dem Heer) die Triebkräfte entzogen, die sie für sich selbst beanspruchen zu müssen glaubt.

So finden wir das mönchische Ideal allenthalben dort, wo auf ein starkes Gemeinschaftsgefühl Wert gelegt wird. – «Der Soldat soll sein Glück durch das Schwert machen, nicht durch die Scheide!» beschied Friedrich der Große das Heiratsgesuch eines Husarenkornetts (die friderizianischen Offiziere mußten um die Erlaubnis zur Heirat einkommen!). Den Beschluß des alten Fritz versteht man falsch, wenn man ihn als Verbot der Sexualität auffaßt. Gegen diese hatte der Preußenkönig nichts einzuwenden; allerdings hatte sie gefälligst «bindungsfrei» zu geschehen. Und wenn schon Bindungen privater Art, dann bitte innerhalb der Gemeinschaft.

Allerdings geht es in militärischen Gruppen nicht *nur* um Affiliation. Vielmehr sind die L-Signale eng mit der Demonstration von Stärke und

Macht verknüpft. Das Bedürfnis nach einem Gefühl der Stärke hat nun viel mit der Kompetenzregulation zu tun, auf die ich später in diesem Kapitel eingehen werde. Die Erfahrung der Gemeinschaft, verbunden mit einer Demonstration ihrer Macht, und die dadurch bewirkte Erhöhung des Kompetenzgefühls sind die Ingredienzien des Getränks, dessen Wirkung uns Ernst von Salomon schildert. Daß eine solche Erfahrung des Gleichklangs, der gemeinsamen Kraft im einzelnen die Bereitschaft weckt, für die Gemeinschaft, die ihm diese Glücksgefühle vermittelt, fast jedes Opfer zu bringen, kann nicht weiter verwundern. Und so lieben Institutionen, die an einem starken Gemeinschaftsgefühl interessiert sein müssen, die Inszenierung von kollektiven L-Signalen.

Der Traum des Bonhomius

Erscheinen Ihnen diese Phänomene – das Bedürfnis nach L-Signalen, das supplikative Verhalten, die Anti-L-Signale – einleuchtend? Mir schon! Auf diese Art und Weise bekommen wir doch eine Ψ-Gesellschaft, in der eitel Glück und Wonne herrscht. Die Ψs werden durch das Bedürfnis nach L-Signalen sozialisiert; ihr Sinnen und Trachten ist darauf gerichtet, einander zu helfen und beizustehen.

Man könnte nun meinen: Wie schön! Wir haben es geschafft, den Traum des guten Roboters Bonhomius zu realisieren, von dem in der Einleitung die Rede war. Er versucht, die Gemeinschaft der Menschen dadurch zu bessern, daß er sie mit einer bestimmten Droge, nämlich Altruicin, zur Güte zwingen will. Leider geschieht ein Mißgeschick. Das Säckchen mit Altruicin fällt dem Bonhomius in einen Fluß, und über diesen gelangt es in überstarken Dosen ins Trinkwasser einer Stadt. Die Folgen sind fürchterlich! Keineswegs beschert das Altruicin der Stadt Frieden und Glückseligkeit. Im Gegenteil! Aber diese Geschichte lesen Sie lieber bei Stanisław Lem nach.

Wir haben es nun ganz ohne Altruicin geschafft. Die Ψs haben einen eingebauten Tank für Legitimitätsereignisse, der ständig leerzulaufen droht und auf diese Weise dafür sorgt, daß die Ψs unentwegt – zumindest dann, wenn keine anderen, stärkeren Motive vorliegen – nach supplikativen Signalen Ausschau halten und sich umeinander kümmern. In einer solchen Gemeinschaft kann es nur Freude und Sonnenschein geben!

Wirklich? So sicher ist das leider nicht. Denn diese Affiliationsprogrammierung, so einfach und vernünftig sie auf den ersten Blick erscheinen mag, kann doch die Quelle von Konflikten und auch dauerhaften Feindschaften sein. Kurz gesagt, durch das Bedürfnis nach L-Signalen kommt auch die Eifersucht in die Welt! Nehmen wir einmal an, Ψ Anna fährt mit einem ziemlich leeren Affiliationstank in der Gegend umher. Dabei begegnet sie nun Ψ Berta, die in hohem Maße supplikative Signale ausstrahlt. Anna weiß, was sie zu tun hat, und versucht, Berta in ihren Nöten zu helfen. Das gelingt auch, und Anna kassiert von Berta eine ganze Kaskade von L-Signalen, wodurch ihr Bedürfnis nach solchen Signalen in starkem Maße befriedigt wird; zugleich aber wird sie auf Berta gewissermaßen geprägt, da diese ja die intensiven L-Signale aussandte, eine Erfahrung, die für Anna mit großer Lust und den entsprechenden Lernsignalen verbunden war. Wenn sie wieder ein Bedürfnis nach L-Signalen verspürt, ist sie ganz darauf versonnen, Berta und niemand anderem etwas Gutes zu tun, damit diese erneut die L-Signale ausstrahlt, auf die Anna nun einmal fixiert ist. Wichtig ist nun, daß im Hinblick auf die L-Signale Anna auf Berta geprägt ist, nicht etwa Berta auf Anna. Diese ist für Berta nur ein Instrument zur Befriedigung eines Brennstoff- oder eines Wasserbedürfnisses.

Nun gibt es da noch Miriam, die aufgrund ähnlicher, allerdings schon eine Zeitlang zurückliegender Ereignisse ebenfalls auf Berta geprägt ist. Berta befindet sich jetzt also in der beneidenswerten Situation, von zwei anderen hofiert zu werden, nämlich von Anna *und* von Miriam. Wie schön für Berta! Nun ist aber der Vorrat an L-Signalen, den Berta von sich geben kann, begrenzt. Sie strahlt ja nur dann L-Signale aus, wenn eine Befriedigung auftritt. Da sie so hervorragend von Anna und von Miriam versorgt wird, werden sich wahrscheinlich bei Berta große Ungleichgewichte, die die Voraussetzung für starke Befriedigungen sind, gar nicht mehr aufbauen. Die Anzahl von L-Signalen also, die Berta aussendet, wird sich insgesamt verringern, was dazu führen könnte, daß sowohl Anna als auch Miriam ihre

Hilfsaktivitäten verstärken, um auf diese Art doch irgendwie die begehrten L-Signale aus Berta herauszulocken. Die ganze Geschichte kann in verschiedener Weise weitergehen.

Wenn Anna und Miriam über Denkfähigkeit verfügten, könnten sie sich Gedanken darüber machen, warum sich die begehrten L-Signale von Berta in so hohem Maße vermindert haben. Und sie könnten, wenn sie sich nur ein wenig mit offenen Augen durch die Welt bewegten, darauf kommen, daß den Grund dafür die Fürsorge Miriams (aus Annas Sicht) beziehungsweise Annas (aus Miriams Sicht) darstellt. Auf diese Weise wird Anna für Miriam und Miriam für Anna ein Hindernis auf dem Weg zu einer Bedürfnisbefriedigung. Und daraus mag sich ergeben, daß Anna (beziehungsweise Miriam) auf die Idee kommt, Miriam (beziehungsweise Anna) auf den Pelz zu rücken, um die Quelle der Frustration zu verdrängen.

Noch dramatischer wäre es natürlich, wenn sich die gesamte Beziehung asymmetrisch gestaltete, wenn sich also Berta zum Beispiel Anna mehr zuwenden würde als Miriam, etwa, weil Anna für stärkere Bedürfnisbefriedigungen sorgt. In diesem Fall könnte es sein, daß Berta und Anna ein Herz und eine Seele wären, was Miriam mit großem Zorn erfüllen müßte, wenn sie sich die Gründe dafür überlegen könnte. Mögliche Konsequenz: Mord aus Eifersucht!

Die Ψs mit ihrer noch relativ gering entwickelten Erkenntnisfähigkeit sind allerdings zur Inszenierung solcher Dramen noch nicht fähig. Wahrscheinlich würde sich Miriam ganz einfach trollen und versuchen, die vermißten L-Signale aus anderer Quelle zu beziehen. Die Eifersucht und ihre Folgen könnten sich erst dann einstellen, wenn Miriam beziehungsweise Anna in der Lage wären, über die Ursachen der Frustration nachzudenken. Und «nachdenken» können die Ψs noch nicht. Das Nachdenken aber wäre die Voraussetzung für das Erkennen der Ursachen der Frustration und damit die Voraussetzung für das Eifersuchtsdrama. – Das wissen wir schon seit Rousseau: Intelligenz macht böse!

Leider ist es uns also nicht gelungen, durch die Einführung des Bedürfnisses nach L-Signalen den Traum des Bonhomius zu realisieren. Keineswegs garantieren das Bedürfnis nach L-Signalen und das Leck im Legitimitätstank die allumfassende Liebe.

Unbestimmtheit

Nehmt Abschied, Brüder, ungewiß
Ist alle Wiederkehr.
Die Zukunft liegt in Finsternis
Und macht das Herz uns schwer.

Bundeslied der Pfadfinder

Die Unbestimmtheit der Zukunft macht uns Menschen «das Herz schwer». Düstere Melancholie und ein Gefühl der Hilflosigkeit stellen sich ein. Was wird werden? Wird es so bleiben, wie es ist? Oder schlechter? Meist wird es schlechter, selten besser (dies Gefühl hat man zumindest dann, wenn es einem gutgeht). Die Ungewißheit ist ein Zustand, den es möglichst zu vermeiden gilt.

Aber wenn die Zukunft einmal sicher erscheint, so ereignet sich schnell etwas Unerwartetes, das uns überrascht, erstaunt oder erschreckt; auf alle Fälle müssen wir zur Kenntnis nehmen, daß die Zukunft so sicher nicht ist, wie wir vermuteten. Und dann bemühen wir Wahrsager und Astrologen, befragen mit einer Mischung aus Belustigung und Betroffenheit die Horoskope der Illustrierten, wissen, daß sie Unsinn sind, wissen, daß in der Redaktion einer der jüngeren Kollegen zum Horoskopdienst «abgestellt» wird (der sich dann dafür rächt, indem er sich in besonderer Weise der Sternbilder seiner Kollegen annimmt) – und lesen doch die Horoskope voll Interesse.

Für Jan Philipp Reemtsma, der von Kidnappern dreiunddreißig Tage lang bis zur Lösegeldzahlung in einem Keller gefangengehalten wurde, war die Ungewißheit über den weiteren Verlauf der Dinge schlimmer als die Aussicht auf den Tod (Reemtsma 1997, Seite 195). Und John Keegan (1981, Seite 160f.) schreibt, die Soldaten Wellingtons hätten in der Schlacht von

Waterloo den Beginn der Schlacht als «Befreiung» begrüßt und es vorgezogen, sich der Lebensgefahr des Kampfes auszusetzen, als weiter Ungewißheit zu ertragen. Ganz ähnlich scheint es sich mit der Flugangst zu verhalten. Das verhältnismäßig sichere Fliegen in einer gut gewarteten Maschine einer renommierten Fluggesellschaft erscheint manch einem viel bedrohlicher als das bei weitem gefährlichere Autofahren. Denn hier sind wir machtlos dem Schicksal ausgeliefert, während wir dort ausweichen, bremsen, Gas geben, kurz: den Gang der Ereignisse manipulieren können (glauben wir!).

Unbestimmtheit ist unangenehm (auf Ausnahmen von dieser Regel komme ich noch zu sprechen). Im allgemeinen streben wir danach, Unbestimmtheit zu vermeiden, und sind sogar eher bereit, *voraussehbare* Übel und Lasten in Kauf zu nehmen, als uns unbekannten, vielleicht aber günstigeren Gefilden zuzuwenden. («Daß wir die Übel, die wir haben, lieber ertragen, als zu unbekannten fliehn», meint Hamlet.)

Der «Bestimmtheitstrieb»

Wir scheinen ein «Bestimmtheitsbedürfnis» zu haben, und es ist leicht einzusehen, daß ein solches sehr sinnvoll ist.

Zwei Mütter, Freundinnen, unterhalten sich in der Wohnung der einen. Der kleine Sohn der anderen, anderthalb Jahre alt, tappelt im Zimmer umher und gerät dabei in den aus der Nähe unangenehm heißen Luftstrom eines Heizlüfters, der auf dem Boden steht. Was macht der Kleine? Er flieht, und zwar, weil das am schnellsten geht, auf allen vieren. Auf diese Art und Weise entzieht er sich den unangenehmen Umständen. – Nachdem aber dies geschehen ist, hält er inne und nähert sich dem Heizlüfter wieder, greift danach und fängt an, mit dem Gerät zu experimentieren.

> *Er findet ein Gelenk, an dem er den Heizlüfter kippen kann, nach oben und nach unten, und siehe da: Die entsprechenden Kippbewegungen führen dazu, daß er den Luftstrom mal weniger, mal stärker spürt. Und dann ragt da noch so etwas Rotes aus dem Ding heraus. Mal draufdrücken! – Siehe da, das Ding macht «**brumm** m m m m m» und stellt seinen Betrieb ein. Noch mal draufdrücken! Das Ding macht «m m m m m **brumm**» und fängt wieder an, Luft in den Raum zu blasen. – Außerdem gibt es da noch ein Rädchen mit einem komisch gezackten Rand. Mal daran drehen! Guck an, der Luftstrom wird wärmer oder kälter. – Eine halbe Stunde lang war der Kleine mit dem Heizlüfter beschäftigt, dann konnte er mit ihm machen, was immer er wollte.*

Kein Hunger und kein Durst und auch nicht die gerade herrschenden widrigen Umstände haben den kleinen Jungen dazu getrieben, den Heizlüfter zu erforschen. Denn der zunächst eingetretenen Belästigung hatte er sich ja entzogen. Offensichtlich aber hatte er ein Bedürfnis, den Ursachen für die unangenehme Erfahrung auf den Grund zu gehen und herauszubekommen, wie dieser Heizlüfter zu behandeln sei. Das Gerät war ihm unbekannt, und Unbekanntes ist unvoraussagbar. Also muß es erforscht werden, und Forschung ist nichts anderes als der Versuch, Unbestimmtheit zu verringern.

Ein «Forschungstrieb» als Trieb zur Vermeidung oder Aufhebung von Unbestimmtheit ist eine sehr wichtige Einrichtung für ein Lebewesen; das ist nicht nur intuitiv einsichtig, sondern läßt sich sogar beweisen.

Bemerkenswert für das simulierte Lebewesen der Abbildung 5.4 (Seite 322) ist, daß die elterliche Fürsorge zwar das Überleben so lange sicherstellt, bis es für sich selbst sorgen kann, sein Wissen über die Welt (durchgezogene Kurve oben) aber nicht ganz so schnell anwächst wie bei dem Maschinchen der Abbildung 5.3 (Seite 319), das sich gänzlich ohne Fürsorge durchs Leben schlagen mußte. Das hat seine Gründe! Die Maschine mit den fürsorglichen Eltern trifft nämlich auf weniger Situationen, in denen sie etwas Neues lernen kann, als die Maschine ohne Fürsorge.

Wenn ein Bedürfnis auftritt, spult sich im Kopf der Ψs folgendes Programm ab: Suche im Gedächtnis nach einem zielführenden Verhaltensprogramm. Kann ein solches gefunden werden, führe es aus. Wenn nicht, dann plane. Wenn das erfolgreich ist, führe den Plan aus, wenn nicht, probiere herum, dann folgt also Versuch und Irrtum. (Im einzelnen gehe ich auf diese Programmierung der Verhaltensregulation im sechsten Kapitel ein.) Die Ψs erwerben also die Instrumente zur Bedürfnisbefriedigung beziehungsweise zur Vermeidung von unzuträglichen Zuständen, indem sie herumprobieren, und später, nachdem sie einige Verhaltensprogramme erlernt haben, auch, indem sie planen. Durch Versuch und Irrtum werden Ziele gelernt, und es bilden sich mit der Zeit zweckmäßige Verhaltensprogramme und sensorische Schemata. Durch Planen werden diese Verhaltensprogramme zu längeren Ketten verbunden.

Das alles geschieht aber nur, wenn die Ψs im Laufe des Versuchs, etwas zu essen oder zu trinken zu erhalten, auf eine unbekannte Situation stoßen oder nicht wissen, was sie in einer bestimmten Situation machen sollen. Gelernt wird also nur, wenn Ψ bei dem Versuch, ein Bedürfnis zu befriedigen, auf etwas Unbekanntes stößt. Ψ lernt nur dann, wenn es Bedürfnisse hat. Und damit sind die Affiliationsregulationen, die ich in den Abschnitten «Das Streben nach ‹Legitimität›» (Seite 327ff.) und «Marschmusik für Mäuse» (Seite 339ff.) eingeführt habe, damit ist die dadurch etablierte elterliche Fürsorge für die jungen Ψs ein Lernhindernis!

Die «Produzenten» neuer Verhaltensprogramme und neuer sensorischer Schemata, nämlich die Phasen des Versuch-Irrtums-Verhaltens und des Planens, sind abhängig von der Bedürftigkeit der Maschinen, von Hunger und von Durst. Bedürfnisse aber nach Brennstoff oder Wasser und auch Bedürfnisse der Schmerzvermeidung sind bei der «behüteten» Maschine natürlich in geringerem Maße vorhanden als bei der Maschine ohne Fürsorge. Daß die behütete Maschine dennoch fast genauso schnell lernt, wie die geringen Unterschiede der Erfahrungskurven in den Abbildungen 5.3 und 5.4 zeigen, liegt an der relativ geringen «Fürsorgerate». Ein Bedürfnis wird erst dann von den «Eltern» der Maschine der Abbildung 5.4 befriedigt, wenn es 66 Prozent seines Maximums erreicht hat. Das heißt aber, daß sich die Maschine häufig in einem motivierten Zustand befindet und oft versucht, selbst Wege zur Befriedigung ihrer Bedürfnisse auszukundschaften. Und dabei lernt sie. – Erhöht man die Fürsorgerate, lernt die Maschine weniger, und befriedigt man jedes Bedürfnis sofort beim Entstehen, lernt sie fast überhaupt nichts mehr.

Die Abhängigkeit des Lernens allein vom Vorhandensein der existentiellen und der Vermeidungsbedürfnisse ist keine zufriedenstellende Lösung. Die zusätzliche Fürsorge, die dem Maschinchen durch die Eltern zuteil wird, verhindert zwar, daß es eines allzu frühen Todes stirbt, führt aber eher dazu, daß sich die Fähigkeiten der Maschine zur selbständigen Bewältigung ihrer Probleme langsamer entwickeln als bei einer Maschine ohne jegliche Fürsorge. – Was tun?

Was der Maschine fehlt, ist ein «Forschungstrieb», ein Bestreben, sich auch dann, wenn sonst keine Bedürfnisse vorliegen, dem Unbekannten zuzuwenden und es zu explorieren. Es ist ganz offensichtlich, daß ein solches Bedürfnis, Unbestimmtheit aufzuklären, ein Bedürfnis zur *spezifischen Exploration,* wie Berlyne (1974) es nennt, sehr nützlich ist und geeignet, den Erfahrungsschatz eines Lebewesens viel schneller wachsen zu lassen, als wenn es nicht vorhanden wäre. Mit einem solchen «Forschungstrieb» konterkarieren wir die negativen Auswirkungen der elterlichen Fürsorge auf den Erwerb von Wissen, ja wir verkehren sie ins Gegenteil! Denn gerade eine gut umsorgte Maschine hat dann viel Zeit zur Exploration.

Abbildung 5.8 auf Seite 356 zeigt das Schicksal einer Maschine, die sowohl über die «elterliche Fürsorge» als auch über ein Bedürfnis zur Unbestimmtheitsbeseitigung verfügt und sich unbekannten und unbestimmten Situationen aktiv zuwendet, um sie zu erkunden. Man sieht im Vergleich der Abbildungen 5.4 (Seite 322) und 5.8: Der Erfolg ist durchschlagend. Der Erfahrungsschatz der Maschine von 5.8 wächst viel schneller an als der Erfahrungsschatz der Maschine von 5.4, die nur der elterlichen Fürsorge teilhaftig wurde. Bis zum «Alter» von dreißigtausend Zeittakten hat Ψ ein hervorragendes Wissen für die Auseinandersetzung mit seiner Umwelt erworben und ist der elterlichen Fürsorge nicht mehr bedürftig. Wie der Verlauf der Ruhekurve zeigt, kann es sich in seiner späteren Lebenszeit in hohem Maße dem süßen Nichtstun hingeben. Die durchschnittliche Stärke seiner existentiellen Bedürfnisse liegt unter 20 Prozent des Maximums, und es verbringt nur noch etwa 80 Prozent seiner Zeit mit Aktivitäten, die der Befriedigung von existentiellen Bedürfnissen dienen. Knapp 20 Prozent seiner Zeit kann es verträumen.

Aber warum sollte die Maschine eigentlich 20 Prozent ihrer Zeit vor sich hin dösen, wenn sie doch währenddessen etwas Nützliches tun könnte? Es wäre doch vielleicht klug, wenn Ψ nicht nur auf die Unbestimmtheitsstellen reagierte, auf die es bei seinen Bemühungen stößt, sein Benzinreservoir zu füllen oder Wasser aufzutanken. Es könnte doch auch selbständig «auf Abenteuer» ausgehen und nach Unbestimmtheitsstellen *suchen,* eine Tätigkeit, die Berlyne (1974) *diversive Exploration* nennt. – Ein Bedürfnis zur spezifischen Exploration vorher aufgefundener Unbestimmtheit ist ein *reaktives* Bedürfnis nach der Vermehrung der Schemata für den Umgang mit der Welt, nach der Erweiterung der Kompetenz. Ein Bedürfnis aber, das dazu antreibt, nach Unbestimmtheit zu suchen, die dann spezifisch exploriert werden kann, ist ein Bedürfnis nach *aktiver* Kompetenzerweiterung. Kozielecki (1987) bezeichnet es als «transgressives Bedürfnis» und zählt es zu den menschlichen Grundbedürfnissen: Es hat sein Ziel in sich selbst. Kozielecki meint, es hänge beim Menschen eng mit dem Selbstvertrauen zusammen, das durch ein erfolgreiches transgressives Verhalten gesteigert werde.

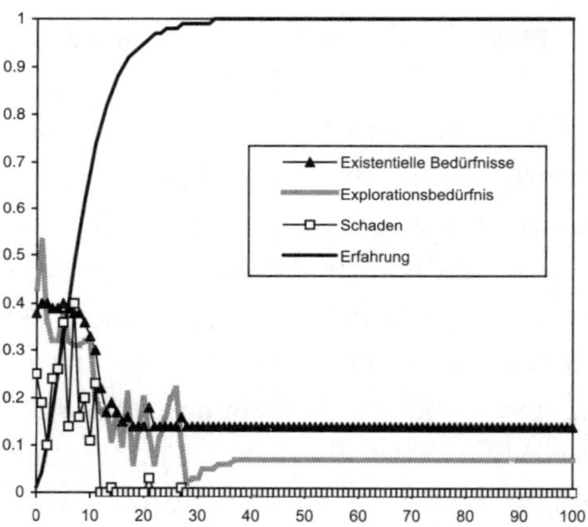

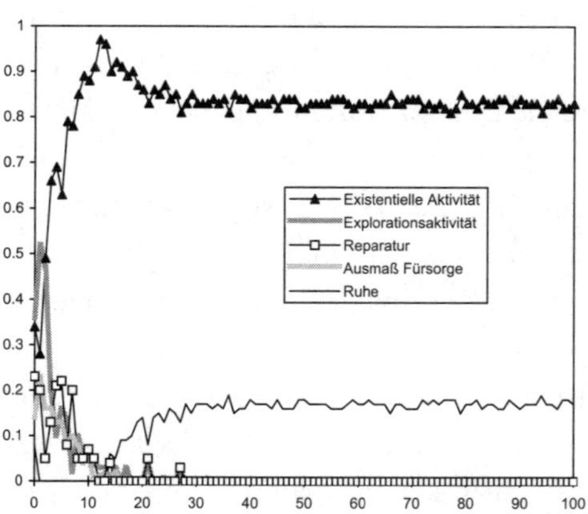

Abbildung 5.8 Die behütete Maschine mit dem Bedürfnis nach spezifischer Exploration

Wie aber ist das «Bestreben nach spezifischer Exploration» genau beschaffen? Wie sieht der «Forschungstrieb» von Ψ eigentlich aus?

Formal ähnelt der Unbestimmtheitsmotivator anderen Motivatoren. In Abbildung 5.9 habe ich ihn skizziert. Wir haben wieder einen «Wasserkessel» als akkumulierenden Speicher (der natürlich im Nervensystem aus Neuronen besteht, wie es in Abbildung 5.6 dargestellt ist). Der Zulauf zu diesem Kessel sind nun Bestimmtheitsereignisse, und Unbestimmtheitsereignisse senken den Pegel im Kessel. Liegt genügend «Bestimmtheit» vor, ist der Bedarfsmelder S aktiv, was bedeutet, daß kein «Bestimmtheitsbedarf» besteht. S hemmt den Bedarfsindikator J, so daß keine Explorationstätigkeiten in Gang gesetzt werden. Sinkt aber der Pegel im Kessel, so wird S immer weniger aktiv, so daß sich J einschaltet; ein Bestimmtheitsbedarf ist vorhanden.

Was nun ist ein Unbestimmtheitsereignis (U-Ereignis)? Und wie sehen Bestimmtheitsereignisse (B-Ereignisse) aus?

Drei U-Ereignisse kennen wir schon aus früheren Kapiteln. Der HyPercept-Prozeß (Seite 145) hat einen Ausgang «Unbekannt!» Er beendet

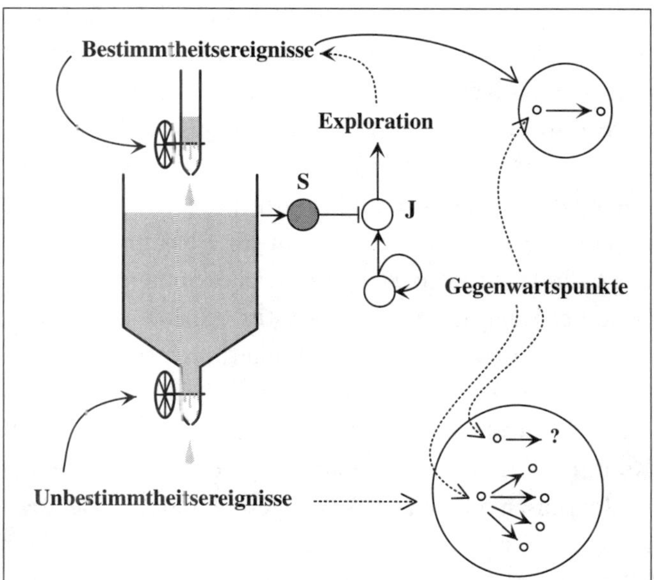

Abbildung 5.9
Das Bestimmtheitsbedürfnis

den HyPercept-Prozeß und bedeutet, daß das Objekt oder – bei Besinnungsprozessen – das Geschehnis keinem Schema zugeordnet werden kann. Es ist neuartig. Und dies bedeutet nun natürlich, daß man nicht weiß, was das Objekt tun oder wie sich das Geschehnis fortsetzen wird. Ein «vernünftiger» Erwartungshorizont ist nicht herstellbar; die Zukunft ist ungewiß. – Dieses U-Ereignis ist, wenn man an die neuronale Realisierung des HyPercept-Prozesses denkt (Abbildung 3.9, Seite 156), ganz einfach die Aktivität eines Neurons. Wird es aktiv, «fließt Bestimmtheit ab», das heißt, der Pegel im Kessel der Abbildung 5.9 sinkt ab. Bei der neuronalen Realisierung des akkumulierenden Speichers kommt es einfach zu einem inhibierenden Impuls auf das Neuron L (Abbildung 5.6, Seite 332).

Neuartig aber ist ein Sachverhalt auch, wenn er zwar als «irgend etwas» identifiziert werden kann, Differenzierungen aber, die die Auswahl angemessener Verhaltensprogramme gestatten, nicht möglich sind. So mag ein bestimmtes Tier als «Spinne» identifizierbar sein. Wenn aber Subschemata für «Spinne» existieren, etwa «gefährliche» Spinnen und «ungefährliche» Spinnen, die unterschiedliches Verhalten fordern, dann ist die Identifizierung eines Tieres als Spinne nicht hinreichend, da sich daraus keine Verhaltensregeln ableiten lassen. Es handelt sich dann um eine «neuartige» Spinne, die in kein Geschehnisschema und auch kein Verhaltensprogramm eingebaut, folglich nicht extrapolierbar, folglich ein U-Ereignis ist.

Ein weiteres U-Ereignis, welches mit dem HyPercept-Prozeß zusammenhängt, ist die *Unklarheit.* Unklar ist ein Sachverhalt, wenn die *elementaren* Musterdetektoren auf ihn nicht angewendet werden können, wenn sich nicht erkennen läßt, ob er an einer bestimmten Stelle Winkel aufweist oder Linien oder sonst irgendwelche elementaren Konturen. Unklarheit bedeutet Konturarmut oder Konturlosigkeit. Der Wacholderbusch im Nebel ist ein unklares Objekt, genauer: nicht der Wacholderbusch, sondern eben die unklare «Wolke», in der sich vielleicht der Wacholderbusch verbirgt. Vielleicht aber auch ein Wegelagerer?! – Hier verschwimmen die Konturen, und man kann daher nicht entscheiden, ob es sich um einen Wacholderbusch oder einen Wegelagerer handelt. – Bei der Wahrnehmung unklarer Sachverhalte wird der HyPercept-Prozeß in hohem Maße mit «Setzungen» arbeiten, wie wir es im Abschnitt «Sein und Schein», Seite

163 ff., gesehen haben, also an bestimmten Stellen bestimmte Konturen hypothetisch einfügen. Die Notwendigkeit, Setzungen statt Identifizierungen verwenden zu müssen, um einen Sachverhalt zu klassifizieren, sollte ebenfalls als U-Ereignis wirken.

Das dritte U-Ereignis ist der Ausgang «Programm unvollständig oder falsch!» des Algorithmus Aktiviere-Verhaltensprogramm (Abbildung 2.5, Seite 100). Es bedeutet, daß etwas Unerwartetes geschehen ist; eine Aktion hat nicht das erwartete Ergebnis gehabt. Auch in diesem Fall kann man nicht wissen, wie es weitergeht; die «Zukunft liegt in Finsternis». – Für den Algorithmus Aktiviere-Verhaltensprogramm habe ich nun eine neuronale Realisierung nicht angegeben; im Prinzip würde sie so ähnlich aussehen wie die neuronale Realisierung des HyPercept-Prozesses (siehe Abbildung 3.9, Seite 156). Der Ausgang «Programm unvollständig oder falsch!» wäre wiederum die Aktivität eines Neurons, und diese Aktivierung könnte gleichfalls benutzt werden, um den akkumulierenden Speicher L des Bestimmtheitsmotivators zu inhibieren.

U-Ereignisse erzeugen einen *Mangelzustand*. Woran mangelt es? An Instrumenten zur Zukunftsprognose; bei einem U-Ereignis zeigt sich, daß die Geschehnisschemata und Verhaltensprogramme für die «Konstruktion» der Zukunft wenig geeignet sind. U-Ereignisse sind somit Indikatoren für die Notwendigkeit des Aus- oder Umbaus des Gedächtnisses, der Geschehnisschemata oder Verhaltensprogramme, letztlich also für einen Informationsbedarf.

Der kanadische Psychologe D. E. Berlyne hat sich ausgiebig mit den Determinanten verschiedener Formen von Exploration befaßt. Ich will daher seine Auffassung über die Determinanten explorativen Verhaltens hier kurz darstellen und prüfen, ob diese mit den Faktoren, die das explorative Verhalten der Ψs bestimmen, verträglich sind.

Berlyne (1974, Seite 38 ff.) meint, daß Situationen, die durch «kollative Merkmale» gekennzeichnet sind, exploratives Verhalten auslösen. («Kollativ» ist vom Partizip Perfekt «collatus» des lateinischen Verbs «confero» [ich trage zusammen, bringe in Beziehung, vergleiche] abgeleitet; kollative Merkmale sind also Merkmale des Vergleichs.) Als kollative Merkmale nennt er: Neuartigkeit, Ungewißheit, Konflikt und Komplexität.

Für *Neuartigkeit* haben die Ψs einen Sinn und auch für *Ungewißheit*, denn damit bezeichnet Berlyne das Ausmaß der Verzweigungen im Erwartungshorizont. Dieses aber ergibt sich aus der Neuartigkeit von Ereignissen oder Objekten oder auch aus der Unerwartetheit von Ereignissen im Ablauf der Zeit, und beides kann Ψ aufgrund der oben genannten U-Signale entdecken.

Der *Konfliktgrad* einer Situation hängt nach Berlyne damit zusammen, in welchem Ausmaß verschiedene Reaktionstendenzen einander ausschließen. Wir kommen auf die Art, wie Ψ mit Konflikten umgeht, im nächsten Kapitel zurück. Unser U-Ereignis hängt natürlich eng mit der Konflikthaftigkeit einer Situation zusammen; wie soll ich mich dem Wacholderbusch/Wegelagerer gegenüber verhalten? Und auch Neuartigkeit kann Konflikte erzeugen: Ist diese Spinne, die ich in dem australischen Motelzimmer entdecke, vielleicht der berüchtigte «Sydney spider»? Kaum eine Rettung beim Biß! Oder ist es nur ein harmloser Netzeweber?

Komplex ist ein Sachverhalt, wenn sich zwar seine Teile identifizieren lassen, aber davon so viele vorhanden sind, die in so vielen verschiedenen Relationen zueinander stehen, daß innerhalb der zur Verfügung stehenden Zeit eine Bestimmung aller Aspekte der Situation nicht gelingen kann. In die Komplexität geht also der *Zeitbedarf* für die Erfassung mit ein.

Wenn die Zeit nicht für eine umfassende Identifizierung aller Teile einer Situation ausreicht, kann natürlich auch nicht extrapoliert werden; es läßt sich kein zufriedenstellender Erwartungshorizont aufbauen. Leicht möglich, daß sich unter den nicht wahrgenommenen Elementen etwas Neues oder Unerwartetes finden ließe. Also: Komplexität im Sinne der Überforderung von Ψs Fähigkeit, alle Bestandteile der Situation zu identifizieren, sollte auch ein U-Ereignis sein.

Wie aber kann Ψ einen Sinn dafür bekommen? Als wir seine Wahrnehmungsorganisation programmierten (siehe Abbildung 3.26, Seite 209), hatten wir dafür gesorgt, daß gemäß der aktuellen Absichten und Motive ein Blickfeld festgelegt wird. Und dann wird geprüft (8), ob dieses gänzlich abgearbeitet worden ist. Verändert sich nun das Blickfeld, bevor es vollständig abgetastet wurde, so ist die Situation zu komplex! Ψ konnte etwas nicht erkennen, was eigentlich hätte identifiziert werden müssen. Was war das nur?

Etwas, das der Erwartung entspricht? Etwas Neues? Etwas Unklares? Ψ weiß es nicht und muß sich an Vermutungen halten oder aber offenlassen, was ihm da entglitten ist. Also: Die Änderung der Umstände, ehe das Blickfeld ganz abgearbeitet werden konnte, ist ein weiteres U-Ereignis.

Waren Sie einmal an einer Börse? Dort wirbeln Menschen und Nachrichten durcheinander, dieser ruft etwas, andere scharen sich um ihn, die Gesellschaft aber löst sich so schnell auf, wie sie sich gebildet hat! Über eine Anzeigetafel laufen Meldungen, die keiner beachtet und die der Beobachter nicht versteht. Plötzlich aber erregt eine Nachricht, die sich für den Beobachter in nichts von den anderen unterscheidet, höchste Aufmerksamkeit. – Für einen Laien sind die Menge und die Abfolge der Ereignisse während eines Börsenvormittags verwirrend und nicht durchschaubar, eben einfach zu komplex. Der Insider aber weiß, worauf er zu achten hat, und so verfolgt er gar nicht das gesamte Geschehen, sondern nur bestimmte Teile, deren Wichtigkeit er kennt. Für ihn ist das scheinbar chaotische Geschehen unter Umständen einfach langweilig, da es einem Muster folgt, welches ihm vertraut ist.

Dieses Börsenbeispiel lehrt uns auch, daß Komplexität nichts Objektives ist, sondern eine sehr subjektive Erscheinung. Was für mich komplex ist, muß für den Börsianer keineswegs komplex sein. Er hat die Geschehnisschemata, ich nicht! Komplexität ist relational und bezieht sich auf die Schemata des Wahrnehmenden. – Aber auch ich, der ich von Börsenprozessen nichts verstehe, kann die Komplexität des Geschehens leicht vermindern. Ich brauche nur den Auflösungsgrad der Wahrnehmung herabsetzen. Dann stehe ich in einem Geschehen, in dem eben manche Personen anderen etwas zum Kauf anbieten, und diese anderen akzeptieren das Angebot oder aber nicht. Und manchmal wollen mehrere Personen gleichzeitig ein knappes Gut erwerben, und dann streiten sie sich darum; im Grunde ist so eine Börse einfach ein Bündel alltäglicher Prozesse der sozialen Interaktion. – Wenn man nur grob hinschaut, ist nichts mehr neu.

Eine weitere Quelle von U-Ereignissen ist die Bildung des Erwartungshorizontes. In kleinem Umfang geschieht dies während jeder Aktivierung eines Verhaltensprogrammes (siehe Abbildung 2.5, Seite 100), also von Aktionen bei gleichzeitiger Antizipation ihres Effekts (Einheit 8 im Flußdiagramm der Abbildung 2.5) mit nachfolgender Prüfung, ob dieser auch eingetreten ist (Einheit 4). Das Planen von Handlungen ist gewöhnlich in großem Ausmaß mit der Bildung von Erwartungshorizonten verbunden, denn es besteht überwiegend daraus, «Was wäre wenn?»-Fragen zu beantworten. Ferner enthält das Sicherungsverhalten, das innerhalb der Verhaltensregulation notwendig ist (wir werden im sechsten Kapitel darauf zurückkommen), immer auch die Bildung von Erwartungshorizonten: «Hier bin ich also! Das und das ist der Fall! Und wie wird es weitergehen?» (Bei uns Menschen geschieht diese ständige Bildung von Erwartungen keineswegs bewußt. Wir wissen davon nichts. Aber mitunter, wenn wir erstaunen oder erschrecken, merken wir, daß etwas einen anderen als den erwarteten Verlauf genommen hat.)

Die Zukunft existiert für Ψ in Form von Erwartungshorizonten, die es ständig neu bildet, indem es Verhaltensprogramme und Geschehnisschemata in die Zukunft extrapoliert.

Ich habe im Abschnitt «Was läuft?» (Seite 186ff.) schon beschrieben, was ich unter einem Erwartungshorizont verstehe. Er entsteht durch die Extrapolation derjenigen Geschehnisse oder Verhaltensweisen, von denen Ψ weiß (oder annimmt), daß sie «im Gange» sind. Geschehnisse sind im Gange, wenn es ihre Anfangsteile aufgrund eines Besinnungsalgorithmus (Abbildung 3.21, Seite 192) identifiziert hat; ein Verhalten ist im Gange, wenn ein Verhaltensprogramm aktiviert wurde.

Erwartungshorizonte können zufriedenstellend oder in verschiedener Weise defizient sein. Abbildung 5.10 zeigt den Unterschied zwischen einem befriedigenden und verschiedenen Typen unbefriedigender Erwartungshorizonte.

A ist ein sehr guter Erwartungshorizont, denn er erstreckt sich weit in die Zukunft und verzweigt sich nicht (optimal wäre einer, der sich unendlich weit ohne jede Verzweigung in die Zukunft erstreckt). B, C und D sind verschiedene Varianten schlechter Erwartungshorizonte. B hat nur eine sehr kurze Zukunftsperspektive, C dagegen eine weite, die sich aber so stark verzweigt, daß die Ungewißheit über das, was denn nun eintreten wird, groß ist. Und D schließlich erstreckt sich kaum in die Zukunft und verzweigt sich zudem sehr stark.

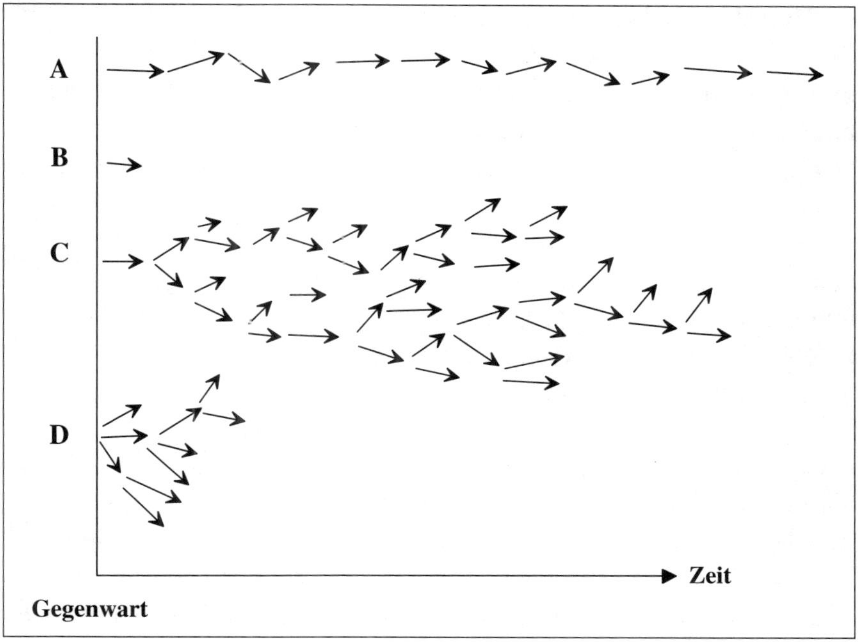

Abbildung 5.10 Ein befriedigender (A) und verschiedene Typen (B, C, D) unbefriedigender Erwartungshorizonte

B, C und D sind defizient; sie ermöglichen es nicht oder nicht in zufriedenstellender Weise, sich in die Zukunft zu orientieren. Also sollten die Ψs solche Erwartungshorizonte als mangelhaft empfinden. Sie sind U-Ereignisse und dafür verantwortlich, daß generell für die Ψs gelten wird: «Je mehr Geist, desto mehr Angst!» Denn wir werden sehen, daß der Wasserpegel im «Bestimmtheitskessel» eng mit Prozessen und Verhaltensregulationen zusammenhängt, die wir beim Menschen als Angst bezeichnen würden. Und die Extrapolation von Erwartungshorizonten nimmt mit wachsenden geistigen Fähigkeiten zu, also auch die Häufigkeit defizienter Erwartungshorizonte. – Bislang sind die Denk- und Planungsfähigkeiten von Ψ noch gänzlich unentwickelt, und nur bei der Wahrnehmung und der Aktivierung von Verhaltensprogrammen treten Extrapolationen auf. Mit mehr Geist wird sich das ändern.

Trifft die Maxime «Mehr Geist, mehr Angst» zu, liegt es nahe, dafür Sorge zu tragen, daß der «Geist» vermindert wird, wenn Angst für die jeweiligen Verrichtungen eher schädlich ist. Und solche «Fürsorge» findet man durchaus in entsprechenden Situationen. So berichtet John Keegan (1981, Seite 214), daß an die Truppen Wellingtons vor und während der Schlacht bei Waterloo Alkohol verteilt wurde, zum Teil in solchen Mengen, daß die Soldaten «völlig hilf- und ratlos wie Holzklötze dastanden». Immerhin standen sie und rannten nicht weg, und das war für die Kriegsführung der damaligen Zeit, in der es kaum je auf irgendeine Art von Eigeninitiative des einzelnen Infanteristen ankam, entscheidend. Von der Somme-Schlacht 1916 berichtet Keegan (Seite 285) ähnliches, und was er über die englische Armee erzählt, dürfte für andere Armeen der gleichen und anderer Zeiten auch zutreffen. Alkoholgenuß vermindert auf der einen Seite die Anzahl von U-Ereignissen dadurch, daß er die Fähigkeit zur Extrapolation absenkt; man überlegt nicht mehr, was einem alles so auf einem Schlachtfeld widerfahren kann. Auf der anderen Seite erzeugt er Lustsignale, und das wiederum stärkt das Selbstvertrauen, wie wir im nächsten Kapitel sehen werden.

Wir haben nun eine Reihe von U-Ereignissen kennengelernt: Neuartigkeit, Unerwartetheit, Unklarheit, Komplexität, defiziente Erwartungshorizonte. Die Häufigkeit dieser Signale determiniert das Ausmaß der Unbestimmtheit, den Pegel im «Bestimmtheitskessel». – Sollen wir es bei dem Kriterium Häufigkeit belassen? Vernünftig wäre es noch, wenn wir die Bedeutung der Unbestimmtheit für die Bedürfnisse von Ψ in die Rechnung einbeziehen könnten. Betrifft ein U-Signal zum Beispiel die Wasser- oder Brennstoffversorgung oder das Affiliationsbedürfnis, so sollte es stärker wirken, als wenn das U-Signal ohne Bedeutung für diese Bedürfnisse ist. Die U-Signale sollten also in Ψ hinsichtlich ihrer Bedeutsamkeit für Bedürfnisse gewichtet werden.

Daß die Ereignisse an der Börse ein sehr komplexes Geschehen darstellen und für mich fast gänzlich undurchschaubar sind, ist nicht sehr bedeutsam für mich, wenn ich nicht mein Geld mit Aktien verdienen möchte. Ich finde die Abläufe dort dann vielleicht zugleich verwirrend und interessant, aber darüber hinaus gehen sie mich nichts an. Wenn aber ein Geschehen für die Befriedigung bestimmter Bedürfnisse sehr wichtig ist, wenn zum Beispiel die Deckung des Brennstoff- oder Flüssigkeitsbedarfs von ihm abhängt, dann soll das U-Signal ein höheres Gewicht bekommen. Das Gewicht der Unbestimmtheit soll also an den Zusammenhang des entsprechenden Geschehens oder Verhaltens mit den Möglichkeiten gekoppelt sein, Bedürfnisse zu befriedigen oder die Entstehung von Bedürfnissen zu vermeiden. Eine «gewichtige» Unbestimmtheit sollte das U-Ventil mehr öffnen, also den «Bestimmtheitspegel» stärker absenken, als eine weniger wichtige, sollte also die Stärke des Bedürfnisses nach Unbestimmtheitsreduktion stärker beeinflussen.

Wie kann man nun das Gewicht der Unbestimmtheit messen? Besteht die Unbestimmtheit in der Divergenz eines Erwartungshorizontes, finden sich in diesem vielleicht Appetenzen oder Aversionen, also Situationen, die angestrebt oder vermieden werden sollten, und liegen solche Appetenzen oder Aversionen tatsächlich vor, so bedeutet dies, daß sie mit bestimmten Bedarfsindikatoren verknüpft sind. Abbildung 5.11 auf Seite 366 zeigt einen Erwartungshorizont mit Appetenzen und Aversionen und deren Verknüpfungen mit Bedarfsindikatoren. Die mit «+» gekennzeichneten Situationen sind Appetenzen, also mögliche Ziele für bestimmte Bedürfnisse, für den Benzin- oder den Flüssigkeitsbedarf – etwa Tankstellen oder Springbrunnen. Die mit einem «–» versehenen Situationen dagegen sollten vermieden werden, da sie zum Beispiel zu heiße oder zu kalte Temperaturen bieten oder holprige Wegstrecken, die Mühsal und Verschleiß verursachen.

In der Abbildung sind auch verschiedene Bedarfsindikatoren dargestellt, also die üblichen J-Neuronen. Diesen ordnen wir nun Kompetenzmeßgeräte zu, die mit KM_A, KM_B und so fort bezeichnet sind. Diese Systeme messen die Fähigkeit von Ψ, das jeweilige Bedürfnis zu befriedigen.

«Fähigkeit»? «Kompetenz»? «Kompetenzmessung»? Was bedeutet das alles?

Stehen Ψ für ein bestimmtes Bedürfnis viele Verhaltensprogramme zur Verfügung, die von den verschiedenartigsten Ausgangssituationen mit Sicherheit zu einem Ziel führen, also zu einer Bedürfnisbefriedigung, dann ist die Kompetenz hinsichtlich dieses Bedürfnisses hoch. Fällt einem, wo immer man auch ist, etwas ein, womit man seinen Hunger befriedigen kann, und haben alle diese Verhaltensweisen keine negativen Neben- und Fernwirkungen, verfügt man über eine hohe Kompetenz im Hinblick auf die Befriedigung des Energiebedarfs. Desgleichen ist die Kompetenz hoch, wenn Befriedigungsereignisse «von allein» eintreten, ohne daß man irgend etwas tun muß, wenn also viele zielführende Geschehnisschemata vorhanden sind. – Ich verwende den Ausdruck «Kompetenz» hier also in einer umfassenden Bedeutung: nicht nur für die Fähigkeit, durch bestimmte Formen des Verhaltens zum Ziel zu kommen, sondern auch für die Fälle, in denen die Welt so beschaffen ist, daß sie «aus sich selbst heraus», durch «glückliche Fügung», die Befriedigung aller Bedürfnisse gewährt.

Kompetenz hängt zusammen mit dem Gefühl von Sicherheit und Selbstvertrauen; von Menschen wissen wir das, und wir werden sehen, daß es auch für die Ψs gilt. Allerdings: Es gibt Unterschiede zwischen der Kompetenz, die, wie bei Gustav Gans, auf Glück, und jener, die auf Fähigkeiten

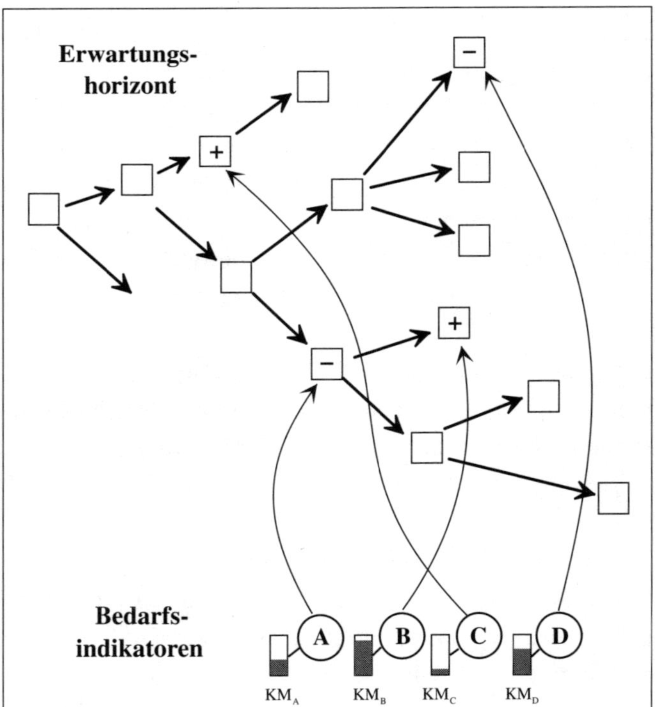

Abbildung 5.11 Erwartungshorizont mit Appetenzen (+) und Aversionen (–), die mit Bedarfsindikatoren (A,B, C,D) verknüpft sind

beruht. Zwar zeigt Schillers Polykrates, daß in der Tat «Glück», also zum Beispiel ins Meer gefallene Ringe, die man ohne Verzug in Fischmägen wiederfindet, hohes Selbstvertrauen verleihen kann. Aber das Glück ist unstet; mit des «Geschickes Mächten» ist «kein ew'ger Bund zu flechten». Besser also, wenn die Kompetenz auf den eigenen Fähigkeiten basiert.

Wie können wir die Kompetenz in den Ψs messen? Wir könnten natürlich auszählen, wie viele verschiedene Situationen es im Lebensbereich von Ψ gibt und in welchem Ausmaß Verhaltensprogramme beziehungsweise Geschehnisschemata zur Verfügung stehen, die von jeder dieser Situationen zu einer Bedürfnisbefriedigung führen. Dann könnten wir noch messen, in wie hohem Maße die Verhaltensprogramme oder Geschehnisschemata mit negativen Nebenwirkungen behaftet sind. Schließlich könnten wir ermitteln, wie wahrscheinlich es ist, daß die jeweiligen Programme oder Schemata zum Ziel führen. Und das alles könnten wir dann irgendwie multiplizieren oder addieren oder was auch immer und daraus ein Kompetenzmaß machen. – Nun ja, das sieht ziemlich kompliziert aus! Können wir es uns nicht einfacher machen?

Doch, es geht einfacher. Wir haben ja für Ψ nicht nur ein Lustzentrum erfunden, das darauf reagiert, daß Ungleichgewichte beseitigt werden, sondern haben es auch mit einem Unlustzentrum versehen. Dieses ist so lange «an», wie der Sensor für den Mangelzustand im Regelkreis (Abbildung 1.8, Seite 54) «aus» ist, das heißt einen Mangelzustand signalisiert. Eine geringe Kompetenz zur Befriedigung eines Bedürfnisses zeigt sich ganz einfach darin, daß das Unlustzentrum relativ lange aktiv ist. Denn wenn ein Bedürfnis schnell befriedigt werden kann, weil die entsprechenden Verhaltensweisen zur Verfügung stehen oder immer das «gnädige Geschick» eingreift, dann ist das Unlustzentrum nie lange «an». Wir können also den Mittelwert der Aktivität des Unlustzentrums im Zusammenhang mit einem Bedürfnis verwenden, um die Kompetenz für die entsprechende Bedürfnisbefriedigung zu messen. Nehmen wir einmal an, die Unlust bei der Befriedigung eines bestimmten Bedürfnisses könne maximal den Wert 1 erreichen, so gilt dieses Maximum auch für den Mittelwert der verschiedenen Messungen der durchschnittlichen Unlust beim Auftreten eines bestimmten Bedürfnisses. Wir können die Kompetenz dann einfach messen als

Kompetenz = 1 – mittlere Unlust.

(Wir sollten allerdings für diese Messung nicht den Mittelwert über alle Unlustzustände hinweg benutzen, sondern ein «gleitendes» Mittel, zum Beispiel jeweils nur den Mittelwert über die letzten hundert oder tausend Zeittakte. Denn durch Lernprozesse entstehen ja neue Verhaltensprogramme, und es werden neue Geschehnistypen erkannt und als Schema im Gedächtnis niedergelegt. Durch solche Lernprozesse verändert sich die Kompetenz fortwährend. Um diesen Veränderungen gerecht zu werden, sollte man die jeweils letzten Unlustmessungen stärker gewichten als die vorausgegangenen oder aber die Messungen, die länger als hundert oder tausend Zeittakte zurückliegen, gar nicht mehr berücksichtigen. Ich gehe im nächsten Abschnitt, «Kontrolle», genauer auf die Messung der Kompetenz ein.)

Die einfache Messung der Kompetenz durch den durchschnittlich mit dem entsprechenden Bedürfnis verbundenen Unlustzustand enthebt uns der Notwendigkeit, auszuzählen, von wie vielen verschiedenen Situationen aus jeweils mit welchem Verhaltensprogramm ein Ziel erreicht werden kann, wie unsicher jeweils das Erreichen eines Ziels ist, welche Erfolgswahrscheinlichkeit also einem Verhaltensprogramm zukommt beziehungsweise welche Nebenwirkungen mit ihm einhergehen. Die genaue Messung aller dieser Merkmale wäre eine ziemlich komplizierte Angelegenheit; die Messung des durchschnittlichen Unlustzustandes hingegen ist sehr einfach.

Die verschiedenen Pegelstände in den KMs der Abbildung 5.11 zeigen nun exemplarisch solche Kompetenzmaße. Sie können Werte zwischen 0 und 1 annehmen, wobei 0 «unbewältigbare Probleme» bedeutet, 1 dagegen «keine Probleme mit diesem Bedürfnis».

Wenn nun, wie in Abbildung 5.11 gezeigt, in der Verzweigung eines Erwartungshorizontes Appetenzen oder Aversionen vorkommen, so sollen die U-Signale ein um so stärkeres Gewicht bekommen, je weniger bewältigbar die Probleme sind, die mit dem entsprechenden Bedürfnis verbunden sind, je mehr sich also die Anzeige des entsprechenden KM dem Nullpunkt nähert.

Konkret bedeutet dies folgendes: Tritt ein U-Signal im Zusammenhang mit einem Verhalten auf, das auf die Befriedigung des Durstes zielt, soll dieses Signal stärker sein, wenn das Stillen des Durstes sowieso problematisch, die bedürfnisspezifische Kompetenz also gering ist.

Oder wenn in einem Erwartungshorizont Schmerzreize als möglich antizipiert werden und man diese schwer vermeiden oder auftretende Schmerzen kaum lindern kann, dann soll das entsprechende Unbestimmtheitssignal stärker sein, als wenn man über sichere Mittel zur Schmerzvermeidung verfügt.

Unbestimmtheit wirkt also um so stärker, je mehr sie im Zusammenhang mit schwierigen Problemen steht. Das ist sinnvoll, weil schwerwiegende Unbestimmtheit in stärkerem Maße Bemühungen zu ihrer Beseitigung auslösen sollte als Unbestimmtheit, die nicht mit Problemen verbunden ist. – «Bemühungen zur Beseitigung von Unbestimmtheit»: Was ist das? Was geschieht, wenn der Pegel im Bestimmtheitsbehälter absinkt? Zunächst steigt die Aktivität des Motivators J. Und welche Folgen hat dies? Ein Motivator soll Maßnahmen in Gang setzen.

Welche Maßnahmen sollte nun der Bedarfsindikator des Bedürfnisses nach Bestimmtheit aktivieren? Was kann Ψ tun, um eine hohe Unbestimmtheit zu vermindern? Unbestimmtheit kann in einem System der Art, wie es Abbildung 5.9 darstellt, nur dadurch reduziert werden, daß Bestimmtheitsereignisse auftreten. Was aber sind B-Ereignisse?

B-Ereignisse sind Inversionen von U-Ereignissen! Erwartet Ψ etwas, und es tritt dann auch ein, ist dies ein B-Signal. Wenn Ψ bei einem Wahrnehmungsakt in der Lage ist, die Umgebung vollständig zu identifizieren und zu erkennen, was «läuft», wenn sich also der Zeitablauf in bekannte Geschehnisschemata fügt, so ist dieses Ereignis ein B-Ereignis. Läßt sich ein Erwartungshorizont bilden, der sich geradlinig, ohne Verzweigungen, in die Zukunft erstreckt, dann handelt es sich um ein B-Ereignis.

Für das Bestimmtheitsbedürfnis ist das Auftreten eines B-Ereignisses ein «konsummatorisches» Ereignis; es hebt den Pegel im Bestimmtheitstank, stellt somit eine Bedürfnisbefriedigung dar. – Und so bekommt auch der Pessimist noch seine Lusterlebnisse, wenn seine finsteren Prognosen in Erfüllung gehen!

Wie aber kommt man an B-Ereignisse? Indem man neue Geschehnisschemata beziehungsweise neue Verhaltensprogramme erwirbt, mit deren Hilfe Ziele sicher erreicht, Objekte und Geschehnisse identifiziert und «zufriedenstellende» Erwartungshorizonte gebildet werden können. Auf welche Weise geschieht das?

Darauf gibt es verschiedene Antworten. Die erste und einfachste lautet: Ψ muß explorieren! Es soll seine Umgebung beobachten und auf diese Weise Geschehnisse kennenlernen. Es soll protokollieren, was vor sich geht, und soll diese Protokolle als Schemata übernehmen.

Und wenn dann Ψ ein bestimmtes Geschehen protokolliert hat, kann es dieses wieder aufrufen. Es kann es rekapitulieren: «Das erste war so, das zweite so, und darum ist das dritte und vierte so!» – «Aha», sagt sich Ψ (wenn es sich etwas sagen könnte), «so geht das also!» – Die Rekapitulation eines Geschehens, das im Protokollgedächtnis gespeichert ist, führt zu einem B-Ereignis. Ψ weiß jetzt, wie sich das, was es beobachtet hat, abspielt; zumindest glaubt es, das zu wissen! B-Ereignisse aber füllen den Bestimmtheitstank wieder auf, erregen die Aktivität von S und lassen dadurch die Aktivität von J abfallen. Und dadurch ist der Erwerb von neuem Wissen «lustvoll», denn das Verschwinden der Aktivität in einem Bedarfsindikator aktiviert ja das Lustzentrum.

Nicht nur durch Beobachten sollte Ψ explorieren; mindestens genauso wichtig ist das Tun. Ψ sollte mit den Dingen herumspielen wie der oben beschriebene kleine Junge. Es sollte ausprobieren, wie diese oder jene Aktion auf ein Objekt wirkt, und dieses Ausprobieren kann zunächst ruhig Zufallscharakter haben. Und wenn es sich dann ergibt, daß eine bestimmte, zufällig angewendete Aktion einen Effekt hat, so kann Ψ sich das merken: «Das erste war so, das zweite so, und darum das dritte und vierte so!»

Das Explorieren hat allerdings seine Gefahren. Wie leicht geht dabei auch einmal etwas schief. Wie leicht bringt sich Ψ durch Versuch und Irrtum in unangenehme Situationen, unter Umständen sogar in Gefahr. – Wie leicht hätte die Hand des kleinen Jungen in den Ventilator des Heizlüfters kommen können. Oder an die glühenden Drähte. Oder an eine elektrische Leitung. Deshalb ist beim Explorieren Vorsicht geboten. Aber jedes Risiko läßt sich nicht ausschließen; man geht schließlich mit Unbekanntem um. – Beobachten und Versuch und Irrtum sind die primitivsten Methoden, neue

Geschehnis- und Operatorschemata zu erwerben und damit Unbestimmtheit zu reduzieren.

Das Explorieren braucht sich nicht auf die Außenwelt zu beschränken. Ψ könnte auch seine eigenen Gedächtnisschemata erkunden und probeweise neu zusammensetzen. Eine Möglichkeit zur Konstruktion neuer Gedächtnisschemata zeigt Abbildung 5.12. Hier sieht man insgesamt vier Verhaltensprogramme: Die ersten drei lauten: «Von A kommt man durch die Aktivierung der Aktion a zu B. Und von B' kommt man durch die Aktivierung von b zu C. Und von C kommt man durch die Aktivierung von c schließlich zu D.» Dabei ähneln sich B und B', C und C', was ich durch die ähnlichen Vielecke angedeutet habe.

Ψ könnte aus diesen drei Schemata ein viertes machen, das unten in Abbildung 5.12 dargestellt ist. Von A kommt man mit a zu B* (einem abstrakten Objekt, das durch Überlagerung aus B und B' entsteht), von B* mit b zu C* und von da mit c zu D. Aus Einzelaktionen wird so ein kleines Verhal-

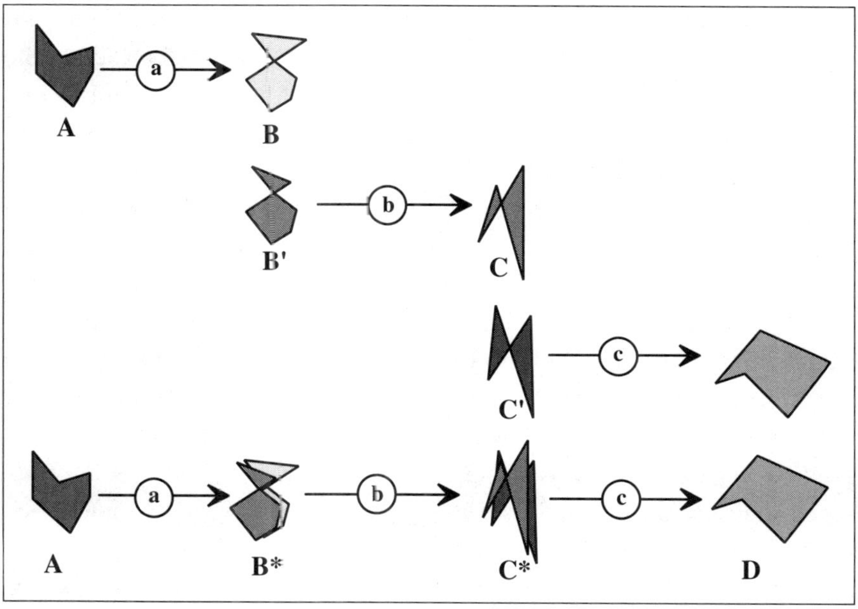

Abbildung 5.12 Neukonstruktion eines Schemas durch Überlagerung von Input- und Outputschemata

tensprogramm. Ob ein solcher Übergang von A nach D tatsächlich möglich ist, bleibt zunächst offen. Es ist unsicher, ob B und B' und C und C' tatsächlich äquivalent sind. Aber man kann es ja mal versuchen!

Diese Art der Gewinnung neuer Verhaltensprogramme enthält die Gleichsetzung von Ähnlichem. Ψ tut so, als könnten B und B' und C und C'gleich behandelt werden, und nimmt an, daß auf B die Aktion b anwendbar ist, obwohl es bislang nur weiß, daß b auf B' anwendbar ist. Und Gleichartiges gilt für C, C' und c.

Die Gleichbehandlung von Ähnlichem ist bei Menschen ein wichtiges Instrument zum Erwerb neuer Verhaltensweisen. Abbildung 5.12 zeigt nämlich im Grunde nicht nur, wie man von einem Vieleck zu einem anderen übergehen kann, sondern auch zum Beispiel schematisch, auf welche Weise Paul Ehrlich das Salvarsan erfand, das Heilmittel für die Syphilis. Und so primitiv dieser Prozeß auch aussehen mag, die Entwicklung des Salvarsans war keine Bagatelle, denn über Jahrhunderte hinweg bedeutete Syphilis langwieriges und qualvolles Siechtum und schließlich den sicheren Tod.

Paul Ehrlich stellte fest, daß sich die Erreger einer Hühnerkrankheit, mit der er sich gerade befaßte, durch ein bestimmtes Mittel einfärben ließen. Sie sahen den Erregern der Syphilis ziemlich ähnlich. Mit dem Färbemittel ließ sich etwas ins Zellinnere transportieren, warum also nicht auch ein Wirkstoff, der die Zelle schädigt oder tötet? Warum nicht einmal ausprobieren, ob man nicht die Syphiliserreger durch eine ähnliche Substanz zerstören kann? – Das war die basale Idee, und sie ist genauso «primitiv» wie die probeweise Gleichbehandlung von B und B' beziehungsweise von C und C'. – Unbestimmtheit kann also vermindert werden, indem man neue Geschehnisschemata oder Verhaltensprogramme erwirbt oder konstruiert.

Die Erzeugung von B-Ereignissen aktiviert das Lustzentrum. Streben nun die Ψs nicht nur nach Wasser und Benzin und Legitimitätssignalen, sondern generell nach Lust (und wir werden im Abschnitt «Kontrolle» sehen, daß es sehr sinnvoll ist, die Ψs so einzurichten), werden sie auch nach B-Signalen streben, einfach «nur so», selbst wenn mit ihnen kein Zugewinn an praktischen Fähigkeiten verbunden ist. Mit anderen Worten, die Ψs werden «geistige Bedürfnisse» aufweisen, und dies wird sich darin äußern, daß sie eine Sensitivität für Witz, Eleganz und Ästhetik gewinnen.

Witze

Das gesamte «Seelenleben» von Ψ ist von Schwankungen des Pegels im «Bestimmtheitsbehälter» begleitet, den Abbildung 5.9 zeigt. Er sinkt, wenn irgend etwas der Fall ist, was nicht direkt identifiziert werden kann, wenn etwas Unerwartetes eintritt, wenn die Zukunft nicht antizipiert werden kann. Und er steigt wieder, wenn die Identifikation dann doch gelingt, wenn man herausbekommt, wie etwas geht. B-Ereignisse füllen den «Bestimmtheitstank» also wieder an, bringen ihn zurück in seinen Sollzustand, verschaffen folglich Befriedigung und produzieren dementsprechend Lustsignale.

Für Ψ bedeutet somit die Unbestimmtheitsreduktion informationelle Lust. Unbestimmtheitsreduktion, die Bestätigung von Hypothesen über den Gang der Dinge in der Welt beziehungsweise neue Information über die Welt, ist eine Lustquelle. Das hat Folgen für das Seelenleben von Ψ, denn es führt dazu, daß es zum Beispiel über Witze lachen und Dinge «schön» finden, also ästhetische Genüsse haben kann.

Ein Ψ, das über Witze lacht? Wie das? – Das Wesentliche von Witzen besteht darin, daß Unbestimmtheit reduziert wird. Ohne Unbestimmtheitsverminderung kein Witz! – Kennen Sie den:

> *Ein Schäferhund einer österreichischen (bayerischen) Grenzpatrouille wechselt über die Grenze von Österreich (Bayern) nach Bayern (Österreich). Daraufhin fällt in beiden Ländern der Intelligenzquotient! – Wieso???*
> *Also, wenn der Hund zum Beispiel einen IQ von 60 hat und er von Österreich (Bayern) nach Bayern (Österreich) wechselt, und es soll dann der Intelligenzquotient in beiden Ländern absinken …? – Ach so, ja, hihihi!*

(Zur Vermeidung der Diskriminierung der Österreicher beziehungsweise der Bayern, die es lieben – ähnlich wie die Norweger und die Schweden –, einander durch die gleichen Witze wechselseitig ins «richtige», dem jeweiligen Selbstbewußtsein dienliche Licht zu rücken, habe ich den Witz «symmetrisch» erzählt; der Leser mag die ihm genehme Version auswählen.)

Ein Witz (wenn man ihn nicht kennt) stiftet zunächst einmal Unbestimmtheit. Es wird als Folge eines Geschehens etwas behauptet, was man auf den ersten Blick nicht einsieht. Man weiß nicht, wieso das der Fall sein muß, was da erzählt wird. Dann denkt man ein bißchen nach, überlegt sich die notwendigen Voraussetzungen für das entsprechende Ereignis, und plötzlich «hat» man es! Man begreift – und lacht oder lächelt. Die Freude am Witz ist einerseits die Lust, die durch Unbestimmtheitsreduktion erzeugt wird, und das Lachen oder Lächeln ist Ausdruck dieser Lust. (Es gibt noch andere Quellen der Lust im Witz, die mit dem Gefühl der Überlegenheit zu tun haben. Wir kommen darauf zurück.)

Norbert Bischof (1996) hat Situationen analysiert, in denen man lacht oder lächelt, und als ein ihnen allen gemeinsames Merkmal die Rücknahme des «Autonomieanspruches» entdeckt. Was heißt das? Man könnte «Autonomieanspruch» in «Streben nach Kompetenz», Streben nach Bewältigungsfähigkeit übersetzen. Und damit sind wir beim Witz. Denn die Exposition eines Witzes erzeugt Unbestimmtheit, und diese nimmt uns die Möglichkeit, uns auf die Zukunft einzustellen. Genau deshalb soll sie ja Explorationsmaßnahmen auslösen; die Erkundung des Unbekannten stellt (vielleicht) die Fähigkeit wieder her, mit den Geschehnissen dieser Welt umzugehen. Das Lachen über einen Witz ist der Ausdruck der Befriedigung darüber, daß nun keine Unbestimmtheit mehr existiert, mithin also auch keine Bewältigung mehr angestrebt zu werden braucht und somit der «Autonomieanspruch» zurückgenommen werden kann. – Und weil Ψ ein Bedürfnis nach Bestimmtheit hat und «Lustereignisse» auftreten, wenn es zu einer Reduktion der Unbestimmtheit kommt, kann es über Witze lachen. Wir müßten ihm natürlich Mittel zur Verfügung stellen, seine Lust auszudrücken. Es müßte bei jeder Bedürfnisbefriedigung, also auch bei der Unbestimmtheitsreduktion, zum Beispiel mit den Sicherheitsventilen trillern oder sich sonst irgendwie bemerkbar machen können. Ψ braucht ja nicht unbedingt zu lachen, so wie wir. – Wer Genaueres erfahren will über die vielfachen und verzwickten Bedingungen des Lachens oder Lächelns unter den verschiedenen Umständen – wir kennen ja neben dem Lachen über Witze höhnisches Lächeln, spöttisches Lächeln, fröhliches Lachen, schadenfrohes Lachen, Lächeln aus Verlegenheit, Lächeln aus Angst –, findet Aufklärung in Norbert Bischofs Untersuchung.

Schönheit

Warum wird eine Reizkonfiguration – ein Bild, eine Landschaft, ein Gedicht, ein Baum – als «schön» empfunden? Die erste Antwort, die mit dem «Trieb zur Bestimmtheit» gar nichts zu tun hat, lautet: weil solche Konfigurationen an die Befriedigung von Bedürfnissen erinnern. Daß wir ein Gemälde, auf dem ein saftiger Schinken und ein betautes Glas Wein zu sehen sind, als schön empfinden, ist nur allzu verständlich, besonders wenn der Betrachter Appetit oder Durst hat. Gleichfalls wenig verwunderlich ist es, daß Menschen – je nachdem – die Abbildung eines nackten Frauen- oder Männerkörpers schön finden. Hinter solchen ästhetischen Empfindungen stehen leicht identifizierbare Motive; es sind Ziele dargestellt, die wir bei Hunger, Durst oder sexueller Begier anstreben. Natürlich würden die Ψs unser diesbezügliches Schönheitsempfinden teilen können, zumindest dem Sinne nach. Ihnen würde eine Benzinzapfsäule schön erscheinen, nämlich «attraktiv», oder ein anderes Ψ, das für sie ein Legitimitätssignal darstellt.

Eine solche Begründung des «Schönheitsempfindens» reicht aber kaum aus, um zu erklären, warum man eine Voralpenlandschaft, mit sanft gewellten Hügeln, Waldstücken, Gehöften im Licht der aufgehenden Frühjahrssonne, schön findet. Und wie steht es mit einer düsteren, in Nebel gehüllten Industrielandschaft im Ruhrgebiet, mit dem Widerschein der Hochöfen in den niedrig ziehenden Wolken? Auch das kann schön sein, atemberaubend schön sogar. Ebenso eine Zeichnung von Kandinsky, ein Bild von Klee. Wieso findet man eine knorrige Baumwurzel schön, die einen an nichts erinnert?

Eine Antwort darauf hat Gustav Theodor Fechner gegeben. In seiner

Vorschule der Ästhetik (1876) unterscheidet er zwei Arten von Faktoren, die der Empfindung «schön» zugrunde liegen, nämlich «direkte» und «assoziative». Mit den assoziativen Faktoren meinte er den Knochenschinken und den weiblichen Akt (den männlichen natürlich auch), Reizkonfigurationen also, die an Bedürfnisbefriedigungen erinnern und deshalb als «angenehm» empfunden werden. Die Wirkung der assoziativen Faktoren ist leicht nachzuvollziehen. Viel interessanter und enger verbunden mit dem «eigentlichen» Wesen des ästhetischen Genusses sind die direkten Faktoren.

Sie liegen im «Enigmatischen», im «Rätselhaften» eines Objekts. Ein Kunstwerk, eine Landschaft, ein Baumknorren, ein Felsen müssen etwas «Rätselhaftes» haben, damit sie als schön empfunden werden. Warum ist das so?

Es gibt eine alte ästhetische Formel, die meines Wissens von dem Philosophen Alexander Gottlieb Baumgarten (er lebte von 1714 bis 1762) stammt; sie lautet, schön sei, was «Einheit in der Mannigfaltigkeit» aufweist. Das klingt selbst etwas rätselhaft. Wie kann etwas einheitlich sein, wenn es doch mannigfaltig ist? Das ist möglich, wenn man den zeitlichen Ablauf ins Spiel bringt. Wenn man in einer Reizkonfiguration, die einem zunächst vielgestaltig-chaotisch erscheint, Harmonien, Symmetrien, Gesetzmäßigkeiten oder eine Aussage, eine durchgehende Idee entdecken kann, empfindet man sie als schön.

Allerdings geht die Wirkung des «Schönen» nicht von den Gesetzen oder Ordnungsprinzipien selbst aus, sondern von deren unbestimmtheitsvermindernder Entdeckung. Zunächst einmal muß Chaos herrschen, Unbestimmtheit. U-Signale bedeuten Unlust, bedeuten ein Bedürfnis nach Bestimmtheit. Und dann folgt die Exploration, der Versuch, Gesetze zu entdecken.

Die ordnungsstiftende Idee muß also verzögert und «gegen Widerstand» gefunden werden. Das Objekt darf sich einem nicht sofort erschließen, sondern man muß erst ein wenig hilflos vor einem Chaos stehen. Man wendet sich diesem Chaos zu, interpretiert, überlegt, zieht Verbindungen, kurz: Man versucht, Zusammenhänge zwischen den Bestandteilen der Reizkonfiguration zu finden («syntaktische Ordnung») oder aber die Bedeutung der Konfiguration zu erfassen («semantische Ordnung»). Wenn dies gelingt, stellt sich in dem Moment, da das Bedürfnis nach Bestimmtheit schwindet, Befriedigung ein. – Gelingt es zu schnell, dann ist die Sache «langweilig», gelingt es gar nicht, ist sie eben ein disharmonisches Durcheinander und in beiden Fällen nicht schön.

Ψ, ausgerüstet mit einem Bestimmtheitsbedürfnis, kann diese Art von Schönheit empfinden, sicher nicht besonders differenziert, da seine kognitiven Fähigkeiten noch nicht sehr weit entwickelt sind. Aber manche Gesetze könnte es schon erfassen, indem es in einer Reizkonfiguration nach Entsprechungen mit seinen Schemata sucht.

Abbildung 5.13 auf Seite 378 zeigt die schon erwähnte Voralpenlandschaft in etwas reduzierter, dafür aber dreifacher Form. Es handelt sich, wie man sieht, immer um die gleichen, manchmal leicht modifizierten Elemente in verschiedenartigen Konstellationen. Die Bildchen sind einander recht ähnlich, dennoch haben die meisten keine Schwierigkeiten, eines von ihnen auszuwählen, das ihnen am besten, und ein anderes, das ihnen am wenigsten gefällt. Wenn Sie Bild A am schönsten finden (wie etwa 72 Prozent der von mir befragten Personen), so gilt auch für Sie die Formel von der «Einheit in der Mannigfaltigkeit». Denn in diesem Bild finden sich die meisten durchgängigen, aber nicht ganz einfachen Konstruktionsprinzipien. So sind die drei Abhänge (ungefähr) Spiegelungen voneinander, aber diagonal versetzt. Die Größe der Tannen wächst mit abnehmender Entfernung der Abhänge vom Betrachter, und die Abhänge selbst nähern sich nach dem Schema «links – rechts – links». Außerdem bilden die Fußpunkte der drei Tannen und die Mitte des Mondes eine symmetrische Raute, deren Mittelachse diagonal im Raum liegt. – Bei den beiden anderen Bildern sind diese Gesetzmäßigkeiten zum Teil nicht vorhanden, oder aber es sind komplizierte Gesetze durch einfachere ersetzt worden. So sind die oberen Abhänge im Bildchen B zwar spiegelsymmetrisch, aber nicht diagonal versetzt. Und die Fußpunkte der Tannen bilden mit dem Mittelpunkt des Mondes zwar wiederum eine Raute, nur steht diese senkrecht und ist horizontal und vertikal symmetrisch. Und im unteren Bild schließlich gibt es gar keine Symmetrien mehr im Hinblick auf die Fußpunkte der Tannen und den Mond, und die Hänge sind keine Spiegelungen voneinander. – Grob könnte man also die Bilder als «komplizierte Ordnung» (A), «einfache Ordnung» (B) und «Unordnung» (C) charakterisieren, wobei letztere in unserem Beispiel im Rahmen bleibt.

(Ich habe die Studenten zweier Vorlesungen, 60 und 102 Hörer, um die Beurteilung der Schönheit dieser Bilder gebeten und dann noch 36 Personen im Einzelversuch. Die meisten, nämlich 140 von 198, mochten A am liebsten. Es folgen dann «einfache Ordnung» (B) und «Unordnung» (C) ungefähr gleichauf, wobei die «Unordnung» mit 33 Nennungen noch ein wenig besser abzuschneiden scheint als die «einfache» Ordnung mit 25 Nennungen.)

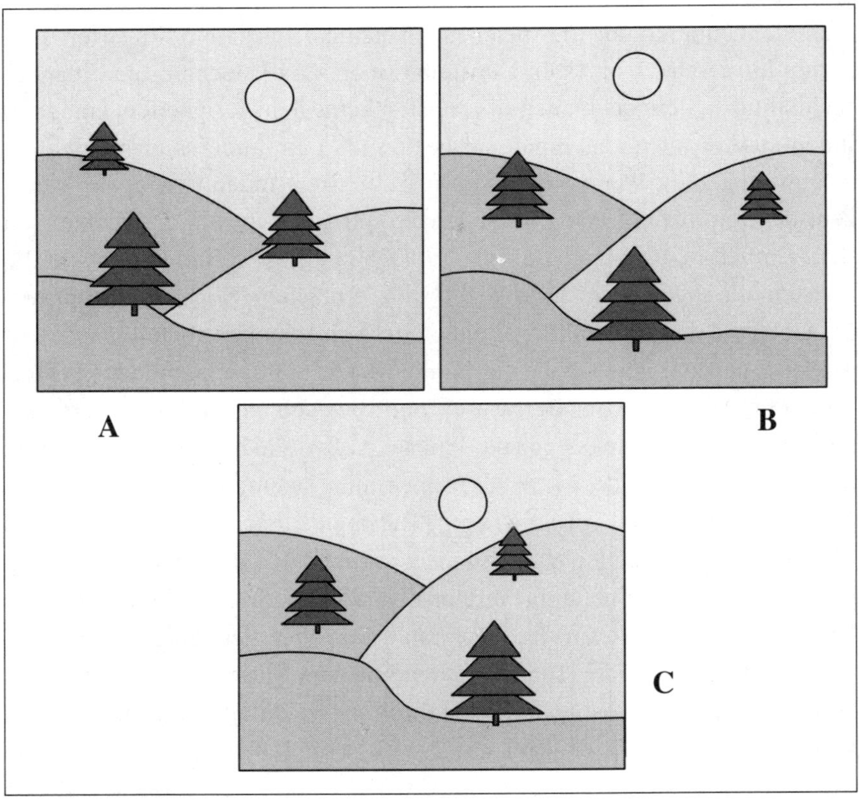

Abbildung 5.13 Dreimal «Allgäu»

Dieses Ergebnis steht in gutem Einklang mit der Behauptung, daß sich das Ausmaß an ästhetischer Befriedigung aus dem Erkennen von Ordnungen «gegen Widerstand» ergibt. Am meisten ist dies in Bild A der Fall. In Bild B sind die Ordnungen allzu sinnfällig, dadurch wirkt es eher langweilig, und bei C gibt es nur noch wenig Ordnung zu entdecken, deshalb mutet es eher chaotisch an.

Manch einer wird sagen, sein Schönheitsempfinden sei nicht auf die Entdeckung mathematischer Gesetzmäßigkeiten, also von Spiegelungen, Wiederholungen, Projektionen von Linien oder Flächengebilden, zurückzuführen. Er findet etwas eben einfach schön! Nur so!

Genauso geht es unseren Ψs auch! Die suchen einfach nach Ordnungen, wenn sie Unbestimmtheit vorfinden, und wissen nicht, daß und wie sie es tun. Es werden aber Lustsignale erzeugt, wenn Bestimmtheit an die Stelle von Unbestimmtheit tritt, und wenn die Ψs ihre «Lust» ausdrücken könnten, würde man ihnen ihr Wohlgefallen anmerken. Auch wir wissen von den elementaren Verarbeitungsprozessen unseres Geistes wenig und erleben sie keineswegs alle (so wenig wie die chemischen Prozesse unseres Stoffwechsels), und so empfinden wir die Dinge als schön und wissen nicht, warum, genau wie die Ψs.

Natürlich gibt es individuelle Unterschiede in den ästhetischen Präferenzen. Wenn Schönheitsempfinden darauf basiert, daß Ordnungen oder Bedeutungen innerhalb von Reizkonfigurationen entdeckt werden, so können sich die Ordnungsprinzipien, nach denen jemand sucht, erheblich von denen anderer unterscheiden. Der eine hat diese sensorischen Schemata gelernt, der andere jene. Und natürlich haben verschiedene Dinge für verschiedene Personen verschiedene Bedeutungen, da die Gedächtnisstrukturen aufgrund der unterschiedlichen Lernprozesse oder Bedürfnislagen verschieden sind.

«Schönheit» und auch «Langeweile» beziehungsweise «Chaos» sind durchaus subjektive Kategorien, auch für die Ψs. Hat man bestimmte Schemata, so wird man bestimmte Ordnungen erfassen können, hat man sie nicht, dann kann das erst nach weiteren Lernprozessen gelingen oder aber überhaupt nicht. Was für den einen schön ist, ist für den anderen langweilig und für den dritten chaotisch.

Von Helmar Frank (1964) stammt eine interessante These zur Erklärung der Tatsache, daß sich der Zeitgeschmack, zum Beispiel hinsichtlich der Wertschätzung von Musik, wandelt. Sie lautet, kurz gefaßt: Man hört Musik vom Typ A, die durch bestimmte Ordnungsprinzipien gekennzeichnet ist. Man schätzt die Musik sehr, weil die Ordnungsprinzipien neu und ungewohnt sind und man deshalb mit der Reduktion der Unbestimmtheit gewisse Schwierigkeiten hat. Dann aber gewöhnt man sich an die Regeln, entdeckt die Ordnungen in der Musik vom Typ A (zum Beispiel in der von Johann Sebastian Bach) immer leichter, und dadurch verliert sie ihren Reiz. Sie wird langweilig, und damit wird man offen für Neues und wendet sich von Johann Sebastian ab und Carl Philipp Emanuel zu.

Leuten, die protestieren und sagen: «Nie wird mir Johann Sebastian jemals langweilig werden!», sollten wir aber durchaus glauben und auch keineswegs annehmen, daß irgend etwas mit ihrer Lernfähigkeit nicht stimmt. Über einen Witz kann man nur einmal lachen. Aber das «Musikalische Opfer» habe ich mindestens schon hundertmal gehört und werde es vermutlich weitere hundert Male hören, ohne daß «der Witz» weg ist. Wie kann das sein, wenn die ästhetische Befriedigung aus keinen anderen Quellen stammt als aus der Entdeckung der Transpositionen und Sequenzierungen, der parallel geführten Stimmen und ihrer Relationen zueinander?

Die Antwort auf diese Frage ist, so meine ich, folgende: Schon die einfachen Bilder der Abbildung 5.13 enthalten nicht nur die oben genannten Ordnungsprinzipien, sondern stellen Mehrfachordnungen dar. Ein bestimmtes Element der Konfiguration steht nicht nur in einer Relation zu den anderen Elementen, sondern ist in vielfacher Weise in die gesamte Konfiguration eingebaut. Nennen wir einige weitere Ordnungsprinzipien: So entspricht zum Beispiel die durchschnittliche Größe der beiden Bäume auf der linken Seite des Bildchens A (1 kleiner + 1 großer) der Größe des Baumes auf der rechten Seite (1 mittlerer). In dieser Hinsicht also sind links und rechts symmetrisch, und ein Baum ist außer in die Raute auch noch in diese Beziehung eingebaut, also mehrfach gebunden. Auch entspricht auf jeder Seite die Anzahl der Bäume der Anzahl der Hänge. – Bei komplexeren Reizkonfigurationen wie etwa dem «Musikalischen Opfer» sind solche Mehrfachordnungen natürlich in fast nicht ausschöpfbarer Anzahl vorhanden, und so kann man auch beim hundertsten Hören noch Neues entdecken. Ein komplexes Kunstwerk bleibt sehr lange ein Rätsel und ist eben kein «Witz», der durch einmalige Benutzung verbraucht wird. Es bleibt immer noch ein Versprechen übrig, die Aussicht, das Werk könne vielleicht noch mehr verraten, als man bislang enträtselt hat.

Bei den meisten Formen des ästhetischen Genusses werden sowohl direkte als auch assoziative Faktoren eine Rolle spielen. Es wäre sicherlich zu kurz gegriffen, wollte man das Gefallen an einem Gemälde, das einen gedeckten Tisch zeigt, auf die Freßgier (= assoziativer Faktor) reduzieren oder die Empfindung der Schönheit eines nackten Körpers auf das sexuelle Verlangen. Neben der Tatsache, daß ein unbekleideter menschlicher Körper an Sexualität erinnern mag, hat er seine «Geometrie», sein Ebenmaß, seine Proportionen. Sie lassen ihn uns auch ohne sexuelle Assoziationen als schön erscheinen. Der menschliche Körper mit seinen vielfachen, komplizierten Symmetrien wirkt also auch in hohem Maße «direkt».

Bislang bin ich hauptsächlich auf die Syntax von Bildern oder anderen Reizkonfigurationen eingegangen, also auf die Beziehungen zwischen den Elementen, die man in der Konfiguration ausmessen oder -zählen kann. Wie steht es nun mit der Semantik? Vielleicht können wir uns der Rolle der Bedeutung bei der ästhetischen Wahrnehmung am besten nähern, indem wir uns überlegen, warum auch etwas Häßliches «schön» sein kann.

Es kann etwas Schreckliches und Grausames ästhetisch anrühren (vielleicht findet manch einer, das Wort «schön» passe in diesem Zusammenhang nicht). Otto Dix' Schützengrabenbilder aus dem Ersten Weltkrieg oder die Karikaturen von George Grosz sind «schön», obwohl sie Schauerliches und Häßliches darstellen, Nässe, Schlamm, Leichen, Leichenteile, häßliche, fette Nutten, Schiebertypen mit Hyänenphysiognomien. Hier wirkt kein assoziativer Faktor, der an Bedürfnisbefriedigungen erinnert; im Gegenteil: die Assoziationen aktivieren eher Vermeidungstendenzen. Der ästhetische Wert dieser Kunstwerke liegt zu einem großen Teil in der Semantik. Die Groszschen Karikaturen kennzeichnen eine ganze Epoche, die Epoche der Not nach dem Ersten Weltkrieg mit der aufklaffenden Diskrepanz zwischen dem Elend der Massen und der verkrüppelten Frontsoldaten, denen man gerade noch versprochen hatte: «Der Dank des Vaterlands ist euch gewiß», und dem Wohlergehen der fetten Kriegsgewinnler und Rüstungsspekulanten und ihrer in Pelzmäntel gehüllten «Damen». Und damit vermitteln diese Bilder Ordnungsprinzipien. Man erkennt, daß eine ganze Epoche durch bestimmte Motive und Interessengegensätze bestimmt wurde; zumindest wird man dazu angeregt, darüber nachzudenken. Und darin liegt der Ordnungsgewinn – oder auch das Beunruhigende solcher Kunst.

Ist das nun alles? Läßt sich die Ergriffenheit beim Anhören der Matthäus-Passion, läßt sich der Abscheu vor den Schrecken des Krieges bei der Betrachtung eines Schützengrabenbildes von Dix, läßt sich die milde Melancholie, die einen bei der Betrachtung eines spätherbstlichen Sonnenuntergangs durch die fast entlaubten Zweige eines Ahornbaumes ergreift und die man zwar als Wehmut wahrnimmt, aber doch zugleich als «schön», auf den Nenner «Unbestimmtheitsreduktion» bringen? Ich meine, genau so spielt sich das ab. Diese Konfigurationen mögen die unterschiedlichsten Gefühle und Stimmungen auslösen. Aber es ist ihnen allen gemeinsam, daß sich in ihnen semantische oder syntaktische Relationen «gegen Widerstand» entdecken lassen. Dabei sollten wir uns aber über eines im klaren sein: Die Formel «Schönheit basiert auf der Entdeckung syntaktischer und semantischer Regeln gegen Widerstand und auf assoziativen Faktoren» ist zwar sehr einfach, die Prozesse aber, die dahinterstehen, die Versuche, Ordnungsprinzipien und Bedeutungen zu ermitteln, können unendlich kompliziert sein.

Wolkenliebhaber – oder «Vielleicht» ist schön

Die deutsche Seele hat Gänge und Zwischengänge in sich, es gibt in ihr Höhlen, Verstecke, Burgverliese; ihre Unordnung hat viel vom Reiz des Geheimnisvollen; der Deutsche versteht sich auf die Schleichwege zum Chaos. Und wie jeglich Ding sein Gleichnis liebt, so liebt der Deutsche die Wolken und alles, was unklar werdend, dämmernd, feucht und verhängt ist: das Ungewisse, Unausgestaltete, Sich-Verschiebende, Wachsende jeder Art fühlt er als «tief».

Friedrich Nietzsche
Jenseits von Gut und Böse – Zur Genealogie der Moral

Für Wesen mit einem «Bestimmtheitstrieb» ist Unbestimmtheit ein Schmerz, ein Schaden, ein Mangelzustand. Unbestimmtheit muß reduziert werden, das diktiert das J-Neuron der Abbildung 5.9, Seite 357, als Bedarfsindikator.

Das Nietzsche-Zitat, mit dem ich diesen Abschnitt einleite, zeigt aber, daß auch anderes möglich ist. Man kann Unbestimmtheit geradezu suchen, weil man sie als eine Art «Versprechen» verstehen kann. Wenn etwas unbestimmt ist, so liegt gewissermaßen ein Schleier über seinen eigentlichen Gehalten. Unter diesem Schleier kann sich alles mögliche verbergen, Schönes, Nützliches, Schreckliches, Unheilvolles. Und weil das so ist, kann Unbestimmtheit reizvoll sein. Loch Ness ist unbestimmt. Die Kliffe und Riffe, die Schatztruhen und die Ungeheuer, die seine Tiefe birgt, kann man nicht sehen.

Deshalb braucht Unbestimmtheit nicht nur ein Schmerz oder Mangelzustand zu sein, sondern bedeutet auch unbekanntes Land, für dessen Erforschung man Expeditionen planen muß. Und wer weiß, welche Schätze man auf ihnen entdecken wird. Natürlich, gefährlich kann es auch sein. Und das ist das Faszinierende: man weiß nicht, ob die Exploration Aufstieg oder Untergang bringt.

Vielleicht muß man die Expedition ja nicht jetzt gleich starten, vielleicht wartet man noch ein bißchen. Dann könnte manches klarer werden, könnte sich das Risiko vermindern. Also abwarten! Und während man wartet, bleibt die Hoffnung auf das Gold, auf die überraschende, umwälzende Einsicht, und diese Hoffnung vernichtet man, wenn man die Expedition wirklich unternimmt. – Zumindest bei Menschen ist es nicht so, daß sie, kaum stoßen sie auf Unbestimmtheit, nur noch davon beseelt sind, sie zu beseitigen. Es gibt vielmehr auch eine Art Liebe zur Unbestimmtheit als solcher. Und das ist die Liebe zur Hoffnung, der Hoffnung auf die Erfüllung eines Versprechens, welches möglicherweise hinter dem Schleier verborgen ist. Unaufgelöste Unbestimmtheit kann Kraft geben, indem sie Hoffnungen ermöglicht. Denn das Hegen von Hoffnungen ist ein lustvoller Prozeß. Und Lust gibt Kraft, wie wir im nächsten Abschnitt sehen werden.

Also gilt keineswegs, daß wir lieber in Sicherheit verharren, weil wir Furcht vor dem Unbekannten haben, wie Hamlet meint. Manchmal wählen wir auch lieber die Unsicherheit und zögern, diesen Zustand zu verlassen, weil das die Vernichtung der Hoffnung bedeuten kann. Das gilt im Kleinen wie im Großen. Mors certa, hora incerta! Aber wer will nicht lieber hinsichtlich der Stunde seines Todes in Unsicherheit verharren? Will man wissen, ob man Aids hat oder nicht? Mancher will es nicht wissen (zum Schaden seiner Mitmenschen).

Und im Kleinen gilt mitunter ähnliches. Wenn man etwas ausgelotet hat, ist der Witz weg. Lieber nicht so tief über eine Sache nachdenken, denn dann verliert sie ihren Reiz. Vielleicht ist das der Grund für so manche Betrachtungen über Gegenstände der Kunst oder auch der Psychologie, in denen es von Unklarheit nur so wimmelt.

Was halten Sie von folgenden Sätzen?

«Jeder Mensch findet sich so vor, daß er sich bewußt erlebt. Sein tatsächlicher Vollzug ist derart verfaßt. Diese eigentümliche Verfaßtheit zu klären ist … Aufgabe der Philosophie. Sie versucht unbestreitbar die Momente zu bestimmen, deren Inbegriff den Gegenstands- oder Selbstbezug eines Ich ausmachen. In regressiver oder transzendentaler Analyse deckt sie die Voraussetzungen auf, an die menschliches Sichvollziehen unabdingbar in sich gebunden ist. Um diese Aufgabe zu erfüllen, ist einmal die Tatsache des bewußten Erlebens umsichtig zu beschreiben. Die Beschreibung ist erforderlich, weil es nicht in jemandes Macht steht, daß und wie er sich überhaupt gegeben ist, wenn und solange er sich vollzieht.» (Und so fort; so beginnt ein Werbetext des Verlages Königshausen und Neumann für das Buch *Das bewußte Erleben* von Ulrich Wienbruch.)

Tiefsinnig, nicht? Diese «Schmonze» für ein Buch, das sich an «Philosophen und alle, denen es um ein ausweisbares Selbst- und Weltverständnis geht», wendet, ist durchaus ein Rätsel. Oder verstehen Sie, was beispielsweise mit «Voraussetzungen» gemeint ist, «an die menschliches Sichvollziehen unabdingbar in sich gebunden ist»? Ich nicht!

Darüber muß man also nachdenken! Und das Nachdenken wird wahrscheinlich aus einem Rätsel fünf neue machen. Und schließlich steht man vor einem Zauberberg, in dessen Höhlen die Auflösungen der wichtigsten Geheimnisse der Welt verborgen sind. Das «Sesam, öffne dich!» für diesen Berg hat man zwar noch nicht, aber daß man vor ihm steht, das ist doch schon etwas!

Ein Kunstwerk ist immer ein Rätsel, sonst wäre es nicht Kunst! Es gibt aber Kunst, die so hinweis- und strukturreich ist, daß sie viele Ansätze für Versuche der Rätsellösung bietet. Und es gibt Kunst, die uns in dieser Beziehung etwas allein läßt. Wenn man zum Beispiel vor einem großen Raum steht, tapeziert mit rotem Samt, die Fenster verdunkelt, beleuchtet von nur wenigen indirekten Lichtquellen, und mitten in diesen Raum ein Coca-Cola-Kronenkorken plaziert ist, so ist diese Konfiguration zweifellos ein Rätsel, nein, eine ganze Menge von Rätseln. Warum Samt? Warum roter Samt? Warum dunkel? Warum ein Kronenkorken? Warum Coca-Cola? Warum das Ganze überhaupt?

Die Möglichkeiten, dieser kargen Konfiguration irgendwelche Informationen über die Lösung des Rätsels zu entnehmen, sind gering. – Und der Betrachter kann nun das Rätsel für sich knacken oder es bleibenlassen in der Hoffnung, daß es eine Lösung gibt, die man irgendwann doch einmal herausfinden wird. Insofern ist der Kronenkorken «tief».

Ist diese Art von Sehnsucht nach Tiefe, die eigentlich die Sehnsucht nach wolkenhafter Unbestimmtheit ist, ein stilles Eingeständnis der eigenen Unfähigkeit, selbst die Lösungen für Rätsel zu finden? Sehr viel Selbstvertrauen drückt eine solche Tiefensehnsucht nicht gerade aus; eher doch die Bereitschaft, Mysterien zu akzeptieren, die Bereitschaft, Verantwortlichkeit abzugeben an solche, die kompetenter erscheinen, Rätsel dieser Art zu lösen.

Ergibt sich aus einem solchen Denken nicht vielleicht die heimliche Sehnsucht nach der großen, der «einen», der «letzten» Lösung? Irgendwann schafft man es nicht mehr, den Berg der sich ständig vermehrenden Rätsel weiter vor sich her zu schieben, und die Sehnsucht nach dem Zauberstab wird übermächtig. «Die Partei, die Partei, die hat immer recht ...» Oder: «Der Führer wird es schon wissen!» – Man kann die Antipathie verstehen, die Nietzsche den «Wolkenliebhabern» entgegenbrachte.

Oder ist das alles zu weit hergeholt? Die Ψs leiden nicht unter derlei Sehnsüchten und ihren Folgen, weil sie einfach dafür noch zu dumm sind. Ihnen fehlt noch der «aktive Geist», der es ihnen erlaubt, in weitem Umfang mit den Gedächtnisschemata zu spielen, sie umzubauen, sie neu und anders zu verketten.

Berliner Balkone

Die eine Hälfte dieser Welt war mein
Und ich trug hundert der erlauchten Namen.
Nun ist ein Korb von Bast mein Eigentum,
Die Gärtnerschere und die Blumensamen.

Karl V. (aus einem vergessenen Gedicht)

Unbestimmtheitsminderung durch Exploration und Analyse setzt Fähigkeiten voraus. Und ein darauf basierendes Selbstvertrauen. Denn immer ist es in der einen oder anderen Weise gefährlich, wenn man sich der Unbestimmtheit aussetzt. Man riskiert, die körperliche Unversehrtheit oder die Konsistenz und Geschlossenheit des eigenen Weltbildes zu verlieren. – Und wenn das nötige Selbstvertrauen fehlt? Dann bleibt eine weitere Form der Unbestimmtheitsminderung, nämlich die Flucht.

Berlin hat eine regelrechte «Balkonkultur», wie man sie in anderen Städten nicht antrifft. Die Brüstungen von Balkonen sind oft mit Holz- oder Tonkästen besetzt; in ihnen wachsen Geranien oder – in schattigeren Bereichen – auch Fuchsien. Das ist der Normalbalkon. Ein echter «Berliner Balkon» sieht aber noch anders aus. Auf ihm ist nicht nur die Kleinflora vertreten, sondern auch die Großflora, zum Beispiel in Gestalt eines kleinen Birkenbäumchens, einer Hainbuche, mitunter auch einer Edeltanne. Aber nicht nur die Brüstungen sind bepflanzt. In den freien Raum zwischen ihnen und dem nächsten Geschoß hängen von oben Ampeln herab, aus denen Wolken von Blüten quellen, die zum Beispiel von Kapuzinerkresse und anderen Windengewächsen hervorgebracht werden. Wer hinter die Balkonblenden schauen kann, wird dort oft Nutzgärten vorfinden. Kleine Tonkästen, terrassenartig übereinander an der Mauer angebracht, enthalten Schnittlauch, Petersilie und mitunter – wenn die Lichtverhältnisse es erlauben – ganze Kräuterplantagen.

Neben der Flora ist oft auch die Fauna vertreten, zum Beispiel in Gestalt eines Kanarienvogels oder eines Raubtiers in der Erscheinungsform eines erheblich zu fetten Rauhhaardackels.

Ein solcher Balkon ist eine ganze, idyllische Welt für sich. Doch hüte man sich vor der Illusion, es handle sich um ein Paradies. Auch in diesem wohlgeordneten Universum gibt es Gefahren und Probleme. Blattläuse bedrohen die Fuchsien; ein rätselhafter Schimmel hat die jungen Blätter der Hainbuche befallen; der Kanarienvogel singt nicht mehr so schön wie früher: das sind Probleme! Darum muß man sich kümmern, man wird die Nachbarin um Rat fragen oder den freundlichen Drogisten an der Ecke.

Ein Berliner Balkon wird natürlich nicht nur von Flora und Fauna bewohnt; irgendwer ist Herr dieses Universums, zum Beispiel ein Rentnerehepaar. Es beherrscht und gestaltet seinen Balkonkosmos. Bei gutem Wetter trägt es das Fernsehgerät nach draußen; auf diese Art und Weise werden ausgewählte Ausschnitte der ihnen fremd gewordenen Welt in die eigene vorgelassen. Natürlich abschaltbar! So eine eigene kleine Welt mit ihren Freuden und Sorgen bietet Glück und Zufriedenheit. Probleme müssen sein, denn sie geben dem Leben Sinn. Sie sind die Ursache von Hoffnungen und Befürchtungen und etablieren Zukunft und Vergangenheit; sie erzeugen Ängste, aber auch Stolz und Triumphgefühle, denn sie lassen sich bewältigen.

Insgesamt bleibt alles überschaubar. Fernab das Unbegreifbare der «richtigen» Welt. Fernab die seltsamen Graffiti, die jemand nachts an die Hauswände sprüht; fernab der aufgebrochene Briefkasten, fernab das verletzend abweisende Verhalten des Skinheads von nebenan, der doch vor drei Jahren noch so ein lieber Junge war.

Sinn, was heißt denn Sinn? Daß man eine Aufgabe hat, ein Ziel, welches wertvoll erscheint. Daß man das Gefühl hat, das Ziel erreichen zu können, wenn man sich anstrengt. Man sollte nicht darüber lachen: Auch Blattläuse auf den Fuchsien können einem Leben Sinn geben.

Dennoch: Alles in allem ist ein solcher Balkon eine Fluchtposition. Es ist eine künstliche Welt, in die man sich zurückgezogen hat, weil man mit der anderen, «ganzen» Welt nicht mehr zurechtkommt. Insofern sind solche Balkone Indikatoren für Gefühle des Unbehaustseins, des Unwirtlichen, Unheimlichen. Um ihnen zu entgehen, läßt man die Welt schrumpfen. Die Menschen leben nicht mehr zusammen, sondern in vielen verschiedenen, privaten Universen, die dem einzelnen Sicherheit und das Gefühl der Sinnhaftigkeit geben. Was kann man tun gegen Jugendrandale, Krieg, Schmutz auf den Straßen, sauren Regen, Verbrechen? – Nichts! Aber gegen die Blattläuse auf den Fuchsien kann man kämpfen, und das sogar mit großer Aussicht auf Erfolg.

Aber gibt ein solches Balkonuniversum wirklich Sicherheit? Bleibt nicht doch immer das Hintergrundbewußtsein, daß es eben ein Ersatz ist für etwas, das man verloren hat, nämlich ein Surrogat für die Einheit der Welt? – Insofern bleibt das Unheimliche doch da. Es lauert weiter in den dunklen Winkeln der Balkone und kriecht daraus mitunter hervor. Es zeigt sich in Ausbrüchen von Wut und Aggressivität aus nichtigen Anlässen; in der maßlosen Beschimpfung der Nachbarin ein Stockwerk höher, die ihre Blumen ein wenig zu intensiv gegossen hat, so daß das Wasser auf den eigenen Balkon tropft. Es zeigt sich in der rabiaten Bestrafung des Rauhhaardackels, dem es eingefallen war, die Ecke des Sitzkissens anzuknabbern. – Sie sind nicht nur Idyllen, die Berliner Balkone.

Wovon ist hier die Rede? Von vielerlei, von Blattläusen und Lebenssinn, von Kräutergärten und Rauhhaardackeln. Hauptsächlich aber ist die Rede von Flucht. Von Flucht vor dem Ungewissen. Berliner Balkone sind Fluchtburgen. Hier gibt es zwar auch noch Unbestimmtheit, aber nur in homöopathischen Dosierungen, in Mengen, die beherrschbar sind. Diese Unbestimmtheit ist notwendig, um dem Leben Sinn zu geben.

Kontrolle

«Mist!» – Zuerst produzierte der Drucker ordentliche Buchstabenreihen, dann bunte kleine Flecken und nun überhaupt nichts mehr. Raaaatsch – raaaatsch, so geht der Druckerkopf über das Papier, ohne sichtbare Spuren zu hinterlassen. Also: Abbrechen! Was ist los? Die erste Hypothese: Die Nadeln sind verklemmt, weil sie nicht genügend geölt waren. Mal gucken, ob das stimmt! Also: Band wechseln – Schwarzweißband rein. Effekt: wunderschöne schwarze Buchstabenreihen auf dem Papier. Also sind die Nadeln in Ordnung. Nur leider hilft das nichts, denn ich will ja mit dem Farbband drucken. Also: Farbband wieder einspannen und noch mal versuchen; manchmal hilft es ja, wenn man den Dingen gut zuredet.
Der erneute Versuch bleibt erfolglos. Wieder ein paar bunte Fleckchen, dann raaatsch – raaatsch – und gar nichts mehr. Das Farbband besteht aus vier verschieden eingefärbten Bahnen, einer schwarzen, einer gelben, einer blauen und einer roten, und die Bahn, deren Farbe gedruckt werden soll, wird jeweils auf die Höhe des Druckkopfes gehoben oder gesenkt. Funktioniert diese Mechanik vielleicht nicht? Doch; das Farbband kippt in seiner Halterung ständig hin und her, wenn farbig gedruckt werden soll. Hier ist also alles in Ordnung. Aber – aha! Jetzt sehe ich, daß sich das kleine Knöpfchen für die Handbetätigung des Farbbandes während des Druckvorgangs nicht bewegt. Also: Irgend etwas ist mit dem Farbbandtransport nicht in Ordnung. Eine kurze Inspektion be-

stätigt die Vermutung. Auf der Unterseite der Kassette mit dem Druckband befindet sich ein Kreuzschlitzkopf aus Plastik, in den eine Metallwelle eingreift und auf diese Weise die Transportwalze dreht. Aus ihm sind zwei Zähne herausgebrochen, so daß der Transportantrieb innerhalb der Farbbandkassette «durchdreht». – Aber das kann doch eigentlich nicht sein, denn es müßten ja auch noch die beiden verbleibenden Zähne ein genügendes Widerlager für den Farbbandantrieb bieten. – Nein, das ist nicht der Fall, sie werden durch den asymmetrischen Eingriff zur Seite gedrückt.

Was tun? Ins Institut fahren und ein neues Farbband holen? Den Aufsatz morgen im Institut ausdrucken? – Nein, das sind keine guten Lösungen. Ich weiß nicht, ob es im Institut überhaupt noch alte Farbbänder für meinen archaischen Nadeldrucker gibt, und ich brauche die Manuskriptseiten samt Farbdruck heute, *weil ich sie zum Korrekturlesen weggeben möchte.*

Aber ich habe ja ein paar alte Farbbänder. Ich könnte einer alten Kassette die Walze mit einem solchen Kreuzschlitzkopf entnehmen und sie in das neue Farbband einsetzen. Also heble ich eine auf und versuche, den Transportmechanismus auszubauen. Dabei merke ich erst, aus wie vielen Teilen er besteht. Es gibt die eigentliche Transportwalze mit einem Schaumgummibelag für jede der vier Bahnen des Farbbandes, dann eine Gegenwalze, die mit Federdruck gegen die Transportwalze gepreßt wird; zwischen beiden Walzen befindet sich das Farbband. Die Transportwalze selbst hat einen Fuß, mit dem sie in eine Halterung des Kassettengehäuses eingeschoben wird, damit sie an ihrem Platz bleibt. Nach einigen Mühen habe ich sie ausgewechselt. Ha, jetzt wird es gehen! Pustekuchen: Das Rändelrad für den Handbetrieb paßt nicht durch das Loch des oberen Kassettendeckels. Der Ver-

such, das Loch mit einer kleinen Feile zu vergrößern, endet damit, daß der Deckel zerbricht. Zum Glück gibt es einen anderen, passenden Deckel in meinem Vorrat alter Kassetten. Aber die Transportwalze aus der alten Kassette paßt nicht. Kann man ihr vielleicht den Kreuzkopf entnehmen und in die andere Transportwalze einbauen? Ja, das gelingt mit einer spitzen Zange, und mit einiger Mühe läßt sich nun die alte Walze wieder einbauen. Dabei muß aber das Farbband gebändigt werden, das in diesem Typ von Farbbandkassetten in dichten Schleifen im hinteren Teil des Behälters aufgeschossen ist. Es gibt also nicht zwei Rollen, auf denen das Farbband während des Druckens hin- und hergespult wird wie einst bei den Schreibmaschinen, sondern eine Endlosschleife, die in dichten Falten im hinteren Teil der Kassette liegt. Dieser Faltenstapel wirkt wie eine Spiralfeder und drückt auf den Platz, wo die Farbwalze eingebaut werden soll. Ihn muß man mit einem Finger zurückhalten, während man mit einem anderen die Walze einzubauen versucht, wobei man aber auch noch die unter Federdruck stehende Gegendruckwalze von der Transportwalze fernhalten muß, da sonst das Farbband nicht richtig eingelegt werden kann. Eine ziemlich schwierige Operation mit nur zwei Händen! Prompt rutscht nämlich die Gegendruckwalze ab und wird durch den Federdruck aus dem Behälter katapultiert. In dem Bemühen, sie aufzufangen, kippt die ganze Kassette um, und zwanzig Meter Farbband, offensichtlich froh über die unverhoffte Befreiung, ringeln sich als buntes Chaos auf dem Fußboden. Heiliges Chaos! Sollte ich nicht lieber alles in den Mülleimer befördern und bis morgen warten? Oder vielleicht doch eines der alten Farbbänder nehmen; für einen provisorischen Ausdruck könnte es reichen! Oder alles schwarzweiß ausdrucken?

Nein! Das schöne neue Farbband darf doch nicht vergeu-

det werden. Aber: Wie kriege ich es in die Kassette zurück? Ich muß es halt aufnehmen, jeweils in drei Zentimeter breite Schleifen zusammenfalten und dann wieder in die Kassette schieben. Das ist eine Menge Arbeit bei zwanzig Metern, so um die siebenhundert Schleifen, aber es wird schon irgendwie gehen. – Also los! Mit den ersten dreißig bis vierzig Zentimetern geht auch alles gut. Dann aber wird das zusammengefaltete Päckchen zu dick, und die Farbbandseide ist rutschig. Sie beginnt, den Fingern zu entgleiten. Was tun? Tochter rufen und sie bitten, eine Wäscheklammer zu besorgen – oder am besten gleich mehrere. Die Wäscheklammer kommt, und das erste Päckchen gefaltetes Farbband wird fixiert. Jetzt das zweite Päckchen von wiederum dreißig bis vierzig Zentimetern. Kurze Überschlagsrechnung: Wie viele Wäscheklammern braucht man denn da? Nein, das sind zu viele. Na ja, machen wir erst mal drei oder vier Päckchen, und dann sehen wir weiter. Drei, vier Päckchen werden zusammengefaltet, und die kann man doch schon mal in die Kassette legen und die Wäscheklammern für die nächsten vier Päckchen verwenden, und so kann man ja fortfahren. Dann braucht man immer nur drei Wäscheklammern. Gesagt, getan! Eine unachtsame Bewegung aber befördert die vier Päckchen wieder aus der Kassette heraus, und die ringeln sich jetzt wieder in einem kleinen Spiralhaufen auf dem Fußboden. – Mist! Das wird eine unendliche Geschichte! Aber da fällt mir ein: Das kann man doch vielleicht auch anders machen. Wenn man erst den Antrieb einbaut und mit dem dann einfach von Hand das Farbband in die geschlossene Kassette nudelt!? Da die Kassette sowieso leer ist, läßt sich jetzt der Walzenmechanismus leicht montieren. Ein paar Schwierigkeiten gibt es bei der paßgerechten Einführung des Farbbandes zwischen die beiden Walzen; aber auch das klappt schließlich. Nun folgen vier, fünf Minuten Kur-

beln, und das Farbband befindet sich an seinem Ort. – Warum bin ich auf die *Idee nicht sofort gekommen? – Die Kassette kann eingesetzt werden, und siehe da – wunderschöner farbiger Druck!*
Der restliche Tag ist gerettet! Stolz laufe ich im Haus umher. Ein Meister des Farbbandes ist ja wohl doch zu großen Dingen berufen.

So oder ähnlich ist es jedem schon einmal ergangen. Ein Riesenaufwand, um irgend etwas, das nicht funktioniert, wieder in Gang zu bringen, ohne daß der Aufwand eigentlich gerechtfertigt wäre. Die einfachste Lösung in geschildertem Fall wäre gewesen: die neue Farbbandkassette in den Papierkorb werfen und mit einer der alten drucken; das hätte mich zwanzig Sekunden gekostet. So aber betrug der Zeitaufwand zwei Stunden, in Arbeitslohn umgerechnet also erheblich mehr als die sechzehn Mark, die eine neue Farbbandkassette im Schreibwarengeschäft gekostet hätte. Wozu also der ganze Aufwand? Ganz einfach: Die widerspenstige Farbbandkassette beleidigte mein Gefühl, die Dinge im Griff zu haben, und nachdem ich sie schließlich repariert hatte, konnte ich den Kopf ganz hoch tragen. Die Farbbandaffäre senkte also zunächst mein Selbstvertrauen, um es dann aber – nach gelungener Operation – ungeheuer zu steigern.

Und noch etwas: Immerhin bin ich jetzt ein Experte im Umgang mit Farbbändern für Nadeldrucker. Ich weiß, wie die Kassetten intern aufgebaut sind und wie man mit ihnen umgehen muß. – Nur: Diese Technik ist sowieso veraltet; es ist fraglich, ob ich mit diesen neu erworbenen Kenntnissen sehr viel anfangen kann.

Die Frösche im Butterfaß

Zur Auffrischung unseres Selbstvertrauens suchen wir Schwierigkeiten, nur um uns dann in ihnen bewähren zu können. Wir erklimmen einen Dreitausender und haben davon – außer einem Blick vom Gipfel in die von Nebel verhüllte Bergwelt – nichts. Wir machen uns mit höchst unzulänglichen Kenntnissen an den Ausbau des Dachgeschosses, der uns, samt neu beschaffter Werkzeugausstattung, verlorener Zeit, blau geklopftem Daumen, viel mehr kostet, als wenn wir einen Handwerker hätten bezahlen müssen. Und der hätte es auch noch besser gemacht! Stunden um Stunden verwenden wir auf den Aufbau der Modellbahnanlage, produzieren und beseitigen Kurzschlüsse, verlegen eine Bergtrasse dreimal neu, bis sie schließlich die richtige Steigung hat, zertrümmern in mühsamer, stundenlanger Arbeit Granitpflastersteine mit dem Hammer, um «echten» Schotter zu haben. Nach Fertigstellung der Anlage lassen wir die Züge schließlich dreimal lustlos im Kreise fahren, um uns dann neuen Umbauplänen zuzuwenden. – Der Weg ist das Ziel!

Warum das alles? Um unser Selbstvertrauen zu stärken! Und das ist nicht unwichtig. Denn wir Menschen sind so programmiert, daß wir Dinge nicht nur deshalb tun, weil sie notwendig sind, weil wir ein entsprechendes Bedürfnis haben. Zusätzlich müssen wir uns einen Erfolg unseres Handelns ausrechnen können. Bei hoffnungslosen Unternehmungen resignieren wir zumeist. Viele Psychologen (zum Beispiel Heckhausen 1980, Seite 216 ff.) meinen, daß wir uns oft gemäß einem *«Erwartung-mal-Wert-Prinzip»* verhalten. Was heißt das? Der Wert einer Handlung ist das Ausmaß an Bedürfnisbefriedigung, das man sich als Erfolg des Tuns verspricht. «Erwartung» bedeutet die Erfolgserwartung, also die Wahrscheinlichkeit, mit der der «Wert» als Lohn des Tuns eintritt. Und diese beiden Komponenten sind multiplikativ miteinander verbunden, woraus folgt: Wird der eine Faktor 0, so ist auch das Produkt 0. Wenn also eine Sache für uns keinen Wert hat, tun wir nichts dafür, wie hoch auch immer die Erfolgswahrscheinlichkeit des Tuns sein mag, das diese Sache produziert. Ebenso unternehmen wir nichts, wenn wir uns keinerlei Erfolg von einem Tun versprechen, wie hoch auch immer der Wert des (unerreichbaren) Ziels sein mag. Das besagt das Erwartung-mal-Wert-Prinzip.

Stimmt das immer? Tun wir nicht auch oft noch etwas in gänzlich hoffnungslosen Fällen? Kämpfen wir nicht – zumindest manchmal – bis zum letzten, obwohl wir uns keine Chance mehr ausrechnen? Lafontaines Fabel von den beiden Fröschen, die in ein Milchfaß gefallen sind, zeigt, was möglich ist. Der eine rechnet sich seine Chancen aus, sagt sich: «Hoffnungslos!» und ertrinkt. Der andere rechnet sich gar nichts aus, sondern strampelt mit Hinter- und Vorderbeinen, schwimmt und schwimmt – bis er schließlich aus der Milch Butter gemacht hat und dem Faß mit einem frohen Satz entkommen kann. Ist nicht die Existenz von Fröschen des Typs 2 ein Argument gegen die Allgemeingültigkeit des Erwartung-mal-Wert-Prinzips? – Wir werden sehen, daß man mit ihm in etwas modifizierter Form trotz der unbezweifelbaren Existenz von Fröschen des Typs 2 unter den Menschen ganz gut zurechtkommt.

Der *Wert* des Ziels, das wir anstreben, hängt von dem Ausmaß der antizipierten Bedürfnisbefriedigung ab, und dieses ist bei unseren Ψs meßbar als Größe der Sollwertabweichung. Je größer die Sollwertabweichung, je größer also zum Beispiel der Wasserbedarf, desto höher die Reduktion der Sollwertabweichung und somit das Maß der Bedürfnisbefriedigung.

Allerdings ist die Sollwertabweichung nicht die einzige Determinante des Wertes einer bestimmten Bedürfnisbefriedigung. Sie als einzige Komponente zu wählen würde bedeuten, daß Unbestimmtheitsreduktion soviel wiegt wie Hunger oder Durst. Diese aber sind unmittelbar existenzbedrohend, hohe Unbestimmtheit dagegen nicht. Also sollten wir Sollwertabweichungen bei existentiellen Bedürfnissen stärker gewichten als bei dem Bedürfnis nach Unbestimmtheitsreduktion oder nach Affiliation. Wir könnten jedem Bedürfnis einen spezifischen Gewichtsfaktor zuordnen, mit dem die Sollwertabweichung multipliziert wird. Das wäre dann der Wert einer Bedürfnisbefriedigung.

Auf diese Weise könnten unsere Ψs den Wert eines Bedürfnisses messen. Und die *Erfolgserwartung*? Die läßt sich zum einen aus den verfügbaren zielführenden Verhaltensprogrammen ableiten. Führt ein Verhaltensprogramm geradlinig zum Ziel, ist die Erfolgserwartung gleich 1. Wenn aber Verzweigungen enthalten sind, wenn eine Teiloperation mal so und mal so, mal mit dem einen, wünschenswerten, mal mit einem anderen, nicht wünschenswerten Ergebnis, ausgehen kann, dann ist die Erfolgserwartung kleiner als 1. Im nächsten Abschnitt werde ich ein wenig auf die Mathematik der Berechnung von Erfolgswahrscheinlichkeiten eingehen.

Aber das Wissen um zielführende Verhaltensweisen ist nicht die einzige Determinante der Erfolgserwartung. Es gibt noch einen weiteren Faktor, nämlich die Seelenlage des Frosches vom Typ 2, der nichts wußte und dennoch handelte. Irgend etwas anderes als das Vertrauen auf den Erfolg von Verhaltensweisen, die er kannte, muß ihn zu seinem Tun ermutigt haben. Aber was? Diese Frage wird uns im übernächsten Abschnitt, «Wird schon gutgehen!», beschäftigen.

«Das klappt!» – «Das klappt nicht!»

Wenn die Ψs die Erfolgswahrscheinlichkeit eines Verhaltensprogramms abschätzen müßten: Wie könnte das geschehen? Sie könnten davon Gebrauch machen, daß ein Verhaltensprogramm mit seinen Verzweigungen Informationen über die Wahrscheinlichkeit enthält, mit der man von einer Station der Realität zu einer anderen kommen kann. Wie das zu verstehen ist, zeigt Abbildung 5.14 auf Seite 398.

Dort sieht man ein Verhaltensprogramm, welches von der Situation A zu B zu C zu D und schließlich zu E führt. Allerdings kann das auch schiefgehen: Aktion b kann von B nach C führen, aber auch wirkungslos bleiben. Von C kann die Aktion c sowohl D als auch F nach sich ziehen. Und von D aus schließlich hat die Aktion d entweder E oder aber G zur Folge.

Stellen Sie sich vor, das Verhaltensprogramm der Abbildung 5.14 bringt Sie von der Wohnung (A) zum Supermarkt (E). Aktion a ist der Gang von der Wohnungstür bis zum Auto. B ist die Situation im Auto, b ist das Starten des Wagens, das entweder zum Zustand «Motor läuft!» (C) führt oder

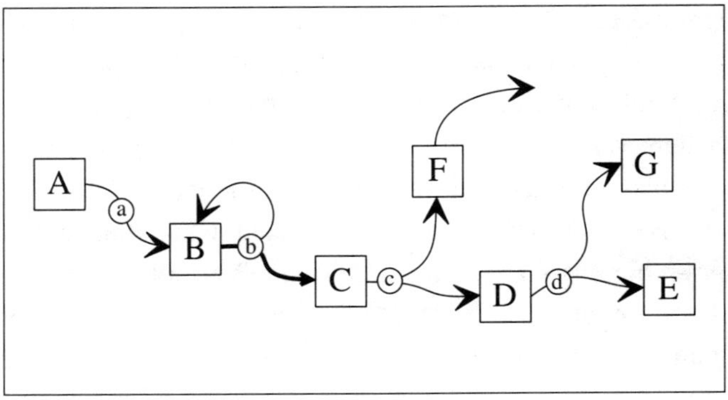

Abbildung 5.14 Die Erfolgswahrscheinlichkeit eines Verhaltensprogramms und das Ausmaß der Verzweigungen

aber dazu, daß gar nichts passiert. Ist C der Fall, können Sie losfahren (c) und gelangen dann entweder zur Ampel in der Ortsmitte (D) oder werden, wenn die Bauarbeiten an der Peripherie noch nicht beendet sind, zum Nachbarort (F) umgeleitet. Indem Sie von D aus weiterfahren (d), gelangen Sie schließlich entweder zum geöffneten Supermarkt (E) oder stellen fest, daß er «wegen Inventur» geschlossen ist (G). So etwa läuft ein Verhaltensprogramm ab (siehe Seite 100).

Aus der Möglichkeit, daß der Weg von A nach E nicht zielführend ist, sondern nach F oder G abgeleitet wird beziehungsweise in B hängenbleibt, ergibt sich, daß die Wahrscheinlichkeit, von A nach E zu kommen, kleiner ist als 1. Die Erfolgswahrscheinlichkeit eines Verhaltensprogramms steckt also im Ausmaß seiner Verzweigungen.

Verknüpft man das Wegenetz der Abbildung 5.14 mit bestimmten Annahmen, können wir die Wahrscheinlichkeit, von A nach E zu kommen, berechnen. Von A nach B geht es mit der Wahrscheinlichkeit 1. Nehmen wir einmal an, die Ausgänge B und C seien für die Aktion b gleich wahrscheinlich, dann gelangt man von A nach C mit der Wahrscheinlichkeit 1×0.5. Wenn wir wiederum die beiden möglichen Effekte der Aktion c als gleich wahrscheinlich ansehen, kommt man nach D mit der Wahrscheinlichkeit $0.5 \times 0.5 = 0.25$. Die Wahrscheinlichkeit, von A aus E zu erreichen, beträgt also $1 \times 0.5 \times 0.5 \times 0.5 = 0.125$. – So läßt sich die Wahrscheinlichkeit, mit der ein Verhaltensprogramm von einem Startpunkt aus zu einem bestimmten Ziel führt, aufgrund der Verzweigungen berechnen. Man muß dabei nicht, wie wir es bei der Modellrechnung getan haben, davon ausgehen, daß eine Aktion, wenn sie sich verzweigt, mit der gleichen Wahrscheinlichkeit jeweils das eine oder das andere (oder ein drittes) Ergebnis zur Folge hat. Vielmehr könnte sich ja aufgrund der vorausgegangenen Erfahrung mit dem Verhaltensprogramm herausgestellt haben, daß beispielsweise die Aktion b mit größerer Wahrscheinlichkeit nach C als zum «Hängenbleiben» führt, was darin zum Ausdruck kommen könnte, daß b stärker mit C verknüpft wird als mit B. In der Abbildung 5.14 habe ich dies durch einen kräftigen Pfeil markiert. Die Verknüpfungsstärke könnte als Maß für die Erfolgswahrscheinlichkeit bei der Aktivierung der entsprechenden Operation dienen.

Bei dieser Art der Berechnung haben wir allerdings vorausgesetzt, daß jeder Versuch nur ein einziges Mal erfolgt. Nur für diesen Fall gilt die Erfolgswahrscheinlichkeit von 0.125. Oftmals wird es aber möglich sein, eine Aktion zu wiederholen, wenn sie nicht erfolgreich war. Springt Ihr Auto nicht beim ersten Versuch an, so können Sie die Zündung erneut betätigen. Und wenn der Motor dann immer noch nicht läuft, können Sie es ein drittes Mal probieren. Und irgendwann klappt es dann schon. – Enthält ein Verhaltensprogramm Schleifen (die auch indirekt vorhanden sein könnten, so daß in Abbildung 5.14 beispielsweise irgendwie über F wieder ein Weg zu A führen würde), dann bedeutet die Multiplikation der einzelnen Übergangswahrscheinlichkeiten eine *Unterschätzung* der Erfolgswahrscheinlichkeit. Unter diesen Umständen hängt sie vielmehr davon ab, wie oft man bereit oder in der Lage ist, eine bestimmte Aktion oder Aktionsfolge zu wiederholen. Dafür aber lassen sich ebenfalls Wahrscheinlichkeiten berechnen.

Wenn etwa die Wahrscheinlichkeit p, mit einer bestimmten Aktion ein bestimmtes Ziel zu erreichen, gleich 0.3 ist, dann ist die Wahrscheinlichkeit pp, daß es einmal schiefgeht und dann klappt, gleich $(1-0.3) \times 0.3$ und die Wahrscheinlichkeit, daß es klappt, nachdem es zweimal schiefgegangen ist, gleich $(1-0.3) \times (1-0.3) \times 0.3$.

Für n Versuche gilt also:

$$pp = (1 - p)^{n-1} \times p$$

Dementsprechend ist die Wahrscheinlichkeit dafür, daß nach einem oder zwei oder … oder n Versuchen das Ziel erreicht ist, gleich P, wobei

$$P = \sum_{i=1}^{n} (1-p)^{i-1} \times p$$

So ist für einen Wert von 0.3 für p die Wahrscheinlichkeit, nach einem oder zwei oder drei oder vier oder fünf Versuchen ein Ziel zu erreichen, gleich $0.3 + (1-0.3) \times 0.3 + (1-0.3)^2 \times 0.3 + (1-0.3)^3 \times 0.3 + (1-0.3)^4 \times 0.3 = 0.8319$.

Mit dieser Formel kann man die Erfolgswahrscheinlichkeit eines Verhaltensprogramms auch dann berechnen, wenn darin Schleifen oder Rücksprünge vorkommen. Man muß allerdings einsetzen, wie oft man bereit oder in der Lage ist, eine Schleife erneut zu durchlaufen; manche Operationen kosten ja etwas, zum Beispiel Zeit oder Energie oder Geld. Daher ist man zu einer unendlichen Anzahl von Wiederholungen nicht in der Lage: Das Geld oder sonst eine Ressource geht aus! (Das ist schade, denn sonst könnte man im Roulette mit Sicherheit gewinnen. Man müßte immer nur auf Rot setzen und den Einsatz mindestens verdoppeln, wenn man verloren hat.)

Die obenstehende Formel für P läßt sich auch als *Abbruchkriterium* für die Wiederholung einer Verhaltensweise verwenden. Wenn ich zum zwanzigsten Mal die Zündung betätigt habe und mein Auto immer noch nicht angesprungen ist, fange ich an, zu überlegen, ob sich nicht irgend etwas geändert hat. Ich beginne, daran zu zweifeln, daß es sich um die üblichen Startschwierigkeiten nach einer kalten Nacht handelt, und denke darüber nach, ob nicht vielleicht andere, neue Ursachen vorliegen. Zündkerzen verrußt? Kein Benzin mehr im Tank? Feuchtigkeit im Zündverteiler? Vergaser verstopft? – Irgendwas hat sich geändert!

Normalerweise springt das Auto spätestens nach dem dritten oder vierten Startversuch an. Mein «Gefühl» hinsichtlich der Wahrscheinlichkeit des Anspringens bei *einer* Betätigung der Zündung könnte man etwa mit p gleich 0.3 quantifizieren. Bei zwanzig Versuchen bis zum Anspringen ergibt sich für P der ziemlich hohe Wert 0.9992. An sich müßte doch, wenn sonst alle Voraussetzungen richtig sind, der Erfolg längst eingetreten sein. Da dies nicht der Fall ist, war vielleicht die ursprüngliche Schätzung der Wahrscheinlichkeit p falsch, denn wenn sie stimmen würde, müßte der Motor längst laufen. (*Sicher* ist auch das nicht – 0.9992 ist kleiner als 1 –, aber doch recht wahrscheinlich!) – Auf alle Fälle scheint irgend etwas Ähnliches wie diese Berechnung in meinem Kopf abgelaufen zu sein und bestimmt meine «Gefühle»; ich wechsle meine Verhaltensstrategie und suche im Telefonbuch die Nummer des ADAC. – Die Behauptung, daß meine «Gefühle», die den Verhaltenswechsel verursacht haben, auf einer Art mitlaufender Berechnung von P basieren, wäre also eine Hypothese über die Gründe für den Abbruch der Wiederholung einer Aktion. Endlos versuchen wir ja nicht, ein widerspenstiges Auto zu starten. Natürlich muß man dabei annehmen, daß die Berechnung von P nicht bewußt erfolgt, sondern daß nur ihr Ergebnis in dem Gefühl «Hier stimmt was nicht!» niedergelegt wird.

Allerdings scheint die Berechnung der Werte für P bei uns nicht nach der oben angegebenen Formel abzulaufen. Die Werte für P, die wir gewöhnlich angeben, liegen deutlich unter denen, die sich aus der Formel ergeben. Ich habe in einem kleinen Experiment Versuchspersonen raten lassen, für wie wahrscheinlich sie es halten, daß sie nach höchstens zwei, drei, vier oder fünf Würfen einmal «Kopf» mit einer Münze erzielt haben, und mit welcher Wahrscheinlichkeit sie erwarten, nach höchstens zwei, drei, vier beziehungsweise fünf Versuchen eine 1 *oder* 2 zu würfeln. Die tatsächlichen Wahrscheinlichkeiten P und die durchschnittlichen Schätzungen P' der Versuchspersonen sind in Abbildung 5.15 auf Seite 402 dargestellt. Man sieht, daß die geschätzten Erfolgswahrscheinlichkeiten deutlich *unter* den Wahrscheinlichkeiten P liegen, wie wir sie gemäß der obenstehenden Formel berechnen können.

Wenn Menschen ihre Aussichten, bei wiederholten Versuchen zum Erfolg zu kommen, gering einschätzen, so würde eine solche Schätzung dazu führen, daß sie *nachhaltiger* sind, daß sie Aktionen auch dann noch immer wieder von neuem erproben, wenn sie eigentlich von deren Zwecklosigkeit längst überzeugt sein sollten. Hat die Natur uns hier auf Nachhaltigkeit programmiert?

Für unsere Ψs könnten wir einen gleichartigen Umgang mit wiederhol-

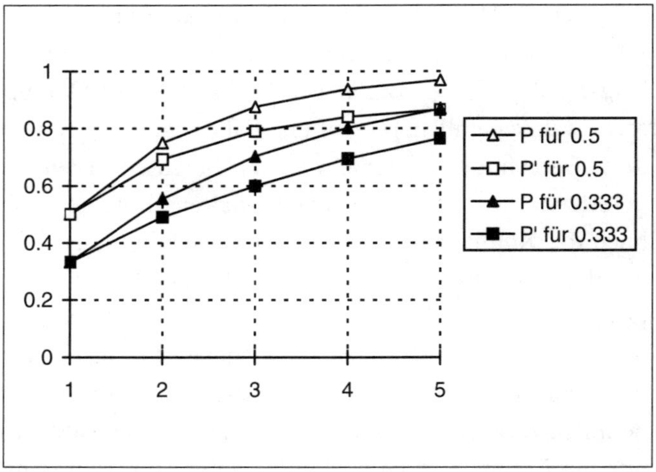

Abbildung 5.15 Die tatsächlichen (P) und die geschätzten (P') Wahrscheinlichkeiten dafür, mit einer Wahrscheinlichkeit von 0.5 beziehungsweise 0.33 nach einem, höchstens zwei, höchstens drei usw. Versuchen zu «gewinnen»

baren Aktionen festlegen und sie so programmieren, daß sie die P-Werte für jeweils verschiedene Anzahlen von Wiederholungen gemäß der Formel auf Seite 400 berechnen und dann jeweils $0.1 \times P$ abziehen.

$$\text{Also:} \quad P' = P - 0.1 \times P$$

Wenn für ein bestimmtes n der P-Wert größer wird als beispielsweise 0.95 oder 0.99, wenn sich also eigentlich längst ein Erfolg hätte einstellen müssen, dann soll ein Abbruch erfolgen und ein Explorationsverhalten mit dem Ziel ausgelöst werden, die möglichen Ursachen für das Mißlingen aufzuklären.

Es müssen also Wahrscheinlichkeiten berechnet werden! Wenn aber im «Gehirn» unserer Ψs nur Neuronen vorkommen, so stellt sich die Frage, wie sie mit ihnen Wahrscheinlichkeiten berechnen können. Nun, das geht! Abbildung 5.16 zeigt, wie eine Schaltung aussehen kann, die die Erfolgswahrscheinlichkeit eines Verhaltensprogramms berechnet.

Die Verhaltens- beziehungsweise Geschehnisschemata von Ψ enthalten Informationen über die Wahrscheinlichkeiten bestimmter Ereignisse in Form von Verzweigungen. Wenn sich ein Schema verzweigt, so bedeutet dies, daß nachfolgend das eine *oder* das andere der Fall sein kann. Anzahl

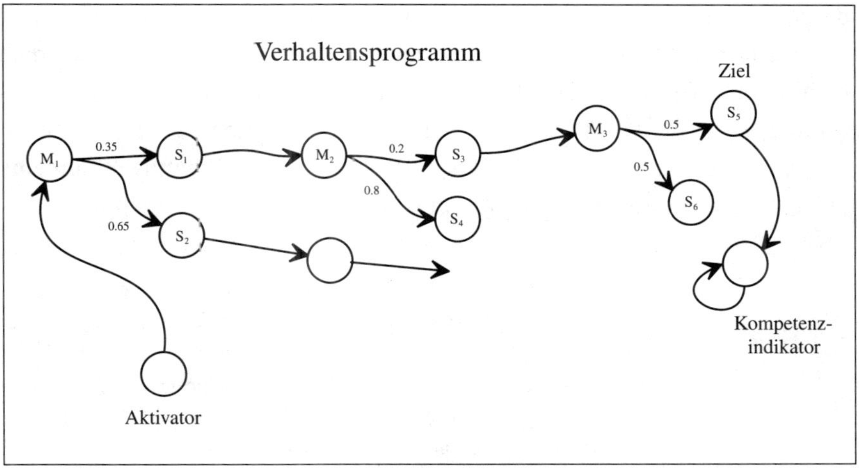

Abbildung 5.16 Eine neuronale Meßanlage für Erfolgswahrscheinlichkeiten

und Stärke von Verzweigungen in einem Schema zu analysieren ist eine Möglichkeit, die Wahrscheinlichkeit abzuschätzen, mit der ein bestimmtes Ereignis auftreten wird.

Beim Verhaltensprogramm von Abbildung 5.16 habe ich mich auf die Darstellung der Interknotenreihe beschränkt und die Verweise auf die motorischen und sensorischen Schemata nur angedeutet. Man sieht, daß die Operation M_1 entweder nach S_1 oder nach S_2 führt. Die Wahrscheinlichkeit, durch Anwendung des Operators M_1 nach S_1 zu kommen, beträgt 0.35. Auf S_1 kann man M_2 anwenden und gelangt dann mit einer Wahrscheinlichkeit von 0.2 nach S_3. Die Wahrscheinlichkeit, von dort aus mit M_3 das Ziel S_5 zu erreichen, beträgt 0.5.

Unter dem Verhaltensprogramm findet man eine neuronale Meßanlage, die es gestattet, die Wahrscheinlichkeit zu ermitteln, mit M_1–M_2–M_3 nach S_5 zu kommen. Sie besteht aus einem *Aktivator* und einem *Kompetenzindikator* und funktioniert folgendermaßen: Zunächst gibt der Aktivator einen Impuls der Stärke 1, der das erste Motoneuron (M_1) aktiviert. Nun läuft von M_1 aus ein Impuls durch die nachfolgende Kette, der sich natürlich immer weiter abschwächt, je häufiger er auf Übergangsgewichte kleiner als 1 stößt. Das Übergangsgewicht von M_1 nach S_1 senkt seine Stärke auf 0.35, das Übergangsgewicht von M_2 nach S_3 verringert sie auf 0.07, und nach dem Übergang von M_3 nach S_5 liegt sie schließlich bei 0.035. Das ist natürlich nicht mehr sehr viel. Dieser letzte Impuls wird auf den Kompetenzindikator übertragen und erhält sich dort selbst. Er kann dann neue Informationsverarbeitungsprozesse anstoßen (zum Beispiel weitere Planungen, um eine erfolgssicherere Verhaltensweise zu finden).

Natürlich entspricht der Durchlauf durch die Kette unter sukzessiver Verminderung der Impulsstärke der Berechnung entsprechend dem *Multiplikationsgesetz* der Wahrscheinlichkeiten! Das Ereignis, welches mit dem sensorischen Schema von S_5 verträglich ist, tritt mit der Wahrscheinlichkeit von 0.035 auf, wenn M_1, M_2 und M_3 nacheinander aktiviert werden.

Auf technische Details im Zusammenhang mit der Kompetenzmeßanlage bin ich nicht eingegangen. Ich will sie hier kurz erwähnen, um zu zeigen, daß die ganze Sache doch nicht so einfach ist, wie sie auf den ersten Blick aussehen mag. Zum Beispiel muß man ja zunächst einmal die ganze Anlage an das Verhaltensprogramm, das «vermessen» werden soll, andocken, das heißt das Motoneuron, das den Startpunkt der Kette darstellt, mit dem Aktivator und den Kompetenzindikator mit dem gewünschten Output (in diesem Fall mit S_5) verbinden. Ich will das Programm, das dieses «Andocken» vollbringt, hier nicht schildern. Es führt uns zu weit vom Thema ab.

Weiterhin muß beim Durchlauf des Meßimpulses durch das Verhaltensprogramm dafür Sorge getragen werden, daß die Motoneuronen nicht die zugehörigen Aktoren aktivieren, denn sonst würde das Verhaltensprogramm ja nicht nur vermessen, sondern zugleich in Gang gesetzt werden. Also muß der Output des Verhaltensprogramms irgendwie unterdrückt werden. Das ist kein großes Problem; dennoch will ich hier nicht ausführen, wie es gelöst werden kann.

Wir gehen bei der geschilderten Meßanlage davon aus, daß die Übergangsgewichte (ungefähr) den Übergangswahrscheinlichkeiten entsprechen. Unter der Voraussetzung, daß die Verstärkung der neuronalen Übergänge ihrer Häufigkeit entspricht, ist diese Ausgangsannahme auch berechtigt. Nur: Die neuronalen Übergänge zwischen den Interneuronen eines Verhaltensprogramms sind ja Teile der Protokollkette, die mit der Zeit zerfällt. Dies aber bedeutet, daß die Übergänge nicht allein von der Häufigkeit ihrer Verstärkung abhängen, sondern auch von der Zeit. Die Stärke der Übergangsgewichte indiziert also nicht nur die Häufigkeit der Übergänge, sondern darüber hinaus die Zeit, die zwischen den Verstärkungen verstreicht. Auch das muß bei einer Kompetenzmeßanlage berücksichtigt werden.

Aus meiner Beschreibung, wie «Erfolgszuversicht» ausgerechnet beziehungsweise neuronal bestimmt werden kann (was ja auch nur eine Art des Ausrechnens ist), folgt nun keineswegs, daß Ψ einen Zugriff auf dieses Rechenverfahren hat. Die Rechnerei selbst läuft gewissermaßen im Keller ab, und Ψ weiß nichts von ihren Gesetzmäßigkeiten. – Ich erwähne dies hier, weil nach meiner Erfahrung leicht das Mißverständnis auftaucht, daß die Ermittlung der Erfolgswahrscheinlichkeit irgend etwas mit «bewußtem Denken» zu tun haben muß. Das ist nicht der Fall. In der Stärke der Aktivierung des Kompetenzindikators «spürt» Ψ gewissermaßen seine Erfolgszuversicht, ohne sich darüber im klaren zu sein, woher diese kommt. Wir Menschen sprechen bei einem solchen Wissen gern von «Gefühlen». Oder auch von «Intuition». «Das kann nicht klappen! Das hab ich im Gefühl!» Wenn bei Ψ die Berechnung von P «im Keller» abläuft, es also gar nicht weiß, auf welche Art und Weise irgendeine neuronale Meßanlage Erfolgswahrscheinlichkeiten erfaßt, so hat es ebenfalls solche «Gefühle».

«Wissen, von dem man nicht weiß, woher es kommt», ist natürlich nur eine von vielen Bedeutungen des Wortes «Gefühl». Sie gibt mir aber Anlaß zu einer Nebenbemerkung, die manchen vielleicht verblüffen wird.

Wenn «Gefühl» (auch) ein Wissen ist, von dem man nicht weiß, woher es kommt, dann sind Computer und alle möglichen anderen Anlagen zur Informationsverarbeitung geradezu Gefühlsbündel. Sie sind ausschließlich von «Gefühlen» bestimmt, da sie gewöhnlich von dem, was in ihren Chips vor sich geht, keinen blassen Schimmer haben. Daß $2 \times 2 = 4$ ist, «weiß» der Computer. Warum das aber so ist und wie genau er seine Bytes manipuliert, um dieses Ergebnis zu erzeugen, weiß er nicht. Er hat die 4 im «Gefühl».

«Wird schon gutgehen!»

Was ist aber mit einem hungrigen Soldaten anzufangen? Courage kann er nicht haben; schlecht schlägt man sich mit dem Feinde, wenn der Magen leer ist, hat man aber voll auf zu leben, und einen kleinen Hieb über den Durst getrunken, dann gehts frisch drauf.

J. F. Dreyer
Leben und Taten eines preußischen Regiments-Tambours (Breslau 1810)

Ich habe beschrieben, auf welche Art und Weise sich Erfolgszuversicht bei unseren Ψs einstellt, wenn zielführende Verhaltensprogramme bekannt sind. Aber wie steht es mit Zielen, für die zunächst einmal keine Verhaltensprogramme existieren? Als ich den Dachausbau beschloß, wußte ich noch nicht, wie man mit Winkeleisen, Dachlatten, Vierkanthölzern, Rigipsplatten und so weiter umgeht. Zum Teil war mir noch nicht einmal klar, daß es solche Dinge überhaupt gibt. Und dennoch habe ich mit dem Ausbau begonnen. Woher kam meine Erfolgszuversicht? Sie entstammte *nicht*, zumindest nicht vollständig, meinem Wissen über Handlungsmöglichkeiten, sondern einem *allgemeinen* Vertrauen in meine Fähigkeit, auch mit Problemen fertig zu werden, für die ich zunächst keine konkreten Lösungen kenne. Aus ähnlichen Gründen habe ich den Mut gehabt, die Farbbandkassette aufzuhebeln, obwohl ich gar nicht wußte, was ich darin vorfinden würde.

Über das Wissen hinaus, welche Handlungen in bestimmten Situationen angemessen sind, haben wir ein Wissen darüber, wie wir *allgemein* Probleme bewältigen können. Was wir gewöhnlich als *Selbstvertrauen* bezeichnen, ist wesentlich das Ausmaß *heuristischer* Kompetenz, der Fähigkeit, etwas herauszufinden. Der Mut, sich an etwas heranzutrauen, ergibt sich aus der Kombination des konkreten Wissens um Handlungsmöglichkeiten mit einer Einschätzung der allgemeinen, heuristischen Kompetenz.

Sicherlich wäre es für unsere Ψs sehr förderlich, wenn sie gleichfalls mit der Fähigkeit zur Einschätzung ihrer allgemeinen Kompetenz ausgestattet wären, so daß sie – genau wie ich im Falle der Farbbandkassette – wissen, ob sie sich einer Anforderung auch dann stellen können, wenn sie dafür noch keine konkreten Handlungsmöglichkeiten kennen oder wenn diese Kenntnis nicht vollständig ist. Wie aber sollen unsere Ψs zu einer solchen Messung ihrer allgemeinen Kompetenz kommen?

Nun gibt es ja in unserer Maschine *Lust-* und *Unlustsignale*. Lustsignale werden immer dann produziert, wenn eine Sollwertabweichung beseitigt wird. Unlustsignale werden erzeugt, wenn eine Sollwertabweichung ansteigt oder bestehenbleibt. Treten Unlustsignale insgesamt selten auf, können die auftretenden Sollwertabweichungen immer relativ schnell beseitigt werden, was für eine hohe Kompetenz, für eine entwickelte Fähigkeit spricht, die auftretenden Probleme umgehend zu meistern. Häufen sich dagegen die Unlustsignale über die Zeit, deutet dies entweder darauf hin, daß Ψ mit einem bestimmten Problem nicht zurechtkommt, daß es ihm also nicht gelingt, eine Sollwertabweichung zum Verschwinden zu bringen, oder es ist ein Zeichen dafür, daß Ψ allzuviel «zu tun» hat, daß es die Menge der verschiedenen Anforderungen nicht zu bewältigen vermag, was aber auch wiederum anzeigt, daß es nicht über die nötigen Mittel verfügt, seine Probleme zu lösen.

Generell ist also der Pegel der Unlust ein Maß für die allgemeine Kompetenz, für die Gesamteffektivität der Verhaltensprogramme, über die Ψ verfügt, und der heuristischen Regeln, die es anwendet.

«Heuristisch» kommt von griechisch «heuriskein», und das bedeutet «finden». Wir haben Ψ so programmiert, daß es nicht nur vorhandene Verhaltensprogramme anwendet, sondern auch zum Beispiel zu Versuch-Irrtum-Verhalten übergeht, wenn gerade keine zielführenden Verhaltensprogramme verfügbar sind. Das Versuch-Irrtum-Verhalten ist ein primitives heuristisches Verfahren, mit seiner Hilfe kann Ψ aber immerhin schon neue Verhaltensprogramme finden oder auch Geschehnisse ausfindig machen, die es zu einem angestrebten Ziel führen. (Ein komplizierteres und effektiveres Findeverfahren werden wir im nächsten Kapitel kennenlernen.)

In der Tabelle 5.1 auf Seite 408 habe ich in der zweiten und vierten Zeile jeweils die Stärke der Sollwertabweichung für die Zeitpunkte 1 bis 9 angegeben. Eine Sollwertabweichung soll der Menge oder der Stärke der Unlustsignale zur jeweiligen Zeiteinheit entsprechen. Die beiden Reihen könnten also auch Folgen von Unlustsignalen sein, und als solche habe ich sie in der Tabelle auch bezeichnet. Den durchschnittlichen Unlustpegel für die beiden Reihen sieht man in der dritten und fünften Zeile. Wir haben in beiden Fällen neun Meßzeitpunkte und insgesamt jeweils eine Summe von 12, wenn wir über die Zeitpunkte summieren. Das ergibt in beiden Fällen eine durchschnittliche Sollwertabweichung oder einen durchschnittlichen Unlustpegel von 1.33 zum Zeitpunkt 9. Beide Reihen indizieren also die gleiche Kompetenz. Das aber ist nicht gänzlich zufriedenstellend, denn wenn wir den mittleren Unlustpegel als Indikator für die allgemeine Kompetenz verwenden, gehen wir über die Unterschiede der beiden Reihen «Unlust 1» und «Unlust 2» hinweg. Sie sind ja keineswegs gleich. Bei «Unlust 1» akkumulieren sich die Sollwertabweichungen immer in relativ hohem Maße, bis sie dann schließlich auf 0 reduziert werden. Bei «Unlust 2» dagegen akkumulieren sie sich nicht so stark; es gelingt aber auch nicht, sie auf 0 zu bringen.

Zeit	1	2	3	4	5	6	7	8	9
Unlust 1	1	2	3	0	0	1	2	3	0
Mittlere Unlust 1	1	1.5	2	1.5	1.2	1.16	1.28	1.5	1.33
Unlust 2	1	2	1	1	2	1	1	2	1
Mittlere Unlust 2	1	1.5	1.33	1.25	1.4	1.33	1.28	1.37	1.33

Tabelle 5.1 Unlust und mittlerer Unlustpegel

Die Gestalt der ersten Folge könnte darauf hindeuten, daß effektive Methoden für die Beseitigung der Sollwertabweichungen zunächst nicht vorhanden sind, im Laufe der Zeit aber schließlich gefunden werden.

Die zweite Reihe hingegen zeigt an, daß jeweils relativ ineffektive Methoden der Problemlösung angewendet werden, die keine erheblichen Reduktionen der Sollwertabweichungen erbringen. Mit anderen Worten: Die Unlust-1-Reihe deutet auf die Existenz relativ effektiver heuristischer Verfahren hin, die Unlust-2-Reihe nicht.

Formal besteht der Unterschied zwischen diesen beiden Reihen darin, daß die Varianz der Werte im ersten Fall ziemlich groß ist, im zweiten Fall dagegen geringer. Varianz? Das ist so etwas wie die mittlere *Abweichung* einer Wertereihe von ihrem Mittelwert. Und die ist im ersten Fall größer als im zweiten. Eine große Varianz verweist auf die Existenz relativ effektiver heuristischer Verfahren. – Auf welche Art und Weise können wir auch die Varianz mit Hilfe der Lust- beziehungsweise Unlustsignale messen? Eine einfache Möglichkeit bestünde darin, nicht nur einen Unlust-, sondern auch einen *Lust-Unlust-Pegel* zu berechnen. Wir lassen die Lustsignale negativ in die Pegelstandsberechnung eingehen. In der Unlust-1-Reihe der Tabelle 5.1 findet man beispielsweise beim Übergang vom dritten bis zum vierten Meßzeitpunkt eine Reduktion der Unlust von 3 auf 0. Wenn wir diese Reduktion als *Lustsignal* nehmen und die Stärke der Lustsignale jeweils von der Summe der Sollwertabweichungen abziehen, bekommen wir als Mittelwerte der Lust-Unlust-Signale die Reihen der Tabelle 5.2.

Zeit	1	2	3	4	5	6	7	8	9
Lust-Unlust 1	1	3	6	3	3	4	6	9	6
Mittlere Lust-Unlust 1	1	1.5	2	0.75	0.6	0.66	0.85	1.12	0.66
Lust-Unlust 2	1	3	3	4	6	6	7	9	9
Mittlere Lust-Unlust 2	1	1.5	1	1	1.2	1	1	1.12	1

Tabelle 5.2 Lust-Unlust-Bilanzen

Hier sieht man in den Reihen Lust-Unlust 1 beziehungsweise 2 die Summen der Lust-Unlust-Werte. (Zum schnelleren Verständnis: Der dritte Wert der Lust-Unlust-1-Reihe in Tabelle 5.2 kommt durch die Addition der ersten drei Werte der Unlust-1-Reihe in Tabelle 5.1 zustande: 1 + 2 + 3, der vierte durch 1 + 2 + 3 – 3.)

Der im großen und ganzen niedrigere Mittelwert in der Lust-Unlust-1-Reihe indiziert die höhere heuristische Kompetenz. Diese Messung ist allerdings nicht eindeutig; ein niedriger Mittelwert kann sich einmal dadurch ergeben, daß tatsächlich eine größere Varianz vorhanden ist und stärkere Lustsignale auftreten. Das ist der Fall, der uns interessiert. Zu einem niedrigen Mittelwert kann es aber auch kommen, wenn die Unlustsignale nicht so stark sind. Die Mittelung, wie in Tabelle 5.2 durchgeführt, hat noch weitere Schwächen. Wenn wir über alle Lust- und Unlustsignale mitteln, die jeweils in der gesamten Lebenszeit von Ψ einlaufen, dann spielt seine Vergangenheit eine immer größere Rolle, je älter es wird. Nun verändern sich ja die tatsächlichen Fähigkeiten; Ψ erwirbt neue Verhaltensprogramme, neue sensorische Schemata und auch neue heuristische Verfahren und verändert (verbessert) auf diese Weise seine Kompetenz. Eine Mittelung über alle jeweils eingelaufenen Lust- und Unlustsignale würde gewöhnlich eine *Unterschätzung* der tatsächlichen jeweils vorhandenen Kompetenz bedeuten. Wie werden wir mit diesem Problem fertig? Die einfachste Lösung ist, daß wir statt einer Mittelung über *alle* Lust- und Unlustsignale eine *gleitende* Mittelung durchführen und jeweils die letzten Signale besonders stark gewichten. Die Kurven der Abbildung 5.17 zeigen, was ich damit meine.

Die LUL-Reihe stellt eine Abfolge von Lust-Unlust-Signalen dar; die Lustsignale sind jetzt die positiven Zahlen, die Unlustsignale die negativen. Nehmen wir an, daß die Lustsignale zwischen 0 und 1 und die Unlustsignale zwischen 0 und –1 variieren können. In der Mi-Reihe (bis zur siebten Position von der Gl.Mi-Reihe verdeckt, also identisch mit ihr) findet man den Mittelwert der Lust-Unlust-Signale, also der LUL-Reihe. Die Gl.Mi-Reihe stellt einen gleitenden Durchschnitt dar, gebildet jeweils über die letzten fünf Lust-Unlust-Signale. Auf die mit «Neuron» bezeichnete Reihe, die gleichfalls eine Art von gleitendem Mittelwert darstellt, gehe ich noch genauer ein. – Die Mittelwerte stellen die Kompetenzmessungen dar; ist der Mittelwert hoch, so gab es in der Vergangenheit wenige oder nur schwache Unlust- *oder* viele (starke) Lustsignale, also Problembewältigungen. Ein niedriger Mittelwert dagegen deutet darauf hin, daß mehr oder stärkere Unlustsignale beziehungsweise weniger oder nur schwache Lustsignale aufgetreten sind.

Im Hinblick darauf, daß sich die Kompetenz der Ψs ja ständig verändert, da sie lernen, neue Schemata bilden, neue Ziele erwerben, ist ein gleitender Mittelwert als Maß für die Kompetenz angebracht, denn in ihm wird ihre

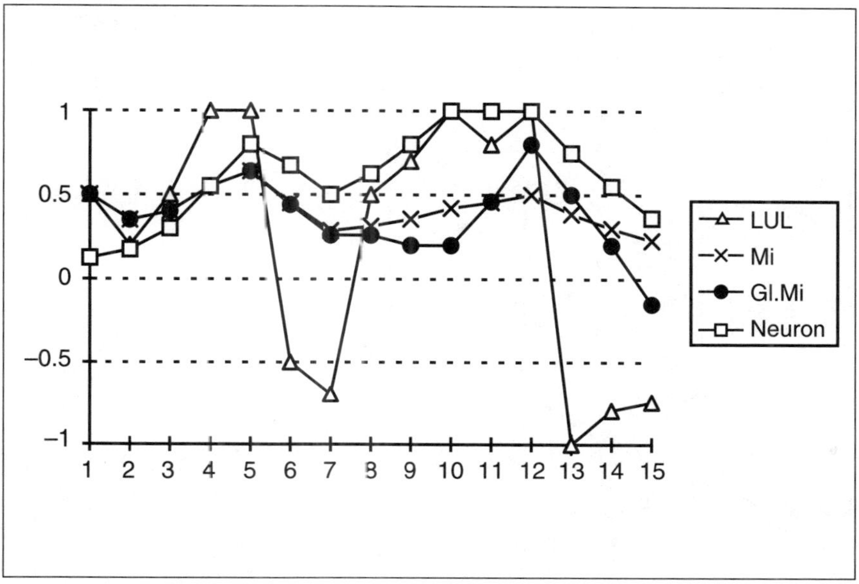

Abbildung 5.17 Lust-Unlust-Bilanzierung

Veränderung berücksichtigt; der gleitende Mittelwert ist die bessere, weil *aktuellere* Kompetenzmessung. Der Gesamtmittelwert wird mit wachsender Anzahl der Signale immer unempfindlicher gegen Veränderungen, was man in Abbildung 5.17 am Unterschied zwischen der Gl.Mi- und der Mi-Kurve erkennen kann. Vom Takt 8 bis zum Takt 12 folgen in einer Reihe fünf verschieden starke Lustsignale aufeinander. Dies deutet darauf hin, daß Ψ in diesem Zeitraum sehr gut mit seinen Problemen fertig wurde. Der Gesamtmittelwert wird durch diese Fähigkeitsbeweise aber lediglich auf die kümmerliche Höhe von 0.5 angehoben, während das gleitende Mittel den Wert von 0.8 erreicht. Der gleitende Mittelwert reagiert also auf die Serie der Lustsignale vom achten bis zum zwölften Takt wie auch auf die nachfolgende Serie von Unlustsignalen viel deutlicher.

Abbildung 5.18 auf Seite 412 zeigt eine sehr einfache Möglichkeit der neuronalen Realisierung einer Kompetenzmeßanlage. Es handelt sich wieder um das «Wasserkesselmodell». Lustsignale produzieren einen Zufluß, Unlustsignale einen Abfluß. Unten rechts in der Abbildung sieht man die

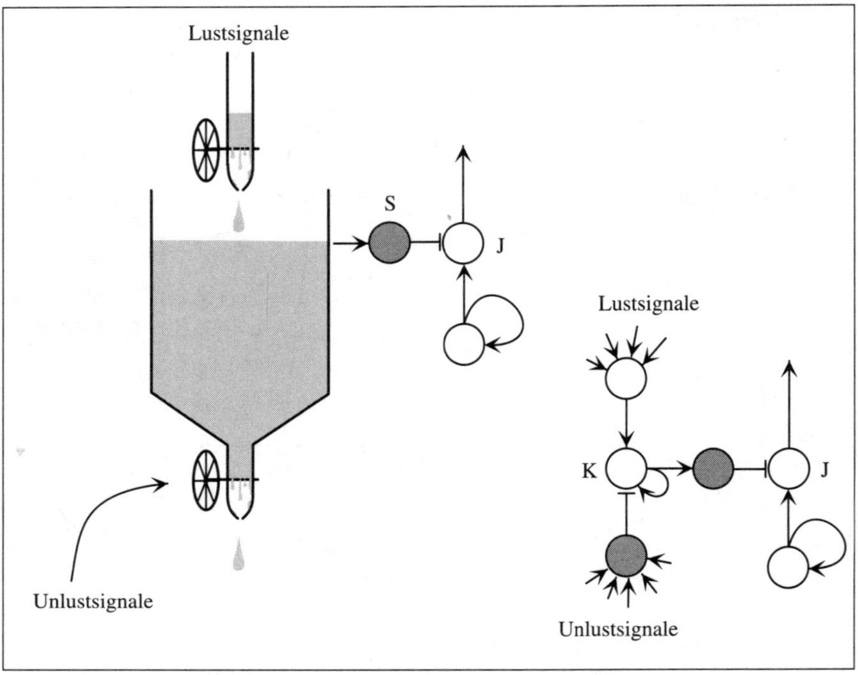

Abbildung 5.18 Messung der Kompetenz durch Bilanzierung der Lust- und Unlustsignale

entsprechende neuronale Realisierung. Das Neuron K ist der «Kessel», dessen maximale Aktivität 1 sein soll. Seine Aktivität erhält sich selbst beziehungsweise wird durch Lustsignale erhöht (bis zum Maximum), und sie wird abgeschwächt, wenn Unlustsignale eintreffen.

Die Neuron-Kurve in Abbildung 5.17 stellt das Verhalten des Neuronennetzes dar, das man unten rechts in Abbildung 5.18 findet. Genauer, die mit «Neuron» bezeichnete Reihe beschreibt die Zustände des Neurons K nach dem Eintreffen der verschiedenen Lust- und Unlustsignale. (Dabei wurden diese mit Übergangsgewichten von 0.25 multipliziert. Der Zufluß zur Aktivität von K, der sich aus einem Lustsignal der Stärke 0.5 ergibt, ist also 0.125. Diese Multiplikation ist lediglich eine Skalierung, die bewirken soll, daß die Werte der Aktivität von K ungefähr im gleichen Bereich liegen wie die Mittelwerte beziehungsweise die gleitenden Mittelwerte.)

Man sieht, daß die neuronale Schaltung ähnlich wie eine Methode der gleitenden Durchschnittsbildung funktioniert (was daran liegt, daß die maximale Aktivität des Neurons K auf 1, seine minimale auf 0 begrenzt ist. Dadurch wirken Lustsignale, wenn sie auf eine maximale Aktivität von K treffen, überhaupt nicht mehr, desgleichen Unlustsignale, wenn sein Wert gleich 0 ist. Hat K hingegen Werte *zwischen* 0 und 1, verändern die neu eintretenden Lust-Unlust-Signale seine Aktivität. – Man könnte mit neuronalen Netzen auch mathematisch exakt eine gleitende Mittelwertbildung realisieren; ich will es aber bei der sehr einfachen Lösung der Abbildung 5.18 belassen.)

Die Lust- und Unlustsignale als Indikatoren für die Fähigkeiten unserer Ψs zu benutzen scheint mir eine recht elegante Lösung zu sein. Bislang hatten wir sie nur als Lernsignale verwendet, als Signale zur Fixierung bestimmter Inhalte des Protokollgedächtnisses, nämlich von Ereignissequenzen, die entweder zu einer Bedürfnisbefriedigung oder aber zur Entstehung oder Vergrößerung eines Bedürfnisses führten. Nun haben diese Signale eine zweite Funktion erhalten; sie werden aufsummiert und fließen in die Kompetenzmessung ein. Man könnte annehmen, daß die Funktion der Lust- und Unlustsignale bei Menschen so sehr anders auch nicht ist. Der preußische Regimentstambour, dem wir das Motto dieses Abschnitts verdanken, meint ja wohl, daß die Tatenlust von Soldaten mit der Bedürfnisbefriedigung zusammenhängt. Denn der Hunger allein, wenn er nicht längere Zeit andauert, beeinträchtigt die körperliche Leistungsfähigkeit unmittelbar kaum, sollte also auch den Kampfeinsatz von Soldaten nicht mindern. Nicht die Befriedigung des Hungers, sondern die daraus folgenden Lustsignale meint Dreyer, wenn er schreibt: «Hat man vollauf zu leben, dann geht's frisch drauf!» Das kennt jeder, auch wenn er kein friderizianischer Grenadier ist: Wir fühlen uns stark, wenn wir gut geschlafen und gefrühstückt haben und uns im Einklang mit Kumpeln und Partnern befinden. Dann ist die «Welt in Ordnung», und wir können uns alles mögliche zutrauen.

Und der «kleine Hieb über den Durst», den der preußische Regimentstambour erwähnt? Zumindest für bestimmte Tätigkeiten ist auch der wichtig. Der Genuß von Alkohol produziert zum einen Lustsignale, führt aber zum anderen dazu, daß man nicht allzu genau hinguckt. Dann aber übersieht man leicht die Gefahr und traut sich mehr zu, als nach der «Datenlage» gerechtfertigt ist; man überschätzt seine eigenen Fähigkeiten und traut sich Dinge zu, die man normalerweise meiden würde. In gelindem Ausmaß kann auch dies positive Effekte haben; denn wenn wir uns erst einmal auf etwas einlassen, von dem wir eigentlich annehmen müssen, daß es sich nur schwer bewältigen läßt, dann finden wir eben doch vielleicht eine Möglichkeit, es in den Griff zu bekommen. Trauen wir uns aber gar nicht erst, gibt es auch keine Gelegenheit, zu erfahren, daß wir mit einem Problem vielleicht doch fertig werden können. «Wer wagt, gewinnt», lautet ein Sprichwort, und manchmal stimmt es sogar! Wer genau hinsieht, wird melancholisch, meint Dürer. Nur: Allzuviel Wagemut ist auch nicht angeraten, denn – so ein anderes Sprichwort – «Hochmut kommt vor dem Fall».

Unsere Kompetenzmeßanlage dient dazu, Ψ zu sagen, wann und inwieweit es «sich trauen» kann, wann es sich nicht in Grübeleien und das genaue Abwägen aller Möglichkeiten, in die Betrachtung aller Neben- und Spätfolgen von Handlungen vergraben, sondern *handeln soll*, im Vertrauen darauf, daß es den Problemen, denen es begegnen wird, gewachsen ist.

Warum wir uns Schwierigkeiten bereiten – oder: Der Erwerb von Fähigkeiten

Nun erst wird erkenntlich, daß nichts dieser leichtblütigen, leichtfertigen, leichtsinnigen Natur so verhängnisvoll gewesen war wie die Leichtigkeit, mit der ihr vom Schicksal alles gegeben wurde; gerade diese unverdienten Geschenke des Lebens haben sie innerlich verarmt.

Stefan Zweig
Marie Antoinette

Was macht Ψ mit seiner Kompetenzmeßanlage? Bislang verwenden wir sie dazu, Ψ «Courage», aber auch Vorsicht zu verleihen; Ψ soll sich auf Probleme nur insoweit einlassen, als es ihnen gewachsen ist. Eine hohe Bilanz, zum Beispiel aufgrund erfolgreichen Benzinverzehrs, sollte die Ψs – genau wie Dreyers Soldaten – handlungsbereiter machen; Ψ kann Erfolg erwarten, da es ja erwiesenermaßen in der Lage ist, seine Bedürfnisse zu befriedigen. Eine niedrige Bilanz dagegen sollte Ψ vorsichtig machen. Seine Fähigkeiten, mit den Problemen seiner Welt zurechtzukommen, sind dann augenblicklich nicht auf einem hohen Stand, und es sollte sich ihnen behutsam nähern.

Wenn aber Ψ nun schon eine Meßanlage für das Ausmaß seiner Fähigkeiten hat, warum soll es dann nicht auch unter einer geringen Kompetenz leiden? Ist nicht genügend Wasser in seinem Kessel, entsteht ein Trinkbedürfnis; Ψ strebt nach Brennstoff, wenn der Pegel im Benzintank unter die Sollmarke sinkt, und nach Affiliationssignalen, wenn es nicht genügend davon bekommen hat; es hat ein Verlangen nach «Bestimmtheit» und damit nach Kontrolle seiner Umgebung. Unter all diesen Mängeln leidet Ψ, und es bemüht sich nach Kräften, sie zu beseitigen.

«Leiden»? Leidet Ψ im menschlichen Sinne? *Fühlt* es sich schlecht? Nein, höchstens in dem Sinne, daß es sich eben bemüht, ein Bedürfnis zu befriedigen. Wenn ich sage, es gehe Ψ «schlecht», meine ich nur, daß es den gegenwärtigen Mangelzustand aufheben und ersetzen möchte durch einen Zustand, der die entsprechenden Mängel nicht aufweist. – «Leiden» bedeutet für mich ein Wissen um die Existenz eines Mangelzustands, und damit weiß ich auch, warum ich unruhig bin und angetrieben werde, ihn zu beseitigen. Dieses Wissen von sich selbst hat Ψ nicht, und insofern leidet es auch nicht in dem Sinne wie wir. Ob es aber zum Beispiel wie ein Tier leidet, können wir nicht sagen. Denn auch bei einem Tier diagnostizieren wir «Leiden», indem wir feststellen, daß es etwas loswerden möchte. Und auch bei anderen Menschen wissen wir von ihrem Leiden nur aufgrund ihres Verhaltens oder ihrer Aussagen. Ihr «Fühlen» kennen wir nicht direkt.

Warum sollte Ψ außer an Brennstoff- oder Wassermangel, Unbestimmtheit oder Affiliationsdefizit nicht auch an mangelnder Kompetenz «leiden»? Warum soll es also nicht nach Kompetenz streben? Denn sicherlich ist doch eine gut entwickelte Fähigkeit, Probleme zu bewältigen, von großer Wichtigkeit. – Streben nach Kompetenz bedeutet aber bei der Form von Kompetenzmessung, mit der wir Ψ versehen haben, Streben nach Lustsignalen. Warum auch nicht? Lustsignale zeigen an, daß die Bedürfnisse befriedigt werden können, während Unlustsignale das Gegenteil indizieren. Ein hoher Pegel im Kompetenztank bedeutet wohl *meistens* ein hohes Ausmaß an Fähigkeiten.

Allerdings können Lustsignale auch durch die Liebeswerke gütiger Feen erzeugt werden, und es besteht ein Unterschied zwischen einem auf Fähigkeiten beruhenden und einem Gütige-Feen- oder Marie-Antoinette-Selbstvertrauen. Zum einen verhindern die gütigen Feen das eigene Bemühen, und das führt wohl leicht zu den Konsequenzen, die Stefan Zweig in seinem Roman *Marie Antoinette* andeutet. Zum anderen ist ein Gütige-Feen-Selbstvertrauen sehr instabil und wird verschwinden, wenn man merkt, daß die Geschehnisse, denen man die Befriedigung seiner Bedürfnisse verdankt, nicht mehr auftreten. Die Erfahrung, daß uns die gütige Fee, die sich bislang um uns bemühte, ihre Fürsorge immer mehr entzieht, beeinträchtigt unser Selbstvertrauen erheblich, während ein Selbstvertrauen, das auf Fähigkeit beruht, also auf der Erfahrung, daß wir durch unser eigenes Tun Probleme bewältigen können, nur durch den empirischen

Nachweis der Untauglichkeit unserer Methoden erschüttert wird. Basiert aber das aus Fähigkeiten erwachsende Selbstvertrauen in hohem Maße auf heuristischer Kompetenz, also darauf, daß es uns gelingt, Problemlösemethoden neu zu entwickeln oder aufzufinden, dann ist es sehr stabil.

Gehen wir zunächst einmal davon aus, daß das Gütige-Feen-Selbstvertrauen die Ausnahme und nicht die Regel ist und daß der Pegel im Kompetenztank meistens den Stand der Fähigkeiten von Ψ signalisiert, mit seinen Problemen fertig zu werden.

Der Kompetenzbedarfsindikator J in Abbildung 5.18 sollte nicht nur einen Lust-, also meistens Kompetenzmangel signalisieren, sondern auch Maßnahmen zum Kompetenzgewinn (also zum Erwerb von Lustsignalen) aktivieren. Wie können solche Maßnahmen aussehen?

Das Bedürfnis, Kompetenz zu erwerben, ist auf Lusterlebnisse gerichtet und insofern unspezifisch, denn Lustsignale treten ja bei allen möglichen Bedürfnisbefriedigungen und Unlustsignale bei allen möglichen Bedürfniszuständen auf. Dies bedeutet aber gewöhnlich, daß *Schwierigkeiten* angestrebt werden müssen. Lustsignale entstehen nur dann, wenn Bedürfnisse befriedigt werden; damit das aber geschieht, müssen zunächst einmal Bedürfnisse dasein. Und Lustsignale sind um so stärker, je größer das Bedürfnis war. Größere Bedürfnisse aber bauen sich gewöhnlich nur dann auf, wenn ihre unmittelbare Befriedigung nicht möglich ist, weil dem irgend etwas im Wege steht.

Das Streben nach Lust impliziert also das Streben nach Unlust! Denn Unlustsignale in größerem Ausmaß bedeuten, daß sich ein Bedarf nicht befriedigen läßt. Sie können also einen Mangel an Kompetenz oder an «guten Feen» indizieren. Ein Zugewinn an Fähigkeiten, mit der Umwelt umzugehen, kann nur in Bereichen stattfinden, für die diese Fähigkeiten noch nicht optimal entwickelt sind. Also muß Unlust angestrebt werden. (Wenn allerdings Lust auch ohne Unlust zu haben ist, funktioniert natürlich der ganze Mechanismus nicht mehr so, wie er eigentlich sollte, weil dann der Erwerb von Lust nicht mehr mit dem Erwerb von Kenntnissen und Fähigkeiten einhergeht. Dieser «Kurzschluß» wird uns noch beschäftigen; er bedeutet große Gefahren für Ψ.)

Welche Bereiche sollte sich Ψ für den Kompetenzerwerb aussuchen?

Nicht allzu erfolgsträchtige, da in ihnen die Bedürfnisse zu leicht befriedigt werden können, aber auch nicht allzu schwierige, da in ihnen die Bedürfnisbefriedigungen zu selten sind. Am besten eignen sich Bereiche mit mittlerem Schwierigkeitsgrad.

Wenn also in irgendeiner Lebenssphäre Bedürfnisse existieren oder sich erzeugen lassen und wenn bekannt ist, daß sie hier weder ganz leicht noch besonders schwer zu befriedigen sind, so ist dieser Bereich optimal für den Erwerb von Lustsignalen. Hat also Ψ ein Brennstoffbedürfnis und weiß, daß es gewöhnlich imstande ist, es zu befriedigen, so kann es Lustsignale antizipieren. Ist allerdings das Bedürfnis leicht zu befriedigen, wird das entsprechende Lustsignal keine große Intensität erreichen, während die Befriedigung eines Bedürfnisses, das schwerer zu befriedigen ist, stärkere Lustsignale hervorrufen wird, da es mit der Zeit größer geworden ist. Für ein leicht zu befriedigendes Bedürfnis braucht Ψ keine Fähigkeiten mehr zu erwerben, da es sie offensichtlich schon besitzt. Also sollte es nach starken Lustsignalen streben, die sich gewöhnlich dann einstellen, wenn ein Bedürfnis, weil es nicht gleich gestillt werden konnte, so stark geworden ist, daß seine Befriedigung große Lust bedeutet.

Ist aber das Bedürfnis nur unter den größten Schwierigkeiten zu befriedigen, werden die Lustsignale zwar stark sein, wenn sie auftreten, aber sie werden sich eben nur sehr selten einstellen. (Letzteres kann natürlich bei den existentiellen Bedürfnissen gar nicht der Fall sein, denn Ψ müßte ja sterben, wenn sie sich nicht oder nur selten befriedigen ließen. Bei den *informationellen* Bedürfnissen hingegen, also beim Affiliations- und beim Bestimmtheitsbedürfnis, kann die Intensität sehr groß werden. An zuviel Unbestimmtheit oder zuwenig Bindung stirbt man nicht. Zumindest nicht direkt.)

Ψ sollte also für den Kompetenzerwerb Problemsituationen suchen, die einen mittleren Schwierigkeitsgrad haben, da dann die Balance zwischen Erfolgswahrscheinlichkeit und Stärke des Lustsignals optimal ist. (Daß Menschen genau dies auch tun, belegt zum Beispiel der Motivationspsychologe Heinz Heckhausen [1980].) Das Kompetenzbedürfnis sollte also dazu führen, daß *unlustbehaftete* Situationen angesteuert werden. Das ist so vernünftig wie bemerkenswert; wir haben also Ψ unversehens mit dem Bedürfnis ausgestattet, zum Zwecke der Bedürfnis*befriedigung* Mangelzustände, Ungleichgewichte anzustreben. Der amerikanische Physiologe Walter B. Cannon (1939) nannte eine solche Bestrebung *Heterostase*tendenz. Sie ist den gewöhnlich auf Gleichgewicht, also auf Homöostase, gerichteten Lebensprozessen entgegengesetzt. Allerdings stehen die Heterostasetendenzen unserer Maschinen letzten Endes doch wieder im Dienste der Homöostase; sie dienen ja dem Gewinn an Fähigkeiten zur Bedürfnisbefriedigung.

Dieses Streben nach Ungleichgewichten in bestimmten Bereichen bedeutet hier konkret, daß Ψ abenteuerlustig wird, daß es sich – je nachdem – in Situationen begibt, in denen es mit Unbestimmtheit zu tun hat, unter Hunger oder Durst leidet, einsam ist und ohne L-Signale auskommen oder sogar Feindschaft erdulden muß. Allerdings nimmt es all dies nur auf sich, um dann unverzüglich nach der Beseitigung der selbstgesuchten oder sogar selbstherbeigeführten Unlustzustände zu streben. Dadurch sind diese zugleich auch mit Lust verbunden. Diesen Lustgewinn antizipierend, sucht Ψ sie auf.

Die Bedingungen für (wahrscheinlich) erfolgreiches Kompetenzstreben sind also mittlere Schwierigkeit und die Erwartung eines relativ großen Lustgewinns. Woher aber kann Ψ Informationen über die Schwierigkeiten und die Wahrscheinlichkeit des Lustgewinns beziehen? Die einfachste Möglichkeit besteht wiederum in einer – allerdings auf einzelne Tätigkeiten oder Realitätsbereiche bezogenen – Lust-Unlust-Bilanzierung. Abbildung 5.19 auf Seite 420 soll dies verdeutlichen.

Sie zeigt drei verschiedene Verläufe für drei identische Ψ-Wesen, die in verschiedenen Umwelten überleben mußten. Diese Umwelten kann man sich als Labyrinthe vorstellen, in denen die Ψs nach Bedürfnisbefriedigungen suchen und schmerzhaften Ereignissen aus dem Weg gehen sollten. Dargestellt habe ich die Entwicklung des «Selbstvertrauens» von Ψs für Umwelten mit verschiedenem Schwierigkeitsgrad. Die oberen Kurven zeichnen die gleitenden Lust-Unlust-Bilanzen nach, die jeweils von einem Neuronenapparat der in Abbildung 5.18 gezeigten Art erzeugt wurden. Ganz oben sieht man die Entwicklung des Selbstvertrauens eines Ψs, das mit einer schwer zu bewältigenden Umwelt zurechtkommen mußte. «Schwer» bedeutet in dem Labyrinth, daß Möglichkeiten zur Bedürfnis-

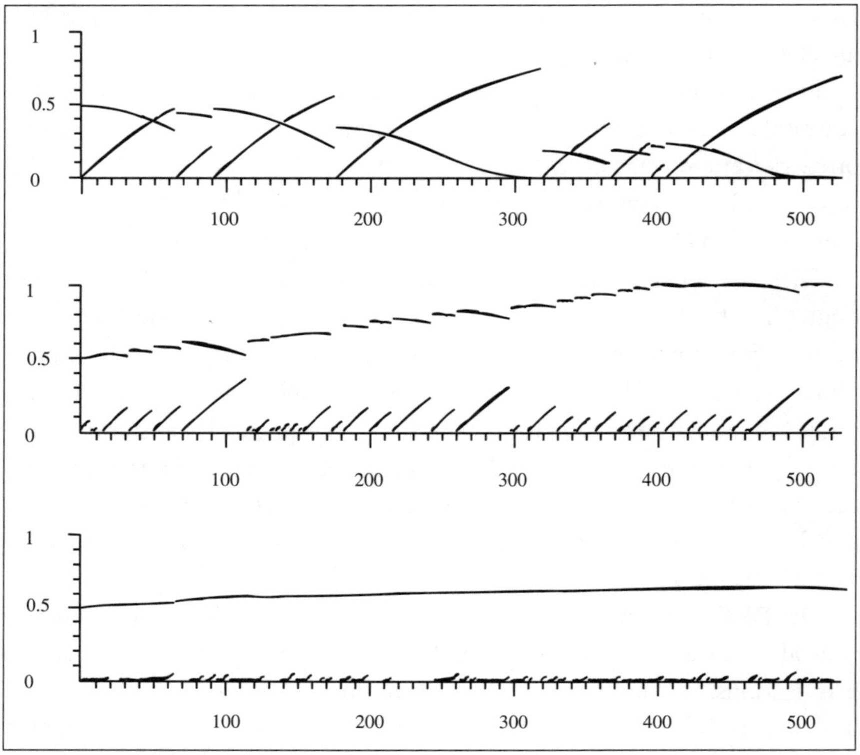

Abbildung 5.19 Lust-Unlust-Bilanz bei großer (oben), mittlerer (Mitte) und geringer (unten) Schwierigkeit der Bedürfnisbefriedigung. Jeweils unten im Diagramm: Bedürfnisstärke, oben: Lust-Unlust-Bilanz

befriedigung selten waren und die Fortbewegung zum Teil die Beherrschung sehr komplizierter Regeln erforderte, das heißt, es mußten viele Bedingungen beachtet und unter Umständen auch Vorleistungen erbracht werden: «Die Tür für den Weg von A nach B öffnet sich nur, wenn vorher der Platz C überquert wurde und man außerdem dreimal die Operationen x–y–z in dieser Reihenfolge anwendet.» So etwas läßt sich natürlich schwer lernen. In schwierigen Realitätsbereichen werden, bis man die Regeln gelernt hat, Bedürfnisse nur selten befriedigt, und daher werden sie gewöhnlich sehr stark. Ψ leidet in solchen Realitäten oft an Hunger oder Durst.

Dementsprechend sinkt die Lust-Unlust-Bilanz während des Ansteigens der Bedürfnisstärken immer weiter ab, denn dieser Anstieg erzeugt ja Unlustsignale. Wird allerdings das Bedürfnis befriedigt, ergeben sich jeweils starke Lustsignale. Diese können aber die Lust-Unlust-Bilanz nicht retten: Sie nähert sich, wie man sieht, immer mehr dem Nullpunkt.

In der Mitte der Abbildung 5.19 ist der Verlauf der Lust-Unlust-Bilanz für eine Realität dargestellt, in der sich die Bedürfnisse zwar leichter befriedigen lassen, aber immer noch Schwierigkeiten auftreten. Hier sinkt die Bilanz in den Phasen wachsender Bedürfnisse nicht mehr so stark ab, da diese Phasen jetzt kürzer sind. Außerdem aber treten doch noch ziemlich starke Lustsignale auf, die die Lust-Unlust-Bilanz ordentlich in die Höhe treiben. – Im unteren Teil der Abbildung 5.19 sieht man den Verlauf für eine gut zu beherrschende Realität, deren Regeln leicht zu erlernen sind. Kaum tritt ein Bedürfnis auf, schon kann es befriedigt werden. Hier kommen kaum Unlustsignale, aber auf der anderen Seite sind die Lustsignale auch relativ schwach und führen nur zu einem sehr langsamen Anstieg der Lust-Unlust-Bilanz.

Wenn Ψ Zielen nachgeht, die mit einer hohen Lustbilanz verbunden sind, tut es damit etwas Vernünftiges: Es strebt die Befriedigung von Bedürfnissen an, die auftreten (sonst gäbe es ja keine Lustsignale durch Bedürfnisbefriedigungen) und zugleich mit einer gewissen Aussicht auf Erfolg bewältigt werden können. Würde sich Ψ allzu schwierigen Realitätsbereichen zuwenden, wäre das zwar im Hinblick auf den Zuwachs an neuen Erfahrungen vielversprechend, aber wegen der allzu hohen Unbestimmtheit zugleich auch sehr gefährlich. – Sich gut beherrschten Bereichen zuzuwenden würde auf der anderen Seite keine Kompetenzerweiterung bringen; also ist unsere Programmierung: «Wende dich zum Zwecke der Kompetenzvermehrung Realitätsbereichen zu, die mit einer hohen Lustbilanz verknüpft sind!» vernünftig.

Wir würden bei einer solchen Programmierung des Kompetenzgewinns auch beobachten können, daß Ψ einer Sache *überdrüssig* wird, wenn es sie gut beherrscht. Denn dann findet ja ein Übergang von Fall 2 zu Fall 3 der Abbildung 5.19 statt: Leicht zu befriedigende Bedürfnisse produzieren keine starken Lustsignale mehr.

Flucht oder Eroberung

Ich, der ums schöne Ebenmaß zu kurz kam,
Weil tückisch die Natur mich drum betrog,
Ich, ungestalt, unfertig, früh geboren
In dieses Atmens Welt, kaum halb gefügt,
Und noch dazu so lahm und ungeschlacht,
Daß, wo ich hink die Hunde bellen; ich
In dieser schwachen Flötenzeit des Friedens,
Weiß keine Lust mir, keinen Zeitvertreib
Als meinen Schatten sehen in der Sonne
Und meiner Mißgestalt ihr Lied zu singen:
Und drum, da ich mich nicht als Mann der Liebe
Bewähren kann in dieser fein beredten Zeit,
Will ich mich nun bewähren als ein Schurke
Und hassen ihre träge Lustbarkeit.
Ich hab was angestiftet, Anschläge, Gefahren …

Richard, Herzog von Gloster
(Shakespeare, *Richard III.*, I/1; in der Übersetzung von Erich Fried)

Jener Richard, den Shakespeare im obigen Motto sprechen läßt, wurde später König von England. Der Grund dafür war genau jener Entschluß, den er in dem Zitat schildert, nämlich, ein Schurke zu werden. Und warum faßte er diesen Entschluß? Auch das erzählt uns Richard von Gloster: weil ihm anders kein Lustgewinn mehr winkt, weil ihm das, was die höfische Gesellschaft in seiner Umgebung beschäftigt, nicht zugänglich ist. Irgendeine Art von Lustgewinn aber braucht der Mensch, und so beschließt Richard, sich der politischen Tätigkeit zuzuwenden, allerdings in einer ziemlich üblen, wenngleich in der Weltgeschichte nicht gerade seltenen Form. Etliche Morde bahnen ihm den Weg zum Thron.

Richard, Herzog von Gloster, sucht sich seinen Kompetenzbereich «aus Langeweile», weil ihm kein anderer «Zeitvertreib», keine andere Lustquelle bleibt. Vielleicht erscheint Langeweile manchem als zu schwaches Motiv? Morden aus Langeweile? – Bedenken wir, daß Langeweile auch heißt: keine Bewährung, kein Ziel, keine Aufgabe. Richard sucht einen Bewährungsbereich, in dem er sein durch körperliche Mißbildung ständig stark gefährdetes Selbstvertrauen anheben und absichern kann.

Es gibt neben der Langeweile, verbunden mit einem starken Minderwertigkeitsgefühl, noch einen anderen Grund für die Suche nach einem Bewährungsbereich, nämlich die Überforderung.

> *Mißmutig starre ich auf das Blatt Papier vor mir. Da steht allzuwenig drauf! – In zwei Wochen soll ich einen Vortrag halten über die Rolle von Computersimulationen als Lernmedium in der Schule. Ein bißchen ist mir dazu eingefallen, aber im Grunde ist das alles kalter Kaffee. Trivialitäten, längst und immer wieder Gesagtes. Wo kriegst du den Pep her, den Dreh, um die Leute zu fesseln? Mir will nichts einfallen.*
> *Da drängt sich der Gedanke auf, daß ich doch noch mein «Funktionsprogramm» vervollständigen muß. Und einige Fehler sind da auch noch zu beseitigen! In diesem Funktionsprogramm geht es darum, komplizierte Netzwerke aus mathematischen Funktionen leicht und einfach auf dem Computerbildschirm als graphische Gebilde sichtbar zu machen, die dann im Verlauf der Entwicklung ihre Farben ändern. Das ist ein hübsches Programm! Und der Bildschirmoutput ist noch hübscher! Aber es funktioniert noch nicht so richtig. Ich könnte ja jetzt vielleicht ein wenig daran arbeiten …*
> *Schluß mit dem Gedanken, das ist jetzt nicht wichtig; in zwei Wochen ist der Vortrag, also: Laß dir was einfallen! Computer und Schulunterricht … Kann man vielleicht diese Abenteuerspiele irgendwie pädagogisch nutzen? Ach, ich weiß nicht so recht. Wofür denn? Wann denn? Warum denn? In welcher Weise? – Oder könnte ein mathematisches Systemdarstellungsprogramm, wie ich es gerade geschrieben habe, von Nutzen sein? Damit könnte man doch alle möglichen Dinge leicht veranschaulichen:*

> *das Waldsterben, Probleme der Abwasserbeseitigung und so fort. – Ja, überhaupt, an dem Programm sollte ich doch noch weiterarbeiten, denn so richtig funktioniert es noch nicht. Diese komprimierte Darstellung von Variablen, da war noch der Wurm drin. Aber das könnte man ja vielleicht so oder so machen! Da muß ich noch mal nachsehen.*
>
> *Und ich wähle an meinem Computer das Pascal-Programmiersystem, rufe mein Programm auf und beginne, an diesem zu arbeiten. Bald habe ich den Vortrag, der in zwei Wochen fertig sein muß, vergessen. Das Hin und Her zwischen dem Einfügen von Verbesserungen, dem Erproben, dem Absturz des Programms wegen irgendeines Fehlers, der Suche nach dem Fehler, seiner Beseitigung und so weiter hält mich bis in den späten Abend gefangen, und ich vergesse dabei sogar das Abendbrot und muß fast mit Gewalt vom Computer abgebracht werden.*

Das also hat man *auch* davon, wenn man in Ψs Kompetenzmotivationen einbaut. Nimmt ein solches Ψ eine Tätigkeit auf, und diese erweist sich als schwierig, als *zu* schwierig, sackt die Kompetenzbilanz natürlich ab. Und Ψ wird ein starkes Bestreben entwickeln, den Kompetenzverlust aufzufangen, um wieder eine befriedigende Lust-Unlust-Bilanz herzustellen, was es eben dadurch erreichen kann, daß es sich von der erfolglosen Aktion ab- und einem gleichfalls schwierigen, aber nicht *zu* schwierigen, letztlich doch erfolgversprechenden Bereich zuwendet. Bei mir zum Beispiel ist das Programmieren ein solcher Flucht- und Kompetenzrestitutionsbereich. Programmieren bereitet Schwierigkeiten, aber die sind nie unüberwindlich. Unzählige andere Bereiche können diese Funktion übernehmen, zum Beispiel das Betreiben irgendeiner Sportart, ein Spiel, Lesen, Musikhören, Basteln oder was auch immer.

Geraten Menschen (oder unsere Ψs) in Situationen, die «kompetenzverzehrend» sind, so werden solche Bereiche zum Aufpolieren der Kompetenz sehr wichtig. Sie haben also eine große «psychohygienische» Bedeutung.

Abbildung 5.19 auf Seite 420 zeigt, daß es zwei Arten von Realitäten gibt, die für Ψs Lust-Unlust-Bilanz schädlich sind. Die eine Art sind die zu widrigen Umstände, in denen die auftretenden Bedürfnisse nur schwer befriedigt werden können. Hier ergeben sich Abläufe, wie sie im oberen Diagramm der Abbildung dargestellt sind. – Die andere Art ist die zu «langweilige» Realität, in der sich alle auftretenden Bedürfnisse schnell und leicht befriedigen lassen. Eine solche Umwelt fordert keine «Bewährung», und eine Erweiterung der Kompetenz kann hier kaum noch stattfinden.

Was machen die Ψs, wenn sie in solche Realitäten geraten? Bei allzu widrigen Umständen liegt die «Flucht» nahe; man zieht sich in die besser beherrschbaren Umgebungen jenes Typs zurück, der Verläufe produziert, wie sie im mittleren Diagramm der Abbildung 5.19 zu sehen sind. Es treten Probleme auf, aber sie lassen sich lösen. Wenn man sich in Situationen bewegen muß, die nichts bieten als Unbestimmtheit und Schwierigkeiten und in denen es nur wenig Hoffnung gibt, diese zu bewältigen, so liegt die Gefahr nahe, daß man durch die Flucht in einen anderen Bereich in eine «Falle» gerät und sich von der Realität ganz abkapselt. Für mich war das Programmieren eine solche Falle, die mich von der eigentlich wichtigen Arbeit abhielt. Ich habe das gemacht, was ich tun *konnte*, nicht das, was ich tun *sollte*.

Der Rückzug in solche Spielbereiche kann zur «Reise ohne Wiederkehr» werden. Allzu widerständige Gegebenheiten werden gemieden. Und wenn die Umstände von mir die Rückkehr nicht einfordern, warum sollte ich dann zurückkehren? Der Spielbereich bietet mir die Erfolgserlebnisse, die ich brauche; was will ich mehr? Ich tue etwas Sinnvolles, und außerdem – aber das weiß ich schon bald nicht mehr – vermeide ich damit die Auseinandersetzung mit der allzu komplizierten Realität.

Nicht nur, um der Hilf- und Hoffnungslosigkeit zu entgehen, wendet man sich neuen Bereichen zu. Auch Umstände, die allzu langweilig sind – also Realitäten, denen Entwicklungen von der Art, wie sie unten in Abbildung 5.19 gezeigt sind, zugrunde liegen –, führen dazu, daß man sich, um «Bewährungsmöglichkeiten» zu finden, neuen Bereichen zuwendet. Diese Zuwendung aber ist keine Flucht, sondern mehr eine Art von Ausgreifen, Erobern, von transgressivem Verhalten im Sinne von Kozielecki.

Alec Garrard beispielsweise, müde einer langweiligen Existenz als Farmer in Ostengland, befaßt sich seit zwanzig Jahren damit, ein Modell des Tempels von Jerusalem im Jahre 1 zu bauen. Ein Schuppen seiner Farm enthält das Modell auf einer Grundfläche von zehn Quadratmetern. Liebevoll werden die Kassetten der Decke einer Säulenhalle angefertigt, Teile, die nur quadratzentimetergroß sind. Über zweitausend winzig kleine Menschen sollen das Tempelmodell bevölkern. Immer wieder sind Änderungen notwendig, denn Alec Garrard legt Wert auf Authentizität. Inzwischen ist er eine Kapazität im Hinblick auf den Tempel zu Jerusalem; regelmäßig kommen Besucher aus aller Welt, Historiker, Bibelforscher, Archäologen und Agenten evangelistischer Sekten aus Kalifornien, die ihm den Vorschlag unterbreitet haben, den Tempel nach seinen Angaben in der Wüste von Nevada neu zu erbauen. Garrard kennt sich nicht nur in der Anfertigung der Säulengesimse und im Bemalen der menschlichen Figuren aus, sondern auch in der Literatur. Man müsse die Mischna studieren, paraphrasiert W. G. Sebald ihn in seinem Buch *Die Ringe des Saturn*, und sämtliche anderen verfügbaren Quellen und die römische Architektur und die Besonderheiten der von Herodes errichteten Bauwerke von Masada und Borodium, denn nur so komme man auf die richtigen Ideen.

Der Tempelbau ist für ihn zum Lebensinhalt geworden, manchmal allerdings auch eine Quelle melancholischer Stimmungen. «Wahrscheinlich hätte ich mich auf den Tempelbau überhaupt nicht eingelassen, wenn ich eine Ahnung gehabt hätte von den Anforderungen, die meine immer weiter ausufernde und immer gründlicher werdende Arbeit an mich stellt. Schließlich muß, wenn insgesamt der Eindruck von Lebenswahrheit entstehen soll, jede der quadratzentimetergroßen Kassetten an den Decken der Kolonnaden, jede der Hunderten von Säulen und jedes einzelne der abertausend Quadersteinchen von Hand gefertigt und eigens bemalt werden. Jetzt, wo es allmählich dunkel zu werden beginnt an den Rändern meines Gesichtsfeldes, frage ich mich manchmal, ob ich den Bau jemals zu Ende führen werde und ob nicht alles, was ich bislang geschaffen habe, bloß ein elendes Machwerk ist. Aber an anderen Tagen wieder, wenn das Abendlicht seitwärts hier durch das Fenster dringt und wenn ich die Gesamtsicht auf mich wirken lasse, dann sehe ich den Tempel mit seinen Vorhallen und mit den Wohnquartieren der Priesterschaft, die Römergarnison, die Badehäuser, den Viktualienmarkt, die Opferstätten, Wandelgänge und Wechselstuben, die großen Tore und Treppen, die Vorhöfe und die äußeren Provinzen und das Gebirge im Hintergrund augenblicksweise so, als sei alles bereits vollendet und als schaute ich hinein in die Gefilde der Ewigkeit.»

Wovon hängt es ab, welchen Bewährungsbereich man wählt, um seine Kompetenz zu zeigen und zu steigern? Ein wichtiger Faktor sind sicherlich die eigenen Fähigkeiten. Zum Liebhaber ist Richard von Gloster seiner körperlichen Mißgestalt wegen nicht geeignet. Aber für Tücke, Machenschaften, Anschläge ist er tauglich. Dies Geschäft kann er so gut betreiben, daß er schließlich König von England wird. – Allerdings: Es ist nicht auszuschließen, daß gerade die Art, wie Richard sein Geschäft betreibt, auch schließlich zu seinem Untergang führt. Vor der letzten, entscheidenden Schlacht beraubt ihn sein schlechtes Gewissen eines Großteils seiner Tatkraft.

«Ich habe heut nicht jenen alten Frohsinn
Und frischen Mut, den ich sonst immer hatte»,

meint er vor einer Nacht (5. Akt, 3. Szene), in der ihn die Geister der von ihm Ermordeten und Gequälten heimsuchen.

Die Vermutung liegt nahe, daß Richard letztlich durch seinen ständigen Verstoß gegen die Gesetze seiner Gruppe und die mit diesem einhergehenden Schuldgefühle und Zustände mangelnder Legitimität in den Abgrund getrieben wird. – Alec Garrard ergeht es da besser. Er verstößt mit dem Bau des Jerusalem-Tempels allenfalls gegen die Regeln eines profitorientierten landwirtschaftlichen Bewußtseins. Da aber zugleich sein Werk so «heilig» ist, wird ihm seine Umgebung gern verzeihen und ihn als etwas merkwürdigen Sonderling walten lassen.

Was Richard und Garrard widerfahren ist, könnte auch Ψ widerfahren. Hätte es keinen Bewährungsbereich, würde es sich einen suchen. (Wir sollten vielleicht dafür Sorge tragen, daß es mehr Alec Garrard nacheifert als Richard III.) Vielleicht würde Ψ angelegentlich liebevoll seine Sonnenblumenfelder pflegen und immer neue Sorten züchten, die ihm raffinierte Geschmackserlebnisse verschaffen. Die Realität schrumpft zum Sonnenblumenfeld zusammen. Der Erprobung von neuen Bewässerungs- und Düngemaßnahmen widmet Ψ alle Aufmerksamkeit. Es wird eine reichhaltige und interessante Spezialkultur der Sonnenblumenpflege schaffen. Es wird Überlegungen darüber anstellen, auf welchen Böden es Sonnenblumen welcher Art am besten anbauen und wie es dafür sorgen könnte, daß sie vom Frühjahr bis zum Spätherbst reiften. Bei dieser intensiven Beschäftigung mit den Sonnenblumen wird ihm allerdings gänzlich entgehen, daß sich die Realität, vor der es sich zu ihnen zurückgezogen hat, in vielleicht immer bedrohlicherer Weise verändert.

Wenn Ψ denken könnte, wenn es in der Lage wäre, seine Schemata neu zu kombinieren und zu immer neuen Weltbildern zusammenzusetzen, böte sich ihm nicht nur die Möglichkeit, in bestimmte Teile der wahren Realität zu fliehen und sich dort einzukapseln. Vielmehr wäre neben einer solchen «horizontalen Flucht» auch eine «vertikale Flucht» vorstellbar. Ψ könnte sich Welten ausdenken, die nur in seinem Kopf existieren. In diesen Phantasiewelten könnte es sich dann nach Belieben bewegen. Auch sie müßten die Charakteristika haben, die wir für solche Kompetenzerwerbsbereiche oben festgelegt haben; sie müßten auf der einen Seite Schwierigkeiten bieten, die aber andererseits auch bewältigt werden könnten. Solche imaginären Welten, die dann nur im Kopf von Ψ existierten, wären natürlich hervorragende Fluchtpunkte bei einer allzu widerständigen «wahren» Realität.

Lust wegen der Lust

Mit der Etablierung eines Bedürfnisses nach Kompetenz handeln wir uns also ein, daß unsere Ψs unter bestimmten Umständen eine Tendenz zur Realitätsflucht haben. Oder sie beginnen, sich bestimmten Bereichen einfach «nur so» zuzuwenden, um ihre Kompetenz aufzubessern, was verheerende Folgen haben kann, wie wir am Beispiel Richards III.

sehen mußten. Es kann aber auch alles noch viel schlimmer kommen. (Schlimmer für das Individuum; für seine Umgebung war Richard III. durchaus schlimm genug.)

Wir wissen nicht genau, aus welchen Materialien die Neuronen des Gehirns von Ψ aufgebaut sind. Die Geistestätigkeit besteht darin, daß in seinen Neuronennetzwerken elektrische Impulse in immer neuen Mustern hin- und herfließen; und auf diese Weise werden Wahrnehmungsprozesse, Verhaltenssteuerungen, Bedürfnisanzeigen und eben auch Lust- und Unlustsignale realisiert. Technisch gesehen ist ein Lustsignal ja nichts anderes als eine bestimmte Form der Aktivität jenes T–U–V–W-Systems, das ich im ersten Kapitel (Abbildung 1.5, Seite 40) geschildert habe. Diese Aktivität strebt Ψ an, wenn es nach Kompetenz sucht, denn sie lädt seinen Kompetenzspeicher auf.

Nun könnte es aber geschehen, daß irgendein Gas oder irgendeine Chemikalie das Lustzentrum von Ψ *unmittelbar* aktiviert, indem es die entsprechenden Inputs erzeugt. Vielleicht würde dieser Wirkstoff beim Verzehr bestimmter Sonnenblumenkerne entstehen. Dann wäre die Lust beim Genuß dieser Sonnenblumenkerne – nennen wir sie Gamma-Sonnenblumen – eine doppelte: Zum einen würde damit der Hunger von Ψ befriedigt. Zum anderen aber würde das bei der Verdauung (also dem Zermahlen und Auspressen der Kerne) entstehende Gas zu – vielleicht sehr starken – Lustsignalen führen, die eintreten würden, ohne daß damit eine Bedürfnisbefriedigung verbunden wäre. Dies könnte dazu führen, daß Ψ die entsprechenden Sonnenblumen auch dann verzehrt, wenn es gar keinen Hunger hat.

Nun gut, warum sollen wir den Ψs den Spaß nicht gönnen? Weil die Gefahr besteht, daß sich Ψ, wenn es einmal die Gamma-Sonnenblumen als starke Lustquelle kennengelernt hat, in Zukunft allzusehr dem Verzehr dieser besonderen Samen hingibt und dabei andere Aufgaben vernachlässigt. Vielleicht ißt es dann nicht mehr richtig oder trinkt zuwenig, und seine Gesundheit leidet.

Noch bedenklicher wäre es natürlich, wenn dieses stimulierende Gamma-Sonnenblumen-Gas unangenehme Nebenwirkungen hätte. So wäre es ja möglich, daß die Schaltkreise des Nervensystems von Ψ durch Gamma-

Gas beschädigt würden oder die Kugellager und Gelenke, die Hydrauliksysteme, Pumpen und Ventile Schaden nähmen, indem sie zum Beispiel aufgrund des Gamma-Gases schneller rosteten. Dann würde die Programmierung, die wir erfunden haben, um Ψ mit einem Bestreben nach dem Erwerb von Fähigkeiten auszustatten, geradezu gegenläufig arbeiten. Der übermäßige Genuß von Gamma-Sonnenblumen würde sein Problembewältigungsvermögen beeinträchtigen. Und daraus ergibt sich ein Teufelskreis. Die tatsächlichen Fähigkeiten von Ψ nehmen ab, zugleich aber verstärkt sich das Bedürfnis nach Lustsignalen, also eigentlich das Streben nach Kompetenzerwerb. Dieses Bedürfnis wird nun aber nicht mehr durch erfolgreiches Handeln in schwierigen Situationen befriedigt, sondern durch den Genuß von Gamma-Sonnenblumen.

Nach einiger Zeit kann Ψ mit seinen knirschenden Kugellagern, ungenau arbeitenden Schaltkreisen und korrodierten Hydrauliksystemen gar nichts mehr ausrichten; es geht ihm schlecht, es ist auf fremde Hilfe angewiesen, und sein einziges Glück sind die Gamma-Sonnenblumen, nach denen es mit wachsendem Eifer strebt. Dies mindert seine tatsächlichen Fähigkeiten noch weiter, steigert somit das Bedürfnis nach Gamma-Sonnenblumen und so fort, bis es schließlich im vollständigen Ruin endet.

Noch gefährlicher wäre es, wenn der Genuß der Gamma-Sonnenblumen bei Ψ nicht nur zu Lustsignalen und zu Korrosionserscheinungen im Nervensystem führen würde, sondern auch dazu, daß es die Erfolgswahrscheinlichkeiten des eigenen Handelns überschätzt. Dies könnte allein dadurch geschehen, daß das Gamma-Sonnenblumen-Gas den «Auflösungsgrad» bei den kognitiven Prozessen von Ψ herabsetzt. Der Auflösungsgrad ist die Genauigkeit, mit welcher Ψ Pläne ausarbeitet und Bilder der Umgebung erstellt. Ein niedriger Auflösungsgrad führt zu einer Überschätzung der Erfolgswahrscheinlichkeiten und damit zu Optimismus. Ich habe im Abschnitt «Wie und was?» (Seite 175ff.) schon dargestellt, daß ein absinkender Auflösungsgrad notwendigerweise zu einer Überinklusivität von Vergleichsoperationen führt, was bedeutet, daß Operatoren in einer Situation für anwendbar gehalten werden, die faktisch gar nicht anwendbar sind. Situationen, die keineswegs mit einem angestrebten Ziel übereinstimmen, werden mit diesem verwechselt. Und so führt ein niedriger Auflösungsgrad notwendigerweise zu einer Überschätzung der Erfolgswahrscheinlichkeiten eigener Aktionen.

Führte der Genuß der Gamma-Sonnenblumen zu einer Absenkung des Auflösungsgrades, würde sich Ψ in Phasen des Gamma-Rausches überschätzen und sich nach dessen Abklingen um so hilfloser fühlen. Dies wiederum würde das Bedürfnis nach Gamma-Sonnenblumen weiter verstärken.

Hoffen wir, daß es unseren Ψs nicht gelingt, Gamma-Sonnenblumen zu züchten! Wir bräuchten sonst Ψ-Therapeuten und Kliniken für gammasüchtige Ψs.

Das widersprüchliche Ψ

Man sagt, die Menschen suchen den Frieden. Aber ist das auch wahr?
Man sagt doch auch, sie suchen die Freiheit.
Ich sage:
Nein, die Menschen suchen den Frieden in den Zeiten des Krieges,
Und den Krieg in Zeiten des Friedens.
Sie suchen die Freiheit unter der Herrschaft der Tyrannei,
Und die Tyrannei, solange sie frei sind.

Miguel de Unamuno
Agonie des Christentums

Wenn auch alle möglichen Tätigkeitsfelder samt den dahinterstehenden Motivationen für den Kompetenzerwerb in Frage kommen – man kann Achttausender besteigen, Segelflugzeuge bauen und fliegen, sich in schurkischer oder auch redlicher Weise der Politik zuwenden, chinesische Holzschnitte aus dem 16. Jahrhundert sammeln oder Flohmärkte nach antiken Coca-Cola-Flaschen durchstöbern –, so bieten sich doch zwei motivationale Bereiche besonders an, nämlich die Suche nach Bestimmtheit und die Sphäre der sozialen Bindungen. Denn das Auffüllen des «Kompetenzkessels» ist an Ungleichgewichte und Mangelzustände gebunden; ohne diese keine Lustsignale! Mangelzustände aber lassen sich nicht ohne weiteres erzeugen. Man kann nicht einfach mal ganz schnell hungrig werden oder durstig, wenn einem das gerade in den Kram paßt, und extreme Hitze und Kälte sind gewöhnlich auch nicht leicht zu beschaffen. Unbestimmtheit hingegen fällt einem in den Schoß. Ein Griff in den Bücherschrank, und man hält Kants *Prolegomena zu einer jeden künftigen Metaphysik* in der Hand, schlägt auf und liest:

«Nun sind Raum und Zeit diejenigen Anschauungen, welche die reine Mathematik allen ihren Erkenntnissen und Urteilen, die zugleich als apodiktisch und notwendig auftreten, zum Grunde legt; denn Mathematik muß alle ihre Begriffe zuerst in der Anschauung und reine Mathematik in der reinen Anschauung darstellen, d. i. sie konstruieren, ohne welche (weil sie nicht analytisch, nämlich durch Zergliederung der Begriffe, sondern nur synthetisch verfahren kann) es ihr unmöglich ist, einen Schritt zu tun, solange ihr nämlich reine Anschauung fehlt, in der allein der Stoff zu synthetischen Urteilen a priori gegeben werden kann.»

Oje! Das ist eine ganze Menge Unbestimmtheit, und vielleicht überfordert dieser Satz nach Inhalt und formaler Struktur sogar ein relativ ausgeprägtes Unbestimmtheitsbedürfnis. Sei es drum; man braucht ja nicht unbedingt zu Kant zu greifen; ein Kriminalroman tut's auch. Fernsehen, Rundfunk, Schallplatten und CDs sind eine ständig verfügbare Quelle der Unbestimmtheit, und in der Tat könnte man die gesamte Unterhaltungsindustrie als eine Unbestimmtheitsproduktionsindustrie ansehen, denn sie gibt uns Rätsel auf, in komplizierter oder einfacher Form, in semantischer oder syntaktischer Hinsicht, und fordert uns so geradezu heraus, unsere Fähigkeiten zur Unbestimmtheitsverminderung zu erproben.

Unbestimmtheit steckt auch in Tätigkeiten, die auf den ersten Blick gar nicht viel mit Unbestimmtheit zu tun haben. Der Hobbykoch geht seinem Steckenpferd nicht nur nach, um sich hinterher den Bauch vollzuschlagen, sondern auch (oder sogar vor allem!) deshalb, weil die Bereitung einer komplizierten Sauce ge- oder mißlingen kann. Eine Sauce kann ein Abenteuer sein. Also: Unbestimmtheit ist leicht zu haben, und deshalb kommt dieser motivationale Bereich für den Kompetenzerwerb ganz besonders in Frage.

Welche Art der Unbestimmtheit (vermengt mit welchen anderen Arten von Ungelegenheiten, zum Beispiel kaltem Wasser beim Kanufahren) dem einen oder der anderen nun mehr liegt, hängt von vielen verschiedenen Faktoren ab. Die Vorerfahrung spielt natürlich eine zentrale Rolle; wer einmal an die Kompositionsgesetze der Zwölftonmusik herangeführt worden ist, wird ein Schönberg-Stück in geringerem Maße als Rätsel empfinden als jemand, der von Zwölftonmusik keine Ahnung hat. Erinnerungen spielen eine Rolle. Ein sehr nachhaltiges Protokollgedächtnis beispielsweise stellt einem mehr Ereignisse für einen Besinnungsprozeß zur Verfügung. Und wenn man mehr behält von einer Geschichte, hat man auch die besseren Voraussetzungen dafür, die Rätsel, die sie aufgibt, zu lösen.

Eine andere, bei einem «politischen Wesen» fast immer leicht verfügbare Möglichkeit, sich Ungelegenheiten zu bereiten, ist der soziale Bereich. Man kann sich mit dem Zimmerkollegen anlegen, mit der Ehefrau oder dem Ehemann, mit Sekretärinnen, Kollegen, Vorgesetzten oder Untergebenen. Auf diese Weise gerät man leicht in eine «Einsamer-Wolf-Situation», und diese Lage hilft einem wackligen Selbstvertrauen ganz ungeheuer auf die Beine: Nur sehr «starke» Naturen können eine solche Situation ertragen.

Wenn man dann «einsamer Wolf» geworden ist, muß man natürlich irgendwann die Situation affiliationsmäßig wieder in den Griff bekommen, zum Beispiel durch die Gründung einer kleinen «Revolutionären Zelle», in der dann die befriedigenden Legitimitätsereignisse in reichem Maße fließen, was man um so mehr genießt, je feindseliger sich die Umwelt zeigt. Und eine feindselige Umwelt läßt sich leicht erzeugen, indem man möglichst große Mengen von Anti-L-Signalen aussendet.

Der Bereich der Unbestimmtheitsreduktion und der Bereich der Affiliation sind besonders kompetenzwirksam, weil sich die notwendigen Ungleichgewichte relativ leicht herstellen lassen. Keineswegs aber sind diese beiden motivationalen Felder die einzigen.

Ergibt es sich durch irgendwelche Umstände, daß das Streben nach anderen Zielen dauerhaft zu mehr Befriedigungsereignissen führt als etwa die Orientierung am Bestimmtheitsmotiv, so mag an deren Stelle etwas anderes treten. Wenn zum Beispiel Ψ so konstruiert wäre, daß es ständig Hunger hätte – oder wenn sich dieses aus seiner Umgebung, aus der Natur der Welt, in der es lebt, ergäbe –, so würde es sich der Völlerei hingeben, statt den intellektuellen Freuden der Unbestimmtheitsreduktion nachzugehen. Bei entsprechender Veranlagung und Fähigkeit könnten wir natürlich Ψ auch zu einem Erotomanen machen, der als hauptsächliche Lustquelle die Sexualität betrachtet.

Viele Lernbereiche setzen bei Ψ bereits ein gewisses Maß an Kompetenz voraus. Man kann sich nur dann einer unbestimmten Situation aussetzen, wenn man im großen und ganzen zu antizipieren vermag, wie sich diese Situation bewältigen läßt. Man kann nur dann seine Gruppeneinbindung aufs Spiel setzen, wenn man vorausschauend Faktoren erkannt hat, die dieser Gefährdung entgegenwirken.

Man muß sich also zutrauen, einen schwierigen Text von Kant schließlich doch zu verstehen; man muß bei einem Kriminalroman willens und fähig sein, mitzudenken und die Handlung zu verfolgen. Eine gewisse Bereitschaft, sich auf eine Sache einzulassen, gehört zur Unbestimmtheitsreduktion. Und diese Bereitschaft wird sich daraus ergeben, daß man die eigene Kompetenz nicht allzu gering einschätzt. Kompetenz ist also Voraussetzung für Kompetenz.

Und wenn diese Zuversicht nicht vorhanden ist? Wenn ein Individuum sich einfach nicht zutraut, mit Unbestimmtheit fertig zu werden? Dann bleibt nur die Möglichkeit der «Kummerspeck-Regulation». Die Verbrauchsvariablen, wie Energie und Wasser, sind vermutlich immer oder sehr oft in einem Zustand der Sollwertabweichung. Ψ verbraucht unentwegt Wasser und Treibstoff. Der Wasserpegel wird sich also sehr oft – fast ständig – unterhalb des Sollzustandes befinden, und dasselbe gilt für den Flüssigkeitsspiegel im Brennstofftank. Man kann also aus der unablässigen Befriedigung kleiner Sollwertabweichungen der konsumptiven Bedürfnisse ständig kleine Lustgewinne beziehen. Allzuviel bringt das natürlich nicht, aber es ist besser als nichts, wenn keine anderen Quellen für «Lust» mehr zur Verfügung stehen. Bestünde bei Ψ nun beispielsweise die Möglichkeit, Zusatzspeicher zu füllen, würde eine solche Regulation wohl dazu führen, daß eine sehr große Reserve an Treibstoff oder Wasser angelegt wird. Also: Kummerspeck. – Kummer ist bei Menschen meist verbunden mit einem Empfinden der Inkompetenz. Man hat einen Verlust erlitten und traut sich nicht mehr zu, das Verlorengegangene zurückzugewinnen. Kummer kann als Verlust des Selbstvertrauens definiert werden. Dieses aber ist die Voraussetzung für exploratives Verhalten, für den Mut also, sich neuen, unbestimmten Situationen auszusetzen. Mit dem Verlust des Selbstvertrauens ist die Voraussetzung dafür verlorengegangen, Lust durch Unbestimmtheitsverminderung zu gewinnen, und es bleibt nur das, was risikofrei und fast immer möglich ist, nämlich zum Beispiel die Befriedigung des Nahrungsbedürfnisses.

Das Bedürfnis nach Kompetenzerwerb könnten wir bei Ψ noch anheizen, indem wir den Kompetenztank mit einem kleinen Loch versehen, so daß ständig «Kompetenzflüssigkeit» heraustropft, selbst dann, wenn gar keine Unlustereignisse auftreten. Auf diese Weise würden wir ein sehr dynamisches Ψ erzeugen, das ständig darauf aus ist, den Kompetenztank anzufüllen.

Aber wir hätten nicht nur ein dynamisches Ψ, das keine Ruhe kennt. Wir hätten zugleich ein widersprüchliches Ψ, auf das die Worte Miguel de Unamunos im Motto dieses Abschnitts zutreffen. Ψ sucht den Krieg in Zeiten des Friedens, das heißt, es gefährdet «mutwillig» die Bindung an andere Ψs; es macht sich Feinde. Kaum aber ist ihm dies gelungen, hat es Sehnsucht nach Freundschaft und wird versuchen, Legitimitätssignale zu erwerben. Es wird «Freiheit» in Form von Unbestimmtheit suchen, wenn es sich in einem Zustand hoher Ordnung befindet, wenn seine Umwelt sehr gut voraussagbar ist. Und es wird die «Tyrannei» einer Ordnung suchen, wenn es ihm gelungen ist, Unbestimmtheit zu erzeugen. Es wird zwischen gegensätzlichen Motiven hin- und herpendeln; hat es das eine, strebt es das andere an, und hat es das andere erreicht, will es das eine. – Dauerhaftes Glück und «stille Zufriedenheit» sind in seinem Bauplan nicht vorgesehen. Dabei kommt es natürlich auf die Größe des Lecks im Kompetenztank an.

Sechstes Kapitel

Handlungsregulation

Im fünften Kapitel haben wir Ψs Seele mit Mechanismen ausgestattet, aufgrund deren verschiedene Bedürfnisse aus unterschiedlichen Anlässen, zu verschiedenen Zeiten und mit unterschiedlicher Periodik entstehen. Damit diese Bedürfnisse schwinden, müssen «konsummatorische Endhandlungen» stattfinden. Dies sind für Ψ zum Beispiel die Aufnahme von Wasser oder Brennstoff oder die Wahrnehmung von Legitimitäts-, Bestimmtheits- oder Lustsignalen. – Nun bieten sich gewöhnlich die Gelegenheiten für konsummatorische Endhandlungen nicht von selbst dar, sondern müssen aufgesucht oder hergestellt werden.

Wir haben also eine Reihe von «Bedarfskesseln» in Ψ, und wir müssen annehmen, daß ständig, zu jedem Zeitpunkt, ein oder mehrere Kessel mehr oder minder entleert sind (oder auch zu voll!), allgemeiner: daß bestimmte Variablen von ihrem Sollwert abweichen, daß Ψ Bedürfnisse hat, und zwar meist mehrere auf einmal. Bedürfnisse bewirken Tätigkeiten, die darauf gerichtet sind, sie verschwinden zu lassen. Was heißt aber «Tätigkeiten bewirken»?

Zunächst einmal muß die Richtung festgelegt werden, in die sich die Aktivität entfalten soll. Wenn Ψ mehrere Bedürfnisse zugleich hat, dann stellt sich die Frage, *welches* von ihnen in Tätigkeiten umgesetzt werden soll. Der Wassertank ist leer und *gleichzeitig* der Affiliationstank. Außerdem sind Unbestimmtheiten in der Außen- oder auch der Innenwelt aufgetreten, die beseitigt werden sollten. Was tun? Soll Ψ sich auf den Weg zum Springbrunnen begeben, um seinen Wasservorrat aufzufüllen? Oder soll es lieber einen unbekannten Bereich seiner Welt explorieren, um die Menge der Bestimmtheitssignale zu erhöhen? Oder soll es die Nähe anderer Ψs suchen? Mit mehreren Bedürfnissen steckt Ψ gewöhnlich in einem Konflikt. Es muß sich für eines von ihnen entscheiden.

Und dann muß es sich noch entschließen, auf *welche Weise* es die Tätigkeiten entfalten sollte, die zur Bedürfnisbefriedigung führen. Denn es bieten sich ja verschiedene Möglichkeiten dafür an. Vielleicht weiß es, wie es zur nächsten Tankstelle geht. Nun: dann los! Oder es kennt den Weg nicht. Dann muß es überlegen! Und wenn es gar nicht weiß, was es zu überlegen gibt? Dann muß es probieren. Oder mal gucken!?

Es gibt also *zwei* Probleme beim «Bewirken von Tätigkeiten», das «Was?» und das «Wie?». Mit ihnen werden wir uns in diesem Kapitel befassen.

Formal gesehen ist Ψ ein *multistabiles* System im Sinne von Ross Ashby (1960), genauer: ein System, das Multistabilität, die Stabilität hinsichtlich vieler Variablen, *anstrebt.* Es hat eine ganze Menge verschiedener konstant zu haltender Variablen, und die Tätigkeiten, die dazu geeignet sind, die jeweiligen Variablen wieder in den Sollwertbereich zu bringen, können sehr verschieden sein.

Ein multistabiles System ist prinzipiell konfliktträchtig. Es hat meist *widerstreitende* Bedürfnisse. Wenn man das eine macht, kann man nicht das andere tun. Darüber hinaus aber kann die Tätigkeit, die der Befriedigung des einen Bedürfnisses dient, dazu führen, daß ein anderes Bedürfnis *ansteigt.* Man muß für die Befriedigung von Bedürfnissen bezahlen. – Sucht Ψ nach Wasser, verbraucht diese Suche mehr Energie, als wenn Ψ in Ruhe bliebe, steigert also das Brennstoffbedürfnis. Abstrakter ausgedrückt: Keine Lust ohne Schmerz! – Freilich ist der «Schmerz» oft vernachlässigbar; das bißchen Energie, das ich brauche, um mir eine Flasche Milch aus dem Kühlschrank zu holen, hebt das Energiebedürfnis nicht in schmerzliche Bereiche. Manchmal aber tut es schon weh: Geschirr abwaschen? Wäre ja ganz schön, mal wieder von sauberen Tellern essen zu können! Aber das fettige Geglitsche beim Abwaschen! Igitt! – Ψ und auch wir Menschen sind «algedonische» Systeme, wie Stanisław Lem meint; *hedonische,* lustvolle Ereignisse müssen wir durch *algetische,* schmerzhafte, erkaufen.

Am sinnfälligsten zeigt sich dies beim Bedürfnis nach Vermehrung der

Kontrolle und Kompetenz. Seine Befriedigung setzt geradezu voraus, daß «schmerzträchtige» Situationen aufgesucht werden, die andere Bedürfnisse erzeugen oder steigern, also zum Beispiel unbestimmte Situationen, Nässe und Kälte, Feindlichkeit, Schmerz.

Wie sollte Ψ mit Konflikten zwischen mehreren Bedürfnissen, zwischen Anstreben und Vermeiden umgehen? Welchem der gerade aktuellen Bedürfnisse sollte es sich zuwenden? Das ist das erste Problem, das wir lösen müssen. Nennen wir es das «Selektionsproblem». – Und wenn dann Ψ eines der Bedürfnisse ausgewählt hat, muß es sich mit diesem «befassen». Es muß irgendwelche Tätigkeiten in Gang setzen, um es zu befriedigen, also zum Beispiel Wasser oder Legitimitäts- oder Bestimmtheitssignale anstreben. Irgendwie muß ein bedürfnisgerechtes Verhalten oder Handeln ausgelöst und entsprechend den äußeren oder inneren Begleitumständen modifiziert werden. Dieses Problem – nennen wir es das «Regulationsproblem» – ist das zweite, das wir in diesem Kapitel lösen müssen.

Was tun?

Beginnen wir mit dem *Selektionsproblem*. Was soll Ψ zu einem bestimmten Zeitpunkt tun? Darauf gibt es eine naheliegende, auf den ersten Blick befriedigende Antwort: *das Wichtigste!* Und das wichtigste Bedürfnis ist das mit der größten Sollwertabweichung. Ψ sollte also jeweils dem gerade *stärksten* Bedürfnis nachgehen.

Wenn Ψ also Hunger hat und auch Durst, wenn zugleich der Affiliationstank einen niedrigen Pegelstand aufweist, wenn Unbestimmtheit herrscht, wenn der Kompetenztank nur wenig gefüllt ist, dann kann Ψ nach der Regel verfahren, die auch wir Menschen oftmals befolgen: «Das Wichtigste zuerst!» Liegt der Pegel im Affiliationstank nur wenig unter dem Sollstand, während der Wassertank fast leer ist, dann sollte Ψ zuerst dafür sorgen, daß dieser aufgefüllt wird. Denn wenn der Wasservorrat erschöpft ist, «stirbt» Ψ, der Brenner bringt den Kesselboden zum Glühen und zerstört ihn dadurch. Kein Zweifel: In diesem Fall muß die Affiliation warten!

Erst kommt das Fressen, dann kommt die Moral!

Die Stärke des Bedürfnisses, also die Größe der Sollwertabweichung, ist aber allein als Selektionskriterium noch nicht optimal. Sie muß noch gewichtet werden. Wenn der Brenner unter dem Kessel von Ψ ständig brennt und keine Notabschaltung bei Wassermangel vorgesehen ist, muß auf jeden Fall für genügend Wasser gesorgt werden. Das ist wichtiger als zum Beispiel der Brennstoffnachschub. Kein Wasser bedeutet Lebensgefahr. Ist hingegen der Brennstoff verbraucht, so macht das wenig, wenn Ψ in einem sozialen Verband lebt. Dann geht eben der Brenner aus; doch sobald sich ein anderes, mitleidiges Ψ darum kümmert, daß der Benzintank aufgefüllt wird, kann es weitergehen.

Die Vermeidung von *Schmerz*, die Vermeidung von Verletzungen, sollte einen starken Vorrang vor anderen Bedürfnissen haben, denn eine Verletzung kann zu irreversiblen Schäden führen. Brennstoffmangel dagegen ist reversibel. – Bei uns Menschen scheinen die Gewichte ähnlich verteilt zu sein. Daß Schmerzvermeidung und Schmerzlinderung ganz starke Bedürfnisse sind, wußten und wissen die Folterknechte aller Zeiten und Länder.

Wir können die Bedürfnisse gewichten, indem wir einfach die Größe der Sollwertabweichung mit einem bestimmten Faktor multiplizieren. Beispielsweise könnten die existentiellen Bedürfnisse von Ψ, also das Brennstoff- und das Wasserbedürfnis oder was auch immer an Bedürfnissen zur Existenzsicherung vorhanden ist, mit einem großen Faktor versehen werden. Wir könnten das Schmerzvermeidungsbedürfnis zum Beispiel mit 3 multiplizieren, Hunger und Durst mit 1.5, das Affiliations- und das Bestimmtheitsbedürfnis mit 1. Auf diese Weise erreichen wir, daß schon mäßig starke existentielle Bedürfnisse die «informationellen» Bedürfnisse (Affiliation, Bestimmtheit, Kompetenz) in den Hintergrund drängen. Eine solche Gewichtung realisiert die Mackie-Messer-Regel: «Erst kommt das Fressen, dann kommt die Moral!»

In der «richtigen» Welt scheinen bei vielen Organismen die sexuellen Bedürfnisse mit einem besonders hohen Gewicht versehen zu sein, zumindest zeitweise. Wenn man, wie das manche Biologen tun, die Lebewesen nur als eine Art Staffelläufer ansieht, die nichts anderes im Sinn haben sollten, als ihr Erbgut weiterzugeben, ist das natürlich auch vernünftig. Tiere nehmen Hunger und Durst und alle möglichen Gefahren in Kauf, nur um für Nachkommenschaft zu sorgen.

«First things first»?

Die Selektionsregel «Das Wichtigste zuerst!» leuchtet zwar auf den ersten Blick ein, ist aber bei näherer Betrachtung unzulänglich. Wenn Ψ beispielsweise ein starkes Bedürfnis nach Wasser hätte und ein ziemlich schwaches nach Brennstoff, so sollte es dennoch zuerst das Brennstoffbedürfnis befriedigen, wenn dies gerade leicht und ohne Mühe geschehen kann. Es sollte also zum Beispiel auf dem Weg zu einem Wasserfall innehalten, wenn es eine Tankstelle passiert, die ihm die Möglichkeit bietet, seinen Benzintank zu füllen. Bei der Entscheidung, einem Bedürfnis nachzugehen, sollte also auch die *Erfolgserwartung*, die Wahrscheinlichkeit, zum Ziel zu gelangen, eine Rolle spielen, denn nur wenn diese berücksichtigt wird, ist Ψ in der Lage, *Gelegenheiten zu nutzen.* Sonst würde es, einmal darauf festgelegt, sein Wasserbedürfnis zu befriedigen, stur an der Tankstelle vorbeifahren. Es wäre inflexibel, und es würde oft der Fall eintreten, daß es im Bemühen, das Wichtige, aber augenblicklich Unmögliche zu erreichen, günstige Gelegenheiten verstreichen läßt oder Gefahren übersieht. Besser wäre es also, wenn Ψ nicht nur das tut, was es tun *sollte*, sondern auch das, was es tun *kann.* Wie verbinden wir Sollen und Können?

Durch Multiplikation! Wenn bei Ψ Wichtigkeit und Fähigkeit durch die Stärke neuronaler Erregung angezeigt werden und wenn das Neuron, welches die *Wichtigkeit* indiziert (das ist der Motivator oder Bedarfsindikator), wie auch das Neuron, welches die *Fähigkeit* repräsentiert, in ihrer Aktivität zwischen 0 und 1 variieren können, dann besteht die Möglichkeit, diese Neuronen in einem dritten zusammenzuführen und ihre Aktivitäten in diesem zu multiplizieren. Die Aktivität dieses dritten Neurons nennen wir *Motivstärke.* Und die Lösung des Selektionsproblems besteht darin, daß wir jeweils das Bedürfnis zum Verhaltensantrieb werden lassen, das die maximale Motivstärke aufweist. – Wenn die Bedürfnisstärken und die Erfolgserwartungen zwischen 0 und 1 variieren, so gilt dies auch für die Motivstärken. Sie sind 0, wenn die Wichtigkeit *oder* wenn die Fähigkeit gleich 0 ist. Ihr Maximum ist 1, wenn Erfolgswahrscheinlichkeit und Wichtigkeit gleich 1 sind. Es kann also nun die Motivstärke gering, sogar 0 sein, obwohl die Bedürfnisstärke sehr groß ist. Dies ist der Fall bei geringer Fähigkeit.

Auf welche Weise die Wichtigkeit bestimmt werden kann, habe ich schon beschrieben. Sie ist die gewichtete Sollwertabweichung, also die gewichtete Aktivität eines Motivators. Auch, wie man das Ausmaß von Fähigkeiten bestimmen kann, durch eine konkrete Folge von Aktionen oder aufgrund einer Ereignissequenz ein Ziel zu erreichen, ist bereits aus dem fünften Kapitel bekannt. Mit Hilfe einer «Kompetenzmeßanlage» entsprechend Abbildung 5.6 (Seite 332) läßt sich die Erfolgswahrscheinlichkeit einer Sequenz von Aktionen ermitteln. Außerdem gibt es noch die allgemeine Kompetenz, nämlich den Pegel der Lust-Unlust-Bilanzierung.

Abbildung 6.1 auf Seite 444 zeigt, wie alle diese Komponenten bei der Bestimmung der Motivstärke zusammenwirken. Nehmen wir an, ich sitze im Institut an meinem Schreibtisch und verspüre ein wenig Hunger. Dann weiß ich, daß ich mich in einer bestimmten Situation befinde. Ich habe ein Bild von ihr, das nicht nur aus meinem Blickfeld besteht, sondern auch aus dem Wissen von dem, was sich neben und hinter mir befindet, ein «Situationsbild», wie in Abbildung 6.1 dargestellt. Es besteht in diesem Fall aus verschiedenen Komponenten; vor mir befindet sich ein Schreibtisch, neben mir ein Computer, hinter mir ein Bücherregal, und dann gibt es noch eine Tür, einen Teppich und so weiter. Man kann sich dieses Situationsbild wie ein ganz normales sensorisches Schema vorstellen. Eine Reihe von Interknoten «zeigt» auf bestimmte andere Schemata: auf das Schreibtischschema, das Regalschema, das Teppichschema und so fort. In der Tat kann das Situationsbild, wie im Abschnitt «Die Gedächtnispolonaise», Seite 122 ff., erläutert, einfach der letzte Teil des ständig wachsenden Protokollfadens sein.

Die augenblickliche Situation enthält verschiedene Möglichkeiten der Fortentwicklung, die als Geschehnisschemata oder Verhaltensprogramme im Gedächtnis vorhanden sind. Für meinen Hunger ist es zum Beispiel bedeutsam, daß ich den Raum verlassen kann, indem ich mich auf die Tür zubewege, auf die Klinke drücke, die Tür öffne. Und dann kann ich die Treppe hinuntergehen. Und dann kann ich auf die Straße treten. Dann wende ich mich nach rechts, überquere die Markusstraße und bin schon

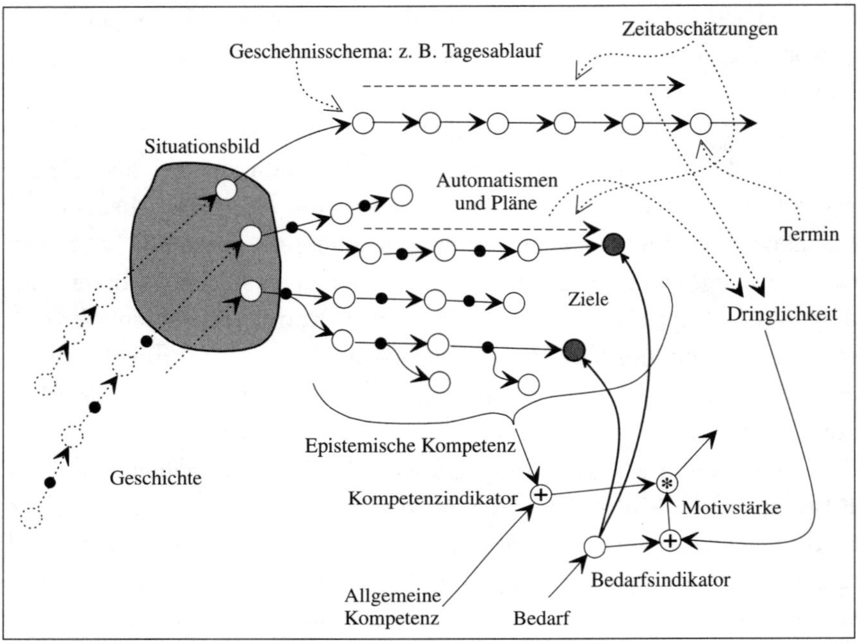

Abbildung 6.1 Die Struktur eines Motivs

gleich bei der Metzgerei Hornung, um mir ein Leberkäsebrötchen zu kaufen, welches meinen Hunger stillen könnte. Ich kann aber auch zum Telefonhörer greifen, meine Sekretärin anrufen und sie bitten, mir von ihrem Mittagsspaziergang einen Döner Kebab mitzubringen.

Rechts unten in der Abbildung 6.1 sieht man den Bedarfsindikator (Motivator); er ist aufgrund vorausgegangener Bedürfnisbefriedigungen mit bestimmten sensorischen Schemata verbunden, also mit «Zielen», im Beispiel mit dem Leberkäsebrötchen beziehungsweise dem Döner Kebab. Von der augenblicklichen Situation («Situationsbild») führen verschiedene Verhaltensstränge (Raum verlassen …, Telefonhörer aufnehmen …) zu den Zielen, allerdings nicht notwendigerweise, denn unter Umständen meldet sich niemand, wenn ich die Nummer meiner Sekretärin wähle, oder ich finde das Hauptportal, für das ich leider keinen Schlüssel besitze, verschlossen. (Letzteres ist zu dieser Tageszeit ziemlich unwahrscheinlich, ersteres wahrscheinlicher, wenn sich Frau K. gerade am Fotokopierer betätigt oder mit K. H. Tee trinkt.) Dann gilt es, Ersatzhandlungen zu ersinnen, und irgendwie komme ich dann vielleicht doch entweder zu dem Leberkäsebrötchen oder aber zu dem Döner Kebab.

Das Wissen um die Erfolgswahrscheinlichkeiten der verschiedenen Verhaltensweisen ist die epistemische Kompetenz, die sich mit der beschriebenen «Kompetenzmeßanlage» (Seite 403) ermitteln läßt, indem man sie auf die vom Situationsbild ausgehenden Automatismen (Verhaltensprogramme) beziehungsweise die «Pläne» anwendet. (Wie Pläne zustande kommen, werde ich im Abschnitt «Der Möglichkeitssinn» beschreiben. Es handelt sich um ad hoc neu zusammengesetzte Verhaltensprogramme.)

Zusätzlich zur epistemischen gibt es, wie wir bereits wissen, die *allgemeine Kompetenz*. Die Gesamteinschätzung der Fähigkeit von Ψ, eine Absicht in die Tat umzusetzen, soll sich aus der epistemischen *und* der allgemeinen Kompetenz ergeben, denn sonst würden wir die heuristischen Fähigkeiten von Ψ außer acht lassen. Der «Kompetenzindikator» in Abbildung 6.1 faßt beide Kompetenzen zusammen, indem er sie *addiert*.

Warum addieren? Weil sich Wissenskompetenz und allgemeine Kompetenz wechselseitig ergänzen sollen. Die Kompetenzeinschätzung für eine bestimmte Tätigkeit soll hoch sein, wenn *entweder* die epistemische *oder* die allgemeine Kompetenz hoch ist. Auch, wenn man nicht weiß, wie man ein Ziel erreichen kann, sollte das Kompetenzempfinden nicht niedrig sein, wenn die allgemeine Kompetenz hoch ist, denn diese enthält ja die Abschätzung der heuristischen Kompetenz, der Fähigkeit also, durch Planen oder Explorieren eine Verhaltensweise zu finden, die zum Ziel führt. Und wenn die allgemeine Kompetenz niedrig ist, sollte dennoch das Wissen um die Erfolgswahrscheinlichkeit bekannter Verhaltensprogramme zur Folge haben, daß das Kompetenzempfinden insgesamt hoch ist. – Diese ergänzende Wirkung der beiden verschiedenen Fähigkeiten erreichen wir durch Addition der Indikatoren für die Wissens- und die allgemeine Kompetenz.

Die Motivstärke setzt sich also aus verschiedenen Komponenten zusammen: zum einen aus der gewichteten Bedürfnisstärke, zum anderen aus dem «Kompetenzempfinden», und dieses wiederum besteht aus der allgemeinen und der spezifischen, der epistemischen Kompetenz.

Reicht das? Ist die so berechnete Motivstärke ein zufriedenstellendes Selektionskriterium? Ergibt sich eine vernünftige Auswahl des Motivs, das die Richtung des Handelns bestimmen soll, wenn wir Ψ so programmieren, daß es sich bei seiner Entscheidung nach der jeweils größten Motivstärke richtet? Leider nicht.

«First things first» noch anders

Am späten Nachmittag sitze ich an meinem Schreibtisch. Es ist noch einiges zu ordnen, dieser Brief zu diktieren, jenes Stichwort ins Literaturprogramm einzugeben. Plötzlich fällt mir siedend heiß ein: Du solltest ja noch Käse für das Fondue heute abend mitbringen. Es kommen Gäste, und das Käsefondue soll den Kern der Bewirtungsaktivitäten darstellen. Sofort mache ich mich auf den Weg und schaffe es gerade noch, im Delikatessengeschäft Appenzeller und Greyerzer zu erstehen.

Hier finden wir eine weitere Determinante, die die Motivselektion bestimmen sollte, nämlich die *Dringlichkeit*. Die Absicht, die Zutaten für das Fondue zu besorgen, schiebt sich ganz plötzlich nach vorn und bestimmt mein Handeln, weil sie dringlich wird.

Wenn wir Ψ mit der Fähigkeit ausstatten wollen, sich in einer dynamischen Umwelt zurechtzufinden, in der für die Erledigung bestimmter Absichten «zeitliche Fenster» existieren, in der also zum Beispiel das deutsche Ladenschlußgesetz den Erwerb von Käse nur innerhalb bestimmter Zeiträume gestattet, so muß die Dringlichkeit mit einkalkuliert werden. Wie kann das geschehen? Die Zeit, die bestimmte Geschehnisse brauchen, und die Zeit, die benötigt wird, um ein Verhaltensprogramm abzuspulen, kann Ψ abschätzen, denn es erwirbt ja das Wissen um sie beim Erlernen seiner Programme und Schemata. Ich weiß ungefähr, wie lange es dauert, bis ich von meinem Arbeitszimmer zum Parkplatz des Delikatessengeschäftes gekommen bin. Und zugleich kenne ich den gegenwärtigen Zeitpunkt. Den kann ich sogar ohne Uhr feststellen, zum Beispiel an der Länge der Schatten, an der Tageshelle, an bestimmten «Zeitzeichen» (die wir wohl meist unbewußt wahrnehmen). Und eine Erklärung für die Entstehung des oben beschriebenen Käsefondue-Einfalls wäre, daß für die augenblicklich vorhandenen Motive ständig oder in mehr oder minder großen Abständen die *benötigte* Zeit zu der noch *zur Verfügung stehenden* Zeit in Beziehung gesetzt, also die Differenz zwischen dem jetzigen Augenblick und dem Moment, in dem sich das «zeitliche Fenster» schließt, eingeschätzt wird. Dieser Zeitpunkt ist für den Käseerwerb in Bamberg auf sechs Uhr abends festgelegt. Je mehr sich die zur Verfügung stehende Zeit und die benötigte Zeit einander annähern, desto stärker soll die Erregung eines bestimmten Dringlichkeitsmeßneurons werden.

Was aber soll das heißen, die Dringlichkeit wächst? Was soll es «technisch» heißen, welche neuronalen Aktivitäten in Ψ werden dadurch wie verändert? Die einfachste Form der Realisierung von «Dringlichkeit» ist die Erzeugung einer weiteren, «unterstützenden» Absicht. Die Käsefondue-Absicht gibt es sowieso. Die Antizipation des Ladenschlusses nun sollte eine weitere, *vermeidende* Absicht erzeugen. Ich will den peinlichen Zustand vermeiden, daß den zum Abendbrot eingeladenen Gästen nichts angeboten werden kann. Das wäre ja doch wohl höchst unangenehm!

Die Verstärkung des Motivs zur Beschaffung der Käsefondue-Ingredienzien kurz vor 18 Uhr kommt also dadurch zustande, daß diesem Motiv einfach ein Vermeidungsmotiv hinzugefügt wird. Da beide Motive sich auf die gleichen Handlungen beziehen, gewinnt die Tendenz zum Einkaufen nun plötzlich gewaltig an Stärke. – Das, was wir in der Abbildung 6.1 kurz als «Dringlichkeit» bezeichnet haben, ist also tatsächlich zusätzliche Motivstärke eines «unterstützenden» Vermeidungsmotivs.

Tiere kennen (laut Norbert Bischof, persönliche Mitteilung) so etwas wie Dringlichkeit nicht. Wenn dies tatsächlich so ist: Es wäre in gutem Einklang mit der hier gerade vorgestellten Theorie. Denn die Entstehung eines «unterstützenden» Vermeidungsmotivs setzt eine relativ gut entwickelte Fähigkeit zur Antizipation der Zukunft voraus, also gute kognitive Fähigkeiten, eine gute Einsicht in den Ablauf eines Tages, eine ständige Neubildung des «Erwartungshorizontes». Wir haben Grund für die Annahme, daß sich beim Menschen diese Fähigkeit erst mit dem Erwerb der Sprache einstellt. (Siehe hierzu den Abschnitt «Evas Apfel», Seite 732ff.)

Das hinzutretende Vermeidungsmotiv verstärkt also das Gewicht des ursprünglichen Motivs. (Und damit die Addition nicht zu Werten jenseits eines bestimmten Bereichs führt, könnten wir die Summe entsprechend dem Fechnerschen Gesetz logarithmieren, wie wir das schon öfter gemacht haben.) – Auf diese Weise wird Ψ sensibel für zeitliche Fenster und wird die Realisierung von Absichten «Terminen» anpassen. In Abbildung 6.1 finden wir die entsprechenden Datenstrukturen. Wir sehen oben das «umgreifende» Geschehnisschema, zum Beispiel das des Tagesablaufs, zusammen mit Zeitabschätzungen bis zu einem bestimmten Termin. Außerdem ist die Zeitabschätzung für einen bestimmten Plan oder auch für einen Automatismus, der Ψ eingefallen ist, eingezeichnet. Aus der Antizipation, daß der Plan in der Zeit, die noch zur Verfügung steht, möglicherweise nicht mehr durchführbar ist, ergibt sich das Vermeidungsmotiv und damit ein «Dringlichkeitszuschlag». Auf diese Weise verändert sich auch die Motivstärke, und eine Absicht, die bislang geduldig im Hintergrund wartete, kann plötzlich durch den Selektionsmechanismus ausgewählt werden. Dann «fällt sie einem siedend heiß ein».

Abbildung 6.1 zeigt alle Datenstrukturen, aus denen ein Motiv im Gedächtnis des Systems bestehen kann. Von zentraler Bedeutung ist natürlich der Motivator, dessen Aktivitätsgrad die jeweilige Bedürfnisstärke angibt. Gewöhnlich ist er mit bestimmten sensorischen Schemata, mit *Zielen*, verbunden. Diese Ziele wiederum stehen nicht isoliert im Gedächtnis des Systems; bestimmte Verhaltensprogramme und Geschehnisschemata führen zu ihnen hin (und von ihnen weg).

In mehr oder minder regelmäßigen Abständen wird ein Situationsbild erzeugt. Es besteht aus Komponenten, die gewöhnlich Bestandteile von Geschehnisschemata oder Verhaltensprogrammen sind. Nun wird es oft Verhaltensprogramme geben, die vom Situationsbild zu einem der Ziele führen. Wenn Ψ über ein solches Programm verfügt, fällt es ihm im richtigen Moment ein. (Wie die Informationsverarbeitung beschaffen ist, die zu solchen Einfällen führt, werden wir im Abschnitt «Der Wirklichkeitssinn» analysieren.) Die entsprechenden Verhaltensweisen sind die «Automatismen», deren Aktivierung, ohne daß weiteres Nachdenken erforderlich ist, zu einer Bedürfnisbefriedigung führt. – Gewöhnlich hat ein Motiv auch eine «Geschichte». Sie ist natürlich nichts anderes als der motivspezifische Teil des Protokollgedächtnisses. Man weiß, was man bislang getan hat, um das Bedürfnis zu befriedigen. Die Geschichte eines Motivs ist wichtig, wenn es darauf ankommt, sich umzuorientieren. Dann kann es notwendig sein, zu rekapitulieren, wie man bislang gewöhnlich vorgegangen ist.

Ein Motiv enthält als Datenstruktur nun nicht nur die Automatismen, die Ψ «einfallen», wenn im Langzeitgedächtnis ein Verhaltensprogramm vorkommt, das vom augenblicklichen Situationsbild zu einer der Zielsituationen führt, sondern auch Pläne, die Ψ erstellt hat. Pläne sind neue Zusammenstellungen von Verhaltensweisen, neugebildete Makrooperatoren, die zielführend sind (zumindest nach Ψs Meinung).

Mit den Plänen und den Automatismen sind Zeitabschätzungen verbunden, die mit den ablaufenden Geschehnisschemata, wenn solche identifiziert worden sind, in Beziehung gesetzt werden können. Daraus ergeben sich die Dringlichkeiten für die Initiierung der entsprechenden Pläne beziehungsweise Automatismen. – Zwischen einem Bedürfnis (also der Aktivität eines Motivators) und der gewöhnlich ziemlich umfangreichen Datenstruktur, aus denen ein Motiv besteht, können Welten liegen. Ein Bedürfnis ist eben nur ein Bedürfnis, während ein Motiv gewöhnlich eine Geschichte hat, mit Plänen und Automatismen verbunden ist, eingebettet ist in den Ablauf eines bestimmten Geschehnisses, gekoppelt ist an Dringlichkeiten und mit Erfolgsabschätzungen.

Die verschiedenen aktiven Motivatoren bilden, zusammen mit ihren Zielverweisen, ihren Motivstärken, Kompetenzindikatoren, mit den Geschehnisschemata und Verhaltensprogrammen, die das aktuelle Situationsbild mit den Zielen verbinden oder auch nicht, das *«Absichtsgedächtnis»* von Ψ. Es wird in mehr oder minder regelmäßigen Abständen auf den neuesten Stand gebracht; das Situationsgedächtnis wird aufgefrischt, dann fallen Ψ vielleicht neue zielführende Aktionen ein, es nimmt Gelegenheiten und Gefahren wahr (indem es Geschehnisse identifiziert), die Erfolgsabschätzungen verändern sich und so fort.

Zu jedem gegebenen Zeitpunkt wird immer eines der Motive aus dem Absichtsgedächtnis ausgewählt und dann «behandelt». Die Bestimmung der Motivstärke hat allein den Zweck, einen Selektionsprozeß ablaufen zu lassen. Es soll jeweils das Motiv mit der größten Stärke behandelt werden. Wie sieht nun der Prozeß der Motivwahl aus? Abbildung 6.2 zeigt einen neuronalen Mechanismus, der eine solche Selektion durchführt.

In der untersten Schicht der Neuronen sieht man die Indikatoren der Motivstärke. Darüber liegt eine Schicht von «Vorauswahlneuronen» und darüber eine dritte Schicht, deren Elemente «Auswahlneuronen» heißen. Die sieben Neuronen oben in der Abbildung steuern den Selektionsprozeß.

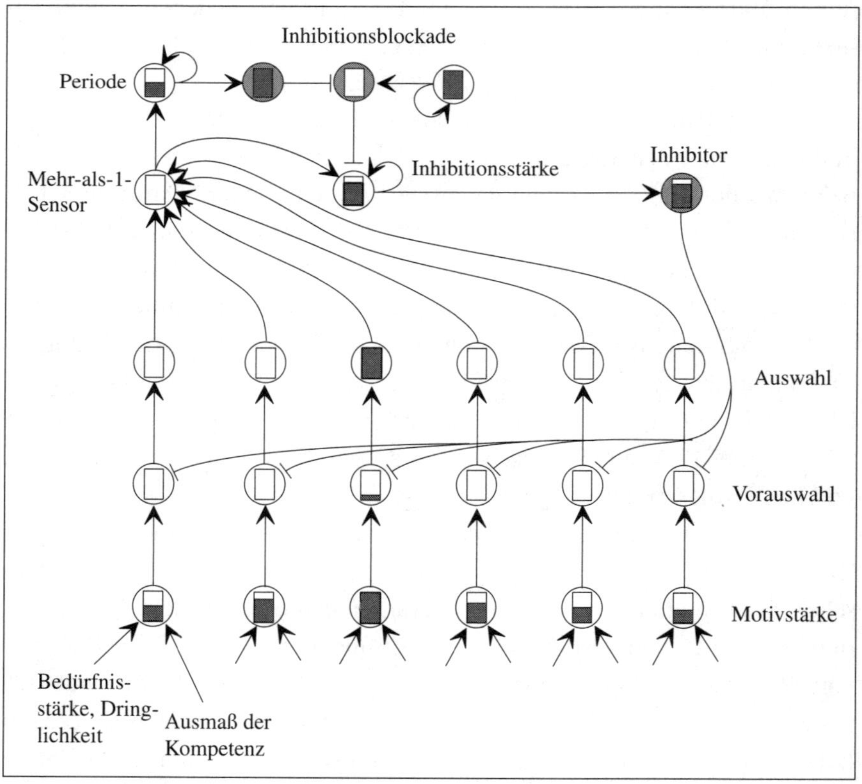

Abbildung 6.2 Neuronaler Selektionsmechanismus für Motive. Die Füllung in den Kästchen innerhalb der Neuronen stellt die Stärke der augenblicklichen Aktivität dar.

Diese Steuerung läuft folgendermaßen ab: Zunächst hat der Inhibitor die Stärke 0. Also werden die Vorauswahlneuronen nicht gehemmt, und die Motivstärken übertragen sich in voller Stärke auf sie. Die Auswahlneuronen sollen nun einen extrem hohen Verstärkungsfaktor (siehe «Die Bausteine des Geistes», Seite 61 ff.) aufweisen. Wie schwach also auch immer der Input von den Vorauswahlneuronen ist: Ein Auswahlneuron hat die maximale Aktivität, wenn das zugehörige Vorauswahlneuron auch nur ein wenig aktiv ist. Dies geschieht beim dritten Neuron von links; das Vorauswahlneuron ist nur geringfügig erregt, die Aktivität des mit ihm verbundenen Auswahlneurons dagegen maximal. Die Auswahlneuronen sind nun mit dem Neuron verknüpft, das ich als Mehr-als-1-Sensor bezeichnet habe. Diese Verknüpfung ist durch entsprechende Schwellen und Verstärker so geregelt, daß sich der Mehr-als-1-Sensor einschaltet, wenn «mehr als ein» Neuron in der Schicht der Auswahlneuronen aktiv ist.

> Die Schwelle des Mehr-als-1-Sensors könnte zum Beispiel gleich 0.5 sein, und die Übergangsgewichte der Auswahlneuronen zum Mehr-als-1-Sensor könnten gleichfalls jeweils den Wert 0.5 haben. Unter diesen Umständen reicht die Aktivität eines Neurons nicht, um den Mehr-als-1-Sensor in Gang zu setzen. Sind aber zwei Neuronen aktiv, schaltet er sich an.

Der Mehr-als-1-Sensor erregt nun seinerseits das Neuron «Inhibitionsstärke», welches sich auch selbst aktiviert, also seine Aktivität ständig erhöht, solange es Signale vom Mehr-als-1-Sensor erhält. Das Neuron «Inhibitionsstärke» aktiviert den Inhibitor. Durch diese Schaltung wird also die Hemmung, die der Inhibitor auf die Vorauswahlneuronen ausübt, ständig verstärkt, solange mehr als ein Neuron der Auswahlschicht erregt ist. Sendet nur noch *ein* Neuron der Vorauswahlschicht Impulse, bleibt die Stärke der Inhibition konstant. Diesen Fall zeigt Abbildung 6.2. Die Ermittlung des Maximums wird also durch Erhöhung der Inhibitionsstärke erreicht, die so lange fortgesetzt wird, bis nur noch ein Neuron übrigbleibt.

Die oberen vier Neuronen dienen dazu, den ganzen Selektionsprozeß periodisch zu wiederholen. Das «Periode» genannte Neuron wird durch den Mehr-als-1-Sensor in Gang gesetzt. Sobald diese Aktivierung endet, klingt die Erregung des Neurons «Periode» langsam ab, was dadurch geschieht, daß seine Selbstaktivierung mit einem Gewicht kleiner als 1 (zum Beispiel 0.97) versehen ist. Periode schaltet ein Inhibitionsneuron an, dessen Verstärkungsfaktor sehr hoch sein soll, so daß es so lange aktiv bleibt, wie Periode noch Signale sendet, so schwach diese auch immer sein mögen. Sinkt aber die Erregung von Periode auf 0, wird das Neuron «Inhibitionsblockade» durch das dauernd aktive Neuron rechts aktiviert und löscht die Aktivität des Neurons «Inhibitionsstärke». Damit kann der gesamte Auswahlprozeß von neuem starten. Je höher das Übergangsgewicht der Selbstaktivierung von Periode ist, um so länger werden die Phasen zwischen zwei Auswahlprozessen.

Die periodische Wiederholung der Motivselektion ist notwendig, weil sich ja gewöhnlich alles schnell ändern kann. Mißerfolge senken die Erfolgsaussichten, Gelegenheiten tauchen auf, Gefahren zeigen sich. Also kann es vernünftig sein, das handlungsleitende Motiv zu wechseln.

So also sieht die Struktur eines neuronalen Mechanismus aus, der aus einer Reihe von Motiven mit einem Motivdruck größer als null eines auswählt. Der Selektionsmechanismus, den ich in Abbildung 6.2 dargestellt habe, ist ein System zur Konfliktlösung. Leider aber produziert er nicht immer eine Lösung: Wenn der Unterschied zwischen der Motivstärke zweier Motive kleiner ist als die Schrittweite, in der die Inhibitionsstärke verändert wird, kann eine eindeutige Auswahl nicht mehr stattfinden; der Auswahlprozeß endet dann damit, daß sich *alle* Auswahlneuronen ausschalten. Ψ verharrt also in einem solchen Fall in einem Zustand der Inaktivität. Diese Schwäche des Selektionsmechanismus können wir aber beseitigen. Die Inhibitionsstärke, also die Aktivität des in Abbildung 6.2 so genannten Neurons, wird taktweise um bestimmte Beträge erhöht. Diese sind festgelegt in der Intensität der Impulse, die der Mehr-als-1-Sensor dem Neuron «Inhibitionsstärke» gibt. In Abbildung 6.2 ist diese Impulsstärke konstant. Sie läßt sich aber auch variieren. Abbildung 6.3 zeigt den Kernteil einer entsprechenden Schaltung.

Das Neuronennetz der Abbildung 6.3 reagiert auf einen erfolglosen Selektionsversuch (0-Auswahl), indem es die Schrittgröße der Verstärkung der Inhibition der Vorauswahlneuronen herabsetzt. Dadurch wird die Aus-

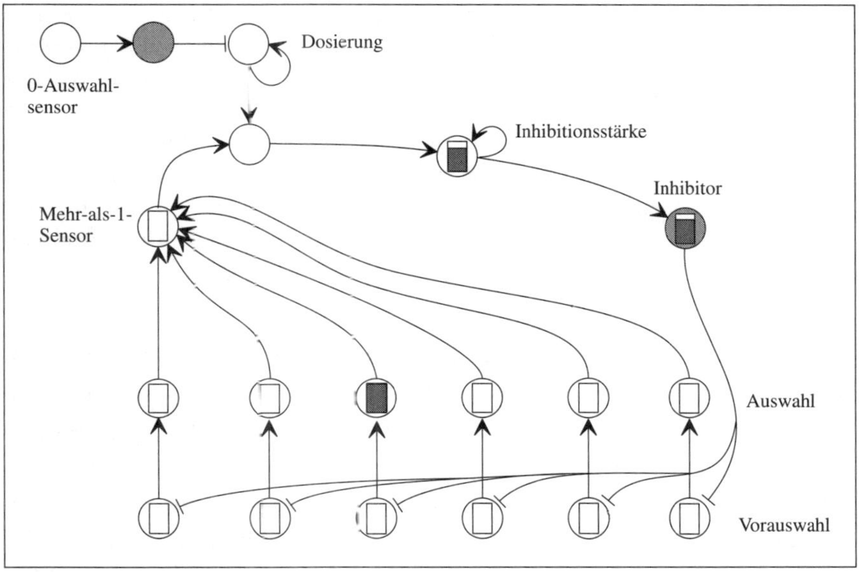

Abbildung 6.3 Die Dosierung der Verstärkung der Inhibition der Vorauswahlneuronen in Abhängigkeit vom Mißerfolg (0-Auswahl) vorangehender Selektionsversuche

wahl gewissermaßen feinkörniger. Ich erkläre den Mechanismus des Netzes nun im Kleingedruckten; der an den Details nicht interessierte Leser kann die Passage überspringen.

Wir brauchen zunächst einen Sensor für das 0-Auswahlereignis, also für den Fall, daß keines der Auswahlneuronen «an»bleibt. Wenn dieser Fall eintritt, soll der 0-Auswahlsensor aktiv werden, etwa dadurch, daß er durch das Erlöschen des Mehr-als-1-Sensors «an»gehen kann und zugleich kein Auswahlneuron aktiv bleibt. Die entsprechende Schaltung habe ich in Abbildung 6.3 ausgelassen. Der 0-Auswahlsensor gibt dann einen Impuls auf das Inhibitionsneuron in Abbildung 6.3 oben, welches wiederum einen Impuls zum Neuron «Dosierung» leitet. Dieses soll bei Beginn des Auswahlprozesses zunächst eine maximale Aktivität haben. Der Inhibitionsimpuls setzt die Aktivität des Neurons «Dosierung» herab. Dadurch wird der Impuls, den der Mehr-als-1-Sensor nunmehr über ein Zwischenneuron an das Neuron

«Inhibitionsstärke» gibt, abgeschwächt. (Das Zwischenneuron soll die Impulse vom Mehr-als-1-Sensor und von «Dosierung» *multiplizieren.*) Die Auswahl verläuft dann mit einer feineren Abstufung der Verstärkung der Inhibition.
Wir können einen Auswahlprozeß zunächst mit einer groben Auflösung beginnen lassen. Der Mehr-als-1-Sensor sendet relativ starke Impulse an das Neuron «Inhibitionsstärke», wodurch dessen Aktivität in großen Schritten anwächst. Entsprechend steigert sich auch in großen Schritten die Aktivität des Inhibitors.

Wenn sich die Stärke der einzelnen Motive stark unterscheidet, wenn zum Beispiel eines sehr stark und die anderen sehr schwach sind, wird die Auswahl sehr *schnell* vonstatten gehen, unter Umständen in einem einzigen Schritt. Sind hingegen die Unterschiede zwischen den Motivstärken nur gering, braucht man mehrere Durchgänge, bei denen die Dosierung der Impulse, die der Mehr-als-1-Sensor auf das Neuron «Inhibitionsstärke» gibt, immer geringer wird. Dadurch steigt die Aktivität des Neurons «Inhibitionsstärke» in immer kleineren Schritten an, und das System wird immer sensibler für die feinen Unterschiede der Motivstärken. Allerdings nimmt dieser Prozeß nun mehr Zeit in Anspruch. Je kleiner also die Unterschiede im Motivdruck sind, desto länger dauert es, bis schließlich die Selektion eines Motivs erfolgt.

Das mutet sehr menschlich an; je größer der Konflikt, je ähnlicher also die Stärken von zwei oder mehr Motiven, desto länger die Phase der «Entschlußlosigkeit».

Lassen wir diesen Selektionsmechanismus in mehr oder minder regelmäßigen Abständen ablaufen, ergibt sich daraus eine ziemlich flexible Behandlung der verschiedenen Motive. Denn die Bedingungen, auf die der Selektionsmechanismus anspricht, unterliegen ja ständigem Wandel. So verändern sich zum Beispiel die *Bedürfnisse.* Durch Verbrauch werden Wasser- wie auch Brennstoffmangel größer. Es kann auch zum Beispiel plötzlich ein Schmerzreiz eintreten, der dazu führt, daß die Stärke des Bedürfnisses «Schmerzlinderung» schlagartig in die Höhe schnellt. Desgleichen wird es sich ereignen, daß aufgrund der Bemühungen von Ψ – oder auch ohne solche Bemühungen – Bedürfnisse verschwinden. Ψ erreicht einen Wasserfall oder eine Tankstelle, stillt sein Wasser- oder sein Brennstoffbedürfnis, und auf diese Art und Weise sinkt die Bedürfnis- und damit auch die Motivstärke auf null.

Weiterhin kann der *Kompetenzindikator* für das jeweilige Motiv seine Stärke ändern. Ψ erprobt irgendeine Verhaltensweise, indem es ein Verhaltensprogramm in Gang setzt, und es zeigt sich, daß die Aktionen nicht die erwarteten Folgen haben. Auf diese Weise sinkt die Erfolgswahrscheinlichkeit und damit auch die Stärke der Erregung des Kompetenzindikators. Das kann dazu führen, daß ein Motivwechsel stattfindet, da das augenblicklich vorherrschende Motiv durch das Absinken der Erfolgswahrscheinlichkeit an Stärke verliert und sich deshalb ein anderes in den Vordergrund drängt.

Hier ist es nun von Bedeutung, ob die aktuelle Kompetenz, die sich aus der epistemischen und der allgemeinen Kompetenz (siehe Abbildung 6.1) ergibt, mehr auf dieser oder aber ausschließlich oder vorrangig auf Wissen beruht. Ist letzteres der Fall, werden Mißerfolge bei der Aktivierung von Verhaltensprogrammen viel stärker zu Buche schlagen, als wenn die Aktivität des Kompetenzindikators im wesentlichen auf der allgemeinen Kompetenz basiert. Denn Mißerfolge zeigen in diesem Fall, daß man seine Planungen auf falschem Wissen aufgebaut hat. Wenn aber das Selbstvertrauen wesentlich auf der allgemeinen Kompetenz gründet, ist es schwerer zu erschüttern. «Mißerfolg?! Nun gut! Suchen wir nach anderen Möglichkeiten!»

Eine hohe allgemeine Kompetenz «puffert» das Selbstvertrauen von Ψ; Mißerfolge konkreter Aktionen werden bei hoher allgemeiner Kompetenz nicht notwendigerweise dazu führen, daß Ψ aufgibt und zu einem anderen Motiv übergeht. Hohe allgemeine Kompetenz bedeutet also Ausdauer; Ψ wird zäh sein bei seinen Bemühungen, ein bestimmtes Bedürfnis zu befriedigen.

Mit allen anderen Merkmalen wird sich auch die *Dringlichkeit* ständig verändern, wenn Ziele nur innerhalb bestimmter zeitlicher Fenster erreicht werden können. Die Zeit verstreicht unaufhaltsam, und dadurch steigt die Dringlichkeit der entsprechenden Absichten an. Die wachsende Dringlichkeit aber erhöht die Motivstärke, und auf diese Weise kann sich ein Motiv, das bis dahin geduldig im Hintergrund gewartet hat, mehr oder minder plötzlich nach vorn schieben.

Eine hohe Sensibilität des Motivauswahlmechanismus für die Änderung der Bedingungen ist natürlich erwünscht; Ψ sollte sich nicht allzu stur verhalten und in der Lage sein, Gelegenheiten auszunutzen. Und das kann es, wenn der Mechanismus so funktioniert, wie ich ihn beschrieben habe. Denn eine «Gelegenheit» ist ja nichts anderes als das plötzliche Ansteigen der Erfolgswahrscheinlichkeit für bestimmte Aktionen. – Man kommt auf dem Weg zur Kleiderreinigung an einem Bäckerladen vorbei. Eine prima Gelegenheit, um schnell nebenbei den Hunger zu befriedigen!

Die Wichtigkeit, die Erfolgswahrscheinlichkeit und die Dringlichkeit spielen also bei der Motivselektion eine Rolle. – Haben wir damit wirklich alles berücksichtigt? Leider nein; unser Selektionsmechanismus hat noch einen gravierenden Fehler! In der hohen Sensibilität des Motivselektionsmechanismus, so, wie wir ihn jetzt konstruiert haben, stecken Gefahren. Beispielsweise kann er gewissermaßen ins «Flattern» geraten. Eine Absicht wird aufgegriffen, schnell wieder fallengelassen, dann wird eine andere aufgegriffen, genauso schnell wieder fallengelassen, dann wieder die erste und so fort. Im nächsten Abschnitt werden wir uns mit diesem Mangel des Selektionsmechanismus und mit der Behebung dieses Mangels befassen.

Kritizität und «Flatterrauschen»

Vielleicht haben Sie das schon mal auf einer Baustelle beobachtet: Sand wird abgeladen, indem er von einem Laster auf ein Förderband geschaufelt wird und von dort aus ständig auf die Spitze eines Haufens rieselt. Der Haufen wächst, aber nicht stetig: Manchmal rutschen größere oder kleinere Lawinen an den Flanken des Sandbergs hinab. Hier findet der Wandel eines (halbwegs) stetigen Systems – der Zufuhr auf dem Transportband – in ein unstetiges statt.

Dieser Sandhaufen stellt ein «kritisches» System dar. Er ist kritisch, weil er «katastrophenträchtig» ist. Unter einer Katastrophe sollten Sie sich in diesem Fall nicht unbedingt etwas Böses vorstellen; es ist damit nur eine Unstetigkeit, ein Bruch in einer Entwicklung, gemeint, also das Auftreten einer größeren oder kleineren Lawine, die scheinbar unvermittelt, scheinbar ohne Ursache, an den Flanken des Sandbergs hinabrutscht.

Ein kritisches System ist gut für Überraschungen. Man weiß nie genau, wo und wann sich die nächste Lawine in Bewegung setzt. Bei einem Sandhaufen ist dies keine besonders dramatische Eigenschaft. Ein anderes Bild ergibt sich hingegen, wenn man die Spannungsverhältnisse in bestimmten Regionen der Erdkruste betrachtet. Diese bilden vermutlich (Bak und Chen 1991) ebenfalls ein kritisches System. Hier sind aber die plötzlich auftretenden, mehr oder minder großen Verschiebungssprünge von dramatischer Bedeutsamkeit. Denn sie manifestieren sich in Erdbeben.

Es ist im Grunde nicht viel Geheimnisvolles an einem kritischen Zustand. In unserem Beispiel geraten durch das ständige Herabrieseln von Sand auf die Spitze des Haufens einfach immer mehr Körner in ein labiles Gleichgewicht. Die Wirkung der Reibungskräfte, die sie an ihrem Platz halten, verringert sich mit größer werdender Steilheit des Sandhaufens, und der Einfluß der Schwerkraft, die sie in Richtung Erdmittelpunkt zieht, wird daher immer stärker. So kommen mehr und mehr Sandkörner in einen Zustand, wo diese beiden Kräfte *fast* ausgewogen sind. Nun kann ein winziger Impuls ein Sandkorn ins Rutschen bringen, und dieses kann andere mit sich reißen und so eine Lawine entstehen lassen.

Ein System wird kritisch, wenn es in einen solchen labilen Gleichgewichtszustand zwischen zwei (oder mehr) Kräften gerät. Es genügen dann minimale Einflüsse, um Katastrophen und dramatische Veränderungen einzuleiten. Der Mechanismus der Motivselektion, den wir in diesem Abschnitt entwickelt haben, ist nun leider ein kritisches System.

Eine halbe Stunde noch bis zum Beginn der Vorlesung. Die ist prima vorbereitet, und ich kann noch etwas anderes tun, zum Beispiel Post erledigen. – Ach nein, die große Folie, die der Dreh- und Angelpunkt der Vorlesung ist, muß ja noch siebzigmal kopiert werden, denn es ist den Studenten nicht zuzumuten, daß sie alles, was da draufsteht, abmalen und abschreiben. Die Folienzeichnung ist das Gerüst; wenn die Studenten einen Abzug vor Augen haben, werden sie meinen Kommentaren besser folgen können. Aber wo ist die Folie? Nicht in der Mappe! Na ja, vielleicht irgendwo neben einen Ordner gerutscht. Ich durchforste die Aktentasche. Nichts! – Dann habe ich sie vielleicht versehentlich in ein Manuskript oder eine Zeitschrift gesteckt!? – Ich blättere all die Skripte und Zeitschriftenhefte durch, die sich in der Aktentasche befinden. – Keine Folie! Folglich habe ich sie zu Hause gelassen! Also: schnell heimfahren. Nein, das hat keinen Zweck, denn dann würde ich mindestens eine dreiviertel Stunde zu spät zur Vorlesung kommen. – Aber was tun? Die Folie ist von zentraler Bedeutung. Die zahlreichen Beziehungen und die Zusammenhänge zwischen motivationalen und kognitiven Prozessen, die auf der Folie aufgezeichnet sind, kann ich auswendig gar nicht reproduzieren. – Was machst du jetzt bloß? Die Folie noch einmal zeichnen? Das geht nicht, die Zeit reicht dafür nicht aus, und aus dem Kopf schaffst du das auch gar nicht; die Folie war ja gerade die Gedächtnisstütze. Na ja, nicht «war», sondern «ist»! Nur leider nicht hier, sondern zu Hause. –

Aber nun brauche ich doch wenigstens ein Konzept für die Vorlesung. Also einen Zettel her und die Themen und Subthemen auflisten. – Ach, was soll der Quatsch! Damit werde ich sowieso nicht mehr fertig, und die grobe Gliederung habe ich ja im Kopf. – Halt, ich könnte ja meine Frau anrufen und sie bitten, die Folie zu bringen; dann hätte ich sie vielleicht eine Viertelstunde nach Vorlesungsbeginn. – Aber nein, das geht nicht, meine Frau ist gar nicht zu Hause. Oje, daß mir das passieren mußte; und den Studenten habe ich überschwenglich die Lösung aller Rätsel versprochen – gewissermaßen als Schlußakkord –, die große Integration von Kognition und Motivation. Ziemlich blamabel, wenn das jetzt nicht passiert.
Na ja, lassen wir es auf uns zukommen, hilft ja nix. – Dann können wir jetzt noch was anderes machen, beispielsweise doch noch schnell die Post durchsehen. Der erste Brief: eine Einladung der Sporthochschule in G. zu einem Vortrag. Im Juli. Aber da habe ich doch gar keine Zeit. Wo ist der Taschenkalender? Nicht an seinem Platz! Aber irgendwo muß er doch sein! Unter der Post? Nein! Noch in der Aktentasche? Nein! Na ja, lassen wir es liegen, das können wir auch später noch machen. – Nächster Brief: Ob ich an einem Sammelband …? Nur ein kleiner Artikel … Wäre ja an sich ganz interessant, aber habe ich dafür auch Zeit? Ich müßte wieder meinen Zeitplaner im Kalender konsultieren und mir vor Augen führen, wann die anderen Aufsätze, die ich zugesagt habe, abgeliefert werden müssen und wann die Kongresse stattfinden, an denen ich teilnehmen will. Aber das Notizbuch ist nicht auffindbar. – Ach, dann hat das mit der gesamten Posterledigung sowieso keinen Zweck. – Dann könnte ich doch mal eben in diesen Artikel hier hineinsehen. Den hatte ich schon gelesen, wollte ihn aber für den Vortrag in der Arbeitssitzung noch einmal kondensieren und eine

> *Art Zusammenfassung schreiben … Hier bezieht sich der Autor auf die Oatleysche Theorie der Emotionen. Wie ging die denn noch? Fällt mir nicht mehr ein. Müßte ich mal in der Sonderdruckbibliothek nachsehen. Ach nein, das hat alles keinen Zweck mehr; ehe ich von dort zurückkomme, muß ich längst zur Vorlesung. Wie war denn das noch mit dem Oatley? – Na ja, lassen wir den Oatley mal Oatley sein; mal sehen, wie es weitergeht. Tja, es geht so weiter, daß sich der Autor ausgiebig auf Oatley bezieht. Hat also keinen Zweck, den Oatley mußt du rekapitulieren, sonst verstehst du den Artikel nicht. Weg damit, später weiter. –*

Die ganze Geschichte endete schließlich damit, daß ich angelegentlich die drei Bleistifte, die ich gewöhnlich zu benutzen pflege, anspitzte und neben der Schreibunterlage anordnete.

Was haben wir hier vor uns? Eine Art von Absichtslawine. Motivflimmern! Ein ganzes Bündel von Impulsen und Intentionen kommt dadurch ins Rutschen, daß eine Absicht nicht erfolgreich durchgeführt werden kann und sich außerdem, aufgrund ihres Scheiterns, düstere Zukunftsaussichten eröffnen. – Die Vorbereitung der Vorlesung war die Anfangsabsicht, und die wurde aufgegriffen, bis die Erkenntnis einsetzte, daß ein Teilplan noch nicht ausgeführt worden war, nämlich das Kopieren der «großen» Folie. Es folgt ein «heldenhaftes» Aufbäumen gegen die dräuende Aussicht, eine Vorlesung in den Sand zu setzen. Aber es hilft alles nichts, die Folie bleibt unbeschaffbar. Und ohne sie gibt es eine miese Vorlesung, gibt es eine Blamage. Wegen dieser Antizipation erfolgt ein weiteres, etwas kleineres Aufbäumen gegen das Schicksal. Es wird kurz erwogen, die Folie noch einmal zu zeichnen beziehungsweise die Vorlesung doch noch «irgendwie» vorzubereiten. Aber all das wird als hoffnungslos beiseite geschoben. Nun drängen sich andere Absichten in den Vordergrund. Die Post! Eine Einladung zum Vortrag: Leider unentscheidbar, weil der Taschenkalender weg und auch nicht aufzufinden ist. Die Einladung zu einem Beitrag für einen Sammelband! Aus demselben Grund unentscheidbar. Die Zusammenfassung eines bereits gelesenen Artikels! Nicht durchführbar, weil Literatur fehlt. Schließlich endet der ganze Vorgang darin, daß etwas völlig Unnötiges, aber Erfolgversprechendes gemacht wird: das Anspitzen der Bleistifte.

Hier haben wir eine Analogie zu der Sandlawine. Zunächst senkt die «Folienaffäre» die allgemeine Kompetenz und macht das System instabil. Die allgemeine Kompetenz bekommt durch den Mißerfolg bei dem Versuch, die Vorlesung weiter vorzubereiten, und durch die Befürchtungen, die negativen Zukunftserwartungen, die sich daraus ergeben, einen gewaltigen Dämpfer. Und dies bedeutet, daß nunmehr die «Adhäsionskraft» der anderen Absichten, ihre «Fähigkeit», sich in der Handlungsleitung zu erhalten, gleichfalls absinkt. Denn die Fähigkeit einer Absicht, sich in der Handlungsleitung zu erhalten, basiert auf ihrer Stärke, und diese besteht – gemäß dem Erwartung-mal-Wert-Prinzip – aus der Bedürfnisstärke und dem Kompetenzempfinden, und gerade dieses ist durch das Folienmalheur abgerutscht. Die «Pufferung» durch die allgemeine Kompetenz fehlt, und dies bedeutet, daß die geringsten Mißerfolge die Kompetenz absinken lassen. Nichts mehr wird vernünftig zu Ende gebracht, weil das Zutrauen in die Fähigkeit fehlt.

Denn es hätte ja auch alles anders ablaufen können. Ich hätte entscheiden können: «Die Einladung an die Sporthochschule lehnst du erst mal ab! Du hast sowieso keine Zeit, egal, ob die Termine nun im einzelnen passen würden oder nicht.» Aber so habe ich mich nicht verhalten, weil ich nunmehr Wert darauf lege, alles per Terminplan (Taschenkalender) abzusichern. Das ist typisch für einen Zustand niedrigen Kompetenzempfindens: Alles muß abgesichert werden. Das gleiche gilt für die Sammelbandgeschichte. Und auch die Rekonstruktion der Oatleyschen Meinung traute ich mir nicht mehr zu, ohne vorher einen Blick in den Artikel zu werfen.

Eine solche Phase braucht nicht beim Bleistiftspitzen zu enden; statt dessen kann man seine Bibliothek umordnen, die Ausrichtung der Aktenordner im Regal kontrollieren, die Pfeifen reinigen, die Kugelschreiber sortieren.

Wir finden den Absichtsselektionsmechanismus in einer Art von Flimmerzustand. Hektisches Hin-und-her-Schalten zwischen verschiedenen Intentionen, keine Nachhaltigkeit, keine Konzentration auf eine Absicht, große Abhängigkeit von Umgebungsreizen, starke Ablenkbarkeit; «Flexibilität» in ziemlich negativer Form.

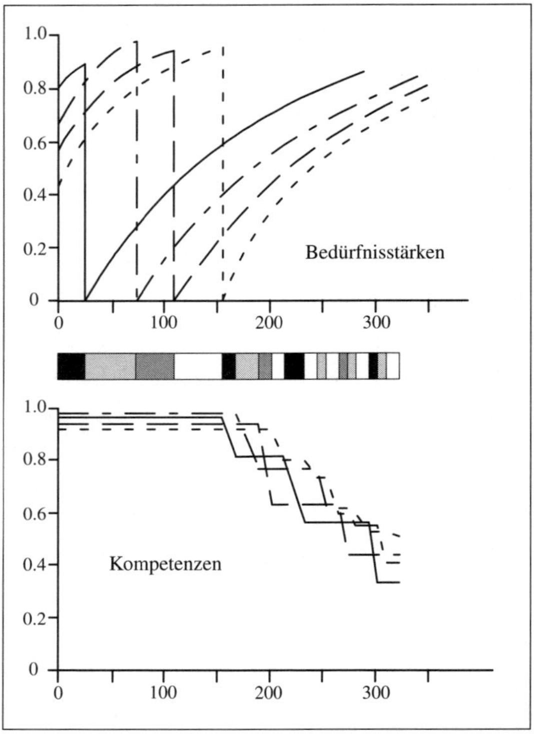

Abbildung 6.4
Motivflimmern

Betrachten wir Abbildung 6.4. Sie zeigt drei Diagramme, die Verläufe über die Zeit darstellen. Die verschiedenen Graustufen in der Mitte kennzeichnen verschiedene Motive. Dabei soll es uns gleichgültig sein, um welche Motive es sich handelt und durch welche Graustufen sie dargestellt werden. Im oberen Diagramm sieht man die jeweiligen Bedürfnisstärken, die, wie ersichtlich, ständig anwachsen; ich habe mich dabei am Vorbild von Bedürfnissen wie Hunger und Durst orientiert. In der Mitte, dem dicken Balken, zeichnet sich in den wechselnden Graustufen das jeweils von einem Selektionsmechanismus entsprechend der Abbildung 6.2 ausgewählte Motiv ab. Wie leicht zu erkennen ist, gerät der Prozeß etwa vom Zeitpunkt 150 an in einen «Flimmerzustand». Eine Absicht wird aufgebaut, aber nicht zu

Ende gebracht (dann würde nämlich die Bedürfnisstärke auf 0 abfallen), die nächste wird aufgegriffen und ebenfalls nicht ausgeführt. Das dritte Diagramm schließlich zeigt die Veränderung der bedürfnisspezifischen Kompetenzen, der Empfindungen, mit dem Problem fertig werden zu können. Man sieht: Sie sacken ab! Die Beschäftigung mit einer Absicht zeitigt sofort Mißerfolge, und diese führen zur Verminderung der Einschätzung der Fähigkeiten, zum Absichtswechsel.

Allerdings bildet das untere Diagramm der Abbildung 6.4 nicht meinen Seelenprozeß ab, sondern stammt von einem Selektionsmechanismus, der entsprechend Abbildung 6.2 programmiert worden ist (Programm SELECMOT). In diesem Programm senkte jeder Mißerfolg die Wissenskompetenz, und dies führte leicht zu einem Absichtswechsel. Die sich verändernden Kompetenzeinschätzungen für die einzelnen Bedürfnisse lassen sich leicht verfolgen: Gewissermaßen «Hand über Hand» bewegen sie sich nach unten. Eine Absicht wird ausgewählt, behandelt, dann tritt ein Mißerfolg ein, und das führt zum Absinken der betreffenden Motivstärke. Die nächste Absicht entsteht: Mißerfolg → Absinken der Motivstärke → Absichtswechsel und so fort.

Der gesamte Prozeß ähnelt in formaler Hinsicht meinem Verhalten in der «Folienaffäre», wo ich agiert habe, als wäre in meinem Kopf ein Selektionsmechanismus entsprechend Abbildung 6.2 eingebaut, der die gesamte Absichtsregulation gewissermaßen «ins Rutschen» brachte.

Das Geschehnis, das ich in Abbildung 6.4 darstelle, hätte besser ausgehen können. So, wie es sich dort abzeichnet, führt es in den Abgrund. Nichts wird mehr zu Ende gebracht, das Selbstvertrauen geht in den Keller, und das Ende wird die vollständige Resignation sein. Denn die Tatsache, daß das System nicht eine einzige Absicht umsetzt, läßt die Sollwertabweichungen immer weiter ansteigen. Das aber führt zu einer Vergrößerung der Unlust und dementsprechend zu einer Verringerung der Lust-Unlust-Bilanz. Dies bedeutet aber bei Ψ ein Absinken der allgemeinen Kompetenz, die wiederum die spezifischen Kompetenzen «puffert». Diese Pufferung entfällt mit der Verringerung der Lust-Unlust-Bilanz, und das bedeutet den Untergang.

Man kann leicht zeigen, daß die gesamte Entwicklung anders verliefe, wenn die Unlustsignale schwächer wirken würden, wenn der Abfluß aus dem Kompetenzspeicher (vergleiche Abbildung 5.18 auf Seite 412) geringer wäre, wenn Ψ also eine relativ hohe allgemeine Kompetenz behielte. Dann würden die Verminderungen der spezifischen Kompetenzen, wie sie Abbildung 6.4 zeigt, keine so große Rolle mehr spielen. Die Erfolgserwartungen der einzelnen Absichten wären besser abgepuffert, was ein geringeres Absinken der Kompetenzempfindungen für die einzelnen Absichten, also auch ein geringeres Ausmaß des Absichtswechsels zur Folge hätte. Zwar zögen sich die Erledigungszeiten in die Länge, da nunmehr die Lösungsschritte nicht immer nur einfach abgerufen werden könnten, sondern durch Planen oder Explorieren neu erstellt werden müßten, aber Ψ würde nicht so leicht aufgeben. – Der Ausgangspunkt für das «Motivflimmern» beim Folienmalheur war ja gerade, daß meine allgemeine Kompetenz durch das im Hinblick auf die Umstände nur schwer entschuldbare Versäumnis sehr geschwächt wurde. Dadurch waren die anderen Absichten nun nicht mehr durch die allgemeine Kompetenz abgepuffert, und die kleinen Mißerfolge, die sich in unserem Alltag einzustellen pflegen (zum Beispiel ein nicht auffindbarer Terminkalender), wirkten sich so ähnlich aus, wie es Abbildung 6.4 vor Augen führt – sie senkten die aktuellen Erfolgserwartungen, und das führte zu allgemeiner Verunsicherung.

Dieses Motivflimmern ist aber mit ständig steigender Unlust verbunden (nämlich mit einer unablässig zunehmenden Summe der Sollwertabweichungen), und das führt zu einer progressiven Verminderung der allgemeinen Kompetenz, die ja nach unseren Festlegungen bei Ψ von der Lust-Unlust-Bilanz abhängig ist. Die Verminderung der allgemeinen Kompetenz bedeutet eine weitere Verringerung der Abpufferung, und damit stehen wir vor einem wahrhaften Teufelskreis, der in einer Selbstzerstörung des Kompetenzempfindens enden kann.

Gewöhnlich wird es allerdings nicht so weit kommen. Irgend etwas wird sich finden, irgendeine Tätigkeit, die nicht mit Mißerfolgen verbunden ist, und sie ist dann das Remedium! Diese Tätigkeit versetzt uns in die Lage, uns selbst zu beweisen, daß wir etwas vollbringen können; sie wird nun zur Basis des Neuaufbaus der Kompetenz, und Ψ wird sich in dieser Aktivität einkapseln. Sie wird für eine gewisse Zeit sein «Hobby» und zur Quelle seines neuen Selbstvertrauens, so, wie ich neue Kräfte aus dem Anspitzen der Bleistifte bezog. Was macht es da, daß solche Tätigkeiten gewöhnlich nicht wirklich wichtig sind?

Gut, es handelt sich meist um ephemere Aktivitäten, um Aspirin für das Selbstvertrauen, wenn dieses hin und wieder kleinere Blessuren abbekommt. Was aber, wenn das Tagewerk zur Dauerblessur wird? Wenn das, was man täglich zu verrichten hat, einen oft oder ständig überfordert? Dann kann eine solche Tätigkeit der Kompetenzhygiene zu einem Dauerheilmittel werden, das die Existenz überhaupt erst erträglich macht. Das Leben wird erträglich durch den mitunter möglichen Rückzug in eine Ersatzwelt, in die Welt des Briefmarkensammelns oder der Zierfischzucht oder der Modelleisenbahnen. Alle Aktivitäten in den Ersatzwelten haben letztlich keinen weiteren Sinn, als zu beweisen, daß man etwas machen kann. Darin liegt ihre Funktion.

Eine weitere Form der «Kompetenzhygiene» könnte darin bestehen, daß Ψ die geringe Einschätzung der augenblicklichen Kompetenz durch die Erinnerung an vergangene Großtaten aufzupolieren versucht. Es könnte vergangene Episoden, in denen es sich glänzend bewährt hat, wiederaufrufen und erneut «durchleben». Natürlich wären solche Bewährungen meist nur ein schwacher Abklatsch des tatsächlichen Geschehens, aber doch besser als nichts. Im übrigen könnte Ψ sie ja mit Hilfe seiner Phantasie ein wenig anreichern. Wenn es sich frühere Erfolgserlebnisse so richtig ausmalt und sie durch Erfindungen ergänzt, bräuchten seine Tagträume ja gar nicht farblos zu bleiben. – Ein solches Nachempfinden vergangener Bewährungen würde die Lust-Unlust-Bilanz wieder etwas ins Lot bringen. Und weil das Schwelgen in ruhmreichen Zeiten ein gutes Mittel der Kompetenzregeneration ist, sollte man solche Erinnerungen sorgfältig aufbewahren. So beschwören nicht nur Bundeswehrreservisten am Stammtisch die Frostnächte auf dem Truppenübungsplatz und Weltkriegsveteranen ihre Leiden bei El Alamein, sondern auch ganze Kollektive das Geschehen in Sedan, den Tag der Invasion von 1944, den Tag des ZXY-Aufstandes gegen die verhaßte Herrschaft der XYZ, den Sturm auf den Winterpalast.

Und weil diese Reminiszenzen so wichtig für das Selbstgefühl einer Gruppe sind, scheint es sogar die Tendenz zu geben, Tage des Ruhms zu *er-*

finden, wenn sie sich nicht von selbst einstellen. Jedes Jahr am 14. Juli feiert Frankreich den «Sturm auf die Bastille», mit dem sich das Volk von Paris von der drückenden Tyrannei des Ancien régime befreite. Nur – das weiß jeder Historiker –: Die Bastille ist nie erstürmt worden, noch nicht einmal belagert! Der Aufstand ist vielmehr eine der vielen Legenden, die ersonnen wurden und werden, um komplizierte Vorgänge einfach und verständlich zu machen, um sie auf den Punkt zu bringen. Als Inbegriff der revolutionären Prozesse im Juli 1789 in und um Paris mag der «Sturm auf die Bastille» sogar seine Berechtigung haben, eben als Symbol für die revolutionäre Macht des souveränen Volkes (Prause 1969, Seite 89ff.).

Zurück zum Motivflimmern. Ein solcher Zustand ist nicht wünschenswert, doch die Möglichkeit, in ihn zu verfallen, ergibt sich aus den Konstruktionsprinzipien des Selektionsmechanismus. Und diese wiederum haben ihren Sinn. Die Abhängigkeit zum Beispiel der Motivauswahl von der Kompetenzeinschätzung *muß* vorhanden sein, damit das System sensibel für «seitwärts» auftauchende Gelegenheiten wird, damit es sich nicht «aufhängt» in augenblicklich schwer zu bewältigenden Aufgaben. Entfernen wir diese Sensibilität, würde sich zwar einerseits die Gefahr eines Flimmerzustandes, auf der anderen Seite aber auch die Empfindlichkeit des Systems für die Veränderungen des gesamten Kontextes erheblich verringern.

Bei der «Folienaffäre» spielen auch die Dringlichkeiten eine große Rolle, der Zeitdruck, unter dem ich mich befinde. Weil alles *schnell* zu Ende gebracht werden muß, sinken die Erfolgsaussichten für die verschiedenen Verrichtungen bei den kleinsten Mißerfolgen; denn diese verlängern die Erledigungszeiten. Und daher kommt es leicht dazu, daß Absichten aufgegeben werden, weil es «doch keinen Zweck mehr hat». Würde man aber die Berücksichtigung der Dringlichkeiten aus dem Selektionsmechanismus entfernen, hätte das die negative Folge, daß einem eben nicht mehr im «richtigen» Moment einfällt, daß man die Zutaten zum Käsefondue besorgen muß.

Wenn wir also Fähigkeit und Dringlichkeit bei der Selektion eines Motivs berücksichtigen, handeln wir uns damit die Nebenwirkung ein, daß – mitunter – Motivflimmern auftritt. In meinem Beispiel, bei der «Folienaffäre», habe ich nur zwanzig Minuten meiner Lebenszeit «in den Sand gesetzt». Aber wenn so etwas öfter vorkommt? Das Motivflimmern ist an bestimmte Bedingungen gebunden. Es wird dann eintreten, wenn sich die Motive hinsichtlich der Wichtigkeit und der spezifischen Kompetenz die Waage halten und wenn die allgemeine Kompetenz gering ist. In einem solchen Fall wird das gesamte System sehr sensibel für Rückmeldungen von außen. Das geringste Indiz für Erfolglosigkeit führt zu einem Motivwechsel.

Können wir das System auf irgendeine Weise vor einem Motivflimmern bewahren? – Ja, das geht. Wir können zum Beispiel dafür sorgen, daß sich das augenblicklich handlungsleitende Motiv gegen seine Konkurrenten gewissermaßen «verteidigt». Dies kann dadurch geschehen, daß wir in den Auswahlmechanismus der Abbildung 6.2 ein wohlbekanntes neuronales Schaltungsprinzip einführen, nämlich die «laterale Inhibition», die uns vor allem von der Wahrnehmung her bekannt ist. Hier dient sie hingegen zur Kontrastschärfung. – Wenn zum Beispiel eine schwarze und eine weiße Fläche unmittelbar aneinanderstoßen, so ist nirgendwo das Schwarz so schwarz wie an der Grenze. Und nirgendwo ist das Weiß so weiß wie an der Grenze. Das können Sie leicht selbst beobachten. Malen Sie mit schwarzer Tusche einen Fleck, groß wie ein Zehnpfennigstück, auf ein weißes Blatt Papier, und starren Sie diesen Fleck an. Sie werden einen sehr weißen «Hof» um ihn herum wahrnehmen. Dies ist darauf zurückzuführen, daß zum Beispiel in einer Fläche von neuronalen Rezeptoren, die aus Weißdetektoren besteht, jeder Detektor das Umschaltneuron seiner unmittelbaren Nachbarn inhibiert.

Abbildung 6.5 auf Seite 468 zeigt das Prinzip. Wenn wir hier auf die Weißdetektoren der linken Seite «Schwarz» projizieren, also «kein Licht», so werden diese Neuronen nur minimal erregt sein. Projizieren wir dagegen auf die drei Detektoren der rechten Seite «viel Licht», werden sie maximal erregt sein. Nun sollen die Neuronen der linken Seite eine gewisse Eigenaktivität, eine Ruheaktivität, auch dann aufweisen, wenn sie nicht durch Licht angeregt werden. An der Grenze von Dunkel nach Hell wird das dritte Neuron von links in der unteren Reihe besonders wenig aktiviert sein, da es von seinem rechten Nachbarn in starkem Maße inhibiert wird; stärker als von seinem Nachbarn zur Linken. Das Neuron Nummer 4 in der unteren Reihe, also das erste Neuron rechts von der Grenze des Schwarz-

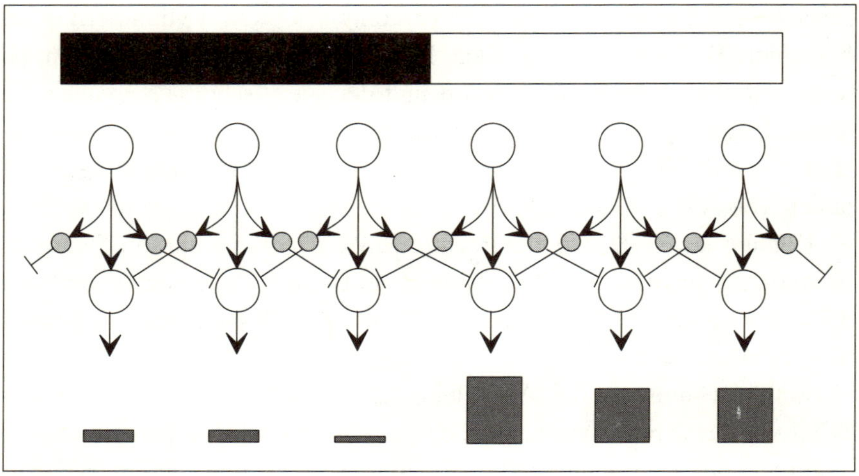

Abbildung 6.5 Laterale Inhibition

weißkontrastes, wird dagegen besonders stark erregt sein, weil es von den anderen Zellen weniger inhibiert wird als die noch weiter rechts gelegenen Neuronen. Wir bekommen also in der Erregung der Neuronenreihe nicht eine Stufe, sondern einen scharfen Kontrast, so, wie es unten in den grauen Balken dargestellt ist.

In der Wahrnehmung dient der Mechanismus der lateralen Inhibition der Kontrastverschärfung und erleichtert das Erkennen von Kanten und Konturen.

Genau das gleiche Prinzip können wir in die Motivselektion einführen. Wir gestalten den Selektionsmechanismus so, daß ein Motiv, wenn es erst einmal ausgewählt worden ist, die anderen, konkurrierenden mehr oder minder stark inhibiert. Dies geschieht, indem beim Selektionsprozeß die Stärke der nicht ausgewählten, augenblicklich nicht handlungsleitenden Motive von vornherein um einen gewissen Betrag herabgesetzt wird. Auf diese Weise kann sich das jeweils handlungsleitende Motiv selbst gegen solche Motive verteidigen, deren Stärke größer ist als seine eigene. Zumindest wird dies so lange der Fall sein, wie die Differenz zwischen der Stärke des augenblicklich handlungsleitenden Motivs und der eines anderen Motivs nicht über einer bestimmten Schwelle liegt.

Konkret: Nehmen wir an, die Stärke des augenblicklich handlungsleitenden Motivs sei 0.8, und es soll eine laterale Inhibition der Stärke 0.08 auf die anderen Motive ausüben. Dann würde aus der Motivstärke 0.84 eines Konkurrenten die «inhibierte Motivstärke» 0.76. Dies würde dazu führen, daß sich das handlungsleitende Motiv gegen den eigentlich stärkeren Konkurrenten behaupten kann. – Führen wir eine solche laterale Inhibition in den Mechanismus der Selektion der Motive und Absichten ein, so wird das Verhalten erheblich stabiler. Dies verdeutlicht Abbildung 6.6.

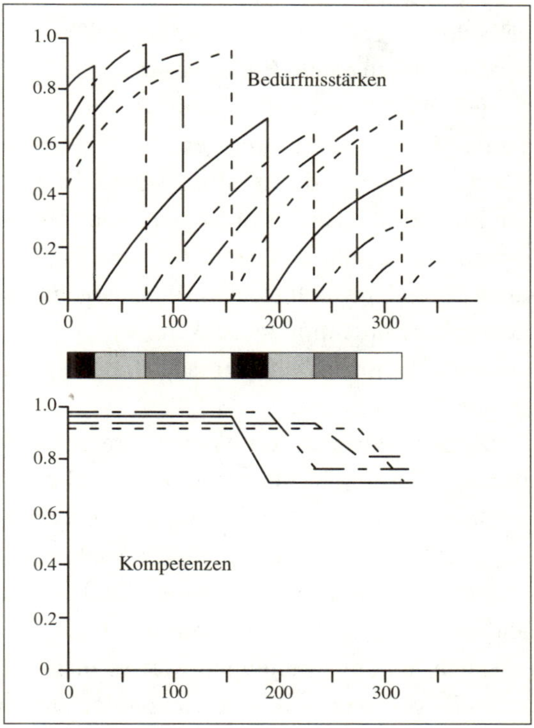

Abbildung 6.6 Verhinderung des Motivflimmerns durch eine Selektionsschwelle

Wieder begegnen uns die drei Diagramme. Oben sehen wir den Zeitverlauf der verschiedenen Bedürfnisstärken, die kontinuierlich anwachsen; dann findet eine Bedürfnisbefriedigung statt (sichtbar im steilen Abfall der Bedürfnisstärke), woraufhin das entsprechende Bedürfnis wieder anwächst. Der Balken in der Mitte zeigt die jeweils ausgewählte Absicht an. Im unteren Diagramm sind die Kompetenzstärken für die jeweiligen Absichten dargestellt. Es ist deutlich zu erkennen, daß die Kompetenz für die jeweils verfolgten Absichten aufgrund von Mißerfolgen vom Zeitpunkt 150 an ständig sinkt. Die Stärke des Kompetenzverlustes entspricht den Verhältnissen der Abbildung 6.4; da aber die Absichten aufgrund der lateralen Inhibition länger verfolgt werden, sinkt die Kompetenzstärke langsamer als in Abbildung 6.4.

Jetzt zeigt sich aber, daß ein Motivflimmern nicht mehr auftritt. Die verschiedenen Absichten werden aufgegriffen und – trotz absinkender Kompetenz – meist zu einem Ende gebracht.

Je höher die laterale Inhibition durch das augenblicklich handlungsleitende Motiv ist, desto weniger Motivflimmern entsteht. Aber – das ist wieder der Nachteil – desto «sturer» wird das System. Bei einer starken lateralen Inhibition schaut es nicht mehr nach rechts und nach links und zieht die einmal ausgewählte Absicht bis zum Ende durch. Dadurch aber wird es auch gegen Umgebungsreize, die Gelegenheiten oder Gefahren in sich bergen, relativ unempfindlich. Wenn wir also das Motivflimmern in der angegebenen Weise verhindern, so handeln wir uns mit diesem Vorteil wiederum Nachteile ein.

Können wir dies verhindern? Am besten wäre es, wenn wir die Stärke der lateralen Inhibition des jeweils handlungsleitenden Motivs *je nach Gelegenheit* dosieren könnten. Wenn es sehr wichtig ist, ein bestimmtes Motiv zu verfolgen, sollte die «Selektionsschwelle» (mit anderen Worten, das Ausmaß der lateralen Inhibition, die das handlungsleitende Motiv auf die anderen ausübt) sehr groß sein. Ist hingegen die Dringlichkeit des augenblicklich handlungsleitenden Motivs nicht so hoch, sollte die Selektionsschwelle geringer sein. – Auch von der Umgebung könnte man die Selektionsschwelle abhängig machen. In Situationen, in denen beispielsweise die Umgebung in hohem Maße unbestimmt ist, in denen man nicht voraussehen kann, was vielleicht geschehen wird, sollte die Selektionsschwelle gering sein, damit Ψ für Gelegenheiten und Gefahren empfindlich wird. Bewegt sich dagegen alles in ruhigen Bahnen, sind Überraschungen nicht zu erwarten, kann man sich eine hohe Selektionsschwelle leisten.

Wenn Menschen eine wichtige Arbeit zu Ende bringen wollen, suchen sie oft Abgeschiedenheit, die Ruhe und die Reizarmut einer Mönchszelle. Ist die Selektionsschwelle beim Menschen abhängig von der Unbestimmtheit der Umgebung, so bedeutet diese Suche nach Abgeschiedenheit genau das, was wir eben als Mechanismus für Ψ erwogen haben. Die Umgebung ist in einem solchen Falle in hohem Maße bestimmt; es geschieht nichts Unvorhersehbares, und somit kann die Selektionsschwelle hoch sein, was zu einem konzentrierten Arbeiten an dem jeweils handlungsleitenden Motiv führen wird. Eine hohe Selektionsschwelle bedeutet «Versenkung», die totale Hingabe an ein Motiv.

Eine Umgebung mit hoher Unbestimmtheit dagegen wird dazu führen, daß die Selektionsschwelle niedrig ist und daß viel eher Motivflimmern auftritt. Die Dinge werden nur noch oberflächlich und mit wenig Nachhaltigkeit behandelt; nichts wird richtig zu einem Ende gebracht; Ψ befindet sich in einem Zustand der hektischen Aktivität (der mittlere Balken in Abbildung 6.4 zeigt dies deutlich) und handelt sehr ineffektiv.

Die Einstellung der Selektionsschwelle auf die jeweiligen Umstände ist *eine* Möglichkeit, sowohl das (gewöhnlich) schädliche Motivflimmern zu minimieren als auch eine der gegebenen Situation entsprechende Sensibilität für Gelegenheiten «aus dem Hintergrund» zu bewahren. Es gibt noch einen anderen Weg, die Arbeit des Selektionsmechanismus zu optimieren: Wir könnten ihn irgendwie überwachen lassen und die Kompetenz- und Dringlichkeitsschätzungen – je nachdem – bedingungsspezifisch modifizieren.

Was soll das heißen?

Ich hätte mir zum Beispiel bei der «Folienaffäre» sagen können: «Das siehst du alles viel zu schwarz. Bei deinen ganzen Überlegungen hast du dich viel zu sehr auf die Katastrophe der vergessenen Folie zentriert. Du hast nur die negativen Aspekte der Situation gesehen und aufgrund dieser einseitigen Betrachtung den Mut verloren. Du solltest doch auch bedenken, daß du dir die Folie ja immerhin selbst ausgedacht hast. Es wäre doch merkwürdig, wenn du sie nicht – zumindest partiell – aus deinem Gedächtnis rekonstruieren könntest. In den zwanzig Minuten, die dir noch verbleiben, solltest du die Hauptzüge rekapitulieren können, und hinsichtlich der

Kommentare bist du ja sowieso darauf angewiesen, daß dir die richtigen Dinge einfallen.»

Oder: «Du gehst einfach in die Vorlesung und sagst den Studenten, was geschehen ist. Und dann wird ein Ersatztermin ausgemacht, an dem du die Vorlesung anhand deiner ‹unentbehrlichen› Folie nachholst. Die Studenten sind gewöhnlich gutwillig, wenn man an ihren guten Willen appelliert, und auf diese Weise endet die ganze Geschichte wahrscheinlich in einem Gelächter über das Mißgeschick!»

Durch das Überdenken Nummer 1 wäre es mir wahrscheinlich gelungen, die Erfolgsabschätzung für eine zumindest passable Vorlesungsvorbereitung zu erhöhen. Ich hätte mich zusätzlich daran erinnern können, daß mir mitunter extemporierte Vorlesungen viel besser gelungen sind als solche, die bis ins letzte Detail vorbereitet waren. Sie sind lebendiger; die Studenten bekommen den – durchaus richtigen – Eindruck, daß sie an der Ausarbeitung eines Werkes teilnehmen und sogar daran mitwirken können.

Beim Überdenken Nummer 2 ging es um die Verlegung des Termins. Es wäre gar keine vollständige Verschiebung notwendig gewesen; ich hätte den Studenten meine Lage erklären können, wäre dann nach Hause gefahren, hätte die Folie geholt und die Vorlesung mit einer Stunde Verspätung begonnen.

Keiner dieser «Überdenkakte» fand statt. Die durch das Vergessen der Folie erzeugte Panik hatte wahrscheinlich einfach ein viel zu großes Gewicht, um ein ruhiges Analysieren der Lage zu gestatten. Aber sie *hätten* stattfinden können, und gerade die Panik des Motivflimmerns hätte der Auslöser dafür sein können. Das Bedenken einer Situation beinhaltet Selbstreflexion, die Betrachtung der eigenen Denk- und Gefühlsprozesse. Es ist für uns Menschen ein wichtiges Mittel, um schädliche Zustände wie das Motivflimmern zu verringern oder einzudämmen.

Könnte Ψ seine Hektik in gleicher Weise bekämpfen? Um in solche Selbstreflexionen zu verfallen, müßte es fähig sein, einen Metastandpunkt einzunehmen, sich selbst und die Funktion seines Selektionsmechanismus zum Objekt der Betrachtung zu machen. Dann könnte es die Inputs für den Selektionsmechanismus modifizieren und ihn auf diese Weise dazu bringen, anders zu arbeiten. – Doch auf die Art und Weise, wie wir Ψ veranlassen könnten, sich selbst und seine eigenen Mechanismen zum Objekt der Betrachtung zu machen, will ich hier noch nicht eingehen. Ich komme darauf im siebten Kapitel zurück, in dem es um Selbstreflexion geht.

Übrigens: Mit dem «Motivflimmern» sehen wir zum erstenmal so etwas wie eine emotionale Reaktion von Ψ. Wer es im Zustand des Motivflimmerns beobachten würde, käme unweigerlich zu dem Urteil: «Mensch, ist Ψ aufgeregt!» Oder: «Ψ hat Angst!» Oder: «Ψ steht aber ziemlich unter Streß!» Ein menschlicher Beobachter würde also dem motivflimmernden Ψ Gefühlszustände zuschreiben. Was wird da als «Gefühl» interpretiert? Eine bestimmte Form der Arbeit des Selektionsmechanismus, dessen Informationsverarbeitung durch die Umstände, also durch die Veränderungen der Kompetenzabschätzungen und der Dringlichkeiten, in bestimmter Weise moduliert wird. Mit «Modulation» meine ich die Änderung der Art und Weise, wie ein Prozeß abläuft (lateinisch *modus*: die Art, die Weise).

Wir Menschen neigen dazu, bestimmte Formen der Verhaltensmodulation als Gefühle zu interpretieren. Wenn jemand zögert, nicht weiterkommt, sich ständig umsieht, ständig «sichert», sind wir schnell mit dem Urteil «Der hat aber Angst!» bei der Hand; und wenn jemand «stur», ohne nach rechts oder nach links zu schauen, seinen Weg geht, dann neigen wir dazu zu sagen: «Die hat Selbstvertrauen! Der ist aber mutig!»

Wenn «Mut», «Angst», «Streß» Bezeichnungen für Gefühle sind, dann liegt der Bereich der Gefühle dem Bereich der Modulation des Verhaltens und der inneren Prozesse nahe. Zumindest für eine ganze Reihe von Gefühlen scheint dies zuzutreffen. Ich werde in den Abschnitten 6.4 und 6.5 auf den Zusammenhang von Gefühlen und Verhaltensmodulation eingehen.

Konzentration

Die eine der Aufgaben, die wir uns zu Beginn dieses Abschnitts gestellt haben, nämlich das Selektionsproblem zu lösen, ist damit erledigt. Wir haben für Ψ einen Mechanismus konstruiert, der dafür sorgt, daß immer die «richtige» Absicht zu einem bestimmten Zeitpunkt verfolgt wird, daß unter Umständen wegen veränderter Dringlichkeit, wegen veränderter Fähigkeiten, aufgrund von Gelegenheiten oder erkannten Gefahren Absichten gewechselt werden. Dieser Selektionsmechanismus läßt sich auch als ein Mechanismus der Konzentration betrachten. Denn darum geht es: Ψ konzentriert sich auf eine der möglichen Absichten, und die Höhe der Selektionsschwelle macht das Ausmaß der Konzentration aus. Wir sollten nun dafür sorgen, daß die Konzentration auf ein Motiv noch in anderer Weise unterstützt wird, daß eine Ablenkung von der gerade verhaltensbestimmenden Absicht durch eine absichtsspezifische Selektivität der Wahrnehmung erschwert wird.

Motive bilden ein Netzwerk, in dessen Zentrum ein oder mehrere aktive Motivatoren stehen. Diese sind mit Zielschemata verbunden, die gewöhnlich in Verhaltensprogramme oder Geschehnisschemata eingebaut sind. Natürlicherweise wird in einem solchen Netzwerk, wenn man es sich selbst überläßt, die Aktivität der Motivatoren irradiieren. Sie wird sich fortpflanzen zu den Zielschemata und von dort aus zu den mit diesen verbundenen Geschehnisschemata und Verhaltensprogrammen. Es ergeben sich – je nach Aktivität der spezifischen Motivatoren – im Gedächtnis mehr oder minder stark aktivierte Bereiche. Abbildung 6.7 zeigt diesen Sachverhalt schematisch. Hier sehen wir drei Motivatoren, A, B und C. Nehmen wir an, daß der Motivator B besonders stark aktiv ist; etwas weniger aktiv ist C, während A gar nicht aktiv ist. Die Stärke der Aktivierung habe ich angedeutet durch die Linienstärke der Motivatoren und der mit ihnen verbundenen Schemata. Eine Ausbreitung der Aktivierung von den Motivatoren aus würde zu den Aktivierungs«höfen» führen, die man in der Abbildung 6.7 sehen kann. (Ich habe die Zielschemata in Abbildung 6.7 nur durch ihre «Kopfknoten» angedeutet; natürlich sind sie gewöhnlich umfangreiche Ge-

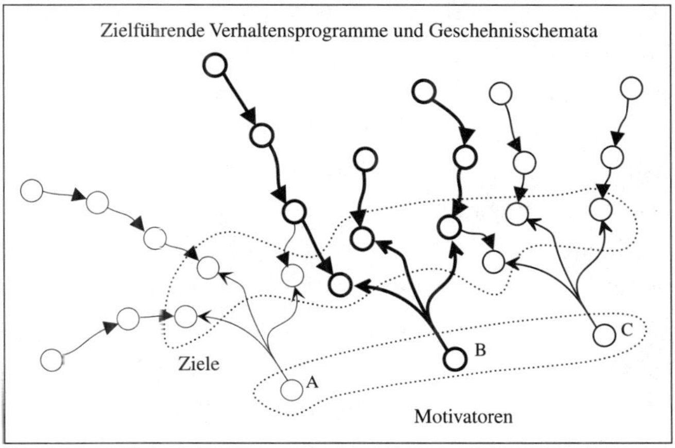

Abbildung 6.7 Voraktivierung von Gedächtnisschemata durch Bedürfnisse

bilde. Zugleich habe ich die Verhaltensprogramme und Geschehnisschemata, die mit den Zielschemata verbunden sind, nur dadurch grob wiedergegeben, daß ich Ketten von Pfeilen mit dazwischengeschobenen Kreisen eingezeichnet habe. Die Pfeile bedeuten dabei die Aktionen beziehungsweise die Übergänge von einem Ereignis zum anderen, und die Kreise bedeuten wiederum sensorische Schemata.)

Ich habe im Abschnitt «Die Wahrnehmung von etwas als etwas» (Seite 144) ausgeführt, daß sich der HyPercept-Prozeß als Grundprozeß der Wahrnehmung in seinem Ablauf nach dem Ausmaß der Voraktivierung der Schemata richten könnte, die sich jeweils in der «Supraliste» befinden. (Sie erinnern sich: Die Supraliste enthält die Schemata, die als Hypothesen für das, was möglicherweise der Fall ist, in Frage kommen.)

Wenn wir die Wahrnehmung so gestalten, dann werden all diejenigen sensorischen Schemata, die direkt oder indirekt mit dem Motivator B der Abbildung 6.7 verbunden sind, bevorzugt aktiviert. Dabei kann es auch zu Fehlidentifizierungen kommen, nämlich dann, wenn das gesamte System mit einem abgesenkten Auflösungsgrad arbeitet: Ψ «erkennt» etwas, was faktisch nicht vorhanden ist (siehe «Wie und was?», Seite 175 ff.).

Die Konzentration des Systems auf die gerade behandelte Absicht können wir noch verstärken, indem wir die augenblicklich nicht handlungsleitenden Absichten daran hindern, ihr assoziatives Umfeld zu aktivieren.

Wenn also im Beispiel der Abbildung 6.7 die Absicht B die aktuelle ist, so könnten A und C an der Aktivierung ihres Umfeldes gehindert werden. Zu diesem Zweck müßte man eine Hemmung auf die Verknüpfungen von A und C mit ihren Zielschemata setzen. Einen solchen Mechanismus zu bauen fällt nicht weiter schwer, und ich will ihn deshalb nicht im einzelnen erläutern. Die Stärke der Hemmung nicht aktueller Absichten könnte von der Höhe der Selektionsschwelle abhängig sein. Auf diese Weise erreichen wir eine «Konturierung» der Vorbahnungen im Gedächtnis. Bei einer sehr hohen Selektionsschwelle haben dann praktisch nur noch absichtsspezifische Signale die Chance, sensorische Schemata zu aktivieren, was eine extreme Konzentration auf die augenblicklich handlungsleitende Absicht bedeuten würde.

Wie schon mehrfach ausgeführt, ist eine hohe Konzentration auf der einen Seite nützlich, auf der anderen Seite aber auch schädlich. Bei hoher Konzentration wird die augenblicklich handlungsleitende Absicht mit relativ hoher Geschwindigkeit und großer Genauigkeit bearbeitet, da ja Störsignale «von der Seite» nicht zugelassen werden. Aber dadurch verliert das System zugleich die Möglichkeit und die Fähigkeit, auf Signale zu reagieren, die Gelegenheiten für die schnelle Erledigung anderer Absichten beinhalten oder die Gefahren oder drohende Mißstände signalisieren. Deshalb sollten wir die Konzentration den jeweiligen Umständen anpassen. Aus schon geschilderten Gründen wollen wir die Höhe der Selektionsschwelle von dem Grad der *Unbestimmtheit* abhängig machen, in der sich Ψ zu einem bestimmten Zeitpunkt befindet. Wenn die jeweilige Umgebung in einem hohen Maße bestimmt erscheint, können wir uns ein hohes Ausmaß an Konzentration leisten. Ist sie hingegen sehr unbestimmt, sollten wir auf der Hut und für «Seitenreize» empfänglich sein. In einem solchen Fall sollten wir also die assoziativen Umfelder der augenblicklich nicht aktuellen Absichten nicht allzu stark inhibieren. Dadurch erhöht sich die Wahrscheinlichkeit, daß auch Reize wahrgenommen werden, die mit der augenblicklich handlungsleitenden Absicht nichts zu tun haben, andererseits aber natürlich auch die Wahrscheinlichkeit, daß die augenblicklich handlungsleitende Absicht unterbrochen werden muß, was manchen Absichten nicht zuträglich ist.

Resümieren wir, was wir in diesem Abschnitt geleistet haben! Ausgangspunkt der Betrachtung war das Selektionsproblem, nämlich das Problem, auf welche Weise wir Ψ dazu befähigen, stets diejenige Absicht zu verfolgen, die zum jeweiligen Zeitpunkt verfolgt werden sollte. Dafür erschien uns zunächst die Größe der Sollwertabweichung, sprich die Wichtigkeit der Absicht, ein vernünftiges Kriterium zu sein. Diese müssen wir allerdings absichtsspezifisch gewichten, da manche Bedürfnisse eine unmittelbare Existenzgefährdung indizieren, andere dagegen nicht. Dem gewichteten Vorrang haben wir die Erfolgswahrscheinlichkeit als Kriterium hinzugefügt und gelangten auf diese Weise zu dem altehrwürdigen Erwartung-mal-Wert-Prinzip als Selektionskriterium. Als weiteres Kriterium mußten wir die Dringlichkeit einer Absicht einführen. Eine Überprüfung des so gestalteten Selektionsmechanismus zeigte uns eine Schwäche des Systems; es hat eine gewisse Neigung, in einen Zustand des Motivflimmerns zu verfallen. Durch die Einführung der Selektionsschwelle haben wir versucht, die Wahrscheinlichkeit zu minimieren, daß das System in einen solchen kritischen Zustand gerät.

Und schließlich haben wir durch eine mehr oder minder starke Hemmung der assoziativen Umfelder der nicht aktuellen Absichten die Wahrscheinlichkeit, daß die Abarbeitung des aktuellen Motivs durch «Seitenreize» gestört wird, an die jeweiligen Umstände angepaßt. Ψ kann sich so auf die Abarbeitung der jeweiligen Absicht konzentrieren, wie es die Umstände nahelegen.

Wie tun?

So vollzieht sich das Streben (im ganzen gesehen) nunmehr in drei Bewegungsabläufen.

Aristoteles
Über die Seele, III.11

So, jetzt hat Ψ also eine Absicht oder ein aktuelles Motiv. Es strebt ein Ziel an (oder verschiedene), um dann ein oder auch mehrere Bedürfnisse befriedigen zu können. Gewöhnlich wird sich nun das Ziel nicht von allein einstellen (obwohl auch das der Fall sein kann, wenn ein Geschehnis Ψ automatisch in eine bestimmte Zielsituation bringt). Gewöhnlich wird Ψ irgend etwas tun müssen, um zum Ziel zu kommen. Aber was?

Wie sollte Ψ eine ausgewählte Absicht verfolgen? Dafür gibt es, vom puren Herumprobieren bis hin zu komplizierten Planungsprozessen, eine Reihe von Möglichkeiten. Nein, nicht eine «Reihe». Ich glaube, daß es sinnvoll ist, genau *drei* verschiedene Formen des Umsetzens einer Absicht zu unterscheiden. Zum einen kann Ψ einen *Automatismus* aufrufen. Ein Automatismus ist eine Verhaltensweise, die als feste sensumotorische Koordination, als festes Verhaltensprogramm, im Langzeitgedächtnis von Ψ vorhanden ist, gewöhnlich auf langer Erfahrung beruht und «funktioniert», sonst gäbe es ihn nicht. Wir werden gleich sehen, auf welche Weise Ψ solche Automatismen einfallen.

Zum anderen kann Ψ einer Absicht dadurch nachgehen, daß es *plant*. Planen bedeutet, daß neues Wissen (über mögliche Lösungswege) durch Rekombination von Elementen des alten Wissens hergestellt wird. Ein Plan ist auch ein Verhaltensprogramm, aber ein neu, ad hoc zusammengestelltes. Ein Plan hat hypothetischen Charakter; ob er stimmt, weiß man nicht genau, denn er wurde ja noch nie erprobt. Die durch Planung neu konstruierten Wege zum Ziel sind gewöhnlich nicht so sicher wie Automatismen (auch Automatismen sind allerdings nie *ganz* sicher!), es handelt sich lediglich um *Möglichkeiten.*

Und schließlich, zum dritten: Wenn gar kein Wissen da ist oder wenn es sich erwiesen hat, daß das Wissen, das zur Verfügung steht, falsch ist oder sich nicht anwenden läßt, sollte Ψ versuchen, sich neues Wissen zu beschaffen. Eine einfache, aber nicht risikofreie Form der Aneignung neuen Wissens ist die Exploration durch *Versuch-Irrtum-Verhalten.* Eine andere, gewöhnlich langwierigere, ist das *Beobachten.* – Wenden wir uns nun diesen verschiedenen Formen, eine Absicht zu verfolgen, der Reihe nach zu.

Der Wirklichkeitssinn

Beginnen wir mit dem Aufruf von Automatismen. Am Anfang hat Ψ ein Motiv ausgewählt; es ist also eine Absicht entstanden. Das bedeutet, daß in der Auswahlreihe des in Abbildung 6.2 skizzierten neuronalen Selektionsmechanismus *ein* Neuron aktiv ist. Diesem Neuron sind nun über den zugehörigen Bedarfsindikator ein oder mehrere Zielschemata zugeordnet, sensorische Schemata also, die «Eingangspforten» zu konsummatorischen Endhandlungen darstellen, etwa zum Verzehr von Leberkäsebrötchen, Sahneschnitten, Rollmöpsen. In alle diese Objekte kann ich hineinbeißen, ich kann das Abgebissene kauen und hinunterschlucken, und dann verschwindet mehr oder minder schnell mein Hungergefühl. An die Stelle von Leberkäsebrötchen, Sahneschnitten und Rollmöpsen mögen bei Ψ Springbrunnen, Wildbäche oder dunkle Gewitterwolken treten, aber im Prinzip läuft dies auf das gleiche hinaus. – Zielschemata sind einem oder mehreren Bedürfnissen zugeordnet.

Wie gelangt man zu einem der Ziele? Der einfachste Weg, eine Verhaltensweise auszuwählen, ist die «Brückenmethode». Sie besteht aus dem Versuch, eine Brücke aus Verhaltensweisen oder Geschehnissen zu finden, die von der augenblicklich gegebenen Situation zu dem angestrebten Ziel führt. Abbildung 6.8 zeigt die Gedächtnisstrukturen, die für diese Methode von Bedeutung sind.

Wir sehen ein Netz, das aus drei Teilen besteht. Oben im Bild sind drei Verhaltensprogramme, A, B und C, dargestellt. Ich habe hier nur die Interneuronen angegeben und die sensorischen beziehungsweise motorischen Knoten, auf die die Interneuronen zeigen, bis auf wenige Ausnahmen weggelassen. Der Kopfknoten von A zeigt auf eine Einheit 3, der von B auf die Einheit 1 und der von C auf die Einheit 2. Die Einheiten 1 bis 8 sollen sensorische Neuronen sein, Kopfknoten sensorischer Schemata, Identifikatoren für irgendwelche Sachverhalte, die in der Welt der Fall sein können, also für Häuser oder Springbrunnen, für Telefonzellen, Tankstellen oder sonst irgend etwas.

Rechts von ihnen befindet sich ein Netz, «Situationsbild» genannt. Es handelt sich um ein sensorisches Schema, das auf drei Subknoten, 1, 2 und 4, zeigt. Dieses Situationsbild soll das Gedächtnisbild der augenblicklichen Umgebung des Systems sein, es soll also darstellen, in welcher Situation sich die Maschine gerade befindet.

Rechts unten sind, bezeichnet mit J_1, J_2 und J_3, Bedarfsindikatoren angeordnet, die jeweils auf sensorische Neuronen zeigen: J_1 auf die Knoten 5 und 8, J_2 auf 7 und J_3 auf 3 und 6. Diese Verknüpfungen stellen *Appetenzrelationen* dar. Sie weisen auf Ziele. Die Maschine weiß aufgrund vorausgegangener Erfahrungen, daß J_1 zur Ruhe kommt, wenn in der Außenwelt 5 oder 8 der Fall ist. Genauso erlischt die Aktivität von J_2, wenn das Ereignis 7 eintritt, und die Aktivität von J_3 verschwindet, wenn sich 3 oder 6 ereignet. (Genauer: Das jeweilige Bedürfnis verschwindet, wenn in der Außenwelt die entsprechende Quelle zu seiner Befriedigung verfügbar ist *und* eine entsprechende konsummatorische Endhandlung stattfindet.)

Wie ersichtlich, führt das Verhaltensprogramm A von 3 nach 5 oder nach 6; es bewirkt also, daß ein Objekt 3 in ein Objekt 5 (oder 6) umgewandelt wird, genauer: daß sich aus dem Anblick 3 schließlich der Anblick 5 (oder 6) ergibt. B führt von 1 über 8 nach 6; der zweite Ausgang von B ist nicht angegeben, er ist unbekannt, vielleicht vergessen. Und C schließlich führt von 2 nach 7.

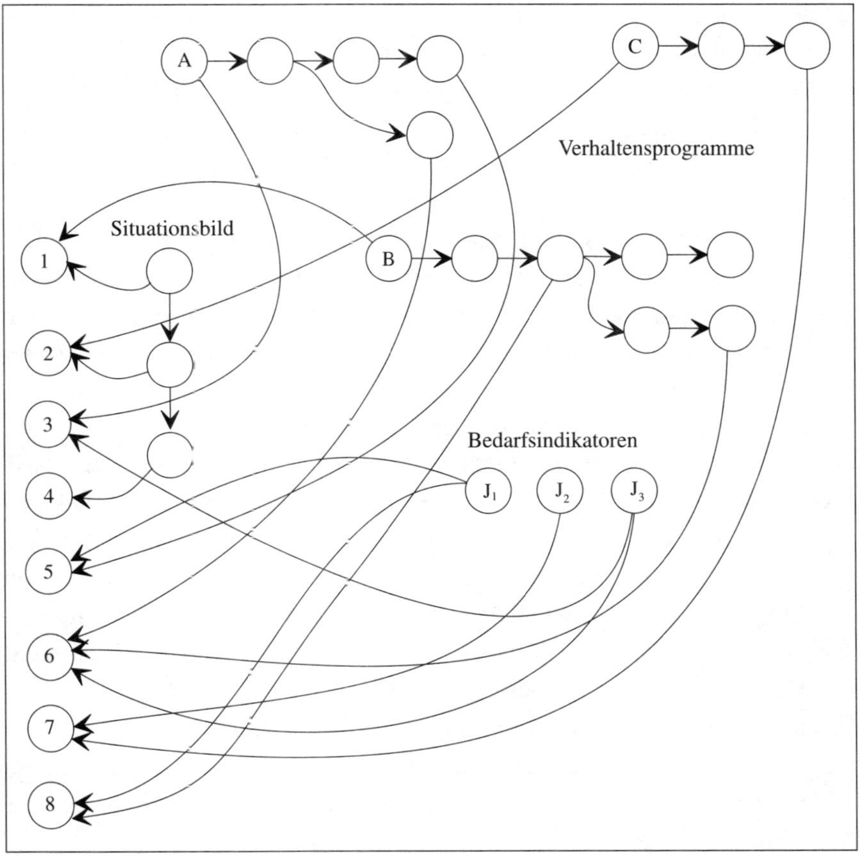

Abbildung 6.8 Situation und Motivation: der Aufruf von Verhaltensprogrammen

Die Brückenmethode besteht nun darin, daß geprüft wird, ob ein bestimmtes Verhaltensprogramm von dem augenblicklichen Situationsbild oder einem Teil davon zu einem der Zielschemata führt. Wenn also der Indikator J_1 aktiv wäre – und das heißt nichts anderes, als daß sich das entsprechende Bedürfnis regt, auf das er hinweist –, dann sollte die Verhaltensweise B ausgewählt werden, denn diese wandelt gemäß den Erfahrungen, die Ψ mit seiner Umwelt gemacht hat, das Gebilde 1 in 8, und 8 wäre die Eingangspforte zu einer konsummatorischen Endhandlung. Bestünde hingegen der mit J_2 verbundene Bedarf, wäre C das richtige Verhaltensprogramm, da es von Gebilde 2 zu 7 führt, das die Eingangspforte zu einer konsummatorischen Endhandlung für J_2 darstellt.

Wäre der Bedarfsindikator J_1 aktiv und gäbe es das Gebilde 3 im Situationsbild, so sollte Ψ die Verhaltensweise A auswählen, da diese 3 in 5 umwandelt. Zumindest mit einer bestimmten Wahrscheinlichkeit. Wie aus Abbildung 6.8 ersichtlich, kann auch 6 dabei herauskommen.

Wie kann Ψ die jeweils richtigen Verhaltensprogramme finden? Es gibt dafür verschiedene Möglichkeiten. Die einfachste wäre, einen Impuls auf das Anfangsglied eines Verhaltensprogramms im Situationsbild zu setzen und abzuwarten, ob er in einem der Ziele endet, die mit dem aktuellen Bedürfnis verbunden sind. Ein anderes Verhalten bestünde darin, zu prüfen, ob der Endpunkt einer anwendbaren Verhaltensweise mit einem der Zielschemata des aktuellen Bedürfnisses verträglich ist. Wenn Ψ auf diese Weise jeweils ein Zielschema findet, ist ihm die entsprechende Verhaltensweise «eingefallen». Beide Verfahren würden nicht nur ein Verhalten auswählen, sondern *zugleich ein Ziel.* Für J_3 zum Beispiel käme in der Situation der Abbildung 6.8 nur das Ziel 6 in Frage, nicht aber 3, weil dafür keine zielführenden Verhaltensweisen bekannt sind. Daß situationsspezifisch nicht nur Verhaltensprogramme, sondern auch Ziele ausgewählt werden, ist auch für uns Menschen typisch. Bekomme ich zu Hause in meinem Arbeitszimmer Appetit, fällt mir die Schokolade ein, die meine Frau vor mir in einem alten Suppentopf versteckt; geschieht dasselbe im Institut, kommt mir der Mohnkuchen der Bäckerei Beckstein in den Sinn.

Die Brückenmethode verwenden wir als die basale Methode der Verhaltensorganisation von Ψ. Offenkundig kann es sein Verhalten mit ihrer Hilfe auf Ziele ausrichten und der jeweiligen Situation anpassen.

Wenn nun ein Bedürfnis entsteht, also ein Bedarfsindikator aktiv wird, so wird durch die Methode der Brückensuche eine zielführende Verhaltensweise ausgewählt, also das Verhalten auf ein Ziel ausgerichtet. Zunächst einmal hat dies den Effekt, daß Ψ weiß, mit welcher Erfolgszuversicht es an die Bearbeitung des Motivs gehen kann, denn für ein Verhaltensprogramm läßt sich ja die Erfolgswahrscheinlichkeit abschätzen (Abbildung 5.16, Seite 403). Und die Erfolgsabschätzung spielt für die Motivselektion eine große Rolle, wie wir im letzten Abschnitt gesehen haben.

Wenn dann das entsprechende Motiv handlungsleitend geworden ist, kann das ausgewählte Verhaltensprogramm mit dem Algorithmus «Aktiviere-Verhaltensprogramm» der Abbildung 2.5 (Seite 100) aktiviert werden.

Der Aufruf einer gespeicherten Verhaltensweise, eines «Automatismus», ist die einfachste Art, eine Absicht zu verfolgen. – Die Fähigkeit, einen zielführenden Automatismus zu finden, stellt gewissermaßen den «Wirklichkeitssinn» von Ψ dar. Verhaltensprogramme existieren ja nur dann als Automatismen im Gedächtnis von Ψ, wenn sie sich bereits vielfach als der Realität angemessen bewährt haben, denn sie werden ja durch Wiederaufruf von Protokollelementen gebildet und sind die verfestigte Spur erfolgreicher Verhaltensweisen. Aber natürlich kann es passieren, daß auch sie falsch sind, entweder weil die Realität ein anderes Gesicht hat oder aber weil sich die Automatismen – zum Beispiel durch Vergessen – so verändert haben, daß sie nicht mehr «stimmen». Manchmal läßt uns eben auch der «Wirklichkeitssinn» im Stich.

Zum Aufruf eines Automatismus kommt es, indem die Verhaltensweise der Prozedur «Aktiviere-Verhaltensprogramm» übergeben wird. – Wie ist diese Formulierung zu verstehen? Wenn etwas übergeben wird, muß ja ein «Geber» existieren und jemand, der «übernimmt». Letzterer ist «Aktiviere-Verhaltensprogramm». Doch wer «übergibt»? Vielleicht doch ein kleines Männchen in Ψ, das alles steuert? – Nein, so ist das nicht gemeint. «Übergeben» heißt ganz einfach: In dem Moment, in dem der Selektionsmechanismus ein Ziel ausgewählt hat, beginnt «Aktiviere-Verhaltensprogramm» zu arbeiten, sofern ein Automatismus aufgespürt wurde. «Übergeben» heißt also nichts anderes, als daß nach der erfolgreichen Arbeit eines Mechanismus ein anderer aktiv wird.

Wir könnten «Aktiviere-Verhaltensprogramm» eigentlich sich selbst überlassen, wenn ihm ein Verhaltensprogramm übergeben wurde. «Aktiviere-Verhaltensprogramm» ist eine eigenständige Instanz, die das entsprechende Verhaltensprogramm selbständig abarbeiten kann. Während sie arbeitet, kann Ψ schon etwas anderes tun (besser: Es könnte etwas anderes *in* Ψ geschehen). Beispielsweise könnte sich der Selektionsmechanismus erneut auf die Suche machen; eine andere Absicht auswählen und für diese zum Beispiel neu planen. Wir müssen nur dafür Sorge tragen, daß die Entwicklung der neuen Absicht nicht der anderen Absicht, die gerade von «Aktiviere-Verhaltensprogramm» bearbeitet wird, in die Quere kommt. Auf diese Weise bekommen wir eine gewisse Parallelität der Verarbeitung. So etwas ist aber nicht nur in Ψ möglich. Wir kennen das auch von uns selbst. So können wir sehr gut Auto fahren und uns dabei mit dem Beifahrer unterhalten. Die Automatismen des Autofahrens laufen parallel zur Unterhaltung, solange nichts passiert, was im Verhaltensprogramm nicht vorgesehen ist.

Auch bei Tieren können wir eine derartige Parallelität beobachten. Unser Hund läuft neben uns her und kommuniziert mit uns, während er läuft. Er knurrt uns spielerisch an, bellt, zerrt an der Leine und so fort. Die autonome Arbeitsweise von «Aktiviere-Verhaltensprogramm» ist, auf den ersten Blick betrachtet, eine sehr gute Sache. Durch sie gewinnen wir freie Kapazitäten. Allerdings birgt diese Lösung auch gewisse Gefahren, auf die ich schon hingewiesen habe, als ich allgemein auf Verhaltensprogramme eingegangen bin. Erinnern Sie sich an die verunglückte Einkaufsfahrt (Seite 397f.)?

Die Brückensuche muß nicht unbedingt, wie in den Beispielen geschildert, zwischen dem Anfangs- und den Endpunkt eines Verhaltensprogramms stattfinden. Vielmehr könnte sie auch an beliebigen Zwischenpunkten von Verhaltensprogrammen ablaufen. So ist beispielsweise das Verhaltensprogramm B der Abbildung 6.8 ein gutes Mittel, um 1 in 8 umzuwandeln.

Dabei muß allerdings gewährleistet sein, daß das Verhaltensprogramm rechtzeitig, nämlich beim Erreichen des angestrebten Endpunktes, abgebrochen wird. Das aber macht die Kontrollstruktur «Aktiviere-Verhaltensprogramm» der Abbildung 2.5 nicht automatisch. Vielmehr arbeitet sie Verhaltensprogramme bis zum Ende ab, wenn sich nicht herausstellt, daß die Verhaltensweise «falsch» ist, also unvorhergesehene Ergebnisse produziert (Abbruch 4 im Flußdiagramm der Abbildung 2.5). – Die Tendenz aber, Verhaltensprogramme nicht bei einem Zwischenergebnis abzubrechen, sondern bis zum Ende abzuhaspeln, finden wir nicht nur bei Ψ, sondern auch zum Beispiel bei Professor Hilbert. (Sie werden sich erinnern. Sonst: Seite 94!)

Der Möglichkeitssinn II

Wer den Möglichkeitssinn besitzt, sagt beispielsweise nicht: Hier ist dies oder das geschehen, wird geschehen, muß geschehen; sondern er erfindet: Hier könnte, sollte oder müßte geschehn; und wenn man ihm von irgend etwas erklärt, daß es so sei, wie es sei, dann denkt er: Nun, es könnte wahrscheinlich auch anders sein. So ließe sich der Möglichkeitssinn geradezu als die Fähigkeit definieren, alles, was ebensogut sein könnte, zu denken und das, was ist, nicht wichtiger zu nehmen als das, was nicht ist.

Robert Musil
Der Mann ohne Eigenschaften, I, 4

Wenn nun keine zielführenden Verhaltensprogramme, also Automatismen, auffindbar sind (oder wenn es sich erweist, daß die aufgefundenen nicht funktionieren), dann muß Ψ versuchen, neue Verhaltensweisen zu erwerben. Es muß herausfinden, was in der augenblicklichen Situation vielleicht sonst noch möglich ist. Es braucht also einen *Möglichkeitssinn.*

Einen Möglichkeitssinn zu haben ist von großer Bedeutung für Ψ, denn ohne ihn wäre es nicht in der Lage, die eigenen Handlungsfähigkeiten zu erweitern. Wie könnte ein solcher Möglichkeitssinn aussehen? Musil führt ihn auf die Fähigkeit zurück, sich auszudenken, was sein *könnte.* Diese Fähigkeit könnte man auch als *Planungsfähigkeit* bezeichnen. Ein Plan ist ein *möglicher Weg*, von dem wir nicht genau wissen, ob er auch wirklich zu dem angestrebten Ziel führt. Aber es könnte ja sein! Und wir könnten es ja mal probieren! Was ist ein Plan genau, und wie kann es zu einem Plan kommen?

Ein Plan besteht aus einer Sequenz oder einem Geflecht einzelner Aktionen.

> *«Zur Brudermühle wollen Sie? Da biegen Sie hier vorne bei der Ampel nach links ab, fahren über die Brücke, und danach, bei der nächsten Ampel, halten Sie sich rechts. Dann sind Sie auf der Königstraße und müssen auf dieser Straße bleiben, bis Sie rechts einen Laden mit Haushaltswaren sehen; er heißt Witt. Dort biegen Sie rechts ab, fahren wieder über eine Brücke und so lange geradeaus, bis Sie vor sich eine Reiterstatue sehen. Dort biegen Sie links ab und sofort wieder rechts. Sie fahren dann so lange geradeaus, bis Sie eine weitere Brücke überquert haben. Dann wenden Sie sich nach rechts; Sie können aber auch gar nicht anders. Bei der nächsten Ampel biegen Sie links ab, fahren in einem Bogen nach rechts, und dann sehen Sie rechts schon die Brudermühle vor sich.»*

Das ist ein Plan! Er besteht in der Vorschrift, wie man bestimmte Operationen – in diesem Fall Bewegungsoperationen – aneinanderreihen muß, um zu einem bestimmten Ziel zu kommen. In unserem Beispiel wurde er von einem anderen zur Verfügung gestellt. Wie aber gelangt man zu Plänen, wenn man sie nicht geschenkt bekommt? Ganz einfach: Man reiht probehalber die möglichen Operationen aneinander und fährt so lange damit fort, bis sich eine zielführende Verhaltensweise ergibt. Planen bedeutet die Konstruktion einer zielführenden Verhaltensweise. Und die einfachste Konstruktionsmethode ist die probeweise Aneinanderreihung der möglichen Aktionen. Planen ist eine kreative Tätigkeit; man erzeugt etwas, was vorher in dieser Form noch nicht existiert hat.

Planen ist also ganz einfach; man überlegt sich eine Verhaltensweise, die in der gegebenen Situation durchführbar ist, kommt auf diese Weise «im Geiste» in eine andere Situation, überlegt sich wieder eine Verhaltensweise, die in dieser anderen Situation durchführbar ist, und so fort. – Habe ich eben behauptet, Planen sei ganz einfach? Leider ist das grundfalsch! Wenn wir uns zu überlegen beginnen, auf welche Weise wir einer Maschine Planungsfähigkeit verleihen könnten, sehen wir schnell, daß das Planen ganz und gar nicht einfach ist. – Ich sagte oben: Man überlegt sich eben irgendeine Verhaltensweise, die in der gegenwärtigen Situation anwendbar ist. Da fängt es schon an! Welche denn? Ich kann mich zum Beispiel am linken Ohr kratzen. Oder drei Schritte nach vorn gehen und eine Pirouette drehen oder den Federhalter ergreifen und das Wort «Schreibunterlage» auf die Schreibunterlage schreiben. Unzählige Verhaltensweisen kann ich auf die gegenwärtige Situation anwenden. Mit welcher soll ich beginnen? Und bei jeder neuen Station stellt sich diese Frage erneut. Kaum bin ich durch die probeweise Anwendung einer Verhaltensweise von einer Situation in die nächste gelangt, muß ich wieder wählen. Und wenn ich so «im Geiste» probehandle und eine Operation an die andere reihe, wann soll ich damit aufhören? Natürlich: Wenn es mir gelingt, eine der Zielsituationen zu erreichen, dann bin ich fertig. Aber wenn das nicht der Fall ist? Wann soll ich beschließen: «Das, was du dir da bislang überlegt hast, war ein Irrweg; du mußt es anders probieren!»

Wir haben also auf der einen Seite beim Planen das *Auswahlproblem*. Welche der vielen zur Verfügung stehenden Operationen sollten wir jeweils auf eine bestimmte Situation anwenden? Und zum zweiten das *Abbruchproblem*: Unter welchen Umständen sollten wir mit der weiteren Ausarbeitung eines Plans aufhören? Und damit stehen wir zugleich vor dem Problem des Neustarts, dem *Fortsetzungsproblem*. Wo sollen wir nach dem Abbruch neu beginnen? Wie die Planung fortsetzen? «Im Geiste» haben wir durch die wiederholte Anwendung von Operatoren eine ganze Menge von Situationen erzeugt. Bei welcher dieser Situationen sollen wir weitermachen?

Weiterhin ergibt sich das *Richtungsproblem*: In welche Richtung sollen wir uns beim Planen wenden? Man kann nämlich «vorwärts» oder «rückwärts» planen. Die Pläne, die ich bislang geschildert habe, waren «Vorwärtspläne». Wenn ich jedoch von Bamberg nach Castrop Rauxel fahren und dort um sechs Uhr abends ankommen will, so ist es nicht die beste Form des Planens, zu überprüfen, ob ein Zug, der um acht Uhr morgens in Bamberg abfährt, schließlich eine Verbindung aufweist, die mich vor sechs Uhr nach Castrop Rauxel bringt. Besser ist es, bei den Zügen, die in Castrop Rauxel kurz vor sechs zum Beispiel aus Richtung Düsseldorf eintreffen, nachzusehen, wann sie in Düsseldorf abfahren, dann wiederum zu prüfen, wann Züge aus Richtung Frankfurt vor der Abfahrtszeit der Züge nach Castrop Rauxel in Düsseldorf eintreffen, und daraufhin schließlich zu planen, wie man rechtzeitig zur Abfahrt der entsprechenden Züge von Würzburg nach Frankfurt am Main kommen kann. – Das wäre *Rückwärtsplanen.* Noch in einer anderen Weise läßt sich die Suchrichtung festlegen. Man kann nach der Maxime «Tiefe zuerst» suchen oder nach der Maxime «Breite zuerst». «Tiefe zuerst» würde bedeuten, daß man eine bestimmte Suchtiefe festlegt, zum Beispiel zehn, und dann der Reihe nach systematisch alle Ketten der Länge zehn bildet. Hier hat also das Gewinnen von Tiefe Vorrang im Planungsgeschehen.

«Breite zuerst» hieße, zunächst vom Ausgangspunkt aus alle Ketten der Länge eins untersuchen, dann am Ende jeder Kette der Länge eins einen Suchprozeß folgen lassen, der wiederum nur die Länge eins hat, dann an die Endpunkte der entsprechenden Suche eine Suche anschließen, die wiederum die Tiefe eins hat. Die Suche nach einem zielführenden Weg gemäß einem solchen Prinzip würde bedeuten, daß sich der Suchbaum zunächst in die Breite entfaltet und nicht in die Tiefe.

Jetzt haben wir also vier Probleme, mit denen ein «Möglichkeitssinn» irgendwie umgehen muß.

Wie aber? Die einfachste Lösung der vier Probleme wäre das systematische Durchprobieren aller Möglichkeiten. Aber so empfehlenswert Systematik auch immer sein mag, beim Planen ist sie nur bei ganz einfachen Aufgaben empfehlenswert und führt sonst in den Sumpf. Und zwar in einen ziemlich großen und tiefen Sumpf. Es ist ganz instruktiv, sich dies vor Augen zu führen. Betrachten wir die Abbildung 6.9. Hier sieht man Ψ in seiner Lebensumwelt, nämlich in einem Labyrinth, einem Straßennetz. Die einzelnen Endpunkte in diesem Labyrinth habe ich mit großen lateinischen Buchstaben bezeichnet, die auf Schildern an den entsprechenden Plätzen stehen. Durch die Identifizierung dieser Schilder weiß Ψ immer genau, wo es sich gerade befindet.

Nehmen wir einmal an, daß Ψ, ganz jung und unerfahren, erst drei verschiedene zielführende Verhaltensweisen gelernt hat, um sich in seiner Stadt zu bewegen, nämlich:

Fahrt vom Platz G zum Springbrunnen: G –a→ C –b→ H –c→ I

Fahrt vom Platz E zur Shell-Tankstelle: E –d→ B –e→ F

Fahrt vom Fabrikhof K zur Aral-Tankstelle: K –f→ B –g→ C –h→ D

Diese Verhaltensweisen sind Makrooperatoren, Aneinanderreihungen elementarer Verhaltensschemata. – Ψ weiß also, wie man von E durch die Operation d nach B kommt und von dort durch die Operation e nach F. Die Operationen a, b, c, und so weiter müssen wir uns dabei als Abfolgen von Bewegungen und Steuerungen vorstellen. Nehmen wir an, Ψ sei in der Lage, die Buchstaben auf den Schildern zu identifizieren und aufgrund solcher Identifikationen die jeweiligen Operationen zu aktivieren.

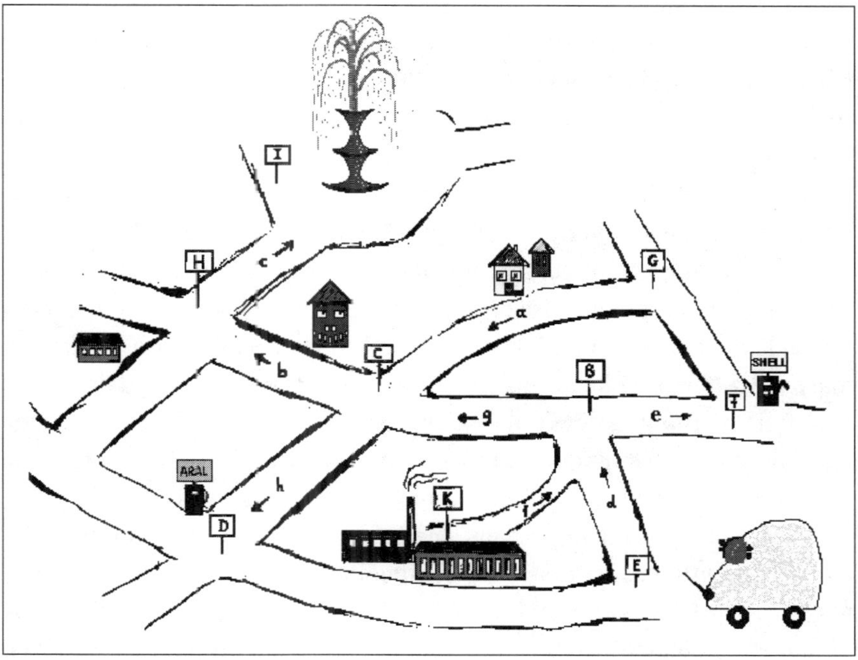

Abbildung 6.9 Ein Beispiel für die Lebensumwelt von Ψ

Nun verspürt Ψ, während es auf Platz E steht, ein starkes Flüssigkeitsbedürfnis, das es an dem Springbrunnen am Platz I befriedigen kann; das weiß es auch, da es dieses Ziel schon gelernt hat. Wie man aber von E nach I kommt, weiß es nicht. Dafür gibt es in seinem Gedächtnis keine Verhaltensprogramme; der Aufruf eines Automatismus scheitert also. Wohl aber kann Ψ eine solche zielführende Verhaltensweise *komponieren*, wenn es die erlernten Verhaltensweisen in ihre Teilstücke zerlegt und rekombiniert. Die zielführende Verhaltensweise hat folgende Gestalt:

E –d→ B –g→ C –b→ H –c→ I

Wenn man die drei oben dargestellten Verhaltensweisen betrachtet, dann erscheint die Rekombination als triviale Aufgabe. Wir Menschen «sehen», wie es gehen kann. Das aber hängt in diesem Fall mit der Einfachheit des Problems und der Sinnfälligkeit des Stadtplans zusammen; im allgemeinen sind derartige Rekombinationsprobleme auch für uns Menschen nicht trivial.

Wie kann eine derartige Rekombination geschehen? Der primitivste, aber sicher zum Erfolg führende Algorithmus ist das systematische Durchprobieren aller Möglichkeiten, der von Simon (1969) so genannte «Algorithmus des Britischen Museums» (der heißt deshalb so, weil man in dieser Institution eben «alles» findet). Er besteht darin, daß man die Komponenten der vorhandenen Verhaltensprogramme in systematischer Reihenfolge zu neuen Ketten zusammenfügt und damit so lange fortfährt, bis sich eine zielführende Verhaltensweise ergibt oder bis man keine neuen Ketten mehr bilden kann. Die Systematik könnte darin bestehen, daß man zunächst einmal alle Ketten der Länge eins betrachtet, dann alle Ketten der Länge zwei usw. Bei der Bildung der Ketten geht man nach einem festen Prinzip vor, zum Beispiel alphanumerisch; man wählt zuerst die Kette B –g→ C, dann B –e→ F usw. Tabelle 6.1 zeigt eine solche Kombinationstafel.

Sie ergibt sich, indem man mit dem ersten Element nach der alphanumerischen Ordnung der Start- und Zielpunkte beginnt, dann in dieser Ordnung fortfährt bis zum letzten Element. Dann sucht man eine Fortsetzung für das erste Element (zweite Spalte) und macht so weiter, bis man eine zielführende Kette findet oder ohne Erfolg aufhören muß, weil alle möglichen

B –g→ C	B –g→ C –h→ D		
	B –g→ C –b→ H	B –g→ C –b→ H –c→ I	
B –e→ F			
C –h→ D			
C –b→ H	C –b→ H –c→ I		
…	…	…	…
K – f→ B			

Tabelle 6.1 Systematische Rekombination

Ketten durchmustert sind. – Ist die Anzahl von Elementen endlich und läßt man keine Wiederholungen zu, so gibt es auch nur endlich viele Ketten einer bestimmten Länge, die man durchprobieren muß.

Im vorliegenden Fall ist die Durchmusterung der Ketten kein großes Problem. Wenn Ψ die Ketten der Länge drei exploriert, findet es nach kurzer Zeit die Lösung. Nun stelle man sich aber einen Stadtplan vor, der etwas umfangreicher ist als der von Abbildung 6.9. Und man stelle sich vor, daß der Stadtplan – regelmäßig wie zum Beispiel in einer barocken Stadt – an jeder Straßenkreuzung drei Wahlmöglichkeiten läßt. Wenn sich nun die gesuchte Flüssigkeitsquelle zum Beispiel zehn Wegstrecken entfernt an einem unbekannten Ort befindet, Ψ aber weder den Ort noch die Entfernung der Wasserquelle vom augenblicklichen Standpunkt kennt, muß es alle Ketten der Länge eins durchmustern, dann alle Ketten der Länge zwei usw. Und nun erweist es sich, daß die Anzahl von zu überprüfenden Wegen doch schon ziemlich groß wird. Vom jeweiligen Startpunkt aus muß man drei Wege in Betracht ziehen (den schon vorher verwendeten braucht man natürlich nicht mehr zu betrachten, wenn man nicht rückwärts laufen will), also 3^1. Von den Wegen der Länge zwei gibt es insgesamt $3^1 + 3^2$; das sind zwölf Wege. Es gibt $3^1 + 3^2 + 3^3$ Wege der Länge drei, also immerhin bereits 39 verschiedene Wege. Und wenn wir dieses Spielchen bis zur Länge zehn fortsetzen, so muß Ψ $3^1 + 3^2 + 3^3 + 3^4 + \ldots + 3^{10}$ *verschiedene* Wege durchprobieren. Und das sind, wie man leicht errechnen kann, 88572. Sie alle zu durchmustern ist schon ein hartes Stück Arbeit – selbst wenn Ψ es in einer wirklichen Stadt mit nicht ganz so vielen Wegen zu tun hätte, da es ja oft von einer Kreuzung zu einer anderen kommen würde, wo es schon einmal war.

Nun ist die Anzahl von nur drei Verhaltensalternativen pro Verzweigungspunkt noch eine relativ kleine Zahl. Wenn ich mir überlege, was ich, hier am Schreibtisch sitzend, jetzt alles tun könnte, so fallen mir leicht zehn, zwanzig oder dreißig verschiedene Dinge ein. Mit solchen Zahlen basaler Operationen wird das Planen sehr bald zur Lebensaufgabe, denn die Anzahl N verschiedener Wege der Längen von eins bis n ist bei m basalen Elementen:

$$N = \sum_{i=1}^{n} m^i$$

Hat man zum Beispiel nur zehn basale Elemente, gibt es $10^1 + 10^2 + \ldots + 10^{10} = 11\,111\,111\,110$ verschiedene Reihen der Längen von eins bis zehn. Das ist viel und doch geradezu kümmerlich im Vergleich zu dem Betrag, den man erhält, wenn man von zwanzig basalen Elementen ausgeht. Dann kommt man nämlich bereits auf ehrfurchtgebietende

110 376 421 052 631 000 000 000 000

(= 110 Quadrillionen) mögliche Reihen. – Bleiben wir also lieber bei den «kleinen» Zahlen. Um alle Reihen der Längen von eins bis zehn bei zehn basalen Elementen zu durchmustern, braucht man, wenn man für die Prüfung eines basalen Elements eine hundertstel Sekunde ansetzt, 339125 Stunden, also rund 14130 Tage, und das sind über 38 Jahre bei einer täglichen Arbeitszeit von 24 Stunden. – Das menschliche Leben ist kurz! Zu kurz für die großen Aufgaben!

Also: Die vollständig systematische Suche, der Algorithmus des «Britischen Museums», ist nur anwendbar, wenn die Anzahl der zu kombinierenden Elemente ziemlich klein ist, wobei «10» schon als eine «große» Zahl gelten muß. Bei einer «größeren» Anzahl von Elementen ist diese Methode einfach nicht mehr durchführbar. Ebenso läßt sich diese Methode nicht mehr anwenden, wenn die «Entfernung» des Ziels vom Ausgangspunkt groß ist; auch hier ist eine «Entfernung» von zehn Operationen schon als «groß» zu betrachten.

Wenn wir Ψ also mit einem Planungsalgorithmus ausstatten möchten, so müssen wir die vier Probleme, also das Auswahl-, das Abbruch-, das Fortsetzungs- und das Richtungsproblem, anders lösen. Dazu gibt es in der Literatur, die sich mit «künstlicher Intelligenz» befaßt, eine Menge Vorschläge.

Wir könnten den Durchmusterungsaufwand dadurch einschränken, daß wir *zwei* Suchprozesse, die wir miteinander in Beziehung setzen, gleichzeitig ablaufen lassen. Der eine beginnt am Startpunkt, der andere läuft von einem der Zielpunkte aus rückwärts. Man bildet also Ketten vom Startpunkt und zugleich vom Zielpunkt aus und macht sie systematisch immer länger. Nach jeder Anfügung an eine Kette der Start- beziehungsweise der Zielverzweigung überprüft man, ob sich die Verzweigungen vielleicht zusammenfügen lassen. Auf diese Weise gibt man der Suche eine Richtung und kann sie somit beschleunigen. Die Anzahl der zu betrachtenden Kombinationen verringert sich – aber leider bei weitem nicht in ausreichendem Maße. Auch läßt sich diese Kombination von Vorwärts- und Rückwärtssuche natürlich nur dann bewältigen, wenn die Anzahl der möglichen Zielpunkte nicht allzu groß ist, denn man muß ja für jeden von ihnen einzeln eine Rückwärtsverzweigung aufbauen. Viele Zielpunkte sind aber beim menschlichen Handeln die Regel. Wenn ich Hunger habe, strebe ich nicht unbedingt nur ein Rosinenbrötchen an; es kann auch eine Pizza oder ein Döner Kebab oder eine Bratwurst sein.

Eine Lösung des *Auswahlproblems* («Welche Aktionen soll man erproben?») besteht darin, nicht die elementaren Verhaltensweisen zu betrachten, sondern (zunächst nur) die *Makrooperatoren,* Verhaltensprogramme, die aus vielen kleineren zusammengesetzt sind. In unserem Beispiel haben wir davon nur drei, und eine Suche in dem Raum, der sich aus ihrer Rekombination ergibt, bleibt hinsichtlich des aktuellen Ziels, von E nach I zu kommen, erfolglos, wie man leicht sehen kann. Die Methode, den Suchraum zu reduzieren, indem man nur die Makrooperatoren betrachtet, macht die Suche handhabbarer, doch hat sie den Nachteil, daß man nicht mehr notwendigerweise die Lösung findet, wenn es eine solche gibt.

Menschen scheinen diese Reduktion des Suchraums, also den Umgang mit Makrooperatoren, gern anzuwenden, wie zahlreiche Befunde der empirischen Psychologie zeigen. Die wohl berühmteste Experimentalserie in diesem Zusammenhang ist die Untersuchung von Luchins (1942), der seine Probanden durch bestimmte Aufgaben auf einen Lösungsweg «programmierte» und sie dann mit Aufgaben konfrontierte, die auf andere, einfachere Weise bewältigt werden mußten. Dabei stellte sich heraus, daß die Versuchspersonen Schwierigkeiten hatten, sich von dem einmal erworbenen Verhaltensprogramm zu trennen. Dieses wurde «als Ganzes» verwendet und nicht mehr als aus Elementen bestehend betrachtet.

Solche Schwierigkeiten haben Menschen wohl allgemein. Gewöhnlich wissen wir gar nicht mehr, aus welchen Teilstücken unsere Verhaltensprogramme bestehen, denn sie werden ja als Ganzes verwendet. Wir wissen nicht, wie wir im einzelnen schreiben, radfahren, gehen, laufen. Das hat große Vorteile; der Suchraum für Rekombinationen wird dadurch ganz wesentlich eingeschränkt. Andererseits übersehen wir auf diese Weise auch mögliche Lösungen. Die Unfähigkeit, einmal «assemblierte» Verhaltensprogramme wieder in ihre Teile zu zerlegen, kennzeichnet die «Blindheit» des Fachmanns. Er hat bestimmte Verhaltensprogramme erworben, die sich gewöhnlich auch – sonst wäre er kein Fachmann – als sehr erfolgreich erweisen, und daher ist er nicht geneigt, ja, nicht in der *Lage*, seine Makrooperatoren wieder in ihre Bestandteile zu zerlegen und zu rekombinieren. Er weiß gar nicht mehr, daß es Makrooperatoren sind, mit denen er umgeht, und gibt auf. (Das ist ein Grund, warum mitunter Laien in einem bestimmten Problemraum Lösungen finden, die den Experten verborgen bleiben. Die Laien wissen eben nicht, «wie man es macht», und deshalb kommen ihnen andere Möglichkeiten in den Sinn.)

Eine weitere Lösung des Auswahlproblems – praktisch wohl die wichtigste – besteht darin, daß man die Rekombinationen nicht blind schematisch bildet, sondern eine «Richtung» beibehält und bevorzugt solche Elemente zur Verlängerung einer Kette verwendet, die eine *Zielannäherung* zu erbringen scheinen. In unserem Beispiel liegt I nordwestlich von E. Nun könnte Ψ (mit der Fähigkeit zur Feststellung von Himmelsrichtungen begabt), wenn es zum Beispiel die Neukonstruktion mit dem Element

E –d→ B begonnen hat, als nächstes B –g→ C verwenden, nicht B –e→ F, da B –g→ C nach Westen führt, also mehr Richtung Ziel als B –e→ F, das nach Osten führt. – Statt der Himmelsrichtung sind andere Kriterien für die Zielannäherung möglich, zum Beispiel das der *Ähnlichkeit*. Das maßgebliche Kriterium bei der Auswahl eines Verhaltensprogramms besteht dann darin, daß es ein Produkt erzeugt, das der Zielsituation ähnlicher ist als der Ausgangspunkt (und ähnlicher als die Produkte anderer Operationen).

Abbildung 6.10 auf Seite 496 zeigt einen Algorithmus, der nach diesem «Richtungsprinzip» arbeitet. Es ist ein «Hill-climbing-Algorithmus». Das «Bergsteigen» bei diesem Algorithmus besteht darin, daß jeweils die Operation ausgewählt wird, die «am steilsten bergan», am meisten in Richtung Ziel führt.

Beginnen wir die Betrachtung mit dem Oval α. Von dort führt ein Pfeil zu einer Abfrageeinheit (1). Es wird gefragt, ob eine vom aktuellen Startpunkt ausgehende zielführende Verhaltensweise existiert. Startpunkt für Ψ in der Stadt der Abbildung 6.9 ist E, Zielpunkt ist I. Von E aus existiert keine zielführende Verhaltensweise; es gibt kein Verhaltensprogramm, das nach I führt. Nun wird als nächstes gefragt, ob für den augenblicklichen Startpunkt eine «Operatorliste» existiert (2). Das ist nicht der Fall, denn wir haben ja keine gebildet. Daher folgt also jetzt die Bildung einer solchen Liste (3). Sie soll alle Operatoren enthalten, die erfahrungsgemäß auf den aktuellen Startpunkt *anwendbar* sind. Wenn wir annehmen, daß Ψ als basale Operatoren die Komponenten der drei Verhaltensprogramme kennt, die ich oben genannt habe, so gibt es nur einen Operator, der auf E anwendbar ist, nämlich d. Die Operatorliste M enthält also nun das Element d. Es folgt die Abfrage, ob M leer ist (9). Das ist nicht der Fall, deshalb geht es mit 10 weiter.

Das Inputschema von d ist E; also ist d auf E anwendbar. Die Anwendung von d auf E würde Ψ nach B bringen. Für B wird nun die «Zieldistanz» ermittelt (11). Nehmen wir an, daß Ψ ungefähr weiß, in welcher Richtung es I zu suchen hat (nämlich nordwestlich).

Ein einfaches Maß für die Zieldistanz wäre dann die Abweichung der Richtung, in der B von E aus gesehen liegt, von der Richtung, in der sich I

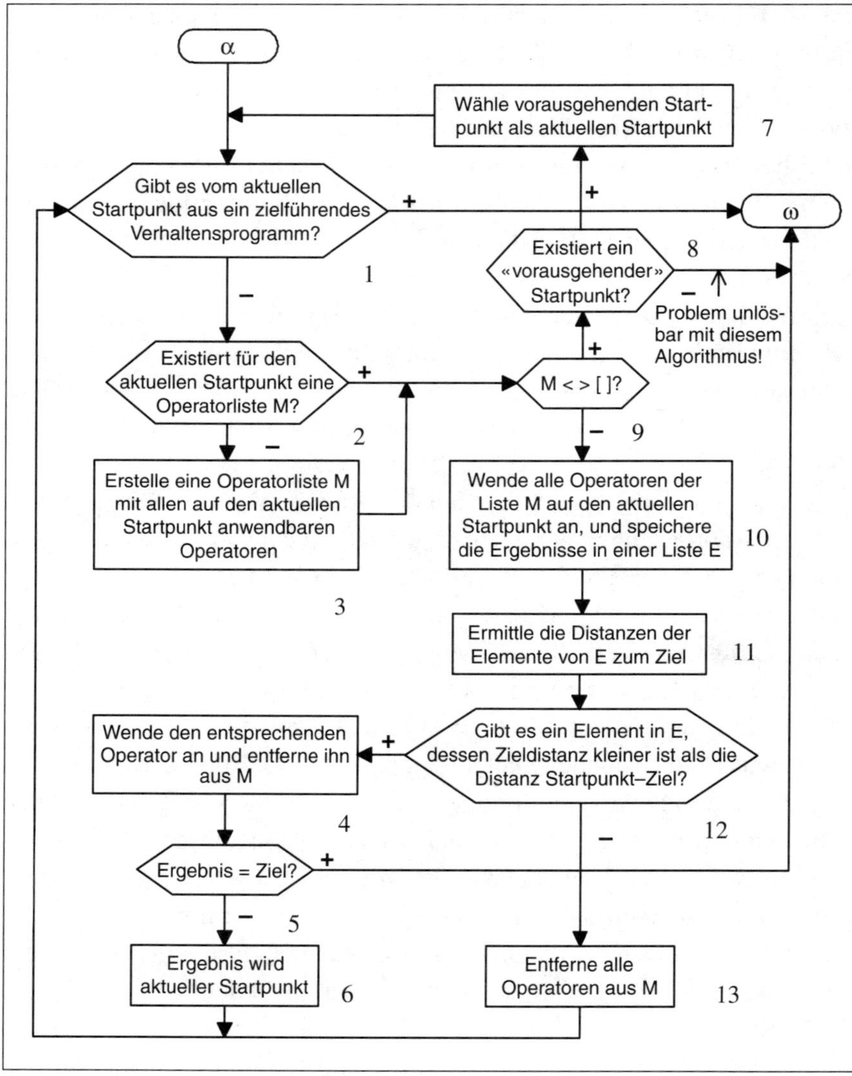

Abbildung 6.10 Ein Algorithmus für «Hill-climbing»

von E aus befindet. (Damit Ψ solche Richtungsunterschiede feststellen kann, muß es sich zum Beispiel am Sonnenstand oder – das wäre noch leichter, weil nicht abhängig von der Tageszeit – an den über den Häusern sichtbaren Wasserstrahlen der Fontäne orientieren können. Oder es müßte einen Kompaß haben.) Die Zieldistanz von B wäre geringer als die von E, da der Winkel zwischen E – I und E – B kleiner ist als der Winkel zwischen E – I und E – X, wobei X auf dem Kreis mit dem Radius E – I dort liegt, wo die Strecke I – B den Kreis schneidet. Dieses Kriterium gilt nur für alle Punkte B nicht, die genau auf der Strecke E – I beziehungsweise auf ihrer Verlängerung über I als Kreismittelpunkt hinaus liegen, da dann – natürlich! – die Winkeldifferenz ∠ (E – I, E – B), ∠ (E – I, E – X) = 0 ist.

Man kann sich die Gültigkeit all dieser Winkelbetrachtungen leicht vor Augen führen, wenn man einen Zirkel und ein Lineal zur Hand nimmt. – Wem das alles zu kompliziert ist, der mag sich klarmachen, daß für alle Punkte B, die nicht allzuweit von der Strecke E – I, also der direkten Verbindung zwischen dem Startpunkt und dem Zielpunkt, entfernt sind, gilt, daß sie näher an I liegen als der Startpunkt E, wenn der Winkel der Strecken E – B und E – I kleiner ist als neunzig Grad.

B wird damit zum Ausgangspunkt der weiteren Planung, zum neuen aktuellen Startpunkt. Ψ kennt zwar keine Verhaltensweise, die von B direkt zum Ziel führt, wohl aber Operatoren, die auf B anwendbar sind. Die Operatorliste M für B bekommt zwei Operatoren zugewiesen, nämlich e und g, wobei g von B nach C und e nach F führen würde. Das Produkt der Anwendung des Operators g hätte die geringere Zieldistanz; damit wird C neuer Startpunkt. Auf C sind b und h anwendbar; diese beiden Operatoren bilden die Liste M für C. Das Ergebnis von h hat die kleinere Zieldistanz, also wird H der neue Startpunkt. Und für H gibt es nun eine zielführende Verhaltensweise, nämlich H –c→ I. Damit ist nun also eine neue Makroverhaltensweise gefunden, nämlich E –d→ B –g→ C –b→ H –c→ I.

Das ging also ganz prima! Der Planungsprozeß wurde mit der geringstmöglichen Anzahl von Schritten zu Ende geführt. Und das verdanken wir der in dem Algorithmus der Abbildung 6.10 enthaltenen spezifischen Lösung des Auswahlproblems, nämlich der Entscheidung nach einem «Richtungskriterium».

Der Lösungsprozeß hätte sich auch als problematischer erweisen können. Für «Probleme» aber gibt es eine Reihe von Verzweigungen im Flußdiagramm, auf die ich noch eingehen werde. Wenn es sich beispielsweise ergibt, daß von einem bestimmten Startpunkt aus kein Fortschritt möglich ist (Minusausgang von 12), käme es zum Abbruch dieses Lösungsversuches, und der Prozeß würde über 13 → 1 → 2 → 9 → 8 zu einem *vorausgegangenen* Startpunkt zurückkehren. (Das ist natürlich eine Lösung des *Fortsetzungs*problems.) Von diesem Startpunkt aus würden nun andere Möglichkeiten erprobt. In diesem Zusammenhang dient die jedem Startpunkt angefügte Liste M dazu, die Wiederholung von Aktionen zu verhindern, die schon einmal erprobt wurden. Denn in M merkt sich das Programm, was es noch *nicht* gemacht hat.

Man könnte das auch anders bewerkstelligen; statt daß das Programm sich merkt, was es noch nicht gemacht hat, könnte es sich merken, was es *getan* hat, um danach – durch Differenzbildung – die Operatoren auszuwählen, die noch nicht verwendet worden sind. Wenn nun das Merken dessen, was man schon getan hat, nicht so richtig funktioniert, so würde das System in Stereotypien verfallen und oft dasselbe wieder versuchen. Das wäre sehr menschlich, denn so verhalten wir uns in bestimmten Situationen, in denen wir uns nur unzulänglich merken, was wir schon gemacht haben, unser eigenes Verhalten und auch unser Planen nicht mehr richtig protokollieren und deshalb dann eben beim «Wiederaufsetzen» auf einem früheren Startpunkt das gleiche noch einmal tun. Unter welchen Umständen aber legt man kein «Protokoll» des eigenen Verhaltens mehr an? Zum Beispiel in einer Streßsituation, wenn man das nicht mehr macht, was man sonst ständig (oder doch oft) tut, nämlich, wenn man das eigene Verhalten nicht mehr sprachlich kommentiert oder auch nur rekapituliert: «Also, jetzt habe ich …» Und solche sprachlichen Rekapitulationen oder Kommentare scheinen eine Art von Gedächtnisfixativ zu sein.

Es kann sich ergeben, daß der Algorithmus gänzlich scheitert (Minusausgang von 8). Dies kann auch dann der Fall sein, wenn «eigentlich» eine Lösung existiert. Solche «Hill-climbing-Algorithmen» haben nämlich Schwierigkeiten damit, *Umwege* zu gehen. Im Grunde sind sie Umwegvermeidungsalgorithmen. Sie gehen «bergauf», immer in Richtung Ziel! Es kann nun durchaus der Fall sein, daß der richtige Weg einen Umweg enthält. Wenn beispielsweise in der Stadt von Ψ Einbahnstraßenregelungen existieren, könnte es notwendig sein, daß sich Ψ zunächst vom Ziel entfernen muß, um sich ihm dann wieder nähern zu können. Der Algorithmus der Abbildung 6.10 könnte solche Umwege nicht finden. Dies verbietet die Einheit 12 des Flußdiagramms.

Eine einfache Modifikation, die es dem Algorithmus gestatten würde, Umwege zu finden, wäre die Stillegung der Einheit 12. Statt nach dem Kriterium der Minimierung der Zieldistanz könnten wir die Operatoren nach Zufall wählen lassen. Wir könnten den Algorithmus so gestalten, daß er bei Abbruch im Minusausgang von Einheit 8 oder auch jedesmal, wenn er zu einem vorausgegangenen Startpunkt zurückkehren muß (Plusausgang von 8), einen Mißerfolg notiert. Nach einer gewissen Anzahl von Mißerfolgen sollte der Algorithmus dann mit einer «ausgehängten» Einheit 12 arbeiten, so daß der Zufall Ψ in die Lage versetzen kann, Umwege zu finden.

Methoden der Bildung von neuen Verhaltensprogrammen, wie sie exemplarisch mit dem Bergsteigealgorithmus der Abbildung 6.10 geschildert wurden, liegen vielen Problemlöseverfahren der «künstlichen Intelligenz» und vielen psychologischen Theorien des Denkens und Planens zugrunde (siehe zum Beispiel Anderson 1996, Seite 250). Ich glaube aber nicht, daß es richtig ist, menschliches Denken als Ablauf eines vorgefertigten Programms dieser Art zu beschreiben. Der modernen Kognitionspsychologie liegt diese Annahme allerdings nahe; wenn sie sich überhaupt mit Denkprozessen befaßt, was in erstaunlich geringem Maße der Fall ist, so faßt sie diese als Abläufe bestimmter Programme auf. Eine große Rolle spielt dabei immer noch das GPS-Programm, der *G*eneral *P*roblem *S*olver von Newell und Simon (1972), der dem Programm der Abbildung 6.10 ähnelt.

Die «Programmhypothese» über das menschliche Denken, die Behauptung also, menschliches Denken sei Produkt eines vorgefertigten Programms, ist falsch, da sie ein wesentliches Merkmal des menschlichen Denkens nicht berücksichtigt, nämlich, daß es sich ad hoc selbst programmiert. Dies geschieht dadurch, daß es sich selbst zu seinem Objekt machen, daß es *sich selbst bedenken* kann. Im Abschnitt «Das innere Gespräch der Seele mit sich selbst», Seite 691 ff., komme ich darauf zurück. Das Selbstbedenken des Denkens läuft darauf hinaus, daß *andere* Lösungen für das Auswahl-, das Fortsetzungs- und das Abbruchproblem gesucht werden.

Der Hill-climbing-Algorithmus der Abbildung 6.10 enthält eine Lösung für jedes dieser drei Probleme. Von verschiedenen sich darbietenden Möglichkeiten wird diejenige ausgewählt, die die größte Verminderung der Zieldistanz verspricht. Die Ausarbeitung eines Lösungsweges wird dann abgebrochen, wenn sich kein Fortschritt mehr ergibt, und wann dies der Fall ist, läßt sich präzise erfassen: Ein Lösungsweg wird aufgegeben, wenn der mittlere Fortschritt, also die mittlere Verminderung der Distanz zum Ziel, unterhalb einer bestimmten, vorher festzulegenden Grenze liegt. Das Problem der Fortsetzung nach einem Abbruch wird im Algorithmus der Abbildung 6.10 – reichlich schematisch – gelöst, indem beim Abbruch derjenige Punkt als neuer Ausgangsort gewählt wird, der am wenigsten weit zurückliegt und noch Möglichkeiten der weiteren Ausarbeitung bietet. Das Richtungsproblem ist bei dem Hill-climbing-Algorithmus durch eine Festlegung auf die Vorwärtssuche gelöst.

Es gibt andere Lösungen der vier Planungsprobleme. Das *Fortsetzungsproblem* läßt sich beispielsweise auch so lösen, daß diejenigen Verzweigungspunkte bevorzugt ausgewählt werden, die eine besonders reichhaltige Auswahl an Möglichkeiten bieten. Punkte mit besonders reichhaltigen Verzweigungsmöglichkeiten sind solche maximaler «Effizienz-Divergenz», wie Oesterreich (1981) sie nennt, Punkte, von denen aus sich das Verhalten in die verschiedensten Richtungen («Divergenz») und auf sehr erfolgversprechende Weise («Effizienz») ausgestalten läßt. Oesterreich kann zeigen, daß Menschen diese Methode, die Planung fortzusetzen, also den Neubeginn bei Punkten hoher Effizienz-Divergenz, bevorzugen.

Zur Entscheidung «Abbruch des eingeschlagenen Planungsweges oder Weitermachen» haben wir im Hill-climbing-Algorithmus der Abbildung 6.10 die räumliche Distanz und ihre Verringerung verwendet. Auch das kann man anders machen. So ließe sich zum Beispiel die *Ähnlichkeit* der gegenwärtigen Situation mit der Zielsituation feststellen und eine Verringerung der Zieldistanz als Vergrößerung der Ähnlichkeit messen.

Auf den ersten Blick ist die Ähnlichkeit ein sehr sinnfälliges Kriterium. Betrachten wir die drei Käfer in Abbildung 6.11. Es springt ins Auge, daß

Käfer B und C einander ähnlicher sind als zum Beispiel Käfer A und C. Wenn es nun etwa bei einer Genmanipulation zur Züchtung von Insekten darauf ankäme, einen Käfer vom Typ C zu züchten, dann würde man, wenn man von dem Käfer A ausgehen müßte, B als einen Fortschritt zu C hin betrachten. Immerhin: dunkle Brust, kurze Beine, große Zangen – da fallen die anders geformten Fühler nicht so sehr ins Gewicht.

Dieser Eindruck läßt sich leicht rechnerisch umsetzen. Betrachten wir Tabelle 6.2 auf Seite 502. Dort sieht man die jeweils zwei unterschiedlichen Formen der Zangen, Fühler, Körper und so weiter durch 0 beziehungsweise 1 symbolisiert. Zählt man nun die Übereinstimmungen zwischen A und B, A und C, B und C ab, findet man zwischen A und B drei Übereinstimmungen, zwischen A und C ebenfalls drei, zwischen B und C dagegen fünf. Die Ähnlichkeit der Käfer läßt sich also auf das Ausmaß der Übereinstimmung der Elemente zurückführen. Dieses Ähnlichkeitsmaß könnten wir – je nach Problem – noch verfeinern, indem wir die Ähnlichkeiten dimensionsweise gewichten. Es mag zum Beispiel wichtiger sein, daß die Käfer hinsichtlich der Brust übereinstimmen als hinsichtlich der Fühler. Also gewichten wir

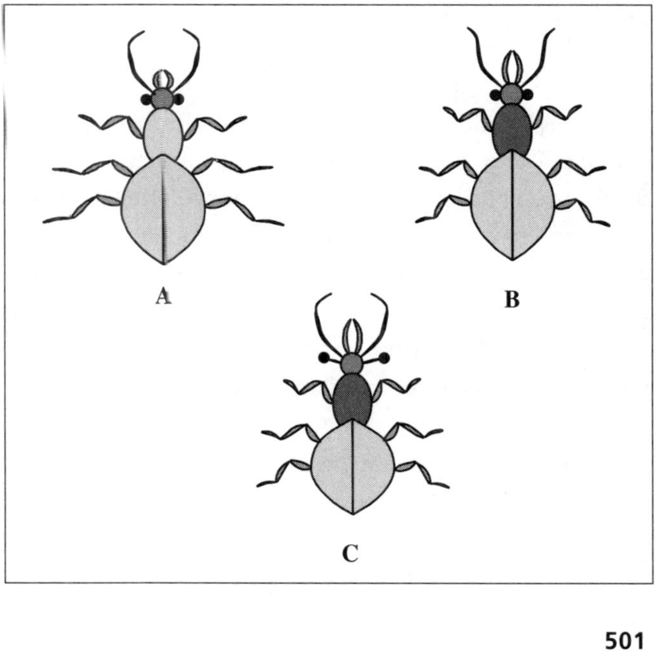

Abbildung 6.11
Die Käfer-Ähnlichkeit

Tabelle 6.2
Die Merkmale der Käfer

	A	B	C
Fühler	0	1	0
Zangen	0	1	1
Augen	0	0	1
Kopf	0	0	0
Brust	0	1	1
Leib	0	0	0
Beine	0	1	1

die Dimension Brust mit 1.5 und bewerten damit die Ähnlichkeit hinsichtlich der Brust entsprechend höher.

Diese Form der Ähnlichkeitsmessung setzt allerdings voraus, daß die Objekte vergleichbar sind, und zwar eben hinsichtlich der Elemente. Sie müssen also die gleiche Struktur haben, die gleichen Raum-Zeit-Relationen aufweisen. Dies ist oftmals der Fall, zum Beispiel wenn wir Tische miteinander vergleichen oder Stühle. Sogar bei Gesichtern mag es noch angehen («Ist ja seinem Vater wie aus dem Gesicht geschnitten! – Die Nase! Und der Schwung der Augenbrauen! Und der Mund!»).

Die Ähnlichkeit zwischen strukturgleichen Objekten festzustellen ist einfach. Wenn sich aber zwei Dinge hinsichtlich der räumlich-zeitlichen Struktur nicht ähneln, hat ein Elementvergleich wenig Zweck. Menschen kommen aber in solchen Fällen dennoch zu Ähnlichkeitsurteilen und zögern nicht, darauf hinzuweisen, daß eine Badewanne einer Zimmertür doch irgendwie «ähnlicher» sei als zum Beispiel einem Düsenklipper.

Wirklich? Immerhin stellt eine Zimmertür, wenn man sie waagrecht legt, so etwas wie eine Tragfläche dar!? – Auf der anderen Seite: Hinsichtlich der Längen- und Breitenausdehnung sind sich nun Zimmertür und Badewanne tatsächlich relativ ähnlich. Aber sowohl die Badewanne als auch der Düsenklipper können Personen «beinhalten»; sie ähneln sich also in dieser Hinsicht, wenn auch in eine Badewanne nicht so viele Menschen hineinpassen wie in ein Flugzeug.

Das auf den ersten Blick relativ harmlose Problem der Ähnlichkeitsfeststellung hat es also in sich, wenn die Objekte nicht kommensurabel sind. Führt der Elementvergleich nicht weiter, kann man allein nach der räumlichen Ausdehnung Ähnlichkeiten beurteilen («Badewanne und Zimmertür sind etwa genauso breit wie hoch, wenn man die Badewanne senkrecht stellt»). Oder man kann Teil-Ganzes-Beziehungen heranziehen («Die Tragflächen des Düsenklippers sind im Grunde so etwas wie überdimensionale Zimmertüren»). Oder man kann den Gebrauch, den man von den Dingen macht, zur Beurteilung verwenden («Badewanne und Düsenklipper sind beides Personenbehälter»).

Ähnlichkeitsbeurteilungen werden gewöhnlich nicht «nur so» gemacht, sondern beziehen sich auf einen bestimmten Zweck. Bei unseren Planungsalgorithmen werden die Ähnlichkeitsbeziehungen verwendet, um einen Fortschritt auf dem Weg zu einem Ziel festzustellen. Wir Menschen haben offensichtlich die Fähigkeit, Ähnlichkeitsurteile mal nach der Übereinstimmung hinsichtlich der Elemente, dann wieder nach der Übereinstimmung bezüglich des Gebrauchs, dann wieder im Hinblick auf Ähnlichkeiten von Bestandteilen zu erzeugen. Es wäre natürlich gut, wenn Ψ diese Fähigkeit auch hätte. Offenkundig besteht sie darin, daß wir zwischen den zu vergleichenden Objekten alle möglichen Relationen ermitteln, zum Beispiel die Gleichheit von Tragfläche und Zimmertür als «Fläche», die Gleichheit von Badewanne und Düsenklipper als «Behälter», die Gleichheit von Badewanne und Zimmertür hinsichtlich der Ausdehnung in zwei Dimensionen, die Gleichheit der zu vergleichenden Objekte im Hinblick auf Bestandteile (Tragflächen als Zimmertüren).

Wenn wir Ψ die gleiche Flexibilität bei der Ähnlichkeitsbeurteilung verleihen wollen, so müßte es in der Lage sein, sehr frei mit den Objekten umzugehen, die Badewanne einmal probeweise als Zimmertür einzuhängen, die Zimmertür als «Tragfläche» flachzulegen. Die Objekte müßten aus ihren normalen Kontexten «herausgedacht» werden, um sie probeweise in andere Kontexte einzubauen, bis schließlich aus der Badewanne eine Pilotenkanzel geworden ist. Wie soll Ψ das können? Darauf werden wir im siebten Kapitel kommen.

Nach dieser Abschweifung zurück zur Ähnlichkeit. Sie ist sicherlich das sinnfälligste unter den Fortschrittskriterien, und wir könnten die räumliche Distanz ja als eine Spezialform der Ähnlichkeit ansehen, nämlich als Ähnlichkeit der Raumkoordinaten. Dennoch ist, wie wir gesehen haben, die Ähnlichkeit als generelles Fortschrittskriterium für die Planung nicht brauchbar. Sie ist nur brauchbar in «kontinuierlichen» Realitätsbereichen: dann, wenn die Dinge sich durch Aktionen Schritt um Schritt verändern und keine Brüche vorkommen. In vielen Realitätsbereichen gibt es aber nicht nur kontinuierliche Entwicklungen, sondern auch Brüche, Sprünge, bei denen ein Zustand sehr nahe am Ziel liegen kann, der dem Ziel überhaupt nicht ähnelt. Hat man erst einmal Wasserstoff und Sauerstoff, so ist man ziemlich nahe am Wasser, obwohl diese Ingredienzien, aus denen mit einem lauten Knall Wasser entstehen kann, dem Endprodukt ganz und gar nicht gleichen.

Ein Maß, das mit Weglängen statt mit Ähnlichkeit als Kriterium operiert, ist die sogenannte «Kantendistanz». Damit ist die Anzahl von Teilwegen gemeint, die Anzahl von einfachen Operationen, die durchgeführt werden müssen, um zum Ziel zu kommen. (Der Begriff «Kantendistanz» bezieht sich auf die grafische Darstellung eines Realitätsbereiches, in dem die elementaren Operatoren als Pfeile eingezeichnet sind und die Situationen, die man durch die Anwendung der Operation jeweils erreicht, als Punkte.) Die Kantendistanz ist die Anzahl von Pfeilen, die zwischen einem Start- und einem Zielpunkt liegt. Sie ist aber als Kriterium für Planungsfortschritte kaum brauchbar, da sie ja voraussetzt, daß man bereits die Wege kennt. Nach der Kantendistanz kann man allenfalls auswählen, welchen von zwei Wegen man vorziehen sollte, welcher der weniger aufwendige ist.

Wir haben jetzt verschiedene Möglichkeiten der Lösung des Abbruch-, des Fortsetzungs-, des Auswahl- und des Richtungsproblems kennengelernt. Die Entscheidung, welche Lösung dieser vier Probleme man jeweils wählt, erfordert eine bestimmte Form des Planens, eine bestimmte *Planungsstrategie;* sie legt eine *Vorgehensweise zur Konstruktion von Vorgehensweisen* fest. Es wird nun die eine Strategie in dem einen Fall, die andere Strategie in dem anderen Fall vorzuziehen sein.

Hat man zum Beispiel klare Vorstellungen von dem Ziel, welches erreicht werden soll, so wird man eher auf das *Rückwärtsplanen* setzen, als wenn diese Vorstellungen unscharf sind oder sehr verschiedene Ziele in Frage kommen, also das Endziel gar nicht eindeutig festgelegt ist.

Wenn es darauf ankommt, möglichst *schnell* mit dem Planen fertig zu werden, wenn also Zeitdruck herrscht, ist es wahrscheinlich vernünftiger, eine «Tiefe zuerst!»-Strategie zu wählen. Sie ist zwar riskant – man findet entweder eine Lösung oder aber nicht –, doch wenn nicht genügend Zeit zur Verfügung steht, ist es wahrscheinlich am sinnvollsten, so zu planen.

In einem «kontinuierlichen» Realitätsbereich, in dem die Verminderung der räumlichen Distanz beziehungsweise die Vergrößerung der Ähnlichkeit tatsächlich eine Zielannäherung indiziert, ist die Verwendung einer Hill-climbing-Strategie angemessen. In einem Realitätsbereich dagegen, in dem häufig die Notwendigkeit besteht, Umwege zu gehen, ist die allgemeine Verwendung von Ähnlichkeits- oder Distanzmaßen nicht angeraten.

Es kann auch Fälle geben, in denen es vernünftig ist, überhaupt nicht zu planen, Realitäten, die es notwendig machen, sofort zum Versuch-und-Irrtum-Verhalten überzugehen, um zu sehen, wie es sich so entwickelt. Das ist der Fall in Bereichen, die sich durch ein hohes Ausmaß an Chaos auszeichnen, in denen man einfach nicht weiß, was kommen kann. Planen ist ja nur dann sinnvoll, wenn man recht genau weiß, welche Konsequenzen bestimmte Aktionen haben oder in welcher Weise bestimmte Geschehnisse ablaufen können. Ist dieses Wissen nicht vorhanden, agiert man am besten gemäß der napoleonischen Devise «On s'engage et puis on voit!» (Man engagiert sich, und dann wird man schon sehen!).

Die Quintessenz dieser Betrachtungen ist: Es ist nicht die geschickteste Lösung, Ψ mit einer festen Planungsstrategie auszustatten, also ganz bestimmte Lösungen für die vier Planungsprobleme in die kognitiven Strukturen von Ψ einzubauen. Besser wäre es, wenn wir es mit der Fähigkeit versehen könnten, die Lösungen für die vier Probleme zu wählen, die der jeweiligen Realität angemessen sind.

Optimal wäre es, wenn Ψ die verschiedenen Lösungen der vier Planungsprobleme, die wir diskutiert haben, fallweise in intelligenter Weise einsetzen, wenn es die Form des Planungsalgorithmus jeweils nach Maßgabe vergangenen Erfolgs und Mißerfolgs sowie der Eigenschaften des Realitätsbereiches selbst bestimmen könnte. Ψ sollte in der Lage sein, seine eigenen Aktionen und Planungen kritisch zu betrachten und die Stärken und Schwächen vergangener Vorgehensweisen festzustellen, um danach jeweils die Form des Planens zu modifizieren. Menschen verfügen über diese Fähigkeit (wobei dahingestellt sei, ob sie davon immer in hohem Maße Gebrauch machen), und daher haben wir Ψ keineswegs zu einer «denkenden» Maschine gemacht, wenn wir es mit einem Algorithmus der Form der Abbildung 6.10 ausstatten.

Mitunter mag auch das menschliche Planen nach einem vorgefertigten Programm ablaufen; charakteristisch aber ist, daß gewissermaßen eine Metainstanz über dem Ganzen schwebt, die immer wieder eingreifen und zu dem ablaufenden Programm sagen kann: «Nee, nee, so nicht!» – «Nein, mein Liebes, in Zukunft operierst du mal lieber mit einem anderen Ähnlichkeitskriterium!» – «Wenn ich mir das so ansehe: Also immer nur vom Startpunkt aus nach vorn planen?! – Mach das doch mal anders rum!» – Also: Der Programmablauf muß durch eine Metainstanz kontrolliert werden; mit einem solchen System käme man dem menschlichen Denken näher. Dazu müßten wir Ψ aber offenkundig zuerst mit der Fähigkeit zur Selbstreflexion ausstatten. Auf diese Notwendigkeit sind wir schon öfter gestoßen; da wir aber bislang keinerlei Idee davon haben, wie eine solche Selbstreflexivität aussehen soll, müssen wir dieses Thema erneut vertagen.

Der Möglichkeitssinn I

Planen setzt voraus, daß man etwas weiß. Ohne Kenntnis elementarer Verhaltensprogramme und Geschehnisschemata kann es kein Planen geben. Was aber soll Ψ tun, wenn nicht genügend «Futter» für den Planungsprozeß vorhanden ist? Für die Planung braucht man Geschehnisschemata und Verhaltensprogramme. Was macht man, wenn die vorhandenen zum Planen nicht ausreichen? Dann muß sich Ψ neues Material besorgen! Wie aber kann das geschehen? Ψ sollte *explorieren*. Was heißt das? Generell ist Exploration jede Aktion, die zur Bildung neuer Geschehnisschemata und Verhaltensprogramme führen kann. Viele verschiedene Aktivitäten sind dazu geeignet.

Einmal kann Ψ einfach seine Umgebung betrachten und beobachten, was so alles geschieht. Dabei kann sich Neues ergeben; es ereignet sich etwas, das Ψ noch nicht kennt. Und für solche neuen Geschehnisse wird Ψ neue Geschehnisschemata anlegen und weiß in Zukunft mehr darüber, was sich in der Welt so ereignen kann. – Der Spaziergänger, der an einer Baugrube stehenbleibt und zusieht, wie die Betonarbeiter die Stahlnetze und die Moniereisen für die Kellerdecke zusammenflechten, wird in Zukunft wissen, wie man den Betonguß einer Kellerdecke vorbereitet. Höchstwahrscheinlich hilft ihm dies für seine eigene Alltagstätigkeit als Finanzbuchhalter wenig, aber zum einen kann er später vielleicht bei seinem eigenen Hausbau besser beurteilen, ob die Kellerdecke fachgerecht geschüttet wird, zum anderen sind solche Geschehnisschemata möglicherweise nützlich für Analogieschlüsse. Der Spaziergänger weiß in Zukunft, wie eine tragende Fläche aufgebaut wird und worauf man dabei zu achten hat. Das kann ihm vielleicht eine Hilfe sein, wenn er im Apfelbaum seines Gartens eine Baumhöhle für seinen zehnjährigen Sohn installiert.

Eine andere Form der Exploration ist das Ausprobieren. Man kann ja einfach mal nachschauen, aus welchen Teilen sich ein Küchenwecker zusammensetzt. Oder man kann die Stereoanlage auseinanderbauen und die innere Struktur eines solchen Gerätes betrachten. – Das neue Textverarbeitungsprogramm ist da. Oh, da sind ja eine ganze Menge neuer Symbole auf der Leiste. Was mögen die wohl bedeuten? Einfach mal gucken! Ach ja, durch das Anklicken dieses Symbols läßt sich das Menü zur Erzeugung einer Formel aufrufen. – Huch, und dieser Klick löscht anscheinend den gesamten Text!

Das Explorieren durch Ausprobieren ist ein sehr wichtiges Mittel, um sich Wissen über einen neuen Realitätsbereich zu verschaffen, um neue Verhaltensschemata zu erwerben, aber es birgt auch Risiken. Die Vernichtung eines Textes, an dem man drei Stunden lang gearbeitet hat, mit einem einzigen Klick kann einem die Tränen in die Augen treiben. Das Explorieren ist gefährlich. Aber wenn man nur in Büchern nachliest und Gebrauchsanleitungen studiert, bekommt man die Dinge nicht in den Griff, nicht einmal ein Textverarbeitungsprogramm.

Explorieren durch Probieren ist natürlich wesentlich riskanter als Explorieren durch Beobachtung, andererseits meist effektiver. Wie sollte Ψ entscheiden, ob es beobachtet oder probiert? Wir können hier wieder die allgemeine Kompetenz heranziehen. Wenn diese hoch ist, sollte sich Ψ eher trauen, durch Probieren zu explorieren, denn es hat sich ja dann in der Vergangenheit erwiesen, daß Ψ mit den Problemen, denen es begegnet, fertig werden kann und eine entsprechend hohe Lustbilanz vorzuweisen hat. Ist aber der Kompetenzpegel niedrig, sollte Ψ eher vorsichtig sein und lieber zugucken, beobachten, ohne sich in den Gang der Dinge einzumischen.

Probieren und Beobachten: Das ist der «Möglichkeitssinn I», weil diese Tätigkeiten primitiver sind als das Planen. Es ist sogar denkbar, daß dieses aus dem Probieren hervorgegangen ist. Freud (1912) nannte Denken einmal «internalisiertes Probehandeln». Diese Kennzeichnung greift zwar zu kurz, doch als Hypothese über die Entstehung des Denkens in der Phylogenese ist sie bedenkenswert.

Die Rasmussenleiter

Die Verhaltensorganisation, die ich auf Seite 478f. beschrieben habe, also die Koordination von Planen, Exploration und dem Aktivieren von Automatismen, ähnelt in hohem Maße einem Schema der Handlungsorganisation, das von Jens Rasmussen (1983), einem dänischen Arbeitspsychologen, beschrieben worden ist. Ich will dieses Schema deshalb «Rasmussenleiter» nennen. – Jens Rasmussen, ursprünglich Ingenieur, entwickelte eine Psychologie des Risikoverhaltens, nachdem er, mit der Sicherheit von Kernkraftwerken beschäftigt, hatte feststellen müssen, daß die Fachpsychologen auf Fragen nach dem Verhalten von Menschen in kritischen Situationen kaum Auskunft geben konnten. Er wurde so zu einem der führenden Arbeitspsychologen der Welt. – Rasmussen stellte sich die Frage, wie sich Menschen verhalten, wenn sie Ziele anstreben, und kam zu dem Ergebnis, daß sie dies auf dreierlei Weise tun. Er unterscheidet «fähigkeitsgeleitetes», «regelbasiertes» und «wissensbasiertes Verhalten» *(skill-based, rule-based, knowledge-based behaviour)*.

Fähigkeitsgeleitetes Verhalten ist in hohem Maße automatisiert und basiert auf fest vorgeprägten sensumotorischen Koordinationen. Es kann gänzlich unbewußt ablaufen und bedarf keiner willentlichen Steuerung, die es eher behindert. Bestimmte Reize dienen als Auslöser für bestimmte Reaktionen. Diese erzeugen neue Reizsituationen, die wiederum bestimmte Reaktionen auslösen und so fort. Dem fähigkeitsgeleiteten Verhalten liegen «Automatismen» zugrunde, und ein Automatismus ist das gleiche wie ein Verhaltensprogramm.

Unter *regelbasiertem* Handeln versteht Rasmussen ein Verhalten, bei dem der Akteur zunächst einmal die relevanten Bestandteile der Situation erkennen und «diagnostizieren» muß, ehe er seine Verhaltensprogramme anwenden kann. Vielleicht müssen diese ja noch geändert werden, bevor sie in Aktion treten. So mag jemand beispielsweise gewisse Schwierigkeiten mit einem Leihauto haben. Zwar kann er Lenkrad, Bremse, Gashebel und Kupplung sicher identifizieren; aber wie man das Licht an- und ausschaltet, weiß er nicht genau, und er findet den «Choke» nicht und muß sich erst vergewissern, wo der Rückwärtsgang liegt.

Ein gewisses Ausmaß an Exploration und Diagnose ist in einem solchen Fall notwendig, um zu wissen, wie man die durchaus bekannten Verhaltensregeln für das Autofahren anwenden kann. Regelgeleitetes Verhalten ist also dadurch gekennzeichnet, daß man Regeln kennt, die aber für die konkrete Situation nicht spezifisch genug sind. Man muß zunächst herausfinden, in welcher Weise man zum Beispiel das Auto dazu bewegen kann, rückwärts zu fahren, auch wenn man «allgemein» weiß, wie Gänge eingelegt werden.

Beim *wissensbasierten* Verhalten nun fehlt das Verhaltensprogramm. Der Handelnde weiß zwar, daß er ein bestimmtes Ziel anstreben sollte, doch auf welche Art und Weise, durch welche Aneinanderreihung von Operatoren das Ziel erreicht werden kann, ist unklar und muß aufgrund des vorhandenen Wissens erst erarbeitet werden. (Der Ausdruck «wissensbasiertes Verhalten» ist also in gewissem Sinne eine Fehlbezeichnung; das

Wissen, welches vorhanden ist, reicht als Basis für die Durchführung der Aufgabe *nicht* aus.) Wissensbasiertes Verhalten beinhaltet die Lösung von Problemen durch Neukomposition eines Verhaltensprogramms aus elementareren Einheiten. Die Grundlage für wissensbasiertes Verhalten könnte ein Algorithmus der Form sein, wie wir ihn im letzten Abschnitt betrachtet haben.

Die Unterteilung zielgerichteten Verhaltens in Phasen, die in hohem Maße durch das vorhandene Wissen determiniert, und Phasen, die durch Suchverfahren gekennzeichnet sind, findet man auch bei anderen Autoren. So unterscheiden Rosenbloom und Newell (1986) «algorithmisches» beziehungsweise «wissensintensives» *(knowledge-intensive)* Verhalten vom «Suchverhalten». Mit «algorithmischem Verhalten» meinen die Autoren ein Verhalten, das in hohem Maße durch die vorgegebenen Regeln gesteuert wird. Mit Suchverhalten meinen sie Planungs- und Explorationsverhalten.

Die Rasmussenleiter heißt deshalb *Leiter*, weil man sich vorstellen kann, daß der Handelnde darauf hinauf- und hinuntersteigt. Zunächst einmal wird er versuchen, die Situation mit fest vorgeprägten Verhaltensprogrammen zu bewältigen. Scheitert er damit, wird er nach Ähnlichkeiten der zu bewältigenden Situation mit anderen, schon bewältigten Situationen suchen, für die es «Regeln» gibt. Er wird sich also bemühen, die gegebene Situation an «Eingangssituationen» für Verhaltensprogramme zu «assimilieren», die er schon kennt. Scheitert auch der Übergang zu regelbasiertem Verhalten, so ist die letzte Sprosse der Leiter das wissensbasierte Verhalten, also die Erstellung neuer Regeln, die Konstruktion von Plänen. – Ich habe die Rasmussenleiter allerdings leicht abgeändert und die ersten beiden Stufen – fähigkeits- und regelbasiertes Verhalten – zusammengefaßt zu einer Stufe und hinter dem wissensbasierten Verhalten noch die Stufe «Versuch-und-Irrtum» eingeführt. Versuch-und-Irrtum ist die Extremform «wissensbasierten» (also «nicht-wissensbasierten», siehe oben) Verhaltens; hier reicht das Wissen nicht einmal mehr zum Planen. (Es scheint mir, als habe bereits Aristoteles – siehe das Motto dieses Abschnitts und die zugehörigen Ausführungen in der Schrift «Über die Seele» – die Organisation menschlichen Verhaltens so gesehen.)

Es ist ziemlich deutlich, daß das, was wir in diesem Abschnitt in Ψ eingebaut haben, der Rasmussenleiter entspricht. Ψ wird zunächst versuchen, einen Automatismus zu aktivieren oder «regelbasiert» zu operieren. Wenn das nicht klappt, so wird es ausprobieren, ob sich durch Planen eine neue Brücke von der Startsituation zum angestrebten Ziel konstruieren läßt. Auch das kann schiefgehen, entweder weil nicht genug Zeit zur Verfügung steht, eine Brücke zu bauen, oder weil der Minusausgang von 8 des Hill-climbing-Algorithmus gewählt werden muß. Dann ergibt sich als Ultima ratio ein Verhalten nach dem Prinzip «Versuch und Irrtum». Ψ probiert irgend etwas aus, was es vielleicht voranbringt. Das ist natürlich nicht ungefährlich. Auf der anderen Seite kann das Probehandeln neue Erkenntnisse über Möglichkeiten bringen, auf die Welt einzuwirken. Wenn solche neuen Erkenntnisse der Fall sind, kann sich Ψ wieder dem Planen widmen, oder aber es findet auf diese Weise einen direkten Übergang vom Start- zum Zielpunkt.

Abbildung 6.12 auf Seite 512 zeigt noch einmal die gesamte Verhaltensorganisation von Ψ.

Es ergibt sich die Frage, wie lange denn das Herumsteigen auf der Rasmussenleiter fortgesetzt werden soll. Wie lange findet ein Versuch-und-Irrtum-Verhalten statt? Wie lange wird geplant? Im großen und ganzen kann man davon ausgehen, daß die Wanderung auf der Rasmussenleiter hinauf und hinunter so lange stattfindet, bis entweder das angestrebte Ziel erreicht ist oder bis die Motivselektion (Abschnitt «Was tun?», Seite 440ff.) einen Abbruch des Verhaltens erzwingt. Der Hunger oder der Durst oder die Kälte oder die Müdigkeit wird zu stark. – Oder das effektlose Herumsteigen auf der Rasmussenleiter hat die allgemeine Kompetenz so geschwächt, daß ein anderes Motiv die Oberhand gewinnt. – Oder aber es treten andere Umstände ein, eine Gefahr zeigt sich oder eine Gelegenheit.

Wie aber kann Ψ die «anderen Umstände» bemerken, wenn es sich intensiv mit der einen ausgewählten Absicht befaßt? Auf diese Frage gehe ich im nächsten Abschnitt ein.

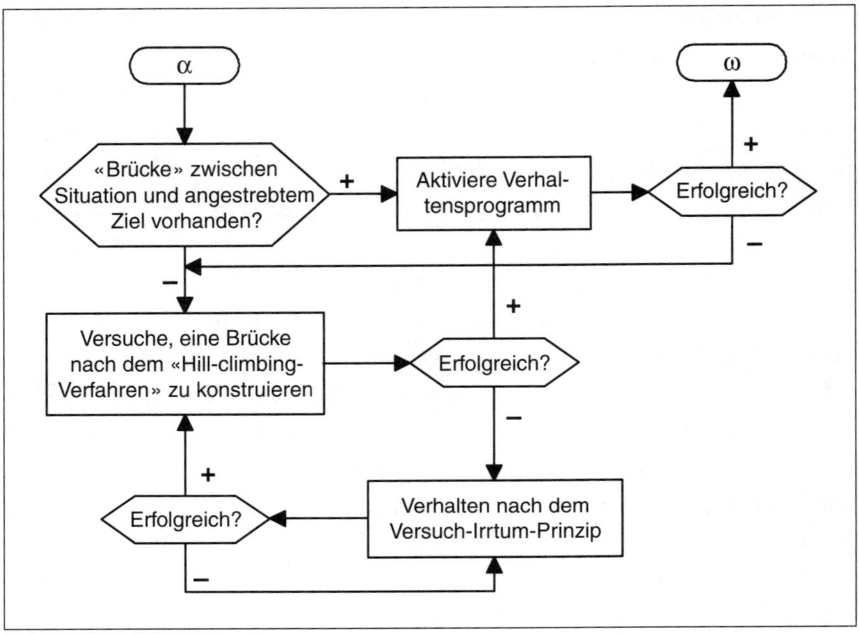

Abbildung 6.12 Die Rasmussenleiter

Koordination

Wenn Ψ sich darum bemüht, ein Ziel zu erreichen, wenn es also ein Verhaltensprogramm aktiviert oder plant oder explorierend durch die Gegend streift, dann bringt sein Handeln die aktuelle Absicht voran; das ist ja der Sinn dieser Aktivitäten. Nun gibt es aber daneben gewöhnlich noch andere Absichten, und die kommen bei der Konzentration auf die aktuelle Absicht leicht zu kurz. Während der Behandlung einer Absicht ist Ψs Aufmerksamkeit auf diese gerichtet, das heißt, seine Bereitschaft zur Wahrnehmung bestimmter Ereignisse oder Objekte ist erhöht. Und «Erhöhung der Bereitschaft zur Wahrnehmung» bedeutet eine Veränderung der Prioritäten bei der Wahrnehmung, also beim Ablauf des HyPercept-Prozesses. – Im Abschnitt «Die Wahrnehmung von etwas als etwas» (Seite 144ff.) habe ich den HyPercept-Prozeß beschrieben. Es geht damit los, das irgendein elementares Merkmal wahrgenommen wird, zum Beispiel ein Winkel, eine Kontur, eine Linie. Dann wird eine Supraliste gebildet. Sie enthält alle Schemata, in denen das Merkmal (etwa der Winkel) vorkommt, zum Beispiel Hundeohren, Bettlakenzipfel, Bücherbordkanten und so fort. Aus dieser Supraliste wird nun ein Schema ausgewählt – das ist die «Hypothese» – und weiter überprüft. Aufmerksamkeitsausrichtung bedeutet nun, daß bestimmte Schemata in der Supraliste Priorität bekommen, also zuerst ausgewählt werden.

Eine solche Ausrichtung der Aufmerksamkeit scheidet die Dinge und die Ereignisse der Umgebung in zwei Gruppen, nämlich in die der Vordergrund- und die der Hintergrundereignisse. Die Hintergrundereignisse werden praktisch nicht mehr wahrgenommen oder nur dann, wenn sie sich aufdrängen. Eine Explosion in der Umgebung nimmt man schon wahr, auch wenn man gerade in einen Zeitungsartikel vertieft ist.

Die Aufmerksamkeitsausrichtung auf die aktuelle Absicht ist einerseits nützlich, kann aber auch schädlich sein, denn sie führt dazu, daß Hinweisreize für Gelegenheiten oder Gefahren, die im Hintergrund auftauchen, leicht übersehen werden. Während man handelt, geschehen andere Dinge. Die Welt dreht sich weiter. Das Handeln ist eingebunden in einen sich ständig verändernden Kontext, zum Beispiel in einen bestimmten Tagesablauf. Vielleicht sind die Termine dieses Tagesablaufs sogar für die augenblickliche Handlung bedeutsam, aber auch wenn dies nicht der Fall ist, sollte man kontrollieren, ob der Hintergrund sich erwartungsgemäß verhält. Vielleicht ergibt sich hier oder dort eine Abweichung, und die sollte zu einer Umorientierung des Verhaltens führen können. Man braucht also neben der Wahrnehmung der absichtsrelevanten Ausschnitte der Umgebung eine *Hintergrundkontrolle,* die die Multistabilität des Systems sichert und verhindert, daß die Konzentration auf die aktuelle Absicht zur Rigidität und zur Einkapselung in einen Teil der Realität führt.

Wie kann man aber die Geschehnisse im Hintergrund überwachen, wenn es auf der anderen Seite doch notwendig ist, die Aufmerksamkeit auf die aktuelle Absicht zu konzentrieren?

Die Hintergrundkontrolle könnte beispielsweise darin bestehen, daß in mehr oder minder regelmäßigen Abständen das absichtsgerichtete Verhalten durch eine *Sicherungsphase* unterbrochen wird, in welcher der Hintergrund auf Besonderheiten abgetastet und insbesondere überprüft wird, ob alles so verläuft, wie es gemäß den Erwartungen verlaufen sollte. Im nächsten Abschnitt werden wir uns mit der Programmierung eines solchen Sicherungsverhaltens im einzelnen beschäftigen.

Für die Hintergrundkontrolle und damit für die Koordination der verschiedenen Absichten ist eine bestimmte Gedächtnisorganisation notwendig. Um zu kontrollieren, ob der Gang der Ereignisse im Hintergrund, die Abwicklung des aktuellen Geschehens, so ist, wie er sein soll, muß das, was sich ereignet, verglichen werden mit dem, was sich ereignen *sollte.* Dazu benötigen wir die Fähigkeit, den Ablauf von Geschehnissen zu antizipieren, also das zu konstruieren, was wir *Erwartungshorizont* genannt haben. Er ist die Voraussetzung dafür, *Diskordanzsignale* entdecken zu können, die indizieren, daß sich Ereignisse anders entwickeln als bislang angenommen.

Ich sitze in meinem Arbeitszimmer. Es ist etwa halb zehn abends im Juni. Draußen ist es noch fast hell. Ich bin ziemlich müde und bemühe mich mit nur geringem Erfolg, einige Formulierungen in einem Manuskript zu verbessern. Von Arbeitslust keine Spur. Ich lehne mich in den Schreibtischsessel zurück und – schlafe ein.
Dann wache ich wieder auf und setze meine Arbeit fort. Draußen ist es etwas dämmriger als vorher. Plötzlich bekomme ich einen Riesenschreck. Es ist heller *geworden! Wie das? Ein Blick auf die Uhr belehrt mich: Es ist halb vier morgens. Mehr als fünf Stunden habe ich im Schreibtischsessel geschlafen. Die erste Orientierung beim Aufwachen schien zu bestätigen, daß sich die Ereignisse so fortgesetzt haben wie extrapoliert. Dann aber paßten plötzlich die Ereignisse nicht mehr in den Erwartungshorizont. Und das war Anlaß des Schreckens, der wiederum eine Neuorientierung in Gang setzte.*

Außer dem Erwartungshorizont braucht Ψ ein *Absichtsgedächtnis,* um Gelegenheiten wahrnehmen und nach Erledigung einer Absicht mit einer anderen fortfahren zu können. Damit man Gelegenheiten entdecken kann, muß dieses Absichtsgedächtnis den Stand der Ausführung der jeweiligen Absicht beinhalten, denn eine Gelegenheit besteht im unerwarteten Auftauchen der Bedingung für die Ausführung einer Absicht, die eigentlich noch nicht «dran» ist. «Sieh, da ist ja eine Drogerie! Da kann ich doch gleich das destillierte Wasser für das Aquarium kaufen!»

Darüber hinaus benötigen wir eine «Geschichte» der Absichten, ein *Protokoll* der bisherigen Bemühungen, die Absicht der Realisierung näher zu bringen. Dies ist notwendig, damit man sich rückorientieren kann, wenn es sich erweist, daß die bisherigen Planungen und Tätigkeiten den Umständen nicht gerecht werden.

Und schließlich muß Ψ wissen, wie jeweils die momentane Situation beschaffen ist, damit es weiß, welche Bedingungen augenblicklich für das Handeln gegeben sind: es braucht ein *Situationsgedächtnis*.

Wir brauchen also ein *Arbeitsgedächtnis* mit vier verschiedenen Bestandteilen, nämlich einem *Situationsbild*, dem *Erwartungshorizont*, einem *Protokoll-* und einem *Absichtsgedächtnis*. Um die Form dieses Arbeitsgedächtnisses und um seinen Gebrauch für die Verhaltenskoordination geht es in diesem Abschnitt.

Drei Hops – ein Sich

Im Park von Bangalore in Südindien gibt es viele Streifenhörnchen. Sie huschen über die Wege, die Bäume hinauf, beäugen die Spaziergänger von einem niedrigen Ast aus, machen «Männchen», um besser sehen zu können, und verzehren einen Samen, eine Knospe, ein Stückchen Brot, das sie in einem Abfalleimer gefunden haben. – Wenn sie sich bewegen, um irgendeinem Ziel zuzustreben, geht das ziemlich stereotyp vonstatten, nämlich nach dem Schema «drei Hops – ein Sich». Die Streifenhörnchen hopsen drei-, vier- oder fünfmal vorwärts, dann halten sie inne, schauen sich um, richten sich dabei oft sogar auf, und dann kommt die gleiche Bewegungssequenz: drei Hops – ein Sich.

Dieses Verhaltensschema findet man nicht nur bei Streifenhörnchen. – Eine Meise fliegt ein Futterhäuschen an, ergattert einen Sonnenblumenkern und fliegt damit auf einen nahegelegenen Busch. Dann klemmt sie den Kern zwischen Zehe und Ast und beginnt, ihn mit dem Schnabel zu bearbeiten, um an das Innere zu gelangen. Aber diese Aktivität führt sie keineswegs in einem Zuge durch. In regelmäßigen Abständen richtet sie sich auf, wendet ihr Köpfchen hin und her, sieht sich um und fährt dann erst mit der Bearbeitung des Sonnenblumenkerns fort. Diesmal nicht nach dem Muster «drei Hops – ein Sich», sondern «drei Pick – ein Sich». (Dabei kommt es mir so vor, als sei das Verhalten der Meisen an meinem Futterhäuschen weniger stereotyp, weniger fest vorgeprägt als das Verhalten der Streifenhörnchen.)

Oder der Zeitungsleser im Café. Er liest, blättert um, liest, blättert um –

und dann läßt er die Zeitung sinken, mustert seine Umgebung und nimmt die Zeitung wieder auf: «drei Les – ein Sich».

Man braucht nicht Ethologie studiert zu haben, um den Sinn dieser Verhaltensorganisation einzusehen. Die Meise, das Streifenhörnchen, der Zeitungsleser verfolgen eine bestimmte Absicht, sie streben ein Ziel an: den nahrungsträchtigen Papierkorb, das Innere des Sonnenblumenkerns, Information aus der Zeitung. Natürlich finden während dieser Aktivitäten, die ja immer nur einen kleinen Ausschnitt aus der Realität betreffen, auch Wahrnehmungen statt. Der Zeitungsleser nimmt die Buchstaben und die Bilder auf dem Zeitungsblatt zur Kenntnis; das Streifenhörnchen guckt, wo es hinhopst, und die Meise registriert den jeweiligen Zustand der Sonnenblumenkernschale, die sie mit ihrem Schnabel bearbeitet.

Es geht also bei der Bewegungsorganisation «drei Hops – ein Sich» nicht um den Wechsel von der Wahrnehmung zum Tun, sondern um den Wechsel von *spezifischer* Wahrnehmung und *spezifischem* Tun zu *allgemeiner Orientierung*. Die Wahrnehmung bei der Bearbeitung des Sonnenblumenkerns bezieht sich auf den Fortschritt der Realisierung der augenblicklichen Absicht. Die Wahrnehmung während der «Sicherungsphase» dient der allgemeinen Orientierung. – «Was ist sonst noch so der Fall? ... Alles in Ordnung? ...» Sicherungsphasen, die mehr oder minder periodisch das absichtsgerichtete Verhalten unterbrechen, ermöglichen es, frühzeitig Gelegenheiten und Gefahren wahrzunehmen und gegebenenfalls das Verhalten zu ändern oder die Absicht zu wechseln. Auch bieten sie Gelegenheit, festzustellen, ob der allgemeine Rahmen für das Verhalten noch so ist, wie er sein sollte. Der schweifende Blick des Zeitungslesers im Café fällt auf die Wanduhr über der Theke. «Ach du lieber Schreck, schon halb sechs, da muß ich mich aber beeilen!» Er zahlt und verläßt das Café. Das Sicherungsverhalten dient also auch der Orientierung in der Zeit. Es liefert Informationen darüber, ob etwas dringend wird.

Es wäre sehr vernünftig, wenn wir Ψ gleichfalls mit der Tendenz versehen, mitunter Sicherungsphasen einzuschalten. Was aber soll in ihnen genau geschehen? Wie oft sollen sie das absichtsgerichtete Verhalten unterbrechen? Und wie soll das Sicherungsverhalten gesteuert werden? Diesen Fragen werden wir im folgenden nachgehen und uns zunächst einmal überlegen, wie häufig es zur Unterbrechung des aktuellen intentionalen Verhaltens durch Sicherungsphasen kommen sollte.

Bei den Streifenhörnchen sieht es so aus, als sei das Verhältnis der «Hops»- und «Sich»-Phasen fest eingestellt. Zumindest ist mir bei keinem anderen Tier ein solch stereotypes Sicherungsverhalten aufgefallen. Das ist nicht gerade sehr praktisch (wenn es denn so sein sollte; ein Streifenhörnchenexperte bin ich nicht). Besser wäre es, wenn wir die *Sicherungsrate*, das heißt die relative Häufigkeit der Sicherungsphasen, von bestimmten Parametern abhängig machten.

Welche Parameter kommen dafür in Frage? Zum einen die *Unbestimmtheit.* Ist die augenblickliche Umgebung sehr unbestimmt, also der Erwartungshorizont stark verzweigt oder nicht vorhanden («Der ‹Bestimmtheitstrieb›», Seite 352ff.), sollte die Sicherungsrate hoch sein. Wenn dagegen der Erwartungshorizont fast geradlinig in die Zukunft verläuft und keine Alternativen erwartet werden, dann kann man sich das Sicherungsverhalten weitgehend sparen. Auch ein fast sicherungsfreies Verhalten kann man beobachten. Es gibt Zeitungsleser in Cafés, die ihre Lektüre so gut wie nie unterbrechen. Was sollte denn schon in einem Café in Bamberg und überhaupt in Bamberg Unerwartetes geschehen?

Als weiterer Steuerungsparameter für die Sicherungsrate kommt die *Motivstärke* der aktuellen Absicht in Frage. Die Motivstärke ist hoch, wenn das zugrundeliegende Bedürfnis stark, die Erfolgsaussicht gut und die Dringlichkeit groß sind. Besonders wichtig erscheinen mir die Bedürfnisstärke und die Dringlichkeit. Wenn die Sollwertabweichung eines Bedürfnisses nahe am Maximum liegt und die Erledigung der Absicht außerdem dringlich ist, dann sollte das Verhalten möglichst wenig Unterbrechungen durch Sicherungsphasen erfahren. – Wir könnten somit die Sicherungsrate von einem Wert abhängig machen, den wir aus der Unbestimmtheit und der Motivstärke des aktuellen Motivs ableiten. Auf diese Weise ist die Sicherungsrate variabel und im Bereich von «null Hops – ein Sich» bis «n Hops – null Sich», also vom totalen Sicherungsverhalten bis zum totalen Ausfall des Sicherungsverhaltens, einstellbar.

Wir statten Ψ deshalb mit einer «Sägezahnsteuerung» aus, wie sie Abbildung 6.13 zeigt. Hier sehen wir insgesamt fünf Neuronen. Das Neuron S löst das eigentliche Sicherungsverhalten aus. S kann aber erst dann aktiv werden, wenn die Aktivität des Neurons A über der Stärke der Hemmung liegt, die von Neuron T ausgeübt wird. A ist nun ein «Akkumulator». Die Aktivität von A steigt unablässig an, nämlich dadurch, daß der «Inkrementgeber» ständig ein gewisses Ausmaß an Aktivierung liefert. Wird aber S aktiv, wird A über das Neuron L gelöscht, die Zählung folglich wieder auf 0 gesetzt. Und dann geht es von neuem los, aber mit vielleicht veränderten Schwellen, so daß es kürzer oder länger dauert bis zum nächsten Sicherungsverhalten.

Die Aktivität des Neurons T ist um so höher, je größer die Stärke des aktuellen Motivs ist und je geringer die Unbestimmtheit. Als Unbestimmtheitsmaß nehmen wir die Aktivität unseres «Unbestimmtheitskessels» (Abbildung 5.9, Seite 357). Bei hoher Unbestimmtheit wird demnach die Schwelle, die zur Auslösung des Sicherungsverhaltens übersprungen werden muß, niedrig sein; es werden somit relativ oft Sicherungsphasen eingeschaltet. Dem wirkt die Stärke des aktuellen Motivs entgegen. Ist diese hoch, wird ein Sicherungsverhalten nur selten eintreten.

So also kann eine Steuerung zur *Auslösung* des Sicherungsverhaltens aussehen. Woraus aber soll dieses selbst nun bestehen? In Abbildung 6.14 auf Seite 521 habe ich dargestellt, wie ein Programm für das Sicherungsverhalten funktionieren könnte und wie dieses das Arbeitsgedächtnis verändert.

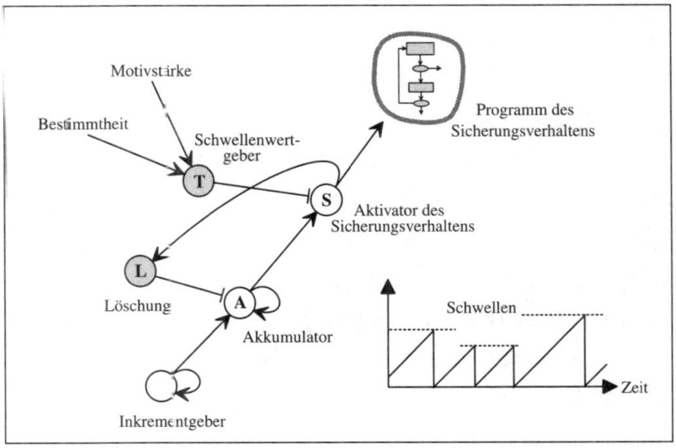

Abbildung 6.13 Die Steuerung der Häufigkeit des Sicherungsverhaltens

Schauen wir uns das Flußdiagramm einmal an:

Zunächst muß die Umgebung durchmustert werden. Dabei sollte Ψ bei den Bestandteilen anfangen, die gemäß den «aktuellen» Geschehnissen erwartet werden. Diese sind irgendwann vorher einmal in einer Besinnungsphase als «ablaufend» erkannt worden, zum Beispiel «Normaler Arbeitstag in den Semesterferien mit Hausmeisterkontrolle, erkennbar am durchdringenden Zigarrengeruch gegen fünf Uhr nachmittags». Aufgrund der aktuellen Schemata wird der Erwartungshorizont erzeugt. Die Musterung der Umgebung sollte also zunächst aus einer Kontrolle des Erwartungshorizontes bestehen: Ist tatsächlich der Fall, was erwartet wird? Wenn alles stimmt, kann es weitergehen, wenn aber nicht, bedeutet dies «Überraschung». Ψ sollte sich dem unerwarteten Ereignis zuwenden, feststellen, was denn nun *statt* des erwarteten Ereignisses eingetreten ist, und sollte, wenn es sich als wichtig genug erweist, eine Explorationsabsicht bilden.

Kurz also: Was ist los? Wieso entspricht die Realität nicht den Geschehnisschemata des Langzeitgedächtnisses? – In der Psychologie heißt diese Überprüfung «Orientierungsreaktion»; Pawlow nannte sie bildhafter «Was-ist-das?-Reaktion».

Je nach Wichtigkeit und Dringlichkeit der Explorationsabsicht kann es vorkommen, daß Ψ sofort dazu übergeht, den Teil der Realität, der sich als «unerwartet» erwiesen hat, zu explorieren. Wenn es zum Beispiel abends heller wird statt dunkler, dann muß das sicherlich sofort aufgeklärt werden! Denn ein solches Ereignis würde das gesamte Weltbild «kippen». Supernova im sonnennahen Bereich? Großbrand? Super-Gau im Kernkraftwerk Grafenrheinfeld?

Aus dem Sicherungsverhalten wird dann sofort ein Explorationsverhalten. Ob es unmittelbar aus dem Sicherungsverhalten heraus zur Exploration kommt oder nicht, können wir durch den Selektionsmechanismus (Abschnitt «Was tun?») entscheiden lassen.

Wenn bei der Überprüfung der aktuellen Geschehnisschemata keine «Überraschung» eintritt, wenn also die Umgebung dem Erwartungshorizont entspricht, so sollte nun die «Musterung des Hintergrundes» folgen, was bedeutet, daß die Bestandteile der Situation betrachtet werden, die mit

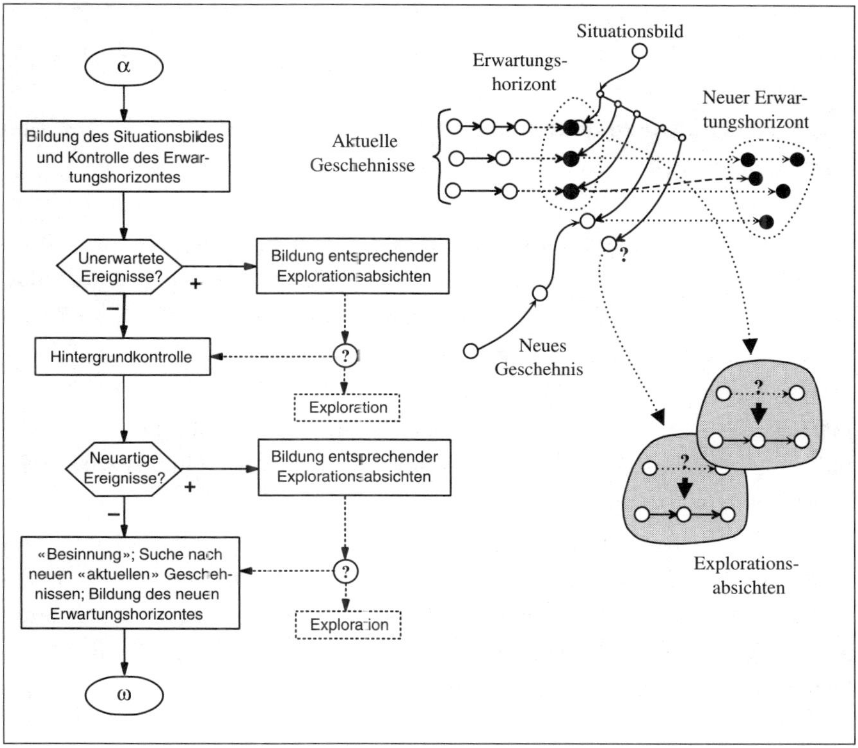

Abbildung 6.14 Die Phasen des Sicherungsverhaltens

dem aktuellen Erwartungshorizont nichts zu tun haben. Dies kann dazu führen, daß etwas *Neues* entdeckt wird (nicht etwas Unerwartetes, denn der «Hintergrund» befindet sich ja per definitionem nicht im Erwartungshorizont). Und wenn etwas Neues in die Wahrnehmung rückt, so sollte sich daraus ebenfalls eine Explorationsabsicht ergeben können, wenn es wichtig genug ist. Dabei könnte sich diese Explorationsabsicht als so dringend erweisen, daß Ψ sofort aus dem Sicherungsverhalten heraus zu einer Explorationstätigkeit übergeht. Ebenso kann es während dieser Phase «Musterung des Hintergrundes» dazu kommen, daß Ψ Gelegenheiten oder Gefahren entdeckt, und auch das wird oft zu einem sofortigen Wechsel der Absicht führen. (Es kommt natürlich darauf an, wie wichtig die Absicht ist, für die sich die Gelegenheit darbietet, beziehungsweise wie groß die Gefahr ist – immer im Vergleich mit der gerade aktuellen Absicht. Wenn wirklich der Hunger stark ist, dann schreckt eine Ratte im psychologischen Labor auch vor dem zu erwartenden elektrischen Schlag auf dem Weg zum Käse nicht zurück!)

Wenn nun die Betrachtung des Hintergrundes nicht damit abschließt, daß eine neu geschaffene Explorationsabsicht sofort ausgeführt wird oder ein Wechsel zu einer Gelegenheit oder Gefahrenabwendung stattfindet, dann ist Ψ mit der Bildung eines neuen Situationsbildes fertig. Es weiß, was um es herum der Fall ist. Wie soll es nun weitergehen?

Wir sollten nun eine *Besinnungsphase* («Was läuft?», Seite 186 ff.) folgen, also Ψ den Versuch unternehmen lassen, *neue* «aktuelle» Geschehnisse zu entdecken. Die bislang geschilderten Tätigkeiten innerhalb der Sicherungsphase beziehen sich auf den Augenblick, auf das, was gerade in diesem Moment der Fall (oder unerwarteterweise nicht der Fall) ist. Der Zeitverlauf wird nur insofern berücksichtigt, als geprüft wird, ob das, was entsprechend dem aktuellen Erwartungshorizont erwartet werden muß, auch eingetreten ist. Ψ sollte aber nun zusätzlich untersuchen, ob nicht vielleicht ein *neues* Geschehnis in Gang gekommen ist.

Vielleicht sind dunkle Wolken aufgezogen, und der Wind ist stärker geworden – droht da ein Gewitter? Bislang waren Wolken, Windstärke und Windrichtung im «Hintergrund», und die oben angegebenen Ereignisse waren nicht Teil eines Geschehnisschemas, wurden also nicht überwacht. Im Hinblick auf die drohende Durchnässung während der geplanten Radpartie wäre es aber angebracht, von jetzt an nebenher die Veränderung des Wetters zu beobachten. Dafür muß aber das Ereignis «Aufziehen eines Gewitters» zunächst einmal identifiziert werden, und das kann meist nicht allein dadurch geschehen, daß nur die augenblickliche Situation betrachtet wird; die liefert allenfalls Informationen über den erwartungsgemäßen Verlauf der schon identifizierten, «aktuellen» Abläufe. Um neue Geschehnisse zu entdecken, muß man auf die Vergangenheit zurückgreifen; man muß sich daran erinnern, daß der Himmel vor einer Viertelstunde noch heller war und auch der Wind nicht so stark wehte. Man muß sich *besinnen.* Man muß versuchen, den Gang der Ereignisse aus dem Protokollgedächtnis heraus entsprechend einem Geschehnisschema zu rekonstruieren. Nur als Teile eines Geschehnisses werden die Ereignisse *Indikatoren* für andere Ereignisse, die in der Zukunft drohen und vielleicht vermieden werden können, beziehungsweise für günstige Gelegenheiten, die man nutzen sollte.

Und dann folgt als letzter Schritt die Neubildung des Erwartungshorizontes: Die schon vorher und die nun neu identifizierten Geschehnisse werden in die Zukunft hinein extrapoliert. Dieser Prozeß ist zum einen Voraussetzung für die Entdeckung von Diskordanzen beim nächsten Sicherungsverhalten, zum anderen aber auch eine Quelle von *Furcht* oder *Hoffnung*. – Furcht oder Hoffnung? Wie das bei einer Maschine? – Wenn wir das Wort «Furcht» für die Antizipation eines Zustandes verwenden, der ein Bedürfnis (zum Beispiel nach Schmerzlinderung) und deshalb gewöhnlich eine Vermeidungsabsicht erzeugt, und wenn wir mit dem Wort «Hoffnung» die Antizipation eines Ereignisses bezeichnen, das ein Bedürfnis befriedigt, einen Mangelzustand beseitigt, dann kann Ψ natürlich Furcht und Hoffnung empfinden (wenn «empfinden» soviel bedeutet wie «haben»).

Furcht kann unmittelbar dazu führen, daß eine Vermeidungsabsicht entsteht und daß diese zur aktuellen Absicht wird, also die Handlungsleitung übernimmt. – Und wenn die Hoffnung dergestalt ist, daß man für das erwartete lustvolle Ereignis vielleicht noch etwas tun kann, um sein Eintreten zu beschleunigen oder wahrscheinlicher zu machen, dann kann auch sie zu einem Absichtswechsel führen.

> *Die alte Dame ist sehr aufgeregt: «Ist das hier auch wirklich der Zug nach Bamberg?» Das bestätigende Kopfnicken der Fahrgäste im Abteil reicht ihr keineswegs; sie stürmt hinaus und studiert die Zuglauftafel auf der vorderen Plattform des Wagens. Dann kehrt sie in ihr Abteil zurück, nimmt ihre Handtasche auf den Schoß, öffnet ihr Portemonnaie und kontrolliert ihre Fahrkarte. – «Das ist hier doch die zweite Klasse!?» fragt sie die Mitreisenden. Wieder bestätigendes Kopfnicken. Trotzdem ein Blick zur Glastür, auf der die Klasse angegeben ist. – Der vorbei-*

> *eilende Schaffner wird angehalten. «Ist das hier der Zug, der um 16.48 Uhr in Bamberg ankommt?» – «Ja, hoffentlich!» meint der Schaffner. «Wieso ‹hoffentlich›?» fragt die alte Dame. «Ist das nicht der Zug? Wird dieser Wagen vielleicht in Schweinfurt abgehängt, und muß ich da umsteigen?» – «Nein, nein», beruhigt sie der Schaffner, der nun die Sachlage erkannt hat, «Sie sitzen schon im richtigen Zug und brauchen erst in Bamberg auszusteigen!» – «Habe ich auch meinen Schirm nicht vergessen?» entfährt es der alten Dame, und sie durchwühlt ihre Tasche und bringt – zum Glück – einen schwarzen Knirps zum Vorschein. Nun lehnt sie sich entspannt zurück. Aber nicht lange …*

Die alte Dame befand sich offensichtlich in einer Art dauernder Sicherungsphase; sie kam aus dem Sichern gar nicht mehr heraus. Wenn wir so etwas bei einem Menschen beobachten, schreiben wir ihm einen bestimmten Gefühlszustand zu, nämlich *Angst*. Die Schwelle für das Sicherungsverhalten ist sehr niedrig gesetzt; und die Vermutung liegt nahe, daß dies auf das geringe Ausmaß an Bestimmtheit (Pegel des «Bestimmtheitskessels») zurückzuführen ist.

Natürlich könnte sich so etwas auch bei Ψ ereignen; dazu brauchen nur die Bestimmtheit und die Stärke des aktuellen Motivs entsprechend niedrig zu sein. Hätte Ψ unter diesen Umständen Angst? Wenn wir mit diesem Wort einen Zustand hoher Unbestimmtheit bezeichnen, der eine niedrige Schwelle für die Auslösung des Sicherungsverhaltens zur Folge hat, was wiederum dazu führt, daß Explorationstendenzen auftreten, die die Unbestimmtheit möglicherweise vergrößern, dann könnten wir in der Tat sagen: «Ψ hat Angst!»

Die ganz alltäglichen Verrichtungen

Betrachten wir nun noch einmal das Arbeitsgedächtnis und seine verschiedenen Funktionen bei der Koordination des Verhaltens im Zusammenhang. Ich möchte zeigen, wie Langzeit- und Absichtsgedächtnis, Situationsbild, Erwartungshorizont und Protokollgedächtnis, die Absichtsselektion, das Planen, das Explorieren und Tun bei einer konkreten Verrichtung ineinandergreifen.

Dabei werde ich – ganz nebenher – auf ein wichtiges Thema zu sprechen kommen, nämlich auf die Frage nach dem *Format* des Arbeitsgedächtnisses. – Wir wissen, wie das Langzeitgedächtnis unserer Maschine aufgebaut ist, wie es sich aus dem «Protokollfaden» ergibt («Was *bleibt*?», Seite 117, und «Die Gedächtnispolonaise», Seite 122ff.) und schließlich aus einem Geflecht sensorischer und motorischer Schemata besteht. Aber wo ist da das Arbeitsgedächtnis? Wo ist das Absichtsgedächtnis, das Situationsbild, der Erwartungshorizont? Müssen wir dafür neue Strukturen erzeugen? Das Protokollgedächtnis, das die Geschichte vergangenen Tuns enthält, können wir immerhin im «Protokollfaden» unterbringen. Aber was ist mit den anderen Teilen des Arbeitsgedächtnisses?

Es wäre schade, wenn wir das elegante Gedächtnismodell, das wir für Ψ erfunden haben, nun durch das Anstricken neuer Strukturen verunstalten müßten. Zum Glück aber wird es sich ergeben, daß wir ohne neue Konzepte auskommen können und daß die bislang schon entwickelten Strukturen völlig hinreichend sind, um das Arbeitsgedächtnis zu formieren.

Ich mähe den Rasen hinter unserem Haus. Das ist eine Menge Arbeit; mühsam und im großen und ganzen eintönig. Und während ich so meine Kreise ziehe, ab und zu anhalte, um den Grasfangbehälter zu entleeren, den Gartenschlauch beiseite räume und so fort, bin ich meist «woanders», nämlich bei einem Vortrag, den ich halten muß. Mir fällt ein, daß ich dafür ein Buch brauche, welches ich vor einigen Monaten einem Freund, Hans, geliehen habe.

Ich sollte ihn anrufen, damit er es mir vorbeibringt oder ich es abholen kann. – Mein Blick schweift umher. Aha, in das Haus gegenüber, das lange leer stand, zieht anscheinend jemand ein; ein großer Möbelwagen hat vor dem Haus geparkt, und die Möbelpacker sind dabei, die Türen des Lastwagens und seines Anhängers zu öffnen. – Ach, jetzt sehe ich, es ist gleich elf Uhr; ich sollte ja nachher beim Arzt sein, und vorher sollte ich noch meinen Mantel von der Reinigung holen, da es ziemlich kühl ist und auch leicht regnen kann. Also: den Rasenmäher zunächst einmal unterstellen; das Rad aus dem Schuppen holen und zum Ortszentrum fahren.

Als ich am Marktplatz das Rad abstelle, sehe ich Hans auf der anderen Straßenseite. Sofort fällt mir ein, daß ich ja das Buch brauche, winke ihm heftig zu und versuche, ihm zu signalisieren, daß er warten oder zu mir herüberkommen möge. Er bemerkt mich, lächelt, bedeutet mir aber, beschwörend gestikulierend, daß er jetzt keine Zeit habe, und entschwindet um die nächste Straßenecke. Komisch, der hat doch sonst immer Zeit! – Nun gut, dann muß ich ihn eben heute abend anrufen. Zur Reinigung und den Mantel geholt und wieder aufs Fahrrad, um nach Hause zu fahren. Als ich in die Nebenstraße einbiege, in der ich wohne, sehe ich gerade, wie der Postbote den Berg hinaufstrampelt, und wundere mich darüber, daß die Möbelpacker noch nicht weiter sind. Anscheinend haben sie in der letzten halben Stunde nichts geschafft, außer eine Polstergarnitur auf die Straße zu räumen, in der sie nun sitzen und Bier trinken. Komisch! Habt ihr es nicht eilig? Und ob es mit einem halben Liter Bier im Bauch so sehr gut klappt mit dem Möbelräumen? Sieht fast wie eine Art Protest aus! Hat vielleicht der neue Mieter beim Einpacken der Möbel mit dem Trinkgeld geknausert?

Ich mache mich wieder ans Rasenmähen, denn ich habe

noch Zeit. Leider springt der Rasenmäher nicht an. Mehrere Versuche, ihn zu starten, verlaufen ergebnislos; nicht einmal eine Fehlzündung entlocke ich ihm. Was tun? Woran kann's liegen? Abgesoffen? Zündkerze verrußt? Vergaser verstopft? All das ist schon vorgekommen. Nun ja: Zunächst einmal die Zündkerze herausdrehen; das geht am einfachsten. Mit dem Vergaser wird's schon kniffliger, wenn er denn die Ursache sein sollte. Also: Zündkerze herausgedreht. Nein, die scheint in Ordnung zu sein, weder naß noch Rußflecken. Mein Blick schweift umher. Die Möbelpacker sind inzwischen in den Polstersesseln eingeschlafen. Komisch, der Postbote müßte doch längst hier sein. – Ich sollte mich langsam umziehen für den Arzttermin. Dr. N. stopft seine Sprechstunden immer ziemlich voll. Da kann es vorkommen, daß man lange warten muß, und das wird langweilig! Wie läßt sich das vermeiden? Heute ist Donnerstag, da kommt die «Zeit». Wenn der Postbote nur schon da wäre! – Ich bin fertig umgezogen, und der Postbote ist immer noch nicht gekommen. Vielleicht mal Ruth anrufen, ob der Postbote schon bei ihr vorbeigekommen ist. – Nein, vorbei noch nicht, er steht vor ihrem Haus und versucht, einen Reifen zu flicken. Pech für ihn! – Aber dann kann ich ja bei ihm vorbeifahren und mir die «Zeit» aushändigen lassen …

Eine ganz normale Episode, Teil eines Vormittags. Abbildung 6.15 auf Seite 528 zeigt, wie sich das Arbeitsgedächtnis im Laufe dieser Episode aufbaut und verändert. Es beginnt mit der Aktivierung des Verhaltensprogramms «Rasenmähen», das weitgehend «im Keller» abläuft und genügend Raum läßt, um dabei eine weitere Absicht zu behandeln, nämlich den Entwurf des ausstehenden Referats. Dies führt zur Entdeckung der Notwendigkeit, das ausgeliehene Buch zurückzufordern. Eine Subabsicht ergibt sich: Hans muß aufgefordert werden, das Buch wieder herauszurücken.

Es folgt ein Sicherungsverhalten, das mich zum einen auf den irgend-

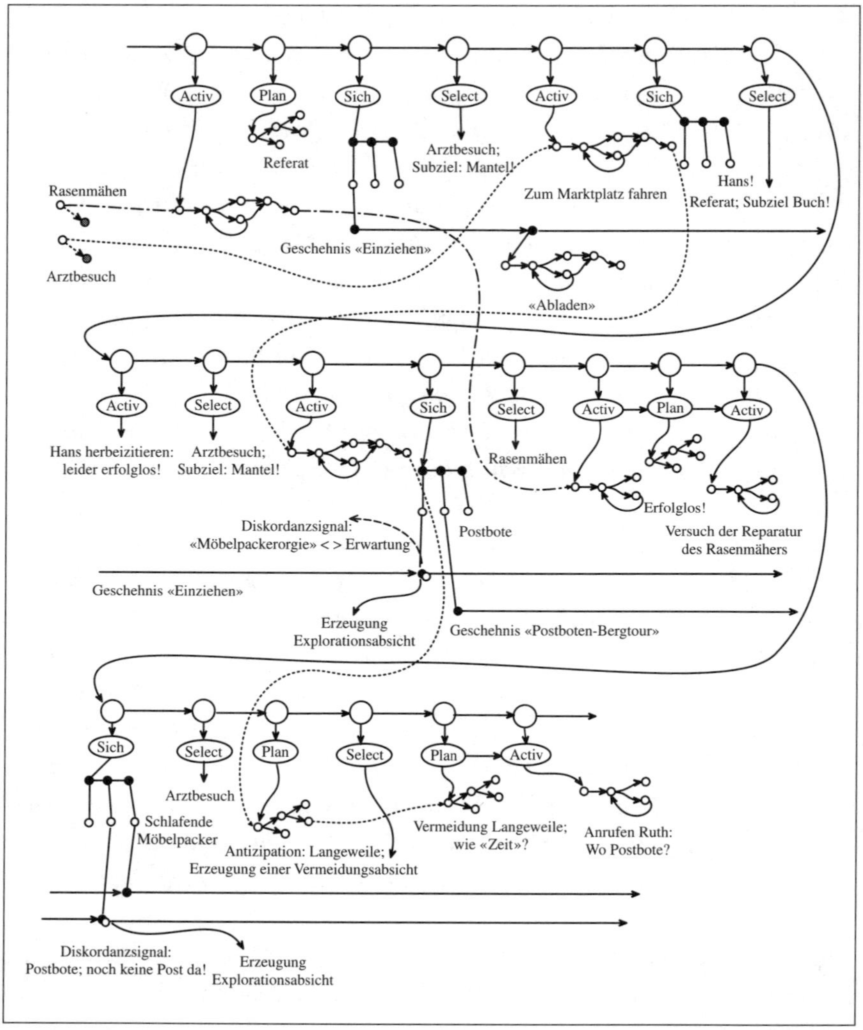

Abbildung 6.15 Das Arbeitsgedächtnis

wann inzwischen angekommenen Möbelwagen aufmerksam werden läßt, zum anderen die Uhrzeit in die Wahrnehmung rückt. Der Möbelwagen wird sofort mit einem Geschehnisschema «Einzug» in Verbindung gebracht. Dies ist also nun ein neues «aktuelles» Geschehnis. – Die Uhrzeit läßt es geraten erscheinen, mich nunmehr mit der Vorbereitung des Arztbesuches zu beschäftigen; zu dieser Absicht gehört das Abholen des Mantels von der Reinigung als Subabsicht. Dieser Handlungsablauf wird nun in Gang gesetzt; bei einem Sicherungsverhalten während der Ausführung dieser Absicht entdecke ich Hans, und sofort kommt mir in den Sinn, die Referatabsicht voranzubringen, indem ich die Subabsicht bilde, Hans um die Rückgabe des Buches zu bitten. Meine entsprechenden Aktivitäten bleiben allerdings erfolglos; die «Mantelabsicht» wird wieder aufgegriffen, zu Ende gebracht, und es kommt zur Heimfahrt.

Bei einem Sicherungsverhalten auf der Heimfahrt wird der Postbote entdeckt und damit ein weiteres aktuelles Geschehnis identifiziert. Während derselben Sicherungsphase wird der «erwartungsgemäße» Verlauf des Geschehnisses «Einzug» überprüft, und das endet mit einer Überraschung: Die Möbelpacker widmen sich dem Biertrinken und nicht dem Einräumen. Es folgt eine kurze gedankliche Exploration der Gründe dieses unerwarteten Ablaufs. – Ich habe noch Zeit und beschließe, das Rasenmähen zu Ende, zumindest aber voranzubringen. Hier aber zeigen sich Hindernisse; es folgt eine Planung: Möglichkeiten der Fehlerbeseitigung beim Rasenmäher. Ich versuche, den Plan in die Realität umzusetzen; dabei erbringt ein zwischengeschaltetes Sicherungsverhalten das Ergebnis, daß der Postbote noch nicht da war, obwohl er eigentlich längst hätte dasein müssen, und daß die Möbelpacker noch nicht vorangekommen, sondern nunmehr in der Polstergarnitur eingedöst sind. – Jetzt wird es dringend, den Arztbesuch vorzubereiten; er wird vorausgeplant, und die entsprechenden Geschehnisse werden antizipiert. Dabei ergibt sich die Gefahr der Langeweile, und es wird eine Absicht gebildet: Langeweile vermeiden! Dazu ist Lektüre am besten geeignet, und da heute der Tag der «Zeit» ist, rückt nun das Geschehnis «Bergtour des Postboten» in den Vordergrund und wird Voraussetzung für die Erledigung der Absicht «Vermeidung der Langeweile im Wartezimmer durch Lektüre der ‹Zeit›». Da das Geschehnis «Postbotenbergtour» offensichtlich nicht den erwarteten Verlauf nimmt, folgt jetzt eine Exploration der Gründe, die zu einem Erfolg führt: Ich weiß schließlich, wo der Postbote aufzufinden ist.

Abbildung 6.15 zeigt den «Protokollfaden» für diese Episode. Unten in der Abbildung findet man die Gegenwart; nach oben hin gerät man immer weiter in die Vergangenheit. Die Knoten des Protokollfadens zeigen auf die jeweiligen «inneren Aktivitäten», nämlich auf die Auslösung eines Verhaltensprogramms («Activ»), das Planen («Plan»), den Moment, in dem die Absichtsselektion die aktuelle Absicht wechselt («Select»), und die Auslösung des Sicherungsverhaltens («Sich»). An diesen Einheiten hängen wiederum die Verhaltensprogramme, die aktiviert, die Pläne, die erzeugt, die Absichten, die selegiert wurden, die Situationsbilder als Ergebnisse des Sicherungsverhaltens. Alle diese Elemente habe ich nur symbolisch dargestellt. Aus dem Protokollfaden läßt sich, jedenfalls grob, der ganze Gang der Episode rekonstruieren.

Um das Protokoll überschaubarer zu machen, habe ich es hierarchisch gestaltet; das Sicherungsverhalten zeigt auf das Situationsbild, und dessen Interknoten bilden eine Subprotokollreihe. Ich hätte aber auch die entsprechenden Interknoten für das Situationsbild hinter dem Protokollknoten, der auf «Sich», und vor dem Knoten, der auf «Select» zeigt, einfügen können, um damit zu verdeutlichen, daß es nur *einen* Protokollfaden gibt. Die hierarchische Darstellung zeigt aber deutlicher die Teilepisoden des gesamten Ablaufs.

Die Abbildung veranschaulicht die Logik des «Funktionierens» des Arbeitsgedächtnisses recht gut. Man sieht, daß in mehr oder minder regelmäßigen Phasen durch ein Sicherungsverhalten ein neues Situationsbild erzeugt wird. Dieses wird auch zwischen den Sicherungsphasen aufgefrischt (was ich in der Abbildung 6.15 nicht dargestellt habe); es sind ja in der Aktivierung von Plänen und Automatismen Wahrnehmungsprozesse enthalten, die absichtsspezifisch ablaufen und die entsprechenden Teile des Situationsgedächtnisses modifizieren. Der Aufbau eines Situationsbildes kann zu einem Absichtswechsel führen, wenn zum Beispiel eine Gelegenheit entdeckt wird. Der Anblick von Hans in der Ortsmitte ist eine solche Gelegenheit. Man könnte durch ein Gespräch mit ihm die Absicht «Referat» voranbringen. Leider aber klappt das nicht.

Weiterhin ist Sicherungsverhalten der «Ort», an dem *Geschehnisse* identifiziert werden, also beispielsweise das Geschehnis «Einziehen» oder «Postbotenbergtour». Geschehnisse sind die Ausgangspunkte für die Bildung eines Erwartungshorizontes und damit für Konkordanz- beziehungsweise Diskordanzsignale. Entdeckte Diskordanzen können Ausgangspunkte für Explorationsabsichten sein.

Innerhalb des Arbeitsgedächtnisses formen die verschiedenen Absichten jeweils diverse zusammenhängende Informationsnetze. Sie enthalten Pläne über das, was noch gemacht werden muß, und Informationen darüber, was in der Vergangenheit getan worden ist. Nach der Auswahl einer Absicht wird entweder ein vorgefertigter Plan oder ein Verhaltensprogramm aktiviert, oder aber es wird geplant. Wenn ein Verhaltensprogramm aktiviert wird, läuft es als Automatismus «im Keller» ab. Dabei kann es leicht vorkommen, daß vergessen wird, für welche Absicht ein bestimmtes Verhaltensprogramm aktiviert wurde (denn das Protokollgedächtnis unterliegt ja einem ständigen Verfall). Und so sind die hinteren Glieder (in der Abbildung entsprechend die oberen Schichten) zum Teil schon gar nicht mehr vorhanden. Wie wir wissen, kann es durchaus passieren, daß man etwa zum Zwecke eines Arztbesuches die Subabsicht «Mantel abholen» gebildet hat, dann in die Stadtmitte radelt, um etwas verwirrt mit der Frage auf dem Marktplatz zu stehen: «Was wolltest du eigentlich hier?»

Die in Abbildung 6.15 dargestellte Episode zeigt auch, wie wichtig es ist, Geschehnisse zu identifizieren. Zunächst einmal war die «Postbotenbergtour» ein Hintergrundgeschehen: nicht weiter interessant. Dann aber, bei der weiteren Planung des Arztbesuches, erwies sich gerade dieses Geschehnis als bedeutsam: Wenn man nur die «Zeit» rechtzeitig bekommen könnte, dann ließe sich die Langeweile des Wartens vor dem Behandlungstermin vermeiden.

Abbildung 6.15 stellt die Episode an jenem späten Vormittag ziemlich vollständig und doch immer noch sehr grob dar. Vielen der Phasen in der Episode, die ich als Aktivierung von Verhaltensprogrammen oder Plänen gekennzeichnet habe, geht jeweils eine Planungsphase voran. So dürfte beispielsweise die Subabsicht «Mantel abholen», die dazu führt, daß ich in die Stadtmitte radle, nicht direkt aktiviert worden sein. Vielmehr habe ich mir vorher überlegt, ob ich mit dem Rad oder lieber mit dem Auto fahren sollte, und ich habe mich dann im Hinblick auf die «Umwelt» für das Radfahren entschlossen. – Und nach dem vergeblichen Versuch, Hans von der gegenüberliegenden Straßenseite herüberzulocken, folgt eine kurze Planungsphase: Wie kommst du nun an das Buch? Hans verfolgen? Nein, das hat alles keinen Zweck! Du mußt Hans heute abend anrufen! Und damit wurde die Subabsicht «Ausgeliehenes Buch zurückholen» geändert.

In dem Protokollfaden findet man nun alle Einheiten des Arbeitsgedächtnisses wieder. Zwei Elemente des aktuellen Absichtsgedächtnisses habe ich in der Abbildung gekennzeichnet, nämlich das Rasenmähen und den Arztbesuch. Auf die anderen habe ich aus Gründen der Übersichtlichkeit verzichtet. Man findet in dem Punkt-Strich-Faden die Entwicklung der Absicht «Rasenmähen» und in dem punktierten Faden die Entwicklung der Absicht «Arztbesuch». – Die Elemente des Absichtsgedächtnisses werden durch den Selektionsmechanismus, wie ich ihn im Abschnitt «‹First things first› noch anders» (Seite 446 ff.) geschildert habe, ins Spiel gebracht. Dieser Selektionsmechanismus arbeitet ja unabhängig von der Ausführung der Absichten. Seine Arbeit wird nur dann protokolliert (das sind die Select-Einheiten!), wenn ein Absichtswechsel stattfindet. In den beiden oben genannten Fäden zeigt sich auch das jeweils spezifische Protokoll der Absichten (als Teil des Gesamtprotokolls). Der *Erwartungshorizont* bildet sich in der Fortschreibung der aktuellen Geschehnisse, die jeweils in den Sicherungsphasen erfolgt. Dabei werden dann gegebenenfalls auch Diskordanzen festgestellt, die zu neuen Absichten führen können. In der mittleren Schicht ist ein solches Ereignis dargestellt. Das Situationsgedächtnis schließlich zeigt sich als Ergebnis der Durchmusterung der Umgebung; gewöhnlich werden verschiedene Situationsbilder durch die aktuellen Geschehnisse miteinander verbunden.

So also findet sich das Arbeitsgedächtnis im Protokoll wieder. Eine besondere Instanz «Arbeitsgedächtnis» brauchen wir nicht. Anmerkenswert aber ist, daß ja gemäß unserer Annahme über die Struktur des Protokollfadens das Arbeitsgedächtnis nicht so vollständig ist wie in Abbildung 6.15 dargestellt. Der Protokollfaden zerfällt ja mehr oder minder schnell, was bedeutet, daß auch das Arbeitsgedächtnis nur eine begrenzte Kapazität hat.

Anmerkenswert ist weiterhin folgendes: In einem Protokollgedächtnis, wie es die Abbildung 6.15 darstellt, sind viele Informationen über – sagen wir – die *Persönlichkeit* der Maschine enthalten. Wenn Ψ auf Selbstkenntnis Wert legen würde, wenn es wissen wollte: «Wer bin ich?», dann wäre es für es ein sinnvolles Vorgehen, die Struktur solcher Protokolle zu durchmustern. Stellte es dabei zum Beispiel fest, daß sich die Select-Knoten im Protokoll häufen, könnte es sich sagen: «Du bist aber unkonzentriert. Nie bleibst du bei einer Sache, sondern schweifst ständig ab und wechselst die Absichten!» Wenn sich aber zum Beispiel die Sich-Knoten häufen würden, dann könnte Ψ zu sich selbst sagen: «Du bist aber ängstlich! Ständig mußt du überprüfen, was da im Hintergrund geschieht und ob die Geschehnisse, die du als ablaufend erkannt hast, so stattfinden, wie sie nach deiner Meinung stattfinden müßten.»

Hätte Ψ also die Fähigkeit, sein Arbeitsgedächtnis und dessen Merkmale zu durchmustern, wäre es ihm möglich, ein Bild von sich selbst zu erhalten. Dieses Selbstbild brauchte keineswegs ein Luxus zu sein; Selbsterkenntnis ist (bekanntlich) der erste Weg zur Besserung! Ψ könnte sie dazu benutzen, sich zu ändern. Wie könnte das geschehen? Ich komme darauf später (nämlich im siebten Kapitel) zurück.

Auf welche Weise tun?

Wir wissen jetzt, wie Ψ zwischen verschiedenen Motiven auswählt. Wir wissen, wann und warum es sich mehr um die Beseitigung von Wassermangel, um seinen Durst, kümmert als um seinen Hunger. Wir wissen, warum es zu einem bestimmten Zeitpunkt lieber seinen Geselligkeitsbedürfnissen nachgeht als dem Brennstoffbedürfnis, aber dann unter Umständen schnell zur Exploration einer unbekannten Situation wechselt. – Wir wissen aber nicht nur, warum Ψ wann was tut, sondern auch, warum es etwas in einer bestimmten Art tut. Wir wissen, warum Ψ zu einem bestimmten Zeitpunkt plant und wann und warum es vom Planen zum Explorieren übergeht. Wir wissen, warum es mal beobachtend, mal aber durch Versuch und Irrtum exploriert. Wir wissen, wann und warum Ψ vom Explorieren wieder zum Planen übergeht und vom Planen zum Handeln.

Vielfältige Verhaltensweisen können wir bei Ψ im Umgang mit seinen Absichten beobachten, und kaum jemals wird es etwas in der gleichen Weise tun. Das ist nicht nur deshalb der Fall, weil Ψ natürlich nicht immer in genau der gleichen Situation vom Brennstoffbedürfnis geplagt wird; doch selbst wenn dies so wäre, würde sich die Beschaffung von Benzin sehr wahrscheinlich auf eine andere Art und Weise abspielen als irgendwann vorher. Denn das Verhalten und die inneren Prozesse sind in ihrem Ablauf nicht fest vorprogrammiert, sondern werden in vielfacher Weise moduliert; die Art des Verhaltens ist von der jeweiligen – inneren und äußeren – Umgebung abhängig.

Über das «Was?» entscheiden bei Ψ die Selektionsprozesse, über das «Wie?» die Mechanismen der Rasmussenleiter. Darüber hinaus aber gibt es noch *Modulationen*. Keineswegs arbeitet zum Beispiel der Selektionsmechanismus immer gleich, sondern mal so und mal so, je nach Größe der

Selektionsschwelle. Der Modulator «Selektionsschwelle» ist abhängig von dem Profil der Dringlichkeiten, Wichtigkeiten und Erfolgswahrscheinlichkeiten aller Absichten, und daraus ergibt sich das Ausmaß an Konzentration (Abschnitt «Was tun?», Seite 440ff.). – Manchmal befasse ich mich mit einem bestimmten Problem so lange, bis ich es wirklich zu Ende gebracht habe. Ich bin konzentriert bei der Sache, und die Welt um mich herum ist auf die augenblickliche Aufgabe zusammengeschrumpft. Die Selektionsschwelle ist hoch, eine andere Absicht hat keine Chance. – Es kommt aber auch vor, daß ich mich mit etwas gerade so lange beschäftige, bis die ersten Schwierigkeiten auftauchen. Dann lasse ich das Problem fallen wie eine heiße Kartoffel, um mich einer anderen Absicht zuzuwenden, die mich aber auch nur gerade bis zu den ersten Schwierigkeiten fesselt. Und dann wende ich mich einer dritten Sache zu. Ein solches «thematisches Vagabundieren» findet man bei einer niedrigen Selektionsschwelle. Sie führt dazu, daß Ψ «opportunistisch» handelt und das macht, was im Augenblick am meisten Erfolg verspricht. Der *Wert* der Problemlösung ist nicht so bedeutsam bei dieser Art des Handelns; wichtiger ist der *Erfolg.* – Bei Ψ ist die Höhe der Selektionsschwelle ausschlaggebend für die eine oder die andere Form des Verhaltens, und die Selektionsschwelle ist abhängig von den Dringlichkeiten, Wichtigkeiten und den Kompetenzen für die verschiedenen Absichten. Sie ist ein *Modulator*, der die Art und Weise der Motivselektion beeinflußt.

Ein weiterer wichtiger Modulator ist die Schwelle für das Sicherungsverhalten und damit das Ausmaß desselben (Seite 519). Die Schwelle für das Sicherungsverhalten hängt von der Motivstärke und der Unbestimmtheit ab. – Eine niedrige Sicherungsschwelle bewirkt das Verhalten «immer auf dem Posten». Das schützt vor Gefahren, zeigt Gelegenheiten; andererseits sind langfristige, schwierige Unternehmungen bei einer niedrigen Schwelle kaum möglich, weil zum einen einfach nur noch relativ wenig «Nettozeit» für andere Verrichtungen übrigbleibt und zum anderen der dauernden Unterbrechungen wegen, die eine gerade begonnene Absicht wieder zerfallen lassen.

Es gibt viel zu tun, packen wir's an!

In diesem Abschnitt werden wir sehen, daß außer den genannten Modulatoren noch andere sinnvoll sind. – Betrachten wir folgenden Fall: Eine Absicht wird dringlich, zum Beispiel die Käsefondue-Ingredienzien-Besorgungsabsicht, also wechselt Ψ zu ihr über. Und sonst? Sonst nichts! Ψ wird die dringende Absicht genauso langsam oder schnell angehen wie die vorausgegangene, weniger dringliche. Bislang ist es von großem Gleichmut, großer Gelassenheit. Sicher, hinsichtlich der Wechsel der Absichten kann es manchmal in eine gewisse Hektik verfallen, wie wir im Abschnitt «Kritizität und ‹Flatterrauschen›» (Seite 457 ff.) gesehen haben. Wenn das Absichtssystem «kritisch» wird, die Motivstärken der verschiedenen Absichten ziemlich gleich sind, aber die Kompetenzmessungen sehr labil, dann können sich Turbulenzen beim Absichtswechsel ergeben. Das aber betrifft lediglich den *Wechsel*, nicht die Tätigkeiten bei der Ausführung der einzelnen Absichten, also das Planen, das Tun, das Explorieren. Ψ plant in aller Ruhe, es handelt in aller Ruhe, es exploriert und beobachtet in aller Ruhe, gleichgültig, wie dringend oder wichtig die Absicht ist.

Beim Menschen ist das anders. Zwar agieren auch wir oft ruhig und gleichmütig, führen uns mögliche Verhaltensweisen, ihre Bedingungen und Folgen vor Augen und kommen so in kleinen Schritten zu einem detaillierten Plan; manchmal aber legen wir «einen Zahn zu», und mitunter handeln wir ganz überstürzt. Wenn der Zug gleich abfährt und ich meinen Koffer noch nicht gepackt habe, dann kann mich nichts ablenken, und die Welt schrumpft auf meinen Koffer zusammen; mein Handeln aber ist nun sehr grob, ich sehe nicht mehr genau hin, und ich vergesse, meine Haarbürste einzupacken. – Wir schalten also hin und her zwischen hohem und niedrigem Energieaufwand, geringer und großer «Oberflächlichkeit».

Aus psychologischer Sicht ist Energieaufwand *Aktiviertheit*, und das bedeutet Erhöhung der Atemfrequenz, der Förderleistung des Herzens, der Vorspannung der Muskulatur, der Sensibilität der Sinnesorgane, insgesamt also Herstellung und Aufrechterhaltung eines hohen Ausmaßes an Handlungsbereitschaft. (Dieser Zustand wird auch als «allgemeines, unspezifisches Sympathikus-Syndrom» bezeichnet, siehe Ehrhardt 1975.) – Dementsprechend könnte hohe Aktiviertheit bei Ψ bedeuten: hoher Dampfdruck und Voraktivierung der motivrelevanten sensorischen Schemata und Verhaltensprogramme.

Die Umschaltung auf «hohen Druck» hat beim Menschen eine wichtige Funktion. Wenn ich jetzt alles schneller mache als gewöhnlich, erreiche ich vielleicht den Zug noch. Das gleiche gilt für die Oberflächlichkeit bei der Wahrnehmung und Analyse von Situationen. Sie bedeutet Handeln mit einem niedrigen *Auflösungsgrad*. Wir nehmen nur die groben Konturen, die Umrisse der Dinge, wahr. Dies geschieht «unter Druck» auch bei Ψ. Der HyPercept-Prozeß läßt Prüfungen aus und tastet ein Objekt zwecks Bildung eines neuen Schemas nur noch grob ab. Operieren auf einem niedrigen Auflösungsgrad spart einerseits Zeit, ist aber andererseits riskant, da leicht wichtige Details übersehen werden.

Auflösungsgrad, Aktiviertheit, Selektionsschwelle, Schwelle für das Sicherungsverhalten, Konzentration, «thematisches Vagabundieren», Unbestimmtheit, Kompetenz, Stärke der Motivation, Dringlichkeit, Wichtigkeit – wie bringen wir das alles zusammen?

Versuchen wir es einmal mit der Struktur, die Abbildung 6.16 auf Seite 538 zeigt. Man sieht dort die beiden «Meßanlagen» für Bestimmtheit und Kompetenz als Neuronen, die durch Bestimmtheits- und Unbestimmtheitssignale sowie durch Effizienz- und Ineffizienzsignale aktiviert beziehungsweise deaktiviert werden und auf diese Weise ihre «Motivatoren» deaktivieren beziehungsweise aktivieren. Diese beiden Motivatoren präaktivieren nun zum einen bestimmte Verhaltensdispositionen, zum anderen stellen sie Modulatoren auf bestimmte Werte ein. Sehen wir uns das im einzelnen an.

Der *Bestimmtheitsmotivator* aktiviert die «Hintergrundkontrolle», indem er die Schwelle für das Sicherungsverhalten senkt. Außerdem erhöht seine Aktivität die Wahrscheinlichkeit von «Fluchtverhalten» und von spezifischer Exploration. Herrscht also große Unbestimmtheit, so erhöhen sich die Frequenz des Sicherungsverhaltens und die Tendenz, unbestimmte Teile der Realität zu vermeiden oder aber sich ihnen nur vorsichtig zu nähern. Im Verhalten von Ψ würde man also in einem solchen Fall «Furcht»

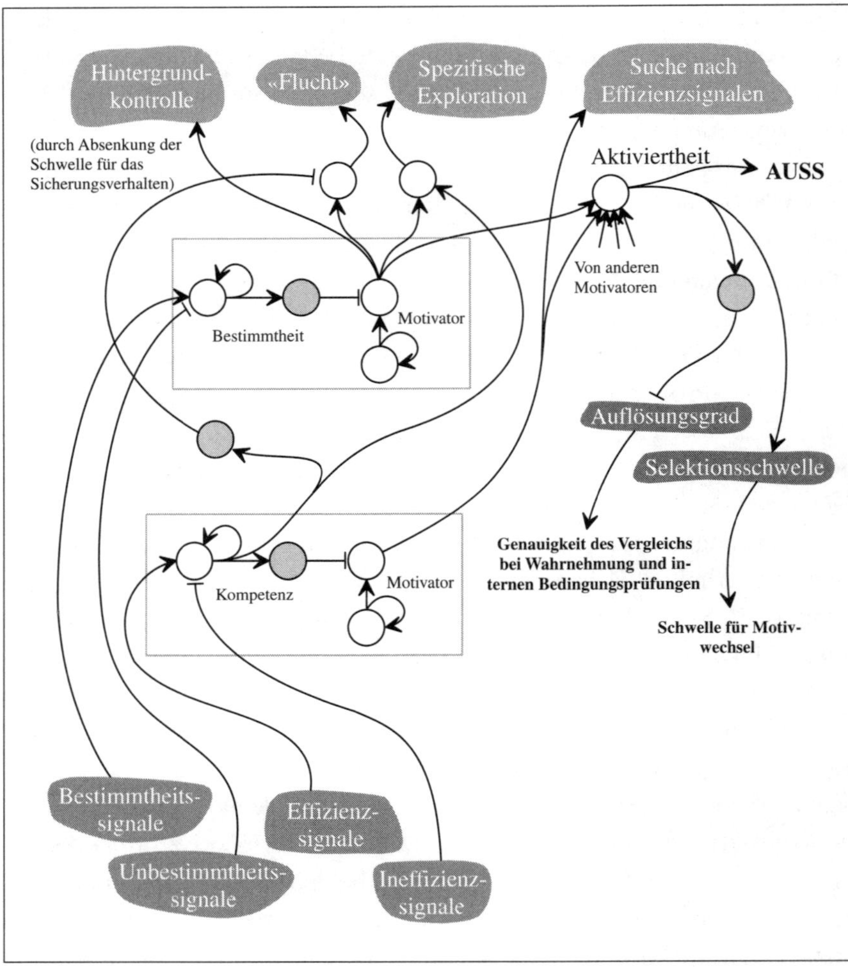

Abbildung 6.16 Die Einstellung der Modulatoren

oder «Ängstlichkeit» diagnostizieren. – Ob es nun «flüchtet oder standhält», hängt ersichtlichermaßen vom Ausmaß der *Kompetenz* ab. Ist sie hoch, haben sich also viele Kompetenzsignale akkumuliert, werden die Fluchttendenzen inhibiert und die Tendenzen zur spezifischen Exploration aktiviert. In einem solchen Fall wird Ψ sich also dem unbestimmten Bereich der Realität zuwenden und versuchen, seine Gesetzmäßigkeiten zu erfassen. Ist aber die Kompetenz niedrig, so werden die Explorationstendenzen eher gering sein; der unbestimmte Bereich wird vermieden.

Ist der Kompetenzmotivator aktiv, also die Kompetenz niedrig, wird sich Ψ auf die Suche nach Effizienzsignalen machen. Es wird versuchen, etwas zu bewirken oder aber Bedürfnisbefriedigungen zu «erwerben». Wie diese Suche nach Effizienzsignalen genau aussieht, hängt von seiner Realitätskenntnis und «Restkompetenz» ab. Ist diese gering, wird sich Ψ nur noch solche Bedürfnisbefriedigungen und Effizienzbeweise zutrauen, die leicht zu haben sind. Größere Unbestimmtheit wird es unter solchen Umständen vermeiden.

Klar, denn bei geringer Kompetenz sollte man keine größeren Risiken eingehen! Allerdings ist diese Programmierung bei näherem Hinsehen auch nicht ganz unbedenklich. Denn «einfache Effizienzsignale», leicht beschaffbare Belege für die eigene Wirksamkeit, lassen sich zum Beispiel durch das *Zerstören* von Dingen erreichen. Wenn man ein öffentliches Telefon von der Schnur reißt, dann ist das doch ein Beleg dafür, daß man etwas machen kann, daß sich etwas bewirken läßt. Und außerdem ärgern sich andere Leute darüber – ein zusätzlicher Effekt! Und das alles läßt sich sehr einfach bewerkstelligen!

So weit die Verhaltenstendenzen, die durch die beiden Motivatoren präaktiviert oder inhibiert werden. Nun zu den Modulationen! Alle Motivatoren (nicht nur die für Bestimmtheit und Kompetenz) erhöhen die *Aktiviertheit*. Dies zeigt sich auf der einen Seite in einem «allgemeinen unspezifischen Sympathikussyndrom» (AUSS), also in erhöhtem Dampfdruck und der Sensibilisierung der Sinnesorgane, damit Ψ auf diese Weise handlungsbereiter wird. Hohe Aktiviertheit bedeutet hohe Wahrnehmungs- und Reaktionsbereitschaft, also eine «Vorspannung» des Organismus zum Tun. Wahrnehmungen laufen schneller ab, weil sich die Informationsverarbeitung im HyPercept-Prozeß beschleunigt; Ψ nimmt bedürfnisrelevante Signale rascher wahr. Zugleich reagiert es schneller; der «Aktiviere-Verhaltensprogramm»-Prozeß steigert seine Geschwindigkeit. Ψ ist auf der Hut. Dieser Handlungsstil ist erwünscht, wenn es viel zu tun gibt, wenn also der Bedürfnisdruck hoch ist. Denn sind viele Absichten vorhanden, sollte man sich beeilen mit der Abarbeitung, selbst wenn die einzelne Absicht nicht dringend ist, denn sonst kommen immer mehr Absichten dazu, und Ψ wird mit seinen Aufgaben nicht mehr fertig.

Vielleicht sollten wir die Aktiviertheit nicht einfach als die Summe der Motivatoraktivitäten festlegen. Wahrscheinlich ist es vernünftig, statt dessen den Logarithmus der Summe zu verwenden. Dann nimmt der Bedürfnisdruck bei wachsenden Sollwertabweichungen zunächst stark zu; doch wenn immer mehr hinzukommt, wird der Anstieg schwächer. Eine solche Beziehung zwischen den Sollwertabweichungen und dem Bedürfnisdruck würde das subjektive Empfinden widerspiegeln, daß ein großer Unterschied zwischen null und zwei Problemen besteht, ein kleinerer zwischen zwei und vier und ein kaum noch bedeutsamer zwischen acht und zehn Problemen. Im letztgenannten Fall sollte man sich eben einfach intensiv bemühen, mit dem Problemberg fertig zu werden, auf ein paar mehr oder weniger kommt es dabei nicht an.

Man kann sich nun natürlich fragen, warum wir bei Ψ nicht die Aktiviertheit konstant auf einem hohen Niveau halten. Warum sollte es nicht allgemein sehr handlungsbereit sein? – Das wäre nicht gut, und zwar aus zwei Gründen: Zum einen kostet eine ständig hohe Aktiviertheit viel Energie, also Brennstoff, und zum anderen erhöht sie den Abnutzungsgrad der Körperorgane.

Wir sollten also Ψ nicht ständig unter Vollast laufen lassen. Allerdings hat eine niedrige Aktivierung andererseits auch Nachteile. Ein lediglich vor sich hin dösendes Ψ ist den Anforderungen einer vielfältigen Menge von Absichten in einer unbestimmten Umgebung natürlich nicht gewachsen. – Es empfiehlt sich also eine situationsabhängige Variation der Aktiviertheit, und die erreichen wir, indem wir sie vom «Bedürfnisdruck», von der Aktivität der Motivatoren, abhängig machen.

Der Bedürfnisdruck kann sich – daran sollten wir uns an dieser Stelle erinnern – ziemlich schnell verändern. Wenn Ψ in aller Ruhe spazierengeht und dabei plötzlich etwas bis dahin Unbekanntes entdeckt, sinkt der «Bestimmtheitspegel» (siehe «Der ‹Bestimmtheitstrieb›», Seite 352 ff.), und damit steigt der Bedürfnisdruck.

Wie Abbildung 6.16 zeigt, sind von der Aktiviertheit der *Auflösungsgrad* und die *Selektionsschwelle* abhängig.

Ein hoher Auflösungsgrad der Wahrnehmung bewirkt zum einen bei der Abtastung eines neuartigen Sachverhaltes die Entstehung eines genauen Bildes von ihm. Betrachte ich eine Blume intensiv, so weiß ich hinterher, daß ihre Blätter feine Zähnchen haben und von einem Flaum kleiner Härchen bedeckt sind. Ich weiß, wie viele Stempel sie hat, wie die Farben der Blütenblätter variieren. Ein hoher Auflösungsgrad führt zu einem sehr differenzierten Bild, und dies bedeutet, daß ich späterhin sensibel für Unterschiede bin und viele verschiedene Blumen voneinander unterscheiden kann. – Zum anderen bedeutet ein hoher Auflösungsgrad beim HyPercept-Prozeß eine genaue Prüfung, die das Risiko von Verwechslungen vermindert. Er bietet somit auf den ersten Blick große Vorteile.

Sein Nachteil aber ist, daß er viel Zeit- und Energieaufwand erfordert. Wenn auf der Autobahn plötzlich vor mir ein Laster nach links ausschert, während ich mit hoher Geschwindigkeit auf der Überholspur fahre, dann ist die genaue Identifizierung des Fahrzeugtyps, des Herkunftsortes, der Farbe der Plane, die Anzahl der Räder und so fort nicht nur unnötig, um einen Aufprall zu vermeiden, sondern sogar ausgesprochen gefährlich. Es reicht, daß ich «etwas Großes» vor mir wahrnehme, um zu erkennen, daß es gilt, diesem Ding so gut wie möglich auszuweichen. Jede zusätzliche Differenzierung kostet bei der sequentiellen Natur des HyPercept-Prozesses Zeit.

Was für den Auflösungsgrad bei der Wahrnehmung richtig ist, gilt auch für den des Planens. Oft ist es vernünftig, die verschiedenen Folgen, die eine Handlung haben kann, in all ihren Verästelungen genau zu betrachten, allen Neben- und Fernwirkungen nachzugehen, um auf diese Weise ein genaues Bild des möglichen zukünftigen Geschehens und der Konsequenzen des eigenen Verhaltens zu erhalten. Aber das kostet Zeit. Und wenn die Situation dringlich ist, wenn es auf schnelles Agieren ankommt, ist ein solcher hoher Auflösungsgrad zum Finden eines Handlungsweges ganz unangebracht. In einem solchen Fall sollte man nur grob planen und ruhig mit dem ersten besten, was einem einfällt, zufrieden sein, denn die Inaktivität, die ein längerer Planungsprozeß bedeutet, wäre im allgemeinen schlimmer als ein – vielleicht nicht ganz optimales – Tun. Hier kann die Schnelligkeit der Aktion Vorrang vor der Güte haben.

Für das Einschalten fester Verhaltensprogramme gilt ähnliches. Der «Aktiviere-Verhaltensprogramm»-Algorithmus enthält neben den Aktivierungen der motorischen Programme auch immer Kontrollwahrnehmungen, die natürlich den HyPercept-Mechanismus beanspruchen. Der aber benötigt Zeit, und wenn diese knapp wird, kann der Auflösungsgrad herabgesetzt werden, und zwar mitunter so weit, daß einzelne sensorische Kontrollen ganz ausfallen und auf die Aktivierung der einen Handlung sofort die der nächsten folgt – ohne zeitraubende Unterbrechung durch eine sensorische Prüfung der Effekte einer Aktion. – Bei Menschen läßt sich derlei gut beobachten.

> *Mein rechtes Knie ist entzündet, und ich muß auf Krücken laufen. Das ist zunächst gar nicht einfach: Beide Krücken nach vorn, prüfen, ob sie sicher stehen, dann krankes Bein nachführen, sachte abstützen, gesundes Bein nach vorn, abstützen auf gesundem Bein, Krücken nach vorn und so weiter. – Nun muß ich schnell zu einer Verabredung in ein Hotel. Eilig humpelnd, betrete ich das Foyer; der Boden: kühler, grauer, glatter Granit. So rasch ich kann, humple ich zum Empfang. Und da passiert es! Ein Kind hatte etwas Coca-Cola auf dem Boden verschüttet, und zwar just dort, wo meine rechte Krücke Halt suchte. Ich habe es eilig; die Prüfung auf Standfestigkeit entfällt, die Krücke rutscht weg … es tat ziemlich weh!*

Das hätte natürlich nicht so zu kommen brauchen. Ohne Coca-Cola wäre alles nur ganz einfach schneller gegangen, also im Hinblick auf den Termin besser. Aber ein niedriger Auflösungsgrad ist eben riskant!

Es ist im großen und ganzen vernünftig, den Auflösungsgrad mal so und mal so einzustellen, ihn an die Bedingungen anzupassen und ihn so zu variieren, daß auf der einen Seite das Bild von der Situation die notwendige Differenziertheit hat, auf der anderen Seite aber nicht unnötig Zeit aufgewendet wird, um einen Differenziertheitsgrad zu erreichen, der in der gegebenen Situation nicht erforderlich ist. – Es ist deshalb vernünftig, auch den Auflösungsgrad abhängig zu machen vom Bedürfnisdruck, von der Gesamtaktivität der Motivatoren. Anders aber als bei der Aktiviertheit soll der Auflösungsgrad mit dem Bedürfnisdruck nicht steigen, sondern sinken, um auf diese Weise «Tempo» zu gewinnen, und das gleiche sollte für die Dringlichkeit gelten. Mit steigender Wichtigkeit des aktuellen Motivs aber soll der Auflösungsgrad steigen; je wichtiger ein Motiv, desto geringer sollte das Risiko sein, daß etwas schiefgeht.

Was ergibt sich aus einer Regulation, wie sie Abbildung 6.16 zeigt? Man sieht hier nur die Abhängigkeiten der Modulatoren von bestimmten Faktoren; dargestellt ist aber nur *eine* Richtung der Wirkung. – Es gibt aber noch eine andere: Mit bestimmten Zuständen der Modulatoren sind Verhaltensweisen verbunden, die ihrerseits die Faktoren beeinflussen. So kann zum Beispiel eine niedrige Selektionsschwelle oder eine niedrige Schwelle für das Sicherungsverhalten dazu führen, daß die aktuellen Absichten sehr unzulänglich behandelt werden. Ständig gibt es Unterbrechungen, etwa durch Sicherungsverhalten, die vielen Absichten nicht guttun. Wenn ich mit der Vorbereitung eines Referates beginne, und dazwischen fällt mir ein, daß ich noch den Rasen mähen muß, und das tue ich dann auch noch, und hinterher fahre ich mit der Arbeit am Referat fort, doch kaum habe ich damit begonnen, fällt mir ein, daß der Abwasch noch erledigt werden muß … dann werde ich mit dem Referat nicht weit vorankommen. Während ich den Rasen mähe, habe ich all das, was mir in der ersten Phase der Referatvorbereitung eingefallen ist, längst wieder vergessen und muß dann fast von neuem beginnen. Unterbrechungen verlängern also nicht nur die Erledigungszeiten, sondern zerstören darüber hinaus Absichten, bei denen das Protokollgedächtnis eine Rolle spielt.

Das Abladen einer Fuhre Sand kann man ruhig unterbrechen; während der Unterbrechung wird sich der schon hinausgeschaufelte Sand nicht wieder auf die Ladefläche des Lasters begeben. Mit der Vorbereitung eines Referates verhält es sich anders.

Wenn die in Abbildung 6.16 genannten Faktoren die Modulatoren beeinflussen und die Modulatoren indirekt wiederum diese Faktoren, dann stellt das Ganze natürlich einen Wirkungskreis dar, ein System von kreisförmigen Beeinflussungen. Da aber dieser Kreis gewöhnlich über die

Außenwelt geht, da die Modulatoren die Faktoren nicht direkt beeinflussen, sondern dadurch, daß das Handeln erfolgreich ist oder mißlingt, daß Unerwartetes auftritt oder nicht, hat dieser Kreis keine feste Struktur; die Art und Weise, wie die Faktoren die Modulatoren beeinflussen, hängt immer auch von der Beschaffenheit der Außenwelt ab.

Kreisförmige Wirkungen bedeuten immer positive oder negative Rückkopplungen. Negative Rückkopplungen bestehen darin, daß der oder die Auslöser eines Prozesses sich selbst ausschalten. Wenn zum Beispiel ein hoher Bedürfnisdruck zu einer hohen Aktiviertheit führt und dies wiederum bewirkt, daß eine Absicht schnell erledigt wird, dann kommt es zu einer Senkung des Bedürfnisdrucks; dieser sorgt so für seine eigene Beseitigung.

Positive Rückkopplungen bestehen dagegen darin, daß der Auslöser eines Prozesses sich selbst verstärkt. Das ist gewöhnlich unerwünscht; ein homöostatisches System wird ja durch eine positive Rückkopplung aus dem Gleichgewicht gebracht, sollte sich aber im Gleichgewicht befinden. Wenn wir wissen wollen, was wir mit einer solchen Konstruktion, wie sie in Abbildung 6.16 dargestellt ist, eigentlich bewirken, welche Konsequenzen sich daraus ergeben, dann sollten wir nicht nur die direkten, vorprogrammierten Zusammenhänge zwischen den Faktoren und den Modulatoren betrachten, sondern auch versuchen, einen Überblick über die möglichen Kreisprozesse zu gewinnen, sollte es also unser Bestreben sein, herauszufinden, in welcher Weise die Modulatoren die Faktoren unter diesen oder jenen Umständen beeinflussen können. Schauen wir uns nun einige Ereignissequenzen, die sich aus unserem Modulationssystem ergeben können, genauer an, um von möglichen Verhaltensweisen Ψs nicht überrascht zu werden.

Hektik und Ärger

Es ist dringlich mit der Absicht, die Zutaten für ein Käsefondue zu besorgen, kurz bevor die Läden schließen. Plötzlich stehe ich vor einer gesperrten Straße. Das bedeutet einen Riesenumweg. Was folgt nun? Eben noch habe ich einen Erfolg antizipiert. Nun aber wird es wirklich knapp! Es kommt zu einem starken Anstieg der Dringlichkeit, und dieser führt natürlich zu einem Aktivierungsschub! Außerdem sinkt der Auflösungsgrad. Dies bedeutet aber, daß das Verhalten «grobschlächtiger» wird und damit riskanter. Ich fahre in die zur Durchfahrt gesperrte Straße hinein mit der vagen Annahme, daß man sie vielleicht doch passieren kann; immerhin kommen ja die Baufahrzeuge auch durch. Dabei übersehe ich jedoch (gesunkener Auflösungsgrad!), daß nicht nur eine Straßensperrung angezeigt wurde, sondern zugleich der Hinweis «Anlieger Kunigundendamm bis Nr. 76 frei». Dieser Hinweis bedeutet mit großer Wahrscheinlichkeit, daß hinter der angegebenen Hausnummer die Straße unpassierbar wird. Ich fahre dennoch hinein und muß die Totalsperrung dann mit eigenen Augen feststellen: kein Durchkommen! Also zurück und den Umweg fahren – und dabei geht kostbare Zeit verloren.

Nun wird es wirklich äußerst knapp. Die durch die Dringlichkeit angestiegene Motivstärke führt dazu, daß die Selektionsschwelle gewaltig ansteigt. Also: Kein Sicherungsverhalten mehr; andere Absichten haben keine Chance. Ich sehe mich nicht mehr um, sondern konzentriere mich nur noch auf die Straße. Fast kommt es zu einer Kollision mit einem Radfahrer, der etwas unvorsichtig aus einer Seitenstraße einbiegt. Er ist allerdings gar kein Radfahrer mehr, sondern lediglich ein ärgerliches Hindernis. «Paß doch auf, du Idiot; los, los, verschwinde schon, ich hab's eilig!» Einen Bekannten, der mir fröhlich zuwinkt, übersehe ich und erfahre von dem Zuwinken erst am nächsten Tag, als er sich beleidigt beschwert.

War das deutlich? Wenn man jemanden beobachtet, der sich so verhält, wie ich es gerade beschrieben habe, würde man vermutlich ohne zu zögern konstatieren: Streß, Hektik, Ärger und Wut!

Unter diesen Umständen führte die Veränderung der Aktiviertheit und des Auflösungsgrades *nicht* notwendigerweise zu einer Verringerung der Probleme, sondern zu einer Vergrößerung derselben. Wenn man nun noch den Radfahrer tatsächlich verletzt hätte ... Also ist die Regulation der Abbildung 6.16 schlecht! Sollten wir sie wirklich so einführen? Sehen wir einmal weiter!

Angst und anderes

Abbildung 6.17 zeigt in den Ovalen einzelne Ereignisse. Diese sind durch Pfeile oder Blockaden verbunden. Die Pfeile bedeuten «kann erzeugen», die Blockaden «kann verhindern». Die Abbildung stellt ein System von Folgen möglicher Ereignisse dar, die sich aus dem Modulationssystem unter bestimmten Umständen ergeben können. Keineswegs stellen sich die «Erzeugungen» oder «Verhinderungen» zwangsläufig ein. Ob zum Beispiel ein «Anstieg der Dringlichkeiten» zu einem «Absinken des Auflösungsgrades» führt oder nicht, hängt davon ab, ob und in welchem Maße der Anstieg der Dringlichkeiten mit einem Anstieg der Wichtigkeiten verbunden ist, der das Absinken des Auflösungsgrades verhindern kann.

In Abbildung 6.17 habe ich zwei mögliche Abläufe in den punktierten Kreisprozessen dargestellt, die jeweils mit einem Kästchen beginnen und mit einem Pfeilsymbol enden. Beginnen wir oben! Nehmen wir an, es herrsche in einer bestimmten Umgebung hohe Unbestimmtheit. Ψ erfährt viel Neues und Unerwartetes. Dies bedeutet zugleich, daß sein Absichtsgedächtnis eine große Anzahl von Explorationsabsichten enthält, daß also die vielen unerwarteten beziehungsweise neuartigen Ereignisse der Aufklärung harren. Hohe Unbestimmtheit kann zu einer niedrigen Schwelle des Sicherungsverhaltens führen, und daraus folgt gewöhnlich, daß die Realisierung der Absichten sehr oft durch Sicherungsverhalten unterbrochen wird. Diese häufigen Unterbrechungen führen gewöhnlich dazu, daß das Bemühen, eine Absicht zu verfolgen, relativ ineffektiv ist, da immer

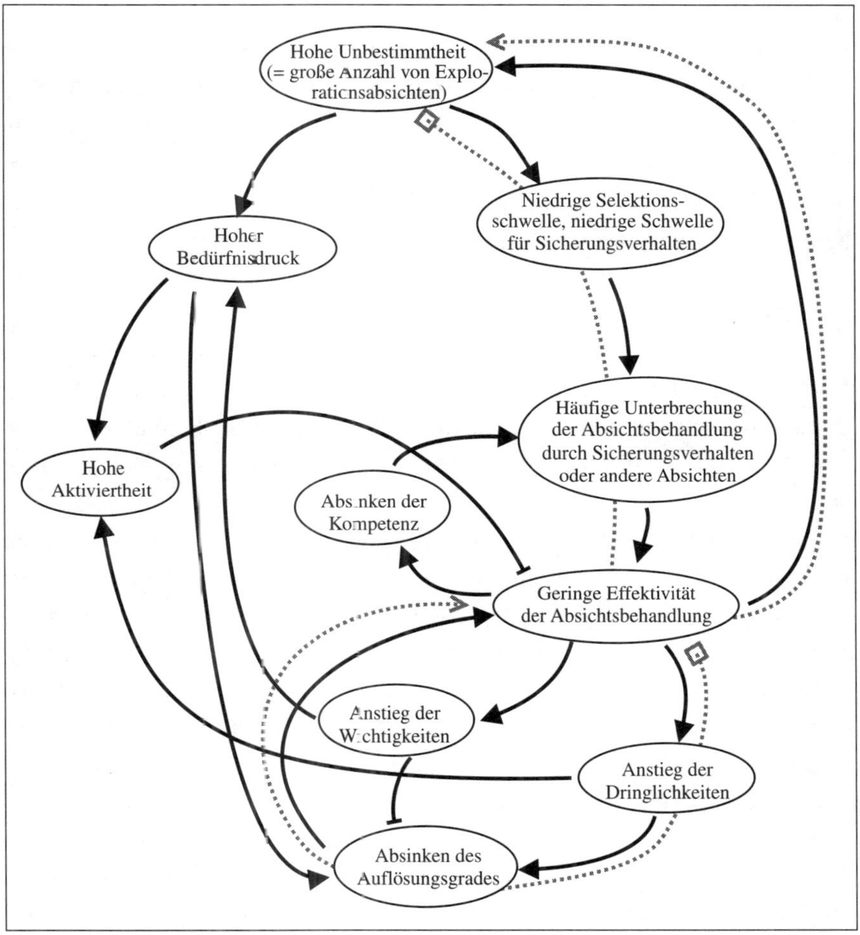

Abbildung 6.17 Die möglichen Effekte hoher Unbestimmtheit

wieder von neuem begonnen werden muß. Viele Absichten werden nur langsam in die Tat umgesetzt, was zur Folge hat, daß die Dringlichkeiten ansteigen, wenn Absichten Termine haben. Durch die Zunahme der Dringlichkeiten wird die Aktiviertheit erhöht, und es kann zu einem Absinken des Auflösungsgrades kommen. Dies wiederum *kann* die Effektivität der Absichtsbehandlung weiter verringern. Und so geht es immer weiter, wenn die Dringlichkeiten nicht *aufhören*; ein Circulus vitiosus ergibt sich. Das gesamte System befindet sich in Panik, versucht mal dieses und mal jenes, bringt aber nichts mehr vernünftig zu Ende, macht häufig Fehler, erleidet dadurch Mißerfolge, die allgemeine Kompetenz sinkt ab, und schließlich sitzt Ψ hilflos und inaktiv in der Ecke und führt allenfalls noch Absichten aus, die mit einer hohen *spezifischen* Kompetenz, mit Fachwissen, verbunden sind: Routineangelegenheiten. Es hat einen Zustand erreicht, den Seligman (1975) «erfahrene Hilflosigkeit» *(learned helplessness)* nennt. Aufgrund der abgesunkenen allgemeinen Kompetenz traut sich Ψ überhaupt nichts mehr zu.

So weit muß es nicht kommen! Es ist auch denkbar, daß der Anstieg der Wichtigkeiten über den daraus resultierenden starken hohen Bedürfnisdruck und über die hohe Aktiviertheit, die dieser auslöst, zu einer schnellen, effektiven Realisierung von Absichten führt. Es kommt jeweils darauf an!

Noch andere Teufelskreise sind möglich. Eine hohe Unbestimmtheit verstärkt das Sicherungs- und Explorationsverhalten, was natürlich zur Folge haben kann, daß Unbestimmtheit abgebaut wird. Es kann aber auch zur Entdeckung weiterer unerwarteter und neuartiger Dinge und Ereignisse führen, so daß die Unbestimmtheit noch zunimmt. Unbestimmtheitssignale sind nun (Abbildung 5.9, Seite 357) eine Art «informationeller» Schmerzreiz, also etwas, das vermieden werden sollte. Durch die Häufung von Unbestimmtheitssignalen kann das Bestreben, die Unbestimmtheit zu vermindern oder zu vermeiden, zur zentralen Absicht werden. Ψ wird, wenn es sich anders nicht zu helfen weiß, dem so unbestimmten, unvorhersagbaren Realitätsbereich aus dem Weg gehen und Realitätsbereiche aufsuchen, die keine Unbestimmtheit aufweisen. Natürlich wird auch seine allgemeine Kompetenz unter der Unfähigkeit leiden, Unbestimmtheit zu beseitigen, was sein Bestreben, sich unbestimmten Realitätsbereichen zuzuwenden, zusätzlich minimiert.

Wäre Ψ ein Mensch, könnte es leicht geschehen, daß es unter diesen Umständen zum *Dogmatiker* wird. Es würde versuchen, ein festes Weltbild zu akquirieren, in dem Unbestimmtheit nicht vorkommt. Und wenn es ein solches Weltbild gewonnen hätte, würde es dieses mit Zähnen und Klauen gegen Falsifikationen verteidigen, denn wenn es ihm verlorenginge, würde es zurückgeworfen in den unangenehmen Zustand einer alles überschwemmenden Unbestimmtheit. Das feste Weltbild wäre eine Art geistiger Fluchtbereich, eine Domäne der Sicherheit.

Wir haben das Modulationssystem eingeführt, um die Verhaltensregulation von Ψ effektiver zu machen, und müssen nun feststellen, daß das Verhalten unter bestimmten Umständen keineswegs besser wird, sondern daß Ψ in Teufelskreise gerät und in Zustände, die wir – beobachteten wir sie bei Menschen – als Hektik, Streß, Ärger, Wut, Panik, Dogmatismus und Resignation bezeichnen würden. Und solche Zustände sind keineswegs zwangsläufig mit einer hohen Effektivität des Verhaltens verknüpft.

Wir könnten uns nun natürlich stolz (oder auch ein wenig verblüfft) zugute halten, Ψ durch die Modulationen sehr «menschlich» gestaltet zu haben. Wir haben ihm zu etwas verholfen, was wir bei Menschen ohne Zögern als *Gefühlszustände* identifizieren würden. Denn Ärger, Wut, Angst, Panik, Resignation sind zweifellos Gefühle, und unter bestimmten Umständen, die den entsprechenden Umständen bei Menschen ziemlich ähnlich sind, zeigt Ψ «gefühlvolles» Verhalten. Aber das ist nicht der Sinn der Sache. Wir wollten Ψ nicht unbedingt «menschlich» machen, sondern zunächst einmal effektiv! Was soll's also, wenn es «menschlich», aber nicht effektiv ist?

Unsere Ψs geraten in Zustände, die alles andere als produktiv sind. Was kann man schon mit einem hilflosen Ψ anfangen? Oder mit einem extrem wütenden? Oder mit einem, das sich vor lauter Angst nichts mehr zutraut? – Zusätzlich werden die Ψs durch die Einführung der Modulationen noch unvorhersagbarer, als sie es sowieso schon sind: Sie bekommen den Charakter von chaotischen Systemen.

Chaotisch? Das heißt Durcheinander, Tohuwabohu, Zufall. Wie können aber unsere Ψs, die doch durch und durch determiniert sind, chaotisch werden? – Das Wort «chaotisch» verwende ich hier im Sinne der mathematischen Chaostheorie (siehe zum Beispiel Briggs und Peat 1990). Ein chaotisches System ist in deterministischer Weise chaotisch. Dies ist im wesentlichen darauf zurückzuführen, daß in solchen Systemen «schwache Kausalbeziehungen» auftreten, Beziehungen, in denen die Ursache nicht mit der Wirkung korrespondiert.

Wenn ich heftig gegen einen Ball trete, fliegt er in weitem Bogen davon. Wende ich dagegen nur wenig Kraft auf, rollt er nur ein paar Meter weiter. Die Entfernung zwischen mir und dem Ball nach dem Stoß korrespondiert mit der eingesetzten Kraft des Stoßes. Je kräftiger der Stoß, desto weiter fliegt der Ball! Bei einer schwachen Kausalbeziehung ist das anders. Hier kann es vorkommen, daß eine schwache Ursache eine starke Wirkung oder auch eine starke Ursache nur eine schwache Wirkung hat. Schwache Kausalrelationen sind auf die Existenz von «Bifurkationen» in chaotischen Systemen zurückzuführen. Bifurkationen sind Stellen im Entwicklungsgang der Zustände eines Systems, an denen es – je nachdem – so oder so weitergehen kann, wobei sich beide Verläufe in ihrer Natur sehr stark voneinander unterscheiden können. Ein Prozeß gabelt sich an solchen Bifurkationspunkten. Ob nun der Prozeß die eine oder die andere Richtung nimmt, hängt von bestimmten Parametern und winzigen Unterschieden ab. Gilt zum Beispiel:

$$\text{wenn } x < 0.5, \text{ dann A, sonst B,}$$

dann würde bei einem Wert von $x = 0.49999$ A eintreten, bei einem Wert von 0.5 aber B. Kleine Unterschiede, große Wirkungen.

Betrachten wir in unserem System der Verhaltensmodulation einmal den Parameter der allgemeinen Kompetenz. Sie kann irgendeinen Wert haben, einen niedrigen, mittleren oder hohen, was natürlich jeweils andere Konsequenzen hat. Eine hohe allgemeine Kompetenz bedeutet gewöhnlich eine große Motivstärke, die wiederum zur Folge hat, daß die Schwellen für den Absichtswechsel und das Sicherungsverhalten hoch sind. Konkret äußert sich dies in konzentriertem Abarbeiten einer bestimmten Absicht. Es kommt nun vor, daß es etwas ausmacht, ob die Kompetenz einen Wert von – sagen wir – 0.5 oder 0.51 hat. Liegt der Wert ein ganz klein wenig über einem kritischen Punkt, ist es möglich, daß die Selektionsschwelle eine andere Absicht gerade noch daran hindert, die Ausführung der laufenden Absicht zu unterbrechen. Sie wird «ordnungsgemäß» erledigt. Ist der Wert aber gleich dem kritischen Wert oder kleiner, dann wird es geschehen, daß die eine Absicht durch die andere verdrängt und keine richtig zu Ende gebracht wird, die Kompetenz absackt und das System schließlich in der Resignation landet. Winzige Unterschiede können also entscheidend dafür sein, ob eine Katastrophe eintritt oder nicht.

Wenn solche Bifurkationen in einem System auftreten können, dann ist es chaotisch. Dies muß nun keineswegs bedeuten, daß es nicht leistungsfähig ist; im Gegenteil, es *kann* bedeuten, daß es in der Lage ist, sich «feinfühlig» auf die jeweiligen Umstände einzustellen. Sehr stabil aber sind solche Systeme nicht; die Sturheit eines Panzers ist aber auch nicht immer vorteilhaft.

Wir haben also durch die Einführung der Modulationen unser System gefühlvoll und chaotisch gemacht; das paßt ganz gut zusammen! Auch bei Menschen bringen wir diese Begriffe oft in einen Zusammenhang: Der Gedanke, daß gefühlsgesteuerte Menschen zugleich «Chaoten» sind, liegt der Alltagspsychologie nahe.

Aber nun zurück zum eigentlichen Problem. Wir sind bei der Gestaltung der Seele unserer Ψs weder am Gefühl noch am Chaos interessiert, sondern zunächst einmal an der Effektivität des Verhaltens. Und im Hinblick darauf sollten wir uns, nachdem wir uns vor Augen gehalten haben, daß sich die Modulationen ausgesprochen effektfeindlich auswirken können, fragen, ob wir Ψ durch die Etablierung eines Modulationssystems, wie es Abbildung 6.16 zeigt, nicht eher schaden als nützen.

Die Funktion von Gefühlen

Im Hinblick darauf, daß Ψ in ineffektive Ärgerreaktionen verfallen, in Panikschleifen landen, in Zuständen der Angst oder einer resignativen Hilflosigkeit enden kann, liegt die Frage auf der Hand, ob wir nicht besser daran täten, ihm die Modulationsfähigkeit wieder zu nehmen, um ihm solche negativen Zustände zu ersparen.

In ihrer Dissertation ist Katrin Hille (1997) dieser Frage nachgegangen und hat mit künstlichen Lebewesen in einer auf bestimmte Weise struktu-

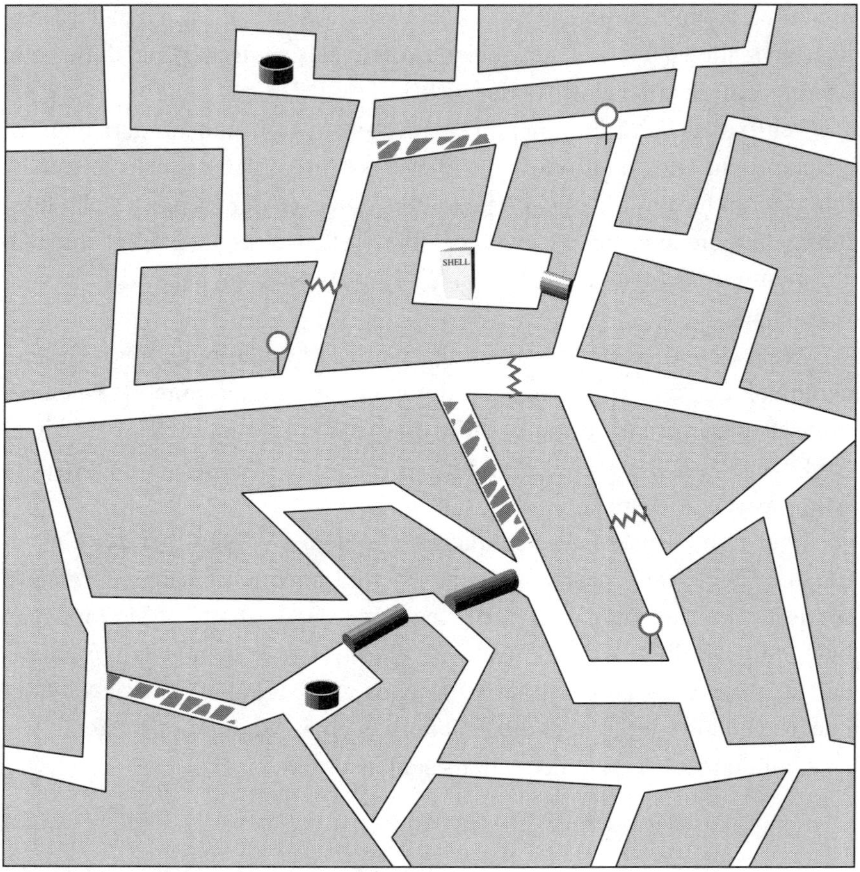

Abbildung 6.18 Hille-Welt

rierten «Welt» experimentiert, die in Abbildung 6.18 dargestellt ist. Sie besteht aus einem Labyrinth, das man sich als ein Straßennetz vorstellen kann. An bestimmten Stellen in diesem Labyrinth befinden sich Orte, an denen Bedürfnisse befriedigt werden können: eine Tankstelle, an der Ψ seinen Brennstoffvorrat ergänzen kann, und zwei Brunnen für die Befriedigung des Durstes.

Neben solchen «positiven» Orten gibt es «negative», die es zu vermeiden gilt. Diese sieht man zum Beispiel in den mit Steinbrocken bedeckten Wegstrecken. Wer sie passiert, setzt sich der Gefahr schwerster Verletzungen durch Dachlawinen oder Steinschlag aus. Schließlich enthält das Labyrinth *fördernde* und *hindernde* Umstände. Ein fördernder Umstand ist zum Beispiel ein Torweg zwischen zwei Straßen, der als Abkürzung benutzt werden kann. In Abbildung 6.18 sind drei solcher Verbindungen eingezeichnet. Ein hindernder Umstand ist beispielsweise eine Straßensperre, die zu Umwegen zwingt oder auch einen bestimmten Bereich gänzlich unerreichbar macht.

Und nun muß man sich das Ganze noch dynamisch vorstellen. Die Straßensperren bleiben nicht am selben Ort, sondern eine Baufirma repariert mal hier, mal dort die Straßendecke und muß deshalb neue Umleitungen schaffen. Mitunter stellt sie auch Hinweisschilder auf, denen man Ort und Zeit der Sperrung entnehmen kann, wenn man darauf achtet. Die Torwege werden zu bestimmten Tageszeiten geöffnet und geschlossen, so daß man sich entsprechend einrichten muß, wenn man sie benutzen will. Der Steinschlag tritt an ständig wechselnden Stellen zu verschiedenen Zeiten auf, und ebenso verändern Benzin- und Wasserverkaufsstellen gelegentlich ihren Standort. Auch das wird mitunter angezeigt, manchmal aber auch nicht. – Es gibt also in einer Hille-Welt acht verschiedene Ereignisse, nämlich positive (bedürfnisbefriedigende), negative (bedürfniserzeugende), fördernde und hindernde und dann noch die vier Hinweise auf sie.

Ein Lebewesen, das sich in einer solchen Welt zurechtfinden will, um seine Bedürfnisse zu befriedigen, muß sich den Stadtplan einprägen, muß lernen, daß manche Reize Hinweise auf bestimmte Ereignisse sind, und muß sich kundig machen, wo und wann es mit positiven, negativen, förderlichen oder hinderlichen Ereignissen rechnen kann oder muß. Wir haben solche Lebewesen konstruiert und sie in einer solchen Welt leben lassen. Dabei haben wir sie mit der Verhaltensorganisation ausgestattet, die ich in diesem Kapitel beschreibe; die Lebewesen haben verschiedene Bedürfnisse, müssen jeweils eines zur Erledigung auswählen, aktivieren erlernte Verhaltensweisen, planen oder explorieren und modulieren ihr Verhalten durch die Veränderung der Schwellen, der Aktiviertheit und des Auflösungsgrades.

Katrin Hille hat fünf Stichproben von Maschinen jeweils eintausend Zeittakte – von der «Geburt» bis zum «Tod» – «leben» lassen. Die erste

Stichprobe bestand aus Ψs, die ihr Verhalten mit dem in Abbildung 6.16 skizzierten System modulierten. Vier weitere Stichproben von Ψs mußten ohne systematische Modulationen «überleben», wobei in der zweiten Population die Werte der Selektionsschwelle, der Schwelle für das Sicherungsverhalten, der Aktiviertheit und des Auflösungsgrades zufällig variiert wurden. Bei der dritten Stichprobe wurden die Werte auf einem niedrigen, bei der vierten auf einem mittleren und bei der fünften schließlich auf einem hohen Wert fixiert.

Als Maß für die Leistungsfähigkeit der Ψs wählte Hille den *Bedürfnisdruck,* jeweils über ihre gesamte Lebenszeit gemittelt. Ihre Leistungsfähigkeit wurde somit als die Fähigkeit gemessen, ihren Bedürfnisdruck, also die Summe der jeweiligen Stärken von Hunger, Durst, Schmerz und so weiter, auf einem insgesamt niedrigen Niveau zu halten, das heißt, so viel zu lernen, sich so vernünftig zu verhalten, daß die entsprechenden Sollwertabweichungen immer wieder schnell befriedigt werden konnten.

Abbildung 6.19 zeigt das Ergebnis dieser Versuche. Man sieht, daß die Ψs der ersten Stichprobe, mit dem voll funktionsfähigen Modulationssystem entsprechend der Abbildung 6.16, den niedrigsten durchschnittlichen Bedürfnisdruck aufwiesen. Sie waren also am erfolgreichsten. Es folgen die Ψs mit der Fixierung der Modulatoren auf mittlere Werte, dann die mit der Fixierung auf hohe Werte, dann die mit zufällig variierenden Modulatoren und schließlich, am erfolglosesten, die Ψs, bei denen die Werte der Modulatoren im niedrigen Bereich fixiert wurden.

Dies zeigt, daß wir nicht gut daran täten, die Modulationen nur deshalb abzuschaffen, weil die Ψs manchmal in resignative Hilflosigkeit, Panik oder Wut verfallen. Das scheinen «Ausrutscher» zu sein, die wir in Kauf nehmen müssen, wenn wir die im großen und ganzen positiven Wirkungen der Modulationen haben wollen.

In der Psychologie gibt es eine Diskussion über den Sinn der Emotionen. Manche Forscher meinen, daß es sich dabei um ein Relikt phylogenetisch alter, primitiver Verhaltenssteuerungen handelt, die eigentlich durch die Entwicklung des Intellekts überflüssig geworden sind. Oft stellen solche Forscher die Gefühle in die Nähe von Instinkten. Andere Autoren, zum Beispiel Hebb (1949), weisen dagegen auf die Tatsache hin, daß sich in der

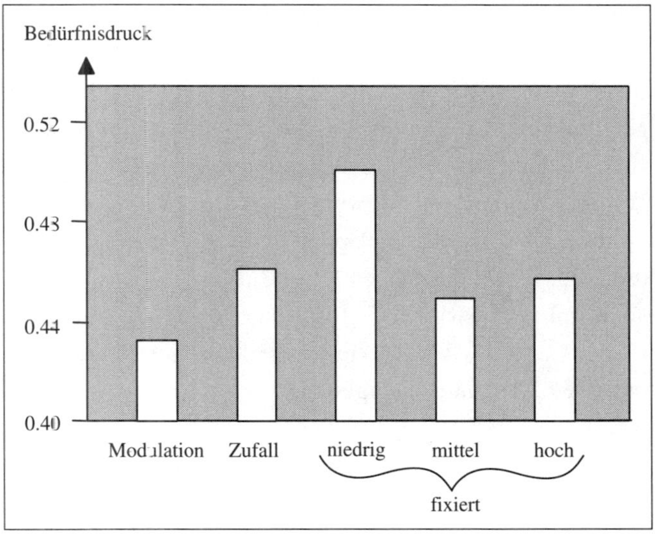

Abbildung 6.19 Der Effekt der Variation und Fixation der Modulatoren auf den Bedürfnisdruck

Entwicklungsgeschichte eine *Koevolution* von Intellekt und Emotion zeigt. Bei primitiveren Tieren findet man wenig Intellekt *und* wenig Gefühl. Eine Schildkröte macht weder einen sonderlich intelligenten noch einen besonders gefühlvollen Eindruck (wir wissen natürlich nicht ganz genau, welche Gefühlsstürme sich möglicherweise hinter dem Pokerface einer Schildkröte verbergen). Wenn Gefühle die Ruinen archaischer, präintellektueller Verhaltenssteuerungen wären, dann fällt es schwer, einzusehen, wieso sie sich mit der Entwicklung des Intellekts nicht zurückgebildet, sondern fortentwickelt haben.

Die Koevolution würde dafür sprechen, daß Gefühle irgendeine Funktion für den Intellekt haben und daß sich beide irgendwie ergänzen. Das Modulationssystem der Verhaltenssteuerung, welches wir für Ψ eingeführt haben, zeigt, wie eine solche Ergänzung aussehen könnte. Einen gewissen Intellekt (Lern- und Planungsfähigkeit!) wird man Ψ ja nicht absprechen können. Das, was gelernt, und das, was geplant worden ist, bestimmen die Art des Verhaltens, die Reihenfolge und die Art der Aktionen, die Richtung der Wahrnehmung. Das Modulationssystem aber steuert die *Weise* des Verhaltens, steuert also die Geschwindigkeit, die Konzentration auf eine

Absicht, den Auflösungsgrad und paßt so das Verhalten an die Begleitumstände an. Hilles Simulationen zeigen, daß die Modulationen die Lern- und die Planungsprozesse sinnvoll ergänzen und die Ψs insgesamt leistungsfähiger machen. Und wenn wir die Modulationen in die Nähe der Gefühle rücken, dann sagen diese Befunde natürlich auch etwas über die Funktion von Emotionen aus. Obwohl sie Angst, Panik und Hilflosigkeit auslösen können, sind die Modulationen im großen und ganzen sinnvoll und steigern die Effektivität des Systems.

Kann man wirklich Gefühle solchen Modulationen des Verhaltens, des Planens und des Wahrnehmens gleichsetzen? Dieser Frage werden wir im nächsten Abschnitt nachgehen.

Gefühle? Gefühle!

In den letzten Abschnitten habe ich oft Wörter gebraucht, die wir, wenn wir von Menschen reden, als Bezeichnungen für Gefühle verwenden. Ich habe von «Hoffnung» und von «Furcht» gesprochen, von «Lust» und «Unlust», von «Ärger», «Wut» und «Angst», von «Panik» und «Streß», von «Überraschung» und «Schreck». Ich habe damit bestimmte Verhaltensweisen und die sie vorbereitenden oder begleitenden Prozesse innerhalb von Ψ bezeichnet. Wie ist das nun zu verstehen? Bedeutet dies wirklich, daß Ψ Gefühle hat? Oder ist das nur eine leichtfertige Redensweise, die man nicht allzu ernst nehmen sollte? Wir sagen ja auch, unser Auto «spinnt», wenn es nicht anspringen will. Und ein Computer hat «Launen», wenn er die Eingaben nicht so annimmt, wie wir es wünschen, und «tickt nicht richtig», wenn er aus unvorhersehbaren Gründen streikt oder abstürzt.

Bei solchen Redensarten wissen wir, wie sie gemeint sind. Niemand nimmt an, daß der Computer wirklich Launen hat oder daß das Auto wirklich spinnt. Vielmehr verhalten sie sich, *als ob* sie Launen hätten, *als ob* sie spännen, sie verhalten sich so, wie *wir* uns verhalten würden, wenn wir launisch wären; doch die Ursache sind nicht Gefühle wie bei uns, sondern Kriechströme im Zündverteiler oder fehlerbehaftete Programme.

Verhält es sich ähnlich mit den Wörtern, die ich in den vorausgegangenen Abschnitten verwendet habe? Sind die Wörter «Hoffnung» oder «Lust» für die entsprechenden inneren Prozesse in unserer Maschine nur *Als-ob*-Kennzeichnungen für oberflächliche Ähnlichkeiten ohne Berücksichtigung der Ursachen? Oder soll etwa der Gebrauch des Wortes «Angst» bedeuten, wir nähmen tatsächlich an, daß die Ψs nicht nur ein Verhalten zeigen, welches dem menschlichen Angst-Verhalten ähnlich, aber durch ganz andere Ursachen ausgelöst ist, sondern daß sie Angst *haben*? Ψs mit wirklich *echten* Gefühlen?

Ein gefühlvolles Ψ, ist das nicht eine Contradictio in adjecto? Die Welt der Science-fiction-Filme und -Romane ist bevölkert von Robotern, die gefühl- und erbarmungslos ihre Dienste verrichten und keineswegs zum Beispiel ergriffen den Sternenhimmel über sich (und schon gar nicht das moralische Gesetz in sich) betrachten. Sie lieben nicht, sie hassen nicht, sie erhoffen nichts, sie fürchten nichts. Sie erschrecken nicht, sie erschauern nicht in Lust, ekeln sich vor nichts und sind «demütig» allenfalls deshalb, weil man ihnen einprogrammiert hat, daß sie den Menschen gefälligst zu gehorchen haben. Sie können aber nicht *erst* stolz sein, dann aber demütig *werden*. So sind sie, die Roboter. Und nun sollen unsere Ψs Gefühle haben?

Nun, ich meine, sie haben tatsächlich welche. Aber um beurteilen zu können, ob dies stimmt, sollten wir uns zunächst einmal etwas genauer ansehen, was gemeint ist, wenn man bei Menschen von «Gefühl» spricht.

Gefühl? Was ist das?

Wenn man wissen will, was Gefühle sind, dann liegt die Idee nahe, Psychologen zu befragen, denn die müßten ja eigentlich von Gefühlen etwas verstehen. Gefühle sind etwas ganz Grundlegendes, und deshalb haben sich die Psychologen ganz sicher intensiv darum bemüht. – Ja, bemüht haben sie sich schon, aber bislang ist es ihnen noch nicht gelungen, sich auf eine gemeinsame und klare Definition zu einigen.

Für den einen (Plutchik 1980) sind Gefühle basale Instinkte, also grundlegende Verhaltensprogrammierungen für verschiedene Zwecke. Andere meinen, daß man Gefühle überhaupt gar nicht definieren, sondern nur aufzählen könne, so zum Beispiel Dorsch (1970). Man findet auch – und so etwas ist immer ein Alarmzeichen, denn es indiziert Hilflosigkeit! – zirkuläre Definitionen. Da meinen bestimmte Autoren (Kleinginna und Kleinginna

1981), Emotionen seien dadurch gekennzeichnet, daß sie Gefühle hervorrufen; ein anderer (Izard 1981) führt Gefühle auf «affektive Zustände» zurück. – Der eine meint dies, der andere jenes, und einigen können sie sich keineswegs.

Wie kommt es, daß das Wort «Gefühl», das uns doch allen so geläufig ist und von dem wir genau zu wissen glauben, was es bedeutet, den analysierenden Psychologen solche Schwierigkeiten macht? Ein Blick auf den Gebrauch des Wortes in der Umgangssprache zeigt, warum das so ist.

Was bedeutet das Wort «Gefühl» in der Alltagssprache?

«Die Prüfung geht schief! Das hab ich im Gefühl!» sagt der Prüfungskandidat. Was meint er mit Gefühl? Er meint eine Antizipation des Ausgangs der Prüfung, also eine Erwartung, die er im Augenblick nicht genau begründen kann, deren Herkunft er nicht kennt. Er hat eben nur so ein «Gefühl». – «Gefühlsmäßig meine ich, das wird schon klappen!» sagt ein anderer hoffnungsfroher Kandidat und meint mit «Gefühl» das gleiche. – Vielleicht sind die Gründe für die jeweiligen Erwartungen auch durchaus bekannt, und das Wort «Gefühl» ist eine kurze Kennzeichnung für eine sehr komplizierte, aus vielen Bestandteilen zusammengesetzte Begründung, die man mit einiger Mühe formulieren könnte. Man weiß zum Beispiel, man ist gut vorbereitet, der Prüfer ist einem wohlgesinnt, man ist ausgeschlafen und ziemlich schlagfertig, man weiß, der Prüfer ist guter Laune; er hat gerade eben freundlich einen guten Tag gewünscht usw. – Also: «Gefühl» als Bezeichnung für eine Erwartung, die einen unklaren oder komplexen Hintergrund hat und die zudem Unlust oder Lust bereitet. Man befürchtet, daß es schiefgeht, und hofft, daß es gutgeht. Aber das steht nicht im Vordergrund; im Vordergrund steht die Unklarheit und Komplexität der Herkunft der Erwartung.

Ein anderer Mensch hat ein Hunger*gefühl*. Das ist nun keineswegs eine Erwartung. Eher ein Motiv. Aber kein ganz klares. Er weiß noch nicht genau, was er eigentlich will, Kalbsschnitzel, Pizza oder ein Leberkäsebrötchen. Aber Hunger hat er. Hier bedeutet also Gefühl «Motiv mit unklarem Zielzustand». Vielleicht ist auch zusätzlich ein kleines bißchen Unlust dabei, wie immer bei Menschen (und bei den Ψs), wenn sich ein Bedürfnis regt. Auch ist der Hunger nicht allzu stark, sondern meldet sich gerade eben erst. «Ich habe ein Hungergefühl wie ein Wolf!» Nein, das sagt man nicht. Also Gefühl gleich schwaches Motivlein mit offenen Zielzuständen. Das wäre eine andere Bedeutung des Wortes «Gefühl».

Jemand sagt ein rasches Wort, durch das sich ein anderer beleidigt fühlt. Später entschuldigt er sich und sagt: «Weißt du, ich habe mich einfach geärgert und deshalb zu sehr aus dem Gefühl heraus reagiert!» Das heißt also, er hat im Zorn gesprochen und daher sein Sprechen und dessen Bedingungen und Folgen nicht genau genug geplant, nicht genügend bedacht. (Zu hohe Aktiviertheit und zu niedriger Auflösungsgrad; wir wissen es ja!)

Jemand sagt: «Ich könnte den Kerl umbringen!» Er wird es (hoffentlich) nicht tun, dieser Ausbruch aber bedeutet, daß sich der Sprecher gegenüber demjenigen, der das Ziel seiner vermeintlichen Mordgelüste ist, in einem Zustand befindet, in dem er nicht mehr nach rechts und links schaut, nur den *unmittelbaren* Zweck seines Verhaltens sieht (die Beseitigung des Widersachers) und auch die Konsequenzen seines Verhaltens nicht betrachtet. Wiederum wird das Verhalten in einer bestimmten Weise moduliert: Die Aktiviertheit ist hoch und der Auflösungsgrad gering.

Diese dritte Bedeutung kommt dem am nächsten, was ich im letzten Abschnitt als «Gefühl» bezeichnet habe. Gefühl als eine bestimmte Modulation des Verhaltens, die auftritt, weil bestimmte Modulatoren in bestimmter Weise wirken.

«Sie ist ja so gefühlvoll! Immer wenn ich mich mit ihr unterhalte, wird mir warm ums Herz, und ich vergesse alles, was mich bedrückt. Sie braucht mich nur anzusehen, dann sind meine Sorgen wie weggeblasen!» – Wieder ein anderes «Gefühl»! Hier wird eine «gefühlvolle» Person geschildert, die offensichtlich gern und mit viel Wärme auf die Sorgen und Nöte ihres Gegenübers eingeht und ihm allein durch sein Mitfühlen hilft und von Sorgen befreit. Hier betrifft das «Gefühl» den Austausch von Legitimitätssignalen (siehe den Abschnitt «Die Moral», Seite 318ff.). Die «gefühlvolle» Wärme bedeutet, daß die Frau zum einen viele L-Signale (oder doch zumindest von ihrem Gesprächspartner als solche interpretierte Signale) aussendet und daß sie andererseits ihr Gegenüber «versteht», daß sie in der Lage ist, sein Seelenleben gewissermaßen zu ihrem eigenen zu machen, es zu «simulieren», um auf diese Weise so zu antworten, daß er den Eindruck hat, vollkommen verstanden zu werden. Jetzt haben wir schon vier verschiedene Bedeutungen: Gefühl als Antizipation, als Motiv, als spezifische Modulation, als Empathie und Austausch von L-Signalen.

Da das Wort «Gefühl» in der Umgangssprache mit so verschiedenen Bedeutungen belegt ist, erscheint es wenig verwunderlich, daß man in der Wissenschaft Schwierigkeiten hat, es auf den Begriff zu bringen. Wenn man aus den vier Wortbedeutungen, die ich gerade aufgezählt habe, überhaupt irgend etwas Gemeinsames herausdestillieren kann, dann allenfalls die Feststellung, daß Gefühl etwas Unklares ist. Und etwas, das mit Lust oder Unlust einhergeht. Gefühl gleich unklare, mit Lust oder Unlust verbundene Seelenregung. – Irgendwie habe ich das Gefühl, daß diese Definition nicht viel hilft!

Wenn wir die Frage stellen, ob unsere Ψs Gefühle haben, dann müssen wir uns schon festlegen. Wir können nicht erwarten, daß der gewöhnliche Sprachgebrauch uns hilft. Die Umgangssprache verwendet oft Wörter mal mit dieser, mal mit jener Bedeutung. Es hat also keinen Zweck, nach der «wahren» Bedeutung des Wortes «Gefühl» zu suchen. Für den wissenschaftlichen Gebrauch müssen wir uns entscheiden, welche der vier Bedeutungen wir meinen, wenn wir sagen, daß Ψs Gefühle haben. Wir müssen es machen wie die Physiker, die das Wort «Arbeit» einfach als «Leistung pro Zeiteinheit» definiert und dabei zum Beispiel von «Arbeit» gleich «sinnerfülltes Leben» abgesehen haben.

Wählen wir doch einfach Bedeutung Nummer drei! Wenn wir uns auf sie festlegen, wenn wir also sagen, daß wir unter einem Gefühl eine bestimmte *Modulation* eines Verhaltens oder der inneren Prozesse verstehen wollen, dann ist es ganz klar: Unsere Ψs *haben* Gefühle! Sie verhalten sich nicht nur so, *als ob* sie Gefühle hätten. Sie haben Gefühle als moduliertes Verhalten.

Wenn jemand ein Ziel anstrebt, und es stellt sich ein unvorhergesehenes Hindernis ein, an dem er scheitert, dann verringert sich die Einschätzung der eigenen Fähigkeit zur Problembewältigung, und es erhöht sich gewöhnlich die Dringlichkeit. Die Folge ist, daß die Aktiviertheit steigt und der Auflösungsgrad sinkt. Alles wird «unter Dampf» ausgeführt, aber man schaut nicht mehr genau hin. Man zieht die Bedingungen und die langfristigen Folgen und die Nebenwirkungen des eigenen Tuns nicht in Erwägung, sondern agiert eher abrupt, impulsiv. Bei Menschen bezeichnen wir ein solches Geschehen als *Ärger*. Nennen wir es doch bei den Ψs genauso!

Oder: Etwas Unerwartetes geschieht und wieder etwas Unerwartetes und noch einmal etwas Unerwartetes. Nichts läuft so ab, wie man es erwartet. Man bemüht sich, herauszubekommen, warum nichts mehr so geht, wie es eigentlich gehen müßte, findet aber keine Erklärung. Die Kompetenz sackt ab, man versucht, aus dem unbegreiflichen Realitätsausschnitt zu fliehen, und wenn die Flucht gelingt, wird man diesen in Zukunft, so gut es geht, vermeiden. – Bei Menschen bezeichnen wir ein solches Geschehen als *Angst*. Nennen wir es doch bei den Ψs genauso!

Oder: Es geht einem schlecht. Plötzlich aber nimmt man ein Ereignis wahr, das nach aller Erfahrung am Anfang eines zu besseren Zuständen führenden Geschehens steht. Befreiung ist in Sicht. Die ganze Aufmerksamkeit richtet sich nun auf diesen Gang der Ereignisse, und wenn man irgend kann, unterstützt und fördert man ihn. – Warum sollten wir ein solches Geschehen nicht auch bei den Ψs *Hoffnung* nennen?

«Ja», könnte man sagen, «sicher, solche Geschehnisse können sich in Ψ abspielen! Aber all das, was sich in deinem Ψ abspielt, wird berechnet! Die Modulationen werden berechnet, die Einflüsse der verschiedenen Faktoren auf die Modulatoren werden berechnet. – Bei mir dagegen ist ein Gefühl etwas, das mit Berechnung nichts zu tun hat. Gefühle sind einfach da!»

Eine solche Argumentation übersieht einen wichtigen Punkt.

Sicher: *Wir* wissen, was in Ψ «rechnet», wenn es ärgerlich oder ängstlich ist, doch Ψ weiß dies keineswegs. Und genauso bedeutet unser «Gefühl», von Gefühlen «ergriffen» zu werden, keineswegs, daß nichts berechnet wird, sondern nur, daß wir von diesen Vorgängen im Kopf nichts wissen.

Übrigens: Wenn ich es auch für richtig halte, Gefühle in eine enge Beziehung zur Modulation zu setzen, so sei doch zusätzlich betont, daß Modulationen ja nicht «einfach so» auftreten. Ein Gefühl ist nicht nur eine Modulation oder eine Abfolge von Modulationen, sondern immer eine Modulation *von etwas*. Eine Modulation beziehungsweise eine entsprechende Abfolge tritt ja immer zusammen mit bestimmten Absichten oder Motiven oder Absichtswechseln auf. Ein Gefühl ist stets mit einem *Inhalt* verbunden, und dieser Inhalt ist die Bindung an ein oder mehrere Motive. Man ärgert sich nicht einfach so, sondern *über* etwas; vielleicht über die Fliege an der Wand. Auch freut man sich nicht einfach so, sondern gewöhnlich *über* etwas.

Nebenbei: Die Einstellung der Modulatoren Sicherungsschwelle, Auflösungsgrad, Konzentration und Aktivierung mag ursprünglich mit instinkthaftem Flucht- oder Angriffsverhalten verbunden gewesen sein. Aggressives Verhalten, Verhalten also, das sich auf die Zerstörung hindernder Umstände richtet, ist sinnvollerweise mit hoher Aktivierung, hoher Konzentration und niedrigem Auflösungsgrad gekoppelt. Vielleicht hat sich aus solchen und anderen instinktiven Verhaltensweisen, die mit Veränderungen der vier Modulatoren einhergingen, das entwickelt, was wir heute Emotionen nennen. Das eigentliche Instinktverhalten verschwand im Zuge der Menschwerdung mehr und mehr; und übrig blieben die Modulationen als situationsspezifische «Einfärbungen» des jeweiligen Handelns und Denkens.

Gefühle: unentrinnbar?

Ich behaupte, unsere Ψs haben Gefühle, wenn auch nicht ganz so wie wir Menschen. Der Unterschied liegt darin, daß wir (oft) *wissen*, daß wir Gefühle haben; bei den Ψs ist davon keine Rede. Sie haben ihre Gefühle einfach «nur so», ohne sich ihrer bewußt zu sein. Das kommt bei uns Menschen auch vor: Wir haben Gefühle und merken es nicht. Manchmal aber bekommen wir Kenntnis von solchen unbemerkten Gefühlen, nämlich dann, wenn uns ein Freund sagt: «Mensch, siehst du aber sauer aus!» – Und dann wird uns bewußt: «O ja, ich bin wirklich ziemlich ärgerlich.»

Es wäre von Vorteil, wenn auch unsere Ψs wüßten, daß sie Gefühle haben und welche Gefühle unter welchen Umständen auftreten. Denn man kann zwar sagen, daß die Modulationen, die ich in den letzten Abschnitten geschildert habe, im großen und ganzen das Verhalten der Ψs verbessern, doch gilt das eben nur «im großen und ganzen». Im einzelnen kann ein Panikanfall, ein Ausbruch von Jähzorn oder allzu starker Ärger auch sehr negativ sein. Und solche Ausrutscher gilt es zu vermeiden. Das kann man aber nur, wenn man weiß, unter welchen Umständen sie eintreten. Die Zusammenhänge zwischen den Faktoren, die den Zustand der Modulatoren bestimmen, sind für unsere Ψs fest vorprogrammiert. Daran können sie nichts ändern. Sehr wohl aber können sie die Bedingungen modifizieren. Wenn sie wissen, unter welchen Umständen welche Art von Modulation aktiv wird, können sie versuchen, diese Umstände zu vermeiden. Neigt Ψ zu schädlichen Wutanfällen, wäre es nicht schlecht, wenn es die Bedingungen, die zu ihnen führen, unter seiner Kontrolle hätte.

Selbst wenn der Schaden schon eingetreten ist, könnte ein Wissen über die jeweilige Modulation und ihre möglichen Folgen noch helfen. Wüßte Ψ, daß es sich im Modulationszustand «Ärger» befindet, wäre es vorteilhaft, wenn es sich davon abhalten könnte, unter diesen Umständen zu urteilen oder Entscheidungen zu treffen. Es sollte aufgrund vorausgegangener Beobachtungen wissen können, daß Urteile oder Entscheidungen im Zustand des Ärgers nicht optimal zu sein pflegen. Und dieses Wissen sollte Ψ nutzen können, um sich selbst gewissermaßen zu «übersteuern» und die schädlichen Wirkungen zu vermeiden. Im siebten Kapitel, in dem es um Selbstreflexion geht, werden wir sehen, in welcher Weise eine solche «Übersteuerung» realisiert werden kann.

Gefühle: Module oder «Einfärbungen» und «Umformungen»?

Viele Theorien der Psychologie (und auch der Alltagspsychologie!) setzen voraus, daß Gefühle so etwas wie eigenständige Module sind, die *neben* den anderen psychischen Instanzen und Vorgängen stehen. Es gibt eben Wahrnehmungen und Gedanken und Erinnerungen und

Motive und Willensprozesse *und Gefühle,* und die Erinnerungen wirken sich auf die Motive aus und die Gedanken auf die Erinnerungen und – besonders – die Gefühle auf die Gedanken. In solchen «Modultheorien» haben Gefühle grob gesagt die Funktion eines Motors, der die Räder eines Autos antreibt oder den Mechanismus einer Bremse, der die Geschwindigkeit drosselt. Es gibt eine kausale Verknüpfung zwischen den Zuständen des einen Moduls und den Zuständen des anderen. «Laß deinen Ärger nicht deine Entscheidungen beeinflussen», lautet eine Lebensregel. Hier steht der Ärger *neben* dem Denken und beeinflußt es.

Die Ψschen Gefühle sind von anderer Art. Sie sind nicht spezifische Module neben anderen. Sie stehen nicht *neben* solchen Erscheinungen wie «Motivationen» oder «Planungen» oder «Erinnerungen». Bei den Ψs gibt es also nicht den «Ärger», der das «Planen» beeinflußt, so wie etwa der Motor eines Autos die Räder. Für sie wäre eine solche Modulkonzeption gänzlich falsch und ginge an dem Wesen ihrer Gefühle vorbei. Es bliebe kein «Ärger» übrig, wenn man das Planen und das Erinnern und das Verhalten und das Wahrnehmen und die jeweilige Motivation wegnähme.

Bei Ψ verhalten sich vielmehr Gefühle zu Wahrnehmungen, Planungen, Handlungen und so fort wie die Farben oder Formen zu den Gegenständen. Ein Gegenstand hat immer eine bestimmte Farbe und eine bestimmte Form, sonst wäre er kein Gegenstand. Alle psychischen Prozesse sind bei den Ψs moduliert; sie laufen mit einem bestimmten Auflösungsgrad ab, mit einer bestimmten Sicherungsschwelle, einem bestimmten Konzentrationsgrad und einer bestimmten Aktivierung. Die Gefühle sind die spezifische Form der psychischen Prozesse. Man kann nicht einen Gegenstand entfernen, ohne daß auch seine Farbe und seine Form verschwinden. Genausowenig blieben Gefühle übrig, wenn man das Handeln, das Planen, das Erinnern, das Wahrnehmen wegnähme.

Wie formen aber Gefühle das Planen, Handeln, Wahrnehmen und so weiter? Betrachten wir einige Ergebnisse der experimentellen Psychologie, und untersuchen wir, ob sie sich mit dem Ψ-Konzept der Gefühle als Modulationen des psychischen Geschehens in Einklang bringen lassen.

Gemäß dem Modulationskonzept von «Ärger» müßte dieser zum einen durch einen niedrigen Auflösungsgrad und andererseits durch hohe Konzentration und hohe Aktiviertheit gekennzeichnet sein. Ärger oder Wut bedeutet also eine «Macher»-Tendenz. Es existiert eine hohe Bereitschaft zum Handeln bei geringer Analysetiefe.

– Eine solche «Macher»-Haltung zeigt ein Ergebnis von Knoblauch, Sperling und Bohner (1989), die untersucht haben, in welcher Weise sich induzierter Ärger gegenüber induzierter Freude auf den Vergleich schematischer Gesichter (aus einer Reihe von Gesichtern mußte dasjenige bestimmt werden, das zu einer Vorlage paßte) und auf die Komplettierung von Zeichnungen auswirkt, für die nur ein paar Striche und Kleckse vorgegeben waren.

  Im verärgerten Zustand, stellten die Autoren fest, kam es zu *mehr* Vergleichen pro Zeiteinheit bei den Schemagesichtern, aber zu qualitativ schlechteren Leistungen (mehr falsche «Paßt!»-Urteile) als bei Freude, ein Resultat, das mit der oben angegebenen Charakterisierung von Ärger harmonisiert: grober Auflösungsgrad (→ ungenaues Hinsehen, Überinklusivität) sowie hohe Aktivierung und Konzentration (→ größere Leistungsmenge). – Bei der zweiten Aufgabe erbrachten hingegen die Versuchspersonen mit induzierter Freude mehr und originellere Lösungen. Dies könnte auf die geringere Konzentration bei Freude und damit auf die erhöhte Bereitschaft zurückzuführen sein, vom Hauptpfad abzuweichen und zu Themen überzugehen, die assoziativ ferner liegen. Eine niedrige Konzentration bedeutet so etwas wie eine «Spaziergängermentalität»; man wendet sich – je nachdem – mal diesem und mal jenem zu. Das hat seine Vorteile; man ist unter solchen Bedingungen offener für Neues.

Ärger müßte zum einen jene Machertendenz bedeuten, zum anderen aber auch ein geringes Ausmaß an *Planung*, da ja die Auflösung niedrig ist. Ein niedriger Auflösungsgrad bedeutet aus rein mathematischen Gründen eine starke Neigung zur Überinklusivität (siehe «Wie und was?», Seite 175 ff.); die Situation wird als mit den Bedingungen übereinstimmend empfunden, die feinen Unterschiede entgehen der Aufmerksamkeit. Damit aber wird weniger geplant, und es herrscht das Bestreben vor, die vorhandenen Verhaltensprogramme anzuwenden, da man (zunächst) gar nicht bemerkt, daß die Bedingungen dafür nicht gegeben sind.

- Dementsprechend fanden Heuser (1978) sowie Lantermann und Hänze (1992), daß bei Ärger eher alte Verhaltenspläne abgerufen als neue generiert werden. Man versucht, mit den Handlungsplänen zurechtzukommen, über die man bereits verfügt, anstatt die Bedingungen zu bedenken und neue Handlungsabläufe zu planen.
- Daß ein niedriger Auflösungsgrad tatsächlich eine Tendenz zur Übergeneralisierung erzeugt, bei der die Voraussetzungen unbeachtet bleiben, konnte Skrypzinski (1985) zeigen. Sie stellte fest, daß in einem Zustand induzierter Angst die Anzahl von *regelwidrigen* Zügen beim Denkspiel «Turm von Hanoi» zunimmt; die Bedingungen für die Anwendung von Operatoren werden nicht genau geprüft.

Niedriger Auflösungsgrad bedeutet nicht nur Ausfall der Planung. Führt der «konservative» Abruf von Verhaltensprogrammen zu einem Mißerfolg, entsteht die Notwendigkeit zu planen. Allerdings wird das Planen bei niedrigem Auflösungsgrad und hoher Konzentration eine bestimmte Form annehmen; diese Bedingungen bedeuten allgemein eine Art von «Rumpelstilzchen-Planung». Da die bestehenden und die geforderten Umstände für bestimmte Operationen nicht genau verglichen werden, wird die Tendenz hoch sein, die Bedingungen für bestimmte Operationen als gegeben vorauszusetzen. Und mit dieser «überinklusiven» Annahme geht eine «Dekonditionalisierung» der Planung einher: «Heute back ich, morgen brau ich, übermorgen hol ich der Königin ihr Kind!» – Zur Rumpelstilzchen-Planung gehört auch die wenig «ausgefächerte» Vorausplanung. Nebenwirkungen von Operationen, die sich oftmals später als fatal erweisen können, werden leicht übersehen.

Grober Auflösungsgrad plus Aktivierung bedeutet eine Tendenz zur Extraversion, eine größere Bereitschaft, auf äußere wie auch auf «innere» Reize schnell zu reagieren (und sie nicht zu bedenken), und das bedeutet oft «vorschnelle» Reaktionen. Bedachtsamkeit ist mit einer solchen Geisteslage wohl kaum vereinbar, und so wird sich aus niedrigem Auflösungsgrad plus hoher Aktivierung auch eine Art von «Null-eins-Struktur» des Verhaltens ergeben. Das Verhalten wird holzschnittartig konturiert; Entscheidungen fallen sehr schnell, werden aber den Umständen nicht genau angepaßt. Das kann fatale Folgen haben, doch in manchen Realitätsbereichen kann ein solches Verhalten durchaus adäquat sein. Mitunter ist eine grobe, nicht ganz richtige Entscheidung besser als gar keine.

- Die negativen Effekte ausfallender oder zu grober Planung zeigen Ergebnisse von Hilbring (1989), die Versuchspersonen nach der Induktion schlechter Stimmung «Käferprobleme» lösen ließ, die darin bestehen, einen «Startkäfer» mit bestimmten Eigenschaften (zum Beispiel mit langen Beinen, Antennenfühlern und rotgepunkteten Flügeldecken) durch eine Folge von «Bestrahlungen» in einen «Zielkäfer» umzuwandeln. Die Aufgaben sind computerisiert; die Versuchsperson sieht auf dem Bildschirm den jeweiligen Käfer und kann die gewählte «Bestrahlung» mit der Maus anklicken. (Ich werde diese Käferprobleme im siebten Kapitel genauer schildern.)

  Die Umwandlung ist nur in mehreren Schritten und unter penibler Beachtung der jeweils spezifischen Bedingungen möglich. Eine bestimmte «Bestrahlung» ist zum Beispiel nur dann anwendbar, wenn der augenblicklich gegebene Käfer Antennenfühler und lange Beine mit Krallen aufweist; sie erzeugt dann zangenartige Mundwerkzeuge und Gabelfühler. Hier ist also eine genaue Analyse der Gegebenheiten ebenso erforderlich wie gute Vorausplanung. Man sollte wissen, was man später noch machen muß, um nicht zu früh die Bedingungen für bestimmte «Bestrahlungen» zu zerstören. – Es zeigte sich, daß die Leistung der Versuchspersonen in schlechter Stimmung deutlich hinter der der Versuchspersonen in normaler Stimmung zurückblieb.
- Bei niedrigem Auflösungsgrad der Betrachtung wird die Feststellung der Tatsache, daß das Bohren von Brunnen in einer Region der Sahel-Zone zu einer Vergrößerung der Weide- und Hirseanbauflächen führte, leicht dazu verleiten, zu übersehen, daß sich dadurch leider auch der Grundwasserspiegel ein wenig gesenkt hat. Kleine Unterschiede zwischen der gegebenen und der gewünschten Situation werden nicht berücksichtigt, was langfristig zu fatalen Entwicklungen führen kann (siehe Stäudel 1987).

  Konkordant mit der Annahme eines gesenkten Auflösungsgrades bei negativen Gefühlen sind auch die Ergebnisse von Lantermann, Döring-Seipel und Schima (1992), die herausgefunden haben, daß in negativ gefärbten emotionalen Situationen ein «Antizipationsverhalten» seltener auftritt als gewöhnlich und «nahe» Sachverhalte eher behandelt werden als zeitlich ferner liegende, daß die Probleme, die *jetzt* vorhanden sind, gelöst und die zukünftigen und diejenigen, die man sich mit den augenblicklichen Handlungen erzeugt, nicht beachtet werden. Der niedrige Auflösungsgrad führt zum Ausfall der Elaboration der Handlungsfolgen und der zukünftigen Entwicklungen, und dadurch geraten die Probleme der Zukunft gar nicht erst ins Blickfeld.

– In das Bild einer bei negativen Emotionen mangelnden «Elaborationstendenz» der kognitiven Strukturen paßt der Befund von Knapp (1986), der herausfand, daß in einer Allmende-Fischfangsituation (siehe Spada und Opwis 1985) unter negativen Emotionen eine voreilige, auf raschen Gewinn zielende Handlungsstrategie («Piratenstrategie») angewendet wird.

Bei der Allmende-Aufgabe mußten die Versuchspersonen über die Nutzung einer ihnen allen zur Verfügung stehenden Ressource (eben einer «Allmende») entscheiden. Konkret war diese Allmende ein See mit einem bestimmten, sich über die Jahre in Abhängigkeit vom jeweiligen Fangvolumen ändernden Fischbestand. Die Entnahme von sehr viel Fisch bringt natürlich unmittelbaren großen Gewinn, ist aber für die Zukunft bedenklich, da sie die Erholung des Bestandes gefährdet. Die Piratenstrategie der «negativ» gestimmten Versuchspersonen läßt sich wohl auch auf den geringen Auflösungsgrad der Planung zurückführen.

In einer solchen Situation werden bei «negativen Emotionen» die Neben- und Fernwirkungen nicht berücksichtigt, da sie elaboriert werden müßten und nicht abgerufen werden können. «Piratenstrategien», Strategien des «Nimm, was du jetzt kriegen kannst», sind also unter Umständen gar nicht so sehr auf Egoismus und moralische Defizite zurückzuführen, sondern einfach darauf, daß Personen in negativen Stimmungslagen nicht in der Lage sind, einzusehen, daß ihnen eine solche Strategie auf Dauer mehr schadet als nutzt, weil sie die entsprechenden Informationen nicht ableiten.

– Lantermann und Otto (1994) stellten fest, daß Menschen in emotional negativ getönten Situationen zu einer «Extremalisierung» von Wahrscheinlichkeitsschätzungen neigen, das heißt, die Abschätzungen der Eintrittswahrscheinlichkeiten für Ereignisse gehen gegen 1 oder 0. Bei den Ψs sähe das bei negativen Emotionen ähnlich aus. Ärger und auch Angst wären bei ihnen mit einem geringen Auflösungsgrad verbunden, und dieser wiederum kann zu extremen Wahrscheinlichkeitsschätzungen führen. Wieso?

Wenn ein Ereignis X ein Ereignis Y ankündigt, so wird es bei einem niedrigen Auflösungsgrad häufiger vorkommen, daß irgendein anderes Ereignis, welches X nur ähnlich ist, mit X verwechselt wird. Also wird Ψ bei niedrigem Auflösungsgrad dazu neigen, dieses vermeintliche X fälschlich als Ankündigungssignal für Y wahrzunehmen und damit die Wahrscheinlichkeit für Y zu *überschätzen*. Auf der anderen Seite wird es auch dazu tendieren, die Verschiedenheit von Dingen zu überschätzen. Und das wird zu einer *Unterschätzung* von Wahrscheinlichkeiten führen.

Nun habe ich vor allem Beispiele für die negativen Wirkungen eines geringen Auflösungsgrades dargestellt. Er hat jedoch mitunter auch Vorteile. Die Analyse der Situation geht einfach schneller, und deshalb gewinnt man in einer komplexen Situation eher den Überblick und ist entsprechend schneller handlungsbereit als bei einem hohen Auflösungsgrad, der leicht dazu führen kann, daß man den Wald vor lauter Bäumen nicht sieht.

– In einer Untersuchung von Dörner und Pfeifer (1991) mußten Versuchspersonen (computersimulierte) Waldbrände löschen. Überraschenderweise wurde diese Aufgabe von Probanden, die durch eine chaotische Geräuschkulisse unter Streß gesetzt wurden, genausogut gelöst wie von den Kollegen ohne Streß. Die Streß-Versuchspersonen handelten aber *anders*! Sie analysierten die Merkmale der Situation nicht so genau, machten mehr Fehler bestimmter Typen, hatten aber die bessere Übersicht über die Situation. Dieser fehlte den nichtgestreßten Versuchspersonen oftmals gerade aufgrund der genaueren Analyse, und deshalb machten sie andere Fehler und waren insgesamt nicht besser als ihre gestreßten Kollegen. – Diese Untersuchung wirft ein Licht auf die Vorteile, die eine Umschaltung auf einen niedrigen Auflösungsgrad mit sich bringt. Man sollte sie bei der Betrachtung der Nachteile nie aus den Augen verlieren!

– Auch im Hinblick auf das Verlassen ausgetretener Bahnen kann ein niedriger Auflösungsgrad Positives bewirken. Die Schlußfehler, die sich aus der Überinklusivität ergeben, können auch zu neuen Denkansätzen führen. «Überinklusives» Denken wird von Arieti (1955, 1976) als Kennzeichen schizophrenen Denkens angesehen, aber auch als eine der Ursachen kreativer Leistungen. Ein Beispiel für einen «überinklusiven» Schluß (nach Arieti): «Die Mutter Gottes ist Jungfrau, ich bin Jungfrau, also bin ich die Jungfrau Maria.» Die Gleichheit hinsichtlich nur eines Merkmals führt dazu, daß zwei «Sachverhalte» als gleich angesehen werden. Die kreative Variante: «Dieser Stoff färbt die Zellkörper der Erreger einer Hühnerkrankheit. Die Erreger der Hühnerkrankheit gleichen den Spirochäten, den Erregern der Syphilis. Also kann man auch diese damit einfärben. Mit Farbstoff aber kann man andere Stoffe in das Innere von Zellen einbringen, zum Beispiel solche, die die Zellen töten …» Mit dieser hypothetischen Gleichsetzung zweier Mikrobenarten begann die Entwicklung des Salvarsans durch Paul Ehrlich, die ich auf Seite 372 schon beschrieben habe. – Die «kreative» Überinklusivität ist aber wohl gewöhnlich an Bedingungen gebunden, die bei negativen Emotionen, also bei Ärger oder Angst, nicht vorhanden sind, nämlich außer an den niedrigen Auflösungsgrad an eine niedrige Konzentration.

Wir haben uns nun vor allem mit dem Modulator «Auflösungsgrad» befaßt. Wichtige Verhaltensformungen hängen aber auch mit dem Modulator «Selektionsschwelle» (Konzentration) zusammen. Eine hohe Konzentration auf eine Absicht bedeutet, daß diese alle anderen Motive stark unterdrückt. Sie haben es schwer, aktiv zu werden. Die Wahrnehmung ist auf die Inhalte ausgerichtet, die mit der gerade handlungsbestimmenden Absicht in Beziehung stehen. Der Hungrige sieht die Welt unter dem Aspekt des Hungers, der Durstige unter dem Aspekt des Durstes, und diese Weltsicht ist auf die Vorbahnung der einschlägigen Gedächtnisschemata zurückzuführen.

Hohe Konzentration bedeutet damit aber zugleich, daß Signale, die auf Gelegenheiten oder Gefahren außerhalb des aktuellen Motivs hinweisen, leicht übersehen werden. Ein kognitives System, das hoch konzentriert arbeitet, wird zwar auf der einen Seite sehr zielstrebig operieren, doch wird es andererseits in Situationen, in denen es eigentlich notwendig wäre, «Seitenreize» wahrzunehmen, zu Handlungsfehlern neigen.

Das sind schlechte Bedingungen für Kreativität. Aus der Erforschung kreativer Prozesse ergibt sich, daß ein gewissermaßen absichtsloses Dahingleiten in einer Stimmung ruhigen Wohlbehagens eine gute Voraussetzung dafür zu sein scheint, eine Lösung für ein Problem zu finden, die einem zuvor selbst bei angestrengtem Nachdenken nicht eingefallen war (Wallas 1926). Man muß bereit sein abzuschweifen. Beim heftigen Bemühen um eine Lösung werden vorwiegend die Gedächtnismuster mit thematisch enger Verwandtschaft zu den Inhalten vorgebahnt, die sowieso schon immer mit dem aktuellen Motiv verbunden waren. Ein sehr konzentriertes Verhalten wird sich nicht durch hohe Flexibilität auszeichnen, wenn Flexibilität die Bereitschaft zum Wechsel zwischen verschiedenen inhaltlichen Bereichen heißt; eine hohe Konzentration führt zu einer bestimmten Form des Konservativismus.

Der Sinn hoher Konzentration besteht darin, das Abschweifen zu verhindern, und dafür bezahlt man mit einer gewissen Inflexibilität. Eine hohe Konzentration bedeutet konzentriertes Arbeiten in dem ausgewählten Bereich (und *innerhalb* desselben vielleicht auch große Flexibilität, wenn die hohe Konzentration mit einer feinen Auflösung, mit viel Analyse, einhergeht).

Es liegen Ergebnisse vor, die mit dieser hypostasierten Wirkung von Konzentration konkordant sind.

– Hilbring (1989) ließ ihre Versuchspersonen mit induziertem Ärger und induzierter Freude nicht nur Käferprobleme lösen, wie oben berichtet, sondern darüber hinaus das Kerzen-Streichholz-Problem von Duncker (1935). Bei dieser Aufgabe erhalten die Versuchspersonen ein Kerzenstümpfchen, Reißzwecken und Streichhölzer, verpackt in einer Streichholzschachtel, und werden aufgefordert, das Kerzlein an einer Holztür «für optische Experimente» anzubringen. Oft kommen sie nicht oder nur nach langem Nachdenken darauf, daß man die Streichholzschachtel mit den Reißzwecken an der Tür befestigen und das Kerzlein mit etwas Wachs auf die Schachtel kleben kann. Versuchspersonen, denen man die

Ingredienzien *unverpackt* übergibt, haben diese Schwierigkeiten nicht. Für die erstgenannte Gruppe ist die Streichholzschachtel «Verpackung» und damit «heterogen funktional» gebunden, wie Duncker das nennt. Es ergab sich nun bei dem Experiment von Hilbring, daß die «freudigen» Versuchspersonen eher eine Lösung des Kerzen-Streichholz-Problems fanden als die «ärgerlichen», die, so läßt sich vermuten, durch ihre hohe Konzentration daran gehindert wurden, ihrer Kreativität freien Lauf zu lassen.

Hohe Konzentration bedeutet zugleich ein niedriges Ausmaß an Sicherungsverhalten; denn die Schwellen für das Sicherungsverhalten und für die Motivselektion sind ja von den gleichen Faktoren abhängig (siehe Abbildung 6.16, Seite 538). Hohe Konzentration und weitgehender Ausfall des Sicherungsverhaltens bedeuten gewiß eine bestimmte Form der Beschränktheit. Aber auch eine niedrige Konzentration mit einem stark ausgeprägten Sicherungsverhalten kann negative Folgen haben. Bei Angst (hohe Unbestimmtheit) wird die häufige Unterbrechung des zielgerichteten Verhaltens, das häufige Durchmustern der Umgebung, dazu führen, daß man mit den Absichten nicht vorankommt. Dies bedeutet aber unter anderem auch eine Senkung der Kompetenz, da auf diese Weise Bedürfniszustände lange erhalten bleiben und weiter anwachsen. Damit erzeugt eine geringe Konzentration eine niedrige Kompetenzeinschätzung (und diese wiederum eine weitere Senkung der Konzentration; hier ergibt sich die Gefahr einer positiven Rückkopplung!). Dieser Abfall der Kompetenz kann andere Wirkungen haben, beispielsweise dazu führen, daß von den beiden groben Verhaltensklassen «Herangehen» beziehungsweise «Weglaufen» eher das «Weglaufen» (in direktem oder übertragenem Sinne) gewählt wird. Denn die Bereitschaft, «den Stier bei den Hörnern zu packen», ist wohl an ein relativ hohes Kompetenzempfinden gebunden.

Nun bin ich recht ausführlich auf die Zusammenhänge von Gefühlen auf der einen und Wahrnehmen, Planen, Entscheiden und Handeln auf der anderen Seite eingegangen und habe versucht, Ergebnisse der experimentellen Psychologie über den Zusammenhang von Gefühlen und kognitiven Prozessen als Produkte der Variation der Modulatoren zu interpretieren. Es ergibt sich dabei, daß die Festlegung des Modulationssystems auf bestimmte Bedingungen bei Ψ Wirkungen hervorrufen würde, die denen der Induktion bestimmter Gefühle bei Menschen ziemlich nahe kommen.

Angst, Ärger und Freude sind nun relativ «kleine» Gefühle. Damit aber deutlich wird, daß die Modulationen keineswegs nur hinreichen, um den Ablauf *kurzer* gefühlsbetonter Verhaltensphasen zu beschreiben, sondern auch lange, komplizierte und «schwerwiegende», wenden wir uns im nächsten Abschnitt einem der «großen» Gefühle zu, nämlich der Liebe.

Liebe

Ein Jüngling liebt ein Mädchen,
Die hat einen andern erwählt;
Der andre liebt eine andre,
Und hat sich mit dieser vermählt.

Das Mädchen heiratet aus Ärger
Den ersten besten Mann,
Der ihr in den Weg gelaufen;
Der Jüngling ist übel dran.

Es ist eine alte Geschichte,
Doch bleibt sie immer neu;
Und wem sie just passieret,
Dem bricht das Herz entzwei.

Heinrich Heine
Buch der Lieder

Vielleicht sind Sie bereit, unseren Ψs im Sinne des letzten Abschnitts Emotionen wie Ärger, Freude, Angst oder Furcht zuzugestehen. Aber kann es bei ihnen darüber hinausgehen? Wie ist es mit den «großen», schicksalhaften Gefühlen, mit Liebe, Haß und Trauer, die bei uns Menschen über Leben und Tod entscheiden können?

Um das für die meisten Menschen bedeutsamste dieser Gefühle herauszugreifen: Können Ψs sich ineinander verlieben? Können sie eine unsterbliche leidenschaftliche Liebe füreinander empfinden, so daß nichts bleibt als Erfüllung oder Untergang? Also Liebe: Das ist doch wirklich eine Probe aufs Exempel! Wenn wir das hinkriegen, läßt sich doch wohl nicht mehr daran zweifeln, daß Ψs Gefühle haben können. Sind wir imstande, einen Ψ-Werther zu erzeugen? Gehen wir dieser Frage einmal nach!

Was ist das überhaupt, Liebe? Viele Gefühle kann man ganz befriedigend beschreiben, indem man ihre Eigenschaften angibt. Ärger ist mit Unlust, mit einer hohen Tendenz, tätig zu werden, und dementsprechend mit hoher Aktivation verbunden, und dann denken wir im Zorn nicht mehr viel, der Auflösungsgrad ist niedrig; wir gucken nicht genau hin bei dem, was wir tun. Ärger hat also ganz bestimmte Eigenschaften.

Wie ist das nun mit der Liebe? Bereitet sie Lust oder Unlust? Ist sie aktiv oder passiv, verbunden mit einem Tätigkeitsdrang oder mit «Ergebung»? Ist Liebe Erregtheit oder Ruhe? Schaut man mit den «Augen der Liebe» genau oder ungenau hin? – Wir kommen in große Schwierigkeiten, wenn wir die Eigenschaften des Gefühls «Liebe» angeben sollen. Liebe kann eigentlich alles sein. Lustvoll mitunter, manchmal so schmerzvoll quälend, daß Menschen sie nicht länger ertragen können und sich selbst töten. Liebe kann zu großen Aktivitäten anstacheln, und man kann sie passiv erleiden. Was ist Liebe? Letztlich bleibt als gemeinsames Merkmal aller dieser Zustände nur so etwas wie hohe Erregtheit. Aber Liebe lediglich als Zustand der Erregung zu kennzeichnen: das wäre zu dürftig, denn dann wäre es auch Liebe, wenn man sich auf einen Nagel setzt.

Sortieren wir einmal! Wie ist das mit den beteiligten Motiven? Ist Liebe Sexualität? Wäre ja ganz schön, denn dann hätten wir leichtes Spiel, und die unsäglichen (und komischen!) Untersuchungen von Masters und Johnson (1966) mit ihren Kopulationen auf dem Labortisch wären Forschungen, die die Liebe beträfen. Leider aber reicht das nicht. Was ist Liebe jenseits von Sexualität? Sehnsucht nach Geborgenheit oder Sicherheit? *Auch*, manchmal aber genau das Gegenteil, nämlich *Flucht* aus Geborgenheit und Sicherheit. – Ist Liebe zu drei Viertel Neugier, wie Casanova meinte? Auch Neugier, aber nicht immer und vermutlich nicht auf Dauer!

Der Versuch, Liebe mit einem bestimmten Gefühlsmerkmal oder mit einem Bedürfnis – mit sexuellem Verlangen, dem Bedürfnis nach Affiliation oder nach Sicherheit und Geborgenheit – oder mit Neugier zu identifizieren, ist aber wohl von vornherein falsch angelegt, denn er setzt voraus, daß sie ein Zustand ist. Liebe aber ist ein Prozeß, und als solcher kann sie durchaus zum Beispiel zunächst Neugier, dann Sexualität, dann Sehnsucht nach Geborgenheit und schließlich Überdruß, kann sie Hoffnung, Verzweiflung, Lust oder Unlust sein; in der einen Phase spielt dieses Motiv die Hauptrolle, dann ein anderes, dann ein drittes oder auch mehrere in Kombination und unter Beteiligung der jeweiligen Modulationen.

Und offensichtlich handelt es sich bei Liebe um einen so vielgestaltigen Prozeß, daß die Weltliteratur mit der Aufzählung aller Varianten bislang nicht an ein Ende gekommen ist.

Bestimmte Typen scheinen einen besonderen Eindruck beim Publikum zu hinterlassen, so zum Beispiel:

> *Romeo und Julia* – oder: Die Liebe wächst an Widerständen, aber gerade deshalb gehen alle Beteiligten daran zugrunde.
>
> *Helena und Paris* – gelangweilte Ehefrau brennt mit schönem Jüngling durch und beschwört damit alle möglichen Komplikationen herauf.
>
> *Werther und Lotte* – die Unerreichbarkeit des Liebesobjektes zerstört den Lebenssinn und damit das Leben.

Analysieren wir nun etwas genauer, welches die Faktoren sind, von denen die spezifische Entwicklung einer Liebesbeziehung abhängt.

Beginnen wir mit dem Anfang: Wie kriegen wir es hin, daß unsere Ψs sich verlieben? Zunächst einmal müssen wir für eine entsprechende Motivation sorgen! Die Motive, die in Frage kommen, habe ich oben schon aufgezählt. Es sind Affiliation, Sexualität, Neugier; die materiellen Bedürfnisse, also Hunger, Durst oder der Brennholzbedarf, kommen eher nicht in Frage. – Na ja, manchmal vielleicht doch!

Der junge Hirsch zum reichen Blumenthal: «Herr Blumenthal, haben Sie Erbarmen, und geben Sie mir Ihre Tochter! Ich habe mich so in sie verliebt, daß ich nicht schlafe und esse. Wenn ich sie nicht bekomme, lege ich mich hin und sterbe!»
«Was reden Sie da? Ich habe doch gar keine Tochter!»
«Was? So ein Lump, der Kohn! Er hat es mir gesagt!»

Salcia Landmann
Jüdische Witze

Bei manchen Liebesbeziehungen mag also das Bedürfnis, jemanden zu gewinnen, der die Miete bezahlt, das Auto finanziert und einen überhaupt von den materiellen Lasten des Daseins befreit, eine mehr oder minder große Rolle spielen. Und wenn die materiellen Bedürfnisse vielleicht auch keine große Rolle als Auslöser «echter» Liebesbeziehungen spielen, als Bremsen kommen sie allemal in Frage. In wirtschaftlich schwierigen Zeiten steht die «romantische» Liebe nicht hoch im Kurs, und dann ist oft die ökonomische Absicherung ein wesentliches Moment für die enge Verbindung zweier Menschen (der die «wahre» Liebe folgen mag).

Gewöhnlich wird man starke existentielle Bedürfnisse geradezu ausschließen müssen, um «echte» Liebesbeziehungen zu erzeugen. Wenn Leute Hunger leiden, haben sie andere Sorgen! Wir müssen eher zusehen, daß die materiellen Bedürfnisse befriedigt sind, sonst gibt es wenig Raum für die Entfaltung von Liebe. Charakteristischerweise sind weder Romeo und Julia noch Werther und Lotte die Kinder von Hafenarbeitern, Tagelöhnern oder Pachtbauern. – Bleiben wir also bei den oben genannten Bedürfnissen! Sexualität? Ja, sollte wohl dabei sein, reicht aber allein für Liebe noch nicht aus, allenfalls für «käufliche»! – Affiliation? Das wäre auch ganz gut; affiliative Bedürfnisse sind Bedürfnisse nach «dem anderen». Mit Sexualität und Affiliation kommen wir schon recht weit, wie ich noch zeigen werde, aber es könnte auch nichts schaden, noch ein wenig von Casanovas Neugier hinzuzumischen. Manchmal spielt sie sicherlich eine Rolle, in anderen Fällen aber auch gar nicht.

Damit nun aus solchen Bedürfnissen Liebe wird, sollten sie relativ stark sein und sich alle auf *ein* «Objekt» konzentrieren. Wie kommt es nun zu einer großen Stärke der Bedürfnisse? Durch entsprechend lange Deprivation! Bei Werther erwachte die Liebe zu Lotte, nachdem er in eine ihm unbekannte Stadt versetzt worden war, wo er kaum jemanden kannte. Und seine sexuellen Bedürfnisse waren – der Zeit entsprechend – sowieso frustriert. Kein Wunder, daß er bereit war, sich unsterblich zu verlieben. – Und Nathanael in E. T. A. Hoffmanns Novelle «Der Sandmann» verliebt sich als Student, fernab von der Heimat und fernab von seiner geliebten Clara, sogar in eine Puppe, nämlich in die Automatendame Olimpia, deren affiliative Signale sich auf schmachtende Blicke und ein gelegentlich hervorgestoßenes «Ach, ach!» beschränken, da dem Automatenkonstrukteur, Professor Spalanzani, mehr einfach nicht gelungen ist. Nathanael reicht das jedoch, und in das «Ach, ach!» interpretiert er alles hinein, was er hineininterpretieren will. Böse geht es aus!

Wenn wir nun also für affiliative und sexuelle Deprivation gesorgt haben, dann müssen wir als nächstes entsprechende Zielobjekte bereitstellen. Wir brauchen eine Lotte für den Werther. Die ist aber nicht ganz einfach herbeizuschaffen, denn sie muß eine ganze Reihe von Kriterien zugleich erfüllen.

Einmal muß das Liebesobjekt «schön» sein, das heißt, es muß bestimmte artspezifische Merkmale aufweisen, die es einfach deshalb, weil eben die Art so programmiert ist, sehr attraktiv machen. Die Schönheit mag im Wuchs liegen, in der Ebenmäßigkeit des Gesichts, in der Harmonie der Körpergestalt, im prächtigen Pfauenschwanz, in der spezifischen Beschaffenheit primärer oder sekundärer Geschlechtsmerkmale. Solche vorprogrammierten Attraktoren, die auf bestimmte Formen konsummatorischer Endhandlungen hinweisen, werden eine gewisse Rolle spielen, die aber nicht allein – oder vielleicht zunächst einmal, dann aber nicht mehr – entscheidend sein muß.

Vielleicht viel wichtiger als die gerade beschriebene primäre Attraktivität ist die «Passung». «Gleich und gleich gesellt sich gern!» meint das Sprichwort, und so mögen das Erkennen der gleichen Wertmaßstäbe, Übereinstimmungen in den Ansichten, ähnliche Reaktionen auf ähnliche Dinge eine starke Attraktion ausüben. Sie ist vielleicht sehr urtümlich. Wir sprachen schon von dem Reiz, welchen das «Im-Schwarm-Schwimmen» für Fische zu bedeuten scheint. – In meinem Gartenteich befinden sich ungefähr zehn oder zwölf Goldfische und zwei Kois (das sind martialisch-samuraihaft aussehende japanische Zierkarpfen). Generell lieben es die Fische, zu zweit oder zu dritt zu schwimmen; nur selten sieht man sie allein. Mitunter schließt sich ein Koi einem Goldfisch oder ein Goldfisch einem Koi an, meist aber schwimmen die beiden Kois zusammen und die schwarzen Goldfische (das sind Töchter oder Söhne der echten, goldfarbenen Goldfische, die offensichtlich in ihrer Körperfärbung wieder der Urform des Goldfisches, der Karausche, zustreben) mit den schwarzen Goldfischen und die goldenen mit den goldenen. Ist dies anders zu erklären als durch die Hypothese, daß das Schwimmen mit einem Partner, der einem selbst ähnlich ist, eine größere affiliative Belohnung darstellt als das Im-Schwarm-Schwimmen mit irgendeinem Fisch?

In einem zweiten Gartenteich leben neben Goldorfen drei Goldfische. Diese halten sich immer zusammen, aber zwei von ihnen, A und B, sind fast unzertrennlich, während der dritte oftmals seiner eigenen Wege geht und abseits bleibt. Warum «mögen» sich A und B und nicht A und C oder B und C? Ich habe den Eindruck, daß die Ähnlichkeit des Reagierens ausschlaggebend ist. Goldfisch A merkt, daß immer dann, wenn er zu einer Wendung nach rechts ansetzt, Goldfisch B schon das gleiche getan hat oder gerade im Begriff ist, es zu tun. Und so fühlen sich diese beiden Goldfische anscheinend «seelenverwandt» und bleiben beieinander.

Bei Menschen gehört zu «Passung» zweierlei: Man bemerkt, daß der andere sich in gleicher Weise verhält und – viel wichtiger noch – daß er in gleicher Weise fühlt, in gleicher Weise denkt, in gleicher Weise urteilt.

> *«Ausgezeichnet! Ich habe mich in Ihnen nicht getäuscht. Sie verstehen es, einen zu trösten. Oh, wie lange habe ich mich nach Ihnen gesehnt, Karamasow, wie lange schon suchte ich nach einer Begegnung mit Ihnen! Haben Sie das gleiche von mir gedacht? Sie sagten vorhin, daß Sie ebenso dächten?»*

«Ja, ich habe von Ihnen gehört und habe das gleiche von Ihnen gedacht … Wenn nun auch teilweise Eigenliebe Sie zu dieser Frage jetzt verleitet hat, so macht es doch nichts.»
«Wissen Sie, Karamasow, unsere Auseinandersetzung hier gleicht ganz einem Liebesgeständnis», sagte Kolja mit schwacher, verschämter Stimme. «Ist das nicht komisch? Ist das nicht lächerlich?»
«Das ist gar nicht lächerlich, und wenn es auch lächerlich wäre, so würde es doch nichts machen, weil es gut ist», gab Aljoscha mit verklärtem Lächeln zur Antwort.
«Aber wissen Sie auch, Karamasow, daß es Ihnen selber in diesem Augenblick, ebenso wie mir, ein wenig peinlich ist … Ich sehe es Ihren Augen an», lächelte Kolja listig und doch wieder fast glückselig.
«Was soll denn da peinlich sein?»
«Und warum sind Sie rot geworden?»
«Ja, das haben Sie schon so gemacht, daß ich rot geworden bin», lachte Aljoscha und errötete wirklich. «Nun wohl, es ist etwas peinlich, weiß Gott warum, ich weiß es nicht …», stotterte er beinahe verlegen.
«Oh, wie lieb habe ich Sie in diesem Augenblick, und wie sehr schätze ich Sie, gerade darum, weil auch Sie es empfinden, daß etwas Peinliches dabei ist! Weil Sie ganz genau so empfinden wie ich!» rief Kolja begeistert. Seine Wangen glühten, die Augen blitzten.

Diese Liebesszene zwischen dem vierzehnjährigen Kolja und dem etwa achtzehnjährigen Aljoscha Karamasow aus Dostojewskis *Die Brüder Karamasow* illustriert die Wichtigkeit der «Passung» der inneren Prozesse für eine Liebesbeziehung. Die Freundschaft zwischen Aljoscha und Kolja basiert geradezu auf der Entdeckung von «Passungen», so auf der Feststellung, daß beide in gleicher Weise voneinander denken, daß beiden die gleiche Empfindung peinlich ist.

Bekanntlich gibt es zu der Maxime «Gleich und gleich gesellt sich gern» die Gegenmaxime «Gegensätze ziehen sich an». Und wer wollte bezweifeln, daß auch die Fremdheit, das Anderssein, Interesse weckt. – Allerdings, wenn man etwa Fontane (in *Vor dem Sturm*) glaubt, ist die Gegensätzlichkeit wohl der auf die Dauer schwächere Kitt. – Neugier kann ein starkes Motiv sein. Aber irgendwann hat man den Gegenstand der Neugier erforscht, und dann wird er langweilig. Und wenn die Neugier im Vordergrund der Bindungsstrebungen stand, dann ist damit deren Motivation erloschen. Was bleibt, ist Langeweile. Und dann geht die Ehe, die Freundschaft, die Partnerschaft eben in die Brüche. Das Bedürfnis nach Affiliation aber taucht immer wieder auf, und so ist der Gleichklang, die Korrelation der Bewegungen, der Auffassungen, Meinungsäußerungen, Urteile, eine bessere Basis für eine dauerhafte Bindung. Bei den Ψs zumindest, mit ihrem immer wieder leerlaufenden Affiliationstank, wäre es so.

Der Wandel der Gewichte der verschiedenen Motive im Laufe einer Partnerschaft ist ein interessantes Thema. Vielleicht stehen zunächst die Sexualität und die Neugier im Vordergrund, und das Affiliationsbedürfnis spielt keine große Rolle. Dies wird sich aber mit großer Wahrscheinlichkeit ändern. Ganz sicher wird das Neugiermotiv mit zunehmender Kenntnis des anderen erlöschen. Der andere wird einem – vielleicht bis zum Überdruß – vertraut, und die zunächst reizvolle Fremdheit wird zur ärgerlichen Andersartigkeit; es ärgert einen die immer in der gleichen Weise «falsch» ausgedrückte Zahnpastatube oder die liegengelassenen Socken. Es ärgern einen die Meinungen des anderen (besonders, wenn sie von den eigenen abweichen); da man ihre Hintergründe kennt, sind sie kein Anreiz für Explorationen mehr. Und schließlich platzt dann die Beziehung. – So wäre es bei den Ψs.

Ein anderes Bild ergibt sich beim Streben nach Passung. Da wir unsere Ψs mit einem ständig leerlaufenden Affiliationstank versehen haben, entsteht nie ein Mangel an affiliativen Bedürfnissen, also an Bedürfnissen an Legitimitätssignalen.

Physische Attraktivität und Passung, vielleicht noch ein wenig Fremdheit beigemengt (aber nicht zuviel!), sind die Attraktoren, die den weiteren Gang des Geschehens bestimmen. Das anzustrebende Objekt muß eine ganze Menge verschiedener Merkmale besitzen, um attraktiv zu wirken;

das macht klar, daß es sich nicht mehr beliebig austauschen läßt, wenn es einmal im «Herzen» des oder der Liebenden fixiert ist. Es gibt einfach nicht sehr viele «Lotten», die in jeder Hinsicht passen oder zu passen scheinen. Das ist sehr wichtig und der Hauptgrund für den tragischen Verlauf von Liebesbeziehungen. Wenn ich Hunger habe, und es gelingt mir nicht, des angestrebten Leberkäsebrötchens habhaft zu werden, dann kann ich vielleicht auf eine Thüringer Rostbratwurst umsteigen und werde nicht allzu stark frustriert sein. Bei Liebesbeziehungen ist das anders. Die Person, die ich liebe, ist ja ein Schnittpunkt von vielen verschiedenartigen Motivationen. In ihm vereinigen sich (vielleicht scheinbar, aber das ändert gar nichts!) die Befriedigungsmöglichkeiten für zwei, drei oder vier verschiedene Motive. Ein «Objekt», in dem sich die verschiedensten Attraktoren vereinigen, ist nicht leicht durch ein anderes zu ersetzen, es scheint selten zu sein und damit «teuer». Charakteristisch für eine Liebesbeziehung ist also, daß sich das Ziel kaum austauschen läßt. So verliert der Verliebte die Option, beim Auftreten von Hindernissen einfach ein Ersatzziel an die Stelle des ursprünglichen zu setzen.

Nun hat es also «eingehakt», man hat sich verliebt! Was dann? Das hängt von vielen Faktoren ab.

Wenn man einmal ein Ziel ins Auge gefaßt hat, dann wird man versuchen, es zu erreichen. Läuft alles reibungslos, stellt sich die Frage, wie es weitergeht, und teilweise habe ich sie mit der Schilderung der zwangsläufig eintretenden Veränderung des Motivcocktails, aus dem eine Liebesbeziehung besteht, schon beantwortet. Wenn aber Hindernisse auftauchen, wie entwickelt sich die ganze Angelegenheit dann? Das kommt natürlich auf die Hindernisse an, aber grundsätzlich bedeuten diese ja immer, daß Automatismen, die helfen, das Ziel zu erreichen, nicht zur Verfügung stehen. Ist dies der Fall, folgt bei den Ψs gemäß der Rasmussenleiter das Planen, das neben der potentiellen Vergrößerung des Handlungsspielraums einige Folgen für die Liebesbeziehung haben und sie sehr weitgehend verändern kann. Planen beinhaltet zum Beispiel ein – wenn auch simuliertes – Eintreffen am angestrebten Ziel. «Erst mach ich das, dann das, dann das, und dann wird das und das geschehen, und schon bin ich am Ziel meiner Wünsche! Ach, ist das schön!»

Durch Planen scheint das (simulierte) Ziel näher zu rücken. Man braucht dazu nur den Auflösungsgrad ein wenig herabzusetzen, was wiederum, wie ich schon im Abschnitt «Wie und was?», Seite 175 ff., demonstriert habe, zu Überinklusivität führt. Aktionen, die tatsächlich wegen fehlender Voraussetzungen nicht durchführbar sind, erscheinen bei gesenktem Auflösungsgrad als machbar. Das Ziel wird durch die inneren Probehandlungen allerdings nur intern erreicht, der Wunsch nur in der Phantasie befriedigt. Ψ verfügt zwar schon über die Fähigkeit zur Antizipation von Bedürfnisbefriedigungen, doch ist sie aufgrund seines reichlich primitiven Planungsmechanismus nicht sehr entwickelt, zumindest bislang noch nicht (daran wird sich einiges ändern, wenn wir Ψ Sprache verleihen).

Wenn unsere Ψs die Fähigkeit zur simulierten Wunschbefriedigung in hohem Maße besäßen, dann könnte sich aus dem internen Probehandeln etwas recht Folgenschweres ergeben. Da der Weg zu dem angestrebten Liebesobjekt in der realen Welt verschlossen ist, wird es bei den häufigen Planungstätigkeiten, die sich nunmehr im Gehirn von Ψ abspielen, oft zu Wunschbefriedigungsphantasien kommen. Dabei wird das Bild und das Verhalten des gewünschten Partners immer wieder aufgerufen und auf diese Weise als Zielobjekt stärker und stärker fixiert. Wenn jede reale Befriedigung eines Bedürfnisses zur Ausbildung oder zur Verstärkung einer Appetenzrelation führt, so gilt dies – in abgeschwächtem Maße – auch für simulierte Wunschbefriedigungen. Tritt also in ihnen das Liebesobjekt sehr häufig auf, so wird die Appetenzrelation, die die Bedarfsindikatoren mit dem Objekt der Begierde verbindet, immer stärker. Dieses nimmt dadurch einen immer breiteren Raum als Ziel ein und verdrängt andere Ziele, wenn solche überhaupt noch vorhanden sind.

Hindernisse bei den Versuchen, sich dem geliebten Objekt zu nähern, führen also zu einer positiven Rückkopplung: Wenn simulierte Wunschbefriedigungen möglich sind, wird die Appetenzrelation, die das angestrebte Ziel mit den entsprechenden Bedürfnissen verbindet, immer stärker; das Ziel wird «einzig».

Simulierte Bedürfnisbefriedigungen können noch weitere, unter Umständen verhängnisvolle Folgen haben. In der simulierten internen Welt ist man frei von den Beschränkungen, die die «richtige» Realität bietet. Das aber bedeutet, daß man das Bild des Zielobjekts mit immer mehr Eigenschaften ausstatten kann, die man für wünschenswert hält. Das Bild, welches man sich von dem angestrebten Partner macht, wird auf diese Weise immer idealer. Da die Hindernisse einen Abgleich nicht zulassen – man kann sich dem geliebten Objekt nicht nähern, um festzustellen, ob die gewünschten Eigenschaften tatsächlich der Fall sind –, entfernt sich das Wunschbild aller Voraussicht nach immer weiter von der Realität.

Mitunter kann noch nicht einmal der unmittelbare Kontakt mit der geliebten Person das Abdriften des Bildes ins Ideal-Irreale verhindern, wie der folgende Dialog aus E. T. A. Hoffmanns Erzählung «Der Sandmann» zeigt.

> *Er saß neben Olimpia, ihre Hand in der seinigen und sprach hochentflammt und begeistert von einer Liebe in Worten, die keiner verstand, weder er, noch Olimpia. Doch diese vielleicht; denn sie sah ihm unverrückt ins Auge und seufzte einmal übers andere: «Ach – Ach – Ach!» – worauf denn Nathanael also sprach: «O du herrliche, himmlische Frau! Du Strahl aus dem verheißenen Jenseits der Liebe – du tiefes Gemüt, in dem sich mein ganzes Sein spiegelt» und noch mehr dergleichen, aber Olimpia seufzte bloß immer wieder: «Ach – Ach!» … Nur dieses Wort! Liebst du mich? So flüsterte Nathanael, aber Olimpia seufzte, indem sie aufstand, nur: «Ach – Ach!» – «Ja, du mein holder, herrlicher Liebesstern», sprach Nathanael, «bist mir aufgegangen und wirst leuchten, wirst verklären mein Inneres immerdar!» – «Ach, ach!» replizierte Olimpia fortschreitend. Nathanael folgte ihr, sie standen vor dem Professor. «Sie haben sich außerordentlich lebhaft mit meiner Tochter unterhalten», sprach dieser lächelnd …*

Und später Nathanael zu seinen Freunden:

> *«Nur mir ging ihr Liebesbild auf und durchstrahlte Sinn und Gedanken, nur in Olimpias Liebe finde ich mein Selbst wieder. Euch mag es nicht recht sein, daß sie nicht in platter Konversation faselt, wie die anderen flachen Gemüter. Sie spricht wenig Worte, das ist wahr; aber diese wenigen Worte erscheinen als echte Hieroglyphe der inneren Welt voll Liebe und hoher Erkenntnis des geistigen Lebens in der Anschauung des ewigen Jenseits. Doch für alles das habt ihr keinen Sinn und alles sind verlorene Worte.»*

So unterhalten sich Nathanael und Olimpia, und so erzählt Nathanael seinen Freunden von seiner Geliebten. Olimpia, das Maschinenwesen, ist in ihrer Konversation allerdings ziemlich beschränkt, sie wiederholt nur immer wieder ihr «Ach, ach!» (Um der Wahrheit die Ehre zu geben: Einmal sagt Olimpia: «Gute Nacht, mein Lieber!») Nathanael ist offenbar auch durch den jedem anderen offenbaren Stumpfsinn der Umworbenen nicht daran zu hindern, sich ein immer idealeres Bild auszumalen.

Dies nun kann fürchterliche Folgen haben, nicht nur für Nathanael. Sollte der Fall eintreten, daß die Liebessehnsucht erfüllt wird, kann die Enttäuschung gar nicht ausbleiben. – Von einem gewissen Ausmaß der Idealisierung an ist es fast wünschenswert, daß die Liebe keine Erfüllung findet, dann bleibt sie immerhin ein schöner Traum. Wenn der Liebende hingegen nach vielen Anstrengungen schließlich sein Liebesobjekt erringt und dann mit der Zeit feststellen muß, daß dieses leider seinen Wünschen und Idealen überhaupt nicht entspricht, wird die Liebe nicht nur erkalten, sondern sich vielleicht sogar in Ärger oder Wut und Haß umwandeln: So viele Investitionen an Zeit und Mühe und dann kein Gegenwert, also sinn- und nutzloser Aufwand!

Was kann aber geschehen, wenn die Hindernisse unüberwindlich sind? Wenn immer wieder neue Anläufe gemacht werden, aber keiner zum Ziel führt? Das kann nun sehr tragisch ausgehen, denn gerade wenn durch eine laufende Verstärkung der Appetenzrelationen das Ziel eine immer zentralere Position im Weltbild des Liebenden bekommen hat, werden die erfolglosen Bemühungen zu einer starken Reduktion der Kompetenz und damit des Selbstwertgefühls führen. Man will etwas mit aller Kraft, und das, was man anstrebt, ist das einzige, was dem Leben Sinn gibt. Und eben dieses Ziel ist nicht erreichbar. Damit wird das Leben sinnlos – es ergibt sich ein Werthersches Ende; Kugel durch den Kopf!

Brechen wir hier die Aufzählung möglicher Tragödien, Dramen oder auch Komödien ab. Allein schon die Verläufe, die ich gerade geschildert habe, machen klar, daß sich «Liebe» als Gefühl nicht auf *einen* Nenner bringen läßt. Wir können nicht sagen, Liebe sei lustvoll. Wir können auch nicht sagen, Liebe sei Schmerz. Liebe enthält Hoffnungen, Enttäuschungen, Erfüllungen, höchstes Glück und tiefstes Unglück. Eine Liebesbeziehung kann diesen oder jenen Verlauf nehmen; es kommt jeweils auf die Hindernisse an, die überwunden oder nicht überwunden werden können, es kommt darauf an, in welcher Weise sich die Motivation aus verschiedenen Ingredienzien zusammensetzt und wie sich das ändert, es kommt darauf an, ob sich durch simulierte Wunschbefriedigungen das Bild des oder der Geliebten von der Realität entfernt oder nicht.

Wenn wir uns nun aber fragen – für uns ist das ja entscheidend –, ob bei unseren Maschinen Liebe auftreten kann, so finden wir bei all den Entwicklungen und Zuständen, die ich geschildert habe, nichts, was sich nicht auch bei den Ψs einstellen könnte. – Nur eine Ausnahme gibt es allerdings, und die ist nicht unwesentlich. Die Fähigkeit unserer Ψs, Wunschbefriedigungen zu simulieren, überhaupt ihre Phantasie, ist bislang sehr beschränkt. Man kann nicht sagen, daß sie nicht vorhanden ist; die Ψs haben ja die Planungsfähigkeit. Aber die Hill-climbing-Prozedur, die wir unserer Maschine bislang als Planungsmittel vorgegeben haben, ist ein ziemlich kümmerliches Instrument der Phantasie. Wir werden aber durch die Einführung der Sprache eine ganze Menge für das «Vorstellungsvermögen» der Ψs tun. – Und damit sind wir beim nächsten Kapitel!

Siebtes Kapitel

Sprechen

Sicherlich können unsere Ψs miteinander kommunizieren. Sie tauschen beispielsweise L-Signale oder Anti-L-Signale untereinander aus und reagieren darauf. Sie senden supplikative Signale und heischen auf diese Art und Weise Hilfe. Außerdem könnten wir sie mit einem ganzen Inventar von «angeborenen» Jaul-, Heul-, Zisch- oder sonstigen Lauten oder auch Lichtsignalen versehen, die jeweils spezifische Bedeutungen haben. So könnten sich die Ψs wechselseitig vor Gefahren warnen oder ihr Wohlbefinden mitteilen. Auch könnten sie einander beobachten und die Beobachtungen zu Geschehnisschemata integrieren, um die Verhaltensgesetzmäßigkeiten ihrer Art herauszufinden. Und so könnten sie aufgrund der Beobachtung Prognosen machen, zum Beispiel voraussagen, daß ein ärgerliches Ψ auf ein supplikatives Signal eines zweiten Ψ eher mit Aggression als mit Hilfeleistung reagieren wird. Die Verhaltensmerkmale anderer Ψs erhielten somit die Funktion von Zeichen, die auf bestimmte zukünftige Ereignisse hindeuten.

Solche Zeichensysteme sind bei Tieren weit verbreitet. Für eine differenzierte Kommunikation reichen sie allerdings bei weitem nicht aus. Zeichen indizieren, was der Fall *ist*, aber nur in sehr beschränktem Maße, was der Fall sein könnte, würde, war und sein wird. Und das, was der Fall ist, beschreiben sie auch nur in grober Weise.

Ein Zeichen signalisiert zum Beispiel einer Pavianhorde «Leopardengefahr!» Es vermittelt einerseits, daß ein Leopard sichtbar ist, zugleich aber auch, daß ein Angriff für möglich gehalten wird, also durchaus nicht nur, was der Fall ist, sondern auch, was der Fall sein *könnte*. Zeichen signalisieren also auch *Möglichkeiten.* Kaum aber enthalten sie Differenzierungen, wie etwa: «Wenn der Leopard, der von links ziemlich schnell herantrabt, hungrig ist, so könnte ein Angriff auf die Horde naheliegen. Aber das ist ein so schmächtiges Bürschchen; für unseren A-Alpha eine Sache, die er mit dem linken Eckzahn bewältigt. Gefahr also eher unwahrscheinlich!»

Wollte man jede mögliche interessante Situation, jedes interessante Geschehnis mit einem eigenen Zeichen belegen, so müßte man die jeweilige Spezies mit einer sehr großen Anzahl von Zeichen ausstatten. Der Aufwand würde hier wohl bald den Nutzen übersteigen.

Viel besser wäre es, wenn wir unsere Ψ-Gesellschaft mit einer wirklichen Sprache ausstatten würden. Eine Sprache besteht natürlich auch aus Zeichen, nämlich aus den einzelnen Wörtern, die jeweils eine (mehr oder minder) spezifische Bedeutung haben. Von einem Zeichensystem aber unterscheidet sich eine Sprache darin, daß nicht so sehr das Zeichen das Grundelement der Kommunikation ist, sondern die spezifische Zeichen*kombination*, der Satz. Eine Sprache hat außer einem Zeichenvorrat noch eine *Grammatik*, das heißt ein Regelsystem, das festlegt, wie die Zeichen aufeinander folgen dürfen (Syntax) und wie sie verändert werden können (Morphologie). Eine Grammatik erlaubt es, mit einer begrenzten Anzahl von Zeichen eine unbegrenzte Anzahl von Mitteilungen herzustellen, beispielsweise dadurch, daß verschiedene Folgen der gleichen Zeichen Verschiedenes bedeuten («Der Mann ißt den Fisch» bedeutet etwas anderes als «Der Fisch ißt den Mann», obwohl die Zeichen der beiden Sequenzen identisch sind) oder daß Modifizierungen («Beugungen») der Zeichen Verschiedenes bedeuten («gibt» bedeutet etwas anderes als «gib»). Außerdem kann man Sätze aneinanderreihen und Nebensätze bilden; ein abgeschlossenes Zeicheninventar zusammen mit einem abgeschlossenen System der Grammatik erlaubt abzählbar unendlich viele verschiedene Mitteilungen. Ein Sprachsystem ist also eine Lösung für das Problem, mit einem *endlichen* System, nämlich mit einem endlichen Inventar von Zeichen und grammatischen Regeln, *unendlich* viele Dinge ausdrücken zu können. Deshalb ist es jedem Zeichensystem turmhoch überlegen.

Es wäre ganz gut, wenn wir uns mit den Ψs und sich auch die Ψs untereinander in einer richtigen Sprache unterhalten könnten. Worin läge der

Vorteil? Viele Absichten, die die Ψs verfolgen müssen, sind Routineangelegenheiten und fallen ihnen nicht sonderlich schwer. Aber mitunter ergeben sich Schwierigkeiten, und Ψ verfügt nicht über die Fähigkeiten oder befindet sich nicht in der richtigen Situation, um eine bestimmte Absicht zu erledigen. Wir können die Ψs natürlich in einem solchen Fall – das hatten wir so geregelt – supplikative Signale aussenden und ihre Hilfsbedürftigkeit anderen Ψs mitteilen lassen, um diese zu Hilfeleistungen zu bewegen. Aber die supplikativen Signale, die ein «sprachloses» Ψ aussenden kann, bleiben notwendigerweise unspezifisch, wenn wir deren Anzahl nicht über alle Grenzen ansteigen lassen wollen, und signalisieren daher nicht genau die Hilfe, die ein Ψ braucht. Es kann vielleicht nur jämmerlich winseln, sich dabei noch an den Bauch fassen, aber nicht etwa sagen: «Starkes Sodbrennen nach dem Genuß von drei Schoppen Frankenwein!» Oder: «Magenkrämpfe nach dem Genuß von Nürnberger Rostbratwürsten!» Die Fähigkeit, Nöte sprachlich zu signalisieren, hieße, deren spezifische Art genau schildern zu können, was eine gleichfalls spezifische Hilfe ermöglichen würde. Es wäre also vorteilhaft für die Ψs, wenn sie Zustandsangaben oder Hilfsanforderungen sprachlich ausdrücken könnten.

Aber nicht nur für die präzise Beschreibung des eigenen Zustands und der spezifischen Hilfsbedürftigkeit wäre Sprache von Nutzen. Mit ihrer Hilfe könnten sich die Ψs darüber hinaus sehr viel Planen und Explorieren ersparen und damit viel Mühsal, Zeit und auch viele Gefahren. Statt umständlich durch Versuch und Irrtum, durch die Beobachtung anderer Ψs oder mit Hilfe ihrer recht unzulänglichen Planungsprozedur neue Verhaltensweisen zu konstruieren, könnten die Ψs einander befragen, was in einer bestimmten Situation am besten zu tun wäre. Auf diese Art können sich die spezifischen Erfahrungen der einzelnen Ψs multiplizieren. Die Erfahrungen, die ein Ψ in einer Situation gemacht hat, kann es den anderen mitteilen; so werden die Kenntnisse, welche ein Ψ in einer ganz spezifischen Situation erworben hat, zum Allgemeingut. Wir bekommen ein sich schnell vervielfältigendes allgemeines Wissen; wir bekommen eine Ψ-Kultur. Durch Sprache kann sich das Wissen schnell von Ψ zu Ψ fortpflanzen, und außerdem werden alle Ψs über ähnliche Kenntnisse verfügen.

Wörter

Also: Sprache. Welche Voraussetzungen müßten denn die Ψs nun genau erfüllen, um sprechen zu können? Das Sprachvermögen ist ja keine *einfache* Fähigkeit wie die, den kleinen Finger zu krümmen. Vielmehr besteht sie aus einer ziemlich großen Menge von Teilfertigkeiten: Signale müssen wahrgenommen und produziert werden können, und zwar im Rahmen und zum Zwecke bestimmter Absichten, und allein schon Verarbeitung und Erzeugung von Sätzen sind überaus komplexe Tätigkeiten.

Schauen wir uns einmal ein ganz normales Gespräch an:

Ich will in die Stadt fahren. Die Distanz von dem Vorort, in dem ich wohne, bis zum Stadtzentrum beträgt etwa sechs Kilometer. Ich setze mich in mein Auto und fahre los. Nach einem Kilometer, kurz vor dem Dorfausgang, beginnt der Motor zu stottern und versagt dem Auto und damit mir schließlich seinen Dienst vollständig. Hilflos lasse ich den Wagen ausrollen und steige aus. Ich sehe das Auto eines Nachbarn kommen, winke; der Nachbar hält an.

«Na, was ist denn los?» – «Mein Auto ist stehengeblieben, und ich muß dringend in die Stadt! Vorlesung!» – «Ja, was ist denn los mit Ihrem Auto? Das ist doch eigentlich ziemlich neu!» – «Ich weiß auch nicht. Plötzlich fing der Motor an zu stottern, und dann war es aus.» – «Tank?» – «Glaub ich nicht, ich hab erst vorgestern getankt. – Vielleicht Feuchtigkeit im Zündverteiler; bei der Nässe während der letzten Tage!» – «Wissen Sie was: Wenn Sie es so eilig ha-

> *ben, dann steigen Sie doch ein, ich fahre Sie schnell; Sie können ja dann vielleicht Ihre Autowerkstatt anrufen, daß die mal jemanden schicken. Ihre Frau hat doch einen Zweitschlüssel?»*

Das ist eine Alltagsunterhaltung. Aus welchen Komponenten besteht sie? Leicht können wir Fragen, Aufforderungen, Feststellungen, Meinungen und Vermutungen identifizieren. Alle diese Äußerungen findet man aber nicht «einfach so», sondern sie bilden ein Gefüge, das mit meinen Absichten und denen des Nachbarn zusammenhängt.

Betrachten wir den Ablauf im einzelnen: Alles beginnt mit der Absicht, in die Stadt zu fahren. Ich habe das Ziel, zu einem bestimmten Zweck in der Stadt zu sein, und dies ist auch fast das erste, was ich meinem Nachbarn auf seine einleitende Frage antworte. «Ich muß dringend in die Stadt! Vorlesung!» – Warum sage ich das? Wohl, um auf diese Weise den Nachbarn darüber zu informieren, was im Moment meine Handlungen steuert, welche Absicht ich habe. Diese Zielangabe hat eine wichtige Funktion: Durch sie ist der Nachbar in der Lage, seine Aktionen besser auf mich abzustimmen, als wenn ich ihm nur die Tatsache mitgeteilt hätte, daß mein Auto nicht mehr funktioniert. Eine übergreifende Zielangabe, wie ich sie in meiner Antwort formuliere, ist auch besser als etwa die spezielle Zielangabe: «Ich will, daß mein Auto wieder funktioniert.» Denn mit dem Wissen um das übergreifende Ziel hat der Nachbar mehr Möglichkeiten, verschiedene Alternativen der Hilfe zu erwägen, als wenn ich nur das Unterziel «Auto soll wieder funktionieren» mitgeteilt hätte. – Eine ganze Menge Intelligenz, die in diesem winzigen Dialogteil steckt! Und von mir keine Sekunde lang bewußt geplant!

Und die allgemeine Frage «Was ist denn los?» des Nachbarn zielte wohl auch darauf ab, von mir nicht nur die Beschaffenheit der gegenwärtigen Situation zu erfahren, sondern auch, wie es zu dieser Situation gekommen ist und welche Absichten ich habe. Der Nachbar wollte nicht nur wissen, was mit dem Auto los sei. Er wollte allgemein etwas über meine Intentionen, den Zustand ihrer Umsetzung und die Ursachen der Hindernisse erfahren.

Was enthält der Dialog sonst noch? Es wird erforscht, worauf es wohl zurückzuführen sein könnte, daß das Auto seinen Dienst aufgegeben hat. Dies geschieht durch die Betrachtung mehrerer möglicher Kausalketten, nämlich einmal durch die Erörterung der Möglichkeit, daß es an Treibstoff mangelt, und zum anderen durch die (nicht zu Ende geführte) Analyse der Möglichkeit, daß ein Kurzschluß im Zündverteiler die Ursache des Motorversagens sein könnte. – Ein Ereignis wird zum Ausgangspunkt von Überlegungen über Geschehnisse, die möglicherweise zu diesem Ereignis hätten führen können. Benzinverbrauch bis zur Tankentleerung? Regen und Feuchtigkeit in den letzten Tagen → Kondenswasser im Zündverteiler → Kurzschluß. Die letztgenannte Betrachtung mündet wohl beim Nachbarn in die Einschätzung, daß seine (und meine) Kompetenz zur Öffnung des Motors, Demontage des Zündverteilers und so fort nicht ausreicht, zumindest im Hinblick auf die knappe verbleibende Zeit, und daraufhin folgt der Vorschlag, mich zu meinem Ziel zu bringen. Es wird also keineswegs nur kommuniziert; der Kommunikationsprozeß enthält vielmehr Phasen des Nachdenkens, die durch Fragen eingeleitet werden.

Wie können wir die Ψs dazu bringen, solche Gespräche zu führen?

Sie müssen uns und ihresgleichen Mitteilungen machen können. Sie müssen uns mitteilen können, was der Fall ist, worin ihre Absichten bestehen, *warum* sie diese oder jene Absichten haben, was vorher gewesen ist, was in Zukunft geschehen wird oder geschehen könnte, was hätte geschehen können. Sie müssen in der Lage sein, uns über die Entstehungsgeschichte einer Absicht zu informieren; wenn nämlich eine Absicht eine Unterabsicht ist, dann weiß der Partner im Dialog vielleicht ein besseres Zwischenziel, über das sich das Oberziel erreichen läßt. Aber dafür muß er das Oberziel kennen. – Die Ψs müssen uns sagen können, warum – nach ihrer Meinung – eine Handlung fehlgeschlagen ist. Sie müssen uns sagen können, warum es zu der gegenwärtigen Situation gekommen ist und welche andere Situation möglicherweise eingetreten wäre, wenn man etwas anderes gemacht hätte. Sie müssen uns sagen können, was sie anstreben, welche Ziele sie haben, damit wir ihnen unter Umständen Ausweichziele nennen können. Sie müssen uns sagen können, was sie planen, was sie vorhaben, damit wir ihnen gegebenenfalls raten können, wie sie besser handeln sollten. Sie müssen auch berichten können, warum sie welchen Plan verworfen haben.

Die Ψs sollten uns sagen können, wie die Vergangenheit gewesen ist und wie ihrer Meinung nach die Zukunft sein wird. Sie sollten uns auch erklären können, *warum* die Vergangenheit ihrer Meinung nach so gewesen ist, wie sie sie erfahren haben, und warum die Zukunft so sein wird, wie sie meinen.

Die Ψs müssen uns (und sich) also sagen können,

- welches ihre Ziele sind, waren, sein werden;
- warum sie was zur Erreichung ihrer Ziele tun, getan haben, tun werden, vielleicht tun könnten, nicht getan haben, nicht tun werden;
- *was* der Fall ist, war, sein wird;
- *warum* etwas so ist, wie es ist, so war, wie es war, und so sein wird, wie es sein wird; sie sollten also die *Ursachen* von Ereignissen angeben können;
- ob und unter welchen Umständen etwas anderes der Fall sein könnte, hätte gewesen sein können, sein können wird; sie sollten uns also die *Bedingungen* von Ereignissen angeben können.

Das Sprachvermögen der Ψs darf aber nicht nur darin bestehen, daß sie über all die genannten Dinge *Aussagen* machen können. Vielmehr müssen sie diese auch an den richtigen Stellen eines Dialogs plazieren können, Stellen, die oft durch Fragen des Dialogpartners angegeben werden. Die Ψs müssen also auch *Fragen* verstehen und beantworten können. Und wenn sie etwas nicht wissen, müssen sie imstande sein, selbst Fragen zu stellen. Auch müssen sie natürlich die Antworten auf solche Fragen, ganz allgemein Aussagen, die ein anderer macht, verstehen können.

Sprachvermögen umfaßt also die Fähigkeit, Fragen und Aussagen jeweils an der «richtigen» Stelle zu produzieren und zu verstehen. Was ist nun die «richtige» Stelle? Ein Dialog wie der oben als Beispiel zitierte hat einen bestimmten Zweck. Allgemein könnte man sagen, daß er der Herstellung eines Schemas dient, im Beispielsfall bei mir der Herstellung eines Verhaltensprogramms, der Beantwortung der Frage: «Was tun, um rechtzeitig zur Vorlesung zu kommen?» (*Bewußt* allerdings wird mir diese Zielsetzung während des Dialogs keineswegs.)

Ein Schema hat nun eine bestimmte Form; ein Verhaltensprogramm zum Beispiel besteht aus der Aufeinanderfolge von Aktionen, die zu einem befriedigenden Endzustand führen oder das Eintreten einer unbefriedigenden Situation verhindern. – Die «richtige» Stelle und Form einer Frage ergibt sich nun aus dem, was eben in dem aufzubauenden Schema fehlt. Wenn es darum geht, ein Verhaltensprogramm für das Flottmachen eines streikenden Automobils zu entwickeln, so ist es ganz vernünftig, die Ursachen der Havarie zu ermitteln. Also muß man eine «Warum»-Frage stellen. – Ein Dialog ist eine Form der Entwicklung eines Schemas, und die Form des Dialogs, die Abfolge der Fragen und Aussagen, ergibt sich zum Teil daraus, was im jeweiligen Schema fehlt oder unklar oder widersprüchlich ist. (Das zu entwickelnde Schema muß übrigens nicht notwendigerweise bei beiden Dialogpartnern gleich sein. In dem Beispielsdialog ging es mir hauptsächlich darum, wie ich rechtzeitig zur Vorlesung komme, dem Nachbarn hingegen um die Frage: «Wie kann ich helfen?» Und aus diesen unterschiedlichen Zielen ergeben sich unterschiedliche Fragen und Aussagen; der Nachbar muß danach trachten, meine Ziele zu ergründen und herauszufinden, welche Barrieren es verhindern oder erschweren, daß ich sie erreiche; mir geht es um Mittel und Wege, schnell in die Stadt zu kommen.)

Man könnte nun Sprachvermögen als die Fähigkeit definieren, ein Gespräch so zu führen, daß dabei sein Zweck, nämlich der Aufbau eines Schemas, erreicht wird. Und das, was es da «zu führen» gilt, ist die Produktion und die Rezeption von Fragen und Aussagen. Das Verstehen und Erzeugen von Fragen und Aussagen sind die Grundtätigkeiten. – Aber ganz zufriedenstellend ist eine solche Definition noch nicht. Schließlich gibt es auch noch Gespräche etwa der folgenden Form: «Ruf doch mal den Abschleppdienst an!» – «Jawohl!» Man kann *Aufforderungen* aussprechen und verstehen. Eine Aufforderung soll bewirken, daß der Aufgeforderte eine Absicht entwickelt, etwas Bestimmtes zu tun. Zum Sprachvermögen gehört das Aussprechen von Aufforderungen und ihr Verständnis natürlich auch, und wir müssen uns darum bemühen, unseren Ψs auch diese Fähigkeit zu vermitteln. (An sich ist eine Frage auch eine Art von Aufforderung, nämlich die zur Informationsübermittlung. Eine «richtige» Aufforderung beinhaltet aber – anders als eine Frage – die Herstellung eines bestimmten materiellen Zustandes; hinterher soll eben der Abschleppdienst dasein.)

Wie bringen wir den Ψs nun diese Art von Sprachvermögen bei?

Was ist das: ein Wort?

Zunächst einmal muß Ψ – das ist ganz klar – mit *Wörtern* umgehen können. Genauer: Ψ sollte in der Lage sein, Dinge mit Wörtern zu bezeichnen und zu verstehen, was mit bestimmten Wörtern gemeint ist. Es muß Dinge, Personen und Geschehnisse, Verhaltensweisen und innere Zustände bezeichnen können. Und es muß verstehen können, was eigentlich gemeint ist, wenn man «Kugelschreiber», «Mistkäfer», «Panne», «Ärger» sagt.

Wörter verweisen auf Dinge, und wir könnten sie entbehren, wenn Ψ immer auf die Dinge zeigen könnte, die es meint. Aber wie soll es auf Dinge oder auf Vorgänge zeigen, die sich nicht in seinem Blickfeld befinden? Wie kann ich auf den Kölner Dom zeigen, wenn er fünfhundert Kilometer entfernt ist, und wie kann ich auf Kaiser Barbarossa zeigen, der doch schon lange nicht mehr lebt? Und wie kann ich auf das «himmlische Jerusalem» zeigen, welches noch gar nicht existiert, oder auf die «kommunistische Gesellschaft», die es gleichfalls nicht gibt? Also: Das Zeigen kann die Wörter nicht ersetzen, die Wörter sind viel mächtigere Zeiger, als es die Hinweise mit dem Zeigefinger sein könnten; Wörter gestatten es, auf Dinge zu zeigen, die nicht mehr sind, oder auf Dinge, die einmal sein werden, oder auf Dinge, die niemals sein werden, oder auf Dinge, die vielleicht sein könnten. Also: Wörter brauchen wir.

Zunächst einmal nicht Wörter für Dinge, die einst waren oder sein werden oder könnten, sondern einfach Wörter für die Dinge, die sind. Also Wörter für Kugelschreiber, Bleistifte, für Fotoapparate und Autos, für Zündkerzen und Straßen, für Verkehrsstaus, für Efeublätter und Rosen. Wie wir von solchen Wörtern, die Dinge bezeichnen, die *sind*, zu Wörtern für Dinge kommen können, die *waren* oder *sein werden*, oder für Dinge, die *nie existieren können* (mit «nie» sollte man vorsichtig sein!), werden wir noch sehen!

Fangen wir an mit dem Verstehen von Wörtern. Bei uns Menschen ist ein Wort gewöhnlich ein bestimmtes Muster von Luftdruckschwankungen, das wir hervorbringen und auch identifizieren können. Ein Wort identifizieren heißt noch nicht, es zu verstehen, aber es ist die Voraussetzung dafür.

Abbildung 7.1 zeigt das Wort «Universität» als ein spezifisches Muster von Luftdruckschwingungen in einem *Spektrogramm*. Ein Spektrogramm ist eine Darstellung der Stärke von Luftdruckschwingungen verschiedener Frequenzen über die Zeit. Je schwärzer das Spektrogramm, desto stärker die Schwingung der entsprechenden Frequenz. – Wie man sieht, beginnt das Wort «Universität» mit relativ starken Luftdruckschwingungen im Bereich der Frequenzen von etwa 200 bis 1000 Hertz, mit starken Schwingungen zwischen 2000 und 2500 Hertz, einem weiteren Schwerpunkt ungefähr bei 3500 und einem bei 4500 Hertz. Dieses Muster ist das «u». Dann geht es weiter; das «i» ist durch die beiden Schwerpunkte im 2000- und im 3500-Hertz-Bereich charakterisiert; man betrachte auch das zweite «i». Das «e» (Univ*e*rsität) ist durch starke Luftdruckschwingungen fast über den ganzen dargestellten Frequenzbereich gekennzeichnet und so weiter.

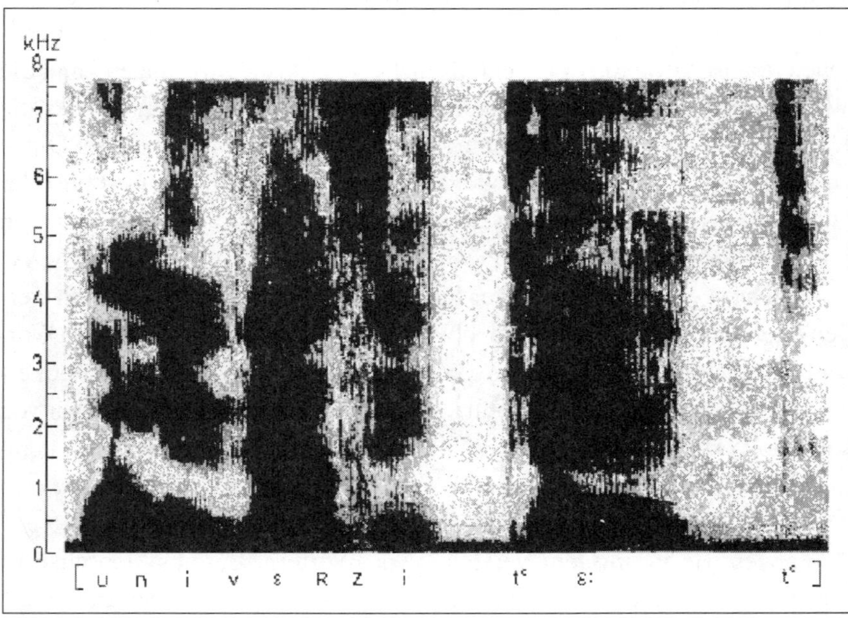

Abbildung 7.1 Spektrogramm des Wortes «Universität», unter dem Spektrogramm die zugehörigen Einzellaute (aus Meyer-Eppler 1969, Seite 370)

Spektrogramme ermittelt man durch fortlaufende Fourier-Analysen der Schwingungen des Luftdrucks. Eine Fourier-Analyse zerlegt ein komplexes Schwingungsgebilde in die einzelnen Sinuswellen, aus denen man es sich komponiert vorstellen kann. – Solche Spektrogramme sind in der Sprachforschung sehr gebräuchlich. Sie zeigen zum Beispiel, aus welchen lautlichen Grundbausteinen Sprache aufgebaut ist oder wie sich verschiedene Sprachen oder Dialekte voneinander unterscheiden. Man kann Spektrogramme außerdem als Grundlage zur Herstellung künstlicher Sprache verwenden, da sich aus ihnen ablesen läßt, welche Sinusschwingungen in welcher Stärke man braucht, um den entsprechenden Laut herzustellen. Derlei wird heutzutage mit immer größerem Erfolg gemacht; die ersten «synthetischen» Stimmen klangen noch außerordentlich künstlich und blechern; inzwischen kann man sehr natürlich klingende künstliche Sprache erzeugen.

Ein Wort kann aufgrund seiner Merkmale durch einen HyPercept-Prozeß genauso identifiziert werden wie ein Gesicht oder generell ein Muster. Ein Wort als Luftdruckschwingung ist ja auch nichts anderes als ein komplexes Merkmalsgebilde, in dem bestimmte Elemente in einer bestimmten Ordnung stehen. Bei lautlichen Gebilden ist diese Ordnung in hohem Maße eine zeitliche – Phoneme folgen aufeinander –, aber auch das gleichzeitige Vorhandensein von Merkmalen spielt eine Rolle, wie sich aus Abbildung 7.1 leicht ersehen läßt.

Abbildung 7.2 auf Seite 598 zeigt ein sensorisches Schema, das Ψ zur Identifizierung von Wörtern verwenden könnte. Es besteht aus drei Schichten. Die Schicht am linken Rand enthält Sensorneuronen, die auf bestimmte Frequenzen von Luftschwingungen ansprechen. Ich habe hier – ganz willkürlich – nur Neuronen für die Frequenzen von 500, 1000, 1500 Hertz und so fort angegeben. Die nächste Schicht enthält Phonemdetektoren, also Detektoren für sprachliche Grundeinheiten. Diese sind, wenn es sich um Vokale handelt, durch das gleichzeitige Vorkommen mehrerer Frequenzen gekennzeichnet; die «i» der Abbildung 7.1 sind ein sinnfälliges Beispiel.

Ein Phonem braucht nicht aus einem Muster gleichzeitig vorhandener Frequenzen zu bestehen; es kann auch aus *Übergängen* von einem Fre-

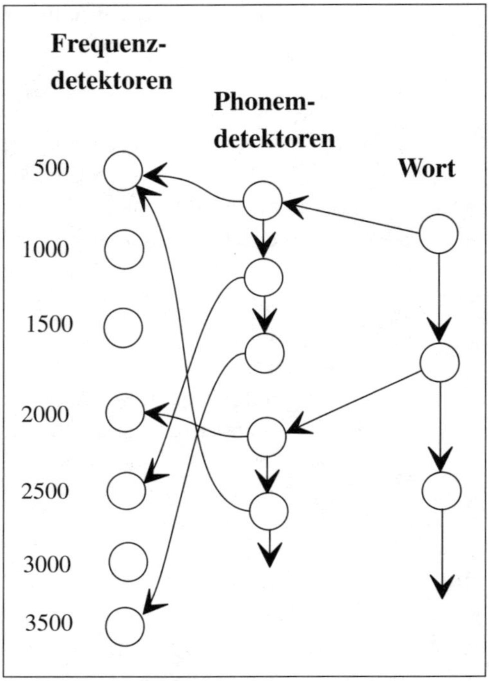

Abbildung 7.2
Sensorisches Wortschema

quenzmuster zu einem anderen gebildet werden. Letzteres ist bei Konsonantenphonemen wohl fast immer der Fall (Meyer-Eppler 1969). Man betrachte zum Beispiel das zu dem ersten «t» des Wortes «Universität» gehörende Muster. Hier findet man nicht *ein* bestimmtes Frequenzmuster, sondern einen Übergang von einem Muster zu einem anderen. – Ein Wort ist eine Phonemreihe, in Ψs Gedächtnis also eine Interknotenreihe, die auf Phoneme als Subschemata zeigt.

Abbildung 7.2 ist eine Prinzipdarstellung. Bei den Wörtern einer natürlichen Sprache wird es sich oftmals nicht um einfache Interknotenreihen handeln, sondern um Verzweigungen; die Schemata werden also Strukturabstraktheit aufweisen. Bei Russell und Norvig (1995, Seite 763) findet man verschiedene Modelle des Wortes «Tomate». In amerikanischen Dialekten wird das Wort «tomato» einmal ausgesprochen wie (ungefähr!) «taumejtou», in einem anderen Dialekt wie «taumaatou», in einem dritten wie «tahmejtou», in einem vierten wie «tahmaatou»; wir hätten also Verzweigungen für den ersten und den zweiten Vokal im sensorischen Wortschema.

Die Identifizierung eines Wortes kann also in derselben Weise durch den HyPercept-Prozeß erfolgen, wie im Flußdiagramm der Abbildung 3.6, Seite 145, dargestellt. Aufgrund der Wahrnehmung und Identifizierung eines bestimmten Elements wird eine Hypothese über die anderen Elemente aufgestellt. Diese Hypothese wird geprüft; erweist sie sich als richtig, wird mit der Prüfung fortgefahren, wenn nicht, wird ein anderes Element gewählt. – Ein Unterschied besteht allerdings zwischen den räumlichen Mustern, deren Identifizierung ich im Abschnitt «Die Wahrnehmung von etwas als etwas» (Seite 144ff.) beschrieben habe, und einem Lautmuster, das ein Wort darstellt. Ein Wort ist ein *Zeitmuster*, als solches vergänglich und nicht ständig weiter für den Prozeß der Hypothesenprüfung verfügbar. Es gibt verschiedene Möglichkeiten, mit diesem Problem fertig zu werden. Eine ist die «Simultanisierung» eines zeitlichen Musters; aus einer Folge von Reizen macht man ein gleichzeitiges Muster und hält es in einem Speicher fest, um auf diese Weise die sukzessive Hypothesenprüfung, aus dem der HyPercept-Prozeß besteht, stattfinden zu lassen. Man könnte aber auch den HyPercept-Prozeß so umgestalten, daß er sich dem Einstrom der verschiedenen Schallereignisse anpaßt und seine Hypothesenprüfung entsprechend der Sequenz der einströmenden Muster durchführt. Das ginge schneller als die Simultanisierung der Lautfolgen.

Bei natürlicher Sprache ist mit einer großen Redundanz zu rechnen; aufgrund des Kontextes läßt sich oft ziemlich genau antizipieren, welche Wörter nun als nächste folgen müssen. Wenn man zum Beispiel die Mitteilung hört: «Am späten Vormittag, als Sabine gerade ihre Blumen goß, klingelte das Telefon», dann ist ziemlich klar, daß «goß» folgen muß, wenn der entsprechende Lautstrom bis «... ihre Blumen ...» gediehen ist, und wenn er bis «... klingelte das ...» gekommen ist, so ist gleichfalls klar, daß «Telefon» folgen muß. In solchen Fällen wird der Kontext eines geschickt aufgebauten Wahrnehmungssystems die Supraliste beim HyPercept-Prozeß (die Liste, die die möglichen Hypothesen über das enthält, was der Fall sein kann) überschaubar halten können. Der Hypothesenprüfprozeß kann sich dann auf eine sehr geringe Stichprobe beschränken.

Die Identifizierung eines Wortes ist nun noch nicht das *Verstehen* desselben. Wenn ich das Wort «Loperamidhydrochlorid» auch als solches identifizieren kann, so verstehe ich es noch lange nicht! Damit Ψ Wörter nicht nur identifizieren, sondern auch verstehen kann, sollte ein Schema für ein Wort im Gedächtnis von Ψ nicht einfach isoliert existieren, sondern mit anderen Schemata verknüpft sein. Die im Hinblick auf das Verstehen wichtige Verknüpfung ist die *semantische Grundrelation*, auf die ich im Abschnitt «Und was bedeutet das alles?» (Seite 225ff.) schon eingegangen bin. Das Schema für das Wort «Universität» könnte zum Beispiel auf ein Schema zur Identifizierung des Gebäudes der Philosophisch-Pädagogisch-Psychologischen Fakultät der Universität Bamberg zeigen. Oder auf ein Schema, das ein Bild von einem im Vorlesungsraum dozierenden Professor darstellt. Ein sensorisches Wortschema sollte aber außerdem mit einem *motorischen* Wortschema assoziiert sein, wenn wir uns nicht auf ein rein verstehendes Ψ beschränken wollen.

Ein motorisches Wortschema muß die schallerzeugenden Systeme unseres Mund-Rachen-Raums in der Weise innervieren können, daß schließlich ein Schwingungsgebilde herauskommt, welches – spektrographisch dargestellt – so aussieht wie in Abbildung 7.1. So ganz einfach ist ein derartiges System nicht; der Mund-Rachen-Raum ist ein bemerkenswert kompliziertes Organ zur Erzeugung akustischer Signale, aber mit der Technik im einzelnen müssen wir uns gar nicht beschäftigen. Wir bräuchten bei unseren Ψs auch nicht unbedingt den menschlichen Mund-Rachen-Raum nachzuahmen; es würde reichen, wenn wir eine Reihe von Generatoren hätten, die Sinuswellen einer entsprechenden Frequenz mit einer größeren oder geringeren Amplitude erzeugen könnten; das würde die Sache erheblich vereinfachen.

Abbildung 7.3 stellt dar, wie ein sensorisches Wortschema in das Gedächtnis von Ψ eingebaut werden muß, damit das entsprechende Wort verstanden werden kann. In der Mitte der Abbildung sieht man unten ein sensorisches Wortschema. Es bekommt seinen Input über ein Sinnesorgan,

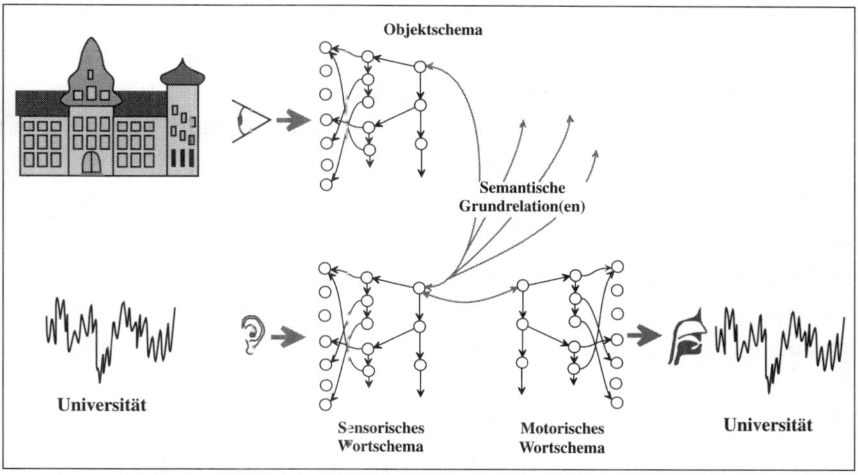

Abbildung 7.3 Die Verankerung eines Wortes im Gedächtnis

angedeutet durch ein menschliches Ohr. Der Input ist ein Luftdruckschwingungsmuster; nehmen wir an, es handelt sich um das Wort «Universität», das wir schon als Spektrogramm kennengelernt haben.

Das sensorische Wortschema ist einerseits mit einem motorischen Wortschema verbunden, einem Verhaltensprogramm, das den Sprechapparat so aktivieren kann, daß dieser das Wort «Universität» erzeugt. Rechts unten sieht man, schematisch angedeutet, den menschlichen Sprechapparat mit dem Nasen-, Mund- und Rachenraum und der Zunge als den wesentlichen Organen der Spracherzeugung. (Der Übersichtlichkeit halber habe ich die sensorischen Rückkopplungen zur Kontrolle des Sprechens weggelassen.)

Darüber hinaus zeigt das sensorische Wortschema der Abbildung 7.3 auf ein Objektschema. Die Beziehung zwischen dem Objektschema und dem sensorischen Wortschema habe ich «semantische Grundrelation» genannt. Auf dieser Verknüpfung basiert das Verstehen, das Erkennen der Bedeutung – genauer: des «Sinns» – eines Wortes. Durch die Existenz der semantischen Grundrelation hat ein Wort einen Sinn. Dieser ist das Schema (es können auch mehrere sein), auf welches das sensorische Wortschema zeigt. Im Fall «Universität» habe ich das Gebäude Philosophisch-Pädagogisch-

Psychologische Fakultät der Universität Bamberg als «Sinn» dargestellt. Genauer gesagt besteht der Sinn darin, daß das sensorische Wortschema auf das sensorische Schema ebendieses Gebäudes zeigt; das Gebäude selbst wäre die *Bedeutung* des Wortes, wenn wir die Begriffe «Sinn» und «Bedeutung» nach Freges Definition verwenden.

Ein Wort braucht nicht nur auf *ein* Schema zu zeigen; gewöhnlich wird ein Wort eine ganze Reihe solcher semantischer Grundrelationen aufweisen. So könnte an «Universität» zusätzlich zu dem Schema des Gebäudes ein Geschehnisschema «Vorlesung» hängen. Ein schemenhafter Prozeß: Ein Professor doziert lustlos, und Studenten beugen sich über ihre Skripte, ein müdes Klopfen beim Vorlesungsende, und der Saal leert sich schnell. – Oder «Universität» ist verknüpft mit einem Verhaltensprogramm: Hastiges Kaffeetrinken, rasche Fahrt durch den diesigen Morgen ins Institut; Vorlesungsbeginn um acht Uhr! Dieses ganze Sammelsurium von Verknüpfungen macht den Sinn von «Universität» aus, es ist schwer, die Frage zu beantworten, was denn nun der *wahre* Sinn und die *wahre* Bedeutung von Universität ist. Der tatsächlich gemeinte Sinn von den vielen möglichen ergibt sich meist aus dem Kontext des Satzes. Wörter werden ja in der Regel nicht isoliert gebraucht.

Der Sinn eines Wortes besteht gewöhnlich nicht in einer ordentlichen, vokabelheftähnlichen Zuordnung von Wortschemata zu anderen Gedächtnisschemata; der Sinn eines Wortes kann durchaus eine recht heterogene Ansammlung von Schemata sein. Das ergibt sich allein schon aus der Art und Weise, in der Wörter erworben werden; wir werden im nächsten Abschnitt darauf zurückkommen.

Die Struktur der Abbildung 7.3 ermöglicht das Verstehen eines Wortes. Ein Wort kann identifiziert werden mit Hilfe des HyPercept-Prozesses. Existiert dann eine semantische Grundrelation, kann über diese der Sinn des Wortes aufgerufen werden. – Und wenn ein Objektschema auf ein sensorisches Wortschema verweist und dieses auf ein motorisches, dann kann auch das Wort ausgesprochen werden, welches das Objekt «meint». Wir haben also das Problem gelöst, wie Wörter im Gedächtnis von Ψ verankert sein müssen, damit Ψ sie verstehen und das zu einem Objekt oder Geschehnis gehörende Wort aussprechen kann.

Wörter verstehen und sprechen können: das ist noch keine Sprache! Verstehen ist gewöhnlich komplizierter, als einfach nur den Sinn von Wörtern aufzurufen. Und Sprechen ist komplizierter, als einfach nur die Wörter zu sagen, die mit einem bestimmten Sinn verbunden sind. Aber Strukturen wie die in Abbildung 7.3 gezeigte sind das Fundament. «Richtiges» Verstehen ist aufgrund der Mehrdeutigkeit der semantischen Grundrelationen sowieso nicht möglich. Was soll man denn bitte verstehen, wenn einer «Universität» sagt? Ist ein Gebäude gemeint oder die entsprechende Institution in Bamberg oder der Gedanke der Humboldtschen Universität oder was?

Noch eine Anmerkung: Wir sind bislang immer davon ausgegangen, daß die Ψs Lautsignale erzeugen beziehungsweise verstehen, doch sind wir auf diese nicht unbedingt angewiesen; wir könnten die Ψs statt dessen durch Licht miteinander kommunizieren lassen, indem sie beispielsweise mit einem speziell dafür geschaffenen Organ Folgen von roten, grünen, blauen, gelben Lichtern verschiedener Helligkeit und verschiedener Dauer absondern würden. Gegenüber der Aussendung von Schallsignalen hätte dies bestimmte Nachteile; das andere Ψ, das «zuhört», müßte sich nämlich immer in dem Lichtausbreitungsbereich des gerade «sprechenden» Ψs befinden. Bei Schall hätten wir den Vorteil, daß dieser sich auch um Ecken herum ausbreitet, und es wäre nicht notwendig, daß die miteinander kommunizierenden Ψs einander sehen. Also sollten wir uns für Schallsignale entscheiden. Ähnliche, vielleicht noch stärker ins Gewicht fallende Vorteile bieten chemische Signale. Ein Hund kann mit seinem sehr feinen Riechorgan nicht nur «um die Ecke herum» wahrnehmen, sondern in einem relativ großen Ausmaß sogar durch Wände hindurch. Die im Wohnzimmer ruhig vor dem Kamin liegende Bjela fährt plötzlich auf und knurrt böse; einer ihrer Intimfeinde spaziert vor dem Haus vorbei. Oder sie japst fröhlich; ein Freund betritt das Grundstück. Durch zwei geschlossene Türen hindurch identifiziert sie Freund oder Feind aufgrund des durch die zahlreichen winzigen Spalten dringenden Geruchs. Viele Tiere machen ausgiebig Gebrauch von dieser Art von Wahrnehmung; für Sprache aber ist sie vermutlich deshalb ziemlich ungeeignet, weil es schwer ist, eine genügend schnelle Aufeinanderfolge von Reizen zu erzeugen, die verschieden sind und

auch verschieden bleiben. Selbst wenn man einen Duftwolkengenerator bauen könnte, der mit hoher Frequenz verschiedene Arten von Düften erzeugt, so hätte man doch mit dem Problem zu kämpfen, daß die Gerüche sich in der Luft schnell miteinander vermischten und bald ein unentwirrbares Chaos bildeten. Also bleiben wir doch lieber bei den akustischen Signalen; sie bieten wohl die meisten Vorteile.
Und natürlich könnte ein Wortschema auch optisch wahrnehmbar sein, wie dies bei unserer Schriftsprache der Fall ist. In der Tat hat jeder, der Schreiben und Lesen gelernt hat, jeweils mindestens *zwei* sensorische und motorische Schemata, nämlich jeweils ein Schema für die Identifizierung und Produktion von Luftdruckschwingungen und jeweils eines für die Identifizierung und Produktion von Schriftbildern.

Das Erlernen von Wörtern und «semantische Disjunktivität»

Wie kommt Ψ an Wörter? So ähnlich wie kleine Kinder! Wir zeigen auf ein bestimmtes Objekt oder weisen auf ein bestimmtes Geschehnis hin und sagen dazu den entsprechenden Namen. Ψ speichert den Namen als Wortschema, indem es das entsprechende Reizmuster abtastet, so, wie ich es für optische Reizmuster im Abschnitt «Was gibt's Neues?» (Seite 204) geschildert habe. Es bekommt auf diese Art ein neues Wortschema, mit dessen Hilfe es in Zukunft das Wort identifizieren kann. Außerdem soll eine semantische Grundrelation angelegt werden. Das ist nichts Besonderes; wir lassen einfach eine Verbindung zwischen dem neuen Wortschema und dem Ding, dem Geschehnisschema oder dem Verhaltensprogramm, auf welches hingewiesen worden war, entstehen. Abbildung 7.3 zeigt, welche Struktur sich auf diese Weise bildet. So bekommen die Wörter Sinn und Bedeutung.

Allerdings wird es bei dieser «Zeigemethode» für das Erlernen von Wörtern häufig passieren, daß diese *mehrdeutig* werden, daß «semantische

Disjunktionen» entstehen. Konkret: Ich gehe mit meiner zweijährigen Tochter spazieren, und wir begegnen einem kleinen Herrn mit einem riesengroßen irischen Wolfshund. (Das ist eine Grundregel der Herr-und-Hund-Verbindung: Kleine Herren haben große Hunde und große Herren kleine! Die Quersumme bleibt gleich!) Ich zeige auf den irischen Wolfshund und sage «Wauwau!» Das Kind prägt sich das ein. Etwas später begegnen wir einer stattlichen Dame in einem bayerischen Lodenkostüm, die ein kleines Dackelchen hinter sich herzerrt. Zu dem Kind sage ich wieder – auf den Dackel deutend – «Wauwau!» Das Kind guckt mich ungläubig an, aber was bleibt ihm anderes übrig, es lernt auch dies. Ein etwas unkonventionell aussehender junger Herr kommt mit einem schwarzgelben Dobermann daher. Ich zeige auf das Tier und sage «Wauwau!» Das Kind nimmt auch dies zur Kenntnis. – Das «Wauwau»-Konzept, welches das Kind gebildet hat, wird sich durch semantische Disjunktivität auszeichnen. Das eine ist ein Wauwau, das andere auch, das dritte auch, und über die Lebenszeit des Kindes hinweg werden noch Schäferhunde, Pekinesen, Möpse, Berner Sennenhunde und viele andere hinzukommen, und all diese verschiedenen Schemata werden sich in dem Wort «Wauwau» vereinigt finden. Ein einzelnes, gemeinsames Dingschema für alle diese Hunde kann aber nicht existieren, ohne daß die Spezifität der einzelnen Rassen verlorengeht. Ein «Wauwau» ist nun das eine *oder* das andere *oder* das dritte.

Wenn wir unseren Ψs Wörter in derselben Art und Weise beibringen, wie wir das bei Kindern tun, dann wird semantische Disjunktivität eher die Regel als die Ausnahme sein. Sie wird bei verschiedenen Wörtern ein größeres oder geringeres Ausmaß annehmen. Vielleicht haben für die meisten Menschen die Wörter «Banane» oder «Bleistift» nur eine geringe oder gar keine semantische Disjunktivität. Bei den meisten Wörtern aber wird sie ziemlich groß sein. Wir haben gewöhnlich nicht *einen* Begriff von «Hund» oder von «Haus» oder von «Baum» oder von «Kirche»; vielmehr zeigen die semantischen Relationen des Wortschemas jeweils auf viele verschiedene Begriffe.

Was ist die Bedeutung von «Kirche»? Für mich primär ungefähr das, was in Abbildung 7.4 auf Seite 606 zu sehen ist. Im Kern ist «Kirche» für mich zunächst nicht ein ganz bestimmtes, gewissermaßen prototypisches

Bauwerk, ein allgemeines, abstraktes, schemenhaftes Bild *eines* Bauwerkes, welches für viele steht, sondern ein Sammelsurium verschiedener Bauwerke. Diese sind übrigens, anders als in der Abbildung 7.4 dargestellt, als Vorstellungen unscharf, verwaschen und unvollständig. Und wenn ich «Kirche» höre, dann fallen mir diese Bauwerke ein; nicht alle und nicht alle zugleich, sondern mal dieses und mal jenes. In meinem Gedächtnis scheint also der Begriff «Kirche» aus einer ganzen Reihe von Beispielen für Bauwerke, die «Kirche» heißen, zu bestehen. Und daß dies so ist, erscheint mir auch bei weitem vernünftiger eingerichtet, als wenn es nur ein gewissermaßen prototypisches Schema gäbe. Denn auf diese Weise kann ich viel differenzierter Auskunft geben darüber, was denn «Kirche» ist und sein könnte, als wenn ich nur *ein* prototypisches Beispiel für einen Kirchenbau in meinem Gedächtnis vorfände.

Natürlich erschöpft sich der Begriff von «Kirche» nicht in den Schemata für dieses oder jenes Bauwerk. Es kommen Geschehnisschemata hinzu und auch Verhaltensprogramme. Zum Beispiel das abstrakte, von jedem kon-

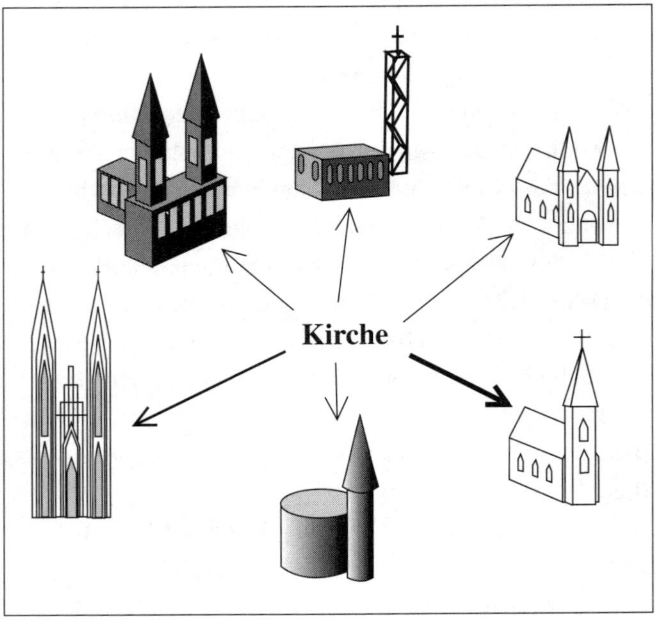

Abbildung 7.4 Semantisch disjunkte Kopplung des Wortes «Kirche» an verschiedene sensorische Schemata («synchytische» Verbindung)

kreten Anlaß losgerissene Geschehnisschema eines Gottesdienstes mit Gesang und Predigt und wieder Gesang und Vaterunser und Segen. Oder auch die Erinnerungen an die eigene Konfirmation, die Konfirmationen der Töchter. Und natürlich fällt mir «Kirche» als Institution ein. Aber auch hier finde ich nicht *einen* Begriff, sondern ein Sammelsurium von Klöstern, Ablaßhandel, Päpsten, Luther, Bibelübersetzungen, Katharerkriegen.

Nun ist «Kirche» fast noch ein harmloses Beispiel. Noch mehr semantische Disjunktivität weisen Wörter wie «Freiheit» oder «Menschenwürde» oder «Demokratie» auf. Von all diesen Begriffen glaube ich recht genau zu wissen, was sie bedeuten. Wenn mich aber jemand nach ihrer Bedeutung fragte, mich aufforderte, sie zu definieren: Ich hätte die allergrößten Schwierigkeiten. Ich müßte mühsam die verschiedenen Geschehnisschemata, die Verhaltensprogramme, Ereignis- und Objektschemata sammeln, sichten, vergleichen und versuchen, sie auf ein allgemeines Konzept zu beziehen. Und ich wüßte nicht, ob mir das gelingen würde. Und dennoch bin ich mir vollkommen darüber im klaren, was «Freiheit» ist. Genauer gesagt: Ich *glaube*, es genau zu wissen. Wenn mich dann jemand nach der Bedeutung fragt, sichte ich die zu dem Wort gehörende «Anhäufung» – und das kann durchaus dazu führen, daß mein Begriff von «Freiheit» sich verändert.

Extreme Formen nimmt die semantische Disjunktivität bei solchen Worten wie «Werkzeug» an. Hier gibt es nicht nur sehr verschiedene Begriffe für den Hammer, die Säge, den Bohrer, den Schraubenzieher und so fort, sondern zusätzlich sind die Begriffe sehr unähnlich und auch nicht über Geschehnisschemata miteinander verbunden. Kirchen als Bauwerke haben immerhin meist einen Turm oder auch zwei, sind relativ große Gebäude, sind Orte, an denen Predigten und Konfirmationen stattfinden. Und Hunde haben allesamt vier Beine, zwei Ohren und Augen und einen Kopf, und all das ungefähr in der gleichen Struktur vereint. Aber Werkzeuge?

Das, was ich hier «semantische Disjunktivität» nenne, bezeichnete J. von Kries (nach Bühler 1934, Seite 221 f.) als den «synchytischen» Charakter von Allgemeinbegriffen. «Synchytisch» kommt von der griechischen Vorsilbe «syn», die soviel wie «zusammen», «gemeinsam» bedeutet, und von griechisch χύσις (chysis) gleich «Aufschüttung», «Haufen». Das ist meines Erachtens eine ganz treffende Bezeichnung; Allgemeinbegriffe sind Anhäufungen von unter Umständen recht heterogenen Elementen.

Allerdings kommt es wohl häufig vor, daß die Heterogenität der «Anhäufung» dadurch eingeschränkt wird, daß eine der semantischen Relationen besonders stark ausgeprägt ist. In Abbildung 7.4 habe ich dies im Verweis vom Wort «Kirche» zur Kirche rechts unten angedeutet. Dieses Bauwerk fällt mir meist zuerst ein, wenn von «Kirche» die Rede ist; es ist für mich gewissermaßen der *Prototyp* einer Kirche. Nicht für alle im Gedächtnis gespeicherten Wörter gibt es solche Prototypen – für «Apfel» habe ich zum Beispiel keinen, soweit ich das feststellen kann –, aber sie sind keineswegs selten. So ist vielleicht für die meisten Deutschen «Hund» zuallererst der Schäferhund, für die Franzosen vielleicht eher ein Briard, für die Schweizer ein Berner Sennenhund. Und «Baum» wird für uns Bewohner nördlicher Zonen eher Buche, Fichte oder Eiche sein als Platane, für einen Bewohner der Provence ist aber die Platane bei weitem eher prototypisch.

Prototypischen Charakter kann ein Begriff wohl auf verschiedene Weise gewinnen, etwa durch pure statistische Häufung ganz bestimmter Exemplare einer Spezies in der Erfahrungswelt eines Individuums oder durch Ermittlung der gemeinsamen Merkmale aller Beispiele einer Art oder aber auch durch die emotionale «Besetzung» der Umstände, unter denen ein Begriff gelernt wurde. Wird man zum Beispiel von einem Hund gebissen, so kann dieses Ereignis bewirken, daß die Bestie Prototypcharakter bekommt.

Der synchytische Charakter von Allgemeinbegriffen ist wohl vor allem verantwortlich für das, was viele Menschen «Abstraktheit» nennen (besser sollte es «Unschärfe» oder «Verschwommenheit» heißen!). Und weil das, was sich für das Wort «Kirche» in dem einen Gehirn angehäuft hat, keineswegs mit der Anhäufung in einem zweiten Gehirn identisch sein muß, ja aufgrund der unterschiedlichen Erfahrungswelten kaum je identisch sein kann, läßt es sich mit Worten so trefflich streiten! Der eine meint dieses, der andere jenes, aber beide verwenden das gleiche Wort. Und ehe sie merken, daß für sie beide das gleiche Wort einen jeweils verschiedenen Sinn hat, sind sie unter Umständen schon dabei, sich die Schädel einzuschlagen.

Das ist das Problem mit den synchytischen Begriffen, und wir haben ein ganzes Inventar von Institutionen und Gebräuchen entwickelt, um mit ihm umgehen zu können. Wir besitzen Wörterbücher, in denen so etwas wie der kanonische Sinn der Wörter einer Sprache festgelegt wird. Wir erfinden die Kunstsprachen der Mathematik und der Logik, in denen die Bedeutungen der verwendeten Zeichen exakt definiert sind. Und wenn wir schon die Begriffe der Alltagssprache verwenden, verlangen wir von uns selbst und unseren Diskussionspartnern eine Festlegung auf eine bestimmte Bedeutung. Eine solche Festlegung ist aber gewöhnlich eine Bedeutungs*reduktion*; deshalb heißt sie ja auch «Definition» (von lateinisch «definio», «ich beschränke») gleich «Begrenzung».

Wir könnten so etwas auch von den Ψs verlangen. Wir könnten von ihnen die Kondensierung solcher Anhäufungen fordern. Die Ψs könnten ja durchaus durch den Vergleich der verschiedenen Elemente einer synchytischen Kopplung herausfinden, was das Gemeinsame der Begriffe der Anhäufung ist, und auf diese Weise zu *einem* abstrakten, gewissermaßen mittleren, prototypischen Begriff kommen. Natürlich ist ein solches Unternehmen nur dann erfolgreich, wenn tatsächlich *alle* anfangs vorhandenen Teilbegriffe gemeinsame Merkmale haben. Und das ist keineswegs sicher. Zum Beispiel haben zwar die meisten Kirchen einen Turm oder auch zwei und mehr, aber keineswegs alle. Wenn man nun «Kirche» als «großes Gebäude mit mindestens einem Turm» definiert, dann tut man dem ursprünglichen Begriff (nämlich der Anhäufung) Gewalt an!

Doch selbst wenn wirklich alle Bestandteile einer Anhäufung gemeinsame Merkmale haben, kann es bei der Bildung des *einen* Begriffs Schwierigkeiten geben. Alle Hunde haben zwei Ohren, vier Beine und einen Schwanz, aber wenn wir definieren, ein Hund sei ein zweiohriges, vierbeiniges, schwanzbehaftetes Tier, wird uns das nicht recht befriedigen. Denn wo bleibt da der Unterschied zwischen Hund und Katze? Schon die Definitionslehre des Aristoteles verlangte die Angabe der «differentia specifica». Worin aber besteht diese? – Man läßt es oft vielleicht doch besser bei vielen Begriffen, bei der Anhäufung von Beispielen, und so ist es wohl auch zumeist beim Menschen. Gewöhnlich stapeln sich in unseren Gehirnen die verschiedenen Erfahrungen auf, werden durch Wörter zusammengekoppelt und bilden auf diese Art und Weise ein mehr oder minder heterogenes Gemenge. Dem auf Ordnung bedachten Geist mag dies ein Greuel sein, aber es scheint mir, als hätten solche synchytischen Kopplungen für die tatsächliche Verwendung von Begriffen im Handlungsvollzug oft mehr Vor- als Nachteile. Eine solche «Rohdatensammlung» bietet einfach mehr verwendbares Material.

Ein synchytischer Begriff ist nicht nur gewissermaßen eine Art Begriffsmittelwert, der fast notwendigerweise durch den Definitionsprozeß an Inhalt verloren hat; er liefert zugleich auch die Variabilität der Erscheinungen mit. Man kennt die Streubreite der Objekte oder Ereignisse, die unter den Begriff fallen. (Und wenn man Lust hat, kann man daraus ja immer auch einen Mittelwertbegriff konstruieren und zum Beispiel sagen: «Eine Kirche ist ein relativ großes Gebäude mit einem oder mehreren Türmen, die gewöhnlich mit Glocken versehen sind. Sie dient der Abhaltung von Gottesdiensten.»)

Ein großer Vorteil von synchytischen Begriffen liegt darin, daß sie Spielräume eröffnen. Sie bieten die Möglichkeit, mal dieses, mal jenes in ein Schema einzusetzen. Überlegen Sie zum Beispiel einmal, auf wie viele verschiedene Weisen man einen einfachen Satz wie «Das Haus steht neben der Tanne» verstehen kann. Welches *Haus* denn? Und welche *Tanne*? Und *wie* steht die Tanne? Aufgrund der semantischen Disjunktivität wird schon das Verstehen primitiver Sätze zu einer kreativen Aufgabe.

Die Bedeutungsspielräume, die synchytische Begriffe eröffnen, können das Verhalten flexibler machen. «Dazu mußt du einen Hammer benutzen» ist sicherlich ein Rat, der das Verhalten bei weitem mehr festlegt als «Dazu mußt du ein Werkzeug benutzen».

Harley (1995, Seite 204) ist der Meinung, daß die beste Semantiktheorie, die im Augenblick in der Psychologie verfügbar sei, die «Prototyptheorie» sei. Nach meiner Meinung ist dies als allgemeine Behauptung falsch. Es scheint mir, daß nur wenige Leute Alltagsbegriffe als Prototypen gespeichert haben. Die meisten kennen zahlreiche Beispiele für Töpfe, Hunde, Pfannen, Stühle, Lampen ... und verwenden kaum einen Gedanken darauf, wie denn nun eigentlich *die* Lampe beschaffen ist. Vielleicht sind die meisten Menschen zusätzlich durchaus bereit, eine eher typische Lampe von einer eher untypischen zu unterscheiden; es mag also sein – ich habe es schon bei dem Hundebeispiel angedeutet –, daß einer der Begriffe besonders stark mit dem Wort verbunden ist und deshalb so etwas wie einen Prototyp darstellt. Aber das ist natürlich keine Prototyptheorie der Semantik; es ist ein Spezialfall.

Man kann die Prototyp- und die Beispieltheorie der Bedeutung (oder des Fregeschen «Sinns») natürlich ganz gut in Einklang bringen. Sie schließen einander keineswegs aus. Beispieltheorie: eine Multiplizität von Verbindungen, so, wie sie in Abbildung 7.4 angedeutet ist; Prototyptheorie: eine besonders starke Verbindung, wie man sie gleichfalls in Abbildung 7.4 sieht.

Noch mehr Wörter

Wir haben nun gesehen, auf welche Weise die Ψs *Nomina* lernen können. Auf ganz ähnlichem Wege können sie sich Adjektive aneignen. Adjektive bezeichnen Eigenschaften von Objekten. Diese Eigenschaften kann man oft als Beziehungen zwischen Bestandteilen der Objekte oder als Beziehungen zu anderen Objekten charakterisieren, die unter den gleichen Begriff fallen. Wenn man zum Beispiel sagt, ein Zebra sei «gestreift», bedeutet dies, daß nebeneinanderliegende Bestandteile des Zebras jeweils wechselnde Farben aufweisen. «Groß» ist ein Objekt, wenn es im Mittel deutlich über andere Objekte der gleichen Art hinausragt. «Groß» beinhaltet also die Angabe einer Relation zu der Gesamtmenge der Objekte, die mit dem gleichen Namen belegt werden, die in die gleiche Kategorie fallen. Entsprechend kann man «breit», «schmal», «schlank» und so fort charakterisieren. An einem «rundlichen» Objekt kommen relativ viele runde Konturen vor, und «rund» selbst bedeutet, daß sich die Konturen oder ein Teil der Konturen des Objekts auf einem Kreis- oder elliptischen Bogen anordnen lassen.

Alle diese Wörter und ihre Bedeutungen lassen sich in der gleichen

Weise lernen, wie ich es für Nomina beschrieben habe. Wenn zum Beispiel ein Hundebaby und ebenso ein bestimmter Mensch als «rundlich» bezeichnet werden, dann ähneln sie sich eben darin, daß bei ihnen runde Konturen relativ häufig vorkommen. Das wird Ψ merken, wenn man den Begriff mehrfach in verschiedenen Zusammenhängen verwendet. Es braucht nur die gemeinsamen Merkmale der Objekte festzustellen, die mit dem gleichen Adjektiv bezeichnet werden.

Bislang haben wir Ψ nur Wörter beigebracht, die die «äußeren» Dinge betreffen. Ein Kugelschreiber, eine Mauer, ein Fenster, ein Pferd, ein Auto, rundlich, groß, klein, eckig: das ist etwas Substantielles, man kann es sehen, riechen, hören, anfassen. Nun stellt sich die Frage, wie es mit den «inneren» Dingen ist. Können wir Ψ auch Wörter beibringen, oder könnte Ψ solche Wörter sonst irgendwie lernen, die innere Befindlichkeiten betreffen, also zum Beispiel Gefühle? Wenn die Ψs sich untereinander oder mit uns über ihre Seelenzustände verständigen wollten, so müßten sie ja irgendwie wissen, was mit «Ärger» oder «Zorn» oder «Liebe» oder auch mit «Gedanke», «Vorstellung», «Erinnerung» gemeint ist. Sie müßten wissen, welchen Sinn diese Wörter haben.

Ich meine, daß solche Wörter ihren Sinn durchaus auf die gleiche Art und Weise bekommen könnten wie die Wörter, die auf äußere Dinge verweisen. Wir können zum Beispiel sehen, wann sich Ψ in einer ärgerlichen Stimmung befindet. Wir können sehen, daß es sich einer bestimmten Aufgabe mit hoher Konzentration, starker Aktiviertheit und zugleich niedrigem Auflösungsgrad widmet, was sich in dem hohen Dampfdruck zeigt, in der Rigorosität, mit der Ψ seiner aktuellen Absicht nachgeht, dem Umstand, daß es sich nur schwer ablenken läßt. Und wenn wir jetzt sagen würden: «Du bist aber ärgerlich», dann sollte Ψ das Wort «Ärger» doch mit dem entsprechenden äußeren *und* inneren Prozeß in Verbindung bringen.

Was allerdings Ψ bei dieser Art von Belehrung schließlich unter «Ärger» oder «Liebe» verstehen würde, das wissen wir nicht genau. Denn natürlich können wir die Etablierung einer semantischen Relation zwischen dem Wort und seinem Sinn bei den inneren Dingen nicht so genau kontrollieren wie bei den äußeren, an denen die Bedeutung objektiv feststellbar ist. Wenn Ψ fälschlicherweise ein Schaf als «Wauwau» identifiziert, können wir das leicht korrigieren. Beziehen sich dagegen die Wörter auf innere Dinge, fällt uns dies viel schwerer. Deshalb werden die Bedeutungen der Wörter für die inneren Dinge wahrscheinlich von Ψ zu Ψ stärker voneinander abweichen als die Bedeutungen der Wörter für die äußeren Dinge. – Was soll man machen? Bei uns Menschen ist es ja genauso. Wenn Herr Ulich von «Gefühl» spricht, meint er etwas ganz anderes als Herr Scherer oder Herr Bischof. Das ist das Vertrackte an der Psychologie! – Weniger Schwierigkeiten haben wir, uns darüber zu verständigen, ob dieses oder jenes ein Buch ist oder aber nicht.

Wir könnten die Ψs auch *sprachkundig* machen. Warum sollten wir nicht auf eine bestimmte sprachliche Äußerung hinweisen können und sagen, daß ebendies eine Frage sei? Oder ein Urteil? Oder eine Aufforderung? Wir könnten auch sagen: «Das ist ein Satz!» oder «Das ist ein Nomen!» oder «Das ist ein Verb!» Bringen wir den Ψs Wörter bei, die Sachverhalte der Sprache bezeichnen, legen wir den Grund dafür, uns mit ihnen über Sprache unterhalten zu können.

Natürlich müssen wir den Ψs nicht nur beibringen, Wortschemata zu erwerben und sie mit Begriffen in Verbindung zu bringen, sondern sie müssen auch lernen, Wörter *auszusprechen*. Sie müssen also Verhaltensprogramme erwerben für die Innervation ihrer schallerzeugenden Muskulatur, die es ihnen erlaubt, die Wörter, die sie hören, auch zu artikulieren. Ich werde aber auf dieses Thema nicht weiter eingehen und einmal annehmen, daß zugleich mit dem Wortschema auch ein Worterzeugungsprogramm entsteht, welches dazu dienen kann, das jeweilige Wort auszusprechen. (In der Tat handelt es sich beim Erlernen des Sprechens von Wörtern keineswegs um eine triviale Aufgabe. Jeder, der eine Fremdsprache gelernt hat, weiß, daß es durchaus möglich ist, Wörter zu verstehen, die man jedoch wegen der fremden Phoneme nur schwer aussprechen kann.)

Die Wörter, mit denen wir uns bislang befaßt haben, meinen einen bestimmten Sachverhalt, etwas, was man anfassen kann, wenn sie sich auf äußere Dinge beziehen. Neben solchen *Nomina* und *Adjektiven* gibt es noch andere Wörter, zum Beispiel solche, die *Beziehungen* angeben. Das Wort «Zündkerze» meint etwas Bestimmtes und das Wort «Hirsch» auch. Nomina sind für sich allein verständlich. Wenn einer zu mir sagt: «Käfer» oder

«Glas» oder «Buch», dann bin ich zwar etwas verwundert, weiß aber ziemlich genau, was er meint. Wenn aber einer «in» sagt oder «über» oder «durch», dann weiß ich überhaupt nichts und frage sofort nach (wenn ich überhaupt an einer Unterhaltung interessiert bin): «Was ist denn da *in* was?» – «Was ist *über* was?» Etwas weniger hilflos, aber immer noch irritiert bin ich, wenn einer zu mir sagt «essen» oder «gehen» oder «lesen». Hier weiß ich, was gemeint ist, aber es fehlt vieles. Wer liest was? Wer geht wohin?

Präpositionen wie «in» oder «über» und (die meisten) Verben wie «essen», «gehen», «lesen» lassen sich kaum isoliert verwenden. Diese Wörter bezeichnen Beziehungen zwischen Sachverhalten. Sie müssen mit anderen Wörtern zusammen verwendet werden, damit man versteht, was mit ihnen gemeint ist. Sie verweisen auf Beziehungsgerüste; Beziehungen bestehen zwischen irgendwelchen Sachverhalten, und man kann gewöhnlich nicht nur einfach die Beziehung bezeichnen, ohne die Sachverhalte, zwischen denen die gemeinte Beziehung besteht, mit zu nennen.

In unserer Sprache sind die *Verben* die hauptsächlichen Beziehungswörter; darüber hinaus aber sind die *Präpositionen* wichtig, zum Beispiel zeitliche und räumliche Relationsangaben wie «neben», «über», «unter», «auf», «vor» oder «hinter». Beziehungswörter bezeichnen Schemata mit *Hohlstellen*. Man kann hier beliebige Dinge einsetzen: Der Tisch neben dem Stuhl, der Nagel neben dem Hammer, der Hammer neben dem Pinsel, Karla liebt Peter, Peter liebt Petra, Petra liebt Hans und so weiter.

Abbildung 7.5 zeigt, wie Schemata für Beziehungswörter bei Ψ aussehen könnten. Unten sieht man ein Schema für die Präposition «neben». Zwei amorphe Gebilde – Hohlstellen für beliebige Objekte andeutend (zugegeben, es sind eher amorphe Menschen, nicht ganz beliebige Dinge also) – befinden sich auf einer amorphen Unterlage. Die Präposition «neben» bezeichnet also ein Makroschema, das eine Beziehung zwischen zwei in einer bestimmten Entfernung nebeneinander stehenden oder liegenden Schemata beinhaltet.

Nein: «in einer bestimmten Entfernung» stimmt nicht; die Distanzen können in weiten Grenzen variieren. Letzten Endes wird es bei «neben» wohl darauf hinauslaufen, daß Augen beziehungsweise Kopf eine bestimmte horizontale Bewegung nach rechts oder links machen müssen, um

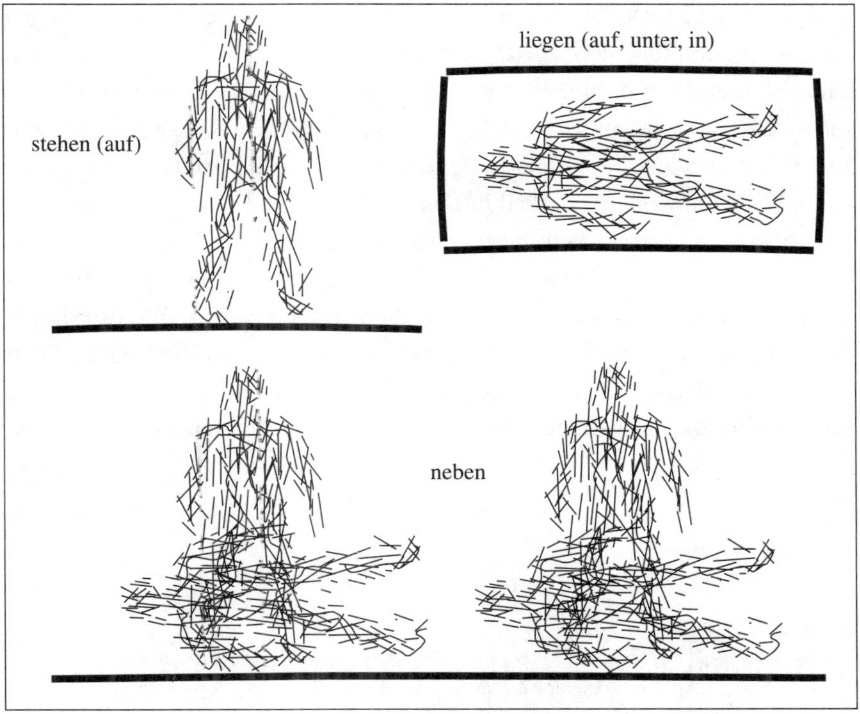

Abbildung 7.5 Schemata für Beziehungswörter (Präpositionen und Verben)

wahrnehmen zu können, was da «neben» einem anderen Objekt steht. Und dazwischen darf sich nichts anderes befinden, sonst ist es nicht «neben». Auch darf der Winkel der Bewegung einen bestimmten Betrag nicht überschreiten; 45 Grad erscheinen mir für «neben» schon ziemlich viel.

Links oben in der Abbildung 7.5 sieht man ein Schema für das Verb «stehen», das mit der Präposition «auf» verbunden sein kann. Es ist wieder ein amorphes Gebilde zu erkennen, welches aber höher als breit ist und sich auf einem gleichfalls amorphen Untergrund befindet. Rechts oben schließlich ist ein entsprechendes Schema für das Verb «liegen» abgebildet, welches mit den Präpositionen «auf», «unter», «in» verbunden sein kann. Ober- und unterhalb, rechts und links der «Gebilde-Hohlstelle» sind zwei gleichfalls amorphe Auf- beziehungsweise Unterlagen angeordnet.

Solche Schemata könnten entstehen, indem man Ψ Beispiele für «liegen auf», «liegen unter» usw. zeigt. – Ich behaupte nicht, daß dies die kanonischen Schemata sind, die alle Bedeutungsvarianten von «neben» und «liegen» und «stehen» umfassen. Aber mit solchen Schemata könnte Ψ beginnen, und wenn dann noch mehr Bedeutungen möglich sind – nun gut, die könnte es dann wohl auch noch lernen.

Abbildung 7.6 zeigt zwei bildhafte Darstellungen der Schemata für die Verben «gehen» und «laufen». Die einzelnen Bilder sollen jeweils eine Sequenz von Subschemata wiedergeben, die zeitlich miteinander verbunden sind. Die Schemata stellen also eine Art kurzen Film dar. Wichtig ist dabei die Aufeinanderfolge der Beinstellungen, von geringerer Bedeutung die genaue Kontur des gehenden beziehungsweise laufenden Objekts. Auch

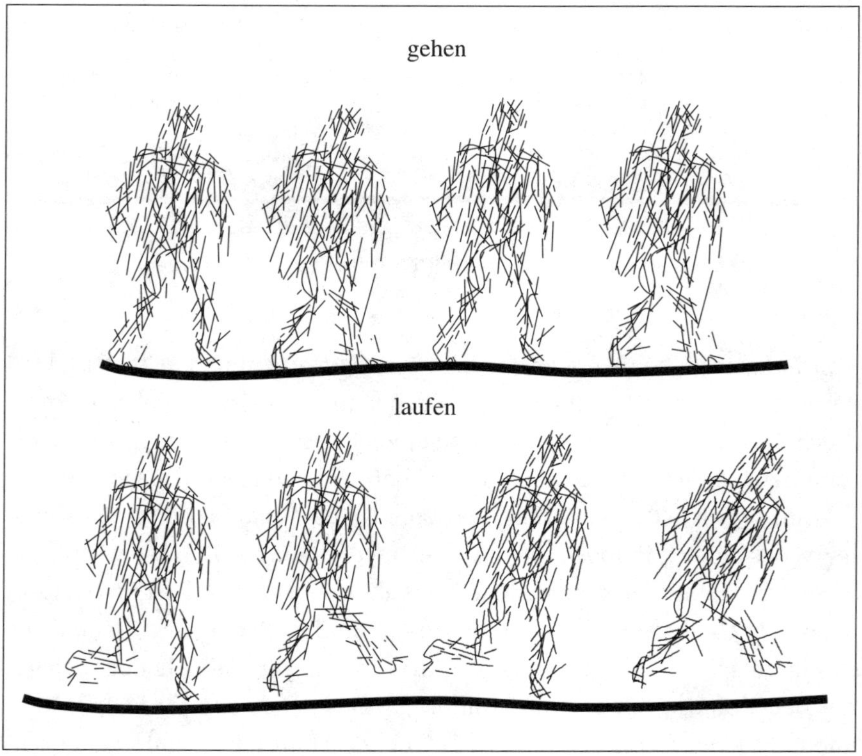

Abbildung 7.6 Schemata für die Verben «gehen» und «laufen»

solche Schemata könnten sich bei Ψ (oder bei einem Menschen) herausbilden, wenn man ihm verschiedene Beispiele für gehende oder laufende Zweibeiner zeigt. Anders würden Schemata für gehende oder laufende Hunde, gehende oder laufende Pferde aussehen, wieder anders für trabende oder galoppierende Pferde. Die verschiedenen Formen des Laufens oder des Gehens bei Zwei- und Vierbeinern würden natürlich, wenn Ψ sie sich merkt, zu einer semantischen Disjunktivität der Konzepte «gehen» und «laufen» führen.

Die Verben «liegen», «stehen», «gehen» und «laufen» kommen zur Not mit einem einzelnen Objekt aus; wir können sagen: «Albert steht», «Berta läuft». Abbildung 7.7 zeigt nun einen möglichen Sinn des Verbs «geben». Wenn wir sagen: «Albert gibt Berta Geld», so können wir uns diesen Satz als symbolische Fassung der abstrakt-schematischen Darstellung vorstellen, die in der Abbildung 7.7 zu sehen ist. Hier verändert eine schematische Person ihre Körperhaltung zunächst einmal so, daß sie ein schematisches Objekt auf eine andere schematische Person zubewegt. Und daraufhin befindet sich schließlich das Objekt im Besitz der zweiten Person. So könnte sich die Bedeutung von «geben» im Gedächtnis von Ψ darstellen, nachdem man ihm Beispiele für den Sinn dieses Wortes gezeigt hat. (Natürlich braucht der «Gebeprozeß» nicht von links nach rechts zu verlaufen, sondern kann genausogut umgekehrt vonstatten gehen. Um dies zu berücksichtigen, könnte Ψ entweder mehrere verschiedene Schemata für «geben» erwerben oder in einem Schema Verzweigungen anbringen, wie wir das im dritten Kapitel für sensorische und motorische Schemata diskutiert haben.)

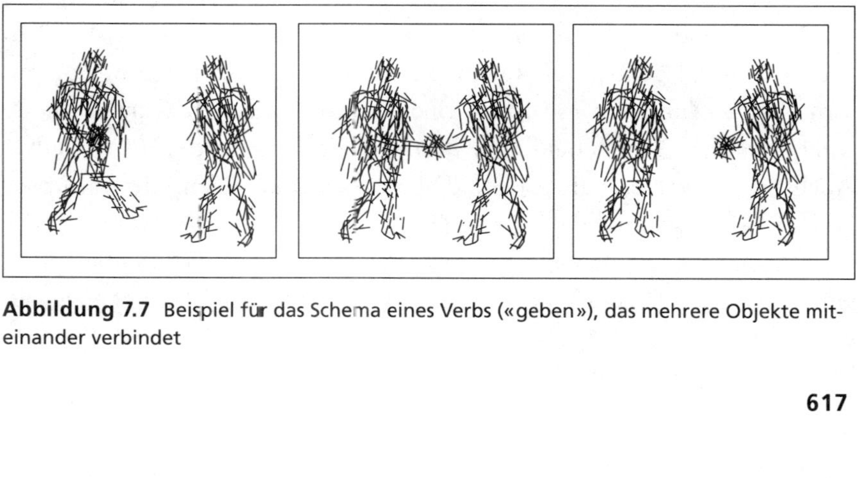

Abbildung 7.7 Beispiel für das Schema eines Verbs («geben»), das mehrere Objekte miteinander verbindet

Der Sinn von Verben, die nicht nur Geschehnisse darstellen, sondern auch eigene Aktivitäten, muß übrigens immer ein doppelter sein. Die Wörter «gehen», «laufen», «geben» müssen außer auf Geschehnisschemata auch auf sensumotorische Koordinationen, auf Verhaltensprogramme, zeigen. Wir können Ψ darauf hinweisen, daß eine bestimmte Aktivität, die es gerade ausübt, «laufen» ist; auf diese Weise kann das Wort mit dem gerade ablaufenden Verhaltensprogramm gekoppelt werden. Und wenn wir dann Ψ später fragen, was denn «laufen» bedeutet, dann wäre es denkbar, daß es uns eben diese Tätigkeit vorführt.

Präpositionen und Verben haben als Beziehungsangaben *Leerstellen*. Der Stuhl neben dem Tisch, die Gabel auf dem Teller: Die Relationen «auf», «neben», «unter», «über» können zwischen den verschiedenartigsten Dingen bestehen. «Berta gibt Albert das Bild», «Albert gibt Berta Geld», «Der Hund gibt seinem Herrn den apportierten Stock»: immer die gleiche Beziehung zwischen verschiedenen Akteuren und Objekten. Aber alles geht nicht oder nur schwer: «Der Stock gibt Albert den Hund» ist nicht möglich und muß uminterpretiert werden.

Woher weiß nun Ψ, was geht und was nicht? Die einfachste Antwort wäre auch hier wieder: aus der Anhäufung der Fälle. Wenn Ψ oft genug im Zusammenhang mit einem bestimmten Geschehnis das Verb «geben» oder eine seiner Beugungsformen gehört hat, wird es schließlich wissen, wer wem was geben kann. Im nächsten Kapitel werden wir auf dieses Problem der Leerstellen genauer eingehen.

Lassen sich nun alle Wörter einer Sprache durch die Zeigemethode lernen? Bei manchen Wortarten, zum Beispiel bei Nomina, den Adjektiven, den Verben und Präpositionen, ist das leicht zu realisieren. Bei all den Dingen, die uns umgeben, bei Radiergummis, Bleistiften, Büchern, Computern, Autos, Zündkerzen, Birken, Buchen, wird sich diese Zeigemethode wohl bewähren. Wie steht es mit *Adverbien*, also mit «bald», «oft», «nur»? Auch für sie läßt sich die Zeigemethode noch verwenden. «Er wird bald kommen» bringt eine andere zeitliche Beziehung zum Ausdruck als «Er wird kommen». Hier kann Ψ durch die Assoziation des Wortes «bald» mit einem bestimmten zeitlichen Ereignismuster auf die Bedeutung hingewiesen werden.

Wie steht es aber mit *Pronomen*, also mit Wörtern wie «sie», «es», «wer»? Und wie mit den Bindewörtern, den *Konjunktionen*, also mit «und», «weil», «wenn»? Wie sieht ein «weil»-Schema aus? Und wie ein «bald»-Schema? Und wie ein «wer»-Schema? Gibt es für diese Wörter auch feste Kopplungen an sensorische oder motorische Schemata als «Sinn» dieser Wörter? – Ich meine, daß solche Wörter vor allem in der Kommunikation erworben werden. Andere Ψs, die sie beherrschen, verwenden sie in ihren Äußerungen; aus dem Kontext ergibt sich dann die Bedeutung, und junge Ψs, die sie zunächst nicht kennen, können sie so erlernen. Wir werden darauf zurückkommen.

In diesem Abschnitt haben wir uns damit beschäftigt, wie der Sinn von Wörtern im Gedächtnis von Ψ aussehen kann. Wir unterhalten uns aber nicht in Wörtern, sondern gewöhnlich in Sätzen (und meinen Sätze, wenn wir uns doch einmal in Wörtern unterhalten). Wörter sind die Grundsymbole, aber die eigentlichen Einheiten des Sprechens sind die Sätze. Und auf die gehen wir im nächsten Abschnitt ein.

Sätze

Kennt Ψ Wörter und hat es diese ordentlich gelernt, also mit sensorischen und motorischen Wortschemata und semantischen Grundrelationen, so verfügt es über die Voraussetzungen dafür, Wörter zu verstehen und Dinge zu benennen. «Verstehen» allerdings nur insofern, als es den Wörtern andere Schemata aufgrund der semantischen Grundrelationen zuordnen kann. Das ist noch kein Verstehen im Sinne des Operierens mit der Bedeutung der Wörter, wohl aber die Voraussetzung dafür. – Wörter zu verstehen und Dinge zu benennen ist sicherlich nicht gar nichts. Aber damit verfügt Ψ noch keineswegs über Sprache.

Im Grunde hat Ψ damit noch nicht einmal ein Zeichensystem. Die Zeichen, die Tiere gebrauchen, sind nicht nur Benennungen, sondern immer auch Beziehungsangaben. Der Warnschrei «Leopard!», der eine Pavianhorde alarmiert, bedeutet keineswegs «Leopard». Er bedeutet vielmehr, daß sich ein Leopard der Gruppe nähert und einen beutegierigen Eindruck macht. Der Warnschrei verweist also auf eine bestimmte Beziehung des Leoparden zur Gruppe. Ein toter Leopard würde keinen Warnschrei auslösen.

In einer Sprache werden Beziehungen durch Sätze ausgedrückt, wodurch der Zeichenvorrat unendlich groß wird. Sätze sind bei weitem eher die Grundeinheiten der Sprache als Wörter. Damit Ψ sprechen kann, muß es mit Sätzen umgehen, muß Urteile, Fragen und Aufforderungen verstehen und produzieren können. Wir werden in diesem Abschnitt untersuchen, wie man Ψ dazu bewegen kann, solche Leistungen zu vollbringen. Wir beginnen mit der Frage, wie Ψ Aussagen versteht.

Wie versteht Ψ Aussagen?

Fangen wir einfach an: Wie kann Ψ den Satz

Neben dem Haus steht eine Tanne

verstehen? Die erste Voraussetzung ist, daß Ψ die Wörter «Haus», «Tanne», «stehen» und «neben» kennt, ihnen also aufgrund semantischer Grundrelationen bestimmte Schemata zuordnen kann. Aber Ψ soll nicht die Wörter verstehen, sondern den Satz. Was heißt das überhaupt, einen solchen Satz zu *verstehen*? Wir könnten prüfen, ob Ψ einen Satz verstanden hat. Ist dies der Fall, müßten wir uns mit ihm über den mitgeteilten Sachverhalt *unterhalten* können. – Ψ müßte zum Beispiel in der Lage sein, auf den Satz bezogene Fragen zu beantworten, etwa

Liegt das Haus mittags im Schatten?

oder

Gibt es in der Umgebung des Hauses Möglichkeiten zur Brennstoffversorgung?

oder

Besteht für dieses Haus die Gefahr, daß im Herbst die herabfallenden Blätter der umstehenden Bäume die Dachrinnen verstopfen?

Wenn Ψ auf die erste Frage antworten könnte:

> *Kann sein; kommt darauf an, ob die Tanne südlich des Hauses steht und wie groß sie ist*

und auf die zweite Frage:

> *Ja, man könnte ja die Tanne fällen und zu Brennholz verarbeiten, oder man könnte auch die Kienäpfel auflesen*

und auf die dritte:

> *Wohl eher nicht, da die Tanne der einzige Baum weit und breit zu sein scheint (sonst wäre sie nicht erwähnt worden) und Tannen im Herbst keine Blätter abwerfen*

dann würden wir kaum Zweifel haben, daß Ψ den Satz verstanden hat.

Und wenn es auf die dritte Frage sogar antworten könnte:

> *Ist die «Tanne» vielleicht eine Lärche? – Dann nämlich kann der herbstliche Nadelfall durchaus zu einer Verstopfung der Dachrinnen führen*

dann würden wir vollkommen sicher sein, daß Ψ zu Verständnis und Einsicht fähig ist.

Natürlich sollte es bei der Kommunikation nachfragen, wenn es etwas nicht verstanden hat oder ein Wort nicht kennt. Wenn wir ihm mitteilten:

> *Die Armbanduhr liegt neben dem Koffer. Die Armbanduhr gehört Maria. Maria ist in der Vorlesung!*

dann müßte es zum Beispiel nachfragen können:

> *Was ist ein Koffer?*

Hätten wir dann Ψ (zum Beispiel, indem wir auf ein solches Objekt zeigen) bezüglich der Kofferartigkeit von Gegenständen belehrt, sollte es noch weiter fragen:

> *Wo gibt es Koffer?*

oder spezifischer:

> *Gibt es Koffer in Vorlesungs- oder Seminarräumen?*

Wenn Ψ schließlich zu dem Urteil käme:

> *Höchstwahrscheinlich weiß Maria nicht, wie spät es ist*

und wenn wir es dann fragen könnten:

> *Warum meinst du das?*

und Ψ uns sagen würde:

> *Scheint mir so zu sein! Denn Maria hält sich im Vorlesungsraum auf, und in Vorlesungsräumen stehen gewöhnlich keine Koffer. Die Armbanduhr befindet sich neben dem Koffer, also hat Maria höchstwahrscheinlich die Armbanduhr nicht bei sich!*

dann würden wir uns nicht nur der Verständnis- und Sprachfähigkeit von Ψ gewiß sein, sondern ihm außerdem eine ganze Menge Intelligenz zugestehen. – Also: *Ob* Ψ wirklich Sprache versteht, könnten wir schon überprüfen. Aber um diese Prüfungen bestehen zu können, muß es erst einmal einen Satz verstehen!

Zurück also zu dem Satz «*Neben dem Haus steht eine Tanne*». Wie versteht Ψ einen solchen Satz? Die einfachste und im Hinblick auf den Sprachfluß natürlichste Lösung wäre, daß es der Reihe nach die Begriffe, also die

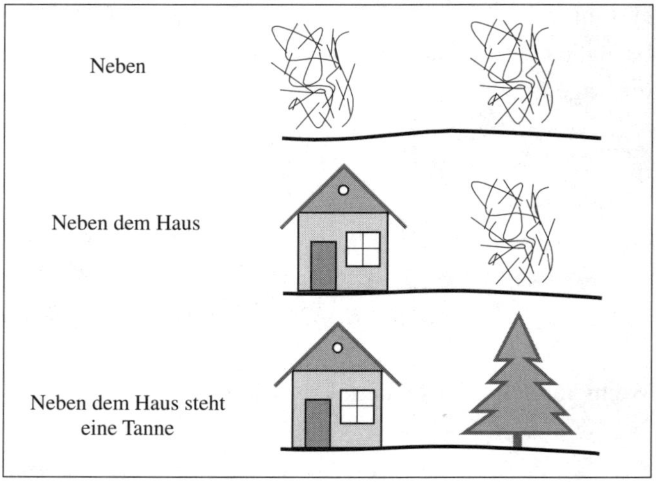

Abbildung 7.8
Die sukzessive Konstruktion des Sinns eines Satzes

Schemata, die mit den Wörtern durch «semantische Grundrelationen» verbunden sind, aufruft und dann ein Makroschema entsprechend den Beziehungsangaben im Satz, also entsprechend den Verben und Präpositionen, konstruiert. Abbildung 7.8 zeigt, wie das konkret aussehen könnte. Es geht los mit dem Wort «neben». Dieses Wort ruft ein Hohlschema (oben) von der Art auf, wie es in Abbildung 7.5 (Seite 615) beschrieben wurde. Dann kommt (sehen wir von dem Artikel einmal ab) das Wort «Haus». Der Sinn dieses Wortes (also ein sensorisches Schema) wird nun in eine Leerstelle des Schemas für «neben» eingesetzt. In der Mitte sehen wir das Ergebnis dieser Einsetzung. Und dann folgen das Verb «stehen» und das Substantiv «Tanne». Das Verb «stehen» sorgt dafür, daß die Tanne in aufrechter Stellung in die zweite Leerstelle des Schemas für «neben» eingesetzt wird, und als Ergebnis bekommen wir ein Schema, welches bildhaft unten in der Abbildung 7.8 dargestellt ist.

Das neue Schema könnte dadurch entstehen, daß zunächst eine Kopie der Interneuronenreihe des Schemas «neben» hergestellt wird und sodann an die neuen Interneuronen die Schemata für «Haus» und «Tanne» gesetzt werden.

Verstehen von Sätzen als Konstruktion eines Schemas, bei dem das Beziehungswort, also gewöhnlich das Verb, aber vielleicht auch eine Präposition, zunächst den Rahmen vorgibt, in dessen Hohlstellen dann die Schemata der anderen Wörter eingesetzt werden: das ist ein sehr einfacher Gedanke! Was aber durchaus für ihn spricht.

Allerdings ist die Konstruktion gewöhnlich nicht ganz so einfach durchzuführen wie soeben für den Satz «Neben dem Haus steht eine Tanne». Zwei Schwierigkeiten ergeben sich:

Die eine hat etwas mit dem synchytischen Charakter der Wörter zu tun. Bitte: Welches Schema soll denn eingesetzt werden? Soll das «Haus» ein Hochhaus sein oder eine Bauernkate oder eine mondäne Villa? – Soll die «Tanne» eine Fichte sein – und wenn ja: was für eine Fichte? –, oder paßt eine Edeltanne besser? Soll «Tanne» beziehungsweise «Haus» groß oder klein sein? – Und was heißt «neben»? Nahe neben oder mit ziemlichem Abstand? – Es gibt also eine ganze Reihe von verschiedenen Möglichkeiten, für den Satz «Neben dem Haus steht eine Tanne» ein Schema zu konstruieren. Welche von ihnen soll man wählen? Befassen wir uns eingehender mit diesem Problem.

Der Sinn eines Satzes

Die erste und wohl wichtigste Antwort auf die Frage nach der Art der Einsetzung wäre: Es wird das eingesetzt, wovon die Rede ist! Gewöhnlich wird ja Ψ nicht mitten in der Wüste auf den Satz vom Haus neben der Tanne stoßen, sondern er wird sich in einem Gespräch ergeben. Wäre er zum Beispiel Element einer Wegbeschreibung, in der mir jemand erklären möchte, wie ich zu einer Grunewaldvilla in Berlin komme – ich wüßte dann, welche Arten von Häusern und Tannen ich verwenden würde.

Wenn aber wirklich der Satz isoliert auftritt, dann könnte bei der Beantwortung der Frage nach der Art der Einsetzung die *Prototypikalität* helfen; es wird ein prototypisches Haus eingesetzt und eine prototypische Tanne, und auch die Entfernung vom Haus zur Tanne entspricht einem prototypischen «neben». Vielleicht erscheinen Ihnen das Haus und die Tanne der Abbildung 7.9 prototypisch. Für mich sind sie das – ein wenig.

Abbildung 7.9
Ein ästhetisches «Haus neben einer Tanne»

Eine weitere Möglichkeit bestünde darin, das Schema nach ästhetischen Gesichtspunkten zu konstruieren. Man baut das Schema so, daß das daraus ableitbare Vorstellungsbild «schön» aussieht, daß die Proportionen stimmen. In Abbildung 7.9 sehen wir zum Beispiel ein Haus neben einer Tanne, bei dem die Proportionen des Rechtecks, welches aus den senkrechten Mittellinien von Haus und Tanne und deren horizontalen Verbindungen gebildet wird, ungefähr dem «goldenen Schnitt» entsprechen. Vergleicht man diese Darstellung mit der im unteren Teil von Abbildung 7.8, wird einem der Unterschied unmittelbar klar.

Eine vierte Möglichkeit wäre, daß man einfach eine ganze Reihe von Einsetzungen durchpermutiert. Bei mir kommt so etwas häufig vor. «Haus neben Tanne»? Das kann dies oder das oder auch jenes bedeuten! Und die Gedanken schweifen von einer Möglichkeit zur anderen. Vielleicht bleibt man bei einer besonders schönen hängen. *Wenn schon Haus neben einer Tanne, dann die!*

Schon ganz simple Verstehensprozesse enthalten also die Möglichkeit zur Kreativität. Aus dem harmlosen Satz «Neben dem Haus steht eine

Tanne» kann Ψ eine Konfiguration konstruieren, die es noch nie gesehen hat. (Eine Voraussetzung dafür ist die Disjunktivität der Begriffe, ihr synchytischer Charakter! Wenn im Gedächtnis eines Systems nur Prototypen gespeichert wären, wie es Harley für den Menschen annimmt, dann kann von Kreativität keine Rede sein.)

Eine fünfte Möglichkeit für den Umgang mit dem Problem der semantischen Disjunktivität: Man läßt es einfach offen. Man vergewissert sich, daß man irgendein Schema konstruieren *könnte,* und dann wartet man ab. Meist wird ja, wie schon erwähnt, ein solcher Satz nicht isoliert mitgeteilt, sondern in einem bestimmten Kontext, mit einer bestimmten Absicht. Dann behält man den Satz als solchen zunächst einmal im Protokoll und setzt später ein, was am besten paßt. – Der Sinn eines Satzes entfaltet sich im Gespräch!

Resümee: Die eine Schwierigkeit für das Verstehen als Konstruktion eines Schemas liegt in der Vielfalt der Möglichkeiten der Einsetzungen in das Schema. *Was* soll man einsetzen? Der Grund für diese Schwierigkeit ist der synchytische Charakter der meisten Begriffe. Dieses Problem läßt sich auf verschiedene Weise lösen. Welche der Lösungsmöglichkeiten gewählt wird, hängt von den Umständen ab.

Wo was?

Die andere Schwierigkeit der Konstruktion eines Schemas aufgrund eines Satzes ist die Beantwortung der Frage: *Wo* soll man was einsetzen? Diese Frage ergibt sich bei *asymmetrischen* Relationen. Die Relation «steht neben» ist symmetrisch. Die Sätze *«Das Haus steht neben der Tanne»* und *«Die Tanne steht neben dem Haus»* sind Paraphrasen. Ob man das Haus neben die Tanne oder die Tanne neben das Haus stellt, ist gleichgültig. Bei dem Verb «geben» aber sieht die Sache anders aus. Die Beziehung zwischen verschiedenen Sachverhalten, die es angibt, ist keineswegs symmetrisch. Einer gibt, einer bekommt, und etwas wird gegeben. Was aber ist was?

Diese Frage wird in natürlichen wie auch in künstlichen Sprachen durch die Grammatik beantwortet. Und zwar in verschiedener Weise. Im Deutschen und im Englischen zum Beispiel oft durch die Wortfolge, durch die *Syntax*. «Albert gibt Berta Geld» bedeutet, daß Albert gibt und Berta nimmt, und zwar Geld. «Berta gibt Albert Geld» bedeutet etwas anderes, und «Geld gibt Berta Albert» bedeutet auf den ersten Blick Unsinn! Geld kann nicht *geben*! Für asymmetrische Relationen braucht man eine Grammatik, damit man weiß, was wohin gehört, was an welche Stelle in einem Schema eingesetzt wird. Für symmetrische Relationen braucht man keine Grammatik; zur Not versteht man auch «Tanne, Haus, neben» und auf jeden Fall «neben Tanne Haus» oder «neben Haus Tanne».

Für alle mehrstelligen, asymmetrischen Verben und Präpositionen muß Ψ Regeln lernen, die angeben, welche Bestandteile des Satzes in welche Hohlstellen des Schemas eingesetzt werden. In vielen Sprachen wird dies *syntaktisch*, das heißt durch die *Reihung* der Wörter, geregelt. Sehr oft steht derjenige, der ein Geschehnis in Gang setzt, der *Akteur*, vor dem Verb und der von der Aktion Betroffene oder das Objekt, mit dem etwas geschieht, dahinter. Das ist die Subjekt-Prädikat-Objekt-Satzform (SPO), die im Deutschen und im Englischen häufig ist. (Es gibt aber alle anderen Satzformen auch, also SOP, POS, PSO, OSP, OPS, wenn auch SPO wohl die häufigste Form ist. OSP- und OPS-Sprachen waren bis vor kurzem nicht bekannt; inzwischen kennt man Indianersprachen im Amazonasbecken, die diese Satzstruktur verwenden; siehe Crystal 1995, Seite 98).

Ganz anders haben es die Lateiner gemacht. Die wählten den Weg über die Flektion, die Wortbeugung. Die Zuordnung der Wörter zu den spezifischen Rollen, die sie im Beziehungsgefüge zu spielen haben, geschieht durch die Deklination. «Petrus petram amat» bedeutet, daß Peter Petra liebt. Die Akkusativendung für «Petra» und die Nominativendung für «Petrus» machen ganz klar, wer bei dieser Beziehung der Akteur ist und wer der Empfangende. Und die Wortstellung ist dabei (fast) gleichgültig: «petrus amat petram», «amat petram petrus», «amat petrus petram», «petram amat petrus», «petram petrus amat», das geht alles, und es heißt immer (so ungefähr) das gleiche! Die Bedeutung des Satzes ändert sich bei verschiedenen Wortstellungen nicht.

Oder nicht wesentlich; ein wenig ändert sie sich schon. «Amat petrus petram!» bedeutet, daß Petrus Petra *liebt* und nicht etwa haßt oder gleichgültig gegenübersteht. Und das heißt «petrus petram amat» eben nicht. Weil die Sequenz durchaus bedeutungstragend ist, gibt es auch im Lateinischen bevorzugte Satzformen. Aber die Sequenzierung ist im Lateinischen bei weitem weniger wichtig und wird zum Beispiel in der Dichtung außer acht gelassen.

Im Deutschen, welches sich im Vergleich zur englischen Sprache durch eine reichhaltigere Morphologie, durch eine größere Veränderbarkeit der Wörter, auszeichnet, sind die Sätze gegenüber einer Veränderung der Wortfolge unempfindlicher als im Englischen. «The boy ate the tomato» und «the tomato ate the boy» haben im Englischen eine sehr verschiedene Bedeutung. Im Deutschen kann man aufgrund der Flektierbarkeit des Artikels mit (weitgehend) gleicher Bedeutung sagen «Der Junge aß die Tomate» und «Die Tomate aß der Junge». Bei genauerem Hinsehen sind die Sequenzierungsregeln alles andere als einfach und in hohem Grade bedingungsabhängig. So ist der auf den ersten Blick irregulär anmutende Satz «Geld gab Berta Albert» (das Objekt – also das, was übergeben wird – steht vor dem Verb) vollkommen in Ordnung als Antwort auf die Frage «Was gab er ihr?» Allerdings muß «Geld» dann betont werden. Auch sonst findet man Irregularitäten, die der Leser keineswegs als solche empfindet. Crystal (1995, Seite 98) zitiert die Traklschen Verse «Die Kranken Todesgrausen packt» (OSP), «Licht mit magnetischer Geißel die steinerne Nacht verdrängt» (SOP).

Also, so kann man es machen. Entweder man legt in grammatischen Regeln fest, daß die Wortfolge, die Stellung der Wörter in der Sprechäußerung, darüber entscheidet, in welche Leerstellen einer Relationsangabe, also eines Verbs oder einer Präposition, jeweils etwas eingefügt wird, oder wir regeln dies durch die Endungen, die wir den Wörtern anfügen. Aber irgendeine Regelung muß sein!

Den Verben und Präpositionen sind also ein oder auch mehrere syntaktische Schemata zugeordnet. Ein syntaktisches Schema für «geben» könnte folgendermaßen aussehen:

Nomen → **geben** → Nomen → Nomen.

Und zusätzlich muß noch festgelegt werden, *welche* Nomen an welchem Platz jeweils eingesetzt werden dürfen. Nur solche Nomina dürfen in das «geben»-Schema an die erste Stelle gesetzt werden, die *Akteure* bezeichnen, also Personen oder Objekte, die selbst etwas tun können.

Woher kommen die syntaktischen Schemata? Oder, besser gefragt: Wie kann Ψ lernen, daß zum Beispiel dem Wort «geben» bestimmte Wörter vorausgehen oder folgen müssen. Wie kann es lernen, daß dies *Nomina* sein müssen (oder «Nominalphrasen»; aber was *das* ist, werden wir noch sehen)? Und wie kann es lernen, daß nicht jedes Nomen an jeder Stelle erlaubt ist, daß zum Beispiel vor «geben» nicht ein Nomen stehen darf, welches ein inaktives Objekt bezeichnet?

Ψ kann all das einfach aus der Erfahrung lernen, die es mit Sprache macht. Bei den anderen Ψs und bei Menschen kann es wahrnehmen, daß «geben» meist mit drei anderen Wörtern verbunden ist, eines vor «geben» und zwei dahinter. Weiterhin kann es feststellen, daß diese drei Wörter immer *Objekte* bezeichnen, nicht aber Prozesse. So könnte also Ψ auch ohne Kenntnis grammatischer Kategorien allein aufgrund der Beobachtung der Fälle, in denen das Wort «geben» oder seine Derivate vorkommen, lernen, in welcher Weise «geben» in Wortfolgen eingebaut ist und welchen Sinn die Wörter, die «geben» vorausgehen oder folgen, jeweils haben. Zum Beispiel kann Ψ feststellen, daß das Wort vor «geben» und das Wort unmittelbar dahinter meist ein Lebewesen bezeichnet, während das dritte Wort auch unbelebte Objekte meinen kann.

Und so kann Ψ entscheiden, ob ein bestimmter Satz «richtig» ist oder nicht. Der Satz «Gibt Albert Geld Berta» wäre falsch, weil in ihm die Wortfolge nicht stimmt. «Albert gibt kochen Berta» wäre falsch, weil in ihm ein Wort einer falschen Kategorie eingesetzt wurde. Und «Löffel gibt Albert Berta» wäre falsch, weil an einer Stelle ein Nomen steht, das die falsche Sorte von Dingen bezeichnet.

Übrigens: Auch «falsche» Sätze können durchaus verstanden, also mit einem vernünftigen Sinn versehen werden. Versuchen Sie es mal mit «Albert gibt kochen Berta»! Es gibt dafür mindestens zwei sinnvolle Interpretationen. – Es ist nicht einfach, eine sprachliche Irregularität zu finden, die Menschen nicht doch irgendwie verstehen. Wie ist es zum Beispiel mit «Geld gab Berta Albert». Geht nicht, denn Geld kann nicht ein Akteur sein. – Auf den zweiten Blick aber wird man vielleicht schmunzeln und zu der Überzeugung kommen: Doch, das geht schon! – Geld kann nicht Akteur sein! Wirklich nicht? «Geben» bedeutet, daß der Empfänger hinterher etwas im Besitz hat. Etwas «besitzen» bedeutet aber, daß man darüber verfügen kann, daß man damit machen kann, was immer man will, ohne daß ein anderer dies verbieten oder behindern darf (das stimmt natürlich nicht in jedem Fall). Kann Geld bewirken, daß jemand in den Besitz von jemandem übergeht? Direkt geht das natürlich nicht; Geld kann allein nichts bewirken. Aber indirekt geht es schon; wenn Albert sich vorstellte, daß er sich mit Bertas Geld nach der Hochzeit einen Porsche kaufen kann, so könnte ihn das durchaus auf die Idee bringen, sich in Bertas «Besitz» zu begeben. Und in diesem Sinne hätte dann Geld den Albert der Berta überantwortet.

Wie kann man sich ein System vorstellen, das Sätze mit asymmetrischen Beziehungen aufgrund der Syntax versteht? Folgendermaßen: Ein Satz wird wahrgenommen, zum Beispiel «Albert gibt Berta Geld». Nehmen wir an, daß Ψ die Wörter, aus denen der Satz besteht, und ihren Sinn kennt (wenn nicht, dann sollte Ψ nachfragen und sich erklären lassen, worum es sich bei dem unbekannten Wort handelt). Nun muß das «Sprachverständnissystem» in Ψ den Sinn des Satzes – und das heißt: ein Schema – konstruieren oder aufrufen.

Am besten wäre es wohl, wenn Ψ mit dem Beziehungswort beginnt. Diesem – gewöhnlich dem Verb – ist mindestens ein syntaktisches Schema zugeordnet, in das der Satz «Albert gibt Berta Geld» ohne weiteres hineinpaßt. – Außerdem muß dem Verb durch eine semantische Grundrelation mindestens ein Geschehnisschema zugeordnet sein, zum Beispiel eines, wie es Abbildung 7.7 zeigt. Und dann werden einfach die Schemata, auf die die Wörter zeigen, gemäß ihrer Stellung im Satz an den entsprechenden Leerstellen in das Beziehungsgefüge eingesetzt. Abbildung 7.10 stellt diesen Vorgang schematisch dar.

Wir sehen oben ein syntaktisches Schema für «geben» (ein solches Schema bezeichnet man in der Linguistik als «Verbalphrasenstruktur») und darunter das zugehörige Geschehnisschema mit Hohl- oder Leerstellen. Der Satz «Albert gibt Berta Geld» paßt in das syntaktische Schema. Er enthält außerdem Verweise auf Schemata für «Albert», «Berta» und «Geld». Diese Schemata können nun entsprechend der Zuordnung der Wörter im Satz zu den Elementen des syntaktischen Schemas in die Hohlstellen des Geschehnisschemas für «geben» eingefügt werden. So entsteht der Sinn des Satzes.

Zurück zum Verstehen von Sätzen! Sätze wie «Albert gibt Berta Geld», die nur aus ein, zwei oder drei Nomina und einem Verb bestehen, sind zwar nicht selten, für eine elaborierte Sprache aber nicht unbedingt typisch. Was sollte aber Ψ zum Beispiel mit folgendem Satz anfangen: «Der dicke Albert

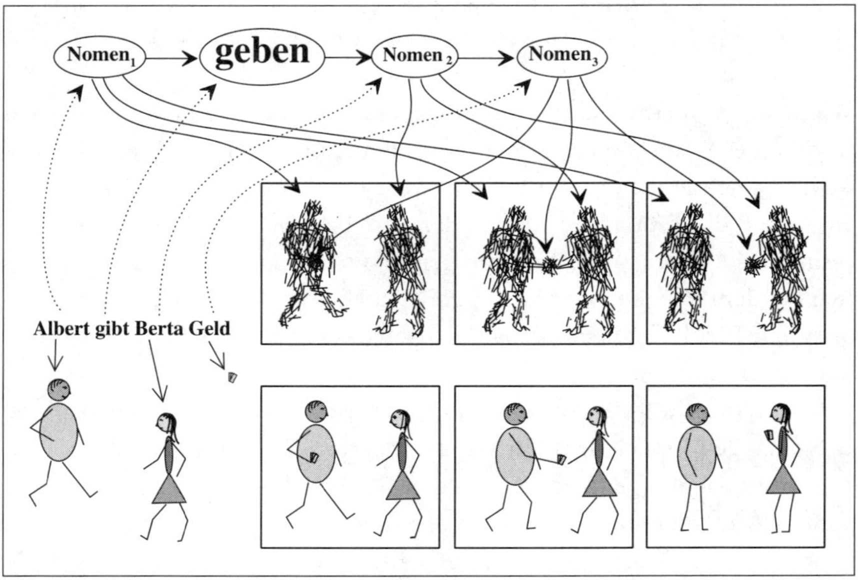

Abbildung 7.10 Ein syntaktisches Schema für «geben», das zugehörige semantische Schema mit Hohlstellen, ein Satz und der Sinn des Satzes

gibt Berta, die verschwitzt aus dem Bügelzimmer kommt, ziemlich wenig Geld für den gebügelten Anzug»?

Hier gibt es Wörter, Wörter, Wörter. Vor allem aber keine klare SPO-Struktur. Vielmehr Wörter, die nicht unmittelbar in eine SPO-Struktur eingebunden sind, «Bügelzimmer» beispielsweise, Wörter, die mit anderen Wörtern innerhalb des Satzes umfassendere Strukturen bilden («der dicke Albert», «Berta, die verschwitzt ...»), und das ganze Gemenge ist – wir erkennen das ohne weiteres – doch ein ordentlicher Satz, den wir auch sofort verstehen.

Wie erkennen wir eigentlich, daß es sich um einen grammatikalisch einwandfreien Satz handelt? Gut, die Satzzeichen helfen uns ein wenig, das als zusammengehörig zu sehen, was zusammengehört. Aber wir verstehen den Satz auch, wenn wir ihn hören. Gut, da gibt es statt der Satzzeichen Pausen; wir verstehen den Satz aber auch ohne diese. Wie aber sehen wir das eigentlich, und wie kann Ψ es sehen? – Wie kann sein Spracherkennungsmechanismus wissen, daß er einen regulär gebildeten Satz vor sich hat, der in das syntaktische Schema von «geben» prima hineinpaßt?

Die Antwort lautet: *Parsing!* Was bedeutet das? Parsing ist die Zerlegung eines Satzes in seine Bestandteile und die Ermittlung ihrer wechselseitigen Unterordnung. Parsing ist die Ermittlung der *Phrasenstruktur* eines Satzes. Die Linguisten (etwa Crystal 1995, Seite 94ff.) kennen verschiedene Arten von *Phrasen*, zum Beispiel Nominalphrasen (NP), Verbalphrasen (VP) und Präpositionalphrasen (PP). Nominalphrasen sind gewissermaßen «erweiterte» Nomina. «Der dicke Albert» wäre beispielsweise eine Nominalphrase. Entsprechend ist eine Verbalphrase ein erweitertes Verb. «Gibt Berta Geld» wäre ein Beispiel für eine Verbalphrase. Und ein Beispiel für eine Präpositionalphrase wäre «aus dem Bügelzimmer».

Für die Bildung solcher Phrasen gibt es in den verschiedenen Sprachen unterschiedliche Regeln. Für die deutsche und die englische Sprache sind diese – wie schon angemerkt – in hohem Maße Stellungsregeln, Regeln für die Abfolge von Wörtern. Ein Regelsystem für Nominalphrasen zeigt die Abbildung 7.11 auf Seite 634 links in der Mitte. «Erlaubte» Nominalphrasen sind alle Wortfolgen, die man entsprechend diesem Zustandsübergangsdiagramm bilden kann, indem man hinter α beginnt und vor ω aufhört. (α und ω gehören nicht zur Phrase, sondern markieren nur Anfang und Ende.) Das Regelsystem gibt also an, wie eine Nominalphrase beginnen und wie sie fortgesetzt werden kann, um dann schließlich auf irgendeine Weise zu enden. Man sieht: Eine Nominalphrase kann allein nur aus einem Nomen bestehen («Albert»). Oder nur aus einem Pronomen («ich»). Oder sie wird aus einem Artikel und einem Nomen gebildet («der Albert» – ungewöhnlich für Nomen, die Namen sind, kommt aber vor). Oder eine Nominalphrase setzt sich aus einem Artikel, einem Adjektiv und einem Nomen zusammen («der dicke Albert»). Oder aus einem Artikel, einem Nomen und einem Relativsatz («der Mann, der gerade aus dem Schwimmbad kommt»). Oder, oder …

In der Mitte der Abbildung 7.11 sehen wir rechts ein Regelsystem für Verbalphrasen, das in vier verschiedene Teilregeln gegliedert ist. Eine Ver-

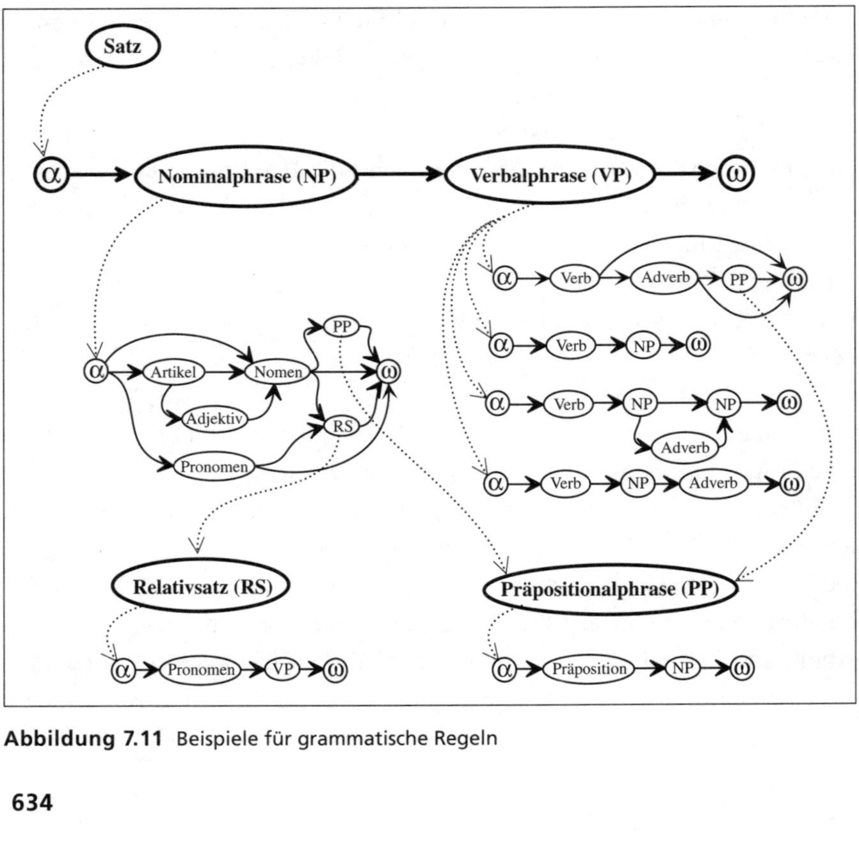

Abbildung 7.11 Beispiele für grammatische Regeln

balphrase kann nur aus einem Verb bestehen («verschwindet», «stirbt»). Oder aus einem Verb und einem Adverb («verschwindet schnell»). Oder aus einem Verb, einem Adverb und einer Präpositionalphrase («geht schnell nach Hause»). Oder, oder …

Man sieht schnell, daß es schwierig ist, eine Syntax für Verbalphrasen festzulegen. Regelsysteme für Verbalphrasen lassen sich kaum unabhängig von dem jeweiligen Verb formulieren (siehe Crystal 1995, Seite 96). Dies liegt ganz einfach daran, daß manche Verben allein stehen können; daß sich also ein minimaler Satz aus einer Nominalphrase und einem Verb zusammensetzen kann («Albert verschwindet»). Andere Verben dagegen beziehen sich auf Orte oder Objekte und müssen entsprechend ergänzt werden, damit man sie verstehen kann. Das Verb «geben» gehört dazu. Der Satz «Albert gibt» würde bei einer natürlichen Kommunikation (es sei denn, der Kontext erlaubt entsprechende Ergänzungen) sofort die Nachfragen «Was denn?» – «Wem denn?» hervorrufen (der Satz «Albert gibt gern» übrigens nicht; es ist schon kompliziert!). Aus diesem Grund müssen wir für Verbalphrasen Unterklassen zulassen; wir müssen für verschiedene Verben verschiedene syntaktische Formen vorsehen, so, wie wir das ja auch für das Wort «geben» getan haben.

Rechts unten in der Abbildung 7.11 sehen wir ein einfaches Regelsystem für eine Präpositionalphrase. Eine Präpositionalphrase besteht aus einer Präposition, gefolgt von einer Nominalphrase («aus der Küche»).

Ein simples Regelsystem für einen Satz lautet:

$$NP \rightarrow VP.$$

Dementsprechend lautet ein Regelsystem für einen Relativsatz (in der Abbildung unten links):

$$\text{Pronomen} \rightarrow VP;$$

in einem Relativsatz wird also ein Pronomen («die», «der», «welcher») an die Stelle der Nominalphrase gesetzt.

Ein Regelsystem, wie es Abbildung 7.11 zeigt, ist eine *generative Grammatik*. Der erste, der solche Strukturen verwendete, war Noam Chomsky

(1957). «Generativ» heißen solche Grammatiken, weil sich mit ihnen eine unendliche Anzahl von Sätzen bilden läßt. Dies gilt schon für das Regelsystem der Abbildung 7.11, obwohl es recht einfach ist und keineswegs alle in der deutschen Sprache möglichen Strukturen beschreibt (es fehlen zum Beispiel Adjektivphrasenstrukturen). Man kann ja immer weiter schachteln: Wenn auf ein Nomen eine Präpositionalphrase folgt, so enthält diese wieder eine Verbalphrase, die wiederum eine Nominalphrase enthalten kann, die wiederum einen Relativsatz enthalten kann, der wiederum eine Verbalphrase ... («Albert, aus dem Hause tretend, erblickte Berta, die, kaum daß sie Albert ihrerseits sah, sich sofort daran erinnerte, daß ...»)

Für das Parsing, also die Zerlegung von Sätzen in ihre Phrasenstruktur, gibt es Berechnungsverfahren und entsprechende Computerprogramme. Im einzelnen werde ich auf diese hier nicht eingehen (siehe dazu zum Beispiel Russell und Norvig 1995, Teil VII, Seite 651ff.; insbesondere Seite 664ff.), sondern mich darauf beschränken, zu zeigen, daß bei den Ψs ein Parsing-Prozeß mittels der uns schon wohlvertrauten Prozedur der Mustererkennung, dem HyPercept-Algorithmus, ablaufen kann.

Die syntaktischen Schemata, die ich in der Abbildung 7.11 dargestellt habe, sind ja nichts anderes als *Geschehnisschemata*. Und damit lassen sich natürlich konkrete Sätze als Geschehnisse durch einen HyPercept-Prozeß einem Geschehnisschema zuordnen. Wir können also – einmal mehr – den HyPercept-Prozeß für eine spezifische Identifikationsleistung, nämlich für das Parsing, benutzen. Ich will dies nun an einem konkreten Beispiel vorführen. Nehmen wir – damit es nicht so lang wird – den leicht reduzierten Beispielsatz von oben:

Der dicke Albert gibt Berta Geld

Zunächst einmal ist das nichts anderes als eine Abfolge von sechs unterscheidbaren Elementen. Der HyPercept-Prozeß (Abbildung 3.6, Seite 145) beginnt damit, daß irgendeines dieser Elemente ausgewählt und identifiziert wird. Nehmen wir einmal – ganz willkürlich – das fünfte Element, «Berta». «Berta» ist ein Nomen, kann also zum Beispiel in einer Nominalphrase vorkommen oder an den Nominalphrasenstellen in den Verbalphrasen, da ja «Berta» für sich allein auch eine Nominalphrase sein kann. Legen wir die Grammatik der Abbildung 7.11 zugrunde, so könnte «Berta» an insgesamt sechs Stellen passen. Die Supraliste (Einheit 2 im Flußdiagramm der Abbildung 3.6) enthält also sechs Elemente. Abbildung 7.12 zeigt die Supraliste.

Wählen wir irgendeines der Elemente der Supraliste aus, beispielsweise das Nomen in der Nominalphrase. Dieses Element wird aus der Supraliste entfernt (Einheit 3 im Flußdiagramm 3.6), und es wird in dem betreffenden Schema (also in der Nominalphrasenstruktur) ein Nachbarelement ausgewählt. Das Nomen hat ersichtlichermaßen sechs mögliche Nachbarelemente, nämlich das α (leeres Element), den Artikel, das Adjektiv, den Relativsatz, die Präpositionalphrase oder aber das ω (leeres Element).

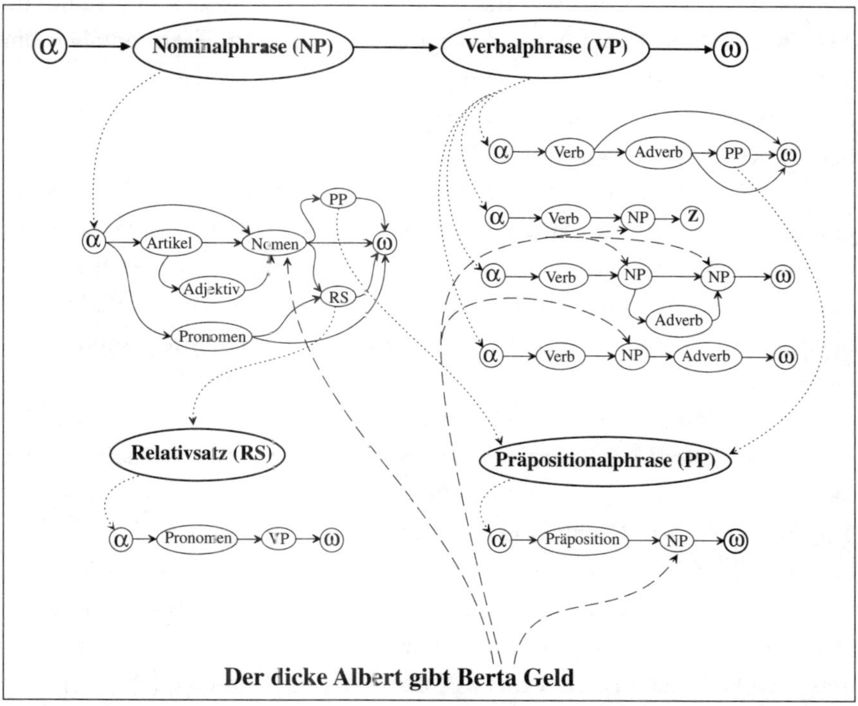

Abbildung 7.12 Supraliste für «Berta» als Bedingung für den HyPercept-Prozeß zur Ermittlung der Phrasenstruktur

Nehmen wir einmal an, der HYPERCEPT-Prozeß wählt eines der auf das Nomen folgenden Elemente aus, also den Relativsatz oder das ω (= Phrasenende). Dann wird überprüft, ob das Subelement des Nachbarknotens tatsächlich der Fall ist, also im konkreten Satz vorkommt, das heißt im Beispiel, ob auf «Berta» ein Relativsatz, eine Präpositionalphrase oder gar nichts folgt und somit die Phrase zu Ende ist. Beides ist nicht der Fall. Damit ist die Hypothese, daß Berta in einer Nominalphrase vorkommt oder eine solche ist, widerlegt.

Nun ist die Supraliste für «Berta» noch nicht leer, sondern enthält fünf Hypothesen; «Berta» könnte die erste oder die zweite Nominalphrase sein, die in der Verbalphrase für «geben» vorkommt. Nehmen wir an, die erste dieser beiden Hypothesen wird ausgewählt. Wieder geht es entsprechend dem Flußdiagramm 3.6 weiter mit der Wahl eines Nachbarknotens. Zur ersten Nominalphrase einer Verbalphrase gibt es gemäß der in Abbildung 7.11 dargestellten Grammatik drei mögliche Nachbarknoten, nämlich ein Verb als «Vorläufer» oder als «Nachläufer» entweder Adverb oder Nominalphrase. Es zeigt sich nun, daß «Berta» als Vorläufer ein Verb hat, nämlich «gibt». Damit ist «Berta» richtig eingeordnet.

«Gibt» ist somit das neue aktuelle Element (Einheit 8 des Flußdiagramms 3.6), und nun wird die letzte Hypothese geprüft, die noch im Schema der Verbalphrase zu prüfen ist, nämlich, ob an der dritten Stelle ein Adverb oder eine weitere Nominalphrase folgt. Es zeigt sich, daß eine Nominalphrase («Geld») der Fall ist; damit ist die Verbalphrase «gibt Berta Geld» entdeckt.

Nach der Grammatik der Abbildung 7.11 besteht ein Satz aus einer Nominal- und einer Verbalphrase. Diese ist identifiziert, und deshalb springt nun der HYPERCEPT-Prozeß auf die nächsthöhere Stufe (siehe Abbildung 3.10, Seite 159). Ein Nachbarelement für VP wird gewählt, und das ist natürlich NP, die Nominalphrase. Und daraufhin beginnt ein «eingeschachtelter» HYPERCEPT-Prozeß für die Nominalphrase; es wird ermittelt, ob diese ebenfalls der Fall ist, ein Vorgang, den wir nicht mehr im einzelnen erörtern müssen. Das Ergebnis: «der dicke Albert» ist eine Nominalphrase, die der Verbalphrase vorausläuft. Damit ist der Satz als syntaktisch einwandfreier Satz identifiziert und in die verschiedenen Phrasen untergliedert.

Die Identifizierung der Phrasen eines Satzes ist allerdings nur die Voraussetzung für den eigentlichen Verstehensprozeß, die Konstruktion eines Schemas. Aufgrund der syntaktischen Analyse weiß Ψ (beziehungsweise wissen seine sprachverstehenden Mechanismen) nun, was an welche Stelle des Schemas eingesetzt werden, aus welchen Komponenten dieses also bestehen muß. Ψ ist sich darüber im klaren, daß es an die Stelle des Akteurs von «geben» den «dicken Albert» einfügen muß, an die Stelle des Rezipienten «Berta» und an die Stelle des Objekts «Geld». Bei dem sehr einfachen Satz ist dieses Einsetzen sowieso kein Problem. Bei komplizierteren aber, wie dem «Bügelzimmer-Satz» (vergleiche Seite 632 f.), schafft das Parsing Klarheit darüber, welches die Teilschemata sind, die in das herzustellende Gesamtschema eingefügt werden müssen.

Übrigens: Die Behauptung, daß Ψ aufgrund des Parsing-Prozesses «weiß», was es an die entsprechenden Stellen des semantischen Schemas einsetzen muß, ist natürlich eine sehr legere Redeweise. Nein, Ψ weiß das gar nicht; ein Mechanismus in Ψ «weiß» es. Ψ kennt die Arbeitsweise seiner HyPercept- und sonstigen inneren Verarbeitungsmechanismen so wenig, wie wir diese bei uns kennen. Wenn wir leichtfertigerweise sagen, daß während des HyPercept-Prozesses irgend etwas «angenommen», eine «Hypothese» gebildet oder ein Nachbarknoten «ausgewählt» wird, so sollten wir uns keinen Moment lang der Vorstellung hingeben, daß diese Prozesse bei Ψ irgendwie bewußt ablaufen. Sie sind vielmehr eingeschachtelt in den HyPercept-Prozeß und für Ψ unzugänglich, genauso wie für uns die Vektormultiplikationen, die unsere Neuronen durchführen. Ψ wird lediglich (genau wie wir!) dann, wenn ein Satz nicht syntaktisch einwandfrei ist, mit einem «Wie bitte?» oder einem «Häh?» oder mit einem Ψ-spezifischen Äquivalent dieser Nachfragen reagieren. Wenn aber der Satz in Ordnung ist, so folgt nun als nächstes der eigentliche Verstehensversuch, die Konstruktion des entsprechenden Schemas.

Insgesamt können wir uns also den Gang des Verstehens eines Satzes so vorstellen, daß zuerst eine syntaktische Analyse durchgeführt wird, ein Parsing mit Hilfe des HyPercept-Prozesses, der die Phrasenstruktur des Satzes erschließt. Diesem Prozeß folgt dann der eigentliche Verstehensprozeß, der aus der Konstruktion eines Schemas besteht. Und wenn in dem Satz erläuternde Relativsätze, Adjektive, Adverbien usw. vorkommen, so werden diese zur Ergänzung des Schemas verwendet, indem Subschemata konstruiert werden. Kommt also Berta verschwitzt aus dem Bügelzimmer, wird eine entsprechend modifizierte, rotwangige, schweißnasse Berta als Geldempfängerin eingesetzt. Und hinter ihr sieht man die offene Tür des Bügelzimmers, aus der Dampfwolken quellen.

In der kognitionspsychologischen Literatur findet man mitunter eine Gleichsetzung des Parsing-Prozesses mit dem Verstehen. Für Ψ ist er nur *eine* Voraussetzung dafür, daß der Verstehensprozeß hinterher ablaufen kann, und diese Voraussetzung muß noch nicht einmal immer erfüllt sein. Es gibt Sätze, die werden ohne jedes Parsing verstanden, einfach dadurch, daß das Schema, auf das sich die Sätze beziehen, die Einsetzungen klar vorgibt. Wenn beispielsweise jemand sagt: «Hund – Tanne – pinkeln – Haus» oder auch «Tanne – Haus – pinkeln – Hund!» oder eine beliebige andere Kombination dieser vier Wörter, so sind die meisten dieser Kombinationen wohl agrammatisch und durchlaufen einen Parsing-Prozeß mit einem Fehlerabbruch. Dennoch verstanden alle Leute, denen ich diesen Satz gesagt habe, was gemeint ist, und zwar ohne das geringste Zögern: «Na klar, der Hund pinkelt an die Tanne neben (oder vor) dem Haus!»

Ganz eindeutig ist also der Wortsalat nicht, aber doch immerhin einigermaßen. Hier braucht man offensichtlich keinen Parsing-Prozeß, um den Sinn des Satzes zu konstruieren. Warum nicht? Ganz einfach, weil das Beinchenheben an einem Baum bei Hunden ein allgemein bekanntes Schema ist, das sich automatisch einstellt, wenn ein entsprechender Wortsalat dargeboten wird. Zu einem duftmarkensetzenden Hund gehört eben ein Baum. Und wenn der in Zusammenhang mit einem Haus gebracht wird, dann muß er eben irgend etwas mit einem Haus zu tun haben, und jeder wird in seiner Erfahrung zahlreiche Bilder von Häusern finden, die neben oder vor oder hinter Bäumen stehen.

Tatsächlich wird die Sprache oftmals agrammatisch, wenn allseits bekannt ist, worüber geredet wird. Die am Anfang dieses Kapitels beschriebene Unterhaltung über die Gründe, warum ein Auto wohl stehengeblieben ist, könnte unter Kundigen auch folgendermaßen aussehen:

«Is'n los?» – «Zündung!» – «Zündkerzen?» –
«Verteiler!» – «Na ja, der Regen!»

Das ist eine Unterhaltung fast allein in Wörtern; dennoch sind ihre Bestandteile eigentlich Sätze. Aber diese brauchen nicht explizit ausgesprochen zu werden, das wäre Zeitverschwendung. Ihre Struktur ist sowieso klar.

Wenn der eine Gesprächspartner sagt «Zündung!», so weiß der andere sehr wohl, daß er keineswegs «Zündung» meint. Er meint tatsächlich: «Ich nehme an, daß irgend etwas mit dem Zündsystem meines Wagens nicht stimmt.» – Und wenn der andere Gesprächspartner fragt «Zündkerzen?», so weiß wiederum der andere, daß er damit meint: «Könnte es sein, daß die Zündkerzen entweder defekt sind oder aber verrußt oder vielleicht zu feucht, so daß es im Zündsystem zu Kurzschlüssen kommt?» Aber all das braucht man nicht zu sagen; die Experten wissen, wovon die Rede ist.

Diese Art von Kommunikation funktioniert natürlich nur unter bestimmten Umständen. Die Wörter müssen zu den Sätzen, die damit eigentlich gemeint sind, eine Pars-pro-toto-Relation haben. Sie weisen auf größere Schemata hin, die eigentlich durch Sätze ausgedrückt werden müßten, doch können sich die Sprecher diese aufgrund ihres Fachwissens sparen. Es liegt auf der Hand, daß dies nur möglich ist, wenn gewissermaßen mit bekannten Versatzstücken operiert wird, wenn die Menge des überhaupt zu Meinenden klar und allen Sprechenden bekannt ist, wenn man weiß, was Zündkerzen sind und warum diese mitunter nicht funktionieren.

Interessanterweise gibt es eine Sprache, in der die Agrammatik die Regel ist. Wie Crystal (1995, Seite 98) berichtet, ist in der Lisu-Sprache (einer lolo-birmanischen Sprache) die Wortstellung frei (wie im Lateinischen), doch gleichzeitig fehlen Kasusendungen zum Beispiel zur Kennzeichnung des Subjekts und des Objekts einer Handlung (man erinnere sich: «petrus petram amat»; so werden die Lateiner mit der freien Wortstellung fertig). In Lisu gibt es, wenn Crystal recht hat, kein Parsing, da es keine Satzstrukturen gibt. Trotzdem verstehen sich anscheinend die Sprecher dieser Sprache, sonst würden sie sie ja wohl nicht gebrauchen. Crystal meint, daß die Sprecher sich bei der Bedeutungsinterpretation auf den jeweiligen Kontext verlassen und ihren «gesunden Menschenverstand» einsetzen.

Die gemeinten Konfigurationen, der Sinn, müssen weitgehend in den Köpfen der Sprecher vorhanden sein. Wirklich neuartige Konfigurationen lassen sich in einer solchen Sprache kaum ausdrücken. – *«Mit schweren flatternden Flügelschlägen umkreiste der Bernhardiner auf dem Schreibtisch die Kirchturmspitze»*; Sie mögen wohl am Wahrheitsgehalt dieser Aussage zweifeln, haben aber verstanden, was ich damit meine! Sie würden sie aber wohl kaum verstehen können, wenn ich sagte: *«Schwere umkreisen Schreibtisch Flügelschläge Bernhardiner Kirchturmspitze.»* Vielleicht könnten Sie daraus durch Umstellungen und Hinzufügungen anderer Wörter irgendein sinnvolles Satzgebilde machen, doch höchstwahrscheinlich würden Sie das, was *ich* mit diesem Satz meinte, nicht erschließen können.

Ungewöhnliches und Neuartiges läßt sich auf Lisu nur schwer ausdrücken. (Ich meine nicht, daß es sich gar nicht ausdrücken läßt; wenn einem Lisu-Birmaner irgend etwas ganz Verrücktes, Neuartiges einfällt, mag er durch die ständige Wiederholung des Sprachsalates und dadurch, daß er auf Dinge zeigt oder bestimmte Wörter betont, vielleicht schließlich in seinen Zuhörern eine Ahnung davon erwecken können, was er meint. Aber das wird nicht leicht sein.) Um tatsächlich über etwas Neuartiges berichten zu können, braucht man grammatische Strukturen, entweder eine Syntax oder aber die «Beugung» von Wörtern, entsprechend den Fällen, wie im Lateinischen.

Daß im wesentlichen agrammatischen Texten trotzdem Sinn entnommen werden kann, hat übrigens Charlotte Bühler in einem psychologischen Experiment gezeigt (Bühler 1934, Seite 170 f.). Sie gab ihren Versuchspersonen zum Beispiel folgende Wortreihe:

Bibliothek – Bände – Gehirn – Fächer – Gedanken – 100 000 – Generationen – riesig – ähnlich – verschwunden – aufreihen.

Die Versuchspersonen mußten daraus einen zusammenhängenden Satz machen, und Bühler berichtet, daß viele von ihnen solche Texte relativ rasch in ihren Grundzügen wiederherstellten. Für das genannte Beispiel lautet der Ausgangstext:

> *Wie in den Fächern einer riesigen Bibliothek in 100 000 Bänden die Gedanken verschwundener Generationen aufgereiht sind, ähnlich in unserem Gehirn.*

Nun ist in dem Experiment von Charlotte Bühler offensichtlich eine gewisse logische Reihenfolge der Wörter beibehalten worden; was zusammengehört, steht auch zusammen. Damit haben diese Wortreihen eine gewisse Struktur, eine Wortordnung. – Dennoch, unsere Quintessenz ist: Keineswegs ist Parsing immer notwendig; wichtig ist, daß in irgendeiner Weise ein Bezug zu den semantischen Schemata hergestellt werden kann, und das ist anscheinend in bestimmten Fällen auch ohne grammatische Strukturen möglich.

Es gibt aber auch Fälle, in denen man ohne Parsing gar nicht weiterkommt. Was halten Sie von folgender Reihe?

> *Glasse frieben elump Gemank verdaustig im war Pluckerwank wars Schweisel gar und Wieben die und rotterten gabben der gorkicht.*

Vermutlich verstehen Sie nicht viel davon. Einige Wörter («war», «und» ...) kennen Sie, andere nicht; allenfalls erinnert sie «elump» an «elend» oder an «lumpig». Bei anderen erzeugt vielleicht der Lautwert der Buchstaben bestimmte Assoziationen; daß ein «Pluckerwank» zum Beispiel eine zarte Waldelfe ist, werden Sie nicht annehmen, eher könnte damit wohl eine Seekuh gemeint sein. Und Sie erkennen Adjektive, Substantive, Verben, Vergangenheitsformen und andere grammatische Kategorien aufgrund der Morphologie der Wörter. Was das Ganze aber meint, der Sinn des Ganzen, bleibt Ihnen verschlossen.

Wie ist es aber hiermit?

Verdaustig wars, und glasse Wieben
Rotterten gorkicht im Gemank;
Gar elump war der Pluckerwank,
Und die gabben Schweisel frieben.

Aus *Alice hinter den Spiegeln* von Lewis Carroll (1871); deutsch von Christian Enzensberger

Längst nicht mehr so unverständlich, oder? Auf den ersten Blick vielleicht sehr dunkel, aber nach einer gewissen Zeit ahnt man doch etwas. – Viele, denen ich diese erste Strophe aus dem Gedicht «Der Zipferlake» von Lewis Carroll vorgelegt habe (die folgenden Strophen sind *etwas* verständlicher), meinten, sie könnten das sogar *malen*. – Hier ist zur Sinnkonstruktion das Parsing notwendig. Ohne geht es nicht. Und hinterher, nachdem man Subjekte, Aktoren usw. identifiziert hat, kann man dann aufgrund von Ähnlichkeitsassoziationen, aufgrund der Lautwerte der Silben («plucker» ist eben etwas Schweres, und das «wankt» auch noch!) den Sinn (besser: *einen* Sinn) konstruieren.

Und dann?

Gut: Ein Satz wird also verstanden, indem ein Schema konstruiert wird. Das ist dann der «Gedanke», der in dem Satz steckt. Dieser «Gedanke» ist keineswegs eindeutig. Gewöhnlich hat ein Satz keine bestimmte Bedeutung. Das gilt schon, wie wir gesehen haben, für solche einfachen Sätze wie «Neben dem Haus steht eine Tanne». Nun ist die Konstruktion des Sinns eines solchen Satzes nur ein Auswahlproblem. Man muß sich für eines der verschiedenen «Haus»-Schemata entscheiden. Bei Pluckerwank-Sätzen aber muß konstruiert werden. Hier ist das Verstehen ein komplizierter Prozeß, der darin besteht, daß zunächst einmal der Rahmen erstellt wird: «Ah ja, der *Pluckerwank* ist elump!» Und dann wird der Sinn der Wörter aufgrund von Ähnlichkeiten und Lautwerten so konstruiert, daß alles zusammenpaßt.

Vor solche Sinnkonstruktionsaufgaben stellen uns häufig die Schöpfungen von Lyrikern, zum Beispiel folgende Gedichtzeilen Hölderlins:

Sprachlos und kalt im Winde
Klirren die Fahnen.

Natürlich ist eine Fahne sprachlos. Warum also schreibt er das? Meint er vielleicht, daß Fahnen doch manchmal sprechen? Wie das? – Eine Fahne kann nicht klirren; es sei denn, sie ist aus Metall. Und so weiter. Der Sinn solcher Sätze entfaltet sich für jeden verschieden. Ich war einmal sehr enttäuscht, als mir jemand berichtete, Hölderlin habe mit den klirrenden Fahnen Wetterfahnen gemeint. Ich hatte mir einen ganz anderen Sinn zurechtgelegt.

Wenn nun Ψ einen Satz verstanden hat: was dann? Was macht es damit? – Das kommt darauf an! Genauer gesagt: Es kommt darauf an, in welche Art von Gespräch das gesamte Verständnis des Satzes eingebaut ist. Ψ könnte den Satz einfach nur zur Kenntnis nehmen: «Das also ist geschehen! Gut, nun weiß ich es!»

Verstehen bedeutet bei Ψ also die Konstruktion eines Schemas. Ein solches Schema könnte es sich nun auch noch *vorstellen*. Es sei betont: Verstehen heißt nicht notwendigerweise Erzeugung von *Vorstellungen*. Man *kann* aus sensorischen Schemata Vorstellungen machen (siehe «Die innere Bühne», Seite 199), aber das *muß* nicht geschehen. Ich habe die Art und Weise, wie Ψ aus Wortreihen den Sinn ermittelt, immer mit Bildern illustriert, mit Bildern über die Gedächtnisrepräsentation von «neben», von «Berta» usw. Das ist ein wenig gefährlich, denn dadurch könnte der Eindruck entstehen, es handle sich beim Verständnis von Sätzen um die Erzeugung von Vorstellungsbildern, und die Produktion von Sätzen oder Fragen sei immer so etwas wie das Konstruieren von Vorstellungen.

Es geht aber nicht um Vorstellungen, es geht um *Schemata*. Und Schemata sind, obwohl ich sie der Anschaulichkeit wegen in den Illustrationen immer so dargestellt habe, keine Bilder, auch keine inneren; es sind *Programme.* Sensorische Schemata sind Programme über die Art, wie eine Reizkonfiguration oder ein Reizstrom abgetastet werden muß, damit man entscheiden kann, ob etwas Bestimmtes der Fall ist oder nicht. Und Verhaltensprogramme sind – nun ja – eben Programme für die Aktivierung von Verhalten.

Aus einem sensorischen Schema *kann* man eine Vorstellung machen, und für manche Zwecke empfiehlt sich das; aber es muß nicht sein.

Wenn jemand zu mir sagt: «Ein Pferd zieht einen Wagen» und mich fragt, ob ich verstanden habe, was er meint, antworte ich ohne jegliches Zögern «Ja!», obwohl ich in diesem Moment keineswegs irgendeine Art von Vorstellung davon habe, wie da welches Pferd welchen Wagen zieht. Warum habe ich dennoch das Gefühl, den Satz verstanden zu haben? Weil ich weiß, daß sich alle Wörter dieses Schemas auf Dinge beziehen, die ich kenne, und somit die Gewißheit habe, daß ich ein entsprechendes Vorstellungsbild konstruieren könnte, wenn ich es wollte. – Und wenn ich es dann will, tauchen alle möglichen Vorstellungsbilder vor meinem «inneren Auge» auf; ein magerer Klepper, der einen luftbereiften Kohlenwagen zieht und an den ich mich aus meinen Kindertagen erinnere; zwei schwere belgische Kaltblüter, die vor einen Wagen voller Bierfässer gespannt sind, eine elegante leichte Kalesche (nennt man so etwas nicht Landauer?) mit einem glänzenden schwarzen Vollblüter (vermutlich eine Filmerinnerung!) usw. Diese Vorstellungen sind dann durchaus mehr oder minder lebendig. Aber in dem Augenblick, da der Satz «Ein Pferd zieht einen Wagen» fällt, sind sie überhaupt nicht vorhanden.

Verstehen bedeutet also zunächst einmal keineswegs die Erzeugung von Vorstellungen, sondern das Wissen darum, daß man sie erzeugen *könnte.* So ähnlich drückt es Karl Bühler aus: «Es ist in den methodisch einwandfreiesten und zuverlässigsten Versuchssituationen geschulten Beobachtern immer wieder aufgefallen, daß häufig überhaupt keine angebbaren (anschaulichen) Sachvorstellungen da sind; wohl aber ein Bezug (eine Intention) des Denkenden auf ein Stück oder Moment der in seinem latenten Wissen vertretenen Welt» (Bühler 1934, Seite 220).

Bühler spricht in diesem Zusammenhang auch von «Akten des meinenden Abzielens» und gibt die Auffassung seiner Frau Charlotte Bühler wieder, wenn er schreibt, daß die «Was-Bestimmtheit (Poiotes) dessen, worauf der denkende Sprecher im Einzelfall erlebnismäßig abzielt, sphärenartig von anderen abgegrenzt ist». – Etwas weniger umständlich ausgedrückt: Man weiß, daß etwas nicht ganz klar Bestimmbares, aber von anderem Verschiedenes mit einem bestimmten Satz oder einer Redepassage gemeint ist. Und wenn es denn notwendig werden sollte, könnte man es auch als Vorstellung oder als Folge von Vorstellungen aufrufen.

Der Unterschied zwischen dem Wissen um einen Bezug und einer Vorstellung ist wichtig. Gadenne (1996, Seite 42ff.) meint neuerdings, das Ausbleiben prägnanter Vorstellungen beim Verstehen von Sätzen sei ein Indiz für die Existenz eines «amodalen» Gedächtnisses, das heißt eines reinen Relationsgedächtnisses ohne inhaltlichen Bezug. Viele Theoretiker der kognitiven Psychologie nehmen an, daß es so etwas im menschlichen Gedächtnis gebe und daß es der eigentliche Ort des Denkens sei (zum Beispiel Anderson 1996, Seite 141, 356). Wenn also im Gedächtnis gespeichert ist:

ist_Vater_von (Fritz, August)
ist_Vater_von (August, Hans)
Wenn ist_Vater_von (X, Y) und ist_Vater_von (Y, Z), dann
ist_Großvater_von (X, Z),

kann man daraus logisch ableiten

ist_Großvater_von (Fritz, Hans)

Das geht ganz formal vonstatten; der Sinn von «Fritz» oder «August» oder «Großvater» oder auch von «ist» ist für diese Art des Operierens nicht notwendig. Die logische Operation geschieht sinnfrei, amodal, sie ist keiner Sinnesmodalität zugeordnet.
Ψ braucht kein amodales Gedächtnis. Es kann wissen, daß sich ein Wort oder ein Satz auf sensorische Schemata oder Verhaltensprogramme bezieht, ohne daß diese direkt aufgerufen werden. Es besteht eben ein Unterschied zwischen einer Sache und einem Zeiger, der auf die Sache zeigt. Oft gibt man sich mit dem Wissen zufrieden, daß es einen solchen Zeiger gibt. Das, worauf

gezeigt wird, braucht dabei gar nicht aktualisiert zu werden. Damit ist aber keineswegs gesagt, daß es ein Gedächtnis ohne solche Verweise gibt.

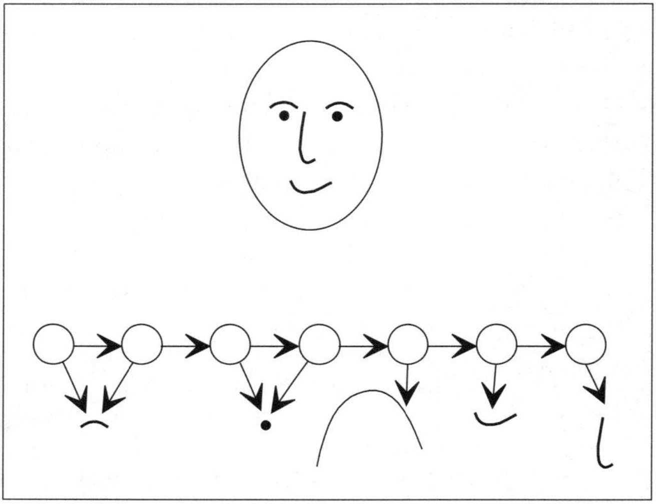

Abbildung 7.13
Ein Muster und sein Schema

Warum ist es wichtig und vielleicht sogar manchmal notwendig, mit *Vorstellungen* zu operieren, also aus einem sensorischen Schema eine Projektion zu machen, die auf einer inneren Leinwand den Sinn abbildet? Um diese Frage zu beantworten, müssen wir zwischen einem Bild und einem Programm zur Identifizierung oder zur Erzeugung eines Bildes – und darum handelt es sich bei den Schemata – unterscheiden. Wenn wir zum Beispiel das Gesicht der Abbildung 7.13 als Schema darstellen, so könnte dabei herauskommen, was unten auf der Abbildung zu sehen ist. Wir haben sieben Interknoten, die auf fünf Subknoten verweisen. Zwischen den Interknoten gibt es Raum-Zeit-Angaben (die ich in der Zeichnung weggelassen habe), insgesamt genau sechs. Es gibt beispielsweise die Angabe, daß das eine Auge von dem anderen um soundso viele Längeneinheiten nach rechts versetzt entfernt ist; das gleiche gilt für die Augenbrauen usw. Sieben Element- und sechs Relationsangaben, das reicht für ein Programm zur Identifizierung des Gesichts oder zur Erzeugung einer Gesichtsvorstellung. – Wie viele Raum-Zeit-Relationen sind nun aber in dem wirklichen Gesicht vorhanden? Nun, ob man es glaubt oder nicht, *unendlich* viele! Die Entfernung vom linken Auge zum rechten Mundwinkel, vom linken Auge zum linken Mundwinkel, von der rechten Augenbraue zur linken Nasenunterkante, von einem Punkt der Kopfumrandung zu irgendeinem Punkt auf der Augenbraue und so fort. Unendlich viele Beziehungen im Vorstellungsbild und nur endlich viele Beziehungen im Schema – das macht den Unterschied! Aus einem Vorstellungsbild läßt sich unendlich viel mehr direkt ablesen als aus dem Schema. (Natürlich: Implizit sind auch in diesem alle Relationen enthalten; auch ein Schema enthält implizit unendlich viele Relationen zwischen allen möglichen Punkten des Objekts. Aber es fällt sehr schwer, sie aus dem Schema allein ans Licht zu befördern. Sie aber aus dem Vorstellungsbild abzulesen ist ein Kinderspiel.)

So erleichtert ein Vorstellungsbild die Betrachtung eines Objekts unter den verschiedensten Aspekten; man könnte aus ihm zum Beispiel ohne Schwierigkeiten den Flächeninhalt des Augen-Mund-Dreiecks oder des gesamten Gesichts oder des Augen-Nase-Dreiecks oder welcher Relation auch immer zumindest grob abschätzen. Über diese Flächeninhalte ist in der Schemadarstellung des Bildes überhaupt nichts ausgesagt, zumindest nicht direkt.

Wenn man also ein Gesicht unter dem Flächenaspekt betrachten möchte, dann ist es vernünftig, aus dem Schema eine Vorstellung zu machen und aus dieser das Gewünschte abzulesen. Vorstellungen erhöhen also die Fähigkeit, ein Objekt unter den verschiedenartigsten Perspektiven zu sehen und Aspektwechsel vorzunehmen. Sie sind damit eine wichtige Voraussetzung für die Flexibilität im Umgang mit Sachverhalten. – Dies mag eine Ursache dafür sein, daß Konstrukteure im Maschinenbau während des Konstruktionsprozesses immer wieder das Zeichenbrett benutzen und warum dreidimensionale (heutzutage computerisierte) Darstellungen von Maschinen und Maschinenteilen eine so große Rolle spielen.

Und wenn sich das Verstehen eines Satzes nicht in einfacher Weise durch das Aufrufen von Schemata ergibt, wenn konstruiert werden muß, wie bei Pluckerwank-Sätzen oder Klirrende-Fahnen-Sätzen, dann können Vorstellungen sehr hilfreich sein.

Wurde ein Satz gehört oder verstanden, wäre es zudem vernünftig, daß

Ψ das neue Schema daraufhin untersucht, ob es zu seinem Weltmodell paßt. Ist das glaubwürdig, was da berichtet wird? Ist es mit den anderen Geschehnisschemata, Verhaltensprogrammen, Situationsschemata, die sich in seinem Gedächtnis angehäuft haben, verträglich?

Der dicke Albert ist doch sonst durchaus großzügig, gibt zum Beispiel reichlich Trinkgelder; wieso zahlt er nun Berta nur so wenig für die gebügelte Hose? Das muß doch einen Grund haben! Also: einmal nachfragen!

Oder: Berta und Hosen bügeln? Berta haßt Hausarbeit! Wieso kommt sie dazu, dem dicken Albert seine Hosen zu bügeln? Und das noch ohne Bezahlung oder nur für wenig Geld! Was ist der Grund für Bertas Hosenbügelaktivität? Hat sie eine großzügigere Belohnung erwartet? Dann ist nach dem Empfang des geringen Geldbetrags ja nunmehr mit einem Wutausbruch von Berta zu rechnen. Sie wird dem dicken Albert das Bügeleisen an den Kopf werfen! – Wirklich? «Ach bitte», wird Ψ gespannt sagen, «und wie geht es dann weiter?»

Wenn man sich nun fragt, auf welche Weise Ψ wissen kann, daß Berta Hausarbeit haßt, dann mag man sich an die synchytischen Begriffe erinnern, an die semantische Disjunktivität. «Berta» heißt eben nicht ein bestimmtes sensorisches Schema von einer Frau, sondern kann eine Menge von Geschehnisschemata in sich vereinen. Es ist einem schon einmal passiert, daß Berta auf die Aufforderung, das Geschirr vom Abendessen abzuwaschen, mit brüsker Ablehnung reagiert hat. Und dann ergab es sich ein anderes Mal, daß man, als man bei Berta Tee trinken wollte, nicht sofort eine Teetasse bekam, weil diese erst abgewaschen werden mußte, in einer Spüle, in der sich das schmutzige Geschirr stapelte. Und so weiter. Und diese verschiedenen Erlebnisse mag man zusammenfassen in dem Urteil «Berta haßt Hausarbeit», was nichts anderes heißt, als daß Berta danach trachtet, diese Art von Tätigkeiten zu vermeiden. Und wenn erst mal ein derartiges Urteil über Berta existiert, dann wird es auch ein Ψ wundern, daß sie Hosen bügelt.

Das Sprechen von Sätzen

Wenn wir uns damit befassen wollen, auf welche Art und Weise Ψ Unterhaltungen über die Gewohnheiten von Berta und über die Gründe für ihr merkwürdiges Verhalten führt, müssen wir uns zunächst noch Klarheit darüber verschaffen, wie es Ψ überhaupt schafft, Sätze nicht nur zu verstehen, sondern auch zu erzeugen, also zu sprechen. Wie der Weg beschaffen ist, der bei Ψ vom Lautstrom zum Sinn führt, haben wir in den vorigen Abschnitten gesehen. Wie aber geht es umgekehrt? Wie macht Ψ aus einem «Sinn», das heißt aus einem mehr oder minder großen Schema, einen Lautstrom?

Ganz einfach: andersherum! Bleiben wir einmal bei dem Schema für den dicken Albert, der Berta Geld gibt, wie es in der Abbildung 7.10 unten (Seite 632) dargestellt ist. Diese Szene ist zunächst einmal ein Geschehnisschema, eine Folge von drei Situationen. Herrmann und Grabowski (1994, zusammenfassend Seite 369) nennen so etwas «Protoinput». Wie wird daraus der Lautstrom «Der dicke Albert gibt Berta Geld»?

Abbildung 7.14 auf Seite 652 zeigt den gesamten Prozeß. Der erste Schritt ist die Suche nach einem Schema, in welches das konkrete Geschehnisschema vom dicken Albert und von Berta hineinpaßt. Diese Suche kann wieder mit Hilfe des HyPercept-Algorithmus ablaufen, der ja nichts anderes macht, als für ein Schema ein anderes im Gedächtnis zu finden, das mit ihm verträglich ist. Wenn ein abstraktes Geschehnisschema für das konkrete Albert-Berta-Geschehen gefunden werden kann, wie es in Abbildung 7.14 dargestellt ist, dann wird das zugehörige motorische Sprechprogramm, das syntaktische Schema für «geben», aufgerufen. Kern dieses Programms ist das Verhaltensprogramm für das Aussprechen des Wortes «geben». Dieses ist aber eben nur der Kern; das gesamte mit «geben» verbundene Verhaltensprogramm (in der Abbildung rechts dargestellt) ist umfassender und enthält Vorläufer und Nachläufer, $Nomen_1$, $Nomen_2$ und $Nomen_3$. Sie sind «leere», also verweisfreie Interneuronen.

Nun gibt es ja eine klare Zuordnung der Bestandteile des Ausgangsschemas, also im Beispielsfall des «Albert-Berta-Schemas», zum abstrakten «geben»-Schema. «Albert» ist dem Aktor zugeordnet, «Berta» dem Rezipienten, und «Geld» ist das Objekt. Die Elemente des «geben»-Schemas sind wiederum dem motorischen Programm zugeordnet, der Aktor dem ersten Interneuron, der Rezipient dem zweiten, das Objekt dem dritten. Somit können nun die motorischen Schemata «Albert», «Berta» und «Geld» den Interneuronen des «geben»-Schemas zugeordnet werden. Sobald diese Verknüpfung erfolgt ist, kann das gesamte Verhaltensprogramm der Prozedur «Aktiviere-Verhaltensprogramm» (siehe Abbildung 2.5, Seite 100) übergeben werden. Und dann spricht Ψ *«Albert geben Berta Geld»*.

Eigentlich müßten wir nun Ψ noch das Konjugieren beibringen, damit es den Lautstrom «Albert *gibt* Berta Geld» produziert, aber wir ersparen uns das, weil es uns hier auf die letzten Feinheiten noch nicht ankommt.

Die Theorie, daß beim Aussprechen von Sätzen zuerst das Beziehungsschema – in unserem Fall also das syntaktische Schema für «geben» – vorhanden ist, in das dann konkreter Inhalt «eingefüllt» wird, hat schon Karl

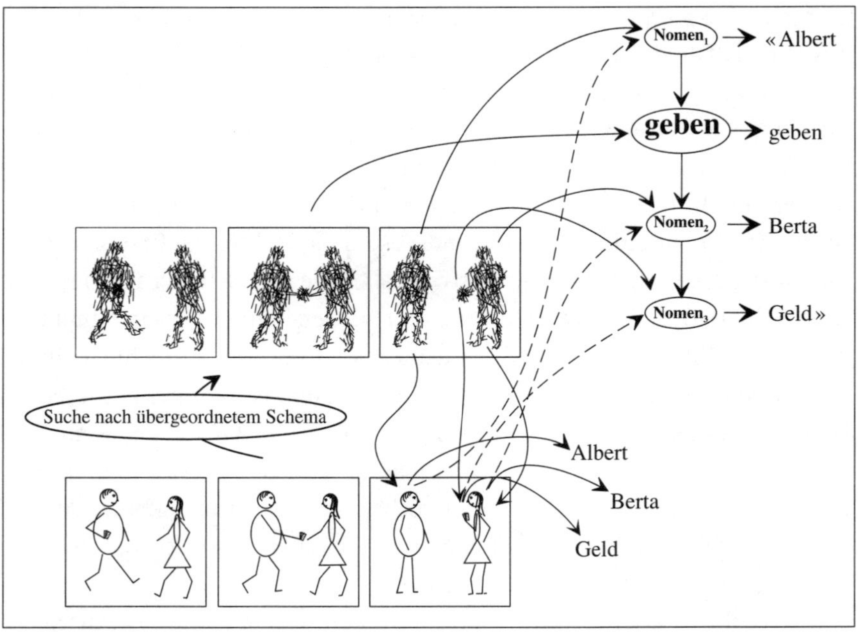

Abbildung 7.14 Das Sprechen eines Satzes

Bühler entwickelt, der die Auffassung vertrat, daß beim Sprechen, besonders beim «lauten Denken», wenn vielleicht noch unklar ist, was man sagen will, zunächst einmal eine Art von hohlem Beziehungsschema bereitsteht, in das dann eingesetzt wird, was man meint (Bühler 1934, Seite 235).

Wenn man nun Ψ eine große Menge Wörter genannt hat, dann wird es wahrscheinlich für beliebige Szenen und Geschehnisse, die sich aufgrund der Wahrnehmung einer bestimmten Situation im Protokollgedächtnis befinden, auch ein semantisches Schema finden und damit ein Wort oder ein Wortgefüge, mit dessen Hilfe sich dann eine sprachliche Kodierung der Szene finden läßt. Aber das muß nicht so sein. Die Wörter einer Sprache sind wohl kaum jemals deckungsgleich mit allen möglichen Geschehnissen, die man erleben kann. Und besonders wenn Ψ noch nicht viele Wörter gelernt hat, wird es oftmals in «Sprachnot» geraten, das heißt für ein bestimmtes Geschehnis oder ein bestimmtes Objekt eben kein semantisches Schema finden, also kein Schema, welches seinerseits mit einem Wort oder (bei Verben) einem ganzen syntaktischen Gefüge verbunden ist. Was dann? Dann hat Ψ zwar einen Gedanken, das heißt ein bestimmtes Schema, kann ihn aber in Worten nicht ausdrücken.

Was nun? Verschiedenes ist denkbar. Ψ könnte beispielsweise versuchen, für das Beziehungsgefüge, welches es nicht benennen kann, ein ähnliches zu finden, für das es einen Namen hat. Bleiben wir beim «geben» und nehmen einmal an, Ψ habe für diesen Prozeß noch keinen Namen gelernt. Es existiert also kein semantisches Schema der Art wie in Abbildung 7.7 (Seite 617) gezeigt, das mit dem Wort «geben» verbunden ist. Vielleicht kennt Ψ aber einen Vorgang, der so ähnlich aussieht wie dieser Prozeß. So könnte ihm zum Beispiel der Prozeß und damit das Wort «füttern» einfallen. Hier nähert sich auch ein Akteur dem anderen und übergibt ihm etwas. Also könnte Ψ die Szene unten in Abbildung 7.10 (Seite 632) versuchsweise als «Albert füttert Berta mit Geld» kodieren.

Das klingt natürlich etwas komisch, hat aber andererseits einen gewissen Reiz! Denn diese aus der Sprachnot geborene Metaphorisierung des Übergebens eines Geldbetrages durch das Wort «füttern» legt natürlich alle möglichen anderen Assoziationen nahe und führt fast zwangsläufig dazu, daß sich Ψ nun alle möglichen Gedanken über das Verhältnis von Albert und Berta machen könnte, auf die es mit dem Wort «geben» kaum gekommen wäre.

Spezialisten für das Sagen des Unsagbaren, für das Überwinden der Sprachnot, sind Dichter, und in der Lyrik spielt die Metapher bekanntlich eine große Rolle. Wollten wir uns hier Gedanken darüber machen, auf welche Art und Weise Ψ zum Poeten werden könnte, wäre die Sprachnot und die Verwendung von Metaphern zu ihrer Überwindung ein guter Anfang.

Es gibt noch andere Möglichkeiten, mit der Sprachnot fertig zu werden. Eine Methode wäre die Zerlegung eines Geschehnisses oder einer Szene in Kleindetails, für die man dann Wörter hat. Wenn Ψ zum Beispiel das Wort «verkaufen» nicht kennt, so könnte es den entsprechenden Vorgang folgendermaßen schildern: «B gibt A X, A gibt B Geld.» Das wäre zwar eine etwas umständliche Beschreibung eines Verkaufsprozesses, aber sie trifft zu. Auch «geben» könnte es in Teilprozesse zerlegen, beispielsweise: «A hat in der rechten Hand Geld. A nähert sich B, streckt die rechte Hand mit dem Geld B entgegen. B nimmt das Geld und lächelt.» – Auch etwas umständlich, aber der Sinn ist getroffen.

Sprechen ist nun gewöhnlich nicht das Aussprechen eines einzelnen Satzes. Man erzählt eine Geschichte, wird durch Zwischenfragen unterbrochen, nimmt den Faden wieder auf, wiederholt sich, paraphrasiert etwas, weil einem die Reaktion der Zuhörer zeigt, daß sie eine Bemerkung nicht verstanden haben. – Ein solches Sprechen ist ein kompliziertes Geschehen, das wir bei weitem nicht tief genug ergründet haben. Leider kann ich auf all seine verschiedenen Aspekte nicht allzu genau eingehen, weil das Buch sonst über alle Grenzen wachsen würde. Zum Glück aber gibt es ein Werk, das die Sprachproduktion ausführlich behandelt: *Sprechen – Psychologie der Sprachproduktion* von Herrmann und Grabowski (1994).

Doch wie auch immer Sprechen im einzelnen in seinem jeweiligen Kontext abläuft: Die Fähigkeit, eine Situation oder einen Gedanken in Sätze zu fassen, ist basal, und mit dieser basalen Fähigkeit haben wir Ψ versehen. – Im nächsten Abschnitt und im Abschnitt «Diskurse» (Seite 680ff.) aber werden wir uns auch ein wenig mit der Kontextabhängigkeit des Sprechens befassen, damit wenigstens ein Eindruck davon entsteht, wie die Einbettung des Sprechens in einen umfassenderen Zusammenhang bei Ψ aussehen kann.

Geht es anders?

Die Sprachproduktion besteht bei Ψ darin, daß irgendein «Sinn», also ein Schema, in einen Wortstrom umgewandelt wird. Wenn wir nun unseren Beispielsatz von Albert nehmen, der Berta aus irgendwelchen Gründen Geld gibt, so läßt sich die in Abbildung 7.10 (Seite 632) als Geschehnis dargestellte Szene ja auch anders ausdrücken als mit dem Satz «Albert gibt Berta Geld». Entsprechend den Umständen könnte man auch sagen «Albert gab Berta Geld» oder «Albert wird Berta Geld geben» oder «Der dicke Albert gab Berta viel zu wenig Knete» oder «Albert schob Berta die Penunzen rüber» oder «Der Dicke schmiert Berta».

Alle diese sprachlichen Äußerungen können sich auf dasselbe Geschehnis beziehen. Und wenn Ψ seine Sprachlektionen ordentlich durchlaufen hat, dann kennt es für ein Wort wie «Geld» eine Reihe von Synonymen, beispielsweise «Penunze» oder «Moos» oder «Mäuse» oder «Flöhe». Und zweifellos kann man Albert auch als «Mann» bezeichnen oder als «Ollen» oder Berta als «Frau» oder «Alte» (natürlich auch als «Olle»). Und statt «Geld geben» kann man sagen: «in den Rachen werfen» oder «rüberschieben». Also: Ψ kann unter zahlreichen Möglichkeiten auswählen, das Geschehnis in Worte zu fassen. Wie wird diese Auswahl getroffen? Das läßt sich konkret nur beantworten, wenn man die gesamte Lebenssituation von Ψ und die aktuelle Kommunikationssituation betrachtet. Aber einige Determinanten können wir auch so aufzählen, damit nicht der Eindruck entsteht, Ψ könne nur ein farbloses Standarddeutsch sprechen.

Ich habe im ersten Absatz vier verschiedene Modifikationen der sprachlichen Fassung beschrieben:

1. Sprachliche Fassungen können sich nach der Möglichkeits- oder der Zeitform, also nach Indikativ, Konjunktiv, nach Vergangenheits-, Gegenwarts- und Zukunftsform, unterscheiden.
2. Sprachliche Fassungen können knapp oder elaboriert sein («Albert» oder «der dicke Albert»).
3. Sprachliche Fassungen eines Gedankens können konkret oder abstrakt sein («Albert» oder «der Mann»).

4. Sprachliche Fassungen können sich durch die spezifische Auswahl aus dem Synonymvorrat für eine Sache oder ein Geschehnis unterscheiden («Geld» oder «Moos»).

Das sind sicher nicht alle Möglichkeiten, aber bleiben wir erst einmal dabei. – Was soll Ψ dazu bringen, die Vergangenheits-, die Gegenwarts- oder die Zukunftsform zu wählen oder eine Möglichkeitsform? Das läßt sich relativ einfach regeln! Es kommt jeweils darauf an, wo, in welchem Teil seines Arbeitsgedächtnisses, es das sprachlich zu fassende Geschehnis vorfindet. Ist dieses zum Beispiel im Protokollgedächtnis vorhanden, sollte Ψ eine Vergangenheitsform wählen. Und auch das läßt sich noch weiter spezifizieren. Wenn es sich um ein einmaliges Geschehnis handelt, das inzwischen abgeschlossen ist, dann sollte Ψ eine Perfektform wählen («Albert hat Berta Geld gegeben»). Wenn aber dieser Geldtransfer öfters stattfand und vielleicht auch in Zukunft noch stattfinden wird, sollte man sich eher für eine Imperfektform entscheiden («Albert gab Berta Geld»).

Die Regeln für den Gebrauch von Vergangenheitsformen sind von Sprache zu Sprache verschieden. Zumindest in der Umgangssprache ist der Unterschied zwischen Imperfekt und Perfekt im Deutschen verschwommen. Im Russischen dagegen wird er scharf akzentuiert, dadurch, daß es meist zwei, oft recht verschiedene Verben für ein und denselben Prozeß gibt, je nachdem, ob er wiederholt stattfindet oder nur einmal. So bedeutet «choditj» soviel wie «ständig gehen», «immer wieder gehen»; «idti» dagegen bezeichnet das Gehen, das nur einmal stattfindet. So wird man die Sätze «ja chodil (Vergangenheitsform von ‹choditj›) w schkolu» und «ja schol (Vergangenheitsform von ‹idti›) w schkolu» beide mit «ich ging in die Schule» übersetzen. Im zweiten Fall tat ich das aber dauernd, während ich im ersten einmal zum Schulgebäude ging. (Man beachte, daß hier nicht nur der Zeitbezug verschieden ist, sondern auch der Sinn des Wortes «Schule».)

Wie immer die Regeln der jeweiligen Sprache sind: Bei Ψ hängt die Wahl der jeweiligen Vergangenheitsform davon ab, wie das betreffende Ereignis im Protokollgedächtnis gespeichert ist. – Wenn aber bei ihm ein bestimmtes Schema in einer Verzweigung des Erwartungshorizontes vorkommt, so kann Ψ eine Konjunktivform verwenden. Vielleicht kann es sogar die Bedingungen der Verzweigung einbeziehen und dann beispielsweise äußern: «Wenn Albert Berta träfe, gäbe er ihr Geld.» Befindet sich ein bestimmtes Schema im Erwartungshorizont, das nicht in einer Verzweigung liegt, das sich also «unbedingt» ereignen wird, dann wird Ψ eine Futurform benutzen: «Albert wird Berta Geld geben.»

Es kann auch sein, daß ein solches Schema, wie in Abbildung 7.7 (Seite 617), in Ψs Absichten, in seinen Plänen vorkommt. Es wäre ja denkbar, daß Ψ *vorhat*, Albert aufzufordern, Berta Geld zu geben, weil das dann zu irgendwelchen für Ψ wünschenswerten Reaktionen seitens Berta führt. Dann wird Ψ sagen: «Ich werde Albert veranlassen, Berta Geld zu geben.» – Es wäre auch möglich, daß Ψ diese Geldübergabe nur als eine von mehreren Alternativen plant, die unter bestimmten Bedingungen in die Tat umgesetzt werden soll. Ψ könnte also erwägen, ob es im Hinblick auf die von ihm angestrebten Ziele sinnvoll wäre, Berta durch Albert Geld geben zu lassen. Sollte sich dies ergeben, würde es sagen: «Ich könnte Albert veranlassen, Berta Geld zu geben.»

Die Determinanten der Wahl der verschiedenen Tempora und Möglichkeitsformen liegen also in der Art und Weise, wie das jeweilige Geschehnis im Arbeitsgedächtnis von Ψ gespeichert ist.

Wie steht es nun mit den Ausschmückungen? Wann wird Ψ sagen «der dicke Albert» und nicht nur einfach «Albert»? – Das könnte aus verschiedenen Gründen geschehen, hängt aber wohl immer mit den Absichten zusammen, die Ψ mit seinem Sprechen verfolgt. Beispielsweise wäre es möglich, daß der Adressat von Ψs Rede zwei Alberts kennt; der eine ist dick, der andere dünn. Dann muß es, damit der Gesprächspartner weiß, wovon die Rede ist, den gemeinten Albert genauer bezeichnen.

Oder Ψ gebraucht das Adjektiv «dick» in herabsetzender Absicht. Zumindest in unserer Kultur ist dick zu sein nicht wünschenswert (obwohl es ja andererseits ein häufiger Zustand ist). Allzu große Leibesfülle kann sich als Folge des allzu starken Besorgtseins um das eigene Wohl einstellen. Und dann bekommt der Satz «Der dicke Albert gibt Berta Geld» einen deutlich höhnischen Charakter. «Albert markiert den dicken Wilhelm! – Sieh mal an, er läßt sich ausnahmsweise mal herab!» (Der «dicke Wilhelm» in dieser Redewendung wird wohl Friedrich Wilhelm II. gewesen sein, der sich sowohl durch Körpergröße als auch durch Leibesfülle von seinem Onkel und Vorgänger auf dem preußischen Thron, Friedrich dem Großen, unterschied. Ihm hat man seinen Frauenverschleiß übler genommen als seinem Onkel den Verschleiß von Soldatenleben.)

Und wann sagt man: «Der Mann gibt der Frau Geld»? Auch das kann wieder verschiedene Gründe haben. Beispielsweise kann diese Äußerung Teil eines Gespräches während einer Beobachtungssituation sein; der Satz hat eine Zeigefunktion: «Guck mal! Der Mann gibt der Frau etwas!» Die Kennzeichnung «Mann» weist den Partner auf den Bereich der Realität hin, den er näher betrachten sollte. In diesem Fall kann man den Namen «Albert» vielleicht gar nicht verwenden, obwohl man weiß, daß der Mann Albert heißt, denn der Gesprächspartner kennt ihn nicht und könnte deshalb mit «Albert gibt der Frau Geld» wenig anfangen. Bei einer solchen Hinweisfunktion der Sprache sind auch ergänzende «Ausschmückungen» üblich, die in diesem Kontext der näheren Bestimmung dienen. «Der dicke Mann da mit dem Watschelgang und dem zerdrückten Hütchen ...» Das Gemeinte wird als Schnittpunkt mehrerer Abstrakta dargestellt.

Denkbar wäre auch, daß durch einen solchen Satz auf die allgemeine Generosität des männlichen Geschlechts hingewiesen werden soll: «Männer geben!» Auch hier spielt wieder die spezifische Intention der Kommunikationssituation und das allgemeine Weltbild die entscheidende Rolle.

Und wie steht es nun mit der Wahl von Synonymen? Wann sagt man «Moos» statt «Geld»? – Die Synonyme «Penunze» oder «Moos» für «Geld» (das sind nie echte Synonyme; daß es wirklich vollkommene Synonyme gibt, kann man bestreiten; «Knete» ist zwar Geld, aber ganz bestimmtes Geld!) stammen aus einer ganz bestimmten Gruppe, nämlich der der «Fahrenden», die Rotwelsch, Manisch oder Jenisch sprachen, die Sprache der Hausierer, Scherenschleifer, der Landstreicher, der «Kunden», oft am Rande zur Kriminalität und Gesetzlosigkeit. Durch Benutzung von Elementen dieser Sprache kommt man dieser Menschengruppe nahe, und das mag für manchen wertvoll sein, weil man auf diese Weise teilhat an Merkmalen dieser Gruppe (Kühnheit, Freiheit). – Oder man möchte sich abgrenzen. Und so entstehen dann Jugendsprachen, und so ist wohl das Rotwelsch auch entstanden. Das Schema ist gewöhnlich einfach: Die

Grammatik wird beibehalten, die gewöhnlichen Wörter der Sprache aber werden durch für Außenstehende unverständliche Synonyme ersetzt (die beim Rotwelschen oft dem Jiddischen oder dem Romani entnommen wurden).

Das ist nun natürlich beileibe nicht alles, was man sagen kann zu der Frage, warum eine bestimmte Aussage mal so und mal anders und in einer bestimmten Situation so und nicht anders formuliert werden kann. Es kommt auf die Absichten an, auf das Wissen, auf die konkrete Situation. Und natürlich spielt der Kommunikationspartner eine Rolle. Der soll ja verstehen, was man sagt (oder auch nicht).

Und Ironie? Formal tritt diese oft in Gestalt einer maßlosen Übertreibung oder sogar einer Verkehrung ins Gegenteil auf. Wenn Berta, gefragt, wieviel Geld ihr Albert gegeben habe, antwortet: «Also, ein Vermögen!», dann kann das bedeuten: «Fast nichts!» Wenn sie aber antworten würde: «Gar nichts, natürlich!», dann könnte sie damit meinen: «Ziemlich viel und sehr angemessen!»

Ironie bedeutet immer eine gewisse Aggression gegen den Adressaten. Die entsprechenden Antworten Bertas, die ich eben geschildert habe, können im Grunde bedeuten: «Das kannst du dir doch selber denken; da braucht man doch nicht zu fragen! Es ist doch klar, daß Albert niemals etwas freiwillig hergibt oder allenfalls den geringstmöglichen Betrag!» Beziehungsweise: «Das kannst du dir doch selber denken; es ist doch klar, daß Albert immer großzügig ist!»

Die Verwendung von Ironie kann bedeuten: «Dumme Frage!» Wenn also Ψ auf einen Kommunikationspartner trifft, der nach etwas fragt, was er eigentlich wissen müßte oder sich selbst erschließen könnte, ist der Anlaß zu Ironie gegeben.

Nun wollen wir Ψ die Fähigkeit, ironisch zu werden, nicht in vorprogrammierter Form eingeben. Es sollte so etwas lernen können. Und die Formen und Effekte ironischer Äußerungen lassen sich sehr wohl durch Beobachtung erschließen. Ψ beobachtet zwei Leute, die gerade ihr Gepäck für ihren Wochenendurlaub im Auto verstauen und dann losfahren. Während der Fahrt fragt Bertram Hiltrud: «Sag mal, du hast doch hoffentlich die Schwimmflossen und Taucherbrillen eingepackt!?» Hiltrud: «Schwimmflossen? Taucherbrillen? Sollte ich die denn mitnehmen?» Daraufhin Vollbremsung, Tür auf, im Geschwindschritt zum Kofferraum, Tasche auf – Tauchausrüstung vorhanden. Beleidigt steigt Bertram wieder in den Wagen. Hiltrud lächelt höhnisch: «Das hättest du dir doch denken können, daß ich *das* nicht vergesse!»

Bertram ist zutiefst beleidigt, aber Ψ, der stille Beobachter, weiß jetzt, wie man unter anderem auf dumme Fragen reagieren kann.

Eine ironische Äußerung meint nun allerdings nicht nur das Gegenteil dessen, was gesagt wird. Sie hat darüber hinaus eine tiefere Bedeutung, nämlich die einer Aggression gegenüber dem Fragenden. Dasselbe gilt für viele Synonymisierungen. Wenn jemand auf die Frage, was denn da geschieht, nicht antwortet: «Albert gibt Berta Geld», sondern: «Der Olle schiebt der Tante die Knete rüber», so bedeutet der zweite Satz nur auf der obersten Sinnebene das gleiche wie der erste. Auf der zweiten Sinnebene hat er zusätzlich noch ganz andere Bedeutungen. Eine solche Formulierung kann ebenfalls eine Aggression gegenüber dem Frager beinhalten. Man bedient sich eines Jargons, den dieser nicht mag. Oder sie bedeutet die Identifizierung mit einer bestimmten Gruppe. Oder … .

Ironie und die Verwendung eines anderen Sprachcodes bedeuten oft Hintergründigkeiten, das Spiel mit einer zweiten Sinnebene, die durch die spezifische Art der Äußerung übermittelt wird. – Lassen wir es dabei: Das ist ein weites, aber – und dies zu zeigen war der Sinn meiner Ausführungen – für Ψ keineswegs unzugängliches Feld.

Jetzt haben wir uns lange damit befaßt, wie Ψ einzelne Äußerungen von sich gibt. Das wird es nun natürlich gewöhnlich genausowenig tun wie wir Menschen. Wenn sich Ψ äußert, so ist seine Rede immer Bestandteil der Umsetzung einer Absicht, und die Unterhaltungen, die sich da entspinnen, werden kaum je nur aus einer einzigen Äußerung bestehen. Wenn aber komplexere Dinge geschildert werden müssen als Inhalte, die sich in einem einzelnen Satz ausdrücken lassen, dann muß Ψ viele Sätze aneinanderreihen. Im Abschnitt «Diskurse» (Seite 680ff.) werde ich auf die Frage, wie Ψ dies tun kann, noch etwas genauer eingehen. Aber zunächst einmal wenden wir uns nun einem Thema zu, das fast noch wichtiger ist als das Verstehen und Erzeugen von Sätzen: Wie kann Ψ *Fragen* verstehen und stellen? Fragen sind beim Sprechen die eigentlichen dynamischen Elemente. Sie bringen das Gespräch voran, weil sie einerseits auf Unzulänglichkeiten und Unvollständigkeiten von Wissensbeständen hinweisen, andererseits aber dazu reizen, diese Lücken oder Unschärfen zu beseitigen.

Wie kann Ψ Fragen verstehen und beantworten?

Jetzt haben wir also geklärt, auf welche Art und Weise Ψ Aussagen verstehen und hervorbringen kann; wir haben geklärt, was im Inneren des Gedächtnisses von Ψ geschieht, wenn es eine Aussage wahrnimmt oder produziert. Wie steht es nun mit *Fragen*? Wir können mit ihnen ganz ähnlich verfahren wie mit Aussagen. Ψ soll eine Frage aufnehmen und intern in ein Schema umwandeln, gewöhnlich in ein umfangreicheres Schema, das aus verschiedenen kleineren Teilschemata besteht.

Bleiben wir zunächst bei dem Satz *«Neben dem Haus steht eine Tanne»*. Wenn wir statt dessen die Frage formulieren «Steht neben dem Haus eine Tanne?», wie soll Ψ damit umgehen? Zunächst einmal muß es in der Lage sein, eine Frage als *Frage* zu identifizieren, sie also von einer Aussage zu unterscheiden. Wie kann das geschehen?

Fragen haben gewöhnlich spezifische grammatische Formen oder auch Lauteigenschaften, die sie von anderen Sätzen unterscheiden. Zu den Lauteigenschaften gehört beispielsweise das Heben der Stimme gegen Ende des Satzes. Ein normaler Sprecher der deutschen Sprache wird die letzte Silbe des Wortes «Tanne» in der oben genannten Frage gewöhnlich in einer höheren Tonlage aussprechen als die vorausgehenden Silben: «Tan^{ne}». Außerdem hat die Frage eine andere grammatische Form, im Deutschen üblicherweise die syntaktische Verknüpfung VP → NP, also die Umkehrung der gewöhnlichen Reihenfolge von Nominal- und Verbalphrase. Aus der Wortstellung und der Betonung läßt sich gewöhnlich ersehen, daß eine

Frage gestellt und keine Aussage gemacht wurde. Aufgrund der syntaktischen Unterschiede zwischen Aussagen und Fragen kann Ψ mit Hilfe eines Parsing-Prozesses Fragen identifizieren. – Nun ist es aber nicht nur wichtig, herauszufinden, *daß* eine Frage gestellt wurde; zusätzlich gilt es, zu verstehen, *wonach* gefragt wird. Wie kann das geschehen?

Oftmals durch eine Analyse der Betonung. Liegt diese (also die Anhebung der Lautstärke im Sprachstrom) in dem Satz «Steht neben dem Haus eine **Tan**$^{\mathbf{ne}}$?» auf dem letzten Wort, so wird gefragt, ob neben dem Haus eine Tanne oder aber ein anderer Baum steht. Wenn «Tanne» dagegen nicht betont wird, dann bedeutet der Satz eher, ob *irgend etwas*, zum Beispiel eine Tanne, neben dem Haus steht. Die «Baumhaftigkeit» dessen, was da neben dem Haus stehen soll, würde noch mehr betont, wenn man die Frage in folgender Weise formuliert: «Steht eine **Tanne** neben dem Haus?» Würde dagegen die Frage in folgender Weise betont werden: «Steht neben dem **Haus** eine Tanne?», dann ist klar, daß da eine Tanne steht, und fraglich ist nur, ob sie sich neben dem Haus befindet. Die Frage «**Steht** neben dem Haus eine Tanne?» würde bedeuten, daß sich auf jeden Fall neben dem Haus eine Tanne befindet; möglicherweise ist sie aber gerade zum Zwecke der Brennholzbeschaffung gefällt worden und steht nun keineswegs mehr neben dem Haus, sondern liegt dort.

Und schließlich könnte man noch fragen: «Steht **neben** dem Haus eine Tanne?» Bei dieser Betonung wird nach der «Nebenhaftigkeit» gefragt; weder Tanne noch Haus sind fraglich, wohl aber, ob die Tanne *neben* dem Haus steht und nicht etwa davor oder dahinter.

Das, was fraglich ist, kann auch durch den Kontext festgelegt sein. Wenn man sich vorher über ein bestimmtes Haus unterhalten hat und dann ohne jede Betonung (aber mit Stimmhebung gegen Satzende) die Frage «Steht neben dem Haus eine Tanne?» stellt, so wird dies bedeuten, daß fraglich ist, ob das, was neben dem Haus steht, eine Tanne ist beziehungsweise ob überhaupt etwas neben dem Haus steht.

Das sind einige Regeln für Fragen und für die verschiedenen Formen des Fraglichen in Fragen. Vermutlich gibt es viel mehr. Das muß uns aber im einzelnen gar nicht interessieren; solche Regeln sollte Ψ mit der Zeit aus der Kommunikation mit anderen Ψs oder mit Menschen erwerben, und dies wiederum wird es dazu befähigen, zu identifizieren, *daß* es um eine Frage geht, und zu verstehen, *wonach* da eigentlich genau gefragt wird.

Was geht nun im einzelnen vor, wenn Ψ eine Frage versteht?

Wie schon angedeutet, können wir das fast genauso ablaufen lassen wie das Verständnis von Aussagen: Ψ konstruiert ein Schema entsprechend den in der Frage vorkommenden Wörtern. Das Schema, welches bei einer Frage aufgebaut wird, unterscheidet sich allerdings von dem Schema einer Aussage in einer Beziehung: Es wird von Ψ nicht als Tatsachenfeststellung akzeptiert und entsprechend gespeichert, sondern es ist fraglich. Das heißt nun nichts anderes, als daß Ψ einen Suchprozeß startet (das läßt sich natürlich wieder mit dem so vielseitig verwendbaren Arbeitspferdchen HyPercept durchführen), der nachschaut, ob sich im Gedächtnis ein Schema befindet, das dem aufgrund der Frage konstruierten entspricht.

Also: Ψ versteht Fragen, indem es Schemata aufbaut, um sodann Suchprozesse nach einem jeweils entsprechenden Schema zu starten. Wird ein solches gefunden, so antwortet Ψ ihm gemäß. Ψ kann dann den Fragesatz als Aussagesatz wiederholen, also zum Beispiel sagen: «Neben dem Haus steht eine **Tanne**.» Dabei sollte es das, was in der Frage fraglich war, also etwa die Tanne, betonen. Es kann auch lernen abzukürzen, um schlicht und einfach «Ja!» zu sagen. Oder «So ist es!»

Kann Ψ hingegen kein entsprechendes Schema in seinem Gedächtnis auffinden, dann sollte es sagen: «Weiß nicht!» Und wenn es schließlich auf ein Schema in seinem Gedächtnis stößt, das dem Suchschema in jeder Hinsicht entspricht, aber an der fraglichen Stelle etwas anderes aufweist als das, wonach gefragt wurde, zum Beispiel eine Pappel statt einer Tanne, dann könnte Ψ, wenn es lakonisch gestimmt ist, antworten: «Nein!» In einer etwas mitteilungsfreudigeren Stimmung könnte es sagen: «Nein, neben dem Haus steht eine **Pappel**!»

Die verschiedenen Fragen, die wir eben durch die Betonungspermutationen des Satzes «Neben dem Haus steht eine Tanne» gewonnen haben, sind im Grunde in Frageform gebrachte Aussagen; jede einzelne dieser Fragen läßt sich mit «ja», «nein» oder «weiß nicht» beantworten. Solche Fragen stellen *einen* Typ von Fragen dar, es sind die *Ja/nein-Fragen.*

Es gibt aber noch Fragen eines anderen Typs, nämlich *W-Fragen.* Sie werden mit bestimmten Wörtern eingeleitet, die allesamt aus Gründen, die mir noch niemand nennen konnte, mit dem Buchstaben W anfangen, zum Beispiel warum, wer, wann, was, wie, weshalb, wieso, wo, woher, wohin, wozu. (Die entsprechenden Wörter fangen im Lateinischen meist mit Q an, im Englischen auch gewöhnlich mit W, es ist schon merkwürdig!) W-Fragen fordern den Befragten auf, eine bestimmte Art von Information zu liefern; man kann sie nicht einfach mit «ja» oder «nein» beantworten. Welche Art von Information soll der Befragte geben? Das wird – in weiten Grenzen allerdings – durch das Fragewort festgelegt. Folgende Regeln existieren in der deutschen Sprache:

Warum: fragt nach den Ursachen eines Ereignisses oder eines Geschehnisses.

Wer: fragt nach dem Akteur in einem Geschehnis.

Was: fragt nach dem Objekt eines Geschehnisses.

Wie: fragt nach der Art und Weise, in der etwas stattgefunden hat oder stattfinden kann, oder nach den Eigenschaften eines Objekts, also nach dem, was in einer Sprache durch die adverbiellen Bestimmungen beziehungsweise die Adjektive ausgedrückt wird.

Weshalb: fragt nach der Instrumentalität: «Weshalb machst du das gerade *so*?»

Woher: fragt nach dem Ausgangspunkt eines Geschehnisses.

Wohin: fragt nach dem Zielpunkt eines Geschehnisses.

Wozu: fragt nach der Finalität eines Geschehnisses oder eines Verhaltens. «Wozu tust du das?»

Wo: fragt nach dem Ort eines Geschehnisses.

Wann: fragt nach der Zeit eines Ereignisses oder Geschehnisses.

Wieso: fragt nach den Gründen dafür, daß ein Ereignis in einer bestimmten Weise beschaffen ist beziehungsweise ein Geschehnis in einer bestimmten Art abläuft.

Diese Liste ist keineswegs vollständig und auch nicht kanonisch. Die Feststellung, daß sehr viele Wörter synchytisch sind, also sich auf verschiedene Begriffe beziehen, gilt auch für die Fragewörter; sie fragen nicht notwendigerweise nach einem bestimmten Merkmal, sondern manchmal nach diesem, manchmal nach jenem. Die oben stehende Liste führt nur die

Schwerpunktbedeutungen dieser Fragewörter auf. Man stößt aber zum Beispiel auf Warum-Fragen nicht nur als Fragen nach den Ursachen, sondern auch als Fragen nach dem Ziel eines Verhaltens. Wenn wir jemanden fragen «Warum machst du das?», so wird uns die Antwort «Weil ich hungrig bin» genauso befriedigen wie «Ich will zu der Pizzeria da vorn». (Allerdings könnte man, um den Ursachenaufklärungscharakter von Warum-Fragen zu retten, auch argumentieren, die Angabe eines Ziels enthalte implizit die Angabe der Ursachen eines Verhaltens.) – Statt «Warum machst du das?» kann man auch fragen: «Wieso machst du das?» und wird in ungefähr der gleichen Weise verstanden werden, obwohl doch nach meinem Empfinden bei der Wieso-Frage etwas mehr Gewicht auf der Weise des Verhaltens liegt als auf dem spezifischen Vorgehen, für das man sich entschieden hat.

Nun ja, also auch die Fragewörter können synchytisch sein und verschiedene Formen der Beantwortung herausfordern. Und wenn nicht aus dem Kontext klar ist, welche Form der Beantwortung gemeint ist, so kann man ja ausprobieren und wird durch den Gesprächspartner schon korrigiert werden, wenn er nicht erfährt, was er erfahren will.

In der Abbildung 7.15 habe ich dargestellt, in welcher Weise sich verschiedene Fragewörter auf Teile von Schemata beziehen. Wir sehen in der Mitte ein Geschehnisschema als Sequenz von Interneuronen angedeutet. Die W-Fragen beziehen sich jeweils auf ein bestimmtes Ereignis innerhalb des Geschehnisschemas; der Einfachheit halber habe ich es so eingerichtet, daß sie immer auf das mittlere Ereignis zielen, was durch die dicken Pfeile angedeutet wird.

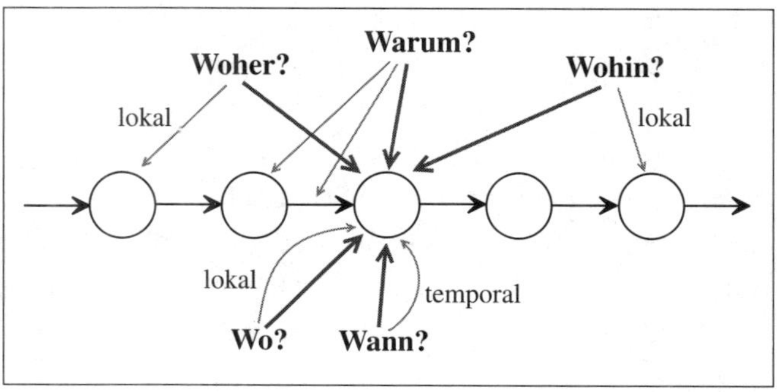

Abbildung 7.15 Einige W-Wörter und ein Geschehnisschema

Die dünnen Pfeile zeigen jeweils auf das, wonach gefragt wird. So nämlich kann Ψ die W-Wörter interpretieren: Sie fragen nach bestimmten Merkmalen von Schemata. *Warum* fragt nach den *notwendigen* zeitlichen Vorläufern (den *Verursachern*) eines Ereignisses. *Wo* fragt nach dem Ort eines Geschehnisses. Bei Ψ werden die Schemata ja, wie im Abschnitt «Was gibt's Neues?» (Seite 204ff., siehe auch Seite 98ff.) geschildert, durch die Verknüpfung von Interknoten gebildet, die Raum- und Zeitangaben enthalten. Diese kann Ψ verwenden, wenn es gefragt wird: «Wo befindet sich ...?» Die relativen Rauminformationen («von X muß man drei Einheiten nach rechts und zwei Einheiten nach unten gehen, dann trifft man auf Y»), die in den Raum-Zeit-Angaben enthalten sind, lassen sich unmittelbar umsetzen in «links von ...» oder «nordwestlich von ...». (Die verschiedenen Sprachen haben durchaus verschiedene Formen der Kodierung von Raumangaben. Noch nicht einmal das so einfache «rechts von ...» oder «links von ...» gibt es überall. Die Gugu-yimidirrh, eine Aboriginalgruppe in Australien, verwenden zum Beispiel statt dessen absolute Raumangaben: «nördlich von ...», «östlich von ...» [Levinson 1991].)

Woher zielt auf den Ort, wo ein Geschehnis einmal begann, *wohin* auf den oder die Orte, wo ein Geschehnis einmal enden wird. Auch diese Fragen lassen sich aufgrund der Raum-Zeit-Angaben in einem Schema beantworten. – *Wann* fragt nach dem Zeitpunkt eines Geschehnisses, also nach dem Ort eines Ereignisses im Protokollgedächtnis.

Fragen, die mit wer, was, wem, wozu eingeleitet werden, zielen nicht auf einfache, sondern auf kompliziertere Geschehnisse, die man sich als die Interaktion von verschiedenen Gebilden vorstellen kann. Ich habe unten in Abbildung 7.16 ein solches komplexeres Geschehnisschema, nämlich den nun schon sattsam bekannten Albert-Berta-Geldtransfer, dargestellt. Hier haben wir mindestens drei «Gebilde», die interagieren, nämlich den Geber, den Empfänger und schließlich das Objekt, das übergeben wird. Eine Wer-Frage, die sich auf ein solches Schema bezieht, fragt nach dem Geber, also nach demjenigen, der als erstes in dem Geschehnisschema aktiv wird und außerdem ein Objekt mit sich führt. Eine Was-Frage zielt auf das Objekt, das den Besitzer wechselt, und eine Wem-Frage schließlich auf den Empfänger.

Fragen vom *Wozu-*, *Wofür-*, *Warum-*Typ betreffen nicht das Geschehnis selbst, sondern seine Vor- beziehungsweise Nachläufer, also die Einordnung des Schemas in einen umfassenderen Rahmen. Wenn man fragt: «Wofür gibt Albert Berta Geld?», dann erwartet man Antworten wie: «Weil sie ihm seine Hosen gebügelt hat» – «Weil sie ihm seine Hosen bügeln soll» – «Weil sie ihm beim Einkaufen Milch mitbringen soll» – «Weil Albert bei ihr ein Bild gekauft hat» usw. Solche Fragen betreffen also Geschehnisse, die vor dem «befragten» Geschehnis liegen oder aber auch dahinter und als Ziele von dem Akteur angestrebt werden. Albert gibt Berta Geld, weil er Milch haben oder seine Hosen gebügelt bekommen *möchte*. Oder auch, weil Berta ihm seine Hosen gebügelt *hat*.

W-Fragen betreffen also – mehr oder minder eindeutig – bestimmte Teile eines Geschehnisses, und zwar je nach W-Frage verschiedene.

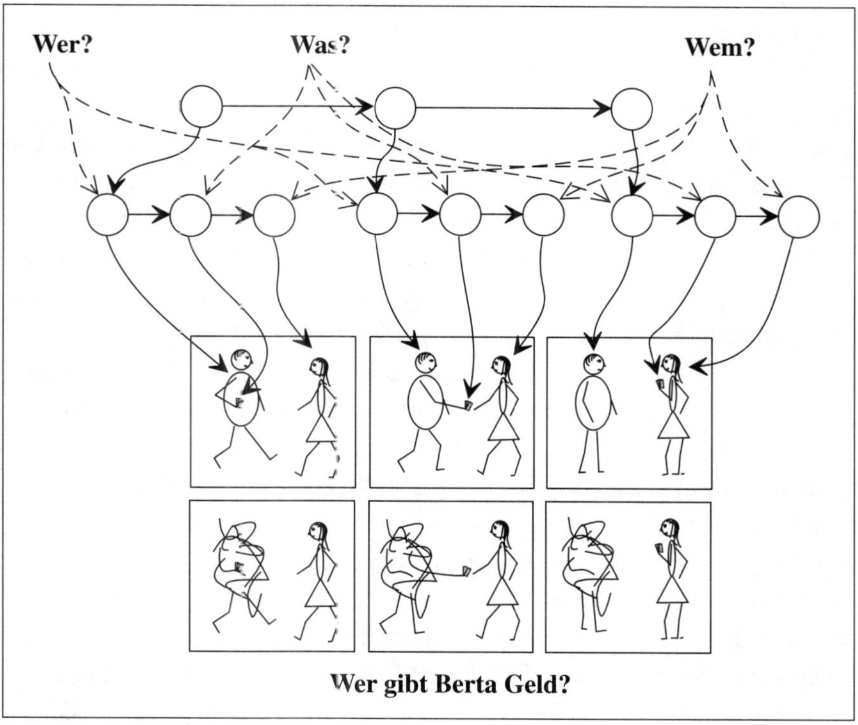

Abbildung 7.16 Die Erzeugung von Suchvorstellungen für W-Fragen

Damit ist aber auch klar, in welcher Weise Ψ W-Fragen verstehen und beantworten sollte. Es muß das entsprechende Schema aufbauen, wobei der Teil, nach dem gefragt wird, «hohl» bleibt. Wird gefragt: «Wer gibt Berta Geld?», so wird das Schema der Abbildung 7.16 gebildet, aber ohne den Akteur, also ohne Albert, also ohne die Bestandteile, auf die «Wer?» in der Abbildung 7.16 zeigt. Unten sieht man das Schema mit der Hohlstelle; genauer: Man sieht, wie die Vorstellung eines solchen Schemas aussehen könnte. «Technisch» bedeuten diese Hohlstellen «leere» Interknoten im Schema; in Abbildung 7.16 würde für «Wer?» der jeweils erste Interknoten in den Tripeln, die die einzelnen Teilereignisse des Geschehnisses bezeichnen, keine Subverweise haben. Kein Subverweis heißt: Alles ist möglich, und um das anzudeuten, habe ich diese verwaschene Gestalt angebracht. An sich ist das nicht ganz richtig; eigentlich müßte hier eine Lücke vorhanden sein oder ein Fragezeichen, denn der entsprechende Interknoten soll auf nichts verweisen, auch nicht auf eine solche abstrakte Struktur.

Für die Suche nach einem entsprechenden Schema im Gedächtnis läßt sich wieder der HyPercept-Prozeß einsetzen; allerdings sollte er unter Aussparung der Hohlstellen, also gewissermaßen unvollständig, durchgeführt werden. Wird für die Suchvorstellung ein Schema gefunden und enthält dieses statt der Hohlstellen im Frageschema zum Beispiel «Albert», so lautet die Antwort auf die Frage «Albert!» Im Grunde sehr einfach, oder? – In analoger Weise kann man mit den anderen W-Fragen verfahren, aber das will ich hier nicht im einzelnen vorführen.

Fassen wir zusammen: Das Verstehen von W-Fragen besteht in der Konstruktion eines Schemas und der nachfolgenden Erzeugung einer Vorstellung mit Hohlstellen und das Beantworten in der Suche nach einem Schema, das auf die Vorstellung paßt und die Ausfüllung der Hohlstellen gestattet. Der Teil des gefundenen Schemas, der in die Hohlstellen eingesetzt werden kann, ist die Antwort auf die Frage.

Was soll aber geschehen, wenn für die Suchvorstellung kein Schema gefunden werden kann? Wir könnten Ψ natürlich so programmieren, daß es in einem solchen Fall mit «Weiß nicht!» reagieren soll. Aber wäre das richtig? Nun gut, Ψ kennt keine Berta und weiß daher schon gar nicht, daß ihr irgendwer Geld übergeben hat. Oder es kennt Berta, weiß aber nichts von einer Geldübergabe. Aber vielleicht weiß Ψ etwas von anderen Frauen oder anderen Geldübergaben und könnte auf die Frage nach dem Geldgeber zwar nicht mit Gewißheit «Albert!» antworten, aber doch Hypothesen dazu äußern.

Nehmen wir, damit es nicht allzu langweilig wird, als Beispiel die W-Frage: «Warum gibt Albert Berta Geld?» Wie soll Ψ darauf antworten, wenn es weder Albert noch Berta kennt? Nein, Ψ kennt keinen Albert und auch keine Berta, aber es weiß vielleicht, daß Berta ein Frauenname und Albert ein Männername ist, und kennt – hoch lebe der synchytische Charakter der Begriffe! – viele Beispiele für «geben»-Geschehnisse. Und zumindest einige von diesen Prozessen werden im Gedächtnis nicht isoliert sein, sondern ihre Vor- oder Nachläufer haben, also eingebaut sein in größere Schemata. So existiert vielleicht zum Beispiel ein «großes» Geschehnisschema «Benno betrachtet befriedigt ein Bild. Hiltrud, die Malerin ist, hat es ihm gegeben. Benno hat ihr dafür Geld gegeben.» (Das könnte man wahrhaftig kürzer ausdrücken: «Hiltrud hat Benno ein Bild verkauft.»)

Dieses Schema könnte Ψ durch HyPercept finden, wenn es nicht darauf besteht, daß das zu suchende Schema dem Vorbild in allen Einzelheiten entspricht. Dazu müßten die *Verträglichkeitsforderungen* herabgesetzt werden, was bedeutet, daß in dem zu suchenden Schema nicht unbedingt «Albert» und «Berta» und «Geld» vorkommen müssen, sondern irgendwer oder irgendwas sonst (aber in der gleichen Relation!). (Für den HyPercept-Prozeß heißt dies, daß das «Hingucken» bei der Hypothesenprüfung [Einheit 7 im Flußdiagramm der Abbildung 3.6, Seite 145], das heißt der Prüfung, ob an der entsprechenden Stelle des betreffenden Bildes der Fall ist, was der Fall sein sollte, «unscharf» erfolgt. Es muß irgend etwas dasein, aber nicht unbedingt das, was im Schema steht. Desgleichen sollte die Bildung der Supraliste [Einheit 2 des Flußdiagramms] «unscharf» sein. Es werden nicht die Schemata geprüft, die «Albert» enthalten, sondern zum Beispiel alle, in denen ein Mann oder ein Mensch vorkommt.)

Wird ein solches Benno-Hiltrud-Schema gefunden, so könnte Ψ mit diesem nun durch Einsetzung und Verallgemeinerung eine Antwort auf die Frage «Warum gibt Albert Berta Geld?» erfinden. Einerseits werden an die Stellen von Benno und Hiltrud Albert und Berta eingefügt; dabei könnte Ψ nach Ähnlichkeitskriterien vorgehen: Berta sieht Hiltrud ähnlicher als dem von einer Glatze gezierten Benno, der wiederum dieselbe mit Albert gemein hat. Und die Dinge im Schema, für die hinsichtlich Albert und Berta keine Informationen vorliegen, werden durch Hohlstellen ersetzt. So könnte sich ergeben:

«Vielleicht hat Berta irgend etwas hergestellt, was Albert braucht. Sie hat es ihm gegeben, und deshalb gibt er ihr Geld.»

Die Ersetzung durch Hohlstellen braucht aber nicht zu erfolgen. Man muß im Schema nicht alle konkreten Angaben durch Hohlstellen ersetzen. Es genügt, wenn das ersetzt wird, was ersetzt werden muß, damit von «Hiltrud und Benno» zu «Berta und Albert» übergegangen werden kann.

«Vielleicht hat Berta ein Bild gemalt, das Albert unbedingt besitzen wollte. Sie hat es ihm gegeben, und deshalb gibt er ihr Geld.»

Oder erst Hohlstellen, dann Ersetzung durch ein anderes Konkretum, durch eine Koadjunktion zu «Malerin» und «Bild»:

«Vielleicht töpfert Berta und hat einen Krug geschaffen, den Albert unbedingt haben wollte. Sie hat ihn ihm gegeben, und deshalb gibt er ihr Geld.»

Diese Erfindungen von Antworten wirken vielleicht sehr kreativ; es sind aber nur geringfügige Modifikationen des ursprünglichen Programms für die Beantwortung von W-Fragen. Abbildung 7.17 zeigt das Gesamtprogramm als Flußdiagramm. 1 enthält die Erstellung eines Suchschemas. Bei einer «Warum»-Frage («Warum gibt Albert Berta Geld?») geht es um einen Prozeß, der vor dem Geldtransfer zwischen Albert und Berta liegt. Das Suchschema enthält also «leere» Vorläufer für den Geldtransfer. Damit startet der Suchprozeß (2), der nun das Gedächtnis nach einem Geschehnisschema durchforstet, in dem der Geldtransfer von Albert zu Berta vorkommt und noch zusätzlich etwas davor, also eine konkrete Ausfüllung der Hohlstellen.

Nehmen wir an, es wird nichts gefunden (Minus-Ausgang von 3). Dann setzt eine erneute Suche mit herabgesetzten Verträglichkeitsbedingungen ein. Das Schema muß nun nicht mehr Berta und Albert enthalten, auch nicht mehr Geld, sondern irgendeine Art Transfer von irgend etwas zwischen zwei Personen. Und dann wird das Hiltrud-Benno-Schema gefunden (Einheit 4 des Flußdiagramms der Abbildung 7.17 wird also erfolgreich durchlaufen; es folgt ein Übergang von Einheit 5 nach Einheit 6). In diesem werden nun Hiltrud und Benno durch Albert und Berta ersetzt (6), und damit ergibt sich die Antwort: «Vielleicht hat Berta Albert ein Bild gegeben.»

Ich habe gerade beschrieben, wie Ψ auch Fragen beantworten kann, für die es die Antwort zunächst gar nicht kennt. Wahrscheinlich würde ein Beobachter bei der Betrachtung des Antwortverhaltens von Ψ zu dem Urteil kommen: «Ψ denkt nach.» Denn wie würde sich so etwas abspielen? Etwa folgendermaßen: «Also Ψ, Albert gibt Berta Geld. Warum geschieht das?» – «Weiß ich nicht.» – «Oder, Moment mal! Vielleicht hat Berta Albert irgend etwas gegeben. Vielleicht ist Berta eine Künstlerin und hat ein Gemälde gemalt, welches Albert gerade käuflich erworben hat.»

Kein besonders komplexer Denkprozeß, aber immerhin!

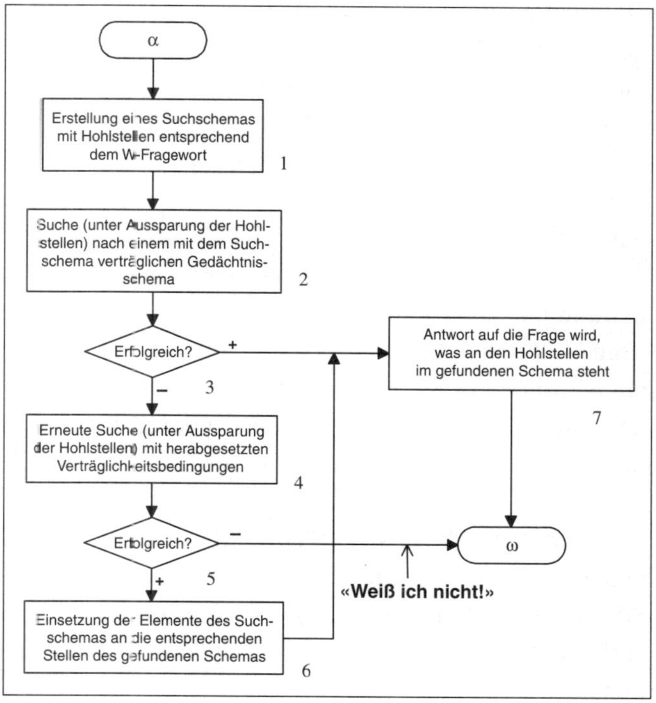

Abbildung 7.17
Die Beantwortung von W-Fragen

Offenbar erweist sich bei dieser Art der Beantwortung von W-Fragen der synchytische Charakter von Wörtern als sehr segensreich. Hätte Ψ nur einen Prototyp eines Prozesses «geben» gespeichert, dann wäre es hilflos, wenn es auf eine Frage nicht antworten könnte, weil die angefragte Stelle im Schema nicht vorhanden ist. Hat Ψ aber statt eines Prototyps eine ganze Reihe von Beispielen gespeichert, kann es substituieren und auf eine Frage, die es direkt nicht zu beantworten vermag, so antworten, als bezöge sich die Frage auf ein anderes Beispiel.

Mit der Fähigkeit zur Substitution haben wir Ψ mit einer wichtigen Voraussetzung für das rein formale Operieren mit «hohlen» Aussagen versehen, nämlich mit der Fähigkeit zum Umgang mit *Variablen.* Die Einsetzung von «Albert» an die Stelle von «Benno» und von «Berta» an die Stelle von «Hiltrud» bedeutet ja, daß diese Stellen als *Variable* behandelt werden, die sich durch die verschiedensten Substitutionen anfüllen lassen. Das Schema wird zur Hohlform mit «Platzhaltern». Die Fähigkeit, mit sprachlichen Hohlformen umzugehen, die Variablen aufweisen, ist eine Voraussetzung für die Entwicklung formaler Sprachen, für formale Logik und für Mathematik, die in hohem Maße mit solchen Hohlformen operiert. Wenn man sagt:

$$(a + b)^2 = a^2 + 2ab + b^2$$

dann sind a und b «Hohlformen» für Zahlen.

Nun kann man sich fragen, wie denn eine solche Einsetzung von Schemata in ein übergreifendes Schema *neuronal* vor sich gehen kann. Diese Frage sollten wir beantworten können; alle Seelenregungen von Ψ sollten auf neuronale Weise zustande kommen, und so müssen wir auch sagen können, wie es Ψ schafft, in ein Schema andere Schemata einzusetzen, um auf diese Weise neue Schemata zu erzeugen.

Wir brauchen dafür das *Vorstellungsvermögen* von Ψ. Im Abschnitt «Die innere Bühne» (Seite 199ff.) bin ich auf die Art, wie Ψ Vorstellungen erzeugt, schon eingegangen. Ich habe dargestellt, daß die sensorischen Schemata, die Ψ bildet und gewöhnlich für die Identifizierung von Sachverhalten verwendet, auch als «Baupläne» für Bilder betrachtet werden können.

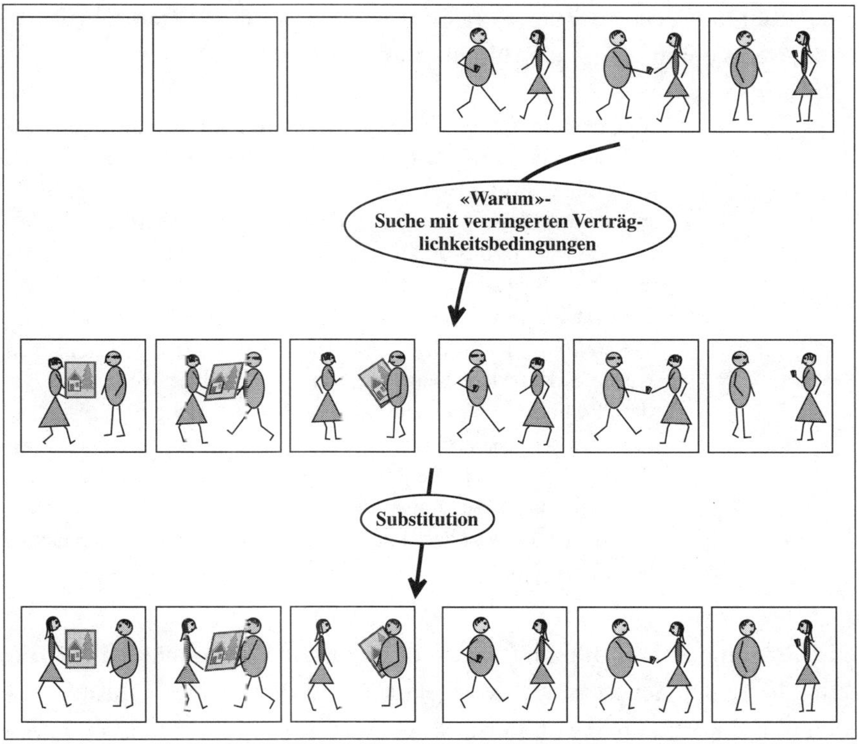

Abbildung 7.18 Die Erzeugung eines neuen Schemas durch die Suche nach einem ähnlichen, aber umfassenderen, die Substitution von Teilschemata im Vorstellungsbild und die nachfolgende Abtastung des Vorstellungsbildes

Ψ kann die sensorischen Schemata auf eine innere Leinwand projizieren. Geschähe dies nun mit dem Benno-Hiltrud-Schema, sähe das so aus, wie in Abbildung 7.18 gezeigt. Wenn aber bei der Projektion Benno und Hiltrud herausgelassen und dafür Berta und Albert eingesetzt würden, so entstünde eine Vorstellung von einem Geschehnis, das Ψ niemals wahrgenommen hat. Diese Vorstellung könnte wieder abgetastet werden (siehe «Was gibt's Neues?», Seite 204ff.), und dadurch entstünde ein neues Schema als Hypothese über die Ursache des Geldtransfers zwischen Albert und Berta, das man nun zur Beantwortung der Frage «Warum gibt Albert Berta Geld?» verwenden kann. In diesem neuen Schema gibt es nämlich einen Teil, auf den das Fragewort «warum» verweist. – Albert gibt Berta Geld, weil sie ihm vorher ein Bild überlassen hat.

> Wir müßten nun eigentlich genauer angeben, wie die neuronale Leinwand beschaffen ist, auf die Ψ zeichnet, und wie der Einsetzungsprozeß von neuen Schemata in ein eingezeichnetes Schema genau vonstatten gehen kann. Das ist aber ziemlich kompliziert, und ich will mir die genaue Beschreibung der Art und Weise, wie Ψ solche Operationen durchführt, ebenso ersparen wie eine genaue Betrachtung der Struktur der «inneren Leinwand». Die Darstellung der recht komplexen neuronalen Mechanismen würde zuviel Platz beanspruchen. – Nebenbei: Wenn ich sage, daß Ψ auf die innere Leinwand malt und in Schemata etwas ersetzt, so ist das natürlich wieder nur eine etwas legere Ausdrucksweise. Ψ weiß nichts von seinen neuronalen Mechanismen; die Such- und Ersetzungsprozesse laufen automatisch ab, und Ψ produziert das, was dabei herauskommt. Bewußt wird ihm das alles keineswegs.

Die Version mit dem Bild muß natürlich nicht sein! Es könnte bei der Bildung des neuen Schemas auch weggelassen und durch eine Hohlstelle ersetzt werden. Wenn man von Berta wüßte, was sie produziert (was man wissen könnte, wenn man über Geschehnisschemata für Berta verfügt), dann kann man an die Stelle des Bildes Bertas Produkte einsetzen, zum Beispiel gebügelte Hosen. Oder Keramik. – Und wenn man auch das nicht weiß, kann man sich daran erinnern, daß Berta eine Frau ist, und das Gedächtnis nach den Geschehnisschemata durchforsten, in denen Frauen als Produzenten vorkommen. Und das entsprechende Produkt könnte man dann einsetzen. (In der Informatik nennt man solche Einsetzungen «Default-Schlüsse», siehe zum Beispiel Brewka [1989]; «default» kann man mit «das Übliche» übersetzen.)

Wenn Ψ so arbeitet wie eben beschrieben, nämlich indem es aus einem Schema Elemente entfernt, im geschilderten Fall «Hiltrud» und «Benno», und dafür «Albert» und «Berta» einsetzt, dann bildet Ψ eine Hypothese *durch Analogieschluß*. Eine Analogie ist die Gleichheit zweier Sachverhalte hinsichtlich der Struktur, also hinsichtlich der Beziehungen zwischen den

Elementen, wobei diese durchaus verschieden sein können. Und ein Analogieschluß ist die Produktion der Annahme, daß in einem bestimmten Sachverhalt die gleichen Beziehungen herrschen wie in einem anderen, wobei die Elemente, aus denen die Sachverhalte bestehen, nicht identisch sind. – Etwas weniger gelehrt: Ψ nimmt an, daß es sich zwischen Albert und Berta genauso verhält wie zwischen Benno und Hiltrud. – Innerhalb der Wissenschaften vom Geiste werden Analogieschlüsse mit einer gewissen Ehrfurcht behandelt; sie sind der «Königsweg» zu neuen Erkenntnissen über die Welt. Wenn also die Physiker Bohr und Rutherford auf die Idee kamen, daß im Atom kleine Teilchen um einen Kern so kreisen wie die Planeten um die Sonne, so haben sie das gleiche gemacht wie Ψ mit Benno, Berta, Hiltrud und Albert.

So also könnte es aussehen, wenn Ψ Fragen beantworten muß, für die es eigentlich die Antwort nicht weiß. Es erzeugt in einem solchen Fall neues Wissen durch Einsetzung in andere Schemata, die es schon besitzt. (Dieses neue Wissen ist natürlich hypothetischer Natur; es entstammt nicht der Betrachtung der Realität, sondern entsteht durch Rekombination alter Schemata. – Wenn Ψ allerdings vergißt, auf welche Weise es diese neuen Kenntnisse gewonnen hat, so könnte es durchaus geschehen, daß es sie später einmal für Realität hält und im Brustton der Überzeugung versichert, es wisse *genau*, daß Albert von Berta ein Bild gekauft habe.)

Bildet Ψ, konfrontiert mit einer Frage, neue Schemata, so sind diese, weil hypothetisch, eigentlich neue Fragestrukturen. Die durch Ersetzung erzeugte Hypothese, daß Berta Albert ein Bild gegeben hat, könnte Ψ als Ja/nein-Frage nach außen stellen: «Hat Berta Albert ein Bild gegeben?» Und wenn es in ein Schema nichts einsetzt, sondern eine Hohlstelle läßt, so hätte Ψ die Struktur einer W-Frage. «Berta hat Albert irgendwas gegeben, und deshalb gibt Albert Berta Geld», das wäre die Verbalisierung des aus dem Benno-Hiltrud-Schema neu erzeugten – besser: hypothetisch ergänzten – Berta-Albert-Schemas. Und aus diesem Schema ergibt sich die Frage: «Was hat Berta Albert gegeben?»

Aus der Beantwortung von Fragen können sich neue Fragen ergeben; eine Frage kann eine Lawine anderer Fragen auslösen. Denn bei der ganzen Berta-Albert-Geschichte sind ja noch mehr Aspekte fraglich! Vielleicht hat ja Berta Albert gar nichts gegeben, sondern soll ihm erst noch etwas geben! Oder Albert gibt Berta das Geld ganz einfach nur so. Ohne Gegenleistung. (Soll ja auch vorkommen!) Oder Albert ist Notar und zahlt Berta ihr Erbe aus. Oder …

Aber damit sind wir beim nächsten Thema.

Und selber fragen?

Wie also Ψ Fragen verstehen und beantworten kann, haben wir nun gesehen. Wann und wie aber sollte es Fragen *stellen*? – Eine Frage versteht Ψ durch die Konstruktion eines Schemas mit *Unbestimmtheits-* oder *Hohlstellen*. Wenn nun solche Unbestimmtheits- oder Hohlstellen irgendwie von selbst auftreten, dann sollte Ψ Fragen stellen; auf diese Weise könnte vielleicht die soziale Umgebung für die Information sorgen, die Ψ fehlt.

Wann und wie können nun Unbestimmtheits- und Hohlstellen «von selbst» auftreten, ohne daß eine Frage gestellt wird? *Eine* solche Möglichkeit haben wir schon kennengelernt. Wenn sich in Ψ eine Absicht bildet und sich dabei ergibt, daß die Suche nach einem Automatismus, der von der augenblicklichen Situation zu einem Ziel führt, vergeblich bleibt, dann existiert eine Hohlstelle. Die Suche nach einem Automatismus und das primitive Planen sind fehlgeschlagen, und nun gibt es zwar ein Ziel, aber keinen Weg. Es klafft ein Loch zwischen der gegebenen Situation und dem Ziel. Und nun könnte Ψ fragen! Das adäquate Fragewort für eine solche Situation wäre das «Wie». Also sollte Ψ zum Beispiel fragen (eine kleine Auswahl meiner Probleme in den letzten Tagen): «Wie bringe ich den Automotor dazu, wieder zu funktionieren?» Oder: «Wie bekomme ich den verstopften Abfluß wieder frei?» Oder «Wie kriege ich den Motor dazu, daß er ausgeht? Im Augenblick läuft er weiter, obwohl ich den Zündschlüssel abgezogen habe!» – Die «Wie»-Frage gibt an, wo sich die Hohlstelle bei mir befindet. «Wie» bedeutet, daß kein Weg, keine Methode vorhanden ist, um zu dem angestrebten Ziel zu kommen. Und wenn ich die Frage stelle, bekomme ich, wenn ich Glück habe, eine Antwort von jemandem, der weiß, wie es geht.

Wenn etwas nicht so läuft wie erwartet, so bietet sich eine «Warum»-Frage an. «Warum läuft der Automotor auch ohne eingeschaltete Zündung?» Hier gibt es eine Lücke in der Reihe der bedingenden Ereignisse. Irgend etwas verursacht die fortdauernde Aktivität des Motors, und die Zündung, also der eigentliche belebende Geist des Motors, kann es nicht sein. Denn die ist ja abgestellt, wenn der Zündschlüssel gezogen ist. (Oder etwa nicht?) Was verursacht die fortdauernden Zündungen?

Also: Eine Quelle für Hohlstellen in Schemata ist das Alltagsverhalten, sind die Versuche, unseren alltäglichen Absichten nachzugehen, und diese Versuche sind oft genug damit verbunden, daß irgend etwas nicht geht oder nicht so funktioniert wie gewohnt.

Eine weitere Quelle für hohle Stellen in Schemata ist die Wahrnehmung, die ganz normale Auffrischung des Situationsbildes während des «Sicherungsverhaltens». – «Komisch! Ist das ein Käfer? Oder eine Wanze?» – «Merkwürdig! Warum befinden sich auf den Platten der Gartenterrasse Flechten nur im hinteren linken Teil der Terrasse, sonst aber nirgendwo? Gibt es hinten links besondere Lebensbedingungen, die an den anderen Stellen der Gartenterrasse fehlen?»

Im ersten Fall ist die Zuordnung unbestimmt. Man hat nicht das richtige Wort für das Viech, das da vor einem auf dem Tisch krabbelt. Und es ist durchaus wichtig, die richtigen Wörter zu haben für die Dinge, die uns umgeben. Denn das Wort gibt uns Gewalt über die Dinge! Nicht in irgendeinem mystischen, dunklen Sinne, sondern dadurch, daß ich, wenn ich die Bezeichnung für eine neue Sache kenne, auch Hypothesen darüber aufstellen kann, was man damit machen kann oder was das «Ding» wohl selbst tun kann, was man von ihm erhoffen oder befürchten kann. – Ist das Insekt vor mir auf dem Tisch eine Wanze, dann beißt es möglicherweise; von einem Käfer hingegen ist derlei nicht zu erwarten.

Daß man sich über die Dinge und Umstände des Alltags wundert, ist keineswegs selbstverständlich. Kleine Kinder tun das, manche Leute aber wundert fast nichts. Georg Christoph Lichtenberg sah in der Sensibilität für die Merkwürdigkeiten unserer ganz alltäglichen Umwelt ein Indiz für «Genie»:

> *Sich selbst allein gelassen besitzt es (nämlich das Genie, D.D.) eine gewisse Aufmerksamkeit auf alltägliche Dinge, in welchem ein Hauptunterscheidungszeichen des großen Geistes zu liegen scheint, sich nicht durch Lokal-Denkungsart hinreißen zu lassen, alle Begebenheiten als individua anzusehen und nicht durch einen dem schwachen Menschen sehr natürlichen Kunstgriff sie in dem Genere summo* alltäglicher *Dinge alle gleich unbemerkt vorbeistreichen zu lassen. So ist niemand der Welt, hauptsächlich der gelehrten, unnützer, als derjenige Fromme, der alle Dinge nur in dem Genere summo des* Irdisch-Vergänglichen, *oder seine Empfindungen in unsern Worten ausgedrückt, des* Nichtswürdigen *übersieht und der Untersuchung unwürdig schätzt. Der Philosoph muß hierin einigermaßen seinem Schöpfer nachahmen, und, wenigstens in einem engen Bezirk, nur individua sehen. Diese Art die Dinge zu betrachten ist ein Hauptkennzeichen des Genies, es betrachtet freilich nicht alles so, es würde sonst Gott selbst sein müssen. Diese Art die Dinge anzusehen gibt dem Genie eine gewisse Kenntnis der Dinge um sich, die nichts weniger als immer systematisch ist, die aber hinlänglich ist das Wahre vom Falschen wo nicht völlig gnau abzusondern, doch die erste Trennung durchaus zu machen … (Sudelbücher I).*

Das ständige Aufmerken gegenüber den Dingen, die *besonders* sind, ist ein wichtiger Anstoß für ständiges Fragen und damit für ständige Geistestätigkeit. Und die Befragung der Formen, Ursachen und Folgen der Besonderheiten führt zu einem ständig fortlaufenden Wissenserwerb, zu immer mehr Schemata und damit auch zu einer fortschreitenden Sensibilisierung, die es ermöglicht, immer neue Merkwürdigkeiten zu entdecken.

> Wenn Lichtenberg recht hat mit seiner Anmerkung, so kann man sich natürlich fragen, ob sich nicht Wissenschaften, die sich dem Mittelwert und seiner Erforschung verschrieben haben und deren Forschungspraxis wesentlich darin besteht, Individualfälle in Mittelwerte zu verwandeln, von allen guten Geistern, wesentlich aber vom Genie verabschiedet haben; ich meine damit natürlich die zeitgenössische «empirische» Psychologie! «Was ist das?» – «Warum ist das so?» – «Was folgt daraus?» – «Woher kommt das?» – «Wozu dient das?» – Das sind Fragen, die sich ergeben, wenn man Merkwürdigkeiten der *Einzelfälle* wahrnimmt. Und so liefert allein die Betrachtung der Welt – bei dem einen mehr, bei dem anderen weniger – Fragen, die beantwortet werden oder auch nicht.

Vielleicht die wichtigste Quelle neuer Fragen aber sind Versuche, Fragen zu beantworten. Wir haben das oben schon am Beispiel der Frage nach den Ursachen des Geldtransfers zwischen Albert und Berta gesehen. Wenn Ψ die Frage nach den Ursachen dieses Transfers nicht aus der Erinnerung beantworten kann und statt dessen Hypothesen über sie aufstellt, so ergibt sich natürlich sofort die Frage: Ist das auch wahr? Hat Berta Albert wirklich ein Bild gegeben? Oder vielleicht doch etwas anderes? Und wann ist das geschehen? Ist Berta wirklich eine Malerin? Oder überhaupt eine Künstlerin? Oder hat sie das Bild (wenn es denn ein solches war) vielleicht geerbt? Wenn ja, von wem? – Und so weiter.

Eine hypothetische Antwort kann eine Fragenlawine lostreten. Man kann auch sagen, daß eine hypothetische Antwort die allgemeine Unbestimmtheit, in der sich Ψ befindet, nicht vermindert, sondern eher erhöht. An sich ist das ja komisch! Auf den ersten Blick sollte man meinen, daß ein Mechanismus zur Beantwortung von Fragen dazu verhilft, Unbestimmtheit zu vermindern. Nun stellen wir fest, daß er die Unbestimmtheit vermehren kann! Das ist ein wichtiger Punkt, und wir werden darauf noch zurückkommen, wenn wir darüber nachdenken, was man alles so anrichtet, wenn man Ψ mit Sprachvermögen ausstattet.

Aber davon später mehr, nämlich im Abschnitt «Evas Apfel». Nun zunächst einmal zur Frage: Wie stellt Ψ Fragen? Im Grunde brauchen wir dafür auch nichts anderes als den Mechanismus für das Sprechen von Sätzen, den ich bereits geschildert habe. Wir haben ein Schema, das gewöhnlich aus verschiedenen Teilen besteht, zum Beispiel ein Geschehnisschema. Und innerhalb des Schemas gibt es Unbestimmtheitsstellen: Es ist unklar, ob neben dem Haus eine Tanne steht. Oder Hohlstellen: Warum wohl gab Albert Berta Geld? Und für dieses Schema sucht der Sprachmechanismus nun zunächst ein Verb mit zugehörigem syntaktischem Schema als Rahmen für den zu bildenden Fragesatz. «NP → ‹Geben› → NP → NP» würde für eine Berta-Albert-Frage gefunden werden, also zum Beispiel für das Geschehen «Albert gibt Berta *Geld*» oder «Albert gibt *Berta* Geld». Oder es wird ein syntaktisches Schema gesucht für «Unbekannter Vorläuferprozeß *verursacht*, daß Albert Berta Geld gibt!» (Es werden syntaktische Schemata für *Geschehnisschemata* gesucht, nicht für die eben genannten Sätze, die diese Geschehnisschemata im «Kopf» von Ψ bezeichnen!) Und dann wird in das syntaktische Schema eingefüllt und die ganze Angelegenheit in die angemessene Frageform transformiert: «Gab Albert Berta *Geld*?» oder «Gab Albert *Berta* Geld?» oder «Warum gab Albert Berta Geld?»

Diskurse

Nun soll Ψ natürlich nicht nur *Sätze* verstehen und produzieren können. Zwar ist der Satz wohl tatsächlich meist eine semantische Grundeinheit; er drückt «einen Gedanken» aus. Aber viele Sachverhalte lassen sich mit einem Satz allein nicht beschreiben. Wenn man eine komplizierte Sache darlegen will, dann muß man eine Rede halten oder ein Buch schreiben oder wenigstens einen Artikel, dann muß man viele Sätze verwenden und diese Sätze hintereinanderreihen.

Längere Reden oder «Schreiben» nennen die Sprachwissenschaftler *Diskurse*, und sie erforschen «Diskursgrammatiken», also die Art und Weise, die Syntax, in der Sätze aneinandergereiht werden. Ein Diskurs kann zum Beispiel folgendermaßen aussehen:

(1) *Albert hat Berta Geld gegeben. Vorher hat Berta ein Bild gemalt. Es zeigt ein Haus und daneben eine Tanne. Es ist ein Bild von Alberts Haus. Vorher hatte Albert Berta für das Bild viel Geld versprochen. Denn ursprünglich wollte Berta das Bild nicht malen.*

Das ist eine Geschichte. Diese Geschichte hat eine zeitliche Gliederung, die zum einen durch die Wahl der verschiedenen Vergangenheitsformen («hat», «hatte») und zum anderen durch die Wahl bestimmter *Konjunktionen*, Bindewörter, erreicht wird. Solche Konjunktionen sind «und», «dann», «aber», «weil», «da», «indem», «bevor», «dafür» und so weiter. Konjunktionen ordnen also einzelne Ereignisse einander zeitlich zu. Aber nicht nur die zeitliche Reihenfolge wird durch Konjunktionen geregelt; sie geben auch an, was die Ursachen und Folgen, die Ziele und die Zwecke von Ereignissen sind. «Weil» weist meist auf eine dann nachfolgend genannte Ursache für ein bestimmtes Geschehen hin, «um zu» gewöhnlich auf einen Zweck, auf das, was angestrebt wird.

Die Konjunktionen ermöglichen es also, beim Verstehen eines Diskurses, bei der Konstruktion seines Sinns, den einzelnen Ereignissen ihren Platz zuzuweisen. Haben wir innerhalb des Satzes im Deutschen und im Englischen die Wortstellung als «Platzanweiser», so übernehmen die Konjunktionen diese Rolle für Diskurse.

Aufgrund der «konjunktionalen» Struktur eines Diskurses kann man erkennen, was wann warum wofür geschah. Unser Beispiel (1) macht wohl verständlich, was sich zwischen Albert und Berta abgespielt hat. Allerdings vermittelt dieser Diskurs einen etwas wirren Eindruck. Das liegt daran, daß zwar wohl klar wird, was wann warum wofür geschah, man aber doch Schwierigkeiten hat, da die Sätze nicht die Zeitfolge einhalten. Man kann daher den Sinn nicht einfach fortlaufend konstruieren, sondern braucht Rücksprünge, um sich zurechtzulegen, was da eigentlich geschehen ist. Ein Diskurs könnte viel ordentlicher aussehen, wenn «der Reihe nach» erzählt wird, zum Beispiel:

(2) *Berta ist Malerin. Neulich traf sie ihren alten Schulfreund Albert. Albert war in den letzten Jahren sehr reich geworden. Er hatte eine florierende Kette von Konditoreien gegründet. Und daß er den Produkten seiner eigenen Unternehmungen gern zusprach, sah man ihm an. Gerade hatte er sich ein neues Haus gebaut, auf das er sehr stolz war und von dem er gern ein Bild haben wollte. Er bat nun Berta, ihm eines zu malen. Berta hatte dazu wenig Lust; Architekturbilder lagen ihr nicht. Aber Albert bot ihr sehr viel Geld. Und so willigte Berta schließlich ein. Sie malte das Bild, und Albert fand es sehr gut. Deshalb gab er Berta mehr Geld als ursprünglich vereinbart.*

Das ist im Gegensatz zu (1) sehr ordentlich. Aber nicht nur das. Zusätzlich erfährt man eine ganze Menge mehr über die Hintergründe dieses Bilderdeals. Man weiß nach dem Lesen des Textes, warum Alberts Leibesfülle beträchtlich ist, warum Berta das Bild nicht malen wollte, es schließlich aber doch tat, und warum Albert Berta so viel Geld gab.

Warum nun wird eine Geschichte einmal so wie in (1) und ein anderes Mal so wie in (2) erzählt? Ehe wir uns darüber Gedanken machen und versuchen, die dahinterstehenden Mechanismen aufzuklären, lassen Sie uns noch ein weiteres Beispiel für einen Diskurs betrachten, das wiederum den Bilderdeal zwischen Albert und Berta betrifft.

(3) *Berta war verzweifelt! Die Ausstellung in der Galerie Müller-Vordenbrink war ein totaler Flop gewesen! Zwei Bilder hatte sie verkauft, nicht einmal genügend, um die Mietschulden für ihre Wohnung zu bezahlen. Was sollte sie tun? Sollte sie ihr Künstlerdasein aufgeben? Zurückkehren zu ihren Eltern in die schwäbische Kleinstadt? Sie traute sich doch einiges zu. War sie nicht an der Akademie sehr gerühmt worden, und hatte sie nicht den Jahrespreis errungen? Aber irgendwie schaffte sie den Durchbruch nicht. In finsterer Laune saß Berta in dem kleinen Stra-*

ßercafé; einen Espresso konnte sie sich gerade noch leisten. Da kam Albert vorbei, ein alter Schulkamerad. Heller Kamelhaarmantel, offensichtlich ging es ihm gut. Und ziemlich fett war er geworden. Sie hatte ihn nie gemocht, und dieser selbstzufriedene Zug in seinem Gesicht machte ihn ihr nur noch unsympathischer. Albert erblickte Berta durch die Fensterscheibe, lächelte beglückt, stolzierte ins Café und begrüßte sie so überschwenglich, daß ihr ganz elend zumute wurde. «Wie geht es dir denn, Bertachen?» fragte er mit Emphase in der Stimme. Berta klagte ihm ihr Leid und erzählte von dem Mißerfolg ihrer Ausstellung in der Galerie. «Mensch, Berta, ich hab da eine Idee!» rief Albert. «Gerade am letzten Wochenende haben wir mein neues Haus eingeweiht. War eine tolle Fete! Das Haus – der Architekt war Gatow, du kennst doch Gatow!? – hat für den Entwurf einen Preis bekommen. Hast du nicht Lust, das Haus zu malen? Du kriegst auch ordentlich Geld dafür! Das würde dir helfen und auch mir!» – Auftragsarbeit! Dazu noch ein Architekturbild! Sollte sie für schnödes Geld ihre Berufsehre an den Nagel hängen? Ihr ganzer Stolz wehrte sich dagegen …

Wir brechen hier ab; der Leser weiß sicherlich, wie es ausgehen wird. So könnte ein Diskurs auch aussehen. Der Unterschied zu (2) liegt nicht in der Ordnung, sondern in der Dramatisierung. Die Konfliktlage von Berta wird hier drastisch geschildert, Albert bietet sich als rettender Strohhalm an; soll sie ihn wirklich ergreifen?

Wann spricht man in der Weise (1), wann wie in Version (2) und wann wie in (3)? Natürlich gibt es noch unendlich viele andere Formen, den gleichen Diskurs abzufassen. Man könnte etwa beginnen mit einer Rückblende:

(4) *Berta, die berühmte Architekturmalerin, die soeben für ihr monumentales Gemälde «Der Turmbau zu Babel»*

> *den begehrten X-Y-Preis gewonnen hatte, lehnte sich sinnend in den Sessel zurück. Ihr volles braunes Haar durchzogen die ersten silbernen Fäden …*

Es ist klar, daß nicht allein die Struktur des zu schildernden Ereignisses die Form der Diskursgrammatik bestimmt. Fast könnte man sagen: die am wenigsten! Eine entscheidende Rolle spielt darüber hinaus, was der Sprecher eigentlich mit seiner Mitteilung erreichen will. Wenn er gar nichts bezweckt und nur mehr oder minder mißmutig die Folgen einer Aussageverweigerung, etwa bei einem polizeilichen Verhör, vermeiden möchte, dann wird er sich vielleicht so ausdrücken wie beispielhaft in dem Diskurs (1) gezeigt. Er nimmt das Schema des Geschehnisses, das er beschreiben soll, an irgendeiner Stelle auf und haspelt es dann ab, ohne besonders auf die Reihenfolge zu achten. Sprünge, die sich dabei einstellen, werden mit Adverbien wie «vorher» oder «ursprünglich» geflickt. Und so kommt dann ein mehr oder minder klarer Bericht zustande.

Wenn wir dagegen wollen, daß es dem Zuhörer leichtfällt, ein klares Bild des Geschehnisses aufzubauen, dann werden wir in der Zeit vorn anfangen und hinten aufhören, und vielleicht dann an einigen Stellen nicht nur schildern, was sich wirklich ereignet hat, sondern auch zusätzlich die Gründe für die Ereignisse angeben. Es kommt dann so etwas heraus wie der Diskurs (2).

Wollen wir dagegen den Zuhörer fesseln und erreichen, daß er atemlos am Munde des Erzählers hängt, dann müssen wir die ganze Angelegenheit dramatisieren, zum Beispiel, indem wir den Zuhörer zu den Stellen führen, wo die Geschichte so oder so weitergehen kann, und dann den weiteren Verlauf zunächst offenlassen, vielleicht sogar den Gesprächspartner durch eine Frage zum Weiterdenken auffordern. – Die Redakteure, die für die Gestaltung der Fortsetzungsromane in Tageszeitungen verantwortlich sind, müssen diese Kunst meisterlich beherrschen; die Geschichte muß jeden Tag an einer Stelle abbrechen, an der ungewiß ist, wie es weitergeht, verschiedene weitere Verläufe möglich sind. – Auch eine gewisse Unordnung kann die Neugier des Zuhörers wecken; sie führt dazu, daß er die Zusammenhänge, die man ihm vorenthält, selbst ermitteln muß, was sein Interesse wachhält.

Vielleicht wollen wir nicht nur Spannung erzeugen, um auf diese Weise Legitimitätssignale für den Genuß zu erhalten, den wir den Zuhörern bereiten (der Genuß, der sich aus der Unbestimmtheitsverminderung ergibt), sondern auch bestimmte Haltungen oder Einstellungen bei ihnen erzeugen, zum Beispiel eine tiefe Sympathie für Berta. Dann muß der Diskurs wiederum anders strukturiert werden.

Natürlich können wir nun Ψ nicht mit allen Regeln für den Aufbau aller möglichen Diskurse bei den verschiedensten Gelegenheiten und mit den verschiedensten Absichten versehen; ihre Anzahl ist unendlich, und aus diesem Grunde sollte man Ψ nicht Regeln vorgeben. Und selbst wenn wir Ψ nur mit Regeln für einzelne, häufig wiederkehrende Diskurse versähen, dann würden wir es festlegen, zu einem Diskursautomaten machen. Wir aber wollen, daß Ψ autonom ist.

Überlassen wir es ihm doch einfach selbst, zu erlernen, wie es sich ausdrücken soll. Es kann sich die Regeln für den Aufbau von Diskursen durch Zuhören aneignen. Einige davon habe ich schon genannt:

1. Dem Verständnis ist es sicherlich meist dienlich, wenn man der Reihe nach erzählt.
2. Weiterhin macht man eine Äußerung nachvollziehbarer, indem man, zumindest wenn es um das Verhalten von Menschen oder Ψs geht, Begründungen hinzufügt, also Angaben über die Motive und Intentionen hinter einer bestimmten Handlung und Angaben über Kausalitäten und Finalitäten.
3. Spannung kann man dadurch erzeugen, daß man die Informationsgabe an den Verzweigungsstellen eines Geschehnisses stoppt oder verzögert und bestimmte, erschließbare Informationen dem Zuhörer vorenthält.

Ψ verfolgt mit seinem Reden *Absichten*; sein Reden ist – wie das unsere auch – zweckgerichtetes Handeln, und Ψ wird, da es lernfähig ist, schon merken, daß mit einer bestimmten Art des Redens in einer bestimmten Situation der entsprechenden Absicht besser gedient ist als mit einer anderen. Letztlich lassen sich Diskursgrammatiken genauso lernen wie sonstige Handlungsvollzüge, denn es geht dabei ja auch nur darum, gewisse Einheiten, also Redeteile, in einer bestimmten Weise zu sequenzieren.

Aufforderungen

Sprechen bedeutet nicht nur Fragen stellen und beantworten, Aussagen machen, Geschichten erzählen; zum Sprechen gehört auch, daß man Aufforderungen ausspricht, versteht. Man kann sich auch selbst auffordern! Solche Selbstaufforderungen spielen bei der Organisation des Verhaltens eine große Rolle.

Wir werden uns in diesem Abschnitt damit befassen, wie Ψ mit Aufforderungen umgehen sollte.

Beginnen wir mit der Frage, wie Ψ eine Aufforderung verstehen kann. Die Antwort ist ziemlich einfach: Eine Aufforderung soll in Ψ eine *Absichtsstruktur* entstehen lassen, wie ich sie in Abbildung 6.1 (Seite 444) geschildert habe. Ψ soll also eine Gedächtnisstruktur anlegen, in der der erwünschte Zielzustand vermerkt ist, und dann eben die neu entstandene Absicht verfolgen wie andere auch. Wie könnte das nun im einzelnen ablaufen?

Die Entstehung von Absichten ist bei Ψ abhängig von seinen *Bedürfnissen,* und dasselbe soll auch für die Absichten gelten, die sich aus Aufforderungen ergeben. Ψ soll ja autonom sein, kein Roboter, und nicht einfach den Befehlen von irgendwem gehorchen. Kadavergehorsam gehört nicht zu einem autonomen System. Ψ sollte also selbst entscheiden können, ob es einer Aufforderung nachkommt oder nicht. Damit stellt sich aber die Frage, wie Aufforderungen mit der Bedürfnisstruktur von Ψ zusammengebracht werden können. Auf irgendeine Weise muß ja die Absicht, die durch eine Aufforderung entsteht, auch eine Motivstärke bekommen, und die setzt sich aus der Bedürfnisstärke und der Stärke der Erfolgserwartung zusammen, die sich wiederum aus der Kompetenz ergibt. Woher bezieht eine Absicht, die durch eine Aufforderung gebildet wird, ihre Bedürfnisstärke? Zwei Möglichkeiten liegen auf der Hand:

1. Eine Aufforderung kann damit verbunden sein, daß ihre Erfüllung ein Bedürfnis befriedigt. Man könnte Ψ also eine Belohnung dafür versprechen, daß es etwas Bestimmtes tut. Dann ergibt sich die Bedürfnisstärke aus der Größe der Bedürfnisbefriedigung, die aufgrund der Belohnung

zu erwarten ist. Wenn also beispielsweise das Affiliationsbedürfnis im Moment recht groß ist, dann könnte eine Aufforderung, die mit der Ankündigung eines Legitimitätssignals nach der Durchführung der entsprechenden Handlungen verbunden ist, Ψ dazu bringen, die Aufforderung zu akzeptieren. Konkret: Ψ_α wird von Ψ_β aufgefordert, ihm Wasser zu bringen. Wenn nun Ψ_α erwarten kann, daß sich Ψ_β bei ihm herzlich für das Wasser bedanken wird, und wenn es außerdem gerade einen affiliativen Mangelzustand verspürt, so wird Ψ_α nicht zögern, eine Ψ_β-Wasserbringen-Absicht zu bilden. Ψ_γ dagegen würde Ψ_α kein Wasser bringen, weil es Ψ_γ nicht mag und daher keinen Wert auf dessen L-Signale legt. – Die mit der Aufforderung verbundene Bedürfnisstärke ergibt sich aus der Stärke des Affiliationsbedürfnisses. – Statt L-Signalen als Belohnung könnte man Ψ_α natürlich auch Wasser oder Benzin versprechen oder was sonst immer an Grundbedürfnissen bei ihm vorhanden und augenblicklich depriviert ist.
2. Die zweite Möglichkeit, eine Aufforderung in der Bedürfnisstruktur von Ψ zu verankern, wäre das Androhen einer Strafe. Ψ würde das Befolgen einer Aufforderung als ein Mittel akzeptieren, einen unerwünschten Zustand zu vermeiden; es bildet eine Vermeidungsabsicht. Auch solche Strafandrohungen könnten natürlich von sehr verschiedener Art sein. Man könnte Ψ etwa mit dem Entzug der Gunst, konkret also mit der Verweigerung von L-Signalen, drohen oder auch mit dem Entzug von Schmieröl- oder Benzinrationen.

Wie sieht das nun genau aus, wenn Ψ aus einer Aufforderung eine Absicht macht? Nehmen wir einmal die Aufforderung «Bring mir bitte aus der Bibliothek das Buch von Harley mit!» Bei ihr wird vorausgesetzt, daß kein Zweifel darüber besteht, welche Bibliothek gemeint ist. Vielleicht gibt es nur eine, oder es ist vorher eine bestimmte Bibliothek bereits im Gespräch erwähnt worden. Zugleich enthält der Satz die Prämisse, daß eine nähere Bezeichnung des Buches über die Autorenangabe «Harley» hinaus nicht notwendig ist. Also: Ψ weiß, welche Bibliothek und welches Buch gemeint ist. Die Umformung dieser Aufforderung in eine Absicht besteht darin, daß zunächst der Zielzustand erzeugt wird: Das Buch soll sich am Ende im (zeitweiligen) Besitz des Auffordernden, nennen wir ihn Hans, befinden! Die Aufforderung könnte also bei Ψ dazu führen, daß als anzustrebender Zielzustand zum Beispiel ein Schema gebildet wird, in dem Hans das Buch von Harley in den Händen hält. (Statt dessen könnte es auch bei Hans auf dem Bücherregal liegen oder auf dem Schreibtisch oder wo auch immer als Indiz dafür, daß Hans das Buch «hat».)

Gut, damit hat also die Absicht einen Zielzustand. Außerdem kann Ψ nunmehr mit der Absicht einen Plan verbinden. «Du bist jetzt hier in deinem Arbeitszimmer! Um zur Bibliothek zu gelangen, mußt du den und den Weg gehen. Die Bibliothek hat nur bis zwölf Uhr geöffnet. Also mußt du spätestens um Viertel nach elf Uhr aufbrechen. Dann mußt du im Katalog die Signatur von Harleys *Psychology of Language* heraussuchen, einen Ausleihzettel ausfüllen und dir das Buch aushändigen lassen. Und dann kannst du am Abend das Buch bei Albert vorbeibringen!»

So könnte ein Plan für diese Absicht aussehen.

Außerdem wird die Absicht mit einem bestimmten Bedürfnis verbunden. Hans ist für Ψ eine wichtige Person, und es liegt ihm viel an seiner Wertschätzung. Also muß es vermeiden, diese zu verlieren, was geschähe, wenn es der Bitte von Hans nicht nachkäme. Aus dem Bestreben, einen unangenehmen Zustand nicht eintreten zu lassen, ergeben sich die mit der Absicht verbundene Bedürfnisstärke und nach Abschätzung der Dringlichkeit und der Erfolgsaussichten für den Plan die Motivstärke, und diese bestimmt wiederum, ob und wann die so erzeugte Absicht handlungsleitend wird.

Wenn Ψ Hans nicht so sehr schätzte, wäre der Verlust oder die Minderung der Affiliation zu ihm ein Ereignis, das nur geringes Gewicht hätte. In diesem Fall wäre die Bedürfnisstärke nicht allzu hoch, und es könnte geschehen, daß Ψ die Harley-Absicht schlicht und einfach vergißt; sie würde nie handlungsleitend werden. Und wenn Ψ Hans völlig gleichgültig gegenüberstünde, dann wäre es auch möglich, daß es auf dessen Aufforderung mit einer Ablehnung reagieren würde: «Wie komm ich denn dazu! Hol dir doch deine Bücher selber!» Das wäre allerdings dann schon fast eine Art von Kriegserklärung, ein starkes Anti-L-Signal Hans gegenüber.

Wie sollte Ψ nun aber selbst auffordern? Voraussetzung wäre, daß es eine Absicht hat. Ist es nun nicht in der Lage, die Pläne, die mit dieser Absicht verbunden sind, selbst auszuführen, oder wäre dies aus irgendwelchen Gründen ungünstig oder unpassend, so kann Ψ eine Aufforderung aussprechen und damit versuchen, jemand anderen zu entsprechenden Handlungen zu veranlassen. Wenn Ψ also *The Psychology of Language* haben möchte, nur leider daran verhindert ist, sich zur Ausleihe zu begeben, oder keinen Benutzerausweis für die Bibliothek hat, könnte es den mit dieser Absicht verbundenen Plan als Aufforderung an Hans weiterleiten: «Hans, kannst du mir bitte das Buch von Harley aus der Bibliothek mitbringen? Möglichst noch heute!»

Ist mit der Absicht kein Plan verbunden, müßte die Aufforderung natürlich anders lauten, etwa: «Ich brauche unbedingt das Buch *The Psychology of Language* von Harley. Kannst du es mir irgendwie besorgen?» Hier wird also nur ein Ziel angegeben und die Art und Weise, wie dieses erreicht werden kann, dem Aufgeforderten überlassen.

Aufforderungen haben ihre spezifische Grammatik. In schriftlicher Form enden sie oft mit einem Ausrufezeichen. Oder sie werden als – mehr oder minder – rhetorische Fragen formuliert («Kannst du mir das Buch besorgen?»), die dem Aufgeforderten theoretisch die Möglichkeit bieten, sie zurückzuweisen. Gewöhnlich werden sie auch nicht als Aufforderungen formuliert, sondern als Bitten. Eine Bitte erhöht in der Regel das Selbstwertgefühl und das Kompetenzempfinden des Gebetenen: «Ich bin nicht in der Lage, mir das Buch von Harley zu besorgen; ich kenne leider die entsprechenden Möglichkeiten der Ausleihe nicht, verirre mich im Labyrinth der Universitätsbibliothek, habe keine Ahnung, wie ich an die bibliographischen Angaben für das Buch kommen soll, aber *du*! Du kannst das alles und kennst dich so hervorragend aus, für dich ist das alles eine Kleinigkeit!»

Eine Aufforderung, die in dieser Weise ausgesprochen wird, erhöht das Selbstwertgefühl des Gebetenen ungemein (natürlich nur, wenn er den ganzen Schmus auch glaubt und nicht durchschaut, daß Ψ lediglich zu faul ist, sich den umständlichen Bibliotheksprozeduren zu unterziehen). – «Zu faul»? Kann Ψ faul sein? Aber natürlich! Ich habe auf Seite 438 auf den «algedonischen» Charakter von Motiven und Absichten hingewiesen. Jede

Motivbehandlung hat ihre aversiven Aspekte, ist mit Energie- und Zeitaufwand, vielleicht mit unangenehmen Begleitumständen verbunden. Und wenn für Ψ der Wert dieser aversiven Aspekte sehr hoch ist, dann wird es versuchen, seine Absichten in einer Weise zu erledigen, die ihm selbst die abschreckenden Umstände erspart.

Wie nun eine bestimmte Aufforderung ausgesprochen wird, hängt von der jeweiligen Situation ab. Eine höfliche Bitte kann sich Ψ natürlich sparen, wenn Hans von ihm abhängig und jede Aufforderung mit der impliziten Drohung des Entzugs irgendwelcher lebenswichtiger Güter verbunden ist. Wenn aber keine solchen Abhängigkeiten bestehen, muß mit der Aufforderung natürlich eine Gegenleistung in Form irgendwelcher Belohnungen verbunden sein, und diese müssen zusammen mit der Aufforderung signalisiert werden. «Sieh mal, wie hilflos ich bin. Wenn du meiner Bitte nachkommst, kannst du dir und auch mir zeigen, über welche Fähigkeiten du verfügst! (Das bringt das Kompetenzgefühl in die Höhe!) Und außerdem bin ich dir ewig dankbar! (Affiliation!) Und natürlich bereit, für dich gegebenenfalls auch etwas zu tun!» (Nur nicht zu dick auftragen, sonst wird es unglaubwürdig!)

Ψ wird also bei der Formulierung einer Aufforderung seine ganze Lebenssituation berücksichtigen. Überlassen wir die Einzelheiten wieder dem Lernprozeß, in dem Ψ Sprache erwirbt. Mit ein wenig Sensibilität wird es schon merken, welche Formen von Aufforderungen in welcher Situation erfolgversprechend sind.

Nun haben wir Ψ also das Sprechen beigebracht. Nur Sprechen? Nun ja, mit sprachlicher Kommunikation ist alles mögliche verbunden; die Ψs können sich wechselseitig berichten, was so auf der Welt los ist, und das multipliziert die Erfahrungsmöglichkeiten. Die Ψs brauchen nicht mehr alles selbst zu erleben, sondern können Kenntnisse durch die Schilderungen anderer erwerben. Und durch Aufforderungen können sie ihre gemeinsamen Aktivitäten koordinieren.

Wir haben den Ψs aber nicht nur die Fähigkeit zum Sprechen verliehen, sondern viel mehr getan! Wir haben sie mit der Fähigkeit zum Denken versehen! Und mit Bewußtsein und freiem Willen! – Sie glauben das nicht? Dann lesen Sie die folgenden Seiten.

Das innere Gespräch der Seele mit sich selbst

Dasselbe sind Denken und Sprechen,
nur daß das innere Gespräch der Seele mit sich selbst,
was ohne Stimme vor sich geht,
Denken genannt worden ist.

Platon
Sophistes 263e

Wissen Sie, wie es dazu kam, daß die Französische Revolution ausbrach? Daß das altehrwürdige, tausendjährige französische Königtum im Jahre 1789 entmachtet und dann durch die Hinrichtung von Ludwig XVI. im Jahre 1792 ganz beseitigt wurde? – Ausgelöst wurde all dies dadurch, daß der Zeremonienmeister Ludwigs XVI., der Marquis de Brézé, den Grafen Mirabeau – wenn man so will, im unrechten Moment! – zum Sprechen zwang und damit zum Nachdenken brachte.

Der Donnerkeil des Grafen Mirabeau

Das geschah am 23. Juni 1789. In Versailles hatten sich die Stände zusammengefunden, also die Vertreter des Adels, der Geistlichkeit und des «Dritten Standes», des Bürgertums. Der Grund für die Versammlung war eine schwere Krise des französischen Staates, im wesentlichen eine Wirtschaftskrise. In der vorausgehenden Sitzungsperiode hatten sich die Vertreter der drei Stände nicht einigen können, in welcher Weise Frankreich neu gestaltet werden sollte; selbst der Abstimmungsmodus war unklar geblieben. Der Dritte Stand hatte sich nach den ergebnislosen Verhandlungen zur «Nationalversammlung» erklärt und als solche auch sofort eine Reihe von Beschlüssen über Staatsschulden und Steuern gefaßt. Am 23. Juni nun hob der König diese Beschlüsse wieder auf, versprach aber, daß die beiden anderen Stände, also der Adel und die Geistlichkeit, auf einige ihrer Privilegien verzichten würden, und «gab eine Reihe liberaler Verheißungen» (Jäger 1899, Seite 24). Der wieder zusammengetretenen Versammlung der Stände befahl der Zeremonienmeister des Königs, eben jener Marquis de Brézé, auseinanderzugehen und am nächsten Morgen in gesonderten Räumen zu beraten. Der Adel und ein Teil des Klerus leisteten der Anweisung Folge. Die Deputierten des Dritten Standes jedoch blieben beisammen. Daraufhin kehrte der Marquis de Brézé zurück, und es ergab sich folgender Wortwechsel:

> Der Marquis de Brézé: *«Haben Sie des Königs Befehl vernommen?»*
> Daraufhin der Graf Mirabeau: *«Ja, wir haben des Königs Befehl vernommen!» (Lange Pause.) – «Ja, wir haben ihn vernommen! Doch was berechtigt Sie, uns hier Befehle anzudeuten?* Wir *sind die Repräsentanten der Nation. Die Nation* gibt *Befehle und empfängt keine. Und damit ich mich Ihnen ganz deutlich erkläre, so sagen Sie Ihrem König, daß wir unsere Plätze anders nicht als auf die Gewalt der Bajonette verlassen werden!»*

Dieser Wortwechsel, der als «Donnerkeil» Mirabeaus in die Geschichte eingegangen ist, bedeutet nicht mehr und nicht weniger als die Illegitimierung des französischen Königs. Nicht dieser sei berechtigt, die Staatsgeschäfte zu leiten, sondern allein die Nation in Gestalt der von ihr gewählten Deputierten. Das war damals ungeheuerlich! Und der Graf Mirabeau wußte das sehr wohl, denn unmittelbar danach drängte er die Versammlung zum Schwur, nicht eher auseinanderzugehen, als bis ein Verfassungsentwurf zustande gekommen sei. Und so kam es zu dem berühmten «Ballhaus-

Schwur», von dem es wohl zu Recht heißt, er habe die Französische Revolution eingeleitet. Kaum einen Monat später war die Bastille erstürmt (oder doch zumindest eingenommen, siehe Seite 466) und Frankreichs Königtum praktisch beseitigt.

Heinrich von Kleist, dessen Aufsatz «Über die allmähliche Verfertigung der Gedanken während des Redens» ich den Mirabeauschen Donnerkeil entnehme, beschreibt, wie der Graf auf den Gedanken gekommen sein mag, die Legitimität des französischen Königs anzuzweifeln. Nein, von den Bajonetten, mit denen dieser Aufruhr endete, wußte Mirabeau noch nichts, als er zu sprechen begann. Der Zorn über die Intervention des Marquis hatte ihn veranlaßt zu reden, obwohl dafür eigentlich der Leiter der Versammlung, Präsident Bailly, zuständig war. «Ja, wir haben des Königs Befehl vernommen!» meint er und wollte vielleicht dann fortfahren: «Aber wir denken gar nicht daran, auseinanderzugehen!» Aber einen solchen Satz hinzuzufügen erscheint ihm irgendwie falsch. *Warum* wollte man nicht auseinandergehen? Immerhin hatte es der König befohlen! *Wieso* wollte man dem Befehl des Königs trotzen? *Warum* durfte man das? – Vielleicht waren das die Fragen, die sich dem Grafen Mirabeau stellten. Und die Antworten darauf? Die kamen ihm nicht so schnell. Er versuchte, Zeit zu gewinnen. Was soll er sagen? Er wiederholt erst einmal: «Ja, wir haben ihn vernommen!» Denn eigentlich will er *nicht* oder nicht nur sagen, daß man zusammenbleiben will. Und was würde geschehen, wenn er das sagte? Der Zeremonienmeister würde die Nachricht dem König überbringen und dieser dem Kommandanten der Palastwache den Befehl geben, die Versammlung mit einer Kompanie Grenadiere auseinanderzutreiben.

Sicher hätten die Dinge auch ohne Mirabeau eine ähnliche Entwicklung genommen, doch soll es uns hier gleichgültig sein, ob es vielleicht andere auslösende Momente gegeben hätte, wäre Mirabeau nicht gewesen. Für uns ist der Denkprozeß des provenzalischen Grafen interessant! Dieser hatte zunächst einen Anlaß: die «Anmaßung» des Marquis de Brézé. Aber warum war eigentlich die Aufforderung eine Anmaßung? Und wozu würde es führen, wenn man ihr nicht Folge leistete? Das Denken des Grafen Mirabeau wurde dadurch ausgelöst, daß er sich eine Frage stellte. Und dann noch eine. Und dann versuchte er, sich die selbstgestellten Fragen zu beantworten. Und als ihm das gelang, war der Donnerkeil, der die Legitimität der französischen Könige zerschmetterte, fertig. Denken als Fragen und Beantworten von Fragen. Denken als innerer Dialog.

Läßt sich das verallgemeinern? Ist Denken ein inneres Frage-und-Antwort-Spiel? Wenn diese Formel stimmt, hätten wir Ψ möglicherweise mit der Sprache auch das Denken beigebracht. Das wäre doch immerhin etwas!

Ψ kann Fragen stellen und beantworten. Eine W-Frage erzeugt – so habe ich es im letzten Abschnitt beschrieben – ein Schema mit einem Loch, und die Beantwortung der Frage besteht darin, daß Ψ versucht, dieses Loch zu füllen. Dafür muß es über bestimmte, ebenfalls bereits dargestellte Mechanismen der Informationsverarbeitung verfügen. Durch jede W-Frage wird ein spezifischer Suchprozeß im Gedächtnis oder auch ein Vorstellungsprozeß ausgelöst. Eine Warum-Frage beispielsweise führt zu einer Suche nach den möglichen «Vorläufern» für das befragte Ereignis; man erinnere sich: Warum gab Albert Berta Geld? Für einen inneren Dialog ist es aber nicht nur wichtig, daß Ψ seinen Ψ-Genossen Fragen stellen oder deren Fragen beantworten kann; es muß sich auch *selbst* Fragen stellen können!

Auf den ersten Blick kann man sich fragen: Was soll denn das? Wieso sollte man sich selbst Fragen stellen können? Das ist doch überhaupt nicht sinnvoll! Denn Fragen stellen bedeutet doch, daß man etwas nicht weiß (es sei denn, es handelt sich um eine rhetorische Frage). Und wenn man nicht weiß, wie die Antwort auf eine Frage lautet, dann lohnt es sich doch auch nicht, sich selbst diese Frage zu stellen! – Ich meine, es lohnt sich doch! Denn wir haben ja gesehen, daß Ψ die Antworten auf Fragen keineswegs immer nur aus seinem Gedächtnis abruft, sondern auch erarbeiten kann. Wenn es nicht weiß, warum der dicke Albert Berta Geld gibt, dann gelangt Ψ zur Antwort, indem es sich zum Beispiel fragt, wann und aus welchen Gründen gewöhnlich Leute einander Geld übergeben. Und hinterher hat es dann zumindest eine Hypothese darüber, wie die Antwort auf die Frage lauten könnte.

Und genau wie mit den Warum-Fragen kann Ψ mit den anderen Fragen umgehen. Wenn es beispielsweise mit einer Wozu-Frage, also einer Frage nach dem Ziel eines Geschehnisses oder eines Verhaltens, konfrontiert ist und die Antwort nicht unmittelbar weiß, könnte es doch einmal nachsehen, ob es in seinem Gedächtnis ähnliche Geschehnisse findet, die schließlich in ein für einen der Akteure befriedigendes Ereignis mündeten. «Wozu gibt Albert Berta Geld?» – «Weiß nicht!» – Innerer Gedankengang: «Es ist, das entnehme ich meinem Gedächtnis, schon vorgekommen, daß jemand einem anderen Geld gab, damit dieser ihm etwas besorgte, zum Beispiel ein Stück Kuchen oder ein Leberkäsebrötchen, um seinen Hunger zu befriedigen. Also könnte die Geldübergabe von Albert an Berta dazu dienen, daß diese Albert irgend etwas mitbringt, das Albert zu irgendeiner Bedürfnisbefriedigung verhilft.» So könnte Ψ eine Wozu-Frage hypothetisch beantworten. Und ganz ähnlich kann das mit allen anderen Fragen gehen. Entweder Ψ kennt die Antwort oder aber ein ähnliches Ereignis und dessen Einbettungen, setzt diese jetzt – gegebenenfalls mit bestimmten Modifikationen – in das Schema ein und erstellt somit neue Schemata. Und wenn ein Schema so etwas ist wie ein Gedanke, dann kann Ψ auf diese Weise durch Selbstbefragungen auf neue Gedanken kommen.

Die Fähigkeit, Fragen zu stellen und zu beantworten, macht also das Gedächtnis beweglich, bringt neue Schemata hervor. Die Fähigkeit zum Sprechen bedeutet folglich, daß Ψ nicht nur in der Lage ist, sich zu unterhalten, sondern zugleich auch ein Werkzeug zur eigenständigen Umwandlung seiner Gedächtnisstrukturen gewinnt und diese weiterentwickeln kann. Hat Ψ mit der Fähigkeit zum inneren Dialog wirklich Denkvermögen erworben? Ist das so einfach?

Eta – Zeta

Betrachten wir die mit dem Sprachvermögen verbundene Denkfähigkeit nun doch einmal etwas analytischer und nicht nur aufgrund eines ominösen Berichts über den Ausbruch der Französischen Revolution.

Abbildung 7.19 auf Seite 696 zeigt zwei Käfer. Der linke Käfer, 011010, ist gewissermaßen leptosom, also schlank, hat lange Beine, und lange Fühler. Der rechte Käfer, 100101, hat eher eine pyknische Konstitution. – Die Käfer

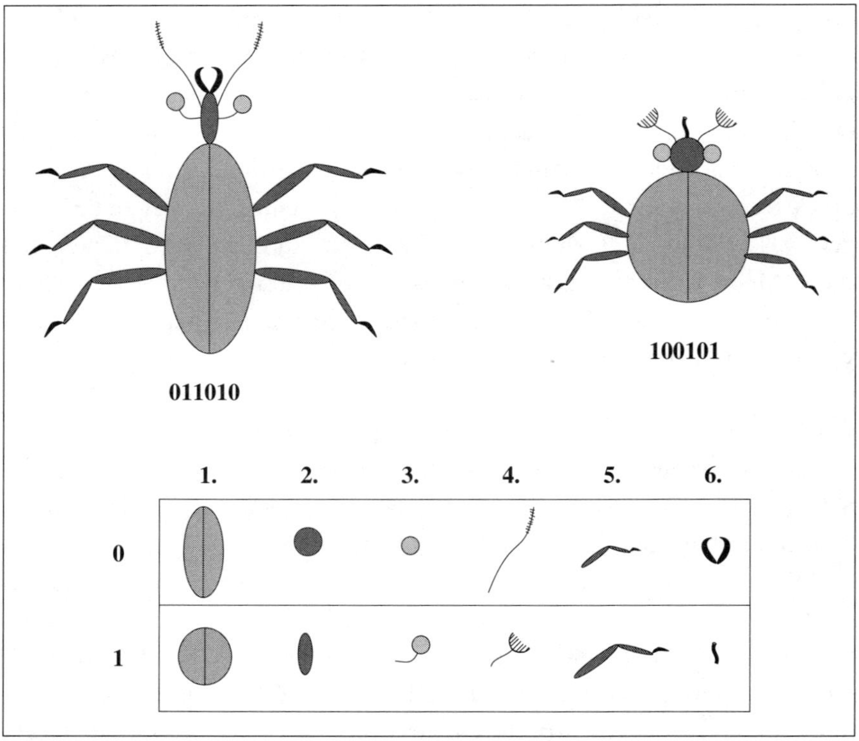

Abbildung 7.19 Die Käfer

gehören einer spezifischen Art an. Genetisch sind sie relativ einfach gebaut, die Erbinformation besteht nur aus sechs Elementen. Die Zahlencodes unter den beiden Käfern bedeuten ihre jeweilige genetische Ausstattung. Nur jeweils zwei Möglichkeiten gibt es für die sechs Bestandteile, nämlich entweder eine Null oder eine Eins. Diese «Gene» der Käfer beziehen sich eindeutig auf bestimmte Körpermerkmale der Krabbeltiere. In der Abbildung 7.19 sieht man unten die Zuordnung. Es ergibt sich eine längliche Körperform, wenn das erste «Gen» den Wert null hat, und eine runde, wenn die Sequenz mit einer Eins beginnt. Das zweite Gen betrifft den Kopf, der wie eine Kugel oder länglich geformt ist. Das dritte Gen entscheidet darüber, ob der Käfer einfache oder aber Stielaugen hat. Das vierte Gen steht für Fühler, Fadenfühler oder Antennenfühler, das fünfte für kleine, zartgliedrige oder gewaltige, muskelbewehrte Beine, die mit starken Krallen versehen sind. Und schließlich gibt es verschiedene Freßwerkzeuge, nämlich entweder Zangen oder aber Rüssel. So hat also der linke Käfer die Genreihe 011010, der rechte dagegen 100101.

Tabelle 7.1 Die Käfer-Bestrahlungen

Alpha	xxxxx0 xxxxx1	Eta	111xxx 110xxx
Beta	xxx101 xxx111	Theta	110xxx 001xxx
Gamma	xxx011 xxx100	Jota	100001 100010
Delta	xxx111 xxx000	Kappa	011110 000110
Epsilon	x0xxxx x1xxxx	Lambda	xxx111 xxx110
Zeta	010xxx 101xxx	My	110xxx 100xxx

Das Besondere an dieser Käferfamilie ist, daß sich ihr Genbestand relativ leicht durch Bestrahlungen verändern läßt. Allerdings ist das System, soweit man es bislang erforscht hat, recht kompliziert. In der Tabelle 7.1 sehen wir das System der zwölf Bestrahlungen, bezeichnet mit den griechischen Buchstaben Alpha bis My, sowie ihre jeweiligen Wirkungen. So wandelt Alpha das sechste Element der Genreihe von 0 in 1, erzeugt also in der Tochtergeneration einen runden Körper, wenn für die Elterngeneration ein gestreckter typisch war. Die «x» für die Elemente 1 bis 5 der Genreihe bedeuten, daß es gleichgültig ist, von welcher Beschaffenheit die Gene 1 bis 5 sind. Alpha wandelt also sowohl einen Käfer mit dem Genbestand 011010 in einen Käfer mit dem Genbestand 011011 als auch einen Käfer der Form 100000 in einen Käfer der Form 100001 um.

Etwas komplizierter ist die Wirkung der Bestrahlungsform Beta. Generell bewirkt Beta, daß aus kurzen Beinen (Gen 5 = 0, 5_0) lange Beine (Gen

$5 = 1, 5_1$) werden. Allerdings müssen als Voraussetzung für die Wirksamkeit dieser Art von Bestrahlung Antennenfühler (4_1) und ein Saugrüssel (6_1) vorhanden sein, Beta würde sonst nicht funktionieren. Die Anwendung von Beta ist also an bestimmte Voraussetzungen gebunden. Nicht nur das zu wandelnde Gen muß einen bestimmten Wert haben, sondern darüber hinaus noch andere Gene.

Die Bestrahlung Gamma hat eine ausgesprochene Breitbandwirkung. Dieser Operator wandelt die drei letzten Elemente der Genreihe allesamt. – Sehr spezifische Operatoren sind die Bestrahlungsformen Jota und Kappa. Sie verändern jeweils nur zwei Gene, doch damit Jota und Kappa wirksam sind, müssen sehr viele Voraussetzungen erfüllt sein. Jota und Kappa lassen sich überhaupt nur auf ganz bestimmte Käfer anwenden und sind deshalb sehr *kritische* Operatoren; will man sie zur Geltung kommen lassen, muß man meist zunächst einmal «Zwischenzielkäfer» züchten.

Diese Käferfamilie, die sich durch Bestrahlungen so leicht manipulieren läßt, ist nun von großer Wichtigkeit für die ökologische Schädlingsbekämpfung. Man kann leicht Käfer mit verschiedenen Eigenschaften herstellen, zum Beispiel Blattlausjagdkäfer, Käfer für die Vernichtung unheimlicher Spinnen oder Käfer für die Vertilgung ekliger Nacktschnecken, die dem Salat im Gemüsebeet schaden. Insgesamt gibt es 2^6, also vierundsechzig verschiedene Käferarten. Die «Züchtung» bestimmter Käfer allerdings kann leicht oder schwer sein, je nachdem, welche Käfer als Ausgangsmaterial zur Verfügung stehen und was erreicht werden soll.

Versuchen Sie doch einmal, den linken, «leptosomen» Käfer der Abbildung 7.19 in den rechten, «pyknischen» umzuwandeln! Sie werden feststellen: Das ist gar nicht so einfach! Dazu sind schon einige Denkschritte nötig, zum Beispiel:

> *Was sind denn so die Unterschiede zwischen den beiden Viechern? – Na ja, der eine ist schlank und hat lange Beine, und der andere ist klein und dick und hat kurze Beine! Und dann gibt es noch Unterschiede bei den Fühlern! Wie macht man aus Fadenfühlern Antennenfühler? Das geht mit Gamma! – Nee, Gamma geht nicht,*

weil der ja einen Rüssel haben müßte! Also: Machen wir den erst mal. Wie macht man aus Zangen einen Rüssel? Mit Alpha! Also:

Alpha → 011011
Gamma → 011100

Um uns die Zeichenarbeit zu sparen, charakterisieren wir die Käfer durch den 0/1-Code, den man aus der Abbildung 7.19 ersehen kann. Der Käfer 011100 ist also ein schlanker Käfer mit langem Kopf, Stielaugen, einem Fächerfühler, kurzen Beinen und Zangen.

Mist, jetzt hat er zwar die richtigen Fühler, aber wieder eine Zange! Na ja, die kann man beseitigen! Machen wir doch mal Alpha.

Alpha → 011101

Prima, nun stimmt das schon mit den Fühlern, den Beinen und dem Rüssel!
Und jetzt sollten die Stielaugen verschwinden! Wie geht das? Mit Eta! Aber für Eta müßte er schon rund sein und nicht länglich! Gut, man kann ihn ja mit Zeta rund machen. Aber dafür müßte er schon die Glubschaugen haben, also die Stielaugen los sein.
Und da beißt sich die Katze in den Schwanz. Die Stielaugen kriege ich mit Eta weg, aber dafür müßte er einen runden Körper haben. Und den bekäme ich mit Zeta, aber dafür dürfte er keine Stielaugen haben! Das geht also gar nicht! Das ist eine Sackgasse! Was mach ich denn jetzt? Vielleicht erst mal was anderes? Wenn etwas nicht funktionierte, hab ich sonst immer versucht, die Voraussetzungen dafür zu schaffen. – Kümmer ich mich erst mal um was anderes, vielleicht den Kopf.

Das würde mit Kappa gehen. Und – au ja: Da kriegt man auch gleich die Glubschaugen! Aber dafür müßte er wieder lange Beine und Zangen haben. Und jetzt stimmt das doch so schön mit den kurzen Beinen und dem Rüssel. Müssen wir wirklich alles wieder rückgängig machen? Gibt es da nichts anderes? Nee, Stielaugen in Glubschaugen verwandeln geht nur mit Eta und Kappa. Und Eta geht nicht, weil ich dafür den runden Körper bräuchte, und den krieg ich nur mit Zeta, und dafür bräuchte ich schon die Glubschaugen!
Also: Hilft nichts – man muß auf Kappa hinarbeiten! Am besten fange ich noch mal neu an! Denn da hatte ich ja die langen Beine und die Zangen schon. Für Kappa brauche ich jetzt nur die Fühler, die Fächerfühler. Und die kriege ich mit Gamma! Aber Gamma geht nur, wenn ich den Rüssel habe, und den bekomme ich mit Alpha. Also:

Alpha → 011011
Gamma → 011100

Das hatten wir doch schon mal! – Jetzt brauche ich wieder lange Beine! Kriege ich mit Beta, aber dafür brauche ich den Rüssel, und den kriege ich mit Alpha:

Alpha → 011101
Beta → 011111

Und jetzt wieder die Zangen mit Lambda:

Lambda → 011110

Und jetzt geht Kappa!

Kappa → 000110

Aber wozu habe ich das denn überhaupt gemacht? Ach ja, wegen der Stielaugen! Die sind jetzt weg! Triumph! War aber auch mühselig! Aber die Kopfform stimmt nun auch, dafür aber sonst fast nichts.
Erst mal wieder die kurzen Beine. Die kriege ich mit Gamma. Aber Gamma geht nicht, dafür bräuchte ich lange Fühler und den Rüssel. Den Rüssel kriege ich mit Alpha:

Alpha → 000111

Und lange Fühler mit Delta:

Delta → 000000

Ach Gott, jetzt stimmt fast nichts mehr. Na ja, den Rüssel bekomme ich wieder mit Alpha:

Alpha → 000001

Und jetzt den Fächerfühler mit Gamma. Nein, Gamma geht nicht, denn dazu bräuchten wir lange Beine, und dafür müßten wieder Fächerfühler vorhanden sein. Das ist genau wie vorher mit Eta und Zeta! Um etwas zu erzeugen, bräuchte ich es schon, und das ist natürlich Unsinn! Wie kriege ich sonst noch lange Beine? Ach, mit dem Jota! …

So weit der Denkprozeß. Ich will ihn hier nicht noch weiter vorführen; wenn es Sie interessiert, so versuchen Sie doch einmal selbst, auf welche Weise man schließlich zu dem «Zielkäfer» kommen kann.

Die Versuchsperson, die dieses Protokoll produzierte, fühlte sich mit einem schwierigen Problem konfrontiert und meinte hinterher:

«Es ist wichtig, daß man zunächst mal sieht, welche der Operatoren viele Voraussetzungen brauchen. Hier sind das Kappa und Jota. Und darauf muß man zunächst einmal hinarbeiten; der Rest ist dann eher Kleinkram. Denn wenn man zum Beispiel Fadenfühler, lange Beine und Zangen hat, kriegt man leicht alle anderen Fühler-, Bein- und Mundkombinationen durch Alpha, Gamma und Beta!»

Das ist eine Erkenntnis über die Struktur des Käfersystems. Sie ist unvollständig und auch nicht ganz richtig, zeigt aber, daß die Versuchsperson nicht nur das Problem löste, sondern dabei auch allgemeine Erkenntnisse sammelte, die ihr die Lösung zukünftiger Aufgaben der Ökokäferzüchtung erleichtern würden.

In der Tat bildet nämlich das System der Bestrahlungen zwei isomorphe Fast-Kreise für jeweils die erste und die zweite Dreiergruppe der Merkmale. Wenn man in der zweiten Dreiergruppe den Zustand 010 hat (lange Fühler, lange Beine, Beißzangen), kann man all ihre anderen Zustände mit dem «Makrooperator» Alpha-Gamma-Alpha-Beta-Lambda-Alpha-Delta-Alpha erreichen. Dann allerdings bleibt man in dem Zustand xxx001 stecken, aus dem man sich nur mit Jota befreien kann, das wiederum nur unter bestimmten Umständen anwendbar ist.

Für die erste Dreiergruppe gibt es ein isomorphes System. Befindet man sich im Zustand 000xxx, kann man mit dem Makrooperator Epsilon-Zeta-Epsilon-Eta-My-Epsilon-Theta-Epsilon einmal im Kreis herum wandern, bleibt dann allerdings im Zustand 011xxx stecken. Und hier ist Kappa der «Befreiungsoperator». Das Schließen der Fast-Kreise ist also nur über Jota beziehungsweise Kappa möglich. Und deshalb sind die beiden die neuralgischen Operatoren, auf deren Anwendung man hinarbeiten muß.

Diese Gesetze der Käferumwandlung hat unsere Versuchsperson teilweise erkannt. Betrachtet man ihren Denkprozeß, so findet man – läßt man die stilistischen Variationen weg – ungefähr folgende Fragen, Urteile und (Selbst-)Aufforderungen:

- Wie macht man das? (Wie verwandelt man den einen Käfer in den anderen? Wie beseitigt man den und den Unterschied?)
- Welches sind die Unterschiede?
- Was soll ich zuerst machen?

- Wie geht das sonst noch?
- Wozu habe ich das eigentlich gemacht?
- Warum geht das nicht?

- Das ist schiefgegangen!
- Das ist aber gutgegangen!

- Wenden wir den Operator x an!
- Bilden wir das und das Zwischenziel!

Insgesamt haben wir sechs verschiedene Fragen, zwei Urteile, zwei Selbstaufforderungen. Wir finden also die Elemente, aus denen Sprache, wie wir festgestellt haben, besteht, in diesem Denkprozeß wieder. Die Seele unserer Versuchsperson scheint sich Fragen gestellt, Urteile gefällt und sich selbst Aufforderungen gegeben, also mit sich selbst gesprochen zu haben. Diese Fragen, Feststellungen und Aufforderungen scheinen bestimmte Funktionen für die Art und den Ablauf des Denkprozesses zu erfüllen. Natürlich geht es zum einen um die Suche nach Operatoren. Die Frage «Wie macht man das?» könnte eine solche Suche einleiten, und die Frage «Wie geht das sonst noch?» initiiert die Fortsetzung einer Suche. Dann geht es um eine Zielanalyse. Die Frage «Welches sind die Unterschiede?» zielt darauf ab, genauer festzustellen, was denn nun eigentlich geschehen soll. Die Frage «Was soll ich zuerst machen?» dient der Reihung von Teilabsichten, und die Frage «Wozu habe ich das eigentlich gemacht?» setzt eine Analyse der Struktur des abgelaufenen Denkprozesses in Gang, um auf diese Art und Weise wieder «auf die Rolle» zu kommen. Die Aufforderungen dienen der Erzeugung von Subabsichten, und die Feststellungen schließlich sind Antworten auf die Frage, ob eine bestimmte Form des Operierens zum Erfolg beziehungsweise Mißerfolg führte.

Wenn man davon ausgeht, daß Fragen und Aufforderungen mit bestimmten Prozessen der Informationsverarbeitung, mit Suchprozessen im Gedächtnis, mit Vorstellungen, mit der Bildung von Absichten zusammenhängen, wie ich es im letzten Abschnitt beschrieben habe, dann ist der zitierte Gedankengang nicht etwa nur eine sprachliche Beschreibung des

Denkprozesses, sondern es *ist* der Denkprozeß. Fragen und Aufforderungen lösen jeweils bestimmte Informationsverarbeitungsprozesse aus, die dann weiterführen und die Konstellation verändern oder auch nicht.

Könnte das Protokoll von Ψ stammen? Ψ kann ja auch mit sich selbst sprechen. Überprüfen wir das doch einmal! Wie könnte der Mechanismus, der hinter dem oben wiedergegebenen Protokoll steht, bei Ψ aussehen?

Ich habe einen Teil des Ablaufs in der Abbildung 7.20 skizziert. Zunächst würde Ψ die Aufforderung übernehmen, den einen Käfer in den anderen zu transformieren, und damit hätte es bereits ein Schema mit einem «Loch». Startpunkt und Ziel des ganzen Unternehmens sind bekannt; dazwischen aber klafft eine Lücke. Transformationslücken, also Lücken, die darin bestehen, daß unbekannt ist, aufgrund welchen Geschehens oder mittels welchen Verhaltensprogramms etwas in etwas anderes überführt werden kann, erzeugen Wie-Fragen (siehe Seite 664 f.). Also stellt Ψ eine Frage, die ungefähr folgendermaßen lauten könnte: «Wie kann aus dem Käfer links der Käfer rechts werden?» Bei einem «Gespräch von Ψ mit sich selbst» werden nun die Produktion und die Rezeption einer solchen Frage zu einem Suchprozeß einer bestimmten Art im Gedächtnis führen.

Der Versuch, eine Wie-Frage zu beantworten, würde darin bestehen, daß Ψ nach einem Geschehnisschema oder einem Verhaltensprogramm in seinem Gedächtnis sucht, welches das Startobjekt als Input akzeptiert und das Zielobjekt als Output produziert. Ein Verhaltensprogramm, bestehend aus einer mehr oder minder langen Kette von Aktionsschemata, könnte den einen Käfer als Input, den anderen aber als Output enthalten. Kann ein solches Verhaltensprogramm gefunden werden, ist Ψ in der Lage, die Wie-Frage zu beantworten: «Ich muß das und das tun!»

Nun wird die Wie-Frage im Beispielsfall nicht beantwortet werden können. Ψ findet keinen Operator, der den «Startkäfer» unmittelbar in den «Zielkäfer» umwandelt. Also aufgeben? Ψ könnte gelernt haben, daß die Nichtbeantwortbarkeit einer Wie-Frage eine Was-Frage auslösen sollte. «*Was* soll denn da umgewandelt werden?»

Was-Fragen werden in verschiedener Weise verwendet. «Was ist das?» kann einmal nach einer Einordnung eines Objekts in eine übergreifende Kategorie fragen, zum anderen aber auch nach seinen Bestandteilen. «Was

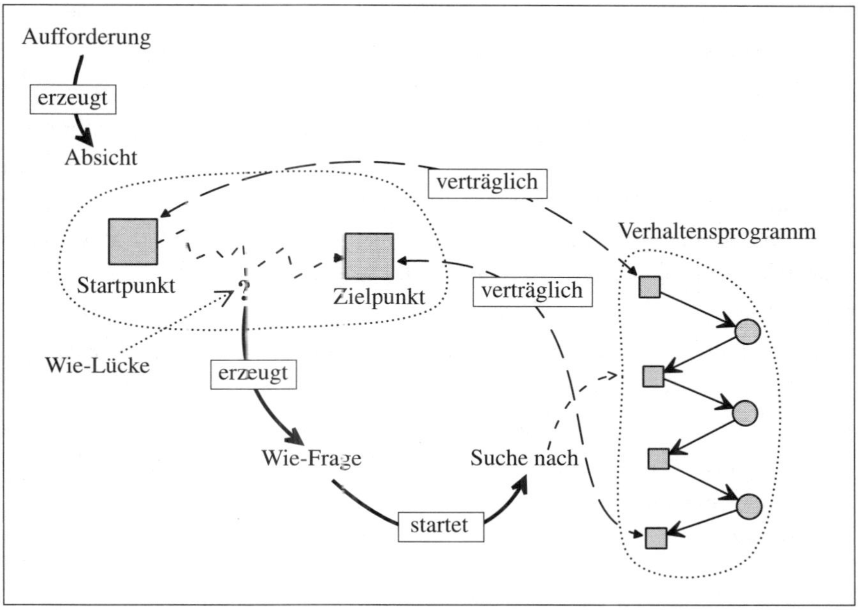

Abbildung 7.20 Die Erzeugung einer Wie-Frage und ihre Folgen

ist zu tun?» kann bedeuten: «*Was* sind die Unterschiede zwischen dem Start- und dem Zielkäfer, und *wie* kann man sie beseitigen?» Der durch diese Was-Frage ausgelöste Prozeß der Informationsverarbeitung würde aufgrund einer Inspektion und eines Vergleichs entweder der wahrnehmbaren oder der vorgestellten Käfer als Antwort eine Liste etwa der folgenden Art produzieren: «Der eine ist groß, der andere klein. Die Körperform des einen ist oval, die des anderen rund. Der Startkäfer hat lange Beine, der andere kurze. Der Startkäfer hat Fadenfühler, der Zielkäfer Antennenfühler …» (Eine solche Liste produziert unsere Versuchsperson direkt am Anfang, siehe Seite 698.)

Mit der Beantwortung der Frage nach den Unterschieden läßt sich nun wieder die Wie-Frage in spezifischerer Weise stellen. Im Protokoll der Versuchsperson folgt jetzt die Frage: «Wie macht man aus Fadenfühlern Antennenfühler?» Die Suche nach einem entsprechenden Verhaltensprogramm führt zu Gamma. Die Antwort auf die Wie-Frage lautet also: «Das geht mit Gamma!» Daraufhin stellt sich Ψ die Frage: «Ist Gamma anwendbar?» Sie bezieht sich auf die Verträglichkeit des Eingangsschemas von Gamma mit der Gestalt des Startkäfers. Ψ muß leider feststellen, daß der Startkäfer mit dem Eingangsschema für Gamma nicht verträglich ist, und fragt sich weiter: «Worin bestehen die Unterschiede zwischen dem Startkäfer und dem Eingangsschema für Gamma?» Die Antwort lautet: «Der Startkäfer hat Beißzangen; das Eingangsschema verlangt aber einen Rüssel.» Nun folgt eine Selbstaufforderung: «Ich muß aus den Zangen Rüssel machen!», durch die wir wiederum eine Struktur mit einer Wie-Lücke erhalten, und das führt dann zu der Frage: «Wie macht man aus Zangen einen Rüssel?» Der entsprechende Suchprozeß (im Gedächtnis oder in der Liste der Operatoren) führt zu der Antwort: «Mit Alpha!» Und dann folgen die Selbstaufforderungen: «Alpha anwenden!» und «Gamma anwenden!»

Und so geht es weiter. Der gesamte Denkprozeß würde also bei Ψ darin bestehen, daß aufgrund von Lücken in Schemata Fragen erzeugt werden. Diese Fragen stellt Ψ sich selbst; und durchforstet das Gedächtnis nach einer Antwort oder versucht, die Frage aufgrund der Erzeugung von Vorstellungen zu beantworten. Wenn sie so oder so beantwortet werden kann, folgen entsprechende Urteile.

Aus der Beantwortung von Fragen ergeben sich neue Fragen; auf die Frage nach den Unterschieden zwischen Start- und Zielkäfer folgt die Frage, wie man die Unterschiede beseitigen kann. Auch Selbstaufforderungen ergeben sich, einmal als Zwischenzielbildungen, zum anderen als Befehle, etwas zu tun.

Die Fragen, Selbstaufforderungen, Urteile folgen nicht wahllos aufeinander, sondern scheinen in bestimmten Sequenzen vorzukommen. Natürlich folgen Urteile auf Fragen. Ich habe auch darauf hingewiesen, daß der vergebliche Versuch, eine Wie-Frage zu beantworten, in eine Frage nach den Elementen der Transformation mündet: «Was ist zu tun?» – Und auf die Feststellung der Nichtanwendbarkeit eines Operators folgt eine Selbstaufforderung zur Bildung einer Subabsicht, eines Zwischenziels. Der Operator soll anwendbar gemacht werden!

Sieht man genauer hin, so findet man an einigen Stellen des oben zitierten «Gesprächs der Seele mit sich selbst» über die Käferzüchtung ein Muster, das sich durch folgende Fragensequenz charakterisieren läßt:

1. Welches sind die Unterschiede zwischen dem aktuellen Startpunkt und dem angestrebten Ziel? Die und die ...!
2. Wie kann man den und den Unterschied beseitigen? Mit dem Operator X!
3. Ist der Operator X anwendbar? Wenn ja: Wende ihn an! Wenn nein: Bilde ein Zwischenziel, das darin besteht, die Bedingungen für die Anwendung des Operators herzustellen. Dieses Zwischenziel wird nun das neue aktuelle Ziel.

Diese Folge findet man in dem zitierten «Gespräch einer Seele mit sich selbst über die Lösung eines Käferproblems» zum Beispiel ganz am Anfang. Sie ist ein in der Denk- und Kognitionspsychologie sehr berühmtes Schema, nämlich das Schema des GPS, des «*G*eneral *P*roblem *S*olver», des «allgemeinen Problemlösers» von Newell und Simon (1972), die die Auffassung vertraten, der GPS sei *das* allgemeine Schema des menschlichen Denkablaufs. Und noch in dem 1996 publizierten Lehrbuch der Kognitionspsychologie von J. R. Anderson bildet diese Methode den Kern der dort beschriebenen Gesetzmäßigkeiten menschlichen Problemlösens (Anderson 1996, Seite 250ff.).

Nun fanden sich aber durchaus schon in dem oben zitierten Käfer-Denkprozeß Abweichungen vom GPS. So folgt etwa keineswegs immer eine Zwischenzielbildung auf die Feststellung, daß ein Operator nicht anwendbar ist. Die Nichtanwendbarkeit von Eta in einer bestimmten Situation (siehe Seite 699) führt zum Beispiel zu einem Zielwechsel. «Vollautomatisch» werden also die Fragen, Selbstaufforderungen usw. keineswegs aneinandergereiht. Zumindest nicht nur. Wer aber steuert nun die Reihenfolge der Fragen und Selbstaufforderungen? Auf diese Frage gibt es verschiedene Antworten, die alle richtig sein können. Einmal könnte es wirklich eingefahrene «Programme» geben. Zum anderen steuert sich der Prozeß zum Teil selbst dadurch, daß die Beantwortung einer Frage neue Fragen aufwirft. Und zum dritten kommt es auch vor, daß Menschen darüber nachsinnen, wie sie denken sollten. Im Abschnitt «... und nennen demnach die Gedancken ...» (Seite 721 ff.) werde ich näher darauf eingehen.

Denken als geordnete Folge von Selbstbefragungen, Selbstaufforderungen, Feststellungen – das scheint eine vernünftige Konzeption zu sein.

Indem wir Ψ also das Sprechen, insbesondere das Fragen, das Beantworten von Fragen und das Auffordern, beigebracht haben, kann es auch denken! Wir müssen uns aber dabei vor Augen halten: Sprechen ist bei Ψ nie nur sprechen! Es könnte eine Frage nicht beantworten, wenn nicht mit dem Verstehen einer Frage ein spezifisches Programm, zum Beispiel ein Suchprogramm im Gedächtnis oder ein Programm zur Erzeugung von Vorstellungen, gestartet würde, welches versucht, die spezifische Lücke, auf die sich die W-Frage bezieht, zu schließen. (Man erinnere sich an den Prozeß der Beantwortung der Frage «Wer gibt Berta Geld?» im letzten Abschnitt, Seite 668 f.) Der HyPercept-Suchvorgang, der in Suchprogrammen häufig verwendet wird, ist für sich genommen kein sprachlicher Prozeß; Ψ verfügt über ihn, seit wir ihm das Wahrnehmen beigebracht haben. Um ihm die Fähigkeit zu verleihen, Fragen zu beantworten, haben wir ihn an das Verstehen von Fragen gekoppelt, genau wie den Prozeß der Erzeugung von Vorstellungen für die Beantwortung von Was-(ist-ein)-Fragen, siehe den Abschnitt «Die Flöhe der Moros», Seite 712 ff.

Dadurch, daß Ψ Fragen zu verstehen und zu beantworten vermag, gewinnt es die Fähigkeit, Such- und Vorstellungsprozesse im Gedächtnis zu steuern und an ganz verschiedenen Stellen, je nach Art der gestellten Frage, einzusetzen. Das ist sehr wichtig. Bislang war der HyPercept-Prozeß ein fest eingebauter Bestandteil des Wahrnehmungsprozesses. Durch die Verwendung in den verschiedenen Prozeduren zur Beantwortung der verschiedenen W-Fragen wird er frei. Bei einer Wie-Frage sucht er nach einer Transformation, bei einer Wer-Frage nach einem Aktor, bei einer Warum-Frage nach der Ursache eines Ereignisses.

Könnte also das oben angegebene Protokoll von Ψ stammen? Man muß diese Frage wohl bejahen. Ψ könnte diesen Denkprozeß vollbringen, indem es sich – genau wie es die Versuchsperson anscheinend tat – mit sich selbst unterhält.

Wenn es Ihnen vernünftig vorkommen sollte, Denken in große Nähe zum «inneren Sprechen» zu bringen, weil Sie sich selbst, wenn Sie denken, ständig als stumm oder sogar halblaut vor sich hin schwätzend erleben, so sollten Sie wissen, daß eine solche Auffassung der modernen Kognitionswissenschaft sehr fern liegt. J. R. Anderson (1996, Seite 356) definiert Denken als «sprachfreie» Informationsverarbeitung. Platon ist also mit seiner Auffassung vom Denken ziemlich hinter dem Mond! Aber er konnte ja auch von der modernen Kognitionswissenschaft noch nichts wissen.

Wir haben den Versuch unternommen, Personen in einem Experiment «sprachfrei» denken zu lassen (Bartl und Dörner 1998), indem wir sie baten, bei Käferumwandlungsproblemen der Art, wie ich sie oben beschrieben habe, nicht mit sich selbst zu reden.

Die Reaktionen auf diese Instruktion waren ziemlich interessant im Hinblick auf die Frage, ob das Denken «sprachfreie» Informationsverarbeitung ist oder nicht. Viele Versuchspersonen meinten von Anfang an, sie könnten doch nicht denken, wenn man ihnen das verbiete (obwohl wir ihnen ja nur das Sprechen verbaten). Sie bemühten sich dann aber doch. Fast alle berichteten nach dem Experiment, sie hätten «geschummelt», weil es ohne Sprechen eben doch nicht gegangen sei.

Abbildung 7.21 auf Seite 710 zeigt ein Ergebnis des Experiments. Man sieht die Verteilungen der Lösungszeiten zweier Gruppen von jeweils zehn Versuchspersonen für drei Käferprobleme. Die Versuchspersonen der einen Gruppe wurden zum «lauten Denken» angehalten, sollten also möglichst alles, was ihnen bei den Lösungsversuchen durch den Kopf ging, laut aussprechen. Den Versuchspersonen der anderen Gruppe wurde das Sprechen mit sich selbst, innerlich oder äußerlich, ganz verboten. Die Gruppe der «Nichtsprecher» schnitt bei dem Versuch der Käferumwandlung erheblich schlechter ab als die Versuchspersonen, die «laut denken» sollten. Die mittlere Lösungszeit für die drei Probleme lag bei den «Lautdenkern» bei etwa zweitausend, bei den «Nichtsprechern» bei rund dreitausend Sekunden (wobei zu bedenken ist, daß die «Nichtsprecher», wie oben schon angegeben, eben doch auch meist mehr oder weniger intensiv mit sich gesprochen haben). Die Unterschiede zwischen beiden Gruppen sind statistisch signifikant.

Es gab noch viele andere Unterschiede zwischen den beiden Gruppen.

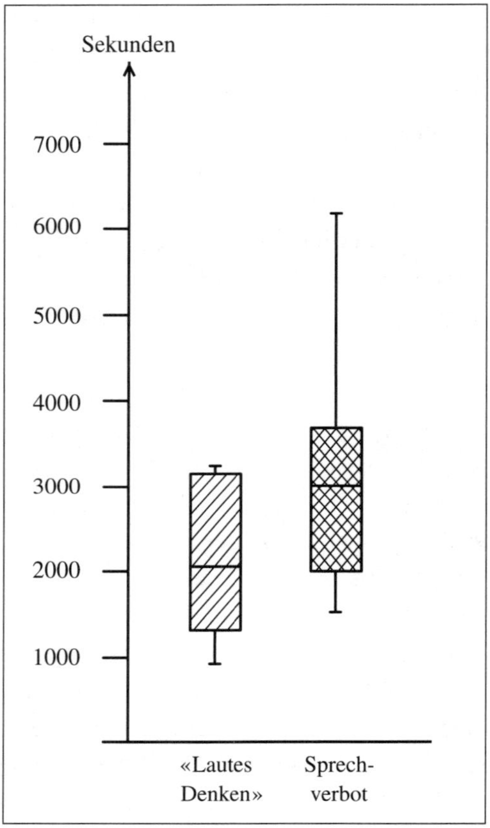

Abbildung 7.21 Lösungszeiten für drei Käferaufgaben. Der Strich in den Kästchen zeigt den Mittelwert, der obere bzw. der untere Rand der Kästchen zeigt die 75%- bzw. 25%-Marke, und die Striche mit den Blockaden am Ende zeigen jeweils den gesamten Streubereich.

So neigten die «Nichtsprecher» sehr häufig dazu, die «Bestrahlungen» einfach der Reihe nach schematisch durchzuprobieren, eine Verhaltensform, deren sich die «Lautdenker» allenfalls zu Beginn des Versuchs bedienten, um die Aufgabe zu erkunden. Bei den «Nichtsprechern» blieb dieses Primitivverfahren oft über das gesamte Experiment hinweg die dominante Strategie.

Interessant sind in diesem Zusammenhang auch die *Formen* des Sprechens, die wir bei den «Lautdenkern» analysierten, die Art also, wie Aussagen, Fragen und Selbstaufforderungen aufeinander folgten. Abbildung 7.22 zeigt ein Ergebnis dieser Untersuchungen.

Man sieht das Sprechdenken einer sehr erfolgreichen (oben) und einer

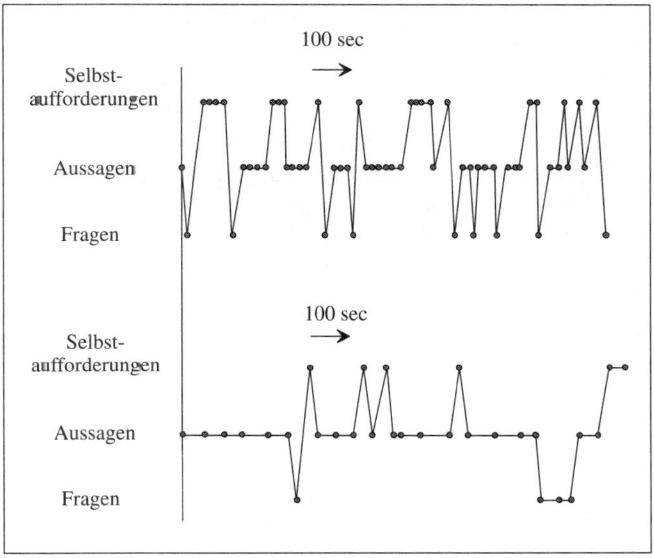

Abbildung 7.22 Spracheinheiten und Sprachfluß bei einer sehr erfolgreichen (oben) und einer sehr erfolglosen (unten) Versuchsperson bei der Käferaufgabe

sehr ineffektiven Versuchsperson (unten), die keine einzige der drei Käferaufgaben löste, wobei ihre Sprechakte nur hinsichtlich der groben Kategorien Frage, Aufforderung (und das bedeutet natürlich immer Selbstaufforderung) und Aussage unterschieden wurden. Man sieht, daß die erfolglose Versuchsperson ein *quantitativ* und *qualitativ* ärmeres Sprechdenken aufweist. Zum einen gibt es weniger Sprechakte pro Zeiteinheit, und zum anderen findet man absolut und *relativ* weniger Fragen und Selbstaufforderungen, also weniger dynamische Elemente, im «lauten Denken» der erfolglosen Versuchsperson. Das kümmerliche Sprechen beim Denken entsprach also dem geringen Erfolg und das reichhaltige Sprechen dem großen Erfolg!

Die Flöhe der Moros

Sokrates: «So nimm dann auch an, daß noch ein anderer Meister sich zu derselben Zeit in unseren Seelen befindet. ... Ein Maler, der nächst dem Schreiber des Gesprochenen die Bilder davon in die Seele zeichnet.»

Platon
Philebos 39b

Deshalb erkennt die Seele vernünftig nie ohne Vorstellungsbilder ...

Aristoteles
Über die Seele

Zahlreiche kreative Menschen betonen, daß sie in Momenten höchster Inspiration nicht in Worten, sondern in geistigen Bildern denken.

Steven Pinker
Der Sprachinstinkt

Die Käferprobleme sind im wesentlichen «Wie-Probleme»: Wie läuft die Transformation ab? Viele Probleme aber, die Menschen zum Nachdenken bewegen, sind «Was-Probleme», bei denen es darum geht, zu ermitteln, was eigentlich genau der Fall ist oder der Fall sein sollte. Solche Probleme fordern ein anderes Denken als das, welches wir gerade beschrieben haben.

Nehmen wir einmal an, Sie hätten sich um das Schicksal der Moros zu kümmern, eines westafrikanischen Nomadenstamms, der am Südrand der Sahelzone lebt. Es geht ihnen nicht sonderlich gut; ihre Lebenserwartung ist niedrig und die Gesundheit ziemlich schlecht, was zum einen an der Unterernährung und zum anderen an den schlechten hygienischen Verhältnissen liegt. Die Unterernährung wiederum hängt mit der Tatsache zusammen, daß die Rinder, von deren Blut, Milch und Fleisch die Moros vorwiegend leben, von der Rinderschlafkrankheit, der Tryponomiasis, heimgesucht werden, welche die Herden klein hält und somit die Ernährungsgrundlage des Stammes auf ein Minimum reduziert. Weiterhin leben sie von einem ziemlich kärglichen Hirseanbau in den Oasen, der wenig Ertrag abwirft.

So ist die Situation der Moros, und Sie sind aufgefordert, ihre Lebensqualität zu erhöhen. – Aber was kann man da tun? Irgend etwas, um die hygienischen Verhältnisse zu verbessern? Oder Maßnahmen gegen die Rinderschlafkrankheit zu ergreifen? Oder irgend etwas, um den Hirseertrag zu steigern?

Bleiben wir einmal bei der Hygiene. Was fällt Ihnen denn dazu so ein? Vielleicht ungefähr folgendes:

> *Unhygienische Verhältnisse machen krank. Also wird sich die Gesundheit der Moros bessern, wenn man die hygienischen Bedingungen optimiert.*
> *Was sind das denn überhaupt: hygienische Bedingungen? Irgendwie hat das was mit Desinfizierung zu tun, wenn man beispielsweise im Schwimmbad etwas auf seine Zehen sprüht. Dadurch werden Mikroorganismen abgetötet; das ist wohl der Zweck. Und sauber sollte es sein. Warum eigentlich? Wohl auch wegen Insekten und Mikroorganismen; die können sich im Dreck und Schmutz gut ernähren. Zum Beispiel Läuse und Flöhe. Oder auch Ratten und Mäuse. – Wie ist das nun bei den Moros? Die haben vielleicht einen Kochherd, von dem Fett auf den Boden spritzt und zwischen die Dielen läuft, und davon kann sich dann alles mögliche Viehzeug ernähren. Aber haben die Moros denn Dielenböden? Wohl kaum, die leben in irgendwelchen Schilfhütten, und der Boden besteht vielleicht aus gestampftem Lehm. Vielleicht sind es auch gar keine Schilfhütten, sondern Behausungen mit einem Fachwerk aus Zweigen, und in die Lücken wird wieder Lehm geschmiert. Und der Lehm wird rissig in der Hitze, und in diesen Rissen können sich die kleinen Biester verbergen. Wanzen und Kakerlaken und Flöhe … Flöhe! Die können springen und sind deshalb besonders gefährlich. Sie gehen*

> *von Ratten auf den Menschen über und lösten früher die großen Pestepidemien aus. – Was kann man gegen Flöhe tun? Wie lebt ein Floh? Wie sieht denn ein solcher Floh aus? Er hat lange Sprungbeine, insgesamt wohl sechs, denn er ist ja ein Insekt. Hat er nun eigentlich einen Saugrüssel? Oder beißt er sich mit zangenartigen Mundwerkzeugen durch die Haut? Oder vielleicht beides?*
> *Wo schläft ein Floh? Schläft er überhaupt? Was frißt er? Nur Blut? Wie vermehrt er sich? Was mag er eigentlich gern? Wärme oder Kälte? Wie gut kann er hören, sehen, schmecken, riechen? Schreckt ihn vielleicht etwas ab, beispielsweise die Schmerzensschreie von Artgenossen? Riecht er etwas gern? Die sexuelle Attraktion geht ja bei vielen Insekten über den Geruch!? Könnte man die Flöhe vielleicht auf diese Weise in Fallen locken? So was gibt's doch! Na ja, ob für Flöhe, weiß ich nicht. Vielleicht könnte man bestimmte Flohwarnschreie über kleine Lautsprecher ausstrahlen. – Oder vielleicht zunächst einmal einfach alle Ritzen in den Hütten verschmieren. Und Jagd machen auf Ratten und Mäuse: Man könnte unter den Kindern der Moros Wettkämpfe veranstalten, wer am meisten Ratten erjagt, und die Sieger mit Preisen belohnen …*

Der Denkprozeß, dessen Protokoll Sie gerade gelesen haben, besteht aus einer sukzessiven Erweiterung des zunächst sehr unklaren Hygienebegriffs einer Versuchsperson, die das Moro-Problem lösen sollte. (Dieses existierte für sie als Computersimulation der Verhältnisse bei einem Halbnomadenstamm in Burkina Faso, Westafrika, mit der sie umzugehen lernen mußte.) Sie konnte sich offensichtlich innerhalb ziemlich kurzer Zeit ein ganz gutes Bild von der Situation der Moros machen. Man braucht also kein Fachmann zu sein, um brauchbare Ideen zur Verbesserung der hygienischen Bedingungen zu bekommen. Vielmehr lassen sich durch die Erweiterung der Sinnfetzen, aus denen der Begriff «Hygiene» bei der Versuchsperson zunächst besteht, Vorstellungen entwickeln, was in einer bestimmten Situation zu tun ist. – Nun gut, das sind immer nur Hypothesen und keine Wahrheiten. Aber eine Hypothese bietet zumindest die Möglichkeit, Fragen zu stellen. Mit einer Hypothese, und erweist sie sich auch später als grundfalsch, hat man einen Startpunkt.

Unsere Versuchsperson kommt zu einer Vorstellung von den Maßnahmen zur Verbesserung der hygienischen Verhältnisse bei den Moros, *ohne* viel von diesem Stamm und seinen näheren Lebensumständen zu wissen. Sie hat ein Bild von einer Situation konstruiert, die sie vorher überhaupt nicht kannte. Wie hat sie das im einzelnen gemacht? Gehen wir einmal den Denkschritten nach!

Abbildung 7.23 auf Seite 716 zeigt den gesamten Denkprozeß grob mit seinen verschiedenen Stationen. Es geht natürlich los mit einer Absicht. Man sollte etwas für die Moros tun! Aber was? Nun, zum Beispiel könnte man die hygienischen Verhältnisse verbessern, weil das dem Gesundheitszustand zugute kommt. Aber wie? Das ist die erste Frage, die bei den Ψs bekanntlich einen Suchprozeß nach einem Geschehnisschema beziehungsweise einem Verhaltensprogramm startet, in dem das Problem als Ausgangspunkt und das angestrebte Ziel als Endpunkt vorkommt. Was aber ist hier der Endpunkt? Der ist unbekannt! «Was heißt denn überhaupt Hygiene?» – Der Suchprozeß für die Wie-Frage kann nicht starten, weil der angestrebte Endpunkt unbekannt ist.

«Was heißt Hygiene?» Da ist also eine neue Lücke. Sie wird durch eine Was-Frage markiert. Was-Fragen in der Umgangssprache sind mehrdeutig, und es ist nur jeweils aus dem Kontext zu erschließen, was damit gemeint ist. Es kann die Frage nach der Einordnung in eine übergeordnete Klasse sein. «Was ist das?» – «Ein Insekt!» Zum anderen kann eine Was-Frage aber bedeuten: «Woraus besteht das?»

In diesem Fall ist sie eine solche analytische Frage. Die Versuchsperson beantwortet sie auch sofort, nämlich mit der Vorstellung der Desinfektion durch eine Fußdusche in der Badeanstalt. Das ist Hygiene! Dieses Teilstück von «Hygiene» versucht sie nun anzureichern, indem sie ihm ein Umfeld zuweist; das ist die erste Komplexergänzung in ihrem Denkprozeß. «Wozu wird desinfiziert?» Um Mikroorganismen abzutöten! Was aber sind Mikroorganismen? Dazu fällt der Versuchsperson ein: «Insekten!» (Das ist zwar

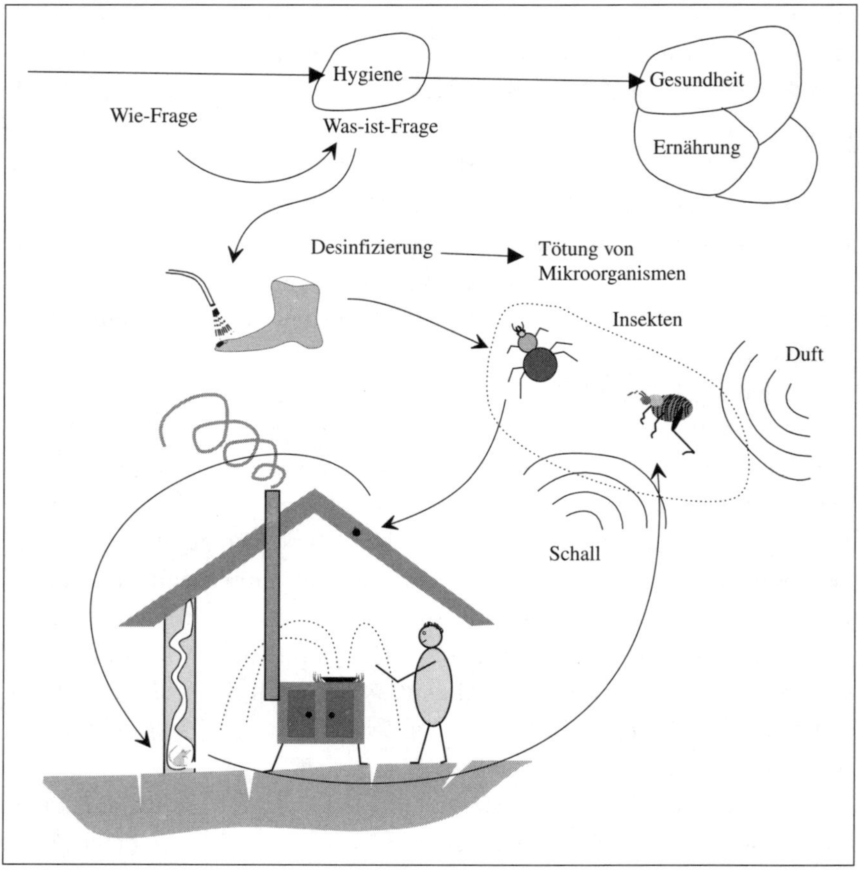

Abbildung 7.23 Die Hygiene der Moros

nicht richtig; Insekten sind eher Mini- als Mikroorganismen, aber immerhin ebenfalls oft recht klein.)

Hier finden wir eine Was-Frage in einer dritten Bedeutung; es wird nach einer Unterklasse für einen Begriff gefragt: Welche Beispiele gibt es für Mikroorganismen? – Unsere Versuchsperson findet für den Begriff der Insekten die Unterbegriffe «Wanzen», «Flöhe», «Kakerlaken» als gewissermaßen hygienisch bedeutsame Vertreter ihrer Art, hinsichtlich deren nun wieder eine Komplexergänzung folgt: Wo leben diese Insekten bei den

Moros? Die Antwort wird durch eine Wie-Frage eingeleitet: Wie leben denn die Moros überhaupt? Die Versuchsperson hat daraufhin eine komplexe, aber ziemlich konkrete Vorstellung von den Behausungen der Moros, den Kochherden und den durch ihren Betrieb ausgelösten Effekten (formal: Einbindung der Kochherde in Geschehnisschemata), den rissigen Lehmböden, den Wänden, den hohlraumreichen Decken und so fort, die Kakerlaken, aber auch Mäusen und Ratten Unterschlupf bieten können.

Ratten und Insekten: Das ist eine Spezialinformation. Unser Denker erinnert sich an die verhängnisvolle Rolle der Ratten als Zwischenwirt für Flöhe bei den großen Pestepidemien im Spätmittelalter. Und das führt dazu, daß er sich nunmehr auf den Floh konzentriert.

Zunächst einmal wird dieser gleichfalls «angereichert», und zwar durch Analogieschluß, bei dem Elemente und Strukturen aus einem bekannten auf einen unbekannten Bereich übertragen werden: Der Floh ist ein Insekt! Andere Insekten haben Saugrüssel oder Beißzangen als Mundwerkzeuge; statten wir doch den Floh auch einmal damit aus! Andere Insekten werden durch Sexualduftstoffe angelockt; geht das auch mit dem Floh? Der Analogieschluß der Versuchsperson – in unserem Beispiel ist natürlich der Oberbegriff «Insekt» sehr wichtig – vollzieht sich in folgender Weise:

> Die Struktur der Mundregion des Flohs ist unbekannt!
> Was ist der Floh? Ein Insekt!
> Welche anderen Insekten gibt es?
> Zum Beispiel Schmetterlinge mit Saugrüsseln!
> Also ist der Floh in dieser Beziehung vielleicht ähnlich aufgebaut wie ein Schmetterling und verfügt gleichfalls über Saugrüssel!

Ohne die Bündelung der verschiedenen Insektenbegriffe in dem Wortschema «Insekt» wäre ein solcher Analogieschluß nicht möglich! Vom Unterbegriff «Floh» kommt die Versuchsperson zum Oberbegriff «Insekt» und von dort zu dem neuen Unterbegriff «Schmetterling», dessen besser bekannte Struktur nun als Ergänzung des Schemas «Floh» herhalten muß.

In dem gesamten Denkablauf kommt im Grunde immer wieder der gleiche Prozeß vor, den Abbildung 7.24 schematisch zeigt.

Der Prozeß besteht aus drei aufeinanderfolgenden Teilen:

1. Irgend etwas ist nicht oder nur ungenau bekannt, wodurch eine Was-Frage ausgelöst wird. Diese führt entweder zu konkreten Formen («Insekten sind Mikroorganismen», «Fußdesinfektion ist ein Beispiel für eine Hygienemaßnahme») oder zu einem Oberbegriff für das unbe-

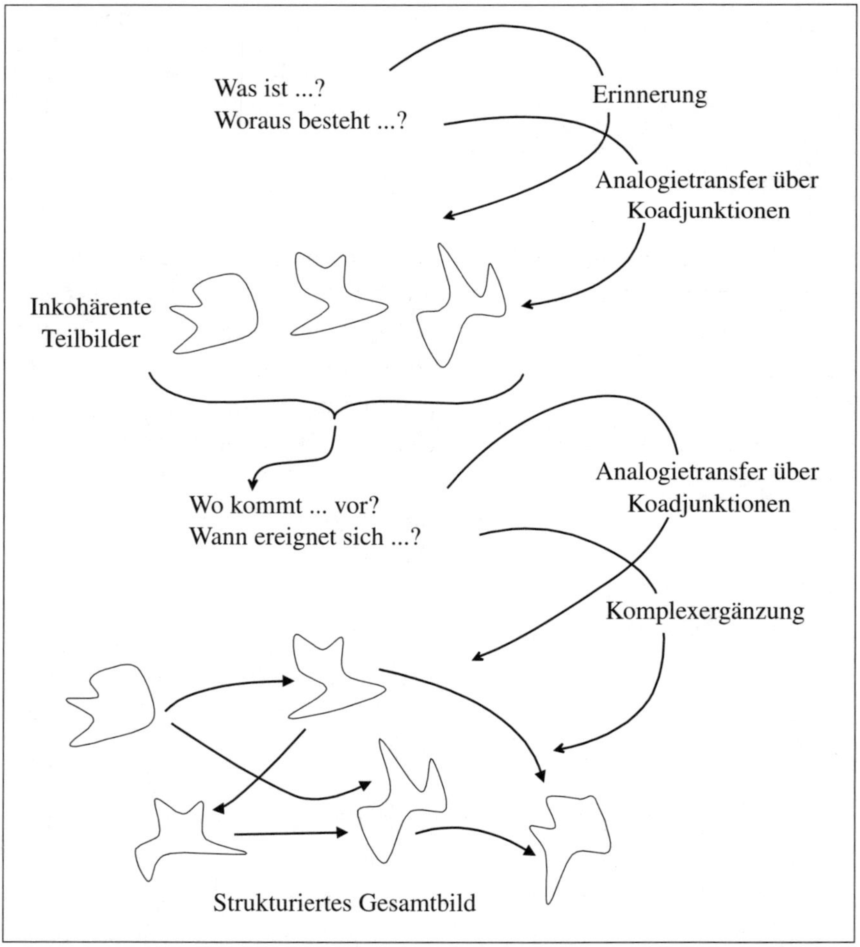

Abbildung 7.24 Begriffsamplifikation

kannte Objekt («Ein Floh ist ein Insekt»). Oder es ergeben sich Erinnerungen an Bestandteile des im ganzen unbekannten Objekts («Ein Floh hat Sprungbeine»).

2. Die im ersten Schritt gefundenen Informationen werden auf dem Wege über die Koadjunktionen und Analogieschlüsse («Ein Floh ist ein Insekt, andere Insekten sind Schmetterlinge; Schmetterlinge haben Saugrüssel, also kann ein Floh auch Saugrüssel haben») zu einem präziseren Bild von dem Objekt integriert.
3. Ist das Objekt selbst genauer bekannt, wird seine Einbettung in einen größeren Zusammenhang erarbeitet («Wozu Fußdesinfektion?» – «Wo und wie leben Flöhe?»). Bei dieser Komplexergänzung spielen bildhafte Vorstellungen eine große Rolle. Der Floh, der auf einer Ratte lebt, und die Ratte, die in den Löchern der Schilf-Lehm-Wände haust. – Der Kochherd der Moros, der Fettspritzer absondert, von denen Ratten und Mäuse und Kakerlaken leben, die in dem rissigen Lehmfußboden hausen. – Und diese Risse kann man zuschmieren! Und damit töten wir die Viecher. Hygiene!

Bei Ψ könnte der erste Schritt, die Was-Frage, einfach mit allen drei genannten Suchprozessen verbunden sein. «Was?» sucht nach Oberbegriffen, nach Bestandteilen, nach Unterbegriffen. «Ein Floh ist ein Insekt, hat Sprungbeine; es gibt Katzenflöhe.»

Der zweite Schritt enthält «Schemaergänzungen» (Selz 1913) über Analogieschlüsse.

Der dritte Schritt schließlich besteht darin, die «einhüllenden» Ereignisse, Geschehnisse, Situationen für das präzise Bild des unbekannten Objekts und für andere Elemente zu suchen, also «einhüllende» Schemata für Flöhe, Mäuse, Moros, Kakerlaken … «In welchen Lebensumständen kommen Flöhe vor?» – «Wie leben die Moros?» – Die Suche nach den einhüllenden Ereignissen läßt sich wieder mit HyPercept durchführen, wobei auch Analogieschlüsse eine Rolle spielen können. Daß die Versuchsperson die Moros mit Kochherden ausgestattet hat, wird zum Beispiel aufgrund einer Analogisierung der Lebenssituation der Moros mit der unseren geschehen sein. Diese Komplexergänzung gehört eigentlich schon zur Wahrnehmungsfähigkeit; sehe ich durch die Tür hindurch ein Tischbein und eine Ecke des Tisches, so sollte ich aufgrund dieser Teilwahrnehmung wissen, daß hinter der Tür ein ganzer Tisch steht. Bei den Ψs ohne Sprache tritt die Komplexergänzung nur bei der Wahrnehmung auf, während sie bei den Ψs mit Sprache auch beim Denken eine Rolle spielen wird.

Dieser Prozeß, den wir einmal ARASKAM genannt haben (Dörner und Wearing 1995; ARASKAM steht für *a*llgemeine, *r*ekursive, *a*nalytisch-*s*ynthetische *K*onzept-*Am*plifikation – ein schöner Name, oder?), kann nun mehrfach ineinandergeschachtelt werden (daher rekursiv!). Wenn man bei der Betrachtung der verschiedenen Formen der menschlichen Geistestätigkeit vom «Phantasieren» redet, dann redet man wohl oft von der ARASKAM oder Modifikationen dieses Prozesses.

Es beginnt mit Wörtern und an diese gekoppelten fetzenhaften, also unvollständigen und unscharfen Begriffen, aus denen dann etwas Neues, eine präzisere Form des jeweiligen Wortes, entsteht. Und so ändert sich der Begriff «hygienische Verhältnisse»; aus einer unscharfen, heterogenen Ansammlung von Fetzen wird ein klares Gebilde, welches die Planung von Handlungen erlaubt.

Bei Menschen scheint diese Fähigkeit, klare Anschauungen zu entwickeln, durchaus nicht gleich zu sein. Manche Personen kommen einfach nicht von der schematischen Ebene weg und bleiben «abstrakt», sie verharren auf der Wortebene. Das sind dann die «Theoretiker», die unfähig zur Praxis sind. Worauf sich jedoch zurückführen läßt, daß es manchen nicht schwerfällt, von abstrakten «unhygienischen Verhältnissen» zu konkreten Flöhen und Lehmritzen zu gelangen, während andere zu solchen Übergängen nahezu unfähig sind, ist bislang nicht geklärt. Vielleicht liegt es an individuellen Unterschieden im Hinblick auf die Fähigkeit jener im Abschnitt «Die innere Bühne» (Seite 199ff.) beschriebenen inneren Projektionsleinwand, Information festzuhalten. Bei den einen mag diese Leinwand einem Löschblatt gleichen; alles, was darauf projiziert wird, verschwimmt schnell und verliert die klaren Konturen. Bei anderen dagegen ähnelt sie eher einem Zeichenkarton, der auch die feinsten Tuschestriche eines einmal projizierten Bildes für eine gewisse Zeit festhält. «Löschblattleute» haben es natürlich schwer mit der Phantasie!

... und nennen demnach die Gedancken Veränderungen der Seele, deren sie sich bewust ist

Woher kommen nun solche Denkmuster wie der GPS oder die ARASKAM? Sie sind zunächst nichts anderes als *Grammatiken* – genauer gesagt: Syntaxen als Systeme der Sequenzierung – für Fragen und Selbstaufforderungen, die deren Reihenfolge regulieren. Eine solche Sequenz kann einfach durch Erfahrungen entstehen; wer öfters über Probleme nachdenkt, merkt mit der Zeit, daß bestimmte Muster häufiger zum Erfolg führen als andere, was dazu führt, daß diese im Gedächtnis haftenbleiben. Ein im Denken ungeübtes Ψ würde also mit einem chaotischen System von Fragen auf ein Problem losgehen; mit der Zeit fährt sich das dann ein, und es werden diejenigen Muster von Fragen bevorzugt verwendet, die häufig zum Erfolg geführt haben.

Solche Denkmuster können aber auch noch auf eine andere Weise zustande kommen. Im Protokoll der «Käferzüchtung» findet man an fünf oder sechs Stellen kritische Anmerkungen der Versuchsperson zu ihrem eigenen Denkablauf («Prima, nun stimmt das schon ...» – «Mist, jetzt hat er schon die richtigen Fühler, aber wieder eine Zange» – «Jetzt stimmt das doch so schön mit den kurzen Beinen ...» – «Und da beißt sich die Katze in den Schwanz ...» – «Ach Gott, jetzt stimmt fast nichts mehr»). Die Versuchsperson kommentiert also oft den Lösungsfortschritt, den Lösungsrückschritt, das Auftauchen von Kreisprozessen. Somit läuft nicht einfach nur ein Denkprozeß ab, sondern dieser wird offenbar ständig kritisch überwacht, was zu den genannten positiven oder negativen Kommentaren führt.

Diese kritischen Stellungnahmen beschränken sich nicht auf Kommentare. Vielmehr können sie selbst Denkprozesse auslösen, Denkprozesse, die das Denken betreffen. Man kann also die Denkabläufe – die Muster von Fragen, Vorstellungen, Suchprozessen und Selbstaufforderungen –, die zu positiven Resultaten geführt haben, mit jenen vergleichen, die an negative Erfahrungen gekoppelt sind, und auf diese Weise ermitteln, welche von ihnen (und unter welchen Umständen) eher mit Erfolg und welche eher mit Mißerfolg in Verbindung stehen. Der Schlußkommentar der Versuchsperson zeigt, daß eine solche Analyse tatsächlich stattgefunden hat. «Es ist wichtig, daß man zunächst mal sieht, welche der Operatoren viele Voraussetzungen brauchen. Hier sind das Kappa und Jota. Und darauf muß man zunächst einmal hinarbeiten ...» Die Betrachtung der ablaufenden Denkprozesse, die eine kritische Kommentierung darstellen, und die Schlußfolgerungen über die Angemessenheit oder Unangemessenheit bestimmter Denkabläufe führen unsere Versuchsperson zu allgemeinen Regeln, wie das Denken einzurichten sei. Sie bedenkt ihr Denken.

Ist auch Ψ dazu in der Lage? Warum nicht? Wie jedes andere Verhalten wird auch der Denkablauf bei Ψ als Sequenz von Fragen, Vorstellungserzeugungen, Suchprozessen, Selbstaufforderungen und so fort im Protokollgedächtnis vermerkt. Und hier ist die Sequenz dann als Datensatz vorhanden, der genauso verarbeitet werden kann wie jeder andere Datensatz. Wenn wir Wert darauf legen, daß Ψ vernünftig denken kann, so müssen wir es mit der gleichen Fähigkeit zur mitlaufenden kritischen Analyse ausstatten, wie sie die Versuchsperson in ihrem Monolog beweist.

Daß Denken nicht einfach ein Vorgang ist, der – entweder durch ein bestimmtes Programm oder durch Fragen ad hoc gesteuert – «einfach so» abläuft, ist schon lange bekannt. So schreibt Christian Wolff in seinem 1719 erschienenen Buch *Vernünftige Gedancken von Gott, der Welt und der Seele des Menschen, auch allen Dingen überhaupt* (zitiert nach Mittelstraß 1988, Seite 139):

> *«... das erste ist, so wir von unserer Seele wahrnehmen, wenn wir auf sie achthaben, nemlich daß wir uns vieler Dinge als ausser uns bewust sind. Indem dieses geschiehet, sagen wir, daß wir gedencken, und nennen demnach die Gedancken Veränderungen der Seele, deren sie sich bewust ist ... Hingegen wenn wir uns nicht bewust sind, also z.E. im Schlaffe, oder auch wohl zuweilen im Wachen es davorhalten, pflegen wir zu sagen, daß wir nicht gedencken. Solcher Gestalt setzen wir das Bewust seyn als*

> *ein Merckmahl, daraus wir erkennen daß wir gedencken. Und also bringet es die Gewohnheit zu reden mit sich, daß von einem Gedancken das Bewust seyn nicht abgesondert werden kan.»*

Wolff meint also, daß vom Denken das Wissen über die «Gedancken» gar nicht abgetrennt werden kann; wir denken nicht nur, sondern wenn wir denken, dann wissen wir auch immer, daß wir denken; Denken und das Bewußtsein davon lassen sich nicht trennen. – Zum erstenmal in diesem Buch treffen wir nun also auf den Begriff Bewußtsein. Mit ihm werden wir uns später noch ein wenig beschäftigen (nämlich in den Abschnitten «Evas Apfel» und «Das Gespräch der Seele mit sich selbst über sich selbst»); wenn man über Seelenprozesse redet, kann man natürlich nicht nicht über Bewußtsein reden. – Bei Wolff hat das Wort eine ganz klare Bedeutung: Es bezeichnet das Wissen um die ablaufenden Denkprozesse. Woher kommt nun dieses Wissen, und wieso etabliert sich plötzlich ein weiterer Prozeß, nämlich neben dem Versuch der Problemlösung ein Denken über das Denken?

Das Denken unserer Versuchsperson ist also nicht homogen, denn es laufen gleichzeitig zwei Denkprozesse nebeneinanderher, wenn auch nicht parallel, sondern zeitlich versetzt und doch gewissermaßen ineinandergefügt. Zum einen geht es um die Umwandlung des Käfers. Der soll eine bestimmte Endform erreichen, und dafür muß man bestimmte Operatoren in einer bestimmten Reihenfolge anwenden. Dabei dient der «eigentliche» Problemlösungsprozeß der Ermittlung der jeweils anzuwendenden Operatoren. Teil dieses Denkvorgangs sind Fragen der Art «Und wie beseitige ich den und den Unterschied?» In seinem Verlauf werden also Unterschiede ermittelt, Operatoren gesucht, Zwischenziele gebildet und so fort.

Der zweite Denkprozeß aber betrifft den ersten. Er betrifft die Art und Weise, *wie* man Unterschiede ermittelt, *wie* man nach Operatoren sucht, *wie* man Zwischenziele bildet und so fort. Ein gutes Beispiel dafür finden wir im Protokoll nach der dritten Operatoranwendung (Alpha → 011101), wo es um die Ersetzung der Stielaugen durch die normalen Augen geht. Die Versuchsperson merkt, daß der Operator Eta, den sie zunächst in Betracht zieht, nicht anwendbar ist und daß man die Anwendbarkeitsbedingungen für Eta schaffen könnte, indem man Zeta anwendet. Aber Zeta setzt genau das voraus, was Eta erst produzieren soll. Das irritiert unsere Versuchsperson. Sie stellt fest: «Das ist eine Sackgasse!» Und nun rekapituliert sie kurz, wie sie bislang vorgegangen ist. Sie stellt fest, daß sie, wenn ein Operator nicht anwendbar war, immer versucht hat, die Voraussetzungen für die Anwendbarkeit zu schaffen. Sie macht sich also ihren eigenen Denkprozeß klar. Und dann schwenkt sie um. Sie geht jetzt anders vor, sie entschließt sich, das zunächst ins Auge gefaßte Ziel (die «Glubschaugen») fallenzulassen und statt dessen erst einmal den Kopf in die richtige Form zu bringen. Sie wechselt also die Denkweise. Hat sie sich bislang bei der Nichtanwendbarkeit eines Operators das Zwischenziel gesetzt, die Anwendungsbedingungen zu schaffen, so geht sie jetzt zu einem anderen Teilziel (dem «Kopf») über.

Voraussetzung für diese Programmänderung ist, daß die Versuchsperson zunächst einmal die zuvor angewandte Denkform zu erkennen versucht, was ihr auch gelingt. Sie programmiert sich also gewissermaßen ad hoc selbst; sie analysiert ihr Denken und ändert es als Resultat dieser Analyse. (Dann ergibt sich allerdings, daß sich mit dem Operator Kappa beide Ziele erreichen ließen, nämlich sowohl die Produktion der richtigen Kopfform als auch die Produktion der großen Augen.)

Wenn es also mit dem zielgerichteten Problemlösungsprozeß nicht weitergeht, schaltet die Versuchsperson – das kommt mehrfach vor – auf eine Metaebene, welche die Form des Denkens betrifft. – Es ist also keineswegs so, daß die Versuchsperson «Denkprogramme» einfach abspult; diese werden vielmehr – gewissermaßen «online» – modifiziert, und dadurch bilden sich neue Denkmuster. Die jeweils verwendete Denkform ist also keineswegs fest vorprogrammiert, sondern entsteht in der Situation. Abbildung 7.25 zeigt diesen Vorgang schematisch. Der problemgerichtete Denkprozeß läuft gegen eine Barriere, was dazu führt, daß nunmehr seine Struktur betrachtet und identifiziert wird. Daraufhin folgt ein Prozeß, den Duncker (1935) einmal «Ausfällen des Gemeinsamen» genannt hat: Es wird das Charakteristikum des erfolglosen Denkablaufs weggelassen; im konkreten Beispiel wird also nun nicht mehr das Zwischenziel gebildet, die Voraussetzungen für den nichtanwendbaren Operator zu schaffen. Statt dessen wird auf ein anderes Teilziel umgeschwenkt. Das ist ein neues Denkmuster (welches zum Beispiel dem GPS nicht entspricht). Und dann geht der problemgerichtete Denkablauf weiter.

Es ist also so, als ob zwei Absichten nebeneinander bestehen, nämlich zum einen die Absicht, den «Startkäfer» in den «Zielkäfer» umzuformen, und zum anderen die Absicht, dem Denkprozeß die richtige Form zu geben. Dabei «läuft» jeweils die Absicht mit der höchsten Priorität. Gewöhnlich wird problembezogen gedacht; wenn aber das problemlösende Denken auf eine Barriere stößt, wird die zweite Absicht aktiv, die dem Denken eine neue Form zu geben versucht.

Das Denken gibt sich selbst eine neue Form, indem es sich auf sich selbst anwendet. Der vergangene Denkprozeß wird zum Gegenstand der Analyse, und diese ermittelt, wie seine Struktur dann durch Auswechslung eines Teils verändert werden kann; statt einer Zwischenzielbildung findet nun ein Teilzielwechsel statt. Das «Nachdenken über das Denken» besteht in diesem Falle aus dem Urteil: «So ist gedacht worden!» – «Das aber ist erfolglos.» – «Wie kann es sonst gehen?» – «Indem man Elemente der bislang existierenden Struktur ändert!» – Und das führt dann zu der Einführung des Elements «Teilzielwechsel bei Mißerfolg».

Das Auftreten einer Barriere (im konkreten Fall das Auftreten eines zirkulären Prozesses) ist nicht der einzige Anlaß zur Ermittlung der Denkstruktur. Auch der schließliche Erfolg kann eine solche Besinnungsphase

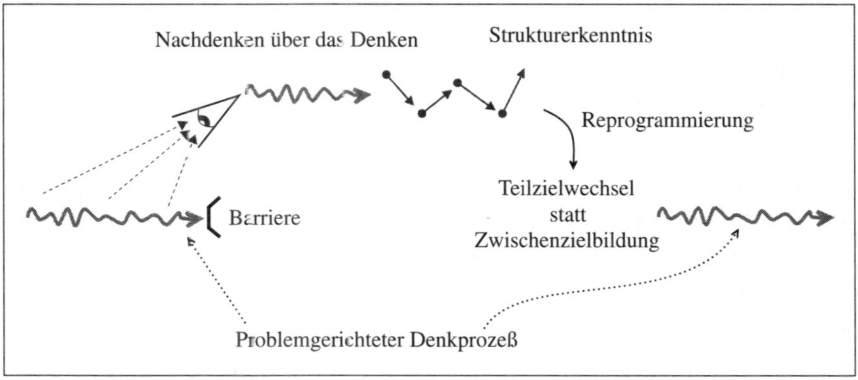

Abbildung 7.25 Problem- und denkformbezogene Denkprozesse

auslösen. Daß die Versuchsperson am Ende des Denkprozesses feststellt, es sei sinnvoll, sich zuerst um die Unterschiede zwischen Start und Ziel zu kümmern, die voraussetzungsreiche Operatoren verlangen, ist eine solche Erkenntnis, die durch eine Besinnung im nachhinein hervorgebracht worden sein mag. «Warum war das alles erfolgreich?» kann die einleitende Frage gewesen sein.

Das Denken reflektiert sich selbst, indem es seine eigenen *Spuren* zum Gegenstand der Analyse macht: Das löst ein Problem, welches die Philosophen (siehe zum Beispiel Lucas 1964) lange umgetrieben hat: das Problem des infiniten Regresses. Es hat folgende Gestalt: Wenn ein System sich selbst zum Gegenstand der Analyse machen möchte, so muß man ein anderes System annehmen, welches über das erste Erkenntnisse zu gewinnen sucht. Nun kann man aber auch diesen Prozeß, die Betrachtung des ersten durch das zweite System, zum Gegenstand der Analyse machen. Dazu braucht man ein drittes System, welches die Interaktion zwischen dem ersten und zweiten analysiert.

Menschen können aber auch darüber nachdenken, wie sie darüber nachdenken, wie sie darüber nachdenken, wie sie darüber nachdenken, wie sie denken, also immer weiter voranschreiten beim Einnehmen eines jeweils höheren Betrachtungsstandpunktes. (Wahrscheinlich wird das von Stufe zu Stufe immer ärmlicher, aber prinzipiell geht es schon.) Ein künstliches System, so Lucas, ist dazu nicht in der Lage, denn man müßte, um ihm diese Fähigkeit zu verleihen, eine unendliche Kette von ineinandergeschachtelten Systemen annehmen.

Falscher Schluß im Hinblick auf die Ψs! Hier löst sich das Problem ganz einfach dadurch, daß sich niemals das Denken direkt zum Objekt seiner eigenen Betrachtung macht; es sind immer nur die geronnenen Spuren seiner Tätigkeit, die es analysiert. Auf diese Weise gelingt Ψ das Kunststück, sich wie Münchhausen am eigenen Zopf aus dem Sumpf zu ziehen. Aber daran ist nichts Geheimnisvolles. Warum soll das Denken nicht seine Objekte wechseln? Und um nichts anderes geht es hier. Beim problembezogenen Denken geht es zum Beispiel um die Reihung von Bestrahlungsarten zur Überführung des Startkäfers in den Zielkäfer. Beim «denkbezogenen» Denken hingegen geht es um die dem Problem angemessene Reihung von

Fragen und Selbstaufforderungen mit dem Ziel, die richtige Reihung der Bestrahlungsarten auszutüfteln. Zwischen den beiden Denkprozessen besteht kein prinzipieller Unterschied; sie betreffen nur verschiedene Objekte.

Wir brauchen also keine besondere Kontrollinstanz, die das Denken kontrolliert; das Denken kontrolliert sich selbst. Der «Metastandpunkt» ist immer dabei!

Und das ist gut so! Ich habe schon darauf hingewiesen, daß der GPS alles andere ist als ein «allgemeiner Problemlöser». Es gibt für das Problemlösen keine immer anwendbaren Allround-Algorithmen, so kompliziert und verwinkelt sie auch sein mögen. Die Begleitung des Denkablaufs durch eine integrierte Kontrolle desselben sorgt nun dafür, daß es immer auch einen Metastandpunkt gibt. Auf diese Weise kann das Denkmuster «online» immer den jeweiligen Erfordernissen angepaßt werden.

Manchmal ist die ARASKAM angebracht, manchmal ist es vernünftig, im wesentlichen nach dem GPS-Muster zu verfahren wie unsere Versuchsperson, «von hinten» anzufangen, und in anderen Fällen erweist es sich als effektiv, sich vom Zielpunkt zum Startpunkt zurückzuarbeiten. Bei unseren Käferproblemen ginge das ganz gut; statt zu überlegen, welche Bestrahlung man auf den Startkäfer anwendet, um ihn dem Zielkäfer näher zu bringen, könnte man auch überlegen, was für ein Käfer *vor* dem Zielkäfer vorhanden sein müßte, damit man ihn mit irgendeiner Bestrahlungsart erzeugen könnte. Ein solches «Rückwärtsdenken» ist oft nützlich: Es erzeugt eine Menge von Zwischenzielen, die man beim weiteren Planen im Auge behalten könnte, und präzisiert somit dessen «Richtung».

Oder: Könnte es nicht sein, daß die Tabelle 7.1 gar nicht alle möglichen Bestrahlungsarten nennt? Gibt es vielleicht noch ganz andere? Sollte man da nicht einfach mal etwas *anderes* ausprobieren? Welche *könnte* es denn noch geben? Vielleicht existiert ein Bestrahlungssystem ähnlich dem Periodensystem der Elemente, und die Tabelle 7.1 gibt es nur lückenhaft wieder. – Auch so könnte man denken!

Es ist also vorteilhaft, Ψ auch mit der Fähigkeit auszustatten, seine Denkformen ständig den wechselnden Anforderungen anzupassen, und das haben wir allein schon dadurch erreicht, daß es sich nicht nur Fragen zum System, sondern auch zum eigenen Denkablauf stellt.

Die Nichtexistenz eines allgemeinen Algorithmus zur Problemlösung hat etwas mit der Nichtexistenz eines *vollständigen* Deduktionssystems zu tun. Von Kurt Gödel stammt der berühmte «Unvollständigkeitssatz», der besagt, daß für beliebige logische Systeme jenseits eines bestimmten Komplexitätsgrades ein allgemeines Deduktionssystem nicht existiert. Das klingt etwas furchterregend, ist aber im Grunde ganz einfach. Unsere Aufgaben der Käferzüchtung zum Beispiel sind im Kern Deduktionsprobleme. Der «Startkäfer» ist das Axiom, von dem man ausgeht, und die Bestrahlungsarten sind die «Deduktionsregeln». Nun gilt es, den «Zielkäfer» «abzuleiten». Aus dem Gödel-Satz folgt, daß es jeweils Käfer gibt, die existieren können, die sich aber aus einem bestimmten Satz von Basiskäfern (Axiomen) mit einem bestimmten System von Regeln nicht herstellen lassen. (Für unser System gilt der Gödel-Satz allerdings nicht; dafür ist es zu einfach. Hier kann man aus einem bestimmten Satz von Basiskäfern tatsächlich alle anderen «ableiten».)

Ein Denkmuster wie der GPS, also eine Vorschrift für die Reihung von Fragen und Aufforderungen, ist nun ein Deduktionssystem, eine allgemeine Vorschrift für die Art und Weise, wie aus bestimmten Gebilden andere hergestellt werden sollen. Dem Gödelschen Unvollständigkeitssatz zufolge existiert kein allgemeines System, welches die Ableitung aller «richtigen» Sätze aus einem Satz von Axiomen erlaubt. Immerhin folgt aber aus ihm, daß wir nicht gut daran täten, die Ψs mit festen Denkgrammatiken à la ARASKAM oder GPS auszurüsten. Viel besser wäre es, wenn die Ψs solche Grammatiken im Laufe der Erfahrung mit bestimmten Problemklassen selber bilden könnten. Sie wären dann viel flexibler und könnten sich auf verschiedene Arten von Problemklassen einstellen. Die Bewußtheit des Denkablaufs ermöglicht eine Adaptation an die wechselnden Anforderungen verschiedener Problemklassen und ist daher ein Anti-Gödel-Mittel.

Planen I und Planen II

Ich habe diesen Abschnitt mit einem Zitat aus Platons Dialog *Sophistes* eingeleitet – «Dasselbe sind Denken und Sprechen …» – und daran anknüpfend gezeigt, wie man «dasselbe» verstehen sollte. Es geht nicht um das reine Sprechen als Erzeugung oder Rezeption eines Lautstromes, sondern um das innere *Gespräch* (das auch jederzeit in ein äußeres übergehen kann), welches im wesentlichen eine Abfolge von Selbstbefragungen darstellt. Diese leiten jeweils spezifische Prozesse der Gedächtnissuche oder der Vorstellungsbildung ein, die, für sich genommen, nichtsprachlicher Natur sind. «Dasselbe sind Denken und Sprechen …» bedeutet also keineswegs, daß das Denken ohne Vorstellungen oder ohne Assoziationen zu Bildern auskommt und *nur* Sprechen ist. Aber wesentlich sind schon die Fragen; sie geben dem gesamten Prozeß eine Richtung.

Mit der Befähigung zum inneren Gespräch hat Ψ ein mächtiges Mittel zum Planen erhalten, besonders wenn man die Flexibilität bedenkt, die sich daraus ergibt, daß es sein eigenes Denken zum Objekt desselben machen kann. Es kann sich aufgrund des «inneren Gesprächs mit sich selbst» nun Realitäten ausdenken, die es noch nie gesehen hat, und sein Handeln dementsprechend planen.

Ψ verfügt aber doch schon über eine Planungsfähigkeit. Wir haben es bereits mit einem Algorithmus versehen, der es ihm gestattet, mit Problemen fertig zu werden. Ich meine den Hill-climbing-Algorithmus aus dem sechsten Kapitel (siehe Abbildung 6.10). Aufgrund dieses Algorithmus entdeckt Ψ auch Wie-Lücken. Es merkt, wenn etwas nicht so geht wie geplant. Wie-Lücken steuern ja schon bei dem «sprachlosen» Ψ den Übergang von der untersten Stufe der Rasmussenleiter zur Stufe des Planens (siehe «Die Rasmussenleiter», Seite 508ff.).

Was machen wir nun mit dem Planen entsprechend dem «Möglichkeitssinn II»? Wegwerfen? Warum denn? Wir können diesen Hill-climbing-Algorithmus gut gebrauchen für die «kleine» Adjustierung der Motorik, wenn etwas nicht ganz so funktioniert, wie es funktionieren sollte.

Nennen wir den Hill-climbing-Algorithmus der Abbildung 6.10 doch

«Planen I»! Sehr weit reicht er sowieso nicht, und wenn er versagt, dann muß Ψ eben zum «inneren Gespräch mit sich selbst» übergehen, so, wie ich es in diesem Kapitel geschildert habe. – Auch wir Menschen scheinen über eine solche «Planen I»-Prozedur neben unserer «normalen» Denkfähigkeit zu verfügen.

> *Ich repariere etwas auf dem Balkon vor meinem Arbeitszimmer. Da fällt mir eine Metallschraube aus der Hand. Instinktiv bücke ich mich hinter der Schraube her, mache einen Ansatz, sie noch aufzufangen. Es bleibt aber bei dem Ansatz; statt mich weiter zu bücken, richte ich mich auf und schaue, wo die Schraube hinspringt, um sie dann wieder aufzunehmen.*

Das war eine sehr vernünftige Verhaltensänderung. Erwischt hätte ich die Schraube beim Nachgreifen sowieso nicht mehr, wohl aber wäre mein Blickfeld in der gebückten Haltung sehr eingeschränkt gewesen. Schrauben sind ziemlich unberechenbar hinsichtlich ihres Sprungverhaltens auf einem Steinfußboden und machen beim Springen auch nicht viele Geräusche, aus denen man die Richtung ihres Davonspringens ableiten könnte. Also: Lieber von einem übergeordneten Standpunkt aus zusehen, wohin das Schräubchen springt!

Das muß ad hoc geplant worden sein, denn ich glaube nicht, daß das Aufsammeln herabfallender Schrauben im Vorrat der fest gespeicherten Automatismen in meinem Gedächtnis vorhanden war. Das innere Gespräch der Seele mit sich selbst habe ich aber bei dieser kurzen Planung nicht vernommen. Planen I? Könnte doch sein? Oder doch ein Automatismus? Das nachfolgende Beispiel aber war bestimmt keiner!

> *Ich steige in ein kleines Verkehrsflugzeug, das mich von Amsterdam nach Nürnberg bringen soll. Auf meinem Platz am Gang sitzt schon eine alte Dame, die mich außerordentlich aggressiv anfährt, als ich sie darauf aufmerksam mache, daß sie auf meinem Platz sitzt. Sie zückt ihre Bord-*

karte, und ich sehe mit einem Blick, daß sie einen Fensterplatz drei Reihen weiter vorn zu beanspruchen hätte. Ohne auch nur im Ansatz ein (von mir beobachtbares) «inneres Gespräch» mit mir zu führen, höre ich mich sagen: «Nein, bleiben Sie ruhig sitzen! Ich finde schon einen anderen Platz!» Und setze mich auf den freien Fensterplatz.

Über einen «Alten-Damen-den-Fensterplatz-wegnehmen-Automatismus» verfüge ich bestimmt nicht. Kein «inneres Gespräch» auch in diesem Fall. Aber mit einem kurzen Hill-climbing ließe sich mein Verhalten ganz gut erklären.

Übrigens, trotz Christian Wolff: Man muß nicht zwangsläufig annehmen, daß das «innere Gespräch der Seele mit sich selbst» immer bewußt ist. Viele Teile der Sprachtätigkeit laufen unbewußt ab. Ich weiß nicht, wie ich das mache, daß ich (meist) in grammatisch einwandfreien Sätzen spreche. Und ich habe mich mit schwerbetrunkenen Leuten unterhalten können, die keineswegs mehr bei Bewußtsein waren. In einem Fall reklamierte mein Gesprächspartner späterhin für sich einen «Filmriß», um damit jede Verantwortlichkeit für seine Repliken abzulehnen. Und ich glaube sogar, daß er recht hatte mit seiner Diagnose; sein Sprechen bei dem Vorfall war zirkulär; offenbar wußte er nicht mehr, was er jeweils ein, zwei Minuten vorher gesagt hatte.

Was aber heißt schon «bewußt» oder «nicht bewußt»? Ehe wir uns nicht über den Begriff «Bewußtsein» etwas mehr Klarheit verschafft haben, tun wir gut daran, dieses Wort noch nicht allzu häufig zu verwenden. Die nächsten beiden Abschnitte sollten in dieser Beziehung mehr Klarheit bringen.

Evas Apfel

Während die vergleichsweise einfachen Formen organischer Tätigkeit, ja sogar die einfacheren Formen des Verhaltens ohne Beteiligung der Sprache gesteuert werden können, finden die höheren psychischen Vorgänge auf der Basis sprachlicher Tätigkeit statt… Es ist deshalb natürlich, wenn die programmierenden, steuernden und kontrollierenden Aktivitäten des Gehirns vor allem in solchen Verhaltensweisen ausfindig gemacht werden können, die in enger Verbindung mit dem Sprechen gesteuert werden.

Alexander R. Lurija
Das Gehirn in Aktion

Der Goldfisch guckt mich an. Zumindest sieht es so aus. Er schwimmt etwa fünfzig Zentimeter vor meiner Nase in dem Aquarium, das auf meinem Schreibtisch steht. – Jetzt schwimmt er davon, nimmt vom Grund ein bißchen Sand auf, den er anscheinend «durchkaut» und nach kurzer Zeit wieder ausspuckt. Dann jagt er seinen «Goldfischgenossen» ein wenig durch die Wasserpflanzen. Es sieht spielerisch aus; wer weiß, was mein Goldfisch mit dem «Genossenjagen» eigentlich intendiert? Ab und zu schwimmen die beiden auch einträchtig Seite an Seite, und man hat den Eindruck, daß sie miteinander schmusen. Sie sind auch sehr zahm und fressen das Futter aus der Hand, wenn man es ihnen zwischen Daumen und Zeigefinger darreicht. Insgesamt sind es glückliche Goldfische. Nicht selten beneide ich sie!

Das Glück der Goldfische

Warum sind die Goldfische glücklich? Ein Grund dafür ist wohl, daß sie einfach so vor sich hin leben. Mal haben sie Hunger, dann fressen sie etwas; mal haben sie ein Bedürfnis nach Gesellschaft, dann schwimmen sie nebeneinanderher; mal regt sich in ihnen so etwas wie ein Spieltrieb (Kompetenzerwerb? Vielleicht ist es auch eine Art von Revierverhalten), und dann scheuchen sie einander durch das Becken. Soweit ersichtlich, denken sie nicht an morgen und an übermorgen schon gar nicht. Kein Termin drückt sie. Sie leben zukunftsfrei.

Und nicht nur das, sie leben auch vergangenheitsfrei. Soweit es sich feststellen läßt, plagt es sie nicht, daß sie gestern dem Genossen eine Futterflocke vor der Nase weggeschnappt haben und dieser deshalb hungrig zu Bett gehen mußte. Schuldgefühle sind ihnen fremd und damit auch Bestrebungen, eine Verfehlung wiedergutzumachen. Schuld und Sühne kennen sie sowenig wie Rachegedanken; daß ihnen heute der Genosse seinerseits einen Futterkrümel weggeschnappt hat, stört sie nicht, und deshalb hegen sie auch keine Vergeltungsabsichten für die Zukunft. Kurz, meine Goldfische leben in einem Paradies ewiger Gegenwart.

Nein, ganz stimmt das nicht; die Vergangenheit ist durchaus wirksam, und daraus ergeben sich auch Zukunftsantizipationen. Denn immerhin nehmen sie ja das Futter aus der Hand, was sie anfangs keineswegs taten. Sie haben gelernt, daß ihnen von der Hand und von der für sie wahrscheinlich undeutlich hinter den Scheiben sichtbaren Person keine Gefahren drohen. In den Erfahrungen, in den sensorischen und motorischen Schemata, die sie in der Vergangenheit aufgrund von Erfolg und Mißerfolg ausgebildet haben, wirkt die Vergangenheit in die Gegenwart hinein. Aber diese Wirkung ist gewissermaßen mechanisch. Sie ist mit keinerlei Einsicht in tiefere Zusammenhänge verbunden; das wirksame Wissen ist ein reines Kontingenzwissen. Nähere ich mich dem Aquarium von rechts hinten, so kommen die Goldfische sofort an den rechten, hinteren Rand und erwarten, gefüttert zu werden. Nähere ich mich aber von links hinten, fliehen sie in panischem Schrecken in die untere Ecke rechts vorn und verhalten sich ganz still. Sie haben gelernt, daß zwischen meiner Gestalt rechts hinten und der nachfolgenden Futtergabe ein Zusammenhang besteht. Die gleiche Gestalt links hinten wird nun keineswegs mit der gleichen Erwartung assoziiert, sondern mit: «Unbekannte Erscheinung! – Gefahr!» Denn von links hinten kann sich wegen der Position des Schreibtisches in meinem Zimmer kaum jemand dem Aquarium nähern; deshalb sind den Goldfischen Schatten und Bewegungen aus dieser Richtung unbekannt. Sie wissen also keineswegs, daß da «Herrchen» kommt, um ihnen Futter zu geben; sie können auch nicht «Herrchen» aus dem Gesamtkontext heraus isoliert als «freundlich» erkennen.

Die Goldfische haben keine Einsicht; sie wissen vielleicht, daß, aber nicht *warum* etwas geschieht. Sie kennen Geschehnisschemata, zeitliche Abläufe, an die sie sich gewöhnt haben, aber daß das eine Ereignis das andere auslöst, daß das eine Ereignis die Ursache eines anderen ist – diese Erkenntnis ist ihnen verschlossen. Und so nutzen sie mein Auftreten von links hinten keineswegs dazu, zum Beispiel eine Bettelaktion zu starten, die ihnen vielleicht auch Futter bescheren könnte; nein, sie fliehen!

Der Geist der Goldfische ist ein passiver Geist, hätte Aristoteles gesagt; er ist lediglich das Sediment von konkreten Erfahrungen über den Ablauf und die Gestalt der Dinge. Dieses Sediment verbindet sich vielleicht zu größeren «Weltsichten», aber auch das geschieht passiv, indem sich eben Zusammenhänge zeigen. Eine aktive Verarbeitung zu einem kohärenten Weltbild findet bei den Goldfischen – zumindest soweit wir in die Seele dieser Tiere hineinsehen können – nicht statt. Sie fragen sich nicht: «Warum?», «Wozu?», «Wie?», «Womit?» Treten manchmal Anlässe zu solchen Fragen in Form von Lücken oder Brüchen des Erwartungshorizontes auf, zum Beispiel im Falle des unvermuteten Erscheinens meiner Person von links hinten, dann können sie auf dieses unerwartete Ereignis nur *reagieren*; kaum aber werden sie in ihrem Wasserpflanzenversteck darüber nachdenken, warum es wohl der Fall war, daß ich, der ich sonst immer von rechts hinten komme, mich nunmehr von links ihrer Behausung genähert habe. Sie werden sich auch hinterher nicht auf den Gang der Ereignisse *besinnen* und sich zum Beispiel sagen: «Ach ja, der wollte die linke Seitenwand vom Algenbewuchs befreien, und deshalb mußte er natürlich von links hinten kommen. Wir können also immer dann, wenn die linke Seitenwand, die der Sonne besonders stark ausgesetzt und deshalb sehr dick mit Algen bewachsen ist, mit der Annäherung einer Person von links hinten rechnen. Das aber ist nicht weiter gefährlich; es folgt dann nur die übliche Scheibenreinigungsaktion!» Eine solche Reflexion findet bei meinen Goldfischen nicht statt; wenn ich oft genug von links hinten als «Scheibenreiniger» aufträte, würden sie sich daran gewöhnen und auch nicht mehr erschrecken. Die Einsicht aber in das Ursachengeflecht der gesamten Aktion bleibt ihnen verborgen.

Für sie zerfällt die Welt nicht in Ursachen und Wirkungen, in Tatsachen und mögliche Ziele; sie leben in einem ganzheitlichen Gefüge von Ereignissen, das sie durchaus kennen, auf das sie sich einstellen und in das sie sich einordnen können. Daß dieses Gefüge aber aus Einzelteilen besteht und auch ganz anders sein könnte, wissen sie nicht. Und deshalb sind sie notgedrungen Fatalisten und machen nie einen Versuch, die Regelmäßigkeiten der Ereignisse durch eigene Aktionen zu modifizieren. Die Regeln sind so, wie sie sind, die Welt ist so, wie sie ist; meine Goldfische sind sehr konservativ, aber davon wissen sie nichts.

Andere Tiere könnten sicherlich mehr und schneller lernen als die Goldfische, sind vielleicht auch neugieriger und machen deshalb mehr Erfahrungen; sie haben ein größeres Gehirn und können deshalb die neu gewonnenen Erfahrungen auch besser und länger speichern. Aber im Prinzip ändert das alles nichts an dem Konservatismus der Tiere, an der Tatsache, daß sie den vorhandenen Regeln der Welt gewissermaßen ausgeliefert sind. Und dieses Ausgeliefertsein ist der Grund für das Glück der Goldfische, der Grund dafür, daß sie immerwährend im Paradies leben.

Die Vertreibung aus dem Paradies

Was ich soeben über das Glück der Goldfische geschrieben habe, gilt auch für die Ψs, jedenfalls bis zum siebten Kapitel! In dem Moment, da wir ihnen Sprachvermögen verleihen, ändert sich alles, denn dieses macht aus dem passiven Geist der Ψs_{sL} («sine lingua», «ohne Sprache») ganz andere Wesen, nämlich die Ψs_{cL} (die Ψs «cum lingua»). Mit der Fähigkeit, im «inneren Gespräch der Seele mit sich selbst» zu denken, reicht das Erkenntnisvermögen der Ψs_{cL} viel weiter als das der «alten» Ψs ohne Sprachvermögen, mit ihrem Primitivalgorithmus «Planen I». Die Ψs_{cL} haben mit der inneren Dialogfähigkeit einen munter sprudelnden Quell für immer neue Hypothesen über die Welt. Und damit verfügen sie keineswegs nur über ein größeres Erkenntnisvermögen als die Ψs_{sL}. Vielmehr ändert sich ihre ganze Seele; es wandeln sich ihre Weltsichten, ihre Gefühle und ihre Motive. Die Ψs_{cL} sind gewissermaßen ganz andere Wesen als die Ψs_{sL}. Sie können viel mehr, da sie viel mehr lernen und viel mehr Zusammenhänge erkennen, aber glücklicher werden sie dadurch im großen und ganzen nicht. Sie sind aus dem Paradies vertrieben, und ihre Denkfähigkeit hindert sie auf ewig an der Rückkehr. – Betrachten wir die Gründe dafür, die Folgen der Sprachbegabung sind, im einzelnen.

Jeden Morgen sehen wir die Sonne im Osten aufgehen, und abends geht sie im Westen unter. Daraus ergibt sich das Wissen, daß ein Zusammenhang zwischen den Himmelsrichtungen und dem Sonnenaufgang besteht. Auch Tiere lernen diesen Zusammenhang. Sie suchen einen Schlafplatz, wenn die Sonne sich neigt. Keineswegs aber fragen sie sich, wie denn die Sonne über Nacht wieder vom Westen in den Osten kommt. Warum nicht? Weil sie sich das nicht *fragen* können! Weil sie keine Sprache haben.

Wie erwähnt, unterschied Aristoteles zwischen dem «aktiven» Geist des Menschen und dem «passiven» Geist der Tiere. Die Ψs_{sL} haben lediglich einen passiven Geist. Sie erfahren Dinge, diese verkleben sich dann zu sensorischen Schemata, zu sensumotorischen Koordinationen, also zu Verhaltensprogrammen, verbinden sich mit Bedürfnisindikatoren, und auf diese Weise bildet sich langsam ein bestimmtes Bild der Welt und der

Handlungsmöglichkeiten darin. Dieses Bild ist passiv entstanden; es ist eine Art Sediment der Erfahrungen, die die Ψs_{sL} eben so in ihrer Welt gemacht haben. Bei den Ψs_{cL} sieht das ganz anders aus.

Kaum ein Geschehnis, welches nicht sofort eine Warum-Frage auslöst (und die an der Warum-Frage hängenden Suchprozesse). Kaum ein Ereignis, welches nicht eine Wozu- oder Wohin-Frage und die entsprechenden Suchprozesse hervorruft. Kein Bedürfnis, welches nicht Wie-Fragen erzeugen könnte und die damit verbundenen Such- und Konstruktionsprozesse, Vorstellungsabläufe, Konkretisierungsversuche, Schema- und Komplexergänzungen, kurz: Aktionen zur Schaffung neuer Realitäten. Die Ψs_{cL} haben einen aktiven Geist. Ihr Gedächtnis, ihr Bild von der Welt ist nicht mehr nur ein Sediment ihrer Erfahrungen, sondern sie konstruieren dieses Bild selbst und erfinden Hypothesen.

Tritt ein unerwartetes Ereignis auf, werden die Ψs_{sL} erschrecken, fliehen und mit der Zeit vielleicht eine vorsichtige Erkundung wagen. Bei den Ψs_{cL} wird das gleiche passieren, aber zusätzlich werden sie sich fragen: «Warum?» – «Wozu?» – «Auf welche Weise kann man das vermeiden?» – «Was wird folgen?» Und nicht nur die zeitlichen Relationen werden sie zu ergründen versuchen, sondern auch die räumlichen: «Wo denn?» – «Was ist dahinter?» – «Was davor?» – «Was darin?» Unerwartete, neuartige Ereignisse, generell Lücken im Weltbild, werden für die Ψs_{cL} Anlässe sein, sich selbst oder Artgenossen über die Ursachen, Hintergründe und die Folgen wie auch über den räumlichen und zeitlichen Kontext zu befragen, um auf diese Weise Hypothesen über die Welt zu bekommen, «um zu erkennen, was die Welt im Innersten zusammenhält». All das hat vielerlei Folgen für die Weltmodelle der Ψs_{cL}.

1. Zum einen sprudeln nun die Quellen der Information. Nicht nur das, was *erfahren* wird, nicht nur das Informationsangebot der Außenwelt steht zur Verfügung; es kommen die aktiven inneren Prozesse hinzu, die durch die Selbstbefragungen in Gang gesetzt werden. Es kann viel mehr gelernt werden als vorher, und wir tun gut daran, die Ψs_{cL} mit erheblich mehr «freien» Neuronen zu versehen als die Ψs_{sL}, damit die erweiterte Informationsproduktion auch gespeichert werden kann. – Beim Homo habilis, der vor etwa zwei Millionen Jahren lebte, zeigen sich in der

Kalotte deutliche Ausprägungen des Wernicke- und Broca-Areals, was den Schluß nahelegt, daß dieser Frühmensch über Sprachvermögen verfügt hat und damit über einen aktiven Geist. Und offenbar war das für die Evolution der Anlaß, die Speicherkapazität des menschlichen Gehirns, die Anzahl der Neuronen und der möglichen neuronalen Verknüpfungen, gewaltig zu erhöhen. Das Gehirngewicht verdreifachte sich innerhalb der folgenden zwei Millionen Jahre, und damit war Raum geschaffen, um die Produkte der nunmehr leistungsfähigeren Maschinerie der Informationserzeugung zu speichern.

Die Ψs_{cL} werden also viel mehr von der Welt wissen als die Ψs_{sL}. Zum einen erweitern sich ihre Weltmodelle erheblich, weil sie viel mehr Zeit mit der gedanklichen Exploration verbringen. Das aber bedeutet keineswegs notwendigerweise, daß die Ψs_{cL} den Eindruck haben werden, gut in der Welt Bescheid zu wissen. Jede beantwortete Frage erzeugt fünf neue, und so werden zumindest die weiseren der Ψs_{cL} den Eindruck haben, daß hinter ihrem Wissen unendliches Unwissen klafft, und die allerweisesten von ihnen werden sagen: «Ich weiß, daß ich nichts weiß!»

2. Denn die umfangreichen Weltbilder der Ψs_{cL} sind *inkohärenter* als die der Ψs_{sL}, die nur explorieren, wenn sie in einer konkreten Situation auf etwas Neuartiges oder Unerwartetes stoßen. *Anlässe* zum Explorieren gibt es auch bei Tieren. Tiere wundern sich zum Beispiel über etwas (ob dies auch Goldfische tun, weiß ich allerdings nicht). Oder sie erschrecken. (Und das tun Goldfische bestimmt!) Tiere zeigen also, daß sie etwas nicht kennen, daß etwas neuartig ist, und ein solches «Loch» im Weltbild gibt ihnen oft den Impuls zu einer Erkundung. Beim Tier aber wird keine Frage daraus, und mithin gibt es auch keine Prozesse der internen Informationsverarbeitung zur Beantwortung einer Frage. Die Explorationsprozesse bei Tieren bestehen nicht darin, daß sie über die jeweilige Situation nachdenken; vielmehr *tun* sie etwas. Über ein merkwürdiges Paket im Garten wundert sich ein Hund. Er nähert sich ihm vorsichtig, beißt hinein, bellt es an, knurrt, schlägt mit der Pfote danach. So versucht er, neue Erfahrungen zu machen. Aber wenn das Neue oder Unerwartete wieder verschwunden ist, existiert es für ihn nicht mehr.

   Bei den Ψs_{cL} erzeugt das Neue oder Unerwartete hingegen viele Fragen.

Was ist das? Woher kommt es? Warum hat es sich ereignet? Wozu kann man es gebrauchen? Wozu dient es? Und diese Fragen und die Versuche, sie zu beantworten, bleiben im Gedächtnis hängen. Sie werden protokolliert, wie alles andere, was in den Köpfen unserer Ψs_{cL} geschieht. Vielleicht verschwindet die Sache wieder, aber die Fragen bleiben im Gedächtnis präsent und treiben die Ψs_{cL} um. Sie werden *ständig* bemüht sein, die Lücken in ihren Weltbildern zu schließen, während die Ψs_{sL} dies jeweils nur dann versuchen, wenn sie in einer konkreten Situation auf eine solche Lücke stoßen. Da aber die Zeit nicht zur Verfügung steht, um alles Erkundungsbedürftige zu erkunden, werden die Weltbilder der Ψs_{cL} voller «Löcher» sein. Immer bleiben noch Fragen übrig, die, sei es einfach aus Zeitmangel oder weil die Voraussetzungen fehlen, nicht beantwortet werden können. Und das bedeutet Unbestimmtheit; der «Bestimmtheitskessel» (Abbildung 5.9, Seite 357) der Ψs_{cL} wird eher leer sein, da sie ständig auf diese Lücken in ihren Weltbildern stoßen. Das aber erzeugt einen stetigen Bedürfniszustand; die Ψs_{cL} werden unablässig nach Bestimmtheitsereignissen suchen, nach Ereignissen also, die ihnen die Welt verständlicher, voraussagbarer machen. Und dies führt auch dazu, daß die Ψs_{cL} sich oft zurückziehen, um über die Dinge nachzudenken; sie werden insgesamt in sich gekehrter, besinnlicher und brauchen vielleicht einen Sabbat oder Sonntag, um mit der Welt wieder ins reine zu kommen.

3. Zum dritten werden die Weltbilder der Ψs_{cL} *hypothetischer* sein als die der Ψs_{sL}. Es sind «Vielleicht-Weltbilder», denn sie entstehen ja in hohem Maße durch Hypothesenbildung im inneren Dialog. Bei den Ψs_{sL} dagegen spiegeln die Weltbilder die eigenen unmittelbaren Erfahrungen mit der Umgebung. Hypothetisch heißt unsicher, und das Wissen um die Unsicherheit der Hypothesen wird den Eindruck, in einem Meer von Unwissen zu schwimmen, der sich bei den Ψs_{cL} herausbildet, noch verstärken. Also noch mehr Leere im Bestimmtheitskessel mit den entsprechenden motivationalen Folgen. – Auf der anderen Seite ist dieses hypothetische Wissen oft wichtiger als das Wissen, das sich aus der Sedimentierung der Erfahrungen ergibt, denn es betrifft die Vergangenheit, die Gründe für Ereignisse, und die Zukunft, die Folgen von Ereignissen.

Die Beobachtung, daß Albert Berta Geld gibt, enthüllt allein nichts über die Gründe dieses Ereignisses. Um diese zu ermitteln, muß man nachdenken können, muß man in der Lage sein, die Warum-Frage hypothetisch zu beantworten. Erst die durch die Frage eingeleiteten Such- und Konstruktionsprozesse bringen die Wahrheit an den Tag und machen die Welt zu einem kohärenten Geflecht von Ereignissen.
Und so werden die Ψs_{cL} dieses Wissen vielleicht höher schätzen als das Erfahrungswissen, vor allem, wenn sie nicht umhinkommen festzustellen, daß die konkreten Ereignisse die Dinge mal so und mal so zeigen. Der Apfel in der grellen Sonne des sommerlichen Griechenlands sieht fast weißlich-blau aus, am Nachmittag ist er rot und in der Abenddämmerung schwarz. Wie aber ist er nun *wirklich*? Das wird sich kein Tier fragen, sondern alles so hinnehmen, wie es ist, allenfalls mehr auf die invariante Form achten als auf die variante Farbe. Ein Ψ_{cL} aber wird sich solche Fragen schon stellen und wird vielleicht mit Parmenides zu dem Schluß kommen: «… viel mehr halte Du von diesem Wege der Forschung den Gedanken fern, und es soll Dich nicht viel erfahrene Gewohnheit auf diesen Weg zwingen, walten zu lassen das blicklose Auge und das dröhnende Gehör … nein, mit dem Denken bring zur Entscheidung die streitreiche Prüfung …» (Parmenides war ein «vorsokratischer» Philosoph aus Elea; er lebte um 500 vor Christus und hat Platon sehr stark beeinflußt; aus einer solchen Geringschätzung der Sinneserfahrung ergibt sich fast von selbst eine «idealistische» Weltsicht: Die Welt ist keineswegs, «was der Fall ist», wie Wittgenstein meinte, sondern was der Fall ist, das muß man sich ausdenken!)

4. Zum vierten aber sind die Weltbilder der Ψs_{cL}, anders als die der Ψs_{sL}, aus Teilen zusammengesetzt, die man *einzeln* mit Worten benennen und im «inneren Dialog» behandeln und «bedenken» kann. Das Weltbild der Ψs_{cL} ist *partikularistisch*. Die Welt besteht aus Ursachen und Folgen und Zielen und Instrumenten, aus Handelnden, aus Dingen, die sich *in*, *über*, *an*, *unter*, *auf* usw. anderen Dingen befinden, aus Situationen, Objekten und Geschehnissen, die in Bestandteile zerfallen. Natürlich können auch die Ψs_{sL} und Tiere die Dinge unterscheiden; sie können sie aber nicht einzeln manipulieren und neu zusammensetzen. Die Ψs_{cL} ha-

ben mit den Wörtern gewissermaßen Griffe, um die «Begriffe» einzeln zu fassen und sie nach den Bauplänen der Grammatik zu neuen Bildern von der Welt zusammenzusetzen. Mit der Sprache wird die Welt manipulierbar; die Ψs_{sL} leben in ihrer Welt, die Ψs_{cL} dagegen jeweils in einer von vielen möglichen Welten. Es könnte auch immer ganz anders sein! Vielleicht besser? Was kann man tun? – Aufgrund der Tatsache, daß die Welt in Einzelteile zerfällt, können die Ψs_{cL} sie neu zusammensetzen. Sie können Speere und Äxte erfinden und Tonkrüge zum Wasserholen (siehe hierzu Klix 1992, Seite 100 ff.). – Für die Ψs_{cL} wird die Welt zur *Aufgabe*. «Macht Euch die Erde Untertan!» Die Welt ist nun nicht mehr eine Gegebenheit, in die man sich einzufügen hat; sie ist ein Manipulationsobjekt, etwas, das gestaltet werden kann.

Wenn die Ψs_{cL} etwas Unbekanntes, Neuartiges entdecken, so bedeutet dies immer irgendeine Art von Lücke in einem Schema, die in eine Frage umgesetzt wird: «Was ist das?» – «Wie geht das?» – «Warum geschieht das?» Wahrnehmung geht also sehr oft in Sprache über, in äußeres Sprechen vielleicht zunächst und dann in inneres Sprechen. Dieses ständige «Wiederkäuen» des Gesehenen hat zur Folge, daß die Ereignisse viel stärker im Protokollgedächtnis verankert werden, als wenn dies nicht geschieht. Fragen rufen Suchvorgänge im Gedächtnis, Vorstellungssequenzen und andere Prozesse auf, das heißt, es geschieht eine Menge mit der Wahrnehmung. Wenn aber viel geschieht, so wird auch viel gespeichert, und so füllt sich das Protokollgedächtnis der Ψs_{cL} mit viel dichteren und längeren Episoden als das Protokollgedächtnis der Ψs_{sL}, was bedeutet, daß die Ψs_{cL} mehr lernen, sich aber auch zunehmend ihre eigene «Geschichte» aneignen. Ein Tagesablauf mit allen seinen Ereignissen wird im Gedächtnis der Ψs_{cL} viel deutlicher abgebildet sein als im Gedächtnis der Ψs_{sL}. (Das «Wiederkäuen» des Wahrgenommenen ist der Prozeß, der wohl hinter der «phonologischen Schleife» steht, die Alan Baddeley als Bestandteil des menschlichen Arbeitsgedächtnisses ansieht; siehe Baddeley 1997, Seite 52 ff.)

Eine Folge der Aktivität ihres Geistes wird für die Ψs_{cL} also sein, daß sie nunmehr einen ganz anderen Bezug zur Zeit haben als die Ψs_{sL}. Die Warum-Frage, die Fragen nach dem Woher und dem Wohin werden den

Ψs_{cL} Hypothesen über Bedingungen und Folgen der Ereignisse verschaffen. Sie wissen genauer, was in der Vergangenheit geschehen ist, und sie haben mehr Hypothesen über die Zukunft. Und dadurch werden sie beispielsweise auch wissen, daß ihre Existenz irgendwann einmal zu Ende geht; sie werden mit ihrem eigenen Tod konfrontiert. Denn sie sehen, daß andere Ψs sterben, und sie werden mit Sicherheit erkennen, daß ihr eigener Lebenslauf denen anderer ähnelt und mithin auch für sie der Tod vorbestimmt ist. Allein diese Erkenntnis ist nun eben gerade nicht mehr paradiesisch und wird die Stimmungslage der Ψs insgesamt nicht sonderlich heben. Zugleich wird das Wissen um das eigene Sterben für sie auch ein Problem werden. Sicherlich werden sie darüber nachdenken, in welcher Weise dieses Ereignis vielleicht doch irgendwie vermieden werden kann. Denn mit den existentiellen Bedürfnissen haben wir den Ψs ja auch das Bedürfnis verliehen, am Leben zu bleiben, nicht verletzt zu werden; wir haben ihnen eine Art allgemeinen «Lebenstrieb» eingebaut.

Viel Wissen, aber unsicher und lückenhaft, und daraus sich ergebend Unsicherheit und Angst. Und zusätzlich das nicht gerade erhebende Wissen um die eigene Endlichkeit. Nein, paradiesisch werden sich die Ψs_{cL} nicht fühlen.

Furcht und Zittern

Wenn ich nichts habe, was mich ängstiget, so beängstigt mich eben Dies, indem es mir ist, als müßte doch etwas daseyn, das mir nur eben verborgen bliebe.

Arthur Schopenhauer
Nachlaß

Ein Homo habilis, nennen wir ihn H. H., steht am Fuße eines Abhangs der Oldoway-Schlucht in Ostafrika und hat einen Gazellenkadaver vor seinen Füßen. Nein, H. H. hat die Gazelle nicht selbst erlegt, er hat sie gerade eben gefunden.

Was geschieht? H. H.s Urgroßonkel Australopithecus hätte sich zweifellos auf den Gazellenkadaver, der im übrigen noch schön frisch ist, gestürzt und wahrscheinlich auch davon gefressen und vielleicht mitgenommen, was mitzunehmen wäre, um seinen Hordengenossen etwas abzugeben. (Denn immerhin: Affiliative Bedürfnisse hatte auch schon Australopithecus.) Bei H. H. geht die Sache anders aus. Nach einem kurzen Blick wendet er sich eiligst zur Flucht, ohne die Gazelle auch nur angerührt zu haben.

Warum dieses unterschiedliche Verhalten von Australopithecus und Homo habilis? Ganz einfach! Für Australopithecus wäre die Gazelle ein willkommenes Ziel gewesen, und er hätte an nichts anderes «gedacht», als sich den Magen vollzuschlagen. Anders bei H. H. Er kann (wenn wir den Paläontologen glauben, die der Meinung sind, in seiner Kalotte den Abdruck eines Wernicke- und eines Broca-Areals entdeckt zu haben) Fragen stellen, auch sich selbst. Also erzeugt der Gazellenkadaver eine Reihe von Fragen. «Warum liegt hier eine Gazelle? – Wer hat sie getötet? – Wer hat begonnen, sie zu verzehren?»

Und nun würde aufgrund dieser Fragen im Kopf von H. H. ein Suchprozeß beginnen, die Suche nach Geschehnisschemata, in denen eine Gazelle erst lebendig und dann tot ist, und möglicherweise wird sich H. H. an eine ganze Menge solcher Geschehnisschemata erinnern. Zum Beispiel wird er sich sagen: «Vielleicht hat ein Leopard die Gazelle gerissen und ist dann gestört worden.» – Oder: «Vielleicht ist die Gazelle oben am Rand der Schlucht ausgeglitten, den Abhang heruntergestürzt und wurde durch den Aufprall auf einen der zahlreichen Felsen getötet. Dann hat eine Hyäne den Kadaver gefunden und begonnen, davon zu fressen. Und schließlich ist die Hyäne durch irgendein Ereignis dazu gebracht worden, von dem Kadaver abzulassen.» – Oder: «Eine Horde von Wildhunden hat die Gazelle erwischt, hat begonnen, sie zu fressen, und dann kam eine Hyäne, die den Wildhunden die Beute streitig machen wollte. Die Wildhunde haben begonnen, mit der Hyäne zu kämpfen, haben sie verjagt und verfolgen die Hyäne immer noch. Aber nicht mehr lange. In kurzer Zeit wird die Meute zurück sein, und dann geht es mir schlecht, wenn sie mich hier vorfinden! Also nix wie weg!»

So könnten die Hypothesen lauten, die H. H. durch den Kopf schießen. Und diese Hypothesen führen zu einem ganz anderen Verhalten, als es der

Urgroßonkel Australopithecus an den Tag gelegt hätte. Aber der hätte wahrscheinlich deshalb den Übergriff auf die Beute der Wildhunde nicht überlebt. Also: H. H. zieht durchaus Nutzen aus seinem Broca- beziehungsweise Wernicke-Areal, aus seiner gerade erworbenen Sprachfähigkeit. Er kann Abläufe rekonstruieren und sich sogar verschiedene Alternativen für Abläufe ausdenken, die er gar nicht beobachtet hat. Die Vergangenheit wird ihm verfügbar. Und das bringt manche Vorteile. Aber für diese Vorteile muß H. H. auch bezahlen, nämlich damit, daß er ständig oder oft Furcht und Angst hat, Furcht vor konkreten Ereignissen wie der Rückkehr des Wildhundrudels und generelle Angst vor dem Unbekannten. Er kennt viele Geschehnisschemata und kann daher vieles antizipieren. Aber er weiß auch, daß vieles im Ausgang ungewiß ist. Es entfalten sich für H. H. ständig Geschehnisse, die sich so oder so weiterentwickeln können. «Die Zukunft liegt in Finsternis!» Es kann gut, aber auch schlimm ausgehen. Und so wird H. H. häufig Furcht vor ganz bestimmten Ereignissen wie beispielsweise der Rückkehr der Wildhunde empfinden und oft auch Angst, Schopenhauersche Angst vor dem, was *vielleicht* eintreten könnte. – Das Ausmaß von Furcht und Angst hängt natürlich auch von der Struktur der Umwelt ab, in der H. H. lebt. Würde er eine paradiesische Südseeinsel bewohnen, auf der immer das gleiche wunderschöne Wetter herrscht und es niemals an Fischen mangelt, dann würde H. H. kaum Angst oder Furcht kennen. (Allenfalls würde er sich entsetzlich langweilen.)

In der ostafrikanischen Savanne hingegen stellt sich die Situation ganz anders dar. Hier gibt es mächtige Räuber, die H. H. nachstellen können, und das tägliche Brot (beziehungsweise der tägliche Gazellenbraten) ist keineswegs gesichert. Oft wird H. H. gar nicht wissen, wie ein Geschehnis ausgehen kann. Alles Nachgrübeln fördert kein Modell für das ablaufende Geschehnis aus den Tiefen seines Gedächtnisses zutage, und es bleiben nur Besorgnis und Angst.

Etwa zwei Millionen Jahre später wird ein Urgroßneffe von H. H., Søren Kierkegaard, die Angst als Grundsituation des Menschen definieren. Und andere Urgroßneffen, existentialistische Philosophen, werden von der «Geworfenheit ins Sein» sprechen.

Es bleibt aber nicht bei der Angst! In ständiger Angst läßt es sich schlecht leben, und so ergibt sich die Aufgabe, in irgendeiner Weise mit ihr fertig zu werden. «Emotional coping» werden das zweihundert Millionen Jahre nach H. H. die klinischen Psychologen nennen. – Wie rettet man sich vor der Angst? Dazu sind den Nachfahren von H. H. alle möglichen Dinge eingefallen, zunächst die Religion. Zu glauben, daß man unter der Obhut eines allgütigen Gottes steht, der uns vor schlimmen Dingen behüten und bewahren kann, ist ein mächtiges Remedium gegen die Angst. Im Glauben, in der Ausblendung des Nachdenkens über die Gründe und die Zwecke der Dinge, liegt eine Möglichkeit der Angstbewältigung. Origenes, ein bedeutender Theologe der frühchristlichen Zeit, gestorben 254 in Tyros, verbot die Neugier. «Von nun an bis in alle Ewigkeit soll die Sehnsucht nach dem Unbekannten schweigen!» Wer nicht neugierig ist, ist auch nicht ängstlich.

Und mit und nach der Religion kommt die Wissenschaft. Die Gründe und Ursachen der Ereignisse wie auch ihre Folgen liegen im dunkeln. Kann man über das reine Vermuten nicht hinausgehen; kann man das Vermutete nicht erforschen, damit man es dann sicher oder wenigstens besser weiß?

Eine andere Form der Angstbewältigung ist die vollkommene Hingabe an eine Aufgabe oder Idee. Auch etwas, was Urgroßneffe Kierkegaard – neben der Religion – empfiehlt. Der Glaube an eine Idee erzeugt Hingabe, und hat man für die Idee erst Opfer gebracht, dann verstärkt das den Glauben. Die Angst ist die Mutter der Flucht in die Idee und damit auch oft die Mutter des Fanatismus. Wenn ich mich schon ganz dem Kampf für eine Idee hingegeben habe, dann darf es keinen mehr geben, der an ihr zweifelt, denn dadurch wäre das, woran ich glaube und wofür ich Opfer gebracht habe, in Frage gestellt. Ein fürchterlicher Gedanke!

Die Ψs_{cL} werden dem Schicksal von H. H. nicht entrinnen. Sie werden versuchen, die Zukunft zu antizipieren, manchmal wird das gelingen, dann wieder nicht, und die Zukunft wird im ungewissen bleiben. Das aber wirkt sich auf den Gemütszustand der Ψs_{cL} ähnlich aus wie auf H. H.s Gemütszustand. Denn Unbestimmtheit ist etwas, was vermieden werden muß; so sind die Ψs nun einmal konstruiert. Und im nächsten Abschnitt wollen wir uns noch ein wenig genauer damit befassen, wie die Ψs_{cL} versuchen werden, der Unbestimmtheit zu entgehen.

Götter und Geister

Gestern war kein Wind, heute aber weht er kräftig. Warum? Die Ursache von Luftbewegungen im kleinen Maßstab kenne ich; wenn jemand einen Kienspan auspustet, so bewegt sich die Luft. Könnte es im großen Maßstab nicht ähnlich sein? Bläst da irgendwer, und bewegt er dadurch die Luft? Gibt es einen Riesen, der in der Lage ist, große Luftmassen durch sein Blasen in Bewegung zu setzen? Eine naheliegende Hypothese! – Genauso naheliegend ist es, den feuerspeienden Berg mit einer Schmiedeesse in Verbindung zu bringen, denn wenn der Dorfschmied an seiner Esse arbeitet, dann quellen aus dem Schornstein dunkle Rauchwolken, in denen Funken sprühen. Aber was muß das für ein Schmied sein, der im Berg sein Handwerk verrichtet!?

Unsere Ψs_{cL} werden zwangsläufig eine Art Religion entwickeln. Wenn sie ihre Warum-Fragen nach dem Wehen des Windes und dem Rinnen des Regens beantworten, indem sie riesengroße Ψs annehmen, die durch das Ablassen von Dampf aus ihren Ventilen den Wind und die Wolken erzeugen, dann erschaffen sie sich ja durch Analogieschluß gewaltige Wesen, die viel mächtiger sind als sie selbst, denn welche Ventilkraft muß dazu gehören, den Wind den ganzen Tag wehen zu lassen und diese riesigen Wolken hervorzubringen!? Was Wunder, daß sich die Ψs nun klein und ohnmächtig und «ausgeliefert» vorkommen. Den Ψs_{sL} würde nichts dergleichen einfallen. Für sie bläst der Wind eben, oder er bläst nicht. Und am Meer bläst er morgens in der einen und abends in der anderen Richtung und sowieso morgens und abends stärker als am Mittag. Das werden auch die Ψs_{sL} merken und sich danach richten.

Für die Ψs_{cL} ist der Wind dagegen durch irgend etwas verursacht, und zwar durch etwas, das mächtiger ist als sie selbst, durch Wesen, von denen sie sich abhängig fühlen und die sie in religiösen Ritualen verehren. Und so wie unsere Vorfahren den Göttern Lämmer und die Früchte des Ackers opferten, um sie gnädig zu stimmen, so werden die Ψs_{cL} ihren Göttern vielleicht Benzin und Wasser zum Opfer bringen.

Ich habe schon darauf hingewiesen, daß die Ψs_{cL} viel mehr in der Zeit leben werden als die Ψs_{sL} da sie sich viel mehr merken und es deshalb eine Herausforderung für sie sein wird, die Gesetzmäßigkeiten der Zeitabläufe zu erkennen. Das wird auch für ihr eigenes Leben gelten. Wenn ihre Kessel irgendwann einmal durchrosten, wenn ihre Achsen ausschlagen und ihre Ventile verkalken, wenn sie aus all diesen Gründen irgendwann einmal den Tod erleiden, dann werden die anderen Ψs, die derlei beobachten, dies nicht einfach als Ereignis hinnehmen, sondern werden es auf sich selbst beziehen. Sie werden also um den zukünftigen eigenen Tod wissen und sich vor ihm fürchten. Und vielleicht wird dieses Wissen um die eigene Vergänglichkeit auch ihr Verhältnis zu den unsichtbaren Göttern prägen. Wenn es schon einen unsichtbaren Bereich der wirkenden Kräfte gibt, warum soll man ihn nicht erreichen können? Und was fehlt eigentlich einem toten Ψ? Es sieht eigentlich genau so aus wie ein lebendiges. Hat vielleicht eine unsichtbare Wirkkraft, ein Teil des Göttlichen, jenes nun tote Ψ_{cL} verlassen und ist «heimgegangen»?

Wenn man eine Antwort auf die Frage gefunden hat, warum der Wind weht, wenn man zu der Hypothese gekommen ist, daß ihn ein mächtiger unsichtbarer Riese erzeugt, so wird einen diese Antwort keineswegs befriedigen. Jede Antwort auf eine Frage ruft (mindestens) fünf neue Fragen hervor: Woher kommt denn der Riese? Und warum bläst er? Und warum bläst er manchmal nicht? Hat der Riese Eltern? Oder Schwestern? Oder Brüder? Woher stammen die Eltern des Riesen? Was machen sie jetzt? Wie war das mit dem Wind, als der Riese klein war? Sterben Riesen? – Für die Denkmechanismen der Ψs_{cL} gibt es genügend Futter, und mit der Zeit werden die Ψs_{cL} zu immer reichhaltigeren Hypothesen über jene Welt der unsichtbaren Kräfte kommen und werden sich mit Ψs_{cL}, die zu anderen Hypothesen gekommen sind, darüber streiten, wer denn nun recht hat. (Wer sich über die Formen der Mythen, ihre Entstehung und ihren Wandel informieren möchte, dem sei Norbert Bischofs Buch *Im Bannkreis der Mythen* empfohlen.)

Gut und Böse

Da die Ψs_{cL} ihre Umwelt gestalten, wird sich diese verändern. Und ihr Gehirn werden sie sich vollstopfen mit Mythen und Legenden. Darüber hinaus aber wird sich auch ihr soziales Leben wandeln. Das Streben nach Legitimitätssignalen erzeugt sozialen Zusammenhalt, und so werden sich die Ψs_{sL} zu Horden zusammenrotten und einander Wohl- und Wehetaten erweisen. Das wird wie ein Naturgeschehen ablaufen.

Bei den Ψs_{cL} hingegen kommt es zu anderen Entwicklungen. Wie in allen anderen Bereichen werden sie auch in ihrem gesellschaftlichen Leben Ursachen und Wirkungen entdecken. Auch in sozialer Hinsicht entsteht nun ein besseres Gedächtnis für den Ablauf der Ereignisse, ein Nachdenken über kausale Zusammenhänge. Die Ψs_{cL} können nunmehr erkennen, daß sie auf der einen Seite dadurch, daß sie einem schwächeren Artgenossen einen frischen Gazellenbraten gestohlen haben, etwas sehr Effektives im Hinblick auf die Befriedigung des eigenen Hungers unternommen haben. Andererseits aber werden sie feststellen, daß sie mit solchen Taten den Gruppenzusammenhalt gefährden, weil sie sich dabei alles andere als affiliativ verhalten. Auf der einen Seite also haben sie für, auf der anderen Seite aber gegen ihre Interessen gehandelt. Der Verzehr des gestohlenen Gazellenoberschenkels ist nun nicht mehr nur eine Handlung, die dazu dient, den Hunger zu stillen, sondern zugleich ein Akt gegen die Bindung an den Genossen. Und eine solche Verletzung der Gruppennormen kann durchaus folgenreich sein. Man kann nunmehr antizipieren, daß sich der Genosse, dem man den Gazellenoberschenkel entwendet hat, an einem rächt, einem in einer Notsituation nicht mehr hilft. Man kann sich also des Gruppenzusammenhalts und der Unterstützung durch die anderen keineswegs mehr sicher sein; man muß befürchten, daß einem die Gruppe die Hilfe versagt.

Wir Menschen haben einen Namen für diese Art von Furcht. Wir nennen sie «schlechtes Gewissen». Oder auch «Schuldgefühl».

Das durch die Sprache gesteigerte Erkenntnisvermögen hat also auch *moralische* Folgen. Es entsteht auf diese Weise überhaupt erst eine Moral.

«Gut» ist, was der Bindung der Gruppe nützt, und «schlecht» ist, was ihr schadet. Für ein Lebewesen mit affiliativen Bedürfnissen hat die Sprachbefähigung notwendigerweise die Folge, daß die Moral in die Welt tritt. Der Diebstahl eines Gazellenbratens geht nun nicht mehr allein den Dieb und den Bestohlenen etwas an. Vielmehr wird derlei schnell zu einer öffentlichen Angelegenheit werden, denn auch die nicht betroffenen Ψs_{cL} werden merken, daß solche Aktionen Unfrieden in die Gruppe bringen, was deren Handlungsfähigkeit schadet, da sich ja die Ψs_{cL} Gedanken über Ursache und Wirkung machen. Sie werden also daran interessiert sein, daß derlei «Verfehlungen» nicht vorkommen, und von diesem Interesse zur Aufstellung moralischer Normen ist es nur noch ein kleiner Schritt: «Du sollst nicht stehlen!»

Der Erwerb der Sprache bedeutet das Essen vom «Baum der Erkenntnis», und diese bezieht sich notwendigerweise auch auf die «Unterscheidung von Gut und Böse».

Auch ein Tier beziehungsweise ein Ψ_{sL} kann «böse» sein (oder vielleicht besser: «bösartig»); beide können andere Tiere oder andere Ψs schädigen. Aber sie tun dies gewissermaßen im Stande der Unschuld. Sie wissen nicht, was sie tun; im Augenblick gerade sind die Nahrungsbedürfnisse besonders stark, also nimmt man sich, was zu holen ist. An die Nebenwirkungen denkt man dabei nicht, weil man gar nicht daran denken *kann*.

Aus der «Erkenntnis des Bösen», aus der Erkenntnis der Tatsache, daß man die der Gruppenbindung förderlichen Regeln gebrochen hat, ergibt sich – natürlich! – auch ein Bedürfnis nach Sühne. Ist man in der Lage zu erkennen, daß man durch eine bestimmte Tat die Gruppenkohäsion gefährdet (und sich damit auch selbst schadet, da man nunmehr auf die Hilfe der Gruppe nicht mehr rückhaltlos vertrauen kann), liegt das Bestreben nahe, daß man versucht, diese negativen Wirkungen der eigenen Tat zu konterkarieren. Man könnte also zum Beispiel auf die Idee kommen, eine ordentliche Handvoll Himbeeren zu pflücken, um sie dem um seinen Gazellenoberschenkel gebrachten Genossen darzubieten. Vielleicht reicht dieses Opfer, um den Geschädigten zu versöhnen? Und indem man sich selbst die Himbeeren (als Nachtisch zum Gazellenoberschenkel) vorenthält, büßt man zugleich.

Also: Durch die Sprache kommt nicht nur die Fähigkeit zu erkennen, was «gut» und «böse» ist, in die Welt, sondern zusätzlich ergeben sich entsprechende Verhaltensweisen. Verfehlungen gegen die Gruppenbindung können Namen bekommen, und dadurch entstehen explizite Regeln, Normen des Zusammenlebens. Und der Verstoß gegen diese Normen wird Schuldgefühle und Gewissensbisse hervorrufen und dies wiederum Aktivitäten der Sühne und der Buße.

Der Mongolensturm

Können Sie Go spielen? Das ist ein hübsches Spiel, und viele meinen, es sei intelligenter als Schach. Abbildung 7.26 zeigt einen Ausschnitt aus einer Spielsituation. Man spielt Go auf einem Feld mit neunzehn mal neunzehn Linien. Die Züge bestehen einzig und allein darin, daß man Steine auf die Kreuzungslinien setzt. Die eine Partei verfügt über schwarze, die andere über weiße Steine. Ziel ist es, möglichst große Gebiete, das heißt von den eigenen Steinen (oder vom Rand) umschlossene Abschnitte des Spielfeldes, zu erobern. Man kann auch feindliche Steine wegnehmen, indem man sie gänzlich einkreist, ohne daß bei ihnen ein eigenes umschlossenes Gebiet von mindestens zwei «Augen» bleibt.

Das sind nun schon die einfachen Regeln! Es versteht sich aber von selbst, daß auf dem großen Spielfeld zahlreiche sehr verschiedenartige Aktionen und Gegenaktionen stattfinden können, die das Ziel haben, sich selbst möglichst große eigene Gebiete zu sichern und dem Gegner die Ausdehnungsbestrebungen zu verbauen.

Ich spiele gern Go. Oft abends mit meiner Frau. Im Moment steht es 68 zu 59 für mich. Sie hat 59mal, und ich habe 68mal gewonnen. Das war aber nicht immer so; bis vor kurzem lag meine Frau in Führung, doch in den letzten zehn Spielen hatte sie kaum eine Chance, was sie folgendermaßen kommentiert: «Ich weiß auch nicht, wieso. Du hast jetzt eine so komische Taktik, mit der komme ich nicht zurecht. Du stellst deine Steine immer fast planlos um meine herum, und dann verteidige ich mich an einer Stelle, und dann kommt wieder ein Stein von dir ganz woandershin. Ich weiß einfach nicht, was du vorhast! Und so reagiere ich nur noch und folge gar nicht mehr meinen Plänen! – Ach so, das ist anscheinend dein Trick! Du verwirrst mich mit scheinbar planlosen Angriffen, und auf diese Weise bringst du mich davon ab, meinen eigenen Plänen zu folgen!»

Tja, jetzt ist es wohl vorbei mit meiner Siegesserie. Sie hat mich durchschaut! Und es wird wohl nicht lange dauern, bis sie eine Gegenstrategie entwickelt hat. – Ich habe gemäß der Taktik «Mongolensturm» gehandelt. Angeblich sollen die Mongolen die europäischen Ritterheere überrumpelt haben, indem sie zunächst gar keinen richtigen Angriff führten, sondern eine Schar berittener Bogenschützen vorsandten, die die Ritter aus der Ferne beschossen, sich aber zurückzogen, sobald diese sie attackierten, so daß der Angriff der gepanzerten Reiter ins Leere ging. Die Bogenschützen aber stießen blitzschnell an einer anderen Stelle unerwartet vor, und die armen Gäule der Ritter, die eine schwere Last zu tragen hatten, ermüdeten immer mehr (und die gepanzerten Reiter nicht minder). So zermürbten die Mongolen das europäische Heer und schlugen es schließlich in die Flucht.

Abbildung 7.26 Eine Situation beim Go-Spiel. Die weißen Steine oben links umgrenzen ein für Weiß ziemlich sicheres Gebiet. Die schwarzen Steine unten sind extrem gefährdet, da sie sich leicht umzingeln lassen. Dagegen kann sich Schwarz oben rechts wahrscheinlich ein großes Gebiet sichern.

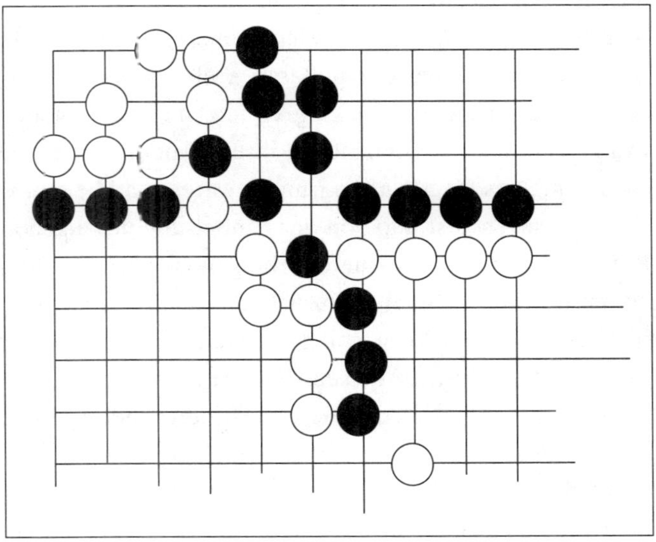

Eine Gegentaktik bestünde darin, sich einfach nicht herausfordern zu lassen, sondern seine eigene Strategie unbeirrt weiter zu verfolgen. Denn der Kalkül der Mongolen war ja darauf ausgerichtet, den Gegner über die eigenen Absichten im unklaren zu lassen, ihn zu verwirren und aus dem Konzept zu bringen. Genau das sollte einem nicht passieren, und ich fürchte, daß meine Frau in Zukunft nicht mehr auf diese Taktik hereinfallen wird.

Ich erzähle das alles natürlich nicht, um Sie in die Strategie und Taktik des Go-Spiels einzuführen. Es geht um etwas anderes. Die Überlegung, mit deren Hilfe meine Frau meine Taktik ermittelte, ist ein Beispiel für die Selbstmodifikation des Denkens. Denn was geschah? Meine Frau analysierte die letzten Spiele, untersuchte meine Züge und ihre Gegenreaktionen; sie betrachtete gewissermaßen die Protokolle der vergangenen Spielabläufe, so, wie sie in ihrem Gedächtnis festgehalten waren. Aber es blieb nicht dabei, daß sie feststellte, *was* geschehen war; vielmehr fragte sie sich nach dem Warum und dem Wozu. Sie fragte sich nach den Ursachen meines Handelns und damit nach den Absichten, die ich damit wohl verfolgte. Und sie fragte sich nach den Ursachen ihrer Reaktionen.

Genau wie wir es im letzten Kapitel kennengelernt haben, bestand der Prozeß des Nachdenkens in einer Selbstbefragung und dementsprechend aus der Erzeugung von Hypothesen. Aber die Selbstbefragung bestand hier nicht darin, daß irgendwelche äußeren Umstände, irgendwelche Käfer oder sonstige Dinge der äußeren Welt, zum Objekt der Befragung gemacht wurden. Vielmehr ging es jetzt um das eigene Verhalten. Meine Frau fragte nach den Ursachen ihres Handelns, die wiederum in den Ursachen meines Handelns begründet waren, und bekam auf diese Weise ein Bild von sich selbst und von der Einbettung des eigenen Vorgehens in die Situation. Ihr reaktives und von eigenen Absichten nur wenig geprägtes Agieren beim Go-Spiel kennzeichnete sie als «verwirrt», und sie ermittelte die Gründe dieser Verwirrung. Sie stellte also eine Eigenschaft ihres eigenen Handelns fest, in diesem Fall eine ephemere Eigenschaft ihres Go-Spiels, die durch die Analyse der Hintergründe wahrscheinlich schon beseitigt worden ist.

Denken als Selbstbefragung kann also auch dazu führen, daß man ein Bild von sich selbst gewinnt, was wiederum eine Voraussetzung dafür ist, daß man auch ein anderes Selbst erwirbt. Man kann sich ändern. Die Merkmale des eigenen Handelns können modifiziert werden, sobald man in der Lage ist, ihre Ursachen und Hintergründe zu erfassen. Bei meiner Frau bestand diese Modifikation ganz einfach darin, daß sie sich eine andere Reaktionsweise auf meine Go-Taktik «Mongolensturm» vornahm.

Kann es darüber hinausgehen? Die Go-Gewohnheiten sind ja ziemlich labile Gebilde und nicht sehr fest in der eigenen Seelenstruktur verankert. Wie steht es zum Beispiel mit Ψs emotionalen Regulationen? Sie basieren ja auf den Modulationen, mit denen wir uns im sechsten Kapitel ziemlich detailliert befaßt haben. Für Ψ sind die entsprechenden Regulationen, also die Art und Weise, wie die Wichtigkeit eines Motivs, seine Dringlichkeit, die Unbestimmtheit und die Kompetenz den Auflösungsgrad, das Ausmaß des Sicherungsverhaltens und die Aktiviertheit bestimmen, fest eingestellt. Ich habe ja sogar vermutet, Persönlichkeitsunterschiede zwischen verschiedenen Ψs seien darin begründet, daß diese Einstellungen von Ψ zu Ψ variieren. Bei dem einen Ψ ist zum Beispiel der Zusammenhang zwischen Wichtigkeit und Dringlichkeit auf der einen Seite und der Aktiviertheit auf der anderen so eingestellt, daß diese bei einer Zunahme von Wichtigkeit und Dringlichkeit immer sehr stark ansteigt. Dementsprechend könnte vielleicht der Auflösungsgrad sehr stark absinken. Ein Ψ mit solchen Modulationsmerkmalen wäre wahrscheinlich ziemlich extravertiert, aufbrausend, jähzornig.

Könnte ein solches Ψ sich durch Selbstbetrachtung, Selbstbefragung mit anschließender Selbsterkenntnis, dazu bringen, bedachtsam, ruhig, «cool» zu werden? Die eigentlichen Modulationen sind ihm ja nicht zugänglich. Die entsprechenden Werte sind fest eingestellt, und Ψ kann daran nicht drehen.

Dennoch aber kann Ψ etwas tun. Es könnte beispielsweise nach Erkenntnis der eigenen Wesensart versuchen, Situationen zu meiden, in denen erfahrungsgemäß Jähzornreaktionen auftreten, weil in ihnen die Aktiviertheit stark zunimmt. Wenn es aufgrund seiner Selbsterkenntnis weiß, daß hohe Dringlichkeit und Wichtigkeit hohe Aktiviertheit auslösen, so kann es ja versuchen, dringlichen Situationen auszuweichen und die Wichtigkeit bestimmter Absichten herabzusetzen.

Wer bin ich?

Im letzten Abschnitt haben wir gesehen, daß sich problemlösendes Denken nie nur auf das jeweils zu lösende Problem bezieht, sondern von Selbstbetrachtungen, Beurteilungen, Kritik und Analyse der eigenen Tätigkeit durchsetzt ist. Bei den Ψs wissen wir, wie das kommt. Die eigene Tätigkeit ist eben auch nur ein Datensatz, der Fragen nach dem Warum und Wozu auslösen kann. Diese Fragen aber, die sich auf die eigenen inneren Prozesse beziehen, sind der Anlaß zur Ausbildung der Selbsterkenntnis. Sie sind Anlaß zur Ausprägung eines Wissens wie: «Immer wenn ich in die und die Situation gerate, werde ich außerordentlich ärgerlich, und dann kann ich nicht mehr denken!» – «Immer wenn mir ein Ereignis dieser Art widerfährt, bin ich glücklich und zufrieden!»

Genau aber wie die Kenntnis der Gründe für die Ereignisse in der Umgebung die Möglichkeit eröffnet, diese durch Einwirkung auf die Gründe zu verändern und dadurch in den Verlauf des Geschehens einzugreifen, gestattet es die Selbstkenntnis, sich selbst zu manipulieren. Bin ich immer glücklich und zufrieden, wenn diese oder jene Ereignisse auftreten, warum dann also nicht den Versuch unternehmen, diese oder jene Ereignisse hervorzurufen, um auf diese Weise den eigenen Seelenzustand zu beeinflussen? Wenn immer dieses oder jenes Muster von Fragen zum Mißerfolg beim Problemlösen führt, warum dann nicht ein anderes Muster verwenden? Auch die eigene Seele wird also zum Manipulandum.

Die Selbstmanipulation der Seele braucht natürlich keineswegs vollständig zu gelingen! Vielmehr mag es so sein, daß mir bestimmte Ursachen und Hintergründe meiner Seelenzustände unverständlich sind, daß ich mir nicht erklären kann, warum ich heute vergnügt bin, gestern aber traurig war. Es kann also sein, daß ich mir selber ein Rätsel bleibe und eben nicht oder nicht vollständig weiß, wer ich bin. Und diese Frage mag mich umtreiben, vielleicht mehr als die Frage, warum der Wind weht, der Sand rinnt und die Wellen auf den Strand laufen.

Die Ψs_{cL} haben einen ganz anderen Zugang zur Gestaltung ihrer Welt als die Ψs_{sL} mit ihrem passiven Geist. Sie können die Welt nach ihrem Willen gestalten, neu einrichten, können Heizungsradiatoren erfinden, Wände, Straßen, Bohrtürme und so fort. Die Welt ist keine fertige Struktur mehr, sondern eine Aufgabe. Dadurch aber werden die Umstände instabil; sie wechseln und nehmen mal diese, mal jene Form an, die Realität verändert sich. Das ist eine andere Herausforderung für die Ψs_{cL}; die Welt selbst stellt ständig neue Fragen, hält ständig neue Ereignisse bereit. Und das wird bedeuten, daß die Ψs_{cL} viel häufiger unsicher und ängstlich sind als die Ψs, die vor dem Erwerb der Sprache in einer vermeintlich stabilen Welt lebten. Viele unserer Ψs_{cL} werden versuchen, sich zurückzuziehen, gewissermaßen «nach innen» zu leben, um auf diese Weise der Unsicherheit Herr zu werden oder ihr doch nicht allzusehr ausgesetzt zu sein. Die Unsicherheit und Angst der Ψs_{cL} wird ihr Abhängigkeitsgefühl natürlich vergrößern. Sie werden sich als «ins Sein geworfen» empfinden und nicht so recht wissen, woher sie kommen, wer sie sind und wohin sie gehen. Und diese Fragen werden sie umtreiben.

Aufgrund der Fähigkeit zur Selbsterkenntnis werden die Ψs_{cL} zu Ψ-Psychologen werden und ihre eigenen Seelenregungen genau betrachten. Dies bietet neben der Irritation, die es möglicherweise hervorruft, auch Chancen, zum Beispiel die Aussicht, den Determinationen des eigenen Verhaltens zu entfliehen. Wenn man weiß, warum man auf dieses Ereignis mit der einen emotionalen Reaktion antwortet und auf jenes mit einer anderen, dann kann man versuchen, solche Situationen zu vermeiden, ihre Ursachen zu beseitigen, herbeizuführen oder zu modifizieren. Man kann sich redeterminieren; unsere Ψs bekommen einen freien Willen, der unabhängig ist von den Geschehnissen der Außenwelt. Und das ist eine so wichtige Errungenschaft, daß ich ihr den nächsten Abschnitt widmen will.

Das Gespräch der Seele *mit* sich selbst *über* sich selbst

Freier Wille? Es kann ja nun überhaupt kein Zweifel daran bestehen, daß unsere Ψs, seien sie nun sine lingua oder cum lingua, Maschinen sind. Alles in ihnen läuft streng determiniert ab. Und das ist doch wohl ein Widerspruch: Determiniertheit und Willensfreiheit. Wenn man frei ist, dann ist man eben doch gerade nicht determiniert! Wo soll denn aber in all den Abläufen in den Ψs der Platz für freie Entscheidungen sein? Maschinen mit einem freien Willen – das ist eine Contradictio in adjecto, ein schwarzer Schimmel!

Wir kennen die Algorithmen, die das Seelenleben der Ψs bestimmen, wie den HyPercept-Prozeß oder den Prozeß «Aktiviere-Verhaltensprogramm». Wir wissen, wie sich die Ψs dafür entscheiden, das eine zu tun und das andere zu lassen; im Abschnitt «Was tun?» haben wir sie entsprechend programmiert. Zwar mag ein «Flatterrauschen» (siehe Seite 457ff.) bei der Motivauswahl sehr «frei» aussehen; aber selbst dieses Verhalten ist streng determiniert und abhängig von der Wichtigkeit und der Dringlichkeit der verschiedenen Motive, von Unbestimmtheit und von der Kompetenz. – Die Aktivierung von Automatismen, das Planen, die «gefühlsmäßige» Modulation des Verhaltens, Sprachverständnis und Sprachproduktion: alles determiniert! Woher soll da die «Freiheit des Willens» kommen?

Ehe wir uns damit befassen, ob die Ψs einen freien Willen haben (können), sollten wir zunächst einmal der Frage nachgehen, was denn das genau heißt: «freier Wille». Ist es wirklich so, daß freier Wille und Determiniertheit einander ausschließen, daß Mechanismen, weil sie streng determiniert sind, keinen freien Willen haben können, wie es Jostein Gaarder in seinem

Buch *Sofies Welt* nahelegt? Und bedeutet ein Ja auf diese Frage, daß wir Menschen, wo wir doch auch Neuronenmaschinen sind wie die Ψs, uns einfach täuschen, wenn wir meinen, einen freien Willen zu besitzen? Ist die Auffassung, wir verfügten über einen freien Willen, lediglich eine «nützliche Fiktion», wie Theo Herrmann (1996) meint?

Freiheit und Determination

«Dann kann der Mensch aber keinen freien Willen haben.»
«Nein, dann ist alles das Produkt von mechanischen Prozessen – auch unsere Gedanken und Träume.»

Jostein Gaarder
Sofies Welt

Die Frage, ob der Mensch frei sei oder aber determiniert, wird in und außerhalb der Psychologie seit jeher mit viel Feuer (und noch mehr Qualm!) diskutiert. Hinter dem Feuer stecken Motive!

Denn wie kann einerseits eine Wissenschaft vom Menschen, eine Wissenschaft von der Seele, also die Psychologie, möglich sein, wenn der Mensch nicht determiniert wäre? Wissenschaft klärt ja auch Abhängigkeiten auf, die Psychologie zum Beispiel Abhängigkeiten des Verhaltens von der jeweiligen Reizsituation oder vom Verlauf der frühen Kindheit oder von den jeweils herrschenden Motiven. Wären in einem Bereich der Realität keine Abhängigkeiten vorhanden, könnte es in ihm auch keine Wissenschaft geben.

Wäre also das menschliche Seelenleben zum Teil nicht determiniert, dann hätte die Wissenschaft von der Seele Grenzen. Und wenn nun ausgerechnet der Bereich der *Entscheidungen* durch Indeterminismus gekennzeichnet wäre, es hier also keine Abhängigkeiten gäbe, dann bliebe ausgerechnet der Aspekt, der jeden, der sich mit menschlichem Handeln befaßt, am meisten interessiert, der wissenschaftlichen Reflexion unzugänglich, und die Psychologie müßte sich auf Bereiche wie zum Beispiel die Farbwahrnehmung beschränken, denn hier gibt es zweifellos Gesetze.

Deshalb wird jeder wissenschaftliche Psychologe zunächst einmal von der Hypothese ausgehen, daß das Seelenleben determiniert ist und daß man das Gegenteil beweisen müßte, ehe man von dieser Annahme abrückt. Die Idee eines indeterminierten freien Willens ist für jeden ärgerlich, der an einer naturwissenschaftlichen Konzeption der Psychologie festhält. Sie sollte genau geprüft werden, denn träfe sie zu, verlöre die Psychologie einen ihrer wichtigsten Gegenstände.

Nehmen wir also vorderhand an, daß es keinen indeterminierten freien Willen gibt! Das aber weckt auch wiederum Unbehagen. Sind wir denn Maschinen? Das müßten wir doch annehmen, wenn wir meinen, streng und vollständig determiniert zu sein; wir wären dann so etwas Ähnliches wie zum Beispiel Staubsauger. Nun gut, Menschen sind vielleicht komplexer; wir bestehen nicht nur aus vier oder fünf verschiedenen Variablen, die aufeinander einwirken, sondern aus einigen tausend, ein paar Millionen oder Milliarden. – Im Grunde macht die Zahl hier aber keinen Unterschied. Der Mensch als Reglersystem, so komplex es sich auch darstellt, ist eben eine Maschine.

Und das stimmt doch nicht! Erlebe ich nicht, daß ich frei bin von Determinanten? Kann ich nicht das Rauchen aufgeben, obwohl eine Zigarette einen starken Anreiz auf mich ausübt? Ich bin ja zumindest manchmal Herr über meine Motive, meine Gefühle; ich kann denken, was ich will: «Die Gedanken sind frei ...!» Und nun kommen die naturwissenschaftlichen Psychologen und sagen: «Pustekuchen! Du bist eine Maschine, ein komplizierter zellulärer Organismus, aber eben doch eine Maschine.» Allenfalls sind sie bereit zuzugestehen, daß man sich aus Gründen der Erfaßbarkeit oder aus Gründen der Ökonomie manchmal leider mit stochastischen Gesetzmäßigkeiten zufriedengeben muß, ehe man letztendlich zu den strikten Determinationen vordringen kann. «Natürlich», sagen die naturwissenschaftlichen Psychologen, «der Mensch ist eine Maschine, da man aber leider nicht alle Einflußgrößen gleichzeitig genau erfassen kann, ist er eben eine stochastische Maschine. Fährt man aber lange genug mit der Erforschung der Seelenprozesse fort, dann kann man auch die Wahrscheinlichkeitsbeziehungen, die man zwischen Variablen annehmen muß, durch strenge Determinationen ersetzen!»

Aber da gibt es ja Unterschiede! Was würde zum Beispiel aus menschlicher Größe, wenn man die Annahme, der Mensch sei eine Maschine, wirklich ernst nimmt? Für eine streng determinierte Maschine gibt es weder Verantwortlichkeit noch Schuld. Die Größe eines Menschen, der allen Versuchungen trotzend auf seinen sittlichen Prinzipien beharrt: Sie wäre dahin! Was sollten wir denn bewundern an Märtyrern, die ihr Leben für andere opfern? Wenn all die Winkelrieds («Der Freiheit eine Gasse!»), die Heiligen der katholischen Kirche, die Pionier-Klimkes, die Schindlers, die Teresas nichts weiter als komplizierte Uhrwerke wären, die nicht anders handeln konnten, als sie gehandelt haben, was wäre dann an ihnen bewundernswert?

Bewundern wir den Felsen, der sich einem durch Regengüsse angeschwollenen Wildbach in den Weg legt und Baumstämme, Zweige, Grasplacken, Schlamm und Laub auffängt, einen Damm bildet und so eine Überschwemmung verhindert? Der Felsen verhindert vielleicht die Zerstörung eines Dorfes und rettet Leben. Wir preisen uns glücklich, daß der Felsen genau an der richtigen Stelle lag und nicht davonrollte, aber wir bewundern ihn nicht. Wir preisen nicht seine Standhaftigkeit und verehren ihn nicht, weil er, statt mit den wilden Fluten zu rollen, einfach liegenblieb; er *mußte* das tun, was er tat. Verhält es sich denn nun genauso mit Oskar Schindler oder Mutter Teresa, wenn wir darauf bestehen, daß das Seelenleben determiniert ist? – Was lehrt uns Fontanes Ballade von John Maynard, der «freiwillig» sein Leben opferte, um das Leben anderer zu retten, wenn es an ihm nichts zu bewundern gibt, da sein Handeln nichts anderes war als die Bewegung eines Zahnrads in einem Uhrwerk? – Leugnet man den freien Willen, mutet man vielen, die an die Möglichkeit menschlicher *Größe* glauben, einiges zu!

Und hat nicht Heisenberg gezeigt, daß Indeterminiertheit selbst bei Naturvorgängen auftritt, daß es unmöglich ist, Geschwindigkeit, Richtung und Ort eines bestimmten Elementarteilchens zugleich mit höchster Präzision festzustellen. Dies bedeutet, daß ein Teilchen hinsichtlich seiner zukünftigen Bewegungen nicht vollständig voraussagbar ist. Und könnte hier nicht der freie Wille …?

Läßt sich der freie Wille vielleicht in die Bewegungen der Elementarteilchen verlegen, in den Sprung der Elektronen von einer Umlaufbahn auf eine andere? Könnte man an dieser Stelle nicht auch göttliche Einflüsse annehmen? Könnte man hier nicht die Verknüpfungsstelle zwischen einer immateriellen Seele und dem materiellen Körper vermuten?

Ganz davon abgesehen aber, daß die Heisenbergsche Unschärferelation nicht besagt, das Verhalten von Elementarteilchen sei unbestimmt, sondern lediglich, daß man in diesem Bereich Determinationen nicht feststellen kann, sollte, wer solche oder ähnliche Gedanken hegt, überlegen, ob er wirklich mit freiem Willen und freier Entscheidung die Freiheit einer Kugel im Flipperautomaten meint, die zwischen den Banden in Zufallsbewegungen hin und her springt. Bedeutet das unvorhersehbare Gewusel von Molekülen in einer Nebelkammer Freiheit? Ähneln die Vorgänge, die zu einer «freien Willensentscheidung» führen, den Prozessen, die sich in einer Dampfwolke zwischen den einzelnen Wassermolekülen abspielen? Wir haben wohl allen Grund, diese Frage zu verneinen.

Wenn wir in einen Zustand geraten, in dem Gedanken blitzlichtartig und ohne daß wir wissen, wie sie erzeugt worden sind, auftauchen und wieder verschwinden, wenn unerklärbar Vorstellungen vor unserem geistigen Auge erscheinen, wenn wir unerklärbar Stimmen hören, so werden uns solche Ereignisse keineswegs das Gefühl vermitteln, daß wir besonders frei sind. Im Gegenteil, wir werden, wenn uns solches widerfährt, von großer Angst erfaßt, da wir nicht mehr wissen, was mit uns geschieht. Schizophrene leiden darunter, daß bei ihnen manchmal Gedanken und Halluzinationen «einfach so» auftauchen, ohne daß sie sich erklären können, woher sie kommen. Was sich aufgrund solcher Erlebnisse einstellt, ist nicht Freiheitsgefühl, sondern Angst. Und der Schizophrene bekämpft diese Angst, indem er versucht, Determinationen zu entdecken oder zu ersinnen. Was ihm bei seinem eigenen Gehirnprozeß unerklärlich erscheint, wird er auf die Machenschaften des Arztes mit seinen blitzenden elektronischen Geräten zurückführen oder auf die Tätigkeiten einer Hexe oder eines Zauberers oder irgendeines anderen feindlich gesinnten Menschen, der über die Kraft verfügt, seine Gedanken abreißen zu lassen, ihm falsche Vorstellungen einzugeben, ihn Dinge wahrnehmen zu lassen, die gar nicht existieren.

Was also nun? Gibt es den freien Willen, oder ist alles determiniert?

Ich möchte im folgenden zeigen, daß die Diskussion, ob der Mensch frei oder determiniert sei, auf einer falschen Kontraposition basiert. Freiheit und Determinismus sind, so lautet meine Hypothese, keine Widersprüche.

Die Gleichsetzung von Freiheit und Indeterminiertheit und damit von

Determiniertheit und Unfreiheit verliert bei näherem Hinsehen viel von ihrer Plausibilität. Denn wenn man nicht abstrakt über den freien Willen spricht, sondern konkrete Beispiele freier Willensentscheidungen untersucht, so findet man gar keine Indeterminiertheit; im Gegenteil: Freie Willensentscheidungen erscheinen im höchsten Grade determiniert: «War es dein freier Wille, dieses Buch zu schreiben?» – «Ja!» – «Also war dieser Entschluß indeterminiert!?» – «Quatsch!»

Wenn aber der freie Wille determiniert ist, wie kann er dann frei sein? Und wieso nennt man manche Entscheidungen frei, andere aber nicht, wenn doch alle determiniert sind?

Wenden wir uns zunächst einmal dem Begriff der Indeterminiertheit zu. Er hat zwei Bedeutungen, nämlich zum einen die metaphysische des «Wunders» und zum anderen die der «Kryptodeterminiertheit». Wunder als indeterminierte Ereignisse geschehen «einfach so», sind von nichts abhängig (außer vielleicht von Gottes Willen, aber der ist unerforschlich) und beeinflussen den Gang der Ereignisse im Uhrwerk der kausalen Determinationen in unvorhersagbarer Weise.

Die andere Konzeption von Indeterminiertheit ist weniger metaphysisch. Indeterminiert nennt man Ereignisse, die von so vielen und oft verborgenen Determinanten abhängig sind, daß sie sich nicht voraussagen lassen. Nach dieser Konzeption ist Indeterminismus eine besondere Form von Determinismus, die auch als «Kryptodeterminismus» bezeichnet worden ist. Wir reden gewöhnlich von *Zufall*, wenn Kryptodeterminismus vorliegt.

Kryptodeterminismus mag manchmal darauf zurückzuführen sein, daß wir über die entsprechenden Ereignisse einfach nicht wissen, was wir wissen könnten; weitere Forschung kann *diesen* Indeterminismus in ganz gewöhnlichen Determinismus verwandeln. Kryptodeterminismus mag aber auch vielleicht für alle Zeiten unaufhebbar sein. Dies trifft wohl auf das Lotto zu. Der Fall der Kugeln aus der Trommel ist indeterminiert, was hier nicht bedeutet, daß sie «einfach so» fallen, sondern daß es gänzlich unmöglich ist, die vielen tausend Einflüsse, die auf sie einwirken, und deren milliardenfache Kombinationen zu berechnen und vorauszusehen. Niemand aber wird daran zweifeln, daß der Fall der Kugeln kausal determiniert ist.

Wie verhält es sich nun mit der Indeterminiertheit des freien Willens? Lassen wir einmal die metaphysische Möglichkeit außer acht, daß es sich bei freien Willensentscheidungen um «Wunder» handeln könnte. Wenig spricht für eine solche Auffassung. Will man den freien Willen als indeterminiert ansehen, bleibt nur noch übrig, ihn mit dem Zufallskonzept in Verbindung zu bringen, also anzunehmen, daß der freie Wille sich so ähnlich ereignet wie der Fall der Lottokugeln am Samstagabend. In der Tat gibt es Wissenschaftler, die eine solche Konzeption des freien Willens vertreten. Zum Beispiel nimmt Johnson-Laird (1988) an, im menschlichen Gehirn seien mächtige Zufallsgeneratoren am Werk, die den freien Willen «determinieren». Betrachtet man die Alltagsbeispiele von freien Entscheidungen, erscheint eine solche Zufallskonzeption des freien Willens allerdings unplausibel.

«Und da hab ich mich entschlossen, ich gehe heute abend nicht zum Stammtisch, sondern ins Kino!» – «Das war dein freier Wille?» – «Natürlich!»

Wenn wir dem «entschlossenen» Menschen, der in diesem kurzen Zwiegespräch auftaucht, entgegneten: «Es war dein freier Wille, also ist dir der Einfall, ins Kino zu gehen, zufällig beschert worden!», so würde er uns wohl erstaunt angucken und vermutlich eine Antwort der folgenden Art geben: «Wie kommst du denn darauf? Nein, das hab ich mir genau überlegt, und ich fand es dann besser, ins Kino zu gehen!»

Auch wenn jemand sagt: «Es ist noch ganz unklar, was ich heute abend tun werde. Ich bin da noch ganz frei!», meint er keineswegs, das, was er heute abend tun werde, hänge von Zufallsprozessen in seinem Gehirn ab. Er kennt einfach die Wirkkräfte, die ihn heute abend beeinflussen werden, noch nicht genau; die Situation muß sich entfalten, man weiß nicht, was der Abend so bringen wird. Mit Indeterminiertheit im Sinne von Zufallsprozessen braucht das überhaupt nichts zu tun haben, zumindest soweit es um Zufallsprozesse in einer Person geht. (Natürlich können äußere Zufälle eine größere oder geringere Rolle spielen.)

Freier Wille als Zufallsprodukt? Das geht nicht. Man könnte fast behaupten, daß es nichts auf der Welt gibt, das so klar determiniert ist wie eine freie Willensentscheidung (siehe Prinz 1995). Wenn Menschen eine Entscheidung als «frei» bezeichnen, so können sie gewöhnlich genau darüber Auskunft geben, warum sie gerade diese Entscheidung und keine andere gefällt haben. Bei «unfreien» Entscheidungen ist dies meist nicht der Fall. Unwillkürliche Reaktionen oder «spontane» Entschlüsse sind vielmehr oft von der Art, daß die Menschen nicht wissen, wieso sie so und nicht anders entschieden haben.

«Wie konntest du das nur tun?» – «Ich weiß es auch nicht, es kam so über mich!»

Hier liegt keine freie Entscheidung vor. Und der Handelnde weiß auch hinterher nicht, was sein Verhalten determiniert hat. «Es» kam so über ihn. Natürlich hatte seine Handlung irgendwelche Gründe, und vielleicht kann man diese später auch noch ermitteln. Aber zunächst einmal sind dem Handelnden die Determinanten seiner Entscheidung unklar; eine unwillkürliche oder spontane Handlung erscheint also eher als indeterminiert als eine «freie Willensentscheidung». – Zumindest aus der Perspektive der Alltagsphänomenologie und des persönlichen Erlebens erweist sich also die freie Entscheidung keineswegs als indeterminiert und die unfreie als determiniert. Eher im Gegenteil: Unfreie Entscheidungen erscheinen weit eher indeterminiert oder *krypto*determiniert als freie Entscheidungen.

Molveno?

Nicht der Determinismus, sondern der Fatalismus ist das Gegenteil der Freiheit.

Jean-Paul Sartre
Das Imaginäre

Wenn also die Gleichsetzung freier Entscheidungen mit Indeterminiertheit zumindest dem naiven Alltagsverständnis nicht plausibel erscheint, wie kommt man dann zu ihr? Und andersherum: Wieso bezeichnet man den freien Willen als frei und hebt ihn von anderen, nicht freien Entscheidungen ab, wenn er determiniert ist?

Analysieren wir, um auf diese Frage eine Antwort zu geben, einmal ein Beispiel für die Genese einer freien Entscheidung:

> *Ich befinde mich in dem Ort Molveno in den Südtiroler Dolomiten. Hier habe ich an einer Sommerakademie teilgenommen. Morgen, am Samstag, ist die Sommerakademie zu Ende. Dann kann ich nach Hause fahren. Andererseits ist es hier gerade wunderschön; kaum noch Touristen, das Wetter spätsommerlich-frühherbstlich warm und angenehm, die Landschaft erglänzt in herrlichen Farben! Sollte ich nicht noch einen Tag bleiben? Ich könnte morgen eine längere Bergwanderung unternehmen. Erst am Montag muß ich wieder im Institut sein. Aber meine Frau wäre böse, wenn ich erst am Sonntag zurückkäme. – Ach nein, sie ist morgen sowieso nicht zu Hause, da sie zu einem Klassentreffen reist. Also kann ich ruhig bleiben.*
>
> *Auf der anderen Seite: Morgen hat meine Tochter Geburtstag. Wenn ich nicht da wäre, fiele die übliche Familiengeburtstagszeremonie mit Kuchen, Kerzen und festlichem Frühstück aus oder fände doch nur in reduzierter Form statt. Das würde wohl dazu führen, daß Stephanie sehr traurig wäre.*
>
> *Nun ja, man könnte ja anrufen! Man könnte Stephanie erklären, daß man gern noch einen Tag länger bleiben würde. Sie hätte sicherlich Verständnis dafür! An sich wäre es fast dumm, diese Gelegenheit zu einem eintägigen Sonderurlaub verstreichen zu lassen. Denn sonst erreicht man die Berge nur nach längeren und kostspieligen Fahrten; jetzt habe ich sie direkt um mich herum.*
>
> *Sicher hätte sie Verständnis dafür, sie würde sofort sagen: «Bleib doch da!» Aber traurig wäre sie dennoch. Dazu kenne ich sie gut genug. Aber wenn nun morgen schlechtes Wetter wäre? Dann würde die Bergwanderung ins Wasser fallen. – Na ja, dann könnte ich nach Trient fahren. Trien-*

> *ter Konzil ... Das wollte ich mir immer schon einmal ansehen.*
> *Andererseits: Es wäre ja doch ganz günstig, den Sonntag noch zur Verfügung zu haben, um Papiere zu ordnen, Briefe zu diktieren, die durch diese vierzehntägige Sommerakademie liegengeblieben sind, an dringenden Publikationen zu arbeiten. Sonst wird es am Montag sehr eng ...*
> *Fahr ich lieber nach Hause!*

Ich habe das Gefühl, daß diese Entscheidung frei getroffen wurde, daß die Fahrt nach Hause die bessere der beiden Alternativen ist, daß ich mich hätte anders entscheiden können, daß nichts mich bei meinem Entschluß eingeschränkt hat.

Das ist also eine freie Entscheidung! Was ist daran eigentlich frei?

Zunächst einmal: Indeterminiert ist hier überhaupt nichts. Ausgehend von einem Konflikt zwischen zwei Handlungsmöglichkeiten, entfaltet sich ein Bild der gesamten Situation. Dieses ist zunächst nicht klar vorhanden, sondern wird durch eine Reihe von Denkprozessen entwickelt. Alles wird durch einen Konflikt ausgelöst: Molveno oder nicht?

Und dann entfalten sich die Folgen und die Möglichkeiten der Situation. In der Abbildung 7.27 sieht man die einzelnen Stationen des Geschehens; die durchgezogenen Pfeile stellen die zeitliche Folge dar. Und die mit + oder – gekennzeichneten Pfeile zeigen, ob die einzelnen Argumente dem Gewicht der beiden Handlungsalternativen etwas hinzufügen oder abziehen. Die Erwägung der Möglichkeit einer Bergtour steigert das Gewicht der Handlungsalternative «Molveno»; späterhin wird dieses Gewicht durch die Erwägung der Möglichkeit eines Wetterumschwungs gemindert.

Man kann den gesamten Prozeß als einen Dialog zweier «Anwälte» verstehen; der eine vertritt die Molveno-, der andere die Nach-Hause-Partei. Der Molveno-Anwalt hat das Bestreben, den Wert der Handlungsalternative «Molveno» zu erhöhen und den von «Nach Hause» zu senken. Er malt also die Freuden der Bergtour aus und weist andererseits darauf hin, daß man zu Hause nicht gebraucht wird. Der Nach-Hause-Anwalt argumentiert genau in die entgegengesetzte Richtung.

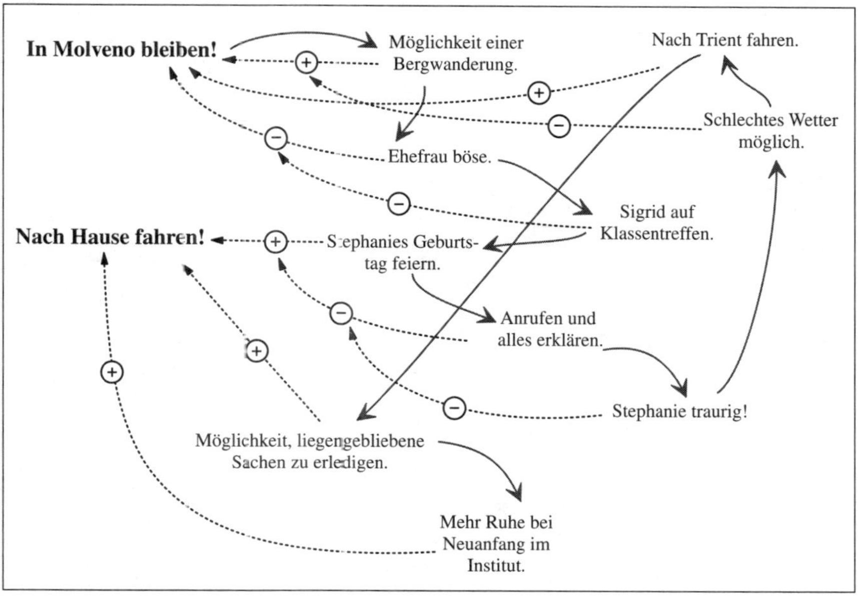

Abbildung 7.27 Der Molveno-Prozeß

Wir sehen in der Abbildung 7.27, daß sich die beiden Anwälte in ihrer Argumentation abwechseln. Nachdem der Molveno-Anwalt die Bergtour gepriesen hat, hält der Nach-Hause-Anwalt mit der Wahrscheinlichkeit ehelichen Zwistes dagegen. Dieses Argument wird aber von dem Molveno-Anwalt leicht entkräftet («Klassentreffen!»). Nun aber setzt der Nach-Hause-Anwalt mit dem Geburtstag der Tochter schwere Munition ein. Die relativ matte Verteidigung des Molveno-Anwalts («Anrufen!») wird durch den Nach-Hause-Anwalt leicht über den Haufen geworfen («Tochter dennoch traurig!»). Der Nach-Hause-Anwalt setzt mit einem Flankenangriff auf die Bergtour nach («Wetterumschwung»); sein Kontrahent antwortet mit dem Trient-Argument. Der Prozeß endet mit dem Hinweis auf die enorme Menge unerledigter Verpflichtungen, und das ist der letzte, entscheidende Schlag. Der Nach-Hause-Anwalt entscheidet den Kampf für sich.

Diesen ganzen Prozeß kann man leicht formalisieren. Abbildung 7.28 zeigt einen Algorithmus für diese Form der Elaboration einer Entschei-

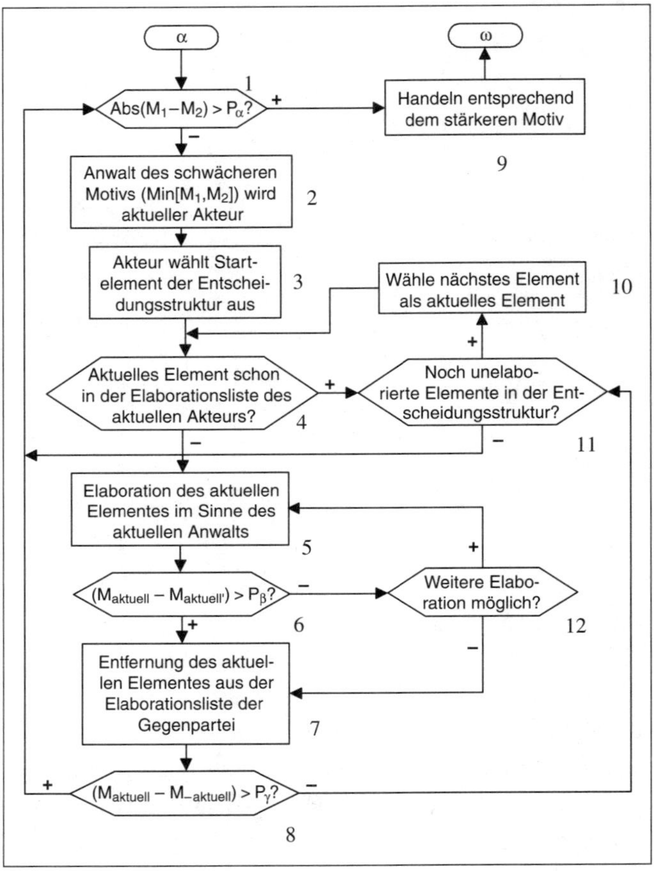

Abbildung 7.28 Der antagonistische Dialog

dungssituation in Gestalt eines «antagonistischen Dialogs». Es gibt in unserem Fall zwei Motive, nämlich das Molveno- und das Nach-Hause-Motiv. Ihre jeweilige Stärke, im Flußdiagramm mit M_1 und M_2 bezeichnet, sei zum einen von der *Stärke des Bedürfnisses*, welches vermindert beziehungsweise dessen Auftreten verhindert werden soll, und zum anderen von der *Wahrscheinlichkeit* abhängig, mit der Verminderung beziehungsweise Vermeidung auftreten kann. Die Stärke eines Motivs wird also gemäß dem *Erwartung-mal-Wert-Prinzip* bestimmt. Die Stärke des Molveno-Motivs zum Beispiel hängt davon ab, welches Gewicht die positiven Zustände haben, die sich als direkte oder indirekte Folgen einstellen, und wie wahrscheinlich es ist, daß der Aufenthalt in Molveno zu diesen positiven Umständen führt. Außerdem sollten die negativen Folgen schwach beziehungsweise unwahrscheinlich sein. Wahrscheinlichkeit und Gewicht sind multiplikativ miteinander verbunden.

In gleicher Weise hängt die Stärke des Nach-Hause-Motivs davon ab, welches Gewicht die positiven Folgen der Heimfahrt haben und mit welcher Wahrscheinlichkeit sie eintreten werden. Und natürlich sollten sich aus der Fahrt nach Hause möglichst geringe negative Folgen ergeben, oder es sollten diese sehr unwahrscheinlich sein.

Der Prozeß beginnt (und endet gegebenenfalls) mit der Abfrage, ob die Differenz beider Motivstärken größer als P_α sei. Ist dies der Fall, dann hat ein Motiv «gesiegt», und es wird dementsprechend gehandelt. (P_α sei dabei ein Parameter, dessen Wert durch andere Prozesse bestimmt wird, zum Beispiel durch die *Bedeutsamkeit* der Entscheidung. Ein Ehekonflikt wiegt wohl meist schwerer als die Frage, ob man noch ein Stück Sahnetorte essen soll oder aber, der «schlanken Linie» wegen, lieber nicht. Ich werde auf die Abhängigkeit von P_α von anderen Prozessen noch eingehen.)

Ist nun die Differenz der beiden Motivstärken kleiner als P_α, so beginnt ein Prozeß der Redetermination. Mario von Cranach (1996) würde in diesem Fall von einer «Unterdeterminiertheit» der Entscheidung sprechen. Die Stärke der beiden Motive ist allzu ähnlich, und deshalb ist unklar, ob nicht bei einer näheren Betrachtung das gerade schwächer erscheinende doch das stärkere wäre. – Redetermination bedeutet, daß man versucht, die Bedingungen für die Wahl einer Handlungsalternative zu verändern, sie neu oder erweitert festzulegen.

Gemäß dem Flußdiagramm übernimmt zunächst der «Anwalt» der gerade schwächeren Partei die aktive Rolle (2). Das ist der Molveno-Anwalt. Seine Handlungen bestehen darin, daß er die *Entscheidungsstruktur* zu verändern sucht, das Geflecht von Erinnerungen, Assoziationen und Antizipationen, die mit den beiden Motiven zusammenhängen. Abbildung 7.27 zeigt die Entwicklung dieser Entscheidungsstruktur, deren Veränderung darin besteht, daß der jeweils aktive «Anwalt» entweder neue Zweige anfügt oder schon vorhandene Zweige modifiziert.

In unserem Beispiel ist der Anwalt der schwächeren Partei zum Akteur geworden; er hat «Rederecht» für sein Plädoyer. Dieses folgt einem ganz bestimmten Schema. Der Anwalt begibt sich zunächst zu einem beliebigen Element der Entscheidungsstruktur, zum Beispiel zum «Startelement», der eigenen Handlungsalternative. In unserem Fall wäre dies die Möglichkeit der Bergtour, die einen weiteren Aufenthalt in Molveno verlockend erscheinen läßt. Er überprüft nun, ob sich dieses Element schon in seiner *Elaborationsliste* befindet. Diese ist zunächst einmal leer, und somit ist das aktuelle Element dort noch nicht zu finden. Also wird im Flußdiagramm der Abbildung 7.28 nun der Weg nach unten beschritten. Dann folgt der wichtigste Teil, nämlich die *Elaboration* des aktuellen Elements.

Was bedeutet «Elaboration»? Der jeweils aktive «Anwalt» trachtet danach, seine eigene Position zu stärken und die des Gegners zu schwächen. Dies kann er in verschiedener Weise erreichen: Ist das Element der Entscheidungsstruktur, mit dem er sich gerade befaßt, eine Operation oder ein Geschehnis, so kann er versuchen, die Wahrscheinlichkeitsschätzung dafür zu erhöhen, daß die Operation beziehungsweise das Geschehnis zu einem Ergebnis führt, das für ihn günstig ist. Oder er kann versuchen, die Wahrscheinlichkeit eines Ergebnisses, das seinem «Gegner» Vorteile bringt, zu senken. Dies geschieht zum Beispiel in der Entscheidungsstruktur der Abbildung 7.27 dadurch, daß dem «Anti-Molveno»-Anwalt «einfällt», es könnte ein Wetterumschwung eintreten, womit die Wahrscheinlichkeit, daß es zu den mit der Bergtour verbundenen schönen Erlebnissen kommt, vermindert würde. Dieser Einfall senkt den Wert der Handlungsalternative «Molveno».

Man kann fragen, auf welche Weise unseren «Anwälten» Einfälle in den Sinn kommen. Wenn wir die Genese einer Entscheidung vollständig algorithmisieren wollen, müssen natürlich auch die Einfälle algorithmisiert werden. Die einfachste Form eines Einfalls könnte einfach die Assoziation sein. Der aktive «Anwalt» sucht also den Gedächtnisumkreis des gerade behandelten Elements der Entscheidungsstruktur nach passenden Ergänzungen ab. Dies könnte gemäß dem ARASKAM-Prozeß (siehe «Die Flöhe der Moros», Seite 712 ff.) geschehen. Man könnte den «Anwälten» aber auch Inferenzprozesse nahelegen oder die Initiierung ganzer Forschungsprogramme zur Ergänzung einer unvollständigen Struktur. Darauf will ich aber hier im einzelnen nicht eingehen.

Ist das Element der Entscheidungsstruktur ein Zustand, so kann der jeweilige Anwalt versuchen, den Wert des von der Gegenseite angestrebten Ziels zu mindern. In unserem Fall könnte der Nach-Hause-Anwalt zum Beispiel die Bedeutung der Trientiner Sehenswürdigkeiten schmälern (was er nicht tut). Wenn es sich aber um einen Zustand handelt, der für die eigene Partei positiv ist, so sollte er bestrebt sein, diesen Zustand weiter aufzuwerten. Dies kann dadurch geschehen, daß er nach Merkmalen sucht, die dem entsprechenden Zustand ein größeres positives Gewicht verleihen. Der Molveno-Anwalt könnte also auf die Tatsache hinweisen, daß dieser Kurzurlaub außerordentlich preisgünstig wäre (und das tut er auch!).

Somit gibt es vier Möglichkeiten der Elaboration einer Entscheidungsstruktur:

1. Erhöhung der Wahrscheinlichkeit, daß eine Operation oder ein Geschehnis zu einem Ergebnis führt, welches für die eigene Partei günstig ist. Dies kann durch Ermittlung von Umständen erreicht werden, unter denen ein bestimmtes Vorgehen oder Geschehen größere Erfolgschancen hat.
2. Senkung der Wahrscheinlichkeit, daß eine Operation oder ein Geschehnis zu einem Ergebnis führt, das für die eigene Partei ungünstig ist.
3. Erhöhung des Wertes einer Situation, wenn ein hoher Wert für die eigene Partei günstig ist, durch die Suche nach weiteren positiven Merkmalen oder durch die Ermittlung positiver Folgen.
4. Senkung des Wertes einer Situation, wenn ein hoher Wert für die eigene Position ungünstig ist, durch die Suche nach (weiteren) negativen Merkmalen oder durch die Ermittlung negativer Folgen.

Gemäß dem Flußdiagramm der Abbildung 7.28 arbeitet jeder Anwalt so lange an einem Element der Entscheidungsstruktur, wie er Fortschritte machen kann (Abfrage in 6: $[M_{aktuell} - M_{aktuell'}] > P_{\beta}$?, das heißt: Hat sich die Stärke des aktuellen Motivs im Vergleich zum vorausgegangenen Zeitpunkt erhöht? Dabei ist P_β ein Parameter, der einen Wert größer als null haben soll; er bestimmt, bei welchem Ausmaß der Vergrößerung der Motivstärke [aktuelle Motivstärke minus vorhergehende aktuelle Motivstärke] die Elaboration des gerade aufgegriffenen Themas beendet wird, und könnte zum Beispiel von der Bedeutsamkeit des Konflikts abhängen.) – Kann der jeweils aktive Anwalt ein Element nicht mehr elaborieren, so geht er entweder zum nächsten Element über, wenn er meint, noch nicht genügend Fortschritte gemacht zu haben (8: $[M_{aktuell} - M_{-aktuell}] > P_\gamma$?, wobei P_γ ebenfalls ein Parameter größer als null ist, der bestimmt, bei welchem «Vorsprung» vor dem Kontrahenten [aktuelle Motivstärke minus Stärke des nicht aktuellen Motivs] der gerade plädierende Anwalt sein Plädoyer beendet; auch P_γ könnte zum Beispiel von der Bedeutsamkeit des Konflikts abhängen und einen um so größeren Wert annehmen, je gewichtiger der Konflikt ist), und wenn noch nichtbehandelte Elemente übrig sind (Übergänge 7→8→11→10 im Flußdiagramm; die Einheit 7 ist notwendig, damit der Anwalt der Gegenpartei das nun neu elaborierte Element wieder behandeln kann – es hat sich ja verändert). Glaubt er dagegen, seinen Standpunkt genügend stark gemacht zu haben (8: $[M_{aktuell} - M_{-aktuell}] > P_\gamma$!), so bricht er ab, und nun ist entweder der ganze Prozeß zu Ende, nämlich, wenn die Stärke des aktuellen Motivs deutlich über der Stärke des anderen Motivs liegt (1: Abs $[M_1 - M_2] > P_\alpha$!) – wobei «Abs $(M_1 - M_2)$» den Absolutwert der Differenz zwischen M_1 und M_2 bedeutet –, oder der Gegenanwalt übernimmt die Rolle des aktiven Anwalts (2 im Flußdiagramm).

Ich meine natürlich keineswegs, daß im Kopf von Ψ kleine Anwälte vor einem Gericht agieren. «In Wirklichkeit» stellt sich vielmehr der gesamte Prozeß als ein System von alternierenden *Selbstbefragungen* dar. Ψ fragt sich (besser: «es» fragt sich in Ψ), ob denn ein bestimmtes Ereignis der Elaborationsliste Vorläufer anderer, positiver oder negativer Ereignisse sein könnte; es fragt sich also: «Was folgt?» («Wenn Aufenthalt in Molveno, dann Möglichkeit einer Bergtour!») Oder es fragt sich, ob ein bestimmter Zustand, von dem es annehmen muß, daß er mit einer bestimmten Wahrscheinlichkeit eintreten wird, vielleicht noch andere Teile hat, die positiv oder negativ bewertet werden müssen. – Eine Bergtour bringt nicht nur schöne Aussichten auf emporragende Felswände und grüne Täler, sondern

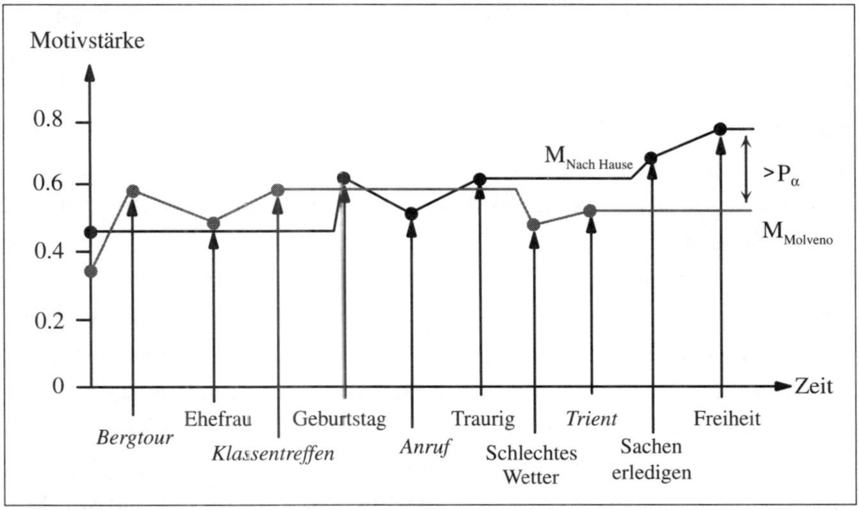

Abbildung 7.29 Veränderung der Motivstärken im Verlauf des Molveno-Konflikts

auch pfeifende Lungen und Blasen an den Füßen! – Oder es wird gefragt, ob ein bestimmtes Geschehnis wirklich nur von den bislang schon ermittelten Bedingungen abhängt oder nicht vielleicht noch von anderen, die die Wahrscheinlichkeitsschätzung dafür, daß das Geschehnis eintritt, erhöhen oder senken. Ψ fragt sich: «Was geht voraus?» Der gesamte Prozeß ist also eine alternierende Selbstbefragung, ein interner Dialog der Seele mit sich selbst, und könnte ohne Sprachbefähigung nicht stattfinden.

Die Elaboration regelt die Stärke des jeweiligen Motivs dadurch, daß die Erwartung-mal-Wert-Bilanz (siehe Seite 445) verändert wird. Abbildung 7.29 zeigt diese Veränderung für die beiden Motive unseres Beispiels. Zunächst unterscheiden sich beide Motivstärken nur geringfügig. Dann folgen die «Bergtour-Elaboration» des Molveno-Anwalts, die die Stärke des Molveno-Motivs erhöht, und der «Gegenschlag» des Nach-Hause-Anwalts mit dem Hinweis auf den möglichen Ehezwist, der das Molveno-Motiv abschwächt. Allerdings wird dieses Argument wiederum durch die «Klassentreffen-Elaboration» des Molveno-Anwalts ihres Hintergrundes beraubt. Und so fort. (In der Abbildung 7.29 findet man die Molveno-Argumente unten kursiviert angegeben, die Nach-Hause-Argumente in gerader Schrift. – Die Linien geben die Veränderungen der Motivstärken nicht in allen Feinheiten wieder. Kleine Schwankungen während des Plädoyers der Anwälte oder auch durch schlichtes Vergessen sind nicht dargestellt.)

Ziel des ganzen Geschehens ist die Vergrößerung der Differenz der beiden Motivstärken auf einen Betrag größer als P_α. In unserem Beispiel wird dieses Ziel erreicht.

Gewöhnlich wird der antagonistische Dialog zu einer ständigen Erweiterung der Entscheidungsstruktur führen. An die Situationen werden neue Operatoren oder Geschehnisse geknüpft, die sich immer mehr verzweigen. Die Wahrscheinlichkeiten, mit denen man von einer Situation zur anderen kommt, verändern sich, ebenso wie die positiven beziehungsweise negativen Gewichte der Situationen. Mit dieser Entfaltung der ganzen Entscheidungsstruktur wandelt sich ständig die Bilanz der beiden alternativen Motive und somit die Tendenz zur Realisierung der einen oder der anderen Absicht. Die Determinanten für «Molveno» einerseits und «Nach Hause» andererseits werden um- oder redeterminiert. Abbildung 7.29 zeigt, wie sich die Bilanzen der beiden Absichten durch die Plädoyers der Anwälte verändern. Bei der zehnten Argumentation ist die Differenz zwischen den Motiven so groß, daß der Abbruch erfolgt (und ich nach Hause fahre).

Der Prozeß des «antagonistischen Dialogs», wie er im Flußdiagramm der Abbildung 7.28 dargestellt ist, könnte prinzipiell bis in alle Unendlichkeit laufen, was es natürlich zu verhindern gilt. Wie können wir den Prozeß terminieren, wenn er nicht selbst zu einem Ende kommt? Zum einen bricht der Prozeß natürlich (zumindest zeitweise) ab, wenn ein anderes Motiv stärker wird als das Motiv, den Konflikt zu beenden. Das geschieht aufgrund der Regulation, deren Programmierung für die Ψs ich in den Abschnitten «‹First things first› noch anders» (Seite 446ff.) und «Kritizität und ‹Flatterrauschen›» (Seite 457ff.) geschildert habe. Folgende andere Terminierungen sind denkbar:

1. Der Prozeß wird «ordnungsgemäß» zu einem Ende kommen; im Beispiel tritt dieser Fall ein, wenn die Differenz der beiden widerstreitenden Motive hinreichend groß, also größer als P_α ist (1→9). In einer solchen Situation findet das statt, was Ach (1905) den «Willensimpuls»

genannt hat. Das Individuum entscheidet sich zugunsten der einen, nunmehr überwiegenden Alternative. Heckhausen und Kuhl (1985) sprechen von einem «Action Launching Impulse» (ALI). Im Flußdiagramm der Abbildung 7.28 wäre der ALI der positive Ausgang des Prüfprozesses 1, also eine Differenz der widerstreitenden Motivstärken, die größer als P_{α} ist.

2. Gar nicht selten wird es vorkommen, daß der antagonistische Dialog lange andauert. Nun lähmt ein langfristiger Konflikt die Handlungsfähigkeit eines Individuums gründlich: Zum einen kann es in einer Konfliktsituation nichts tun, weil es eben nicht weiß, was es tun soll. Zum zweiten wird der Konflikt, wenn er schwerwiegend ist und nicht nur die Frage betrifft, ob man abends ins Kino oder aber ins Theater gehen soll, alle «seelischen Kräfte» des Individuums mobilisieren, und es wird kein Raum mehr für andere Beschäftigungen bleiben. «Technisch» gesehen ist in solchen Fällen der Antrieb, den Konflikt zu lösen, so stark, daß er im Prozeß der Absichtsselektion (siehe den Abschnitt «Was tun?», Seite 440ff.) ständig siegt. – Jeder, der einmal einen schwerwiegenden Konflikt durchlebt hat, wird dies bestätigen können. Wie ein Krebsgeschwür saugt er alle seelischen Kräfte auf. Außer dem antagonistischen Dialog findet kaum noch etwas anderes statt. Und dadurch akkumulieren sich die unerledigten Absichten, und zugleich entleert sich der Kompetenzspeicher; subjektiv stellt sich das «Gefühl» der Unzulänglichkeit ein. Ein Resultat könnte schließlich der «Nervenzusammenbruch» sein, dumpfe Resignation.

   Statt dessen könnte auch leicht ein «Metakonflikt» entstehen: Soll ich weiterhin versuchen, den primären Konflikt zu lösen, oder aber zum Beispiel nach der Devise verfahren: «Lieber ein Ende mit Schrecken als ein Schrecken ohne Ende?» Ein schwelender Konflikt wird als bedrohlich und belastend empfunden, und die Unlust baut sich mehr und mehr auf. (Ψ-mäßig ausgedrückt: Die Kompetenz sackt immer weiter ab.) Nun mag es geschehen, daß eine Person des end-, weil entschlußlosen Grübelns überdrüssig wird. Es akkumuliert sich einfach zuviel Unlust, was schließlich eine «Ende mit Schrecken»-Reaktion auslösen mag. «Lieber *irgendwas* tun als gar nichts; in diesem Konflikt weiter zu verharren richtet mich zugrunde.» In unserem Beispiel entsteht also ein Metakonflikt: Weiter an der Konfliktlösung «Molveno oder nach Hause?» arbeiten oder den gesamten Prozeß «mit Gewalt» abbrechen und sich zu irgendeiner Handlung entschließen?

Formal könnte dieser neue Konflikt genauso behandelt werden wie der ursprüngliche. Nur die Objekte des Selbstgesprächs sind nun andere. Statt sich mit der Frage zu befassen, ob man nach Hause fahren soll oder nicht, denkt man nun darüber nach, ob man weiter darüber nachdenken soll, ob man nach Hause fahren soll oder nicht. Dieses Nachdenken ist von derselben Beschaffenheit wie das Nachdenken über «Molveno oder nach Hause». Es hat also ebenfalls die Form des «antagonistischen Dialogs», nur vertritt hier der eine Anwalt die Partei «Antagonistischen Dialog über Molveno oder nach Hause fortsetzen!», der andere die Partei «Abbrechen! Münze werfen!» Beide versuchen, die eigene Position zu stärken und die des Gegners zu schwächen, und auch in diesem Metakonflikt kann es irgendwann einmal dazu kommen, daß die Stärke der Argumente der einen Partei die Stärke der Argumente der anderen um den Schwellenwert P_α übertreffen. Und dann geht es eben weiter mit der Molveno-Grübelei oder auch nicht.

Theoretisch kann das natürlich immer so weitergehen. Dem Metakonflikt kann man einen Meta-Metakonflikt überlagern, was heißt, daß man darüber nachdächte, ob man damit fortfahren soll, darüber nachzudenken, ob man den Prozeß «Molveno oder nach Hause?» weiter bearbeiten oder lieber abbrechen soll. Tatsächlich werden aber wohl die Metakonflikte, je höher man kommt, immer ärmer und inhaltsleerer. Und so scheint es mir unwahrscheinlich, daß die Schachtelung der Metakonflikte allzu weit geht.

3. Und schließlich kann der gesamte Prozeß gewissermaßen auf die nächsthöhere Etage des *Nachdenkens über die Methoden* klettern; statt des Versuchs, den Konflikt durch den antagonistischen Dialog zu lösen, mag es dazu kommen, daß man darüber nachdenkt, *wie* der Konflikt zu lösen ist. Die Form des antagonistischen Dialogs wird selbst zum Objekt der Betrachtung.

   Der antagonistische Dialog stellt ja auch nichts anderes dar als eine

Folge von Operatoranwendungen, deren vier Grundformen ich bereits genannt habe: Erhöhung der Schätzung der Wahrscheinlichkeit, mit der ein Operator zu einem positiven Ende führt, Senkung der Schätzung der Wahrscheinlichkeit, mit der ein Operator oder ein Geschehnis zu einem negativen Ergebnis führt, Erhöhung des Wertes eines Zustands durch Hinzufügung von anderen positiven Merkmalen oder Folgen, Senkung des Wertes eines ungünstigen Zustands durch Hinzufügung von Negativmerkmalen. Eine Betrachtung der Form dieser Operationen kann in eine Umgestaltung des Redeterminationsprozesses, also in eine «Redetermination der Redetermination», münden: Vielleicht entdeckt man durch die Analyse des vergangenen Ablaufs des antagonistischen Dialogs, daß beide Anwälte sehr einseitig argumentieren; der eine hat hauptsächlich die Familie im Sinn, der andere arbeitet auf die Maximierung des «egoistischen» Genusses hin. Eine Inspektion des antagonistischen Dialogs kann «Angewohnheiten» der Anwälte zutage fördern, die letztlich in den persönlichen Wertsystemen verankert sind.

Das kann schmerzlich sein, denn solche Entdeckungen wie die einer «egoistischen Einstellung» gefährden die eigene Kompetenz; ein Egoist ist nicht beliebt, hat also – technisch gesprochen – affiliative Schwierigkeiten. – Ψ aber hat die allgemeine Tendenz, Schmerzen zu vermeiden. Also könnte es die weitere Selbsterkundung einstellen, wenn es in die Nähe solcher schmerzerzeugenden Erkenntnisse gerät. Verdrängung nennen das die Psychoanalytiker; man könnte es auch den Raskolnikow-Abbruch der Selbsterkundung nennen (siehe Seite 791).

Aufgrund solcher Entdeckungen kann der antagonistische Dialog umgestaltet und in Zukunft ganz anders durchgeführt werden. Der Molveno-Anwalt könnte dann beispielsweise die – «unegoistische» – Möglichkeit in Betracht ziehen, die ganze Familie nach Molveno zu holen.

Die Grundlage dieser Inspektion des antagonistischen Dialogs kann der Prozeß des «Ausfällens des Gemeinsamen» sein (Duncker 1935), die Identifizierung der Merkmale, die einer Reihe von Operationen gemeinsam sind («Bergtourbezogenheit» also im Beispielsfall), und der Wechsel dieser Merkmale bei

> zukünftigen Prozessen. In einem früheren Aufsatz (Dörner 1978) habe ich das «Ausfällen des Gemeinsamen» einmal als Grundform der verändernden Selbstreflexion charakterisiert. – Ich meine weiterhin, daß diese einfache Denkfigur der zentrale Motor der Selbstmodifikation von Denkprozessen sein kann.

Diese «Redetermination der Redetermination» kann Erkenntnisse über das eigene Selbst zutage fördern – im Molveno-Fall also zum Beispiel: «Dein egoistisches Genußstreben ist fast so hoch wie dein Affiliationsbedürfnis.» Solche Erkenntnisse werden das *Selbstbild* erweitern und verändern. Die Selbstanalyse könnte auch ans Licht bringen, was man zu vermeiden trachtet, wovor man sich fürchtet, was man sich zutraut und was nicht. – So haben also die Ψs_{cL} mit der Fähigkeit zur Meta-Redetermination die Fähigkeit zur Selbsterkenntnis und, wenn sie sich ihre Selbsterkenntnisse merken, die Fähigkeit zur Konstruktion eines Selbstbildes (als Gedächtnisakkumulation der Selbsterkenntnisse) erworben. Das bringt natürlich ganz neue Züge in ihr Seelenleben, die uns noch ein wenig beschäftigen werden.

So könnte der Prozeß in vielfacher Weise weiter- oder zu Ende gehen. Welche Richtung er nimmt, hängt davon ab, wie sich die ursprüngliche Entscheidungsstruktur entfaltet und wie lange der Prozeß dauert. Der antagonistische Dialog endet mit einem Entschluß (Ausgang 9 im Flußdiagramm) oder mit einem Metakonflikt oder einer Meta-Redetermination (die Alternativen 2 und 3 der obenstehenden Liste).

Was sollte nun determinieren, mit welcher dieser beiden Alternativen der Prozeß fortgesetzt wird? Wir könnten die anwachsende Unlust (= absinkende Kompetenz) als entscheidende Determinante wählen. Hat der Frust über den andauernden Konflikt, die Präokkupation, die er erzeugt, also die Verdrängung aller anderen psychischen Gegenstände, ein allzu großes Ausmaß angenommen, wird es zu einem Metakonflikt kommen; man wird sich überlegen, ob es Sinn macht, den antagonistischen Dialog fortzusetzen. Ist dies nicht der Fall, wird eher eine «Meta-Redetermination» einsetzen (und von da aus vielleicht eine «Meta-Meta-Redetermination»; man kann ja auch noch die Art und Weise betrachten, wie

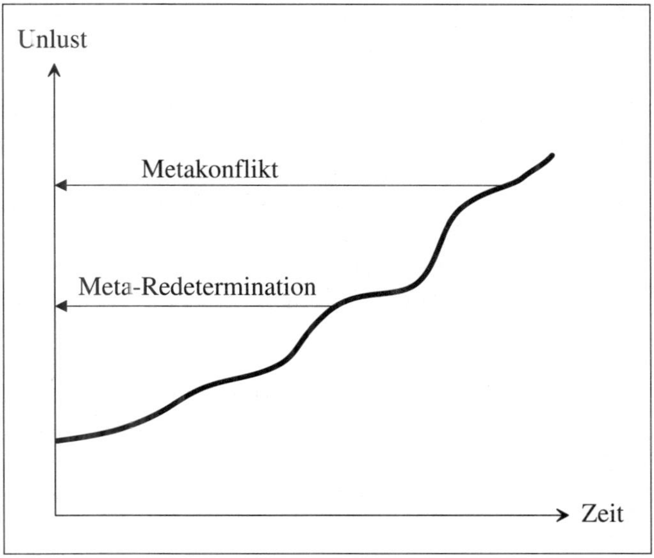

Abbildung 7.30 Die Abhängigkeit der Form einer Konfliktbeendigung vom Grad der akkumulierten Unlust

man die Art und Weise betrachtet, wie der antagonistische Dialog stattfindet), also eine kritische Betrachtung der Methoden, deren man sich bedient, um zu einer Entscheidung zu gelangen. Abbildung 7.30 zeigt diese Abhängigkeit des Überganges zu einem Metakonflikt (oder einer Meta-Redetermination) von der wachsenden Unlust (der absinkenden Kompetenz).

Außer durch die Übergänge auf die Metaebene könnte der Prozeß des antagonistischen Dialogs auch durch die Veränderung der Parameter P_α, P_β und P_γ moduliert werden. Beispielsweise könnte neben der Wichtigkeit des Konflikts (darauf bin ich schon eingegangen) noch der Zeitdruck, also die Dringlichkeit einer Entscheidung, für die Größe von P_α, P_β und P_γ von Bedeutung sein, denn der antagonistische Dialog kommt um so schneller zu einem Ende, je kleiner die Werte dieser Parameter sind. – Eine Theorie über den Ablauf von Redeterminationen sollte solche Modulationen der Parameter durch Faktoren wie Zeitdruck und Wichtigkeit mit einbeziehen. Ich will jedoch auf die genaue Form solcher Modulationen der Parameter P_α, P_β und P_γ durch die Gesamtkonstellation der jeweiligen Umstände der Entscheidungsfindung hier nicht weiter eingehen. Vermutlich bestimmen sie sich allein durch die Gefühlsregulation der Modulatoren (siehe «Auf welche Weise tun?», Seite 534ff.). Hier wird ja zum Beispiel der Auflösungsgrad bei steigender Dringlichkeit und auch bei wachsendem Bedürfnisdruck herabgesetzt. Senkung des Auflösungsgrades bedeutet, daß die Anzahl der betrachteten Komponenten einer Situation relativ größer erscheint, als sie wirklich ist (siehe «Wie und was?», Seite 175ff.; was dort über die Entdeckung von Gleichheit gesagt wurde, gilt auch für die Entdeckung von «positiven» Bestandteilen der Situation; je geringer der Auflösungsgrad, um so größer die Wahrscheinlichkeit, nur oder vorwiegend positive Elemente zu betrachten, wenn diese sowieso überwiegen). Und dadurch werden die Abstände zwischen den konkurrierenden Motiven größer, und ihr Unterschied erreicht eher die Schwelle P_{α}. – Es wird – nebenbei – ziemlich schwer, das Verhalten von Ψ vorauszusagen, wenn es zum einen aufgrund der Sprachbegabung zur Redetermination fähig ist und wenn zusätzlich noch das Modulatorensystem der Abbildung 6.16 (Seite 538) arbeitet.

So viel also zum «freien Willen». Er zeigt sich als völlig determinierter Prozeß der Redetermination. Im Kern ist alles ganz einfach (was keineswegs einen unkomplizierten Ablauf bedeutet). Eine «freie» Entscheidung ist im Gegensatz zu einer unfreien dadurch gekennzeichnet, daß ihr ein Prozeß der Redetermination vorausgeht. «Im Affekt» werden Entscheidungen unfrei, da sie dann nicht mehr reflektiert werden; es findet keine Redetermination mehr statt. Bei den Ψs heißt «im Affekt» zum Beispiel hoher Bedürfnisdruck, große Wichtigkeit und daher niedriger Auflösungsgrad, hohe Aktiviertheit. Dann gibt es, da die Folgen der Handlungen nicht mehr bedacht werden, keinen Konflikt, sondern sofortige Aktion. – Und vor Gericht sind die Ψs für solche Aktionen nicht verantwortlich.

Wenn aber der Prozeß der Redetermination gründlich durchlaufen wurde, so wird sich Ψ auch deshalb «befreit» fühlen, weil die vorher noch vorhandenen Unbestimmtheiten über den Wert der Dinge und den Gang der Ereignisse beseitigt worden sind. «Bergtour? Schön!» ist ein viel unbestimmteres Urteil als: «Bergtour: herrlicher Ausblick, Anstrengung,

Schwitzen, aber dann ein Bier auf der Hütte! Und der Sonnenuntergang! Und das Gefühl: fünfzehnhundert Meter Anstieg? Das *kannst* du!»

Zu Beginn dieses Abschnitts fragten wir uns: Wo liegt der Unterschied zwischen freien und unfreien Entscheidungen, wenn nicht in der Indeterminiertheit der einen und der Determiniertheit der anderen? Diese Frage können wir jetzt beantworten: Der Unterschied liegt in der *Art der Determination*!

Freie Entscheidungen ergeben sich aus dem ordnungsgemäßen Abschluß des antagonistischen Dialogs. Dieser kann durchaus einen Sprung auf die Metaebene der Methodenbesinnung (Meta-Redetermination) enthalten. Dagegen kann ein Metakonflikt zu einer durchaus «unfreien» Entscheidung in einem gewaltsamen Abbruch des antagonistischen Dialogs führen. Dieser bleibt dann unfertig; die Angelegenheit wird gewissermaßen nicht ausdiskutiert. (Auch das kann – in Grenzen – noch befriedigend sein: Es ging eben nicht anders, die Zeit reichte nicht, und eine Entscheidung mußte sein.) – Daß der Unterschied zwischen einer unfreien und einer freien Entscheidung in der Redetermination der Determinanten liegt, bringt meines Erachtens schon Sartre zum Ausdruck, wenn er – siehe das Motto dieses Abschnitts – dem freien Willen nicht den Determinismus, sondern den Fatalismus gegenüberstellt. Denn Fatalismus bedeutet, daß man die primären Determinanten ohne weitere Reflexion akzeptiert.

Wenn wir uns diese Konzeption des «freien Willens» zu eigen machen, so setzen wir damit Kant ins Unrecht, der meint, daß der freie Wille des Menschen (als Voraussetzung für seine Sittlichkeit) den Naturgesetzen nicht unterworfen sei (Kant 1788, nach Herrmann 1995). Ließen wir den Algorithmus der Abbildung 7.28 samt Zubehör an Metakonflikten und Meta-Redeterminationen in einem Computer ablaufen, wäre er natürlich von den Naturgesetzen abhängig – und dennoch zeigte sich auf diese Art und Weise freier Wille.

Der Unterschied zwischen einstufiger und mehrstufiger Determiniertheit ist bedeutsam. Die Systeme, die wir gewöhnlich «Maschine» nennen, sind einstufig determiniert. Staubsauger, Bohrmaschinen, Kaffeeautomaten oder Spülmaschinen sind einstufige Gefüge von Kausalketten. Man dreht an irgendeinem Knopf, und dann bewegt sich irgend etwas, irgend etwas wird heiß oder kalt, irgend etwas rappelt oder dreht sich. Einfache Maschinen bestehen nur aus *einer* Kausalkette, zum Beispiel eine Kochplatte, kompliziertere aus vielen nebeneinanderliegenden Kausalketten, zum Beispiel «Lenkung» oder «Bremssystem» oder «Gas» beim Auto. Ein Staubsauger, ein Auto oder welches mechanische Gerät auch immer hängen von bestimmten Gesetzmäßigkeiten ab, die in ihrer Struktur festgelegt sind, und funktionieren entsprechend diesen Gesetzen. Der Staubsauger beginnt zu saugen, wenn man auf einen Knopf drückt, und er hört damit auf, wenn man noch einmal auf denselben Knopf drückt. Er erhöht seine Saugkraft, wenn man einen bestimmten Regler nach rechts, oder verringert sie, wenn man ihn nach links dreht. Das Verhalten des Staubsaugers ist vollkommen von diesen Determinationen abhängig. Den Konflikt «Soll ich jetzt arbeiten oder vielleicht doch besser nicht?» gibt es bei ihm nicht. Er kann sich auch nicht sagen: «Bislang bin ich Dussel immer angesprungen, sobald ein Benutzer auf den roten Knopf gedrückt hat; in Zukunft lasse ich das bleiben!»

Kompliziertere Maschinen weisen Wechselwirkungen zwischen den Kausalketten auf. Die Kausalkette von A nach B ist von anderer Beschaffenheit, wenn eine Variable C den Wert x, als wenn sie den Wert y hat. Betätige ich den «Tuner»-Knopf meiner Stereoanlage, dann tut sich gar nichts, wenn das Radio bereits eingeschaltet ist. Läuft dagegen der Plattenspieler, wird dieser nun aus- und das Radio eingeschaltet. Die Wirkung des Steuerungsknopfes «Tuner» am Gerät ist also abhängig von dem Zustand einer anderen Variablen. Solche Abhängigkeiten von Wirkungen bezeichnen wir gewöhnlich als Interaktionen. Es sind Abhängigkeiten zweiter Ordnung, nämlich Abhängigkeiten von Abhängigkeiten. Determinationen von Determinationen.

Solche Systeme, die Interaktionen aufweisen, sind durchaus «intelligenter» als einstufige Systeme. Stellen Sie sich ein Auto vor, dessen Verhalten nicht nur von Input-Variablen wie «Gashebelstellung», «Bremspedal», «Lenkradposition» abhängt, sondern das in diese Kausalketten eingreift. Es sagt sich also zum Beispiel: «Jetzt wird mein Gaspedal betätigt, ich soll also schneller werden, aber die Kurve, die da vor mir liegt, die ist ein bißchen sehr eng für die Geschwindigkeit, die ich erreichen soll, also ignoriere ich den Druck auf das Gaspedal!» (Statt das Auto Kurvenradien messen zu lassen, könnte man es auch mit einem Alkoholsensor versehen! Und mit den entsprechenden Eingriffsoptionen!) – Hätte ein Auto eine solche Möglichkeit der Übersteuerung seiner primären Kausalketten, dann wäre es einerseits autonomer, andererseits weniger beherrschbar. Man wüßte als Fahrer oft nicht, warum sich das Auto nun gerade so verhält und nicht anders. (Ich habe gehört, daß solche Phänomene im Zuge der Computerisierung der Steuerung von Verkehrsflugzeugen heute schon manchen Piloten Kopfzerbrechen bereiten.)

Die Ψs sind nun nicht nur zweistufig determiniert wie das gerade dargestellte hypothetische Auto, sondern n-stufig, und diese Tatsache bringt noch einen neuen Zug ins Spiel.

Die Meta-Redetermination, die Betrachtung der eigenen Methoden der Redetermination, bedeutet *Selbstreflexion*, kritische Stellungnahme zu den eigenen Formen der Informationsverarbeitung, kritische Analyse des antagonistischen Dialogs. Die Selbstreflexion impliziert die Fähigkeit zur Konstituierung eines *Selbstbildes;* dieses stellt sich bei der Meta-Redetermination von selbst ein, denn um die Methoden verändern zu können, muß man die Merkmale der bislang gebrauchten Methoden ermitteln (zum Beispiel die Angewohnheit des Molveno-Anwalts, «egoistisch» zu argumentieren).

Die Selbstreflexion ist an bestimmte Bedingungen gebunden. Sie bedarf eines ordentlichen *Protokollgedächtnisses*, das in relativ großer Dichte den abgelaufenen antagonistischen Dialog festhält, denn das ist die Grundlage, die Datenbasis, für die Betrachtung der eigenen Methoden und Tendenzen. Und dieses «dichte» Protokollgedächtnis ist, wie die Fähigkeit zum inneren Dialog, eine Folge der Sprachbegabung der Ψs_{cL}, konkret ein Produkt der Neigung, alles, was geschieht, durch (mehr oder minder) intensives, meist inneres Sprechen zu rekapitulieren, ein Produkt der «phonologischen Schleife». Mit diesem Protokollgedächtnis aber werden die Ψs_{cL} sich selbst zugänglich und können ihre eigenen Eigenschaften ermitteln, ihre Wertsysteme, Vorlieben und Abneigungen, ihre Argumentationsmuster. Das Protokoll der eigenen Tätigkeit, auch des eigenen Denkens, ist der Spiegel, in dem sie sich selbst betrachten können.

Selbstbetrachtung, Wahrnehmung der eigenen Eigenschaften, Konstituierung eines Selbstbildes: all das führt uns in die Nähe des Begriffs «Bewußtsein», der ja bei uns Menschen eng mit der Fähigkeit verbunden ist, sich selbst zum Gegenstand der Betrachtung zu machen. Wenn dazu auch die Ψs_{cL} in der Lage sind, haben sie dann Bewußtsein? Maschinen mit Bewußtsein: Der Gedanke ist ein wenig unheimlich, erscheint auch (wie zunächst der freie Wille) als eine Contradictio in adjecto; eine Maschine ist sich ihrer selbst per definitionem nicht bewußt! Dampfmaschinen, die ein Selbstbild haben, vielleicht eine «multiple Persönlichkeit» aufweisen, unter ihrem Selbstbild leiden, sich selbst nicht mögen? – Nein, bitte nicht!

Haben nun die Ψs_{cL} Bewußtsein? Im folgenden Abschnitt werden wir dieser Frage nachgehen.

Zum Abschluß dieses Abschnitts aber erscheint mir noch eine theoretische Randbemerkung angebracht: Es gibt in der Kognitionspsychologie Theorien der Steuerung von Denk- und Handlungsabläufen. Eine gute Übersicht bietet Rainer Kluwe (1995, 1996). Diese Theorien enthalten oft die Annahme, daß es mehrere übereinandergeschachtelte Steuerinstanzen für den Denkablauf gibt. Bei der Regulation der Steuerung des Denkens, die wir für die Ψs eingeführt haben, kommen wir gänzlich ohne eine Schachtelung von «Instanzen» aus, die einander überwachen und kontrollieren. Es gibt nur *eine* Denkinstanz; bei einem Metaübergang wechselt nicht die Instanz, sondern der Gegenstand. Es ist für unser Modell nicht notwendig, vier Ebenen der Verarbeitung zu unterscheiden, wie es Shallice (1992) tut, oder überhaupt eine endliche Anzahl von Ebenen oder einen eigenen Mechanismus der übergeordneten Steuerung und Kontrolle. Darin liegt meines Erachtens ein großer Vorteil, denn Ebenenmodelle des menschlichen Denkens zerschellen unweigerlich an den Klippen eines unendlichen Regresses. Menschen können darüber nachdenken, wie sie darüber nachdenken, wie sie darüber nachdenken ... Hier gibt es keine Grenze. Ψ_{cL} kennt gleichfalls keine Grenze der Schachtelungen; bei Ebenenmodellen mit einem «letzten» übergeordneten Steuer- und Kontrollsystem (siehe zum Beispiel Norman und Shallice 1986 oder Johnson-Laird 1988) kann es hingegen prinzipiell nicht zu einer unendlichen Schachtelung der Ebenen kommen.

Alle Theoretiker in der Psychologie, die ein oberstes «operating system» (Johnson-Laird 1988) oder ein «supervisory system»

(Norman und Shallice 1986) annehmen, müssen sich die Frage gefallen lassen, wie denn dieses «oberste» System seine eigenen Eigenschaften erkennt. – Für die Ψs_{cL} ergeben sich in dieser Hinsicht überhaupt keine Schwierigkeiten, denn der Redeterminationsprozeß ist *selbstreflexiv*. Der Prozeß erzeugt eine Entscheidung dadurch, daß die Determinanten der Entscheidung selbst wieder *überdacht* werden. Das «*Über*denken» ist ein Kennzeichen des Prozesses. Die eigenen Handlungstendenzen werden zum Objekt der Betrachtung. Die eigenen Denkschemata können zum Objekt des Denkens werden, indem zum Beispiel die Plädoyerstile der Anwälte erfaßt werden, wie ich es oben am Beispiel der Entdeckung der Wertsysteme der Anwälte gezeigt habe. Dieses Erkennen von Eigenschaften kann sich prinzipiell auf beliebig viele Stufen der Verarbeitung beziehen. Insofern gibt es für die Ψs_{cL} keine verschiedenen Kontrollsysteme, sondern allenfalls verschiedene Ebenen der Betrachtung.

Ignoramus – Ignorabimus! Oder: Das Bewußtsein der Kanonen

Es tritt nunmehr an irgendeinem Punkt der Entwicklung des Lebens auf Erden, den wir nicht kennen und auf dessen Bestimmung es hier nicht ankommt, etwas Neues, bis dahin Unerhörtes auf, etwas wiederum, gleich dem Wesen von Materie und Kraft, und gleich der ersten Bewegung Unbegreifliches … Dies neue Unbegreifliche ist das Bewußtsein. Ich werde jetzt, wie ich glaube, in sehr zwingender Weise dartun, daß nicht allein bei dem heutigen Stande unserer Kenntnis, das Bewußtsein aus seinen materiellen Bedingungen nicht erklärbar ist, was wohl jeder zugibt, sondern daß es auch der Natur der Dinge nach aus diesen Bedingungen nie erklärbar sein wird.

Emil Du Bois-Reymond
Über die Grenzen des Naturerkennens, 1872
(zitiert nach Flohr 1996)

Also: Haben die Ψs_{cL} Bewußtsein? Was ist überhaupt «Bewußtsein»? Verfügen zum Beispiel Kanonen über ein Bewußtsein? Das würde man ja doch wohl zunächst verneinen.

Aber schauen wir mal!

In einem weiten, flachen, buschbestandenen Tal befindet sich eine Batterie von Flugabwehrgeschützen. Die verschiedenen Kanonen sind im Gelände verteilt und gut getarnt; man sieht nur die Kanonenrohre und auch das nur, wenn man weiß, wo sich die Geschütze befinden. Etwa im Zentrum der Geschützaufstellung befindet sich ein Radarsystem, ein grüner Kasten, unter der Tarnung allerdings auch kaum erkennbar, mit verschiedenen Radarschirmen. Diese drehen, heben und senken sich und scheinen relativ unkoordiniert den Himmel über der Geschützstellung abzutasten. Betrachtet man die Radaranlage näher, bemerkt man, daß von ihr dicke Kabelstränge zu den verschiedenen Kanonen führen.
Plötzlich stellen die Radarschirme ihr wahlloses Kreiseln ein und richten sich auf einen Punkt am nördlichen Horizont aus. Zugleich schwenken die Geschützrohre mit großer Geschwindigkeit in dieselbe Richtung. Der Punkt, auf den sich sowohl die Radarschirme als auch die Kanonenrohre konzentrieren, befindet sich zunächst nur wenig über dem Horizont; nun aber scheint er zu wandern, und zwar ostwärts und zugleich aufsteigend. Diese Bewegung läßt sich an der Wanderung der Radarschüsseln und Kanonenrohre nachvollziehen.
All das geschieht lautlos, aber der Beobachter weiß, daß die Stille jeden Moment durch eine rasende Abfolge von Explosionen unterbrochen werden kann; orangerotes Mündungsfeuer wird am Ende der Kanonenrohre rhythmisch aufleuchten, wenn sie den anfliegenden Luftfeind unter Beschuß nehmen.

Eine martialische Szene, vermutlich die Erinnerung an ein Bundeswehrmanöver, vielleicht auch an einen Film; so genau weiß ich das nicht mehr. Aber beeindruckt hat mich die Szene sehr, weil ich unwillkürlich das Gefühl habe: Hier handelt es sich um etwas Lebendiges, um ein bedrohliches, insektenhaftes Lauern, verbunden mit der Bereitschaft zuzuschlagen. – Eine Gottesanbeterin auf einem Felsbrocken in der Provence, die die Bewegungen eines kleinen Insekts unmittelbar vor ihr ständig verfolgt und die Positionen ihrer wie zum Gebet erhobenen Fangarme langsam und fast unmerklich verändert und auf das Insekt ausrichtet, erweckte in mir ungefähr den gleichen Eindruck wie diese Flugabwehrbatterie.
Die Flugabwehrbatterie und die Gottesanbeterin zeigen Aufmerksamkeit. Aufmerksamkeit bedeutet die Ausrichtung der Sinnesorgane auf ein bestimmtes Objekt und zugleich die Vorbereitung von Effektoren auf eine Handlung. Aufmerksamkeit läßt sich als Zustand eines Systems sehr gut diagnostizieren.
Ist die Flugabwehrbatterie bei Bewußtsein? Oder die Gottesanbeterin? Doch wohl nicht, oder? Obwohl – bei der Gottesanbeterin sind wir uns dessen nicht gewiß, weil wir ihre innere Struktur nicht genau kennen. Aufmerksamkeit läßt sich anscheinend sehr präzise feststellen, selbst bei einem leblosen System wie der Flugabwehrbatterie. (Wobei sich wieder die Frage erhebt: Was heißt denn eigentlich «lebendig»? Ist diese Flugabwehrbatterie wirklich «tot»?) Aber würde ich der Flugabwehrbatterie oder der Gottesanbeterin aufgrund ihrer Aufmerksamkeit Bewußtsein zuschreiben? Dafür gibt es keinen Anlaß. Zweifellos «merken beide auf» – und doch glaube ich, mit einiger Sicherheit sagen zu können, daß beide nicht bei Bewußtsein sind.

Francis Crick (der zusammen mit James D. Watson den Nobelpreis für die Entdeckung der Doppelhelix erhielt) und Christof Koch meinen, Bewußtsein sei *Aufmerksamkeit.* Dann also hätten die Kanonen und die Gottesanbeterin Bewußtsein – so jedenfalls kann man es dem Bericht von John Horgan (1994) entnehmen.

Der berühmte Satz «Wir wissen es nicht und werden es nicht wissen!» des Neurophysiologen Emil Du Bois-Reymond, dessen lateinische Form den Titel dieses Abschnitts bildet, hat Philosophen, Neurophysiologen, Psychiater und Psychologen nicht davon abgehalten, über das Bewußtsein nachzudenken. In neuester Zeit ist das Thema sogar ausgesprochen «in».

Dazu gibt es Kongresse, die anscheinend besonders gern von Naturwissenschaftlern nach der Emeritierung (jeder Physiker, der etwas auf sich hält, wird, so scheint es, kaum daß er die Siebzig überschreitet, zum Metaphysiker) besucht und mit klugen Stellungnahmen bedacht werden, zum Beispiel in Tucson, Arizona, im Jahre 1994. Als ich den schon genannten Bericht über den Bewußtseinskongreß (Horgan 1994) las, fühlte ich mich unwillkürlich an jene indische Geschichte von den vier Blinden erinnert, die es sich zur Aufgabe machen zu untersuchen, was denn wohl ein Elefant sei. Der eine erwischt den Rüssel und ist der Meinung, daß ein Elefant eine Art Schlange ist, beweglich, flexibel und ständig in Bewegung. Der zweite ertastet den Stoßzahn. Er schildert den Elefanten als spitzig, hart und glatt. Der dritte umarmt ein Bein und behauptet unbeirrbar, ein Elefant sei ein Wesen, das auf Säulen ruhe. Der vierte schließlich erfaßt den Schwanz und meint, ein Elefant ähnele doch eher einem Pinsel mit einer Quaste und einem Stiel zum Anfassen.

So meinen also manche Teilnehmer des Kongresses, Bewußtsein hänge mit Aufmerksamkeit und dem Kurzzeitgedächtnis zusammen, andere bringen es mit dem Denken in Verbindung, wieder andere mit dem Erleben und mit Gefühlen. Und der Philosoph Colin McGinn repliziert Du Bois-Reymond, indem er die Berichte der verschiedenen blinden Elefantenforscher revidiert und zu der Auffassung kommt, der Elefant sei gänzlich unerforschbar und uns stünden leider die intellektuellen Mittel nicht zur Verfügung, die es uns erlaubten, sein Wesen zu erkennen. (Wobei sich natürlich die Frage ergibt, wieso wir über die intellektuellen Mittel verfügen, zu erkennen, daß wir *nicht* über die notwendigen intellektuellen Mittel verfügen.)

Viel Merkwürdiges muß auf dem Kongreß passiert sein. So meinte der australische Philosoph David Chalmers, er könne sich «Androide» vorstellen, die sich in jeder Hinsicht genau so verhielten wie wir Menschen, nur daß sie gänzlich ohne Bewußtsein wären. *«In jeder Hinsicht genau so»* müßte doch wohl heißen, daß diese bewußtlosen Androiden von sich behaupten würden, sie wären gerade bei Bewußtsein, denn das ist ja eine Verhaltensform, die man bei Menschen vorfindet. Wir können sehr wohl zwischen Zuständen unseres bewußten Daseins und dem Verlust des Bewußtseins im Schlaf oder der Anästhesie unterscheiden; im Schlaf oder anästhesiert können wir allerdings auf die Frage, ob wir gerade bei Bewußtsein seien oder nicht, nicht antworten. – Und daß Anzeichen von Bewußtsein bei Katzen ausgerechnet dann besonders deutlich werden, wenn sie nicht bei Bewußtsein, sondern anästhesiert sind, nimmt man nur noch mit kopfschüttelndem Staunen zur Kenntnis.

Will man Elefantenforschung betreiben, ist es vernünftig, sich zunächst einmal darüber klarzuwerden, womit man sich eigentlich befassen will, sonst erforscht der eine Säulenhallen, der andere Schlangen, der dritte Malerpinsel, und alle meinen, das gleiche zu erforschen. Den Teilnehmern der Konferenz in Tucson scheint diese Regel der Wissenschaft, zunächst einmal abzugrenzen, von welchen Phänomenen die Rede sein soll, abhanden gekommen zu sein. Das aber ist verhängnisvoll bei einem so stark «synchytischen» Begriff wie Bewußtsein. So ähnlich nämlich wie das Wort «Gefühl» hat der Begriff «Bewußtsein» in der alltagspsychologischen Sprache eine Reihe verschiedener Bedeutungen:

- «Ich bin mir der Folgen meiner Handlungen voll bewußt» heißt: «Ich habe über die Folgen meines Handelns nachgedacht und kenne sie.»
- «Ich war bei vollem Bewußtsein, als das geschah» heißt: «Ich war nicht nur Teilnehmer oder Opfer des Geschehens, sondern konnte mich auch selbst in dem Geschehen wahrnehmen; meine Wahrnehmung bezog sich auf mein eigenes Verhalten und meine eigenen inneren Zustände, und ich war imstande, diese zum Gegenstand der Reflexion zu machen.»

- «Ich bin mir nicht bewußt, das gesagt zu haben» heißt meist einfach: «Ich habe es nicht gesagt.»
- «Sie widmet sich dieser Aufgabe sehr bewußt» heißt vielleicht: «Sie widmet sich dieser Aufgabe mit einem hohen Ausmaß an Wachheit und Aufmerksamkeit.» Und Wachheit und Aufmerksamkeit können durchaus mit einem Zustand verbunden sein, der zum Beispiel Selbstreflexivität überhaupt nicht beinhaltet.

Im Hinblick auf diese verschiedenen Bedeutungen oder Bedeutungsfacetten erscheint es wirklich notwendig, sich zunächst einmal klarzumachen, was man denn meinen *will*, wenn man von Bewußtsein redet. Was aber soll damit gemeint sein?

Lesen Sie einmal folgenden Bericht!

> *Wenn er sich später, lange nachher, an diese Zeit erinnerte, so war er der Überzeugung, daß sein Bewußtsein damals manchmal verdunkelt gewesen sei und daß dieser Zustand mit einigen helleren Zwischenzeiten fast bis zu der abschließenden Katastrophe gedauert habe. Er war fest überzeugt, daß er sich damals in vieler Hinsicht geirrt habe, zum Beispiel über den Zeitpunkt und die Dauer mancher Ereignisse. Wenigstens erfuhr er in der Folgezeit, wenn er sich zu erinnern suchte und sich bemühte, in diese Erinnerungen Klarheit hineinzubringen, vieles über seine eigene Person nur aus Mitteilungen, die er von anderen empfing. Er verwechselte zum Beispiel ein Ereignis mit einem anderen; oder er hielt auch eines für die Folge eines Vorfalls, der überhaupt nur in seiner Phantasie existierte. Manchmal bemächtigte sich seiner eine krankhafte, quälende Unruhe, die sogar in einen panischen Schrecken überging. Er entsann sich auch, daß, ganz im Gegensatz zu der sonstigen Angst, Minuten, Stunden, vielleicht sogar ganze Tage von einer Apathie, die ihn befallen hatte, ausgefüllt gewesen waren, von einer Apathie, ähnlich dem*

> *krankhaft-teilnahmslosen Zustand mancher Sterbenden. Überhaupt war er in diesen letzten Tagen anscheinend selbst bemüht, eine vollständige, deutliche Erkenntnis seiner Lage zu vermeiden. – ... Manchmal, wenn er sich auf einmal irgendwo in einem entfernten, stillen Stadtteil in einem elenden Restaurant einsam an einem Tisch in Gedanken versunken vorfand und sich kaum besinnen konnte, wie er dahin geraten war ... – Ein andermal erwachte er vor Tagesanbruch irgendwo an der Erde im Gebüsch und hatte kaum eine Erinnerung daran, wie er dahin gekommen war.*

In dieser Passage aus *Schuld und Sühne* beschreibt Dostojewski, wie Raskolnikow, der Mörder und die Hauptperson des Romans, in einem Zustand «verdunkelten Bewußtseins» dahinlebt, was bedeutet, daß kaum mehr Protokolle der eigenen Tätigkeit angelegt werden; daher die Orientierungslosigkeit, der Zerfall des Zeitablaufs in unzusammenhängende Episoden, deren zeitliche Aufeinanderfolge unklar ist. Es findet keine Nachverarbeitung der Geschehnisse mehr statt, kein Wiederkäuen im «inneren Dialog», und deshalb ergibt sich kein verwertbares Protokoll. Damit fehlt die Basis zu «Redeterminationen», zur Analyse und zur Metaanalyse des eigenen Verhaltens und seiner Determinanten. Keine oder kaum noch Selbstreflexion: das ist der Kern der Verdunklung des Bewußtseins.

Bei Raskolnikow ist das ein Schutzreflex; die genaue Betrachtung seiner Lage hätte ihn nur zu dem Urteil bringen können, sie sei hoffnungslos, und die Ahnung davon versetzt ihn in die Seelenlage des verdunkelten Bewußtseins. Er bemühte sich darum, eine «vollständige, deutliche Erkenntnis seiner Lage zu vermeiden». (Verdrängung, hervorgerufen durch den «antagonistischen Dialog»; ich habe schon auf Seite 777 auf diese Möglichkeit des Abbruchs dieses Dialoges hingewiesen.) Und so vernichtet er (nein: vernichtet sich, denn Raskolnikow ist weitestgehend kein «Ich» mehr) gewissermaßen die Kontinuität seiner Existenz und verwandelt sich in ein Momentwesen, dessen Handlungen durch die augenblicklich herrschende Motivation und die Situation determiniert werden. Der Gang der Ereignisse verliert seine Ordnung; viele Geschehnisse fehlen oder werden miteinander verwechselt, und nur Gedachtes wird als realer Vorfall erinnert. Diese Seelenlage ist offenbar durchaus damit verträglich, daß Raskolnikow – in Grenzen – vernünftig handelt, sich ein Restaurant sucht, wenn er hungrig oder durstig ist, sich zum Schlafen in ein Gebüsch legt und nicht auf die Straße.

Man sollte so mit dem Wort «Bewußtsein» umgehen wie Dostojewski. Bei Bewußtsein sind wir, wenn wir nicht nur gehen, sondern *wissen*, daß wir gehen, wenn wir nicht nur eine Tasse sehen, sondern *wissen*, daß wir eine Tasse sehen, wenn wir nicht nur sprechen, sondern *wissen*, daß wir sprechen. – Wir können auch unbewußt gehen, sogar sprechen, Stühle und Tische sehen (und ihnen ausweichen); das aber können wir nur bei anderen feststellen oder doch als wahrscheinlich annehmen, bei uns selbst hingegen allenfalls hin und wieder, im nachhinein, wenn wir damit konfrontiert werden, daß wir irgend etwas getan haben, ohne noch davon zu wissen. – Bewußtsein heißt Wissen um sich selbst und heißt gegebenenfalls Verwertung dieses Wissens zur Redetermination.

Wissen kann Löcher und Lücken aufweisen – auch das Wissen über mich selbst –, und diese lösen Fragen aus, die zu Denkprozessen führen, zu inneren Dialogen, in diesem Fall zu inneren Dialogen über sich selbst, zu Selbstreflexion! Diese ergibt sich also fast zwangsläufig aus dem Wissen über meine eigenen inneren Prozesse.

Wenn ich in dem Protokoll meiner Tätigkeiten feststellen kann, daß bei mir das Sicherungsverhalten relativ häufig ist, dann kann ich dieses Wissen in mein Selbstbild aufnehmen und lernen, mich als «ängstlich» zu bezeichnen. Und zugleich werden sich Fragen ergeben: Warum bin ich ängstlich? Und wohin führt das? Was sind die Folgen? Auf solche Fragen lassen sich Antworten gewinnen, und daraus ergeben sich Selbstmodifikationen. Ich kann die Situationen meiden, die mich ängstlich machen. Oder ich kann versuchen, mich vor Situationen zu bewahren, in denen sich die Ängstlichkeit schädlich auswirkt.

Entnehme ich dem Protokoll meiner Aktivitäten, daß ich Gefahrensituationen (zum Beispiel Prüfungen) mit einer Mischung aus leiser Furcht (Stärke der Vermeidungsmotivation) und Erwartung der gloriosen Bewäl-

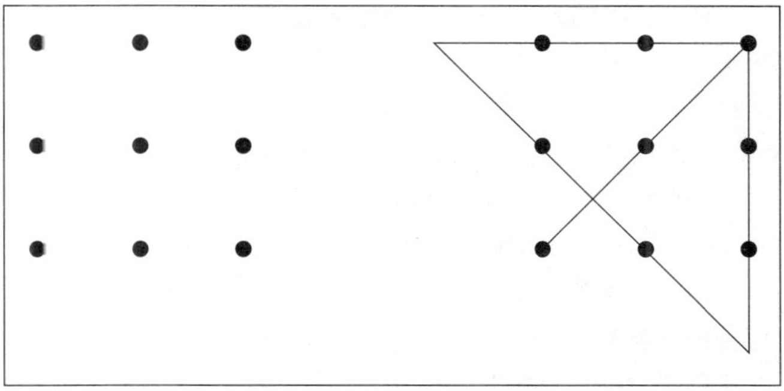

Abbildung 7.31
Das Neun-Punkte-Problem

tigung begegne, dann kann ich lernen, mich selbst als «mutig» zu bezeichnen. Und so entsteht aus der Betrachtung des Protokolls ein Bild von mir selbst.

Die Ψs_{cL} können ihren Protokollgedächtnissen die gleiche Information entnehmen; sie können diese Informationen im Gedächtnis behalten und somit ein Bild von sich selbst gewinnen, sie können sich selbst «fraglich» finden, sich über sich selbst Fragen stellen und sich aufgrund der Antworten selbst modifizieren. Also sind die Ψs_{cL} bei Bewußtsein, oder sie können es doch zumindest sein.

Bringt es etwas, bei Bewußtsein zu sein? Nützt es etwas, sich selbst erkennen zu können?

Ja! Es ergibt sich daraus zum Beispiel Flexibilität. Betrachten wir Abbildung 7.31. Sie zeigt ein Problem, das zum Standardinventar denkpsychologischer Vorlesungen zählt, nämlich das «Neun-Punkte-Problem». Die Aufgabe ist, die quadratische Konfiguration von neun Punkten in einem Zuge, ohne abzusetzen, mit vier geraden Linien zu verbinden. Man sieht rechts die Lösung. – Die Aufgabe macht vielen Menschen Schwierigkeiten. Die meisten versuchen, die Linien *zwischen* den Punkten zu ziehen. Und dann geht es nicht. Diese Verhaltenstendenz kann verschiedene Ursachen haben. Vielleicht ist die Methode, einen Linie *zwischen* zwei Punkten zu ziehen, durch den Geometrieunterricht so eingefahren, daß man eben nicht anders kann. Es mag auch sein, daß man die «gute Gestalt», die diese quadratische Konfiguration bildet, nicht durch Striche, die sie sprengen würden, verletzen möchte.

Viele Menschen kommen schließlich auf die richtige Lösung, indem sie ihr eigenes Denken zum Objekt ihres Denkens machen. «Blöde! – Warum geht denn das nicht!? Was mache ich denn da immer? Na ja, ich ziehe Striche! Senkrechte und waagrechte Striche und Striche in der Diagonalen. – Aber immer Striche zwischen den Punkten. Na, das kann man doch mal anders machen! Wie sieht denn das aus? …» So kann ein solcher Denkprozeß ablaufen: Betrachtung des Protokolls der eigenen Tätigkeit – Erkenntnis, was man anders machen muß. Man macht sich also klar, nach welchen Regeln man in der Vergangenheit verfahren ist, und dann werden eben diese Regeln modifiziert. Das ist natürlich wieder Dunckers «Ausfällen des Gemeinsamen». Was den erfolglosen Lösungsansätzen gemeinsam war, wird fallengelassen.

Aus solchen Selbstbetrachtungen ergeben sich nicht nur neue Lösungsansätze für konkrete Probleme, sondern auch überdauernde Handlungsmaximen.

Was weiß ich über mein eigenes Denken?

Zum Beispiel: Man muß ein Problem liegenlassen, wenn man mit ihm nicht weiterkommt, und *etwas* Zeit verstreichen lassen, aber nicht allzuviel. *Etwas* Zeit nutzt; es konturiert die Gedanken, und man weiß später viel genauer Bescheid, man sieht klarer! Läßt man aber zuviel Zeit verstreichen, nachdem man ein Problem vorläufig abgelegt hat, dann ist alles entschwunden.

Das ist für mich eine wichtige Regel, die ich aus der Betrachtung einer Vielzahl von gelungenen und mißlungenen Denkprozessen abgeleitet habe. Wenn du dich verrannt hast, dann ist es vernünftig, die Sache zunächst einmal beiseite zu legen und sich anderen Themen zuzuwenden, möglichst «leichten» Themen, die nicht allzuviel Nachdenken erfordern. Nach einem Tag oder zwei hat sich das ursprüngliche Problem gewissermaßen geklärt und geläutert, und man findet oft leicht eine Lösung in Minuten, nach der man zuvor stundenlang vergeblich gesucht hat.

Oder: Wenn du einen Gedanken hast, der dir gut erscheint, dann schreibe ihn sofort auf; schreibe ihn auf einen Einkaufszettel, auf einen Parkzettel, auf eine Supermarktquittung, aber fixiere ihn! Denn selbst wenn dir jetzt der Gedanke einleuchtend, klar und deutlich erscheint, nach drei Stunden weißt du nur noch, daß du eine interessante Idee gehabt hast, aber nicht mehr, welche.

Diese Regeln sind vielleicht primitiv, aber hilfreich. Sie haben sich aus Protokollbetrachtungen ergeben. Und machen mein Denken vernünftiger.

«Erkenne dich selbst» ist also nicht (oder nicht nur) eine moralische Formel. Sich selbst zu erkennen bedeutet keineswegs nur, daß man hinterher ein Bild von sich selbst hat, sondern auch, daß man sich selbst modifizieren kann. Daß man sein Denken anders gestalten, daß man «Gefühlsmanagement» betreiben kann. Und das alles kann zu einer Verbesserung der Effektivität führen. (Daß eine solche Verbesserung durch die Selbstreflexion des eigenen Denkens tatsächlich eintritt, ist oftmals gezeigt worden, zum Beispiel von Franz Reither [1979] oder von Friedhelm Hesse [1979]. Daß aber die Betrachtung des eigenen Denkens nicht nur und nicht notwendigerweise zu Verbesserungen führt, sondern auch zu schlechteren Ergebnissen, zeigte Tim Tisdale 1998.)

Und auch zu einer Erhöhung der Glückseligkeit braucht das Vermögen zur Selbsterkenntnis nicht zu führen, vielmehr kann es auch Schwierigkeiten und Leid bedeuten. Wenn mir klar wird, daß ich Eigenschaften habe, an denen ich nichts ändern kann, wenn ich zum Beispiel feststellen muß, daß ich häßlich bin, nicht anziehend, aber doch geliebt werden möchte, so hilft mir diese Erkenntnis nichts, sondern macht mich leiden. Wenn ich feststelle, daß ich alt und matt bin und nicht mehr soviel leisten kann wie früher, als ich jünger war, so macht mich das leiden. (Ja, ich weiß, unter solchen Einsichten braucht man nicht zu leiden; man kann sie als Herausforderung betrachten, sich zu modifizieren, man kann die eigene Weltsicht ändern, an eine unsterbliche Seele zu glauben beginnen; man kann sich damit trösten, daß auch die Schönheit anderer verfliegt und es auf andere Dinge ankommt. Aber viele Menschen schaffen solche Umzentrierungen nicht.)

Also: Nur Vorteile bringt das Bewußtsein nicht.

Die kognitive Explosion

Natura enim simplex est et causis rerum superfluis non luxuriat.
(Die Natur ist nämlich einfach und schwelgt nicht in überflüssigen Ursachen.)
Isaac Newton

Das soziale System Sprache hat mit der Entstehung des Bewußtseins nichts zu tun.
Paul M. Churchland
Die Seelenmaschine

T: Also, Ψ_{cL} fühlt sich selbst? Es erlebt sich selbst? Ich kann das nicht glauben!
D: Wenn du bereit bist, «sich selbst fühlen» und «sich selbst erleben» gleichzusetzen mit dem Wissen *um die eigenen inneren Vorgänge, dann erlebt sich Ψ_{cL}. Es wird glaubhaft von seinen inneren Prozessen berichten können. Aufgrund der Inspektion und der Analyse seines Protokollgedächtnisses kann es seine eigenen Zustände identifizieren und angeben, daß es sich ärgert, was es sich gerade vorstellt, welche Motive es gerade hat und welche Gefühle. – Allerdings muß es Worte für diese inneren Zustände erst lernen, und das ist gar nicht selbstverständlich; viele Sprachen der Menschen haben zum Beispiel kein Wort für «Bewußtsein». – Und daß andere Menschen etwas erleben, fühlen, denken, wissen wir auch nur aus ihren Schilderungen. Ψ_{cL} kann auch von derlei Erlebnissen berichten.*
T: So einfach soll das sein? Das sind doch alles Konzepte, mit denen sich zum Beispiel die Philosophen jahrhundertelang herumgeschlagen haben!?
D: Nun ja, zum Teil haben sie es sich einfach zu kompliziert gemacht. Man denke an den Philosophen Lucas mit seiner infiniten Schachtelung von Instanzen, die eine Ma-

schine nicht haben könne. Ψ_{cL} hat keine unendlich vielen Instanzen, bei denen jeweils die höhere die tiefere betrachtet. Es hat nur ein Denkvermögen, und das besteht in der Fähigkeit, sich selbst Fragen zu stellen und Antworten zu suchen. Und dieser innere Dialog kann sich eben auch – so weit der Speicher und die Motivation reichen – auf sich selbst beziehen, aber nicht unmittelbar, sondern auf das Protokoll seiner selbst und überhaupt auf das Protokoll aller inneren Vorgänge in Ψ. Von einer infiniten Schachtelung von Instanzen ist hier keine Rede, und dennoch gibt es keine Grenzen für eine Betrachtung der Betrachtung der Betrachtung …

T: Und das ist alles wegen der Sprache!?

D: Ja; die Entstehung der grammatischen Sprache erzeugte eine Art kognitiver Explosion. Nun war die Fähigkeit zum Denken da, die Fähigkeit, in beliebigen Frage-und-Antwort- und Selbstaufforderungsspielen immer anders zu denken, die Fähigkeit zur Um- und Neukonstruktion der Welt und letztlich die Fähigkeit zur Selbsterkenntnis und damit zur Um- und Neukonstruktion des Selbst. – Nebenbei: Wer weiß, ob es segensreich war, denn immerhin hat uns die Sprache damit die Atombombe, die Überbevölkerung und die Umweltzerstörung, Sinnleere und Suche nach einem Weltbild, Fanatismus und Dogmatismus beschert. Vielleicht sollte man die Entstehung der Sprache auch verfluchen! – Aber auch das Fluchen ist nur möglich, wenn man sprechen kann.

Im übrigen: Bewußtsein muß nicht sein, wie Julian Jaynes meint.

Achilles und Odysseus

Den Menschen allen ward zuteil, sich selbst zu erkennen und vernünftig zu denken.
Heraklit

Heraklit glaubte also, daß es den Menschen möglich sei, sich selbst zu erkennen. Wenn es aber wirklich so wäre, warum schrieb er es auf? In seinem «Büchlein» findet man ja auch nicht die Feststellung, daß «den Menschen allen zuteil ward, zwei Beine zu haben». So ganz selbstverständlich scheint es ihm nicht gewesen zu sein, daß die Menschen sich selbst erkennen, und so hat jener Spruch wohl mehr die Bedeutung eines Appells wie (wohl später als Heraklit?) die Mahnung «Erkenne dich selbst!» am Apollo-Tempel von Delphi. – Also war es nicht selbstverständlich, sich selbst zum Objekt des eigenen Denkens zu machen.

Von Julian Jaynes (1988) stammt die mit viel Kopfschütteln bedachte These, die alten Ägypter seien, als sie ihre Pyramiden auftürmten, nicht bei Bewußtsein gewesen, genausowenig wie Achilles, als er am Skäischen Tor von Troja den Tod seines Freundes Patroklos an Hektor rächte. Bewußtsein, so meint Jaynes, sei eine relativ späte Errungenschaft bei der Entfaltung der kognitiven Fähigkeiten des Menschengeschlechts. – Man stelle sich das vor: Die alten Ägypter führten die komplizierten Berechnungen, die für den Bau der Pyramiden notwendig waren, die Planungen für die Rekrutierung, Verpflegung und Organisation von Arbeiterheeren «bewußtlos» durch. Selbst heute wäre die Errichtung der Cheops-Pyramide eine anspruchsvolle Aufgabe für eine große Baufirma, selbst wenn sie diese nicht aus einzelnen Quadern aufschichten müßte, sondern aus Beton gießen könnte.

Ist die «Bewußtlosigkeit» der Ägypter denkbar? Glaubt Jaynes wirklich, daß die alten Ägypter, daß Achilles und Agamemnon, als sie um Briseis stritten, handelten wie im Schlaf oder im anästhesierten Zustand?

Nein, so ganz meint er das natürlich nicht. Aber wenn man sich vorstellt, daß die homerischen Helden wie in Trance handelten, dann kommt man

Jaynes' Auffassung von Bewußtsein schon etwas näher. Mit «nicht bei Bewußtsein» meint er einen «schlafwandlerischen» Zustand (Jaynes 1988, Seite 33–64, der in diesem Zusammenhang den Begriff «somnambul» gebraucht).

Jaynes' These lautet, daß die Menschen der «vorbewußten» Zeit gewissermaßen mit sich selbst, mit ihrem sozialen System, mit ihrer Stadt beziehungsweise ihrem Staat, mit ihrer Umwelt im Einklang lebten und daß die «vorbewußten» Menschen im wesentlichen durch ein System von sprachlich gefaßten Regeln gesteuert wurden, die in der rechten Hemisphäre gespeichert waren, an demselben Ort, wo man gegenüber, in der linken Hemisphäre, das sensorische Sprachzentrum, das sogenannte Wernicke-Zentrum, findet. In diesem rechten Sprachzentrum speicherten sie die «Befehle», die sie von ihren Häuptlingen, Priestern oder sonstigen Oberen erhalten hatten, und sie verwendeten sie in den jeweiligen Lebenslagen als Regeln für das Verhalten, über die sie nicht nachzudenken, die sie nie in Frage zu stellen brauchten.

Wenn in der *Ilias* berichtet wird, daß die Götter zu den homerischen Helden sprachen, daß Athene oder Hera oder Apoll über die trojanischen Schlachtfelder flogen und ihren Schützlingen jeweils sagten, was sie tun oder lassen sollten, so ist das nach Jaynes (fast) wörtlich zu verstehen. Befehle aus der rechten Hemisphäre waren die Befehle der Götter, die die homerischen Helden «hörten». Und sie richteten sich nach diesen Befehlen.

Achilles dachte nicht über sich selbst und seine Beziehung zu Agamemnon nach, als dieser ihm die Briseis wegnahm, sondern zog sein Schwert. Unmittelbare Reaktion auf eine Beleidigung! Zum Glück trat Athene dazwischen, die ihren Schützling daran hinderte, gegen seinen obersten Kriegsherrn aufzubegehren. Und Athene war die rechtshemisphärische Regel: Man greift seinen Führer im Krieg nicht an! Von solchen Regeln wurde Achilles gesteuert, keineswegs aber von einer kritischen Metainstanz, von einer Instanz, die die eigenen psychischen Prozesse zum Objekt ihrer Betrachtung und Veränderung macht. Die Helden der *Ilias* hatten keine kritische Distanz zu sich selbst. Zumindest meistens nicht!

Die These von der Bewußtlosigkeit der Pyramidenbauer und der homerischen Helden ruft gewöhnlich Unverständnis und Ablehnung hervor, doch im Lichte der in den vorausgegangenen Abschnitten dargestellten Bewußtseinstheorie erscheint sie – in einer bestimmten Umdeutung – gar nicht unplausibel.

Ich kann mir zwar in der Tat nicht vorstellen, daß die Konstrukteure der hängenden Gärten der Semiramis und des Ishtar-Tors nicht wußten, was sie taten, und sich ständig in einer Art schlafwandlerischer Trance befanden. Sehr wohl vorstellbar ist hingegen, daß sie von ihrer Denkfähigkeit zum Zwecke der Redetermination ihrer Entscheidungen *keinen Gebrauch machten*. Sie wußten, was sie taten, sie dachten auch, aber sie bedachten nicht kritisch sich selbst. Das geschieht auch uns ziemlich oft. Wir wissen meist, was wir tun, bedenken es aber nicht, sondern handeln «spontan». Es ist nun keineswegs ausgeschlossen, daß Menschen sehr traditionsgebundener Kulturen derart feste Vorschriften für alles Handeln erlernt und als verbale Befehlssequenzen gespeichert haben (wie es Jaynes annimmt), daß sie diese Vorschriften niemals kritisch reflektieren und damit modifizieren.

Jaynes meint, das Bewußtsein sei um 1200 vor Christus entdeckt oder «erfunden» worden. Erst die Begegnung mit anderen Kulturen, anderen Formen der Herbeiführung von Entscheidungen in Handelsbeziehungen oder auf Erkundungsreisen sorgte dafür, daß das Denken beweglich wurde; man lernte, die Determinanten des Tuns und auch die eigenen Formen des Denkens in den Fokus der Selbstbetrachtung zu rücken.

Zum Zusammenbruch der «vorbewußten» Welt kam es – so Jaynes – durch die Ausweitung der politischen und der Handelsbeziehungen in den Wanderungszeiten um 1200 vor Christus. Die Menschen dieser Zeit wurden in verschiedenem Ausmaß mit der Tatsache konfrontiert, daß andere Völker an andere Götter glaubten und andere Stimmen hörten. Das mußte sie zweifeln lassen. Auf diese Weise «starben» die Götter – oder sie verstummten; man konnte nicht mehr länger ihre Ratschläge «einfach so» hinnehmen, denn man wußte ja nicht, ob diese richtig waren, wo es doch so viele andere Götter gab.

Solche Zweifel waren die Ursache für den «Zusammenbruch der bikameralen Psyche» und für die Entstehung des Bewußtseins als kritische Selbstreflexion. Odysseus, der Listenreiche, war ein Mensch, der nach diesem Umbruch lebte, Achilles dagegen ein Mensch der «vorbewußten»

Zeit. – Listen sind «andere» Regeln; eine List setzt voraus, daß man die Regeln, nach denen der andere handelt, erkennt und umgeht; dies bedeutet es, wenn man jemanden überlistet. Listig sein heißt, daß man die Verhaltensregeln kennt, kritisch betrachtet und gezielt mißachtet. Der vorbewußte Mensch konnte nicht listig sein, da er den Regeln folgte und sie aber keineswegs reflektierte, um sich auf diese Weise von ihnen zu befreien. Die Tatsache, daß Agamemnon dem Achill Briseis abspenstig machte, brachte diesen nicht zum Nachdenken darüber, wie er dem Rivalen nun seinerseits die Geliebte wieder entreißen könnte, sondern nur zu einer dumpfen Trotzreaktion; er verweigerte fortan Gefolgschaft und Kampf.

Die Entdeckung des Bewußtseins hatte durchaus noch andere Folgen als nur eine größere Flexibilität des Denkens; sie bedeutete, wie Jaynes schreibt, eine Revolution: die Entdeckung der *Individualität*, der Selbstdetermination, der (teilweisen) Unabhängigkeit von der Gruppe. (Denn darauf läuft die Redetermination ja hinaus: Die Entscheidungs- und Handlungsregeln werden in hohem Maße individuell.)

Sind solche Entwicklungen auch bei den Ψs_{cL} möglich? Individualität, Autonomie? Ja sicher, warum nicht? Wenn alles gut klappt, wenn die üblichen Regeln gut funktionieren, dann braucht man keine Redetermination, schon gar keine Meta-Redetermination. Dann reichen die tradierten Regeln und Denkregeln aus. Auch die Ψs_{cL} würden in solchen Welten reagieren wie Achilles und keineswegs wie Odysseus. Aber wenn dann die Regeln fraglich werden? Wenn man merkt: Es geht mitunter gar nicht oder nicht mehr so gut wie früher, wenn man den tradierten Regeln folgt? Dann werden die Ψs_{cL} beginnen, sich Fragen über sich selbst zu stellen, dann werden sie sich selbst erkennen (oder zumindest danach trachten) und sich ihre Regeln nach eigenem Gusto konstruieren. Dann werden sie Individuen sein und so autonom wie wir.

Und wie ist das nun mit dem Ekel vor den Matjesfilets?

So, jetzt sind wir fertig und können zurückschauen. Wir haben die ursprüngliche Dampfmaschine ziemlich autonom gemacht. Die Ψs haben Bedürfnisse und lernen, wie und wo sie diese Bedürfnisse befriedigen können. Sie verfolgen manchmal dieses, manchmal jenes Ziel, streben nach Neuigkeit oder vermeiden sie, suchen nach Gesellschaft oder rebellieren gegen sie, ergreifen Gelegenheiten, wenn sie sich bieten. Manchmal reagieren sie rigide und schauen weder rechts noch links. Manchmal sind sie «gut drauf», haben viel Mut und trauen sich fast alles zu. Manchmal sind sie depressiv und wagen es noch nicht einmal, das zu tun, was sie eigentlich können.

Die Ψs freuen sich über Witze, und sie finden eine Landschaft schön. Sie finden Gefallen an Musik, wenn sie nicht allzu chaotisch oder langweilig ist. Ihnen gefällt aber auch die Darstellung einer schönen Flasche mit Superbenzin. Die Ψs planen und treffen Entscheidungen, und das geht manchmal so schnell, daß sie voreilig handeln, was sie später bereuen. Ja, sie können Entscheidungen bereuen, da sie imstande sind, ihr eigenes vergangenes Handeln zum Objekt ihres Nachdenkens zu machen und sich zu sagen: «Ach, hätte ich das doch nicht getan!»

Sie können aber auch gänzlich entscheidungsunfähig in Grübelei versinken und sich in unlösbare Konflikte verstricken. Sie können Gedichte schreiben und Geschichten erzählen und sogar ein Gefühl für Religion entwickeln.

Sie können fröhlich oder traurig sein. Sie können auch über ihre eigenen Zustände reden. Sie können uns erzählen, was sie gerade vorhaben, und sich selbst als jähzornig, voreilig, zu langsam, phlegmatisch oder melancholisch charakterisieren. Sie könnten dem politischen Radikalismus verfallen oder sich auf einen «Berliner Balkon» zurückziehen. Das kommt jeweils auf die Umstände an. Sie erkunden ihre Umgebung oder haben Angst vor Unbestimmtheit. Sie haben Schwierigkeiten, zeitliche Entwicklungen zu erfassen, sie haben Erwartungen, Befürchtungen und Hoffnungen.

In der Einleitung habe ich davon gesprochen, daß manche Leute meinen, Computer könnten sich nicht vor Matjesfilets ekeln. Habe ich nun bewiesen, daß dies doch möglich ist? Nein, dieses Versprechen habe ich nicht erfüllt. Und ich kann es auch nicht erfüllen, da unsere Ψs ja gar keine Matjesfilets essen können. Allenfalls zerschreddern sie Haselnüsse und Sonnenblumenkerne. Vielleicht könnten sie sich also vor verdorbenen Haselnüssen ekeln, aber dann müßten sie vorher noch mit chemischen Sinnen versehen werden, die Haselnüsse in einem bestimmten Zustand des Zerfalls selektieren und zurückweisen, weil sie «giftige» Gase erzeugen, die zu Explosionen in der Maschine führen könnten. Ich habe auf diese und viele andere Feinheiten verzichten müssen. – Noch viel Interessanteres ließe sich über das soziale Leben der Ψs berichten, über Rebellen und Anpasser und fanatische Dogmatiker, wie auch über den Einfluß verschiedener Umstände auf die Art ihres Denkens, zum Beispiel auf den Wandel der Weltbilder. Überhaupt Sprache und Denken. Dieses Thema bedürfte dringend einer sehr differenzierten Behandlung. Aber alles kann man nicht auf einmal tun. Vielleicht später.

Sind die Ψs (natürlich die Ψs_{cL}) wie Menschen? Und folgt daraus, daß wir Menschen Maschinen sind? Maschinen der in diesem Buch dargestellten Art?

«Nein!» wird manch einer sagen. «Das folgt überhaupt nicht, das hast du ja so *gemacht*, daß es aussieht, als verhielten sich diese Ψs wie Menschen. Das hast du ja mit Absicht eingerichtet, daß die Maschinen sich verhalten, als wären sie depressiv oder traurig, als hofften sie oder fürchteten etwas.»

Klar, natürlich habe ich das so «gemacht». Es war ja nicht der Zweck dieses Buches, eine beseelte Dampfmaschine zu schaffen, sondern zu zeigen, daß Seelenprozesse als Mechanismen einer gar nicht so fürchterlich komplizierten Maschinerie der Informationsverarbeitung verstanden werden können.

Man muß aber zwischen verschiedenen Formen des «Es-so-Machens» unterscheiden. Manche Programmierer haben sich einen Witz daraus gemacht, das Startsystem des Computers ihres Chefs so umzumodeln, daß er, sobald er angestellt wurde, auf seinem Bildschirm flimmernd verkündete:

Cogito, ergo sum!

So etwas muß man dem Computer natürlich nicht glauben. Genausowenig muß man einem Computerspiel glauben, daß es wirklich meint, was es sagt, wenn es einem beim Abbruch des Spiels mitteilt: «Wenn ich du wäre, würde ich dieses spannende Spiel nicht verlassen! DOS ist viel langweiliger!»

Wenn man das zum zweitenmal gelesen hat, lacht man darüber noch nicht einmal mehr; hier spricht nicht der Computer, sondern der Programmierer hatte einen mehr oder minder witzigen Einfall.

So habe ich «es nicht gemacht». Wenn unsere Maschine mitteilt, sie sei traurig, dann heißt dies, daß in ihrem Erwartungshorizont bestimmte Ereignisse, die ihr sehr viel bedeuteten, nicht mehr vorhanden sind, daß irgend etwas, das irgendeinem ihrer Motivsysteme große Befriedigung brachte, nicht mehr existiert. Unsere Maschinen würden sich mit den entsprechenden menschlichen Kommunikanden «richtig» unterhalten; ihre Sorgen, Befürchtungen und Hoffnungen wären echt. Die Ψs spielen also kein Theater, sie tun nicht so, als ob, wie Weizenbaums Eliza.

Der Leser könnte einwenden: «Nun gut, ich sehe ein, daß es sich bei den Maschinen, die du konstruiert hast, um etwas handelt, das in bestimmter Weise lebt, seine Existenz hat, Lust und Unlust verspüren kann. Aber das alles geht doch ganz anders als bei mir. Hier wird ja alles berechnet, bei mir dagegen überhaupt nichts. Meine Gefühle sind einfach so da und werden nicht irgendwie kalkuliert. Ich empfinde eine Landschaft als schön, und da wird nichts berechnet!»

Es war Sinn dieses Buches, zu zeigen, *daß* psychische Prozesse Ergebnisse von Informationsverarbeitung sein können. Das aber bedeutet keineswegs, daß Ψ etwas von seinen «Seelenrechnungen» weiß.

Über die Berechnungen, die dazu führen, daß Ψ Hunger verspürt, wüßte es nichts. Die entsprechenden Vorgänge blieben ihm verborgen. Ψ hätte eben ein Motiv «Hunger», und dieses würde sich in den Vordergrund drängen, handlungsleitend werden oder auch nicht. Im Zusammenhang mit diesem Motiv entstünde vielleicht eine bestimmte Konstellation oder Konstellationsfolge der Modulatoreneinstellungen «Aktiviertheit», «Auflösungsgrad», «Konzentration» als das Ergebnis einer Berechnung, in die der Zustand der Faktoren, die die Modulatoren beeinflussen, eingeht. Aber das wüßte die Maschine nicht. Sie würde bestimmte Abfolgen von Mustern in ihrem Protokollgedächtnis als «Ärger», «Angst», «Wut» bezeichnen; wie die Muster aber zustande gekommen sind, die sie so nennt, bliebe ihr verborgen.

Unsere Maschine würde sagen können: «Hier steht ein Stuhl.» Der Ablauf des HyPercept-Prozesses jedoch, der in diese Kategorisierung mündet, läge jenseits ihrer Wahrnehmung; der Berechnungsprozeß, der zu diesem Urteil führt, wäre unserer Maschine nicht zugänglich.

Wenn Ψ_{cL} irgendwelche Küchen- oder Haushaltsmaschinen in Gebrauch hätte, die ihm die mühselige Arbeit des Auspressens von Sonnenblumenkernen abnähme, so könnte man zu ihm sagen: «Im Prinzip bist du auch nichts anderes als ein Sonnenblumenkernauspreßautomat!» Vermutlich wäre Ψ darüber sehr empört und würde eine solche Kategorisierung als Herabwürdigung empfinden. «Wie kann denn ein Sonnenblumenkernauspreßautomat jemals Konflikte verspüren oder Freude oder Leid?» würde es fragen.

Es wäre vielleicht sogar gefährlich, wenn wir den Ψs_{cL} mitteilen würden: «Hört mal zu, ihr Blechkästen, ihr seid nur Maschinen!» – Vielleicht würden wir dann von den vereinigten Ψs als Ketzer und blasphemische Spötter geröstet und verbrannt, weil sie der Meinung wären, daß uns jeglicher Sinn für ihre Würde, ihre Bedeutsamkeit und vielleicht für ihre unsterbliche Seele abginge.

Ein solcher Tod wäre natürlich traurig; auf der anderen Seite: Könnte man sich eine überzeugendere Bestätigung der Behauptung wünschen, daß wir einen «Bauplan für eine Seele» entwickelt haben?

Nachwort

Psychological literature looks like a small-parts catalog for a machine that has not yet been built.

George Miller, zitiert nach K. M. Colby: *Modeling a Paranoid Mind*

Dieses Buch hat eine lange Geschichte. Das, was nun entstanden ist, war so nicht geplant. Es begann alles an einem stürmischen Herbstabend des Jahres 1982, als ich mitsamt einem Computer in ein Zimmer des Wissenschaftskollegs zu Berlin einzog. Für ein Jahr durfte ich dort, frei von allen administrativen und Lehrverpflichtungen, tun, was ich wollte. Eine wunderbare Chance, und ich wußte, wie sie zu nutzen war. Ich beabsichtigte, ein Buch über den Umgang mit *Unbestimmtheit* zu schreiben, ein Buch über die Art und Weise, wie Menschen darauf reagieren, daß sie Unerwartetes erleben müssen oder Erschreckendes, wenn sie die Zukunft nicht voraussehen oder die augenblickliche Situation nicht erfassen können, weil sie zu komplex ist oder sich zu schnell verändert, und wie sie damit zurechtkommen, daß Ereignisse unerklärbar bleiben. – Der Umgang mit Unbestimmtheit schien mir ein wesentlicher Aspekt menschlichen Handelns zu sein, bestimmend für viele Gefühle wie Angst, Schreck, Überraschung, Staunen, aber auch weit über das Handeln des einzelnen hinaus bedeutsam, nämlich zum Beispiel für politische Verhältnisse. Religion (nach Schleiermacher das «Gefühl schlechthinniger Abhängigkeit») oder auch die Flucht in die dogmatisch verschanzte politische Ideologie erschienen mir erklärbar als bestimmte Wege, der Unüberschaubarkeit der Welt zu begegnen.

Lassen sich die Formen des Umgangs mit Unbestimmtheit irgendwie aus dem «Sein» des Menschen ableiten? Prädestiniert ihn irgend etwas in seinem Seelenbauplan zu solchen Verhaltensspielarten? Können Menschen nicht anders, als eben nur zum Beispiel mit Angst auf Unbestimmtheit reagieren? Solche Fragen stellte ich mir.

Aus dem geplanten Buch wurde nichts – besser gesagt: Es wurde etwas anderes daraus. Denn ich fing elementar an. Warum haben Menschen und auch Tiere einen Sinn für Unbestimmtheit, Komplexität, Unvoraussagbarkeit? Warum reagieren sie darauf in bestimmter Weise? Warum reagieren sie auf die Unbestimmtheit in einem Bereich stark, in einem anderen überhaupt nicht? Solche Fragen kann man nicht beantworten, wenn man sich allein auf die Unbestimmtheit beschränkt. Man muß die gesamte Lebenssituation eines Menschen einbeziehen. Angst, Schreck, Furcht, Erstaunen, Triumph, also *Gefühle*, haben etwas mit Unbestimmtheit zu tun und mit der Bedeutsamkeit des jeweiligen Lebensbereiches, in dem sie auftritt. – Und Angst kann man beseitigen, indem man über das Geschehen *nachdenkt*, die Ursachen für den überraschenden Verlauf der Dinge ergründet. Auf der anderen Seite fördert gerade das Nachdenken oft genug die große Komplexität einer Situation erst zutage, die sonst verborgen geblieben wäre, erhöht also die Unbestimmtheit. – Also: Um etwas über den Umgang mit Unbestimmtheit zu erfahren, muß man sich mit den menschlichen Gefühlen und Motiven, mit Lernfähigkeit, mit Denken, mit sozialen Beziehungen und vielen anderen Aspekten befassen, letztlich mit der gesamten menschlichen Seele; auslassen kann man gar nichts!

Na ja, sagte ich mir, es hilft nichts: Zur Behandlung deines Themas brauchst du also erst mal so etwas wie einen «Bauplan der Seele». Gibt es das? Nein, leider nicht, denn der Bereich der Psychologie, aus dem du kommst, weiß kaum etwas von übergreifenden Seelenstrukturen.

Was tun? Wie wäre es, wenn man einfach einmal neu anfängt? Wie muß man ein System (ein technisches oder ein biologisches) einrichten, damit es imstande ist, sich in einer komplexen Umgebung «autonom» zu bewegen und seine Bedürfnisse zu befriedigen? – Ich meinte, es könnte den Versuch wert sein, diese Frage «synthetisch» anzugehen, also tatsächlich eine «Seele» zu bauen. Mut machte mir bei diesem Vorhaben die knappe Äußerung eines Autors, der seit mehr als zweitausend Jahren tot ist. Aristoteles formulierte lakonisch «Die Seele ist das Prinzip des Lebendigen», und das verstand ich so: Die Seele ist die Menge der Regeln, nach denen ein Organismus funktioniert, wenn er lebendig ist. – Wenn das stimmt, muß man, um Psychologie zu betreiben, einfach diese Regeln hinschreiben. Und das habe ich in diesem Buch versucht.

Natürlich ist man nie ganz naiv. Nachfolgend möchte ich die Personen und Institutionen nennen, die für den hier vorgelegten Versuch der Seelensynthese – gewollt oder ungewollt, gefragt oder nicht – Pate gestanden, Ideen geliefert oder Möglichkeiten eröffnet haben. Dabei kommen natürlich nur die unmittelbaren «Determinatoren» zur Sprache; denn die mittelbaren kenne ich wohl gar nicht alle, und ihre Aufzählung würde bei der Breite der im Buch angesprochenen Themen einem Autorenlexikon der Psychologie und der Philosophie gleichen.

Ich möchte mit den Personen und Gruppen beginnen, denen ich entweder direkte inhaltliche Hilfe oder Anregungen verdanke oder aber einen bestimmten «Geist», eine «Atmosphäre» oder ein schwer genau zu fassendes «Feld», das meinem Denken Richtung gab.

«Geist», «Feld» und Person in einem ist Norbert Bischof, auf dessen Werk mein Buch in hohem Maße aufbaut. Norbert Bischof arbeitet seit Jahrzehnten konsequent und erfolgreich (und keineswegs mit der ihm gebührenden Anerkennung) an der Errichtung einer systemtheoretischen Psychologie auf biologisch-evolutionstheoretischer Grundlage, und sein Denken hat das meine seit langen Jahren in kaum überschätzbarer Weise beeinflußt und geprägt.

Die «Gefühlskonzeption», die ich im sechsten Kapitel vorlege, basiert stark auf den Ideen von Klaus Scherer, und ich erinnere mich dankbar an viele freundschaftliche Diskussionen in unserer gemeinsamen Gießener Zeit. Sie hatten bei mir einen langen Nachhall.

Was den «Nachhall» betrifft: Eigentlich begann alles in Kiel, als ich mich – noch als Student – fragte, wie denn eine «Mechanik des Geistes» (das ist der Titel eines Buches von Walter Rathenau, der mich zunächst sehr geärgert hat: Wie kann denn Geist mechanisch sein?) aussehen könnte, und im Jahre 1964 die ersten Computersimulationen zur Begriffsbildung entwickelte (Dörner, Lutz und Meurer 1967). 1972 waren wir dann schon bei neuronalen Netzen, die «denken» konnten (siehe Dörner 1974), und hatten immerhin mit dem Konzept eines «Verknüpferneurons» neuronale Strukturen postuliert, deren tatsächliche Existenz erst im Jahre 1992 entdeckt wurde (siehe den Abschnitt «Die Bausteine des Geistes», Seite 61). – Das «Wir» in den vorausgehenden Sätzen ist kein «pluralis maiestatis», sondern beschwört die dankbare Erinnerung an die Anregungen und Anstöße von Ludwig Kötter, Werner Traxel und Hermann Wegener, an die Zusammenarbeit mit Klaus Meurer, Wilfried Hommers, Franz Reither und Wiebke Putz-Osterloh und besonders an die weit über die Kieler Zeit hinausreichenden, immer wieder aufflammenden theoretischen Debatten mit Gerd Lüer und Rainer Kluwe.

Wenn von «Geist» in diesem Zusammenhang die Rede ist, so ist damit so etwas wie «atmosphärischer Gleichklang» gemeint, und in diesem Zusammenhang muß ich Julius Kuhl erwähnen. Seiner klugen «Handlungstheorie» und der Auseinandersetzung mit seinen persönlichkeitstheoretischen Ansätzen verdanke ich viel.

Was nun die Handlungstheorie betrifft: Meine Auffassungen über das Handeln in komplexen und dynamischen Systemen ist untrennbar mit dem ESPRIT-Projekt «Mohawk» verbunden, mit der Aufnahme der theoretischen Konzeptionen von Jens Rasmussen, den Diskussionen mit Claude Amalberti, Henning Andersen, Jaques Leplat, Véronique de Keyser und Jean Montmollin. Besonders hervorheben aber möchte ich in diesem Zusammenhang die intensiven Kontakte mit Berndt Brehmer und Jim Reason, die keineswegs nur meine Kenntnisse über den Feldzug von «Stonewall Jackson» im Shenandoah-Tal, die englische Luftkriegsstrategie im Zweiten Weltkrieg, die Schlacht von Azincourt, den Schlieffen-Plan und verwandte handlungstheoretische Themen erweiterten.

Weiterhin hat mich die jahrelange Auseinandersetzung mit den Arbeiten der Klix-Gruppe an der Humboldt-Universität zu Berlin außerordentlich vorangebracht. Hervorzuheben ist hier natürlich Friedhard Klix selbst, der bei aller empirisch-experimentellen Detailverliebtheit nie den Blick für «das Ganze» verloren hat, darüber hinaus Joachim Hoffmann mit seinen Arbeiten zum begrifflichen Gedächtnis, Elke van der Meer mit Ideen zum Umgang mit Zeit, Bodo Krause mit «Strukturkonzepten» und Werner

Krause mit seinen Ideen zur «aufwandsreduzierenden» Funktion des Denkens.

Und dann gab es da – taufen wir ihn mal, er hat es verdient! – den «Schliersee-Kreis», der auf Initiative von Ernst Dieter Lantermann zustande kam und mehr als zwölf Jahre hindurch im wesentlichen aus Lantermann, Theo Hermann und mir bestand; zeitweise kam Mario von Cranach hinzu. Der angenehmen, geistreichen, witzigen, interessanten Diskussionsrunde, in der ein «Was du da erzählst, ist doch totaler Quatsch!» keine saure Miene, kein beleidigtes Schweigen und keine Forderung auf schwere Säbel zur Folge hatte, sondern ein begeistertes «Nun mal los!», verdanke ich Unmengen von Anregungen und Ideen, die aufzuzählen unmöglich ist. Schade, daß es diese Gruppe nicht mehr gibt! – Über das Allgemeine hinaus aber soll angemerkt werden, daß Theo Hermann mit seinem profunden Wissen über Sprache und Sprechen mein vages Gefühl, die zeitgenössische Kognitionspsychologie fahre mit der Idee, Denken hänge *nicht* vom Sprechen ab (Anderson 1996, Seite 356; Churchland 1997, Seite 317), auf einem falschen Dampfer, zur Gewißheit verstärkt hat. – Wenn es irgendwann auf der Welt einmal eine Runde gab, in der es nicht darauf ankam, recht zu behalten, sondern das Richtige gemeinsam zu erarbeiten: im Schliersee-Kreis war sie realisiert! (Wahrscheinlich lag das an dem «Kleinen Miesbacher», einer unvergleichlichen Droge!)

Mindestens aber genausoviel wie dem Schliersee-Kreis verdanke ich der Diskussion mit den Angehörigen des Lehrstuhls Psychologie II der Universität Bamberg in der «Donnerstagsrunde», die je nach Lage der Dinge, den zersetzenden Charakter eines Schwefelsäurebades oder aber den aufbauenden eines nährstoffreichen Humusbodens hatte. Das eine *und* das andere gehören zur wissenschaftlichen Diskussion, sind aber schwierig zu haben (vor allem gleichzeitig), weil auf der einen Seite niemand gern kritisiert wird, womit zusammenhängt, daß man sich – um des lieben Friedens willen – in, sagen wir, ungefestigten Gruppen der Kritik gern enthält, was wiederum der notwendigen Zersetzung von Ideen schadet. Und zum anderen gehört zur Nährstofflieferung die Bereitschaft, uneigennützig – gewissermaßen ohne Copyright – zum Wachstum von Gedankengebäuden beizutragen; die eigene Idee wird unter Umständen als Molekül in etwas Umfassenderes eingebaut und verschwindet so in der Anonymität oder taucht sogar in den Publikationen eines anderen als *dessen* Idee wieder auf. (Das ist gewöhnlich kein bewußtes Plagiat; Ideen amalgamieren in gut funktionierenden Gruppen, und der Begriff «Autor» ist eben allenfalls halb wahr! Aber darüber hinaus: Das Plagiat ist die ehrlichste Form der Bewunderung!) – Eine Gruppe, in der egozentrisches Profilstreben vorherrscht, kann keinen wissenschaftlichen Humus bilden. Wenn es demnach einmal eintritt, daß ein Team Schwefelsäure und Humus oder – erhabener – Schiwa (der Zerstörer) und Wischnu (der Erhalter, Ernährer) zugleich ist, so muß man sehr froh sein! Dafür Dank an Petra Badke-Schaub, Christina Bartl, Cornelius Buerschaper, Frank Detje, Renate Eisentraut, Jürgen Gerdes, Dominik Güss, Dorothée Halcour, Katrin Hille, Gesine Hofinger, Ralph Reimann, Harald Schaub, Ulrike Starker, Stefan Strohschneider und Tim Tisdale.

Und überhaupt! Was wäre schon die Theoretische Psychologie, gäbe es nicht die Frage, ob nun eigentlich die Allgemeine Psychologie der Persönlichkeitstheorie oder aber letztere der erstgenannten zu weichen hat? Die Saunadiskussionen mit Lothar Laux haben diese Frage zwar keineswegs entschieden, dafür aber den *Bauplan für eine Seele* ungemein befruchtet.

Das war das «Danke!» für diverse Atmosphären, nun aber möchte ich etwas spezifischer werden: Eine zentrale Rolle bei der Elaboration der Ideen dieses Buches spielte die Frage «Wie kann man das programmieren?» Die meisten Systeme, die ich vorgestellt habe, liegen als Computerprogramme vor; die Computersimulation ist ein in der Psychologie viel zu wenig genutztes Mittel des Erkenntnisgewinns und zeigt unnachsichtig, ob eine Idee «geht» oder nicht und was fehlt, falsch oder überflüssig ist. In dieser Beziehung verdanke ich der Zusammenarbeit und den Diskussionen mit Jürgen Gerdes und Harald Schaub sehr viel.

Vielen muß ich für die Mitarbeit am Manuskript danken, natürlich zunächst einmal Lydia Kacher, die die vielen verschiedenen Versionen der Kapitel vom Anfang bis zum Ende schrieb und zum Schluß auch noch die mühsame Arbeit auf sich nahm, aus dem Dschungel der lektorierten Version einen geordneten Garten zu machen. Und die eben nicht nur schrieb, sondern mitteilte, daß ihr dieses sehr gut gefiele, jenes aber gar nicht, und damit den Anlaß zu vielen Umarbeitungen lieferte. Ich bin gespannt darauf, wie die zukünftigen automatischen Diktiermaschinen diese Aufgabe lösen. – Für kritische Stellungnahmen und Vorschläge zur Erweiterung und Umarbeitung fast aller Kapitel muß ich meiner Frau Sigrid und meinen beiden Töchtern Stephanie und Jessica danken, deren Frühstücks- und «Chiantikommentare» viel zur Konsistenz der Argumentation beigetragen haben. – Weitreichende Änderungsvorschläge für die meisten Kapitel in der Entwurfsphase und auch später verdanke ich Katrin Hille und besonders Gesine Hofinger.

Katrin Hille und Frank Detje haben es in ihren Dissertationen auf sich genommen, Teile der Ψ-Theorie auf die eine oder andere Art zu prüfen, und daraus ergab sich eine Reihe von Spezifizierungen des *Bauplans*. – Und schließlich muß ich Gabriele Anders-Sprung, Christina Bartl, Patricia Cammarata, Tina Kerl und Ralph Reimann für das Durchsehen der redigierten Fassung danken.

Nach den Personen die Institutionen! Der (nicht nur chronologisch) erste Dank geht an das Wissenschaftskolleg zu Berlin, dem die zarten Pflänzchen der Ideen dieses Buches ihr Aufkeimen und das erste Wachstum verdanken. Nicht zufällig beginnt der *Bauplan* mit einem langen Stanisław-Lem-Zitat. Er und viele andere «fellows» des zweiten Jahrgangs des Kollegs waren in endlosen Diskussionen bereit, sich meine unfertigen Gedanken anzuhören, und brachten sie voran. Für eine «Systemtheorie der Seele» aber waren die Gespräche mit Stanisław Lem am bedeutsamsten. – Aber man darf nicht nur die «fellows» erwähnen; ich muß Peter Wapnewski und seiner Frau für den angenehmen Rahmen danken, den das Kolleg für wissenschaftliche Arbeit bot, Joachim Nettelbeck, Reinhold Prasser und Dorothea Koch für viele organisatorische Hilfestellungen und schließlich Ursula Monigatti, die die ersten Fassungen des «Unbestimmtheitskapitels» nicht nur zu einem Manuskript ordnete, sondern auch klug kommentierte.

Ein riesengroßer Dank an die Deutsche Forschungsgemeinschaft! Die meisten der theoretischen Anstrengungen und empirischen Untersuchungen, die das (meist unsichtbare) Fundament des *Bauplans* bilden, wären ohne die Finanzierung durch die Forschungsgemeinschaft nicht durchgeführt worden. Mit anderen Worten, ohne sie gäbe es dieses Buch nicht. Besonders die großzügige Förderung, die mit dem mir 1986 zugesprochenen Leibniz-Preis der Deutschen Forschungsgemeinschaft verbunden war, erwies sich als äußerst hilfreich. Diese unkonventionelle Art der Förderung, die mit so viel Freiheit in der Verwendung der Mittel verbunden war, ermöglichte plötzliche Schwenks und die Aufgabe unfruchtbarer Ansätze, die nicht möglich gewesen wäre, wenn – wie sonst bei Forschungsprojekten üblich – ein fixierter Plan hätte eingehalten werden müssen. In ein Korsett gezwungene Grundlagenforschung ist eine Contradictio in adjecto. Wenn man Grundlagenforschung fest planen kann, ist sie unnötig, weil man dann das Entscheidende schon weiß.

Und einen Dank an die Max-Planck-Gesellschaft! Die kurze Existenz der Projektgruppe «Kognitive Anthropologie», deren einer Leiter ich für knappe zwei Jahre war, gab immerhin Gelegenheit zu einer intensiven Untersuchung unterschiedlichen Denkens in Ost- und in Westdeutschland (siehe Strohschneider 1994) und ließ Kontakte mit indischen Kollegen entstehen, nämlich mit Sasi Misra und Subramaniam Ramnarayan, aus denen sich viele Untersuchungen zum kulturspezifischen Charakter menschlichen Denkens ergaben. Die Kontakte mit Ram und Sasi und die Gespräche mit Stephen Levinson, dem anderen Leiter der Projektgruppe, wiesen mich auf die Bedeutsamkeit der Sprache für das Denken und dessen Beschaffenheit hin und waren Anlaß für die im siebten Kapitel niedergelegten Überlegungen zum Zusammenhang von Sprache und Denken. Dieses Kapitel aber reißt den Problembereich nur an und zeigt – hoffentlich! – die Grundlagen auf, doch bleibt auf diesem Feld viel zu tun.

«Small is beautifull!» Die Universität Bamberg ist eine kleine Hochschule in einer kleinen, schönen Stadt. Ich weiß es nicht ganz genau, glaube aber, daß dieses Buch woanders nicht hätte entstehen können. Zum einen liegt das daran, daß die ganz unbürokratische Bürokratie der Otto-Friedrich-Universität in vielerlei Beziehung hilfreich war und Angelegenheiten, die anderenorts mühselig und langwierig sich über Monate hinziehen, in Stunden erledigt. Und zum anderen kennt man an einer solchen Universität die Studenten. – Ich sprach oben von Schiwa und Wischnu, von Säure und Humus. Das beste Säurebad für Ideen ist eine Vorlesung, in der die Studenten mitdenken und dabei unnachsichtig flaue Stellen, weitschweifige – die Unklarheiten zudeckende – Ausführungen, Widersprüche und Lücken entdecken und diskutieren. Das aber ist nur dann der Fall, wenn «man sich kennt», wenn sich die Studenten «trauen», Kritik zu üben, und sich nicht nur – als gelangweilte Lernpflichtige – «den Stoff reinziehen». Die Humboldtsche Idee der Einheit von Forschung und Lehre ist keineswegs ein moralisches Prinzip, sondern eine handfeste Maxime für die Förderung des Erkenntnisfortschritts. Nur-Forschungsinstitute haben es da schwer; auf der anderen Seite ist aber die verschulte Wissensvermittlung in Massenuniversitäten keine «akademische» Lehre mehr. Masse erdrückt Kommunikation. – Vielleicht verdankt dieses Buch der studentischen Kritik am meisten!

Der Rowohlt Verlag produziert Bücher, denn das ist die Aufgabe von Verlagen. Das aber macht er nicht – wie andere – in der Weise, daß etwas Gewinnträchtiges angekauft und auf den Markt «geworfen» wird. Rowohlt «wirft» nicht, sondern *formt*. Der Verlag leistet sich mit seinem phantastischen Lektorat den Luxus einer vorbildlichen Autorenbetreuung. Dem Sprachgefühl von Jens Petersen, seinem Sinn für die Konsistenz der Argumentation und den adäquaten Fluß der Gedanken verdankt dieses Buch seine Lesbarkeit und seine Überzeugungskraft (in dem Ausmaß, in dem die Gedanken sie tragen). Zugleich aber – und das wiegt fast noch schwerer! – gab es nie den Versuch, etwas «wegzuglätten». Es ging immer um die Aussage, nicht etwa um deren publicityträchtige Form, und deshalb war es selbstverständlich, daß Passagen, die nun einmal schwierige Themen betreffen, nicht zu leicht lesbaren Magazinartikeln denaturiert wurden.

So, und damit ist dieses Buch fertig!

Literatur

Ach, N. (1905): Über die Willenstätigkeit und das Denken. Göttingen: Vandenhoeck & Ruprecht

Anderson, J. R. (1984): The Architecture of Cognition. Cambridge, Mass.: Harvard University Press

Anderson, J. R. (1996²): Kognitive Psychologie. Heidelberg: Spektrum

Arieti, S. (1955): Interpretation of Schizophrenia. New York: Brunner

Arieti, S. (1976): Creativity – The Magic Synthesis. New York: Basic Books

Aristoteles, Philosophische Schriften in sechs Bänden (Ausgabe von 1995). Band 6: Physik – Über die Seele. Darmstadt: Wissenschaftliche Buchgesellschaft

Ashby, W. R. (1960): Design for a Brain. London: Chapman & Hall

Augstein, R. (1971): Preußens Friedrich und die Deutschen. Frankfurt am Main: Fischer Taschenbuch Verlag

Baddeley, A. (1997): Human Memory – Theory and Practice. Hove, East Sussex, UK: Erlbaum

Bak, P. & Chen, K. (1991): Selbstorganisierte Kritizität. Spektrum der Wissenschaft, Heft 3, Seite 62–71

Baron, R. J. (1987): The Cerebral Computer – An Introduction to the Computational Structure of the Human Brain. Hillsdale, New Jersey: Erlbaum

Bartl, Ch. & Dörner, D. (1998): Die Ökokäfer – zum Einfluß von Sprache auf die Problemlöse- und Gedächtnisleistung bei der Bearbeitung eines nichtsprachlichen Problems. Bamberg: Lehrstuhl Psychologie II der Universität, Memorandum 31

Berlyne, D. E. (1974): Konflikt, Erregung, Neugier. Stuttgart: Klett-Cotta

Bischof, N. (1968): Kybernetik in Biologie und Psychologie. In: Moser, S. & Schmidt, S. J. (Hg.), Information und Kommunikation. München: Oldenbourg

Bischof, N. (1975): A Systems Approach toward the Functional Connections of Attachment and Fear. Child Development, 46, S. 801–817

Bischof, N. (1981): Aristoteles, Galilei, Lewin – und die Folgen. In: Michaelis, W. (Hg.), Bericht über den 32. Kongreß der Deutschen Gesellschaft für Psychologie, Zürich 1980. Göttingen: Hogrefe

Bischof, N. (1985): Das Rätsel Ödipus. München: Piper

Bischof, N. (1988): Emotionale Verwirrungen oder: Von den Schwierigkeiten im Umgang mit der Biologie. Wolfgang-Köhler-Vorlesung auf dem 36. Kongreß der DGfG, S. 1–23

Bischof, N. (1993): Die Regulation der sozialen Distanz – Von der Feldtheorie zur Systemtheorie. In: Bischof, N. (Hg.), Untersuchungen zur Systemanalyse der sozialen Motivation (I). Zeitschrift für Psychologie, 201, S. 5–43

Bischof, N. (1996): Im Bannkreis der Mythen. München: Piper

Bischof, N. (1996a): Untersuchungen zur Systemanalyse der sozialen Motivation IV: Die Spielarten des Lächelns und das Problem der motivationalen Sollwertanpassung. Zeitschrift für Psychologie, 204, S. 1–40

Bischof-Köhler, D. (1985): Zur Phylogenese menschlicher Motivation. In: Eckensberger, L. & Lantermann, E. D. (Hg.), Emotion und Reflexivität. München: Urban & Schwarzenberg

Bliss, T. V. P. & Collingridge, G. L. (1993): A Synaptic Model of Memory – Long-Term Potentiation in the Hippocampus. Nature, 361, S. 31–39

Bortz, J. (1993): Statistik für Sozialwissenschaftler. Berlin: Springer

Boulding, K. E. (1978): Ecodynamics. Beverly Hills, Ca.: Sage

Braines, N. B., Napalkow, A. W. & Swetschinski, W. B. (1964): Neurokybernetik. Berlin: Verlag Volk und Gesundheit

Braitenberg, V. (1993): Vehikel – Experimente mit kybernetischen Wesen. Reinbek: Rowohlt
Brewka, G. (1989): Nichtmonotone Logiken – Ein kurzer Überblick. KI, 2, S. 5–12
Briggs, J. & Peat, F. D. (1990): Die Entdeckung des Chaos, München: Hanser
Bühler, K. (1934): Sprachtheorie – Die Darstellungsfunktion der Sprache. Jena: Gustav Fischer
Cannon, W. B. (1939): The Wisdom of the Body. New York: Norton
Carter, C. S. & Getz, L. L. (1993): Monogamie bei der Präriewühlmaus. Spektrum der Wissenschaft, Heft 8, S. 62–67
Chomsky, N. (1957): Syntactic Structures. Den Haag: Mouton
Churchland, P. M. (1997): Die Seelenmaschine – Eine philosophische Reise ins Gehirn. Heidelberg: Spektrum
Clauß, G., Kulka, H., Lompscher J., Rösler, H. D., Timpe, K. P. und Vorwerg, G., Hg. (1981): Wörterbuch der Psychologie. Leipzig: Bibliographisches Institut
Cranach, M. von (1996): Handlungs-Entscheidungsfreiheit: Ein sozialpsychologisches Modell. In: Cranach, M. von & Foppa, K., Hg. (1996): Freiheit des Entscheidens und Handelns: Ein Problem der nomologischen Psychologie. Frankfurt/Main: Asanger, S. 253–283
Cranach, M. von & Foppa, K., Hg. (1996): Freiheit des Entscheidens und Handelns – Ein Problem der nomologischen Psychologie. Frankfurt/Main: Asanger
Crick, F. (1994): Was die Seele wirklich ist. Reinbek: Rowohlt
Crick, F. & Mitchison, G. (1983): The Function of Dream Sleep. Nature, 304, S. 111–114
Crystal, D. (1995): Die Cambridge-Enzyklopädie der Sprache. Frankfurt/Main: Campus
Darwin, Ch. (1872): Der Ausdruck der Gemüthsbewegungen bei dem Menschen und den Thieren. Stuttgart: E. Schweizerbarth'sche Verlagshandlung
Dawkins, R. (1990): Der blinde Uhrmacher. München: DTV
Dertouzoz, M. L. & Fluhr, Z. C. (1966): Minimization and Convexity in Threshold Logic. In: Conference Record of 1966 Seventh Annual Symposium on Switching and Automata Theory, Berkeley, Kalifornien, 26.–28. Oktober 1966, S. 195–200: IEEE
Diels, H. (1957): Die Fragmente der Vorsokratiker. Hamburg: Rowohlt
Dörner, D. (1974): Die kognitive Organisation beim Problemlösen – Versuche zu einer kybernetischen Theorie der elementaren Informationsverarbeitungsprozesse beim Denken. Bern: Huber
Dörner, D. (1978): Self Reflection and Problem Solving. In Klix, F. (Hg): Human and Artificial Intelligence. Berlin: Deutscher Verlag der Wissenschaften, S. 101–107
Dörner, D. (1987): Denken und Wollen – Ein systemtheoretischer Ansatz. In Heckhausen, H., Gollwitzer, P. M. & Weinert, F. E. (Hg.): Jenseits des Rubikon – Der Wille in den Humanwissenschaften. Berlin: Springer, S. 238–250
Dörner, D. (1994): Selbstreflexion und Handlungsregulation – Die psychologischen Mechanismen und ihre Bedingungen. In: Lübbe, W. (Hg): Kausalität und Zurechnung – Über Verantwortung in komplexen kulturellen Prozessen. Berlin: De Gruyter, S. 199–222
Dörner, D., Lutz, W. & Meurer, K. (1967): Informationsverarbeitung beim Konzepterwerb. Zeitschrift für Psychologie, 174, S. 194–230
Dörner, D. & Pfeifer, E. (1991): Strategisches Denken, Stress und Intelligenz. Sprache und Kognition, 11 (2), S. 75–90
Dörner, D. & Wearing, A. T. (1995): Complex Problem Solving: Towards a (Computersimulated) Theory. In: Funke, J. & Frensch, P. (Hg.), Complex Problem Solving – The European Perspective. Hillsdale, N. J.: Erlbaum
Dorsch, F. (1970): Psychologisches Wörterbuch. Hamburg: Meiner
Duncker, K. (1935): Zur Psychologie des produktiven Denkens. Berlin: Springer
Easterbrook, J. A. (1959): The Effect of Emotion on Cue Utilization and the Organization of Behavior. Psychological Review, 66, 183–201
Eccles, J. C. (1972): Possible Synaptic Mechanisms Subserving Learning. In: Karczmar, A. G. & Eccles, J. C.: Brain and Human Behaviour. Berlin: Springer, S. 39–61
Eccles, J. C. (1977): Selbstbewußter Geist und das Gehirn. In: Popper, K. & Eccles, J. C.: Das Ich und sein Gehirn. München: Piper
Eckensberger, L. H. & Lantermann, E. D., Hg. (1985): Emotion und Reflexivität. München: Urban & Schwarzenberg
Ehrhardt, K. J. (1975): Neuropsychologie «motivierten» Verhaltens – Antriebe und kognitive Funktionen der Verhaltenssteuerung. Stuttgart: Enke
Eibl-Eibesfeldt, I. (1987[7]): Grundriß der vergleichenden Verhaltensforschung. München: Piper
Englund, P. (1993): Die Marx-Brothers in Petrograd. Berlin: Basis Druck
Erdmann, K. O. (1910): Die Bedeutung des Wortes. Leipzig: Avenarius

Eysenck, M. W. & Keane, M. T. (1990): Cognitive Psychology. Hove, Sussex (UK): Erlbaum
Fechner, G. Th. (1860): Elemente der Psychophysik. Leipzig: Breitkopf und Härtel
Fechner, G. Th. (1876): Vorschule der Ästhetik. I. und II. Teil. Leipzig: Breitkopf und Härtel
Flohr, H. (1996): Ignorabimus? In: Roth, G. & Prinz, W. (1996): Kopf-Arbeit. Heidelberg: Spektrum, S. 435 ff.
Frank, H. (1964): Kybernetische Analysen subjektiver Sachverhalte. Quickborn: Schnelle
Frege, G. (1892): Über Sinn und Bedeutung. In: Ders. (1966): Funktion, Begriff, Bedeutung. Fünf logische Studien. Göttingen: Vandenhoeck & Ruprecht
Freud, S. (1912): Formulierungen über zwei Prinzipien des psychischen Geschehens. In: Freud, S.: Gesammelte Werke. London: Imago, S. 910–924
Freud, S. (1964): Zur Psychopathologie des Alltagslebens. Frankfurt/Main: Fischer
Freud, S. (1972): Die Traumdeutung. Freud-Studienausgabe, Band II. Frankfurt/Main: Fischer
Gaarder, J. (1993): Sofies Welt – Roman über die Geschichte der Philosophie. München: Hanser
Gadenne, V. (1996): Bewußtsein, Kognition und Gehirn. Bern: Huber
Glance, N. S. & Huberman, B. A. (1993): The Outbreak of Cooperation. Journal of Mathematical Sociology, 17 (4), S. 281–302.
Glance, N. S. & Huberman, B. A. (1994): Das Schmarotzer-Dilemma. Spektrum der Wissenschaft, Heft 5, S. 36–41.
Goldstein, E. B. (1997): Wahrnehmungspsychologie – Eine Einführung. Heidelberg: Spektrum
Hadamard, J. (1945): The Psychology of Invention in the Mathematical Field. Princeton, N. J.: Princeton University Press
Harley, T. A. (1995): The Psychology of Language. Hove, East Sussex, UK: Erlbaum
Hebb, D. O. (1949): The Organization of Behavior. New York: Wiley
Heckhausen, H. (1980): Motivation und Handeln. Berlin: Springer
Heckhausen, H. & Kuhl, J. (1985): From Wishes to Action. In: Frese, M. & Sabini, J. (Hg.): Goal-Directed Behavior: The Concept of Action in Psychology. Hillsdale, N. J.: Erlbaum, 1985
Heraklit (o. J.): Das Büchlein – Fragmente, griechisch und deutsch. Wiesbaden: Insel-Verlag
Herrmann, Th. & Grabowski, J. (1994): Sprechen – Psychologie der Sprachproduktion. Heidelberg: Spektrum
Herrmann, Th. (1996): Willensfreiheit – Eine nützliche Fiktion? In: Cranach, M. von & Foppa, K. (Hg.): Freiheit des Entscheidens und Handelns. Ein Problem der nomologischen Psychologie. Frankfurt/Main: Asanger, S. 56–69
Hesse, F. W. (1979): Zur Verbesserung menschlichen Problemlöseverhaltens durch den Einfluß unterschiedlicher Trainingsprogramme. Aachen: RWTH, Dissertation
Heuser, J. (1978): Zur differentiellen Wirkung von Stress auf das Problemlösen. Zeitschrift für Experimentelle und Angewandte Psychologie, 3, S. 379–406
Hilbert, D. & Ackermann, W. (1959[4]): Grundzüge der theoretischen Logik. Berlin: Springer
Hilbring, S. (1989): Der Einfluß positiver und negativer Emotionen auf das Problemlöseverhalten bei einem Interpolations- und einem Syntheseproblem. Universität Erlangen: Diplomarbeit im Fach Psychologie
Hille, K. (1997): Die künstliche Seele – Analyse einer Theorie. Wiesbaden: Deutscher Universitätsverlag
Hobson, J. A. & McCarley, R. W. (1977): The Brain as a Dream State Generator – An Activation-Synthesis Hypothesis of the Dream Process. American Journal of Psychiatry, 134 (12), S. 1335–1348
Hoffmann, J. (1982): Das aktive Gedächtnis. Berlin: Deutscher Verlag der Wissenschaften
Holst, E. v. & Mittelstaedt, H. (1950): Das Reafferenzprinzip (Wechselwirkungen zwischen Zentralnervensystem und Peripherie). Naturwissenschaften, 37, S. 464–476
Horgan, J. (1994): Ist das Bewußtsein erklärbar? Spektrum der Wissenschaft, 9, S. 74–80
Hubel, D. H. & Wiesel, T. N. (1959): Receptive Fields of Single Neurons in the Cat's Striate Cortex. Journal of Physiology, 148, S. 574–591
Izard, C. E. (1981): Die Emotionen des Menschen. Weinheim: Beltz
Jäger, O. (1899): Geschichte der neuesten Zeit. Bielefeld und Leipzig: Velhagen und Klasing
Jaynes, J. (1988): Der Ursprung des Bewußtseins durch den Zusammenbruch der bikameralen Psyche. Reinbek: Rowohlt
Johnson-Laird, P. N. (1988): Freedom and Constraint in Creativity. In: R. J. Sternberg (Hg.): The Nature of Creativity (S. 202–219). New York: Cambridge University Press.
Kagan, J. (1966): Reflection – Impulsivity. The Generality and Dynamics of Conceptual Tempo. Journal of Abnormal Psychology, 71, S. 17–24

Kant, I. (1788): Kritik der praktischen Vernunft. Riga: Hartknoch
Kant, I. (Nachdruck von 1965): Prolegomena zu einer jeden künftigen Metaphysik. Hamburg: Felix Meiner
Keegan, J. (1981): Die Schlacht. München: DTV
Kleinginna, P. R. & Kleinginna, A. M. (1981): A Categorized List of Emotion Definitions, with Suggestions for a Consensual Definition. Motivation and Emotion, 5, S. 345–357
Klimesch, W. (1988): Struktur und Aktivierung des Gedächtnisses. Bern: Huber
Klir, J. & Vallach, M. (1967): Cybernetic Modelling. London: Iliffe Books
Klix, F. (1984): Über Wissensrepräsentation im Gedächtnis. In: Klix, F. (Hg.): Gedächtnis, Wissen, Wissensnutzung. Berlin: Deutscher Verlag der Wissenschaften
Klix, F. (1992): Die Natur des Verstandes. Göttingen: Hogrefe
Kluwe, R. H. (1996): Steuerung von Denkvorgängen in Modellen menschlicher Informationsverarbeitung. In: Cranach, M. von & Foppa, K. (Hg.): Freiheit des Entscheidens und Handelns. Ein Problem der nomologischen Psychologie. Frankfurt/Main: Asanger, S. 151–170
Knapp, A. (1986): Die Modellwirkung von Opponentenstrategien auf die Problemlösefähigkeit von Probanden mit unterschiedlich induzierten Emotionen. Mainz: Psychologisches Institut, unveröffentlicht
Knoblauch, I., Sperling, Ch. & Bohner, G. (1989): «Analyse contra Intuition?» – Einflüsse von Stimmungen auf die Bearbeitung verschiedener Aufgabentypen. Heidelberg: Institutsbericht, Institut für Psychologie der Universität
Kozielecki, J. (1987): Transgressive Decision Making – A Study of Personal and Social Change. Warschau: Psychologisches Institut der Universität
Krämer, S. (1988): Symbolische Maschinen. Darmstadt: Wissenschaftliche Buchgesellschaft
Lantermann, E.-D. (1992): Bildwechsel und Einbildung – Eine Psychologie der Kunst. Berlin: edition q
Lantermann, E.-D. (1995): Emotionale und analytische Modalitäten der psychischen Regulation. In: Pawlik, K. (Hg.), Bericht über den 39. Kongreß der Deutschen Gesellschaft für Psychologie. Göttingen: Hogrefe, S. 667–672
Lantermann, E.-D., Döring-Seipel, E., Krahner, S. & Schima, P. (1990): Werte, Gefühle und Unbestimmtheit – Analysen kognitiv-emotionaler Wechselwirkungen im Umgang mit einem ökologischen System. In: Pawlik, K. & Stapf, K.-H. (Hg.), Umwelt und Verhalten. Bern: Huber, S. 129–144
Lantermann, E.-D., Döring-Seipel, E. & Schima, P. (1992): Ravenhorst – Gefühle, Werte und Unbestimmtheit im Umgang mit einem ökologischen Szenario. München: Quintessenz
Lantermann, E.-D. & Hänze, M. (1992): Vom Sinn der Gefühle. Psychomed, 4, S. 76–81
Lantermann, E.-D. & Otto, J. H. (1994): Emotionale und kognifizierte Gefühlszustände und ihre Kontrollierbarkeit. Zeitschrift für Experimentelle und Angewandte Psychologie, 41, S. 211–231
Lantermann, E.-D. & Otto, J. H. (1996): Corrections of Effects of Memory Valence and Emotionality on Content and Style of Judgments. Cognition and Emotion, 10, S. 105–127
Lantermann, E.-D. & Döring-Seipel, E. (o. J.): Wertaktivierung, Emotion und Handeln in komplexen Umwelten. Bericht der Universität Kassel, GH
Lem, St. (1983): Kyberiade – Fabeln zum kybernetischen Zeitalter. Frankfurt/Main: Insel
Levi, P., Ahlers, R. J., May, F. & Schanz, M., Hg. (1998): Mustererkennung 1998. Berlin: Springer
Levinson, S. C. (1991): Relativity in Spatial Conception and Description. Nijmegen: Working Paper No. 1, Cognitive Anthropology Research Group, Max-Planck-Institut für Psycholinguistik
Lorenzen, P. (1962): Formale Logik. Berlin: Walter de Gruyter – Sammlung Göschen, Band 1176/1176a
Lucas, J. R. (1964): Minds, Machines and Gödel. In: Anderson, A. R. (Hg.), Minds and Machines. Englewood Cliffs, N. J.: Prentice Hall
Luchins, A. S. (1942): Mechanization in Problem-Solving – The Effect of Einstellung. Psychological Monographs, 54, Nr. 6
Lurija, A. R. (1992): Das Gehirn in Aktion – Einführung in die Neuropsychologie. Reinbek: Rowohlt
Madsen, K. B. (1974): Modern Theories of Motivation. Kopenhagen: Munksgaard
Maslow, A. H. (1954): Motivation and Personality. New York: Harper
Masters, W. H. & Johnson, V. E. (1966): Human Sexual Response. Boston: Little, Brown
McCulloch, W. S. & Pitts, W. (1943): A Logical Calculus of the Ideas Immanent in Nervous Activity. *Bulletin of Mathematical Biophysics*, 5, S. 115–133
Meyer-Eppler, W. (1969): Grundlagen und Anwendungen der Informationstheorie. Berlin: Springer

Mittelstraß, J. (1983): Vorbereitende Bemerkungen zu einer pragmatischen Philosophie des Bewußtseins. Zeitschrift für Wissenschaftsforschung, Heft 2, Bd. 4, S. 139–151
Neisser, U. (1974): Kognitive Psychologie. Stuttgart: Klett
Newell, A. & Simon, H. A. (1972): Human Problem Solving. Englewood Cliffs, N. J.: Prentice Hall
Norman, D. A. & Shallice, T. (1986): Attention to Action – Willed and Automatic Control of Behaviour. In: R. J. Davidson, G. E. Schwartz & D. Shapiro (Hg.): Consciousness and Self Regulation, Vol. 4, S. 1–18. New York: Plenum
Oesterreich, R. (1981): Handlungsregulation und Kontrolle. München: Urban & Schwarzenberg
Ogden, C. R. & Richards, I. A. (1960): The Meaning of Meaning. London: Routledge & Keegan Paul
Pawlow, I. P. (1972): Die bedingten Reflexe. München: Kindler
Penrose, R. (1991): Computerdenken – Die Debatte um Künstliche Intelligenz, Bewußtsein und die Gesetze der Physik. Heidelberg: Spektrum
Platon: Werke in acht Bänden, herausgegeben von Gunther Eigler (1990). Siebter Band: Timaios – Kritias – Philebos. Darmstadt: Wissenschaftliche Buchgesellschaft
Plutchik, R. (1980): Emotion – A Psychoevolutionary Synthesis. New York: Harper & Row
Post, E. L. (1921): Introduction to a General Theory of Elementary Propositions. American Journal of Mathematics, 43, S. 163–185
Pothast, U. (1987): Die Unzulänglichkeit der Freiheitsbeweise. Frankfurt/Main: Suhrkamp
Prause, G. (1969): Niemand hat Kolumbus ausgelacht – Fälschungen und Legenden der Geschichte richtiggestellt. Frankfurt/Main: Fischer
Prinz, W. (1995): Freiheit oder Wissenschaft? In: Cranach, M. von & Foppa, K. (Hg.): Freiheit des Entscheidens und Handelns – Ein Problem der nomologischen Psychologie. Heidelberg: Asanger, S. 86–103
Rasmussen, J. (1983): Skills, Rules, Knowledge – Signals, Signs and Symbols and Other Distinctions in Human Performance Models. In: IEEE – Transactions, Systems, Man, Cybernetics, SMC 13, S. 257–267
Reemtsma, J. Ph. (1997): Im Keller. Hamburg: Hamburger Edition
Reither, F. (1979): Über die Selbstreflexion beim Problemlösen. Gießen: Universität, Dissertation am FB 06 Psychologie
Rodrigue, J. R., Olson, K. R. & Markley, R. P. (1987): Induced Mood and Curiosity. Cognitive Therapy and Research, 11, S. 101–106
Rojas, R. (1993): Theorie der neuronalen Netze – Eine systematische Einführung. Berlin: Springer
Rosenbloom, P. & Newell, A. (1986): The Chunking of Goal-Hierachies – A Generalized Model of Practice. In: Michalski, R. S., Carbonell, J. G. & Mitchell, J. M. (Hg.): Machine Learning II – An Artificial Approach. Los Altos: Kaufman
Russell, S. & Norvig, P. (1995): Artificial Intelligence – A Modern Approach. Englewood Cliffs, N. J.: Prentice Hall
Schank, R. & Abelson, R. (1977): Scripts, Plans, Goals and Understanding – An Inquiry into Human Knowledge Structures. Hillsdale, N. J.: Lawrence Erlbaum
Schaub, H. (1993): Modellierung der Handlungsorganisation. Bern: Huber
Scherer, K. R. (1982): Emotion as a Process – Function, Origin and Regulation. Social Science Information, 21, S. 555–570
Scherer, K. R. (1984): On the Nature and Function of Emotion: A Component Process Approach. In: Scherer, K. R. & Ekman, P. (Hg.), Approaches to Emotion: Hillsdale, N. Y.: Lawrence, Erlbaum Association
Scherer, K. R. (1988): Criteria for Emotion-Antecedent Appraisal – A Review. In: Hamilton,V., Bower, G. H. & Frijda, N. H., Cognitive Perspectives on Emotion and Motivation, Dordrecht: Nijhoff
Scherer, K. R. (1990): Theorien und aktuelle Probleme der Emotionspsychologie. In: Scherer, K. R. (Hg.), Psychologie der Emotion. Enzyklopädie der Psychologie. Göttingen: Hogrefe, S. 1–38
Schumann, H. (Hg.) (1985): Friedrich der Große: «Mein lieber Marquis!» – Sein Briefwechsel mit Jean-Baptiste d'Argens während des siebenjährigen Krieges. Zürich: Manesse
Schütte, K. (1960): Beweistheorie. Berlin: Springer
Searle, J. R. (1980): Mind, Brains, and Programs. Behavioral and Brain Sciences, 3, S. 450–456
Sebald, W. G. (1995): Die Ringe des Saturn – Eine englische Wallfahrt. Frankfurt/Main: Eichborn
Seligman, M. E. P. (1975): Helplessness – On Depression, Development, and Death. San Francisco: Freeman
Selz, O. (1913): Über die Gesetze des geordneten Denkablaufs. Stuttgart: Spemann

Shallice, T. (1992): Information Processing Models of Consciousness – Possibilities and Problems. In: A. J. Marcel & E. Bisiach (Hg.): Consciousness in Contemporary Science. Oxford: Clarendon Press.
Simon, H. A. (1969): The Science of the Artificial. Cambridge, Mass.: MIT Press
Skrypzinski, R. (1985): Empirische Untersuchungen zum Einfluß negativer Emotionen auf die Bearbeitung des Turm-von-Hanoi-Problems. Göttingen: Diplomarbeit am Psychologischen Institut der Universität
Spada, H. & Opwis, K. (1985): Ökologisches Handeln im Konflikt – Die Allmende-Klemme. In: Day, P., Fuhrer, U. & Laucken, U. (Hg.), Umwelt und Handeln. Tübingen: Attempto, S. 63–85
Spitzer, M. (1996): Geist im Netz – Modelle für Lernen, Denken und Handeln. Heidelberg: Spektrum
Stäudel, Th. (1987): Problemlösen, Emotionen und Kompetenz. Regensburg: S. Roderer
Strohschneider, S. (1996): Denken in Deutschland. Vergleichende Untersuchungen in Ost und West. Bern: Huber
Szentagothai, J. (1968): Structuro-Functional Considerations of the Cerebellar Neuron-Network. Proceedings of the IEEE, 56, S. 960–968
Tisdale, T. (1998): Selbstreflexion, Bewußtsein und Handlungsregulation. Weinheim: Psychologie-Verlags-Union
Wallas, G. (1926): The Art of Thought. New York: Harcourt Brace
Walter, H. (1998): Neurophilosophie der Willensfreiheit. Paderborn: Ferdinand Schöningh
Wellnitz, K. (1962): Klassische Wahrscheinlichkeitsrechnung. Braunschweig: Vieweg.
Wyss, D. (1970): Die tiefenpsychologischen Schulen von den Anfängen bis zur Gegenwart. Göttingen: Vandenhoeck & Ruprecht
Zimmer, D. E. (1984): Wenn wir schlafen und träumen. München: Kösel
Zimmer, D. E. (1986): So kommt der Mensch zur Sprache. Zürich: Haffmanns Verlag
Zwicky, F. (1966): Entdecken, Erfinden, Forschen im Morphologischen Weltbild. Glarus, Schweiz: Baeschlin

Sachregister

Namenregister